LANCELOT DU LAC

LETTRES GOTHIQUES
Collection dirigée par Michel Zink

Lancelot du Lac

Roman français du XIIIe siècle

Texte présenté, traduit et annoté par François Mosès,
d'après l'édition d'Elspeth Kennedy
Préface de Michel Zink

Deuxième édition revue et augmentée

Ouvrage publié avec le concours du Centre National des Lettres

LE LIVRE DE POCHE

Nous lisions un jour par plaisir
De Lancelot, comment l'amour le prit.
Nous étions seuls et sans aucun soupçon.
Plus d'une fois cette lecture
Nous fit lever les yeux et pâlir le visage,
Mais un seul passage sut vaincre notre cœur.
Quand nous lûmes, du désiré sourire,
Qu'il fut baisé par un tel amant,
Celui-ci qui jamais de moi ne sera divisé
Me baisa la bouche tout tremblant.
Le livre ou son auteur fut notre Galehaut :
Ce jour-là nous ne lûmes pas plus avant.

Dante, *L'Enfer*, V, 127-138.

François Mosès, ancien élève de l'École Normale Supérieure, agrégé
des Lettres classiques, s'est formé à l'étude de la littérature médiévale
sous la direction de Mario Roques. En 1945, il a entrepris une carrière
administrative qui, après diverses fonctions, notamment dans le
domaine de la presse et de l'audiovisuel, l'a conduit à devenir président
de chambre à la Cour des Comptes.

ISBN : 978-2-253-05578-5 – 1ʳᵉ publication LGF

Préface

Lancelot enlevé par la fée du Lac, élevé dans son château au fond des eaux. Lancelot épris, Lancelot amant de la reine Guenièvre. Lancelot dépossédé par son amour de tout et de lui-même. Lancelot exalté par son amour jusqu'à devenir le meilleur chevalier du monde. Lancelot perdu par son amour, péché qui le rend indigne des mystères du Graal. Quelle autre figure unit aussi violemment l'énigme de la naissance, le voile de la féerie, l'éclat de la chevalerie, le déchirement de l'amour?

Émergeant de la forêt tout armé au service de la reine, il nous apparaît, pour la première fois, impénétrable et déjà habité par son unique passion, vers 1180 dans un roman en vers de Chrétien de Troyes, *Le Chevalier de la Charrette*. Quelques décennies plus tard, autour de 1225, on le retrouve au centre d'un des premiers romans en prose française, œuvre magistrale, appelée à exercer une influence immense, œuvre à la fois très construite et aux contours mouvants, toujours recopiée, toujours modifiée, œuvre gigantesque, dont le présent volume offre cependant plus que le début: le noyau originel et, d'une certaine façon, suffisant. Ce roman de Lancelot est une sorte de synthèse et d'aboutissement de la matière arthurienne et bretonne qui avait fait son entrée dans la littérature française vers le milieu du XIIᵉ siècle et dont Chrétien de Troyes avait assuré le triomphe. En même temps il en modifie de façon décisive l'approche et le sens.

Il les modifie d'abord simplement parce qu'il est en prose. Cette prose — la première prose littéraire française — prétend à la vérité et tend à l'exhaustivité. D'une part, elle se conçoit comme un mode d'expression direct, *en ligne droite* selon la fausse étymologie d'Isidore de Séville, par opposition aux sinuosités du vers soumis aux contraintes métriques, et elle revendique une adéquation plus parfaite à une « réalité » qu'elle relate sans, croit-elle, la dissimuler ou la gauchir sous les détours et les ornements. D'autre part, elle cherche à épuiser son sujet en remontant chronologiquement et généalogiquement jusqu'à ses origines et en englobant l'ensemble multiple et simultané des aventures arthuriennes dans un récit unique qui les entrelace. Elle s'oppose par là à la manière elliptique et volontairement fragmentaire qui est celle de Chrétien de Troyes et, d'une façon générale, des romans en vers.

Mais, en outre, ce roman de Lancelot en prose est une œuvre d'une extrême complexité thématique et idéologique, complexité accrue par celle de sa tradition manuscrite et par l'énigme que pose son mode de rédaction. Il conte les enfances de Lancelot, déshérité par un ursupateur et élevé par la fée du Lac, son amour pour la reine Guenièvre, ses exploits et ceux d'autres chevaliers de la Table Ronde, dont les destins croisent le sien. Mais il se prolonge par le récit des aventures du Graal. L'unité du gigantesque cycle romanesque ainsi constitué est discutée. Tout le monde admet que la *Quête du saint Graal* et la *Mort du roi Arthur*, qui en sont la conclusion, sont l'œuvre d'auteurs différents et que l'*Histoire du saint Graal* et le *Merlin*, qui lui servent de prologue, ont été ajoutés après coup. Mais les avis sont partagés touchant la partie centrale, la plus longue, qui est proprement le roman de *Lancelot*. Certains y voient la main d'un seul auteur, d'autres de plusieurs, tandis que d'autres enfin pensent que plusieurs rédacteurs ont travaillé sur le canevas d'un « architecte » unique.

Que la première partie du *Lancelot* ait constitué primitivement un roman indépendant, le véritable *Lancelot du Lac*, un « *Lancelot* non cyclique », un « *Lancelot* sans le Graal », qui aurait été dans un second temps poursuivi et rattaché à la matière du Graal, c'est ce qu'a soutenu Mlle Elspeth Kennedy. C'est ce roman qu'elle a publié d'après le manuscrit de la Bibliothèque Nationale fr. 768, qui le livre en effet seul, et dont Ferdinand Lot avait dès 1918 reconnu l'excellence. Qu'à l'intérieur même de ce roman les « enfances » de Lancelot, jusqu'au premier baiser de la reine, présentent une unité particulière, c'est ce que suggère M. François Mosès. Ces hypothèses, il faut le reconnaître, ne font pas l'unanimité. Elles restent des hypothèses pour ce qui touche à la rédaction du roman et à son projet initial. Mais pour ce qui est de sa lecture, elles sont pleinement légitimes. L'œuvre médiévale n'a jamais la rigidité close et définitive de l'œuvre moderne. Elle est mouvante, elle se prête aux aménagements, aux amplifications, aux découpages. On ne saura jamais si le *Lancelot* a été conçu comme le veut Mlle Kennedy. Mais il est certain qu'il a été lu de cette manière : le manuscrit 768 en témoigne.

Le *Lancelot* n'était jusqu'ici accessible que dans des éditions très coûteuses et dépourvues de traduction, des anthologies traduites, sans accompagnement du texte original, ou à travers des adaptations lointaines. Le présent volume offre au lecteur le texte original, repris de l'édition Kennedy — texte complet et continu jusqu'au baiser qui scelle l'amour de Lancelot et de la reine —, et une traduction qui joint l'exactitude à l'élégance. M. François Mosès, à qui on la doit, n'a pas oublié, au long de sa brillante carrière à la Cour des Comptes, sa formation initiale de médiéviste et a trouvé le temps, malgré ses hautes fonctions et ses lourdes responsabilités, de faire revivre l'un des romans les plus fascinants que nous ait laissé le Moyen Age.

Michel ZINK.

Pour ma mère

Introduction

Voici un roman du début du XIIIe siècle, écrit dans une langue qui n'est pas seulement du français, mais « le beau français » de son époque, le premier peut-être de nos romans en prose ou le premier qui soit parvenu jusqu'à nous, celui qui fut le plus célèbre en tout cas pendant trois siècles, imité et traduit dans toutes les langues de l'Europe, et que la Renaissance, puis l'âge classique ont rejeté dans un oubli dont il ne s'est jamais tout à fait relevé.

Il semble que de nos jours une mode nouvelle le favorise ; on le connaît de nom ; des adaptateurs, des romanciers, des cinéastes y puisent leur inspiration ; et, depuis le XVIIIe siècle, on a à plusieurs reprises « mis en nouveau langage » des fragments plus ou moins longs de ce roman.

Mais toutes ces tentatives ont un trait commun : ce ne sont que des morceaux choisis. Sans doute la longueur même de l'œuvre incite-t-elle à faire un choix. Mais ce choix ne va pas sans de graves inconvénients. Qui se souvient aujourd'hui des premières traductions de Tolstoï et de Dostoïevski ? On voulait alors élaguer des œuvres jugées trop foisonnantes, pour les « adapter au goût français ». Or, dans un grand et long roman, où s'entrelacent les histoires de nombreux personnages, les épisodes, si divers soient-ils, s'enchaînent d'une façon qui n'est pas indifférente ; ils forment une trame si serrée que la suppression d'un seul incident, d'une seule péripétie, rend la suite des événements incompréhensible ou en dénature le sens.

Plus que tout autre, notre roman se conforme à cette règle. Sa composition est particulièrement minutieuse. Comme le dessein de l'auteur est de nous montrer, sous le désordre des événements, l'ordre caché qui les régit, il ne laisse que peu de place au hasard. Tout y est préparé d'avance, bien que le lecteur, de même que les personnages, ne le découvre que peu à peu. Annonces et prémonitions se succèdent; tel épisode mineur, tel petit fait, cité incidemment et sans raison apparente, se révèle ensuite lourd de sens et s'éclaire... une centaine de pages plus loin. Il est dès lors bien difficile de faire un choix. Veut-on privilégier le personnage principal aux dépens de ceux que l'on considère comme des comparses? Ce serait ignorer que ce roman n'est pas biographique et que Lancelot nous y est toujours présenté au milieu de toute une société chevaleresque, comme un élément d'une histoire plus vaste, une histoire providentielle qui le dépasse. Veut-on écarter les discours, les réflexions philosophiques et didactiques, pour ne garder que l'anecdote, le conte «vain et plaisant»? Ce serait priver cet ouvrage de l'une de ses dimensions principales.

C'est pourquoi nous avons pris un parti tout différent: celui de publier dans son intégralité la première partie de ce roman. Le texte que l'on trouvera ici présente une évidente unité d'esprit et de style et nul ne conteste qu'il soit d'un auteur unique. Il contient les pages les plus célèbres du roman, celles qui ont été le plus souvent citées et que Dante a immortalisées. Traduire ce texte, sans en rien omettre, ligne après ligne, mot après mot, nous est apparu comme une condition indispensable pour que le public, c'est-à-dire le lecteur cultivé, et non pas les seuls spécialistes, puisse être juge de son intérêt. Si la traduction devait être menée plus loin, le lecteur découvrirait, avec la suite de cette histoire, une très longue série d'aventures romanesques et fabuleuses. Mais il doit être averti qu'il n'y retrouverait ni les mêmes enseignements de politique féodale, ni les analyses réalistes de personnages aussi complexes que nuancés, ni, en de nombreux endroits, le goût de l'humour et de l'ironie. Sur ces trois points notre texte n'a pas eu de suite.

★

Dieu, la chevalerie et l'amour

L'œuvre est riche de matière et de sens. Elle peut se lire de trois façons. C'est un roman d'aventures, un roman arthurien, librement inspiré de Chrétien de Troyes, où la valeur individuelle et l'amour sont les principaux ressorts de l'action. Mais, par une nouveauté singulière, ce roman entre dans une histoire, ou plutôt dans l'histoire, telle qu'on la concevait alors, où la guerre et la politique tiennent la première place. Enfin, c'est le roman d'une éducation, et d'une éducation de prince, de « fils de roi », dit l'auteur : comment « amender » (nous dirions aujourd'hui « s'amender »), c'est-à-dire comment devenir meilleur, comment devenir « un prùd'homme ». Ce mot de prud'homme est l'un de ceux qui ont eu la bonne fortune d'incarner, à un moment donné, l'idéal des hommes ou d'une classe d'hommes, comme l'honnête homme du XVIIe siècle ou le gentleman de l'Angleterre victorienne. C'est le grand mot, le maître mot du livre, inlassablement répété, ce mot si grand et si bon, disait Saint Louis, que le seul fait de le prononcer « remplit la bouche ». Ces trois lectures de notre roman peuvent être distinguées pour la commodité de l'analyse, mais elles sont inséparables, car l'aventure s'inscrit dans l'histoire et l'histoire dans la théologie.

Il peut sembler quelque peu paradoxal de commencer l'examen d'une œuvre d'imagination en se demandant ce que l'auteur pensait de Dieu. Rien de plus étrange en effet aux yeux de nos contemporains, mais rien de plus naturel pour un homme du XIIIe siècle. Saint Thomas d'Aquin, dans ses deux Sommes, traite d'abord de Dieu, avant de descendre du Créateur aux créatures. Il va de soi que notre auteur ne prend aucune part aux discussions philosophiques de son temps, il ne prétend pas à l'originalité. Il veut seulement instruire les laïcs de vérités, qui lui paraissent des évidences. Mais ces évidences composent un corps de doctrine très intéressant, et la première d'entre elles peut être résumée dans cette formule de Boèce, que tout le Moyen Âge a connue et aimée : « Un Dieu très beau gouverne ce beau monde, le façonnant à son image[1]. » On trouve dans ce roman une revendication et une exaltation des vertus du siècle, en face de l'idéal monastique, qui jamais encore, me semble-t-il, ne s'étaient exprimées avec autant d'éclat. Il n'y a pas de rupture entre la vie du siècle et la vie éternelle. Les règles de la société humaine et celles de la loi

---

1. « *Pulchrum pulcherrimus ipse Mundum mente gerens similique in imagine formans* », Consol. Phil., Liber III, Metrum IX.

divine sont les mêmes règles. Les vertus, par lesquelles on acquiert « la gloire et l'honneur du monde » et celles qui permettent de gagner « la joie qui jamais ne prendra fin », sont les mêmes vertus. Celui qui est « prud'homme au siècle » sera « prud'homme à Dieu ». Il est évident que la force est sans force contre la justice, dès lors qu'elle se déploie sous le regard d'un juge qui voit tout. Et, comme le dit Schiller, quand on joue contre Dieu, chaque coup de dés est un blasphème. On trouve là l'explication et la justification du duel judiciaire, qui tient une si grande place dans notre roman, comme dans la société de ce temps.

Car ce Dieu, partout présent dans ce bas monde, qui est la préfiguration de l'autre, y a placé l'homme, un homme dont il a tant aimé la liberté qu'il ne l'a créé ni bon ni méchant, mais libre d'être l'un ou l'autre. Il dépend de lui-même, au prix d'un effort sans relâche, de « s'amender ». Le mal est l'effet, non de l'ignorance, de la misère ou de l'oppression, mais d'une volonté désordonnée. Le mal est volontaire et doit être puni.

C'est ici qu'apparaît le rôle éminent de la chevalerie. Elle n'a pas été instituée pour être le privilège des nobles et des puissants, mais comme une fonction, justifiée par l'utilité publique (on disait alors « le commun profit »). Pour lutter contre les exactions des forts, pour protéger les faibles et les pacifiques, on a élu ceux que l'on croyait être les meilleurs, « de l'avis du commun des gens ». Ainsi la chevalerie n'est pas née de la force, mais de la résistance à la force. Son unique et lourde tâche est de faire observer la justice, « la droite justice ». Toutes les qualités du chevalier ne tendent qu'à ce seul but ou lui sont subordonnées. Un prédicateur célèbre, mais très critique envers Saint Louis, ne fera qu'exprimer l'opinion générale en s'écriant : « Le devoir du prince n'est pas d'entendre matines, mais de rendre la justice. »

À cette époque les deux ordres dominants de la société ne s'entendaient guère. Saint Bernard disait de la chevalerie : *non militia, sed malicia*. Un autre clerc dit que ce sont des jeux de charpentiers. Pour un autre encore, *laïcus ut brutus*, le laïc est comme une bête. Notre auteur le leur rend bien. Les plus grands clercs d'Arthur ne voient pas clair du tout, aveuglés qu'ils sont par le péché. Il y a de bons moines, mais ce sont d'anciens chevaliers. Il n'est pas dit expressément, comme chez Chrétien de Troyes, que l'ordre de chevalerie est « l'ordre le plus haut que Dieu ait fait et commandé », mais il est dit que les deux autres ordres, le peuple et le clergé, ont pour mission de subvenir, l'un aux besoins matériels du chevalier, l'autre à ses besoins spirituels, parce qu'il est, après Dieu, sur cette terre, le défenseur du peuple et de l'Église.

Tâche écrasante que d'être « seigneur du peuple et sergent de Dieu », combattant sans répit contre les forces du mal. « Contre les méchants, plus méchant qu'eux, et doux avec les pacifiques », le chevalier doit avoir deux cœurs, cœur de cire pour les bons, cœur de pierre contre les malfaiteurs. Il n'y a rien de meilleur que de tuer les êtres malfaisants, l'auteur en est persuadé. Et qu'on ne vienne pas tout mélanger en parlant du pardon chrétien des offenses! Le juge n'est ni la victime ni Dieu. Son office n'est pas de pardonner, mais de punir, « et le juge se damne, qui pardonne au coupable et le laisse en liberté ». Si l'on ne sent pas la force d'assumer cette terrible tâche qu'on s'abstienne alors d'être chevalier! « Il vaut mieux qu'un valet (un jeune noble) vive sans chevalerie tout son âge que d'être déshonoré sur terre et perdu pour Dieu, parce que la chevalerie est un fardeau trop lourd. »

Sans doute n'est-il pas toujours simple d'être un « vrai juge sans amour et sans haine ». Et c'est une des originalités de notre auteur que d'exposer les cas difficiles, avec une finesse et une précision dignes d'un traité de droit coutumier et qui ne se rencontrent dans aucun autre roman[1]. Dans le monde fantastique du royaume d'Arthur, aux prises avec les « aventures » et les « merveilles », tout est impossible et pourtant tout est vrai; et cette vérité porte la marque d'une époque et d'un milieu, celle de la société féodale du début du xiiie siècle.

Au xiiie siècle comme au xxe, la guerre est le dernier mot de la politique et de l'histoire. Mais elle était alors un état normal et quasi permanent. Pourtant de grands progrès avaient été accomplis au cours du siècle précédent. Un ordre commençait à s'instaurer, qui allait connaître son apogée avec le règne de Saint Louis. De ces progrès les tournois sont un témoignage. Ils sont condamnés par l'Église, mais leur vogue ne cesse de croître, surtout dans la France du nord, la France d'entre Loire

---

1. Il y a plusieurs siècles que les juristes s'autorisent du *Lancelot* pour éclaircir des points contestés du droit féodal.

et Meuse. Cette sorte de guerre noble et policée vaut mieux, à tout prendre, que de brûler les villes et de dévaster les campagnes. Dans beaucoup de romans arthuriens la guerre est curieusement absente ; elle a cédé la place aux tournois. Sur ce point encore, le *Lancelot* se distingue par son réalisme. Toutes les formes de la guerre y apparaissent : guerre de siège, combats de rues, batailles rangées en terrain découvert, que l'auteur appelle « assemblées ». Dès le XIIIᵉ siècle, certains copistes, trompés par l'emploi de ce mot, d'un usage assez rare, mais nullement exceptionnel, ont cru qu'il désignait des tournois. Il n'en est rien ; il s'agit de vraies batailles, dont dépend le sort du roi Arthur et de ses armées[1]. Mais il est exact que, dans ce royaume imaginaire, où la réalité est agrandie par le rêve, les guerres ressemblent à des tournois. Ce sont des rencontres fixées longtemps d'avance et d'un commun accord, qui attirent l'élite des chevaliers de plusieurs pays, où l'on s'affronte uniquement dans des combats de cavalerie, avec ces armes nobles que sont la lance et l'épée, en présence des dames et des demoiselles, qui se sont installées, pour observer ce spectacle, soit sur les remparts (si la bataille a lieu sous les murs d'une ville), soit aux fenêtres et aux créneaux de « loges » ou de « bretèches », petits ouvrages fortifiés construits en rase campagne pour protéger un pont ou un gué.

Sur les malheurs de la guerre notre auteur est sans illusions. L'incendie de la ville de Trèbe, la mort du roi Ban de Bénoïc sont des scènes tragiques, toutes proches de la chanson de geste. Si les reines de Bénoïc et de Gaunes prennent le voile, ce n'est pas tant par vocation religieuse que pour échapper au roi Claudas ; car elles savent que, si elles tombent entre ses mains, elles seront massacrées et leurs enfants « démembrés sous leurs yeux ». Claudas lui-même retarde le moment de faire de son fils un chevalier, parce qu'il craint de le voir se retourner contre lui, aussitôt qu'il en aura le pouvoir. La générosité, qui s'appelle « largesse », est assurément une grande vertu ; mais c'est surtout une sage précaution, le seul moyen d'attirer à soi

---

1. Toutefois, la seconde assemblée avec le roi d'Outre-les-Marches présente les caractères d'un combat « pour la gloire », c'est-à-dire d'un tournoi.

la masse fluctuante des « pauvres chevaliers », toujours prêts à passer au service du seigneur le plus généreux.

L'esprit de conquête est une des « folies du siècle », mais l'auteur ne l'approuve pas. Il exprime l'essentiel de ses idées, me semble-t-il, dans cette réflexion tardive du roi Claudas : « Il fait une grande sottise (sans compter le grand péché dont il se charge), celui qui déshérite autrui et lui ôte sa terre. Il n'aura plus une heure de repos ni de nuit ni de jour. Et il a une bien piètre seigneurie sur son peuple, celui qui n'en peut avoir les cœurs. En vérité Nature est dame et souveraine sur toutes les institutions, car elle fait aimer son légitime seigneur plus que tous les autres. » La Nature est plus forte que tout ce qui est institué par l'homme. Donc il faut respecter un ordre social, qui est un ordre naturel, c'est-à-dire voulu par Dieu. D'ailleurs à quoi bon conquérir, puisqu'aucune usurpation ne saurait être durable et qu'il faudra tout rendre à l'heure de la mort, si l'on ne veut pas être damné ? Sur ce point, l'Église s'accorde à l'opinion commune et même l'usurpateur Claudas a l'intention de rendre à leurs héritiers légitimes les deux royaumes qu'il a conquis. À l'origine des guerres incessantes on trouve moins souvent l'esprit de conquête que l'appât du gain (du pillage, considéré comme légitime) et le point d'honneur. Une même humeur belliqueuse anime toutes les classes de la société, non seulement les chevaliers, mais aussi les clercs, les bourgeois et les prélats eux-mêmes, sauf peut-être les paysans, éternelles victimes. Lorsque Richard Cœur de Lion s'entend reprocher par le légat du pape d'infliger une dure prison à l'évêque de Beauvais, personnage « oint et sacré », il réplique avec colère, mais non sans raison, qu'il l'a pris « en bataille, le heaume en tête et l'écu au col ». Les bourgeois de Gaunes ont des fils dont l'auteur reconnaît la « prouesse », c'est-à-dire la vaillance. Cette prouesse est d'ailleurs à ses yeux une chose si naturelle que, parmi les nombreux personnages qu'il met en scène, on trouve des méchants, des sots et des traîtres, mais pas un seul lâche, si ce n'est dans l'épisode comique de Daguenet le Fol ; mais précisément c'est un « fol », un sot, et l'on nous fait voir sa sottise et non pas sa lâcheté. Bien sûr, les armées qui se débandent et cherchent leur salut dans la fuite sont des réalités qui n'ont rien d'exceptionnel. Pourtant ce n'est pas à la lâcheté que seront imputables les grands désastres de la chevalerie française aux xive et xve siècles, mais à l'excès de témérité, à ce funeste point d'honneur, qui interdit de reculer, au cours d'une bataille, ou de demander du secours, si l'on est en difficulté. « Si vous m'assurez que ni moi ni les miens n'en aurons de reproche, alors seulement j'irai demander du secours », dit Joinville à la bataille de Mansourah. « Au combat, dit Pharien à son neveu Lambègue, n'attends ni jeune ni vieux, mais frappe le premier, dès que tu pourras faire un beau coup. » Aucune discipline n'est possible, dans un tel état d'esprit.

Aussi la tâche du prince est-elle surtout d'ordre militaire. « Rendre la justice », c'est d'abord se faire obéir, protéger ses sujets contre les envahisseurs du dehors, mais encore assurer la tranquillité et la paix parmi ses propres vassaux, en un temps où tout possesseur d'un solide château peut s'y enfermer et défier pendant des mois l'armée royale. Le prince doit donc réduire les vassaux soulevés contre lui et soutenir les vassaux fidèles. S'il est hors d'état de le faire, ceux-ci ont le droit, après une mise en demeure de quarante jours, de changer de seigneur. Et si le vassal loyal meurt au service de son seigneur, il ira tout droit au ciel comme s'il était mort à la croisade « contre les Sarrasins ». Mais, sur cette terre, son seigneur a le devoir de le venger, comme il a celui de protéger sa veuve et ses enfants. La transgression de cette règle par le roi Arthur est une faute impardonnable, qui donne son sens à ce roman.

En 1181 un Lyonnais, qui s'excuse d'écrire un roman à la française, bien qu'il ne soit pas français lui-même, commence son conte en ces termes : « Écoutez, vous qui aimez le beau langage : les bons conteurs pourront trouver ici la fleur des contes

> D'amour et de chevalerie,
> D'aventure, de courtoisie,
> Et de largesse et d'honneur. »

Tous ces caractères se retrouvent dans notre roman et notamment l'aventure et l'amour.

Il n'y a pas de roman arthurien sans aventure. Elle est le pain quotidien du roi et de ses chevaliers. S'ils séjournent dans une ville, où il ne survient pas assez d'aventures, ils quittent bien vite ce triste séjour pour un autre, « plus aventureux ». Mieux encore, une des « coutumes » du roi est de ne jamais se mettre à table, avant qu'il lui soit arrivé une aventure. L'aventure est désirée, nécessaire, pour permettre aux chevaliers de la Table Ronde d'éprouver « leur prouesse », c'est-à-dire leur valeur. Cependant, cette aventure tant attendue n'en est pas moins « cruelle et périlleuse » ; elle peut être « une mauvaise coutume » ou un enchantement maléfique, qui répand la terreur ; et le rôle du chevalier, qui accomplit l'aventure, est d'y mettre fin. Bien entendu notre auteur est trop raisonnable pour croire un seul mot de toutes ces « merveilles ». Il sait que, dans ce pays hautement civilisé qu'est la France du XIIIᵉ siècle, il ne se produit plus d'aventures. Mais reculées dans l'espace et le temps, situées aux premiers siècles du christianisme et dans une Grande-Bretagne légendaire, pourquoi pas ? Dans cette terre encore mal christianisée, les démons devaient s'en donner à cœur joie, et de ces folles histoires on peut tirer de bons enseignements. Surtout la fable arthurienne a pour l'auteur du *Lancelot* exactement la même valeur que la fable antique pour les hommes du XVIIᵉ siècle : c'est une matière artistique et littéraire, dont une œuvre d'imagination ne saurait se passer, une fiction agréable et communément admise par convention. Je ne vois là aucune naïveté, bien au contraire. Le goût des hommes pour le merveilleux n'est pas près de disparaître. Il n'est pas nécessaire de croire pour aimer

> « ...et moi-même,
> Si Peau-d'Âne m'était conté,
> J'y prendrais un plaisir extrême ».

Le roman d'aventures proprement dit représente moins du tiers de notre texte, mais c'en était certainement la partie la plus attendue et la plus « plaisante » pour un homme du XIIIᵉ siècle. Que demandaient les chevaliers ? Des combats et des « merveilles » ; car ces guerriers étaient aussi des rêveurs. Mais ils n'y cherchaient pas autre chose que le plaisir inlassable qu'ils y prenaient. Notre romancier va beaucoup plus loin. On le voit bien par le traitement très particulier qu'il fait subir à la traditionnelle « matière de Bretagne ». Ce n'est pas sans raison qu'il rappelle, avec tant d'insistance, que Lancelot appartient, par sa mère, au très haut lignage élu de Dieu, dont sont issus le Roi David et « le chevalier » Joseph d'Arimathie. Ce bon chevalier a été envoyé par Dieu de terre sainte en Grande-Bretagne, pour conquérir cette terre païenne « à Notre Seigneur ». Il y a apporté le Graal. Son fils Galaad, le premier roi chrétien de Galles, « qui fut appelé Galles en son honneur », a été l'ancêtre d'une longue dynastie de rois. De cette haute lignée doit naître le héros tant attendu, appelé ici Perlesval et non Perceval, qui verra à découvert les grandes merveilles du Graal et mettra fin aux aventures du « Royaume Périlleux Aventureux », c'est-à-dire du royaume d'Arthur. Dès lors il n'est plus permis de prendre ces aventures à la légère. Elles s'inscrivent dans une histoire fortement christianisée, une « histoire du Graal », qui, façonnée et transformée par notre auteur dans l'esprit qui lui est propre, est devenue l'histoire d'une croisade, une histoire sainte.

Il n'y a pas de roman d'aventures où l'amour n'ait sa place ; mais ici cette place n'est ni accessoire ni épisodique, car les exploits de Lancelot n'ont qu'une seule cause et qu'un seul but : l'amour de Guenièvre. Et cet amour atteint des extrémités telles que nous avons de la peine, sinon à les comprendre, du moins à les accepter. Chaque société se fait de l'amour l'idée qui lui convient et l'exprime parfois d'un mot révélateur, mais dont elle use sans discrétion : aujourd'hui, l'érotisme ; au XVIIe siècle, la galanterie. Ni l'un ni l'autre de ces termes n'exprime rien qui ressemble à l'amour, tel que l'ont conçu les plus grands écrivains du Moyen Âge.

Dans une des suites de notre roman on peut lire ceci : « L'amour est une folie et les folies du monde ne peuvent être conduites sans péché. Mais cette folie est à honorer plus que toutes les autres, et il a bien raison d'être fou, celui qui, dans sa folie, découvre la raison et l'honneur ». « Amour et noblesse de cœur sont une seule et même chose », répète Dante. On ne peut aimer que le bien, affirme saint Thomas. Et le même auteur précise que l'amour est force naturelle et loi cosmique. Il existe une unité ou du moins une continuité entre toutes les manifestations de l'amour. De l'amour de Dieu et de « l'amour intellectif », on descend aux formes les plus simples, « l'amour sensitif » et celui des bêtes. Même les objets inanimés aiment à leur manière, et la loi de la gravitation, qui régit l'univers, est amour. Dante conclut sa *Comédie* par « l'amour qui meut le soleil et les autres étoiles ».

L'auteur du *Lancelot* n'est pas un philosophe, mais il affirme que l'amour pousse à l'extrême les vertus du chevalier. L'amour recherche la perfection, il veut l'impossible, et par là-même (sans l'aide surnaturelle de la dame du Lac) il conduit à la mort, car les forces du corps ne sont pas sans limite et ne peuvent supporter les désirs illimités du cœur.

Sur les effets de l'amour, l'auteur s'accorde à l'idéal décrit par Chrétien de Troyes[1]. L'amour est absolu ou il n'est pas ; « il n'est pas aimé, celui qui n'est pas aimé par dessus tout ». L'amour est secret, modeste ; il ne s'exprime pas, il se trahit ; et non par des mots, mais par des actes. L'amour est timide, maladroit, car « on ne peut rien aimer que l'on ne craigne ». L'amour est « obéissant » ; il exclut tout amour-propre ; il ne sait pas demander, il donne et il n'est pas de plus grand amour que de donner sa vie pour ce qu'on aime. Je veux bien qu'il y ait, chez les poètes, une grande part de rhétorique et de convention. Mais ces conventions, si contraires aux nôtres, n'ont été admises que parce qu'elles plaisaient. Lancelot, pour sa part, ne cherche ni à plaire ni à séduire. Comment le pourrait-il ? Comment ce pauvre chevalier, sans nom et sans fortune, pourrait-il attirer l'attention de la plus haute des reines, sinon par des exploits extraordinaires ? Mais la vérité est plus simple encore : comme il est meilleur que les autres, « son cœur est plus vrai que les autres cœurs », et il ne sait qu'aimer, comme on pensait alors que l'on devait aimer.

Par suite du parallélisme que l'on croyait voir entre la vie du siècle et la vie éternelle, on devait passer tout naturellement de l'amour profane à l'amour sacré et prêter à celui-ci les caractères de celui-là ; car il n'y a, croyait-on, qu'un seul amour.

« C'est quelque chose de grand que l'amour, et un bien au-dessus de tous les biens. Seul, il rend léger ce qui est pesant et fait qu'on supporte avec une âme égale toutes les vicissitudes de la vie. Il porte son fardeau sans en sentir le poids et rend doux ce qu'il y a de plus amer...

« Rien n'est plus doux que l'amour, rien n'est plus fort, plus élevé, plus étendu, plus délicieux au ciel et sur la terre...

« L'amour souvent ne connaît point de mesure ; mais, comme l'eau qui bouillonne, il déborde de toutes parts. Rien ne

---

1. Toutefois l'auteur du roman en prose ne saurait admettre l'idée d'un conflit, à plus forte raison d'un choix entre l'amour et l'honneur chevaleresque, l'un et l'autre étant l'effet d'une même noblesse de cœur, alors que le *Lancelot* de Chrétien est prêt à tout sacrifier à la reine, même son propre honneur.

lui pèse, rien ne lui coûte, il tente plus qu'il ne peut ; jamais il
ne prétexte l'impossibilité, parce qu'il se croit tout possible et
tout permis. Et à cause de cela il peut tout et il accomplit
beaucoup de choses, qui fatiguent et épuisent vainement celui
qui n'aime point.

« L'amour veille sans cesse ; dans le sommeil même il ne dort
point...

« L'amour est prompt, sincère, pieux, doux, prudent, fort,
patient, constant, magnanime, et il ne se recherche jamais ; car
dès qu'on commence à se rechercher soi-même, à l'instant on
cesse d'aimer...

« Qui n'est prêt à tout souffrir et à s'abandonner entièrement
à la volonté de son bien aimé, ne sait pas ce que c'est que
d'aimer[1]. »

Dans cette description que l'auteur de l'*Imitation* nous
donne, au XVe siècle, des merveilleux effets de l'amour divin, il
n'est pas une ligne qui ne puisse s'appliquer à l'amour de
Lancelot pour la reine Guenièvre. Je ne sais pas si l'amour
courtois fut inventé, comme on l'a dit, par des troubadours ou
par un cercle de grandes dames, mais il s'inscrit dans un
mouvement de pensée, qui devait inspirer tout le Moyen Âge et
mourir avec lui.

★

Analyse du roman. Matière et sens[2].

Le roman s'ouvre sur la guerre qui met aux prises le roi Ban
de Bénoïc et Claudas, roi du Berry. Le roi Ban meurt de
douleur, « de deuil », en contemplant l'incendie du dernier de
ses châteaux. Il venait de quitter cette forteresse, pour chercher
du secours en Grande-Bretagne, auprès de son seigneur, le roi
Arthur. Le roi Ban meurt en prière, comme un héros de
chanson de geste. Il demande à Dieu de prendre soin de sa
femme Hélène et de Lancelot son fils. Lancelot, encore au
berceau, est emporté au fond d'un lac par une fée, la « dame du

1. *Imitation de Jésus-Christ*, Livre III, ch. 5. Traduction de Lamennais.
2. Cette expression est empruntée à Chrétien de Troyes, *Le Chevalier de
la Charrette*, v. 26.

Lac ». La reine Hélène, pour échapper à Claudas et ne pas être
« honnie », c'est-à-dire maltraitée et peut-être massacrée, prend
le voile et devient « la reine des Grandes Douleurs ».

L'auteur, qui ne pense pas que les grandes douleurs soient
muettes, se complaît dans le récit de cette tragédie. Cette scène
est longue, mais non gratuite. Car c'est elle qui commande
toute la suite des événements. Elle en donne le sens ; mais ce
sens va nous demeurer longtemps caché. Il ne nous sera révélé
que dans la dernière partie du roman, comme il le sera au roi
Arthur lui-même, par l'enseignement d'un sage, d'un « pru-
d'homme ».

Le premier tiers de ce roman se passe, non dans le royaume
d'Arthur, en Grande-Bretagne, mais en Gaule ; et c'est,
semble-t-il, une importante nouveauté dans un roman arthurien. Cette Gaule, « qui aujourd'hui est appelée France » et qui
ressemble beaucoup à la France du XIIIe siècle, est limitée à
l'ouest par la Bretagne, la Petite-Bretagne, et c'est à la frontière, « dans la marche » des deux pays, que se situent les
royaumes imaginaires de Bénoïc et de Gaunes, dont la guerre
réglera le sort. Lancelot est « du pays de Gaule, car il en parle
très bien la langue », même au royaume d'Arthur, tant il est
vrai que le meilleur chevalier du monde ne peut être qu'un
chevalier français.

Le roman se propose de nous conter l'histoire de Lancelot
depuis sa naissance et de nous montrer comment « un pauvre
chevalier », inconnu, sans fortune et sans nom, réussit, par ses
seuls mérites, à devenir le meilleur chevalier du monde et
l'amant de la plus illustre des reines, « la femme du roi
Arthur ». Mais cette histoire s'entrelace avec beaucoup d'autres. L'enfant Lancelot est élevé, avec ses deux cousins, par la
demoiselle du Lac, qui les a sauvés de la mort. Ce ne sont pas
des enfants ordinaires. « Fils de rois », héritiers « naturels » de
deux royaumes, ils en ont été dépossédés par le roi Claudas, qui
a « déshérité » leurs pères, vassaux du roi Arthur. Bon sang ne
peut mentir. Il est clair que l'auteur se passionne moins pour
l'éducation des enfants que pour les grands intérêts de ce
monde, qui font l'histoire et la politique, telles qu'on les
concevait au XIIIe siècle. Ce qui nous est conté est moins
l'histoire des trois enfants que celle des deux royaumes, et nous
montre que, s'il est toujours possible de conquérir des terres, il
est bien difficile ensuite de gouverner des vassaux turbulents.

Cependant Lancelot a grandi, ignorant sa naissance et son nom. Il a dix-huit ans. Nous passons en Grande-Bretagne, où la demoiselle du Lac conduit le jeune homme, « le valet », vêtu symboliquement d'une robe blanche, monté sur un cheval blanc et armé d'armes toutes blanches, auprès du roi Arthur, qui accepte de le faire chevalier. Ce jeune homme inconnu s'appellera « le blanc valet », puis « le blanc chevalier », lorsque la reine (et non le roi, comme il est d'usage, mais le symbole est clair) lui aura remis son épée. Il ne recevra la révélation de son nom (autre symbole) qu'après avoir accompli le plus extraordinaire des exploits, et dans le lieu même où il trouvera son tombeau. La Grande-Bretagne est la terre des aventures, « le Royaume Aventureux ». C'est là que les chevaliers peuvent exercer leur vaillance, aux prises avec des événements où l'étrange s'unit au merveilleux. C'est une « aventure » qui sera le commencement des exploits de Lancelot et de sa vie de chevalier errant.

Avant de quitter la ville où il a été fait chevalier (la géographie de la Grande-Bretagne est ici de fantaisie), Lancelot n'aura vu la reine Guenièvre qu'à deux moments bien courts ; il aura échangé avec elle quelques mots d'une politesse banale. Mais rien n'est banal pour ce jeune homme hors du commun. Ces quelques paroles, ces quelques regards ont décidé de toute sa vie. Voici donc « le pauvre chevalier » amoureux de « la reine des reines ». C'est le thème bien connu de l'amour impossible.

Cet amour, jamais, jusqu'à « l'accordement » final, Lancelot ne l'exprimera par des mots. Il le tiendra enfermé en lui-même. Mais il le fera comprendre par ses actes, par ses prouesses. Alors commence un long dialogue muet, dont l'héroïsme est le seul langage, une suite d'aventures et d'exploits, accomplis par un chevalier qui garde jalousement son double mystère, celui de son nom et celui de son amour, une histoire apparemment décousue et incompréhensible pour tous, sauf pour celle à qui elle est en quelque sorte offerte, chaque exploit étant la démonstration d'un amour incommensurable. Son amour extrême le rend extrêmement maladroit, et l'auteur, qui, à la différence de ses continuateurs, ne dédaigne pas le rire et le sourire, s'amuse de ses distractions et de ses inconvenances. Mais elles n'ont d'autre cause que cette angoisse, qui le

paralyse en présence de la reine, car, comme le dit Galehaut,
« on ne peut rien aimer que l'on ne craigne ». Cette partie du
roman, qui en occupe approximativement le second tiers, est la
seule, à vrai dire, qui s'apparente à ces romans d'aventures et
d'amour bien particuliers que l'on appelle romans bretons ou
romans arthuriens. Chrétien de Troyes les avait illustrés dès le
XIIᵉ siècle et notre auteur s'en est largement inspiré. L'influence
du *Chevalier de la Charrette* de Chrétien de Troyes est partout
présente, mais c'est une référence, non une imitation servile. Et
nous ne tarderons pas à revenir, dans le dernier tiers, aux
grandes affaires du monde, c'est-à-dire à la politique et à la
guerre.

En effet les nuages s'accumulent sur la tête d'Arthur. Il est en
danger de perdre son royaume. Des songes l'ont effrayé ; des
clercs l'ont averti. Et bientôt il est défié par un jeune prince,
Galehaut, le fils de la Géante, le seigneur des Étranges Îles, qui
a déjà conquis trente royaumes et dont les armées sont
innombrables. Quelle faute a pu commettre le plus sage et le
meilleur, « le plus prud'homme » des rois de la terre ? Car dans
ce monde animé par la Providence, rien n'arrive sans raison.
L'événement prouve que le plus parfait des rois n'est pas un roi
parfait. Mais y a-t-il un remède et lequel ? Telles sont les
questions qu'Arthur se pose et qu'il pose en vain aux clercs les
plus savants du royaume ; car, si leur esprit est instruit dans les
plus hautes sciences, leur cœur corrompu par le péché et leur
vie dissolue ne leur permettent pas d'y voir clair. La première
bataille comprend deux « journées », mais elle tourne mal pour
Arthur, sauvé in extremis par un chevalier inconnu et solitaire,
revêtu d'armes vermeilles, qui disparaît aussitôt dans la nuit.
Heureusement Arthur a rencontré un sage, « un prud'homme
plein d'un très grand savoir », qui le réprimande vertement.
« Le droit des veuves et des orphelins est mort dans ta
seigneurie et Dieu en demandera justice sur toi très cruellement. » Les malheurs d'Arthur n'ont qu'une seule cause, sa
propre faute, et qu'un seul remède, la confession, mais une
confession sincère et complète. Or le roi Arthur a complètement oublié une faute commise dix-huit ans plus tôt et qui, sur
le moment, n'était peut-être même pas une faute : la mort du
roi Ban, ce vassal qu'Arthur, alors jeune roi aux prises avec ses
barons révoltés, était hors d'état de secourir, mais qui est mort
au service de son seigneur, « dans son service », et pour avoir

refusé de l'abandonner. Le seigneur doit à son homme, en
échange de son service, sa protection et sa justice. S'il ne
pouvait pas secourir son vassal, Arthur devait au moins le
venger. Le roi Ban n'a pas été vengé, ni sa femme la reine
Hélène qui, dans le cloître de Moutier-Royal, souffre les
grandes douleurs. Pourtant, à deux reprises, un moine venu de
Gaule, puis un chevalier filleul du roi Ban avaient rappelé au
roi cette faute ancienne ; mais, pris par d'autres affaires, il
l'avait oubliée. Or ce n'est pas seulement une faute, mais un
péché, car le spirituel suit le temporel, et toute faute contre le
droit féodal est un péché aux yeux de Dieu. Arthur ne s'est
jamais lavé de ce péché par la confession et la justice de Dieu
n'oublie rien.

On le voit d'ailleurs aussitôt. À peine le roi Arthur a-t-il, à
l'instigation du prud'homme, confessé sa faute, que le prince
Galehaut, contre toute attente, lui accorde une trêve d'un an,
jugeant indigne de sa gloire de vaincre un adversaire aussi
démuni de troupes.

Car le réalisme de notre auteur ne perd jamais ses droits, et
les malheurs d'Arthur ont une cause immédiate, qui est le
nombre insuffisant de ses soldats.

À ce point du récit, il faut savoir ce que sont les armées
médiévales. Le temps des armées permanentes n'est pas encore
venu. Le roi convoque ses vassaux, ceux qui tiennent des fiefs
de lui et qui sont tenus de répondre à son appel, à sa
« semonce ». Mais il y a la foule des petits chevaliers, des
« pauvres gentilshommes » libres de rejoindre ou non l'armée
selon le « gain » (le butin) et les « dons » qu'ils attendent. Ceux-
là ne sont pas venus et ils en avaient le droit. Et ceux qui sont
venus, parce qu'ils ne pouvaient pas faire autrement, ceux-là
mêmes ne servent de rien à Arthur, car il en a les corps, mais
non les cœurs, et « corps sans cœur ne vaut rien ». Ainsi
s'éclaire la prophétie qui a tant effrayé Arthur : tes hommes te
feront défaut contre leur gré. L'auteur aime les formules,
obscures par leur brièveté et dont le sens ne se révèle qu'à
l'événement. Arthur a perdu le cœur de ses hommes, comme il
a perdu la grâce de Dieu, parce qu'il n'a pas bien fait son
métier de roi ; et c'est une leçon de politique qui est donnée aux
princes de ce monde, par la bouche du prud'homme.

Un an plus tard, à l'expiration de la trêve, après qu'Arthur a
mis à profit l'enseignement qu'il a reçu, survient la rencontre

des deux immenses armées. Elle durera trois « journées », riches en péripéties, et séparées par un jour de repos chacune, soit au total six jours. La première journée est dominée par les exploits du neveu d'Arthur, Gauvain, malheureusement mis hors de combat et en danger de mort (ce qui permet d'éviter une fâcheuse concurrence entre Lancelot et lui). La seconde voit apparaître un mystérieux chevalier aux armes noires, le « noir chevalier », qui, à la prière de la reine, sauve une seconde fois Arthur. Mais voici qu'au soir de cette journée le mystérieux chevalier paraît accepter les offres de Galehaut et s'en va avec lui. Aurait-il changé de camp ? Pas un instant, nous ne sommes dupes de cette apparence ; nous savons que Lancelot ne s'appartient pas et qu'il ne peut vouloir autre chose que ce que veut la reine. Mais Arthur ne le sait pas. Il pense que Galehaut, le prince « qui sait le mieux honorer les prud'hommes », a été plus prompt et plus habile que lui et qu'il a su gagner « le bon chevalier » à sa cause. C'est une situation très fréquente à cette époque, où les armées se font et se défont avec facilité. Mais elle est aussi très grave, « car souvent par un seul prud'homme, maintes grandes affaires ont été menées à bonne fin ». Et c'est un nouvel enseignement pour les grands de ce monde. Dès lors la déroute du roi paraît inévitable. Il organise la fuite de la reine et se prépare à mourir au combat parmi les héros arthuriens, ses compagnons.

C'est ici que l'on voit avec quelle habileté le roman d'amour de Lancelot et de Guenièvre (car la reine est trop avisée pour n'avoir pas soupçonné, dès leur première rencontre, l'amour du jeune homme), s'insère parmi les événements de la grande histoire. Alors qu'il n'y a plus le moindre espoir pour Arthur, le prince Galehaut renonce à la victoire qui ne peut plus lui échapper, s'agenouille devant Arthur et se met lui-même à sa merci. L'événement est extraordinaire, mais l'auteur ne pense pas que les hommes soient conduits uniquement par l'ambition et par l'intérêt. En fin de compte, c'est ce qu'il appelle « le cœur » qui décide de tout ; c'est l'amour qui est le plus fort. « Mon cœur est le maître auquel j'obéis », dit le chevalier Banin. L'enfant Lancelot ne tient compte de rien, « pourvu qu'il suive le penchant de son cœur ». On pourrait multiplier les exemples. Cette idée n'est pas si naïve que peuvent le croire les politiques ; car les passions des hommes déjouent les calculs du réalisme et de la froide raison. Que s'est-il passé ? C'est un miracle de Dieu, pense Arthur ; mais la reine a des raisons de penser autrement. Elle devine que le chevalier mystérieux n'est pas étranger à l'entente de ces deux grands princes et qu'il pourrait peut-être expliquer l'inexplicable, tous ces événements insolites ou fabuleux, qui se produisent autour d'elle depuis quelque temps. Elle est de plus en plus impatiente de faire la connaissance de ce héros et d'entendre de sa bouche la confirmation de ce qu'elle a cru comprendre. Elle presse Galehaut de le lui amener et nous sommes ainsi conduits jusqu'aux grandes scènes de « l'accordement », par les soins et l'entremise de Galehaut, d'autant plus nécessaire que Lancelot se laisserait égorger plutôt que d'avouer son amour. C'est Galehaut qui osera dire à la reine « Recevez-le comme votre chevalier, et soyez sa dame loyale pour tous les jours de votre vie. » C'est à lui qu'elle répondra : « Je veux qu'il soit tout mien et moi toute sienne », avant d'ajouter : « Je vous donne ce chevalier pour toujours, sauf ce que j'en ai eu en premier » (c'est-à-dire son amour). Cet « accordement » où s'unissent l'amour et l'amitié a de quoi paraître étrange à nos contemporains. Ces sentiments seraient à peine croyables, si l'on ne se rappelait, comme nous l'avons déjà relevé, qu'aux yeux de notre auteur, le véritable amour est sans mesure. « Il n'est pas aimé, celui qui n'est pas aimé par dessus tout ». La force du « compagnonnage d'armes » est si grande à cette époque et l'auteur y attache tant d'importance que l'on peut se demander, d'après certaines de ses réflexions, s'il ne place pas cette amitié aussi haut, voire un peu plus haut, dans l'échelle de ses valeurs, que l'amour même.

Les sentiments relèvent de la mode, autant que les idées, et l'amitié n'est plus à la mode. Mais, plus encore que l'Antiquité, le Moyen Âge a porté à l'extrême le culte de cette passion ou, pour mieux dire, de cette vertu, dont Galehaut, le seigneur des Étranges Îles, est le plus romantique exemple. Après avoir conquis trente royaumes et disputé au plus grand roi de la terre la couronne de Logres[1], ce jeune prince dépose soudain toute ambition et ne veut plus être que le compagnon et l'ami de celui dont la grande âme l'a transporté d'admiration. « Je vous ai aimé plus que l'honneur du monde », dit-il à Lancelot. Et le

---

1. Logres : nom du royaume d'Arthur.

plus étonnant est sans doute cette scène de la messe au cours de laquelle Galehaut jure à son compagnon de ne jamais lui faire aucune peine « par ces trois parties de chair en semblance de pain », au moment où le prêtre prend entre ses mains « les trois parties du corps de Notre Seigneur ».

Ici s'arrête, à mon avis, l'œuvre, achevée ou inachevée, du premier auteur du *Lancelot* en prose. Les longues et diverses continuations, dont elle a, me semble-t-il, fait l'objet, n'ont pas cette unité de pensée et de style. Les idées politiques et le droit féodal leur font complètement défaut, ainsi que l'humour et l'ironie. On y chercherait en vain cette représentation très précise des rapports sociaux et de la manière de vivre des chevaliers de ce temps, et cette morale séculière, je veux dire à l'usage du siècle et spécialement des grands. Car il y a chez ce romancier anonyme un goût très prononcé pour l'histoire, telle qu'elle se présentait à un homme du XIIIe siècle. Pour lui, l'histoire a en elle-même, comme le roman, sa philosophie et sa morale. Elle se déroule, certes, à l'échelle humaine, mais elle procède d'un plan divin. Dans ce monde où nul ne peut vivre sans péché, Dieu fait l'histoire avec les péchés des hommes. Il a voulu que celui qui a laissé mourir le père, faute de pouvoir le secourir, soit sauvé par le fils, dont Dieu lui-même avait pris soin. Lancelot ne doit rien à Arthur, qui ne l'a même pas fait chevalier. Arthur doit tout à Lancelot, qui lui rend son royaume et la vie. Il n'agit ainsi que pour l'amour de la reine, mais peu importe. La faute de l'un est punie par le péché de l'autre, et Dieu fait justice de tout. Les malheurs du « roi mort de deuil » et de la « reine des Grandes Douleurs » ne sont pas inutiles. Il n'y a pas de malheur inutile. Tout est compté, et les pauvres et les orphelins sont dans la main de Dieu.

L'auteur, comme la Providence, annonce les événements avec un soin extrême et les prépare de très loin. Son œuvre est ainsi construite avec une précision fort rare à cette époque. Il a le goût de l'observation concrète et peu d'illusions sur son temps. Il nous le montre dans les portraits qu'il trace du roi Claudas et du chevalier Pharien, deux personnages accessoires et par conséquent plus proches de la réalité, l'un déloyal, l'autre la loyauté même, si différents et cependant si semblables, car ils sont aussi courageux et aussi rusés l'un que l'autre. Il sait que le monde qu'il décrit est implacable et féroce et que l'on ne se prive pas d'y massacrer les vaincus, et les femmes et les enfants des vaincus. Mais il n'en imagine pas d'autre ; et il pense que ce monde est bon puisqu'il est selon la volonté de Dieu. « Il gagne la gloire et l'honneur du siècle, et la grâce et l'amour de Dieu, celui qui fait dans le siècle ce qu'il doit, à la place que Dieu lui a donnée. »

De là vient que son christianisme retrouve si naturellement les accents du stoïcisme. Mais il faut mesurer les limites de cette haute morale. C'est une morale de caste. Bien qu'il s'interroge à certain moment sur l'origine de l'inégalité parmi les hommes et estime que « le cœur » devrait faire les gentilshommes, il ne s'intéresse qu'aux seuls chevaliers, qui sont « gentilshommes de père et de mère ». Ce qu'il appelle « la gloire et l'honneur du siècle » s'accommode fort bien de la dévastation des campagnes, de la destruction des villes et du massacre de leurs habitants. Voyez Dorin, le fils du roi Claudas. Son père, qui craint qu'il ne veuille prendre sa place, retarde le moment de le faire chevalier et le laisse à court d'argent. Aussi, dès que Claudas est parti pour l'Angleterre, Dorin fait-il « beaucoup de mal dans la terre » : il vole du bétail, force des villes, tue et blesse des hommes. Qu'en dit le père à son retour ? « Je me moque bien de tout cela, car il en a le droit. Un fils de roi ne doit pas être contrarié dans les largesses qu'il veut faire. » L'enfant Lancelot « ne se souvient de rien dans sa colère » ; il est bien décidé à tuer son précepteur, un goujat, qui a osé frapper son lévrier, une noble bête. La dame du Lac est ravie, car c'est le signe d'une bonne nature. Un prince doit être « avec les méchants plus méchant qu'eux » ; et sa vengeance doit être terrible, s'il ne veut pas être accusé de lâcheté. Précisément, « une seule chose » empêche Arthur d'être « le meilleur roi qui fût jamais » : il est trop lent à venger les injures qu'on lui fait, en l'espèce la mort du roi Ban. L'auteur est profondément religieux, mais sa religion est celle des chevaliers, non des clercs. Les valeurs du monde féodal sont pour lui les vraies valeurs. Et c'est pourquoi le vassal qui meurt, dans une guerre profane, au service de son « seigneur terrien », va droit au paradis, tout comme celui qui meurt, pendant la croisade, au service du « Seigneur Dieu ».

Un demi-siècle plus tard, un roi dont le pouvoir n'était plus contesté, Saint Louis, voulut interdire dans son domaine les tournois, les guerres privées, et tenta de substituer une procédure « d'enquête » au duel judiciaire. Cela parut si extravagant que ses successeurs y renoncèrent bien vite. Le système féodal, qui montrait pourtant, dès le début du XIIIe siècle, des signes de décadence, imprégnait encore trop fortement les esprits. Notre auteur ne se contente pas de le décrire avec plus de précision qu'aucun autre. Il l'admire sans réserve et l'exalte ; et visiblement il le croit éternel.

★

La question de l'unité du roman

Le présent volume s'arrête à la conclusion du « pacte d'amour », de cet engagement solennel qui unit pour toute la vie à la reine Guenièvre un jeune homme de vingt ans, au lieu de poursuivre jusqu'à la mort du héros, après une succession d'aventures et de « quêtes », dont l'ensemble multiplierait par sept la longueur de notre roman. Ceci nous conduit à évoquer, après tant d'autres, la périlleuse question de la composition du *Lancelot-Graal*, qui divise les spécialistes depuis près de cent ans[1]. Le cadre restreint de cette Introduction ne permet que d'indiquer ici, de façon sommaire, quelques points de repère d'une étude à paraître ultérieurement.

La genèse de notre roman est assez facile à déterminer. Il doit beaucoup en effet à deux romans français du XIIe siècle : l'un ne nous est connu que par le *Lanzelet* d'Ulrich de Zatzikhoven, qui prétend en être une traduction fidèle en haut-allemand ; l'autre est le célèbre *Chevalier de la Charrette*, de Chrétien de Troyes. Le *Lanzelet* est un roman à tiroirs, bien maladroit, bien décousu, dont le sujet est le suivant : un « pauvre chevalier », fils d'un roi déshérité, sauvé et élevé par une fée, devient par sa seule valeur le meilleur des chevaliers du monde et finit par épouser la fille du plus fort des chevaliers, qu'il a vaincu. C'est exactement le sujet de notre roman. Au mariage près, bien entendu, remplacé par le pacte d'amour

---

1. Surtout depuis l'important ouvrage de l'historien Ferdinand Lot, *Étude sur le Lancelot en prose* (Paris, 1918), concluant à un auteur unique pour tous les romans du cycle (sauf le *Merlin* et ses suites). Les livres les plus récents, qui traitent de ce sujet, sont ceux de : E. Kennedy, *Lancelot and the Grail* (Oxford, 1986) et A. Micha, *Essais sur le cycle du Lancelot-Graal* (Genève, 1987).

entre Lancelot et Guenièvre, dès lors qu'est intervenu le roman de Chrétien. Bien des traits de notre roman ne s'expliquent que par le *Lanzelet*; mais à partir du moment où Lancelot, âgé de dix-huit ans, arrive à la cour du roi Arthur, l'influence et parfois l'imitation de Chrétien ne cessent plus. Aux amours volages du *Lanzelet* se substitue un amour exceptionnel, sans réserve et sans limite, un don total de soi-même, qui devient la cause unique et le but ultime des prouesses du héros.

En dépit de ces emprunts, il suffit de lire ce roman pour voir qu'il ne ressemble à rien de ce qui l'a précédé ou de ce qui le suivra, tant son esprit, son art, son style sont différents des autres œuvres littéraires de la même époque.

Le roman est entièrement construit à partir d'une faute et de ses conséquences. Et cette faute est la faute féodale par excellence, le manquement au devoir d'aide et de protection du seigneur envers son vassal, « son homme ». L'auteur nous le dit et nous le répète à plusieurs reprises. Il nous dit aussi qu'il a appelé son roman « au commencement » le conte de la reine des Grandes Douleurs. Cependant la plupart des commentateurs, soit passent ce texte sous silence, soit l'interprètent comme une sorte de sous-titre propre à la première partie de ce roman. Seulement on ne comprend plus alors pourquoi la première partie de ce roman serait la seule à bénéficier d'un titre particulier. On sait, d'autre part, que beaucoup de romans médiévaux tirent leur nom d'un épisode, parfois mineur en apparence, mais auquel l'auteur attache une importance particulière. Il en est ainsi du lion du *Chevalier au Lion*, du Graal dans *Le Conte du Graal*, ou de la charrette dans *Le Chevalier de la Charrette*, appelé encore *La Charrette* tout simplement. Pourquoi ne pas admettre, puisque l'auteur nous le dit, et qu'un texte contemporain le confirme[1], que son œuvre pouvait être intitulée initialement « Le conte de la reine des Grandes Douleurs » ou en abrégé « les Grandes Douleurs »? Quoi qu'il en soit, dès les premières pages, la mort du roi Ban, la douleur de la reine Hélène ne sont pas des hors-d'œuvre. Ils donnent au roman tout son sens didactique, son « enseignement ».

---

1. *Der Percevalroman (Li Contes del Graal) von Christian von Troyes...* herausgegeben von Alfons Hilka, Halle (Saale), Max Niemeyer Verlag, 1932. Prologue, appelé Élucidation, du manuscrit de Mons (vers 370-374).

Et cet enseignement est de pure politique et de droit féodal. Historiens et juristes ne s'y sont pas trompés. Philippe de Beaumanoir s'en inspire et Philippe de Novare en conseille la lecture aux « fils des riches hommes », parce qu'il abonde en « belles et subtiles maximes ». Au xvii⁰ siècle, Chapelain, l'illustre victime de Boileau, appelle notre roman « le Grand Coutumier du Royaume de Logres ». Et ces idées de politique et de droit féodal ne s'expriment pas seulement dans les passages manifestement didactiques, mais à tout moment, au cœur même de l'action et par la bouche des personnages les plus divers. Il n'est pas jusqu'au vocabulaire, qui ne soit imprégné de termes propres au droit féodal, au point de nous obliger à des notes un peu techniques, mais indispensables à l'intelligence du texte.

Ajoutons à cela le sens de l'humour et le goût pour les études de caractères et les portraits. F. Lot écrivait : « L'humour est quasi absent de l'œuvre. Le ton est tendu, l'attitude des personnages presque toujours guindée. Pas de sourire ; partant peu de charme. » Mais ce qui est vrai de l'ensemble du cycle ne l'est pas du tout de notre texte, comme F. Lot le reconnaissait d'ailleurs dans une note. Nous relevons dans notre commentaire l'ironie de nombreux chapitres, où l'esprit de Cervantès est déjà présent.

De même pour les études de caractères : les personnages de notre roman ne sont pas tout d'une pièce ; ils ont cessé d'être des types pour devenir, ce qui est bien rare à cette époque, des individus. Ils ne sont ni tout bons ni tout méchants ; car, nous dit l'auteur, qui aime les « belles maximes », « on ne trouve jamais chez un homme autant de bien ou de mal qu'on le croit ».

Toutes ces caractéristiques disparaissent dès la fin de notre texte. La première de ses « suites », aussi longue à elle seule que tout notre roman, n'est qu'une succession de « quêtes » : quête de Lancelot par Gauvain et de Gauvain par un nouveau venu qui s'appelle Hector. Cette longue suite d'aventures ne manque pas d'un certain charme licencieux. L'amour y règne en maître, mais quel amour ? Un amour qui consiste surtout à faire l'amour. Les chevaliers et le noble Gauvain lui-même, le modèle des Chevaliers de la Table Ronde, qui met sa vie en danger pour défendre ses pucelles, ne sont plus que des amateurs de bonnes fortunes, prêts à se jeter sur la première demoiselle, qu'ils rencontrent au coin d'un bois. Le roi Arthur et Guerrehet ne se conduisent guère mieux que Gauvain et Girflet. Nous sommes loin, non seulement de notre roman, mais même de Chrétien de Troyes qui écrivait : « Si un chevalier rencontrait une demoiselle toute seule, il se serait plutôt tranché la gorge que de ne pas la traiter avec honneur, et, s'il lui faisait violence, il eût été honni en toutes cours » (*Le Chevalier de la Charrette*, éd. Roques, vers 1302-1310).

Un dernier point doit être mentionné, qui mériterait de plus amples développements. Il s'agit des rapports entre notre texte et l'histoire du Graal. Il est certain que l'auteur, dont le goût pour la réflexion politique est si prononcé, situe son roman dans le cadre d'une histoire, qui est celle du règne d'Arthur. Il a, sur cette histoire légendaire, des idées qu'il emprunte à Robert de Boron et d'autres qui lui sont propres. C'est pour lui un cadre ou une référence, à laquelle il fait allusion à plusieurs reprises, mais rien de ce qu'il dit ne permet de croire qu'il ait la moindre intention de la raconter. Que cette histoire, par sa popularité même, ait pris ensuite une importance croissante dans le cycle du *Lancelot-Graal*, est évident, mais ceci est une tout autre question.

Si l'on veut bien le considérer en lui-même et non plus comme une partie d'un hypothétique ensemble, ce roman appartient à une catégorie d'œuvres, assez répandues dès le XIIe siècle et révélatrices de l'imaginaire médiéval, celles où l'on voit un petit chevalier inconnu s'élever par sa seule valeur aux plus hautes destinées. La liste est longue, qui va de Lanzelet au Bel Inconnu en passant par Perceval. Notre texte n'en diffère que par la mise en œuvre et le talent. Au moment où il devient enfin « le meilleur chevalier du monde » et l'amant de la reine, Lancelot a vingt ans. Il lui reste de longues années à vivre et de nombreuses aventures et mésaventures, qui seront l'objet d'autant de romans, jusqu'à la mort du roi Arthur, qui verra aussi sa propre mort. Mais quelles que soient ces péripéties, le personnage de Lancelot ne changera plus. Il conservera pour toujours l'image que lui a donnée son premier auteur, lui-même inconnu, au début du XIIIe siècle, dans des pages autrefois célèbres et que l'on trouvera ici, pour la première fois, traduites dans leur intégralité.

Remarques sur la traduction

Un traducteur n'a qu'un devoir, la fidélité. Mais lorsqu'il s'agit d'un écrivain qui use de toutes les ressources de l'art, la tâche est impossible, et plus encore pour un écrivain ancien, lorsqu'au dépaysement de la langue s'ajoute celui des idées et des mœurs.

Il est tentant de chercher des arrangements, des approximations, là où il n'y a pas d'équivalents, et de moderniser pour se faire mieux comprendre. Ainsi, au xviiie siècle, on présentait un Shakespeare acceptable au goût français, mais c'était un Shakespeare travesti.

Une autre tentation est d'abréger. Le français ne connaissait guère la concision, avant le siècle de Louis XIV. Aux xiie et xiiie siècles, ce qui s'écrit en langue française, en langue dite vulgaire, est destiné à des laïcs, c'est-à-dire à des hommes qui ne sont pas, en règle générale, « lettrés » ; et ce mot, en ce temps-là, réunit dans une même appellation ceux qui ne savent pas le latin et ceux qui ne savent pas lire. Ils ne lisent pas : ils écoutent. Or, si l'écrit favorise la brièveté, la parole pousse à la prolixité, comme le montre bien le magnétophone. À cela s'ajoute le style oratoire, la répétition didactique et rhétorique, qui est voulue et ne doit pas étonner ; c'est par le sermon, par la chaire chrétienne que les clercs enseignent le peuple des grands et des petits.

En dépit de tout cela j'ai risqué le pari d'une traduction littérale, persuadé qu'en corrigeant les défauts de l'œuvre je ne laisserais pas d'en fausser la vérité.

L'obstacle de la langue lui-même ne pourra être levé qu'en partie. Il y a des mots de l'ancien français qui ne peuvent pas être bien traduits, non seulement parce que ces mots ont disparu ou parce qu'ils ont changé de sens, mais pour une autre raison plus profonde, qui est que les réalités qu'ils exprimaient n'existent plus.

Un exemple le fera comprendre. À maintes reprises l'auteur écrit que le prince doit être preux, large et débonnaire, ou bien, maniant l'abstraction, que prouesse, largesse et débonnaireté sont en quelque sorte ses trois vertus cardinales. Cependant le sens de ces trois mots n'est simple qu'en apparence. Pour nous une prouesse est un exploit; mais la prouesse comme vertu, comme qualité de celui qui est preux, n'existe plus dans notre langue. Or on trouve ce mot de preux, soit sous cette forme brève, soit sous la forme « preudome » (prud'homme), qui signifie à la lettre « l'homme preux », à toutes les pages de ce roman. Quelle est la qualité qui définit le preux? La valeur militaire? Certes, mais pas exclusivement. Un homme d'Église, une femme, telle la reine Guenièvre, peuvent être « preux ». Dès cette époque d'ailleurs commence d'apparaître une distinction entre le preux, l'homme vaillant, et le prud'homme, l'homme de bien, distinction qui ne sera tout à fait claire qu'à la fin du XIIIᵉ siècle. Qu'est-ce alors que le « prud'homme »? Le roman ne tarit pas d'éloges à son sujet : « Il a beaucoup, celui qui a un prud'homme »; « par un seul prud'homme maintes grandes affaires ont été menées à bonne fin »; Galehaut, le seigneur des Étranges Îles, est de tous les princes celui qui sait le mieux « honorer les prud'hommes »; le roi Arthur sera en danger de perdre son royaume pour n'avoir pas su « retenir un prud'homme », en l'espèce Lancelot; et Lancelot lui-même dit que le désir d'être aimé de la reine « fera de lui un prud'homme ». On peut dire que tout ce roman est consacré à montrer, par toutes sortes d'exemples, ce qu'est le « prud'homme », c'est-à-dire l'homme qui sait se conduire comme il convient dans toutes les circonstances de la vie. En réalité, c'est tout l'imaginaire, tout l'idéal d'une époque, qui s'expriment en un seul mot et ce mot n'a plus aucun équivalent dans notre langue.

Il en va de même de la « largesse ». Elle ne désigne pas un « don », mais une disposition du cœur, comme la prouesse. La générosité ou la munificence n'en sont que des traductions approximatives. Selon l'esprit du temps, elle exprime quelque chose de beaucoup plus essentiel et même de primordial. Elle est la contrepartie et comme la justification de tout le reste, c'est-à-dire de la guerre et de ce qui en découle, le vol et le pillage, unanimement acceptés comme un « gain » légitime. « Si j'ai pris, ce fut pour donner », dit en manière d'excuse un seigneur qui ne fut ni plus pillard ni moins sincère que beaucoup d'autres. Le « don » est alors l'un des principaux moyens d'existence de ces petits chevaliers, toujours prêts à offrir leur service au seigneur le plus généreux, mais prêts aussi à le quitter pour un autre plus « large ». L'auteur ne se lasse pas de nous le dire : bien des princes ont été « déshérités », ont perdu leur héritage, non parce qu'ils donnaient trop, mais parce qu'ils ne donnaient pas assez. Dans ce monde avide, la « largesse » n'est pas seulement générosité ; elle est prudence. Elle est pour le prince une vertu plus nécessaire à vrai dire que la prouesse, puisqu'elle lui permet d'y suppléer. Telle est l'opinion générale, à laquelle s'accorde notre auteur. Il faut conserver ces deux mots, « preux et large », et se garder de les traduire.

On voit déjà que partis d'une simple question de vocabulaire, nous sommes arrivés au cœur même des idées de ce temps. C'est aussi le cas avec le troisième vocable, qui ne nous a laissé que cet adjectif « débonnaire », dont le sens actuel n'a rien de commun avec la haute vertu qu'il désignait au XIIIe siècle. Il ne s'agissait pas alors d'une indulgence complaisante et bonasse, mais de cette qualité d'âme qui la rend douce et bienveillante aux faibles, d'abord aimable et accueillant, charitable et chaleureuse à la fois. À la « débonnaireté » s'oppose la « félonie », son contraire, qui ne désigne pas seulement, comme on le croit aujourd'hui, la traîtrise ou la déloyauté, mais d'une manière plus extensive, la disposition d'âme de l'homme méchant, cruel, vindicatif et violent, de celui qui se plaît à maltraiter les autres. Notre auteur dit dans une phrase fort claire que le bon chevalier doit être « avec les violents (« félons »), plus violent qu'eux (« passe-félon »), et doux (« débonnaire ») avec les pacifiques ». Obligé par l'évolution de la langue à chercher des équivalents, j'ai choisi, selon les cas, d'opposer la bonté à la méchanceté, la douceur à la violence, l'humanité à la cruauté ; et lorsqu'aucun de ces mots ne m'a paru convenir, j'ai gardé celui de « débonnaireté », que Littré admettait encore.

Mais, plus que le vocabulaire, c'est le style qu'il faut conserver, même dans ces libertés, que l'usage n'autorise plus, et dans ces inversions, qui plient l'ordre des mots à l'ordre des idées, comme dans la phrase latine, parce que le mouvement de cette phrase est un élément essentiel de sa beauté. Je ne vois pas pourquoi, après Claudel, après Céline, nous devrions infliger à notre auteur le corset d'une trop vétilleuse syntaxe. Toutefois ce beau principe trouve lui-même sa limite, dès qu'une fidélité excessive nuirait à l'intelligence de la phrase. L'ancien français est une langue libre et primesautière, qui n'a pas encore été coulée dans le moule que lui ont imposé des générations de grammairiens. Les répétitions de mots ne le gênent nullement. De même, il emploie avec une grande fantaisie les pronoms personnels de la troisième personne, il, le, lui, etc., pour désigner, non le personnage que l'auteur vient de nommer, mais celui auquel il pense. Un tel usage, qui est parfaitement admis dans notre langue parlée, choque notre sens de la logique et fatigue le lecteur d'aujourd'hui par l'effort qu'il exige. J'ai tenté souvent de le lui éviter, au risque d'être lourd.

L'important est de ne pas effacer la qualité principale de cet ouvrage, qui peut être résumée d'un mot, dont l'auteur fait lui-même le plus constant usage : la « hauteur », hauteur d'âme, de pensée et de style.

Celui qui aura fait l'effort de lire ce roman et de vaincre les difficultés qu'implique un retour en arrière dans un passé vieux de près de huit cents ans, y découvrira, je le crois, plus vivante que dans un livre d'histoire et vue par l'un des grands esprits de ce temps, l'image d'une société féodale, sûre de ses valeurs et d'elle-même, et la plus haute expression de la chevalerie.

François MOSÈS.

Remerciements

En 1980 a été publiée, en deux volumes, à Oxford University Press, une édition critique réalisée par Mlle Kennedy, «Tutorial Fellow» de St Hilda's College, à Oxford. Le manuscrit BN 768, retenu comme manuscrit de base, y est, tout au long du texte, contrôlé, corrigé et au besoin complété par une collation minutieuse et une analyse rigoureuse des principales variantes de dix-sept autres manuscrits qui y sont reproduites. Cette édition apporte ainsi aux chercheurs un instrument désormais irremplaçable pour permettre la compréhension du roman et en éclairer la genèse. J'exprime ici ma gratitude à Oxford University Press, pour nous avoir permis de transcrire la partie de cette édition qui concerne le présent ouvrage, et à Elspeth Kennedy pour cet admirable travail, auquel elle a consacré trente années de sa vie et qu'elle appelle si joliment «a mammoth task».

F. M.

Avertissement pour la seconde édition

Les lecteurs trouveront dans cette seconde édition les références aux textes de Chrétien de Troyes, dont l'auteur du roman en prose s'est inspiré.

Sigles et abréviations

La pagination du manuscrit de base et des autres manuscrits utilisés est indiquée entre parenthèses et en italique. Les corrections qui leur sont apportées sont signalées entre crochets. Les manuscrits cités sous forme abrégée sont : BN fr 768 *(Ao)*, Londres BL Add 10292 *(J)* et BN fr 754 *(An)*.

Remerciements

En 1982 a été publiée, un an avant la mort d'Eystein Dahl, une étude qui faisait suite aux recherches par lui conduites...

Avertissement pour la seconde édition

Sigles et abréviations

LE ROMAN DE LANCELOT DU LAC

(f. 1a) En la marche de Gaule et de la Petite Bretaigne avoit deus rois enciement, qui estoient frere germain et avoient deus serors germaines a fames. Li uns des deus rois avoit non li rois Bans de Benoyc, et li autres rois avoit non li rois Bohorz de Gaunes. Li rois Bans estoit viauz hom ; et sa fame estoit juesne et bele trop et mout par estoit boene dame et amee de totes genz ; ne onques de li n'avoit eü anfant que un tot seul, qui vallez estoit et avoit non Lanceloz en sorenon, mais il avoit non an baptaisme Galaaz. Et ce par quoi il fu apelez Lanceloz ce devisera bien li contes ça avant, car li leus n'i est ores mies ne la raisons ; ançois tient li contes sa droite voie et dit que li rois Bans avoit un sien veisin qui marchissoit a lui par devers Berri, qui lors estoit apelez Terre Deserte. Li suens veisins avoit non Claudas, si estoit sires de Bohorges et do païs tot environ.

Cil Claudas estoit rois, si estoit mout bons chevaliers et mout saiges et mout traïtres, et estoit hom lo roi de Gaule, qui or est apelee France. La terre do regne Cladas estoit apelé Deserte por ce que tote fu adesertie par Uter Pandragon et par Aramont, qui a cel tens estoit sires de Bretaigne la Menor, que les genz apeloient Hoel en sorenon. Cil Aramonz avoit desouz lui Gaunes et Benoyc et tote la terre jusque a la marche d'Auverne *(f. 1b)* et de Gascoigne, et devoit avoir desouz [lui] lo regne de Bohorges, mais Claudas ne li conoissoit mie, ne servise ne li voloit rendre, ainz avoit fait seignor del roi de Gaule. Et a cel tens estoit Gaule sougiete a Rome et li rendoit treü, et estoient tuit li roi par election.

CHAPITRE PREMIER

Origines de la guerre entre le roi Ban et le roi Claudas

Aux confins de la Gaule et de la Petite-Bretagne, il y avait jadis deux rois qui étaient frères et dont les femmes étaient sœurs. L'un s'appelait Ban de Bénoïc, l'autre Bohort de Gaunes. Le roi Ban était vieux. Sa femme était jeune et d'une grande beauté ; c'était une très bonne dame et aimée de toutes gens. Il n'avait eu d'elle qu'un seul enfant, un fils, qui portait le surnom de Lancelot, mais dont le nom de baptême était Galaad. D'où lui vint ce nom de Lancelot, le conte l'exposera plus tard ; car le moment n'en est pas encore venu ni l'opportunité. Le conte s'en tient donc à son droit chemin et nous dit que le roi Ban avait un voisin dont la terre était limitrophe de la sienne du côté du Berry que l'on appelait alors la Terre-Déserte. Ce voisin se nommait Claudas. Il était le seigneur de Bourges et du pays environnant. Ce Claudas était roi ; c'était un très bon chevalier, très intelligent et très déloyal ; et il était l'homme[1] du roi de Gaule, qui aujourd'hui est appelée France. Sa terre était appelée la Déserte, pour cette raison qu'elle avait été tout entière ravagée par Uter-Pandragon[2] et par Aramont, qui en ce temps-là était le seigneur de la Petite-Bretagne et que les gens avaient surnommé Hoël. Cet Aramont avait sous son autorité Gaunes, Bénoïc et toute la terre jusqu'à la marche d'Auvergne et de Gascogne. Il aurait dû avoir aussi le royaume de Bourges ; mais Claudas ne voulait pas le reconnaître, lui refusait son service et avait pris pour seigneur le roi de Gaule. En ce temps-là la Gaule était assujettie à Rome et lui payait tribut ; et tous les rois se faisaient par élection.

---

1. « être l'homme de quelqu'un » : être son vassal. Voir p. 395, note 1.
2. *Uter-Pandragon* : roi de Grande-Bretagne, père du roi Arthur.

Qant Aramonz vit que Claudas li reneoit sa seignorie par force de Romains, si l'acoilli de guerre. Et cil ot en aide lo roi de Gaule et tot son poo[i]r, si perdi mout Aramonz en la guerre qui trop dura. Lors vint a Uter Pandragon, qui rois estoit de Grant Bretaigne, si devint ses hom par covant que il li menast sa guerre a fin. Uter Pandragons passa mer atot son pooir, et oïrent noveles que li seignoraiges de Gaule s'estoit tornez devers Claudas por aler encontre Aramont, qui venoit entre lui et Uter Pandragon. Lors corrurent andui sor Claudas, si lo desconfistrent et li tolirent tote sa terre et ors lo chacierent. Et fu la terre de toz sens si outreement destruite que onques n'i remest en forterece pierre sor autre fors an la cité de Bohorges, qui fu gardee de destruire par lo comandement Uter Pandragon por ce que il se recorda que il i avoit estez nez. Aprés ce s'en retorna Uter Pandragons am Bretaigne la Menor, et qant il i ot tant demoré come lui plot, si s'en passa en la Grant Bretaigne. Et des lors en avant fu la Menors Bretaigne desouz lo reiaume de Logres.

Quant li rois Aramonz fu morz, et Uter Pandragons, et la terre de Logres fu an la main lo roi Artur, si sordirent guerres an Bretaigne *(f. 1c)* la Grant en pluseurs leus et guerroierent lo roi Artu li plus des barons. Et ce fu el comancement de son regnement, ne n'avoit encores la reigne Ganievre gaires tenue, si ot mout a faire de totes parz. Lors reprist Claudas sa guerre qui tant avoit esté entrelaissie, car il avoit sa terre tote recovree si tost come li rois Aramonz fu morz. Lors recomança a guerroier lo roi Ban de Benoyc por ce que a lui marchissoit, et por ce que hom avoit esté Aramont par cui il avoit sa terre eüe perdue si longuement et que mout li avoit neü tant con il avoit esté au desouz.

Quand Aramont vit que Claudas rejetait sa seigneurie en s'appuyant sur la force des Romains, il lui déclara la guerre. Claudas eut l'aide du roi de Gaule et toutes ses troupes, et Aramont subit beaucoup de pertes dans cette guerre, qui dura longtemps. Il vint alors trouver Uter-Pandragon, qui était roi de Grande-Bretagne, et lui fit hommage, sous la condition qu'il lui mènerait sa guerre à bonne fin. Uter-Pandragon passa la mer avec toutes ses forces, et il apprit que les seigneurs de la Gaule s'étaient joints à Claudas pour combattre Aramont, qui revenait à ses côtés. À eux deux ils coururent sus à Claudas, le battirent, s'emparèrent de toute sa terre et l'en chassèrent. Et la terre fut détruite si complètement en tous sens qu'il ne demeura pas deux pierres l'une sur l'autre dans les forteresses, sauf dans la cité de Bourges, qui fut sauvée du feu et de la destruction par le commandement d'Uter-Pandragon, car il se souvint qu'il y avait été élevé[1]. Ensuite Uter-Pandragon se rendit dans la Petite-Bretagne, et, après y être demeuré autant qu'il lui plut, il s'en retourna dans la Grande-Bretagne. Désormais la Petite-Bretagne fut sous la seigneurie du royaume de Logres[2].

Quand le roi Aramont et Uter-Pandragon furent morts et que la terre de Logres fut dans la main du roi Arthur, des guerres éclatèrent dans la Grande-Bretagne en plusieurs lieux et la plupart des barons se soulevèrent contre le roi Arthur. C'était au commencement de son règne ; il n'avait épousé la reine Guenièvre que depuis peu et il avait à faire de toutes parts. Alors Claudas reprit sa guerre, si longtemps interrompue ; car il avait recouvré toute sa terre, aussitôt que le roi Aramont fut mort. Il recommença à faire la guerre au roi Ban, parce que leurs terres étaient limitrophes et parce que le roi Ban avait été l'homme d'Aramont, qui l'avait chassé de sa terre pendant si longtemps et lui avait fait tout le mal possible, tant que la fortune des armes lui avait été contraire.

---

1. Le ms. BN 768 écrit « né », avec quelques autres, mais un plus grand nombre de manuscrits écrivent « nourri » et s'accorde mieux avec l'histoire de Merlin.

2. *Le royaume de Logres:* la Grande-Bretagne, encore appelée « le Royaume Aventureux », ou « la Terre des Merveilles », par allusion aux aventures surnaturelles, qui faisaient le charme de ce pays, selon nos romanciers, dans les temps arthuriens, et permettaient aux chevaliers d'y exercer leur valeur.

A ce tans estoit venuz de Rome uns conses de grant renon, Poinces Anthoines, si aida a Claudas et li bailla tot lo pooir de Gaule et des contrees qui desouz estoient, si conreerent si lo roi Ban que il li tolirent sa cité de Benoic et tote s'autre terre fors un suen chastel, qui avoit non Trebe, si estoit el chief de sa terre et estoit si forz que rien nule ne dotoit au tans de lors fors afamer o traïson. Mais un jor pristrent si anemi un suen chastel a force qui estoit a mains de trois liues pres de celui, et il l'aloit secorre et se voloit metre dedanz. Et qant il vit que cil defors estoient ja dedanz a force, si se feri en l'ost et il et si chevalier, dont il avoit mout de preuz, et il meesmes avoit estez renomez de proesce merveilleuse. Illuec ocistrent mout de ces de l'ost, et tant les firent a els antandre que toz li asauz remest et corrut tote l'oz por ancombrer lo roi Ban et ses genz totes. Et cil se mistrent a la voie, mais trop *(f. 1d)* i orent demoré, car Poinces Anthoines atotes ses genz, qui devers la forest s'estoient trait, lor vint au devant; si ot tel fais de genz que li rois Bans ne li sien ne lo porent soffrir, si furent tuit si compaignon que mort que pris fors seulement troi. Mais de tant se vancha li rois Bans qu'il lor ocist Poinçon Anthoine, lor seignor, et fist tant d'armes, puis qu'il ne fu que soi quarz, que toz les Romains mist en voie et les chaça assez, tant que Claudas i vint poignant tot a desroi devant les autres. Qant li rois Bans lo vit, si dist une parole qui bien apartint a home desherité.

« Ha ! Dex, dist il, ja voi ge ci mon anemi mortel. Sire Dex, qui tante[s] honors m'avez donees, otroiez moi que ge l'ocie. Et ançois muire ge avoc lui, biax Sire Dex, qu'il en aut vis, car lors seroient totes mes dolors asoagiees. »

Atant josterent ansenble, si l'abatié li rois Bans [si durement que totes les genz cuidierent bien que il fust morz. Et lors s'an

À cette époque arriva de Rome un consul de grand renom, Ponce-Antoine. Il vint en aide à Claudas et lui fit donner toutes les forces de la Gaule et des contrées qui en dépendaient. Ils mirent le roi Ban en si mauvais point qu'il lui prirent sa cité de Bénoïc et tout le reste de sa terre, sauf un château du nom de Trèbe, qui était à l'extrémité du pays, et tellement fortifié qu'il ne craignait rien, en ce temps-là, si ce n'est la famine ou la trahison. La reine sa femme y demeurait depuis le début de la guerre et le roi Ban ne s'y était jamais retiré, tant qu'il avait pu tenir au dehors[1]. Mais un jour ses ennemis prirent d'assaut l'un de ses châteaux, qui était à moins de trois lieues de Trèbe, alors qu'il allait le secourir et voulait s'y installer. Quand il vit que les assaillants étaient déjà à l'intérieur, il se jeta au milieu de leur armée, avec ses chevaliers, dont beaucoup étaient très vaillants, et lui-même était renommé pour sa vaillance extraordinaire. Il leur tua beaucoup de monde et leur donna tant de souci que l'assaut fut abandonné et que toute l'armée se tourna contre le roi Ban et ses gens, les obligeant à battre en retraite. Mais ils avaient trop attendu. Ponce-Antoine, avec toutes ses forces qui s'étaient portées du côté de la forêt, leur barra la route. Ils eurent affaire à une telle masse d'hommes qu'ils ne purent en supporter le poids; et tous les compagnons du roi furent tués ou fait prisonniers, sauf trois seulement.

Cependant le roi Ban se vengea en tuant Ponce-Antoine, leur seigneur, et fit tant d'exploits, avec les trois hommes qui lui restaient, qu'il mit tous les Romains en fuite. Il les poursuivit tant que Claudas accourut à bride abattue au premier rang. Quand le roi Ban le vit, il prononça une parole digne d'un homme déshérité :

« Ah! Dieu, dit-il, je vois ici mon ennemi mortel. Seigneur Dieu, qui m'avez donné de si grands honneurs, accordez-moi de le tuer. Et que je meure avec lui, beau Seigneur Dieu, plutôt que de le laisser échapper vif, car toutes mes douleurs en seraient soulagées. »

Ils joutèrent l'un contre l'autre et le roi Ban abattit Claudas si durement que tout le monde crut qu'il était mort. Alors le roi

---

1. Cette phrase, qui figure dans la plupart des manuscrits, mais non dans BN 768, explique la présence de la reine et permet de mieux comprendre la suite de ce récit.

parti li rois Bans,] et fu mout liez, car bien cuidoit que sa
proiere fust aconplie ; si ferri tant des esperons qu'il vint a
Trebe. Dedanz lo quart jor fu pris li chastiax o Claudas seoit.
Et lors vint aseoir lo roi Ban dedanz Trebe. Et qant il sot que
cil n'estoit mie morz, s'en ot si grant duel an son cuer qe
onques puis fors n'en issi ; et bien fu puis aparissant.

Claudas sist devant Trebe mout longuement. Et li rois Bans
avoit pluseurs foiz envoié por secors au roi Artu, mais il avoit
tant a faire de maintes parz qu'il ne se pooit pas legierement
entremetre d'autrui besoigne. Et li rois Bohorz, ses freres, qui
mout li avoit aidié, gisoit do mau *(f. 2a)* de la mort, et chascun
jor corroie[nt] li forrier parmi sa terre, car ele marchissoit a la
terre de Benoyc par devers Trebe. Qant Claudas vit que il ne
panroit mie lo chastel legierement, si prist un parlement au roi
Ban, et donerent seürté li uns et li autres de sauf aler et de sauf
venir. Li rois Bans vint au parlement soi tierz sanz plus, si fu
ses seneschaus li uns des deus et uns suens chevaliers avocques.
Et autresins i vint Claudas soi tierz sanz plus. Et fu li
parlemenz tres devant la porte do chastel. Li chastiaus seoit en
haut, et l'oz estoit desoz logiez ; si estoit li tertres mout roistes
et mout anieus a monter.

Qant Claudas vit lo roi Ban, si se plaint de Poinçon
Anthoine premierement qu'il li avoit ocis. Et cil se plaint de sa
terre que il li avoit tolue sanz raison.

« Ge ne la vos toli mie, fait Claudas, por chose que vos
m'aiez faite, ne por haïne que j'aie a vos, mais por lo roi Artu
que vos tenez a seignor, car ses peres, Uter Pandragon, me
deserita. Mais se vos voliez, ge vos feroie biau plait. Saisisiez
moi de cest chastel, et gel vos randrai maintenant par tel covant
que tantost devandroiz mes hom et tanroiz de moi tote vostre
terre. »

« Ce ne ferai ge mie, fait li rois Bans, car ge me parjureroie
envers lo roi Artu cui huem ge sui liges. »

« Or vos dirai donques, fait Claudas, que vos feroiz. Anvoiez
au roi Artu que il vos secorre dedanz quarante jorz, et se
dedanz cel termine ne vos a secorreü, randez moi lo chastel et
devenez mes hom de tote vostre terre, et ge la vos acroistra de
riches fiez. »

Ban s'en alla. Il fut très heureux, pensant que sa prière était exaucée, et courut au galop jusqu'à Trèbe.

Dans les trois jours qui suivirent, Claudas prit le château dont il faisait le siège. Puis il vint devant Trèbe assiéger le roi Ban. Lorsque celui-ci apprit que Claudas n'était pas mort, un deuil si profond lui pénétra le cœur, qu'il ne put jamais en guérir, comme on le vit ensuite. Claudas assiégea Trèbe très longuement, et le roi Ban avait plusieurs fois envoyé des messages au roi Arthur pour demander du secours. Mais ce prince avait tant à faire pour lui-même de toutes parts qu'il ne pouvait pas facilement s'entremettre pour autrui. Le frère du roi Ban, le roi Bohort, qui l'avait beaucoup aidé, était malade du mal de la mort, et chaque jour les fourriers parcouraient sa terre, qui touchait à celle de Bénoïc du côté de Trèbe.

Quand Claudas vit qu'il ne prendrait pas aisément le château, il demanda une entrevue au roi Ban, et l'un et l'autre se garantirent la sécurité de l'aller et du retour. Le roi Ban vint à la conférence avec deux hommes seulement, dont l'un était son sénéchal et l'autre un de ses chevaliers. Claudas y vint de même avec deux hommes seulement, et l'entretien eut lieu juste devant la porte du château. La forteresse était située sur une hauteur ; en bas, l'armée de Claudas avait pris position ; et le tertre était très abrupt et difficile à escalader. Quand Claudas voit le roi Ban, il lui reproche tout d'abord d'avoir tué Ponce-Antoine. Le roi Ban lui reproche de s'être emparé de sa terre sans raison.

« Si je m'en suis emparé, dit Claudas, ce n'est pas que vous m'ayez fait aucun tort, ni que j'aie contre vous aucune haine, mais parce que vous reconnaissez pour seigneur le roi Arthur et que son père Uter-Pandragon m'a déshérité. Cependant, si vous le vouliez, je vous offrirais un bel arrangement. Saisissez-moi de ce château et je vous le rendrai tout de suite, étant entendu que vous deviendrez aussitôt mon homme et tiendrez de moi toute votre terre.

« Je ne le ferai pas, dit le roi Ban, car je me parjurerais envers le roi Arthur, dont je suis l'homme lige.

— Eh bien, reprend Claudas, je vais vous dire ce que vous ferez. Mandez au roi Arthur qu'il vous secoure dans les quarante jours, et si, dans ce délai, il ne vous a pas secouru, rendez-moi le château, devenez mon homme pour toute votre terre, et je vous l'accroîtrai de riches fiefs. »

Li rois dit qu'il s'en conseillera, et lo matin li savra a *(f. 2b)*
dire o mander lo quel il voudra faire, o lo randre, ou lo
contretenir.

Atant s'an parti li rois Bans; et ses seneschax fu remés un po
arieres, si parla Claudas a lui.

« Seneschax, fait il, ge sai bien que cist chaitis est malaureux,
car ja del roi Artu secors n'avra, si perdra tot par fole atante.
Et moi poise mout qant vos iestes antor tel home dont biens ne
vos puet venir, car trop ai oï dire biens de vos; et por ce vos
loeroie ge que vos en venissiez a moi. Et savez que ge ferai de
vos; ge vos afierai leiaument que ge vos donrai cest regne si
tost com ge l'avrai conquis, et toz seroiz sires de mon pooir. Et
se ge vos preign a force, ce pesera moi quant il covanra que ge
vos face mal assez, car ge ai juré sor sainz que ja nus n'iert a
force pris de ceste guerre qu'il ne soit ocis o emprisonez sanz
issir fors ja mais a nul jor. »

Tant ont parlé ensemble que li seneschax li fiance a aidier de
son pooir sanz lo cors son seignor traïr ne vendre. Et Claudas
li fiance maintenant que si tost com il avroit Trebe que il li
randroit tote la terre, et [il] an devandroit ses hom.

Atant departent, si s'en retorne Claudas a ses genz, et li
seneschax lo roi Ban revient a Trebe et dit au roi Ban que
Claudas a mout parlé a lui, et que trop voldroit s'amor avoir.

« Et que m'an loez vos? » fait li rois Bans.

« Quoi, sire? fait il; lo miauz que ge voie, si est que vos
meesmes ailliez crier merci au roi Artu, car bien sera gardé
jusq'a vostre revenue ce que vos avez a garder. »

Lors vient li rois a la reine, si li conte coment Claudas li avoit
requis a rendre son chastel.

« Et me viaut, fait il, jurer que tantost com il l'avra me reves
*(f. 2c)*tira et de cestui et de tote l'autre terre. Mais ge sai cestui

Le roi lui répond qu'il va délibérer et qu'au matin il lui dira ou lui fera savoir ce qu'il aura décidé, soit de se rendre, soit de résister. Après quoi il s'en va.

Son sénéchal était resté un peu en arrière et Claudas lui adresse la parole :

« Sénéchal, dit-il, je sais bien que ce malheureux court à sa perte ; car il n'aura pas de secours du roi Arthur et va tout perdre sur ce fol espoir. Quant à moi, je suis très fâché que vous soyez auprès d'un tel homme, dont aucun avantage ne vous peut venir, car j'ai entendu dire le plus grand bien de vous. Aussi vous conseillerai-je de vous rallier à moi. Et savez-vous ce que je ferai de vous ? Je vous promettrai loyalement que je vous donnerai ce royaume, aussitôt que je l'aurai conquis, et vous confierai le gouvernement de mes terres. Et si je vous prends par la force, je serai désolé du mal que je devrai vous faire. J'ai juré en effet, sur les Évangiles, que nul ne sera pris au combat dans cette guerre, qui ne soit exécuté ou mis en prison, sans possibilité d'en sortir, à tout jamais. »

Ils ont tant discuté ensemble que le sénéchal s'engage à aider Claudas de tout son pouvoir, sans trahir ni vendre la personne[1] de son seigneur ; et Claudas lui promet aussitôt que, dès qu'il aura Trèbe, il lui rendra toute la terre et le recevra dans son hommage. Alors ils se séparent et Claudas retourne auprès de ses gens.

Le sénéchal revient à Trèbe et dit au roi Ban que Claudas lui a longuement parlé et désire ardemment son amitié.

« Que me conseillez-vous ? dit le roi Ban.

— Comment, seigneur ? dit le sénéchal, ce que je vois de mieux à faire est que vous alliez crier merci vous-même au roi Arthur ; et, jusqu'à votre retour, ce que vous avez à garder sera bien gardé. »

Alors le roi se rend chez la reine et lui raconte comment Claudas lui a demandé de rendre son château.

« Il veut me jurer, dit-il, que, dès qu'il l'aura, il me revêtira[2] et de ce château et de toute la terre. Mais je le sais si déloyal

---

1. *la personne :* littéralement : le corps.
2. *revêtira :* terme du droit féodal, désigne l'acte ou la cérémonie par lesquels on met quelqu'un en possession, on « l'investit » (d'une terre ou d'une autorité).

a si desleial que se il avoit ores cest chastel, il ne me randroit ja
mais ne cestui ne de l'autre terre point. Mais ge l'an doi
respondre demain que g'en ferai, car il me requiert que ge envoi
a mon seignor lo roi Artu, et il me donra trives de cest chastel
desi que a quarante jorz, et se jusq'a quarante jorz [me secort]
mes sires li rois, a Dex ! tant bien ; et se il ne me secort, ge lo
revestira de cest chastel. »

La reine, qui mout crient lo deseritement, le loe que issi lo
face :

« Car quant li rois Artus vos sera failliz, qui vous aidera ja
mais ? »

« Dame, fait il, puis que vos vos i acordez, ge lo ferai. Et
savez vos que ge ai enpensé a faire ? Ge meesmes irai a mon
seignor lo roi, et si li crierai merci de mon deseritement ; et il en
avra greignor pitié que se ge n'i estoie, car il me verra en
present, car se ge i enveoie autre message rien ne valdroit, car
nus n'est si bien creüz de males noveles comme cil [qui porte]
anseignes aparisanz. Or vos apareillez, car vos en venroiz avec
moi, et ne manrons de nules genz que mon fil et un seul escuier,
qui nos fera ce que il nos sera mestiers, car ge voil que granz
pitiez praigne mon seignor lo roi de ma grant dolor, qant il la
verra. Et sachiez que nos movrons encor annuit, et gardez que
vos preigniez tot lo tresor que vos porroiz çaianz trover et
savoir, et de joiax et de vaisselemente, et si metez tot an mes
granz coffres ; car ge ne sai quex chose est a avenir de mon
chastel ainz que ge reveigne, que por nule rien ge ne vouroie
que vos remansisiez en aventure, ne mie por ce que ge n'ai mie
paor de cest chastel qu'il soit ja pris a force, mais *(f. 2d)* nus ne
se puet garder de traïson. »

Ensi comme li rois l'a devisé s'aparoille la reine, et qant ele
a son oirre aparellié, ele li dist que tote est preste. Lors eslit li
rois de toz ses vallez celui o il plus se fiot, et li dit que il gart
que riens ne faille a son roncin, car chevauchier lo covendra
encor anuit. Li vallez ama mout son seignor, si fist mout tost

que, s'il en était aujourd'hui le maître, il ne me rendrait jamais ni ce château ni aucune partie de ma terre. Je dois lui dire demain ce que je déciderai ; car il me propose d'envoyer un messager auprès du roi Arthur, et il me donnera, dit-il, une trêve de quarante jours. Si dans les quarante jours monseigneur le roi vient à mon secours, Dieu soit loué ! Et s'il ne me secourt pas, je revêtirai Claudas de ce château. »

La reine, qui a grand'peur d'être déshéritée, lui conseille d'accepter, car :

« Quand le roi Arthur vous aura fait défaut, dit-elle, qui vous aidera jamais ?

— Dame, dit-il, puisque vous en êtes d'accord, je le ferai. Et savez-vous à quoi je pense ? Je me rendrai moi-même chez monseigneur le roi, je lui crierai merci de mon déshéritement et mon malheur lui inspirera d'autant plus de pitié, quand il me verra en personne. Envoyer un messager ne servirait à rien. Quand il s'agit de mauvaises nouvelles, on ne croit que celui qui en apporte les preuves évidentes. À présent préparez-vous, car vous viendrez avec moi. Nous n'emmènerons d'autres gens que mon fils et un seul écuyer, qui nous fera le service dont nous aurons besoin ; car je veux que le roi ait pitié de ma grande douleur, quand il la verra. Sachez que nous partirons cette nuit même. Ayez soin d'emporter tout le trésor que vous pourrez trouver ici de joyaux et de vaisselle et mettez le tout dans mes grands coffres. Je ne sais ce qui peut advenir de mon château, avant que je revienne, et je ne voudrais pour rien au monde que vous demeuriez en péril, non que j'aie peur que ce château soit jamais pris de force, mais nul ne peut se garder de la trahison. »

La reine se prépare comme le roi le lui a demandé ; et lorsque ses bagages sont faits, elle lui dit qu'elle est toute prête. Alors le roi choisit parmi tous ses valets[1] celui qui lui paraissait le plus digne de confiance et lui dit d'avoir soin que rien ne manque à son cheval, car il lui faudra chevaucher cette nuit même. Le valet aimait beaucoup son seigneur. Il se hâta

---

1. *valet* : jeune noble au service d'un seigneur et qui n'est pas encore chevalier. S'il l'est, ce n'est plus un *valet*, mais un *bachelier*.

son comandement, et il avoit roncin grant et fort et tost alant
et bien apareillié de totes choses. Et lors vient li rois a son
seneschal, si li descuevre son corage : coment il viaut a la cort
lo roi Artu aler :

« Et ge me fi plus en vos que an nul home, car mout vos ai
tozjorz amé, si vos comant mon chastel a garder autresi come
lo cuer de mon ventre. Et demain me diroiz au roi Claudas que
ge ai anvoié a mon seignor lo roi Artu, et li feroiz tel seürté con
il voudra, que se ge ne sui par mon seignor lo roi Artu secorruz
dedanz quarante jorz, del chastel lo revestirai a son plaisir.
Mais gardez que il ne sache ja que ge soie hors de çaianz meüz,
car petit priseroit puis lo tenement del chastel que ge seroie
hors. »

« Sire, fait li traïtes, n'avez garde, car ge an penserai mout
bien. »

Cele nuit se coucha li rois auques par tans, car les nuiz
estoient cortes. Et ce fu, ce dit li contes, la nuit de la Miaoust,
a un venredi a soir. Li rois fu en effroi del veage que il avoit a
faire, car mout li estoit sor lo col, si se lieve bien trois liues ainz
lo jor. Et qant les seles furent mises et tot atorné, si commanda
a Deu son seneschal et totes les autres genz. Et lors s'en ist li
rois par un petit poncel de cloies *(f. 3a)* qui estoit sor la petite
riviere qui desouz le chastel corroit. Ne li chastiax n'estoit asis
que d'une part, et si estoit li sieges lo plus de trois archiees loign
la o il estoit plus pres, car par devers lo tertre i avoit et monz
et vax et mout males avenues, que par la riviere de l'autre part
ne poïs[sen]t nules genz seoir, car li marelz i estoit granz et
parfonz, ne il n'i avoit de totes voies que une petite chauciee
estroite qui duroit de lonc plus de deus boenes liues.

Par cele chauciee s'an va li rois, s'an maine sa fame sor un
palefroi grant et bel et anblant soef, et uns escuiers preuz et de

d'exécuter son ordre. Il avait un grand roussin[1], fort, rapide, et en tous points bien équipé. Alors le roi va trouver son sénéchal ; il lui ouvre son cœur et lui révèle qu'il veut se rendre à la cour du roi Arthur.

« Je me fie plus en vous qu'en personne, lui dit-il, car je vous ai toujours beaucoup aimé. C'est pourquoi je vous donne mon château à garder comme mon propre cœur. Demain vous direz de ma part au roi Claudas que j'ai envoyé un messager à monseigneur le roi Arthur ; et vous lui garantirez, sous telle sûreté qu'il lui plaira, que, si je ne suis secouru par monseigneur le roi Arthur dans les quarante jours, je le revêtirai du château selon son bon plaisir. Mais prenez garde qu'il n'apprenne jamais que je suis parti. Car il ferait peu de cas de la résistance de ce château, dès lors que je n'y serais plus.

— Seigneur, dit le traître, n'ayez crainte. J'y veillerai avec le plus grand soin. »

Cette nuit-là le roi se coucha d'assez bonne heure, car les nuits étaient courtes. On était, dit le conte, à la nuit de la mi-août, un vendredi soir. Le roi était effrayé du voyage qu'il avait à faire, car c'était une rude besogne. Aussi se lève-t-il plusieurs heures avant le jour[2]. Quand les selles sont mises et que tout est prêt, il dit adieu à son sénéchal et à tout le monde. Puis il s'en va par un pont de branchages, posé sur la petite rivière qui courait au pied du château. Le château n'était assiégé que d'un seul côté et les assiégeants, là où ils étaient le plus près, étaient à trois portées d'arc au moins. En effet, du côté du tertre, il y avait un terrain accidenté et des accès très difficiles. De l'autre côté, sur la rivière, on ne pouvait pas mettre le siège, car il y avait un marais large et profond et, pour tout chemin, une petite chaussée[3] étroite qui s'étendait sur plus de deux bonnes lieues. Par cette chaussée s'en va le roi. Sa femme l'accompagne sur un grand et beau palefroi, qui trotte en souplesse, ainsi

---

1. *roussin* ou *roncin* : bon et solide cheval à tous usages, aussi éloigné du « sommier » (bête de somme) que de ces bêtes de grand prix que sont le « destrier » (cheval de combat), le « chasseur » (cheval de chasse) et le « palefroi » (cheval de marche et de cérémonie).

2. *plusieurs heures avant le jour* : littéralement : (le temps qu'il faut pour parcourir) trois lieues avant le jour.

3. *chaussée* : levée de terre servant de route. La levée de la Loire est une « chaussée ».

grant servise, qui l'anfant en portoit devant lui sor un grant roncin en un breçuel. Li rois chevauchoit un palefroi que bien avoit esprové a bien portant, et fait mener a un suen garçon a pié un suen cheval qui mout estoit de grant bonté. Et si porte li escuiers son escu, et li garçons qui seoit sor lo cheval menoit devant lui un somier, et porte lo glaive lo roi. Li somiers estoit mout bien chargiez de joiaus et de vaisselemente et de deniers. Li rois chevauche en chauces de fer et an son auberc, et s'espee ceinte, sa chape a pluie afublee, et va en la rote toz derriens.

Et tant a chevachié qu'il vint hors des marois, et antre en une forest. Et qant il ot chevauchié de la forest entor demie loee, si antre en une mout bele lande o il avoit esté mainte foiee. Tant a alé li rois et sa conpanie que il vint sor un lac, qui el chief de [la] lande estoit, au chief d'un mout haut tertre dont l'an pooit sorveoir tot lo païs. Et lors estoit ajorné. *(f. 3b)*

[L]i rois dit que il ne se movra d'iluec devant ce qu'il soit un poi esclarci, si descent, car il a talant de monter el tertre an haut por son chastel esgarder que il amoit sor toz les chastiax do monde. Tant atant li rois que il fu auques esclarci, et il monte an son cheval, si laisse la reine et sa conpaignie aval sor lo lac, qui mout estoit granz.

Li lais estoit apelez, des lo tens as paiens, li lais Dianez. Diane fu reine de Sezile et regna au tans Virgile, lou bon autor, si la tenoient la fole genz mescreanz qui lors estoient por deesse. Et c'estoit la dame del monde qui plus amoit deduit de bois et tote jor aloit chacier, et por ce l'apeloient li mescreant la deesse del bois.

Cele forez, ou li lais estoit, passoit totes les forelz de Gaule et de la Petite Bretaigne si come de forelz petites, car ele n'avoit que dis liues englesches de lonc et set ou sis de lé, et s'avoit non Bois en Val. Li rois apuie le tertre, car mout viaut lo chastel

qu'un écuyer preux et habile au service, monté sur un grand roussin, et qui emporte l'enfant devant lui dans un berceau. (Le roi monte un palefroi, dont il connaît bien les qualités, et fait mener par un garçon à pied l'un de ses chevaux, qui est d'une grande valeur. L'écuyer porte son écu. Le garçon, qui est assis sur le cheval, pousse devant lui une bête de somme et porte la lance du roi[1].) La bête de somme est chargée de joyaux, de vaisselle et d'argent. Le roi chevauche en chausses de fer et haubert, son épée ceinte, sa cape à pluie agrafée, et il est le dernier de la troupe.

Il a tant chevauché qu'il est sorti des marais et pénètre dans une forêt. Quand il a chevauché encore une demi-lieue dans la forêt, il entre dans une belle lande, où il était allé maintes fois. Le roi et sa suite arrivent au bord d'un lac, qui était au bout de la lande, au pied d'un très haut tertre, d'où l'on pouvait observer tout le pays. Le jour commençait à se lever. Le roi dit qu'il n'ira pas plus loin, avant qu'il fasse un peu plus clair, et il met pied à terre ; car il désire monter en haut du tertre, pour contempler son château, qu'il aimait plus que tous les châteaux du monde. Il attend donc qu'on y voie assez clair et gravit le tertre à cheval, laissant la reine et sa compagnie en bas, au bord du lac, qui était très grand.

Le lac s'appelait, depuis le temps des païens, le lac de Diane. Diane était une reine de Sicile et régnait au temps de Virgile, le bon auteur. Les sottes gens mécréantes, qui vivaient alors, la prenaient pour une déesse ; et c'était la dame du monde qui aimait le plus les plaisirs des bois. Tous les jours elle allait à la chasse et c'est pourquoi les mécréants l'appelaient la déesse des bois. Cette forêt, qui entourait le lac, surpassait en beauté toutes les forêts de la Gaule et de la Petite-Bretagne, pour ce qui est des forêts petites. Car elle n'avait que dix lieues anglaises de long et six ou sept de large. Et elle était appelée Boisenval.

Le roi gravit la colline, car il a un grand désir de voir le

_____

1. Ces quelques lignes pourraient être l'effet d'un remaniement dont notre texte montre quelques rares exemples. Elles s'accordent mal avec ce qui précède et avec ce qui suit, où l'on ne mentionne qu'un seul serviteur, l'écuyer, participant au voyage. À moins que le « garçon à pied », qui va à cheval, ne soit considéré comme quantité négligeable.

veoir que tant amoit. Mais or laisse li contes un po a parler de
lui et parole de son seneschal.

Ce dit li contes que qant li rois Bans si fu partiz del chastel
de Trebe, et li seneschaus, qui n'ot pas obliees les fiances de lui
et de Claudas, issi fors de la vile et vint a Claudas, si li dist :
« Sire, ge vos aport boenes noveles, ne onques si bien n'avint
a home com a vos, se vos me volez tenir mes covenances, car
vos poez prandre orendroit cest *(f. 3c)* chastel sanz nule
desfense. »
« Commant ? fait Claudas ; ou est dons li rois Bans ? »
« Certes, fait cil, il l'a guerpi et s'en vont entre lui et ma dame
la reine et un suen escuier sanz plus de gent. »
« Or me randez dont, fait Claudas, lou chastel, et ge vos
randrai lo chastel et tote la terre aprés, et an devendroiz
diemenche aprés la messe mes hom, qu'il sera li jorz de la
Miaoust, et veiant toz mes barons. »
De ceste chose est mout liez li seneschaus, si li dit :
« Sire, ge m'en irai et vos laisserai les portes desfermees. Et
lor dirai que nos avons boenes trives, si se reposeront volentiers, car assez ont mesaise. Et qant vos et voz genz seroiz
dedanz, si vos tenez tuit quoi jusq'au maistre chastel, et ansins
porroiz tot prendre sanz arest. »
Ensins parole li traïtres a Claudas, et puis s'en reva el
chastel. Et qant il fu dedanz, si ancontre un chevalier, filluel lo
roi Ban, qui mout estoit de grant proesce. Cil gaitoit totes les
nuiz, armez de totes armes ; et qant il vit venir lo seneschal de
la hors, si li demanda dont il venoit et a qel besoign il estoit a
tel hore fors issuz.
« Ge vaign, fait li traïtres, de Claudas la defors de prendre

château qu'il aimait tant. Mais ici le conte cesse un moment de parler de lui et parle de son sénéchal.

CHAPITRE II

Prise de Trèbe

Le conte dit que, quand le roi Ban fut parti du château de Trèbe, le sénéchal, qui n'avait pas oublié son pacte avec Claudas, sortit de la ville, vint trouver Claudas et lui dit :

« Seigneur, je vous apporte de bonnes nouvelles. Jamais personne n'a eu plus de chance que vous, si vous voulez bien me tenir les promesses que vous m'avez faites. Car vous pouvez prendre tout de suite ce château sans nulle défense.

— Comment ? dit Claudas. Où donc est le roi Ban ?

— En vérité, reprit le sénéchal, il est parti. Il emmène avec lui madame la reine et un de ses écuyers pour toute escorte.

— Eh bien ! dit Claudas, saisissez-moi du château et je vous le rendrai et toute la terre aussi. Dimanche, après la messe, vous en deviendrez mon homme — ce sera la fête de la mi-août — et devant tous mes barons. »

De ces paroles le sénéchal est fort aise. Il dit à Claudas :

« Seigneur, je m'en vais. Je vous laisserai les portes déverrouillées et je dirai à nos gens que nous avons de bonnes trêves. Ils se reposeront volontiers, car ils ont été à dure épreuve. Quand vous serez entrés, vous et vos hommes, allez, sans faire aucun bruit, jusqu'au maître château et vous pourrez tout prendre sans résistance. » Ainsi parle le traître ; puis il revient au château.

Une fois rentré, il rencontre un chevalier, filleul du roi Ban, homme d'une grande prouesse, qui montait la garde toutes les nuits, armé de toutes armes. Voyant que le sénéchal arrive du dehors, le chevalier lui demande d'où il vient et quel besoin il avait de sortir à cette heure.

« Je viens du dehors, dit le traître. Je suis allé au camp de

trives qu'il avoit otroiees a mon seignor lo roi et lo vostre. »

Qant cil l'antant, si li fremist toz li cuers, car mout avoit grant paor de traïson, si li dit :

« Certes, seneschax, a tel ore ne vient on mies de prendre trives au mortel anemi son seignor, qui leiaument en viaut ovrer. »

« Comment ? fait li seneschax ; tenez me vos por desleial ? »

« Dex vos en desfande, fait li chevaliers, qui avoit non Banins, que vos n'an aiez faite desleiauté ne ne façoiz. »

Itant en dist et plus en eüst parlé *(f. 3d)* se il osast, mais li seneschax avoit la force, si lo feïst tost ocirre, si an laissa la parole atant. Et li seneschax dit a cels qui veilloient que il ont boenes trives, Deu merci, si les fait toz aler couchier ; et il se reposent mout volentiers, car il estoient mout travaillié. Mais Banyns n'a pas talant d'aler dormir, ançois se met an agait, si est montez en une tornele por savoir que cil dehors feroient, et se cil dedanz lor iroient la porte ovrir. Mais de ce est il deceüz que les portes sont desfermees. Et qant il se regarde, si voit venir jusqu'a vint chevaliers toz les hiaumes laciez, et après en vienent vint, et ensins en vienent vint et vint jusqu'a deus cenz. Lores soupece il bien que la vile sera traïe, et il devale les degrez des murs contraval, si crie a haute voiz : « Traï ! Traï ! » parmi lo chastel. Ne ancor ne cuidoit il pas que les portes fussient deffermees.

Li criz est levez parmi lou chastel, et cil corrent a lor armes qui estoient desgarni. Mais tantost se mistrent li chevalier Claudas dedanz la premiere porte. Et qant Banins les voit, si a tel duel que par un po qu'il ne forsanne. Si lor adrece tot a pié et fiert si durement lo premier parmi l'escu et parmi lo hauberc, que parmi lo cors li met lo glaive d'outre en outre, si lo ruie mort. Et li autre laissent tuit corre a pié et a cheval. Et il voit que se il fuit au maistre chastel, ançois que il i soit venuz l'avront il abatu deus foiz ou trois, car il sont monté, et il est a pié. Lors se refiert sor les murs par les degrez, et vait toz les aleors tant que il est venuz a l'uis de la grant tor. Et maintenant lieve après lui un pont torneïz, si trueve dedanz sergenz qui la tor gardoient, dont li uns li a l'uis overt, et li autre estoient

Claudas conclure la trêve, qu'il a accordée au roi mon seigneur et le vôtre. » En entendant ces mots, le chevalier frémit, car il a grand'peur d'une trahison, et dit :

« En vérité, sénéchal, on ne va pas à pareille heure conclure une trêve avec l'ennemi mortel de son seigneur, quand on veut agir loyalement.

— Comment, dit le sénéchal, me prenez-vous pour un traître ?

— Que Dieu vous garde, dit le chevalier, qui s'appelait Banin, d'avoir commis ou de commettre jamais une trahison. »

Il s'en tint là. Il en eût dit davantage, s'il l'eût osé ; mais le sénéchal détenait le pouvoir et eût tôt fait de le livrer à la mort. Aussi préféra-t-il se taire. Le sénéchal dit à ceux qui veillaient qu'ils ont une bonne trêve, Dieu merci, et il les envoie tous se coucher. Ils prennent du repos d'autant plus volontiers qu'ils étaient recrus de fatigue. Toutefois Banin n'a pas envie d'aller dormir. Il se met aux aguets. Il monte dans une tourelle pour savoir ce que feront ceux du dehors et si ceux du dedans iront leur ouvrir la porte. Mais il est trompé dans son attente, parce que les portes sont déjà déverrouillées. Quand il regarde, il voit venir jusqu'à vingt chevaliers, tous avec les heaumes lacés, puis vingt autres, et ainsi de suite, par groupes de vingt, jusqu'à deux cents. Alors il se doute bien que la ville sera trahie. Il dévale en hâte l'escalier des remparts et crie à pleine voix : « Trahi ! Trahi ! » à travers le château ; et encore ne pensait-il pas que les portes fussent déverrouillées. L'alarme se répand à travers la ville et ceux qui étaient désarmés se précipitent sur leurs armes. Mais bientôt les chevaliers de Claudas ont pénétré à l'intérieur de la première porte. Quand Banin les voit, il en a une telle douleur que peu s'en faut qu'il n'en perde le sens. Il s'élance contre eux, bien qu'il soit à pied, et frappe si durement le premier, sur son écu et sur son haubert, qu'il lui transperce le corps de sa lance et l'abat mort. Tous les autres lui donnent la chasse, à pied et à cheval, et il voit bien que, s'il fuit vers le maître château, avant qu'il y soit arrivé, ils auront eu deux ou trois fois le temps de l'abattre, car ils sont à cheval et il est à pied. Il remonte alors sur les murs par les escaliers, court à toute allure jusqu'à ce qu'il arrive à la porte de la grande tour, relève immédiatement derrière lui un pont-levis, et trouve à l'intérieur des sergents, qui gardaient la tour et dont l'un lui

(f. 4a) tuit el baille aval por dormir, car aseür cuidoient estre
tuit.

Ez une partie des chevaliers Claudas qui venoient aprés lui
toz les murs, car il lo voloient prandre. Et qant il voient qu'il
ont a lui failli, si s'en retornent. Et li autre orent porpris lo petit
chastel ançois que les genz se poïssent estre aüné laianz. Et li
criz estoit si granz que l'an n'i oïst Deu tonant.

A cels criz et a cels noises sailli hors li seneschax et fist
sanblant de soi desfandre, autresins come se il ne seüst rien de
l'aventure, si en comance son seignor a regreter. Et Banyns, qui
de la tor en haut se fu saisiz, li com[anc]e a huchier :

« Haï ! fiz a putain ! murtriers ! Tot ce nos avez vos porchacié, si avez traï vostre lige seignor, qui de neiant vos a mis a
grant hautesce, si li avez tolue tote l'esperance qu'il avoit de sa
terre recovrer. Mais a autresin boen gré em puissiez vos venir
en la fin com fist Judas qui traï celui qui en terre estoit venuz
por sauver lui et les autres pecheors se an lui ne remansist, car
bien avez faites les ovres Judas. »

Ensin parloit Banyns de la tor au traïtor. Et tot maintenant
fu pris li petiz chastiaus et totes les autres forteresces fors la tor.
Mais d'une chose fu Claudas mout corrociez, que ne sai li qex
de ses homes mist an la vile lo feu, si fu la richesce des beles
maisons arse et fondue. Aprés ce se tindrent mout et se
desfandirent cil de la tor, si n'estoient il que quatre seulement,
dont li troi estoient serjant et Banyns estoit li qarz ; si tuerent
des genz lo roi Claudas a grant planté an lor desfense.

Au quint jor fist Claudas une perriere asseoir devant la tor,
ne plus n'an i pot seoir. *(f. 4b)* Mais ja par la perriere ne fussient
pris, se ne fust que il n'avoient que mangier ; et neporqant
mout se desfandirent durement. Mais sor trestoz les autres se
desfandoit Banyns et mout ocist des genz Claudas a pex aguz
et a pierres cornues que il lor lançoit. Si durement se desfandoit

avait ouvert la porte. Les autres étaient descendus au bourg
pour dormir, car ils se croyaient tous en sécurité. Arrive un
certain nombre des chevaliers de Claudas, qui couraient derrière lui tout le long des remparts, car ils voulaient le prendre ;
et quand ils voient qu'il leur est échappé, ils s'en retournent.
Les autres avaient investi le petit château, avant que les gens de
la ville eussent pu se rassembler. Et le vacarme était tel qu'on
n'aurait pas entendu Dieu tonner.

En entendant ces cris et ce tumulte, le sénéchal sort et fait
semblant de se défendre, comme s'il ne savait rien de ce qui se
passait. Et il commence à se lamenter sur son seigneur. Mais
voici que Banin, qui s'est posté en haut de la tour, l'interpelle
publiquement :

« Ah ! fils de pute, assassin ! c'est vous qui nous avez fomenté
tout cela ; vous avez trahi votre seigneur lige, qui du néant vous
avait élevé aux grands honneurs ; vous lui avez ôté toute
l'espérance qu'il avait de recouvrer sa terre. Mais puissiez-vous
en être remercié à la fin tout autant que Judas, qui trahit celui
qui était venu sur terre pour le sauver lui-même, avec les autres
pécheurs, si lui-même ne l'en avait empêché. Car vous avez
bien fait les œuvres de Judas. »

Ainsi parlait Banin, en s'adressant au traître du haut de la
tour. Bientôt furent pris le petit château et toutes les forteresses, sauf la tour. Mais un événement se produisit dont
Claudas fut très mécontent. On ne sait lequel de ses hommes
mit le feu dans la ville et la richesse des belles maisons fut
brûlée et anéantie. Ensuite ceux de la tour résistèrent et se
défendirent très bien. Pourtant ils n'étaient que quatre, dont
trois étaient des sergents et le quatrième était Banin. Et, dans
leur défense, ils tuèrent des gens de Claudas en grand nombre.
Le cinquième jour, Claudas fit dresser une pierrière[1] devant la
tour, car on ne pouvait en mettre davantage. Mais ils ne se
seraient pas rendus pour autant, s'ils avaient eu de quoi
manger. Malgré cela ils se défendirent avec beaucoup d'achar-
nement et plus que tous les autres se défendait Banin. Il tua
beaucoup des hommes de Claudas avec les pieux aigus et les
pierres tranchantes qu'il leur lançait. Il fit une si belle défense

---

1. *pierrière :* pierrières et mangonneaux sont des machines de guerre, qui
lancent des pierres, ici pour démolir les murs de la tour.

Banyns et tant soffri que trop s'en merveillierent tuit ; et dist
Claudas, qant il l'oï nomer et il ot oïes ses granz proeces, que
se il avoit un si preudechevalier et si leial vers lui, il lo tanroit
plus chier que soi meïsmes.

Puis que tote raisnable viande lor fu faillie, se tindrent cil de
la tor trois jorz antiers, et lors furent trop aquis d'angoisse de
fain. Si lor avint la tierce nuit qu'il pristrent en un crués de la
tor un chavan, car d'autres oisiax n'i avoit nul por les cox de la
perriere qui les an avoit chaciez. De ceste avanture s'esbaudi-
rent mout. Et si les avoit la perriere si estoutoiez, et les murs
peçoiez et estonez.

Et Claudas apela un jor Banyn, si li dist :

« Banyn, car te ranz, car autrement ne te puez tu mie
longuement tenir. Et ge te donrai assez chevax et armes et
despense jusque la ou tu vouras aler. Et se tu a moi voloies
remanoir, se Dex m'aïst et li saint de cele eglise », si tant sa
main vers une chapele, « ge t'ameroie plus que chevalier que ge
eüsse onques por la grant proesce et por la grant leiauté qui est
an toi. »

Ensins l'en pria Claudas maintes foiz. Et cil li dist un jor,
ensin conme cil qui mout estoit dolanz et entrepris :

« Sire Claudas, sire Claudas, bien sachiez, qant ge me
randrai a vos, que j'avrai tel essoigne aparissant que ja nus ne
m'en blasmera ; et qant ge me ran*(f. 4c)*drai a vos ne a autrui, ge
ne me randrai pas comme traïtres. »

Tant se tint laianz Banyns qe mout afebli de fain et il et si
conpaignon, et chascun jor li pria Claudas de rendre, car trop
lo dessirroit a avoir, car trop lo prisoit por la grant proesce que
il avoit an lui veüe. Qant Banyns voit que tenir ne se porroit et
que il lo covendroit a rendre por lo defaut de la viande et par
la perriere qui trop les avoit estoutoiez, si commença duel a
faire trop grant. Et si compaignon, qui plus ne pooient la fain
soffrir, li distrent qu'il se randroient, car del plus tenir n'estoit
il riens. Et il lor dist :

« Or ne vos esmaiez, car ge rendrai la tor et sera fait a tel
honor que ja n'en serons blasmé. Ne ge ne sui pas mains lassez
ne mains fameilleus d'un de vos ; mais quant grant angoisse

et endura de telles souffrances que tous s'en émerveillaient. Quand Claudas entendit parler de lui et qu'il eut appris ses grandes prouesses, il dit que, s'il avait un chevalier aussi vaillant et aussi loyal à son égard, il en prendrait plus de soin que de lui-même.

Après que toute nourriture acceptable leur eut fait défaut, les défenseurs de la tour résistèrent encore trois jours entiers ; puis ils furent trop accablés par l'angoisse de la faim. Il leur advint, la troisième nuit, qu'ils prirent, dans une crevasse de la tour, un chat-huant ; car il n'y avait plus aucun oiseau, le martèlement de la pierrière les avait tous chassés. Ils se réjouirent fort de cette aventure. Pourtant la pierrière les avait comme assommés et les murs étaient fendus et éclatés.

Un jour Claudas appela Banin et lui dit : « Banin, rends-toi, tu ne peux tenir longtemps ; et je te donnerai assez de chevaux, d'armes et d'argent pour aller où tu voudras. Mais si tu voulais rester avec moi, que Dieu m'en soit témoin et les saintes reliques de cette église, dit-il en tendant la main vers une chapelle, je t'aimerais plus qu'aucun chevalier que j'aie jamais eu, pour la grande prouesse et pour la grande loyauté qui sont en toi. »

Claudas le pria ainsi à maintes reprises. Un jour enfin Banin lui répondit, comme un homme pénétré de douleur et d'accablement : « Sire Claudas, sire Claudas, sachez bien que, quand je me rendrai, ce sera pour une si bonne raison et si évidente que personne ne m'en blâmera. Quand je me rendrai, à vous ou à quiconque, je ne me rendrai pas comme un traître. »

Banin demeura dans la tour si longtemps que lui-même et ses compagnons étaient très affaiblis par la faim. Chaque jour Claudas le priait de se rendre, parce qu'il désirait se l'attacher et le tenait en haute estime pour la grande prouesse qu'il avait vue en lui.

Quand Banin comprit qu'il ne pouvait tenir et qu'il lui faudrait se rendre, à cause du manque de nourriture et de la pierrière, qui les avait trop malmenés, il commença de se désoler. Ses compagnons, qui ne pouvaient plus endurer la faim, lui dirent qu'ils allaient se rendre, car il ne servait à rien de tenir davantage. Il leur répondit :

« Ne vous inquiétez pas ; car je rendrai la tour, mais ce sera fait avec tant d'honneur que jamais nous n'en serons blâmés. Je ne suis pas moins las ni moins affamé qu'aucun de vous.

maine home et il doit faire meschief, totesvoies doit il s'onor garder. »

Celui jor reparla Claudas a lui et li demanda qu'il avoit en talant affaire, ou del rendre ou del tenir.

« Sire, fait il, ge me sui conseilliez a mes conpaignons, si me loent que nos teigniens ceste tor, car nos n'avons a grant piece garde de perriere ne d'autre engin. Mais ge ne voil plus prendre sor moi lo fais, que plus prodome et plus riche de moi l'ont laissié aler. Ors me sui conseilliez que ge vos rendrai la tor et mes compaignons et moi, car il m'est avis que ge ne la porroie rendre a plus preudome, et si nos retanroiz o vos. Mais avant nos feroiz seürs que vos nos garderoiz envers toz homes et nos tandroiz a droit en vostre maison envers totes genz en tel maniere que se nus *(f. 4d)* nos set que demander, par vos ferons droit, et se nos savons a home de vostre pooir rien que demander, droit nos en faites. »

Ceste covenance lor otria Claudas a tenir, et fist aporter les sainz, si lor jura au pié de la tor. Et lors issirent hors de la tor, si mist Claudas sa garnison dedanz. Et mout honora Banyn et mout fu amez de son cuer, por ce que de grant proesce l'avoit veü.

Dedanz lo tierz jor avint que li seneschax demanda ses covenances; et il dist que mout volentiers les li randroit, et si comança a querre aloignes. Et tant alerent les paroles que Banins en sot une partie. Lors vient a Claudas la ou il estoit entre ses barons, si li dist :

« Sire, ge voil bien que tuit cist baron sachent que ge me rendi a vos por ce que vos me garantissiez devant toz homes et tenissiez a droit envers toz cels qui rien me voudroient ne savroient qe demander, et [de] toz cels cui ge savroie rien que demander en vostre pooir, me feïssiez droite justise. »

Et Claudas lo li conoist bien.

« Sire, fait il, or vos pri ge donc et requier que vos teigniez del seneschal droiture, qui ci est, come de celui qui est traïtres et parjurs envers Deu et envers son seignor terrien. Et se il ceu ose

Mais quand une grande angoisse étreint un homme et qu'il doit souffrir son infortune, il doit toujours garder son honneur. »

Ce jour-là Claudas lui parla une nouvelle fois et lui demanda ce qu'il voulait faire : se rendre ou résister. Banin répondit :

« Seigneur, j'ai pris conseil de mes compagnons et ils sont d'avis que nous devons tenir cette tour, car nous n'avons rien à craindre avant longtemps ni d'une pierrière ni d'un autre engin. Mais je ne veux plus prendre sur moi la tâche dont de plus prud'hommes et de plus puissants que moi se sont déchargés. J'ai donc décidé de vous rendre la tour, mes compagnons et moi ; car je pense que je ne pourrai les rendre à un plus prud'homme, et vous nous retiendrez avec vous. Mais auparavant vous nous donnerez l'assurance que vous nous protégerez envers tous hommes et nous tiendrez selon les règles du droit dans votre maison, envers toutes gens, de telle manière que, si quelqu'un veut se plaindre de nous, nous lui ferons droit par votre jugement, et si nous avons à nous plaindre d'un homme qui relève de votre pouvoir, vous devrez nous en faire droit. »

Claudas consentit à prendre cet engagement. Il fit apporter les Livres saints et prêta serment au pied de la tour. Alors ils sortirent de la tour et Claudas y mit garnison. Il honora beaucoup Banin qu'il aimait de tout son cœur pour sa grande prouesse.

Dans les deux jours qui suivirent, le sénéchal demanda à Claudas de tenir ses promesses. Il lui répondit qu'il le ferait bien volontiers et commença à chercher des échappatoires. L'affaire s'ébruita au point que Banin en sut quelque chose. Alors il vint trouver Claudas au milieu de ses barons et lui dit :

« Seigneur, je veux que tous ces barons sachent que je me suis rendu à vous sous la condition que vous me garantiriez devant tous hommes et me tiendriez selon les règles du droit envers tous ceux qui voudraient ou pourraient se plaindre de moi ; et de tous ceux dont je pourrais me plaindre et qui seraient en votre pouvoir, vous me feriez droite justice. »

Claudas lui en donne acte.

« Seigneur, dit Banin, je vous prie donc et vous requiers que vous me fassiez justice du sénéchal ici présent, comme on doit le faire de celui qui est traître et parjure envers Dieu et envers son seigneur terrien. S'il ose nier qu'il soit, envers Dieu et

neier que il ne soit vers Deu et vers son seignor lige traïtres et
parjurs, ge sui prelz que ge lo mostre vers son cors orandroit ou
a itel jor comme vos voudroiz. »

« Oiez, seneschal, fait Claudas, que cist chevaliers a dit sor
vos. Ensins seroiie ge mout engigniez qant ge vos ameroie et
essauceroie a mon pooir, et vos seriez vers moi traïtres. »

« Sire, fait cil, il n'a si bon chevalier souciel ne si prisié, *(f. 5a)*
s'il voloit mostrer que ge eüsse faite envers vos traïson, qe ge ne
m'en deffendisse. »

« Tenez mon gaige, fait Banyns, de mostrer contre son cors
que ge ai oïe et veüe la traïson que il a faite envers son seignor
lige terrien. »

Or ot Claudas tel chose qui li siet et plaist, car il meïsmes lo
haoit trop por la traïson que il avoit faite, si est mout liez qant
il trueve achoison raisnable par quoi il puisse perdre l'anor que
il li avoit promise. Si li demande que il en fera.

« Sire, fait li seneschax, conseilliez moi vos meïsmes, car cist
me het de mort por vos, ne por autre chose ne m'an apele. »

« Des ici, fait Claudas, vos en conseillerai. Se vos en iestes
saus, si vos en desfandez seürement, car vos n'iestes pas mains
forz, ne mains corsuz de lui, ne mains prisiez d'armes n'iestes
vos mie. Se il m'an apeloit autresins comme il fait vos, dont
seroie ge honiz se ge ne m'en deffandoie. Et sachiez que vos
n'avez garde de nul home que de son cors, ne il de nul home
fors de vos seul. Et se vos ne vos en deffendez, dont senblez vos
bien home qui se sante corpables de traïson. »

Tant lor dist Claudas que il ont endui donez lor gages an sa
main, et il apele après lo seneschal et li dit :

« Seneschax, ge vos ai tenu et cuidié jusque ci a mout leial, et
Bans li rois, vostre sires, vos i tesmoignoit. Venez avant et
tenez. Ge vos revest del reiaume de Benoyc, des rantes et des
issues et de qanque i apartient, fors seullement des *(f. 5b)*

envers son seigneur lige, traître et parjure, je suis prêt à le montrer contre lui[1], aujourd'hui ou à tel jour qu'il vous plaira.

— Vous entendez, sénéchal, dit Claudas, ce que ce chevalier dit de vous ? Ainsi je serais bien attrapé, quand je vous aimerais et vous élèverais de tout mon pouvoir, et vous seriez traître envers moi !

— Seigneur, répond le sénéchal, il n'y a pas un chevalier sous le ciel, si bon et si honoré soit-il, contre qui je ne fusse prêt à me défendre, s'il voulait montrer que j'eusse fait une trahison envers vous.

— Prenez mon gage, dit Banin, de montrer corps contre corps que j'ai vu et entendu la trahison qu'il a faite à l'encontre de son seigneur lige terrien. »

Claudas entend là des paroles qui l'arrangent et lui font plaisir, car il haïssait lui-même le sénéchal pour la trahison qu'il avait commise. Aussi est-il bien aise de trouver un motif raisonnable, pour lui faire perdre l'honneur qu'il lui avait promis. Il lui demande ce qu'il compte faire.

« Seigneur, dit le sénéchal, conseillez-moi vous-même ; car cet homme m'en veut à mort à cause de vous et c'est pour cette seule raison qu'il m'accuse.

— Je peux vous conseiller tout de suite, dit Claudas. Si vous êtes innocent, défendez-vous en toute confiance. Car vous n'êtes ni moins fort ni moins vigoureux que lui ni moins habile aux armes, et s'il m'accusait comme il vous accuse, je me sentirais déshonoré de ne pas me défendre. Et sachez que vous n'avez à vous garder de personne d'autre que de lui, ni lui de personne d'autre que de vous seul. Si vous ne vous défendez pas, alors vous apparaissez bien comme un homme qui se sent coupable de trahison. »

Claudas en a dit tant que tous deux ont remis leur gage dans sa main. Il appelle alors le sénéchal et lui dit :

« Sénéchal, je vous ai tenu et estimé jusqu'à ce jour pour un homme très loyal, et Ban le roi votre seigneur témoignait que vous l'étiez. Avancez-vous et prenez : je vous revêts du royaume de Bénoïc, de ses rentes et de ses produits et de tout ce qui lui appartient, à la seule exception des forteresses, dont

---

1. *contre lui :* littéralement : contre son corps.

forteresces dont ge nelui ne revestiroie. Et se vos de **Banyn** vos poez desfandre de ceste chose, si me feroiz ma faauté et mon homage, et se il de ce vos ataint qu'il vos met sus, ge li otroi et doing la terre, et il en deveigne mes hom leiaus. »

Ensin Claudas revesti lo seneschal del reiaume de Benoyc, por ce que parjurer ne se voloit del sairement que il li avoit fait. Et bien sospeçoit que il n'en seroit gaires tenanz, car trop savoit Banyn de grant proesce et de leiauté espris. Que vos iroie ge devisant? Au quart jor fu la bataille en la praerie de Benoyc entre Loire et Arsie. Et illuec colpa Banyns la teste au seneschal. Et lors li offri Claudas la terre de Benoyc en fié et an heritage. Et Banins li dist :

« Sire, ge me remés a vos par si que ge n'i remansisse se tant non com ge voldroie, et mes talanz est tex q'aler m'en voil. Si vos requier voiant toz voz barons atant congié, car, Deu merci, j'ai achevé ce por qoi g'estoie a vos remés. Et bien sachiez que terre ne prandroie ge nule de vos, car Dex ne fist onques si riche terre que ge voussisse pas avoir se ne vos em poïsse grever, mais mes cuers nel porroit autrement soffrir a cui ge sui. »

Atant s'em parti; s'en fu Claudas mout iriez, car an lui retenir, se il poïst, meïst tote sa paine, car il n'avoit onques veü un chevalier si a son cuer de proesce et de leiauté. Mais ci endroit ne parole plus li contes ne de Banyn ne Claudas ne de sa compaignie, ançois retorne au roi Ban dont il s'est longuement teüz.

je ne revêtirai personne. Si vous pouvez vous défendre contre Banin en cette affaire, vous me ferez ma foi et mon hommage. Si c'est lui qui vous convainc du crime dont il vous accuse, je lui octroie et donne la terre, et qu'il en devienne mon homme loyal ! »

Ainsi Claudas a revêtu le sénéchal du royaume de Bénoïc, parce qu'il ne voulait pas se parjurer du serment qu'il lui avait fait ; et il se doutait bien qu'il ne le garderait guère, connaissant la très grande prouesse de Banin et la loyauté qui l'animait[1].

Ai-je besoin de le dire ? Trois jours après, la bataille eut lieu dans la prairie de Bénoïc, qui est entre la Loire et l'Arsie, et Banin coupa la tête du sénéchal. Alors Claudas lui offrit la terre de Bénoïc en fief et en héritage. Et Banin lui dit :

« Seigneur, je suis resté auprès de vous à la condition de n'y demeurer qu'autant que je le voudrais, et mon désir est de m'en aller. Je vous requiers donc, en présence de tous vos barons, de me donner immédiatement congé ; car Dieu merci j'ai achevé ce pourquoi j'étais resté auprès de vous. Et sachez bien que je n'accepterai aucune terre de vous. Dieu n'a pas fait de terre assez riche pour que je voulusse l'avoir, si je ne pouvais m'en servir contre vous, car rien d'autre ne saurait contenter mon cœur, qui est le maître à qui j'appartiens. »

Aussitôt il s'en va et Claudas en est très courroucé. Il aurait mis tous ses soins à le retenir, s'il l'avait pu ; car il n'avait jamais vu un seul chevalier, dont la prouesse et la loyauté eussent autant touché son cœur.

Mais en cet endroit le conte ne parle plus ni de Banin ni de Claudas ni de sa compagnie et retourne au roi Ban, dont il s'est tu depuis longtemps.

1. Littéralement : sachant Banin très épris (enflammé) de grande prouesse et de loyauté.

Li rois Bans, ce dit li contes, apoie *(f. 5c)* lo tertre por son chastel veoir que tant amoit de grant chierté. Et li jorz commança a esclarcir durement, et il esgarde, si voit les murs blancheier et la tor haute et lo baille environ. Mais ne l'ot gaires esgardé qant il vit el chastel grant fumee, et un po aprés vit par tot lo chastel flanbe saillir, si voit an po d'uere les riches sales verser a terre, et fondre les eglises et les mostiers, et lo feu voler de leu en autre, et la flambe hideuse et espoentable qui envers lo ciel se lance, si en est li airs roges et anbrassez, et antor en reluist tote la terre.

Li rois Bans voit son chastel ardoir qu'il amoit plus que nul chastel qu'il eüst, car par ce seul chastel estoit s'esperance de recovrer tote sa terre, et ses conforz. Et qant il voit qu'il a ce perdu o tote sa fiance estoit, riens nule n'est el siegle ou il s'atende de nule rien, car il se sant viauz et debrisiez, et ses fiz est tels que il ne lo puet secorre ne aidier, et sa fame ert mout juesne dame et a mout grant aise norie, et si haute dame vers Deu et vers lo siegle come cele qui est descendue de la haute ligniee Davi lo roi. Si a pitié de ce qu'il covanra son fil issir d'enfance en povreté et an dolor, et sa fame estre en autrui dongier que el suen et an avoeries de maintes genz, et lui meïsmes covendra estre povre et veillart, et an grant souffraite user sa vie lo remanant, qui tant a esté dotez et riches et qui tant a amee bele compaignie de genz et joieuse maisniee en sa jovente. Totes ces choses recorde li rois et i met devant ses *(f. 5d)* iauz, et li toiche au cuer si granz dolors que les lermes li sont estopees et li cuers serrez el vantre, et se pasme, si chiet de son palefroi a terre si durement que par un po que li cox ne li brise. Si li saut parmi la boiche et parmi lo nes li sans vermauz et parmi les oroilles amedeus.

CHAPITRE III

Mort du roi Ban.
Douleur de la reine Hélène

Le roi Ban, dit le conte, gravit le tertre pour voir son château, qu'il aime d'un si grand amour. Le jour devient de plus en plus clair et il regarde. Il voit blanchir les remparts, la haute tour et l'enceinte qui les environne. Mais à peine les a-t-il regardés qu'il aperçoit une grande fumée, et peu après il voit jaillir des flammes à travers toute la ville. Il voit en peu de temps s'abattre les riches palais, s'effondrer les églises et les monastères, le feu voler de place en place, des flammes affreuses et qui sèment l'épouvante s'élancer vers le ciel. L'air en est rouge et embrasé, et toute la terre alentour en est illuminée.

Le roi Ban voit brûler son château, qu'il aimait plus que tous ceux qui lui avaient appartenu. Car en ce seul château étaient son espérance de recouvrer toute sa terre, et sa consolation. Et quand il voit qu'il a perdu cela même en quoi il avait placé toute sa confiance, il n'est plus rien au monde, dont il puisse espérer quoi que ce soit. Car il se sent vieux et brisé ; son fils n'est pas en état de le secourir ni de l'aider ; sa femme est jeune, élevée dans le luxe et très haute dame au regard de Dieu et au regard du monde, puisqu'elle descend de la haute lignée de David le roi. Il a pitié de son fils, qui devra sortir d'enfance dans la pauvreté et dans la douleur, de sa femme qui sera au pouvoir d'autrui et dans la dépendance de beaucoup de gens ; et lui-même, pauvre vieillard, devra user le reste de ses jours dans le dénuement, lui qui a été si redouté et si puissant, et qui a tant aimé la belle compagnie de gens et la joyeuse société dans sa jeunesse. Toutes ces choses, le roi se les rappelle et les revoit ; et une si grande douleur le touche au cœur que ses larmes se figent, son cœur se serre dans sa poitrine, et il s'évanouit. Il tombe de son palefroi si durement que peu s'en faut qu'il ne se rompe le cou. Le sang vermeil jaillit de la bouche, du nez et des deux oreilles. Longtemps le roi reste

Grant piece a geü li rois en tel maniere, et qant il revint de pasmoisons, si parole si con il puet, et regarde vers lo ciel et dist :

« Ahi ! sire Dex, merci et graces vos rant, biax Peres douz, de ce qu'il vos plaist que ge fenisse en povreté, car vos venistes mort soffrir en terre comme povres et besoigneus. Sire, por ce que ge ne puis avoir demoree el siegle sanz pechier, vos en cri ge merci, car ge voi bien et sai que ge sui a ma fin venuz. Et vos, biax Peres, qui de vostre sanc me venistes rachater, ne perdez en moi l'esperit que vos i meïstes. Mais en cest derrein jor ou ma fins est apareilliee, me recevez comme celui qui vos regeïs la charge de mes pechiez si granz et si espoantables que ge n'en puis la some dire. Et se li cors a mesfait en terre o nus ne puet estre sanz pechié, biax Sire, prenez en la vostre venjance en tel maniere que, coment que l'ame soit tormentee aprés lo cors, qu'ele soit en aucun tens acompaigniee a cels qui avront an la pardurable clarté de ta joieuse maison part et compaignie sanz fin. Biax Peres piteus, preigne vos pitiez de [ma] fame Helene, qui est descendue del haut lignage que vos establites el Regne Aventureus a essaucier vostre non et la hautesce de vostre foi, et a avoir voz granz repostailles, qui devant les estranges pueples lor *(f. 6a)* avez victoire donee. Sire, vos conseilliez la desconseilliee, qui de celui haut lignage est descendue, et tant a amee vostre creance, et voz commandemenz gardez. Et de mon chaitif fil, Sire, vos remembre, qui est si juenes orfenins, car li povre sont en vostre main, et vostre aide doit maintenir les orfenins. »

Qant li rois ot dites ces paroles, il esgarda vers lo ciel et bati sa corpe et plora ses pechiez devant l'esgart Nostre Seignor, puis aracha trois pols d'erbe el non de la Sainte Trinité et les usa en non de Sainte Creance. Et lors li serre li cuers, si est li diaus si granz qu'il a de sa fame et de son fil, qu'il en pert la parole tote, et li oil li troblent el chief, et il s'estant si durement que les vaines del cuer li rompent, et li cuers li est partiz dedanz

ainsi. Quand il revient de son évanouissement, il commence à parler comme il peut, regarde vers le ciel et dit :

« Ah ! Seigneur Dieu, je vous rends grâces et merci, beau doux Père, de ce qu'il vous plaît que je finisse en pauvreté ; car vous êtes venu souffrir la mort sur terre comme pauvre et besogneux. Seigneur, parce que je ne puis avoir demeuré dans le siècle sans pécher, je vous crie merci. Car je vois bien et je sais que je suis venu à ma fin. Et vous, doux Père, qui de votre sang êtes venu me racheter, ne perdez pas en moi l'esprit que vous y avez mis. Mais, en ce dernier jour où ma mort est appareillée, recevez-moi comme celui qui vous confie la charge de ses péchés, si grands et si épouvantables que je n'en puis dire la somme. Et si mon corps a fait le mal sur la terre, où nul ne peut être sans péché, doux Seigneur, prenez-en votre vengeance de telle manière que, quel que soit le tourment que l'âme doive souffrir après le corps, elle rejoigne un jour ceux qui auront, à l'éternelle clarté de votre joyeuse Maison, part et compagnie sans fin. Doux Père miséricordieux, ayez pitié de ma femme Hélène, qui est descendue du haut lignage que vous avez établi au Royaume Aventureux, pour exalter votre nom et la hauteur de votre foi et pour voir vos grands mystères, vous qui sur les nations étrangères leur avez donné la victoire[1]. Vous, Seigneur, conseillez la déconseillée[2], qui de ce haut lignage est descendue, et qui a tant aimé votre croyance et gardé vos commandements. Et qu'il vous souvienne, Seigneur, de mon malheureux fils, qui si jeune est orphelin ; car les pauvres sont dans votre main, et c'est pourquoi vous secourez les orphelins *(Ao).* »

Quand le roi eut dit ces mots, il leva les yeux vers le ciel, battit sa coulpe et pleura ses péchés sous le regard de Notre Seigneur. Puis il arrache trois brins d'herbe au nom de la Sainte Trinité, et les avale au nom de la Sainte Croyance. Alors son cœur se serre ; le deuil qu'il a de sa femme et de son fils est si grand qu'il en perd la parole ; ses yeux se troublent dans sa tête ; et il s'abat si durement que les veines de son cœur se

---

1. Lancelot appartient, par sa mère, au très haut lignage élu de Dieu, dont sont issus le roi David et le « chevalier » Joseph d'Arimathie. Voir à ce sujet notre Introduction.

2. *déconseillée :* qui n'a aucun secours. « Désemparée » est trop faible (et trop récent) ; « désespérée » est inexact. Le conseil, c'est aussi l'aide, le secours. Dieu est le secours de ceux qui n'ont pas de secours.

lo ventre, et il jut morz a terre, ses mains estandues en croiz et lo vis encontre lo ciel et lo chief a droiture torné vers oriant.

★

Ses chevax fu effraez del chaoir qu'il a fait, si torna en fuie tot contraval lo tertre et as autres chevax en vint tot droit. Et qant la reine lo voit, si dist au vallet qui avoc aus estoit venuz, que il lo preigne. Et il met l'anfant a terre, puis cort prandre lo cheval, puis vient en haut el tertre, si trueve lo roi gisant si com vos avez oï. Il descent; qant il trueve mort lo roi, si giete un si haut cri que la reine l'ot mout cler, si en est tant esbaïe qu'ele laise son fil a terre devant les piez as chevax. Puis s'est escorciee, si cort tot a pié tot contramont lo tertre et trueve lo vallet gisant sor lo roi et faisoit tel duel que plus ne pooit. Et qant el voit son seignor mort, si se pasme desus lo cors. Et *(f. 6b)* qant el revint de pasmoisons, si se demante et plaint ses granz dolors, dont ele a trop. Si tire ses chevox qui mout estoient blonde et lonc et bel, et deront ses dras et giete en voie, et esgratine son tendre vis, si que li sans vermauz li cole tot contraval les joes a fil, si regrete les granz proesces son seignor et ses granz debonairetez, et cri[e] si haut que li tertres et li vaus et li lais qui granz ert dejoste en retentissent.

Tant a crié que plus ne puet, si est lasse et roe, et la parole li faut por lou grant duel dont li cuers li est serrez, si se pasme sovant et longuement, et au revenir de pasmoisons se plaint et gramente. Qant ele a regratees les granz proesces son seignor et bien plorez et plainz ses granz domages, si ne dessire nule rien se la mort non, et mout la blame que tant demore. Et qant ele a longuement esté issi, si li remenbre de son fil, ne ja mais ne velt estre confortee par autre rien, et por la peor qu'ele en ot grant que li cheval ne l'aient mort, devant cui ele l'ot laissié, si giete un cri tel com ele puet; et lors saut sus a guise de fame forsenee, si cort la ou ele ot son fil laissié. Mais tant la destraint la granz paors que ele a qu'il ne soit morz, qu'ele chiet pasmee a terre ainz qu'ele soit venue a l'avaler del tertre jus. Au revenir de pasmoisons se plaint et gaimente mout durement. Puis

rompent et que le cœur se brise dans sa poitrine. Il gît mort, à terre, les mains étendues en croix, le visage face au ciel, et la tête, comme il est juste, tournée vers l'Orient.

★

Le cheval, effrayé de la chute de son maître, s'enfuit. Il redescend le tertre au galop et rejoint les autres chevaux. Quand la reine le voit, elle dit au jeune homme, qui les avait accompagnés, de le prendre. Celui-ci pose l'enfant sur le sol ; puis il court prendre le cheval. Ensuite il gagne le sommet du tertre et trouve le roi étendu comme nous vous l'avons dit. Il met pied à terre et, quand il découvre que le roi est mort, il pousse un si grand cri que la reine l'entend distinctement. Elle en est si bouleversée qu'elle laisse son fils à terre devant les pieds des chevaux : elle relève sa robe, s'élance en courant vers le sommet du tertre, trouve le jeune homme penché sur le roi et donnant libre cours à sa douleur. Quand elle voit que son seigneur est mort, elle se laisse tomber sur lui et se pâme. Quand elle revient de pâmoison, elle pleure et gémit des grandes douleurs qui l'accablent ; elle défait ses cheveux, qui étaient blonds et longs et beaux, elle déchire ses vêtements et les jette sur le sol ; elle égratigne son tendre visage si fort que le sang vermeil ruisselle sur ses joues. Elle se met à regretter les grandes prouesses de son seigneur et ses grandes bontés. Elle crie si fort que le tertre et la vallée et le lac, qui est grand, en retentissent. Elle a crié tant qu'elle l'a pu ; et voici qu'elle est lasse et tout enrouée, et la parole lui manque par le grand deuil dont son cœur est serré. Alors elle se pâme souvent et longuement ; et, au revenir de pâmoison, se plaint et se lamente. Quand elle a bien regretté les prouesses de son seigneur, quand elle a pleuré et gémi sur sa propre infortune, elle ne désire plus rien que la mort et lui reproche d'être si lente à venir ; et, après être restée longtemps ainsi, elle se souvient de son fils et ne veut plus désormais trouver qu'en lui son réconfort. Elle a peur qu'il n'ait été tué par les chevaux, quand elle l'a laissé à leurs pieds ; elle pousse un cri, dans la mesure où elle le peut encore, se relève comme une folle, et court là où elle avait laissé son fils. Mais la peur qu'elle a de sa mort la terrasse, elle tombe pâmée à terre avant d'avoir pu redescendre la colline. Au revenir de pâmoison, elle se plaint et gémit

resaut sus et avale la montaigne grant cors aval, si est
eschevelee et dessiree. Et qant ele aproche des chevax qui
estoient desus lo lac, si voit son fil hors del breçuel tot deslié,
et voit une damoisele qui lo tenoit tot nu en son giron et
l'estraint et serre mout doucement *(f. 6c)* antre ses memeles, et
li baise les iauz et la boiche menuement ; et ele n'avoit mie tort,
car ce estoit li plus biax vallez de tot lo monde.

La matinee fu froide et tantost avoit ajorné. Et la reine dist
a la damoisele :

« Bele douce amie, por Deu, laissiez l'anfant, car assez avra
des ores en avant mesaise et duel, car en si grant orfenté est hui
chaüz comme cil qui a perdue tote joie, car ses peres est
orendroit morz et sa terre a perdue, qui ne fust mie petite se
Dex la li aüst gardee si com il la deüst avoir. »

A chose que la dame die, la damoisele ne respont un mot, et
qant ele la voit aprochier, et ele se lieve atot l'anfant qu'ele
tenoit entre ses braz, et si s'an vient droitement au lac et, joint
les piez, si saut anz. Quant la reine vit son fil dedanz lo lac, si
se pasme ; et qant ele est venue de pasmoisons, si ne voit ne
l'anfant ne la damoisele. Et lors commance a faire un duel si
grant que nus graindres ne poïst estre, et fust saillie dedanz lo
lac se li vallez ne l'aüst retenue qui lo roi avoit laissié en la
montaigne, si l'estoit venue reconforter por la grant paor qu'il
avoit que ele ne se desesperast.

De duel que la reine fait, ne vos porroit nus dire la some. Et
endementres qu'ele se gaimentoit, si est avenue chose c'une
abaesse trespassoit par illoc so tierz de nonains, et avoc estoit
ses chapelains et uns randuz et dui escuier ; sanz plus de genz
estoit. Ele oï lo duel que la reine demenoit, si l'an prist mout
granz pitiez, et torna cele part et dist a la reine que Dex li doint
joie.

« Certes, dame, fait la *(f. 6d)* raine, il me seroit mout granz
mestiers, car je sui la plus desconseilliee riens del monde, car
j'ai perdu en cest jor d'ui tote honor et tote joie, dont j'ai assez
eü par mainte foiee. »

« Ha ! dame, fait l'abaesse qui mout la vit de grant biauté se
la grant ire ne fust, qui iestes vos ? »

profondément. Puis elle se relève, reprend sa course, les cheveux épars, les vêtements déchirés. Quand elle est près des chevaux, qui étaient restés au bord du lac, elle voit son fils hors de son berceau et dévêtu ; elle voit une demoiselle qui le tient tout nu dans son giron, et l'étreint et le serre très doucement contre sa poitrine, et lui baise les yeux et la bouche inlassablement ; et elle n'avait pas tort, car c'était le plus bel enfant du monde.

La matinée était froide et maintenant le jour était levé. La reine dit à la demoiselle :

« Belle douce amie, pour l'amour de Dieu laissez cet enfant, qu'attendent tant de misère et de douleur. Il est tombé aujourd'hui dans un tel dénuement que toute joie lui est interdite. Car son père vient de mourir et il a perdu sa terre, qui n'aurait pas été petite, si Dieu la lui avait conservée, telle qu'il aurait dû l'avoir. »

À tout ce que dit la reine la demoiselle ne répond mot. Lorsqu'elle la voit s'approcher, elle se lève, avec l'enfant qu'elle tient entre ses bras, se dirige tout droit vers le lac, joint les pieds et s'y jette. Quand la reine voit son fils qui tombe dans le lac, elle se pâme. Quand elle est revenue de pâmoison, elle ne voit plus ni l'enfant ni la demoiselle. C'est alors qu'elle commence à montrer une douleur si grande qu'il n'y a pas de plus grande douleur. Elle se serait jetée dans le lac, si le valet ne l'avait retenue. Car il avait laissé le roi sur la colline et il était venu la réconforter, tant il avait peur qu'elle ne se laissât aller à la désespérance.

Personne ne pourrait vous dire toute la douleur de la reine. Pendant qu'elle se lamentait, il arriva qu'une abbesse passait par là, accompagnée de deux nonnes. Avec elle était son chapelain, un moine et deux écuyers, pour toute escorte. Elle entend la plainte de la reine ; elle est saisie d'une grande pitié et elle se dirige de ce côté. Elle dit à la reine :

« Que Dieu vous donne la joie !

— Certes, dame, dit la reine, j'en aurais le plus grand besoin. Je suis l'être le plus désespéré qui soit au monde ; car j'ai perdu en ce jour tout l'honneur et toute la joie, qui m'ont été largement dispensés en d'autres temps.

— Ah ! dame, dit l'abbesse, qui remarquait sa grande beauté en dépit de sa grande douleur, qui êtes-vous ?

« M'aïst Dex, dame, fait ele, moi ne puet gaires chaloir orandroit qui ge soie, fors de ce que ge vif trop. »

Lors la regarde li chapelains et dit a l'abaesse :

« Dame, en non Deu, ja mar me querrez mais se ce n'est madame la reine. »

Et lors conman[c]e l'abaesse a plorer mout durement, si li dist :

« Dame, por Deu, itant nos dites se vos iestes madame la reine. »

[Et cele se pasme tantost. Et quant ele revint de pasmoisons, si li redist l'abaesse :

« Por Deu, dame, ne vos celez mie vers moi, car je sai bien que vos etes madame la reine. »]

« M'aïst Dex, dame, voirement suis ge la Reine as Granz Dolors. »

Par cest non qu'ele se mist est apelez cist contes el comman- cement : li contes de la Reine as Granz Dolors.

Et ele dist a l'abaesse :

« Dame, por Deu, qui qe ge soie, fates moi nonain, car ge ne desir tant nule rien. »

« Certes, dame, fait l'abaesse, mout volentiers, mais por Deu, dites vostre mesestance, car mout an sui a malaise. »

Et la reine li conte sa mescheance de chief en chief : de sa terre que ele a perdue, et de son seignor qui est morz en son lo tertre, et de son fil q'en tel maniere em porte vis deiables en guise de damoisele. Lors li demande l'abaesse comment li rois avoit esté morz, mais ele ne li set a dire.

« Dame, fait ele, espoir c'est por lo duel de Trebe qui est ars. »

« Comment, fait la reine, est il dons ars ? »

« Oïl, dame, et ge cuidoie que vos lo saüssiez bien. »

« M'aïst Dex, dist ele, nel savoie. Mais or sai ge bien que autre dolors ne li a la mort donee, ne des ores en avant, quel pensé (*f. 7a*) que ge aie, ge ne voil plus au siegle demorer. Mais por Deu, madame, velez moi et faites prandre grant avoir qui ci est d'or et de vaisselemente et de joiaus, si an ferez ci faire un petit mostier, ou an chantera por l'ame de mon seignor tozjorz mais. »

« Dame, fait l'abaesse, certes, vos ne savez mie comment il est grant charge a tenir ordre, kar tuit li travail dou cors i sont,

— Mon Dieu ! dame, peu importe qui je suis désormais, mais seulement que j'ai trop vécu. »

Alors le chapelain la regarde ; et il dit à l'abbesse :

« Dame, par Dieu, vous ne devez jamais plus me croire, si cette dame n'est pas madame la reine. »

Alors l'abbesse commence à pleurer très tendrement et dit :

« Dame, pour l'amour de Dieu, dites-nous si vous êtes madame la reine. »

Aussitôt elle s'évanouit ; et, quand elle est revenue de son évanouissement, l'abbesse lui dit :

« Pour l'amour de Dieu, dame, ne vous cachez pas de moi, car je sais bien que vous êtes Madame la reine.

— Mon Dieu ! dame, en vérité je suis la reine des Grandes Douleurs. »

À cause de ce nom qu'elle s'est donnée, notre conte s'appelle, en son commencement, « Le conte de la reine des Grandes Douleurs ». Elle dit à l'abbesse :

« Dame, pour l'amour de Dieu, qui que je sois, faites-moi nonne, car il n'est rien que je désire autant.

— Dame, répond l'abbesse, très volontiers. Mais expliquez-moi votre douleur, car j'en ai beaucoup de peine. »

La reine lui conte son infortune, sans rien omettre, de sa terre qu'elle a perdue, de son seigneur qui est mort sur la colline, de son fils qu'emporte, sous la terre, de la manière dessus dite, un diable incarné en forme de demoiselle. Alors l'abbesse lui demande comment est mort le roi ; mais elle ne peut pas le lui dire.

« Dame, dit-elle, c'est peut-être du deuil de Trèbe, qui a brûlé.

— Comment ? dit la reine, Trèbe a brûlé ?

— Oui, dame, je croyais que vous le saviez.

— Mon Dieu ! dit-elle, je ne le savais pas, mais je sais bien à présent qu'aucune autre douleur ne lui a donné la mort. Désormais, quelles qu'aient été mes pensées, je ne veux plus demeurer dans le siècle. Pour l'amour de Dieu, dame, donnez-moi le voile ; et prenez le grand trésor qui est ici, d'or, d'orfèvrerie et de joyaux. Vous en ferez faire une petite église, où l'on chantera tous les jours pour l'âme de mon seigneur.

— Dame, dit l'abbesse, vous ne savez sûrement pas combien il est dur de tenir la règle ; car toutes les peines du corps y sont

et tuit li peril des ames. Mais venez vos en, dame, orandroit en nostre abaïe, et seiez tote dame si com vos devez estre, car li encessor monseignor lo roi fondierent lo leu et establirent. »

« Dame, por Deu, fait la reine, ge vos requier, por Deu et sor vostre ame, que vos me façoiz nonain, car ge n'ai plus cure del siegle, ne li siegles n'a mestier de moi. Et se vos de ce me failliez, ge m'en irai parmi ces forelz sauvage[s] comme chaitive et esgaree, et si porrai tost perdre lo cors et l'ame. »

« Dame, fait l'abaesse, puis que vos si a certes l'avez empris, or aorez [en soit] Deu et graciez, car mout en avons grant joie qant Dex de si boene dame et de si haute reine nos done la compaignie. »

Illuec sanz plus atendre furent tranchiees le[s] beles treces la reine, et ele avoit le plus biau chief de tot lo monde. Après li furent aporté li drap, si la velerent an la place. Et qant li vallez la vit velee qui aveques li estoit, si li dist q'el siegle ne seroit il ja mais, puis que sa dame s'en estoit issue, si devint illuec randuz, et li furent vestu li drap ainz que de la place se remuast. Après ont pris lo cors lo roi, si lo porterent a l'abaïe qui gaires n'estoit loig d'iluec, et si font lo servise tel com en lo doit faire a cors de roi, *(f. 7b)* et fu hautement enterrez et anseveliz en l'abaïe meïsmes jusque tant que el leu o il avoit esté morz fu faiz uns mostiers.

Qant li cors fu enterrez, la reine demora en l'abaïe, et l'abaesse fist faire un mostier mout bel, la ou li rois avoit esté morz, et mout beles officines, et fu toz faiz dedanz cel an. Et qant il fu dediez, si i fu li rois portez. Et lors i vint la reine soi tierce de nonains, et si i ot deus chapelains et trois renduz.

Toz les jorz qui ajornoient avoit la dame une costume que si tost com ele avoit oïe la messe que l'an chantoit por le roi, si venoit sor lo lac, et illuec endroit o ele avoit son fil perdu, si lisoit son sautier tex hore estoit, et ce disoit qu'ele savoit de bien et ploroit mout durement. Et la chose fu seüe par lo païs que la reine Helene de Benoyc estoit none, et cil leus fu apelez Mostiers Reiaus. Durement crut li leus et essauça, et les gentis fames do païs s'i rendirent espessement, et por Deu, et por amor de l[a] roine. Mais atant se taist ores li contes de la reine et de sa conpaignie et retorne au roi Claudas de la Deserte.

et tous les périls des âmes. Mais venez, dame, à présent dans notre abbaye ; et soyez-en la dame, comme vous devez l'être ; car ce sont les ancêtres de monseigneur le roi qui ont fondé cette maison et l'ont instituée.

— Dame, dit la reine, je vous requiers, pour l'amour de Dieu et sur votre âme, que vous me fassiez nonne ; car je ne me soucie plus du siècle et le siècle n'a plus besoin de moi. Si vous me faites défaut en ce point, je m'en irai parmi ces forêts sauvages, comme une malheureuse abandonnée, et j'y pourrai bientôt perdre le corps et l'âme.

— Dame, dit l'abbesse, puisque vous êtes si fermement résolue, Dieu en soit adoré et remercié ! Car ce nous est une très grande joie, quand Dieu nous donne la compagnie d'une aussi bonne dame et d'une aussi haute reine. »

En ce lieu et sans plus attendre furent tranchées les belles tresses de la reine, et elle avait le plus beau visage du monde. Ensuite lui furent apportés les draps et elle fut voilée en la place. Quand le jeune homme qui l'accompagnait la vit voilée, il dit qu'il ne voulait plus être dans le siècle, puisque sa dame en était sortie : il se fit moine sur-le-champ et revêtit les draps, avant de quitter la place. Alors on prit le corps du roi, on le porta dans l'abbaye, qui n'était guère éloignée, et on en fit le service, comme on doit le faire du corps d'un roi. Il fut enterré noblement et enseveli dans l'abbaye même, jusqu'à ce qu'une église eût été bâtie, à l'endroit où il était mort.

Quand le corps fut enterré, la reine demeura dans l'abbaye et l'abbesse fit faire une église très belle, là où le roi avait trouvé la mort, ainsi que de très belles dépendances ; et tout fut achevé dans l'année. Quand l'église fut dédiée, on y porta le roi. La reine y vint, avec deux religieuses, et il y eut aussi deux chapelains et trois moines. Tous les jours, dès l'aube, la dame avait l'habitude, aussitôt qu'elle avait entendu la messe que l'on chantait pour le roi, de venir au bord du lac, à l'endroit même où elle avait perdu son fils. Elle lisait son psautier parfois, disait ce qu'elle savait de bonnes paroles et pleurait profondément. On sut bientôt dans le pays que la reine Hélène de Bénoïc était nonne, et le lieu fut appelé « Moutier-Royal ». Il grandit en importance et en renommée, et les nobles dames du pays s'y rendirent en foule, pour l'amour de Dieu et de la reine. Mais ici le conte se tait de la reine et de sa compagnie et retourne au roi Claudas de la Déserte.

Ici androit dit li contes que tant esploita Claudas li rois qu'il ot tote la terre del reiaume de Benoyc et tote la terre de Gaunes, que, puis qe la morz au roi Ban fu seüe, ne vesqui li rois Bohorz que deus jorz, si quide l'an miauz qu'il soit morz de diau de son frere que de la soe maladie. Il avoit deus filz, dont li uns avoit non Lyoniax, et li autres Bohorz, si estoient a merveilles bel anfant, mais il estoient de si petit aage que Lionax n'avoit que vint et un mois, et Bohorz n'en avoit que nuef.

En la terre de Gaunes *(f. 7c)* avoit de mout preudomes et de mout leiaus chevaliers, si contretindrent tant la terre com il la porent contretenir. Et la reine Evane, la fame au roi Bohort, estoit en un chastel qui estoit de son doaire, si avoit non Montlair et estoit mervoilles forz. Si estoit tote la terre prise fors que cil chastiax o estoit la reine et si anfant. Et qant Claudas ot tot lo païs en sa baillie, si vint devant celui seoir. Mais la reine, qui fame estoit, ne l'osa atandre, por paor que il ne li feïst honte s'il la poïst par force prandre, si s'an foï del chastel entre li et ses deus anfanz, et se fist nagier outre une riviere qui desouz lo chastel corroit tant qu'ele vint en une forest desus la riviere qui soe avoit esté maint jor. Illuec monta la reine en ses chevax, si s'en aloit a po de gent ; et pensa qu'ele ne fineroit d'errer tant qu'ele venroit au mostier ou sa suer, la reine de Benoyc, estoit velee. Ensins s'en aloit en tel maniere et si dui anfant avocques li. Si vint en une mout bele lande et mout grant. Illuec avint la reine [une] de ses mescheances, et orroiz comment.

CHAPITRE IV

Les enfants du roi Bohort recueillis par Pharien

En cet endroit le conte dit que Claudas le roi réussit à conquérir toute la terre du royaume de Bénoïc et toute la terre de Gaunes. Car, après que l'on sut la mort du roi Ban, le roi Bohort ne vécut que deux jours et l'on pense qu'il est mort plus encore du deuil de son frère que de sa propre maladie. Il avait deux fils, dont l'un s'appelait Lionel et l'autre Bohort. C'étaient de très beaux enfants, mais en si bas âge que Lionel n'avait que vingt et un mois, et Bohort n'en avait que neuf. Dans la terre de Gaunes il y avait des prud'hommes et de loyaux chevaliers. Ils défendirent la terre, tant qu'ils la purent défendre. La reine Evaine, la femme du roi Bohort, était dans un château de son douaire. Il s'appelait Montlair et était extraordinairement fort. Toute la terre était conquise, sauf ce château, où demeuraient la reine et ses enfants. Quand Claudas eut tout le pays en son pouvoir, il mit le siège devant Montlair. La reine, qui était femme, n'osa pas l'attendre, de peur qu'il ne lui fît honte[1], s'il s'emparait d'elle par la force. Elle s'enfuit donc du château avec ses deux enfants. Elle franchit en bateau une rivière, qui courait au pied du château, et elle entra dans une forêt, qui était au-dessus de la rivière et qui lui avait longtemps appartenu. Arrivée là, elle se mit à cheval, avec peu de gens, et pensa qu'elle ferait route sans s'arrêter jusqu'au monastère, où sa sœur, la reine de Bénoïc, avait pris le voile. Elle allait ainsi, ses deux enfants avec elle, et elle arriva dans une lande très belle et très étendue. Là, la reine joua de malchance et vous allez apprendre comment.

---

1. *faire honte* ou *honnir* signifie, par extension, faire subir un traitement déshonorant ou même massacrer. On ne distinguait pas alors entre civils et militaires, et quiconque était pris « par la force », homme, femme, enfant, était à la merci du vainqueur. Robert de Clari note, comme une mansuétude mémorable, qu'en 1204, après la prise de Constantinople par les croisés, la population fut épargnée. On se contenta d'un pillage en règle.

Voirs fu que li rois Bohorz avoit en sa vie desherité un
chevalier por un autre que il avoit ocis, car ce fu uns des homes
do monde qui plus haute justise tint en sa vie que li rois Bohorz
de Gaunes, fors li rois Bans de Benoyc, ses freres. Li chevaliers
qui desheritez estoit qui por l'omecide s'en estoit venuz a
Claudas, car il savoit tot lo covine et lo pooir des deus freres.
Li rois Claudas l'ama mout par sanblant *(f. 7d)* et crut et
essauça, si li bailla une partie de sa gent por corre la ou il
voudroit. Et cil lo tint mout pres et mout se pena de lui
servir.

Celui jor que la reine s'en aloit de Monlair au mostier sa
seror, avint que en cele forest ou ele passoit estoit li rois
Claudas, et chaçoit un sangler trop grant, et li chevaliers
deseritez avocques lui. Si encontra li chevaliers deseritez la
reine et ses deus anfanz, la ou il atandoit Claudas au trespas
d'une grant haie. Il vit la dame, si li cort saisir au frain. Et ele
commança a plorer mout tendrement. Et il fait prendre les deus
anfanz qui estoient en deus breçuels sor un somier, si les en
maine la ou il avoit son seignor laissié.

Se la reine remest dolante, il ne fait pas a demander, car l'em
ne porroit greignor duel deviser que ele ensi grant ne feïst, et
cheoit pasmee si sovant que tuit cil qui la veoient cuidoient que
ele moreüst eneslopas. Quant li chevaliers la vit si doloser, si
l'an prist pitiez mout granz, et il li dist :

« Dame, mout m'avez mal fait, et vos et li rois qui morz est,
mais li cuers ne me sofferoit pas que ge vos meïsse en males
mains, car vos me feïstes ja un servise qui bien vos iert
guerredonez encui, car vos me respitates une foiz de la mort, et
mout vos pesa de mon deseritement. Si vos en randrai lo
guerredon, car ge vos manrai fors de ceste forest a sauveté.
Mais vos me lairoiz mes deus seignors qui ci sont, si les
garderai et norrirai tant que il seront grant, e s'il pueent ja
mais lor terre recovrer, mielz m'an sera. Et se vos ensi ne lo
faites, vos ne poez estre se honie non, se vos chaez es mains
Claudas de la Deserte. »

Ele ne *(f. 8a)* set que faire, que se ele laisse ses deus anfanz,
ele ne les cuide ja mais avoir, et d'autre part, s'ele chiet es
mains a son anemi mortel, ele crient assez avoir honte et dolor.
Si se pense que miauz li vaut prandre de deus maus lo mainz

Il se trouva que le roi Bohort avait, durant son règne, déshérité un de ses chevaliers qui en avait tué un autre. Car c'était un des plus hauts justiciers de ce monde que le roi Bohort de Gaunes, en son temps, avec le roi Ban de Bénoïc son frère. Le chevalier, qui avait été déshérité pour homicide, s'était rendu auprès de Claudas, car il connaissait tout de l'état et des forces des deux frères. Le roi Claudas le prit apparemment en grande amitié, il l'honora de ses bienfaits et de sa faveur, et il lui confia une partie de ses troupes, pour courir là où il le voudrait. Le chevalier s'attacha à lui de très près et mit tous ses soins à le servir.

Le jour où la reine s'en allait de Montlair au monastère de sa sœur, il se trouva que le roi Claudas était dans la forêt qu'elle avait traversée. Il y chassait un très grand sanglier, avec le chevalier déshérité. Celui-ci rencontra la reine et ses deux enfants, tandis qu'il attendait Claudas au passage d'une grande haie. Il aperçoit la dame, court saisir son cheval au frein, et elle commence à pleurer très tendrement. Il fait prendre les deux enfants, qui étaient sur un cheval de trait, dans deux berceaux, et les emmène là où il avait laissé son seigneur. Je n'ai pas besoin de vous décrire ce que fut la douleur de la reine. On ne saurait concevoir de plus grande douleur. Elle tombait évanouie si souvent que tous ceux qui la voyaient pensaient qu'elle allait mourir sur-le-champ. Quand le chevalier la vit se désoler ainsi, il lui vint une grande pitié, et il dit à la reine :

« Dame, vous m'avez fait beaucoup de mal, vous et le roi qui est mort ; mais je n'aurais pas le cœur de vous mettre en de mauvaises mains. Car je vous suis redevable d'un bienfait, dont vous serez aujourd'hui récompensée : vous m'avez sauvé autrefois de la mort et vous avez eu beaucoup de peine de mon déshéritement. Je m'en souviens et vous le revaudrai. Je vous mettrai en sûreté hors de cette forêt. Mais vous me laisserez mes deux seigneurs, qui sont ici. Je les garderai et les élèverai, jusqu'à ce qu'ils soient grands ; et, s'ils peuvent un jour recouvrer leur terre, j'en serai récompensé. Au cas où vous refuseriez, vous ne pouvez manquer d'être honnie, si vous tombez aux mains de Claudas de la Déserte. »

Elle ne sait que faire. Si elle laisse ses deux enfants, elle pense qu'elle ne les retrouvera jamais ; et d'autre part, si elle tombe aux mains de son ennemi mortel, elle craint fort d'avoir honte et douleur. Alors elle réfléchit que, de deux maux, mieux vaut

mauvais, car por la soe honte, se l'an li fait, ne remanra il mie
de ses anfanz que il ne soient a mort livré. Ele viaut [miauz]
metre ses anfanz en la main de Nostre Seignor, que il soient
desmambré ses iauz veiant et ele honie. Si dit au chevalier que
ele laisse les anfanz en la Deu garde et an la soe, que il les gart
si com il doit.

« Mais por Deu, fait ele, de ceste forest me gitez hors, que
par autrui ne soie prise ne destorbee. »

Li chevaliers prist les deus anfanz, si les livra a cels an cui il
se fioit plus, et mena la dame a sauveté hors de la forest tant
qu'ele vint a une abaïe de randuz. Il la met laianz et li dist :

« Dame, ci vos remanroiz tant que vos verroiz mon message
qui vos dira qant Claudas s'en sera alez. » Ele remaint, et il s'en
part ; et ele li chiet as piez, [si li prie,] por Deu, que pitiez li
preigne de ses deus anfanz, que por covetise d'avoir ne les mete
es mains de lor anemi mortel. Et il dit sor sa creance que, la ou
il avront mal, il nes porra garantir.

Atant s'en ala ; et qant il vint a Claudas, si fu ja li sanglers
ocis. Et tantost vindrent les noveles que Montlairs estoit pris.
Claudas an fu mout liez, et si monte il tantost et vient au
chastel, si trova qu'il estoit ja randuz a sa gent, car puis que la
reine an fu hors, ne l'osa nus contretenir. Mais qant il ne trova
ne la reine ne les anfanz, si an fu mout iriez ; et neporqant do
(f. 8b) chastel se saisi. Et tint endeus les reiaumes an tel
maniere. Mais atant se taist ores li contes que plus n'an parole,
ançois retorne a la reine Evainne, la fame au roi Bohort.

choisir le moindre ; car sa propre honte, si elle doit la souffrir, n'empêchera pas que ses enfants ne soient livrés à la mort. Mieux vaut placer ses enfants dans la main de Notre Seigneur, que de les voir démembrer sous ses yeux, et d'être elle-même honnie. Aussi dit-elle au chevalier qu'elle remet les enfants à la garde de Dieu et à la sienne, et qu'il ait soin de les garder comme il le doit. « Mais, pour l'amour de Dieu, dit-elle, faites-moi sortir de cette forêt, sans que personne ne me prenne ni ne m'arrête. » Le chevalier reçoit les deux enfants, les confie aux plus sûrs de ses hommes, et conduit la dame saine et sauve hors de la forêt, jusqu'à ce qu'elle soit arrivée à une abbaye de moines. Il l'y fait entrer et lui dit :

« Dame, vous resterez ici jusqu'au moment où vous verrez mon messager, qui vous avertira du départ de Claudas. »

Elle reste et il se retire ; mais elle tombe à ses pieds et le supplie, pour l'amour de Dieu, qu'il ait pitié de ses deux enfants et que, poussé par l'appât du gain, il ne les livre pas aux mains de leur ennemi mortel. Il lui dit, sur sa Croyance, qu'ils n'auront aucun mal, aussi longtemps qu'il les pourra garantir.

Sur ces mots, il s'en alla ; et, quand il rejoignit Claudas, le sanglier était déjà tué. Bientôt arriva la nouvelle que Montlair était pris. Claudas s'en réjouit fort. Il monte à cheval, arrive au château et apprend qu'il s'est déjà rendu à ses gens ; car, quand la reine en fut partie, personne n'osa plus le défendre. Mais, quand il vit que ni la reine ni les enfants ne s'y trouvaient, il fut très mécontent. Néanmoins il se saisit du château et régna ainsi sur les deux royaumes. Ici s'arrête le conte, qui n'en dit pas plus et retourne à la reine Evaine, la femme du roi Bohort.

Li contes dit que qant li chevaliers deseritez oï les noveles de Monlair, lo chastel qui pris estoit, et il vit Claudas monter por aler la, si prist un suen neveu, escuier, et l'anveia a la reine, et par celui la fist conduire jusq'eu mostier o la reine, sa suer, estoit.

Qant les deus serors s'antrevirent, il ne fait mie a demander s'eles orent amedeus assez et duel et joie, car eles en orent tant con l'am porroit de boiche deviser. Duel orent eles de ce que l'une vit l'autre deseritee et essilliee, qui tant soloient estre honorees et de grant pooir ; et d'autre part ravoient mout grant joie de ce qu'eles se voient ansenble, car grant paor avoient eü l'une de l'autre ; et se pensoient que legierement useroient ansenble lor vies am plorer et an faire duel de lor granz pertes et an servir Nostre Seignor, car en ce doivent estre tuit li bon confort.

Mais aprés ce qu'eles se furent assez dolosees de lor deseritement et de la perte de lor seignors, si vint la plainte la reine Helene de Benoyc, et dist :

« Ha lasse ! Ge par ai trop perdu : ma terre et mon seignor et mon fil qui de toz anfanz estoit la rose. Et li vostre, fait ele, bele suer, o sont il dons ? »

Et lors se pasme sa suer. Et qant ele la voit pasmee, si se repasme tantost delez li, et tuit cil qui sont laianz et totes celes en font grant duel trop. Et qant la reine de Gaunes fu revenue de pasmoisons, si commance a conter a sa seror comment ele a perdu ses deus anfanz.

« Ha lasse ! fait *(f. 8c)* cele de Benoyc, or somes amedeus sanz anfanz. »

Et lors li comence a conter comment ses sires avoit esté morz, et comment ele avoit perdu Lancelot, son fil, qant la damoisele se lança otot lui dedanz lo lac. Granz fu li diaus as deus serors de la grant perte que faite avoient ; et s'eles ne fussient ensemble, ancores fust graindre lor angoisse. Mais de ce qe eles estoient ensemble estoient maindres lor dolors.

Maintenant que l'abaesse fu illocques venue, si se fist la reine

CHAPITRE V

Les deux reines à Moutier-Royal

Le conte dit que, quand le chevalier déshérité eut reçu la nouvelle de la prise de Montlair et qu'il vit Claudas monter à cheval pour s'y rendre, il appela un sien neveu, qui était écuyer, l'envoya à la reine, et la fit conduire par ses soins jusqu'au monastère, où demeurait la reine sa sœur. Quand les deux sœurs se revirent, il ne faut pas demander si elles furent pénétrées toutes deux et de douleur et de joie. Elles en éprouvèrent autant que l'on pourrait en exprimer par des mots. Chacune avait la douleur de voir sa sœur déshéritée et ruinée, qui était accoutumée à tant d'honneurs et de puissance. D'autre part elles avaient la grande joie d'être réunies, après la grande peur qu'elles avaient eue l'une pour l'autre. Elles se disaient qu'elles useraient doucement leurs vies ensemble, à pleurer, à regretter leurs grandes pertes et à servir Notre Seigneur, car c'est là que doivent être toutes les bonnes consolations. Après qu'elles eurent assez déploré leur déshéritement et la perte de leurs seigneurs, la reine de Bénoïc commença sa plainte et dit :

« Hélas ! quelles pertes j'ai faites : ma terre, mon seigneur et mon fils, qui de tous les enfants était la rose ! Et les vôtres, belle sœur, dit-elle, où sont-ils ? »

À ces mots la reine de Gaunes se pâme. En la voyant ainsi, sa sœur se pâme à son tour et la douleur gagne tous ceux et toutes celles qui sont là. Au revenir de pâmoison, la reine de Gaunes commence d'expliquer à sa sœur dans quelles circonstances elle a perdu ses deux enfants.

« Hélas ! dit la reine de Bénoïc, nous voici toutes deux sans enfants. »

Elle raconte comment son seigneur est mort et comment elle a perdu Lancelot son fils, quand la demoiselle s'élança avec lui dans le lac. Grand fut le deuil des deux sœurs pour la grande perte qu'elles avaient faite. Si elles n'avaient pas été ensemble, plus terrible encore eût été leur angoisse ; mais parce qu'elles étaient réunies, leurs douleurs étaient plus légères.

Aussitôt que l'abbesse fut venue, la reine de Gaunes se fit

de Gaunes reoignier et veler, car mout avoient grant paor de la
desleiauté Claudas. Et puis que eles estoient velees et rooi-
gniees, n'avoient eles garde de lui. Mais d'eles ne parole li
contes plus a ceste foiz, ançois retorne a Lancelot, la o il en est
portez el lac.

Or dit li contes que la damoisele qui Lancelot am porta el lac
estoit une fee. A celui tens estoient apelees fees totes iceles qui
savoient d'anchantement et de charaies, et mout en estoit en
celui termine en la Grant Bretaigne plus que en autres terres.
Eles savoient, ce dit li contes des brettes estoires, la force des
paroles et des pierres et des herbes, par quoi eles estoient tenues
en joveneté et en biauté et en si granz richeces com eles
devisoient. Et tot fu establi au tans Merlin, la prophete as
Anglois, qui sot la [sa]pience que des deiables puet descendre.
Por ce fu il tant redotez de Bretons et tant honorez que tuit
l'apeloient la sainte prophete, et tote la menue gent lor deu.
Cele damoisele dont li contes parole savoit par Merlin qanc-
q'ele savoit de nigromence, et lo sot par mout grant voisdie.

(f. 8d) Voirs fu que Merlins fu anjandrez an fame par deiable
et de deiable meesmes, car por ce fu il apelez li anfes sanz pere.
Et cele maniere de daiable converse mout au siegle, mais n'ont
force ne pooir d'aconplir lor volenté ne sor creant ne sor
mescreant, car il sont chaut et luxurieus. Et trovons que qant il
furent fait angle si bel et si plaisant, que il se delitoient en
esgarder li uns en l'autre jusq'a eschaufement de luxure. Et
qant il furent chaü avecques lor maleureus maistre, il retin-
drent la luxure en terre qu'il avoient es hauz sieges comman-

tondre et voiler. Car les deux sœurs avaient grand'peur de la déloyauté de Claudas; et dès lors qu'elles étaient tondues et voilées, elles n'avaient plus rien à craindre de lui. Mais le conte ne parle plus d'elles pour cette fois et retourne à Lancelot, quand il est emporté dans le lac.

CHAPITRE VI

Histoire de Merlin et de la dame du Lac

Le conte dit que la demoiselle qui emporta Lancelot dans le lac était une fée. En ce temps-là on appelait fées toutes celles qui se connaissaient en enchantements et en sorts; et il y en avait beaucoup à cette époque, en Grande-Bretagne plus qu'en tout autre pays. Elles savaient, dit le Conte des Histoires bretonnes, la force des paroles, des pierres et des herbes, par quoi elles se maintenaient en jeunesse, en beauté et en richesse, autant qu'elles le désiraient. Et tout cela fut institué à l'époque de Merlin, le prophète des Anglais, qui savait toute la science qui des diables peut descendre. C'est pourquoi il était tant redouté des Bretons et tant honoré que tous l'appelaient leur saint prophète, et les petites gens leur Dieu. Cette demoiselle, dont le conte parle, tenait de Merlin tout ce qu'elle savait de science occulte; et elle l'apprit par une très subtile ruse.

Il est véritable que Merlin fut engendré dans une femme du fait d'un diable et par un diable lui-même; car c'est pour cette raison qu'il fut appelé « l'enfant sans père ». Cette sorte de diables réside volontiers dans le siècle, mais ils n'ont pas force ni pouvoir d'accomplir leur volonté, ni sur les croyants ni sur les incroyants; car ils sont chauds et luxurieux. Nous lisons que, lorsqu'ils furent faits anges, si beaux et si plaisants, ils prenaient plaisir à se regarder l'un l'autre jusqu'à échauffement de luxure; et quand ils furent déchus avec leur malheureux maître, ils gardèrent sur terre la luxure qu'ils avaient commenciee. De ceste maniere de deiable fu estraiz Merlins, ce dit li contes des estoires, et si vos dirai comment.

Il fu voirs que en la maresche de la terre d'Escoce et d'Irlande ot jadis une damoisele, gentil fame de grant biauté, et fu fille a un vavasor qui n'estoit pas de grant richece. La damoisele vint en aage de marier, mais an soi avoit une teche que ele disoit a son pere et a sa mere que ne la mariassent il pas, que bien saüssient il de voir que ele n'avroit ja en son lit home qe ele veïst des iauz, que ses cuers ne lo porroit soffrir. En maintes manieres l'essaierent entre lo pere et la mere savoir s'il la porroient hors giter de cest corage. Mais ne pot estre, car ele lor dist que bien seüssient il que, s'il l'en efforçoient, ja si tost ne lo verroit com ele morroit ou istroit del san. Et sa mere li demanda a consoil priveement comme mere a sa fille se ele se voudroit a tozjorz d'ome tenir et de toz charnex covines. Et ele dist que nenil, se ele pooit avoir conpaignie d'ome que ele ne veïst, et mout *(f. 9a)* lo voudroit, car la volenté avoit ele bien, mais li veoirs n'i pooit estre.

Il n'avoient andui plus de toz anfanz, si l'amoient tant comme l'an doit amer son seul anfant, si ne se vostrent metre an aventure de lor anfant perdre, si soffrirent et atandirent tant que il veïssent se ele chanjast cestui corage, et tant que li peres fu morz. Aprés la mort son pere semont mainte foiz la mere sa fille de mari prandre. Mais ne pot estre, car ele ne se voloit acorder a prendre home que ele veïst, car tex estoit li mehainz de ses iauz qu'ele ne porroit soffrir lo veoir por nule rien, mais lo sentir sanz lo veoir feroit ele legierement.

Aprés ce ne demora mie grantmant que uns deiables, de tel maniere com ge vos ai dit, vint a la damoisele en son lit par nuit oscure, et la comança a prier mout durement, et li promist que

cée dans leurs divins sièges. De cette sorte de diables était issu
Merlin, dit le conte des Histoires, et je vous dirai comment.

Il est véritable que, dans la marche d'Écosse et d'Irlande, il
y avait jadis une demoiselle noble d'une grande beauté et elle
était la fille d'un vavasseur[1], qui n'était pas très riche. La
demoiselle vint en âge d'être mariée. Mais elle avait dans son
cœur une humeur particulière : elle disait à son père et à sa
mère qu'ils ne devaient pas la marier, et qu'ils devaient tenir
pour assuré qu'elle n'aurait jamais dans son lit un homme
qu'elle vît de ses yeux ; car elle ne le pourrait souffrir. Le père
et la mère l'entreprirent de maintes manières, pour savoir s'ils
lui pourraient ôter cette pensée. Mais ce fut impossible, car elle
leur dit qu'ils devaient tenir pour assuré que, s'ils lui faisaient
violence, elle n'aurait pas plus tôt vu l'homme qu'on lui
destinait, qu'elle mourrait ou perdrait le sens. Sa mère lui
demanda seule à seule, en confidence, comme une mère à sa
fille, si elle voulait à tout jamais se passer d'un mari et de toutes
relations charnelles. Elle lui répondit que non, si elle pouvait
avoir la compagnie d'un homme qu'elle ne vît point. Et même
elle le voudrait bien, car elle en avait le désir et seule la vue n'y
pouvait être. Aucun d'eux n'avait d'autre enfant et ils l'aimaient autant qu'on peut aimer sa fille unique. Ils ne voulurent
pas prendre le risque de la perdre et attendirent de voir si son
humeur changerait, jusqu'au jour où le père mourut.

Après la mort du père, la mère insista à maintes reprises
pour que sa fille se mariât. Mais ce fut en vain, car elle se
refusait à prendre un homme qu'il lui faudrait voir. La maladie
de ses yeux était telle qu'elle ne pourrait souffrir la vue d'un
homme pour rien au monde ; mais elle s'accommoderait aisément de le sentir sans le voir.

Après cela, il ne fallut pas longtemps pour qu'un diable, de
l'espèce que je vous ai dite, vînt trouver la demoiselle dans son
lit par une nuit obscure, commençât de la solliciter très

---

1. Le *vavasseur (vassus vassorum)* appartient à la catégorie des petits
gentilshommes campagnards. En un temps où il n'est de richesse que
d'hommes et de terres, il n'a pas de vassaux qui lui fassent hommage ; il vit
d'un grand ou petit fief (parfois quelques hectares) et, surtout en temps de
guerre, des dons des « hauts hommes », des grands seigneurs.

ja ne lo verroit nul jor. Ele li demanda qui il estoit.

« Ge suis, fait il, uns hom d'estranges terres, et por ce que vos n'avez cure d'ome qe vos puissiez veoir, por ce veig ge a vos, car autresin ne porroie ge veoir nule fame a cui ge geüsse. »

La damoisele lo tasta, si senti que il avoit lo cors mout gent et mout bien fait. Et neporqant deiables n'a ne cors ne autres menbres que l'an puisse manoier, car esperitex chose ne puet estre manoiee, et tuit deiables sont choses esperitex. Mais deiable antrepranent a la foiee cors de l'air, si qu'il senble a cels qui les voient qu'il soient formé de char et d'os. Qant cele santi lo deiable el cors et es braz et el viaire et an mainz autres leus, si li fu avis, a *(f. 9b)* ce qu'ele an pooit savoir par sentir, que mout estoit bien tailliez a estre biax, si l'aama et fist outreement sa volenté. Et mout lo cela bien et a sa mere et a autrui. Qant ele ot ceste vie menee jusq'a cinq mois, si angroissa, et qant vint au droit terme que ele anfanta, si s'an merveilla toz li puepes, car do pere ne fu il nule seüe, ne ele nel vost dire a nelui.

Cil anfes fu uns vallez, si ot non Mellins, car issi lo commanda li deiables a la damoisele ainz qu'il nasquist ; mais il ne fu onques bauptiziez. Et qant vint au chief de doze anz, si fu amenez a Uterpandragon, si com l'estoire de ses ovres lo tesmoigne et devise. Qant vint aprés ce que li dus de Tintajuel fu par la traïson de Uter Pandragon et de Mellin par Egerne, la duchesse, que Uter Pandragons amoit, si s'an ala Mellins converser es forez parfondes et enciennes. Il fu de la nature son pere decevanz et desleiaus, et sot qanque cuers porroit savoir de tote parverse science.

Il avoit en la marche de la Petite Bretaigne une damoisele de mout grant biauté, qui avoit non Niniene. Celi commença Merlins a amer, et mout vint sovant la ou ele estoit et par jor et par nuit. Et cele se deffandié mout bien de lui, car mout estoit sage et cortoise. Et tant c'un jor li enquist et conjura qu'il li deïst qui il estoit, et il l'an dist la verité. Et ele li dist qu'ele feroit qancqu'il voudroit, mais qu'il li enseignast une partie avant de son grant san. Et cil, qui tant l'amoit com cuers

fortement et lui promît qu'elle ne le verrait jamais. Elle lui
demanda qui il était.

« Je suis, répondit-il, un homme d'une terre étrangère ; et,
comme vous ne vous souciez pas de prendre un mari que vous
puissiez voir, c'est précisément pour cette raison que je suis
venu vous trouver ; car moi aussi, je ne pourrais pas supporter
de voir la femme avec qui je dormirais. »

La demoiselle le tâta ; elle sentit qu'il avait un corps très
agréable et très bien fait. Et cependant un diable n'a ni corps ni
membres que l'on puisse toucher, car une chose spirituelle ne
peut être touchée et tous les diables sont choses spirituelles.
Mais parfois les diables se font un corps avec de l'air, en sorte
qu'il semble à ceux qui les voient qu'ils soient formés de chair
et d'os. Quand elle sentit le diable aux bras, au corps, au visage
et en maints autres endroits, il lui parut, à ce qu'elle en pouvait
savoir par le toucher, qu'il était fort bien taillé pour être beau.
Elle l'aima, fit tout ce qu'il voulut, et le dissimula fort bien, à
sa mère comme aux autres. Quand elle eut mené cette vie
pendant cinq mois, elle grossit. Et quand elle vint au terme
normal de l'accouchement, tout le peuple fut stupéfait, car
personne ne connaissait le père, et elle ne voulait le dire à
personne.

L'enfant fut un garçon et fut appelé Merlin ; car le diable
l'avait ainsi commandé à la demoiselle, avant qu'il naquît.
Mais il ne fut jamais baptisé. Quand il atteignit douze ans, il fut
amené à Uter-Pandragon, comme l'Histoire de ses Œuvres le
témoigne et l'expose. Quand le duc de Tintajuel eut été tué, par
la trahison d'Uter-Pandragon et de Merlin, à cause d'Egerne la
duchesse, qu'Uter-Pandragon aimait, Merlin partit habiter
dans les forêts profondes et anciennes. Il était, de la nature de
son père, décevant et déloyal, et savait tout ce que l'esprit peut
savoir de toute perverse science.

Il y avait dans la marche de la Petite-Bretagne une demoiselle d'une très grande beauté, qui était appelée Ninienne.
Merlin en devint amoureux et vint souvent auprès d'elle, de
jour et de nuit. Elle se défendit très bien de lui ; car elle était très
intelligente et courtoise. Si bien qu'un jour elle le requit et le
conjura de lui révéler qui il était, et il lui en dit la vérité. Elle lui
déclara qu'elle était prête à faire ce qu'il voudrait, pourvu qu'il
lui enseignât d'abord un peu de son grand savoir. Et lui, qui

mortex puet nule chose plus amer, li otria a aprandre qancqu'ele deviseroit de boche.

« Ge voil, fait ele, que vos m'enseigniez comment ge porrai
un leu si fermer par force de paroles et *(f. 9c)* serrer dedanz ce
que ge voudrai, que nus n'i puisse ne issir ne entrer, ne fors ne
anz. Et si m'enseigneroiz comment ge porrai faire dormir a
tozjorz mais cui ge voudrai, sanz esveillier. »

« Por quoi, dist Merlins, volez vos ce savoir ? »

« Por ce, fait ele, que se [me]s peres savoit que vos ne autres
geüssiez a moi, ge m'ocirroie tantost ; et issi serai asseür de lui
qant ge l'avrai fait endormir. Mais bien gardez, fait ele, que vos
ne m'anseigniez chose ou il ait point de mençonge, car bien
sachiez que ja mais a nul jor n'avriez ma compaignie. »

Cil li anseigna et l'un et l'autre ; et ele escrist les paroles en
parchemin, car ele savoit assez de letres. Si an conreoit si
Mellin totes les hores qu'il venoit a li parler que maintenant
s'andormoit ; et metoit sor ses deus aignes deus nons de
conjurement que, ja tant com il i fussient, ne la poïst nus
despuceler ne a li chessir charnelment.

En tel maniere lo mena mout longuement, et cuidoit tozjorz
au partir que il eüst a li geü. Si lo decevoit issi par ce qu'il estoit
mortex en une partie ; mais se il fust de tot deiables, ele ne l'an
poïst decevoir, car deiables ne puet dormir. En la fin sot ele par
lui tantes mervoilles que ele l'angigna et lo seela tot andormi en
une cave dedanz la perilleuse forest de Darnantes, qui marchist
a la mer de Cornoaille et au reiaume de Sorelois. Illuec remest
en tel maniere, car onques puis par nelui ne fu seüz ; et li leus
fu mout bien seelez par dedanz a force de granz conjuremenz,
si ne fu onques puis par nul home veüz qui noveles en seüst
dire.

Cele qui l'andormi et seela, si fu la damoisele qui Lancelot en
porta dedanz lo lac. Et qant ele l'an ot porté, il ne fait pas a
demander se ele lo tint chier, *(f. 9d)* car ele lo gardoit plus

l'aimait autant qu'un cœur mortel peut aimer, consentit à lui apprendre tout ce qu'elle demanderait.

« Je veux, dit-elle, que vous m'appreniez comment je pourrai clore un lieu par la force de paroles et y enfermer ce que je voudrai, de telle sorte que personne ne puisse en sortir ou y entrer, ni dehors ni dedans. Et vous m'apprendrez aussi comment je pourrai faire dormir qui je voudrai, sans qu'il se réveille jamais.

— Pourquoi, dit Merlin, voulez-vous savoir cela ?

— Parce que, dit-elle, si mon père savait que vous-même ou un autre homme couchiez avec moi, je me tuerais tout de suite. Et je serai tranquille à ce sujet, une fois que je l'aurai endormi. Mais prenez garde, ajouta-t-elle, de ne pas m'enseigner quelque chose où il y aurait du mensonge, car sachez bien que vous perdriez à tout jamais ma compagnie. »

Il lui enseigna l'une et l'autre conjuration et elle en écrivit les paroles sur parchemin, car elle savait assez de lettres. Elle enchantait si bien Merlin que, chaque fois qu'il voulait lui parler, il s'endormait aussitôt. D'autre part, sur ses propres cuisses[1], elle mettait deux noms de conjuration, de telle sorte que, tant qu'ils y demeuraient, nul ne la pouvait dépuceler ni connaître charnellement.

Elle le mena longtemps de cette manière et il croyait toujours, en s'en allant, qu'il lui avait fait l'amour. Elle l'abusait ainsi, parce qu'il était mortel pour une part ; mais, s'il avait été tout à fait un diable, elle n'aurait pas pu le tromper, car un diable ne peut dormir. À la fin elle sut par lui de si grandes merveilles qu'elle put s'en jouer et l'enfermer tout endormi dans une caverne au fond de la Forêt Périlleuse de Darnantes, qui touche à la mer de Cornouailles et au royaume de Sorelois. C'est là qu'il demeure, dans l'état où elle l'a mis ; car depuis lors personne n'a jamais plus entendu parler de lui. Il est enfermé dans un lieu parfaitement clos de l'intérieur par la force de conjurations puissantes, et nul ne l'a vu, qui sache en dire des nouvelles.

Celle qui l'endormit et l'enferma était la demoiselle qui emporta Lancelot dans le lac. Quand elle l'eut emporté, il ne faut pas demander s'il fut bien soigné ; car elle s'occupait de lui

---

1. Littéralement : sur ses aines.

doucement que nule autre fame ne poïst faire qui porté ne l'aüst dedanz son cors. Ele n'estoit mie seule, ançois avoit avocques li chevaliers et damoiseles, si quist a l'anfant norrice qui boene li fu. Et qant il s'an pot consirrer, si ot son maistre qui li enseigna comment il se devoit contenir. Ne nus de la maisniee a la damoiselle ne savoit son non fors que ele seulement, ançois l'apeloient en maintes manieres. Li un l'apeloient lo Biau Trové, li autre Fil de Roi, et ele meesmes l'apeloit issi sovant, et tex ore estoit que ele lo clamoit Riche Orfenin.

Ensi fu trois anz Lanceloz an la garde a la damoisele a trop grant aise, et bien cuidoit por voir que ele fust sa mere. Si fu plus creüz en ces trois anz c'onques autres ne fist en cinq, et fu de totes choses si biax anfes que plus biau ne deüst nus deviser. La dame qui lo norrissoit ne conversoit nule foiee s'an forelz non granz et parfondes, ne li lais ou ele sailli atot lui, qant ele l'am porta, n'estoit se d'anchantement non, si estoit el plain d'un tertre plus bas assez de celui o li rois Banz avoit esté morz. En cel leu ou il sanbloit que li lais fust granz et parfonz avoit la dame mout beles maisons et mout riches, et el plain desouz corrut une riviere petite, mout planteüreuse de poissons. Si estoit cil herbergemenz si celez que nus nel poïst trover, car la sanblance do lac lo covroit si que veüz ne pooit estre.

Ensi est Lanceloz en la garde a la dame remés, si croist et amande si com vos poez oïr. Mais de lui ne parole plus li contes ci endroit, ençois retorne a parler de Lionel, son coisin et de Bohort, lo fil au roi Bohort de Gaunes.

plus tendrement que n'aurait pu le faire aucune femme qui l'eût porté dans son corps. Elle n'était pas seule ; elle avait avec elle des chevaliers et des demoiselles. Elle procura à l'enfant une nourrice qui lui convînt et, lorsqu'il put s'en passer, il eut son maître, qui lui enseigna comment il devait se conduire. Dans la maison de la demoiselle, personne ne savait son nom qu'elle seule, et ils le nommaient de maintes manières. Les uns l'appelaient « bel enfant trouvé », les autres « fils de roi ». Elle-même l'appelait souvent ainsi, et parfois elle le nommait « riche orphelin ». Trois années s'écoulèrent, que Lancelot passa en la garde de la demoiselle, parfaitement heureux, et il croyait bien réellement qu'elle était sa mère. Il grandit davantage dans ces trois années qu'un autre n'eût fait en cinq, et c'était un si bel enfant à tous égards que personne ne pouvait en imaginer de plus beau. La dame qui l'élevait ne résidait jamais ailleurs que dans des forêts grandes et profondes ; et le lac, dans lequel elle avait sauté avec lui, lorsqu'elle l'avait emporté, n'était que d'enchantement. Il était au pied d'une colline bien moins haute que celle où le roi Ban était mort. À l'endroit où il semblait qu'il y eût un grand lac profond, la dame avait des maisons fort belles et fort riches, et au-dessous d'elles coulait une rivière petite, très plantureuse en poissons. Et cette habitation était si bien cachée que personne ne pouvait la trouver ; car l'apparence du lac la protégeait de telle manière qu'on ne pouvait pas la voir.

Ainsi Lancelot demeure en la garde de la dame[1]. Il grandit et profite, comme il vient de vous être dit. Mais le conte ne parle plus de lui en cet endroit et revient à Lionel, son cousin, ainsi qu'à Bohort, les fils du roi Bohort de Gaunes.

---

1. Outre la dame ou demoiselle du Lac (voir sur cette double appellation p. 213, note 1), il y a dans ce roman quatre autres "demoiselles du lac" (sans majuscule) : trois sont des messagères de la dame du Lac ; la quatrième est une jeune fille venue d'un autre lac, où elle était retenue prisonnière.

(f. 10a) Li contes dit que qant li chevaliers qui toli a la reine de Gaunes ses deus anfanz si fu alez an son païs que li rois Claudas li ot randu, et de l'autre terre li ot il doné mout grant partie, qu'il garda les anfanz a mout grant honor, et orent qanque l'an cuida que bon lor fust. Car il ne beoit fors a els tenir a honor tant qu'il venissent [an] aage que Dex lor rendist encor la terre. Si i pensoit avoir grant preu s'il revenoient en pooir.

Ensins les tint plus de trois anz an sa maison si celeement que nus ne savoit qui il estoient fors sa fame seulement, qui mout estoit tres bele dame et juene et bien parlanz. Por la grant biauté qui en li estoit avint chose que Claudas l'ama et fist tant qu'il ot s'amor. Et por amor de li fist il son seignor seneschal de tote sa terre de Gaunes, et mout l'acrut de granz fiez et de beles rantes. Li chevaliers estoit mout preuz et mout hardiz, et si avoit non Phariens. Et tant durerent les amors de sa fame et del roi Claudas qu'il lo sot. S'il an fu iriez, ce ne fait pas a demander, car il n'amoit nule rien tant comme la dame. Il s'an prist garde mout sovant, tant c'un jor l'anveia Claudas en un suen affaire. Et cil fist sanblant qu'il i aloit, mais il n'i ala mie, ainz se mist en aise de sa fame esprover, tant que la nuit trova Claudas avocques li, si lo cuida ocirre, mais il ne pot, car il se lança parmi une fenestre hors de la chanbre, si eschapa en tel maniere.

Il conut mout bien que c'estoit Claudas, si li pesa mout que ocis ne l'avoit, et mout ot grant paor que Claudas n'oceïst lui. Si se porpensa comment il se porroit garir par voidie, car force n'i avoit mestier. Il vint a Claudas, si lo traist a une part a consoil, et si li dist :

« Sire, ge sui vostre hom, si me devez tenir *(f. 10b)* a droit envers les autres genz, et les autres genz envers moi. Ge voil bien que vos sachiez que ceianz a un de voz chevaliers, qui de ma fame me traïst, et trové l'i ai ja une foiee. »

« Qui est, fait li rois Claudas, li chevaliers ? »

CHAPITRE VII

Le roi Claudas et le chevalier Pharien

Le conte dit que, lorsque le chevalier qui avait enlevé à la reine de Gaunes ses deux enfants s'en fut allé dans son pays — car Claudas lui avait rendu sa terre et lui avait donné en outre une très grande partie du reste du royaume — il tint les enfants en grand honneur et ils eurent tout ce que l'on put trouver pour leur bien. Il n'avait d'autre but que de les élever avec honneur jusqu'à ce qu'ils fussent d'un âge où Dieu leur permît de recouvrer leur terre. Il pensait en être largement récompensé, s'ils revenaient au pouvoir.

Il les tint ainsi plus de trois ans dans sa maison, si secrètement que nul ne savait qui ils étaient, hormis sa femme, qui était une très belle dame, jeune et bien parlant. À cause de la grande beauté qui était en elle, il advint que Claudas l'aima et réussit à s'en faire aimer. Pour l'amour d'elle, il fit de son époux le sénéchal de toute la terre de Gaunes et l'enrichit de grands fiefs et de belles rentes. Le chevalier était très preux et très hardi ; il se nommait Pharien. Tant allèrent les amours de sa femme et du roi Claudas qu'il les sut. Ce que fut sa colère, il est inutile de le demander, car la dame était ce qu'il aimait le plus au monde. Il y pensait très souvent, quand un jour Claudas l'envoya en mission. Il fit semblant d'y aller ; mais il ne partit pas et se mit en mesure d'éprouver sa femme, si bien que, pendant la nuit, il trouva Claudas auprès d'elle. Il tenta de le tuer, sans y parvenir, car le roi s'élança hors de la chambre par une fenêtre et s'échappa de cette manière. Il avait bien reconnu Claudas, fut au désespoir de l'avoir manqué, et eut grand'peur que le roi ne le fît mettre à mort. Il réfléchit alors au moyen de se sauver par la ruse, car ce ne pouvait être par la force. Il alla trouver Claudas, lui demanda un entretien particulier et lui dit :

« Seigneur, je suis votre homme. Aussi devez-vous me faire droit de toutes gens et à toutes gens de moi. Je veux que vous sachiez qu'il y a céans un de vos chevaliers qui me honnit de ma femme, et je l'ai déjà surpris en flagrant délit une fois.

— Qui est-ce ? dit Claudas.

« Sire, fait il, ge ne sai qui, car ma fame nel me viaut nomer,
mais tant m'a ele bien dit que de voz chevaliers est il. Or si me
doinez consoil comme mes sires que ge en ai a faire se ge l'i
truis. »

« Certes, fait Claudas, ge l'ocirroie, se gel trovoie en tel
maniere com vos m'avez ci descovert. »

Et ce disoit il por ce qu'il cuidoit bien que Fariens n'en saüst
pas la verité.

Atant prant Phariens de lui congié, si s'en revient an son
chastel, et prant sa fame, si la met en une tor et mout a malaise ;
et fu seule de totes compaignies fors c'une vielle qui li portoit
ce qu'ele bevoit et manjoit. Ne onques Fariens une foiz ne li
reprocha por que il li faisoit toz cels max. Tant soffri la dame
que ele ne pot en avant soffrir, et fist tant que ele parla a un
sien coisin, vallet, povre home, cui ele avoit faiz mainz biens. Si
i parla des fenestres de la tor a l'anuitier et li ancharja qu'il
alast au roi Claudas et li deïst que issis l'avoit ses sires por lui
enserree, et que il feïst tant que ele poïst a lui parler, et ele
l'acointeroit de sa honte et de son domage. Et s'il n'i parloit
prochainement, trop grant perte i porroit avoir, car il en
morroit et ele avocques autresin. Li vallez ala a Claudas et tant
fist qu'il parla a lui, et li conta qanque la dame li avoit
anchargié et avocques dist boenes enseignes que ele li
a[n]veoit.

Et après ce ne demora gaires que Claudas chaçoit an la forest
de Gaunes, si li vint en corage qu'il iroit la dame veoir. Il prist
un escuier, si manda a Pharien *(f. 10c)* qu'il aloit en sa maison
disner. Et qant il l'oï, si fist mout bele chiere au message son
seignor, et sanbla que mout an fust liez. Maintenant fist la
dame traire hors de la tor et fist acesmer et apareilier mout
richement, et atorna a mangier qant qu'il pot trover de boen.
Qant Claudas aprocha, il ala a l'ancontre et li fist mout bele
chiere et lo reçut en sa maison a mout grant feste.

— Seigneur, dit Pharien, je ne le sais pas, car ma femme ne veut pas me dire son nom ; elle m'a dit seulement que c'est un de vos chevaliers. Je viens donc vous demander conseil, puisque vous êtes mon seigneur, sur ce que je dois faire, si je le trouve.

— Sans nul doute, dit Claudas, je le tuerais, si je le trouvais dans une occasion semblable à celle dont vous me faites la confidence. » Il parlait ainsi, parce qu'il croyait que Pharien ne savait pas la vérité.

Sur ces paroles, Pharien prend congé du roi, retourne à son château, fait venir sa femme et l'enferme dans une tour très misérablement, sans autre compagnie qu'une vieille, qui lui portait à boire et à manger. Mais à aucun moment il ne lui dit pourquoi il la maltraitait ainsi.

La dame souffrit tant qu'un jour elle ne put en supporter davantage. Elle réussit à parler à l'un de ses cousins, jeune homme pauvre, qu'elle avait honoré de ses bienfaits. Elle lui adressa la parole, des fenêtres de la tour, à la tombée de la nuit. Elle le chargea d'aller trouver le roi Claudas et de lui dire que c'était à cause de lui que son seigneur l'avait emprisonnée : qu'il fasse en sorte qu'elle puisse lui parler et elle l'avertira de sa honte et de son dommage ; s'il ne venait pas lui parler prochainement, il pourrait lui arriver un très grand malheur, car il en mourrait et elle aussi. Le jeune homme se rendit auprès de Claudas et obtint de lui parler. Il lui rapporta tout ce dont la dame l'avait chargé et y ajouta de bonnes enseignes[1], qu'elle lui envoyait.

Peu de temps après, Claudas chassait dans la forêt de Gaunes et il lui vint à l'esprit qu'il avait là une occasion pour aller voir la dame. Il fit venir un écuyer et l'envoya prévenir Pharien qu'il irait dîner dans sa maison. Quand celui-ci reçut la nouvelle, il fit très bon visage au messager de son seigneur et manifesta un grand contentement. Il mit aussitôt la dame hors de la tour, ordonna qu'elle fût parée et habillée richement, et fit apprêter pour le dîner tout ce qu'il put trouver de meilleur. Quand Claudas fut près du château, Pharien partit à sa rencontre, lui fit un accueil empressé et le reçut dans sa maison

_____
1. *enseigne :* signe de reconnaissance ou mot de passe.

Qant Claudas ot disné, si s'asistrent entre lui et la dame en une couche, et ele s'encomm[anç]a a plaindre a lui de sa mesaise et dist :

« Sire, vos i deüssiez bien metre consoil, car ge n'ai toz cels maus se por vos non. »

« Certes, fait il, g'i metroie mout volentiers consoil se ge savoie. »

« Ge vos enseignerai, fait ele, coment vos me poez de lui vengier et vos avocques, se vos m'amez tant comme j'ai deservi envers vos. »

« De ce, fait il, seiez vos tote seüre que, se ge puis avoir lo point, ge vos en vengerai ; et dites comment, se vos saviez, et ge vos otrois qu'il n'iert a vostre voloir. »

« Sire, fait ele, il set de voir que ce fustes vos qu'il trova en mon lit gisant, mais senblant ne noise n'en vost mostrer ne faire, tant vos redote. Et savez vos comment vos avez boene achoison de lui destruire ? Il garde plus a de trois anz les deus filz au roi Bohort de Gaunes en une chambre desouz ceste tor, tant qu'il aient aage et pooir de vos ocirre. Et puis qu'il a ce fait contre vos, bien a dons a droit mort deservie. »

« Comment ? fait Claudas, est ce voirs ? »

« Oïl, fait ele, n'en dotez pas. Ne vos ne porriez nule si boene achoison trover sor lui comme cesti car par tant a il forfait a estre morz ou desheritez au mains. »

« Or laissiez atant, *(f. 10d)* fait Claudas, ne ja ne faites nul samblant, car g'en cuit par tens mout bien penser et prochainement. »

Atant prist congié Claudas et s'an parti de laianz, et vint la nuit a Gaunes, ou il jut. Il avoit en sa maison un anemi Pharien qui de mort lo haoit, [si vint a lui] et li dist que or estoit il bien aeisiez de Farien honir s'il l'osoit amprandre.

« Comment ? sire ? fait il. »

« Gel vos dirai, fait Claudas, mais vos me fianceroiz leiaument que vos an feroiz mon consoil. »

Et il li fiance.

en grande fête. Après le dîner, Claudas s'assit sur une couche[1] avec la dame et elle commença à se plaindre de ses malheurs. Elle lui dit :

« Seigneur, vous devriez bien y porter remède, car je ne souffre tous ces maux que pour vous.

— Certes, dit Claudas, je le ferais avec grand plaisir, si je le pouvais.

— Je vous enseignerai, reprit-elle, le moyen de me venger de lui et de vous venger vous-même, si vous m'aimez autant que je l'ai mérité.

— Soyez bien persuadée, dit Claudas, que, si je peux en trouver le motif, je vous vengerai. Dites-moi comment, si vous le savez, et je vous promets qu'il en sera fait selon votre volonté.

— Seigneur, dit-elle, il sait parfaitement que c'est vous qu'il a trouvé couché dans mon lit, mais il n'a voulu ni le laisser paraître ni s'en plaindre, tant il vous redoute. Et savez-vous ce qui vous donne un bon motif de le faire mettre à mort ? C'est qu'il garde, depuis plus de trois ans, les deux fils du roi Bohort de Gaunes, dans une chambre sous cette tour, jusqu'à ce qu'ils aient l'âge et le pouvoir de vous tuer. Ayant fait cela contre vous, il a, en bonne justice, bien mérité la mort.

— Comment ? dit Claudas. Est-ce vrai ?

— Oui, dit-elle, n'en doutez pas. Et vous ne sauriez avoir contre lui de meilleur grief que celui-là ; car, pour cette forfaiture, il a mérité la mort, ou d'être déshérité au moins.

— Laissez cela, dit Claudas, et ne faites semblant de rien. J'entends m'en occuper moi-même le moment venu ; et ce sera prochainement. »

Alors Claudas prit congé, se retira et arriva dans la soirée à Gaunes, où il passa la nuit. Il avait dans sa maison un chevalier qui était un ennemi de Pharien et qui le haïssait à mort. Il alla trouver cet homme et lui dit qu'il était désormais en mesure de honnir Pharien, s'il osait l'entreprendre.

« De quelle manière, seigneur ? demande le chevalier.

— Je vous le dirai, lui répond Claudas, mais vous devez me promettre loyalement de faire ce que je vous conseillerai. »

Le chevalier le lui promet.

-----

1. *couche* : lit de repos ou de cérémonie.

« Il est voirs, fait Claudas, que il garde les deus fiz au roi Bohort dedanz une soe forteresce, car gel sai par cels meïsmes qui miauz sont de son consoil. Et savez vos coment vos lo feroiz ? Vos l'apeleroiz par devant moi de traïson, comme celui qui mes hom est et garde encontre moi mes mortex anemis. Et s'il l'ose veer, vos lo mosterroiz contre son cors. Et savez vos que ge vos ferai ? Ge vos doing ci endroit la seneschaucie de Gaunes a tozjorz mais, a vos et a vostre oir. »

Cil est mout liez de la promesse, si l'an mercie mout durement et se poroffre a faire quancqu'il devisera outreement.

Ensi passa li tans que plus n'en fu parlé de ce, tant que Fariens vost un jor a la cort aler. Si se pensa, comme cil qui mout estoit sages, qu'il ne savoit que il li estoit a avenir, car mout lo hait Claudas, ne nus ne se puet garder de traïson, si commanda a toz cels qui gardoient les soes choses, que por un suen neveu chevalier qu'il avoit feïssent autretant com il feroient por son cors, car ce estoit li hom ou il plus se fioit, et a toz en fist faire sairement. Atant mut a la cort, si li fist Claudas *(f. 11a)*, li traîtres, mout grant joie. Et l'andemain vint li chevaliers qui tant lo haoit a l'issue del mostier, et dist a Claudas voiant toz cels qui la estoient :

« Sire, sire, tenez me droit de Farien qui ci est, comme de celui qui est vostre traîtres, car ge lo sai comme d'oïr et de veoir. Et s'il lo velt contredire, ge sui prelz de l'esprover orendroit par devant vos, car il tient voz mortex anemis

« Il est constant, dit Claudas, que Pharien garde les deux fils du roi Bohort de Gaunes dans l'une de ses forteresses, je le sais par ceux-là mêmes qui sont le mieux au fait de ses secrets. Savez-vous comment vous procéderez ? Vous l'appellerez par-devant moi de trahison, en tant qu'il est mon homme et qu'il garde contre moi mes ennemis mortels. S'il ose le nier, vous le montrerez contre son corps[1]. Et savez-vous ce que je ferai pour vous ? Je vous donne immédiatement la sénéchaussée de Gaunes, à titre perpétuel, pour vous-même et pour votre héritier. »

L'homme est très heureux de cette promesse. Il en remercie le roi chaleureusement et s'offre à faire tout ce qu'il lui dira de faire, sans réserve.

Ainsi passa le temps qu'il ne fut plus parlé de cette affaire, jusqu'au jour où Pharien voulut aller à la cour. Il fit réflexion, en homme sage qu'il était, qu'il ne savait pas ce qui pouvait lui arriver, car Claudas le haïssait fort et nul ne peut se garder de la trahison. Il commanda donc à tous ceux qui avaient la garde de son bien, de faire, pour l'un de ses chevaliers qui était son neveu, autant qu'ils feraient pour lui-même, car c'était l'homme du monde auquel il se fiait le plus ; et tous s'y engagèrent par serment. Alors il se rendit à la cour ; et Claudas, le traître, l'accueillit avec beaucoup de joie.

Le lendemain, le chevalier qui haïssait tant Pharien se présente à la sortie de l'église et dit à Claudas, devant tous ceux qui étaient là :

« Seigneur, seigneur, faites-moi justice de Pharien que voici, comme d'un homme qui est votre traître[2], car je le sais, pour l'avoir appris par l'ouïe et par la vue[3]. S'il veut le nier, je suis prêt à le prouver tout de suite par-devant vous ; car il garde

---

1. *contre son corps :* en duel judiciaire, encore appelé « jugement par gages de bataille », les deux parties remettant leur gage, c'est-à-dire un objet symbolique, un gant, par exemple, et s'engageant ainsi entre les mains de leur seigneur, qui a sur eux la haute justice et doit les gouverner suivant les règles du droit.

2. *votre traître :* traître envers vous ; on disait alors « mon traître », comme on dit « mon ennemi ». J'ai gardé l'expression ancienne, parce qu'elle se comprend aisément et que je la trouve plus belle.

3. *par l'ouïe et par la vue :* formule consacrée du droit féodal.

encontre vos, les deus anfanz au roi Bohort de Gaunes. »

« Oez, Pharien, fait Claudas, que cist vos met sus. Certes, se vos mes traïtres iestes, dont suis ge mout dolanz, car mout vos ai honoré et trait avant. »

« Sire, fait Phariens, de ce me conseillerai ge. »

« Comment, sire, fait li chevaliers qui ses niés estoit, vos vos en conseilleroiz? Certes ja consauz n'en sera pris, car il n'est mie chevaliers qui se conseille, puis qu'il est apelez de traïson; mais s'il en est corpables, mete la hart el col et voist isnellement a son joïse; et s'il en a droit, si se deffande seürement contre lo meilor chevalier do monde, car desleiautez fait a besoign de bon chevalier mauvais, et leiautez fait boen chevalier et seür de celui qui onques ne l'avra esté. »

Lors s'an vient devant Claudas et dist:

« Sire, ge deffandrai monseignor mon oncle de ceste chose. »

Et ses oncles saut avant et dit que ja nus n'en metra escu a col sor lui.

« Tenez, sire, fait Phariens, mon gaige que ge onques traïson ne fis vers vos. »

« Conoissiez vos, fait Claudas, que vos les anfanz au roi Bohort aiez en garde? »

« Sire, sire, fait li niés, s'il les gardoit ores, si an fait il assez qant il est prelz de contredire que onques traïson ne fist vers vos. Et ensin com il est restez, issi est prelz qu'il s'em deffande. »

« Il est restez, fait Claudas, des anfanz lo roi Bohort, et s'il velt contredire *(f. 11b)* que gardez nes ait, cist est apareilliez toz de l'esprover. »

« Sire, fait li niés Farien, s'il les a gardez, ne l'a il mie fait an traïson vers vos. Et s'il a çaianz chevalier tant preu ne tant hardi qui voille mostrer qe ce traïsons soit, ge sui prelz que ge l'an desfande, car il n'issi onques de l'omage au roi Bohort; et

contre vous vos ennemis mortels, les deux enfants du roi Bohort de Gaunes.

— Vous entendez, Pharien, dit Claudas, ce dont ce chevalier vous accuse ? Ah ! vraiment, si vous êtes mon traître, je suis bien malheureux, moi qui vous ai comblé d'honneurs et de faveurs.

— Seigneur, dit Pharien, de cela je prendrai conseil[1].

— Comment ! seigneur, dit à Pharien le chevalier qui était son neveu, vous prendrez conseil ? Certes, jamais conseil n'en sera pris ; car il n'est pas chevalier, celui qui prend conseil, quand on l'accuse de trahison. S'il est coupable, qu'il se mette la corde au cou et qu'il aille promptement à son supplice. Mais s'il a le droit pour lui, qu'il se défende sans crainte contre le meilleur chevalier du monde. Car la déloyauté rend au besoin le bon chevalier mauvais, et la loyauté change en un bon chevalier infaillible celui qui ne l'aura jamais été. »

Alors il se présente devant Claudas et lui dit :

« Seigneur, je défendrai monseigneur mon oncle contre cette accusation. »

Mais son oncle se précipite et dit que nul n'en mettra l'écu au col à sa place.

« Prenez, seigneur, dit Pharien, mon gage que jamais je n'ai commis de trahison contre vous.

— Reconnaissez-vous, dit Claudas, que vous avez en garde les enfants du roi Bohort ?

— Seigneur, seigneur, dit le neveu de Pharien, même s'il les gardait en ce moment, il en fait assez dès lors qu'il est prêt à démentir qu'il ait jamais commis aucune trahison contre vous. Ainsi qu'il est accusé, ainsi est-il prêt à se défendre.

— Il est accusé, dit Claudas, de garder les enfants du roi Bohort. S'il veut démentir qu'il les ait en garde, le chevalier que voici est tout disposé à le prouver.

— Seigneur, dit le neveu de Pharien, s'il les a gardés, ce n'est pas une trahison contre vous. S'il y a ici un seul chevalier assez preux et assez hardi pour soutenir que ce soit une trahison, je suis prêt à en défendre mon oncle. Car il n'est jamais sorti de l'hommage du roi Bohort, et quelque tort que son seigneur ait

---

1. *je prendrai conseil* : littéralement : je me conseillerai. « Se conseiller » signifie à la fois réfléchir, consulter, délibérer, aviser.

combien que ses sires eüst mespris vers lui, il doit garder lo cors
son seignor, s'il estoit vis, et lo cors a ses anfanz. »

Puis dist a son oncle :

« Alez, sire, si vos desfandez de la traïson que cil chevaliers
vos a sus mise, et ge vos deffandrai do mesfait, que point n'en
a es anfanz garder et garantir. »

A ceste parole ne fu nus hom qui onques meïst nul contredit,
ne li chevaliers qui apelé l'avoit de traïson ne se tint lors pas si
angrés com il avoit devant esté.

« Comment, fait Claudas a celui qui apeloit, dont n'en feroiz
vos plus ? »

Et qant il voit que a son seignor plaist, si done son gage de
mostrer la traïson. Et Phariens tant le sien por lo contredire.
Sanz nul respit que nus i feïst s'alerent armer. Et Phariens apele
son neveu, si li dist :

« Biax niés, alez vos an a mon chastel, et que qe de moi doie
avenir, o de joie o de mescheance, prenez mes deus seignors et
les an menez sanz arest a Mostier Reial ou ma dame est, et les
li randez, car ge nes porroie vers ces traïtor plus garantir. »

Atant s'an part li niés et vient au chastel, si prant les anfanz
et les an moine si com il li estoit commandé. Et Phariens se
conbat tant que il ocist lo chevalier devant Claudas. Et lors
vienent les novelles a Claudas que li niés Pharien s'en est alez
et que les anfanz avoit perduz. Et qant il l'ot, si vient a Pharien
et li fait mout bele chiere et li dit que les anfanz li rande
(f. 11c).

« Et ge vos jurerai, fait il, orandroit sor sainz que ge les

eu envers lui, il est tenu de protéger le corps de son seigneur, s'il était vivant, et les corps de ses enfants[1]. »

Puis il dit à son oncle :

« Allez, seigneur, défendez-vous de la trahison, dont ce chevalier vous accuse ; et moi je vous défendrai de la faute[2], car il n'y en a aucune à garder et protéger les enfants. »

À ces paroles il n'y eut personne qui osât opposer la moindre contradiction ; et le chevalier, qui avait porté l'accusation de trahison, ne parut plus aussi déterminé qu'auparavant.

« Comment ? dit Claudas, en se tournant vers l'accusateur, vous n'en ferez pas davantage ? »

Quand celui-ci voit que tel est le plaisir de son seigneur, il donne son gage, pour montrer la trahison ; et Pharien tend le sien, pour la démentir. Sans que personne y mît aucun délai, ils allèrent s'armer. Pharien appelle son neveu et lui dit :

« Beau neveu, allez à mon château. Et quoi qu'il doive advenir de moi, ou de joie ou d'infortune, prenez mes deux seigneurs, emmenez-les sans perdre un instant à Moutier-Royal, où demeure madame, et rendez-les-lui, car je ne pourrais plus les garantir contre ces traîtres. »

Le neveu part aussitôt, arrive au château, prend les enfants et les emmène, comme il lui était commandé. Et Pharien se bat jusqu'à ce qu'il ait tué le chevalier sous les yeux de Claudas.

Claudas reçoit alors la nouvelle que le neveu de Pharien s'en est allé et a mis les enfants hors de son atteinte. Quand il l'apprend, il se tourne vers Pharien, se fait très aimable et le prie de lui rendre les enfants. « Et je vous jurerai aussitôt, dit-il, sur les saints Évangiles, que je les garderai de telle manière

---

1. *le corps de son seigneur et les corps de ses enfants :* le corps, c'est-à-dire la personne (mais non les biens). Dans le serment qui accompagne l'hommage, l'homme ou, comme nous disons aujourd'hui, le vassal, jure de « garder le corps et les membres » de son seigneur et de ses héritiers.

2. *la faute :* littéralement : le méfait. Ce mot, du langage juridique, désigne tout manquement, léger ou grave, à l'honneur ou à la parole donnée. Désireux de se battre sans contrevenir à la volonté de celui « qui est son seigneur et son oncle », le jeune homme recourt à une distinction subtile, mais pleinement fondée en droit féodal, entre la trahison et la faute. Que Pharien se défende contre le chevalier qui l'accuse de trahison ! Son neveu, lui, va beaucoup plus loin : il offre de se battre contre quiconque osera prétendre qu'il y ait la moindre faute à garder les enfants de son premier seigneur.

garderai si que, qant il seront en aage d'estre chevaliers, ge lor rendrai lor heritage. Et se ge muir dedanz ce, ge les metrai en vostre main, et garderoiz les anfanz et la terre de Gaunes, et celi de Benoyc meesmes qui lor doit estre. Et ge ai oï dire que li fiz au roi Ban ert morz pieç'a. Ce poise moi, car ge sui de tel aage que ge ne doi baer q'a sauver m'ame, que ge n'en desheritai lor peres se por ce non qu'il ne voloient mi home devenir, et si n'avoient nule aide de seignor qu'il avoient. »

Lors fist Claudas aporter les sainz et jura, voiant tot son barnage, que ja par lui n'avroient mal li anfant, ançois les garderoit [et] la terre et bien et leiaument tant qu'il venissent en aage. Cil lo crut par lo sairement, si monta et corrut au ferir des esperons la par ou il savoit qu'il troveroit son neveu, sel trova et an ramena les anfanz. Qant Claudas les vit, si lor fist mout grant joie, et mout furent esgardé, q'a grant merveilles estoient bel. Et il les commande a garder a Pharien et a son neveu. Et ne demora gaires qu'il les fist metre toz quatre en la tor de Gaunes, car trop estoient, ce disoit, juesne encor a chevauchier, si voloit qu'il fussient illuec gardé.

Ensin est Lioniaus et Bohorz en prison, en la tor de Gaunes, et lor dui maistre avoc aus. Et li rois Claudas lor fist mout grant sanblant d'amor et commande qu'il aient qancqu'il deviseront de boiche. Mais d'aus lo laisse atant ester li contes ici endroit que plus n'en parole, ainz retorne a parler do roi Claudas.

Ensin tint Claudas lo regne de *(f. 11d)* Gaunes et celui de Benoyc sanz contredit que nus i meïst, et mout fu dotez de ses veisins et d'autres genz. Il n'avoit de toz anfanz que un tot sol,

que, quand ils seront en âge d'être chevaliers, je leur rendrai leur héritage. Si je meurs avant ce temps, je les mettrai dans vos mains ; et vous aurez la garde des enfants, de la terre de Gaunes, et même de celle de Bénoïc, qui doit leur revenir, car j'ai entendu dire que le fils du roi Ban est mort il y a quelque temps. J'en suis bien triste, car je suis d'un âge, où je ne dois penser qu'à sauver mon âme, et je n'ai déshérité leurs pères que parce qu'ils ne voulaient pas devenir mes hommes. Et pourtant ils n'avaient aucune aide du seigneur qu'ils servaient. »

Alors Claudas fit apporter les Évangiles et jura, devant tous ses barons, que jamais les enfants n'auraient de mal par sa faute et qu'il leur garderait leur terre « et bien et loyalement », jusqu'à ce qu'ils fussent en âge de la tenir. À cause de ce serment, Pharien le crut. Il se mit aussitôt à cheval et courut, en piquant des éperons, du côté où il savait qu'il rencontrerait son neveu. Il le trouva et ramena les enfants. Quand Claudas les vit, il leur fit de grandes protestations d'amitié, et on les admira beaucoup, parce qu'ils étaient beaux à merveille. Claudas confia la garde des enfants à Pharien et à son neveu. Et peu de temps après, il les fit mettre tous les quatre dans la tour de Gaunes. Car les enfants, disait-il, étaient trop jeunes encore pour monter à cheval ; aussi convenait-il qu'ils fussent gardés dans la tour.

Ainsi Lionel et Bohort sont en prison dans la tour de Gaunes et leurs deux maîtres avec eux. Le roi Claudas leur fait de grands semblants d'amitié et ordonne qu'ils aient tout ce qu'ils désireront. Mais le conte ne s'occupe plus d'eux, car il n'en dit pas davantage en cet endroit et revient au roi Claudas.

CHAPITRE VIII

Claudas chez le roi Arthur

Ainsi Claudas tint le royaume de Gaunes et celui de Bénoïc, sans que personne y fît opposition. Il était très redouté de ses voisins et de toutes gens. Il n'avait qu'un seul enfant, un valet,

qui estoit vallez mout genz et mout biaus, et avoit pres de
quinze anz, si avoit non Dorins. Si estoit si fiers et si viguereus
et si demesurez qe ses peres ne l'osoit encores faire chevalier,
car il avoit paor que il ne li correüst sus si tost com il an avroit
pooir, car il estoit si despandanz que riens ne li pooit durer, et
Claudas fu li plus angoisseus princes et li plus avers do monde,
ne ja rien ne donast se lors non qant il avoit si grant mestier de
gent que consirrer ne s'en pooit. Et sa façons estoit si fiere que
li contes dit qu'il avoit bien nuef piez de lonc a la mesure des
piez de lors. Si avoit lo viaire gros et noir, et les sorcils veluz,
et les iauz gros et noirs, l'un loign de l'autre. Si avoit lo nes cort
et rechinié, et la barbe rousse, et les chevous ne bien noirs ne
bien rous, mais entremeslez d'un et d'[a]utre. Si ot lo col gros,
et la boiche grant, et les danz cleres et ancheisses. Mais les
espaules et les piez et tot l'autre cors ot si bel et si bien taillié
com l'an lo porroit miauz deviser en nul home.

Et ses teches estoient et boennes et mauvaisses. Il amoit
mout povre home, bon chevalier, ne ja ne queïst que riches
hom fust boens chevaliers. Si haoit toz cels qui plus pooient de
lui, et amoit cels dont il estoit au desus, s'il lor vossist estre un
po plus larges. Et volentiers aloit au mostier, mais ne faisoit
mie granment de bien a povre gent. Mout volentiers levoit
matin et manjoit, ne ja ne joast a tables ne as eschas n'a autres
geus se petit non. En bois aloit volentiers deus jorz ou trois
tot   pres   a   pres,   mais   non   pas   acoustumeement.   Ses
co*(f. 12a)*venanz ne fausoit mie volentiers, mais sovant metoit
sus achoisons de barat et de decevance.

très aimable et très beau, âgé de près de quinze ans et qui s'appelait Dorin. Ce jeune homme avait tant de fierté, de vigueur et de démesure que son père n'osait pas encore le faire chevalier, de peur qu'il ne prît les armes contre lui, aussitôt qu'il en aurait le pouvoir. En effet Dorin était si dépensier que rien ne lui pouvait suffire. Et Claudas était le prince le plus dur et le plus avare du monde ; il ne faisait jamais le moindre don, sauf quand il avait un si grand besoin d'hommes[1] qu'il ne pouvait s'en dispenser.

Claudas avait une si fière allure que le conte dit qu'il mesurait bien neuf pieds de haut, à la mesure des pieds d'alors. Il avait un gros visage noir, des sourcils épais, de gros yeux noirs très écartés l'un de l'autre. Il avait le nez court et froncé, une barbe rousse et des cheveux ni vraiment noirs ni vraiment roux, mais mélangés de l'une et de l'autre couleur. Il avait un gros cou, une grande bouche, des dents blanches et bien plantées. Mais ses épaules, son buste[2] et tout le reste de sa personne étaient si beaux et si bien taillés que l'on ne saurait trouver mieux en nul homme.

Son caractère avait du bon et du mauvais. Il aimait beaucoup les hommes pauvres, s'ils étaient de bons chevaliers, et ne voulait jamais admettre qu'un riche seigneur fût un bon chevalier. Il haïssait tous ceux qui étaient au-dessus de lui et aimait ceux qui lui étaient inférieurs, et pour ceux-ci il consentait à être un peu plus généreux. Il allait volontiers à l'église, mais ne faisait pas grandement de bien aux pauvres gens. Il se levait de bonne heure et mangeait, mais ne jouait jamais aux tables[3], aux échecs ni à d'autres jeux ou fort peu. Il chassait volontiers en bois[4] deux jours ou trois, l'un après l'autre, mais non pas habituellement. Il ne reniait pas volontiers ses promesses, mais invoquait souvent des prétextes pour tromper et

---

1. *un si grand besoin d'hommes :* pour faire la guerre. À ce moment, nous dit Bertrand de Born, les grands seigneurs honorent de leurs dons, pour les attirer, les « pauvres chevaliers ».

2. BN 768 écrit « les pieds ». Nous avons suivi la leçon donnée par d'autres manuscrits : « le pis » nous paraît plus vraisemblable.

3. *tables :* jeu de trictrac ou de dames.

4. *en bois :* les tournois et la chasse sont les deux passe-temps préférés des chevaliers du XIIIe siècle. On distingue la chasse « en bois » et la chasse « en rivière », c'est-à-dire en terrain découvert.

Onques par amors n'avoit amé c'une foiee, et qant l'an li demandoit por quoi il avoit amors laissiees, si disoit que por ce qu'il baoit a vivre longuement.

« Comment, sire? faisoient si home, dont ne puet il vivre longuement qui par amors aime? »

Et il disoit que nenil.

« Por quoi, sire? » faisoient il.

« Por ce, fait il, que cuers de chevalier qui finement aimme ne doit baer qu'a une chose : c'est a tot lo monde passer; ne nus cors d'ome, tant fust preuz, ne porroit soffrir ce que li cuers oseroit emprandre, que ançois ne lo covenist fenir. Mais se la force del cors fust si granz que ele poïst aconplir les hardemenz del cuer, ge amasse par amors tote ma vie et passasse toz les prodomes de totes iceles proesces qui puent estre en cors de boen chevalier, car il ne puet estre tres preuz d'armes, se il n'aimme tres leialment, et ge conois tant mon cuer que ge amasse leiaument sor toz leiaus. »

Ensin parloit Claudas a sa gent priveement, et il disoit voir, car il avoit en s'amor esté de merveilleuse proesce, et avoit eü los et pris de sa chevalerie en maintes terres. Et si avoit encor autres teches; car qui consoil li deïst, ja par lui ne fust descoverz; il amoit riviere sor toz deduiz, et plus les faucons que les ostoirs, ne ja ne chevauchast gaires se granz destriers non, fors qant il chevalchoit grant jornee, et lors avoit il tozjorz un grant destrier dejoste lui, o fust an pais, o fust an guerre.

Qant il ot tenuz les deus reiaumes qu'il avoit conquis deus anz et plus, si se porpensa d'une haute proesce, mais il ne s'en conseilla onques fors a son *(f. 12b)* cuer, si dist a soi meïsmes :

« Ge sui mout riches et mout viguereus et dotez de maintes genz, car li rois Artus meesmes ne s'ose mie reveler encontre moi, car ge taig plus a de deus anz deus roiaumes de son fié, que onques plus n'en osa faire. Si sai bien qe mout sui dotez d'autres genz, qant meesmes li rois Artus me crient et dote. Ne ge ne me tandrai pas por si preuz com ge doi estre, se ge ne faz tant qu'il taigne de moi tote sa terre. Si ai an talant que ge lo guerroi sanz demorance; mais por ce qu'il est tenuz a si preudome de totes genz, si voldrai avant savoir s'il a tant de valoir com les genz dient, car il ne m'est pas avis que nus hom

pour décevoir. Il n'avait jamais aimé d'amour qu'une fois, et, quand on lui demandait pourquoi il avait laissé les amours, il disait que c'était parce qu'ils voulait vivre longtemps.

« Comment ! seigneur, disaient ses hommes, ne peut-il pas vivre longtemps, celui qui aime d'amour ? »

Il répondait que non.

« Pourquoi, seigneur ? disaient-ils.

— Parce que, disait-il, le cœur d'un chevalier, qui aime d'amour fine, ne doit tendre qu'à un seul but, qui est de surpasser tout le monde. Et aucun corps d'homme, si preux fût-il, ne pourrait supporter ce que le cœur oserait entreprendre, sans qu'il fût obligé de périr. Mais si la force du corps était assez grande pour qu'elle pût accomplir les hardiesses du cœur, j'aimerais d'amour toute ma vie et je surpasserais tous les prud'hommes, de toutes ces prouesses qui peuvent être dans un corps de bon chevalier. Car nul ne peut être très preux aux armes, s'il n'aime très loyalement ; et je connais assez mon cœur pour savoir que j'aimerais plus loyalement que les plus loyaux. »

Ainsi parlait Claudas à ses hommes en privé. Et il disait vrai ; car il avait été, dans le temps de ses amours, d'une merveilleuse prouesse, et il avait reçu honneur et gloire de sa chevalerie en maintes terres. Il avait encore d'autres traits de caractère. Celui qui lui confiait un secret, il ne le trahissait jamais. Il aimait la chasse en rivière plus que tous autres plaisirs, et plus les faucons que les autours. Il ne chevauchait guère que sur de grands destriers, sauf quand il faisait un long voyage ; et même alors, il avait toujours un grand destrier à côté de lui, que l'on fût en paix ou en guerre.

Quand il eut tenu les deux royaumes deux ans et plus, il conçut l'idée d'une haute prouesse ; mais il ne prit conseil que de lui-même. Il se dit : « Je suis très puissant, plein de force et redouté de beaucoup de gens ; car le roi Arthur lui-même n'ose pas prendre les armes contre moi. Je tiens, depuis plus de deux ans, deux royaumes de son fief, sans qu'il ait jamais osé rien faire. Aussi sais-je bien que les autres seigneurs me craignent, puisque le roi Arthur lui-même me craint et me redoute. Et je ne m'estimerai pas pour aussi preux que je dois être, si je ne fais en sorte qu'il tienne de moi toute sa terre. J'ai donc l'intention de lui faire la guerre sans tarder. Mais puisque tout le monde le considère comme un prud'homme, je voudrais savoir d'abord s'il a autant de valeur que les gens le disent ; car je ne pense pas

puisse estre tres durement loez ne blasmez, que aucune chose
n'i ait de verité. Por ce voil avant de son covine aprendre une
partie, et s'il est tex que gel doie assaillir de guerre, ge l'an
asaudrai prochainement, et se ge voi que ge nel puisse metre au
desoz, si lairai a itant ester ma fole emprise. »

Ensi pense Claudas et parole a soi meïsmes. Puis vient a un
sien oncle, ainz né de lui, si li dist son covine et li fait jurer sor
sainz que il ne l'an descoverroit ; et puis li dist :

« Biax oncles, ge m'en vois an la cort lo roi Artus an tapinage
por esprover se nus lo porroit metre au desouz, et se ce doit
estre par nul home, ce serra par moi. Et se ge voi que folie fust
de l'anvaïr, si lairai atant la chose ester. Mais ge vos lairai ma
terre tote, car ge ne voil an nule fin que mes fiz en soit tenanz
jusq'a cele ore que vos savroiz que ge serai morz. Et s'il avenoit
chose que ge ne revenisse au chief d'un an, lor me porriez tenir
por mort, sel revestisiez de ma terre seürement. Et ensi lo ferai
jurer a toz mes homes. »

[Il envoie querre ses homes] de par *(f. 12c)* tot les trois
reiaumes, si lor dit :

« Seignor, vos iestes mi home lige. Et ge m'en vois en un
pelerinage isi escheriement q'avoques moi ne vandra que uns
escuiers ; si voil que vos façoiz autretant por mon oncle qui ci
est com vos feriez por moi, jusq'au chief d'un an. Et se ge au
chief d'un an ne revenoie, et vos saüssiez que ge fusse morz, vos
del regne de la Terre Deserte randriez a mon fil Dorin mon
regne de Berri, et vos del regne de Benoyc et de Gaunes
rendriez as anfanz lo roi Bohort la terre qui lor doit estre, ce est
la terre que j'ai conqise, car j'ai oï dire que li filz au roi Ban est
morz avocques son pere ; ne ge ne voil perdre m'ame por autrui
deseriter aprés ma mort, car mes filz avra assez s'il est

qu'aucun homme puisse être grandement loué ou blâmé, sans qu'il y ait quelque chose de vrai. Pour cette raison je veux d'abord me renseigner sur sa situation. S'il est tel que je doive l'attaquer, je l'attaquerai prochainement ; et si je vois que je ne pourrai pas le vaincre, je renoncerai à ma folle entreprise. »

Voilà ce que pense Claudas et ce qu'il se dit à lui-même. Ensuite il se rend chez l'un de ses oncles, qui était plus âgé que lui, lui fait part de ses projets et lui fait jurer, sur les saints Évangiles, qu'il ne le découvrira pas. Puis il lui dit :

« Bel oncle, je m'en vais à la cour du roi Arthur secrètement, pour savoir s'il pourrait être vaincu par personne ; et si ce doit être par quelqu'un, ce sera par moi. Si je vois que ce serait folie de l'attaquer, j'en resterai là. Mais pendant ce temps je vous laisserai toute ma terre ; car je ne veux, sous aucun prétexte, que mon fils en soit saisi, avant l'heure où vous saurez que je suis mort. S'il arrivait que je ne fusse pas de retour au bout d'un an, alors vous pourriez me tenir pour mort et le revêtir de ma terre en toute sécurité. Et c'est ce que je ferai jurer à tous mes hommes, sur toute l'étendue des trois royaumes. »

Il assemble alors ses hommes et leur dit :

« Seigneurs, vous êtes mes hommes liges. Je m'en vais en un pèlerinage, si discrètement que je n'emmènerai avec moi qu'un seul écuyer. Je veux que vous fassiez, pour mon oncle que voici, autant que vous feriez pour moi, jusqu'au terme d'un an. Si, au bout d'un an, je n'étais pas de retour, ou si vous saviez que je fusse mort, vous, les hommes du royaume de la Terre-Déserte, rendriez à mon fils Dorin mon royaume de Berry. Et vous, les hommes des royaumes de Bénoïc et de Gaunes, rendriez aux enfants du roi Bohort la terre qui doit être la leur, c'est-à-dire la terre que j'ai conquise. Car j'ai entendu dire que le fils du roi Ban est mort avec son père ; et je ne veux pas perdre mon âme pour déshériter autrui après ma mort[1]. Mon

---

1. L'Église était formelle : il faut rendre le bien d'autrui, avant de mourir, si l'on veut être « sauvé », ce qui limite singulièrement la portée des conquêtes. Ainsi l'hérédité n'est pas vraiment remise en cause (voir notre introduction). Toutefois cette obligation, si profitable à l'Église, paraissait bien lourde et difficile à tenir pour un chevalier. Le biographe de Guillaume le Maréchal, qui fut régent du royaume d'Angleterre, écrit à ce propos : « Les clercs nous tondent de trop près ; si ce qu'ils disent est vrai, personne ne peut être sauvé. »

prouzdom, ne riens ne seroit an lui bien enploiee s'il estoit
mauvais. Ne dedanz un an ne voil ge pas qu'il soit d'une seule
rien[1] de ma terre saisiz. Et si voil que vos issi lo me juroiz. Et
vos, fait il, biax oncles, lo me jureroiz tot avant a tenir ensi com
gel vos ai devisé. »

Cil li jure toz premiers, qui mout estoit preuz et leiaus
tozjorz vers lui ; si avoit non Patrices et estoit sires d'un chastel
delez Gaunes, devers soloil couchant, que Claudas li avoit
doné, mais par ancesserie estoit sires d'un chastel qui avoit non
Charac et d'un autre selonc, qui lors estoit apelez Duns, mais
au tens Essout, lo fil celui Patrice qui trop fu proz et viguereus,
et fu apelez Essouduns, por ce que trop estoit petiz ses nons
com a si bon chastel et si planteüreus, si fu autant a dire
Essouduns comme li Du[n]s Essout. De cele terre estoit sires
Patrices a celui tens. Et qant il ot fait a Claudas son sairement,
si jurerent après lui trestuit li autre. Dedanz lo qart jor *(f. 12d)*
mut Claudas en son afaire, et en mena avocques lui un suen
serjant, qui mout estoit sages et preuz et de granz proeces de
cors et de toz autres servises.

Tant chevaucha Claudas qu'il vint en la Grant Bretaigne, et
trova lo roi a Logres, sa cité ; si avoit guerre a pluseurs de ses
barons. Ne il n'avoit encores gaires esté rois, si avoit prise la
reine Guenievre, n'avoit pas plus de set mois et demi. Et
c'estoit la plus tres bele fame dont onques nus eüst oï parler el
pooir lo roi Artu. Et sachiez que onques a son tans el reiaume
de Logres n'en ot une qui s'apareillast a li de grant biauté fors
que deus seulement. Si fu l'une dame d'un chastel qui siet an la
marche de Norgales et des Frans, si a non Gazevilté li
chastiaus, et la dame ot non Heliene sanz Per, et cist contes an

---

1. *rien (Ao)* est une leçon isolée ; autres mss : *roie*.

fils aura assez, s'il est prud'homme ; et rien ne serait bien employé en lui, s'il était mauvais. Je ne veux pas qu'avant un an il soit saisi d'un seul sillon de ma terre ; et je désire que vous m'en fassiez le serment. Et vous, dit-il, bel oncle, vous me jurerez, avant tous les autres, de respecter ce que je vous ai prescrit. »

Celui-ci prononça le serment en premier et il s'était montré depuis toujours très preux et loyal envers Claudas. Son nom était Patrice. Il avait un château, voisin de Gaunes du côté du soleil couchant, que Claudas lui avait donné. Mais, par droit de naissance, il était le seigneur d'un château, qui s'appelait Charoc[1], et d'un autre tout proche, qui s'appelait Dun à cette époque. Cependant au temps d'Issou, le fils de ce Patrice, qui fut très preux et très puissant, il prit le nom d'Issoudun, parce que son nom était trop petit pour un si bon château et si plantureux, Issoudun voulant dire le Dun d'Issou. Patrice était le seigneur de cette terre en ce temps-là ; et quand il eut prêté serment à Claudas, tous les autres jurèrent après lui.

Trois jours après, Claudas se mit en route pour ce qu'il voulait faire. Il emmena avec lui un sien sergent, très habile et très preux, de grande prouesse militaire[2] comme en tous autres services. Il chevaucha tant qu'il vint en Grande-Bretagne et trouva le roi Arthur à sa cité de Logres. Ce prince était alors en guerre avec plusieurs de ses barons et n'était roi que depuis peu. Il n'y avait pas plus de sept mois et demi qu'il avait épousé la reine Guenièvre ; et c'était la plus belle femme dont on eût jamais entendu parler dans la terre du roi Arthur. Sachez que, de son temps, au royaume de Logres, il n'y eut, pour l'égaler en beauté, que deux dames seulement. L'une était la dame d'un château, qui est situé dans la marche de Norgalles et des Francs. Gazevilte est le nom de ce château ; la dame s'appelle Hélène-sans-Pair et ce conte en parlera ci-après. L'autre était la

---

1. *Charoc :* peut-être Charost, près de Bourges. L'auteur, qui connaît bien le Berry, a une prédilection pour les étymologies, évidemment fantaisistes : Issoudun vient d'Issou ; Galles vient de Galaad. Mais quoi de plus naturel que les villes et les pays prennent le nom de leur seigneur !

2. Littéralement : de grandes prouesses de corps.

parlera ça avant. Et l'autre fu fille au roi mehaignié, ce fu li rois
Pellés qui fu peres Perlesvax, a celui qui vit apertement les
granz mervoilles del Graal et acompli lo Siege Perilleus de la
Table Reonde et mena a fin les aventures del Reiaume Perilleus
Aventureus, ce fu li regnes de Logres. Cele fu sa suer, si fu de
si grant biauté que nus des contes ne dit que nule qui a son tens
fust se poïst de biauté a li apareillier, si avoit non Amide en
sornon et an son droit non Heliabel.

Mout fu la reine Guenievre de grant biauté, mais rien ne
monta la biauté a la valor que ele avoit, car fu de totes les
dames la plus preuz et la plus vaillanz, et avoc tot ce li dona
Dex si beles graces que nule tant ne fu amee ne prisiee de toz
cels qui la veoient.

En celui tans avoit li rois Artus guerre au roi Yon *(f. 13a)*
d'Irlande la Menor, et puis au roi Agu[is]çant d'Escoce, son
coisin meesmes, et aprés au Roi d'Outre les Marches de
Galone, et a mainz autres de ses barons. Et de toz vint au desus
par l'aide Nostre Seignor qui en mainz leus li fu apareilliez, et
par les preudomes qui de totes les terres de crestienté li
venoient aidier por la grant vaillance de lui ; et neïs de maintes
terres de paiennime lo vindrent servir li Tur, et se crestienerent
por sa valor de tes qui puis furent de hautes proeces en son
ostel.

En tel maniere fu Claudas en la maison lo roi Artu, des la
Miaost jusq'a l'issue de mai, an sanblance d'un estrange
soudoier, et esgarda lo contenement lo roi et sa largesce et sa
debonaireté et son grant san et sa biauté et sa bonté et sa
proesce, si lo vit de totes valors de cuer et de cors si entechié
qu'il ne prisoit envers lui rien nul home dont il onqes eüst
parole oïe.

fille du roi Méhaigné[1], c'est-à-dire du roi Perlès, qui fut le père de Perlesval, celui qui vit à découvert les grandes merveilles du Graal, accomplit le Siège Périlleux de la Table Ronde, et acheva les aventures du Royaume Périlleux Aventureux, c'est-à-dire du royaume de Logres. Cette demoiselle était sa sœur, et si belle que toutes les Histoires disent qu'aucune femme de son temps ne se put appareiller à elle pour la beauté. Amide était son surnom, et son vrai nom Héliabel.

La reine Guenièvre était très belle ; mais sa beauté n'était rien auprès de son mérite. Elle se distinguait, entre toutes les dames, par sa prouesse et sa valeur ; et, avec tout cela, Dieu lui donna de si belles grâces que nulle ne fut tant aimée ni tant admirée de tous ceux qui la voyaient.

En ce temps-là le roi Arthur faisait la guerre au roi Yon de Petite-Irlande, puis au roi Aguiscant d'Écosse, son propre cousin, ensuite au roi d'Outre-les-Marches-de-Galone, et à beaucoup de ses barons. Et sur tous il eut le dessus, grâce à l'aide de Notre Seigneur, qui lui fut accordée en maintes occasions, et grâce aux prud'hommes qui, de toutes les terres de la chrétienté, venaient l'aider, pour la grande valeur qu'ils voyaient en lui. Et même de maintes terres de païennie, les Turcs[2] vinrent se mettre à son service ; et sa valeur en convertit plusieurs, qui furent ensuite de haute prouesse dans son hôtel.

Claudas vécut ainsi dans la maison du roi Arthur, de la mi-août à la fin de mai, en se présentant comme un mercenaire étranger. Il observa la conduite du roi, sa largesse, son amabilité, son grand sens, sa beauté, sa bonté, sa prouesse. Il le vit tellement garni de toutes les valeurs de cœur et de corps qu'il n'estimait plus, auprès de lui, nul homme dont il eût jamais entendu parler.

----

1. *Méhaigné :* non seulement blessé, mais qui garde les séquelles de sa blessure, mutilé ou malade. Le « Roi Méhaigné » est un personnage central du conte du Graal, de Chrétien de Troyes à Wagner. Sa guérison est réservée au vainqueur de la quête du Graal. Mais il faut se garder de lire notre texte à la lumière des textes ultérieurs. Ce héros s'appelle ici Perlesval, fils de Perlès ; et les exploits qui lui sont attribués le relient étroitement à deux romans, sans doute antérieurs, l'*Histoire du Graal* et le *Merlin* de Robert de Boron.

2. *les Turcs :* terme générique pour désigner les Sarrasins.

Atant s'en parti Claudas antre lui et son serjant. Et qant il
vint a Mercent, que il ot mer passee, si mist a raison lo serjant,
que il avoit trové preu an mainz besoinz, si li dist :

« Ge t'ai mout bien [fait], et ge t'ai trové preu et leial en
maintes choses, si te conjur sor la foi que tu me doiz que tu me
consoilles a foi d'une chose que ge te dirai. »

« Sire, fait il, si ferai ge, se ge vos en sai consoil doner. »

« Or antant donques, fait Claudas, tu ne sez por quoi ge vig
en la maison lo roi Artu, ne ge nel dis onques n'a toi n'a autrui.
Mais or lo te dirai ge. Ge me pensai antan que g'estoie un des
plus viguereus hom do monde, et que se ge pooie avoir lo
reiaume de Logres, ge seroie li plus dotez rois qui onqes fust et
conquerroie tant que ge seroie rois de tot lo monde ; si
pen*(f. 13b)*[soie a guerroier lou roi Artu tant que ge lou poïsse
metre au desouz. Et tu ies si sages et si aparcevanz] de tote[s
choses que tu sez bien se painne m'i porroit] avoir mest[ier, si
me di ameement que tu m'an loes. »]

« Sire, fait cil, li mia[udres est legiers a savoir] qui a un po de
conoissance. M[oi est avis que cil do]it avoir cuer de totes
choses passer [qui bee a]vaintre et a metre au desouz lo roi
Artu ; car ge [ne] cuideroie que Dex eüst fait an lui ce qu'il i a
por estre deshonorez ne abaissiez, mais por vaintre tote gent et
conquerre les uns par proesce de soi et de sa haute compaignie,
et les autres par sa largece et par sa debonaireté ; car ce savons
nos bien qu'il est riches de terre a grant mervoille, et il a en sa
maison la flor de tote la terriene chevalerie. Il est si biax
chevaliers que plus bel ne covient a demander. Il est plains de
si grant proesce et de si haute qu'il vaint de totes chevaleries et

Alors Claudas partit, accompagné de son sergent. Quand il arriva à Vincent[1], après avoir passé la mer, il engagea la conversation avec le sergent, qu'il avait trouvé preux en maintes occasions, et lui dit :

« Je t'ai fait beaucoup de bien, et je t'ai trouvé preux et loyal en de nombreuses affaires. C'est pourquoi je te conjure, sur la foi que tu me dois, que tu me conseilles loyalement d'une chose que je vais te dire.

— Seigneur, dit le sergent, je le ferai, si je sais vous en donner conseil.

— Écoute-moi donc, reprit Claudas. Tu ne sais pas pourquoi je suis allé dans la maison du roi Arthur ; je ne l'ai jamais dit, ni à toi ni à personne, mais je vais maintenant te le dire. J'ai fait réflexion, l'année dernière, que j'étais l'un des hommes les plus puissants du monde et que, si je pouvais avoir le royaume de Logres, je serais le roi le plus redouté qui eût jamais existé, et j'accumulerais tant de conquêtes que je serais le roi du monde entier. Je pensais donc mener contre le roi Arthur une guerre telle que je pusse le réduire à merci. Tu es si sage et si avisé en toutes choses que tu dois bien savoir si mon effort pourrait me valoir le succès. Dis-moi donc, en toute amitié, ce que tu me conseilles.

— Seigneur, le meilleur est facile à savoir, pour quiconque a un peu de jugement. Mon avis est qu'il faut avoir toutes les audaces, pour aspirer à vaincre et soumettre le roi Arthur. Je ne saurais croire que Dieu eût mis en lui les vertus qu'on lui voit, pour qu'il fût déshonoré ni rabaissé, mais bien au contraire pour vaincre et conquérir tout le monde, les uns par sa prouesse et celle de sa haute compagnie[2], les autres par sa largesse et sa bonté. Nous savons bien qu'il est riche de possessions, plus que l'on ne saurait imaginer, et qu'il a dans sa maison la fleur de toute la chevalerie de la terre. C'est un si beau chevalier que l'on ne peut demander mieux. Il est plein d'une si grande prouesse et si haute qu'il sait vaincre, en toutes

---

1. *Vincent :* Wissant (Pas-de-Calais) était alors un des ports les plus fréquentés pour se rendre en Angleterre. Il fut abandonné au XIVe siècle, les sables l'ayant envahi. La leçon de BN 768 « Mercent » est isolée et n'a guère de sens.

2. *sa haute compagnie :* ses nobles compagnons, les prud'hommes qui demeurent avec lui.

cels de son ostel et les estranges. Il est si larges et si abandonez
que nus n'oseroit penser ce qu'il oseroit despendre. Il est si
debonaires et plains de si grant compaignie qu'il ne remaint
por les hauz homes qu'il ne face granz joies et granz honors as
povres preuz, et done les riches dons et les plaisanz. Ensins fait
gaaignier les cuers des riches et des povres, car il enhore les
riches come ses compaignons, et les povres por lor proesces et
por son pris et s'anor acroistre et vers Dieu et vers lo siegle,
[car bien gaaigne pris et honor vers le siegle] et grace et amor
de Deu cil qui fait el siegle ce qu'il doit de tel baillie come Dex
li avra donee. Et se cist estoit fox et mauvais et de grant
coardise plains, ne voi ge mie encor, ne ne sai l'ome qui au
desouz lo poïst metre, tant com il voudra les prodomes croire
qui conversent o lui ; car il covandroit a celui qui lo cuideroit
deseriter qu'il fust plus riches hom de lui, et eüst planté de
meilleurs chevaliers en son pooir, ce que ge ne cuit ores mie que
nus ait, et qu'il fust miauz en*(f. 13c)*[techiez dou roi Artu, qui
a painnes porroit avenir, car ge ne cuidei onques en nul cors de
haut home si hautes teches] ne si be[les come les soes me
samblent estr]e. Por ce ne m'est [il pas avis qu'il poïst estre] par
nul hom [deseritez,] ne Dex nel fist onqes tel por [oblier]
enjusque la. Ne Dex ne fist onques home, tant soit mes charnex
amis, ne tant m'ait de granz biens faiz, s'il lo pooit deseriter et
ge l'an pooie garantir, que ge ne l'an garantisse a mon pooir
sanz moi mesfaire, et ençois me mesferoie gié que ge nel
garantisse a mon pooir, et après an feroie ma penitance. »

chevaleries, ceux de son hôtel aussi bien que les étrangers. Il est si large et si désintéressé que nul n'oserait seulement penser ce qu'il ose dépenser. Il est si aimable et de si bonne compagnie, qu'il ne laisse pas, pour les hauts barons, de faire de grandes fêtes et de grands honneurs aux pauvres chevaliers pleins de prouesse, et de leur donner les riches dons et ceux qui plaisent. Il gagne de cette manière les cœurs des riches et des pauvres : il honore les riches comme ses compagnons, les pauvres pour leur prouesse, et pour accroître sa gloire et son honneur envers Dieu et envers le siècle. Car il gagne la gloire et l'honneur du siècle, et la grâce et l'amour de Dieu, celui qui fait dans le siècle ce qu'il doit, à la place que Dieu lui a donnée. Et si lui-même était sot, mauvais et plein de lâcheté, même alors je ne vois ni ne connais personne qui puisse le vaincre, tant que ce grand prince voudra croire les prud'hommes qui demeurent avec lui. Car celui qui voudrait le déshériter, il faudrait qu'il fût plus puissant que lui et qu'il eût à sa disposition une grande quantité de chevaliers meilleurs que les siens, et je ne vois pas que, de nos jours, personne en ait autant. Et qu'il fût doté de plus de qualités que le roi Arthur, ce qui serait bien difficile, car je n'ai jamais vu, réunies dans la personne d'un grand seigneur, d'aussi hautes vertus et d'aussi belles que celles que je vois en lui. Voilà pourquoi je ne crois pas qu'il puisse être déshérité par personne. Dieu ne l'a pas doté de telles vertus pour l'oublier à ce point. Et Dieu n'a pas fait un seul homme, si proche de moi soit-il par le sang ou par les bienfaits, contre qui je ne garantirais[1] le roi Arthur de toutes mes forces, s'il voulait le déshériter et si je pouvais le garantir, sans manquer à mes devoirs[2]. Et même je manquerais à mes devoirs, plutôt que de ne pas le garantir de toutes mes forces ; et j'en ferais ma pénitence après.

---

1. *garantir :* au sens propre, être le garant de quelqu'un, et, par extension, le défendre, le protéger.

2. *sans manquer à mes devoirs :* littéralement : sans me méfaire (de ce verbe vient le substantif « méfait »). Le « méfait », expression qui a un sens juridique précis, c'est la faute, le manquement à une obligation de droit ou d'honneur féodal, comme indiqué ci-dessus (p. 111, note 2). En protégeant le roi Arthur contre son propre seigneur, le sergent sait bien qu'il commettrait une faute, et c'est l'origine de la querelle qui s'ensuit : cette faute est-elle ou non une trahison ?

« Comment? fait Claudas ; si li aideroies encontre moi, qui tes liges sires suis et t'ai fait riche et honoré por ton servise ? »

« Sire, fait il, s'il vos gerroioit a tort, ge vos aideroie jusq'a la mort — voire encor, o fust a son droit o a son tort. Mais se vos aviez la force de lui desheriter et vos lo voliez faire, se ge l'an pooie garantir, ge l'an garantiroie tot. »

« Dont seroies tu, fait Claudas, mes desleiaus et mes traïtres, si com tu meïsmes conois, car tu ies mes hom liges et tu seroies en l'aide a un autre home estrange encontre moi. »

« Sire, fait cil, ge n'en seroie ja ne traïtres ne desleiaus, car ançois que ge alasse encontre vos, ge vos gerpiroie tot vostre homage por garantir tot lo monde de dolor et de povreté et por tote chevalerie tenir an haut, car se cist seus hom estoit morz, ge ne voi que ja mais meïst chevalerie ne tenist gentillece la ou ele est. Et mout seroit miauz que vos qui n'iestes c'uns seus hom fussiez arrieres botez de vostre mauvaise enprise, que toz li monz fust tornez a povreté et a dolor, car bien seroit morz toz li mondes se cil estoit desheritez qui bee tot lo monde a maintenir. Et se vos ne autres voliez dire que ce fust desleiautez que j'ai dit ne traïsons, ge seroie *(f. 13d)* prelz [que] ge m'en deffandisse en quel qe leu que l'an m'an osast rester. Mais puis que sires demande a son home consoil, il l'an doit dire ce que li cuers l'an consoille de raison et de leiauté. Et se li sires l'an velt croire, et biens l'an vient, cil i a honor qui li avra loé lo bon consoil ; et s'il ne l'en velt croire et maus l'an vient, li hom n'i a nule honte, ainz s'en descharge. »

Qant Claudas ot si viguereusement celui parler, si l'en prise mout, car bien set qu'il lo dit de tres grant hautesce de cuer. Mais por deliter plus en ses paroles, qui mout li plaissent, li cort un po sus de la soe parole a senblant d'ome correcié, si dit que ja si tost ne vendra en son pooir, com il lo fera mostrer encontre lui que c'est [t]raïsons qu'il a devant lui conneüe et regeïe.

— Comment ? dit Claudas, tu l'aiderais contre moi, qui suis ton seigneur lige et qui t'ai fait riche et honoré pour ton service ?

— Seigneur, s'il vous faisait la guerre à tort, je vous aiderais jusqu'à la mort, et même que ce fût à tort ou à droit. Mais, si vous aviez la force de le déshériter et que vous le vouliez, si je pouvais le garantir, je le garantirais sans hésiter.

— Alors tu me serais déloyal et traître, ainsi que tu le reconnais toi-même ; car tu es mon homme lige et tu aiderais un étranger contre moi.

— Seigneur, je ne serais ni traître ni déloyal ; car, avant de vous combattre, je vous rendrais tout votre hommage, pour sauver le monde entier de la douleur et de la pauvreté et pour exalter toute la chevalerie. Car, si ce seul homme était mort, je ne vois pas qui pourrait jamais mettre la chevalerie et maintenir la noblesse en l'état où elles sont. Et il vaudrait beaucoup mieux que vous, qui n'êtes qu'un seul homme, fussiez débouté de votre funeste entreprise, que de voir le monde entier réduit à la pauvreté et à la douleur ; car le monde entier serait mort, si celui-là était déshérité qui travaille à maintenir le monde entier. Et si vous vouliez soutenir, vous-même ou qui que ce soit, que ce que j'ai dit est une déloyauté et une trahison, je serais prêt à m'en défendre, en quelque lieu que l'on osât m'en accuser. Quand un seigneur demande conseil à son homme, celui-ci doit lui dire ce que son cœur lui conseille de raisonnable et de loyal. Si le seigneur veut l'en croire et que bien lui en prenne, l'honneur est pour celui qui a donné le bon conseil. Si le seigneur ne veut pas l'en croire et que mal lui en prenne, la honte n'est pas pour son homme, qui, par le loyal conseil, s'en décharge. »

Quand Claudas entend son sergent parler si vigoureusement, il conçoit pour lui beaucoup d'estime, car il sait que ce qu'il dit lui vient d'une très grande hauteur d'âme. Mais, pour se délecter davantage de ses paroles, qui lui plaisent fort, il le provoque un peu, en lui tenant le langage d'un homme courroucé. Il lui dit que, dès qu'il sera de retour dans ses États, il fera montrer[1] contre lui qu'il y a bien eu trahison, comme il l'a reconnu et confessé devant lui.

---

1. *montrer* (par les armes) : c'est-à-dire en duel judiciaire.

« En non Deu, sire, fait cil qui mout a grant despit lo tient,
et ge vos rent vostre homage ci orandroit, si vos pri et requier
que vos me donez jor en vostre cort del contredire, p⁻r moi
esleiauter encontre celui qui ce osera avant metre, soit serjanz,
o soit chevaliers. »

« Nus ne set, fait Claudas, si bien la verité de tes paroles
come ge faz, et ge sui prelz orendroit de mostrer encontre toi
que c'est desleiautez et felonie. »

« Par Sainte Croiz, fait li vallez, puis que a esprover m'an
avez mis, ge ne m'en guanchirai ja. Orendroit sera la bataille,
et a celui qui droit en a en doint Dex joie. »

Cil met la main a l'espee, et Claudas fait autretel. Et il furent
sanz totes armes dont il se poïssent covrir, et neporqant
Claudas avoit aportees mout beles armes de Bretaigne et mout
boenes qu'il avoit a Mercent laissiees, car il s'an voloit venir
covertement an son païs. Il furent loign de totes genz, et
Claudas, qui de la bataille n'avoit talant, voit celui qui vient
(f. 13 bis *a)*, l'espee traite, encontre lui ; et il lo savoit a preu et
a hardi outreement, si li poise mout de ce que tant a la chose
menee qui a gabois avoit esté comanciee. Mais il ne set que
faire, car s'il crie celui merci, il dote que la chose ne soit seüe
et que les genz qui l'oront dire et ne savront la verité lo li
taignent a coardise, qu'il avoit mout tozjorz haïe. Ce lo tient an
sa folie, si atant comme fox celui qui encontre lui vient, l'espee
traite, et qui a son droit lo requiert. C'est la riens qui plus
l'espoente ; et d'autre part, ce set il bien, que li uns ne li autres
n'en puet partir, o sanz mort o sanz mehaign, se tant font les
espees qu'eles veignent au ferir. Si n'ot onques mais li rois

« Par le nom de Dieu, dit le sergent, qui entre dans une grande colère, je vous rends votre hommage immédiatement ici-même ; et je vous prie et requiers de me donner un jour[1] dans votre cour, pour contredire ces allégations, afin de prouver ma loyauté contre quiconque osera les soutenir, qu'il soit sergent ou qu'il soit chevalier[2].

— Nul ne sait, dit Claudas, quelles ont été tes paroles, aussi bien que moi. Et je suis prêt à montrer tout de suite contre toi que c'est une déloyauté et une félonie.

— Par la Sainte Croix, dit le valet, puisque vous m'avez mis à l'épreuve, je ne me déroberai pas. Ici même sera la bataille. À celui qui a le droit, que Dieu donne le succès ! »

Il met la main à l'épée et Claudas en fait autant. Ils n'avaient pas d'armes[3], dont ils pussent se couvrir. Et pourtant Claudas avait apporté de Grande-Bretagne de belles et bonnes armes, qu'il avait laissées à Vincent, car il voulait revenir secrètement dans son pays. Ils étaient loin de toutes gens. Claudas, qui ne désirait pas la bataille, voit le jeune homme qui vient sur lui, l'épée dégainée ; et il le savait preux et hardi sans faille. Aussi regrette-t-il amèrement d'avoir mené si loin cette affaire, qu'il avait commencée en manière de plaisanterie. Mais il ne sait que faire. Car, s'il crie merci à son sergent, il craint que la chose ne soit sue et que les gens, qui en entendront parler et ne sauront pas la vérité, ne l'accusent d'une lâcheté, qu'il a depuis toujours en horreur. Cette crainte le maintient dans sa folie ; et il attend follement celui qui s'avance contre lui, l'épée au poing, et qui l'affronte en étant dans son droit, c'est ce qui l'épouvante le plus[4]. D'autre part, il sait bien que ni l'un ni l'autre ne peuvent s'en sortir sans mort ou sans mutilation, si tant est que les épées en viennent à frapper. Jamais le roi Claudas n'eut de la mort

---

1. *donner un jour :* fixer le jour de l'audience, ou éventuellement de la bataille. C'est encore un terme du langage du droit.

2. L'audace du sergent est extrême. Car nous savons, par Philippe de Beaumanoir, que le sergent qui provoque un chevalier doit se battre à pied contre un homme à cheval.

3. *armes :* ce mot désigne aussi bien les armes offensives (lance, épée) que les armes défensives (les différentes pièces de l'armure et l'écu), comme c'est ici le cas.

4. *ce qui l'épouvante le plus :* même le « traître » Claudas ne met pas en doute la victoire du bon droit.

Claudas de sa mort si grant paor, ne tant pres de lui ne la cuida.

Ensin s'antrevienent li dui ensemble ; et Claudas atant totevoie, et qant il voit celui tot apareillié de ferir, si s'escrie et dit que il sueffre un petit, tant qu'il ait a lui un petit parlé. Et cil s'areste, et Claudas li dit :

« Diva ! Ge t'ai norri et mout bien fait, et se ge t'oci, ge voil que tu me pardoignes ta mort, car les autres genz ne sevent mie comment nos avons ceste bataille arainié autresins bien com nos faisons. »

Qant cil l'ot, si se tient por fol de ce que ses sires l'avoit requis de ce dont il deüst lui requerre, si li dist :

« Sire Claudas, sire Claudas, plus a de bien en vostre cuer, se vos lo voliez en bien despendre, que an toz les cuers qui ores soient, si m'avez ores de tant enseignié que ge ne m'en batrai mais hui a vos, que biau me soit. Mais nos an irons par lo reiaume de Gaule, et lors, se vos volez, si soit ceste bataille par devant lo roi menee a fin, car il est voirs que se ge vos ocioie ci o nos somes, tozjorz mais me seroit tenu a murtre et a traïson, et a vos autresin, se vos ociez moi. »

(f. 13 bis *b)* Or ot Claudas chose qui li siet, si li otroie issi com cil l'a devisé. Et cil prant congié de lui et dit que d'ui an tierz jor sera apareilliez de sa bataille devant lo roi de Gaule.

une aussi grande peur, ni ne la crut aussi proche de lui. Ils s'avancent ainsi l'un contre l'autre. Claudas attend néanmoins ; et quand il voit son adversaire tout prêt à frapper, il l'interpelle et lui dit de patienter un peu, parce qu'il veut lui dire quelques mots. L'autre s'arrête et Claudas lui dit :

« Allons ! je t'ai nourri[1] et je t'ai fait beaucoup de bien. Si je te tue, je veux que tu me pardonnes ta mort ; car les gens ne savent pas comment nous avons arrangé cette bataille, aussi bien que nous le savons. »

En entendant ces paroles, le jeune homme comprend sa sottise d'avoir laissé son seigneur lui demander ce qu'il aurait dû lui demander lui-même. Et il lui dit :

« Seigneur Claudas, seigneur Claudas, il y a plus de bien dans votre cœur, si vous vouliez l'employer en bien, que dans le cœur de tout homme qui vive. Vous m'avez si bien enseigné que je ne me battrai pas aujourd'hui contre vous, car je veux pouvoir le faire à mon honneur. Mais nous devons aller dans le royaume de Gaule. Alors, si vous le voulez bien, que cette bataille soit faite par-devant le roi de Gaule. Car il est bien vrai que, si je vous tuais, ici où nous sommes, je serais à tout jamais accusé d'assassinat et de trahison, et vous de même, si vous deviez me tuer[2]. »

Claudas entend enfin des paroles qui lui plaisent et il accepte ce que le jeune homme lui propose. Celui-ci prend congé de lui et lui dit que, dans les trois jours, il sera, prêt pour sa bataille, devant le roi de Gaule.

---

1. *je t'ai nourri :* élevé. C'était un des privilèges auxquels les vassaux tenaient le plus que de pouvoir envoyer leurs fils vivre, en qualité de « nourris », à la cour de leur seigneur, pour le servir, le garder et s'y former au métier des armes. Cette vie en commun créait, entre le seigneur et le « nourri », un lien, dont les romans et les chansons de geste nous montrent l'extraordinaire puissance.

2. Le seigneur qui tue son homme commet une grave faute, mais combien plus grave est celle de l'homme qui tue son seigneur ! C'est le crime le plus abominable et qui mérite les plus grands supplices, selon tous les auteurs du temps. En effet, quand il a prêté « la foi et l'hommage », l'homme a juré de garder « le corps et les membres » de son seigneur ; et même si celui-ci « s'est méfait », c'est-à-dire a commis une faute envers lui, même si le vassal a, solennellement et en public, résilié son hommage, même s'il fait la guerre à son ancien seigneur, en aucun cas le seigneur ne doit recevoir la mort des mains de celui qui est ou qui a été son homme.

« Comment ? fait Claudas ; issi ne l'otroi gié mie por ce que tu t'an ailles, car don m'avroies tu mauvaise foi portee, qant ge t'avroie mené en estrange païs por moi servir, et tu m'avroies laissié en mon greignor besoing, car ge ne voldroie por nule rien q'en me trovast si povrement. Si te pri, tu remaignes avocques moi encore et que tu me serves si com tu as a costume. »

Et cil dit que son anemi mortel ne servira il ja, ne ja mais jor ne sera en son servise.

« Or antant, fait Claudas ; tu sez bien que par noz acreanz est nostre bataille remesse jusque devant lo roi de Gaule. Et puis que ge serai as armes, sez tu bien qu'il avra en moi meslee contre un meillor chevalier de moi, et auques devroit estre las qui m'avroit mené jusq'a outrance. Et ge te ferai ja une anor que ge ne feroie por tote ma terre, se ge me devoie combatre au cors lo roi Artu, car ge me taig de la bataille por outré. Et saches bien que ge n'en parlai onques fors a gas, et vi bien hui tel hore que ge vousisse estre outre la mer de Grece par covant que onques parole n'en fust meü. Et sui prelz que ge te jur sor sainz, a la premiere eglise o nos vandrons, que de qancque tu en as dit, te sai bon gré. Et por la leial proesce que ge sai en toi, ge te doig la conestablie de mon ostel d'ui en avant, et te ferai chevalier lo jor de la saint Johan, car ge ne te voldroie avoir perdu por lo meillor chastel que j'aie. »

Tant lo prie Claudas an chevauchant que il sont venu a une eglise qu'il orent veü pres do chemin a destre, si estoit uns hermitages. Et il descent, si li jure ses *(f. 13 bis c)* covenances a tenir, et puis l'en a baisié en foi. En tel maniere ont la pais faite, si chevauchierent tant par lor jornees qu'il vienent a Bohorges, si est mout granz la joie que les genz Claudas font de lui.

Au tierz jor vint a lui Patrices, ses oncles, si li conte coment

« Comment? dit Claudas, je ne suis pas du tout d'accord pour que tu t'en ailles. Car alors tu m'aurais mal gardé ta foi, puisque je t'aurais emmené en pays étranger pour me servir et que tu m'aurais abandonné dans mon plus grand besoin. Je ne voudrais pour rien au monde qu'on me trouvât en si pauvre équipage. Je te prie donc de demeurer encore avec moi et de me servir, comme tu as l'habitude de le faire. »

Le jeune homme répond qu'il ne servira jamais son ennemi mortel et qu'il ne restera pas un jour de plus à son service.

« Bon! dit Claudas, écoute. Tu sais qu'en vertu de nos accords notre bataille est remise jusqu'à ce que nous soyons devant le roi de Gaule. Mais quand je serai sous les armes, ignores-tu que je saurai bien me défendre contre un chevalier meilleur que moi et qu'il devrait être assez fatigué, celui qui m'aurait mené jusqu'à outrance[1]? Eh bien, je vais te faire un honneur que je ne ferais pas au prix de toute ma terre, même si je devais me battre avec le roi Arthur en personne : je me tiens, de cette bataille, pour outré. Sache que mes paroles n'étaient que pour plaisanter; et j'ai vu le moment où j'aurais préféré être au-delà de la mer de Grèce, plutôt que d'avoir suscité cette querelle. Je suis prêt à te jurer sur les Livres saints, à la première église que nous rencontrerons, que, de tout ce que tu m'as dit, je te sais bon gré. Pour la loyale prouesse, que j'ai reconnue en toi, je te donne la connétablie de mon hôtel à partir d'aujourd'hui, et je te ferai chevalier le jour de la Saint-Jean. Car je ne voudrais pas te perdre pour le meilleur de mes châteaux. »

Tandis que Claudas s'efforce ainsi d'apaiser son sergent, ils ont poursuivi leur route et sont arrivés à une église, qu'ils avaient vue, près du chemin, sur la droite. C'était un ermitage. Claudas descend, jure à son sergent de lui tenir les promesses qu'il lui a faites, et puis le baise en foi[2]. Ils ont ainsi conclu la paix. Ils chevauchent par étapes jusqu'à ce qu'ils arrivent à Bourges. Grande est la joie que les hommes de Claudas font de son retour.

Deux jours après, Patrice, l'oncle de Claudas, vint voir le roi.

---

1. *jusqu'à outrance:* jusqu'à ce que je m'avoue « outré », c'est-à-dire vaincu; littéralement : à la dernière extrémité.

2. *en foi:* en signe de bonne foi.

ses fiz Dorins avoit fait assez mal an la terre et viles brisiees et proies prises et homes ocis et navrez.

« De tot ce, fait Claudas, ne me chaut, car il a droit, car filz de roi ne doit estre destorbez de largece qu'il voille faire, puis que li rois ne puet estre povres par doner. Et j'ai tant veü de largesce puis que ge parti de ceste terre, que ge ne cuidasse que autretant an poïst avoir an tot lo monde. Si sai bien que c'est la plus haute teche que riches hom puisse avoir que estre larges de veraie largece ; c'est de doner autresin sanz besoign com a besoig, et tele est la largece lo roi Artu. »

Puis conte a ses genz comment il estoit alez en Bretaigne et por quoi, et lo contenement la reine, et lo conte[ne]ment lo roi Artu, et la mervoille de sa chevalerie qui an sa maison est et des voisines terres et des loigtaignes. Aprés lor conte la contençon et l'acorde qui a esté entre lui et son serjant, si lor devise de chief en chief, et ne mie la grant paor qu'il ot eüe. De c'est granz li gas parmi la cort, et li serjanz en a mout grant honte et mout se tient por fol.

Qant vint a la feste Johan, si an fist Claudas chevalier, et lors lo revesti de la conestablie de son ostel. Et cil fu puis chevaliers de mout grant proesce autresin com il avoit esté preudeserjanz, et il avoit non Arquois li Flamans. Ensin est li rois Claudas repairiez en sa terre, si ne parole plus li contes ci androit de lui, ançois retorne a Lancelot, qui est el lac.

(f. 13 bis d) Qant Lancelot ot esté an la garde a la damoisele les trois anz que vos avez oï, si fu tant biaus que nus nel veïst

Il lui rapporta que son fils Dorin avait fait bien du mal dans la terre, forcé des villes, pris du bétail, tué et blessé des hommes.

« Je me moque bien de tout cela, dit Claudas ; car il en a le droit. Un fils de roi ne doit pas être contrarié dans les largesses qu'il veut faire, puisqu'un roi ne peut devenir pauvre par ses dons. Et j'ai vu tant de largesse, depuis que je suis parti de cette terre, que je n'aurais jamais cru qu'il pût y en avoir autant dans tout l'univers. Je sais que c'est la plus haute vertu qu'un grand seigneur puisse avoir, que d'être large de la vraie largesse, celle qui consiste à donner pareillement, sans besoin comme au besoin, et telle est la largesse du roi Arthur. »

Alors il conte à ses gens comment il est allé en Grande-Bretagne et pourquoi, le comportement de la reine, le comportement du roi Arthur et la merveille de la chevalerie qui est dans sa maison, des pays proches comme des terres lointaines. Après quoi il leur conte la querelle et l'accord qu'il eut avec son sergent : il les leur expose de bout en bout et ne cache pas la grande peur qu'il a eue. On en rit beaucoup parmi la cour. Le sergent en est tout honteux et se trouve bien sot. Quand vint la fête de la Saint-Jean, Claudas le fit chevalier ; et alors il le revêtit de la connétablie de son hôtel. Ce fut ensuite un chevalier d'une grande prouesse, de même qu'il avait été un sergent très preux. Et il s'appelait Arquois le Flamand.

Ainsi le roi Claudas est revenu dans sa terre. Le conte ne parle plus de lui maintenant, et retourne à Lancelot, qui est au Lac.

CHAPITRE IX

La belle enfance de Lancelot du Lac

Quand Lancelot eut été sous la garde de la demoiselle pendant les trois années dont nous avons parlé, il fut si beau que personne ne pouvait le voir sans croire qu'il était plus âgé

qui ne cuidast q'il fust de greignor aage la tierce part. Et
avocques ce qu'il estoit granz de son aage, si estoit sages et
antandanz et cuitox et legiers et outre ce qe anfes de son aage
ne deüst estre. La damoisele li bailla un maistre qui l'anseigna
et mostra comment il se devoit contenir a guise de gentil home.
Et neporqant de toz cels qui laianz estoient, ne savoit nus qui
il estoit fors seulement la damoisele et une soe pucele, si
apeloient l'anfant par laianz si com l'estoire a ça arrieres
devisé.

Si tost com il se pot aider, li fist ses maitres un arc a sa
maniere et a bouzons legerez que il lo fist traire avant au
bersaut. Et qant il s'an sot entremetre, si lo fist archoier as
menuz oisiaus de la forest. Et si com il aloit creissant et
anforçant de membres et de cors, si li anforçoit an son arc et ses
saietes, et commença a archoier as lievres et as autres menues
bestes et as granz oisiaus la ou il les poit trover. Et si tost com
il pot en cheval monter, si li fu apareilliez mout biax et mout
boens et mout bien atornez de frain et de sele et d'autres
choses, si chevaucha antor lo lac amont et aval, non mie loig
mais pres tozjorz. Ne n'estoit pas seus, ançois avoit mout bele
compaignie de vallez granz et petiz et gentis homes tot lo plus.
Et il se savoit si belement tenir en lor compaignie que tuit cil
qui lo veoient cuidoient que il fust uns des plus gentis hom do
monde, et por voir si estoit il. Des eschas et des tables *(f. 14a)*
et de toz les geus dont il pooit veoir joer aprist si legierement
que qant il vint en l'aage de bachelerie, nus ne l'an poïst
anseignier.

Et ce fu, ce dit li contes, li plus biax anfes do monde et li
miauz tailliez et de cors et de toz manbres, ne sa façons ne fait
pas a oblier en conte, mais a retraire oiant totes genz qui de
grant biauté d'anfant voudroient oïr parole.

Il fu de mout bele charneüre, ne bien blans ne bien bruns,
mais entremeslez d'un et d'autre ; si puet an apeler ceste

du tiers ; et outre qu'il était grand pour son âge, il était habile, intelligent, vif, éveillé, plus qu'un enfant de son âge ne devait être. La demoiselle lui donna un maître qui l'instruisit et lui montra comment il devait se conduire à la manière d'un gentilhomme. Cependant, parmi tous ceux qui demeuraient en ce lieu, personne ne savait qui il était, sauf la demoiselle et l'une de ses suivantes. C'est pourquoi ils appelaient l'enfant comme le conte l'a précédemment rapporté.

Sitôt qu'il put employer ses forces, son maître lui fabriqua un arc à sa mesure et de petites flèches légères, qu'il lui fit d'abord lancer à la cible ; et quand l'enfant sut s'en servir, il lui enseigna comment tirer avec son arc les menus oiseaux de la forêt. À mesure qu'il allait grandissant et se fortifiant des membres et du corps[1], on donnait plus de force à son arc et à ses flèches, et il commença de chasser les lièvres, les autres menues bêtes et les grands oiseaux, quand il pouvait en trouver. Dès qu'il put monter à cheval, on en mit un à sa disposition, très beau et très bon et très bien équipé de frein, de selle et du reste ; et il allait à cheval autour du lac, amont et aval, pas loin, mais toujours très près. Il n'était pas seul et il avait une très belle compagnie de garçons grands et petits et gentilshommes pour la plupart. Il savait se tenir si dignement en leur compagnie que tous ceux qui le voyaient pensaient qu'il était un des plus nobles gentilshommes du monde, et en vérité il l'était. Les échecs, le trictrac et tous les jeux qu'il pouvait voir jouer, il les apprit si facilement que, quand il eut l'âge de bachellerie[2], personne ne pouvait lui en remontrer.

C'était, nous dit le conte, le plus bel enfant du monde et le mieux taillé de corps et de tous ses membres. Le conte ne doit pas oublier de faire son portrait, car il mérite d'être présenté devant toutes les personnes qui aimeraient entendre parler de la grande beauté d'un enfant.

Il était d'une très belle carnation, ni tout à fait blanche, ni tout à fait brune, mais entremêlée de l'une et de l'autre

---

1. *corps*: opposé aux membres, désigne la partie du corps qui va du cou aux hanches et que nous appelons le tronc. Ce sens s'est conservé jusqu'à nos jours dans quelques expressions d'origine ancienne : à mi-corps, à-bras-le-corps, etc.

2. *l'âge de bachellerie*: âge de bachelier.

sanblance clers brunez. Il ot lo viaire enluminé de nature[l]
color vermoille, si par mesurez a raison que vilsement i avoit
Dex assise la compaignie de la blanchor et de la brunor et del
vermoil : que la blanchors n'estoit estainte n'anpiré por la
brunor, ne la brunors par la blanchor, ainz estoit atampré li
uns de l'autre, et la vermoille color, qui par mesure estoit assise
par desus, enluminoit et soi et les autres deus colors meslees, si
que rien n'i avoit trop blanche ne trop brune ne trop vermoille,
mais igau mesleüre de trois ensenble. Il ot la boiche petite par
mesure et bien seant, et les levres colorees et espessetes, et les
danz petites et sarrees et blancheanz, et lo menton bien fait a
une petite fossete, lo nes par mesure lonc, un po hautet el
mileu, les iauz vairs et rianz et plains de joie, tant com il estoit
liez, mais qant il estoit iriez a certes, il en sanbloit charbon
espris, et estoit avis qe parmi lo pomel des joes li sailloient
gotes de sanc totes vermoilles, et fronchoit del nes an sa grant
ire autresin com uns chevax, et estreignoit les danz ensenble, si
qu'eles croissoient mout durement, et ert avis que l'alaine qui
de sa boiche issoit fust tote vermoille, et lors parloit si firement
que ce *(f. 14b)* sanbloit estre une buisine, et que qu'il tenist as
mains et as danz, tot depeçoit. Au derrein ne li membroit an
sa grant ire fors de ce dom il estoit iriez, et si i parut bien puis
an mainz affaires.

Lo front ot haut et puis bien seant, et les sorcils bruns,
departiz a grant planté. Si ot les chevox deliez, et si naturelment blons et luisanz, tant com il fu anfes, que de plus bele
color ne poïssent estre nul chevol ; mais qant il vint as armes,
si com vos orroiz, si li changierent de la naturel blondor et
devindrent droit soret. Mout les ot tozjorz clers et crespes par
mesure et mout plaisanz. De son col ne fait mie a demander,
car s'il fust en une tres bele dame, si fust il assez covenables et
bien seanz et bien tailliez a la mesure del cors et des espaules,
ne trop grailles ne trop gros, ne lons ne corz a desmesure. Et les
espaules furent lees et hautes a raison. Mais li piz fu tex qe en
nul tel cors ne trovast an si gros ne si large ne si espés ; ne an
lui ne trova onques nus hom plus que reprandre, ainz disoient

couleurs : cette teinte peut être appelée « le brun clair ». Il avait le visage enluminé de naturelle couleur vermeille mais avec tant de juste mesure qu'il semblait que Dieu y eût réussi la parfaite alliance du blanc, du brun et du vermeil. Car le blanc n'était pas éteint ni dégradé par le brun, ni le brun par le blanc, mais l'un tempérait l'autre ; et la couleur vermeille, qui était posée par-dessus sans excès, s'illuminait et illuminait les deux autres couleurs mêlées, si bien qu'il n'y avait rien de trop blanc, de trop brun ou de trop vermeil, mais un égal mélange des trois couleurs ensemble. Il avait la bouche petite avec mesure et bien formée ; les lèvres colorées et un peu charnues ; les dents petites, serrées et éblouissantes de blancheur ; le menton bien fait, avec une petite fossette ; le nez long avec mesure et un peu haut par le milieu ; les yeux vairs, riants et pleins de joie, aussi longtemps qu'il était joyeux. Mais quand il était en colère, on eût vraiment dit un charbon ardent et il semblait que, par les pommettes de ses joues, lui sortaient des gouttes de sang toutes rouges. Il fronçait le nez dans sa grande colère, comme un cheval ; il serrait les dents si fortement qu'elles claquaient l'une contre l'autre ; et il semblait que l'haleine qui sortait de sa bouche fût toute vermeille. Alors sa parole était si violente qu'on aurait dit une trompette ; et tout ce qu'il tenait dans ses mains et dans ses dents, il le déchirait. Enfin, dans sa grande colère, il ne se souvenait de rien d'autre que de ce qui motivait sa colère, et il y parut bien par la suite en maintes affaires.

Il avait le front haut et bien formé ; les sourcils bruns et fournis en abondance ; les cheveux fins et si naturellement blonds et brillants (tant qu'il fut dans l'enfance) qu'on ne pouvait avoir des cheveux d'une plus belle couleur. Toutefois, quand il s'adonna aux armes ainsi que vous le verrez, ses cheveux perdirent de leur blondeur naturelle et devinrent proprement châtains. Mais ils restèrent toujours clairs et bouclés sans excès et très plaisants. De son cou il n'y a rien à redire ; car s'il s'était trouvé chez une très belle dame, il aurait été fort convenable : bien façonné et taillé à la mesure du corps et des épaules, ni trop maigre ni trop gros, ni plus long ni plus court qu'il ne faut. Ses épaules étaient larges et hautes comme il convient. Sa poitrine était telle que, chez aucun homme bâti de cette façon, il n'y en eut jamais une aussi grosse, aussi large et aussi profonde. Ce fut la seule chose que les censeurs trouvèrent à reprendre en lui, et tous ceux qui l'examinaient

tuit cil qui lo devisoient que s'il fust un po mains garniz de piz, plus an fust atalantables et plaisanz. Mais puis avint que cele qui desor toz autres lo devisa, ce fut la vaillanz reine Guenievre, dist que Dex ne li avoit pas doné piz a outraige, de grant ne de gros ne d'espesseté qui i fust, car autresin estoit granz li cuers en son endroit, si covenist que il crevast par estovoir, s'il n'eüst tel estage o il se reposast a sa mesure. « Ne se ge fusse, fist ele, Dex, ja an Lancelot ne meïsse ne plus ne mains. »

Teles estoient et les espaules et li piz. Et li braz furent lonc et droit et bien forni par lo tor des os, si furent de ners et d'os mout *(f. 14c)* garni bien, et povre de char mais par mesure. Les mains furent de dame tot droitement, se un po plus menu fussient li doi. Et des rains et des hanches ne vos porroit nus dire que l'am les poïst miauz deviser en nul chevalier. Droites ot les cuisses et les janbes, et voltiz les piez, ne nus ne fu onqes plus droiz en son estant. Et chantoit a mervoilles bien qant il voloit, mais ce n'estoit pas sovant, car nus ne fist onqes si po de joie sanz grant raison ; mais qant il avoit raison de cui il deüst faire joie, nus ne poïst estre tant anvoisiez ne tant jolis que il plus assez ne lo fust. Et disoit maintes foiz, qant il estoit en sa grant joie, que rien nule ses cuers n'oseroit anprendre que ses cors ne poïst bien a chief mener, tant se fioit en la grant joie qui de maintes granz besoignes lou fist puis au desus venir. Et par ce que il en parloit si seürement, li fu il atorné a mal de maintes genz qui cuidoient qu'il lo deïst por bobanz et de vantance ; mais nel faisoit, ainz lo disoit de la grant seürté qu'il avoit en ce dont tote sa joie venoit.

Tel furent li manbre Lancelot et sa sanblance, et si fu bien tailliez et de vis et de cors et de manbres. Les teches del cuer ne furent pas en lui obliees a aseoir ; car ce [fu] li plus douz anfes et li plus debonaires de toz, la ou debonairetez se laissoit trover, mais contre felenie lo trovoit en passefelon. Ne de sa largece ne fu onqes nus anfes veüz, car il departoit tot a ses conpaignons autresin volentiers com il lo prenoit. Il ennoroit gentis homes de si grant cuer que aillors n'avoit s'antante mise. Ne de sa maniere ne fu onqes anfes veüz, car ja nus *(f. 14d)* ne

disaient que, s'il avait été un peu moins fourni de poitrine, il aurait été plus agréable et plus plaisant. Mais il advint ensuite que celle qui l'observa plus que quiconque, c'est la vaillante reine Guenièvre, dit que Dieu ne lui avait pas donné une poitrine excessive par la grandeur, la grosseur ou l'épaisseur qu'elle avait ; car le cœur était tout aussi grand à cet endroit et il aurait dû nécessairement éclater, s'il n'avait trouvé un logis où se reposer, à sa mesure.

« Et si j'avais été Dieu, disait-elle, je n'aurais mis en Lancelot ni plus ni moins. »

Telles étaient les épaules et la poitrine. Les bras étaient longs, droits et bien tournés pour ce qui est de la forme des os ; ils étaient largement garnis de nerfs et d'os et pauvres de chair, mais avec mesure. Les mains auraient été très justement des mains de dame, si les doigts avaient été un peu plus petits. Des reins et des hanches, personne ne pourrait vous dire que l'on pût trouver mieux chez aucun chevalier. Il avait les cuisses et les jambes droites, les pieds cambrés ; et nul ne se tenait plus droit, quand il était debout. Il chantait merveilleusement bien, quand il le voulait, mais ce n'était pas souvent. Car jamais personne ne fut aussi peu porté à se réjouir, sans un juste motif. Mais personne ne pouvait être si joyeux et si gai qu'il ne le fût encore davantage, s'il avait une bonne raison de l'être. Il disait maintes fois, quand il était dans sa grande joie, que son cœur n'oserait rien entreprendre que son corps ne pût achever, tant il se fiait à la grande joie, qui le fit plus tard venir à bout de maintes grandes affaires. Et comme il en parlait avec tant d'assurance, beaucoup de gens le lui reprochèrent, croyant que c'était de l'orgueil et de la vantardise. Pourtant ce n'était rien de tel, mais seulement la grande confiance qu'il avait dans l'objet dont venait toute sa joie.

Tel était Lancelot, de membres et d'apparence. Mais s'il était bien fait de visage, de corps et de membres, les qualités du cœur ne laissaient pas d'y être bien assises. C'était l'enfant le plus doux et le plus aimable de tous, quand il trouvait en face de lui la bonté ; mais contre les méchants, il était plus méchant qu'eux. On ne vit jamais d'enfant aussi généreux que lui ; car tout ce qu'on lui donnait, il le distribuait à ses compagnons aussi volontiers qu'il le prenait. Il honorait les gentilshommes de si grand cœur qu'il ne se souciait de rien d'autre. Aucun enfant ne montra jamais des dispositions de cette sorte ; car nul

li veïst faire mauvais sanblant, se droite raison n'i eüst, tele
dont nus hom nel deüst par droit blasmer. Mais qant il se
correçoit d'aucune chose que l'an li eüst mesfaite, n'estoit lors
pas legiere chose de lui apaier. Et il estoit de si cler san et de si
droite antencion que puis qu'il ot dis anz passez ne faisoit il
gaires choses qui n'apartenissent a boenne anfance ; et s'il avoit
an talant a faire aucune chose qui li semblast an son cuer estre
boenne et raisnable, n'en estoit pas legiere a remuer, ne ja son
maistre ne creüst de nule rien.

   Il avint un jor que il chaçoit un chevrel, et ses maistres après
lui et si autre compaignon. Si orent mout correü, tant qe tuit
commancierent a remanoir, et entre lui et son maistre furent
miauz monté, si laissierent toz les autres. Ne ne demora gaires
que li maistres chaï entre lui et son roncin, si ot li roncins lo col
brisié en travers. Ne onques li anfes nel regarda, ançois feri des
esperons après sa proie tant qu'il l'ocist d'une saiete anz enz
une grant voie ferré[e]. Et lors descendié por trosser lo chevreil
darriere lui, et devant lui an portoit son brachet qui tote jor
avoit seü son chevreil devant les autres.

   Endemantres qu'il s'an revenoit en tel maniere vers ses
compaignons qui por lui estoient mout angoisseus, si ancontra
un home a pié qui menoit an sa main un roncin las et recreü.
Et il estoit mout biax vallez de prime barbe. Il fu an sa cote tot
samglement, toz secorciez, une chape sor son col, ses esperons
chauciez, qui tuit estoient ansanglanté del roncin qu'il avoit
tant correü qu'il ne pooit mais en avant. Qant il vit l'anfant, si
ot honte mout grant et tint lo chief anclin, si commança a
plorer *(f. 15a)* mout tanrement. Et li anfes l'atandié un po hors
de la voie, si li demanda qui il estoit et o il aloit an tel maniere.
Cil pensa bien que li anfes estoit mout hauz hom, si li dist :

   « Biax sire, que Dex vos doint onor. Ne vos chaut ja qui ge

ne le trouvait de mauvaise humeur, s'il n'avait une juste raison
de l'être, telle que personne ne pourrait à bon droit l'en blâmer.
Mais quand il se courrouçait d'une méchanceté qu'on lui avait
faite, il n'était pas facile de l'apaiser. Il était de sens si clair et
de si droit entendement qu'après qu'il eut dix ans passés, il ne
faisait guère de choses qui n'appartinssent à une bonne
enfance. Mais s'il lui venait à l'esprit d'accomplir une action
qui lui semblait en conscience bonne et raisonnable, il n'était
pas commode de l'en détourner ; et il n'en croyait nullement
son maître.

Un jour il advint qu'il chassait un chevreuil, avec son maître
derrière lui et ses compagnons. Ils avaient tant couru que tous
commencèrent à se lasser. Son maître et lui étaient mieux
montés et distancèrent tous les autres. Peu de temps après, le
maître tomba, ainsi que son cheval, et le roncin eut le col brisé.
L'enfant ne le regarda même pas ; il piqua des éperons pour
suivre son gibier, jusqu'à ce qu'il l'eût tué d'une flèche dans un
grand chemin ferré[1]. Alors il descendit pour trousser son
chevreuil derrière lui ; et devant lui il emportait son brachet[2],
qui avait poursuivi le chevreuil, en avant de tous les autres
chiens.

Tandis qu'il s'en revenait de cette manière vers ses compagnons, qui étaient très inquiets de son sort, il rencontra un
homme à pied, qui conduisait à la main un roncin las et fourbu.
C'était un très beau valet de première barbe. Il était vêtu
seulement de sa cotte[3], qu'il avait retroussée, avec une cape
attachée à son cou et des éperons tout sanglants du sang du
cheval, lequel avait tellement couru qu'il n'en pouvait mais.
Quand le valet aperçut l'enfant, il demeura tout honteux, garda
la tête basse et se mit à pleurer très tendrement. L'enfant
l'attendit, un peu en dehors du chemin. Il lui demanda qui il
était et où il allait de cette manière. Le valet pensa bien que
l'enfant était d'une haute naissance et lui dit :

« Beau seigneur, que Dieu vous fasse honneur ! Peu vous

---

1. *chemin ferré :* « chemin dont le fond est ferme et fait de pierres et
cailloux, par opposition à chemin pavé » (Littré).

2. *brachet :* petit chien braque.

3. *cotte :* longue tunique avec manches, portée également par les hommes
et les femmes.

soie, car certes ge sui assez povres, et mains avrai ge encores
entre ci et tierz jor, se Dex ne me consoille autrement qu'il n'a
fait enjusque ci. Et si ai ge esté plus a eise maintes foiz que ge
ne suis ores. Et quele que l'aventure soit, o boenne o mauvaise,
ge sui gentils hom de pere et de mere, et de tant suis ge plus
dolanz en mon cuer des mescheances qui m'avienent, car se ge
fusse uns vilains, plus volentiers soffrist mes cuers quel anui qui
li avenist. »

Et li anfes en ot mout grant pitié, et neporqant, si li dit :

« Comment ? fait il ; vos iestes gentis et puis si plorez por
mescheance qui vos aveigne ? Se ce n'est d'ami que vous aiez
perdu, o de honte qui faite vos soit que vos ne puissiez vengier,
nus hauz cuers ne se doit esmaier de perte qui puisse estre
recovree. »

Or s'emerveilla mout li vallez qui cil anfes pooit estre qui si
estoit juenes et qui si hautes paroles li avoit dites, et il
respont :

« Certes, biax sire, ge ne plor por perte d'ami ne de terre que
j'aie faite, ançois suis ajornez a lo matin en la cort lo roi
Claudas d'esprover un traïtor qui ocist grant pieç'a un mien
parrain, mout preudechevalier, en son lit por sa fame meemes.
Et qant ge m'en venoie arsoir, si me faisoit gaitier a un trespas
d'une forest. Si fui asailliz en une forest o ge passoie, et mes
chevax fu desouz moi navrez a mort, mais totevoie me porta
jusqu'a garison. Et me dona cestui uns preuzdom, cui Dex
doint *(f. 15b)* honor, mais tant l'ai travaillié por la mort
eschiver qu'il n'a mais gaires de mestier ne moi ne autrui. Si sui
dolanz de mes amis que j'ai perduz, la ou ge fui asailliz, qui
ocis furent et navré. Et d'autre part me poisse trop de ce que ge
ne serai pas a tens a mon jor en la maison lou roi Claudas, car
se g'i poïsse estre, g'esclairasse mon cuer au grant droit que g'i
ai d'une partie de mon duel ; et hore en remaindrai honiz par
ma demore. »

importe qui je suis ; car en vérité je suis un pauvre homme et le serai plus encore dans deux jours, si Dieu ne me conseille autrement qu'il n'a fait jusqu'ici. Cependant j'ai été maintes fois plus heureux que je ne le suis à présent ; et quel que soit mon sort, heureux ou malheureux, je suis gentilhomme de père et de mère. Et pour autant je souffre davantage dans mon cœur des infortunes qui m'arrivent ; car si j'étais un vilain[1], j'endurerais plus aisément n'importe quel malheur. »

L'enfant fut pris d'une grande pitié, et cependant il lui dit :

« Comment ? Vous êtes gentilhomme et vous pleurez pour la mauvaise fortune qui vous échoit ? Si ce n'est pour un ami que vous avez perdu, ou pour une injure qui vous est faite et que vous ne pouvez pas venger, aucun noble cœur ne doit s'émouvoir d'une perte qui puisse être réparée. »

Le valet fut très étonné et se demanda quel pouvait être cet enfant, qui était si jeune et prononçait de si hautes paroles. Il répondit :

« Certes, beau seigneur, je ne pleure pas pour un ami ni pour une terre que j'aurais perdus ; mais je suis assigné demain matin à la cour du roi Claudas, pour confondre un traître qui a tué, il y a bien longtemps, un chevalier très preux, mon parrain, dans son lit, à cause de sa propre femme. Tandis que je m'en venais hier au soir, il me fit guetter au passage d'une forêt, et je fus attaqué dans la forêt, que je traversais. Mon cheval fut blessé à mort sous moi, mais il m'emporta jusqu'à ce que je fusse sauf. Celui que vous voyez m'a été donné par un prud'homme, que Dieu lui fasse honneur ! Mais je l'ai tant fait souffrir, pour échapper à la mort, qu'il ne peut plus guère rendre service ni à moi ni à autrui. J'ai de la peine pour les amis que j'ai perdus, quand j'ai été attaqué, et qui ont été tués ou blessés. D'autre part je me désole de ne pouvoir être à temps, à mon jour[2], dans la maison du roi Claudas ; car si j'avais pu m'y rendre, j'aurais en partie soulagé ma douleur, vu le bon droit qui est le mien. Et maintenant je serai honni, à cause de mon retard.

---

1. *vilain :* paysan, homme de basse condition.
2. *à mon jour :* à mon assignation, au jour qui m'a été fixé (cf. p. 131, note 1).

« Or me dites, fait li anfes, s'aviez cheval fort et isnel, porriez vos i ja mais a tans venir ? »

« Certes, sire, fait il, oïl, mout bien, se ge n'aloie que lo tierz de la voie encorre a pié. »

« En non Deu, fait li anfes, dont ne seroiz vos pas honiz por defaute de cheval tant com ge l'aie, ne vos ne nus gentis hom que ge trover puisse. »

Lors descent, si li baille lo chaceor o il seoit, et il monte sor celui que il tenoit, et trosse derrieres lui sa veneison, et en maine lo brachet en une lesse. Et qant il a un po alé, si li covient a descendre, car li roncins ne puet aler s'a trop grant dolor non. Et il descent, si lo chace devant lui. Mais n'ot gaires alé qant il ancontra un vavasor sor un palefroi, une verge en sa main, et ot avecques lui deus levriers et un brachet. Li vavasors fu d'aage, et li anfes, si tost com il lo voit, si lo salue. Et cil respont que Dex li doint amandement. Puis li demande dont il est, et il dit que il est de cel autre païs.

« Certes, fait li vavasors, qui que vos soiez, vos iestes biax assez et bien enseigniez. Et dont venez vos issi, mes anfes ? »

« Sire, fait il, de chacier, si com vos poez veoir. Si ai prise ceste veneison, si an avrez se vos en deigniez prandre, que *(f. 15c)* ge cuit que ele i seroit bien emploiee. »

« Granz merciz, fait li vavasors, mes anfes chiers. Ne ge ne la refuserai pas, car vos la m'avez offerte de douz cuer et de deboennaireté. Et ge cuit bien que vos soiez autresin de gentil lignaige com vos iestes de cuer. Et certes, g'en avoie grant mestier de la veneison, car j'ai hui mariee une moie fille, si estoie venuz chacier por prandre aucune chose dont cil fussient lié qui sont as noces, mais ge avoie failli a totes prises. »

Li vavasors est descenduz, si prant lo chevrel et demande a l'anfant combien il voldra qu'il an port.

« Sire, fait li anfes, iestes vos chevaliers ? » Et il dit que oïl. « Dont l'an porteroiz vos, fait il, tot, car ge nel porroie mie miauz amploier, puis qu'as noces d'une fille d'un chevalier sera mengiez. »

Qant li vavasors l'antant, s'an est mout liez, si prant lo

— Répondez-moi, dit l'enfant : si vous aviez un cheval fort et rapide, pourriez-vous encore arriver à temps ?

— Certes oui, seigneur, très bien, si je ne faisais à pied que le tiers du chemin.

— Par Dieu, dit l'enfant, vous ne serez pas honni, faute d'un cheval, aussi longtemps que j'en aurai un, ni vous ni aucun gentilhomme que je puisse rencontrer. »

Alors il descend, donne le cheval de chasse sur lequel il se tenait, monte sur celui que le jeune homme conduisait, charge sa venaison derrière lui et emmène son brachet au bout d'une laisse. Quand il a fait un peu de chemin, il est forcé de mettre pied à terre ; car le roncin ne peut avancer qu'à grand'peine. Il descend et le pousse devant lui.

Il n'était pas allé bien loin, quand il rencontra un vavasseur, monté sur un palefroi, une badine à la main, qui avait à côté de lui deux lévriers et un brachet. Le vavasseur était un homme d'âge et l'enfant, sitôt qu'il le voit, le salue. Le vavasseur lui répond : « Que Dieu vous fasse homme de bien ! » et lui demande de quel pays il est. L'enfant dit qu'il est d'un pays étranger.

« Certes, dit le vavasseur, qui que vous soyez, vous êtes un bel enfant et bien enseigné. Et d'où venez-vous comme cela, mon enfant ?

— Seigneur, dit-il, de chasser, comme vous pouvez voir. J'ai pris cette venaison ; et vous en aurez, si vous daignez en prendre ; car je pense qu'elle serait ainsi bien employée.

— Grand merci, mon enfant très cher, dit le vavasseur ; je ne la refuserai pas, car votre offre part d'un cœur tendre et bon. Je crois bien que vous devez être aussi noble de lignage que vous l'êtes de cœur. Et certes, j'avais grand besoin de cette venaison. Car j'ai marié aujourd'hui une de mes filles, et j'étais venu chasser pour prendre quelque gibier dont se seraient réjouis ceux qui sont aux noces ; mais je n'ai fait aucune prise. »

Le vavasseur est descendu de cheval, saisit le chevreuil et demande à l'enfant de lui dire ce qu'il doit en prendre.

« Seigneur, dit l'enfant, êtes-vous chevalier ? »

Il répond qu'il l'est.

« Alors, dit l'enfant, vous l'emporterez tout entier ; car je ne saurais lui trouver un meilleur usage que d'être mangé aux noces de la fille d'un chevalier. »

À ces mots, le vavasseur est transporté de joie ; il prend le

chevrel, si lo trosse derrieres lui ; et mout semont l'anfant de
herbergier et de doner de sa veneison meemes et d'autres
choses. Mais li anfes dit que il ne herbergera pas encore, car
« ma compaignie , fait il, n'est pas trop loign de ci. Alez, a Deu
vos coment.»

Et atant s'en part li vavasors et commance a penser a
l'anfant, qui il puet estre, car il li est avis qu'il sorsanble, mais
il ne set cui. Si i pense mout longuement, tant qu'il remenbre
qu'il semble miauz que nul home lo roi de Benoyc. Lors fiert lo
palefroi des esperons et cort arrieres grant aleüre après l'anfant
tant qu'il l'ataint, car il aloit trestot son pais, et estoit lors
primes montez el roncin, car il estoit alegiez del chevrel qui de
sor lui estoit ostez. Si li dist an sospirant :

« Biaus douz anfes, porroit il estre que vos me deïssiez qui
vos iestes ? »

Et il *(f. 15d)* respont que nenil hore ; « mais q'an avez vos, fait
il, a faire ? »

« Certes, fait cil, que vos sanblez un mien seignor qui fu uns
des plus preudomes do monde. Et se vos aviez de moi mestier,
ge metroie por vos en aventure et cors et terre, et ge et tel
quarante chevalier sont a mains de quatre liues pres de ci. »

« Qui fu, fait li anfes, cil preuzdom que ge resemble ? »

Et li vavasors respont an plorant :

« Certes, fait il, ce fu li rois Bans de Benoyc. Si fu toz cist païs
suens, et il fu deseritez a mout grant tort, et uns suens filz
perduz, qui estoit li plus biax anfes do monde de son aage. »

« Et qui lo deserita ? » fait li anfes.

« Biax amis, fait li vavasors, uns riches rois puissanz qui a
non Claudas de la Terre Deserte, qui marchissoit a cest
reiaume. Et se vos iestes ses filz, por Deu, faites lo moi savoir,
car mout en avroient grant joie tuit cil et totes celes de ceste
terre. Et ge vos garderoie comme mon cors et mielz assez, car
ge liverroie lo mien por lo vostre sauver et garantir. »

« Certes, sire, fait li anfes, filz de roi ne fui ge onques au mien
cuidier. Si m'a l'an apelé fil de roi mainte foiee, et de tant com
vos en dites vos en ain ge miauz, car vos en dites que leiaus
hom. »

chevreuil et le charge derrière lui. Il insiste pour recevoir l'enfant et lui faire manger de sa venaison et d'autres choses. Mais l'enfant répond qu'il ne veut pas encore s'arrêter.

« Car mes compagnons, dit-il ne sont pas très loin d'ici. Allez, je vous recommande à Dieu. »

Le vavasseur s'en va et commence à penser à l'enfant. Qui peut-il être ? Il lui trouve une ressemblance ; mais il ne sait avec qui. Il pense ainsi longuement, jusqu'à ce qu'il se souvienne que c'est au roi de Bénoïc qu'il ressemble le plus. Alors il éperonne son palefroi et retourne à vive allure. Il rattrape l'enfant, qui allait au pas, car il venait justement de remonter sur le roncin, allégé désormais du poids du chevreuil. Le vavasseur lui dit en soupirant :

« Beau doux enfant, pourriez-vous me dire qui vous êtes ? »

L'enfant répond que non.

« Mais qu'en avez-vous à faire ? dit-il.

— C'est que vous ressemblez à un mien seigneur, qui fut un des plus prud'hommes du monde ; et, si vous aviez besoin de moi, je mettrais pour vous en aventure et mon corps et ma terre et avec moi quarante chevaliers qui sont à moins de quatre lieues d'ici.

— Qui était, dit l'enfant, le prud'homme à qui je ressemble ? »

Et le vavasseur répond en pleurant : « En vérité, c'était le roi de Bénoïc. Tout ce pays était le sien. Il fut injustement déshérité, et un sien fils perdu, qui était le plus beau de tous les enfants de son âge.

— Et qui le déshérita ? dit l'enfant.

— Bel ami, dit le vavasseur, un riche roi puissant, qui a nom Claudas de la Terre-Déserte, et dont la terre touchait à ce royaume. Si vous êtes son fils, pour l'amour de Dieu, faites-le-moi savoir ; car ce serait une grande joie pour tous ceux et toutes celles de cette terre ; et je vous garderais comme mon propre corps, et mieux encore, car je donnerais le mien pour sauver et garantir le vôtre.

— En vérité, seigneur, dit l'enfant, je ne suis en aucune façon un fils de roi, à ce que je crois ; et pourtant on m'a souvent appelé « fils de roi » ; mais, pour tout ce que vous me dites, je vous aime davantage, car vous parlez comme un homme loyal. »

Qant li vavasors voit que plus n'an traira, si ne l'an puet li cuers issir de ce qu'il ne pent a ceste chose, et cuide savoir que li anfes soit filz de son seignor. Et il li dist :

« Biax douz sire, qui que vos soiez, vos senblez bien estre de grant hautesce au cors et a la contenance. Et veez vos ci deus des meillors levriers que ge onques veïsse, si vos pri que vos en preigniez un. Que Dex vos doint creissance et amendement, et nostre seignor nos gart se il est vis, et ait pitié *(f. 16a)* de l'ame au preudome qui l'angendra. »

Quant li anfes ot parler de la bonté as levriers, s'en a mout grant joie ; et dit que lo levrier ne refusera il pas, car il lo voudra mout bien guerredoner s'il en puet an leu venir. « Mais donez moi, fait il, lo meillor. » Et cil li baille par la chaainne qui mout estoit deliee et legerete. Atant s'entrecomandent a Deu ; si s'an veit li anfes, et li vavasors d'autre part qui totevoie ne fine de penser a l'anfant.

Et ne demora gaires que li anfes encontra son maistre et des autres jusqu'a trois qui lo queroient. Si s'en merveillieremt mout qant il lo virent sor lo maigre roncin, les deus chiens en sa main, son arc a son col, son tarquais a sa ceinture, et avoit ja tant esperoné lo roncin qu'il estoit ja jusqu'au gros de la jambe toz an sanc. Lors li demande ses maistres qu'il avoit fait de son roncin, et il li dist qu'il l'avoit perdu.

« Et cestui, fait il, ou preïstes vos ? »

« Il me fu, fait il, donez. »

Mais li maistres ne l'an crut mie, ainz lo conjure de la foi qu'il doit sa dame qu'il li die qu'il an a fait. Et li anfes, qui pas ne la parjurast legierement, li conoist tote la verité, et del roncin et del chevrel qu'il avoit doné au vavasor.

« Comment ? fait cil qui maistroier lo voloit ; si avez doné lo roncin qui vostre estoit, qu'i[l] n'a tel souz ciel a vostre hués, et

Le vavasseur voit qu'il n'en tirera rien de plus ; mais cette affaire le préoccupe et il ne peut en détacher sa pensée. Il croit comprendre que l'enfant est bien le fils de son seigneur. Il lui dit :

« Beau doux seigneur, qui que vous soyez, il semble, à votre aspect et à votre conduite, que vous êtes d'une grande noblesse. Voici deux des meilleurs lévriers que j'aie jamais possédés : je vous prie d'en accepter un. Que Dieu vous donne croissance et amendement ! Qu'il nous garde notre seigneur, s'il est vivant, et qu'il ait pitié de l'âme du prud'homme qui l'engendra ! »

Quand l'enfant entend parler de l'excellence de ces lévriers, il éprouve une grande joie. Il dit au vavasseur qu'il ne refusera pas son lévrier, car il saura l'en récompenser, s'il peut en avoir l'occasion ;

« Mais donnez-moi, dit-il, le meilleur. »

Le vavasseur le lui remet avec la chaîne, qui était très fine et très légère, et regarde encore le jeune garçon. Puis ils se recommandent à Dieu. D'un côté s'en va l'enfant, de l'autre le vavasseur, qui cependant ne cesse pas de penser à lui.

Peu de temps après, l'enfant rencontra son maître et trois de ses compagnons, qui le cherchaient. Ils furent très étonnés, quand ils le virent sur ce maigre roncin, tenant les deux chiens à la main, son arc à son cou, son carquois à sa ceinture. Et il avait tant éperonné le roncin qu'il était tout en sang jusqu'au mollet. Alors le maître lui demande ce qu'il a fait de son roncin, et il répond qu'il l'a perdu.

« Et celui-ci, dit-il, où l'avez-vous pris ?

— On me l'a donné, répond-il. »

Mais le maître ne le croit pas et le conjure, par la foi qu'il doit à sa dame[1], de lui dire ce qu'il en a fait. L'enfant, qui ne voulait pas se parjurer, lui avoue toute la vérité sur le roncin et sur le chevreuil, qu'il a donné au vavasseur.

« Comment, dit le maître, qui voulait lui faire la leçon, vous avez donné le roncin qui était le vôtre et qui n'a pas de pareil

---

1. *il le conjure :* il lui demande, au nom de Dieu, d'affirmer sous serment. D'où la réponse de l'enfant « qui ne voulait pas se parjurer ». On verra, dans la suite de ce roman, que l'adjuration peut encore être renforcée ; je vous conjure, par ce que vous avez de plus cher au monde, etc.

la veneison ma dame sanz mon congié ? »

Lors se trait avant li maistres et lo menace mout. Et li anfes
li dit :

« Maistre, or ne vos correciez, que ancores valt cist levriers
de gaaign qe j'ai tex deus roncins com il estoit. »

« Par Sainte Croiz, fait li maistres, mar lo pensastes. Ja mais
tel folie ne feroiz qant vos eschaperoiz de ceste. »

Lors hauce la paume, si li done tel flat qu'il l'abat del roncin
a terre. Et cil ne plore ne ne crie por cop qu'il li ait doné ;
(f. 16b) et totevoie dit il que ancor aimme il miauz lo levrier
qu'il ne feroit mie deus roncins. Qant ses maistres ot qu'il
parole contre sa volenté encore, si hauce un baston qu'il tenoit
et fiert lo levrier parmi les flans ; et li bastons fu menuz et
sillanz, et li levriers tandres, si commança a crier mout
durement. Lors fu li anfes mout correciez, si laisse il les chiens
andeus et sache son arc hors de son col, si lo prant a deus
poinz. Et li maistres lo voit venir, sel cuide ambracier et tenir.
Et cil fu vistes et legiers, si sailli autre part et feri del tranchant
de l'a[r]c a descovert parmi la teste, si que les chevox li ront et
le cuir li tranche et la char tote jusq'al test. Si l'estordi si
durement qu'il l'abat a terre jus, et li ars est trestoz volez am
pieces. Et qant il voit son arc brisié, si est iriez trop durement
et jure que mar li a cil son arc brisié. Si recuevre et fiert
derechief parmi la teste et parmi les braz et par tot lo cors, tant
que de tot l'arc n'i a tant remex dont il poïst un cop doner que
toz ne soit volez en pieces et esmiez. Lors lo corent prandre li
autre troi ; et qant il ne s'a de quoi deffandre, si trait ses saietes
de son tarquais et les lor lance, et les viaut ocirre toz. Et cil se
metent a la voie ; et li maistres s'an fuit si com il puet et se fiert
tot a pié an la forest, la ou il la voit plus espesse.

Et li anfes prant lo roncin a un des trois vallez dont il ot son
maistre abatu ; si monte sus et s'an vient en tel maniere, si an
porte son levrier [et son brachet,] l'un devant lui et l'autre
darrieres, tant qu'il est venuz en un grant val. Et lors choisist
une grant herthe de bisches qui pasturoient, et il giete ses
mains, si cuide prandre son arc, qu'il cuidoit que encores

sous le ciel, et aussi la venaison de madame, sans mon autorisation ? »

Alors le maître s'avance et le menace. Et l'enfant lui répond :

« Maître, ne vous mettez pas en colère ; car le lévrier que voici, que j'ai de surplus, vaut bien deux roncins comme celui que j'avais.

— Par la Sainte Croix, dit le maître, vous vous repentirez de cette pensée ; et jamais plus vous ne ferez de pareille folie, quand vous aurez réchappé de celle-ci. »

Alors il lève la main et donne à l'enfant une gifle telle qu'il le fait tomber du roncin à terre. L'enfant ne pleure ni ne crie, malgré le coup qu'il a reçu. Cependant il maintient qu'il aime mieux le lévrier qu'il ne ferait de deux roncins. Quand le maître entend qu'il parle encore contre sa volonté, il lève un bâton qu'il tenait à la main et en frappe les flancs du lévrier. Le bâton était menu et cinglant ; le lévrier était tendre et se mit à pousser de grands cris. L'enfant fut saisi d'une grande colère. Il laisse les deux chiens, enlève son arc de son cou et le prend à deux mains. Le maître le voit venir, il croit pouvoir le ceinturer et le tenir. Mais l'enfant était vif et rapide ; il fait un bond de côté, et, du tranchant de son arc, le frappe là où il était à découvert, sur la tête, si bien qu'il lui arrache les cheveux, lui fend le cuir et toute la chair jusqu'à l'os. Il l'étourdit si violemment qu'il le fait tomber à terre et que l'arc vole en pièces. Quand il voit son arc brisé, il entre dans une violente colère et jure que son maître lui paiera cher de lui avoir brisé son arc. Il revient sur lui et le frappe derechef à la tête, aux bras et sur tout le corps, jusqu'à ce qu'il ne reste plus aucune partie de l'arc, dont il puisse se servir pour donner un coup, qui ne soit réduite en morceaux et en miettes. Alors les trois autres garçons accourent pour se saisir de lui ; et comme il n'a plus de quoi se défendre contre eux, il tire les flèches de son carquois, les leur lance et veut tous les tuer. Ils prennent la fuite. Le maître se sauve comme il peut, et s'élance à pied dans la forêt, là où elle est la plus épaisse.

L'enfant prend à l'un des trois valets le roncin dont il avait désarçonné son maître, et monte dessus. Il s'en va dans cet équipage et emporte son lévrier et son brachet, l'un devant lui, l'autre derrière, jusqu'à ce qu'il arrive dans une grande vallée. Alors il aperçoit un grand troupeau de biches, qui pâturaient. Il lève les mains, tente de prendre son arc, qu'il croyait qui

pandist a son col. Qant il li manbre de ce qu'il l'avoit brisié a
son *(f. 16c)* maistre ferir, lors est si iriez que par un po qu'il
n'anrage ; et jure a soi meemes que s'il lo puet trover, il li
vandra mout chier ce que il a par lui perdue une des bisches,
car a une, ce dit, ne poïst il mie faillir, car il a lo meillor levrier
dou monde et lo meillor brachet.

Ensin s'an vet toz correciez tant qu'il vient au lac, si antre
dedanz la cort parmi la porte. Lors descent, si maine a sa dame
veoir son levrier qui mout estoit biax. Et qant il vint devant li,
si trova son maistre tot sanglant, qui ja s'estoit clamez. Il salue
sa dame, et ele li rant son salu come cele qui tant l'amoit com
nus cuers plus puet amer anfant qui de sa char ne soit. Mais
sanblant fait d'estre correciee durement, si li dit :

« Filz de roi, por quoi avez vos fait tel outraige, qui avez batu
et navré celui que ge vos avoie baillié por maistre et por
enseignier ? »

« Certes, dame, fait il, mes maistres ne mes anseigneres
n'estoit il pas, la ou il me batoit, por ce que ge n'avoie fait se
bien non. Ne de ma bateüre ne me chaloit il, mais il feri si
durement cest mien levrier, qui est uns des meillors del monde,
que par un po qu'il nel tua veiant mes iauz, por ce qu'il savoit
que ge l'amoie. Et ancore m'a il fait autre anui, car il m'a tolu
a ocirre une des plus beles bisches do monde, ne que ge onques
veïsse o plus espoir. »

Lors li conte comment il avoit son roncin doné et son
chevrel, et comment il avoit les biches trovees a mes s'il eüst
son arc.

« Et sachiez bien, fait il, dame, que ge nel troverai ja en leu
que il n'i muire se ceianz n'est. »

Qant la dame l'ot si fierement *(f. 16d)* parler, si en est mout
liee, car bien voit qu'il ne puet faillir a estre preudom, a l'aide
de Deu et a la soe, que mout i cuide valoir. Et neporqant
d'estre correcie fait grant samblant. Et qant il voit ce, si s'an
part de devant li mout iriez et menace mout celui qui si l'a vers
lui correciee. Et ele lo rapele et si li dit :

« Comment ? fait ele ; si iestes tex que vos cuidiez issi doner
voz roncins et la moie chose, et batre vostre maistre que j'ai mis

pendait encore à son cou. Quand il se souvient qu'il l'a brisé en
frappant son maître, sa colère est si grande que peu s'en faut
qu'il ne soit enragé. Il se jure à lui-même que, s'il peut trouver
son maître, il lui vendra très cher la perte d'une de ces biches ;
car, dit-il, il n'aurait pu manquer d'en avoir au moins une,
puisqu'il a le meilleur lévrier du monde et le meilleur brachet.

Il va ainsi tout courroucé, jusqu'à ce qu'il arrive au lac. Il
franchit la porte et entre dans la cour. Il descend ; il apporte à
sa dame, pour qu'elle le voie, son lévrier, qui était très beau.
Quand il arrive devant elle, il trouve son maître, tout sanglant,
qui était déjà venu se plaindre. Il salue sa dame et elle lui rend
son salut ; car elle l'aimait tant qu'aucun cœur de femme ne
peut aimer davantage un enfant qui ne soit pas de sa chair.
Mais elle fait semblant d'être très courroucée et lui dit :

« Fils de roi, d'où vous est venue cette impudence de battre
et de blesser celui que je vous avais donné pour maître et pour
instituteur ?

— Certes, dame, dit-il, il n'était pas mon maître ni mon
instituteur, quand il me battait, pour n'avoir rien fait que de
bien. Je me moquais bien d'être battu, mais il a frappé si
brutalement mon lévrier que voici, qui est l'un des meilleurs du
monde, qu'il s'en est fallu de peu qu'il ne l'ait tué sous mes
yeux, parce qu'il savait que je l'aimais. Encore m'a-t-il causé un
autre chagrin ; car il m'a empêché de tuer une des plus belles
biches du monde, comme je n'en avais jamais vue, ou peut-être
même plusieurs. »

Alors il raconte à sa dame comment il a donné son roncin et
son chevreuil, comment il a rencontré les biches et en aurait tué
au moins une, s'il avait eu son arc. « Et sachez bien, dame, dit-
il, qu'il en mourra, si je le trouve en un autre lieu qu'ici. »
Quand la dame l'entend parler si fièrement, elle est très
heureuse, parce qu'elle voit bien qu'il ne peut manquer de
devenir prud'homme, avec l'aide de Dieu et la sienne, car elle
pense l'y aider grandement. Cependant elle se donne vraiment
l'air d'être courroucée. Ce que voyant, il s'éloigne d'elle, très en
colère, et menace violemment celui qui l'a courroucée contre
lui. Mais elle le rappelle et lui dit :

« Comment ? Vous avez l'audace de vouloir donner les
roncins qui sont à vous et les choses qui m'appartiennent, et de
battre votre maître, à qui je vous ai confié pour vous empêcher

desor vos por vos garder des folies et anseignier les boenes
oevres ? Nule de ces deus choses ne voil que vos façoiz. »

« Dame, fait il, si m'an covandra garder tant com ge voudrai
estre en vostre baillie et an la garde a un garçon ; et qant ge n'i
voudrai plus estre, s'irai la ou ge voldrai et porchacerai ce que
mestiers me sera. Mais ançois que ge m'en aille, voil ge bien
que vos sachiez que cuers d'ome ne puet a grant joie venir qui
trop longuement est souz maistrise, car il lo covient sovent
trambler. Ne endroit moi n'ai ge cure de maistre plus avoir, de
seignor ne de dame ne di ge mie ; mais maldehaz ait filz de roi
s'il n'ose l'autrui chose doner qant il la soe done hardiement. »

« Comment ? dist la dame, cuidiez vos estre filz de roi, por ce
que ge vos l'apel ? »

« Dame, fait il, filz de roi sui apelez et por fil de roi ai estez
tenuz. »

« Or sachiez, fait ele, que mauvaisement vos conut cil qui por
fil de roi vos tint, car vos ne l'ietes mie. »

« Dame, fait il en sopirant, ce poise moi, car mes cuers l'osast
bien estre. »

Et lors s'en torne toz iriez, qu'il ne puet un seul mot de la
boiche dire. Lors saut la dame sus *(f. 17a)*, si lo prant par la
main et l'an mainne arriere, si li commance a baissier les iauz
et la boche mout doucement, que nus nel veïst qui ne cuidast
qu'il fust ses anfes. Puis dist :

« Biax fiz, or ne seiez pas a malaise, car, si m'aïst Dex, ge voil
que vos donoiz et roncins et autres choses, et vos avroiz assez
quoi. Et se vos fussiez an l'aage de quarante anz, si feïssiez vos
bien a loer del roncin et de la veneison que vos donates. Et des
ores mais voil ge bien que vos soiez de vos sires et maistres,

de faire des sottises et pour vous enseigner les bonnes actions. Ce sont deux choses que je ne veux pas que vous fassiez.

— Dame, dit-il, il faudra que je m'en abstienne, tant que je voudrai être sous votre tutelle et sous la garde d'un goujat. Et quand je n'y voudrai plus être, je m'en irai où je voudrai, et gagnerai ce dont j'aurai besoin. Mais avant que je m'en aille, je veux que vous sachiez que le cœur d'un homme ne peut pas s'élever à de grandes choses[1], s'il reste trop longuement sous maîtrise, car il lui faut souvent trembler. Pour moi, je ne me soucie plus d'avoir un maître. Je ne dis pas que je ne veuille plus de seigneur ou de dame. Mais malheur au fils de roi, qui n'ose pas donner le bien d'autrui[2], quand il donne le sien hardiment.

— Comment? dit la dame. Croyez-vous être un fils de roi, parce que je vous appelle ainsi?

— Dame, dit-il, on m'appelle: «fils de roi», et quelqu'un m'a dit que j'étais fils d'un roi.

— Sachez donc, dit-elle, qu'il vous connaissait mal, celui qui vous a pris pour le fils d'un roi. Car vous ne l'êtes pas.

— Dame, dit-il en soupirant, c'est dommage, car mon cœur aurait bien osé l'être. »

Il s'en va, si courroucé qu'il ne peut plus dire un seul mot. Alors la dame court après lui, le prend par la main et le ramène, puis se met à lui baiser les yeux et la bouche très doucement, si bien que nul n'aurait pu la voir sans penser que c'était son enfant. Elle lui dit:

« Beau fils, ne soyez pas malheureux; car, j'en prends Dieu à témoin, je veux que vous donniez des chevaux et d'autres choses, et vous aurez de quoi le faire. Même si vous étiez âgé de quarante ans, vous mériteriez d'être loué, pour le roncin et pour la venaison que vous avez donnés. Désormais je veux que vous soyez seigneur et maître de vous-même, parce que vous

---

1. *grandes choses:* BN 768 écrit «grande joie», mais il est le seul à s'écarter de la leçon commune.

2. *donner le bien d'autrui:* dès le XIIIe siècle, certains copistes, choqués par cette formule, ont cru bon de supprimer l'allusion au bien d'autrui (en l'espèce, il s'agit de la venaison, qui est la «propriété de madame»). Mais ce faisant, ils ont indûment édulcoré un texte, qui est bien dans l'esprit de l'auteur et de son temps: le prince, qui ne sait ni prendre ni donner, ne sert à rien, écrit un contemporain.

puis que vos savroiz bien par vos ce qui apartient a boene anfance. Et cui que vos fussiez filz, voirement n'avez vos pas failli a cuer de fil de roi, et si fustes vos filz a tel qui osast bien assaillir lo plus haut roi do monde par proesce de cors et de cuer. »

Ensi conforte la Dame del Lac Lancelot et asseüre, si com li contes trait avant ceste aventure par seulement la haute parole que il avoit dite. Mais ci endroit ne parole plus li contes de lui a ceste foiee,ançois retorne a sa mere et a sa tantain, la reine de Gaunes, la ou eles sont en Mostier Reial dolentes et desconseilliees.

Li contes dit que la reine Helainne de Benoyc et sa suer, la reine de Gaunes, sont ansenble en Reial Mostier. La reine de Benoyc menoit mout bele vie et mout sainte, et si faisoit la reine, sa suer ; et mout amanda li leus et crut, tant que dedanz les set anz que la reine s'i fu randue, i ot bien trante nonains, totes gentis fames del païs. Et puis fist ele tant que a celui leu vint li chiés de l'abaïe.

La reine de Benoyc avoit an cutume que toz les jorz, aprés la grant messe, aloit sor lo tertre o ses sires avoit esté morz et sor lo lac ou ele avoit perdu son fil, et disoit tant de bien com Dex li *(f. 17b)* avoit enseignié, por l'ame de son seignor, que Dex en eüst pitié, et por son fil dont ele cuidoit que il fust morz certainement. A un lundi matin avint que ele ot fait chanter messe des feels Deu en remanbrance premierement de son seignor et de son fil, et puis fist chanter la grant messe, car

saurez bien par vous-même ce qui appartient à une bonne enfance. De qui que vous soyez le fils, le cœur d'un fils de roi ne vous fait pas défaut ; et vous êtes né d'un père tel qu'il aurait bien osé assaillir le plus haut roi du monde, par prouesse de corps et de cœur. »

Ainsi la dame du Lac réconforte Lancelot et le rassure, comme le conte l'expose, qui ne nous a rapporté cet épisode que pour les hautes paroles qu'il avait dites. Mais en cet endroit le conte ne parle plus de Lancelot. Il retourne à sa mère et à sa tante la reine de Gaunes, quand elles sont à Moutier-Royal, dolentes et déconseillées.

CHAPITRE X

Un moine porte plainte devant le roi Arthur

Le conte dit que la reine Hélène de Bénoïc et sa sœur la reine de Gaunes sont ensemble à Moutier-Royal. La reine de Bénoïc menait une très belle vie et très sainte, et ainsi faisait la reine sa sœur. Le lieu se développa et s'agrandit de telle sorte que, dans les sept ans que la reine y fut entrée, il y eut bien trente nonnes, toutes gentilles femmes[1] du pays. Ensuite elle fit tant qu'en cet endroit s'établit le chef-lieu de l'abbaye.

La reine de Bénoïc avait accoutumé que tous les jours, après la grand'messe, elle allait sur le tertre où son seigneur était mort et sur le lac où elle avait perdu son fils. Elle disait toutes les bonnes choses que Dieu lui avait enseignées, pour l'âme de son seigneur, afin que Dieu en eût pitié, et pour son fils, dont elle croyait qu'il était mort sans aucun doute.

Un lundi matin il advint qu'elle avait fait chanter une messe des fidèles de Dieu, en mémoire premièrement de son seigneur et de son fils. Puis elle fit chanter la grand'messe ; car il lui

---

1. *gentilles femmes :* féminin de gentilshommes.

mout li tardoit que ele fust a son duel faire. Et si tost come ele
[fu chantee, ele] vint en haut el tertre, si plora et plaint mout
longuement. Aprés vint sor lo lac ou ele avoit son fil perdu, si
ploroit mout durement, tant que ele n'antandoit a autre
chose.

La ou ele demenoit issi son duel et sa plainte, vint par illuec
uns hom de religion a cheval entre lui et son escuier. Li hom fu
vestuz de dras noirs, une chape close afublee, tote noire. Et
qant il vit la reine faire tel duel, mout s'an merveilla cui ele
estoit et por quoi ele menoit si grant dolor. Il chevauche cele
part, et la reine antant si affaire son duel que ele ne lo voit ne
aparçoit tant qu'il est tres desus li venuz. Et il l'esgarde, si la
voit mout bele et bien sanblant a haute fame. Lors oste son
chaperon, si la salue.

« Dame, fait il, Dex vos doint joie, car il m'est avis que vos
n'an avez ores pas tant com il vos seroit mestiers. »

La reine regarde lo preudome, si li rant son salu ; si li poise
mout de ce que ele ne l'aparçut ençois que il l'eüst prise si pres.
Ele voit que il est mout viauz et mout samble bien preudome.
Et si avoit il esté, sanz faille, des proesces del monde, et ore
estoit il mout preuzdom a Nostre Seignor, car il avoit esté
chevaliers mout preuz, mais la terriene chevalerie avoit il tote
laissiee, grant piece avoit, et si estoit randuz en un hermitage
ou il avoit tant fait que ja i avoit covant de randuz avoques lui
qui tenoient la rigle et l'establissement Saint Augustin. *(f. 17c)*
Il fu granz et corsuz, si ot les chevex meslez de chienes et les
iauz vairs et gros en la teste. Si ot lo sanblant fier, et plain de
plaies lo vis et la teste et lo cors en mainz leus qui ne paroient
pas. Si ot les poinz maigres et gros et plains de vaines, et lees les
espaules, et il sist es estriers mout affichiez. Il dist a la reine :

« Dame, por Deu, qui estes vos ? ne por quoi faites vos tel
duel ? Car puis que dame est atornee au servise Nostre Seignor,

tardait beaucoup de pouvoir se consacrer à son deuil. Sitôt qu'elle fut en haut du tertre, elle donna libre cours à ses pleurs et à sa plainte très longuement. Ensuite elle alla au bord du lac où elle avait perdu son fils ; et elle pleurait si fort qu'elle ne faisait plus attention à rien d'autre.

Tandis qu'elle faisait ainsi son deuil et sa plainte, il passa en cet endroit un homme de religion, à cheval, accompagné d'un écuyer. Il était vêtu de draps noirs, et par-dessus il portait une chape fermée[1] toute noire. Quand il vit la reine faire un tel deuil, il se demanda qui elle était et pourquoi elle montrait une si grande douleur. Il dirige son cheval du côté où se trouve la reine, et elle est tellement absorbée dans son deuil qu'elle ne le voit ni ne perçoit sa présence, jusqu'à ce qu'il soit arrivé en face d'elle. Il la regarde. Il voit qu'elle est très belle et qu'elle a bien l'air d'une haute dame. Alors il ôte son chaperon et la salue :

«Dame, que Dieu vous donne la joie, car il me semble que vous n'en avez pas tant qu'il vous en faudrait ! »

La reine regarde le prud'homme et lui rend son salut. Elle est confuse de ne l'avoir pas aperçu, avant qu'il ne l'ait abordée d'aussi près. Elle voit qu'il est très vieux et paraît très prud'homme. Prud'homme, il l'avait été, sans faute, des prouesses du monde ; et maintenant il était devenu prud'homme envers Notre Seigneur. Car c'était un très vaillant chevalier, mais il avait renoncé à toute chevalerie terrienne depuis fort longtemps ; et il s'était rendu dans un ermitage, où il avait tant fait que maintenant il y avait avec lui un couvent de moines, qui tenaient la règle et l'établissement de saint Augustin[2].

Il était grand et fort. Il avait des cheveux grisonnants et de gros yeux vairons. Il avait la mine fière, le crâne et le visage pleins de cicatrices, de même que tout le corps, en de nombreux endroits qui ne se voyaient pas. Il avait des poings maigres et gros et pleins de veines, de larges épaules et se tenait bien droit sur ses étriers. Il dit à la reine :

« Dame, pour Dieu, qui êtes-vous et pourquoi faites-vous un tel deuil ? Car, quand une dame s'est donnée au service de

---

1. *chape fermée :* manteau, peut-être différent de la « chape à pluie », qui était agrafée autour du cou.
2. Selon l'historien Ferdinand Lot, « on ne sait rien des ermites de saint Augustin avant la fin du XIIᵉ ou le XIIIᵉ siècle ».

ele ne se doit, ce m'est avis, doloser de nule rien fors que de ses pechiez plorer, ançois doit totes pertes terriene[s] arriere metre. »

Qant la reine l'ot issi parler, si li est avis que mout est preuzdom de grant consoil, et ele dit :

« Certes, sire, se ge faz duel, ge n'en puis mais, ne por perte de terre ne d'avoir ne faz ge mie si grant duel. Mais ge sui une lasse, une chaitive, qui jadis fui dame de la terre de Benoyc et de cest païs ci environ. Si perdié mon seignor, lo prodome, en cest tertre ci aluec ; et mon fil, lo plus bel anfant de toz les autres, perdié ge ci, que une damoisele l'an porta entre ses braz et sailli atot lui dedanz ce lac, ge ne sai ou pucele o deiables, mais de fame avoit ele cors et sanblance. Por ce que mes sires fu morz de duel, si ai mout grant paor de s'ame, car g'en doi estre en autresin grant cure comme de la moie, car puis que nus fumes entre moi et lui par leial mariage ensenble joint, nos fumes une seul charz, si com Sainte Eglise lo tesmoigne et ge lo croi. Ensi, por la paor de l'ame mon seignor me plaign et plor, savoir se ja en prandroit pitié a Damedé por les lermes d'une tele pecheresse com ge sui. Et de mon fil me reprant au cuer mout grant pitié, que g'i perdié an tel maniere, car s'il fust morz veiant mes iauz, *(f. 17d)* plus tost l'eüsse oblié que ge n'avrai, car ge sai bien que toz nos covendra morir. Mais qant me menbre que mes filz est noiez, qui estoit nez de leial mariage

Notre Seigneur, elle ne doit se soucier de rien, me semble-t-il, si ce n'est de pleurer ses péchés ; et elle doit retrancher d'elle toutes les pertes terriennes. »

Quand la reine l'entend prononcer ces paroles, elle pense qu'il est très prud'homme et de grand conseil. Elle lui dit :

« Certes, seigneur, si je pleure, ce n'est pas ma faute ; et je ne pleure pas la perte d'une terre ou d'un bien. Je suis une malheureuse, une infortunée, qui étais jadis la dame de la terre de Bénoïc et de tout ce pays alentour. J'ai perdu mon seigneur, le prud'homme, sur la colline que vous voyez d'ici ; et ici-même j'ai perdu mon fils, le plus bel enfant du monde. Une demoiselle l'emporta entre ses bras et se jeta avec lui dans ce lac. Je ne sais si ce fut une demoiselle ou un diable ; du moins avait-elle d'une femme le corps et l'apparence. Parce que mon seigneur est mort de deuil, j'ai grand'peur pour son âme[1] et je dois en prendre aussi grand soin que de la mienne ; car, lorsque nous avons été unis, lui et moi, en loyal mariage, nous sommes devenus une seule chair, comme la Sainte Église le témoigne et comme je le crois. Ainsi la peur que j'ai pour l'âme de mon seigneur fait que je me plains et que je pleure, ne sachant si le Seigneur Dieu en aura pitié, pour les larmes d'une pécheresse telle que je suis. Une grande pitié aussi me fend le cœur pour mon fils que j'ai perdu de la manière que j'ai dite. S'il était mort devant mes yeux, je l'aurais plus vite oublié que je ne ferai ; car je sais qu'il nous faudra tous mourir. Mais quand il me souvient que mon fils est mort noyé, qui était né d'un loyal

---

1. Le développement qui suit n'est compréhensible que si l'on se souvient qu'à cette époque la mort subite, sous toutes ses formes, était considérée comme la marque de la vengeance divine et le présage de « l'éternelle mort ». Le roi Ban, qui est « mort de deuil », est donc en danger de perdre son âme, si les mérites et les prières de la reine sa femme ne lui font obtenir la miséricorde de Dieu. Les commentateurs se sont étonnés de l'importance que l'auteur attache à la reine de Bénoïc, personnage épisodique et qui va bien vite disparaître du roman. Ils se sont étonnés aussi du titre qui apparaît dans les premières pages du roman lui-même (et qui s'applique si mal à ses continuations): « Le conte de la reine des Grandes Douleurs ». Mais c'est ignorer que la réversibilité des mérites et des peines donne précisément à notre roman son sens théologique. Les épreuves et les prières de la « reine des Grandes Douleurs » ne sont pas étrangères à la gloire future de Lancelot.

et estraiz de haut lignage cui Dex eslut a veoir ses granz merveilles et a honorer les estranches terres de sa venue et a honorer son haut non et a essaucier et sa creance, si m'est avis que Dex m'a toloit et lo pere et lo fil por aucune haïne qu'il a vers moi ; ne jusque la ne li cuidoie ge pas avoir mesfait. Ensi [plor] por la paor de Nostre Seignor et por la paor de l'ame mon seignor, que ele ne soit en pardurable mort, et por l'angoisse de la laide mort mon fil. »

« Dame, dame, fait li preuzdom, certes, il a assez raison en vostre duel, car assez et trop avez perdu, et non mie vos seulement, mais maintes autres genz qui i avront de granz domages. Et neporquant, trop en porriez vos faire, car l'an doit en totes choses esgarder raison et mesure. Et puis que vos iestes partie del siegle et avez pris abit de religion por amor Deu, il n'est pas honeste chose de faire duel en chascun leu, car vos devez plorer et les voz pechiez et les autrui, non mie veiant lo pueple, mais en vostre cloistre et au plus an repost que vos porroiz. Et neporqant ge croi bien que ce ne volez pas faire en repost, ne que vos nel faites por nule vainne gloire, mais vostre cuer saoler qui angoisseus est et a malaise de son anui. Et Dex ait pitié do preudome cui fame vos fustes, car de lui est mout

mariage et issu des hautes lignées[1], que Dieu a élues pour qu'elles voient ses grandes merveilles, pour qu'elles honorent de leur venue les terres étrangères, pour qu'elles célèbrent son haut nom et qu'elles exaltent sa croyance, je me dis que Dieu m'a pris et le père et le fils, pour quelque raison qu'il a de me haïr. Et jusqu'ici je ne croyais pas l'avoir offensé. Ainsi je pleure par peur de Notre Seigneur, par peur que l'âme de mon seigneur ne soit dans l'éternelle mort, et par l'angoisse que j'ai de la laide mort de mon fils.

— Dame, dame, dit le prud'homme, il est vrai qu'il y a beaucoup de raison dans votre deuil ; car vous avez subi une grande, une très grande perte, et non seulement vous, mais bien des gens, qui en auront de grands dommages. Et cependant vous pourriez en faire trop, car on doit en toutes choses garder raison et mesure. Puisque vous avez quitté le siècle et que vous avez pris l'habit de religion pour l'amour de Dieu, ce n'est pas chose convenable de faire deuil en tout lieu ; car vous devez pleurer et vos péchés et ceux des autres, non devant le peuple, mais dans votre cloître et le plus secrètement que vous pourrez. Cependant je crois bien que, si vous ne voulez pas garder le secret de votre deuil, ce n'est pas par une vaine gloire, mais pour saouler votre cœur, qui souffre l'angoisse et le tourment de son ennui[2]. Que Dieu ait pitié du prud'homme dont vous

---

1. *les hautes lignées :* littéralement, le haut lignage. À plusieurs reprises, l'auteur rappelle que, par sa mère, Lancelot descend du roi David et du chevalier Joseph d'Arimathie. Il appartient au « haut lignage » que Dieu a élu pour voir ses grandes merveilles, c'est-à-dire les mystères que Dieu a révélés à Joseph d'Arimathie, en lui confiant le Graal, l'écuelle sainte où le sang du Seigneur fut recueilli. Ce haut lignage a été chargé par Dieu d'exalter « son nom et sa croyance » et « d'honorer les terres étrangères de sa venue ». En effet, Dieu l'a envoyé de la Terre promise en Grande-Bretagne, cette terre étrangère, pour « la conquérir à Notre Seigneur » et l'évangéliser. Un descendant de ce même lignage, Perceval, que l'auteur appelle Perlesvaus, doit voir à son tour « les grandes merveilles » du Graal, s'asseoir « au Siège Périlleux de la Table Ronde », et mettre fin aux aventures et aux merveilles du royaume d'Arthur, qui cessera alors d'être le « Royaume Aventureux ». Avec quelques variantes, cette histoire s'apparente à celle qui nous est contée dans un roman en vers de la fin du XIIe siècle, *L'Histoire du Graal* de Robert de Boron. À ceci près que, dans le poème, il ne nous est pas dit que Joseph d'Arimathie fut le fondateur de la lignée des rois de Galles, par l'intermédiaire de son fils Galaad.

2. *ennui :* grande douleur, désespoir.

granz domages. Ne vos n'i poez rien recovrer ; c'est granz
dolors. Mais del fil soiez vos tote seüre, car ge vos di en verité
qu'il est sains et haitiez et tot a aise. »

Qant la reine l'ot, si est tant esbahie que ele ne dit mot d'une
(f. 18a) grant piece. Et qant ele puet parler, si li chiet as piez et
li dit tot am plorant :

« Ha ! biax sire, por Deu, dites vos voir que mes filz Lanceloz
est sains et saus ? »

« Gel vos di, fait il, sor mon habit qu'il est toz sains et toz
haitiez. »

Et ele en a si grant joie que ele s'est pasmee maintenant. Et
lors la cort sostenir une none que ele avoit avoques li, et li
preuzdom autresin, qui mout grant pitié en a. Et qant ele vint
de pasmoison, si la conforte, et dit que tote soit seüre que il li
a verité dite.

« Biax sire, fait ele, por Deu, comment lo savez vos ? Car vos
m'avez en mon cuer mise la greignor joie qui onques mais m'i
entrast ; et s'il n'estoit voirs, si seroie assez plus morte que
devant. »

« Gel sai, fait li preudom, par celui qui lo voit main et soir.
Et sachiez que s'il fust avecques vos, que vos fussiez encores
dame de la terre de Benoyc, il ne fust pas plus a aise [qu'il est
la ou l'an lou norrist. »

« Ha ! sire, fait ele, por Deu, dites moi ou ce est, si en serai
mout plus a aise.] Et se ce est leus o ge nel puisse veoir, si
esgarderai viaus cele part sovant ; et atant m'en refraindrai,
puis que ge nel porrai veoir. »

« Dame, fait il, ce ne vos puis ge mie faire, car ge me
desleiauteroie, puis qu'il m'est dit, car en tel maniere me fu
descovert que ge ne vos en puis dire, fors tant que toz est
haitiez et sains. Et tant n'en seüssiez vos oan, ne ge meemes, se
ne fust por ce que cil qui lo gardent vuelent que vostre cuers en
soit a eise. »

« Ha ! sire, fait ele, por Deu, itant me dites, se vos poez, s'il
est es mains a ses anemis ou a tex genz qui ne li vuelent se bien
non. »

« Dame, fait il, de ce soiez tote seüre qu'il est es mains a tex
genz qi lo garderoient de toz maus a lor pooirs, ne ja si anemi
de son cors n'avront saisine. »

Lors a la reine mout grant joie, si grant que ele ne puet croire

fûtes la femme ! car c'est grand dommage de lui et vous n'y pouvez trouver aucun remède, c'est une grande douleur. Mais pour votre fils, soyez tout à fait rassurée ; car je vous dis en vérité qu'il est sain, sauf et heureux. »

Quand la reine entend le prud'homme, elle est si stupéfaite qu'elle ne dit mot pendant un long moment. Quand elle peut parler, elle tombe à ses pieds et lui répond en pleurant :

« Ah ! beau seigneur, pour l'amour de Dieu, dites-vous vraiment que mon fils Lancelot est sain et sauf ?

— Je vous dis sur mon habit, répond le prud'homme, qu'il se porte fort bien. »

Elle en ressent une joie si grande qu'elle se pâme aussitôt. Alors accourt, pour la soutenir, une nonne qu'elle avait auprès d'elle, et le prud'homme lui-même, qui en a une grande pitié. Quand elle revient de pâmoison, il la rassure et lui dit qu'elle peut être certaine qu'il lui a dit la vérité.

« Beau seigneur, dit-elle, pour Dieu, comment le savez-vous ? Vous avez mis dans mon cœur la plus grande joie qui jamais y fût entrée ; mais si ce n'était pas la vérité, j'en serais accablée, plus encore qu'auparavant.

— Je le sais, dit le prud'homme, par celui qui le voit matin et soir. Et sachez que, s'il était auprès de vous et que vous fussiez encore la dame de la terre de Bénoïc, il ne serait pas plus heureux qu'il ne l'est, là où il est élevé.

— Ah ! seigneur, pour Dieu, dites-moi où il est, j'en serai tellement plus heureuse. Et si c'est un lieu où je ne puisse aller le voir, je tournerai mes yeux de ce côté souvent ; et je m'en contenterai, puisque je ne pourrai pas le voir.

— Dame, dit-il, je ne peux pas vous le dire ; car je serais déloyal, puisqu'on me l'a défendu. Ce secret m'a été révélé sous des conditions telles que je ne puis vous dire rien d'autre que ceci, que votre fils est sauf et bien portant. Encore ne l'auriez-vous pas su de si tôt, non plus que moi-même, si ce n'était que ceux qui le gardent veulent que votre cœur en soit apaisé.

— Ah ! seigneur, dit-elle, pour Dieu, dites-moi encore ceci seulement si vous le pouvez : est-il aux mains de ses ennemis ou de gens qui ne lui veulent que du bien ?

— Dame, soyez tout à fait tranquille à ce sujet ; il est aux mains de gens qui, de tout leur pouvoir, le préserveront de tout mal ; et jamais ses ennemis de lui n'auront saisine. »

La reine ressent une très grande joie, si grande qu'elle ne

lo preudome, qu'il die voir. Lors li demande :

« Sire, conoissiez vos nules de noz serors qui laianz sont ? »

Et il dit qu'il cui*(f. 18b)*de bien conoistre de teles i a. Et il garde, si conoist celi qui estoit illuecques avec la reine, et ele reconoist lui mout bien. Et lors est la reine mout a eise, si li dit :

« Sire, por Deu, vos vendroiz jusque laianz et verroiz de noz dames que vos conoissiez, qui vos verront mout volentiers. »

Ensi l'en mainne la reine jusqu'a lor porprise, si antrent anz. Et qant les dames oent dire q'ensin les vient uns preuzdom veoir, si vienent contre lui ; et mout en i a qui lo conoissoient, si li font mout grant joie. Et la dame lor demande a consoil se ele puet croire ce qu'il li fera antandant.

« Oïl, dame, font eles, car il n'en mentiroit mie, comme cil qui assez a esté preuzdom au siegle et or est mout preuzdom a Damedé. »

Lors lo prient mout totes les dames de mengier, et il dit qe Dex lo set qu'il ne mangeroit mie plus d'une foiz lo jor, car lor ordre lor deffant.

« Mais ceste dame, fait il, m'a fait hui trop grant pitié. Et si me fist ja un mout grant servise que ge li voudrai mout bien guerredoner. Et si vos dirai quex li servises fu, et ge quit qu'il l'en membera mout bien. Il fut voirs que ses sires li rois, dont Dex ait l'ame, tenoit une mout esforciee cort a un jor d'une Thiefaine, si dona mout robes a chevaliers et autres dons riches et biax. Et g'i vign la voille de la feste si tart que pres estoit de vespres, si avoit li rois tant chevaliers a sa feste que totes avoit ses robes donees. Et qant ma dame qui ci est vit que ge n'avoie point de robe, si dist que mout senbloie preudome, et que ge ne devoie pas sanz robe remanoir a ceste feste. Si me fist faire a ma mesure une robe d'un mout riche drap de soie que ele faisoit faire a son hués, et la me fist vestir. Si fui plus richement vestuz que nus chevaliers de la feste. *(f. 18c)* Ce fu li servises que ma dame me fist ; ne ge nel taign pas a petit et ge ai droit. Et por ce li guerredonerai ge de mon pooir, et mes pooirs si est de li aidier del travail de mon cors et de ma langue qui devant maint riche home avra esté escoutee. »

peut pas croire que le prud'homme ait dit la vérité. Elle lui demande :

« Connaissez-vous certaines de nos sœurs, qui sont ici ? »

Il dit qu'il pense en connaître plusieurs, lève les yeux, reconnaît celle qui accompagnait la reine et qui le reconnaît très bien lui aussi. Alors la reine est très heureuse et lui dit : « Seigneur, pour Dieu, vous viendrez jusque chez nous, et vous verrez plusieurs de nos dames, que vous connaissez. Elles seront très heureuses de vous voir. »

La reine l'emmène ainsi jusqu'à l'enceinte du monastère. Ils entrent. Quand les dames entendent dire qu'un prud'homme vient les voir, elles vont à sa rencontre. Nombreuses sont celles qui le reconnaissent et qui l'accueillent avec beaucoup de joie. La dame leur demande discrètement si elle peut ajouter foi à ce qu'il lui dira. « Oui, dame, disent-elles ; il ne saurait mentir, parce qu'il a été très prud'homme dans le siècle, et maintenant il est très prud'homme au Seigneur Dieu. » Alors toutes les dames le prient de rester dîner, et il répond que Dieu sait bien qu'il ne peut manger plus d'une fois par jour ; car l'ordre le leur défend. « Mais j'ai eu aujourd'hui, dit-il, une grande pitié de cette dame. Et de plus, elle m'a fait jadis une grande faveur, dont je désire ardemment la récompenser. Je vais vous dire quelle fut cette faveur et je pense qu'elle s'en souviendra très bien.

« Il advint que le roi son seigneur, dont Dieu ait l'âme ! tenait une cour très solennelle au jour d'une Épiphanie. Il donna de nombreuses robes aux chevaliers et d'autres présents riches et beaux. J'arrivai la veille de la fête, si tard qu'il était déjà près de vêpres ; et le roi avait tant de chevaliers à sa fête qu'il avait donné toutes ses robes. Quand madame, qui est ici, vit que je n'avais point de robe, elle dit que j'avais bien l'air d'un prud'homme et que je ne devais pas demeurer sans robe à cette fête. Elle me fit faire à ma mesure une robe d'un riche drap de soie qu'elle se réservait pour elle-même, et me pria de la revêtir. Alors je fus plus richement vêtu qu'aucun des chevaliers de la fête. Telle est la faveur que j'ai reçue de madame. J'ai pensé qu'elle n'était pas petite et j'ai eu raison de le penser. C'est pourquoi je veux en remercier madame, autant qu'il est en mon pouvoir. Et ce qui est en mon pouvoir, c'est de l'aider du travail de mon corps et de ma langue qui, devant maint grand seigneur, a su se faire écouter. »

Puis dist :

« Dame, dame, il est granz joie ou siegle et grant honor a
Nostre Seignor de ce que si haute fame et si gentis dame com
vos estes et de si haut lignaige descendue est del tot atornee au
servise Damedeu, et li preuz en iert a vostre ame, se Deu plaist.
Mais ge plain mout la terre de Benoyc et cele de Gaunes qui est
chaoite en la main Claudas lo desleial ; si en est li domages a
voz amis, et la honte en est lo roi Artu, car il deüst pieç'a ceste
honte avoir vengié. Et bien sachiez que ge m'en vois par une
nostre obedience que nos avons pres de ci ; et si tost com g'i
avrai esté, ge m'en irai d'iluec en la maison lo roi Artu, et si
ferai ceste clamor et por vos et por vostre fil, qui encor sera
sires de la terre se Deu plest. Et l'an cuide que il soit mout
preuzdom se Damedex li done vie. »

A ces paroles vint hors d'une chanbre la reine de Gaunes ou
ele avoit dormi un po, car il [n]'estoit nuiz que entre li et sa
seror ne relevassent trois foiz au mains por faire lor oroisons et
lor proieres. Et qant ele oï parler de Lancelot, son neveu, qu'il
estoit vis, s'en fu si liee que ele ne se pot sor piez tenir et ele se
pasme. Lors la prant la reine et les autres dames, si la relievent.
Et li bons hom demande qui est ele et que ele a eü.

« Quoi, sire ? fait la reine de Benoyc ; c'est ma suer, la reine
de Gaunes. Si sai bien que ele a tel joie de son neveu que ele
s'en est pasmee. »

(f. 18d) « En non Deu, fait ele qui de pasmoisons fu revenue,
nel faz ge. Ne plor mie, ne pasmee ne me sui de la joie de mon
neveu ; ge n'en ferai ja se rire non. Ainz me pasmai del grant
duel de mes anfanz que j'ai perduz, si m'en est au cuer venue
une tandrors si granz que par un po qu'il ne m'est partiz. »

« Dame, fait li preuzdom, or ne vos esmaiez pas de voz
anfanz, car Nostres Sires est toz puissanz d'aus garantir,
autresin com il a garanti vostre neveu que vos cuidiez et tuit si
ami que il fust morz ; et l'an set bien encore que li vostre sont
sain et haitié. Mais parmi toz voz anuiz vos devez mout

Il dit ensuite : « Dame, dame, c'est une grande joie pour le siècle et un grand honneur pour Notre Seigneur, qu'une si haute femme et noble dame, comme vous l'êtes, et descendue d'un si haut lignage, se soit donnée entièrement au service du Seigneur Dieu. Le profit en sera pour votre âme, s'il plaît à Dieu. Mais je plains fort la terre de Bénoïc et celle de Gaunes, qui sont tombées dans la main de Claudas le déloyal. Le dommage en est pour vos amis, et la honte pour le roi Arthur ; car il y a longtemps qu'il aurait dû venger cette injure[1]. Sachez que je me rends à l'une de nos obédiences, qui est proche d'ici. Dès que ce sera fait, j'irai dans la maison du roi Arthur, et je lui porterai cette plainte, en votre nom comme au nom de votre fils. Lequel sera encore le seigneur de cette terre, s'il plaît à Dieu. Car on pense qu'il sera très prud'homme, si le Seigneur Dieu lui donne vie. »

À ces mots, la reine de Gaunes sortit d'une chambre, où elle avait un peu dormi ; car il n'y avait pas de nuit qu'elle et sa sœur ne se relevassent trois fois au moins, pour faire et leurs oraisons et leurs prières. Quand elle apprit que Lancelot son neveu était vivant, elle eut une telle joie qu'elle ne put se tenir debout. Elle se pâme. La reine et les autres dames la soutiennent et la relèvent. Le bon moine demande qui elle est et ce qu'elle a eu. « Comment ? Seigneur, dit la reine de Bénoïc, c'est ma sœur la reine de Gaunes, et je sais bien qu'elle a une telle joie de son neveu qu'elle s'en est pâmée.

— Par le nom de Dieu, dit la reine de Gaunes, qui était revenue de pâmoison, il n'en est rien. Je ne pleure ni ne me suis pâmée de la joie que j'ai de mon neveu, je ne pourrais que m'en réjouir, mais de la grande douleur que j'ai de mes enfants, qui sont perdus. Il m'en est venu dans le cœur une faiblesse si grande que peu s'en faut qu'il ne m'ait lâché.

— Dame, dit le prud'homme, ne vous effrayez pas à présent pour vos enfants ; car Notre Seigneur a le pouvoir de les préserver, comme il a préservé votre neveu, dont vous-même et tous ses amis pensiez qu'il était mort. Et l'on sait aussi que vos enfants sont saufs et bien portants. Mais au milieu de toutes

---

1. Construction tripartite : l'événement est à la fois profitable, dommageable et honteux. L'âme de la reine en aura le profit ; les vassaux de la terre de Bénoïc, le dommage ; le roi Arthur, la honte.

conforter de ce que vos iestes ensemble en la garde Nostre
Seignor, qui en si mauvaises avantures et en si felonesses avez
esté. Or si vos confortez des or mais l'une a l'autre de voz maus
et faites ansanble joie de voz biens et pensez a la grant richece
qui ja ne prandra fin, car de la richece do siegle avez vos assez
eü, et bien poez veoir com a petit de chose il covient tote
hautesce terriene retorner. Ne Nostres Sires ne vos obliera pas,
car il est piteus et debonaires plus que langue ne puet conter. Si
li prandra pitié de vos et vos traira de ceste dolor o vos iestes
en sa grant joie pardurable ; car moi, qui sui hom mortex et
pechieres, en est si granz pitiez prise que ge ne serai ja mais a
eise, Dex lo set, se n'est del servise Deu oïr, tant que ge soie en
la maison lo roi Artu et que ge li aie faite la clamor de vostre
deseritement et mostree la grant honte qu'il i a. Car il n'a cort
en tot lo monde o ge n'osasse bien parler, qant plus i avroit
riches barons et sages homes. Et neporqant ge sai bien [*(An,
f. 25d)* que tant a eü affeire ça en arrieres li rois Artus que n'est
mie mervoille s'il a ceste chose mise an delai, car il n'a gaires
baron qui ne li ait mené guerre tant que maintes genz ont
quidié qu'il remainsist essilliez a la parclose. Et par aventure,
de ceste chose n'oï onques nul clamor, si n'an fait pas tant a
blasmer. »

Atant s'an part li preuzdom, si commende a Deu premierement les deus reines et puis les autres dames totes. Et chevauche droit et a granz jornees tant qu'il vient en la Grant
Bretaigne et trueve lou roi Artu a Londres a mout grant planté
de gent. Et ce fu la premiere semainne de Septembre, ce dit li
contes, que li rois Artus fu venuz d'Escoce de seur lou roi
Aguisçant, son coisin meesmes, qui par trois feiees l'ot guerroié, si orent faite boenne pais et bien asseürée d'amedeux parz.
Et ot li rois Artus trives prises devers lou Roi d'Outre les
Marches jusq'a la Pasque, si s'en fu venuz por sejorner en son
plus aesié païs et cil de son ostel avocques lui et d'autres
chevaliers a grant planté.

Ce jor, ce dit li contes, estoit uns diemenches, si fu assis au

vos peines, vous avez la grande consolation d'être ensemble en
la garde de Notre Seigneur, vous qui avez été dans de si
funestes aventures et si cruelles. Que désormais chacune
console l'autre de ses chagrins et partage ses joies. Et qu'elle
pense à la grande richesse, qui jamais ne prendra fin. Car de la
richesse du siècle vous avez eu votre large part ; et vous pouvez
voir à combien peu de chose retourne toute grandeur terrienne.
Notre Seigneur ne vous oubliera pas ; car il est pitoyable et
bon, plus qu'aucune langue ne saurait le dire. Il prendra pitié
de vous et vous fera passer, de cette douleur où vous êtes, en sa
grande joie éternelle. Car moi, qui ne suis qu'un homme mortel
et pécheur, il m'en est venu une pitié telle que je ne serai jamais
heureux, Dieu le sait (si ce n'est d'entendre son service[1]), avant
que je sois dans la maison du roi Arthur et que je lui aie porté
la plainte de votre déshéritement et montré la grande honte
qu'il en a. Car il n'y a pas de cour, dans le monde entier, où je
n'oserais parler, si nombreux qu'y fussent les puissants barons
et les sages hommes. Néanmoins je sais bien que le roi Arthur
a eu tant à faire jusqu'ici que ce n'est pas merveille s'il a mis la
chose en délai ; car il n'a eu, pour ainsi dire, aucun de ses
barons qui ne lui ait fait la guerre, de sorte que beaucoup de
gens ont cru qu'il serait chassé à la fin. Il se peut aussi que
d'aventure il n'ait reçu aucune plainte à ce sujet et dans ce cas
il ne mérite pas tellement d'être blâmé. »

À ces mots le prud'homme s'en va. Il recommande à Dieu
d'abord les deux reines, puis toutes les autres dames. Il
chevauche tout droit et à grandes journées, jusqu'à ce qu'il
arrive dans la Grande-Bretagne et trouve le roi Arthur à
Londres, au milieu d'une grande presse de gens. C'était, dit le
conte, la première semaine de septembre. Le roi Arthur était
revenu d'Écosse, vainqueur du roi Aguiscant, son cousin,
qui par trois fois lui avait fait la guerre. Ils avaient signé
une bonne paix et bien garantie des deux parts. Et
le roi Arthur avait conclu une trêve avec le roi d'Outre-
les-Marches jusqu'à la Pâque. Aussi était-il venu faire un séjour
dans la plus agréable de ses terres, avec les gens de son hôtel et
d'autres chevaliers.

C'était, dit le conte, un dimanche. Le roi Arthur était à table

---

1. *son service :* le service de Dieu, la messe.

mengier li rois Artus et ot *(An, f 26a)* entor lui genz de maintes
manieres et de mainz estranges païs. Et li randuz qui venoit de
la terre de Benoyc entre laienz et vient a granz pas parmi la sale
contreval jusque devant lou haut dois ou li rois Artus et maint
haut baron seoient. Il ot abatu son chaperon et il sambla mout
bien preudome et il ot la langue delivre et bien parlant et la
chiere seüre, si commance sa raison si haut que bien fu oïz
parmi la sale.

« Rois Artus, fait il, Dex te saut comme lou plus preudome
et lou meillour qui onques fust, se ne fust une seule chose. »

Li rois regarde lou preudome a grant mervoille qui si l'a
blasmé de mauveitié et loé de grant valor veiant ses genz, si en
a honte mout grant, et tuit cil qui laienz sont s'en mervoillent
trop durement. Li rois fu mout sages et mout cortois, si li
randié son salu.

« Dex vos beneïe, fait il, biaus sire, quex que ge soie, ou
boens [ou] mauveis. Et puis que tant en avez dit, descovrez moi
por quoi ge pert a estre li miaudres rois et li plus preuzdom do
monde, car mout lou savroie volantiers. »

« Et gel te dirai, fait li preuzdom ; il est voirs que tu ies li rois
qui ores soit ne dont l'en ait oï parler qui plus maintient
chevalerie en grant honor, et plus feis de granz biens que nus
dont l'en ait oï parler enjusque ci et selonc Deu et selonc le
monde. Mais trop ies pareceux de vanchier les hontes et les
domages que l'an te fait, car qui fait a ton home honte et
domage, il lou te fait, car quel que domage que tes hom ait,
totevoie en est la honte toe. Tu honores et do*(An, f. 26b)*tes et
sers cels qui desleiaument te guerroient et corent sus, et cels
oblies et mez arrieres qui t'ont servi leiaument et sanz fauser et
ont perdu et terres et honors et lor vies et sont en aventure de
lor ames por ton servise. Or t'ai devisee la chose par quoi tu
perz a estre li plus preuzdom qui onques fust. »

Qant li rois l'antant, si en est mout honteux durement ; et par

et il avait autour de lui des gens de maintes manières et de maints pays étrangers. Le moine, qui venait de la terre de Bénoïc, entre dans le palais, s'avance à grands pas dans la salle, jusqu'à ce qu'il se trouve en face de la haute table, où le roi Arthur était assis en compagnie de beaucoup de puissants barons. Son chaperon était rejeté en arrière et il avait bien l'air d'un prud'homme. Il avait la langue déliée et la parole facile, le visage assuré ; et il se mit à parler d'une voix si puissante qu'on l'entendit dans toute la salle.

« Roi Arthur, dit-il, que Dieu te sauve, comme le roi le plus prud'homme et le meilleur qui fut jamais, s'il ne s'en fallait d'une seule chose ! »

Le roi regarde avec étonnement le prud'homme qui ose ainsi le blâmer de sa mauvaise conduite et le louer de sa grande valeur, devant ses gens. Il en a une grande honte et tous ceux qui sont là demeurent dans un étonnement extrême. Le roi était très sage et très courtois. Il rendit son salut au prud'homme :

« Dieu vous bénisse, beau sire, que je sois bon ou que je sois mauvais ! Puisque vous m'en avez tant dit, apprenez-moi ce qui m'empêche d'être le meilleur des rois et le plus prud'homme du monde. Je serais heureux de le savoir.

— Eh bien ! je vais te le dire, répond le prud'homme. Il est vrai que, parmi les rois qui vivent aujourd'hui ou dont on ait gardé la mémoire, tu es celui qui honore le mieux la chevalerie ; et tu as fait plus de bien que tous les rois dont on ait jamais parlé jusqu'à ce jour, et selon Dieu et selon le siècle. Mais tu es trop paresseux de venger les hontes et les dommages que l'on te fait. Car celui qui fait à ton homme honte et dommage, c'est à toi qu'il les fait ; et, quel que soit le dommage que ton homme en reçoive, de toute manière la honte en est pour toi. Tu honores, tu redoutes, tu sers ceux qui déloyalement te font la guerre et te combattent. Mais tu oublies, tu rejettes ceux qui t'ont servi loyalement et sans trahir, qui ont perdu et terres et honneurs et leur vie et sont en aventure[1] de perdre leur âme pour ton service. Maintenant je t'ai dit la seule chose qui t'empêche d'être le plus prud'homme qu'on ait jamais connu. »

En entendant ces paroles, le roi éprouve une grande honte ;

---

1. *en aventure :* en danger.

la sale en sont tuit esbahi et un et autre et dient c'onques mais
n'oïrent randu si bien parler ne si hardiement devant persone a
si haut home, et li pluseur en ont lou mangier laissié et a
mervoille l'esgardent. Lors vint avant Beduiers li conestables et
vit que por la parole a ce randu avoient plus de la moitié des
chevaliers lou mengier si deguerpi qu'il n'antendoient a nule
rien fors a ce que il disoit. Et Beduiers li dist :

« Sire randuz, laissiez vostre parole atant ester tant que
messires li rois ait mangié, et lors si parleroiz a lui tot par leisir,
car de tant con vos avez dit avez vos ja la cort si troblee que tuit
en laissent lou mengier et riche et povre. »

« Coment ? fait li preuzdom ; sire chevaliers, si covient que ge
me taise de dire la parole dont toz li mondes puet amender por
laissier saoler si mauveis vaissel et si anuieus com est li ventres,
ou ja si riches viandes ne si beles ne seront mises qu'eles n'i
devaignent et anuieuses et vilainnes ? Certes, ge ne m'an tairai
ja que ge ne die ce qui *(An, f. 26c)* sor lou cuer me gist. Et qant
ge avrai dite ma parole, ja ceianz n'avra preudechevalier ne si
hardi, s'il velt dire que ce veritez ne soit, que bien ne soit
desraisniee veiant tot lo barnage de çaianz ançois que la nuiz
qui vient se soit a cestui jor meslee. Et bien avez fait samblant
d'anfant et contenance qui devant toz les esprovez preudomes
de ceianz iestes venuz contredire que ge ne parol, et si ne savez
lou grant besoig que ge en ai ne lou grant preu qui puet issir de
ma parole. Et si ne cuit ge mie que vos seiez miauz vaillanz ne
plus prisiez de tex deus preudomes vi ge ja en maison lou roi
Uter de Bretaigne, ce fu Hervis de Rivel et Kanez de Caerc.
Cels vi ge si preuz d'armes qu'il nes covenist a changier por nul
cors de deus chevaliers ; ne onques par els ne fu povres hom
besoigneux botez hors de cort, mais avenciez a lor pooirs, et si
n'estoient pas mains seignor de la maison lou roi Uter, dont
Dex ait l'ame, que vos iestes de la maison lou roi Artu qui ses
filz fu. »

Lors vint avant Hervis de Rivel, qui estoit au chief dou dois
ou il servoit, car li rois Artus ne fust ja si priveement qu'il ne
servissent en sa maison chevalier de toz aages, viel et maien et

et, dans la salle, tous sans exception sont frappés de stupeur. Ils disent que jamais ils n'ont entendu un moine parler aussi bien et aussi hardiment en face de la personne d'un aussi haut seigneur. La plupart ont cessé de manger et regardent le moine avec étonnement.

Alors s'avança Béduier, le connétable. Il vit que, pour la parole de ce moine, plus de la moitié des chevaliers avaient cessé de manger, à tel point qu'ils ne s'intéressaient plus à rien qu'à ce qu'il disait. Et Béduier lui dit :

« Seigneur moine, retenez votre parole jusqu'à ce que monseigneur le roi ait dîné et vous lui parlerez alors tout à loisir. Car avec ce que vous avez dit, vous avez déjà si fort troublé la cour que tous en délaissent le dîner, les grands comme les petits.

— Comment ? dit le prud'homme, il faut que je m'abstienne de dire les paroles dont tout le monde peut tirer profit, pour laisser remplir un méchant et misérable sac, comme est le ventre, où l'on ne saurait mettre les nourritures les plus riches et les plus belles, qu'elles ne deviennent dégoûtantes et viles. Certes non ! je ne me retiendrai pas de dire ce qui me pèse sur le cœur. Et quand j'aurai dit ce que j'ai à dire, s'il y a ici un seul chevalier, si preux et si hardi soit-il, pour soutenir que ce n'est pas la vérité, les armes en feront la preuve devant toute l'assemblée des barons de céans, avant que la nuit qui vient se soit au présent jour mêlée. Vous avez eu la contenance et l'attitude d'un enfant, vous qui, devant tous les prud'hommes éprouvés qui sont ici, êtes venu m'interdire de parler, et qui ne savez pas le grand besoin que j'en ai, ni le grand profit qui peut venir de ma parole. Je ne crois pas que vous soyez plus valeureux ni plus estimé que les deux prud'hommes que je vis jadis dans la maison du roi Uter de Bretagne. C'étaient Hervis de Rivel et Kanet de Caerc. Ceux-là, je les ai vus si preux sous les armes, qu'il n'aurait pas fallu les changer contre deux des meilleurs chevaliers. Jamais ils ne chassaient de la cour un pauvre homme dans le besoin. Ils le soutenaient au contraire de tout leur pouvoir. Et ils n'étaient pas moins puissants dans la maison du roi Uter, dont Dieu ait l'âme ! que vous ne l'êtes dans celle du roi Arthur, qui est son fils. »

Alors s'avança Hervis de Rivel, qui était au bout de la haute table, où il servait. Car, même quand le roi Arthur était en privé, des chevaliers de tous âges servaient dans sa maison,

bacheler. Qant Hervis conut lou preudome, il ne fait pas a
demander s'il li fist joie et honora, car mout doucement l'acola
et besa en la boche mainte foiee. Puis lou prist par la main
senestre, si lou mena devant lou roi et dist :

(An, f. 26d) « Sire, creez cestui de ce qu'il vos dira, car ses
paroles doivent retenir et roi et prince. Et bien sachiez que ses
cuers a esté de si haute proesce enluminez c'onques Dex ne fist
lou cors d'un seul chevalier vers cui ge nel meïsse a un grant
besoig seürement por maintenir m'enneur et por ma teste
garantir. »

« Comant ? fait li rois ; qui est il dons ? »

« Sire, fait Hervis, c'est Adragais li Bruns, li freres Madoc
lou Noir, lou boen chevalier de l'Ile Noire. »

A cel tens vivoit li rois Uriens et il honora mout lou
preudome et por amor Madoc son frere, car il avoient esté
entr'es deux compaignon d'armes mout longuement. Qant il fu
laienz coneüz, si ne vos porroit l'an dire de boche la joie ne
l'anor qui li fu faite. Et li rois Artus meesmes l'avoit veü mainte
foiee, grant tens avoit, si l'ennora mout, car mout bien lou
savoit faire. Et lors fu Beduiers mout desconfiz de ce qu'il li
avoit dit. Et li rois dit au preudome :

« Biaus sire, or poez dire ce que vos plaira hui mais, ou soit
m'enneurs ou soit ma honte, car vos iestes tex, ge lou sai bien,
qu'il n'a si haut home el monde devant cui vos ne deüssiez bien
estre escoutez. »

« Sire, fait il, et ge vos di que se ne fust une seule chose, ge ne
seüsse en vos rien que reprandre ; c'est la mort au roi Ban de
Benoyc que vos ne venchates onques, qui fu morz en la venue
de vostre cort. Si en est sa fame remese veve, deseritee et robee
d'un des plus biaus anfanz qui onques fust. C'est si laide chose
et si vilainne a vostre hués qu'il est mervoille coment vos poez
ne osez de honte nul *(An, f. 27a)* preudome veoir enmi les iauz.
Et sachiez que nus pechiez ne vos destorbera tant a venir au
desus de tot lou monde. Et sachiez bien que ge ne sui ci venuz
fors por pitié seulement que j'ai eüe de sa fame, qui par paor
d'estre honie et par angoisse s'est randue none velee en un

qu'ils fussent vieux, dans la force de l'âge ou bacheliers. Quand Hervis reconnut le prud'homme, il ne faut pas demander s'il lui fit fête et l'honora. Il le prit très doucement entre ses bras et le baisa sur la bouche maintes fois. Puis il le prit par la main gauche, l'amena devant le roi et dit :

« Sire, croyez cet homme en tout ce qu'il vous dira ; car et les princes et les rois doivent retenir ses paroles. Sachez qu'il a été enluminé de la prouesse la plus haute et que Dieu n'a pas fait un seul corps de chevalier à qui je n'eusse opposé celui-ci, si j'avais été dans le plus grand besoin, avec la plus entière confiance pour soutenir mon honneur et pour sauver ma tête.

— Comment ? dit le roi, qui est-il donc ?

— Sire, dit Hervis, c'est Adragai le Brun, le frère de Madoc le Noir, le bon chevalier de l'Ile Noire. En ce temps vivait le roi Urien. Il fit grand honneur au prud'homme pour l'amour de Madoc son frère ; car ils avaient été compagnons d'armes pendant un très long temps. »

Quand Adragai le Brun fut reconnu, la parole est impuissante à dire la joie et l'honneur qui lui furent faits. Le roi Arthur l'avait vu lui-même à maintes reprises, il y avait longtemps de cela. Il l'honora beaucoup, comme il savait bien le faire. Et Béduier fut très déconfit de ce qu'il avait dit. Le roi dit au prud'homme :

« Beau sire, vous pouvez dire ce qui vous plaira désormais, soit à mon honneur, soit à ma honte. Car vous êtes tel, je le sais bien, qu'il n'y a de si haut seigneur au monde devant qui vous ne deviez être écouté.

— Sire, dit le prud'homme, je vous ai dit que, s'il ne s'en fallait d'une seule chose, je ne trouverais en vous rien à reprendre. C'est la mort du roi Ban de Bénoïc, que vous n'avez jamais vengée, et qui est mort en allant à votre cour. Sa femme est restée veuve, déshéritée, dépossédée d'un des plus beaux enfants du monde, qui lui fut dérobé. C'est une chose si laide et si vile, à votre charge, que c'est merveille que vous puissiez et osiez, sans honte, regarder un prud'homme dans les yeux. Sachez qu'aucun péché ne vous nuira davantage pour venir à bout de tous vos ennemis. Et sachez que je ne suis venu ici que pour la pitié seulement que j'ai eue de cette femme, qui, par peur d'être honnie et par angoisse, s'est faite nonne voilée dans un moutier. Mais

mostier. Et tant est Claudas dotez en la terre et cremuz que nus n'a esté tant hardiz ne tant ne vost nus faire por Deu et por droiture qui devant vos en venist faire la complainte. »

« Sire preuzdom, fait li rois, certes ge m'acort bien a vos que vos dites raison et droit, mais certes ge n'en oï onques complainte. Il est voirs que ge l'ai pieç'a seü, et neporqant tex hore a esté que se g'en oïsse la conplainte, n'eüsse ge pas pooir de l'amender, car trop ai eü lons tens affeire tel hore que maintes janz ne baoient pas que ge en venisse au desus, ainz disoient par darrieres, si que maintes foiz l'oï, que en la fin me covendroit terre a guerpir. Mais ce que j'ai mauvaisement fait me covendra amender, qant Dex m'en donra lou pooir. Et bien sachiez que ja si tost n'en vendrei en point que gel cuit si bien amender que nus ne m'en porra blasmer s'a son tort non ; car bien conois que gel doi faire, come cil qui sui sires liges au roi Ban de Benoyc (et il mes hom) et au roi Bohort de Gaunes. Et Dex me doint prouchiennement lou pooir de l'amender, car mout volentiers l'amenderoie. »

Atant s'an parti li preuzdom, que *(An, f. 27b)* plus nel pot li rois retenir ne nus des autres. Et dist, qant il fu revenuz, les noveles a la reine de Benoyc et mout la conforta. « Car se Deu plaist, dame, fait il, vos orroiz par tens boennes noveles. » Et ele l'an mercie mout. Li preuzdom s'en parti issi de la reine, qant il ot son message fait, et s'en ala en la maison dom il estoit. Mais ci endroit laisse li contes une piece a parler de lui et des deux reines qui sont ansamble en Roial Mostier, et retorne au roi Claudas de la Deserte ; mais avant parole un petit de la Danmoisele del Lach, et si orroiz por coi.

Claudas a si bien su se faire craindre et redouter dans sa terre, que personne n'a eu le courage et que personne n'a voulu prendre sur lui, pour Dieu et pour la justice, de venir devant vous en présenter la plainte.

— Seigneur prud'homme, dit le roi, oui certes, je suis bien d'accord avec vous; car vous avez raison et droit. Mais j'affirme que je n'en ai jamais reçu la plainte. Il est vrai que je l'ai appris autrefois. Cependant il fut un temps où, même si j'en avais reçu la plainte, je n'aurais pas eu le pouvoir d'y remédier. Car j'ai longtemps eu trop à faire, à tel point que beaucoup de gens ne pensaient pas que j'en viendrais à bout, et disaient par-derrière, comme je l'ai souvent entendu, qu'à la fin il me faudrait vider la terre. Mais ce que j'ai fait de mal, je sais que je devrai le réparer, quand Dieu m'en donnera le pouvoir. Et sachez que, dès que je serai en mesure de le faire, j'ai l'intention d'y mettre une réparation telle que nul ne pourra plus m'en blâmer sans être dans son tort. Je connais bien que je dois le faire, puisque je suis le seigneur lige du roi Ban de Bénoïc, qui est mon homme, et du roi Bohort de Gaunes. Que Dieu me donne prochainement le pouvoir de réparer ma faute! Car je le ferai de grand cœur. »

Alors le prud'homme s'en alla; car ni le roi ni personne ne put le retenir davantage. Quand il fut de retour, il rapporta ce qui s'était passé à la reine de Bénoïc et lui rendit courage : « car, s'il plaît à Dieu, dame, lui dit-il, vous entendrez bientôt de bonnes nouvelles. » Elle l'en remercia vivement. Le prud'homme prit congé de la reine, après qu'il lui eut transmis son message, et s'en retourna dans la maison de religion, d'où il était venu.

En cet endroit le conte cesse de parler de lui et des deux reines, qui sont ensemble à Moutier-Royal. Il retourne au roi Claudas de la Déserte. Mais d'abord il parle un peu de la demoiselle du Lac, et vous allez savoir pourquoi.

Cant la Danmoisele del Lac sot de Lyonel et de Bohort, les
deus filz au roi Bohort de Gaunes, qu'il estoient en la tor de
Gaunes en prison, si l'an pesa mout, et volentiers i meïst
painne, se ele poïst, coment ele les poïst giter hors des mains
Claudas, et par maintes foies s'en porpansa. Tant ancercha les
aventures que ele sot que Claudas devoit tenir cort a Gaunes et
feste mout grant, d'une costume que li roi avoient lors que les
plus hautes corz et les plus riches de tot l'an si tenoient del jor
de lor coronement, et de ce devoient estre tuit li autre jor qu'il
portoient corone. Cele feste que Claudas avoit apareilliee *(An,
f. 27c)* a feire si riche, si devoit estre au jor de la feste a la
Magdelainne. Et qant vint lou jor devant la voille, la Danmoisele del Lach apela une soe pucele mout bele et mout juesne et
mout sage, si avoit non Saraide en son droit non. Lors l'apela
sa dame, si li dit :

« Saraide, il vos covient aler en la cité de Gaunes, si que vos
i vendroiz lou jor de la Magdelainne ; et si i feroiz un message
qui ne vos devra pas grever, car vos en amenroiz, si con ge cuit,
deux anfanz assez hauz homes, ce sont li dui fil au roi Bohort
de Gaunes ; et si vos dirai conment. »

Lors li ancharge sa besoigne issi come ele lou sot miauz faire
et issi con vos orroiz deviser ça avant, et li baille les choses qui
mestier li porront avoir a feire ce que ele li ancharge.

Atant monte la danmoisele, si s'en part de sa dame, qui mout
l'aime de grant amor et mout se fie en li de totes choses. Et ele

CHAPITRE XI

La dame du Lac envoie une messagère
au roi Claudas

Quand la demoiselle du Lac sut que Lionel et Bohort, les deux fils du roi Bohort de Gaunes, étaient dans la tour de Gaunes en prison, elle fut très malheureuse. Elle se serait volontiers efforcée, si c'était possible, de les arracher aux mains de Claudas; et elle y réfléchit maintes fois. Elle suivit les événements de si près qu'elle sut que Claudas devait tenir à Gaunes une cour et une fête très importantes. Les rois avaient alors cette coutume que les plus hautes cours et les plus riches de toute l'année étaient celles qu'ils tenaient pour célébrer l'anniversaire de leur couronnement; et de cette commémoration relevaient tous les autres jours qu'ils portaient la couronne. Cette fête, que Claudas s'était attaché à rendre si fastueuse, devait avoir lieu le jour de la Madeleine. Quand on fut à l'avant-veille, la demoiselle du Lac appela l'une de ses suivantes, qui était très belle, très jeune et très adroite, et s'appelait Saraïde de son vrai nom. Sa dame l'appela et lui dit:

« Saraïde, il faut que vous partiez pour la cité de Gaunes, de sorte que vous y soyez le jour de la Madeleine. Vous y ferez une ambassade qui ne sera pas pour vous déplaire; car vous m'amènerez, je pense, deux enfants qui sont de très hauts seigneurs, ce sont les deux fils du roi Bohort de Gaunes, et je vais vous dire comment. »

Alors elle la charge d'une besogne qu'elle lui explique du mieux qu'elle peut et qui vous sera racontée plus tard. Et elle lui remet les objets[1] qui peuvent lui être nécessaires, pour accomplir ce dont elle l'a chargée.

La demoiselle monte à cheval et s'en va de chez sa dame, qui lui porte une grande amitié et lui fait confiance en toutes

---

1. *les objets:* un chapeau de fleurs et un « fermail » (petit collier d'or), l'un et l'autre dotés de propriétés surnaturelles, comme on le verra plus loin. Pour l'instant la dame et l'auteur tiennent à nous ménager la surprise.

l'avoit bien esprovee de lons tens ; et c'estoit la niece au rendu
qui avoit faite la clamor de la mort au roi Ban de Benoyc. Qant
ele s'en parti del lach, si en mena avocques li deux escuiers et
vallez et autres sergenz jusq'a dis a cheval, et chevauchierent
tant par lor jornees qu'il vindrent en la praerie desouz Gaunes
lou jor de la Madelainne a hore de haute tierce. Pres de cele
praerie devers senestre avoit un poi de forest haute et espesse.
Illuec se mist la danmoisele et sa compaignie tote, et ele fist
encerchier par un escuier que ele i enveia *(An, f. 27d)* se li rois
Claudas estoit encore assis ; et si tost com il assist, ele lou sot.
Lors s'en torne son chemin grant aleüre sor un palefroi qui tost
la porte, ne ne mainne avocques li que deux escuiers sanz plus,
et porte chascuns des deux un levrier en une chaeinne d'argent.

Ensinc chevauchent tant qu'il viennent en la cité. Et lors fait
la danmoisele anquerre des anfanz lou roi Bohort, s'il sont a la
cort ou s'il sont ancore am prison si com il suelent, et l'an lor
dit qu'il sont ancore en la prison. Et d'autre part si est, ce dient,
Claudas a son haut mengier entre lui et sa baronnie, dont il a
a grant planté dedanz la grant sale. Et si seoit devant lui ses filz
Dorins, cui il faisoit chevalier, qui mout estoit biaus vallez et
preuz et larges et hardiz a desmesure ; ne Claudas n'avoit plus
de toz anfanz.

Mout estoit granz la corz et efforciee que Claudas tenoit et
por lou jor de son coronnement et por la hautesce de son fil qui
chevaliers noviaus estoit. Si avoit plus esté larges entre la voille
de la feste et lou jor qu'il n'avoit onques mais esté a son vivant,
et ancores donast il mout plus ançois que la corz departist, car
mout l'avoit amendé la granz largesce qu'il avoit veüe el roi
Artu. Mais la corz fu troblee et ampiriee par une aventure
merveilleuse qu'il i avint, et si orroiz quex ele fu.

La ou Claudas seoit au mengier en tel joie et en tel feste con
vos oez, si avint chose que la danmoisele qui del lach venoit
entra en la sale, ne n'a*(An, f. 28a)*voit ancores Claudas que lou

choses. Elle l'avait éprouvée de longue date et c'était la nièce
du moine qui avait porté plainte pour la mort du roi Ban de
Bénoïc. Quand elle partit du lac, elle emmena avec elle deux
écuyers, ainsi que des valets et des sergents à cheval, au nombre
de dix. Ils chevauchèrent tant par leurs journées qu'ils arrivèrent dans la prairie qui s'étend au-dessous de Gaunes, le jour
de la Madeleine, en fin de matinée[1]. Près de cette prairie, sur la
gauche, il y avait une petite forêt haute et épaisse. C'est là que
la demoiselle se logea avec toute sa compagnie. Elle fit
demander, par un écuyer qu'elle envoya à la cour, si le roi
Claudas était déjà passé à table, et, dès qu'il fut arrivé, elle le
sut.

Alors elle se met en route à vive allure, montée sur un
palefroi qui l'emporte rapidement. Elle emmène avec elle deux
écuyers seulement, et chacun d'eux porte un lévrier attaché à
une chaîne d'argent. Ils chevauchent ainsi jusqu'à ce qu'ils
arrivent dans la cité. La demoiselle demande si les enfants du
roi Bohort sont à la cour ou s'ils sont encore en prison, comme
d'habitude. On lui répond qu'ils sont encore en prison. « D'autre part, lui dit-on, Claudas est à son riche banquet avec ses
barons qui, en grand nombre, prennent part au repas dans la
grand'salle. » Devant lui était assis son fils Dorin, qu'il faisait
chevalier. C'était un très beau valet, preux, large et hardi avec
démesure, et Claudas n'avait pas d'autre enfant. Très grande et
solennelle était la cour que Claudas tenait et pour l'anniversaire de son couronnement et pour la haute dignité de son fils,
qui était chevalier nouveau. Il avait été plus généreux, la veille
de la cour et le jour même, qu'il ne l'avait jamais été de sa vie,
et il se proposait de donner bien davantage encore, avant que
la cour ne se séparât ; car la grande largesse qu'il avait vue chez
le roi Arthur lui avait beaucoup profité. Mais la cour fut
troublée et gâtée par une aventure merveilleuse et vous allez
l'entendre conter.

Tandis que Claudas était à table, dans la joie et les festivités
que vous savez, il arriva que la demoiselle qui venait du lac
entra dans la salle. Claudas n'avait encore pris que le premier

1. Littéralement : de haute tierce, c'est-à-dire une fois passée la troisième
heure du jour. La journée se divise en périodes de trois heures environ :
prime, tierce, sexte ou midi, none, vêpres.

premier mes eü. La danmoisele vint devant Claudas, la ou il seoit a son haut mengier, et tint en sa main les deux levriers es deux riches chaainnes qui d'argent furent, et parla si haut que bien fu oïe.

« Rois Claudas, fait ele, Dex te saut de par la plus vaillant dame qui soit el monde et qui plus t'a prisié jusqu'au jor d'ui que nul home qui onques fust. Mais or ne cuide ele ne ne croit que tu aies la moitié de san ne de cortoisie que l'an li a fait antendant. Et ele n'a mie tort, car plus i a assez que blasmer que ge ne cuidoie. Or si m'en irai atant, si conterai ma danmoisele ce que j'ai de toi veü et de ton contenement. »

Li rois regarde la pucele qui si fierement a parlé et si tost s'en revelt aler sanz dire plus, si la rapele et dit :

« Damoisele, vos seiez la bienvenue et boenne aventure ait vostre danmoisele ou vostre dame qui que ele soit. Et bien puet estre que ele a oï dire plus de bien de moi qu'il n'en i a. Et por tant com ele m'a mendez ses saluz, se ge savoie chose qui m'enpirast, ge me garderoie por amor de li del maintenir. Et par la foi que vos devez li, ne la rien que vos plus amez, dites m'en la verité, car chose voldroie ge] *(Ao, f. 19a)* mout apran-dre dont ge amandasse. »

« Tant m'an avez conjuree, fait la damoisele, que ja plus ne vos iert celee. Ge sui, si com vos avez oï dire, a une des plus vaillanz dames do monde et des plus riches et a marier. Si avoit oï tant bien dire de vos que ele ne prisoit nul home crestien envers vos un denier vaillant, car l'an li avoit dit que vos estiez li plus gentis rois et li plus debonaires do monde et li plus

plat. La demoiselle se présenta devant Claudas, qui était assis à sa haute table. Elle tenait à la main les deux lévriers par leurs riches chaînes d'argent et parla d'une voix si haute que chacun l'entendit :

« Roi Claudas, que Dieu te sauve ! Je te salue au nom de la plus vaillante dame qui soit au monde et qui a eu plus de considération pour toi, jusqu'à ce jour, que pour aucun homme qui fût jamais. Mais aujourd'hui elle ne peut plus imaginer ni croire que tu aies la moitié de la sagesse et de la courtoisie qu'on lui avait fait espérer. Et elle n'a pas tort, car il y a bien plus à blâmer en toi que je ne croyais. Je m'en vais donc et rapporterai à ma demoiselle ce que j'ai vu de toi et de ta conduite. »

Le roi regarde la jeune fille qui a si fièrement parlé et qui veut s'en aller aussitôt, sans en dire plus. Il la rappelle et lui dit :

« Demoiselle, soyez la bienvenue et qu'une heureuse fortune protège votre demoiselle ou votre dame, quelle qu'elle soit. Il se peut qu'elle ait entendu dire de moi plus de bien que je n'en mérite ; et puisqu'elle m'a envoyé son salut, si je savais ce qui me fait du tort, je m'en garderais pour l'amour d'elle. Par la foi que vous lui devez et par ce que vous avez de plus cher, dites-moi la vérité ; car je voudrais bien apprendre ce dont je tirerais profit.

— Vous m'avez tant conjurée[1], dit la demoiselle, que la vérité ne vous sera pas cachée plus longtemps. J'appartiens, comme je vous l'ai dit, à l'une des plus vaillantes dames du monde, l'une des plus puissantes aussi, et elle est à marier. Elle avait entendu dire tant de bien de vous qu'auprès de votre mérite elle n'estimait aucun chrétien à la valeur d'un denier[2]. On lui avait dit que vous étiez le roi le plus noble, le plus aimable du monde, le plus fort, le plus généreux, celui qui était

---

1. *conjurée* : voir p. 153, note 1.
2. Comme toujours, l'outrance de la flatterie saute aux yeux de tous, sauf de celui à qui elle est destinée. C'est une scène de comédie, mais elle n'est pas gratuite. Il s'agit d'intéresser le roi, de provoquer sa curiosité, de flatter son amour-propre, pour lui faire accepter la vigueur du discours qui va suivre et la sévérité de la leçon de morale. Ce mélange de gravité et d'ironie est l'un des traits qui caractérisent notre auteur et le distinguent, croyons-nous, de tous ceux qui ont voulu continuer son œuvre et l'imiter.

viguereus et li plus larges et de la plus haute proesce et de si
grant sen que se toz li mondes fust a une part, si saüssiez vos
quancque l'an deüst faire de bien miauz que tuit cil qui fussient
encontre vos. Por ce si m'avoit ma dame ci envoiee, por savoir
se les paroles que ele avoit de vos oïes estoient fauses ou
veraies. Et ge i ai tant veü en vos que vos avez failli a trois des
meillors teches qui puissent estre en chevalier, car vos n'avez ne
san ne debonaireté ne cortesie. »

« Damoisele, fait li rois, certes, se cels trois choses sont hors
de moi, petit puet valoir li remenanz. Mais ge ne cuit que nus
fust onques de ces trois vertuz si bien garniz que an aucun
point ne li avenist, au mains par obliance, qu'il feïst tel teche
par quoi il fust tenuz por fox o por vilains o por felon. Et
neporqant tant me dites, s'il puet estre, que ce est que vos avez
veü en moi par quoi vos savez que ge n'ai ne sen ne debonaireté
ne cortoisie. »

« Gel vos dirai, fait la damoisele, puis que tant lo m'avez
requis. Il est voirs que vos tenez les deus filz au roi Bohort de
Gaunes si vilainnement com en prison, si set de voir trestoz li
siegles qu'il ne vos ont neiant forfait. Ne nus n'en puet oster
felenie que ele n'i soit, car nule riens n'a si grant mestier *(f. 19b)*
de douçor ne de pitié com anfes a ; ne nus ne puet grant
debonaireté avoir en soi qui soit a enfant felons ne cruieus. Par
ceste mesprison m'est il avis que vos avez debonairetez tote jus
mise, et aprés vos mosterrai que de san n'avez vos point. Bien
poez vos savoir qu'il n'a nul leu souciel, se l'an parole des
anfanz au roi Bohort que vos les teignoiz en tel maniere, que
chascuns ne cuit que vos lo façoiz por aus an la fin ocirre. Si
n'est nus qui en soi ait pitié de cuer, qui de cuer ne vos en hee,
ja mar rien li eüssiez vos forfait. Et puis que li hom se fait haïr
a tot lo monde, ge ne voi pas comment il puisse avoir en lui
greignor folie. Et d'autre part, se vos fussiez cortois, vos eüssiez
pris les deus anfanz qui sont assez, ce sevent maintes genz, plus
haut home de vos et plus gentil, si les eüssiez honoreement
atornez comme filz de roi, et fussient a vostre haute feste ci
devant vos ; si eüssiez mout grant onor en lor servise, et deïst
toz li siegles qui lo seüst que vos fussiez li plus gentis rois et li
plus cortois do monde, qui maintenez les orferins honoreement

doté de la plus haute prouesse et d'une sagesse si grande que, quand l'univers entier serait du même avis, vous seul sauriez tout ce qu'il faudrait faire, beaucoup mieux que tous ceux qui seraient contre vous. Ma dame m'avait envoyée ici pour savoir si ce qu'elle avait entendu dire de vous était faux ou vrai. Et ce que j'ai vu montre qu'il vous manque trois des plus grandes vertus que puisse avoir un chevalier ; car vous n'avez ni sagesse ni bonté ni courtoisie.

— Demoiselle, dit le roi, il est vrai que si ces trois qualités me manquent, le reste ne peut pas valoir grand-chose. Mais personne, me semble-t-il, n'a jamais pu être si parfaitement doté de ces trois vertus qu'il ne lui soit arrivé en quelque circonstance, ne serait-ce que par mégarde, de commettre une faute qui le fasse passer pour sot, pour discourtois ou pour méchant. Néanmoins dites-moi, si vous le pouvez, ce que vous avez vu en moi qui vous permet de savoir que je n'ai ni sagesse ni bonté ni courtoisie.

— Je vous le dirai, fait la demoiselle, puisque vous m'en demandez tant. Il est bien vrai que vous infligez aux deux fils du roi Bohort de Gaunes l'indigne traitement d'une prison ; et tout le monde sait qu'ils ne vous ont fait aucun mal. On ne peut nier qu'il n'y ait là de la méchanceté ; car aucun être n'a un si grand besoin de douceur et de pitié qu'un enfant et nul ne peut avoir une grande bonté dans le cœur, s'il est méchant et cruel envers un enfant. Par cette mauvaise action, il me semble que vous avez retranché de vous toute bonté. Ensuite je vous prouverai que vous n'avez pas de sagesse. Vous pouvez bien savoir qu'il n'y a aucun lieu de la terre où, si l'on parle des enfants du roi Bohort et que l'on sache que vous les traitez de cette manière, chacun ne pense que vous agissez ainsi pour les faire mourir à la fin. Quiconque a de la pitié dans le cœur en ressent de la haine contre vous, même si vous ne lui avez fait aucun mal. Et je ne vois pas qu'on puisse être plus sot que de se faire haïr de tout le monde. D'autre part, si vous étiez courtois, vous auriez fait venir les deux enfants, qui sont, maintes gens le savent, bien plus hauts de lignage et plus nobles que vous ne l'êtes. Vous les auriez fait vêtir avec honneur, comme des fils de roi. Ils seraient à votre haute fête, ici et devant vous. Vous auriez beaucoup d'honneur de leur service. Et ceux qui le sauraient, dans tout le siècle, diraient que vous êtes le roi le plus noble et le plus courtois du monde, qui

et si lor gardez lor terre. Et par ce eüssiez gaaigniez les cuers et les amors de maintes genz, et ne vos em poïst l'an tenir por felon, mais por sage et por cortois et por debonaire. »

« Si voirement m'aïst Dex, damoisele, fait Claudas, vos avez droit, et ge m'i acort mout bien. Mais qui croit mauvais consoil, ne puet estre qu'il n'an traie a mauvais chif a la foiee. Mais de tant m'avez enseignié a ceste foiz que g'en cuit tote ma vie miauz valoir. »

Lors apele son maistre seneschal, si li dit :

« Seneschax, alez me tost querre les deus filz au roi Bohort et si menez *(f. 19c)* avocques vos tel compaignie de chevaliers et de vallez et de serjanz com il doit mener qui veit querre filz de roi, et avocques aus faites lor deus maistres venir. »

Li seneschax [fait] lo comandement son seignor, si prant chevaliers et sergenz et escuiers a grant planté, et vait a la tor as deus anfanz, qui n'estoient pas a eise, ne il, ne cil qui les gardoient, car il avoient a grant leisir ploré et fait lor duel et lor complainte, car Lyoniaus les avoit troblez et la nuit devant et lo jor. Et ce fu li plus desfrenez cuers d'anfant qui onques fust que le Lyonel, ne nus ne retraist onques si naturelment a Lancelot com il faisoit. Et Galehoz li proz, li preuzdom, li sires des Estranges Illes, li filz a la Bele Jaiande, l'apela une foiz Cuer sanz Frain, por ce qu'il nel pooit vaintre por chastier, celui jor meïsmes que li rois Artus lo fist chevalier ensi com li contes devisera çà avant. Mais or oez que li contes dira por quoi Lyoniaus les avoit troblez, dont il avoient plaint et ploré et la voille [et lo jor] meesmes.

Il avint chose que qant vint la voille et lor mengiers fu atornez a soper, si assistrent li dui anfant et mengierent ensemble comme cil qui nule foiz ne menjoient s'en une escuele non. Si menjoit Lyonyaus mout durement, tant que Phariens, ses maistres, s'en merveilla mout et a grant merveiles l'en esgardoit. Et qant il l'ot grant piece esgardé si qu'il en ot laissié

maintenez les orphelins en honneur et leur gardez leur terre. C'est ainsi que vous auriez gagné le cœur et l'amour de maintes gens, et l'on ne pourrait pas vous tenir pour cruel mais pour sage, courtois et bon.

— Vraiment, Dieu me pardonne ! demoiselle, dit Claudas, vous avez raison, je le reconnais. Quand on écoute un mauvais conseil, on ne peut manquer de s'en trouver mal à la fin. Mais vous m'avez si bien sermonné cette fois que je pense que j'en vaudrai mieux toute ma vie. »

Alors il appelle son maître sénéchal et lui dit :

« Sénéchal, faites venir tout de suite les deux fils du roi Bohort. Prenez avec vous une escorte de chevaliers, de valets et de sergents, comme il convient à qui va chercher des fils de roi. Et amenez avec eux leurs deux maîtres. »

Le sénéchal obéit au commandement de son seigneur. Il rassemble des chevaliers, des sergents et des écuyers en grand nombre et se rend dans la tour auprès des deux enfants, qui n'étaient pas d'humeur joyeuse, non plus que ceux qui les gardaient. Ils avaient tous pleuré abondamment et fait leur deuil et leur plainte, parce que Lionel les avait tourmentés, toute la nuit précédente et le jour même. Jamais il n'y eut cœur d'enfant plus indomptable que celui de Lionel et jamais personne ne ressembla si naturellement[1] à Lancelot qu'il ne faisait. Galehaut le preux, le prud'homme, le seigneur des Étranges Îles, le fils de la Belle Géante, l'appela une fois « cœur sans frein », parce qu'il ne pouvait pas le vaincre par ses remontrances, le jour même où le roi Arthur fit Lionel chevalier, comme le conte le rapportera plus tard. Mais pour le moment, écoutez ce que dit le conte, qui vous explique pourquoi Lionel les avait tourmentés et quel sujet ils avaient eu de se plaindre et de pleurer et la veille et le jour même.

La veille, quand leur souper fut prêt, les deux enfants s'assirent et mangèrent ensemble, parce qu'ils avaient l'habitude de ne jamais manger que dans la même écuelle. Lionel mangeait de fort bel appétit. Son maître Pharien s'en émerveillait et le regardait avec admiration. Quand il l'eut regardé un long moment, au point qu'il s'était arrêté de manger, Pharien

---

1. *naturellement :* par nature, par tempérament.

tot mengier, si commença a plorer si durement que les lermes l'an cheoient tot contraval sa robe desus la table o il menjoient. Mout plora longuement en tel maniere, tant que Lyonyaus s'en aperçut, qui mout estoit veziez et bien parlanz.

« Q'est ce ? fait il, biax maistre, por quoi plorez si durement et au mengier ? »

« Laissiez ester, biaux douz sires, fait Phariens ; de ce ne *(f. 19d)* vos puet chaloir, car ja n'i avroiz rien gaaignié. »

« En non Deu, fait il, ge nel lairai au pas ester, car ge lo voil savoir outreement, et vos conjur sor la foi que vos me devez que vos lo me dites orrandroit. »

« Ha ! sire, fait Phariens, por Deu merci, por quoi me conjurez vos de chose o vos ne poez rien gaaignier el savoir, ainz en porriez miauz estre et dolanz et correciez ? »

« Par la foi que ge doi l'ame mon pere, au roi Bohort, fait Lyonyaus, ge ne mengerai de la boche devant que ge saiche por quoi vos avez ploré. »

« Biax douz sire, fait Phariens, ançois lo vos diroie ge que vos en perdissiez vostre mengier. »

« Dites dons », fait Lyoniax.

« Sire, fait Phariens, ge ploroie por ce qu'il me membroit de la grant hautesce o vostres lignages avoit esté longuement ; si ai lo cuer mout a malaise quant vos iestes em prison et autres tient sa cort et sa seignorie la ou vos deüssiez tenir la vostre. »

« Comment ? fait Lionyaus ; qui est ce dont qui tient cort en leu ou ge doie la moie tenir ? »

« Qui, sire ? fait Phariens ; cil qui au desus en est : Claudas, li rois de la Deserte, qui la tient an ceste vile qui deüst estre chiés de vostre regne, si porte corone et fait son fil chevalier. Si ai mout grant duel en mon cuer qant li hauz lignages cui Dex a tant essaucié enjusque ci en est deseritez, et cil mostre sa seignorie qui est li plus desleiaus hom do monde. »

Quant li anfes l'antant, si li angroisse li cuers et il bote des piez la table jus. Puis saut enmi la maison, toz correciez, et li oil li rogissent de maltalant, et li vis li eschaufe. Si est avis qui l'esgarde que par tot lo vis li doie li sans saillir. Et por ce qu'il n'a cure de rien veoir, ne que nus lo voie, si est monté a une fenestre *(f. 20a)* por miauz penser a grant loisir. Lors vient a lui ses maistres Phariens, si li dit :

commença à pleurer si profondément que les larmes coulaient le long de sa robe jusque sur la table où ils mangeaient. Lionel s'en aperçut, qui était avisé et bien parlant.

« Qu'avez-vous, beau maître ? dit-il. Pourquoi pleurez-vous si profondément et à table ?

— Laissez cela, beau doux seigneur, dit Pharien. Ce n'est pas votre affaire et vous n'y pouvez rien gagner.

— Par le nom de Dieu, dit Lionel, je n'en ferai rien ; car je tiens absolument à le savoir. Et je vous conjure, sur la foi que vous me devez, de me le dire tout de suite.

— Ah seigneur, dit Pharien, pour l'amour de Dieu, pourquoi me conjurez-vous de vous apprendre quelque chose, qui ne peut rien vous apporter que tristesse et colère ?

— Par la foi que je dois à l'âme de mon père le roi Bohort, je ne mangerai plus, avant que je sache pourquoi vous avez pleuré.

— Beau doux seigneur, dit Pharien, je vous le dirai plutôt que de vous voir en perdre l'appétit.

— Dites, fait Lionel.

— Seigneur, fait Pharien, je pleurais parce qu'il me souvenait de la grande gloire où votre lignage avait été longtemps. Aussi ai-je le cœur bien serré, quand je vois que vous êtes en prison et qu'un autre tient sa cour et sa seigneurie, là où vous devriez tenir les vôtres.

— Comment ? dit Lionel. Qui donc tient sa cour, où je devrais tenir la mienne ?

— Qui, seigneur ? dit Pharien. Celui qui est le maître, Claudas, le roi de la Déserte. Il tient sa cour dans cette ville, qui devrait être la capitale de votre royaume ; il y porte la couronne ; il y fait son fils chevalier. J'ai le cœur en deuil, quand le haut lignage, que Dieu a tant exaucé jusqu'à présent, est déshérité et que celui-là étale sa seigneurie, qui est l'homme le plus déloyal du monde. »

Quand l'enfant entend Pharien, son cœur frémit et d'un coup de pied il renverse la table. Puis il s'élance à travers la maison, tout rempli de colère. Ses yeux rougissent de dépit ; sa face s'échauffe ; on dirait, à le regarder, que de tout son visage le sang doive jaillir. Parce qu'il ne veut voir personne et pour que personne ne le voie, il est monté dans l'embrasure d'une fenêtre, afin de mieux penser à loisir. Alors son maître Pharien vient à lui et lui dit :

« Ha ! sire, q'est ce que vos avez fait que del mengier vos iestes levez a si haute voille com anuit est et par corroz ? Venez an et si mengiez. Et se vos n'en avez talant, si an devriez vos sanblant faire por l'amor de monseignor vostre frere qui sanz vos ne mengeroit pas. »

« Maistre, fait Lyonyaus, ge ne mengerai pas ores, mais alez et si mengiez et vos et il, car il me plaist or que ge soie une piece a ceste fenestre ençois que ge menjuce mais. »

« Ha ! sire, fait Phariens, por Deu merci, nos ne mengeriens pas sanz vos, car se vos laissiez lo mengier par corroz, nos lo lariens autresi. »

« Comment ? fait Lyoniaus ; dont n'iestes vos pas a moi, et vos et Bohorz, mes freres, et ses maistres autresi ? »

Et il dient que oïl, sanz faille.

« Dont vos comment gié, fait il, que vos ailliez trestuit mengier, car ge ne mengerai mais a nul jor devant que j'aie acompli un pensé ou ge sui entrez. »

« Biax sire, fait Phariens, se c'est pensez o nos puissiens metre consoil, dites lo nos, car nos i metrons totes les painnes que nule genz i porront metre, se c'est pensez que vos doiez a chief mener et puissiez. »

« Ge nel vos dirai ores pas », fait il.

« En non Deu, fait Phariens, ne ge ne serai ja mais en vostre servise d'ui en avant, se vos nel me faites savoir, car dons nos sanbleroit il que vos vos gardesoiz de moi et en eüssiez sospeçon. Ne vos ne trovastes onques en moi por quoi vos me deüssiez doter. »

Lors fait sanblant d'estre correciez mout durement, et que il s'an voille aler. Et Lyoniax, qui mout l'amoit por la pitié que il avoit en lui trovee, commence a plorer et dit :

« Ha ! maistre, ne vos en alez pas, car dons m'avriez vos mort. Et ançois vos dirai ge mon pensé, mais que vos nel me desloez pas et que vos m'en aidiez a foi. »

« Ah ! seigneur, pourquoi vous êtes-vous levé de table, alors qu'il est déjà si tard dans la nuit et sur un mouvement de colère ? Venez manger ; si vous n'en avez pas envie, faites au moins semblant, pour l'amour de monseigneur votre frère, qui sans vous ne mangerait pas.

— Maître, dit Lionel, je ne mangerai pas maintenant. Allez souper avec mon frère. Il me plaît d'être un moment à cette fenêtre, avant de revenir manger.

— Ah ! seigneur, dit Pharien, pour l'amour de Dieu, nous ne saurions souper sans vous ; si vous sortez de table par dépit, nous en ferons autant.

— Comment ! dit Lionel, est-ce que vous n'êtes pas à moi[1], vous et Bohort mon frère et son maître aussi ? »

Ils protestent tous qu'ils sont à lui sans faute.

« Eh bien, dit Lionel, je vous ordonne, à tous les trois, d'aller souper. Quant à moi je ne mangerai plus, avant d'avoir exécuté un projet qui m'est venu à l'esprit.

— Beau seigneur, dit Pharien, si c'est un projet où nous puissions vous conseiller, confiez-le nous. Nous y mettrons, plus que personne, tous les soins qu'il sera possible d'y mettre, si c'est un projet qui se doive et se puisse accomplir.

— Je ne vous le dirai pas maintenant, fait Lionel.

— Eh bien, par le nom de Dieu, à partir de maintenant, je ne serai plus à votre service, fait Pharien, si vous ne me dites pas votre pensée. Car il semblerait que vous ayez de la méfiance envers moi et que vous me teniez en suspicion. Or, vous n'avez jamais rien trouvé dans ma conduite qui vous permît de douter de moi. »

Alors il fait semblant d'être dans une colère extrême et de vouloir s'en aller.

Lionel qui aimait beaucoup Pharien, pour la tendresse[2] qu'il avait trouvée en lui, commence à pleurer et lui dit :

« Ah ! maître, ne vous en allez pas, car vous me donneriez la mort. Je préfère vous dire toute ma pensée, pourvu que vous ne me blâmiez pas et que vous m'aidiez loyalement. »

---

1. *être à quelqu'un,* pour « être au service de quelqu'un », est resté en usage jusqu'au XIXe siècle.

2. la tendresse : littéralement la pitié, qui désigne aussi l'amour et la tendresse. Les rapports de Pharien et de Lionel sont d'une délicatesse extrême. Pharien est le « maître » de Lionel, dont il doit former par son

Et *(f. 20b)* Phariens dit que si fera il.

« Certes, fait il, j'ai pensé que ge me vencherai del roi Claudas ançois que ge menjuce mais. »

« Comment, fait Phariens, vos en cuidiez venchier, biax sire dolz ? »

« Gel vos dirai, fait Lyonyaus ; ge li manderai demain qu'il veigne a nos parler, et lors si me porrai de lui venchier, car ge l'oserai mout bien enprendre et ocirre, s'il estoit encor plus puissant qu'il n'est. »

« Or, sire, fait Phariens, et qant vos l'avroiz ocis, que feroiz vos ? »

« Quoi ? fait Lyoniaus ; dont ne sont cil de cest païs mi home tuit ? Si me garantiront a lor pooirs, et i metront pooir et consoil et painne. Et se ge muir por mon droit conquerre, bien soit la morz venue, car miauz me vient il morir a honor que vivre honi, deserité en terre. Et plus en sera m'ame a eise qant m'en serai venchiez, car qui deserite fil de roi, certes, assez li tost sa vie. »

« Biaus sire, fait Phariens, por Deu merci, ensi ne lo feroiz vos pas, car vos n'en porriez eschaper vis, ne l'an ne doit pas tel chose enprendre a faire sanz consoil. Mais atandez encore tant

Pharien le promet.

« En vérité, lui dit Lionel, j'ai l'intention de ne plus manger avant de m'être vengé du roi Claudas.

— Et vous pensez vous en venger comment, beau seigneur doux ? dit Pharien.

— Je vais vous le dire, fait Lionel. Je manderai demain au roi Claudas de venir nous parler. Alors je pourrai me venger de lui, car j'oserais bien l'assaillir et le tuer, même s'il était plus puissant qu'il n'est.

— Et quand vous l'aurez tué, seigneur, que ferez-vous ?

— Quoi ! dit Lionel, tous ceux de ce pays ne sont-ils pas mes hommes ? Ils me défendront de tout leur pouvoir ; ils y mettront force et conseil et peine[2]. Si leur conseil ne suffit pas, le Seigneur Dieu y veillera, qui conseille tous les déconseillés[3]. Et si je meurs pour conquérir mon droit, bien soit la mort venue ! Mieux vaut que je meure avec honneur, que de vivre dans la honte, déshérité de toute terre. Et mon âme sera plus heureuse, quand je me serai vengé. Car celui qui déshérite un fils de roi, en vérité il lui ôte la vie.

— Beau seigneur, dit Pharien, pour l'amour de Dieu, vous ne ferez pas cela ; car vous ne pourriez en réchapper, et ce n'est pas une chose que l'on doive entreprendre sans réfléchir.

---

exemple l'esprit et le cœur. Mais l'enfant, dont il a la garde, est aussi le fils aîné de son seigneur « naturel » et par conséquent son seigneur et son roi. Enfin l'auteur n'omet jamais de rappeler qu'il y a entre eux un autre lien, le plus fort de tous, le lien du cœur, que Pharien appelle plus loin « l'amour de nourriture » ou encore « l'amour que j'ai pour eux et qu'ils ont pour moi » (p. 239, note 1). Mais plus complexes encore, et dépassant l'entendement de l'enfant, sont les rapports que Pharien entretient avec le roi Claudas. Il n'aime pas Claudas, il voudrait pouvoir le tuer s'il pouvait le faire en gardant son honneur. Mais, si Lionel est son seigneur « par la naissance », Claudas est aussi son seigneur, par la parole donnée et par l'hommage fait « à jointes mains ». Pharien est donc continuellement partagé entre son cœur et ce qu'il appelle son honneur. Et son honneur, c'est d'être loyal en toutes circonstances, même envers celui qui ne l'est pas.

2. *force et conseil et peine :* c'est le rappel du serment vassalique. Le vassal doit au seigneur « aide et conseil » *(auxilium et consilium)* ; et pour sauver « le corps et les membres » de son seigneur, il doit exposer « son propre corps ».

3. *Dieu, qui conseille les déconseillés :* pour le sens de cette formule, voir précédemment, p. 73, note 2.

que Dex vos mete en greignor vertu que vos n'iestes encor et
que vos vos puissiez venchier, et ge vos en aiderai a mon pooir,
car bien sachiez que ge n'ain tant anfant que j'aie com vostre
cors. »

Mout lo chastie Phariens. Et cil dit qu'il en fera a son consoil
et atandra tant qu'il veigne an point de soi venchier.

« Mais dons me gardez, fait il, que ge ne voie Claudas ne son
fil, car puis ne me porroie ge pas tenir de moi venchier, por
quoi ge veïsse ne l'un ne l'autre. »

Ensi passerent cele nuit, et totevoie estoit Phariens en grant
paor de son seignor qu'il voit si correcié. Ne onques puis la nuit
ne l'andemain bele chiere ne fist por proiere q'en l'en feïst,
(f. 20c) si sot bien Phariens que a paines sera gitez de son pensé,
si met grant poine a lui apaier, mais biau sanblant n'en puet
avoir.

Qant vint l'andemain que li seneschaux Claudas ala querre
les anfanz, encores n'avoit Lyoniax de la boche mengié, ainz se
gisoit en une chanbre et disoit qu'il ert deshaitiez. Et li niés
Pharien faisoit mengier Bohort, mais c'estoit a mout grant
angoisse ; ne ja ne menjast se Lyoniax ne li feïst a force mengier
et faire, et neporqant mout li greva. A cele hore seoit Phariens
delez Lyonel et ploroit des iauz mout durement. Et lors vint
avant li seneschauz, et quant il vit Lyonel, il s'agenoille devant
lui, comme cil qui mout estoit preuz et vaillanz.

« Sire, fait il, messires li rois vos salue, si vos mande et prie
que vos veigniez entre vos et vostre frere sa cort veoir, et vostre
dui maistre avocques vos, car il n'est mie droiz qu'il teigne sanz
vos si riche cort com il a enprise a faire. »

Si tost com Lyoniax ot la novele, si saut sus, et lors dist au
seneschal qu'il i era mout volentiers, si fait mout grant sanblant
d'estre liez. Et ses maistres, qui lo voit, sospece mout grant
partie de ce qu'il pense, si est tant a malaise de la grant
mescheance qu'il atant que nus n'en porroit la some dire.
Lyoniaus li dist :

« Biax maistre, faites compaignie a ces seignors qui ci me
sont venu querre, et ge vois en cele chanbre laianz et revendrai
orendroit. »

Attendez que Dieu vous ait donné plus de vigueur que vous n'en avez encore et que vous soyez en mesure de vous venger. Je vous y aiderai de toutes mes forces ; car sachez bien que je n'aime pas mes propres enfants autant que je vous aime. »

Pharien lui fait longtemps la leçon. Lionel répond qu'il agira suivant son conseil et qu'il attendra d'être en mesure de se venger.

« Mais faites bien attention, dit-il, que je ne voie ni Claudas ni son fils ; car je ne pourrais pas me retenir de me venger, si je devais voir l'un ou l'autre. »

Ainsi passa la nuit. Cependant Pharien était dans une grande inquiétude pour son seigneur, qu'il voyait courroucé. Il ne fut plus possible à aucun moment, ni cette nuit-là, ni le lendemain, d'obtenir de Lionel un bon visage, quelque prière qu'on lui fît. Et Pharien comprit qu'il ne serait pas facile de le faire changer d'idée. Il se donna beaucoup de mal pour l'apaiser, mais il ne put le mettre de belle humeur.

Le lendemain, quand le sénéchal de Claudas vint chercher les enfants, Lionel n'avait encore rien mangé. Il était couché dans une chambre et disait qu'il était malade. Le neveu de Pharien faisait manger Bohort, mais c'était avec beaucoup de difficulté. L'enfant n'aurait pas mangé, si Lionel ne l'y eût obligé et, malgré cela, il mangeait à peine. À cette heure Pharien était assis auprès de Lionel et versait des larmes amères. Alors le sénéchal s'avance et, quand il voit Lionel, il s'agenouille devant lui, comme devait le faire un homme de prouesse et de valeur.

« Seigneur, lui dit-il, monseigneur le roi vous salue. Il vous mande et vous prie, ainsi que votre frère, de venir voir sa cour en compagnie de vos deux maîtres. Car il n'est pas juste qu'il tienne sans vous une cour aussi magnifique qu'il l'a voulu faire. »

Dès que Lionel entend cette nouvelle, il se lève, dit au sénéchal qu'il ira volontiers et manifeste une très grande joie. Son maître, qui le voit, soupçonne une grande partie de ce qu'il pense. Il est si désolé du grand malheur auquel il s'attend, que personne ne pourrait exprimer toute la douleur qu'il éprouve. Lionel lui dit :

« Beau maître, tenez compagnie à ces seigneurs, qui sont venus me chercher. Je vais dans cette chambre et reviendrai tout de suite. »

Li anfes entre an la chambre, si apele un suen chanberlain et fait traire un mout riche costel que il avoit, qui trop estoit granz, qui por joel li avoit esté donez. Et la ou il lo metoit *(f. 20d)* desouz sa robe, si antra ses maistres laianz por savoir que il faisoit. Et qant il li vit lo coutel tenir, si li sache hors des poinz et dit q'il n'en portera mie.

« Non ? fait Lyoniax ; et ge n'i porterai les piez, par foi. Si voi bien que vos me haez de mort, qant vos me tolez itant de deduit com ge avoie. »

« Sire, fait li maistres, vos n'iestes mie sages, car se vos portez cest coutel, toz li siegles s'an aparcevra. Mais gel porterai, qui mout miauz lo coverrai de vos. Et ce savez vos de voir que ge aim autant vostre bien comme lo mien. »

« Dont me creanteroiz vos, fait Lionyaus, que de quel hore qe ge vos demanderai lo coutel, que vos lo me bailleroiz. »

« Voire, fait Phariens, se vos me creantez que vos n'i feroiz chose sor mon pois. »

« Ge ne ferai, fait Lyoniaus, nule chose dont ge puisse a droit estre blasmez. »

« Ensi, fait Phariens, nel di ge mie. Vos me creanteroiz leiaument que vos n'i feroiz ne un ne autre, ne n'i feroiz chose qui torner vos puisse a reproche et a domage. »

« Biaus maistre, fait Lyoniax, savez vos ores que vos feroiz ? Se vos volez, si perdez lo coutel, et se vos volez, sel gardez por vos meesmes, car mestier vos porroit ancor avoir. »

Atant s'en revint an la sale arrieres ou li seneschax l'atandoit, si lo montent sor un palefroi et Bohort desus un autre, et darriere chascun monte ses maistres. Ensins s'en vont chevauchant droit au palais ou la corz est, et toz li puep{p}les saut hors por veoir lor droiz seignors, si en plorent et juene et ancien, et prient Nostre Seignor que encor les remete an lor grant anor et les ramaint en amendement et an puissance. Et Phariens

L'enfant entre dans la chambre, appelle un chambellan et se fait apporter un magnifique couteau, extrêmement grand, qu'on lui avait offert en présent. Tandis qu'il le mettait sous sa robe, Pharien entra dans la chambre, pour savoir ce qu'il faisait. Quand il voit Lionel avec le couteau, il le lui arrache des mains et lui dit :

« Vous ne l'emporterez pas à la cour.

— Vraiment ? dit Lionel. Eh bien, je n'y mettrai pas les pieds[1], je le jure. Je vois bien que vous me haïssez à mort, puisque vous m'ôtez tout le plaisir que j'avais.

— Seigneur, dit le maître, vous n'êtes pas raisonnable. Si vous portez ce couteau, tout le monde s'en apercevra. C'est moi qui le porterai, car je pourrai le cacher beaucoup mieux que vous. Et vous savez fort bien que je vous aime autant que moi-même.

— Alors vous me promettez, dit Lionel, que, dès que je vous demanderai ce couteau, vous me le donnerez.

— Assurément, dit Pharien, si vous me promettez vous-même de n'en rien faire contre mon gré.

— Je n'en ferai rien, dit Lionel, dont je puisse à bon droit être blâmé.

— Ce n'est pas ce que je dis, réplique Pharien. Vous me donnerez votre parole d'honneur que vous n'en ferez rien contre mon gré, sans aucune restriction, ni rien qui puisse tourner à votre honte ou à votre dommage.

— Beau maître, dit Lionel, savez-vous bien ce que vous ferez ? Si vous voulez, jetez ce couteau. Si vous voulez, gardez-le pour vous-même, car vous pourriez en avoir besoin. »

Alors Lionel rentre dans la salle, où le sénéchal l'attendait. On le fait monter sur un palefroi et Bohort sur un autre et chacun d'eux a derrière lui son maître, qui le suit à cheval. Ainsi vont-ils chevauchant jusqu'au palais, où se tenait la cour. Tout le peuple est dehors, pour voir ses seigneurs légitimes. Jeunes et vieux en pleurent ; ils prirent Notre Seigneur qu'il les rétablisse un jour dans leur grand honneur et qu'il leur rende prospérité et puissance. Pharien fait bien la leçon à Lionel et le

---

1. Le texte comporte un jeu de mots intraduisible sur le verbe porter. « Je ne porterai pas ce couteau à la cour ; eh bien, je n'y porterai pas les pieds non plus. »

chastie mout Lyonel et prie por Deu qu'il n'encommance tel folie dont il soit morz, *(f. 21a)* et il et tuit cil qui avocques lui seroient, car ja piez n'en eschaperoit.

« Or ne vos esmaiez, maistre, fait cil, car ge ne suis pas si fox que ge encomençasse folie dont ge ne cuidasse a chief venir. Et se ge la vousisse commencier, si m'en avez vos bien gardé, car vos ne m'avez laissié que les mains totes nues. »

Atant sont venu jusqu'a la cort, si fu assez qui les descendié. Et li dui anfant se sont entrepris main a main et vienent devant Claudas a grant compaignie de chevaliers et de vallez. Et laianz avoit mout de chevaliers del reiaume de Benoyc et de celui de Gaunes. Si en ot de tex qui ne se tenissent de plorer por nul avoir qant il virent lor seignors venir, si biax anfanz et si plaisanz, qui an autrui baillie estoient et an autrui subjection. Et Lyoniaus vint, teste levee, qui mout fu biax et regarda parmi lo palais mout fierement, et pres et loing. Si sanbla bien a la contenance et au vis gentil home et de haut parage. Il sont devant lo roi venu, si les esgardent a mervoille et un et autre. Et li rois seoit a son haut dois mout fierement en un faudestué a or, mout riche et mout bel. Et devant lui fu sa corone assisse sor un gros sostenau d'argent del grant a un home, si estoit faiz en guise d'un gros chandelier ; et dejoste la corone, sor un gros sostenau d'argent autresi, fu une espee tote droite, tranchant et clere, si estoit li ponz desoz et la more par desus. Et par desus la corone, an haut, estoit fichiez li ceptres d'or, a pierres precieuses et de grant valor. Et il menjoit en robe reial en coi il avoit esté sacrez, si sanbloit a mervoille preudome et fier, se ne fust ce que trop senbloit del visage felon et cruel.

Qant il vit les anfanz au roi Bo*(f. 21b)*hort venir a cort, si lor fist mout bele chiere, et apela Lyonel, dont il prisoit mout lo sanblant et la maniere, car il disoit qu'il n'avoit onques anfant veü de cui il prisast autretant la contenance. Li anfes vint devant lui de cele part de la table o la corone et l'espee estoient, et li rois, qui mout lo voloit honorer et qui ja mais a nul jor nes baoit a tenir en prison, li tant sa cope, qui mout estoit et bele et riche, si li commande que il boive. Mais cil ne la regarda onques, ainz bee a l'espee qu'il voit illuecques si bele et luisant,

supplie, pour l'amour de Dieu, de ne pas faire de folie qui les conduirait tous à la mort, lui et tous ceux qui seraient avec lui, car nul n'en réchapperait.

« N'ayez pas peur, maître, dit Lionel ; je ne suis pas assez sot pour faire une folie dont je ne pourrais pas espérer de venir à bout. Et même si je voulais la faire, vous m'en avez bien empêché, car vous ne m'avez laissé que les mains nues. »

Cependant ils sont arrivés à la cour et il y a foule pour les aider à descendre. Les deux enfants se sont pris par la main et viennent devant Claudas avec une grande compagnie de chevaliers et de valets. Il y avait là beaucoup de chevaliers des royaumes de Bénoïc et de Gaunes ; et certains d'entre eux n'auraient pu s'empêcher de pleurer, pour tout l'or du monde, quand ils virent venir de si beaux et si charmants enfants, leurs seigneurs, qui étaient sous l'autorité et la domination d'autrui. Lionel s'avançait la tête haute ; il était très beau ; il promenait fièrement son regard de tous les côtés de la salle, et près et loin. Il semblait bien, à sa contenance et à son visage, qu'il était gentilhomme et de haut parage. Ils arrivent devant le roi et tout le monde les admire. Le roi était assis à sa haute table, très noblement, dans un fauteuil décoré d'or, très riche et très beau. Il avait devant lui sa couronne, posée sur un gros piédestal d'argent, de la grandeur d'un homme et qui avait la forme d'un gros chandelier. À côté de la couronne, sur un autre socle d'argent, il y avait une épée toute droite, tranchante et brillante, le pommeau en bas, la pointe en l'air. Au-dessus de la couronne, se dressait le sceptre d'or, orné de pierres précieuses et d'une grande valeur. Le roi était à table, vêtu de la robe royale qu'il portait lors de son sacre, et il avait toute l'apparence d'un prud'homme noble et fier, à la seule exception de son visage, qui paraissait dur et cruel.

Quand il vit venir à la cour les enfants du roi Bohort, il leur fit un très bel accueil. Il appela près de lui Lionel, dont il admirait beaucoup l'allure et le maintien. Il disait qu'il n'avait jamais vu d'enfant dont la contenance fût aussi digne d'éloges. L'enfant vient devant lui, du côté de la table où sont la couronne et l'épée. Le roi, qui voulait l'honorer et qui était bien décidé à ne plus laisser les enfants en prison, lui tend sa coupe, qui était très belle et très riche, et l'invite à boire. Mais l'enfant n'y jette même pas un regard. Il n'a d'yeux que pour l'épée, qu'il voit devant lui, si belle et si brillante. Il se dit que

si li est avis que buer fust nez qui en eüst une autretel com il
cuide que ceste soit, por qu'il eüst la force et la vertu qu'il en
poïst granz cox doner. Et Claudas cuide bien qu'il ne laist a
boivre se de honte non, por la grant planté de gent que il voit.
Et lors se traist avant la damoisele qui del lac est venue, si lo
prant a deus mains parmi les deus joes, si li dit :

« Bevez, biax filz de roi, et ge vos amenderai ja mout. »

Lors li met an sa teste un trop biau chapiau de flors novel et
soef oillant, et a son col un petit fermaillet d'or, a riches
pierres, et autresi a fait a Bohort son frere. Et puis a dit a
Lyonel :

« Or poez boivre, biaus filz de roi, que or en avez assez biau
loier et assez boen. »

Et cil fu chauz et iriez, si respont :

« Damoisele, et ge bevrai, fait il, mais autres lo paiera. »

Lors est si entalantez de folie faire et li uns et li autres que s'il
n'en eüssient onques mais eü talant, si lo pristrent il iluecques
par la force de l'erbe qu'il avoient es chapiaus. Et la force des
pierres des fermaillez si estoient si granz que nule arme ne pooit
d'aus traire sanc, ne menbre fraindre ne brisier, tant com li
fermail fussient sor aus. Lyoniaus a la cope prise, et Bohorz li
crie *(f. 21c)* qu'il la flatisse contre terre. Mais nel fait, ainz la
hauce contremont a ses deus mains, si que del vin est volé sor
sa robe une partie. Et il l'an fiert de tote sa force lo roi Claudas
enmi lo vis, si que li remananz del vin lo cuevre tot et lo fiert
es iauz et el nes et en la boche, si que par un po qu'il n'est
estainz. Et li tranchanz de la cope l'aasene enmi lo front, si li

celui-là serait bien heureux qui en aurait une pareille, pourvu qu'il eût la force et le pouvoir d'en donner de grands coups. Claudas croit que la timidité l'empêche seule de boire, à cause du grand nombre de gens que l'enfant voit autour de lui.

Alors s'avance la demoiselle qui était venue du lac. Elle prend les joues de Lionel entre ses deux mains et lui dit :

« Buvez, beau fils de roi. Je vais déjà vous offrir un cadeau qui vous fera grand bien. »

Elle pose sur sa tête un très beau chapeau de fleurs nouvelles et odorantes, et met à son cou un petit collier d'or enrichi de pierres précieuses. Elle en fait autant à son frère Bohort. Puis elle dit à Lionel :

« Maintenant vous pouvez boire, beau fils de roi ; car vous en êtes payé bel et bien[1]. »

Lionel était échauffé et plein de colère. Il répondit :

« Eh bien, je boirai, demoiselle ; mais un autre me le paiera. »

Alors chacun des deux enfants est pris d'un tel désir de faire toute sorte de folie que, même s'ils n'en avaient pas eu l'envie auparavant, elle leur serait venue sur-le-champ par la force de l'herbe qui était dans leurs chapeaux. Et la vertu des pierres des petits colliers était si grande qu'aucune arme ne pouvait faire couler leur sang, ni mutiler ou briser un de leurs membres, tant que les colliers seraient sur eux. Lionel a pris la coupe[2] et Bohort lui crie de la jeter par terre. Il n'en fait rien, la lève à deux mains, de telle manière qu'une partie du vin tombe sur sa robe, et en frappe le roi Claudas au visage de toute sa force. Ce qui reste du vin inonde le roi, pénètre dans ses yeux, son nez, sa bouche, et il manque d'être étouffé. Le tranchant de la coupe

---

1. Littéralement : vous en avez un assez bel et bon salaire (loyer). Le langage de la demoiselle est à double sens. En apparence, rien n'est plus naturel que d'offrir à un enfant noble un chapeau de fleurs nouvelles. Ainsi le voulait alors la mode. Mais ce cadeau n'est pas seulement « beau » ; il est « bon », c'est-à-dire profitable. Ces cadeaux feront beaucoup de bien aux enfants, par les vertus surnaturelles qui leur sont attachées. De même la réponse de Lionel est toute en sous-entendus : le loyer, le prix de son action, ce n'est pas la demoiselle, mais un autre qui le lui paiera ; et cet autre, ce sera Claudas ou son fils Dorin.

2. *la coupe :* il s'agit évidemment de ces lourdes coupes de métal ciselé qu'on appelle « hanaps ».

tranche la char et lou cuir tot jusq'au test. Puis sache la corone
a soi si durement qu'il fait voler jus lo ceptre et l'espee qui delez
estoit, et il fiert a deus mains la corone contre lo pavement del
palais, si qu'il en fait voler les pieces et l'or maumetre et
debrisier et defoler as piez, si com il puet.

Parmi lo palais lieve li criz, si saillent hors des tables, li un
por ancombrer les anfanz, et li autre por delivrer. Et li rois jut
a la terre pasmez del vin qui el cors li fu feruz par lo nes et par
la boche, et sanglanz del hanap que il ot eü enmi lo front. Et ses
fiz Dorins est hors sailliz por lui venchier. Mais Lyoniaus ot
saisie l'espee qui a la terre fu chaoite, si la lieve en haut a deus
mains a tel vertu com il avoit, et Bohorz prist lo ceptre qui a la
terre gisoit, si encommencierent granz cox a departir la ou il
pooient ataindre. Et il avoit assez laianz qui les deportoit, car
autrement ne durassent il pas s'il fussient dui des meillors
chevaliers do monde. Et neporqant parmi tote la soffrance
qu'il avoient ne porent il durer, car li rois fu revenuz de
pasmeisons, si saut il en estant et jure son sairement que mar en
eschapera uns. Et ses filz Dorins s'eslesse aprés Lyonel qui
s'adrece a l'ui[s] o la damoisele l'en menoit por foïr hors. Et
qant Lionyaus lo voit venir, si se trestorne et hauce l'espee qui
durement estoit tranchanz, si fiert a deus mains. Et cil *(f. 21d)*
giete la main senestre encontre, et l'espee la li tranche tote ; et
puis li descent desus la senestre joe, si la li tranche tote selonc
l'oroille et lo col autresin jusq'el milieu, et tot l'eüst il tranchié
se l'espee ne s'arestoit as os qui estoient dur, ne li anfes n'estoit
pas de la vigor qu'il les poïst tranchier toz outre. Et Bohorz
hauce lo ceptre qu'il tint, si lo fiert anmi lo front si durement
com il pot a deus mains, si que li telz n'est si durs que toz ne
croisse. Cil ne pot son cop sostenir qui a mort fu navrez, si
chiet a terre.

Et lors enforce li criz. Et li rois vint poignant, qui mout ot
cuer, si vit bien que mout avoit laianz de gent qui ne l'amoient
se mout po non ; et neporqant tot met en abandon, et cors et
cuer. Et il vint aprés les anfanz grant aleüre, s'espee en sa main,
tote nue, c'uns suens chevaliers li ot bailliee, son braz envelopé
de son mantel. Et la damoiselle del lac, qui venir lo voit en tel
maniere, n'est tant sage que tote n'en soit esbaïe, mais neporqant del commandement sa dame li resovient, si giete son
anchantement et fait resenbler les deus anfanz as deus levriers ;

l'a heurté au milieu du front. Il lui a fendu la peau et la chair
jusqu'à l'os. Puis Lionel s'empare de la couronne si violemment qu'il fait tomber le sceptre et l'épée qui était à côté du
sceptre. Il prend la couronne dans ses deux mains, la jette sur
le pavé de la salle, en fait voler les pierres, en gâte et brise l'or
et la piétine autant qu'il peut. Dans le palais un cri s'élève. Tout
le monde quitte les tables et se précipite, les uns pour accabler
les enfants, les autres pour les protéger. Le roi gisait à terre,
étourdi par le vin qui lui avait été lancé dans le nez et dans la
bouche, ensanglanté par le hanap qui l'avait frappé au front.
Son fils Dorin s'élance pour le venger. Mais Lionel ramasse
l'épée qui était tombée ; il la lève à deux mains, de toute la force
qu'il a. Bohort prend le sceptre qui était par terre. Les deux
enfants commencent à distribuer de grands coups sur tout ce
qu'ils peuvent atteindre. Il y avait là bien des gens qui
cherchaient à les aider ; autrement ils n'auraient pas pu tenir,
fussent-ils deux des meilleurs chevaliers du monde. Et néanmoins, en dépit de tout leur courage, ils ne purent pas tenir.
Car Claudas était revenu de pâmoison. Il se relève d'un bond
et jure sa foi qu'il sera maudit si un seul en réchappe. Son fils
Dorin poursuit Lionel, qui va vers la porte pour s'enfuir,
entraîné par la demoiselle. Mais quand il aperçoit Dorin,
Lionel se retourne, lève son épée, qui était très tranchante, et
frappe à deux mains. Dorin tend la main gauche ; l'épée la lui
tranche net, puis descend le long de sa joue gauche, la fend
jusqu'à l'oreille et fend le cou jusqu'au milieu. Le cou lui-même
eût été coupé entièrement, si l'épée ne s'était arrêtée aux os qui
étaient durs ; et l'enfant n'avait pas assez de force pour les
briser. Mais Bohort lève le sceptre qu'il a pris et, le tenant à
deux mains, frappe Dorin au front de toute sa force, si
durement que le crâne ne peut y résister et qu'il éclate. Dorin
ne peut soutenir le coup ; il est blessé à mort ; il s'écroule.

Alors le tumulte redouble. Le roi, qui montre beaucoup de
courage, arrive en toute hâte. Il voit bien qu'il y a là beaucoup
de gens qui ne l'aiment guère. Et pourtant il se donne tout
entier corps et cœur. Il poursuit vivement les enfants, tenant
son épée de sa main nue (l'un de ses chevaliers la lui avait
tendue), le bras enveloppé dans son manteau. La demoiselle,
qui le voit venir de cette manière, si adroite qu'elle soit, n'en est
pas moins saisie de frayeur. Elle se souvient du commandement
de sa dame et jette son enchantement. Elle rend les deux

et li dui levrier orent la sanblance as deus anfanz, ce fu avis a
toz ceus qui les veoient. Et li rois vint, si corrut as deus anfanz
que ele tenoit et hauça l'espee por ferir. Et ele se lance
encontre, dont ele fist hardement trop a otrageus, et li cox
descent sor son vis si pres des poinz lo roi que li heuz la fiert
enmi lo vis, si li tranche tot lo cuir et la char tote contraval
parmi lo destre sorcil jusqu'el pomel de la joe, si que onques puis
ne fu nul jor que ne li pareüst apartement. Li sans cuevre la
damoisele et ele giete un cri, et puis dist au roi :

« Avoi ! sire Claudas, j'ai malement achetee la venue de
vostre cort, qui ci me volez ocirre deus des plus biax *(f. 22a)*
levriers do monde. Et parmi tot ce m'avez navree. »

Lors esgarde li rois, si li samble des deus anfanz que ce soient
dui levrier trestot por voir, et voit un po loig de lui les deus
levriers qui s'an fuioient en une chanbre droit por la noise et
por la temoste dont il estoient en effroi. Et il laisse corre aprés,
car bien cuide que ce soient li dui anfant. Li levrier se sont en
la chanbre feru, et li rois, qui aprés vient poignant, hauce lo
cop, et il fiert el litel de l'uis si durement que tote l'espee vole
en pieces. Et il s'areste et esgarde s'espee mout longuement, et
il dit que Dex en soit aorez qant ele est brisiee.

« Et ge quit, fait il, biax sire Dex, que por m'amor l'avez vos
fait, car ge eüsse morz de ma main ces deus anfanz, si me fust
reprochié a tozjorz mais et an fusse honiz en totes corz. Et ge
les ferai hores plus a ma grant honor morir, si que li autre se
garderont de moi mesfere. »

Lors giete jus de l'espee lo remanant et saut aprés, si les
saisist ; et en cuide por voir mener les deus anfanz, si les baille
a garder a cels en cui il plus se fie jusque tant que il se soit
conseilliez comment il en esploitera.

Mais se li rois a duel de son fil qu'il voit a terre gesir mort,
li maistre as deus anfanz ne sont pas mains dolant de lui, car
bien cuident q'a mort soient livré lor dui seignor. Mais d'els ne
del roi Claudas ne parole plus li contes ci endroit, ençois
retorne a la damoisele del lac qui les anfanz en mainne et les a

enfants semblables aux deux lévriers et les deux lévriers prennent l'aspect des deux enfants, trompant ainsi tous ceux qui les voient. Le roi accourt, il se précipite sur les deux enfants que tient la demoiselle, il lève l'épée pour les frapper. La demoiselle se jette en avant, faisant preuve en cela d'une hardiesse trop téméraire. Le coup descend sur son visage, si près de la main du roi que la poignée de l'épée la frappe au visage, lui fend la peau et toute la chair depuis le sourcil droit jusqu'à la pommette de la joue, de telle manière qu'elle en est marquée pour toujours. La demoiselle est couverte de sang. Elle pousse un cri. Puis elle dit au roi :

« Hé là ! seigneur Claudas, j'ai payé chèrement ma venue à votre cour, puisque vous voulez me tuer deux des plus beaux lévriers du monde et que de surcroît vous m'avez blessée. »

Le roi regarde ; il voit les deux enfants et croit que ce sont deux lévriers. Un peu plus loin, il voit les deux lévriers qui s'enfuient dans une chambre, effrayés par le bruit et le tumulte ; et il se précipite sur eux, car il croit que ce sont les deux enfants. Les deux lévriers se sont réfugiés dans la chambre. Le roi, qui les poursuit en courant, se dispose à les frapper et heurte avec tant de violence le linteau de la porte que son épée vole en pièces. Il s'arrête, regarde un long moment son épée et dit qu'il rend grâces à Dieu qu'elle se soit brisée.

« Et je crois, dit-il, beau Seigneur Dieu, que vous l'avez fait pour l'amour de moi ; car, si j'avais tué de ma main ces deux enfants, j'en aurais eu le reproche à tout jamais et je serais honni dans toutes les cours. Je les ferai mourir d'une manière plus digne de ma gloire et qui enseignera aux autres qu'ils doivent se garder de me nuire[1]. »

Alors il jette par terre les restes de son épée, bondit sur les lévriers, les saisit et croit vraiment emmener les deux enfants. Il les remet à la garde des plus sûrs de ses hommes, jusqu'à ce qu'il ait décidé de leur sort.

Si le roi porte le deuil de son fils, qui gît à terre mort, les maîtres des deux enfants ne sont pas moins affligés que lui ; car ils croient que leurs deux seigneurs vont être tués. Mais le conte ne parle plus d'eux ni du roi Claudas pour le moment. Il revient à la demoiselle du lac, qui emmène les enfants et les a sauvés de

---

1. *me nuire* : littéralement : me méfaire. Voir p. 111, note 2.

de mort garantiz, si orroiz comment ele les an porte la dont ele
estoit venue.

Qant la damoisele del lac, cele qui les anfanz ot garantiz si
com vos avez oï, vit que tote fu la corz troblee et que ele ot fait
grant partie de ce que ele baoit affaire, si fu mout liee et petit
(f. 22b) prisa lo cop que ele avoit receü enmi lo vis. Ele en
mainne hors de la porte les deus anfanz. Et qant li dui escuier
qui dehors l'atendoient la voient el vis bleciee, si an sont tuit
esbahi. Il li ont lo vis bandé issi com ele lor enseigne, et ce fu
de sa toaille sanz plus, ne plus n'i velt metre, car paor a de
mescheance. Aprés est an son palefroi montee, si met un des
deus anfanz devant li, ce fu Lioniaus, et uns des deus escuiers
ra Bohort mis devant lui.

Ensi s'en vont totes les rues contremont et laissent lo duel
que li puebles fait devant lo palais reial. Si quide chascuns qui
les voit que ce soient dui levrier que il en portent, et li escuiers
meesmes qui Bohort en porte lo cuide bien. Tant ont alé qu'il

la mort. Vous allez entendre comment elle les ramène au pays dont elle était venue.

CHAPITRE XII

Les trois enfants sont réunis sous la garde de la dame du Lac[1].

Quand la demoiselle du lac, celle qui avait sauvé les enfants comme vous l'avez entendu, vit que la cour était toute troublée et qu'elle avait accompli une grande partie de ce qu'elle voulait faire, elle fut très heureuse et ne s'occupa guère du coup qu'elle avait reçu au visage. Elle franchit la porte, emmenant les deux enfants. Quand les deux écuyers, qui l'attendaient au-dehors, voient qu'elle est blessée, ils sont stupéfaits. Ils lui bandent le visage de la façon qu'elle leur enseigne, c'est-à-dire avec un morceau de sa chemise seulement. Elle ne veut y mettre rien de plus, car elle craint encore un malheur. Elle monte aussitôt sur un palefroi, prend Lionel devant elle, et l'un des deux écuyers prend Bohort en selle devant lui.

Ils vont ainsi à travers les rues, laissant à sa douleur la foule assemblée devant le palais royal, et tous ceux qui les voient pensent qu'ils emportent deux lévriers. Même l'écuyer qui emmène Bohort en est persuadé.

Ils ont tant chevauché qu'ils sont arrivés dans la forêt, où

---

1. Il ne faut pas s'étonner que la fée du lac, Ninienne, soit appelée, tantôt la dame et tantôt la demoiselle du Lac. C'est une demoiselle, puisqu'elle n'a pas de « baron », de mari. Mais c'est aussi une « dame » au sens féodal de ce mot, qui est le féminin de seigneur. Elle a la seigneurie de la terre du Lac. Des chevaliers, des dames et des demoiselles sont à son service. Elle a même un « ami ». C'est une fée très civilisée, que rien ne distingue, hormis ses pouvoirs surnaturels, d'une grande dame du XIIIᵉ siècle. Non seulement notre auteur use du merveilleux avec une discrétion rare à son époque, mais il l'humanise et le rationalise.

sont en la forest venu o les genz les atandoient, ne nus d'aus ne
savoit por qoi la damoisele estoit a la cort lo roi Claudas venue.
D'iluec s'en partirent tuit et s'an vont a grant aleüre et par les
greignors destorz que il sevent, si gisent cele nuit la ou il
avoient geü cele nuit devant. Ne Lyoniaus n'avoit onques
mengié de la boiche lo jor, mais li granz tribouz ou il avoit esté
li avoit fait la fain oblier et sa mesaise. Qant il vindrent a
l'ostel, si anuitoit mout durement. Lors descovri la damoisele
son anchantement et mostra as chevaliers les deus anfanz. Et
lors dist :

« Seignor, que vos en semble ? Dont n'a il ci mout bele proie
et assez riche ? »

Et il dient :

« Certes, oïl, mout est la proie et boene et bele. »

Lors sont tuit esbahi ou ele les pooit avoir trovez, si li
demandent et enquierent mout durement ; mais ele ne lor en
dist mie la verité, ançois dist que tant a fait qu'ele les a. L'en ne
doit pas demander se li anfant orent bien cele nuit lor estovoir,
car la damoisele en pensa autretant et plus assez com s'il
fussient si frere germain enbedui, *(f. 22c)* por ce que sa dame
l'an avoit priee si durement. Ne fu chose nee el siegle qui lor
faillist, s'il eüssient lor deus maistres avocques els, et la
damoisele conforte mout et asseüre, et dit :

« N'aiez garde, mi anfant, car vostre maistre ne avront ja
mal. »

Ce disoit ele por aus conforter, car puis que ele les avoit
devers li, ele prisoit mout petit lo remenant. Durement
conforte la damoisele les anfanz et lor desfant, si chier com il
ont lor cors, qu'il ne dient cui il sont fil.

« Car vos seriez, fait ele, mort et alé. Et ge vos menrai en tel
leu o vos avroiz qancque vos savroiz de cuer penser ne de
boiche deviser, et si seront vostre dui maistre prochainement
avocques vos. »

Ensi chastie les anfanz la damoisele et la nuit les fait gesir
avocques li. Au matin, si tost com ele aparçut lo jor, si s'est
levee, et puis muet et ele et sa conpaignie, si chevauchent tant

leurs gens les attendaient. Mais aucun d'eux ne savait pourquoi la demoiselle était allée à la cour du roi Claudas. De là toute la compagnie prend le départ. Ils s'en vont à grande allure par les chemins les plus détournés qu'ils connaissent. Ils font halte pour la nuit, à l'endroit où ils avaient passé la nuit précédente. Lionel n'avait pas mangé de la journée, mais la grande agitation dans laquelle il s'était trouvé lui avait fait oublier la faim et ses souffrances. Quand ils arrivèrent à l'étape, la nuit était tout à fait tombée. Alors la demoiselle dissipa son enchantement. Elle fit apparaître les deux enfants aux yeux des chevaliers et leur dit :

« Seigneurs, que vous semble-t-il ? Ne voilà-t-il pas une très belle et riche prise ? »

Ils répondent :

« Certes oui, la prise est bonne et belle. »

Ils sont tout ébahis, ne sachant pas où elle avait pu trouver les enfants. Ils l'interrogent, la pressent de questions. Mais elle ne leur dit pas la vérité. Elle répond seulement qu'elle a tant fait qu'elle les a. Il ne faut pas demander si les enfants eurent cette nuit-là toute leur suffisance. La demoiselle en prit grand soin, autant et plus que s'ils avaient été tous deux ses frères germains[1], parce que sa dame le lui avait recommandé très instamment. Rien au monde ne leur eût manqué, s'ils avaient eu avec eux leurs deux maîtres. La demoiselle les réconforte, les rassure et leur dit :

« N'ayez pas peur, mes enfants ; vos maîtres n'auront aucun mal. »

Elle leur parlait ainsi pour les consoler ; car, du moment qu'elle avait les enfants auprès d'elle, elle se souciait fort peu du reste. Elle déploie tous ses efforts pour les réconforter et leur défend, s'ils tiennent à la vie, de dire qui était leur père. « Car, fait-elle, vous seriez morts et trépassés. Je vous emmènerai en un lieu où vous aurez tout ce que le cœur peut désirer et la bouche exprimer. Et vos maîtres seront prochainement auprès de vous. » C'est ainsi que la demoiselle chapitre les enfants ; et la nuit elle les fait dormir avec elle.

Au matin, sitôt qu'elle aperçoit le jour, elle se lève. Puis se met en route avec sa compagnie. Ils chevauchent tant qu'ils

---

1. *frères germains :* de père et de mère.

qu'il vienent a sa dame qui les atant. Quant ele voit les anfanz, si lor fait joie merveilleuse et est tant liee et tant joieuse que plus ne porroit estre par sanblant. Si loe mout la damoisele de ceste voie et dit que qancque ele desirroit li a rendu a ceste foiz.

A l'ore que li anfant vindrent n'estoit pas Lanceloz laianz, car il estoit an bois ; et qant il vint, si fist mout tres grant joie des anfanz, car il cuidoit tot por voir que il fussient neveu sa dame, et ele li faisoit antandant. Mout ama Lanceloz la compaignie des deus anfanz, et comment que ce fust, o de nature o de grace que Dex lor eüst doné, o por ce que neveu la dame quidoit qu'il fussient, plus l'i traoit li cuers qu'a nul des autres. Si en avoit il assez laianz et de mout biax, mais ne pot onques puis estre si acointes *(f. 22d)* ne si privez de nul comme des deus anfanz. Et tenoit toz les autres autresi comme por ses sergenz, mais cels deus tenoit il comme ses compaignons domainnes ; et des lo premier jor ne mengerent s'en une escuele non et gisoient tuit troi emsenble en une couche. Ensin sont ensemble li troi coisin germain et filz de rois en la garde a [la] boene Dame del Lac. Si se taist ore atant li contes une piece d'aus et retorne au roi Claudas.

Or dit li contes que a l'ore que li rois Claudas ot pris les deus levriers en leu des deus anfanz, si retorna a son fil que il vit mort, si ne fait pas a demander s'il fist grant duel, car il lo fist si grant qu'a poines porroit estre faiz plus granz. Et neporqant il n'estoit pas costumiers de grant duel faire, car mout estoit de fier cuer et de viguereus et si soffrans que nus ne prisoit mains

arrivent chez leur dame, qui les attend. Quand elle voit les enfants, elle leur fait un accueil extraordinaire ; elle manifeste tant de bonheur et de joie qu'elle ne saurait en montrer davantage. Elle adresse de très grands compliments à la demoiselle pour le voyage qu'elle a mené à bien : « Tous mes désirs, lui dit-elle, ont été comblés. »

À l'heure où les enfants arrivèrent, Lancelot n'était pas présent ; car il était à la chasse. Quand il revint, il fut très heureux de les voir, pensant qu'ils étaient vraiment les neveux de sa dame, comme elle le lui laissait entendre. Lancelot aima beaucoup la compagnie des deux enfants. Et, que ce fût à cause de leur naissance ou par une grâce que Dieu leur avait donnée ou parce qu'il croyait qu'ils étaient les neveux de sa dame, son cœur avait plus d'inclination pour eux que pour tous autres. Il y avait pourtant en ce lieu de nombreux garçons et de très beaux ; mais il ne fut jamais avec aucun d'eux aussi familier ni aussi intime qu'avec les deux enfants. Il regardait tous les autres comme ses serviteurs ; mais ces deux-là, il les considérait comme ses amis personnels. Dès le premier jour, ils mangèrent dans la même écuelle et couchèrent tous les trois ensemble dans le même lit. Ainsi les trois cousins germains et fils de rois sont réunis sous la garde de la bonne dame du Lac. Le conte cesse un moment de parler d'eux et retourne au roi Claudas.

CHAPITRE XIII

La guerre de Gaunes

Le conte dit qu'après que le roi Claudas eut pris les deux lévriers en croyant prendre les deux enfants, il revint auprès de son fils et vit qu'il était mort. Il ne faut pas demander s'il en fit un grand deuil. Sa douleur était si grande qu'une plus grande ne se pourrait guère concevoir. Pourtant il n'avait pas l'habitude de se plaindre ; car il avait le cœur énergique et fier et si dur à la souffrance que personne ne se montrait plus indifférent

par sanblant les mesaventures qui avenoient que il faisoit. Mais
de cesti mesaventure ne se pot il pas conforter, ne ne dut
legierement, car il n'avoit de toz anfanz que celui seul, et estoit
si larges et si cortois et si preuz come li contes a devisé et si
hardiz. Et la o il faisoit son duel, n'estoit il pas asseür, car tote
la citez de Gaune estoit troblee et esmeüe por les deus seignors
que Claudas devoit destruire devant lor ielz. Si estoient sailli as
armes et li chevalier et li borjois de la vile, dont il i avoit de
mout riches et de mout aeisiez, et si avoient de mout biax filz
qui s'armerent si tost com il oïrent lo cri et la temoste des
anfanz qui devoient estre ocis.

Et Phariens et ses niés, qui tant sont irié com il plus puent,
(f. 23a) se sont an la tor remis arrieres et ont mandez des
chevaliers qui a la feste estoient venuz del païs et des borjois de
la vile une partie, si ont ensenble pris consoil. Et a ce s'acordent
en la fin que se Claudas velt destruire les anfanz, qu'il i seront
ançois tuit ocis avoc aus que il ne soient rescox. Si envoient li
chevalier do païs por lor armeüres qui estoient en la cité, car a
cel tens estoit costume que nus chevaliers ne chevauchoit a cort
ne loig de sa maison sanz ses armes.

Qant il furent issi armé, si se saisirent de la tor qui mout
estoit forz. Et Claudas, qui encor faisoit lo duel de son fil en
son palais, l'oï dire, mais onques sanblant n'en fist, comme cil
qui mout estoit vaillanz et preuz en totes ses meschaances;
maintenant laissa lo duel, si apele son consoil et fait escrire
letres et mander par tote la Deserte et par les forteces del
regne de Benoyc que il avoient garnies que tuit venissent a lui
tot maintenant. Et il avoit avocques lui grant partie des barons
de la Deserte et de cels de Benoyc une mout grant partie, mais
il ne s'i fioit pas bien, car li plus l'avoient ja guerpi et estoient
alé devers Pharien et devers cels qui saisi s'estoient de la tor.

Et Claudas est revenuz sor lo cors son fil, si lo plaint et
regrate assez hautement, si qu'il en ont grant pitié, neïs cil qui

en apparence aux malheurs qui pouvaient survenir. Mais d'un si grand malheur il ne pouvait ni ne devait se consoler aisément ; car il n'avait qu'un seul enfant, qui était aussi large, courtois, preux et hardi que le conte l'a rapporté.

Tandis qu'il faisait son deuil, Claudas n'était pas en sécurité. En effet tout le peuple de Gaunes s'agitait et s'émouvait, parce qu'ils croyaient que Claudas allait faire mourir sous leurs yeux leurs deux seigneurs. Ils avaient tous pris les armes, non seulement les chevaliers, mais encore les bourgeois de la ville, dont beaucoup étaient très puissants et très riches. Ils avaient aussi des fils superbes qui s'armèrent, dès qu'ils entendirent le cri[1] et le tumulte pour les enfants que l'on devait tuer.

Pharien et son neveu, qui sont au comble de la fureur, se sont retirés dans la tour. Ils y ont convoqué nombre de chevaliers, qui étaient venus du pays pour la fête, et de bourgeois de la ville. Ils tiennent conseil ensemble et décident d'un commun accord que, si Claudas veut tuer les enfants, ils se feront tous tuer avec eux plutôt que de les abandonner. Les chevaliers du pays envoient chercher leurs armes, qui étaient dans la cité. En ce temps-là telle était la coutume qu'aucun chevalier n'allait dans une cour ou ne s'éloignait de chez lui, sans emporter ses armes.

Quand ils furent armés, ils s'emparèrent de la tour, qui était très forte. Claudas, qui faisait encore le deuil de son fils dans son palais, en fut informé. Il reçut la nouvelle sans sourciller, comme un homme très vaillant et preux dans toutes ses adversités. Aussitôt il laisse son deuil, convoque son conseil, fait écrire des lettres et mander, dans toute la Déserte et dans les forteresses du royaume de Bénoïc, où il avait mis garnison, que tous ses hommes viennent à lui tout de suite. Il avait pourtant auprès de lui un grand nombre de barons de la Déserte, et plus encore de ceux de Bénoïc ; mais il ne s'y fiait guère, car la plupart l'avaient déjà quitté. Ils avaient rejoint Pharien et ceux qui s'étaient emparés de la tour.

Claudas est revenu auprès du corps de son fils. Il le plaint et le regrette à voix haute, si bien que tous en ont une grande

---

1. *le cri* : il serait tentant, mais inexact de traduire par « les cris » au pluriel. À la fois signal d'alarme et moyen d'information rapide, le cri joue un grand rôle dans la ville médiévale.

ne l'amoient gaires. Il se pasme sovant et menu, car tenir ne
s'en puet. Et qant il revient de pasmeison, si parole a guise
d'ome qui mout a grant dolor et angoisse a son cuer.

« Biax filz Dorins, fait il, biaus chevaliers et preuz a desmesure, se vos vesquisiez a droit aage, ge ne voi el siegle home
remenoir après vostre mort fors un tot seul qui face a amer et
a doter sor toz autres homes. Mais vos fussiez dotez et amez,
biaus filz, se vos fussiez lom*(f. 23b)*guement en vie, plus que cil
qui toz autres passe orendroit, et si eüssiez et cuer et force et
pooir de tot lo monde conquerre, car il ne sont en home que
trois choses par quoi il puisse tote terriene chose metre au
desoz, c'est debonairetez et largece et fiertez. Debonairetez est
de faire granz festes et granz compaignies et granz solaz a cels
qui desouz lui sont. Largece si est de doner doucement et a liee
chiere a toz cels en cui li don pue[n]t estre bien emploié por la
valor qui est en els, et a mauvais por la valor qui est el doneor,
car qui largece droite velt aconplir, il doit doner au preudome
besoigneus come a preudome et au mauvais besoigneus comme
larges. Ne entor large home ne doit nus repairier, boens ne
mauvais, qui ne se sente de ses dons. Mais nule riens ne vaut
debonairetez ne largece se la tierce teche n'i est, ce est fiertez.
Et fiertez est une grant vertuz qui aimme et tient cher ses amis
autretant comme son cors et het ses anemis sanz pitié et sanz
merci, ne ne puet estre vencue par nule chose que seulement
par debonairetez qant ele la trueve.

« Par ces trois choses, biaus filz, puet li hom passer toz autres

pitié, même ceux qui ne l'aimaient guère. Il se pâme souvent, car il ne peut s'en empêcher. Et quand il revient de pâmoison, il parle à la manière d'un homme qui a dans le cœur beaucoup de douleur et d'angoisse[1].

« Beau fils Dorin, dit-il, beau chevalier et preux avec démesure, plût au ciel que vous eussiez vécu tout votre âge ! Je ne vois demeurer dans le siècle, après votre mort, qu'un seul homme qui mérite d'être aimé et révéré par-dessus tous les autres hommes. Mais vous auriez été vous-même aimé et révéré, beau fils, si vous aviez pu vivre longuement, plus que celui qui passe aujourd'hui tous les autres. Vous auriez eu et le cœur et la force et le pouvoir de conquérir tout l'univers. Car il n'y a dans un homme que trois vertus, par quoi il puisse assujettir toutes choses de ce monde : la bonté[2], la largesse et la fierté. La bonté, c'est de faire de grandes fêtes, de grandes civilités, de grands plaisirs à ceux qui sont au-dessous de soi. La largesse, c'est de donner, doucement et avec un visage joyeux, à tous ceux en qui les dons se trouveront bien employés, pour honorer le mérite qui est le leur. Et c'est aussi de donner aux mauvais, pour honorer le mérite de celui qui donne. Car celui qui veut accomplir une juste largesse, il doit donner à tous ceux qui sont dans le besoin : aux prud'hommes besogneux[3], parce qu'ils sont prud'hommes ; aux mauvais besogneux, parce qu'il est large. Dans l'entourage d'un homme large, il ne doit y avoir personne, bon ou mauvais, qui ne se ressente de ses dons. Mais ni la bonté ni la largesse ne valent rien, sans la troisième qualité, qui est la fierté. La fierté est une vertu puissante, qui fait aimer et chérir ses amis comme soi-même, haïr ses ennemis sans pitié et sans merci, et qui ne peut être vaincue par rien au monde, si ce n'est seulement par la bonté, quand elle la rencontre.

« Par ces trois qualités, beau fils, un homme peut passer tous

---

1. Justement non. Nous n'avons pas ici un père qui pleure son enfant, mais un prédicateur, amateur de beau langage et qui sait composer une oraison funèbre. Ce genre littéraire, qu'on appelait alors le « regret », était si apprécié qu'il apparaît chez nos plus anciens conteurs de geste. L'auteur n'a pas voulu en frustrer son public et en profite pour exprimer les idées qui lui sont chères.

2. *la bonté :* littéralement : la débonnaireté.

3. *besogneux :* qui est dans le besoin, pauvre.

qui avoir les ose. Et vos les aviez, car puis que li mondes
commença, ge ne cuit qu'il fust nus hom de vostre conpaignie
ne de vostre solaz et as privez et as estranges. Et a la vostre
largece estoient tuit naiant li large qui onques fussient, car vos
estiez assez plus liez de doner que nus hom ne fust del prendre,
et n'aviez tres grant paor se de ce non que vostre dom ne
pleüssent pas a celui cui vos les voliez doner par grant amor et
que il nes refusast. D'autre part, vos aviez fierté en vos si
naturelment herbergiee que nus ne vos poïst faire amer home
orgueilleus ne sorcuidié. Vos estiez de si grant felenie contre
felon que vos *(f. 23c)* nel poiez nes regarder, ainz diseiez que
l'an ne devoit pas ses iauz aengier de mauvaise chose veoir, car
parmi les ielz s'an sentoit li cuers el ventre de la puor. Biaus
filz, ce fu la plus haute parole que j'oïse onques dire a nul
anfant. Et quel que chiere que ge vos feïsse, ge vos amoie plus
assez que ge ne porroie conter, et non mie tant por ce que vos
estiez mes filz, com ge faisoie por la grant valor qui en vostre
cuer estoit. Et ce que ge vos estranjoie de moi, biaus tres douz
filz, nel faisoie ge mie se por ce non que ge n'avoie cuer de veoir
la grant merveille de la largece qui en vostre cuer estoit, ne ge
ne cuit que nus home mortex l'osast veoir, entaimmes faire, qui
do sien la deüst fornir.

« Biax filz douz, ge avoie changiees por vos totes mes
costumes enciennes, car ge ne fui onques larges, ne ne poi estre
de la moie main, si lo baoie a estre de la vostre. Ne ge ne baoie
pas des ores mais rien a conqerre par ma proesce, mais par la
vostre outrageuse valor venisse ge au desus de tot lo monde.
Biaus tres douz filz, Dex vos avoit autresi esmeré et espurgié de
totes mauvaises teches et ampli de totes boenes valors, com li
ors est fins et esmerez desus toz les autres metauz, et plus riches
et precieux est li rubiz desor totes les pierres precieuses. Mais ge
ne cuit qu'il vos eüst tel fait, ne si bel ne si boen ne si plaisant,
fors por moi tolir vos el point ou ge vos veïsse plus volentiers,
et por moi faire morir a duel et en tristor par l'angoisse

les autres, s'il ose les avoir, et vous les aviez. Car, depuis que le
monde a commencé, je ne crois pas qu'il y ait eu un homme
d'aussi bonne compagnie ni d'abord aussi agréable envers les
siens comme envers les étrangers. Auprès de votre largesse,
tous les hommes larges de tous les temps n'étaient rien. Vous
étiez beaucoup plus heureux de donner que nul ne l'était de
prendre ; et vous aviez toujours une très grande crainte et une
seule : que celui, à qui vous destiniez vos dons comme une
marque de grande amitié, n'en eût pas assez de plaisir et ne les
refusât. D'autre part la fierté était si naturellement logée en
vous que personne ne pouvait vous faire aimer les orgueilleux
ni les arrogants. Vous étiez d'une si grande méchanceté contre
les méchants que vous ne pouviez pas même les regarder. Et
vous disiez que l'on ne devait pas user ses yeux à regarder ce
qui est mauvais ; car, à travers les yeux, la puanteur infecte le
cœur. Beau fils, ce fut la plus haute parole que j'aie jamais
entendu dire à un jeune homme. Et, quelque visage que je vous
fisse, je vous aimais beaucoup plus que je ne saurais dire, non
seulement parce que vous étiez mon fils, mais surtout pour la
grande valeur qui était en vous. Si je vous éloignais de moi,
beau très doux fils, je ne le faisais que parce que je n'avais pas
le courage de voir la merveille de la largesse qui était dans votre
cœur. Et je ne crois pas que nul homme mortel aurait osé la
voir, ni à plus forte raison l'égaler, s'il avait dû y subvenir du
sien[1].

« Beau fils doux, j'avais changé pour vous toutes mes
coutumes anciennes. Car je ne fus jamais large et ne pouvais
pas l'être de ma propre main, mais j'aspirais à l'être de la vôtre.
Je ne prétendais plus désormais rien conquérir par ma propre
prouesse ; mais, par votre valeur sans mesure, je serais venu à
bout du monde entier. Beau très doux fils, Dieu vous avait
épuré et nettoyé de toutes mauvaises qualités et rempli de
toutes bonnes valeurs. Ainsi l'or est fin et pur par-dessus tous
les autres métaux, et plus riche et précieux est le rubis que
toutes les pierres précieuses. Mais je ne crois pas que Dieu vous
eût fait ainsi, si beau, si bon, si aimable, si ce n'était pour vous
arracher à moi, dans l'instant où je vous verrais avec le plus de
joie, et pour me faire mourir de deuil et de chagrin par

---

1. *du sien :* de son bien, à ses frais.

de vostre mort. Mais voir, ge ne morrai encores pas, ainz vivrai
plus que ge voldroie ancor assez, si me conforterai an tant de
confort com ge porrai avoir et en tel com il sera, ce iert el siegle
remirer ; et tant com ge plus lo remirerai, tant lo priserai ge
mains, car ja mais ne fera s'enpirier non. Si est en cest jor tant
enpiriez que cuers nel porroit penser ne langue dire, *(f. 23d)* car
hui matin avoit el siegle deus pilers par quoi il estoit sostenuz,
mais li uns, s'il poïst durer, an preïst tant de fais sor lui que li
autres nel poïst contreporter, ençois lo covenist brisier. Biaus
sire, douz filz, de cels deus pilers fussiez vos li uns et li autres
li rois Artus. Et se vos vesquissiez par droit aage, certes, brisier
lo covenist ; si se puet vanter que hui li est toz li mondes
eschaoiz par la mort qui vos a brisié. Mais por ce que nule force
ne puet encontre Deu durer, si covient soffrir les aventures qui
avienent, comment qu'il soit, volentiers ou anviz. Mais de cesti
aventure ne savrai ge ja nul gré a Damedeu ; ne n'i bet ja nus,
tant soit mes privez, a moi conforter de vostre mort, car ja mais
ne l'ameroie, ainz voil bien que toz li siegles sache que c'est
perte sanz confort. »

Ensin plaint li rois Claudas son fil et regrete tres doucement
et se pasme desus lo cors menu et sovant, tant que chascuns
quide qui lo voit qu'il doie morir eneslopas. Mais il meesmes
s'an mervoille plus que nus comment ses cuers dure tant qu'il
ne li part dedanz lo ventre, si se blasme et mesaame durement,
que granz pitiez en prant a maintes genz qui gaires ne
l'aimment de cuer.

Mais novelle qui tost cort est venue a Pharien, lo maistre
Lyonel, et as autres chevaliers de la terre qui a lui se tenoient
de tot en tot, si ot apris que Claudas envoie ses letres en la Terre
Deserte por semondre ses hoz, car les anfanz en voura mener
de laianz a force, et puis si les ocirra qant il les tandra en son
pooir. Cil pranent consoil de ceste chose, qu'il en feront, tant

l'angoisse de votre mort. Mais voire ! je ne mourrai pas encore et vivrai bien plus longtemps que je ne voudrais. Je m'aiderai, comme je le pourrai, de la seule consolation que je puisse avoir ; c'est d'observer le siècle, et plus je l'observerai, moins je l'estimerai. Car il ne fera désormais que déchoir. Il est déjà déchu en ce jour plus que le cœur ne pourrait le concevoir ni la langue le dire. Ce matin, il y avait dans le siècle deux colonnes qui le soutenaient ; mais l'une, si elle avait pu durer, aurait assumé un poids si lourd que l'autre n'aurait pu le supporter et se serait nécessairement brisée. Beau sire, doux fils, de ces deux colonnes vous étiez l'une, et l'autre était le roi Arthur. Si vous aviez vécu tout votre âge, il se serait nécessairement brisé. Aussi peut-il se vanter qu'aujourd'hui le monde entier lui est échu, par la mort qui vous a brisé. Cependant, parce qu'aucune force ne peut durer à l'encontre de Dieu, il faut subir les événements comme ils viennent, ou dans la joie ou dans la douleur. Mais de cet événement je ne saurai jamais nul gré au Seigneur Dieu. Et qu'aucun de mes amis les plus chers ne tente de me consoler de votre mort, car il perdrait à jamais mon amitié. Je veux au contraire que tout le monde sache que mon malheur est sans remède. »

Ainsi Claudas plaint et regrette son fils très doucement et se pâme si souvent sur son corps que chacun pense, en le voyant, qu'il va mourir aussitôt. Lui-même s'étonne plus que personne que son cœur puisse résister au lieu de se rompre dans sa poitrine. Il se le reproche et se blâme si fort qu'il fait pitié à beaucoup de gens qui ne l'aimaient guère.

Cependant la rumeur, qui court vite, est parvenue à Pharien, le maître de Lionel, et aux autres chevaliers de la terre[1] qui se sont ralliés entièrement à lui. Elle leur apprend que Claudas envoie ses lettres dans la Terre-Déserte, pour semondre[2] ses armées ; car il veut faire sortir les enfants de la ville en usant de la force et les faire mettre à mort, quand il les aura ramenés dans sa terre. Pharien et les siens tiennent conseil pour s'y

---

1. *de la terre :* de la terre de Gaunes, par opposition à ceux de la Déserte ou de Bénoïc.

2. *semondre :* convoquer, mais dans un sens très précis, conforme à une règle du droit féodal. « Quand les rois semonnaient pour le service du fief militaire leurs vassaux directs, cela s'appelait le ban » (Chateaubriand, cité par Littré). La semonce est une véritable réquisition.

que en la fin s'acorde Phariens a ce que il iront Claudas assaillir a son palais et metront lo feu dedanz, ou il lor rendra les deus anfanz :

(f. 24a) « Car nos avons assez plus gent qu'il n'ont devers els de la. Et si est nostres droiz si granz et si aparissanz comme de noz seignors qu'il velt ocirre ; si nos sera honors au siegle et preu as ames se nos i morons por els, car por son lige seignor delivrer de mort doit l'an metre son cors en abandon sanz contredit. Et qui en muert, il est autresins saus com s'il moroit sor Sarrazins, qui sont anemi Nostre Seignor Jhesu Crist et despiseor de son non et de sa creance. »

A cest consoil s'acordent tuit, si en vienent tuit armé devant lo palais ou Claudas est, qui fait son duel. Si sont pres de trente mile, que chevaliers que sergenz que borjois, et des filz as borjois dont il i a mout grant planté. Si en i a mout a cheval et mout a pié. Qant il furent devant lo palais tuit ansemble, si fu la noise mout granz et la temolte. Et Claudas demande quel noise ce est qu'il a oïe, et l'an li conte que ce sont cil de la terre et de la cité meesmes tuit a armes. Maintenant giete un auberc dedanz son dos, si lace son hiaume a grant besoign et pant son escu a son col. Si a ceinte une espee clere et tranchant ; puis a prise une hache grant et pesant, dont li fers est tranchanz et lez, et la hante forz et roide, de fer bandee. Et c'estoit li hom el monde qui plus amoit hache en grant meslee et il en savoit bien granz cox ferir.

Quant il fu bien armez et ses genz totes, si vient as fenestres del palais et voit Pharien devant toz les autres sor un grant destrier tot armé. Si li demande ce que est et qu'il demande, et il et ces autres genz totes. Et Phariens respont qu'il demandent lor deus seignors qui laianz sont, les filz au roi Bohort, si vuelent qu'il les lor rende.

« Comment ? fait Claudas ; Pharien, don n'iestes vos mes hom, *(f. 24b)* et vos et tuit cil autre que ge voi ? »

« Sire Claudas, fait Phariens, nos ne somes ores pas ci ajorné de plait, mais les anfanz que ge avoie en garde rendez a moi et a ces autres preudomes qui ci sont. Et se des lors en avant savez que demander ne a moi ne as autres, nos somes apareillié a faire droit de totes choses et a vos et a autrui. »

opposer. Pharien propose d'attaquer Claudas dans son palais et d'y mettre le feu, s'il refuse de rendre les enfants ; « car, dit-il, nous avons beaucoup plus d'hommes de notre côté qu'ils n'en ont du leur. Et notre droit est d'autant plus grand et plus incontestable que nous défendons nos seigneurs, qu'il veut tuer. Nous gagnerons l'honneur du monde et le salut de nos âmes, si nous mourons pour eux. Car, pour délivrer son seigneur lige de la mort, on doit exposer sa vie sans discussion. Et qui en meurt, son âme est sauve, comme s'il mourait au combat contre les Sarrasins, qui sont ennemis de Notre Seigneur Jésus-Christ et contempteurs de son nom et de sa croyance. »

Tout le monde s'accorde à cet avis et ils viennent tous en armes devant le palais, où est Claudas qui fait son deuil. Ils sont près de trente mille, tant chevaliers que sergents, que bourgeois et fils de bourgeois, qui sont venus en grand nombre, à cheval ou à pied. Quand ils sont devant le palais tous ensemble, le bruit est grand et le tumulte. Claudas demande quel est ce bruit qu'il entend. On lui dit que ce sont les gens de la terre et ceux de la ville même et qu'ils sont tous en armes. Aussitôt il jette un haubert sur son dos, lace son heaume en grande hâte et pend son écu à son cou. Il ceint une épée claire et tranchante. Puis il prend une hache grande et pesante, dont le fer est aigu et large, le manche solide, roide et bandé de fer. Il n'y avait pas d'homme au monde qui aimât mieux se servir de la hache dans les grandes mêlées ; et il savait bien en frapper de grands coups.

Quand il est bien armé, ainsi que tous ses hommes, il va aux fenêtres du palais et aperçoit Pharien devant tout le monde, monté sur un grand destrier tout armé. Il lui demande ce qu'il y a et ce qu'ils veulent, lui Pharien et tous ces gens. Pharien lui répond qu'ils réclament leurs deux seigneurs, qui sont dans ce palais, les fils du roi Bohort, et veulent que Claudas les leur remette.

« Comment, Pharien, dit Claudas, n'êtes-vous pas mes hommes, vous-même et tous ceux que je vois avec vous ?

— Seigneur Claudas, dit Pharien, nous ne sommes pas ici en cour de justice. Rendez-nous les enfants, dont j'avais la garde, à moi et à ces prud'hommes qui sont ici. Ensuite, si vous avez à vous plaindre, soit de moi, soit des autres, nous sommes prêts à vous faire justice de tout, à vous comme à quiconque. »

Claudas estoit mout de grant san, si voit bien qu'il n'a mie gent por qoi il se puisse envers cels de la vile contretenir, et voit que en la fin li covient a rendre les anfanz. Mais a mout grant poine lo fera, car assez avoit cuer, tant que, se tuit cil qui avocques lui estoient, en eüssient autretant chacuns en son endroit, il n'i avoit mies genz encontre lui cui il dotast se mout po non. Et neporqant, quel que li suen soient, il n'est pas encores conseilliez des anfanz rendre, ainz les voudra, ce dit, tenir tant com tenir les porra, et se au rendre vient il, ses velt rendre en tel maniere qu'il n'en soit blasmez de coardise. Lors dit a Pharien qu'il lo semont del sairement et de sa fiance que il li a faite, et qu'il s'en veigne a lui comme ses hom.

« Sire, sire, fait Phariens, randez nos les anfanz, car a rendre les vos covient. Et des lors en avant ne troveroiz ja home ci de toz cels qui i sont qui voist encontre vos de nule chose. Et se vos debonairement nes nos rendez, il nos en covendra toz a morir, o vos otote vostre compaignie de l'autre part, car de toz cels que vos veez ci, n'i a il nul qui miauz ne voille perdre la vie que veoir la mort a son droiturier seignor. »

« Or face dons, fait Claudas, chascuns del miauz que il porra, car il ne seront pas randu devant que force m'en sera commenciee a faire. »

Et si tost com il a ce dit, *(f. 24c)* si commance li assauz entor lo palais fel et cruiex as ars et as aubelestes et as fondes entortelliees. Et volent pierres et saietes et carrel si espessement com s'il pleüssent devers lo ciel. Mais mout se desfandent durement Claudas et les soes genz, si sont garnies les fenestres et li crenel de chevaliers et de sergenz. Et cil dehors vont querre lo feu por giter sor lo palais a fondes, dont il ont assez. Et qant ce voit Claudas, si met cuer et cors en abandon comme cil qui de grant vigor estoit.

Si fait l'uis ovrir et se met enmi la cort, la hache enpoigniee a deus mains, si an done granz cox et perilleus la ou il miauz les cuide anploier. Et cil qui ont les ars et les arbelestes descoichent tuit a lui por lo grant domage qu'il voient qu'il lor a fait et fait encorre, si l'ont plaié et navré en pluseurs leus. Mais por plaie ne por bleceüre qu'il li facent, il ne se muet, ainz garde la porte

Claudas était d'un très grand sens. Il voit bien qu'il n'a pas assez de gens pour résister à ceux de la ville et il sait qu'à la fin il lui faudra rendre les enfants. Mais il ne le fera pas sans peine. Car il a beaucoup de cœur ; et si tous ceux qui étaient avec lui en avaient eu autant, chacun pour sa part, quel que fût le nombre de ses ennemis, il ne les eût redoutés que fort peu. De toute façon, quoi qu'il en soit de ses hommes, il n'est pas encore résolu à rendre les enfants. Il voudra les garder, dit-il, aussi longtemps qu'il le pourra. Et s'il vient à les rendre, il veut les rendre d'une manière telle qu'il ne puisse pas être accusé de couardise. Alors il dit à Pharien :

« Je vous semons, au nom du serment et de la foi que vous m'avez jurés, d'être à mes côtés, puisque vous êtes mon homme.

— Sire, sire, répond Pharien, rendez-nous les enfants, car vous devez nous les rendre. Et dès lors vous ne trouverez plus personne, parmi tous ceux qui sont ici, qui veuille en quoi que ce soit se dresser contre vous. Si vous ne les rendez pas de bon gré, il nous faudra tous mourir — ou bien ce sera vous, avec tous vos compagnons — car, parmi tous ceux que vous voyez ici, il n'en est aucun qui ne veuille plutôt perdre la vie que d'accepter la mort de son seigneur légitime.

— Alors, dit Claudas, que chacun fasse de son mieux ! Car les enfants ne seront pas rendus, avant qu'on ait essayé de m'y contraindre. »

Dès que Claudas a prononcé ces mots, l'assaut commence autour du palais, violent et cruel, avec les arcs, les arbalètes et les frondes torsadées. Pierres, flèches, carreaux d'arbalète volent aussi dru que s'ils pleuvaient du ciel. Mais Claudas et ses gens se défendent très bien. Les fenêtres et les créneaux sont garnis de chevaliers et de sergents. Les assaillants vont chercher le feu pour le lancer sur le palais avec les frondes, dont ils sont bien pourvus. Quand Claudas s'en aperçoit, il se donne corps et âme, en homme intrépide qu'il était. Il fait ouvrir la porte, prend place au milieu de la cour, empoigne sa hache à deux mains et en donne de grands et terribles coups, là où il pense qu'ils seront le mieux employés. Ceux qui ont des arcs et des arbalètes se mettent à tirer tous ensemble sur lui, en voyant le grand dommage qu'il leur a fait et qu'il leur fait encore. Ils l'ont atteint et blessé en plusieurs endroits. Mais, quelles que soient ses plaies et ses blessures, il ne bouge pas. Il garde la

et la lor desfant a la hache tranchant qu'il tient, dont il lor done granz cox et paie. Si en a en po d'ore plus de vint tex conreez que li plus sains n'a nul pooir de lui mal faire, si lo dotent tant li plus des autres que de pres ne l'osent enchaucier, ainz guanchissent a ses cox et li font voie.

Ensi desfant Claudas la voie a la hache qui soef tranche. Et qant li niés Phariens, qui mout estoit hardiz et preuz, l'i vit issi lor genz maumetre et domagier, si fu mout iriez a son cuer. Et il sist sor merveilleus cheval, si fu armez de totes armes, lo hiaume en la teste, l'escu au col, et tint un glaive enpoignié dont la hante fu grosse et corte et li fers tranchanz. Il hurte lo cheval des esperons, si s'adrece a Claudas enz anz l'entree de la porte. Si l'avise mout bien et fiert *(f. 24d)* tres parmi lo hauberc endroit la senestre espaule, si qu'il lo li fause. Et li fers, qui fu aguz et tranchanz, li cole parmi l'espaule d'outre en outre parmi l'autre ploi del hauberc, si que par derrieres per[t] del fer et del fust a descovert. Il l'anpaint de tote la vertu del braz et de la grant force dont li chevaus venoit, si l'aporte a terre, mais il s'adossa a un mur dejoste la porte. Et cil s'i apuie si durement que toz li glaives vole en pieces. Et li chevaux venoit si tost que onques ne se pot retenir, si se feri si durement au mur et de la teste et del piz et des espaules que tot a esmié et teste et col, et les espaules debrisiees, et par un po que cil qui desus estoit ne fu contre lo mur tuez. Li chevax chiet a terre morz, et li niés Pharien delez lui toz estordiz. Et Claudas ert apuiez contre lo mur, si navrez que del tronçon li pert et par devant et par derriere, et li sans vermauz li degote tot contraval jusqu'a la terre par endeus les pertuis qu'il a en l'espaule. Et ançois qu'il soit remuez del mur ou il est adossez, l'ont feru que saietes, que carrel, que pierres grosses et menues plus de qarante, si qu'il est a un genoil venuz.

Lors lieve li huiz et la noise des borjois qui chaoir lo virent. Et li niés Pharien li revient poignant, qui relevez estoit de la place ou il fu chaoiz, si li lasse corre, l'espee traite, por doner grant cop comme cil qui bien l'osast faire, car il avoit cuer et proesce a grant planté, et si ne haoit tant nule rien comme Claudas. Qant Claudas lo vit venir, si rest en piez saillz, et mout a grant honte de ce que si anemi l'ont veü a tel meschief.

porte et en interdit l'accès, à la hache tranchante, dont il assène et distribue de grands coups. Ils sont bientôt plus de vingt, qui sont arrangés de telle sorte que le plus sain n'a nul pouvoir de lui mal faire. Et la plupart des autres ont une telle peur de lui qu'ils n'osent l'affronter de près, reculent sous ses coups et lui cèdent la place. Ainsi Claudas leur barre le chemin, à la hache qui tranche en souplesse.

Quand le neveu de Pharien, qui était très hardi et très preux, vit ainsi malmener et massacrer les siens, son cœur se remplit de colère. Il était monté sur un merveilleux cheval. Il était armé de toutes armes, le heaume en tête, l'écu au col. Il tenait dans son poing une lance, dont le bois était gros et court, et le fer tranchant. Il pique son cheval des éperons et le lance sur Claudas dans l'entrée de la porte. Il a très bien visé et frappe juste sur le haubert, qu'il fend à la hauteur de l'épaule gauche. Le fer, qui est aigu et tranchant, entre dans l'épaule, qu'il transperce de part en part jusqu'à l'autre côté du haubert, et l'on voit ressortir par le dos une partie du fer et du bois. Il a frappé Claudas avec toute la vigueur de son bras et la grande puissance qui lui vient de l'élan du cheval. Il le renverse. Mais le roi s'adosse à un mur, sur le côté de la porte. Le neveu de Pharien le presse si durement que toute sa lance vole en pièces. Son cheval, qui allait trop vite pour pouvoir s'arrêter, heurte le mur de la tête, du poitrail et des épaules, si violemment qu'il a le chanfrein et l'encolure tout écrasés, les épaules brisées ; et peu s'en faut que celui qui le monte ne soit lui-même écrasé contre le mur. Le cheval tombe à terre, mort. Le neveu de Pharien est étendu à ses côtés, tout étourdi. Et Claudas est appuyé contre le mur, si gravement blessé qu'un tronçon de lance lui sort de la poitrine par-devant et par-derrière. Son sang vermeil coule jusqu'à terre, par les deux trous qu'il a dans l'épaule. Et avant qu'il ait bougé du mur, auquel il est adossé, il a reçu plus de quarante flèches, carreaux, pierres grosses et menues, qui lui font mettre un genou en terre.

Alors s'élèvent les cris et la clameur des bourgeois qui l'ont vu s'effondrer. Le neveu de Pharien, qui s'est relevé de la place où il était tombé, revient sur lui en courant. Il s'avance, l'épée dégainée, pour frapper un grand coup. Il était assez hardi pour le faire, car il avait du cœur et de la prouesse à revendre et ne haïssait rien tant que Claudas. Quand il le voit venir, Claudas se relève. Il éprouve une grande honte, parce que ses ennemis

Lors a la hache a deus poinz en aut levee de si grant force com
il ot en ses deus braz. Et cil, qui ne lo haoit pas petit, *(f. 25a)* li
vient grant aleüre, l'espee traite, l'escu gieté desus la teste, sel
fiert avant selonc la temple de trestote sa vertu, si qu'il li
tranche lo hiaume et la ventaille par desouz. Et descent li cox
desus la joe, si que par desouz la senestre oroille la li tranche
tote jusq'anz es danz. Et Claudas, qui ot lo cop levé grant et
pesant, fiert lui, si l'asena desus lo coign do hiaume amont, si
li tranche qancqu'il en ataint jusq'en la coiffe, si que troi doie
de lé poïst l'an veoir les mailles dedanz lo cop. La hache
descent tot contraval desus l'escu dont il s'estoit descoverz au
grant cop qe il gita, si lo fant tot jusq'en la bocle, si que par un
po que cil n'a lo braz colpé qui lo portoit. Et cil lo laisse atant
aler, si saut arrieres en travers, comme cil qui mout estoit vites
et legiers.

   Del grant cop qe Claudas ot receü selonc la joe fu toz
estordiz et vains, ne cil ne li aida de rien qu'il avoit eü parmi
l'espaule, et les plaies et les bleceüres qu'il avoit eües des saietes
et des carriaus qui voloient espessement l'orent mout ampirié
et affebli. Et lors redescochent a lui tel qarante qui des mains
n'osassent adesser. Et parmi tot ce s'adrece a lui uns chevaliers
sor un grant destrier qui tost lo porte, sel fiert d'un glaive enmi
lo piz mout durement. Li hauberz se tint qu'il ne faussa, et li
glaives est volez en pieces ; et cil qui tost aloit se hurte el roi si
durement qu'il lo reporte a terre tot estandu, et il se pasme.
Lors i est venuz li niés Pharien, qui mout est liez de l'aventure,
si li auce il lo pan del hauberc et li velt parmi lo cors boter
l'espee. Mais ses genz saillent del palais a la rescosse de lor
seignor ; et qant il lo voient si au desouz, si metent tot en
aventure *(f. 25b)* et laissent corre a cels qui por lui encombrer se
sont dedanz la porte mis, si les font a fine force hors flatir tant
que sor piez l'ont relevé. Mais si durement estoit bleciez q'a
painnes se pooit sor piez sostenir. Et lors commence anviron
lui la meslee trop perilleusse, si est si granz la noisse et des

l'ont vu en aussi mauvaise posture. Alors il lève sa hache à deux mains, de toute la force qu'il a dans les bras. L'autre, animé d'une violente haine, se précipite, l'épée à la main, l'écu au-dessus de la tête. Il frappe en premier, de toutes ses forces, et atteint Claudas à la tempe. Il tranche son heaume et la ventaille en dessous. L'épée descend sur la joue et la fend de l'oreille gauche jusqu'aux dents. Claudas, qui a levé sa hache d'un geste puissant, la laisse retomber lourdement sur le neveu de Pharien. Il l'atteint sur le sommet de son heaume et tranche tout ce qu'il rencontre jusqu'à la coiffe, si bien qu'on peut en voir les mailles sur une largeur de trois doigts, à travers la fente. La hache retombe le long de l'écu, dont le jeune homme s'était découvert pour frapper son grand coup. Elle le fend jusqu'à la boucle[1], et peu s'en faut qu'elle n'ait coupé le bras que le portait. Il s'écarte d'un bond et se place sur le côté, car il était agile et prompt.

Du grand coup qu'il a reçu sur la joue, Claudas reste tout étourdi et sans force. Celui qu'il a eu en travers de l'épaule ne l'améliore en rien. Et les plaies et les blessures que lui ont faites les flèches et les carreaux, qui volaient dru, l'ont gravement éprouvé et affaibli.

Ils sont maintenant quarante à tirer de nouveau sur lui, qui n'auraient pas osé le toucher de leurs mains. Et par surcroît, voici qu'un chevalier se dirige vers lui, monté sur un grand destrier, qui l'emporte à toute allure. Il frappe Claudas d'un violent coup de lance dans la poitrine. Le haubert tient bon, sans se fendre, la lance vole en pièces, et le chevalier, qui avait de l'élan, se heurte au roi si durement qu'il le jette de nouveau à terre, étendu de tout son long. Et Claudas se pâme.

Alors arrive le neveu de Pharien, qui est tout joyeux de l'occasion. Il soulève un pan du haubert de Claudas et veut lui planter son épée en travers du corps. Les gens du roi sortent du palais pour secourir leur seigneur. Quand ils le voient dans un si grand péril, ils hasardent tout, s'attaquent à ceux qui, pour l'accabler, se sont mis dans la porte, les délogent de vive force et relèvent le roi. Mais il est si gravement blessé qu'il peut à peine se tenir debout. Alors commence, autour de lui, la mêlée très périlleuse. Si grand est le fracas des épées et des haches sur

---

1. *la boucle :* partie renflée au centre de l'écu. *Cf.* p. 279, note 2.

espees et des haches, et sor hiaumes et sor escuz, que tote la
citez entor lo palais en retentist. Si lo rabatent sovent et menu
si anemi entre les piez as chevaus a la charge des granz cox qu'il
li donent et des haches et des espées, et si home lo redrecent
mout vistement qui por lui se metent an abandon jusq'a la
mort.

Si dure issi la meslee mout longuement, tant que Phariens i
vint poignant, et fu mout bien armez, sor un grant cheval, de
totes armes qu'il covint a cors de chevalier. Et aprés hurtent
grant partie des chevaliers del palais, et des filz as borjois
meïmes, dont assez i avoit de preuz. Et Phariens garde, si voit
les genz Claudas qui mout se desfandent durement, et Claudas
meesmes, qui mout a perdu del sanc et neporqant repris a cuer
et alainne et force et se desfant si durement com li cors lo puet
soffrir. Si l'an prisent mout et un et autre, et dit Phariens
meïsmes que trop mar i fu tex princes de terre qant en lui a
desleiauté ne felenie.

Lors li recort sus li niés Pharien mout durement, car il n'a
grant haïne s'a lui non. Et Claudas lo voit venir, qui bien s'est
aparceüz que cil lo het sor tote rien. Li rois fu granz et bien
tailliez, et de grant force fust il se tant n'eüst do sanc perdu. Si
s'adrece a son anemi qu'il voit venir, car miauz velt il assez, s'a
morir vient, qu'il muire hardiement *(f. 25c)* q'an faisant sanblant ne contenance de coardise. Et cil li revient grant aleüre,
l'espee traite, et il furent endui sanz escuz, si s'entredonent
granz cox amont es hiaumes des cleres espees tranchanz, si que
eles i sont antrees amedeus et anbroiees. Mais li niés Pharien ne
s'an gabe pas, car si pessamment l'a li rois feru, coment que il
soit empiriez ne affebliz, que tot l'a estoné et qu'il a amedeus
les paumes ferues a terre. Et lors li saut Claudas sor lo cors, si
li arrache de la teste lo hiaume cler et mout se met en grant
qu'il li puisse colper la teste, qant Phariens vient poignant et
deront la presse mout durement au bon cheval sor qoi il siet et

les heaumes et les écus, que toute la cité à l'entour du palais en retentit. À maintes reprises les assaillants font tomber le roi entre les pieds des chevaux, sous l'effet des grands coups qu'ils lui donnent, avec les haches et les épées ; et tout aussitôt ses hommes le relèvent, qui s'exposent pour lui jusqu'à la mort.

La mêlée dure ainsi très longtemps, jusqu'à ce que Pharien arrive en toute hâte. Il est monté sur un grand cheval, très bien armé de toutes les armes qui conviennent à un chevalier. Derrière lui, accourent une grande partie des chevaliers du pays et même des fils de bourgeois, car il y en a beaucoup de preux. Pharien regarde. Il voit les gens de Claudas, qui se défendent très vigoureusement, et Claudas lui-même, qui a perdu beaucoup de sang et néanmoins a repris cœur et haleine et force, et se défend avec toute la vigueur dont son corps est capable. Tout le monde l'admire et Pharien lui-même dit :

« Quel malheur qu'un aussi grand prince de la terre[1] ait un cœur déloyal et mauvais ! »

Alors le neveu de Pharien revient sur Claudas avec force ; car c'est à lui seul qu'il en veut. Claudas le voit venir ; il s'est bien aperçu que le jeune homme le hait plus que quiconque. Le roi était grand et bien bâti ; et sa force eût été grande, s'il n'eût perdu autant de sang. Il se dirige vers son ennemi, qu'il voit venir. Car il aime mieux, s'il doit mourir, mourir hardiment que dans l'attitude et la contenance d'un lâche. Et le jeune homme revient sur lui à vive allure, l'épée nue. Ils étaient tous deux sans écu. Ils se donnent sur la tête de grands coups des claires épées tranchantes, qui entrent dans les heaumes et s'y enfoncent. Mais le neveu de Pharien n'a pas lieu de s'en vanter. Car le roi, quoique diminué et affaibli, l'a frappé si lourdement qu'il l'assomme et lui fait toucher la terre des deux mains. Alors Claudas lui saute sur le corps, lui arrache de la tête le heaume brillant ; et il se disposait à lui couper la tête, lorsque Pharien accourt en toute hâte et fend vivement la presse, grâce au bon cheval sur lequel il est monté. L'un des chevaliers de

---

1. *prince de la terre :* cette expression, que nous n'employons plus qu'au pluriel (les rois et les princes de la terre), paraît désigner ici, non seulement un grand personnage, mais un personnage doué d'une exceptionnelle valeur. Ce n'est pas le rang de Claudas qui lui vaut ce titre élogieux de « prince de la terre », mais bien son héroïsme.

fiert un des chevaliers Claudas qui avocques lui s'estoit arestez sor son neveu por lui ocirre. Et Phariens fiert silui si durement que li hauberz n'i a duree, si li met par delez la memele anz el cors lo fer tranchant, si qu'il l'abat devant Claudas mort a la terre. Puis li laisse lo glaive el cors, et sache del fuerre l'espee blanche, si an fiert Claudas grant cop amont sor lo hiaume, si q'a terre li fait ferir les deus paumes et des genouz tot estordi. Et ses niés, qui de grant cuer et de grant vistece estoit, lo prant as braz, si lo porte desouz lui a terre, et si li velt s'espee fichier el cors. Et la fust la guerre finee de par Claudas, qant Phariens est del cheval sailli a terre, si le li tot. Puis li a dit :

« Biax niés, ha ! Qu'est ce que vos volez faire ? Ocirre lo meillor chevalier do monde et tot le meillor prince qui soit de son aage ? S'il m'avoit de totes terres deserité, et gel poïsse de mort rescorre, si l'an rescorroie gié, car nus ne porroit restorer mort a si preudome, ne il n'est mie prozdom qui ne reconoist au besoing bien et honor qui li a faite. »

« Comment ? fait ses niés ; filz a putain, traïtres, si volez rescorre de *(f. 25d)* mort celui qui vos a faites totes les hontes et velt ocirre devant vos sanz jugement les filz a nostre seignor lige ? Certes, vil cuer et mauvais avez el ventre, et meillor vos a cil qui honte vos porchace que cil qui honor vos fait, car verais cuers de preudome a tozjorz honte, se ele li est faite, en remenbrance. »

Claudas s'était arrêté avec le roi au-dessus du corps de son neveu, dans l'intention de le tuer. Pharien frappe le chevalier d'un coup si puissant que son haubert ne peut y résister. Il lui met dans le corps, juste à côté du sein, le fer tranchant et l'abat roide mort devant Claudas. Puis il lui laisse la lance dans le corps, tire du fourreau la blanche épée, lui donne un grand coup à Claudas sur le sommet de son heaume, et lui fait toucher la terre des deux mains et des genoux. Son neveu, qui est d'un grand courage et d'une agilité extrême, prend Claudas à bras le corps, le met au-dessous de lui par terre et veut lui planter son épée dans le corps[1].

La guerre allait être finie pour Claudas. Mais Pharien saute de son cheval à terre, arrache Claudas à son neveu et lui dit :

« Beau neveu, qu'est-ce que vous voulez faire ? Tuer le meilleur chevalier du monde et le meilleur de tous les princes de son temps ? S'il m'avait déshérité de toutes terres et si je pouvais le sauver de la mort, je le sauverais ; car la mort d'un tel prud'homme serait irréparable, et il n'est pas prud'homme, celui qui ne sait pas reconnaître, à l'heure où il le faut, le bien et l'honneur qu'on lui a faits.

— Comment, dit le neveu de Pharien, fils de putain, traître, vous voulez sauver de la mort celui qui vous a fait toutes les hontes et veut tuer devant vous, sans jugement, les fils de notre seigneur lige ? Certes, un cœur vil et mauvais bat dans votre poitrine, et vous êtes meilleur pour celui qui poursuit votre honte que pour celui qui vous fait honneur. Un vrai cœur de prud'homme garde toujours en mémoire la honte qu'on lui a faite.

---

1. Ici prend fin la minutieuse description d'une « bataille », qui paraîtra beaucoup trop longue au lecteur d'aujourd'hui. Cependant, de nos jours, les commentateurs de match de boxe ou de football ne nous font pas davantage grâce de ces détails et de ces péripéties, dont la monotonie échappe apparemment aux amateurs de ces spectacles, mais paraîtra bien insoutenable aux lecteurs ou aux auditeurs de l'avenir, lorsque la mode en aura passé. Il en allait alors de même pour les « batailles », et les chansons de geste sont remplies des détails de ces combats, qui passionnaient tous ceux qui se pouvaient représenter dans de semblables circonstances, c'est-à-dire à peu près tout le monde. De plus, même si l'on fait la part de l'imagination romanesque, il est vrai que ces « batailles » duraient alors très longtemps ; car, bien protégés par leurs lourdes armures, les chevaliers se donnaient difficilement des coups mortels.

« Tes, fait Phariens, biax niés. L'en ne doit pas issi son
seignor por nul mesfait porchacier mort ne deshonor qant en lo
voit bien au desoz, puis qu'il n'en est issuz devant et departiz
leiaument de son seignor. Et cist est mes sires, comment que ge
soie ses hom, si lo doi de mort et de honte garantir a mon pooir
por la feauté garder et por l'omage que fait li ai, et les anfanz
a mon seignor, cui ge sui hom d'ancesserie, doi ge garder en foi
et por amor de norreture que j'ai en els et il en moi. »

Lors en a levé Claudas par lo nasal del hiaume en haut, qui
mout ot bien entendues les paroles qu'il avoit dites. Et il li crie
maintenant, comme cil qui de la mort a grant paor :

« Ha ! Pharien, biax amis, merci ! Et gardez que ge n'i muire,
que certes buer avez dite la parole que vos deïtes. Et tenez
m'espee. Ge la vos rant com au plus leial chevalier que ge
onques veïsse. Et vos randrai orendroit les deus anfanz. Et
sachiez que se ges tenoie a Bohorges et vos et els, n'avroient il
ja mal por moi, puis que garantir les voudriez, car vos avez ci
androit gaaignié mon cuer et m'amor a tozjorz mais por la
grant leiauté que j'ai au besoign trovee en vos. »

A cest mot fine la meslee, si fait Phariens traire arrieres et
uns et autres, et dit as plus hauz barons do païs qui illuec
estoient qu'il l'atendent et il lor ira querre les anfanz. Lors s'an
antre dedanz lo palais avec Claudas et il commande les anfanz
a amener. Et si tost *(f. 26a)* com il l'a commandé, si s'est
pasmez por lo sanc qu'il a perdu. Lors saillent a lui si home,
qui mout ont grant paor qu'il ne soit morz, si li ostent lo
hiaume de la teste a grant besoign, puis l'arosent d'eve froide
tant qu'il est revenuz de pasmeison. Si a honte grant et ire de

— Tais-toi, beau neveu ! dit Pharien. On ne doit pas, pour quelque faute que ce soit, rechercher la mort ni le déshonneur de son seigneur, quand on le voit dans la détresse, si l'on ne s'est pas séparé au préalable et dégagé loyalement de lui. Celui-ci est mon seigneur, de quelque manière que je sois son homme. Je dois donc le préserver de la mort et de la honte, selon mon pouvoir, pour garder ma foi et pour l'hommage que je lui ait fait. Quant aux enfants de mon seigneur dont je suis l'homme par la naissance, je dois les garder à cause de la foi jurée et de l'amour[1] que leur éducation a fait naître en moi pour eux, et en eux pour moi. »

Alors il relève Claudas en le prenant par le nasal[2] de son heaume. Le roi, qui avait entendu ses paroles, lui crie aussitôt, comme un homme qui a une grande peur de mourir :

« Ah ! Pharien, bel ami, grâce ! Préservez-moi de la mort et soyez loué pour les paroles que vous avez dites. Prenez mon épée. Je vous la rends comme au plus loyal chevalier que j'aie jamais vu. Et je vous rendrai tout à l'heure les deux enfants. Sachez que, si je les tenais dans ma cité de Bourges, et vous-même avec eux, je ne leur ferais aucun mal, dès lors que vous les voudriez garantir. Car vous avez aujourd'hui gagné mon cœur et mon amitié pour toujours, à cause de la grande loyauté que j'ai trouvée en vous, quand j'en ai eu besoin. »

À ces mots, la mêlée s'arrête. Pharien fait reculer tout le monde. Il dit aux plus hauts barons du pays, qui étaient présents à la bataille, qu'ils veuillent bien l'attendre et qu'il ira leur chercher les enfants. Il entre dans le palais avec Claudas et le roi donne l'ordre d'amener les enfants. Aussitôt qu'il a donné cet ordre, il se pâme, à cause du sang qu'il a perdu. Alors ses hommes se précipitent vers lui, car ils ont une très grande peur qu'il ne soit mort. Ils lui ôtent le heaume de la tête en toute hâte. Puis ils l'aspergent d'eau froide, jusqu'à ce qu'il soit revenu de pâmoison ; et il a beaucoup de honte et de colère

---

1. *l'amour* : littéralement : l'amour de nourriture. Le vieux français appelle « nourriture » ce que nous nommons « éducation ». Il nous en est resté le proverbe : « Nourriture passe nature. » On a vu plus haut (p. 133, note 1), dans le même sens, le verbe « nourrir » et le substantif « nourri ». L'auteur n'omet jamais de rappeler l'amour et la tendresse qui unissent les enfants et leurs deux maîtres.

2. *nasal* : partie du heaume qui protège le nez.

ce que pasmez s'estoit devant la gent.

Atant sont amené li dui levrier, et quide chascuns qui les voit que ce soient li dui anfant. Si les livre Claudas a Pharien, mout amgoisseus del suen fil dont il li remenbre, si se rest pasmez illuec entre lor braz. Lors prant Phariens les deus anfanz, si les an maine comme cil qui bien cuide que ce soient il, et autresin font tuit li autre. Si en font grant joie juesne et veillart, et les en mainent en la tor a grant honor. Et mout sont irié et an blasment trop Pharien de ce qu'il n'avoit Claudas colpee la teste, o soffrist que autres l'oceïst. Et il dit que ce sachent il que ce fust trop granz domages, car a merveilles est preuzdom.

« Et sachiez, fait il, qu'il ne tenoit pas les deus anfanz por aus faire mal. »

Ensi lo blasment de tex i a, et ses niés plus que tuit li autre, car nus ne haoit tant Claudas com il faisoit, si en est tant iriez de ce qu'il ne l'ont ocis que par un po qu'il n'ist del san.

D'autre part est Claudas en son palais et racommence lo grant duel de son fil qu'il voit mort, ançois que li hauberz li soit hors do dos ostez. Lors sont li mire avant venu, si li sachent hors de l'espaule lo tronçon dont li niés Pharien l'avoit feru. Puis li afaitent la plaie de la joe, qui mout li avoit grevé, si l'atornent et apareillent issi com il sevent que mestiers li est. Et il sueffre qancqu'il li font mout viguereusement et de grant cuer. Qant il li ont la plaie de la joe afaitiee et celi de l'espaule mout bien bandee, si commen*(f. 26b)*ce son duel dont nus ne l'ose chastier, si an fait tant que merveille est comment il dure. Mais por ce qu'il ne set comment il li est a avenir, regiete lo hauberc el dos et commande que de sa gent ne soit nus si hardiz qui se desgarnisse ne tant ne qant de s'armeüre, car il ne set qu'il li est a avenir, et il est entre tel gent qui ne l'aimment pas, il lo set bien, car assez l'a hui esprové et essaié. Après fait covrir trois chevax de fer qu'il avoit en sa sale, qui mout estoient et bon et bel, en cui il se voloit mout fier d'aler a garison se besoigne li cressoit.

de s'être pâmé devant les gens. Sur ces entrefaites on amène les deux lévriers, et tous ceux qui les voient pensent que ce sont les deux enfants. Claudas les remet à Pharien ; mais l'angoisse le reprend, parce qu'il se souvient de son propre fils, et il se pâme de nouveau devant ses gens, entre leurs bras. Alors Pharien prend les enfants et les emmène, convaincu qu'il est de les avoir retrouvés ; et tous en sont également persuadés. Ils font fête aux enfants, les jeunes comme les vieux, et les emmènent dans la tour avec de grands honneurs. Ils sont très en colère contre Pharien et le blâment fort de n'avoir pas coupé la tête de Claudas ou souffert qu'un autre le fît. Et Pharien leur dit : qu'ils sachent bien que c'eût été un très grand dommage ; car il est prud'homme à merveille, « et sachez, dit-il, qu'il ne gardait pas les enfants pour leur faire du mal. » Ainsi certains le blâment, et son neveu plus que quiconque. Car nul n'avait plus de haine pour Claudas ; et il est si furieux de ne pas l'avoir tué que peu s'en faut qu'il n'en perde le sens.

D'autre part Claudas est dans son palais et recommence son grand deuil de son fils qu'il voit mort. Avant que le haubert lui soit ôté du dos, les médecins sont venus et lui retirent de l'épaule le tronçon de la lance, dont le neveu de Pharien l'avait blessé. Puis ils soignent la plaie de sa joue, qui lui avait fait beaucoup de mal. Ils l'arrangent et la traitent comme ils savent qu'il faut le faire ; et il souffre tout ce qu'ils lui font, très vaillamment et de grand cœur. Quand ils ont soigné la plaie de la joue et très bien bandé celle de l'épaule, Claudas commence son deuil, dont nul n'ose le détourner, et ce deuil est si grand que c'est merveille qu'il puisse y résister. Mais parce qu'il ne sait pas ce qui peut advenir, il remet son haubert sur son dos et ordonne qu'aucun de ses hommes ne s'avise de se dégarnir, si peu que ce soit, de ses armes[1]. Il ignore en effet ce qui peut lui arriver. Il est au milieu de gens qui ne l'aiment pas, il le sait bien ; car il en a eu en ce jour la preuve et l'expérience. Ensuite il fait couvrir de fer trois chevaux, qu'il avait dans sa salle. C'étaient de très bons et beaux chevaux, auxquels il voulait confier le soin d'assurer son salut, s'il en était besoin.

---

1. Ce n'était pas une petite affaire que de revêtir un équipement complet de chevalier. Aussi voit-on que, dans les grands périls, les chevaliers gardaient leur armure, même la nuit, pour éviter toute surprise.

★

Ensi apareille li rois Claudas soi et ses homes, ne a nelui ne
descuevre chose qu'il ait an talant, ne por ce ne lait son duel a
faire de son fil que tant amoit que oblier n'en puet la
mescheance.

Et d'autre part resont en la tor Phariens et les soes genz, et
font grant joie de ce que lor seignors cuident avoir. Mais si tost
com vint a l'anuitier, tot droitement a cele hore que la
damoiselle del lac descovri les anfanz a cels qui avec li estoient,
qant ele lor dona a mengier, a cele hore meesmes furent
descovert et coneü li dui levrier en la tor de Gaunes. Et furent
tuit si esbahi c'onques mais nules genz ne furent plus esbahi. Si
recommence li diaus et l'angoisse et la dolors des chevaliers de
Benoyc, et crient tuit a une voiz que ore iront il Claudas ocirre,
ou il morront tuit, car or sevent il bien qu'il a lor deus seignors
ocis. Mais li diaus par est trop granz que Phariens fait sor toz
les autres, comme cil qui ja mais ne cuide avoir nul recovrier en
ses seignors en cui il avoit mise tote l'amor et la chierté qu'il
pooit avoir en cest monde, si quide et crient avoir perdu
qancqu'il a norri et gardé, si l'an vient une tres si granz
angoisse au cuer dedanz que par un po qu'il ne li part. Il detort
ses poinz et fiert ensenble li un en *(f. 26c)* l'autre menuement. Il
arrache ses chevox a granz poigniees, il deront sa robe si
durement que les pieces en gisent environ lui et loign et pres, il
esgratinne sa face et son col, si que li sans vermauz en degote
aval son cors jusq'a la terre, et brait et crie a si haute voiz que
l'an l'ot de plus loig c'uns ars ne gitast a une foiz de totes parz.
Il fait tant que toz li pueples i aüne, ne nus ne le voit qui en son
cuer n'en ait trop grant pitié, si plorent tuit et totes si durement
com se chascuns veïst morir la rien del monde que il plus
amast.

Granz est li diaus que Phariens demeinne et cil qui antor lui

★

Ainsi le roi Claudas prend les dispositions nécessaires pour lui-même et pour ses hommes. Mais il ne révèle à personne ses intentions et ne laisse pas pour autant de faire le deuil de son fils, qu'il aimait tellement qu'il ne peut oublier son infortune.

D'autre part Pharien et ses gens sont rentrés dans la tour et se livrent à de grandes réjouissances, parce qu'ils croient avoir retrouvé leurs seigneurs. Mais quand vint la nuit, et très exactement à l'heure où la demoiselle du lac faisait paraître[1] les enfants devant les hommes de sa suite et leur donnait à manger, à la même heure furent découverts et reconnus pour tels les deux lévriers dans la tour de Gaunes. Tous furent si stupéfaits que jamais personne ne le fut davantage.

Alors recommencent le deuil, l'angoisse et la douleur des chevaliers de Bénoïc. Ils s'écrient d'une seule voix qu'ils iront tuer Claudas ou mourront tous ensemble ; car maintenant ils savent bien qu'il a tué leurs deux seigneurs. Mais, plus que tous les autres, Pharien s'abandonne à une douleur extrême. Il pense n'avoir plus aucun espoir de revoir ses seigneurs, en qui il avait mis tout l'amour et toute la tendresse qu'il pouvait éprouver en ce monde. Il se persuade et craint d'avoir perdu tout ce qu'il a fait pour leur éducation et pour leur sauvegarde. Il en ressent une si grande angoisse que peu s'en faut que son cœur ne se brise. Il tord ses mains et les frappe l'une contre l'autre continuellement. Il arrache ses cheveux à poignées. Il déchire sa robe si violemment que les morceaux en tombent autour de lui et loin et près. Il égratigne son visage et son cou, au point que le sang vermeil en coule le long de son corps jusqu'à terre. Il gémit et crie à voix si haute qu'on l'entend de plus loin qu'un arc ne peut porter. Il fait tant que tout le peuple s'assemble ; et nul ne le voit qui, dans son cœur, n'en ait une très grande pitié. Tous et toutes fondent en larmes, comme si chacun avait vu mourir l'être qu'il aimait le plus au monde.

Grand est le deuil que mènent Pharien et ceux qui sont

---

1. Littéralement : découvrait. Découvrir a ici son sens premier, faire apparaître ce qui est couvert ou caché. En détruisant son enchantement, la demoiselle « découvre » les enfants à ceux qui l'accompagnent.

sont, si est si granz la noise et li criz et li tanbois que Claudas [l']ot clerement de son palais. Il se merveille mout que ce puet estre, sel fet anquerre et demander. Et l'an li dit que c'est an la grant tor. Et il i envoie maintenant. Et qant il se regarde, si voit venir son message fuiant arrieres a grant paor de mort, car cil de la vile lo chaçoient a glaives et a haches et a espees et a coutiax aguz et tranchanz qu'il li lancent après lo dos, si li ont tex trois plaies faites qu'il a grant mestier de mire se garir en velt.

Lors est li rois mout esbahiz qant il voit venir son sergent devant lui en tel maniere. Il li demande que ce a esté, et il li crie si com il puet, car li sans l'afebloie mout qui de ses plaies est issuz.

« Ha sire ! fait il, por Deu, alez vos an a forche de cheval tant com vos loist, car toz li puepies Deu vient ci por cest palais abatre et por vostre cors tot detranchier, car il dient que vos avez ocis les deus filz au roi Bohort et lor avez en leu de deus anfanz bailliez deus levriers enchainez. Si ne veïstes onques nule gent si entalentee de maufaire. Et si tost com il me conurent, si me cor*(f. 26d)*rurent sus et m'ont conreé itel com vos poez veoir, ançois que onques poïsse avoir leisir de dire a els ma parole. Si sai bien que ge sui a mort plaiez. »

Qant Claudas entant la parole, si saut em piez et demande s'espee et son hiaume et son escu, et commande totes ses genz apareillier. Puis a dit, oiant toz ses homes et uns et autres :

« Haï ! regnes de Benoyc et celui de Gaunes, tant m'avroiz pené et travaillié. Tant fait grant folie, avocques lo grant pechié qui i est, cil qui autrui desherite et tost sa terre, car ja aseür une seule ore, ne par nuit ne par jor, n'i dormira. Et mout a petit seignorie sus son puepie cil qui les cuers n'an puet avoir. Voirement est nature dome et commenderresse sor toz establissemenz, car ele fait amer son droiturier seignor desor toz

autour de lui. Le bruit, les cris et le tumulte sont si grands que Claudas les entend distinctement de son palais. Il ne comprend pas d'où cela peut venir, il le fait enquérir et demander. On lui dit que c'est dans la grande tour. Il y envoie aussitôt. Quand il lève les yeux, il voit revenir son messager, qui s'enfuit et qui a grand'peur de mourir. Car ceux de la ville le poursuivent avec des lances, des haches, des épées, des couteaux aiguisés et tranchants, qu'ils lui lancent dans le dos. Ils lui ont fait trois blessures telles qu'il a grand besoin d'un médecin, s'il veut en guérir. Le roi est stupéfait, quand il voit revenir son sergent, accommodé de cette manière. Il lui demande ce qui s'est passé. Et le sergent lui crie, autant qu'il le peut ; car il est très affaibli par le sang qui sort de ses plaies :

« Ah ! seigneur, dit-il, allez-vous-en à la force du cheval[1], tant que vous le pouvez. Car tout le peuple de Dieu vient ici pour abattre ce palais et pour vous massacrer. Ils disent que vous avez tué les deux fils du roi Bohort et que vous leur avez remis, au lieu des deux enfants, deux lévriers enchaînés. Aussi n'avez-vous jamais vu des gens animés d'un tel désir de mal faire. Dès qu'ils m'ont reconnu, ils se sont jetés sur moi et m'ont accommodé comme vous pouvez voir, avant même que j'aie eu le loisir de leur adresser la parole. Et je sais bien que je suis blessé à mort. »

Quand Claudas entend ces mots, il se lève, demande son épée, son heaume, son écu, et ordonne à tous ses hommes de se tenir prêts. Puis il a dit devant ses gens, qui l'ont entendu, tous autant qu'ils sont :

« Hélas ! royaume de Bénoïc, et vous, royaume de Gaunes, que de peines et de tourments vous m'avez donnés ! Il fait une grande sottise, outre le grand péché dont il se charge, celui qui déshérite autrui et lui enlève sa terre. Il ne dormira plus tranquille une seule heure ni de nuit ni de jour. Et il a bien peu de seigneurie sur son peuple, celui qui n'en peut avoir les cœurs. En vérité, Nature est dame et souveraine sur toutes les institutions[2], car elle fait aimer son seigneur légitime plus que

---

1. *à la force du cheval :* de toute la force, de toute la vitesse du cheval. Nous disons encore : « à la force du poignet ».

2. La nature a plus de seigneurie et de pouvoir que tout ce qui est établi par l'homme (littéralement : sur tous établissements).

autres. Por c'est et fox et avugles qui, por coveitise de la terriene seignorie qui si po dure, se charge de pechié et de la puor de nul home deseriter, car nule granz dolors ne puet entrer ne paroir en cuer mortel que d'estre deseritez et essilliez, fors seulement de perdre son charnel ami leial, car a celi dolor ne se puet nule angoisse prandre, et ge m'en sui bien aparceüz. »

Atant a s'espee ceinte, puis a son hiaume lacié isnellement et fait ateler deus palefroiz a une litiere qu'il avoit faite faire tantost, si i fait lever lo cors son fil, car laissier ne l'i voldra pas. Aprés est issuz hors parmi la porte, si est montez en un de ses chevax coverz de fer, et a pris lo travers de la rue entre lui et qarante de ses chevaliers plus esleüz, tuit entalanté d'aus desfandre s'il vient avant qui les assaille. Tant a esté Claudas el pas de la rue que ses filz fu hors et toz ses autres *(f. 27a)* harnois. Et lors vint Phariens et sa compaignie, si i sont li chevalier del païs mout grant partie et tuit li borjois de la cité et lor fil, cil qui puent armes baillier. La nuiz fu au jor meslee, mais tant i avoit lanternes et brandons et autres clartez que autresin pooit l'an veoir tot lo lonc de la rue come par jor. Et Phariens chevauchoit toz premiers, la lance droite, l'escu pris par les enarmes, si sanble bien a mervoilles prodome, la ou il siet desus lo grant destrier fort et isnel. Et bien senble que tuit li doient obeïr et un et autre, et si font il, com a preudome et a leial l'ont esprové et queneü, et ore et autre feiee. Mais a merveilles fait grant duel et se demente de grant maniere, et tornoit totes les boenes teches Lionyau son seignor en sa conplainte, et les Bohort son frere aprés.

« Sire, fait il, com est granz domages et granz dolors, se vos

tous les autres. Aussi est-il et bien sot et bien aveugle, celui qui, par convoitise de la seigneurie terrestre, qui dure si peu, se charge de péché, et de la souillure de déshériter un autre homme. Car il n'est pas de plus grande douleur qui puisse pénétrer et paraître[1] dans le cœur d'un mortel, que le déshéritement et l'exil. Si ce n'est seulement de perdre un être cher de son sang. À cette douleur-là aucune angoisse ne peut se comparer, et j'en ai fait l'expérience. »

Aussitôt le roi ceint son épée ; puis il lace son heaume en toute hâte. Il ordonne d'atteler deux palefrois à une litière qu'il avait fait préparer d'urgence, et d'y déposer le corps de son fils, car il ne veut pas s'en séparer. Ensuite il franchit la porte, monte sur un de ses chevaux couverts de fer et se met en travers de la rue avec quarante de ses meilleurs chevaliers, tous bien décidés à se défendre, si l'on vient les attaquer.

Claudas a si bien gardé le passage de la rue que le corps de son fils est sorti et tous les équipages. Alors surviennent Pharien et sa compagnie. Il y a là les chevaliers du pays en très grand nombre et tous les bourgeois de la ville avec leurs fils, ceux du moins qui peuvent porter les armes. La nuit s'était au jour mêlée ; mais il y avait tant de lanternes, de torches et d'autres lumières que l'on pouvait voir tout le long de la rue comme en plein jour. Pharien chevauchait en tête, la lance droite, l'écu tenu par les énarmes[2]. Il a l'air d'un prud'homme, tandis qu'il est assis sur son grand destrier fort et rapide. Il semble bien que tous doivent lui obéir sans exception. Et ainsi font-ils, parce qu'ils l'ont éprouvé et reconnu pour prud'homme et loyal, aujourd'hui et de longue date. Mais il montre une douleur extrême ; il gémit profondément ; il rappelle dans sa complainte toutes les bonnes qualités de Lionel, son seigneur, et celles de Bohort son frère ensuite.

« Seigneur, dit-il, c'est grand dommage et grande douleur

---

1. *paraître :* faire irruption, se manifester avec éclat et avec force. Le verbe paraître est de ceux dont le sens s'est peu à peu affaibli et banalisé par le long usage.

2. *énarmes :* l'écu du chevalier peut être suspendu à son cou par une longue lanière, qui s'appelle la *guiche,* ou attaché à son bras par deux petites courroies, formant boucle, et appelées *énarmes.* Cette dernière position est la position de combat. Lorsque le chevalier voyage, son écu, qui est fort encombrant, peut être, bien entendu, porté par un écuyer.

iestes morz an tel aage qui estiez la mervoille et li mireors de
toz les anfanz do monde, car po aviez plus de dis anz. Bien
estiez com anfes d'aage, mais de san et de proesce estiez vos
veillarz chenuz, se un seul petit fussiez plus amesurez de
hardement. Vos estiez biax et bien entechiez sor toz anfanz ; vos
estiez sages et conoissanz de consoil leial, se ne fust contre
vostre honor. Mais quex que fust li meschiés de la honte
venchier, ne vos poïst nus hom torner par consoil qu'il vos
donast, comment que vos li otriesoiz sa volenté, car tels estoit
li vostres cuers que nus nel poïst afrener par enseignier. Se vos
iestes aparceüz avant et nos après quex maus puet venir de
refuser et de despire consoil leial. »

   Ensi plore Phariens et regrete Lyonel a chaudes lermes. Et
lors est venuz la ou Claudas garde la rue et ses genz *(f. 27b)*
qu'iluec sont abochiees por aus desfendre. Quant Claudas voit
Pharien, si lo met a raison premierement. Et Phariens avoit fait
traire arrieres toz cels devers lui, et chevaliers et borjois, tant
qu'il eüst au roi Claudas parlé, car volentiers destornast la
meslee s'il poïst estre, car de verité savoit que les genz Claudas
ne pooient as lor assanbler, que grant domage n'i eüst de deus
parz. Si avoit trop grant paor de son neveu Lambegue qui sor
tote rien haoit Claudas, car bien savoit que s'il s'antrecorroient
longuement sus, il covendroit que li uns en preïst la mort. Et
Claudas estoit tex chevaliers que cil ne porroit pas a lui durer
longuement, ce quidoit bien ; et se Claudas l'ocioit, il avroit lo
cuer si angoisseus qu'il ne se porroit tenir por feelté ne por
homage de lui ocirre, si com il cuide, s'il em pooit en leu venir.
Et lors si feroit desleiautez, dont il se voudroit mout garder se
il pooit.

   Totes ces choses met Phariens devant ses iauz, et si en est
mout angoisseus et entrepris. Et Claudas l'apele, si li dit :

que vous soyez mort à cet âge, vous qui étiez la merveille et le modèle[1] de tous les enfants du monde ; car vous aviez à peine plus de dix ans. Vous étiez comme un enfant doit être par l'âge ; mais, par le sens et la prouesse, vous étiez un vieillard chenu, si seulement vous aviez eu un peu plus de mesure dans votre hardiesse. Vous étiez beau et orné de vertus plus que tous les autres enfants. Vous étiez sage et sachant reconnaître un conseil loyal, s'il n'était contre votre honneur. Mais, quelque malheur qui dût en résulter, aucun homme ne pouvait vous empêcher de venger votre honte[2], en dépit de ses exhortations et même si vous le lui aviez promis. Car tel était votre cœur que nul ne pouvait le refréner par des leçons. Et c'est ainsi que nous avons appris, vous d'abord et nous ensuite, quel malheur peut venir de refuser et mépriser un conseil loyal. »

Ainsi Pharien pleure et regrette Lionel à chaudes larmes. Et voici qu'il arrive à l'endroit où Claudas garde la rue, avec ses gens, qui se sont rassemblés là pour se défendre. Quand Claudas aperçoit Pharien, il lui adresse la parole le premier. Pharien avait fait reculer tous ceux de son parti, chevaliers et bourgeois, jusqu'à ce qu'il eût parlementé avec le roi Claudas ; car il voulait empêcher la mêlée, si c'était encore possible. Il savait fort bien que les gens de Claudas ne pouvaient rencontrer les siens sans qu'il y eût un grand dommage de part et d'autre. Et il était extrêmement inquiet pour son neveu Lambègue, qui haïssait Claudas plus que tout au monde. Il savait que, s'ils se combattaient longuement, l'un des deux devrait recevoir la mort. Et Claudas était un si bon chevalier que le jeune homme ne pourrait pas durer longtemps contre lui, il en était persuadé. Et si Claudas tuait son neveu, lui-même en aurait une telle angoisse dans le cœur qu'il ne pourrait pas s'empêcher, malgré sa foi et son hommage, de tuer le roi — du moins le croit-il — s'il était en mesure de le faire. Alors il commettrait une déloyauté, ce dont il voudrait bien se garder, si c'était possible.

Pharien roule toutes ces pensées dans sa tête ; il est très angoissé et très embarrassé. Claudas l'appelle et lui dit :

_____

1. *le modèle* : littéralement : le miroir.
2. *venger votre honte* : nous disons aujourd'hui, dans le même sens, « venger votre honneur ».

« Phariens, que venez vos querre en tel maniere entre vos et
ces miens homes que ge voi ci ? Est ce o por mon bien o por
mon domage ? Dites lo moi, car de vos ne d'els ne cuidoie ge
garde avoir, ainz avoie fait por vostre amor et por les lor
qancque vos m'aviez requis, o fust m'anors, ou fust ma
honte. »

« Sire Claudas, fait Phariens, il fu voirs que vos nos creantastes a rendre noz deus seignors qui fil furent au roi Bohort, et
vos nos avez bailliez por aus deus levriers anchainez, si nos
vient a grant despit. Et se vos de ce me mescreez, veez ci
amedeus les chiens. »

Lors les li mostre. Et qant Claudas les voit, si est trop
esbahiz et dit, qant il puet parler :

« Ha las ! ce sont li dui levrier que la damoisele amena gehui
devant moi, la ou ge *(f.27c)* menjoie, et cele en a par son barat
mené les deus anfanz. Ce ne sai ge se c'est o por mon mal o por
mon bien, mais en grant paine en sui entrez. »

Lors se recorde bien Phariens qu'il avoit droit. Et Claudas li
redit :

« Biax dolz amis, ne me mescreez vos pas des deus anfanz,
que ge les aie ne ocis [ne] amprisonez, car ge sui toz apareilliez
de faire vers vos et vers cest pueple qancque vos diroiz
leiaument que ge doie faire de leiauté. Et si nel di pas por aus
tant com ge faz por vos, car tant vos ai esprové a fin et a leial
au grant besoig, que vos ne me loeriez nule rien que ge ne feïsse
au parestroit. Ne ja ne m'aïst Dex qant ge vi onques chevalier
nul en cui ge me fiasse autretant com ge feroie en vos des ores
mais tant com il vos plaira a entremetre de mon consoil. Et
dites moi outreement que vos volez que g'en face, por ce que
vos m'an creroiz, et gel ferai sanz contredit, o soit sairemenz o
fiance, et de moi et de mes genz totes ; ou me metrai en prison,
se vos volez, en vostre garde, car en autrui baillie ne me metroi
ge pas que en la vostre, car plus vos ai encores trové a verai et

« Pharien, que venez-vous chercher de cette manière, vous et ces hommes qui sont les miens et que je vois ici ? Est-ce pour mon bien ou pour mon dommage ? Dites-le-moi, car ni de vous ni d'eux je ne pensais avoir à me garder ; et j'avais fait, pour gagner votre amitié et la leur, tout ce que vous m'aviez demandé, que ce fût à mon honneur ou à ma honte.

— Sire Claudas, dit Pharien, il est vrai que vous nous aviez promis de nous rendre nos deux seigneurs, les fils du roi Bohort. Mais vous nous avez remis, à leur place, deux lévriers enchaînés ; et de là vient notre grande colère. Si vous ne me croyez pas, voici les deux chiens. »

Alors il les lui montre. En les voyant, Claudas est saisi d'un étonnement extrême et dit, quand il peut parler :

« Hélas ! ce sont les deux lévriers que la demoiselle a amenés devant moi, pendant que j'étais à table. C'est elle qui, par sa ruse, a enlevé les deux enfants. Je ne sais si c'est pour mon malheur ou pour mon bien ; mais voilà qui me met dans une grande peine[1]. »

Alors Pharien comprend que Claudas a dit la vérité. Le roi lui adresse de nouveau la parole :

« Beau doux ami, ne me faites pas l'injure de croire que j'ai tué ou emprisonné les deux enfants. Car je suis tout prêt à prendre, envers vous et envers le peuple d'ici, tous les engagements que vous déciderez en conscience que je dois prendre, pour prouver ma loyauté. Et je le fais moins pour eux que pour vous ; car j'ai si souvent éprouvé votre droiture et votre loyauté, dans les grandes occasions, que je suivrai votre conseil, quel qu'il soit, sans hésiter. Que Dieu m'abandonne, si j'ai jamais vu un seul chevalier en qui j'eusse autant de confiance que j'en aurai désormais en vous, aussi longtemps que vous voudrez bien m'aider de vos conseils. Dites-moi franchement ce que vous voulez que je fasse pour que vous me croyiez, et je le ferai sans contredit. Voulez-vous un serment ou un engagement de moi-même et de tous mes gens ? Ou bien je me rendrai dans votre prison, si vous le voulez, sous votre garde. Car je ne me rendrai à nul autre qu'à vous, parce que je vous ai toujours trouvé plus franc et plus loyal que nul autre.

---

1. *peine :* difficulté. « Voilà, mes chers amis, ce qui me met en peine » (Corneille).

a leial que nul des autres. Et qant vos savroiz que li anfant
seront sain et sauf, et que ge ne li mien n'en somes de rien saisi,
si me remetez en autretel maniere com ge sui ore, et que vos me
preigniez encontre toz homes a garantir tant com ge serai en
vostre garde. »

Phariens entant Claudas qui se met del tot an tot en sa
menaie, si l'an prant mout granz pitiez. Et bien cuide et croit
qu'il n'ait corpes an la mort as deus anfanz, et que bien les an
puet avoir portez la damoisele ; si se porpense en quel maniere
il porroit et a Claudas et au pueple qu'i[l] lor seüst aconplir lor
volenté. Et d'autre part, il set de voir que, s'il prant Claudas en
garde et en conduit, il nel porra pas garantir vers
Lam*(f. 27d)*begue, son neveu, qui trop lo het, ne vers l'autre
gent de Gaunes et de Benoyc qui ne l'aimment pas de cuer ;
ançois crient qu'il ne l'ocient antre ses mains. Et si resent
Claudas a si fier et a si viguereus tres durement que, s'il lo velt
recevoir a mener en sa prison, il n'i entrast pas legierement, car
trop i avroit grant sanblant de paor et de coardisse, car encor
n'est il pas si au desouz qu'il deüst faire tel meschief ne si
honteus. Nel feroit il, se amors et granz fiance de Pharien ne li
faisoit faire, car ne porroit pas estre que plus ne li fust atorné
a coardise qu'a debonaireté de maintes genz. Et ce set bien
Phariens que, s'il tot de son gré se voloit metre en sa prison et
il morist par sa mauvaise garde, il an seroit honiz a tozjorz
mais ; et bien set que garantir nel porroit mie. Si ne set qu'il
am puisse faire et s'an porpense et consoille a son cuer
meesmes mout longuement.

Lors li dit :

« Sire Claudas, il est voirs que ge sui vostre home, et cist
autre qui ci sont avocques moi, si n'avons nul talant de
mesprandre vers vos tant com vos voldroiz envers nos estre
leiaus. Et ces genz vos mescroient de ceste chose, et vos en
offrez tant a faire qu'il ne sanble pas que vos en soiez encorpez
de nule rien. Et ge en vois parler a ceste gent qui ci sont, dont
il i a assez de plus preudomes et de plus vaillanz que ge ne sui.
Et ce qu'il en voudront faire, ge vos resavrai ja a dire, car ge
n'an voldroie estre blasmez, encor soient il mi ami charnel et
mi paroil, [ne d'aus aidier a tort,] ne de vos grever a vostre
droit, encor aiez vos la terre a mes liges seignors a tort
saisie. »

Quand vous saurez que les enfants sont sains et saufs et que ni moi ni les miens ne les détenons d'aucune manière, remettez-moi en l'état où je me trouve à présent. Et garantissez-moi contre tous hommes, tant que je serai sous votre garde. »

Pharien entend Claudas, qui se met entièrement à sa merci, et il lui en vient une très grande pitié. Il pense et croit fermement que Claudas n'est pas coupable de la mort des deux enfants et que la demoiselle peut bien les avoir emportés. Il s'interroge pour savoir comment il pourrait donner satisfaction à la fois à Claudas et au peuple. D'autre part il sait parfaitement que, s'il prend Claudas sous sa garde et sa garantie, il ne pourra pas le protéger contre Lambègue son neveu, qui le hait trop, ni contre les gens de Gaunes et de Bénoïc, qui ne le portent pas dans leur cœur. Il a peur qu'ils ne le tuent entre ses mains. Connaissant le tempérament fier et ombrageux du roi, il sait que s'il accepte de le prendre dans sa prison, il aura beaucoup de peine à l'y faire entrer. Car il y aurait trop d'apparence de peur et de lâcheté, et Claudas n'est pas dans une extrêmité telle qu'il soit contraint de faire un si grand sacrifice et si honteux. Aussi bien ne le ferait-il pas, sans l'amitié et la grande confiance qu'il a mises en Pharien ; car il ne pourrait empêcher que maintes gens y voient plus de lâcheté que de générosité. Pharien sait que si, de son plein gré, Claudas devait se constituer prisonnier et manquer par suite d'une mauvaise garde, son gardien serait déshonoré pour toujours ; et il sait qu'il n'aurait aucun moyen de le protéger. Il ne voit donc pas ce qu'il peut faire. Il réfléchit et s'interroge très longuement. Puis il dit au roi :

« Seigneur Claudas, il est vrai que je suis votre homme, comme tous ceux qui sont ici avec moi. C'est pourquoi nous n'avons aucun désir de manquer à notre devoir envers vous, tant que vous voudrez vous-même être loyal à notre égard. Ces gens ne vous croient pas. Mais vous offrez d'en faire tant qu'il ne semble pas que vous soyez coupable de quoi que ce soit. Je vais délibérer avec tous ceux qui sont ici et dont beaucoup sont plus prud'hommes et plus qualifiés que moi. Ce qu'ils décideront, je ne manquerai pas de vous le rapporter. Car je ne voudrais être blâmé, ni de les aider, s'ils sont dans leur tort, encore qu'ils soient mes parents et mes pareils, ni de vous nuire, si vous êtes dans votre droit, encore que vous ayez saisi injustement la terre de mes seigneurs liges. »

Atant est venuz as barons de Benoic et de Gaunes, dont li plus puissant et li meillor l'atandoient enmi la *(f. 28a)* rue, les hiaumes laciez, les escuz pris ; et il lor mostre la parole de ce que Claudas lor a offert.

« Or si me dites, fait il, que vos en voudroiz faire entre vos. »

Et il s'acordent tuit a ce que il lo prandront volentiers, s'i[l] s'an velt metre en la prison. Et il lor redit après :

« Dont voudroie ge, fait il, que vos me façoiz seür qu'il n'i avra mal ne anui par nul de vos, tant que vos sachiez veraiement qu'il ait morz voz deus seignors, et lors si covendra encor que vos l'ocioiz et destruioiz par jugement. Et si voudrai, por ce qu'il ne se velt metre en nule garde fors que en la moie, que vos lo laissiez en ma prison et que nus n'en sera garde se ge non, car dons seroie ge honiz se vos l'oceiez malvaisement après ce que ge l'avroie creanté a garantir. »

« Coment ? fait Lambegues ses niés ; biaus oncles, si volez garantir lo traïtor qui noz liges seignors a deseritez avant et puis ocis et vos a fait tant de honte et de laidure que, se toz li pueples lo savoit autresin bien com ge lo faz, vos ne devriez estre ja mais creüz en cort ne escoutez ? »

« Biaus niés, fait Phariens, de toi ne me mervoil ge pas, se tu mez po de raison en tes affaires, car l'an ne voit gaires avenir en nule terre que granz sens et granz proesce soient ensenble herbergié en cuer d'anfant. Et il est voirs que de la proesce as tu assez selonc l'aage que tu as, tant que tu en voiz un po mains cler el mireor de sapience. Si t'anseignerai ores un po de san, car g'i voi des ores mais plus cler que tu ne fais en la proesce. Se tu cest anseignement vels retenir, mout an porras amender, et tu et tuit li anfant qui en pris volent monter par grant proesce. Et garde que tant com tu seras en enfances, se tu ies en leu o l'en consaut de granz affaires, que ja [ta] parole n'i soit oïe ne tes consauz jusque *(f. 28b)* la que [tuit] li plus ancien de toi

Alors Pharien se rend auprès des barons de Gaunes et de Bénoïc, dont les plus puissants et les meilleurs l'attendaient au milieu de la rue, le heaume lacé, l'écu au bras. Il leur expose ce que Claudas leur offre :

« À vous de me dire, fait-il, ce que vous déciderez entre vous. »

Ils déclarent tous qu'ils prendront volontiers Claudas, s'il veut se mettre dans leur prison. Pharien leur dit ensuite :

« Alors je veux que vous me donniez toute sûreté qu'aucun d'entre vous ne lui fera ni mal ni dommage, jusqu'à ce que vous sachiez avec certitude qu'il a tué vos deux seigneurs. Encore conviendra-t-il dans ce cas que vous le fassiez condamner à mort et exécuter par jugement. Je veux aussi, puisqu'il n'entend pas se mettre sous une autre garde que la mienne, que vous le laissiez dans ma prison et sans autre gardien que moi. Car je serais honni, si vous le faisiez mourir par traîtrise, après que j'aurais donné ma parole de le garantir.

— Comment ! bel oncle, dit le neveu de Pharien, vous voulez donc vous porter garant du traître, qui a déshérité d'abord et fait mourir ensuite nos seigneurs liges, et qui vous a fait tant de honte et d'outrage que, si tout le peuple le savait aussi bien que je le sais moi-même, on ne devrait plus jamais vous croire ni vous entendre dans aucune cour ?

— Beau neveu, dit Pharien, je ne m'étonne pas si tu mets peu de raison dans tes affaires. On ne voit guère, dans aucun pays, qu'un grand sens et une grande prouesse habitent ensemble dans le cœur d'un jeune homme. Et il est vrai que tu as bien de la prouesse pour ton âge, de sorte que tu vois un peu moins clair dans le miroir de sapience[1]. Je vais donc t'enseigner un peu de sagesse ; car à présent j'y vois un peu plus clair que toi. Si tu sais retenir cet enseignement, tu pourras en retirer un grand avantage, toi-même et tous les jeunes hommes qui veulent s'élever en renommée par une grande prouesse. Prends bien garde, tant que tu compteras parmi les jeunes gens, si tu te trouves dans un conseil où l'on discute de grandes affaires, que l'on ne t'entende jamais parler ni donner ton avis, avant que tous ceux qui sont plus anciens que toi aient donné le leur. Et

---

1. Tu as encore besoin de consulter le miroir de parfaite prud'homie (Paulin Paris).

avront parlé. Et se tu viens en bataille o en poigneïz de guerre
ou en leu nul ou granz chevalerie soit assemblee, garde que ja
n'i atandes plus juene ne plus viel de toi, mais fier devant toz les
autres des esperons por faire un biau cop, la ou tu porras
ataindre, car a pris et a honor d'armes conquerre ne doit nus
atandre, ne lo juesne ne lo veillart. Mais as granz consauz
doner doivent li anfant entendre les plus meürs. Et tant saches
tu bien de voir, tres granz honors gist en morir par hardement
et par proesce, et granz hontes et granz reproches vient en dire
fole parole et fol consoil. Cest essemple trai hore tant avant,
por ce que tu m'as blasmé devant toz ces preudomes qui ci
sont, qui miauz sevent que est sans et savoirs que tu ne feis.

«Si a espoir ci de tex qui tost s'acorderoient a la mort
Claudas, o fust a tort o fust a droit; et s'il estoit morz par els
sanz forfait parissant, si en seroient tuit honi a tozjorz mais et
un et autre, car ge ne voi çaianz si haut home ne si leial qui ne
li ait feauté faite et homage a jointes mains, li un de lor bon gré,
li autre a force. Et puis que chevaliers fait tant qu'il fait
homage ne feauté, cui qu'il lo face, il lo doit garder comme son
cors de toz perilz; ne Dex ne fist onques si haute cort o ge
n'osasse bien desraisnier, car ja por leiauté desfandre ne sera
leiaus hom honiz. Et por ce sachent tuit cil chevalier que ge ci
voi qu'il ont a garder lo cors Claudas comme les lor par la
feauté qu'il li ont faite. Ne ge ne sai nule plus laide desleiauté
que de son seignor ocirre. Mais se li sires mesprant vers son
home, o li mesfait, ses hom l'an doit a raison metre par ses
parelz par lo terme d'une qarantainne; et se des lors nel puet
rapeler a sa *(f. 28c)* droiture, si li rande son homage devant ses
pers, non pas en repost, car chose aperte porte tesmoign de
leiauté, et chose reposte senefie mauveitié et felenie. Et se li
sires ne se velt vers son home amander ne droit tenir, des que
son homage avra guerpi, si li puet forfaire et del suen prendre.

si tu te trouves dans une bataille, dans un assaut d'armes, ou en tout lieu où une grande compagnie de chevaliers soit engagée, garde-toi bien d'attendre ni plus jeune ni plus vieux que toi, mais pique des éperons avant tous les autres, pour accomplir un beau fait d'armes, aussitôt que tu le pourras. Car, pour conquérir la gloire et l'honneur des armes, nul ne doit attendre ni jeune ni vieux. Mais, dans les grands conseils, les jeunes gens doivent écouter les plus mûrs. Retiens bien ceci : il y a un très grand honneur à mourir par son audace et par sa prouesse ; mais on reçoit beaucoup de honte et de reproche d'une sotte parole et d'un sot conseil. Je te donne aujourd'hui cette leçon, parce que tu m'as blâmé devant tous les prud'hommes qui sont ici et qui savent mieux que toi ce que sont raison et sagesse. Il y en a peut-être ici qui seraient tentés de vouloir la mort de Claudas, que ce soit à tort ou à droit. Mais s'il était tué par eux sans avoir commis de faute manifeste, ils en seraient déshonorés à tout jamais, tous autant qu'ils sont. Car je ne vois céans si haut seigneur ni si loyal homme qui ne lui ait juré sa foi et son hommage à jointes mains, les uns de leur plein gré, les autres par force. Quand un chevalier accepte d'engager son hommage et sa foi, il doit, quel que soit son seigneur, le garder comme son propre corps de tous périls. Et Dieu n'a pas fait de cour, si haute soit-elle, où je n'osasse soutenir cette vérité[1] ; car jamais, pour défendre la loyauté, un homme loyal ne sera honni. Que tous ces chevaliers, que je vois ici, sachent bien qu'ils ont à garder le corps de Claudas, comme leur propre corps, pour la foi qu'ils lui ont jurée ! Je ne connais pas de trahison plus laide que de tuer son seigneur. Si le seigneur commet une faute envers son homme ou s'il lui fait du tort, celui-ci doit lui demander raison par ses pairs, en lui fixant un délai de quarante jours. S'il ne peut, dans ce délai, le ramener à la justice, qu'il lui rende son hommage, devant ses pairs et non pas en secret ! Car ce qui est public porte témoignage de loyauté et ce qui est secret emporte déloyauté et félonie. Si le seigneur ne veut pas s'amender envers son homme et lui rendre justice, celui-ci, dès qu'il est sorti de son hommage, peut lui

---

1. *soutenir cette vérité :* affirmer, en offrant d'apporter la preuve par les armes, si l'on reçoit une contradiction. Dieu ne permettra pas que l'homme loyal soit déshonoré, c'est-à-dire vaincu en bataille.

Mais de son cors ocirre ne a mort livrer se gart, car il ne doit
par ses mains mort recevoir s'ancontre lui n'a fait murtre o
felenie o traïson, et qui autrement espant lo sanc de son
seignor, il est traîtres et parjurs et murtriers et foimentie, et
puet l'an toz les set granz pechiez criminex trover en lui. Por ce,
seignor, vos mostre ge que vos voudroiz faire de ceste chose ;
car se vos me volez seürté faire que Claudas n'avra garde de nul
de vos, et, combien qu'il ait forfait, que vos ne l'ocirroiz sanz
lo jugement de la maison lo roi Artu, ge lo prandrai en ma
baillie a garantir contre toz homes. Et se vos issi faire ne lo
volez, si face chascuns son miauz, car ge ne me voil pas honir
en terre a tozjorz mais por la mort d'un seul home laide et
honteuse, ne perdre m'ame aprés honor sanz fin et sanz
recovrement ; car ge ne voi comment il puisse avoir en l'autre
siegle l'anor qui ja mais ne prandra fin, qui celui de cestui siegle
avra par sa desleiauté perdue. Or vos en conseilliez a vos
meesmes et me dites ce que vos en voudroiz tenir. »

Et lors se trait a une part. Et cil parolent ensemble. Si i a de
tex qui loent qu'il ne preignent ja Claudas en menaie n'an
conduit, car orendroit lo puent a force prendre comme celui
qui est a si grant meschief qu'il n'a pas la tierce part de gent,
non pas la quinte qu'il en ont, et si sont en lor terre et en lor
pooir. A ce se sont acordé tuit li bacheler a une voiz ; *(f. 28d)*
mais desus toz les autres s'i acorde Lambegues, li niés Pharien,
et dit et jure que Claudas n'a nul pooir a els que pris o morz ne
soit anuit, et il et totes ses genz, s'il en avoit encor autant.

Ensin ont lor consoil finé, si vienent a Pharien et li dient que
ja nel prendront en tel maniere ; mais s'il se velt rendre a els et
en lor menaie metre, il lo prandront, ne ne voldront que nus en
soit saisiz se par els non.

« En non Deu, fait Phariens, ce ne li loera ge ja. Or en
coveigne bien et vos et lui, car ge ne m'en meslerai ja de lui
grever, et il est si preuzdom que assez puet encontre vos avoir
meslee. Et puis qu'il vos a offert plus que raison, si se deffande

nuire et lui prendre de son bien. Mais qu'il se garde bien de le tuer ou de le livrer à la mort ; car son seigneur ne doit pas recevoir la mort de ses mains, sauf s'il s'est rendu coupable envers lui de meurtre, de félonie ou de trahison. Celui qui, pour un autre motif, répand le sang de son seigneur, est traître, parjure, assassin, foi-mentie, et l'on peut trouver en lui tous les sept grands péchés capitaux. C'est pourquoi, seigneurs, je vous prie de me dire ce que vous entendez faire sur ce point. Si vous voulez me garantir que Claudas n'aura à se garder d'aucun d'entre vous, et que, quelles que soient ses fautes, vous ne le ferez pas mourir sans le jugement de la maison du roi Arthur, je le prendrai sous ma garde, en me portant garant de lui contre tous hommes. Si vous ne le voulez pas, alors, que chacun fasse de son mieux ! Je ne veux pas me déshonorer sur terre à tout jamais par la mort d'un seul homme, une mort laide et honteuse, et perdre mon âme après mon honneur, sans fin et sans recours. Car je ne vois pas comment il pourrait gagner, dans l'autre monde, l'honneur qui jamais ne prendra fin, celui qui, par sa déloyauté, aura perdu l'honneur dans ce monde-ci. À vous de vous consulter et de me dire ce que vous aurez décidé. »

Alors Pharien se retire et les autres délibèrent. Certains sont d'avis de n'accorder à Claudas ni garantie ni sauvegarde, puisqu'ils peuvent s'emparer de lui immédiatement par la force. En effet il est en si mauvaise position qu'il n'a pas le tiers, ni même le cinquième des gens qu'ils ont ; et de plus, ils sont dans leur propre terre et juridiction. Tous les jeunes gens s'accordent à cet avis d'une seule voix ; et, plus volontiers que tous les autres, Lambègue, le neveu de Pharien. Il affirme et jure que Claudas ne manquera pas d'être fait prisonnier ou tué dès cette nuit, avec tous ses hommes, même s'il en avait deux fois autant.

Leur conseil se conclut en ce sens et ils reviennent auprès de Pharien. Ils lui disent qu'ils ne prendront pas Claudas aux conditions qui leur sont faites. S'il veut se rendre à eux et se mettre en leur pouvoir, ils le prendront, mais eux seuls assureront sa garde.

« Par le nom de Dieu, dit Pharien, ne comptez pas sur moi pour le lui conseiller. Arrangez-vous avec lui ; car moi je ne me mêlerai plus de lui nuire, et il est si prud'homme qu'il peut fort bien vous tenir tête. Puisqu'il vous a offert plus que de raison,

durement, que ja tant n'i gaaigneroiz que a doble n'i perdoiz
ançois que veigne au partir de la meslee. »

Puis est venuz arrieres a Claudas, si li dit :

« Sire, sire, or vos desfendez au miauz que vos porroiz, qu'il
est mestiers, car ge ne puis vers nostre gent la pais trover se ne
vos metez outreement en lor merci. »

« Non ? fait Claudas ; et que me loez vos, biax dolz amis, en
cui tote la leiautez est au grant besoig ? Car bien sachiez que
g'en ferai tot vostre lox outreement. »

« Comment ? fait Phariens ; plus vos fiez en moi qu'il ne font
tuit ? Et ge vos lo que vos vos desfandroiz comme preuzdom,
car vos avez assez meslee contre aus toz ; et ge otroi que il me
pandent parmi la gole s'il ne perdent deus des lor por un que
vos perdroiz des voz. »

« Voire, fait Claudas, puis que vos lo me loez, dont n'ai ge
garde. Et sachent bien tuit et un et autre que ge ne lor an
bailleroie pas orendroit lo cors *(f. 29a)* mon fil, par covant qu'il
m'en laissassent aler quite et delivre, ainz l'an porterai veiant
lor iauz parmi lor terres, et tex lo porra contredire qui mout
chierement lo comparra. Mais ge vos pri et requier trestot
avant que de vostre leiauté vos manbre, si la gardez envers moi
si finement com vos devroiz. Ge ne vos sai plus que deviser, car
miauz savez vos que est leiautez que ge ne faz. »

« Par Sainte Croiz, fait Phariens, ge sui vostre hom, si est
droiz que ge vos aït de mon pooir tant com vos voudroiz par
mon consoil errer a foi, et ge vos aiderai jusq'a la mort. Mais
vos me fianceroiz avant comme leiaus rois que li dui fil lo roi
Bohort, qui mes sires liges fu, n'ont pris par vos mort ne
mehaig, et que de quele hore que ge vos en semondrai, feroiz
por vos esleiauter ce que vos m'aviez ore offert. Et sachiez que
ge nel vos demant pas por nule force, mais por ce que plus en

qu'il se défende énergiquement, et vous n'y gagnerez rien que vous n'ayez perdu le double, avant que vienne la fin de la mêlée ! »

Ensuite Pharien retourne auprès de Claudas et lui dit :

« Seigneur, seigneur, défendez-vous du mieux que vous pourrez, car il en est besoin. Je ne peux obtenir aucun accord de nos gens, si vous ne vous mettez entièrement à leur merci.

— Vraiment ? dit Claudas. Et que me conseillez-vous, beau doux ami, en qui repose toute la loyauté que l'on peut attendre dans les plus grands besoins. Sachez que je m'en remets entièrement à vous.

— Comment ! dit Pharien, vous me témoignez plus de confiance qu'ils ne font tous ? Eh bien ! je vous conseille de vous défendre comme un prud'homme ; car vous pouvez fort bien faire front contre eux tous. Et je veux qu'ils me pendent par la gueule, s'ils ne perdent deux des leurs pour un que vous perdrez des vôtres.

— Assurément, dit Claudas, puisque tel est votre conseil, je n'ai rien à craindre. Qu'ils sachent bien, tous autant qu'ils sont, que je ne leur céderais pas aujourd'hui le corps de mon fils, même s'ils devaient me laisser partir, quitte et libre. Je l'emporterai, sous leurs yeux, à travers leurs propres terres. Et tel pourra s'y opposer, qui le paiera très cher. Mais avant toute chose, je vous prie et vous requiers de vous ressouvenir de votre loyauté et de la garder envers moi aussi pure qu'elle doit être. Je ne sais plus que dire ; car vous savez ce qu'est la loyauté, mieux que je ne le sais[1].

— Par la Sainte Croix, dit Pharien, je suis votre homme. Il est juste que je vous aide de tout mon pouvoir, aussi longtemps que vous voudrez vous conduire de bonne foi par mon conseil ; et je vous aiderai jusqu'à la mort. Mais auparavant vous me donnerez votre parole de roi loyal que les deux fils du roi Bohort, qui fut mon seigneur lige, n'ont reçu de vous ni mort ni mal et que, quel que soit le moment où je vous en semondrai, vous ferez, pour vous disculper, tout ce que vous m'aviez offert aujourd'hui. Sachez que je ne vous demande pas cette pro-

---

1. L'auteur a bien conscience que la loyauté de Pharien est exceptionnelle. Nous verrons plus loin que ni Claudas ni « ceux de Gaunes » ne respecteront leurs serments.

avroiz mon cuer puis que ge ne sospecerai en vos desleiauté. »

« En non Deu, fait Claudas, tot ce ne me grieve de rien, ainz
m'est mout bel. Tenez, que ge ansin lo vos creant. »

Lors li tant sa main, si li fience, et puis tant sa main destre
vers sa chapele et dit:

« Itant sachiez vos, fait il, Phariens, que, par le[s] sainz de
cele chapele, li anfant ne sont mort par moi ne mehaignié, ne
d'aus ne sai novelle nule. Et se ges avoie a Bohorges en ma
prison, il n'avroient ja par moi mal tant com vos les voudriez
garantir. Si m'ont il fait dolor au cuer qui ja mais en cestui
siegle ne me faudra. Et sor cestui sairement meesmes vos creant
gié que de quele hore que vos m'an semoignoiz, ge vos tandrai
prison en vostre garde, por quoi vos me creantoiz a garantir
envers toz homes vers cui ge n'aie rien forfait. »

Ensin lo fiance et jure li rois Claudas a Pharien, et cil se torne
devers lui tot main*(f. 29b)*tenant. Lors commance li assauz
mout granz et mout perilleus, si volent saietes et pierres
espessement, si refont grant frois et granz noises les lances qui
peçoient sor les escuz, dont li tronçon et li esclat volent en haut,
et les espees qui retantissent desor les hiaumes. Si an cort la
noise et l'oïe de totes parz de la cité, loign et pres et environ en
retantissent et mont et val. Et Claudas se desfant mout
durement el travers de la rue, si est mout asseür de Pharien qui
s'est tornez devers lui. Mais il ne l'a mie tant fait por lo
domagier cels del regne de Gaunes et de Benoyc com il a fait
por atirier la pais d'amedeus parz se ele puet estre, car il cuide
bien qu'en la fin ne se puissent cil del païs consirrer de son
consoil. Si se tient en tel maniere qu'il ne nuist as uns ne as
autres ne ne lor aide fors seulement de volenté. Et cil encontre
Claudas sont tant et si espés qu'il ne puent a lui avenir ne a ses
genz, ançois fierent li un l'autre de loig et durement, si ocient
et plaient an tel maniere et lor cors et lor chevax, car trop sont
antassé li uns sor l'autre. Et la nuiz est noire et oscure qui ne lor

messe pour vous faire violence, mais parce que mon cœur vous aimera davantage, quand il ne pourra plus douter de votre loyauté.

— Par Dieu, dit Claudas, tout cela ne me fait aucune peine et me convient tout à fait. Prenez ma main, pour que je m'engage. »

Alors il lui tend sa main et lui engage sa parole. Puis il avance la main droite vers sa chapelle et dit :

« Sachez bien ceci, Pharien. Par les saintes reliques de cette chapelle, les enfants n'ont reçu de moi ni mort ni dommage, et je ne sais d'eux aucune nouvelle. Si je les tenais à Bourges, dans ma prison, ils n'auraient de mon fait aucun mal, aussi long-temps que vous voudriez être leur garant. Pourtant ils m'ont mis une douleur au cœur qui ne me quittera jamais en ce monde. Et, par ce même serment, je vous promets que, quelle que soit l'heure où vous m'en semondrez, je me rendrai prisonnier en votre garde, pourvu que vous me promettiez de me garantir contre tous hommes envers qui je n'aurais commis aucune faute. »

Ainsi Claudas fait à Pharien sa promesse et son serment, et celui-ci se met de son côté tout aussitôt. Alors commence l'assaut, très grand et très périlleux. Flèches et pierres volent dru. Grand fracas et grand bruit font les lances, qui se brisent sur les écus et dont les tronçons et les éclats volent en l'air, ainsi que les épées, qui résonnent sur les heaumes. La clameur et le bruit se répandent de toutes parts et loin et près dans la ville, et alentour en retentissent et monts et vaux.

Claudas se défend très vaillamment. Il tient le travers de la rue. Il est très sûr de lui, à cause de Pharien, qui s'est tourné de son côté. Mais ce n'était pas tant pour nuire aux hommes des royaumes de Bénoïc et de Gaunes, que pour ramener la paix entre les deux partis, si elle était encore possible. Car Pharien sait bien qu'à la fin ceux du pays ne pourront se passer de son entremise. C'est pourquoi il se tient de telle manière qu'il ne combat ni les uns ni les autres, et ne les aide que de sa bonne volonté. Ceux qui s'attaquent à Claudas sont si nombreux et si serrés qu'ils ne peuvent s'approcher de lui ni de ses gens. Ils se frappent les uns les autres, de loin et durement ; et, dans le feu de l'action, ils se tuent ou se blessent eux-mêmes, ainsi que leurs chevaux ; car ils sont trop serrés les uns contre les autres. La nuit, qui est noire et profonde, ajoute à leur désavantage.

fait se nuire non, et la rue estroite et mesaiesiee, si la tienent si
bien et se desfandent entre Claudas et ses chevaliers que cil ne
pue[n]t desor aus neiant conquerre ; ne ne lor fait se nuire non
ce qu'il sont tant. Et d'autre part trop sont desconforté de
Pharien qu'il ont perdu, si ne s'entremet il de cop ferir en la
bataille, mais il ne sevent de nule chose roi ne consoil, qant il
ne l'ont.

Ensi dure mout longuement et li assauz et la deffense, si i a
assez que morz que navrez de cels de Gaunes et *(f. 29c)* del païs,
car mout se desfant durement Claudas et les soes genz, car il se
set mout bien aidier au grant besoig. Endemantiers que la
meslee est si granz et que tuit i perdent cil do païs, si se
porpense li rois Claudas comment il les porroit encor grever
plus durement, si fait il lo feu boter en la rue. Et li venz venoit
devers lui sor aus qui mout estoit forz et angoisseux, si trova lo
pueple espessement entassé, si les destraint si durement que a
force covint toz les plus forz guerpir la place et foïr en la cité a
garison ; et neporqant mout en i ot qui furent ars. Par ce feu
furent cil do païs mout domagié, car il ne porent avoir leisir do
feu estaindre por cels devers Claudas qui si les tenoient corz
que assez avoient ou entandre d'es meïsmes. Ensi les a Claudas
et ses genz a force fait ferir en la cité. Mais si tost comme li feus
fu rompuz, qui ne pot les murs sormonter ne les hautes
maisons forz dont en la vile avoit assez, si revindrent hors cil de
la cité et partirent lor genz en deus batailles, si firent l'une aler
au dehors por les genz Claudas sorprandre, car li palais estoit
dehors de la vile en la praerie sor la riviere.

Cele bataille ala au dehors, si troverent les genz Claudas qui
mout bien s'eschargaitoient et mout se desfandirent bien vers
aus. Et l'autre lor relaisse corre par dedanz tote la rue, mais nes
troverent pas desgarniz, ainz estoient el travers de la rue tuit
abochié et gardoient lor pas mout saigement. Et venoit Claudas d'une meslee a autre a esperon comme cil qui bien en savoit
a chief venir. Et qant il partoit d'une meslee por aler a l'autre,
tozjorz *(f. 29d)* remanoit Phariens en son leu, mais il ne feri
onques cop de lance ne d'espee ne de nule arme ne chevalier ne

La rue est étroite et incommode au combat. Claudas et ses chevaliers la tiennent solidement et se défendent si bien que ceux du pays ne peuvent rien conquérir sur eux et que leur nombre ne fait que leur nuire. D'autre part ils sont très désemparés d'avoir perdu Pharien. Pourtant celui-ci ne prend aucune part à la bataille. Mais ils sont incapables de mettre ordre et décision dans leurs affaires, maintenant qu'ils ne l'ont plus.

Ainsi durent très longtemps et l'attaque et la défense; et nombreux sont les morts et les blessés, parmi ceux de Gaunes et du pays. Claudas et les siens se défendent avec succès, car le roi sait très bien s'employer dans les grands besoins. Tandis que la mêlée est déjà si épaisse et que ceux du pays sont tous en difficulté, le roi Claudas s'avise d'un moyen propre à les accabler encore davantage. Il fait mettre le feu dans la rue. Le vent, qui soufflait derrière lui, en direction de ses ennemis, était fort et violent. Le feu atteint la masse des assaillants, entassés dans un espace étroit, et les serre de si près que les plus forts sont obligés de quitter la place et de s'enfuir dans la cité pour y chercher leur salut. Et malgré tout il y eut beaucoup de brûlés. L'incendie causa de grands dommages à ceux du pays; car ils ne purent avoir le loisir d'éteindre le feu, à cause des hommes de Claudas qui les tenaient si court qu'ils avaient assez à faire pour s'occuper d'eux-mêmes.

Ainsi Claudas et ses gens les ont rejetés de force dans la cité. Mais aussitôt que l'incendie fut arrêté — car il ne put franchir les murs et les hautes maisons fortes, qui étaient nombreuses dans la ville — ceux de la cité ressortirent. Ils partagèrent leurs hommes en deux corps de bataille. Le premier quitta la ville pour surprendre les gens de Claudas; car le palais était au-dehors dans la prairie, au bord de la rivière. Ce corps de bataille sortit et rencontra les gens de Claudas, qui faisaient bonne garde et se défendirent très bien contre eux. Le second détachement alla de nouveau attaquer les hommes de Claudas dans la rue; mais il ne les trouva pas sans défense, car ils se tenaient serrés les uns contre les autres et allaient au pas très sagement. Claudas se rendait à cheval d'une mêlée à l'autre, en homme qui connaissait bien son affaire. Quand il s'écartait d'une mêlée pour revenir à l'autre, c'était toujours Pharien qui prenait sa place. Mais celui-ci ne donna pas un seul coup de lance ni d'épée ni d'aucune arme, ni sur un chevalier, ni sur un

borjois par mautalant, car il baoit a metre an pais les uns et les
autres a son pooir. Et ce veoit il bien que Claudas n'avoit tant
de gent par quoi il poïst durer a cels de la vile ne del païs. Mais
il savoit bien que mout li pooit avoir ses consauz grant mestier ;
et bien cuidoit tant destraindre cels do païs, par ce que il
s'estoit encontr'aus mis, que il feïssent tel plait qu'il ne lor fust
honteus, et par quoi Claudas fust sauvez, car il devoit feelté et
totes [ses] genz autresin.

En tel maniere dura la meslee tote la nuit a la clarté des
brandons et des lanternes et des maisons qui arses furent. Mais
plus perdirent assez cil do païs que Claudas ne ses genz ne
firent. Et qant vint vers l'ajornee, si demanderent Pharien por
parler a lui, et il parla. Et il se plaintrent a lui meïsmes de ce
que il lor devoit aidier et il lor nuisoit, et distrent que c'estoit
desleiautez et felenie.

« En non Deu, fait Phariens, de desleiauté ne de felenie n'i a
il point, car vos en iestes issuz de mon consoil. Et puis que vos
ne m'en voliez croire, dont sanbloit il bien que vos eüssiez vers
moi et sospeçon et mescreance. Et d'autre part, li rois Claudas
est mes sires, comment qu'il soit, o a mon droit o a mon tort,
mais del suen tort n'i a il point. Si li doi son homage garder a
foi, que ge nel doi en son grant besoig guerpir, neïs s'il m'avoit
assez forfait. Nes de chose dont il ait esté mescreüz n'avez nule
droiture, ainz estoit toz apareilliez qu'il se meïst en ma prison.
Gel vos offri, et vos n'an volsistes *(f. 30a)* nules [paroles]
escouter que ge vos en deïsse. Si ne forfaz de rien, ce m'est avis,
se ge me tor devers celui qui plus se fie et croit en moi. Ne ja
tant com ge li voudrai aidier, par vos ne sera mis au desouz, car
mes chastiaus n'est mie grantment loign de ci, et ge li baillerai
lo matin a recet et a desfense, puis que vos n'an volez mon
consoil croire. Et si l'i manrai voiant voz iauz si sainnement

bourgeois, même dans un mouvement de colère ; car il avait
l'intention de remettre en paix les deux partis, s'il le pouvait. Il
voyait bien que Claudas n'avait pas assez de troupes pour tenir
longtemps contre ceux de la ville et du pays, et il savait que le
roi pouvait avoir un grand besoin de son conseil. D'autre part
il pensait inquiéter suffisamment ceux du pays, parce qu'il
s'était mis contre eux, pour leur faire accepter un accord qui ne
serait pas déshonorant pour eux et qui sauverait la vie de Claudas ; car il devait fidélité au roi, et tous les autres aussi. La mêlée
dura de cette manière toute la nuit, à la clarté des torches,
des lanternes et des maisons qui étaient en flammes ; mais ceux
du pays y perdirent beaucoup plus que Claudas et ses gens.

Quand le jour fut proche, ils demandèrent à s'entretenir[1]
avec Pharien, et celui-ci vint leur parler. Ils se plaignirent qu'il
leur nuisait, alors qu'il devait les aider, et dirent que c'était une
déloyauté et une félonie.

« Par le nom de Dieu, dit Pharien, il n'y a là pas la moindre
déloyauté ni félonie. Car vous avez refusé mon conseil ; et
puisque vous ne vouliez pas le suivre, il semblait bien que vous
eussiez à mon égard et suspicion et défiance. D'autre part le roi
Claudas est mon seigneur, quoi qu'il en soit, à tort ou à
raison[2] ; mais, de sa part, il n'y a pas eu le moindre tort. Aussi
dois-je lui garder son hommage fidèlement, car je ne dois pas
l'abandonner dans le besoin, même s'il m'avait fait beaucoup
de mal. Quant au crime dont vous l'avez soupçonné, il ne vous
donne aucun droit. Il était tout prêt à se mettre en ma prison.
Je vous l'ai proposé ; mais, quoi que je vous dise, vous n'avez
rien voulu entendre. Par conséquent je ne commets aucune
faute, me semble-t-il, si je me tourne du côté de celui qui me
témoigne la plus grande confiance et qui m'écoute mieux que
vous. Et tant que je voudrai l'aider, vous ne le vaincrez jamais.
Mon château n'est pas très loin d'ici. Je le lui donnerai, ce
matin même, pour abri et pour refuge, puisque vous ne voulez
pas suivre mon conseil. Je l'y conduirai sous vos yeux, sans

---

1. *s'entretenir avec :* littéralement : parler à. J'ai sacrifié souvent, non
sans regret, à l'usage actuel, qui veut qu'on évite les répétitions de mots en
recourant à des synonymes. Mais ces fausses pudeurs sont étrangères au
français du XIIIe siècle.

2. *à tort ou à raison :* que j'aie eu tort ou raison de lui faire hommage.

que ja n'i perdra un seul denier que vos n'i perdoiz trois tanz ou quatre. Et qant il sera en mon chastel, bien porra atandre et seürement et par leisir lo secors de son païs, car gel quideroie tenir contre vos toz un an antier. Et s'il avient que de ceste besoigne puisse eschaper sainz et haitiez, ce devez vos savoir qu'il vos destruira toz l'un aprés l'autre, ja nus ne vos en iert garranz. Por ce si vos venist miauz croire consoil boen et leial que tel chose enprandre que vos ne puissiez a chief amener. Et de ce que vos dites que ge faz desleiauté et felenie, ne de ce que ge sui an sa besoigne, mantez vos tuit, ne ja n'i avra si hardi, s'il voloit prover ceste parole que ele fust voire, vers cui ge nel contredeïsse orendroit o lo matin par jor sanz plus atendre. »

Quant cil oent que Phariens s'afiche si durement de Claudas aidier et secorre, si n'i a nul qui tote paors n'aüst. Et il se traient a une part tuit li plus sage, si an parolent mout longuement et dient que, se Claudas puet faire tant qu'il veigne en sa terre a garison, il ne puet faillir qu'il ne reveigne en la fin d'aus au desus ; et lors seront tuit destruit sanz recovrier.

« Ne de ce, font il, ne poons nos a chief venir sanz Pharien, que trop est de grant proesce et de grant san. »

Si s'acordent a ce *(f. 30b)* tuit li plus sage et li plus haut, que s'il lor reviaut faire autretel offre com il avoit arsoir faite, il lo prandront. Mais en nule maniere ne s'i velt acorder Lanbegues, li niés Pharien, por que Claudas remaigne an sa garde et an sa baillie.

« Car ge sai bien, fait il, que il lo garantiroit encontre toz homes. Et sel deüst il haïr plus que nelui, li filz a putain, li traîtres, li faillíz. Mais faites tant qu'il remaigne en la prison, et puis lors si lo me bailliez, et g'en ferai tant que ja mais ne vos an sordra travauz ne poine. »

Lors saut avant uns mout hauz hom qui estoit sires d'un mout riche chastel qui estoit a mains de huit liues galesches pres d'iluec. Cil chastiaus avoit non Hauz Murs et seoit sor la

dommage et de telle sorte qu'il n'y perdra pas un seul denier que vous n'en ayez perdu trois ou quatre. Quand il sera dans mon château, il pourra attendre, tranquillement et à loisir, les secours de son pays ; car je me ferais fort de le tenir contre vous tous, une année entière. Et s'il advient qu'il puisse sortir sain et sauf de cette aventure, vous devez savoir qu'il vous détruira tous, l'un après l'autre. Il n'y aura personne qui puisse être votre garant. Voilà pourquoi vous auriez mieux fait de suivre un conseil honnête et loyal, au lieu de vous engager dans une entreprise que vous ne pourrez pas mener à bonne fin. Vous dites que je suis déloyal et félon, parce que je suis au service du roi : vous mentez tous. Et s'il y avait un chevalier assez hardi pour vouloir prouver la vérité de ce que vous dites, je lui en donnerais le démenti tout de suite ou demain matin, dès l'aube, sans plus attendre. »

En entendant Pharien se vanter si résolument d'aider et de secourir Claudas, il n'y en a pas un qui ne soit mort de peur. Alors les plus sages se retirent pour délibérer à part. Ils consultent très longuement. Ils comprennent que, si Claudas réussit à rentrer dans sa terre sain et sauf, il ne peut manquer de reprendre l'avantage sur eux, et qu'alors ils seront tous exterminés sans recours.

« Et nous ne pouvons, disent-ils, nous tirer de ce mauvais pas sans Pharien ; car il est d'une très grande prouesse et d'un très grand sens. »

Les plus sages et les plus hauts seigneurs en concluent que, si Pharien veut bien leur offrir de nouveau ce qu'il leur avait offert la veille au soir, ils l'accepteront. Mais ce n'est pas du tout l'avis de Lambègue, le neveu de Pharien. Il ne veut pas que Claudas soit mis sous la garde et la protection de son oncle.

« Car je sais bien, dit-il, qu'il le protégerait contre tous hommes. Et pourtant il devrait le haïr plus que personne, le fils de putain, le traître, le lâche ! Mais arrangez-vous pour qu'il demeure prisonnier. Puis confiez-le moi. Je ferai en sorte qu'il ne vous donne plus jamais de souci ni de peine. »

Alors se présente un très haut baron, le seigneur d'un très puissant château, qui était à moins de huit lieues galloises de Gaunes. Le château s'appelait Haut-Mur[1] et était situé sur la

---

1. *Haut-Mur*: Saumur(?) d'après Ferdinand Lot.

riviere de Loire mout en haut devers la Terre Deserte. Et li sires
avoit non Graiers, si estoit mout fel et mout angigneux et mout
preuz et mout hardiz, et avoit esté coisins au roi Bohort de
Gaunes et au roi Ban de Benoyc. Cil sailli avant por la parole
del neveu Pharien, et dist que tot seürement li jurassent, se il
voloit, que, s'il prenoit Claudas an garde, il ne troveroit ja
home qui force nule l'an feïst, que tuit li autre ne li aidassent a
lor pooirs.

« Et qant il sera, fait il, em prison, si an laissiez covenir moi
et Lanbegue, qui point ne l'aimme, et qant nos l'avrons mort et
nos serons a Haut Mur en mon chastel, ge vos abandoign a toz
que vos façoiz [vostre pooir] de moi et de lui ocirre. »

A cest consoil se tienent tuit. Lors sont revenu a Pharien, si
li dient que, s'il voloit faire Claudas metre en prison, si com il
l'avoit la nuit offert, il s'en sofferoient atant.

« Et vos meesmes, font il, i devriez grant painne metre por
vostre onor, et nos vos jurrons tuit sor sainz que nos vos *(f. 30c)*
lairons saisi de lui mout volentiers, et se nus vos i met chalonge,
nos en serons encontre lui de noz pooirs. »

« Par foi, seignors, fait Phariens, tant com ge lo vos offri por
lui, vos nel volsistes prendre ; et ore qant il a veüz voz esforz et
voz pooirs, il lo fera mout a enviz. Et neporqant ge li
demanderai, non pas a consoil mais devant vos. »

Lors s'en revient a Claudas et li dit, oiant toz, ce qu'il
requierent et un et autre. Et Claudas li dit qu'il set mout bien
les covenances d'aus deus, ne ja rien n'an fera s'a son los
non.

« Et vos, seignor, fait il a cels de la vile et do païs, q'en feroiz
vos ? »

Et cil saut avant qui estoit sires de Haut Mur, si li dit qu'il
s'en metent tuit en ce qu'il en fera outreement. En ceste
maniere ont chargié Pharien d'anbedeus parz, si cuide que cil
do païs i antendent autresi a leiauté com il faisoit, mais nel
font, ençois ne beent fors a tant seulement qu'il puissent ocirre
lo roi Claudas. Et il pense a garantir Claudas de mort, s'il pooit
estre, et a esploitier leiaument envers lo pueple, qu'il ne soit

rivière de Loire, dans une position très élevée, en allant vers la Terre-Déserte. Le seigneur l'appelait Graier. Il était très félon, retors, preux et hardi ; et c'était un cousin du roi Bohort de Gaunes et du roi Ban de Bénoïc. Il s'avance pour soutenir l'avis de Lambègue et dit :

« Jurez à Pharien, sans hésiter, s'il l'exige, que dans le cas où il prendrait Claudas sous sa garde et où qui que ce soit voudrait le lui arracher par la violence, vous lui viendrez tous en aide de tout votre pouvoir. Dès que Claudas sera prisonnier, laissez-moi m'en arranger avec Lambègue, qui ne l'aime pas. Quand nous l'aurons tué et que nous serons à Haut-Mur, dans mon château, je vous donne à tous toute licence de faire ce que vous pourrez pour nous tuer, Lambègue et moi. »

Ils se rallient tous à cette proposition et reviennent auprès de Pharien. Ils lui disent que, s'il veut faire en sorte que Claudas se constitue prisonnier, comme il le leur a proposé la nuit précédente, ils s'en contenteront.

« Vous-même, disent-ils à Pharien, devriez y consacrer tous vos efforts, pour votre honneur. Et nous vous jurerons tous, sur les saintes reliques, que nous laisserons très volontiers le roi sous votre garde et que, si quelqu'un veut y mettre obstacle, nous serons contre lui de tout notre pouvoir.

— Ma foi ! seigneurs, dit Pharien, tant que je vous ai fait cette offre de sa part, vous n'en avez pas voulu. Maintenant qu'il a vu vos efforts et vos maigres moyens, il n'y consentira pas sans peine. Cependant je le lui demanderai, non pas en privé, mais devant vous. »

Alors il revient auprès de Claudas et lui dit, devant tout le monde, ce que les uns et les autres lui demandent. Et Claudas répond :

« Vous savez bien nos accords et que je ne ferai jamais rien que sur votre conseil.

— Et vous, seigneurs, dit Pharien en se tournant vers ceux de la ville et du pays, que ferez-vous ? »

Le seigneur de Haut-Mur s'avance et dit qu'ils s'en remettent tous à ce que décidera Pharien, sans aucune réserve. Ainsi les deux parties lui ont remis leur pouvoir.

Pharien croit que ceux du pays font preuve d'autant de loyauté que lui-même, mais il n'en est rien. Ils n'ont qu'un seul désir, qui est de pouvoir tuer Claudas ; et Pharien veut à la fois sauver Claudas de la mort, si c'était possible, et agir loyalement

traîtres vers els ne parjurs vers son seignor.

Lors apele Claudas a une part, si li dit a consoil tot seul a seul :

« Sire, j'ai de ces genz grant painne eüe d'aus boter arrieres et de chastier de lor folie. Et neporqant ge ne me mervoille pas s'il sont dolant et angoisseus des deus anfanz a l'ome qu'il onques amerent plus, qui lor liges sires fu, si cuident que vos les aiez morz ; car granz merveille est qant il ne [se] font tuit ocirre ançois qu'il n'ocient vos. Ne ge meesmes ne vos ain pas, bien lo sachiez, se ge vos poïsse ocirre a mon droit et a m'anor. Mais aprés toz domages et totes ires doit l'an garder honor et honte crienbre, car *(f. 30d)* nus hom honiz en terre ne puet el siegle demorer, s'il gote voit, et qui droiture ne garde, de paradis a il perdue l'antree sanz recovrier. Et por ce vient miauz au preudome soffrir ses ires et ses dolors et ses domages que faire desleiauté ne felenie par quoi il perde l'amor de cestui siegle por quoi tote proesce se travaille, et l'autre qui ja ne prandra fin, la haute joie. Se Deu plaist, par moi ne moroiz vos ja tant com ge soie en vostre homage ; des lore puis ne vos asseür ge pas. Mais or oez por quoi ge vos ai ce dit. Ceste gent me requierent que ge vos face en prison entrer tant qe l'an sache noveles des deus anfanz, et vos m'avez creanté que vos i anterroiz si tost com ge vos en semondrai. Vos veez bien comment il est, car vos ne poez a els avoir la force an cest païs, si ne lor ai ge pas ce dit a lor consoil. Mais totevoie vos covendra en cele prison entrer, et ge vos serai garanz envers toz homes et desfenderres. »

« Certes, fait Claudas, ce ne me grevera ja rien, puis que vos me creantez leiaument que vos me garantiroiz par tot a droit. Et tenez, que ge vos rant ja m'espee tot avant. »

Qant Phariens l'antant, si an plore de grant pitié, car il ot qu'il se velt metre en sa prison, et si lo het plus que nelui, s'il lo pooit ocirre a son grant droit. Mais il ne set comment il lo preigne en conduit, car il dote que cil do païs et de la vile ne li ocient entre les mains, si seroit honiz a tozjorz mais ; et se ce

avec le peuple du pays, afin de n'être ni traître à leur égard ni parjure envers son seigneur. Alors il prend Claudas à part et lui dit en confidence, seul à seul :

« Seigneur, j'ai eu bien du mal avec ces gens, pour les détourner et les corriger de leur folie. Cependant je ne m'étonne pas s'ils sont malheureux et angoissés pour les deux enfants de l'homme qu'ils ont aimé le plus au monde et qui était leur seigneur lige, puisqu'ils croient que vous les avez tués. Il est même très étonnant qu'ils ne se fassent pas tous tuer, plutôt que de vous laisser la vie sauve. Moi-même je ne vous aime pas, sachez-le bien, et plût à Dieu que j'eusse pu vous tuer en observant la justice et l'honneur ! Mais, après tous dommages et toutes colères, il faut garder l'honneur et craindre la honte. Car aucun homme déshonoré sur terre ne peut demeurer dans le siècle, s'il y voit un peu clair. Et celui qui n'observe pas la justice, il a perdu l'entrée du paradis sans recours. Aussi convient-il mieux au prud'homme de souffrir ses colères, ses douleurs et ses dommages, que de commettre une déloyauté ou une félonie qui lui fasse perdre l'honneur de ce monde, à quoi toute prouesse aspire, et l'autre, qui ne finira jamais, la haute joie. Jamais, s'il plaît à Dieu, vous ne mourrez par moi, tant que je serai dans votre hommage. Ensuite je ne vous promets rien. Maintenant écoutez pourquoi je vous ai dit cela. Ces gens me demandent de vous faire entrer dans ma prison, jusqu'à ce qu'on ait des nouvelles des deux enfants. Et vous m'avez promis que vous y entrerez, dès que je vous en semondrai. Vous voyez bien ce qu'il en est : vous n'êtes pas le plus fort contre eux dans ce pays. Je ne le leur ai pas dit, dans leur conseil. Mais de toute manière vous serez obligé d'entrer dans cette prison ; et je serai votre garant envers tous hommes et votre défenseur.

— En vérité, dit Claudas, je n'en éprouverai nulle peine, puisque vous me promettez loyalement d'être mon garant en tous lieux, selon la justice. Tenez : je vous rends mon épée, avant toutes choses. »

Quand Pharien entend ces mots, il pleure de grande pitié. Il voit que Claudas veut se mettre dans sa prison ; et pourtant il le hait lui-même plus que personne, et aurait bien voulu pouvoir le tuer, s'il avait pu le faire en restant dans son bon droit. Mais il ne sait comment le prendre sous sa protection. Il redoute que ceux du pays et de la ville ne viennent le tuer entre ses mains. Il en serait déshonoré pour toujours et, si cela devait

l'an avenoit, il s'ocirroit de duel, si com il cuide, tot maintenant. D'autre part, s'il l'an lait aler, il li sera tenu a mauvaitié
et a grant defaute de cuer, et si granz maus en sera faiz que nus
nel porroit restorer, itant *(f. 31a)* fust puissanz, car cil qui lo
heent li corrent sus et se metent au parestroit en avanture de
mort o de lui ocirre. Ce est cil de toz les perilz qu'il plus i crient,
si pense comment il porra garantir lo roi Claudas de mort, et a
l'autre pueple faire de lor voloir une partie. Lors dist au roi :
    « Sire, vos vos metez mout en moi de ceste chose, et ge dot
que se ge vos metoie en ma prison, que ge ne vos poïsse pas
estre garanz, car trop vos heent mainte gent de grant haïne.
Mais ge vos dirai que vos feroiz : vos me bailleroiz de voz plus
riches homes trois seulement, si feroiz a l'un d'els voz armes
vestir, si quideront tuit que ce soiez vos veraiement. Cil troi
seront en la prison tant que nos avrons oïes aucunes veraies
noveles des anfanz. Si sera li uns de cels trois li sires de Saint
Cirre, et li autres sera li sires de Dum, et li tierz sera li quex que
vos miauz voudroiz de toz voz chevaliers, si avra voz armes
vestues. Et qant ge vos apelerai ja devant lo pueple, si me
fianceroiz ce que ge vos requerrai, et gel ferai en tel maniere
que vostre foiz i sera sauve et ma covenance en iert aquitee
devers noz genz. »
    Qant Claudas l'ot, si li otroie sa volenté tot a devise, comme
cil qui bien set qu'il lo conseillera a leialté. Puis sont arrieres
venu devant cels qui les atandent. Et Phariens lor dit :
    « Seignor, j'ai ci parlé a mon seignor lo roi et le vostre, car
vos volez por lui esleiauter qu'il se mete en ma garde tant que
l'an saiche des anfanz noveles qui creables soient, o de lor vie

arriver, il se tuerait de douleur, pense-t-il, tout aussitôt. D'un autre côté, s'il laisse partir Claudas, cela lui sera reproché comme une bassesse et une grande lâcheté ; et il en résultera un malheur tel que personne ne pourrait le réparer, quel que fût son pouvoir. En effet ceux qui haïssent Claudas se lanceront à sa poursuite, et, poussés à la dernière extrémité, prendront le risque de mourir ou de le tuer. C'est de tous les dangers celui qu'il craint le plus. Aussi cherche-t-il comment il pourrait sauver de la mort le roi Claudas et donner satisfaction en partie à la volonté du peuple.

Alors il dit au roi :

« Sire, vous me faites une grande confiance en cette affaire ; et je crains, si je vous acceptais dans ma prison, de ne pas pouvoir être votre garant, car maintes gens vous haïssent d'une trop grande haine. Je vous dirai donc ce que vous ferez. Vous me donnerez seulement trois de vos plus puissants barons. Vous ferez revêtir à l'un d'eux vos armes, et tout le monde croira que c'est vous. Ces trois hommes resteront en prison, jusqu'à ce que nous ayons reçu des nouvelles certaines des enfants. L'un des trois sera le seigneur de Saint-Cirre ; le seigneur de Dun[1] sera le second ; et le troisième, celui de tous vos chevaliers que vous aurez choisi, et c'est lui qui revêtira vos armes. Quand je vous appellerai devant le peuple, vous prononcerez le serment que je vous dirai ; et je le ferai de telle manière que votre foi sera sauve[2], et ma promesse tenue envers nos gens. »

Quand Claudas entend Pharien, il accède sans discussion à toutes ses demandes, en homme qui sait qu'il sera conseillé de bonne foi. Ils retournent ensuite devant ceux qui les attendent, et Pharien leur dit :

« Seigneurs, je viens de parler au roi, mon seigneur et le vôtre. Vous voulez, pour preuve de son innocence, qu'il se mette sous ma garde, jusqu'à ce que l'on ait reçu, au sujet des enfants, des nouvelles qui soient dignes de foi, ou de leur vie ou

1. *Saint-Cirre : Sanctus Satyrus*, Sancerre. *Dun :* Issoudun, déjà cité au début du roman, ou, comme on pourrait le déduire de ce qui suit, Châteaudun.

2. *votre foi sera sauve :* au prix d'une formule assez vague pour être interprétée dans un double sens, « conformément aux accords que nous avons passés ».

o de lor mort. Et j'ai tant fait qu'il lo m'otroia mout volentiers,
si l'an devons tuit bon gré savoir. » Et puis dist : « *(f. 31b)* Venez
avant, sire. Vos me fianceroiz comme rois sacrez leiaus que de
quele hore que ge voudrai, vos anterroiz an ma prison par les
covenanz que nos avons adevisez. »

Et li rois tant sa main, si li fiance.

« Or voil ge, fait Phariens, que avocques vos soient li dui plus
haut home de vostre regne, li sires de Saint Cirre et cil de
Chastel Dun, car rois ne doit pas estre em prison a compaignie
de ribauz, ançois doit avoir avocques lui de ses meillors
barons. »

Claudas respont qu'il en ira parler a cels deus mout volentiers devant lo palais ou il sont endui, car li uns gardoit son
hernois et li autres estoit a l'entree de la rue, qu'il la gardoit. Il
en est au palais venuz, puis se desarme et baille a un suen
chevalier ses armes, et il a les soes vestues, et il estoient andui
auques d'un grant et d'une groisse. Maintenant est venuz
arrieres, s'a comandé au chevalier qui ses armes avoit qu'il face
outreement qanque Fariens li requerra, si que ja nus n'aparçoive que ce soit autres que il. Quant Phariens les voit venir toz
trois armez, si dit as deus s'i[l] se metront en la prison avec lor
seignor. Et il dient que sanz els n'i sera il ja.

« Or me fianciez dont, fait il, que vos n'istroiz de ma prison
se ce n'est par mon congié. »

Et il fiancent andui. Puis prant la fience de celui qui a les
armes au roi Claudas ; si cuident bien tuit cil qui lo voient que
ce soit il. Et il prant lor trois espees tot maintenant. Puis a dit
a ces de Gaunes qu'i[l] li jurent que ja force ne li feront de[s]
trois prisons metre hors de baillie, sel fait jurer as douze plus
puissanz barons des deus reiaumes.

Ensi est faite la pais et l'acordance d'anbedeus les hoz, si en
vont sauvement les genz Claudas, et il avocques. *(f. 31c)* Et
antre Pharien et les autres sont retorné a Gaunes en la grant
tor, si met ses trois prisons dedanz. A l'antrer de la tor furent
li douze qui orent fait a Pharien lo sairement, et si i fu

de leur mort. J'ai tant fait qu'il y a consenti très volontiers. Nous devons tous lui en savoir bon gré. »

Ensuite il dit au roi :

« Avancez-vous, seigneur. Vous me jurerez, comme loyal roi sacré, qu'à l'heure où je le voudrai, vous entrerez dans ma prison, conformément aux accords que nous avons passés. »

Le roi tend la main et le jure.

« Maintenant, dit Pharien, je veux que vous ayez avec vous les deux plus hauts hommes de votre royaume, le seigneur de Saint-Cirre et celui de Château-Dun. Car un roi ne doit pas être en prison avec une compagnie de ribauds, mais avec quelques-uns de ses meilleurs barons. »

Claudas répond qu'il en parlera très volontiers à ces deux seigneurs, devant le palais, où tous deux se tiennent. En effet l'un veillait sur les équipages, et l'autre était à l'entrée de la rue, où il montait la garde.

Claudas se rend au palais. Puis il se fait désarmer, donne ses armes à l'un de ses chevaliers et les échange avec les siennes ; car ils étaient tous deux à peu près de la même taille et de la même corpulence. Aussitôt après, il s'en retourne, et ordonne au chevalier qui porte ses armes de faire très exactement ce que Pharien lui demandera, afin que personne ne puisse s'apercevoir que ce chevalier n'est pas le roi.

Quand Pharien voit venir les trois chevaliers en armes, il demande aux deux premiers s'ils acceptent de se mettre en prison avec leur seigneur, et ils disent qu'ils ne le quitteront jamais.

« Jurez-moi donc, dit Pharien, que vous ne sortirez de ma prison qu'avec mon autorisation. »

Tous deux le jurent. Ensuite Pharien reçoit le serment de celui qui porte les armes du roi ; et tous ceux qui le voient pensent que c'est le roi lui-même. Aussitôt après, il prend leurs trois épées. Alors il demande à ceux de Gaunes de jurer qu'ils ne lui feront pas violence, pour lui ôter la garde des trois chevaliers. Il fait prononcer ce serment par douze barons, les plus puissants des deux royaumes.

Ainsi la paix est faite et l'accord conclu entre les deux armées. Les gens de Claudas s'en vont sains et saufs, et lui-même avec eux. Pharien et les autres retournent dans la grande tour ; et Pharien y met ses trois prisonniers. À l'entrée de la tour se tenaient les douze barons, qui avaient prêté serment à

Lanbegues, ses niés. Et qant il furent en haut, si ne se pot tenir, ainz corrut sus celui qui les armes Claudas avoit vestues, car il ne haoit tant nule rien come lo cors Claudas. Si lo feri d'un espié qu'il avoit pris sor un hantier si grant cop enmi lou piz que li hauberz fausa et qu'i[l] li mist l'espié en la poitrine, si en saut li sans après lo cop. Il fu forz et iriez, et l'anpaint bien de grant vertu, sel porte a terre tot enferré ; et il se pasme. Et qant Phariens voit ce, si saisist une hache qu'il avoit an la tor maint jor gardee, si s'escorce vers son neveu, la hache, empoigniee a deus poinz, levee en haut. Et cil lo voit venir, si li escrie :

« Ha ! filz a putain, traîtres, volez me vos dons ocirre por un traïtor se ge l'ai navré ? Laissiez lo moi avant ocirre et puis si m'ociez après, car ge n'ameroie autretant nule vie comme cele mort. »

Phariens ne li respont pas a rien qu'il li die, ançois li cort sus iriez et chauz. Et cil se cuevre de son escu qu'il avoit encores a son [col], si lo giete desus sa teste. Et Phariens i fiert de la hache grandisme cop, si qu'il li tranche [aval desouz la bocle, que parmi outre descent li fers desus la senestre espaule, si li tranche] tot contraval del hauberc les blanches mailles et tranche lo cuir del chevalier et la char blanche et est colee dedanz lo grant os de l'espaule plus de troi doie.

Li cox fu granz et par ibe feruz, si ne pot li bachelers, qui anfes estoit, sostenir lo cop de son oncle, qui granz chevaliers et forz estoit, si vole a terre toz sanglanz. La noise est an la tor levee, et li sires de Saint Cirre, qui d'espee n'avoit point, aert

Pharien ; il y avait aussi Lambègue, son neveu. Quand ils furent en haut, Lambègue ne put se retenir. Il se jette sur celui qui avait revêtu les armes du roi, car il en voulait, avant toute chose, à la vie de Claudas. D'un épieu, qu'il a pris sur un râtelier, il lui donne entre les épaules un si grand coup que le haubert cède, l'épieu pénètre dans la poitrine et le sang jaillit aussitôt. Lambègue était fort et rempli de colère. Il a frappé avec une grande violence. Il porte à terre le chevalier, tout enferré[1], qui se pâme.

Quand Pharien le voit, il s'empare d'une hache, qu'il gardait depuis longtemps dans la tour. Il se précipite sur son neveu, la hache levée, empoignée à deux mains. Celui-ci le voit venir et lui crie :

« Ah ! fils de putain, traître, vous voulez donc me tuer, pour un traître que j'ai blessé ? Laissez-moi le tuer d'abord, et tuez-moi ensuite ; car il n'est pas de vie que je préfère à cette mort. »

Pharien ne répond à aucune de ses paroles et se jette sur lui, bouillant de colère. Le jeune homme se couvre de son écu, qu'il avait encore à son cou, et le met au-dessus de sa tête. La hache frappe d'un coup terrible l'écu et le fend sous la boucle[2]. Le fer descend le long de l'épaule gauche, tranche les blanches mailles du haubert, tranche la peau et la chair blanche et s'enfonce de plus de trois doigts dans le grand os de l'épaule. Le coup était rude et frappé avec colère. Le bachelier, qui était encore un enfant[3], ne put supporter l'assaut de son oncle, qui était un chevalier grand et fort. Il roule à terre, tout sanglant.

La clameur s'est levée dans la tour. Le seigneur de Saint-Cirre, qui n'avait pas d'épée, saisit l'épieu, avec lequel Lam-

---

1. *tout enferré :* avec le fer de la lance au travers du corps.
2. *la boucle :* partie centrale de l'écu, qui forme une bosse. Un « écu bouclier » est originellement un « écu à bosse » (dont le centre est plus épais) ; ensuite l'adjectif est devenu substantif.
3. *un enfant :* Philippe de Novare, un chevalier du XIIIe siècle, décrit ainsi « les quatre temps d'âge d'homme » : l'enfance (qui va de la naissance à 20 ans), la jeunesse (de 20 à 40), l'âge moyen (de 40 à 60) et la vieillesse (de 60 à 80). Un bachelier, un jeune homme de moins de 20 ans, même s'il est chevalier, est encore un « enfant ».

l'espié dont Lanbegues avoit feru lor compaignon, *(f. 31d)* et li
sires de Dun a pris un glaive en un hantier. Et Phariens descent
s'espee, si la lor giete, et dist :

« Seignor, or vos desfandez comme por vos, car tant com ge
avrai la vie el cors, ne vos an faudrai ge pas ; car mout me
poisse de ce que ge vos ai amenez a vostre mort ; mais ge ne
cuidoie pas estre venuz antre traïtors, mais antre leiaus barons.
Et neporçant, or i parra li quel seront leial, et li quel se
parjurront, car nos somes assez, puis que nos somes leial home,
ja tant n'i savra venir des traïtors. »

Ensin parole Phariens com hom iriez. Mais de toz les douze
n'i a il nul qui se mueve fors un tot seul : ce fu Graiers, li sires
de Haut Mur, qui s'estoit vantez qu'il ocirroit Claudas. Cil ot
saisie une hache paroille a la Pharien, si li adrece comme cil qui
estoit preuz assez et plains de grant hardement. Et Phariens lo
voit venir, si li adrece mout vistement. Il furent andui sanz
escuz, si s'entredonent si granz cox et pesanz desor les hiaumes
qu'il n'i a si fort ne si dur qui contre l'acier tranchant ne soit
fausez. Il furent andui preu assez et de grant force, et li cop
furent pesant et bien feru, si rompié la cerveliere del hiaume
Graier, et fu si estonez qu'il versa jus et feri a la terre mout
durement d'une des espaules. Et après lui chaï Phariens et feri
a la terre d'un des genouz.

Li chevaliers cui Lanbegues avoit feru de l'espié fu levez, car
n'estoit pas navrez a mort, si lo semont la paors de ses anemis
qu'il voit anviron lui qu'il se desfande ; et il si feïst volentiers
s'il poïst, mais li sans li chiet del cors a grant ruissel, qui mout
l'ampire ; et neporçant lo glaive a pris que cil ot laissié chaoir
cui Phariens bailla s'espee, si fait grant sanblant *(f. 32a)* de soi
desfandre. Mais il ne truevent qui en aus assaillir mete conroi,
car li onze dient qu'il ne se desleiauteront ja por deus musarz,
s'il ont faite lor folie. Et si estoient tuit sanz hiaume cil qui n'i
baoient a traïson.

Et Phariens ert redreciez, si venoit, la hache dreciee, la ou
Graiers estoit encontre terre toz estordiz. Et li onze li corrurent
tuit au devant, si li prient qu'il ne l'ocie pas por Deu. Mais
ançois qu'il aient lor parole dite, l'a il feru si durement, la ou

bègue avait frappé son compagnon; et le seigneur de Dun prend une lance dans un râtelier. Pharien détache son épée, la leur lance et dit:

« Seigneurs, c'est le moment de vous défendre pour vous-mêmes; car, tant que j'aurai la vie au corps, je ne vous ferai pas défaut. Je regrette bien de vous avoir amenés à votre mort; je ne croyais pas être venu parmi des traîtres, mais parmi de loyaux barons. Quoi qu'il en soit, on verra qui sera loyal et qui se parjurera. Nous sommes assez, puisque nous sommes loyaux, si nombreux que soient les traîtres qui nous assaillent. »

Ainsi parle Pharien, comme un homme rempli de colère. Mais des douze chevaliers présents, il n'en bouge qu'un seul: c'est Graier, le seigneur de Haut-Mur, qui s'était vanté de tuer Claudas. Il avait saisi une hache pareille à celle de Pharien et s'avançait vers lui, comme un homme très preux et d'une grande bravoure. Pharien le voit venir et va vers lui d'un pas rapide. Ils sont tous les deux sans écu et se donnent des coups si rudes et si pesants qu'il n'est pas de heaume, si fort et si dur soit-il, qui puisse résister contre l'acier tranchant. Ils étaient très preux et d'une grande force. Leurs coups étaient puissants et bien ajustés. La calotte du heaume de Graier se brise. Assommé, il s'effondre et heurte très durement la terre de l'une des deux épaules. Pharien tombe à côté de lui et touche la terre d'un genou.

Le chevalier, que Lambègue avait frappé avec un épieu, s'était relevé, car il n'était pas blessé à mort; et la peur qu'il a de ses ennemis, rassemblés tout autour de lui, le presse de se défendre. Il le ferait volontiers, s'il le pouvait. Mais le sang, qui coule à flots de son corps, l'affaiblit beaucoup. Néanmoins il ramasse la lance, abandonnée par le chevalier à qui Pharien avait donné son épée, et paraît bien décidé à se défendre. Mais ils ne trouvent personne qui se soucie de les attaquer. Les onze autres chevaliers disent qu'ils ne vont pas se parjurer, à cause de deux insensés, qui ont fait leurs sottises. D'ailleurs ils étaient tous sans heaume, parce qu'ils ne méditaient aucune trahison.

Pharien s'était relevé et venait, la hache levée, vers Graier, étendu face contre terre, tout étourdi. Les onze chevaliers se jettent tous au-devant de lui. Ils le supplient de ne pas tuer Graier, pour l'amour de Dieu. Avant qu'ils aient eu le temps de

il se relevoit, si l'asena mout bien desus lo hiaume un po plus
haut del haterel ; mais il ne feri pas del droit tranchant de la
hache, car ele li torna dedanz les mains ; et neporqant si
l'estordi que a la terre feri li nasels si durement que li nes et les
joes lo conparerent, et il s'estant a la terre de tot lo cors, si s'est
pasmez. Mais ançois qu'il recovrist, li ont toloit li autre et l'ont
aseüré et d'aus et de tot lor pooir, et tote sa conpaignie
avecques lui. Et lors estoit relevez Lanbegues, ses niés. Et qant
Phariens l'en voit aler, si li crie :

« Ahi ! filz a putain ; failliz, certes, morz iestes ! Mar m'i avez
honi, et me feroiz tenir por traïtor. »

Lors li cort sus, mais sa fame i est venuz poignant, qui mout
avoit Lanbegue longuement haï, car par son consoil li avoit
Phariens faiz mainz grant anuiz. Et qant ele voit que Phariens
li cort atote la hache por ocirre, si commance a crier merci.
Puis s'est mise devant lui et dit :

« Ha ! gentis chevaliers, n'ociez pas lo meillor chevalier do
monde s'il puet tant vivre, car trop seroit grant perte a
chevalerie et trop granz desleiautez endroit de vos. Et se vos
autrement nel vo*(f. 32b)*lez faire, ociez moi et lui laissiez, car
sanz moi ne mora il ja devant mes iauz. »

Quant Phariens voit sa fame, qi por celui se met en abandon
qui toz les maus li avoit quis et porchaciez, si lo laisse atant
ester et recort sus a Graier que li autre avoient ja relevé a mout
grant poine, et il lo fiert entre lor mains, sel rabat a la terre jus.
Et lors se corrocent li plusor d'aus et jurent que ce ne sofferront
il plus qu'il lor ocie en tel maniere celui qui en lor compaignie
estoit venuz. Lors li corrent sus, si lo fierent et de glaives et
d'espees et par devant et par derriere, si que de granz plaies li
ont faites el cors dont li sans vermauz chiet et degote ; mais
n'en i a nule qui mortex soit, si l'en est mout bien avenu. Mais
qant Lanbegues, ses niés, voit lo sanc qui des plaies li degotoit,

parler, Pharien a déjà frappé Graier très violemment, pendant que celui-ci se relevait. Il l'a très bien visé sur le heaume, un peu au-dessus de la nuque, mais ne l'a pas frappé du tranchant de la hache, parce qu'elle a tourné dans ses mains. Il l'a cependant assommé, et son nasal vient heurter la terre si durement que son nez et ses joues sont fort mal en point. Il s'étend sur le sol de tout son long et se pâme. Avant que Pharien soit revenu à la charge, les autres lui ont arraché Graier. Ils se portent garants, envers Pharien et tous ses compagnons, et d'eux-mêmes et de toutes leurs troupes.

Cependant Lambègue, le neveu de Pharien, s'était relevé. Quand Pharien le voit s'en aller, il lui crie :

« Ah ! fils de putain, lâche, cette fois vous êtes mort, misérable qui m'avez honni et me ferez passer pour un traître. »

Alors il se jette sur lui. Mais sa femme arrive en courant. Elle avait longtemps haï Lambègue ; car c'était sur le conseil du jeune homme que son époux lui avait fait subir maintes grandes douleurs. Quand elle voit que Pharien s'élance sur son neveu, avec sa hache, pour le tuer, elle commence à crier grâce. Puis elle se met devant lui et lui dit :

« Ah ! gentil chevalier, ne tuez pas le meilleur chevalier du monde ; car il le sera, s'il peut vivre assez. Ce serait une trop grande perte pour la chevalerie, une trop grande déloyauté de votre part. Si vous ne voulez y consentir à un moindre prix, tuez-moi, mais laissez-le: Car il ne mourra pas sans moi, sous mes yeux. »

Quand Pharien voit que sa femme offre sa vie pour sauver celui qui lui voulait et lui faisait tout le mal possible, il laisse aller Lambègue et s'élance de nouveau sur Graier, que les autres avaient relevé à grand'peine. Il le frappe entre leurs mains et le jette une nouvelle fois à terre. Alors les autres se fâchent, pour la plupart ; ils jurent qu'ils ne laisseront pas Pharien tuer de cette manière celui qui était venu en leur compagnie. Ils courent sus à Pharien, le frappent et de lances et d'épées, et par-devant et par-derrière. Ils lui ont fait de grandes plaies dans le corps, dont le sang vermeil tombe et dégoutte. Mais il n'y en a aucune qui soit mortelle, il a eu beaucoup de chance.

Quand Lambègue son neveu vit que le sang coulait des plaies

si ne li pot li cuers soffrir, car nature de charnel amor li faisoit
avoir pitié de celui qui estoit ses droiz sires et ses oncles. Il met
la main a l'espee, si lor cort sus, si navrez com il estoit, si lor
done granz cox, la ou il les puet ataindre, comme cil qui assez
avoit cuer et hardement. Et autresin lor corrient sus li autre qui
en prison estoient por Claudas venu, si lor livrent meslee a
grant planté. Quant li onze voient que Lanbegues se met en
aventure de mort por son oncle qu'il cuidoient qu'il haïst tant,
si en ont il meesmes mout grant pitié et dient que mout est fox
qui s'antremet d'amis charnex. Et lors saut avant li plus riches
et li plus puissanz d'aus qui estoit sires d'un chastel qui avoit
non Lanbrions, si estoit mout sages et mout vaillanz, et de
grant proesce avoit il esté. Cil se mist entre Pharien et cels qui
l'asailloient *(f. 32c)*; et il estoit mout privez de lui et mout
s'entramoient de longuement. Si fist tant que la meslee departi
sanz plus de perte qui d'ome mort i fust, mais de navrez en i ot
des plus prisiez.

   Et atant sont departi, si s'an vont hors de la tor trestuit fors
Phariens et sa maisniee qui remex i sont. Il se fait desarmer, si
li regardent ses plaies li dui ostage qui remex furent et qui assez
preüdome estoient, et li tierz ert mout bleciez. Si s'an antremet
mout la fame Pharien ; et qant ele set que ses sires n'a plaie nule
perilleusse, se ne li chaut pas grantmant des autres fors de
Lambegue dont ele s'entremet assez plus que l'an ne cuidast ;
car il ne se vost onques hors metre de la tor, por ce que il avoit
paor que cil de la cité assaillissent son oncle, si voloit miauz
avocques lui morir, s'a ce venist, que estre sauvez dehors avec
les autres. Et Phariens est mout mains iriez vers lui qu'il ne li

de Pharien, il ne put le supporter ; car la voix du sang[1] lui criait
d'avoir pitié de celui qui était son légitime seigneur et son
oncle. Il met la main à l'épée et s'élance contre les agresseurs de
son oncle, si blessé qu'il soit ; il leur donne de grands coups,
partout où il peut les atteindre, en homme qui ne manque ni de
cœur ni d'audace. Ceux qui s'étaient constitués prisonniers
pour Claudas font de même et livrent de durs combats.

Quand les onze chevaliers voient que Lambègue se met en
danger de mort pour son oncle, qu'il paraissait haïr si fort, ils
en ont eux-mêmes une grande pitié et disent qu'il est bien fou,
celui qui s'entremet[2] entre les membres d'une même famille.
Alors s'avança le plus riche et le plus puissant d'entre eux.
C'était le seigneur d'un château qui s'appelait Lambrion,
homme sage et de valeur, et sa prouesse avait été très grande.
Il s'interposa entre Pharien et ceux qui l'assaillaient. C'était un
ami intime de Pharien et ils s'aimaient beaucoup de longue
date. Il fit tant que la mêlée s'arrêta, sans plus de perte, pour ce
qui est des morts ; car il y eut des blessés et des plus valeureux.

Alors ils se séparent et sortent tous de la tour. Il n'y demeure
que Pharien et les gens de sa maison. Pharien ôte ses armes et
fait examiner ses plaies par les deux otages, qui sont demeurés
avec lui et qui sont très prud'hommes. Le troisième était
grièvement blessé et la femme de Pharien s'en occupe. Quand
elle voit que son seigneur n'a aucune blessure périlleuse, elle ne
se tourmente pas beaucoup pour les autres, sauf pour Lambègue, pour qui elle se met en peine beaucoup plus qu'on ne
l'aurait pensé.

Le jeune homme ne voulut jamais sortir de la tour ; car il
avait peur que les gens de la ville ne vinssent assaillir son oncle,
et il aimait mieux mourir avec lui, s'il fallait en venir là, que
d'avoir la vie sauve, hors de la tour, avec les autres. Pharien est
beaucoup moins fâché contre lui qu'il ne le lui a montré dans
la mêlée ; car il sait bien qu'en fin de compte Lambègue ne

---

1. *la voix du sang* : littéralement : la nature de l'amour charnel, c'est-
à-dire la force des liens du sang. « L'amour charnel » s'oppose à « l'amour
de nourriture », voir p. 239, note 1 et p. 309, note 1.

2. *s'entremet* : se met entre, s'interpose ; mais aussi : se mêle de, s'occupe
de.

a mostré a la meslee, car bien set c'au parestroit ne li porroit il
soffrir a avoir honte ne mal ; mais sor tote rien se mervoille de
sa fame qui tant l'avoit haï et ore li estoit correüe aidier au
grant besoign de si grant cuer que ele s'abandona por lui et a
navrer et a ocirre. Et de ce que ele en a fait a son cuer si
gaaignié que de nul mesfait ça en arrieres n'a talant que ja mais
mauvais gré li sache, ainz l'an pardone son maltalant de tot an
tot. Et a son neveu repardone lo corroz qu'il li avoit fait del
chevalier qu'il avoit navré, qui en son conduit estoit.

Ensin est Phariens en la tor. Et cil qui assailli l'avoient s'en
sont alé, se sont dolant de tex i a de ce qu'il n'avoient Pharien
mort, mais a cels qui leial estoient n'en pesoit il mie, car bien
savoient que s'il [l]'eüssi*(f. 32d)*ent mort, il an fussient tenu a
tozjorz mais por desleiaus et por honiz. Mais or retorne li
contes as deus anfanz qui sont avecques Lancelot lor coisin en
la garde a la boene Dame del Lac.

Quant li dui anfant orent esté trois jorz au lac ou la
damoisele les en ot portez, si furent mout ampirié de tel com il
estoient qant il i vindrent, et tot ce fu por lor maistres que il
n'avoient, car mout les amoient amedui. Qant la Dame del Lac
les vit ampirier si durement, si en ot mout grant pitié et grant
esmai, et lor demande qu'il ont eü qui si durement sont
empirié. Et il lo li çoillent, que dire ne li osent, car mout la
dotent. Et ele lor fait anquerre a Lancelot. Et il li conoissent
qu'il ne seront ja mais a eise devant qu'il aient lor maistres, car
il n'osoient a nelui dire lor volenté si com il feïssent a els, car
il i avoient tant trové de doçor et de pitié que il n'an porroient,

pourrait pas souffrir qu'il eût honte ni mal. Mais ce qui l'étonne par-dessus tout, c'est l'attitude de sa femme. Elle avait tant haï Lambègue ; et voilà qu'elle courait l'aider dans sa détresse, avec une telle ardeur qu'elle s'exposait pour lui à être ou blessée ou tuée. Par ce qu'elle a fait, elle a si bien gagné le cœur de son époux que d'aucune de ses fautes antérieures il ne veut plus lui savoir mauvais gré. Il les lui pardonne et renonce à son ressentiment du tout au tout. Il pardonne aussi à son neveu l'injure qu'il lui a faite, en blessant le chevalier qui était sous sa garde.

Ainsi Pharien est dans la tour et ceux qui l'avaient attaqué s'en sont allés. Certains sont désolés de ne pas l'avoir tué. Mais ceux qui étaient loyaux ne le regrettaient pas. Car ils savaient que, s'ils l'avaient tué, ils en auraient été tenus à tout jamais pour déloyaux et pour honnis.

Maintenant le conte retourne aux deux enfants, qui sont, avec Lancelot leur cousin, sous la garde de la bonne dame du Lac.

CHAPITRE XIV

Deux chevaliers de Gaunes se rendent au Lac

Quand les deux enfants eurent passé trois jours au Lac, où la demoiselle les avait amenés, ils eurent bien plus mauvaise mine qu'ils n'avaient quand ils étaient arrivés. Et ce fut à cause de leurs maîtres, qui leur manquaient ; car ils les aimaient beaucoup l'un et l'autre. Quand la dame du Lac les vit si maigres, il lui vint une très grande pitié et un très grand effroi. Elle leur demande ce qu'ils ont eu, pour dépérir ainsi. Mais ils le cachent et n'osent pas le lui dire, parce qu'elle les intimide. Elle les fait interroger par Lancelot. Alors ils confessent qu'ils ne seront jamais heureux, tant qu'ils n'auront pas leurs maîtres. Ils n'osaient confier leurs désirs à personne comme ils l'auraient fait avec eux ; car ils avaient trouvé en eux tant de douceur et

ce lor est avis, en nul leu autant trover. Et Lanceloz lor
enquiert de lor covines et qui i[l] sont. Et Lyoniaus li conoist
qu'il avoient esté fil au roi Bohort de Gaunes et que foïz s'en
estoit por une tele aventure, si li a conté de chief an chief
comment il avoit feru Claudas a son mangier et son fil navré.
Et Lanceloz l'an aimme trop mielz et mout l'an prise. Puis li
demande de Claudas se il est morz, et il dit que nenil.

« Mais ses filz, fait il, est ocis, dont ge ne sui pas mains liez
que de Claudas, mais assez plus. »

« Certes, fait Lanceloz, bien vos *(f. 33a)* en est avenu. Mais or
gardez que vos seiez autresin preuz ça en avant com vos avez
esté, car filz de roi, ce m'est avis, doit avoir assez plus proesce
que nus autres hom. »

Totes les choses qu'il avoit dites a Lancelot conta Lanceloz a
sa dame, et dist que bien saüst ele qu'il ne mengeroient ja mais
endui li frere devant qu'il eüssient lor maistres. Et cele en a
mout grant pitié ; si les apele, et voit qu'il ont les joes tanves et
abaissiees et les iauz roges et anflez del plorer qu'il avoient fait,
et la colors lor est ampiriee mout durement, et il sont andui si
amati et trespensé qu'il ne puent faire bele chiere ne biau
senblant. Ele lor demande :

« Mi anfant, que avez vos ? »

Et il ne li osent conoistre devant la que ele dit :

« Ge sai bien por qoi vos iestes a malaise. C'est por voz
maistres que vos n'avez. Mais se ge les vos enveoie querre,
seriez vos a eise ? Dites lou moi ; car bien sachiez que ge
envoierai por els se vos m'an devez bon gré savoir. »

Et Lyoniaus, qui plus anpirez estoit, li dit qu'il ne porroient
des lors en avant nul mal avoir.

« En non Deu, fait ele, por ce n'avroiz vos ja mal longuement, car ges envoierai querre encore anuit. »

« Dame, fait Lyoniaus, il ne me tarde mie tant por estre
avocques lui come por la grant paor que j'ai qu'il ne soit

de tendresse[1] que nulle part, leur semblait-il, ils ne pourraient en trouver autant. Lancelot leur demande dans quelle situation ils se trouvent et qui ils sont. Lionel lui dit qu'ils sont les fils du roi Bohort de Gaunes et se sont enfuis dans telle et telle circonstance. Il raconte, sans omettre aucun détail, comment il a frappé Claudas à sa table et blessé son fils. Lancelot l'en aime bien davantage et l'estime fort.

Il demande si Claudas est mort et Lionel lui dit que non.

« Mais son fils, ajoute-t-il, est mort, ce dont je ne suis pas moins content que si j'avais tué Claudas ; je le suis même beaucoup plus.

— Certes, dit Lancelot, vous avez eu de la chance. Mais prenez soin d'être aussi preux à l'avenir que vous l'avez été ; car un fils de roi doit, me semble-t-il, surpasser en prouesse tous les autres hommes[2]. »

Lancelot rapporta à sa dame tout ce que Lionel lui avait raconté. Elle pouvait être sûre, lui dit-il, que les deux frères ne mangeraient pas, tant qu'ils n'auraient pas leurs maîtres. La dame en éprouve une grande pitié. Elle les appelle. Elle voit qu'ils ont les joues maigres et creuses, les yeux rouges et gonflés des larmes qu'ils ont versées. Leur teint est grandement altéré. Ils sont l'un et l'autre si abattus et si angoissés qu'ils ne peuvent faire bon visage ni bonne contenance. Elle leur demande :

« Mes enfants, qu'avez-vous ? »

Ils n'osent pas l'avouer, jusqu'à ce qu'elle leur dise :

« Je sais bien pourquoi vous êtes malheureux. C'est à cause de vos deux maîtres, qui vous manquent. Si je les envoie chercher, serez-vous heureux ? Dites-le-moi, et soyez certains que j'enverrai chez eux, si vous devez m'en savoir bon gré. »

Lionel, qui était le plus atteint, lui répond qu'après cela ils ne pourraient plus être affligés d'aucun mal.

« Par le nom de Dieu, dit la dame, votre mal ne durera pas longtemps ; car je les enverrai chercher, cette nuit même.

— Dame, dit Lionel, la raison de mon impatience, ce n'est pas tant mon désir d'être avec mon maître que la grande peur

---

1. *tendresse :* littéralement : pitié.
2. Ce passage est peut-être une interpolation. Il est en contradiction avec ce qui nous est dit plus loin. Lionel n'apprendra la mort de Dorin, le fils de Claudas, que par le récit de Lambègue (p. 305).

morz, car ge criem mout que Claudas nes ait fait ocirre, qui
trop les het. »

« Or ne vos esmaiez, fait ele, pas, que prochainement en
orroiz veraies novelles. Mais gardez que vos des ores mais ne
faciez mauvaise chiere, car ja mais ne vos ameroie. Mais
mangiez et vos confortez entre vos et mon fil, li uns a l'autre,
car ge ne voudroie *(f. 33b)* por nule rien que voz maistres vos
trovassent si enpiriez qant il vendroient. Et se vos n'iestes
dedanz tierz jor autresin gras et bel com vos estiez qant vos
fustes ci amenez, bien sachiez que ja voz maistres n'i verroiz,
que dons cuiderient il que l'an vos aüst laissiez morir de fain
çaianz. »

« Ha ! dame, fait Lyoniaus qui mout a grant paor de la
menace, por Deu merci, certes s'il nos veoient maigres et
ampiriez, il savroient mout bien que ce seroit por lor compaignie que nos aviens perdue. Et neporqant nos mangerons tant
com vos voudroiz, se vos nos creantez que vos i envoieroiz
encore anuit. »

Et la dame s'an rist mout volentiers et puis lor creante que
ele i envoiera ja androit.

« Dame, fait Lyoniaus, il an seront assez plus lié se l'an lor
porte aucunes anseignes de nos que il conoissent ; et veez ci noz
deus ceintures, si lor faites mostrer tot avant par celi qui les
portera, et il vandront tantost a nos, ge lo sai bien. »

La dame prant les ceintures qui estoient amedeus et d'une
oevre et d'une sanblance, et mout lo tient a sage de ce que de
tel chose s'est porpensez. Puis est venue arrieres en ses chanbres, si apele une damoisele, non pas cele qui les anfanz avoit
amblez mais une autre, si li dit :

« Vos en iroiz, fait ele, a Gaunes, et anquerroiz par vos et par
cels qui avocques vos s[er]ont lo covine del roi Claudas et de
cels del regne de Gaunes ; et selonc ce que vos verroiz, si pensez
del celer vostre covine o del descovrir, del celer vers les genz
Claudas outreement, del descovrir vers les maistres a noz deus
anfanz. Et an tel maniere com ge vos deviserai, vos anquerroiz
totes les choses coment eles sont alees, et que l'an dit des deus
anfanz, et de lor deus maistres, ou il sont. Et se vos poez a els
parler priveement, si parlez et *(f. 33c)* lor diroiz que lor dui
seignor les saluent. Et a enseignes lor bailleroiz ces deus

que j'ai qu'il ne soit mort. Je crains que Claudas ne les ait fait tuer, car il les hait trop.

— Ne vous effrayez pas, dit la dame. Vous en aurez prochainement de bonnes nouvelles. Mais gardez-vous désormais de montrer cette triste mine ; car je ne vous aimerais plus. Mangez et réconfortez-vous en même temps que mon fils, l'un avec l'autre ; car je ne voudrais pour rien au monde que vos maîtres vous trouvassent en aussi mauvais état, quand ils viendront. Si vous n'êtes pas dans deux jours aussi gras et aussi beaux que vous l'étiez, quand vous fûtes amenés ici, sachez bien que vous ne verrez pas vos maîtres ; car ils croiraient que l'on vous eût laissés mourir de faim céans.

— Ah ! dame, dit Lionel, qui est très effrayé par cette menace, pour l'amour de Dieu pitié ! Certainement, s'ils nous voyaient maigres et affaiblis, ils en sauraient bien la cause, qui est que nous avions perdu leur compagnie. Néanmoins nous mangerons autant que vous le voudrez, si vous nous assurez que vous enverrez auprès d'eux dès cette nuit. »

La dame s'en rit de très bon cœur et promet d'envoyer son messager tout de suite.

« Dame, dit Lionel, ils seront bien plus heureux, si on leur apporte quelques enseignes de nous qu'ils pourront reconnaître. Voici nos deux ceintures. Que celui qui les portera les leur présente tout d'abord, et ils viendront nous retrouver aussitôt, je le sais bien ! »

La dame prend les ceintures qui étaient toutes deux d'un même ouvrage et d'un même aspect ; et elle tient Lionel pour sage, d'avoir eu l'idée de cette précaution. Puis elle retourne dans ses chambres, appelle une demoiselle — non pas celle qui avait enlevé les enfants, mais une autre — et lui dit :

« Vous irez à Gaunes, et vous vous renseignerez, par vous-même et par ceux qui seront avec vous, sur l'état des affaires du roi Claudas et des hommes du royaume de Gaunes. Selon ce que vous verrez, pensez à dissimuler vos intentions ou à les découvrir : les dissimuler entièrement aux gens de Claudas, les découvrir aux maîtres de nos deux enfants. De la manière que je vais vous expliquer, vous chercherez à savoir tout ce qui s'est passé, ce que l'on dit des deux enfants et où sont leurs deux maîtres. Si vous pouvez leur parler en tête-à-tête, faites-le et dites-leur que leurs deux seigneurs les saluent. Vous leur donnerez pour enseignes ces deux ceintures. Dites-leur que, par

ceintures, et a ces enseignes vos croient que li anfant sont sain
et sauf et tuit a eise. Aprés lor diroiz que par la creance de ces
anseignes vaignent a lor deus seignors, car il ne manjuent ne ne
boivent, por ce qu'il ne sont avec aus. Mais bien gardez que ja
ne il ne autres ne sachent qui vos iestes ne de quel leu. »

Et cele dit que de ce ne la covient il ja a chastier.

« Or vos dirons dons, fait la dame, comment vos en esploite-
roiz. Vos lor diroiz qu'il vaignent si privement que ja n'i
amaignent nule rien vivant ne mes els deus, et si les amenez par
ces destors que ja nule gent ne sachent o vos iroiz. Et ge cuit
que vos troveroiz ou la ou entrevoies m'espie que j'ai envoiee
por lo covine aprandre et encerchier, si avrez mains a faire que
vos n'avriez se vos faisiez tot par vos. »

Atant s'an part la damoisele, et avocques li vont dui vallet a
cheval, si chevauchierent tant que il encontrerent lor espie, qui
lor dit comment la pais a esté faite entre Claudas et cels de la
terre de Gaunes, et qu'il lo tienent em prison, et les mervoilles
que li dui maistre avoient faites, li uns de Claudas garantir et li
autres de lui ocirre. Totes les choses li conta, comment eles
avoient esté en l'ost, selonc ce que genz estranges en puent
savoir ne aprendre.

Et la damoisele s'en vait d'iluec tant que ele est a Gaunes
venue ; si trueve la vile mout troblee, car il avoient assis
Pharien et sa maisniee dedanz la tor, por ce qu'il savoient ores
bien que Claudas n'estoit pas en prison laianz. La damoisele vit
qu'il l'assaillent *(f. 33d)* a la tor mout durement, si ot mout grant
paor des deus maistres qui laianz estoient. Ele anquist et
ancercha por qoi cil assauz estoit si granz a cele tor, autresin
com se ele n'en saüst rien. Et il li dient tot lo porquoi. Et ele
enquiert de toz cels dehors li quex estoit plus leiaus hom, et l'an
li nome. Et ele fait tant que ele parole a lui, et ele li dit :

« Biax sire, l'an vos tient mout a leial home de grant
maniere ; et ge vos diroie une chose, se vos me creantiez
leiaument que nus ne savroit par vos que gel vos eüsse dit. Et
sachiez que ce seroit de vostre grant joie et del preu a voz deus
seignors. »

Et qant cil l'antant, s'an a tel joie que trop grant, si li fuit toz

ces enseignes, ils doivent croire que les enfants sont sains et saufs et qu'ils ont toutes leurs aises. Ensuite vous leur direz que, sur la foi de ces enseignes, ils viennent auprès de leurs deux seigneurs, qui ne mangent ni ne boivent parce qu'ils ne sont pas avec eux. Mais prenez garde que ni eux-mêmes ni d'autres ne sachent qui vous êtes ni de quel pays. »

La demoiselle dit qu'il n'est nul besoin de lui faire des recommandations à ce sujet.

« Voici maintenant, dit la dame, comment vous procéderez. Vous leur direz de venir si discrètement qu'ils n'amènent ici âme qui vive, sauf eux-mêmes seulement. Et pour cela conduisez-les par les chemins les plus détournés, afin que nul ne sache où vous irez. Je crois que vous trouverez, sur place ou sur la route, mon éclaireur, que j'ai envoyé pour s'enquérir et s'informer de la situation. Ainsi vous aurez moins de mal que vous n'auriez, si vous deviez tout faire par vous-même. »

Alors la demoiselle s'en va, emmenant avec elle deux valets à cheval. Ils chevauchent tant qu'ils trouvent leur éclaireur, qui leur dit comment la paix a été conclue entre Claudas et ceux de Gaunes. Il leur apprend que Claudas est prisonnier des gens de Gaunes, et les merveilles que les deux maîtres ont faites, l'un pour sauver Claudas et l'autre pour le tuer. Il rapporte à la demoiselle toutes les péripéties de la bataille, selon ce que des étrangers peuvent savoir ou apprendre. De là, la demoiselle fait route jusqu'à ce qu'elle arrive à Gaunes. Elle trouve la ville très agitée. Ceux de la ville avaient assiégé Pharien et les gens de sa maison dans la tour, parce qu'ils savaient désormais que Claudas n'y était pas prisonnier. La demoiselle voit le très violent assaut qu'ils donnent à la tour et elle a grand' peur pour les deux maîtres qui s'y trouvent. Elle demande pourquoi il y a une telle bataille devant cette tour, comme si elle n'en savait rien. On lui fournit toutes les explications. Elle demande aussi quel est l'homme le plus loyal de tous ceux qui assiègent la tour. On le lui désigne. Elle réussit à lui parler et lui dit :

« Beau seigneur, vous avez le renom d'homme loyal au plus haut degré, et je vous confierais un secret, si vous me donniez votre parole d'honneur que nul ne saurait par vous que je vous l'eusse dit. Sachez que ce serait pour votre grande joie et pour le bien de vos deux seigneurs. »

Quand il entend ces mots, le chevalier est saisi de la plus vive

li sans qant il entant que c'est de sa grant joie et del preu a ses
deus seignors.

« De quex deus seignors, fait il, me parlez vos ? »

« Ge vos parol, fait ele, des filz au roi Bohort qui de ceste cité
fu sires et del païs tot anviron. »

« Ha ! damoisele, fait il, ençois que vos me metoiz en autre
parole, dites moi s'il sont vif, li dui anfant. »

« Oïl, fait ele, ce sachiez, tuit sain et tuit haitié. Et por ce sui
ge ci venue que l'an velt bien, la ou il sont, que lor genz sachent
comment il lor estait. Et si mandent a lor deus maistres, qui
laianz sont, tex anseignes qu'il conoistront, ce quit, mout bien.
Por ce vos pri et requier que vos me faciez a els parler, car mout
en ai grant besoign. »

« Damoisele, fait il, lo parler porchacerai ge mout bien a
mon pooir, mais por Deu, s'il puet estre, dites moi en quel leu
sont mi dui seignor, ne s'il sont es mains Claudas ne a lor
autres anemis. »

« Tant, fait ele, vos an puis dire, qu'il sont sain et haitié
(f. 34a) et a eise et an tel garde ou en les aimme autretant com
vos feriez o plus, ne n'ont garde ne paor de nul home qui mal
lor voille. Mais lo leu ou il sont ne poez vos pas ores savoir. »

« Damoisele, fait cil, ge vois porchacier comment vos parleroiz a lor deus maistres ; mais se vos volez, ge dirai, por noz
genz faire plus liees, que j'ai oï de noz seignors voires noveles,
car mout en sera la joie granz. »

« Sire, fait ele, gel voil bien, mais que de plus ne soie enquise
par nelui, car ge vos ai dit an confession ce que ge vos ai
descovert. »

« Vos ne troveroiz ja, fait il, qui de plus dire vos face
force. »

Lors l'acole et s'an revient a lor genz, si lor dit que noveles
a oïes des deus anfanz, et que sain sont et haitié, et hors des
mains Claudas et de toz lor anemi sont. Lors fu granz la joie
par tote la cité, car tost fu seüe la novelle. Si fait tant cil qui a
la pucele avoit parlé que il fait traire les genz arrieres ; et fait

émotion ; et tout son sang se fige, quand il entend dire que c'est
« pour sa grande joie et pour le bien de ses deux seigneurs. »

« De quels deux seigneurs, dit-il, me parlez-vous ?

— Je vous parle, dit-elle, des fils du roi Bohort, qui fut le
seigneur de cette ville et du pays environnant.

— Ah ! demoiselle, dit-il, avant toute autre parole, dites-moi
s'ils sont vivants, les deux enfants.

— Oui, dit-elle, sachez-le, ils ont toute leur santé et toutes
leurs aises. Je suis venue ici, parce que l'on veut, là où ils se
trouvent, que leurs hommes sachent ce qu'il est advenu d'eux.
Ils envoient à leurs deux maîtres qui sont ici des enseignes telles
qu'ils les reconnaîtront, je crois, sans hésiter. C'est pourquoi je
vous prie et requiers de me permettre de leur parler, car j'en ai
le plus grand besoin.

— Demoiselle, dit le chevalier, je m'y emploierai très volontiers, pour autant que je le peux. Mais, pour l'amour de Dieu,
dites-moi, si vous le pouvez, en quel lieu se trouvent mes deux
seigneurs et s'ils sont aux mains de Claudas ou d'autres de leurs
ennemis.

— Je puis seulement vous dire qu'ils sont en bonne santé et
dans de bonnes conditions, bien traités et sous une garde telle
qu'on les aime autant que vous les aimeriez vous-même, ou
davantage encore, et qu'ils n'ont lieu d'avoir ni crainte ni souci
de personne qui leur veuille du mal. Mais le lieu où ils se
trouvent, vous ne pouvez pas le savoir en ce moment.

— Demoiselle, dit-il, je m'emploierai pour que vous puissiez
parler à leurs deux maîtres. Mais, si vous le voulez bien, pour
mieux disposer nos gens, je leur dirai que j'ai reçu de vraies
nouvelles de nos deux seigneurs. Ils en auront une très grande
joie.

— Seigneur, dit-elle, je le veux bien, pourvu que nul ne m'en
demande davantage. Car je vous ai confié sous le sceau du
secret ce que je vous ai révélé.

— Vous ne trouverez personne, répond-il, qui vous oblige
d'en dire plus. »

Alors il l'embrasse et revient auprès de ses gens. Il leur dit
qu'il a reçu des nouvelles des deux enfants, qu'ils sont sains et
saufs, hors des mains de Claudas et de tous leurs ennemis.

Grande fut la joie par toute la cité, car la nouvelle y fut
connue très vite. Le chevalier, à qui la pucelle avait parlé,
réussit à faire reculer les combattants. Il put ainsi amener la

venir avant la damoisele jusqu'a la tor, et la fait parler a
Pharien et a Lanbegue, son neveu. Et qant ele ot mostrees les
ceintures, lors ne fu pas petite la joie que il en orent. Et ele lor
dit ensin com sa dame li avoit les paroles enchargiees, de ce
qu'il ne pooient ne boivre ne mengier, et que mout estoient
empirié de ce qu'il n'estoient avoc aus.

Granz est la joie que li dui maistre font de ce que la pucele
dit des deus anfanz qui trové sont, car cele lor creante a mener
la ou ele les a laissiez. Et tantost vient Phariens as fenestres de
la tor, si apele des plus hauz homes de la cité et do païs et lor
dit les noveles teles com il les a oïes. Et cil dient que s'il fait tant
qu'il les lor puisse mostrer, il s'an sofferront atant. Il est venuz
a la damoisele arrieres, si li dit : *(f. 34b)*

« Damoisele, li meschiés est si granz com vos poez veoir, car
ge sui et mes genz ci en prison, ne ge ne serei dessarrez devant
que une partie de cest pueple ait veüz les deus anfanz, car il
cuident bien qu'il soient mort et traï par moi meïsmes. »

« En non Deu, fait ele, ce n'oseroie ge sor moi enprandre,
mais se vos i venez, ge les vos ferai veoir, et vostre neveu
avocques vos. Mais a plus de gent ne seroient il pas mostré, car
ensin m'est desfandu desor mes iauz. »

« Damoisele, fait Phariens qui mout fu sages, or vos dirai
donques que vos feroiz. Ge vos baillerai mon neveu qui ci est,
qui avocques vos ira, car il est maistres au menor. Et s'il puet
trover vers celui qui les a en garde qu'il les voille mostrer as
barons de cest païs, ensin porrai eschaper hors de ceianz, mais
autrement ne cuit ge pas qu'il poïst estre. Ne ge ne voldroie en
nule maniere que vos en fussiez blasmee, mais puis que
commandé vos est que vos nos meignoiz et moi et mon neveu
la ou il sont, lo neveu vos baillerai gié. Mais vos me jureroiz
avant sor sainz que vos nel metroiz en la baillie ne el pooir au
roi Claudas. »

Ensins li otroie la damoisele, et il revient a cels dehors, si lor
dit c'une partie des plus leiaus homes d'aus aillent avoc son
neveu.

« Et ceste damoisele si vos fera les anfanz mostrer. Et ge
remandrai en prison tant que vos les avroiz veüs, mais si tost

demoiselle jusqu'à la tour et lui permettre de parler à Pharien ainsi qu'à Lambègue son neveu. Quand elle leur eut montré les ceintures, leur joie ne fut pas petite. Elle leur dit, comme sa dame lui avait commandé de le faire, que les enfants ne pouvaient ni boire ni manger et qu'ils dépérissaient, parce qu'ils n'étaient pas avec eux.

Grande est la joie des deux maîtres. Ils se réjouissent de ce que la pucelle a dit des deux enfants, qui sont retrouvés. Elle promet d'amener leurs maîtres là où elle a laissé les enfants. Aussitôt Pharien se montre aux fenêtres de la tour. Il appelle plusieurs des plus hauts hommes de la cité et du pays, et leur dit les nouvelles, telles qu'il vient de les apprendre. Ils lui répondent que, s'il est en mesure de leur présenter les deux enfants, ils s'en tiendront pour satisfaits.

Pharien se tourne vers la demoiselle et lui dit :

« Demoiselle, la difficulté est grande, comme vous pouvez voir. Mes gens et moi sommes ici prisonniers ; et je ne serai pas libéré, avant que plusieurs de ces gens aient vu les deux enfants, car ils croient qu'ils ont été tués et que je les ai trahis.

— Par le nom de Dieu, dit la demoiselle, c'est une chose que je n'oserais prendre sur moi. Si vous venez, je vous ferai voir les enfants, ainsi qu'à votre neveu. Mais ils ne sauraient être montrés à plus de gens, car cela m'est défendu sur mes yeux.

— Demoiselle, dit Pharien, qui était sage, je vais donc vous dire ce que vous ferez. Je vous donnerai, pour aller avec vous, mon neveu que voici ; il est le maître du plus petit. S'il peut obtenir, de celui qui a les enfants sous sa garde, qu'il veuille les montrer aux barons de ce pays, alors je pourrai sortir d'ici. Mais autrement je ne crois pas que ce soit possible. Je ne voudrais en aucune manière que vous fussiez blâmée. Puisqu'il vous est commandé de nous amener, mon neveu et moi, là où sont les enfants, je vous donnerai mon neveu. Mais vous me jurerez auparavant, sur les saints Évangiles, que vous ne le mettrez pas entre les mains du roi Claudas ni en son pouvoir. »

La demoiselle y consent et Pharien se tourne vers ceux qui assiègent la tour. Il leur propose que plusieurs d'entre eux, choisis pour leur loyauté, s'en aillent avec son neveu.

« Cette demoiselle vous montrera les enfants et je resterai en prison jusqu'à ce que vous les ayez vus. Mais, sitôt que

com vos savroiz qu'il sont sain et haitié et hors des mains
Claudas, ge voldrai estre delivres, et ge et cist prison qui ceianz
sont. Et ce me jureroiz sor sainz, ançois que mes niés se mueve
de ceianz por la aler. »

Ensin l'otroient li baron et un et autre, car ja ne quident
veoir l'ore que li anfant soient trové sain et haitié. Li saint sont
aporté, *(f. 34c)* si fait tot avant la damoisele a Pharien son
sairement, et puis li baron de Gaunes de ce qu'il lor ot devisé,
et cil que il i vost eslire. Mais por ce que li baron de Gaunes ne
sorent q'ert a avenir, o de traïson o d'autre chose, si eslisent
que d'aus toz n'i era c'uns seus cui il porront et devront bien
croire de ce qu'il lor fera entendre. Si eslisent celui meïsmes a
cui la damoisele avoit parlé, et il estoit li plus riches hom de tot
lo regne et li plus leiaus, et coisins germains au roi Bohort avoit
esté. Si ert apelez Leonces de Paerne, et estoit bien de l'aage de
cinqante anz o de plus. Mais avant qu'il mueve, demande a la
damoisele quel part ele lo manra, ou en la terre Claudas ou en
quel leu. Et ele dist que Claudas n'a nul pooir, la ou ele lo velt
conduire.

Atant sont monté entre Leonce et Lanbegue, et sivent la
damoisele qui les conduist. Si chevauchent tant qu'il vienent el
chief d'une valee par devers Nocorranges, a l'antree de la forest
qui estoit apelee Briosque. De cele part de la forest estoit li lais
ou li anfant estoient qu'il aloient veoir. Lors sont venu a une
eive qu'i estoit et corroit desouz la forest un petit. Si a entre
l'eive et la forest mout bele praerie et mout grant. Et la
damoisele dit a Leonce :

« Biax sire, ge sui une damoisele qui sui a autrui q'a moi. Et
qant ge alai a Gaunes, l'an me deffendié sor mes iauz que ge ne
menasse la o li anfant sont que seulement les deus maistres as
anfanz, ne ge n'oseroie pas trespasser lo commandement qui
m'an est faiz. Por ce vos covenra ci demorer jusq'a lo matin, et

vous saurez qu'ils sont saufs et hors des mains de Claudas, j'entends que nous soyons libérés, moi-même et les otages qui sont ici. Vous me le jurerez sur les saints Évangiles, avant que mon neveu ne sorte de cette tour, pour vous accompagner. »

Les barons donnent leur accord, tous sans exception, parce qu'ils ne croient pas que le moment vienne jamais où les enfants seront retrouvés sains et saufs. Les saints Évangiles sont apportés. Pharien reçoit d'abord le serment de la demoiselle, puis ceux des barons de Gaunes, prononcés dans les termes qu'il a arrêtés et par les hommes qu'il a choisis. Mais, comme ils ne savent pas ce qui peut advenir, ou trahison ou autre chose, ceux de Gaunes décident de n'envoyer qu'un seul d'entre eux, qu'ils pourront et devront croire en tout ce qu'il leur fera savoir. Ils choisissent celui-là même à qui la demoiselle avait parlé. C'était le plus puissant seigneur de tout le royaume et le plus loyal. Il était cousin germain du roi Bohort, s'appelait Léonce de Paerne et avait bien cinquante ans ou davantage. Mais, avant de partir, il demande à la demoiselle dans quelle direction elle l'emmènera. Sera-ce dans la terre de Claudas ou en quel lieu? Elle répond que Claudas n'a nul pouvoir, là où elle veut le conduire[1].

Alors Léonce et Lambègue montent à cheval et suivent la demoiselle, qui les conduit. Ils chevauchent tant qu'ils arrivent dans une vallée, du côté de Nocorranges, à l'entrée de la forêt qui était appelée Briosque. Du côté de la forêt se trouvait le Lac, où étaient les deux enfants qu'ils allaient voir. Ils arrivent au bord d'une rivière, dont les eaux couraient un peu au-dessous de la forêt. Entre la rivière et la forêt il y avait une belle et grande prairie. La demoiselle dit à Léonce :

« Beau seigneur, je suis une demoiselle au service d'autrui. Quand je me rendis à Gaunes, on m'ordonna sur mes yeux de n'amener, là où sont les enfants, que les maîtres des enfants eux-mêmes; et je n'oserais transgresser le commandement qui m'en est fait. C'est pourquoi il faut que vous

---

1. Ce luxe de précautions est révélateur d'une époque. Loyauté et honneur sont synonymes, de même que déloyauté et trahison. Mais la loyauté et la religion même n'étaient que des assurances bien fragiles, comme on le verra plus loin.

nos irons entre moi et cest autre chevalier, la ou li anfant sont, et porchacerons comment vos i porroiz venir. Et sachiez que lo matin avroiz en message un de ces escuiers qui ci sont avoc moi, qui vos revandra dire ce que nos avrons trové. »

« Damoisele, *(f. 34d)* fait il, puis qu'a remanoir me covient, dites moi o ge porrai herbergier. »

« Volentiers, fait ele, or me sivez. »

Lors s'an vait tot contramont la riviere tant qu'il choississent un po loig, sor destre, le chastel de Tarasche, qui marchissoit a un chastel qui avoit non Brions ; si estoit la forelz [por ce] apelee Briosque. La damoisele mostre a Leonce lo chastel et cil i va herbergier entre lui et ses escuiers. Et antre la damoisele et Lanbegue chevauchant tant qu'il sont venu au lac. Il antrent anz ; si estoit ja nuiz qant il i vindrent, et mout se merveilla Lambegues comment la damoisele osoit a cele hore entrer dedanz cele eive qui si estoit granz. Mais il n'en sot onques mot tant qu'il se vit tres devant unes granz portes a l'antree d'une haute maison. Il regarda entor soi, mais il ne vit mie del lac qu'il avoit ores si grant veü, si s'an mervoille trop durement.

La damoisele antre anz avant et il aprés, et la damoisele vient en la chanbre o li anfant sont. Quant il sorent que venue estoit la damoisele, si saillent hors li dui enfant. Et qant Bohordins vit son maistre, si ne fait pas a demander s'il a grant joie, car il lo baise plus de cent foiz. Mais qant Lyoniaus ot que ses maistres ne vient pas, si n'an demande plus novelles, ainz se fiert an la chanbre arrieres. Et vient en une garderobe, si trueve la damoisele qui avoit lui et son frere amené de Gaunes, et ele faisoit la plaie de son vis afaitier qui mout estoit encore granz. Et qant il la vit, si s'en mervoille mout o ele avoit cele plaie prise, car il ne l'avoit pas au venir aparceüe.

demeuriez ici jusqu'à demain. Nous irons, ce chevalier et
moi, là où sont les enfants. Nous essaierons de faire en sorte
que vous puissiez venir. Et sachez bien qu'au matin vous
recevrez, porteur d'un message, l'un de ces écuyers qui sont
ici avec moi. Il viendra vous dire ce que nous aurons
obtenu.

— Demoiselle, dit Léonce, puisqu'il faut que je reste ici,
dites-moi où je pourrai me loger.

— Volontiers, dit-elle. Suivez-moi. »

Alors elle remonte le cours de la rivière, jusqu'à ce qu'on
aperçoive, pas très loin sur la droite, le château de Tarasche,
voisin d'un autre qui portait le nom de Brion ; et c'était pour
cette raison que la forêt s'appelait la Briosque. La demoiselle
montre le château à Léonce et celui-ci va s'y loger avec ses
écuyers. Elle-même et Lambègue poursuivent leur chemin
jusqu'à ce qu'ils soient venus au lac. Ils entrent alors dans le
lac. Il faisait déjà nuit, quand ils arrivèrent ; et Lambègue
s'étonnait fort que la demoiselle osât entrer à cette heure dans
une si grande étendue d'eau. Mais il ne sut rien, jusqu'à ce qu'il
se trouvât devant de grandes portes, à l'entrée d'une haute
maison. Il regarde autour de lui. Il ne voit plus trace du lac, qui
lui avait paru tout à l'heure si grand ; et son étonnement est
extrême. La demoiselle entre d'abord, et lui ensuite. Elle se
dirige vers la chambre où sont les enfants. Quand ils apprennent que la demoiselle est arrivée, les deux enfants se précipitent. Et quand Bohordin voit son maître, il ne faut pas
demander s'il en a une grande joie, car il le baise plus de cent
fois. Mais quand Lionel apprend que son maître ne vient pas,
il n'en demande aucune nouvelle ; il rentre aussitôt dans sa
chambre. Il se dirige vers une garde-robe[1] et y trouve la
demoiselle qui les avait amenés de Gaunes, son frère et lui. Elle
faisait soigner la plaie de son visage, qui était encore très
grande. Quand il la voit, il est très étonné et se demande où elle
a reçu cette blessure, car il ne l'avait pas remarquée en venant
au Lac :

---

1. *garde-robe* désigne une petite pièce, située à l'écart, et pas seulement
celle où l'on garde le linge et les habits. « Les chambres » ont un sens plus
général ; elles désignent « les appartements », c'est-à-dire toutes les pièces de
la maison, autres que la grande salle.

« Hé ! damoisele, fait il, qui vos a faite cele plaie ? Certes, mout vos a enpiriee et laidie. »

« Voire, fait ele, Lyonel, dont *(f. 35a)* me doit mout amer cil qui la me fist sosfrir, et par cui ge la reçui volentiers et de boen gré, et qui ot sauvee la vie par ceste plaie. »

« Certes, fait il, oïl, autretant comme son cors, car ja mais rien que vos li commandoiz ne doit veer ne contredire. »

« Et qui l'avroit, fait ele, por vos eüe, quel loier l'en rendriez vos ? »

« Quoi ? fait il ; si voirement m'aïst Dex, ge l'ameroie sor tote rien et criembroie et doteroie. »

« Voire, fait ele, certes, dont ne voldroie ge pas que ge ne l'eüsse eüe, car ge l'oi por vos desfendre de mort et garantir, qant l'espee vos fu levee desus lo chief. Or esgardez combien vos me devez de guerredon. »

« Combien ? Certes, ge vos en doi autant com ge plus puis amer ma vie. Et mout a plus en vos de deboenneireté et de pitié qu'il n'a en Pharien, mon maistre, cui ge avoie mandé ma grant mesaise, et si n'est pas a moi venuz ; et si l'amoie mout et creoie, que, se ge eüsse tot lo mont en mon pooir, il an fust plus sires assez que ge ne fusse. Et vos vos meïtes en aventure de mort por moi, et si ne me conoissiez. Ne ja Dex au jor ne m'aïst qant ge ja mais avrai maistre nul se vos non tant com vos me voudroiz enseignier, car meillor maistre ne porroie ge pas avoir de vos, car nus ne [se] doit tant fier en autrui com an celui qui plus l'aimme que tuit li autre. »

Qant la damoisele l'ot, si en a si grant pitié que les lermes l'an sont del cuer as iauz venues. Et ele l'a pris entre ses braz, si commence a plorer mout tenrement, et lui prist a baisier et es

« Ah, demoiselle ! dit-il, qui vous a fait cette blessure ? Certes, il vous a bien enlaidie et défigurée.

— Il est vrai, dit-elle, Lionel. Ne doit-il pas, en conséquence, m'aimer beaucoup, celui qui me l'a fait subir, pour qui je l'ai reçue volontiers et de bon gré, et qui eut la vie sauve grâce à cette blessure ?

— Certes oui, dit-il, autant que son propre corps. Jamais, quoi que vous lui commandiez, il ne doit ni le refuser ni le contester.

— Et si une demoiselle avait eu pour vous cette blessure, vous la paieriez de quel prix ?

— De quel prix ? dit Lionel. En vérité, que Dieu me pardonne, je l'aimerais plus que tout être au monde, je la craindrais[1], je la révérerais.

— Vraiment ? dit-elle. Eh bien ! je ne regrette pas d'avoir eu cette blessure ; car je l'eus pour vous défendre et vous sauver de la mort, quand l'épée était levée sur votre tête. Voyez donc combien vous me devez de reconnaissance.

— Combien ? dit-il. Mais je vous en dois autant que je peux aimer ma propre vie. Il y a en vous beaucoup plus de bonté et de pitié qu'il n'y en a en Pharien mon maître, à qui j'avais mandé ma grande détresse et qui n'est pas venu à moi. Cependant j'avais mis en lui tant d'amour et de confiance que, si j'avais eu le monde entier en mon pouvoir, il en eût été le maître beaucoup plus que moi-même. Et c'est vous qui vous êtes mise en danger de mort pour moi ; et vous ne me connaissiez même pas ! Que Dieu ne me vienne pas en aide au jour du jugement, si j'ai jamais un autre maître que vous, tant que vous voudrez m'enseigner ! Je ne pourrais avoir de meilleur maître, car on ne saurait avoir autant de confiance en nul autre qu'en celui qui vous aime plus que ne font tous les autres. »

Quand la demoiselle entend Lionel, elle en a une si grande pitié que les larmes lui viennent du cœur aux yeux. Elle le prend entre ses bras, commence à pleurer très tendrement et le couvre

---

1. *je l'aimerais, je la craindrais :* pour un homme du XIIIᵉ siècle, l'association de ces deux mots est naturelle. « On ne peut rien aimer que l'on ne craigne », dit plus loin notre auteur. Le véritable amour rend timide et maladroit le héros le plus intrépide.

iauz et an la boche. Et lors antre Lanbegues an la chambre ; et
qant Lyoniax lo voit venir, si lo salue. Et cil s'agenoille devant
lui, si li demande comment il li a puis esté. »

« Mauvaisement, fait li en*(f. 35b)*fes, mais, Deu merci, or
m'estait bien, car auques ai obliez de mes anuiz. »

Et totes ores tient la damoisele anbracie parmi lo col. Et
Lanbegues li dit :

« Sire, mes oncles, vostres maistres, vos salue. »

« Mes maistres n'est il mie voir, fait Lyoniax, mais vos iestes
maistres Bohort, car vos l'ietes venuz solacier de sa mesaise. Et
neporçant, comment le fait Phariens ? »

« Sire, fait il, Deu merci, sainz est et toz haitiez. »

Lors li conte les tribouz et les anuiz qu'il a puis eüz por
garantir et les preudomes et lo païs.

« Et Doryns, li filz Claudas, fait Lyoniaus, est il ancor gariz
del cop que Bohorz, mes freres, li dona ? »

Et Lanbegues commence a rire, et li dit qu'il est si gariz
comme cil qui a la fin est alez.

« Comment ? fait Lyoniaus ; dites vos qu'il est mort por
voir. »

« Sire, fait il, gel vi an biere gesir tot froit sanz ame. »

« Or ne s'entremete ja nus, fait il, des ores mais de guerroier
por mon heritage, car bien sera encor rescox. Et Dex desfande
Claudas que il ancor si tost ne muire devant que ge li face
savoir combien de seürté puet avoir qui autrui terre prant a
force. »

Ensin parole Lyoniaus ; si s'an mervoillent trop durement
tuit cil qui l'oent des fieres paroles qu'il trait avant ; mais trop
en est liee la Dame del Lac, et si volentiers l'escoute que ele ne
puet entandre a autre chose.

Lors li devise Lanbegues comment il est venuz laianz, et par
quel covant, et que ja mais n'istra Phariens de prison devant

de baisers sur les yeux et sur la bouche. Alors Lambègue entre dans la chambre ; et quand Lionel le voit venir, il le salue. Lambègue s'agenouille devant lui et lui demande comment il s'est porté depuis son départ.

« Mal, dit l'enfant. Mais, Dieu merci, maintenant je vais bien ; car j'ai oublié quelques-uns de mes chagrins. »

Cependant il tenait toujours la demoiselle embrassée par le cou. Et Lambègue lui dit :

« Seigneur, mon oncle votre maître vous salue.

— Ce n'est vraiment pas mon maître, dit Lionel. Mais vous êtes le maître de Bohort, parce que vous êtes venu le consoler de son chagrin. Cependant, comment va Pharien ?

— Seigneur, dit Lambègue, Dieu merci, il est sauf et va bien. »

Alors il raconte à Lionel les peines et les tourments que son oncle a eus, depuis son départ, pour sauver à la fois les prud'hommes et le pays.

« Et Dorin, le fils de Claudas, dit Lionel, est-il à présent guéri du coup que Bohort mon frère lui a donné[1] ? »

Lambègue se met à rire et lui dit qu'il est si bien guéri que son affaire est terminée.

« Comment ? dit Lionel. Dites-vous qu'il est mort pour tout de bon ?

— Seigneur, dit Lambègue, je l'ai vu reposer en bière tout froid, sans âme.

— Maintenant, dit Lionel, que personne ne s'avise de faire la guerre pour mon héritage ; car je saurai le reconquérir un jour ! Et que Dieu préserve Claudas de mourir d'une mort aussi prompte, avant que je lui fasse connaître quelle sécurité on peut avoir, quand on prend la terre d'autrui par la force ! »

Ainsi parle Lionel, et tous ceux qui l'entendent s'émerveillent des fières paroles qu'il prononce. Mais la dame du Lac en est la plus heureuse ; et elle l'écoute si volontiers qu'elle ne peut se lasser de l'entendre.

Alors Lambègue expose à Lionel comment il est venu au lac et sous quelles conditions ; que Pharien ne sortira jamais de

---

1. On découvre que Lionel ignorait la mort de Dorin, ce qui est en contradiction avec ce qui a été dit ci-dessus (p. 289, note 2).

que Leonces, li sires de Paerne, avroit veü lui et Bohort. Et lors
demande la Dame del Lac a Lyonel qu'il en fera, se il i voudra
aler ou non.

« Dame, fait il, g'en ferai ce que ma damoisele en loera que
ge taig ci. »

« Comment ? fait la dame ; iestes vos donques si a li ? »

« Sui, dame, fait il ; a cui seroie ge dons ? Ele m'a si chier
acheté que bien me doit avoir *(f. 35c)* gaaignié par tant de
mal. »

Lors li descuevre il meesmes lo visage et desvelope, si que
tuit voient la plaie apertement. Et cele qui estoit dame de laianz
dist :

« Certes, ele l'a bien enploiee la plaie, se ele l'a por vos eüe,
que ja ne m'aïst Dex a nul jor, que vos ja serez se preuzdom
non, se vos jusqu'a droit aage d'ome poez durer. »

Ensin parolent de Lyonel et un et autre. Et la Dame del Lac
atorne a aler a l'andemain jusqu'a la riviere desouz Tarasche, et
menra avocques li les deus anfanz por mostrer a Leonce de
Paerne qui les atant. A ces paroles et a ces devises s'acorde
mout bien Lanbegues, et li dui amfant autresin. Ne la dame ne
les i menoit se por ce non que ele ne voloit que il fussient seü
laianz de ces genz qui les agaitaissent aucune foiz qant il ne s'en
preïssent garde, car legierement les poïst l'en prendre, puis que
l'en seüst lo leu o il conversassent, ou si com il alassent joer en
bois, ou si com il en venissient.

Endemantiers qu'il parloient de ceste chose, si vint Lanceloz
laianz, qui fu levez de dormir, car il avoit tote jor an bois esté
et mout estoit levez matin. Et la dame avoit en costume que ja
a sosper ne manjast que ele ne lo veïst avant, ne au disner, por
que il fust en la maison ; car puis cele hore que il se sot et pot
entremetre de servir, ne menjast ele devant qu'il avoit devant li
tranchié un po et mis do vin dedanz sa cope, et lors si lo faisoit
aler seoir. Et ele se delitoit autresin en lui esgarder comme cele
qui mises avoit an lui totes les amors que l'an puet en anfant

prison, avant que Léonce le seigneur de Paerne ne les ait vus, Bohort et lui. La dame du Lac demande à Lionel ce qu'il veut faire. Veut-il aller voir Léonce ou non?

« Je ferai, dit Lionel, ce que me conseillera ma demoiselle que voici.

— Comment? dit la dame, êtes-vous à elle[1]?

— Je le suis, dame, dit-il. À qui serais-je donc? Elle m'a si chèrement acheté qu'elle mérite bien de m'avoir gagné par tout le mal qu'elle a souffert. »

Alors il dévoile lui-même et fait paraître le visage de la demoiselle, de sorte que tous voient la blessure à découvert. Et celle qui était la dame de céans dit :

« Certes, elle ne l'a pas reçue en vain, cette blessure, si c'est pour vous qu'elle l'a reçue. Que jamais Dieu ne me vienne en aide, si vous ne devenez pas un vrai prud'homme, pourvu que vous puissiez vivre jusqu'à l'âge d'homme! »

Les uns et les autres parlent de Lionel dans les mêmes termes. Et la dame du Lac fait ses préparatifs pour aller le lendemain à la rivière sous Tarasche. Elle emmènera avec elle les deux enfants, afin de les montrer à Léonce de Paerne, qui les attend. Lambègue et les deux enfants accueillent avec beaucoup de joie ces projets et ces dispositions. Et la dame préférait emmener les enfants, parce qu'elle ne voulait pas que leur présence au Lac fût connue de gens qui pourraient leur tendre une embuscade, à l'occasion, quand ils n'y prendraient pas garde. En effet, il était facile de s'emparer d'eux, dès lors que l'on connaîtrait le lieu de leur séjour, quand ils iraient jouer dans la forêt ou qu'ils en reviendraient.

Tandis qu'ils parlaient de leur voyage, arrive Lancelot, qui venait de se réveiller ; car il avait passé toute la journée en forêt et s'était levé de très bonne heure. La dame avait cette coutume qu'elle ne se mettait jamais à table pour souper, avant d'avoir vu Lancelot ; et de même pour déjeuner, s'il était dans la maison. Depuis le jour où il sut et put s'employer au service de la table, elle ne mangeait pas avant qu'il eût un peu tranché devant elle et mis du vin dans sa coupe. Ensuite elle le faisait asseoir et prenait plaisir à le regarder, comme une femme qui avait mis en lui toutes les amours que l'on peut mettre en un

1. *être à quelqu'un* : être à son service, à ses ordres.

metre par pitié de norreture ; et plus l'amoit ele assez que pitiez
de norriture ne querroit, car nule fame ne poïst plus amer nul
(*f. 35d*) anfant que ele aüst porté dedanz son vantre.

Lanceloz vint tot contraval la sale, et ot un chapelet de roses
vermoilles resplandissanz an son chief, qui mout li sistrent bien
sor la blondor des chevox qui mout furent bel. Et si estoit il ja
el mois d'aost que roses n'ont mie naturel raison de tant durer.
Mais li contes de lui afiche c'onques tant com il fu el lac, ne fu
nul jor, o fust estez o fust yvers, qu'il n'eüst au matin un chapel
de roses fresches et vermeilles sor son chevez, ja si matin ne se
levast, fors seulement au vendredi et as vigiles des hautes festes
et tant com qaresme duroit. En toz les autres jorz avoit
Lanceloz chascun matin chapel de roses ; ne ja ne s'en preïst
garde qu'il onques poïst aparcevoir qui li aportoit illuec, et
maintes foiees i gaita por lo savoir. Mais onques puis que li dui
anfant furent venu en sa compaignie, ne fu nus matins, si tost
com il se levoit et il trovoit son chapel, qu'il nel depeçast, si en
faisoit trois et donoit lo sien a chascun des deus anfanz. Si li fu
atorné a grant gentillece de cuer de toz cels qui lo veoient.

Il vint contraval la sale, si com vos avez oï ; et qant il sot que
sa dame estoit an la chanbre as loges, qui issi estoit apelee, si
vient la a grant compaignie de vallez, dont il avoit tozjorz
assez. Mais li premerains de toz cels qui l'aparçut, si fu Bohorz
qui el giron son maistre gisoit, si saut maintenant encontre lui
[et dist :

« Sire, veez ci mon maistre qui venuz est. »

Et lors saillent tuit encontre lui,] et la dame et uns mout biax

enfant tendrement nourri, et plus encore[1]. Car aucune femme n'eut aimé davantage un enfant qu'elle eût porté dans son ventre.

Lancelot s'avance à travers la salle. Il a un petit chapeau de roses vermeilles, resplendissantes, autour de sa tête, qui sont du plus bel effet sur la blondeur de ses beaux cheveux. Cependant on était déjà au mois d'août, quand les roses n'ont plus de raison naturelle de fleurir si tard. Mais l'Histoire de Lancelot nous assure que, tant qu'il fut au Lac, il ne se passa pas de jour, soit d'hiver, soit d'été, qu'il ne trouvât dès le matin, au chevet de son lit, un chapeau de roses fraîches et vermeilles, quelle que fût l'heure de son lever, sauf le vendredi, les veilles des hautes fêtes et pendant le temps que durait le carême. Tous les autres jours Lancelot avait un chapeau de roses à son lever. Et jamais il ne parvint à savoir qui le lui apportait, bien que souvent il fît le guet pour le découvrir. Mais après que les deux enfants furent venus en sa compagnie, chaque matin, dès qu'il se levait et qu'il trouvait son chapeau, il ne manquait jamais de le défaire et de le partager en trois, afin que chacun des deux enfants eût le sien. Et le commun sentiment de tous ceux qui le voyaient fut que ce geste lui venait d'une grande noblesse de cœur.

Il traverse la salle comme il vous a été dit. Quand il apprend que sa dame est dans la pièce qu'on appelait la chambre des loges[2], il s'y rend, accompagné de beaucoup de jeunes garçons ; car il en avait toujours un grand nombre en sa compagnie[3]. Mais, entre tous, le premier à l'apercevoir, ce fut Bohort, qui était dans le giron de son maître. Il court vers lui et lui dit :

« Seigneur, voici mon maître qui est arrivé. »

Alors tous se lèvent sur son passage, la dame, un beau

---

1. *tendrement nourri et plus encore:* une traduction littérale n'aurait aucun sens. Littéralement : par amour (pitié) de nourriture ; et elle l'aimait bien plus encore que l'amour (pitié) de nourriture ne le demandait. « L'amour de nourriture » (qui vient de l'éducation et de la vie commune) est opposé ici à l'« amour charnel » (les liens du sang).

2. *la chambre des loges :* chambre supérieure d'un château, entourée de loges, c'est-à-dire de balcons ou galeries donnant sur le dehors.

3. On ne vit pas seul au Moyen Age, et plus le personnage est important, plus il est entouré. Un jeune seigneur, encore un enfant, vit déjà au milieu des siens, de sa « maisonnée » *(mesnie).*

chevaliers qui ses amis estoit, et dui autre qui avecques lui
estoient, et tuit aprés et un et autre, car il li portoient trop grant
honor. Et la dame lo prant entre ses braz, si li baise les iauz et
la boiche mout doucement.

Et qant Lambegues voit la *(f. 36a)* mervoille que l'an fait de
lui laianz, si s'am mervoille mout qui il puet estre. Qant la
dame ot Lancelot laissié, il s'an vient a Lanbegue, si lo salue et
li fait joie mout grant, si qu'il dit c'onques mais nul anfant de
son aage ne vit cui il poïst autretant prisier. Et mout lo prise,
qant il ne set qui il est, mais il lo bee a savoir au plus tost que
il porra.

Atant asistrent au mengier ; et qant Lanceloz ot servi de son
mestier, si ala seoir, car nus d'aus ne fust ja tant hardiz qu'il
aseïst devant ce qu'il fust assis. Et neporqant, puis qu'il
estoient fil de roi li dui frere, ne vost au commancement
mangier avoc nul d'aus tant q'a force fist la dame tant qu'il
prist lor servises autresin com il avoit fait devant, et disoit que
ele voloit que il feïst ce que ele li commanderoit, « car ja de
rien, fait ele, que ge vos face faire, ne seroiz por vilains tenuz a
droit. »

Ensin com vos avez oï ça en arrieres, ont atorné qu'il iront
l'andemain a la riviere de Therasche. Aprés mangier s'alerent
tantost couchier, car matin baoit a lever la dame et sa
compaignie. Au matin se leverent mout main ; et qant messe
orent oïe, si monterent. Si en mena la Dame del Lac les deus
anfanz et Lancelot, qui mout volentiers i ala ; et mena avocques
lui son ami soi tierz de chevaliers apareilliez de totes armes ; et
tant i ot escuiers et sergenz armez que bien porent estre jusqu'a
trante. Lanceloz chevauche lez sa dame totes hores, et aprés lui
est uns vallez qui li porte son arc et ses saietes. Et il a une espee
petite a sa messure pendue a l'arçon de sa sele devant, et
tozjorz porte en sa main un baston ou autre chose por giter ou
a bestes ou a oisiaus, ne nus ne gitoit plus droit de lui. Et
Lanbegues, qui *(f. 36b)* l'esgarde, se refait toz en lui esgarder,
[et puis demande a Bohort qui il est. Mais il ne l'an set avoier

chevalier qui était son ami, deux autres qui étaient avec lui, puis tous ceux qui étaient là l'un après l'autre ; car ils rendaient à Lancelot beaucoup d'honneurs. La dame le prend entre ses bras, lui baise les yeux et la bouche très doucement. Quand Lambègue voit l'accueil extraordinaire qu'on fait à cet enfant, il est très étonné et se demande qui ce peut être. Quand sa dame l'a laissé, Lancelot s'approche de Lambègue, le salue et lui fait un si bel accueil que le jeune homme dit n'avoir jamais vu aucun enfant de cet âge qui fût aussi digne d'éloges. Il l'estime fort, bien qu'il ne sache pas qui il est. Mais il espère le savoir au plus tôt qu'il se pourra.

Alors ils se mirent à table ; et quand Lancelot se fut acquitté de son service, il alla s'asseoir. Car aucun d'eux n'eut osé s'asseoir, avant que lui-même ne fût assis. Néanmoins, comme les deux frères étaient des fils de roi, il ne voulut pas d'abord prendre aucun de ses repas avec eux. Il fallut que la dame le forçât à se laisser servir comme il l'avait fait auparavant. Elle lui disait qu'il devait exécuter ses commandements ; « car je ne vous ferai jamais commettre aucune inconvenance, lui disait-elle, qui puisse vous être reprochée à bon droit[1] ».

Comme il a été dit précédemment, ils avaient décidé d'aller le lendemain à la rivière de Tarasche. Après dîner, ils se mirent au lit tout de suite ; car la dame et sa compagnie avaient l'intention de se lever de bonne heure. Le lendemain matin, ils se levèrent très tôt ; et quand ils eurent entendu la messe, ils se mirent en route. La dame du Lac emmena les deux enfants, ainsi que Lancelot, qui fut très heureux de venir. Elle emmena aussi son ami, avec deux autres chevaliers équipés de toutes leurs armes. Et il y eut tant d'écuyers et de sergents armés qu'ils pouvaient bien être près de trente. Lancelot chevauche au côté de sa dame, dont il ne s'écarte jamais. Derrière lui se tient un valet, qui porte son arc et ses flèches. Il a une petite épée à sa mesure, pendue à l'arçon avant de sa selle. Il garde toujours à la main un bâton ou quelque autre objet, pour le lancer sur les bêtes ou sur les oiseaux, car nul ne visait plus juste que lui. Lambègue, qui l'observe, prend un plaisir extrême à le regarder. Puis il demande à Bohort qui est cet enfant ; mais Bohort

---

1. Littéralement : qui puisse vous faire tenir pour un vilain ; c'est-à-dire pour un rustre. La vilenie est définie par son contraire, la courtoisie.

fors tant qu'il cuide qu'il soit filz a la dame veraiement.

Tant ont alez qu'il sont venuz a la riviere.] Et lors ont avant envoié un escuier au chastel o li sires de Paerne avoit geü. Et cil l'an mainne tant qu'il vint pres des armez qui l'atandoient. Et qant il les vit, si ot paor, car mout se dotoit de traïson. Il dit a l'escuier :

« Frere, va moi dire a Lanbegues qu'il veigne a moi parler. »

Et cil i vait, si li dist. Lanbegues vait a lui parler. Et cil est descenduz d'un palefroi ou il seoit, si est montez en un cheval. Et qant il voit Lanbegue, si li demande :

« Por quoi ces genz armees sont illuec issi venues ? »

Et cil respont :

« Por les anfanz garder. »

« Suis ge, fait, seürs qu'il n'i avra traïson ? »

« Oïl, fait Lanbegues, ce sachiez, car il heent Claudas sor tote rien ; ne moi n'en devez vos pas mescroire, car vos savez bien que ge n'amai onques traïtor. »

Lors s'an vont andui jusqu'as anfanz. Et qant li sires de Paerne les voit, si les cort baisier, et plore mout tenrement de la grant pitié que il en a. Et qant il set que c'est la dame qui les a en garde, si descent et li chiet as piez et dist :

« Dame, dame, por Deu, gardez les bien les deus anfanz, car certes il furent fil au plus prodome et au plus leial baron que ge onques veïsse de mes iauz, sauve l'anor au roi Ban qui ses freres fu germains et ses sires, qui plus preuzdom estoit d'armes, ce set l'an bien. Et se vos saviez, dame, dont il sont descendu autresin bien com ge lo sai, voirement les garderiez vos a sauveté, au grant bien que ge cuit qui en vos soit, car, combien qu'il soient haut et honoré de par lor pere, rien ne monte envers la hautesce qu'il ont de lor boene mere ; car nos savons par lo tesmoign des Escriptures que ele et si encessor sont descendu del haut lignage au haut roi Davi. Ne nos ne savons a com grant chose il porroient encores monter, car ce savons nos bien que an la Grant Bretaine *(f. 36c)* atandent tuit a estre delivré

ne peut rien lui en dire, sinon qu'il croit que c'est vraiment le fils de la dame.

Ils ont fait tant de chemin qu'ils sont venus à la rivière. Alors ils envoient un écuyer au château où le seigneur de Paerne avait passé la nuit. Celui-ci revient avec l'écuyer, jusqu'à ce qu'il soit à proximité des hommes armés, qui l'attendaient. En les voyant, il prend peur, car il craignait d'être trahi. Il dit à l'écuyer :

« Frère, va dire à Lambègue qu'il vienne me parler. »

L'écuyer porte son message et Lambègue rejoint Léonce. Cependant celui-ci était descendu de son palefroi et monté sur un destrier ; et, quand il aperçoit Lambègue, il lui demande :

« Pourquoi ces hommes armés sont-ils ici ? »

Lambègue répond :

« Pour garder les enfants.

— Puis-je être sûr, dit Léonce, qu'il n'y aura pas trahison ?

— Oui, dit Lambègue, soyez en sûr. Car ils haïssent Claudas plus que tout au monde. Et vous ne devez pas douter de ma parole, car vous savez bien que je n'ai jamais aimé les traîtres. »

Alors tous deux se rendent auprès des enfants. Quand le seigneur de Paerne les voit, il court les embrasser et pleure très tendrement de la grande pitié qu'il en a. Quand il apprend qu'ils sont sous la garde de la dame, il descend de cheval, tombe à ses pieds et lui dit :

« Dame, dame, pour l'amour de Dieu gardez-les bien, ces deux enfants. Car en vérité ce sont les fils du meilleur prud'homme et du plus loyal baron que j'aie jamais vu, sauf l'honneur dû au roi Ban, son frère et son seigneur, qui était plus prud'homme aux armes, on le sait bien. Et si vous saviez, dame, de quelle lignée ils sont descendus, aussi bien que je le sais moi-même, à coup sûr vous veilleriez à leur salut, pour le grand bien que je crois qui vous en viendrait. Car si hauts et si glorieux qu'ils soient de par leur père, ceci n'est rien en comparaison de la noblesse qui leur vient de leur excellente mère. Nous savons, par le témoignage des Écritures, qu'elle-même et ses ancêtres sont descendus du haut lignage du haut roi David. Et nous ignorons à quel grand destin ils pourraient encore s'élever. Nous savons que, dans la Grande-Bretagne, tout le monde s'attend à être délivré des merveilles et des

des mervoilles et des aventures qui i avienent par un qui sera
del lignage a la mere a ces anfanz. Por ce porroient encor venir
a greignor chose que l'an ne cuide. Et se vos ne les cuidiez
garder, dame, et ores et au loign, des mains a lor anemis,
baillisiez les moi et lor maistres, car nos enfuiriens ançois que
nos nes garantissiens a noz pooirs. Et se Deu plaist, tozjorz ne
seront il pas deserité; encor em prandra il pitiez a Nostre
Seignor. Et s'il retraient de proesce au vaillant lignage dont il
sont, il feront ancor a lor anemis tote paor. Et si tost com il
porront armes porter, vaignent tot seürement en lor anors, qe
ja n'i troveront home qui soit de la terre nez, qui por aus ne
mete et avoirs et terres et cors an abandon. Ensin porront
legierement lor heritage recovrer. »

A ces paroles commança Lyoniax a penser mout durement,
si li venoient les lermes as iauz grosses et chaudes. Et la
damoisele qui por lui ot eü la plaie el vis, l'esgarde, sel prant
par lo menton et si li dit :

« Qu'est ce, Lyonel ? Qu'avez vos enpensé ? Volez me vos ja
laissier, qui disiez harsoir que vos n'avriez ja mais maistre que
moi ? »

Et il la regarde, si a grant honte, puis li dit :

« Ma douce damoisele, encor lo di ge bien, mais ge pensoie a
la terre qui fu mon pere, qe ge recoverroie volentiers s'il pooit
estre. »

Lors saut avant Lanceloz qui sa mauvaise chiere vit, si l'an
pesa. Si li a dit :

« Fi ! biax coisins, ne plorez ja por paor de terre avoir, car
vos en avroiz assez se mauvais cuers ne la vos tost. Et se vos la
conqueriez en repost, dont ne seriez vos honiz se vos la perdiez
tot a veüe ? *(f. 36d)* Baez a estre si preuz que vos la conqerez par
proesce, et par proesce la garantissiez et deffendoiz. »

De ceste parole furent esbahi tuit li plus sage, et se mervoil-

aventures qui s'y produisent, par quelqu'un qui sera du lignage de la mère de ces enfants. C'est pourquoi ils pourraient parvenir à une plus haute destinée qu'on ne croit. Si vous n'êtes pas sûre de les sauver, dame, maintenant et dans l'avenir, des mains de leurs ennemis, confiez-les nous, à moi et à leurs maîtres. Car nous prendrions plutôt la fuite[1] que de ne pas les protéger de tout notre pouvoir. S'il plaît à Dieu, ils ne seront pas toujours déshérités et le jour viendra où Notre Seigneur en aura pitié. Alors, s'ils s'égalent en prouesse au vaillant lignage dont ils descendent, ils feront encore à leurs ennemis toutes les peurs. Sitôt qu'ils pourront porter les armes, qu'ils viennent en toute tranquillité dans leurs seigneuries[2] ! Ils n'y trouveront personne, parmi les hommes nés dans ce pays, qui ne soit prêt à exposer pour eux et ses biens et ses terres et sa vie. Aussi pourront-ils aisément recouvrer leur héritage. »

À ces mots, Lionel devint tout pensif et des larmes lui venaient aux yeux, grosses et chaudes. La demoiselle, qui avait eu pour lui la blessure au visage, le regarde, le prend par le menton et lui dit :

« Qu'avez-vous, Lionel ? À quoi pensez-vous ? Voulez-vous déjà me quitter, vous qui disiez hier au soir que vous n'auriez jamais d'autre maître que moi ? »

Il la regarde et ressent une grande honte. Puis il lui dit :

« Ma douce demoiselle, je le dis encore. Mais je pensais à la terre, qui fut celle de mon père et que j'aimerais bien recouvrer, s'il se pouvait. »

Alors s'avance Lancelot, qui avait vu le triste visage de Lionel et en éprouvait du chagrin. Il lui dit :

« Fi ! beau cousin, ne pleurez pas par peur de ne pas avoir de terre ; car vous en aurez assez, si vous ne manquez pas de cœur. Si vous l'obteniez sans gloire, ne seriez-vous pas déshonoré de la perdre ensuite, aux yeux de tout le monde ? Tâchez d'être assez preux pour la conquérir par votre prouesse et par votre prouesse la conserver et la défendre. »

Les plus sages furent surpris de ces paroles et s'étonnaient

---

1. *nous prendrions la fuite :* le symbole du déshonneur.
2. *dans leurs seigneuries :* littéralement, dans leurs honneurs. Les « honneurs » sont des terres plus importantes que les autres, appartenant à de grands seigneurs.

loient comment tex anfes pooit si sage parole avoir mostree.
Mais la dame en est esbahie sor toz les autres, non pas de la
sage parole, mais de ce qu'il clama Lyonel coisin ; si l'en sont
les lermes do cuer montees as iauz en haut, si que n'i a nul qui
bien nes voie. Et ele dit au seignor de Paerne :

« Biax sire, or ne vos esmaiez ja des anfanz, car ge les cuit
contre toz homes et sauver et garantir. Ne avocques vos ne s'en
irront il ja por moi laissier, car j'ai encor tex deus forteresces ou
tex trois ou il ne puent criembre dan Claudas ne son pooir.
Mais atant vos en alez, et bien poez dire a toz cels qui lor
amendement voudroient qu'il sont sain et sauf et entre boens
amis leiaus et tuit a eise. Ne de moi ne savront ja plus qui ge
sui, ne vos ne m'en enquerez. Mais ge ain les anfanz plus que
nule autre fors la mere nes ameroit, non mie por avoir lor terres
et lor anors, car, Deu merci, assez en ai, mais por aus qui mout
font a amer, et por autrui plus que por els. Et vos, fait ele a
Lanbegue, dites moi a vostre oncle, qu'il veigne ses seignors
veoir, ne ja en lor terre desfandre ne mete por aus contanz, car
il l'avront encor, et la lor terre et d'autre assez. »

« Dame, fait Lanbegue, ge m'en irai a mon oncle, mais les
voies par ou nos somes alé et venu sont si desvoianz que nus
nes porroit tenir, si com moi semble. »

« Ge vos baillerai, fait ele, un de mes vallez, *(f. 37a)* qui vos
i manra qant vos i voudroiz venir. Mais gardez que vos n'i
veigniez plus de vos tierz o de vos quart. »

Lors li baille la dame un de ses vallez. Et il s'en part, si prant
congié a la dame avant, et puis a toz les autres ; et an mainne
a grant paine lo seignor de Paerne, qui de Lancelot veoir ne se
pooit consirrer et avoit ses iauz an lui fichiez autresin com uns
hom desvez, car mout cuide bien sopecer qui il estoit.

Or s'an retorne la dame au lac arrieres, si an amaine les

qu'un enfant aussi jeune pût prononcer une aussi sage maxime.
La dame du Lac est plus stupéfaite que tous les autres, non
de cette sage parole, mais parce qu'il a appelé Lionel
« son cousin ». Les larmes lui sont montées du cœur aux yeux
et il n'y a personne qui ne les ait vues. Elle dit au seigneur de
Paerne :

« Beau seigneur, ne craignez rien pour les enfants. Je suis
bien assurée de les sauver et de les garantir contre tous
hommes. Ils ne me quitteront pas pour aller avec vous ; car j'ai
encore quelque deux ou trois forteresses, où ils n'ont rien à
craindre du sieur Claudas ni de ses soldats. Retournez d'où
vous venez. Vous pourrez dire à tous ceux qui leur veulent du
bien que les enfants sont sains et saufs, entre de bons amis
loyaux, et qu'ils ont toutes leurs aises. Ils ne sauront pas qui je
suis, et vous-même je vous prie de ne pas me le demander. Mais
j'aime ces enfants plus qu'aucune autre femme, sauf leur mère,
ne pourrait les aimer. Non pour avoir leurs terres et leurs
seigneuries, car, Dieu merci, j'en ai en suffisance ; mais
pour eux-mêmes, qui méritent bien d'être aimés, et pour un
autre plus que pour eux[1]. Et vous, ajouta-t-elle en s'adressant à Lambègue, dites à votre oncle qu'il vienne voir ses seigneurs et qu'il ne livre pas de bataille pour défendre leur terre ;
car ils la recouvreront un jour, la leur et aussi beaucoup
d'autres.

— Dame, dit Lambègue, je vais retourner auprès de mon
oncle. Mais les chemins, par où nous sommes passés pour
venir, sont si détournés que personne ne pourrait s'y retrouver,
à ce qu'il me semble.

— Je vous donnerai, dit-elle, un de mes valets, qui vous
amènera ici, quand vous voudrez. Mais prenez bien garde de ne
pas venir à plus de trois ou de quatre. »

La dame lui donne un de ses valets ; et il s'en va, après avoir
pris congé, d'abord de la dame, ensuite de tous les autres. Il
emmène à grand'peine le seigneur de Paerne, qui ne pouvait
s'arracher à la contemplation de Lancelot et gardait les yeux
fixés sur lui, comme un dément ; car il pensait avoir deviné qui
il était.

La dame s'en retourne au Lac et ramène les enfants. Quand

---

1. *pour un autre plus que pour eux* : pour Lancelot, leur cousin.

anfanz. Et qant ele a grant piece alé, si apele Lancelot a une part hors do chemin, si li dist mout belement :

« Filz de roi, comment fustes vos ores si hardiz que vos apelates Lyonel vostre coisin, qui est filz de roi et plus hauz hom assez que l'an ne cuide et plus gentis ? »

« Dame, fait cil qui mout fu honteus, issi me vint li moz a la boche par aventure, c'onques garde ne m'en donai. »

« Or me dites, fait ele, par la foi que vos me devez, li quex cuidiez vos qui soit plus gentis hom, ou vos ou il ? »

« Dame, fait il, vos m'avez mout conjuré, car ge ne doi a nelui tant de foi com a vos qui iestes ma dame et ma mere. Ne ge ne sai combien ge sui gentis hom de par lignaige, mais par la foi que ge doi vos, ge ne me deigneroie pas esmaier de ce dont ge l'ai veü plorer. Et l'an me fait antandant que d'un home et d'une fame sont issues totes genz. Ce ne sai ge pas, par quel raison li un ont plus que li autre de gentillece, se l'an ne la conquiert par proesce autresin com l'an fait les terres et les onors. Mais tant sachiez vos bien de voir que, se li grant cuer faisoient les gentis homes, ge cui *(f. 37b)* deroie encores estre des plus gentils. »

« Voire, biax filz, fait la dame, or i parra. Et ge vos di leiaument que vos ne perdroiz a estre uns des plus gentils homes do monde se par defaut de cuer non. »

« Comment, dame ? fait il, dites lo me vos veraiement come ma dame ? »

Et ele li dit que oïl, sanz faille.

« Dame, fait il, de Deu soiez vos beneoite qant vos si tost lo m'avez dit, car [a] ce me feroiz venir ou ge ne cuidoie ja ataindre. Ne ge n'avoie de rien nul si grant desirrier comme de gentillece avoir. Or ne me poise mie mout se cist m'ont servi et honoré, encore soient il fil de roi, qant ge porrai ancor a els

elle a chevauché un bon moment, elle prend Lancelot à part, en dehors du chemin, et lui dit très doucement :

« Fils de roi, d'où vous est venue tout à l'heure cette audace d'appeler Lionel votre cousin, alors qu'il est le fils d'un roi, un très haut seigneur et d'une naissance bien plus illustre qu'on ne le croit ?

— Dame, dit Lancelot, qui ressent une grande honte, ce mot m'est venu à la bouche par hasard. Je n'y ai pas pris garde.

— Par la foi que vous me devez[1], fait-elle, dites-moi qui est le plus gentilhomme à votre avis, de Lionel ou de vous.

— Dame, fait-il, vous m'avez grandement conjuré[1] ; car je ne dois à personne autant de foi qu'à vous, qui êtes ma dame et ma mère. Je ne sais pas dans quelle mesure je suis gentilhomme par la naissance ; mais, par la foi que je vous dois, je ne daignerais pas m'émouvoir de ce dont je l'ai vu pleurer. On me fait entendre que d'un seul homme et d'une seule femme sont issues toutes gens. Je ne sais pas par quelle raison les uns ont plus de gentillesse que les autres, si on ne la conquiert par sa prouesse, comme l'on fait des terres et des honneurs. Mais sachez en vérité que, si les grands cœurs faisaient les gentils-hommes, je crois que je serais un jour au nombre des plus gentils.

— Voire, beau fils, dit la dame, c'est ce que l'on verra. Je vous donne ma parole d'honneur que vous ne sauriez faillir à être l'un des plus gentilshommes du monde, si ce n'est par manque de cœur.

— Comment ? dame, fait-il, me dites-vous cela en toute vérité, comme ma dame ? »

Elle lui répond :

« Oui, n'en doutez pas.

— Dame, fait-il, soyez bénie de Dieu, pour m'avoir éclairé si vite. Vous me ferez parvenir à une élévation, où je ne pensais pas atteindre. Je n'avais pas de plus grand désir que d'avoir la gentillesse. Et je ne regrette plus guère que ces enfants m'aient servi et honoré, bien qu'ils soient des fils de rois,

---

1. *Par la foi que vous me devez... Vous m'avez grandement conjuré :* sur cette formule d'une prière, qui est en même temps un serment, voir p. 153, note 1.

ataindre et a els valoir o a passer. »

Par cels paroles qui si sont de grant san et de haut cuer enble si Lanceloz lo cuer sa dame que plus l'aimme que ele ne siaut, ne ne s'an puet consirrer, ainz croist l'amors que ele met an lui et anforce de jor an jor. Et se ne fust li granz desirriers que ele avoit de son bien et de son amandement, ele n'eüst si grant duel de nule rien comme de ce qu'il creissoit tant et anforçoit, car bien voit qu'il sera par tans si granz et si anbarniz que chevalier lo covandra estre et cerchier les merveilleusses avantures en loin et es estranges païs ; et lors l'avra, ce li est vis, autresin comme perdu, puis que ele nel verra sovant. Ne ele ne voit pas comment ele se puisse consirrer de lui veoir ; si i pense tant que toz autres pensez en met arrierres.

En tel penser chevauche la dame jusq'au lac. Et se ele a les anfanz amez et chiers tenuz, or se paine assez plus que il aient lor volenté tote ; et ce fait ele por amor de Lancelot. Si se pense que tant les tandra entor li com ele les porra tenir ; et qant Lanceloz sera chevaliers, si li remena *(f. 37c)* Lyoniaus et Bohorz en sa baillie ; et qant Lyoniax revenra a chevalerie, au mains li remanra Bohorz en sa baillie. Ensin se bee a conforter de l'un por l'autre. Mais atant lo lait ores li contes ci endroit ester et de li et des anfanz et de sa compaignie tote, si retorne au seignor de Paerne et a Lanbegue qui s'an vont.

Or s'en vont entre Leonce de Paerne et Lanbegue, lo neveu Pharien, et lor escuiers. Et qant il ont un po esloigniee la riviere

puisque je pourrai un jour m'élever jusqu'à eux, les valoir ou les surpasser. »

Par ces paroles, qui sont d'un grand sens et d'un noble cœur, Lancelot ravit le cœur de sa dame, au point qu'elle l'aime davantage qu'elle ne le faisait. Elle ne peut plus se passer de lui ; l'amour, qu'elle met en lui, s'accroît et se renforce de jour en jour ; et sans le grand désir qu'elle avait de son bien et de son avancement, elle n'eût pas eu de plus grande douleur que de le voir tellement grandir et prendre de la force. Elle voit qu'il sera bientôt si grand et si fort qu'il devra être chevalier et chercher les merveilleuses aventures dans des pays étrangers et lointains. Ce sera comme si elle l'avait perdu, croit-elle, puisqu'elle ne le verra pas souvent ; et elle n'imagine pas qu'elle puisse se passer de lui. Elle y pense tant qu'elle oublie toutes autres pensées.

Tout en songeant ainsi, la dame chevauche jusqu'au Lac. Si elle a jusqu'à présent aimé et chéri les enfants, elle se met encore plus en peine de satisfaire tous leurs désirs, et cela par amour pour Lancelot. Elle réfléchit qu'elle les gardera auprès d'elle aussi longtemps qu'elle pourra le faire. Quand Lancelot sera chevalier, il lui restera Lionel et Bohort en sa garde. Quand Lionel devra être chevalier à son tour, au moins lui restera-t-il Bohort. Elle essaie ainsi de se consoler de l'un par l'autre. Mais en cet endroit, le conte ne s'occupe plus d'elle ni des enfants ni de toute leur compagnie. Il retourne au seigneur de Paerne et à Lambègue, qui s'en vont.

CHAPITRE XV

Claudas trahi par les habitants de Gaunes

Ainsi s'en vont Léonce de Paerne, Lambègue le neveu de Pharien et leurs écuyers. Quand ils se sont un peu éloignés de

de Tarasche, si demande Leonces a Lanbegue s'il conoist cel
anfant qui apela Lyonel son coisin. Et il dist qu'il nel conoist
pas.

« Certes, fait Leonces, mout estera fiers et sages s'il vit, qui
que il soit. N'onques mais a enfant de son aage n'oï si haute
parole voler des danz. Si se puet mout prisier la dame qui les
norrist les anfanz, que se ele ne fust plus sage et plus vaillanz
que totes les autres fames, ele nes eüst ja eüz. Ne cil n'a pas tort
s'i[l] apele mon seignor son coisin, car ge cuit qu'il lo soit
germains comme de pere et de mere, et si lo cuit miauz savoir
que par cuidier. »

« Comment cuidiez vos, fait Lambegues, qu'il soit ses coisins
germains, ne de par cui? Ja n'estoit il orrandroit de toz les
homes do monde nus qui freres fust au roi Bohort, ne madame
la reine n'avoit an tot lo monde c'une seror, ce fu madame la
reine de Benoyc. »

« Tant sachiez vos bien, fait Leonces, que cil anfes fu filz au
roi Ban de Benoyc, ne nule figure d'ome ne sanbla onques
autresi bien autre com il fait lui. »

« Deu merci, fait Lanbegues, qu'est ce que vos avez dit? L'an
set bien qu'il fu morz avoc son pere. Et neporqant, qui que cist
soit, a preudome ne faudra il mie. »

« Com*(f. 37d)*ment, fait Leonces, qu'il ait esté morz, tant
sachiez vos bien que ce est il. Gel conois bien a son sanblant,
et si lo me dit li cuers. »

Et Lanbegues s'an merveille mout durement.

Atant sont venu a Gaunes, et trueve[nt] la tor q'est chascun
jor et chascune nuit gardee que Phariens ne s'an isse, ne li
prison. Qant li dui message furent venu et il orent dites les
novelles, si fu la joie si granz que a painnes la vos porroit nus
deviser. Et lor s'an alerent les gardes d'antor la tor, ne des lors
en avant ne cuida Phariens de nelui avoir garde, si atorna que
l'andemain envoieroit ses prisons a dan Claudas, et il meïsmes
les converroit jusque la que il seroient a sauveté. Ensi devise
Phariens sa volenté. Mais cil de la cité et del païs devisent tote
autre chose, car il dotent et bien lo cuident savoir que danz
Claudas vandra sor aus, si ne puent faillir a morir tuit, o a estre
destruit tuit et essillié.

« Et se nos an laissons, font il, aler les prisons, nos somes

la rivière de Tarasche, Léonce demande à Lambègue s'il connaît cet enfant qui avait appelé Lionel son cousin. Lambègue dit qu'il ne le connaît pas.

« Certes, dit Léonce, quel qu'il soit, il sera très fier et très sage, s'il vit. Je n'ai jamais entendu tomber de la bouche d'un enfant de son âge une aussi haute parole ; et la dame qui élève ces enfants peut être très fière ; car, si elle n'était pas plus sage et meilleure que toutes les autres femmes, elle ne les aurait jamais eus. Cet enfant n'a pas tort, quand il appelle mon seigneur son cousin. Je crois qu'il est bien son cousin germain, de père et de mère, et je crois le savoir mieux que par conjecture.

— Comment est-il possible, dit Lambègue, qu'il soit son cousin germain, et par qui ? Il n'y a plus personne en ce monde, qui soit le frère du roi Bohort ; et madame la reine n'avait au monde qu'une sœur, c'était madame la reine de Bénoïc.

— Sachez, dit Léonce, que cet enfant est le fils du roi Ban de Bénoïc. Jamais il n'y eut entre deux visages d'hommes une ressemblance aussi parfaite.

— Dieu me pardonne ! dit Lambègue, qu'est-ce que vous avez dit ? On sait bien que le fils est mort avec le père. Et néanmoins, quel que soit cet enfant, il ne laissera pas d'être un prud'homme.

— Je ne sais s'il est mort, dit Léonce, mais je suis sûr que c'est lui. Je le reconnais à son aspect et le cœur me le dit. »

L'étonnement de Lambègue est extrême.

Sur ces entrefaites, ils sont arrivés à Gaunes. Ils trouvent la tour gardée de jour et de nuit, de peur que Pharien et les otages ne s'en échappent. Quand les deux messagers furent arrivés et qu'ils eurent apporté les nouvelles, la joie fut si grande que nul ne pourrait la décrire. Alors les gardes levèrent le siège de la tour ; et Pharien crut que désormais il n'avait plus rien à craindre de personne. Il décida que, dès le lendemain, il renverrait ses otages au sieur Claudas et que lui-même les convoierait jusqu'à ce qu'ils fussent en sûreté. Telle est l'intention de Pharien ; mais ceux de la cité et du pays l'entendent tout autrement. Ils croient savoir — et telle est leur crainte — que Claudas viendra les attaquer et qu'ils ne pourront en réchapper : ils mourront tous ou tous seront détruits et ruinés.

« Et si nous laissons partir les otages, disent-ils, nous

mort, mais faisons tant que nos en sei[e]ns saisi. Et d'autre
part, nos a Phariens assez mesfait, que nos l'avons tot ataint de
parjur et de foimantie, car il nos creanta a garder lo roi
Claudas en prison. Si prenons lui tot avant, et les autres prisons
aprés, et se Claudas les aimme tant comme l'an cuide, ançois
nos pardonra il son maltalant que il les nos laist destruire
veiant ses iauz. »

A ce consoil s'acordent tuit, car issi cuident bien vers
Claudas lor paiz avoir. Si atornent que l'andemain les prandront si com il s'an voudront aler, o la nuit meesmes, s'il
metent les piez hors de la tor. Ensin ont porparlee la *(f. 38a)*
traïson, non pas tuit, mais cil qui s'acordoient au seignor de
Haut Mur.

Maintenant font armer qarante chevaliers de fauses armes et
jusqu'a deus cenz serjanz des meillors que il avoient; si font
gaitier a trois portes qui an la cité estoient, si metent a chascune
quatre vinz, que sergenz, que chevaliers.

Et d'autre part pense Phariens que, s'il puet metre ses
prisons a sauveté, il les manra volentiers, non pas an tel
maniere qu'il les voille, veiant tot lo monde, mener hors de la
cité; car il ne set pas les pensez de totes genz. Et neporqant il
ne s'acorde pas en la fin a ce qu'il avoit devant pensé, ainz
devise qu'il les en menra a son chastel encor anuit; et puis qu'il
les tandra illuec, il n'a pas garde que nus lor puisse faire mal
outre son gré. Et il set de voir que Claudas ne sofferroit en nule
guise de venir en la terre a force; et puis qu'il avra les prisons
en sa baillie, il cuide bien mener Claudas tot a sa volenté; car
en nule maniere il ne sofferroit que li preudome de la terre
fussent destruit tant com il i poïst metre consoil, car dons lor
avroit il la mort donee. Ensin lo pense a faire Phariens. Et qant
vint la nuit aprés lo premier some, il issi hors de la tor entre lui
et les trois prisons, dont li uns estoit encores mout navrez de la
plaie que Lanbegues li avoit faite. Et Lanbegues meesmes ert
avoc els. Et qant il vindrent a la Porte Bretone, qui issi estoit
apelee por ce que devers Bretaigne estoit, si furent assailli. Et
cil se desfandirent mout durement; mais desfanse n'i ot
mestier, car pris furent en la fin et navré tuit, et furent arrieres
an la tor mis en prison. Ensin est Phariens en prison et
Lanbegues, ses niés, et li troi qui estoient por lou roi *(f. 38b)*

sommes morts. Agissons donc de façon à nous en saisir. D'autre part Pharien est bien coupable envers nous. Nous l'avons convaincu de parjure et de foi-mentie ; car il nous avait juré qu'il garderait le roi Claudas en prison. Il faut nous saisir de lui d'abord, et des otages ensuite. Si Claudas les aime autant qu'on le dit, il nous pardonnera, malgré sa colère, plutôt que de les laisser mettre à mort sous ses yeux. »

Cette proposition reçoit l'accord de tous ; car ils pensent faire ainsi leur paix avec Claudas. Ils décident que le lendemain ils s'empareront de Pharien et des otages, quand ils voudront s'en aller, ou cette nuit même, s'ils mettent les pieds hors de la tour. C'est ainsi que fut fomentée la trahison, non par tous, mais par ceux qui étaient du parti du seigneur de Haut-Mur.

Aussitôt ils font armer quarante chevaliers de fausses armes et jusqu'à deux cents sergents, des meilleurs qu'ils avaient. Ils mettent le guet aux trois portes de la cité et placent à chacune quatre-vingts hommes, tant sergents que chevaliers. De son côté Pharien se dit que, s'il peut mettre ses prisonniers en lieu sûr, il est tout disposé à le faire, mais pas au point de vouloir qu'ils sortent de la ville sous les yeux de tout le monde, car il ne connaît pas les pensées de chacun. Cependant il ne persiste pas dans son premier sentiment et décide, pour finir, qu'il les emmènera dans son château cette nuit même. Quand ils seront là-bas, il ne risquera plus qu'on leur fasse violence contre son gré. Il sait parfaitement que Claudas ne renoncerait pour rien au monde à revenir sur la terre de Gaunes en force ; et, puisqu'il détiendra les otages, il compte bien mener Claudas à sa volonté. En aucun cas il ne laissera détruire les prud'hommes de la terre, tant qu'il pourra y remédier ; car ce serait alors lui-même qui leur aurait donné la mort. Telles sont les intentions de Pharien.

Quand vint la nuit, après le premier somme, il sortit de la tour, avec les trois prisonniers. dont l'un était encore grièvement blessé du coup que Lambègue lui avait porté ; et Lambègue lui-même était avec eux. Quand ils arrivèrent à la Porte Bretonne, ainsi nommée parce qu'elle était tournée vers la Bretagne, ils furent assaillis. Ils résistèrent très vigoureusement, mais toute résistance fut vaine ; car à la fin ils furent tous pris et blessés, puis ramenés dans la tour et jetés en prison. Ainsi Pharien est prisonnier, avec Lambègue son neveu et les trois

Claudas en ostages, si retorne ores li contes a parler del roi
Claudas.

Li rois Claudas, ce dit li contes, n'a pas obliee la honte que
cil de Gaunes li orent faite, ne la mort son fil dont il sant
encores au cuer la grant angoisse, si s'an bee a venchier mout
cruelment. Il a totes ses oz semonses si efforcieement com il pot
plus, si que dedanz lo mois antier fu devant la cité de
Gaunes.

Quant li baron qui n'avoient esté consantant de la desleiauté
par quoi Phariens avoit esté pris si oïrent que Claudas venoit
sor aus, si furent mout a malaise comme cil qui bien savoient
qu'il estoient destruit et mort se vers lui ne pooient trover
aucune pais. Et d'autre part, il seroient parjur s'il ne tenoient a
Pharien les sairemenz qu'il li avoient faiz, car il l'an devoient
estre en aide vers trestoz cels qui tort l'an voudroient faire.
Lors s'acordent a ce qu'il l'iront metre hors de prison, et lui et
ses conpaignons toz. Il sont venu a Gaunes et vienent an la tor
et font sanblant que durement lo heent. Et cil qui la tor gardoit
les laissa dedanz antrer sanz nul contant, car il cuidoit qu'il
haïssient autretant Pharien comme cil qui an la prison l'avoient
mis. Maintenant fu Phariens desprisonez ; et li crient tuit merci
cil qui deslié l'avoient et l'an chaïrent as piez, que por Deu eüst
merci de la terre, et d'els avant, car sor aus venoit Claudas a
trop grant gent.

« Ne nus, font il, ne nos porchacera pais ne acorde se vos ne
la nos porchaciez. Et sachiez que nos ne fumes onques
consantant de ceste traïson qui de vos a esté faite. Et por ce qe

seigneurs, qui étaient en otages pour le roi Claudas. Le conte maintenant revient au roi Claudas.

CHAPITRE XVI

La cité de Gaunes sauvée de la destruction

Le roi Claudas, dit le conte, n'a pas oublié l'offense que les habitants de Gaunes lui ont faite, ni la mort de son fils, dont il sent encore dans son cœur la grande angoisse ; et il entend s'en venger très cruellement. Il a rassemblé toutes ses armées le plus rapidement qu'il a pu, si bien qu'avant la fin du mois il fut devant la cité de Gaunes. Ceux des barons qui n'avaient pas été complices de la trahison ourdie contre Pharien, pour l'emprisonner, lorsqu'ils apprirent que Claudas marchait sur eux, furent très alarmés, sachant bien qu'ils étaient perdus et morts, s'ils ne pouvaient trouver quelque accommodement avec lui. D'autre part ils seraient parjures, s'ils ne tenaient pas le serment qu'ils avaient prêté à Pharien ; car ils s'étaient engagés à lui venir en aide contre tous ceux qui voudraient lui nuire. Alors ils décident qu'ils iront le tirer de prison, ainsi que tous ses compagnons. Ils se rendent à Gaunes, vont à la tour et affichent une grande haine envers Pharien. L'homme qui gardait la tour les laisse entrer sans aucune difficulté ; car il croyait qu'ils voulaient autant de mal à Pharien que ceux qui l'avaient mis en prison. Aussitôt Pharien est libéré et ceux qui l'ont délivré lui demandent tous pardon. Ils se jettent à ses pieds, le suppliant pour l'amour de Dieu d'avoir pitié de la terre et d'abord d'eux-mêmes, car Claudas vient sur eux avec une immense armée.

« Et personne, disent-ils, ne nous obtiendra de paix ni d'accord, sinon vous. Sachez que nous n'avons jamais consenti à cette trahison, qui fut faite contre vous ; et pour que vous

vos nos creoiz, nos vos baillerons, se vos volez, les cors de cels
qui de vos firent la traïson. »

« Se vos, fait Phariens, les me bailliez, ge m'en tandroie a
bien paié. »

« Et nos les vos *(f. 38c)* baillerons, font il, s'il n'an fuient de
la terre, mais lors n'en porriens nos mais, se il s'an fuient. »

Ensin est la chose acreantee et d'une part et d'autre que il
bailleront a Pharien ses mausfaitors, s'il ne s'an fuient ; et il lor
creante leiaument que il lor aidera a son pooir envers lo roi
Claudas a querre pais, et s'i[l] n'an puet paiz avoir, il fera
autretel fin com il feront. Par ce sont durement asseüré cil do
païs, car bien cuidoient qu'il fust mout [bien] del roi Claudas.
Et d'autre part sont tant mené cil qui de lui avoient faite la
traïson qu'il li sont venu merci crier, et si se sont mis
outreement en sa menaie. Et tot ce fu par lo consoil Leonce, lo
seignor de Paerne, qui mout estoit de grant savoir. Phariens ne
lor vost faire ne mau ne honte, car assez i a grant honor qant
cil qui estoient assez plus haut home que il n'estoit li estoient
venu merci crier, [si lor pardona son mautalant par la proiere
des autres pers. Après garnirent la cité au miauz que il porent.]
Et qant Claudas fu devant venuz, Phariens apela a consoil les
hauz homes qui laianz estoient, si lor dist :

« Seignor, ge voil aler la hors au roi Claudas parler, savoir se
ja vers lui porroie trover aucune pais. »

Et cil li dient qu'il ont de lui mout grant paor, qu'il nel face
ocirre o giter en sa prison.

« Ge ne quit pas, fait Phariens, qu'il lo feïst. Et neporqant il
n'a pas tant en chascun com l'an i cuide, o soit de mal, o soit
de bien. Et g'ei esté vers lui mout leiaus au grant besoing, si ne
devroit pas penser vers moi desleiauté ne felenie. Mais ge voil
que vos me juroiz sor sainz, vos qui ci iestes li plus puissant,
que s'il m'ocit, vos ocirroiz maintenant les trois prisons que vos
avez. »

nous croyiez, nous vous remettrons, si vous le voulez, les corps[1] de ceux qui ont commis cette trahison.

— Si vous me les livrez, dit Pharien, je m'en tiendrai pour bien payé.

— Nous vous les livrerons en effet, disent-ils, s'ils ne s'enfuient pas de la terre. Mais nous n'y pourrons rien, s'ils s'enfuient. »

Ainsi des engagements sont pris de part et d'autre : ils remettront à Pharien ceux qui ont été coupables envers lui, s'ils ne prennent pas la fuite ; de son côté, Pharien leur donne sa parole loyale d'user de tout son pouvoir auprès du roi Claudas pour obtenir la paix, et, s'il n'y réussit pas, il partagera leur sort. Par cet accord les hommes du pays sont tout à fait rassurés ; car ils croient que Pharien est en grand crédit auprès du roi Claudas. D'autre part les auteurs de la trahison se trouvent dans une situation telle qu'ils viennent demander grâce à Pharien et se mettent entièrement à sa merci. Tout ceci fut négocié par le conseil de Léonce, le seigneur de Paerne, qui était d'un très grand savoir. Pharien ne voulut faire subir aux coupables ni mal ni honte. Ce lui fut un assez grand honneur de voir de bien plus hauts seigneurs qu'il n'était lui-même venir lui crier merci. Aussi leur pardonna-t-il leur offense sur la prière de leurs pairs. Après quoi ils fortifièrent la cité du mieux qu'ils purent.

Quand Claudas fut devant la ville, Pharien réunit en conseil les hauts hommes qui s'y trouvaient et leur dit :

« Seigneurs, je veux aller hors les murs parler au roi Claudas, pour savoir si je pourrais trouver un accord avec lui. »

Ils lui répondent qu'ils ont grand'peur que Claudas ne le fasse tuer ou jeter en prison.

« Je ne crois pas qu'il le fasse, dit Pharien. Cependant il n'y a jamais, chez aucun homme, autant qu'on le croit ni de mal ni de bien. J'ai été très loyal envers lui dans sa grande détresse. Il ne devrait donc pas méditer contre moi de déloyauté ni de félonie. Mais je veux que vous me juriez, sur les saints Évangiles, vous qui êtes ici les seigneurs les plus puissants, que, s'il me tue, vous tuerez immédiatement les trois otages que vous avez. »

---

1. *les corps :* les personnes.

Ensi lo li ont juré ce qu'il devise. Et cil s'an part de la cité
sanz compaignie de nul home, et fu armez de totes armes et sist
[sor] un merveilleus cheval. Il chevauche contramont l'ost; et
les genz Claudas *(f. 38d)* conurent mout bien ses armes, si li
font tuit joie li plus preudome et mout l'ennorent. Il chevauche
tant qu'il est venuz el tref Claudas. Lors oste son hiaume. Et
qant Claudas lo voit, il ne fait pas a demender s'i[l] li fist joie,
car de si loing com il lo vit, li corrut, ses braz tanduz, et lo baise
en la boiche mout volentiers comme celui cui il baoit mout a
amer. Et Phariens li dist :

« Sire Claudas, ge ne vos bais mie volentiers, bien lo sachiez,
devant ce que ge savrai que droit i aie. »

« Por quoi, fait li rois, lo dites vos? »

« Por ce, fait Phariens, que vos iestes venuz asseoir ceste cité,
ce m'est avis, et dedanz sont mi charnel ami a grant planté et
mi per et mi juré que ge avoie pris envers vos en conduit et an
garantise. Or si voi bien que, s'il i prannent mort ne domage, ce
ne sera se par moi non. »

« Por quoi, fait Claudas, ont il la cité fermee encontre moi
qui est moie, et il sont mi home tuit. »

« Ce vos dirai ge bien, fait Phariens : il est bien droiz, puis
que l'an voit venir gent desor lui a armes, que l'an se
contretaigne et garnisse tant que l'an saiche lo quel en i puet
atandre, o paiz o guerre. Et por ce que nos ne savomes quex
genz c'estoient, por ce fu la citez contretenue. Mais se vos
creantez a venir laianz comme sires an boene paiz, ge la vos
feroie ovrir tot maintenant. »

Les barons jurent de faire ce qu'il leur demande ; et il part de la cité, sans être accompagné de personne, armé de toutes armes, monté sur un cheval merveilleux.

Il chevauche à travers l'armée. Les gens de Claudas reconnaissent bien ses armes[1] ; et les plus prud'hommes lui font joie et honneur. Il chevauche ainsi jusqu'à la tente de Claudas. Alors il ôte son heaume. Quand Claudas l'aperçoit, il ne faut pas demander s'il lui fait bon accueil. De si loin qu'il le voit, il court à lui, les bras tendus. Il l'embrasse sur la bouche très affectueusement, comme un homme qu'il veut tenir en grande amitié. Et Pharien lui dit :

« Seigneur Claudas, je ne vous embrasse pas de bon cœur, sachez-le bien, avant d'être sûr que j'en ai le droit.

— Pourquoi cela ? dit Claudas.

— Parce que, dit Pharien, vous êtes venu pour assiéger cette cité, à ce qu'il me semble ; et là sont mes parents en grand nombre, mes pairs et mes jurés[2], que j'ai pris sous ma sauvegarde et dont je me suis porté le garant envers vous. Je vois maintenant que, s'ils reçoivent mort ou dommage, ce ne sera que par ma faute.

— Pourquoi, dit Claudas, ont-ils fortifié la cité contre moi, alors qu'elle est à moi et qu'ils sont tous mes hommes ?

— Je vous l'expliquerai aisément, dit Pharien. On a bien le droit, quand on voit une troupe venir vers soi en armes, de prendre des mesures de défense et de protection, jusqu'à ce que l'on sache ce qu'on en peut attendre, ou la paix ou la guerre. Parce que nous ne savions pas de quelles gens il s'agissait, la cité fut mise en état de défense. Mais si vous promettez d'y venir, en seigneur de cette ville, pacifiquement, je vous la ferai ouvrir tout aussitôt.

---

1. Le chevalier n'est pas toujours « armé de toutes armes », équipement de combat, lourd et laborieux à revêtir. S'il est surpris, il peut se contenter de « jeter à la hâte un haubert sur son dos », comme l'a fait Claudas (pp. 227 et 241). Il peut être « armé fors les mains et la tête » et c'est ainsi qu'il est représenté dans d'innombrables miniatures et vitraux. Mais s'il est « armé de toutes armes », il ne pourra être reconnu qu'aux signes distinctifs portés sur ses armes, et notamment sur son écu.

2. *mes jurés* : ceux qui sont unis à moi par la foi du serment. On a vu que des serments ont été échangés entre Pharien et les barons de Gaunes. Dans un sens analogue, on dit aussi « mes fiancés ».

« Ge n'i enterrai ja mais, fait Claudas, a la premere foiz que g'i enterrai, se au grant domage non a cels dedanz. »

« Sire, fait Phariens, ge les ai pris en garantise, si vos pri et requier comme vostre hom que vos ne me façoiz honir, mais an pais les prenez comme voz homes ; et s'il avoient envers vos de rien mesfait, tot a vostre volenté l'amenderont. »

Et Claudas dit que ja de ce n'en fera rien, et li meillor [baron] *(f. 39a)* li dient que s'il ne venche sor aus la mort de son fil et la grant honte qu'il li firent, dont n'avra il ja mais honor en terre. Lors se trait avant Phariens, si dit a Claudas :

« Sire, sire, il est voirs que ge sui vostre hom, ne onques tant com vos eüstes besoig de moi, ne vos vos guerpir. Or est issi que vos iestes au desus et que vos n'avez mais de moi mestier. Ge vos rant vostre homage ci, puis que vos mon consoil ne volez croire ne ma proiere escouter, car des ores mais me seroit il avis que vos avriez envers moi petit d'amor, et en moi avriez et sospeçon et mescreance. Si irai en tel leu ou l'en me crera et amera. Et vos, seignor baron [et] chevalier, fait il, qui vostre seignor tenez a honi s'il ne prant vangence de cels qui laianz sont, or i parra com vos li aideroiz a lui venchier. Ce ne deisiez vos pas, la ou il ert an peril de mort, laïs devant cel palais, dont gel delivrai a mes mains, et qant l'espee li estoit apareilliee a fichier dedanz lo cors. Et tant sachiez vos bien, et vos et il, que nos somes laianz tant chevalier qui assez avrons envers lui meslee. Mais s'il avoit ci nul de vos qui vossist dire que li baron de Gaunes aient forfait vers vostre seignor qui ci est, par quoi il soient desherité ne mort, ge sui prelz que ges en desfande ci orendroit. »

Ensi se poroffre Phariens de sa bataille devant lo roi et tant son gaige, mais onques chevalier n'i ot qui contanz i osast metre. Et danz Claudas a bien sanblant d'ome qui forment soit iriez, si dit a Pharien :

« Comment ? fait il ; Phariens, vos iestes mes hom et me venez ci contralier de mes mortex anemis, et vos ahastissiez de

— Je n'y entrerai pas ainsi, dit Claudas. La première fois que j'y entrerai, ce ne sera pas pour autre chose que pour le plus grand dommage de ses habitants.

— Seigneur, dit Pharien, je me suis porté leur garant. Par conséquent je vous prie et requiers, en tant que je suis votre homme, de ne pas me faire perdre mon honneur. Recevez-les en paix, comme vos hommes ; et s'ils avaient commis quelque faute envers vous, ils vous en feront réparation à votre entière convenance. »

Claudas répond qu'il n'acceptera jamais rien de tel ; et ses meilleurs barons lui disent que, s'il ne venge sur ceux de Gaunes la mort de son fils et le grand affront qu'ils lui ont fait, il aura perdu pour toujours tout honneur sur terre. Alors Pharien s'avance et dit à Claudas :

« Seigneur, seigneur, il est vrai que je suis votre homme ; et jamais, tant que vous avez eu besoin de moi, je n'ai voulu vous quitter. Maintenant il se trouve que vous êtes le plus fort et que vous n'avez plus besoin de moi. Je vous rends ici votre hommage, puisque vous ne voulez pas suivre mon conseil ni entendre ma prière. Car désormais il me semblerait que vous auriez peu d'amitié pour moi, que vous éprouveriez à mon égard et suspicion et défiance. J'irai donc là où je rencontrerai la confiance et l'amitié. Et vous, seigneurs barons et chevaliers, qui tenez votre seigneur pour déshonoré, s'il ne tire vengeance des gens qui sont ici, on verra comment vous l'aiderez à se venger. Vous ne disiez pas cela, quand il était en péril de mort, là-bas, devant ce palais, et que je l'ai délivré de mes mains, ni quand l'épée était toute prête à lui être plantée dans le corps. Sachez donc, vous et lui, que nous sommes céans assez de chevaliers, qui saurons bien lui tenir tête. Quoi qu'il en soit, s'il y avait ici un seul d'entre vous qui voulût dire que les barons de Gaunes ont commis, envers votre seigneur ici présent, une faute telle qu'ils méritent le déshéritement ou la mort, je suis prêt à les en défendre sur-le-champ. »

Ainsi Pharien s'offre à faire sa bataille devant le roi et tend son gage. Mais il n'y a aucun chevalier qui ose soutenir la querelle.

Le seigneur Claudas a toute l'apparence d'un homme qui est dans une colère extrême. Il dit à Pharien :

« Comment ! Pharien, vous êtes mon homme et vous venez ici me chercher querelle au sujet de mes ennemis mortels ! C'est

combatre por els contre les chevaliers de ma maison ? »

« En non Deu, fait Phariens, vostre hom ne sui ge pas, ne vostre mortel anemi ne sont il encore mie. *(f. 39b)* Bien vos gardez que vos ne faciez tant que il lo soient. Mais ge vos offre bien por els a tenir droit et affaire de quancque vos lor savroiz que demander, si lor pardonez vostre corroz com a voz homes. »

Claudas dit qu'il n'an fera rien, ne de ce n'escouteroit il nule proiere.

« Sire, fait Phariens, ge vos ai randu vostre homage, et des ores mais voil ge bien que vos sachiez que vos n'avez nul paior anemi de moi. Atant m'an irai ore sanz congié de vos et sanz amor, mais avant vos semoign de vostre fiance aquiter, car vos me fiançates leiaument comme rois que vos vendriez en ma prison qant ge vos en semondroie. Ge vos en semoig orandroit par vostre foi. »

Et Claudas respont que de ce ne fu il onques ses fianciez. Et Phariens dit qu'il estoit apareilliez de l'esprover orendroit, se il l'ose vers lui desfandre.

« Phariens, fait Claudas, tu ies fox qui ci m'ahatis de bataille veiant ma gent, mais tu ne t'i combatras ja en tel maniere, car se ge t'ocioie, plus me seroit atorné a mal q'a bien. Mais ge te s[e]moin que tu gardes vers moi ta foi si com tu doiz ; ne ne doiz mon homage laissier se ge ne l'ai vers toi forfait ; ne ge ne te forfis onques nule rien que ge seüsse. »

« Sire Claudas, fait Phariens, se ge n'eüsse esté vostre hom, et vos vos en vousissiez desfandre, ge vos en atainsise bien de cest forfait. Mais ma feauté que ge vos fis ja, m'estuet garder, quex qu'ele fust, o boene ou mauvaise. Mais totevoie vos semoign ge bien de vostre foi. Et sachiez que vos nul paior anemi n'avez de moi. Ne ja mais dedanz la cité n'anterroiz, q'assez iert qui la

vous qui vous offrez à combattre pour eux contre les chevaliers de ma maison ?

— Par Dieu, dit Pharien, je ne suis plus votre homme et ils ne sont pas encore vos ennemis mortels (et prenez garde de ne pas faire en sorte qu'ils le deviennent). Mais je vous offre en effet pour eux de vous rendre raison et faire justice de tout ce que vous pourrez avoir à leur reprocher. Par conséquent renoncez à votre ressentiment et pardonnez-leur, comme à vos hommes. »

Claudas dit qu'il n'en fera rien et ne saurait écouter à ce sujet aucune prière.

« Seigneur, dit Pharien, je vous ai rendu votre hommage et désormais je veux que vous sachiez que vous n'avez pas de pire ennemi que moi. Sur ce je m'en irai sans prendre congé de vous et sans amitié[1]. Mais auparavant je vous somme[2] de tenir votre promesse. Car vous m'avez promis loyalement, comme roi, de vous rendre dans ma prison, quand je vous en sommerai. Je vous en somme aujourd'hui, par votre foi. »

Claudas répond qu'il ne lui a jamais fait cette promesse ; et Pharien dit qu'il est prêt à le prouver sur-le-champ, si le roi ose s'en défendre contre lui.

« Pharien, dit Claudas, tu es fou de me défier en bataille ici, devant mes gens. Mais tu ne te battras pas dans ces conditions ; car si je te tuais, j'en aurais plus de blâme que d'honneur. Je te somme à mon tour de garder envers moi ta foi, comme tu le dois. Car tu ne peux ni ne dois quitter mon hommage, si je ne l'ai mérité par mes torts, et je ne t'ai jamais fait aucun tort, que je sache.

— Seigneur Claudas, dit Pharien, si je n'avais pas été votre homme et que vous eussiez consenti à vous défendre, je vous aurais convaincu de cette forfaiture. Mais je dois garder ma foi, que je vous ai engagée jadis, quel qu'ait été cet engagement, heureux ou malheureux. En tout cas, je vous somme de tenir votre serment. Sachez que vous n'avez pas de pire ennemi que moi et que jamais vous n'entrerez dans la cité ; car il y aura assez de gens qui la défendront contre vous. Il ne s'y trouve pas

---

1. La courtoisie veut que l'on ne quitte pas un seigneur ou une dame sans lui en demander le « congé », c'est-à-dire la permission.

2. *somme* : littéralement, semons.

vos desfandra. Il n'i a un tot seul home qui puisse porter armes qui ne vos quiere la mort, s'il en puet en leu venir. Et des ores mais avez assez o antandre, et jor et nuit, que ja mais asseür n'i dormiroiz, si orroiz sovant, se ge ne muir, en*(f. 39c)*tor vos noises et criz, et verroiz voz paveillons rompre et verser et voz homes ocirre et navrer espessement. »

« Comment? fait Claudas ; ai ge dons garde de toi? »

« Certes, oïl, fait Phariens, tant com ge porrai ferir d'espee. Et poez avoir vos mout autre paor que de prison ; et qant li cors sera alez, se vos remanez après vivanz, si atandez vos de moi la mort, ou ame de cors sera neiant. Et se vos onqes amates lo seignor de Saint Cirre, or li mostrez a l'ame, non pas au cors, car ançois que ge menjuce mais sera sa teste et celes a ses deus compaignons loig des cors tant com uns mangoniax porra lancier a une foiz. »

Atant fiert lo cheval des esperons, si se lance loign de Claudas enmi lo chanp, si s'encommance a repairier vers la cité. Lors poignent après lui plus de vint chevaliers, les escuz as cox, les lances mises souz les aisselles. Et qant il les voit venir, si s'en vait belement tant qu'il est devant la porte. Et lors li commence a crier Lambegues, ses niés, qui desus la porte estoit :

« Comment, biax oncles? Que sera ce? Si vos en vandroiz asailliz et anchauciez, sanz cop doner a chevalier? »

Lors trestorne Phariens, si fiert un de cels qui lo sivoient si durement qu'il li met del glaive et fer et fust parmi lo cors, si l'abat a la terre, et lui et lo cheval, en tel maniere que la cuisse destre li est brisiee. Et au parcheor est li glaives volez em pieces. Il met la main a l'espee mout vistement, si se cort as autres mesler qui après vienent. Et cil dedanz ovrent la porte et sont es chevax monté por lui secorre. Mais Claudas i vient poignant, un baston en sa main, si chace arrieres cels qui la chace avoient

un seul homme, capable de porter les armes, qui ne cherche à vous donner la mort, s'il peut en avoir l'occasion. Désormais vous aurez bien du souci, et de jour et de nuit, au point que vous ne dormirez plus jamais tranquille. Vous entendrez souvent, si je ne meurs, autour de vous noises et cris. Vous verrez rompre et renverser vos pavillons, tuer et blesser vos hommes en grand nombre.

— Comment? dit Claudas. Ai-je à me garder de toi?

— Certes oui, dit Pharien, tant que je pourrai frapper d'une épée. Et vous pouvez craindre tout autre chose que la prison. Et quand mon corps s'en sera allé, si vous demeurez vivant après moi, attendez-vous à recevoir de moi la mort, ou mon âme ne sera rien. Si vous avez jamais aimé le seigneur de Saint-Cirre, montrez-le maintenant à son âme et non plus à son corps. Car, avant que je prenne un seul repas, sa tête et celles de ses deux compagnons seront séparées de leur corps de toute la portée d'un mangonneau[1]. »

Aussitôt il pique son cheval des éperons, s'élance loin de Claudas à travers la plaine et entreprend de retourner vers la cité. Alors plus de vingt chevaliers, l'écu au col, la lance sous l'aisselle, piquent derrière lui. Quand il les voit venir, il s'en va tranquillement et arrive devant la porte. Lambègue son neveu, qui était au-dessus de la porte, l'interpelle :

« Comment? bel oncle, qu'est-ce que c'est? Reviendrez-vous de cette manière, tandis qu'on vous assaille et qu'on vous pourchasse, sans coup férir sur un chevalier? »

Alors Pharien se retourne. Il frappe l'un de ceux qui le poursuivaient, avec tant de force qu'il lui met le fer et le bois de sa lance au travers du corps et le jette à terre, en même temps que son cheval. Le chevalier a la cuisse droite brisée et, dans sa chute, a fait voler en pièces la lance de Pharien. Aussitôt Pharien met la main à l'épée et court se mesurer à ceux qui viennent derrière. Les gens de la ville ouvrent la porte et montent sur leurs chevaux pour le secourir. Mais Claudas arrive au galop, un bâton à la main. Il chasse ceux qui avaient fait la chasse à Pharien. Il leur donne de si grands coups de son

---

1. *de toute la portée d'un mangonneau*: littéralement, de si loin qu'un mangonneau peut tirer. Mangonneaux et pierrières sont des machines de guerre, utilisées notamment pour détruire les murs par des jets de pierre.

faite, et lor done granz cox del baston tant que tot lo fait voler
en pieces, et les maudit et laidange : « Filz a putains, cuiverz,
failli ! » Et dit qu'il les fera destruire toz, que par un po qu'il ne
l'ont honi *(f. 39d)* a tozjorz mais.

La ou Claudas depart la presse et chace ses genz arrieres —
et il estoit vestuz d'un cort auberjon a dure maille et espesse, un
chapiau de fer desus sa teste, s'espee ceinte, sor un cheval fort
et isnel — si furent chevalier de laianz issu a grant planté. Et
vint Lanbegues, li niés Pharien, devant les autres. Il fu armez
mout cointement, et fu sor un cheval qu'il prisoit trop, et tint
lo glaive esloignié de si grant aleüre com li chevax li pot aler, si
adrece a Claudas et cheval et glaive, et cors et cuer. Mais ançois
l'escrie, de si loing que bien puet estre, de foïr garniz o de soi
desfandre. Il torne lo chief del cheval vers celui qui an haut li
crie :

« Claudas, Claudas, par Sainte Croiz, tant avez chacié que a
honte an retorneroiz, o vos savroiz se li aciers de mon glaive set
fer tranchier. »

Qant Claudas voit celui venir qui sor toz homes lo het, si
n'est pas del tot asseür, car il est et sanz glaive et sanz hiaume
et sanz escu ; si a de la mort mout grant paor s'il l'atandoit.
Lors s'encomance a retraire tot belement. Et cil fiert après lui
des esperons qui de loing l'ot escrié, si li reproche et apele
traïtor et coart mout durement. Et cil a la main a l'espee mise,
si s'an vet tot soavet, lo chief anclin ; et il fu toz seus, car ses
genz lo dotoient mout, si se furent arrieres trait si tost com il li
virent departir cels qui après Pharien corroient.

Et Lanbegues li crie :

« Qu'est ce, fait il, mauvais traïtres ? Car tornes a ton anemi
mortel qui nule rien ne dessirre autretant comme ta mort, coarz
sanz foi, qui mon oncle voloies faire ocirre desleialment. »

Quant Claudas ot celui cui il plus haoit que nul autre home,
qui au dos li vient esperonant et qui l'apele coart et traïtor, si
en est mout angoisseus. Il voit bien q'en lui atandre a grant
peril, *(f. 40a)* car lo fer do glaive li covandra atandre sanz escu.
Et d'autre part, s'il ensin s'en vait sanz faire plus, il s'an
tandroit a honiz a tozjorz mais. Mais il dote plus honteusse vie

bâton qu'il le fait voler en morceaux. Il les maudit ; il les injurie :

« Fils de putes, lâches, misérables ! »

Et il dit qu'il les fera tous mettre à mort, car il s'en est fallu de peu qu'ils ne l'eussent déshonoré à tout jamais.

Tandis que Claudas rompait la presse et faisait reculer ses hommes (il était vêtu d'un court haubergeon à mailles dures et serrées, un chapeau de fer sur la tête, l'épée au côté, monté sur un cheval fort et rapide), les chevaliers de la ville étaient sortis en grand nombre. En tête venait Lambègue, le neveu de Pharien. Il était armé très richement, monté sur un destrier qu'il aimait pour sa grande valeur, et galopait, la lance couchée, de toute la vitesse dont l'animal était capable. Il pousse sur Claudas cheval et lance, corps et cœur. Mais auparavant il l'interpelle de si loin que celui-ci a tout loisir de fuir ou de se défendre. Claudas tourne la tête de son cheval vers le jeune homme, qui lui crie d'une voix forte :

« Claudas, Claudas, par la Sainte Croix, vous avez tant donné la chasse que vous serez chassé honteusement. Ou alors vous apprendrez si l'acier de ma lance sait bien trancher le fer. »

Quand Claudas voit venir celui qui le hait plus que tout homme au monde, il n'est pas du tout rassuré ; car il est sans lance, sans heaume, sans écu, et il a grand'peur d'être tué, s'il l'attend. Alors il commence à battre en retraite lentement. Lambègue, qui l'avait interpellé de loin, pique des éperons pour le rejoindre. Il lui fait honte ; il l'appelle traître et lâche sans retenue. Claudas a mis la main à son épée. Il s'en va tout doucement, la tête basse. Et il était entièrement seul ; car ses hommes avaient grand'peur de lui et s'étaient retirés, aussitôt qu'ils l'avaient vu renvoyer ceux qui couraient derrière Pharien. Lambègue lui crie :

« Qu'est-ce que c'est, méchant traître ? Ose donc faire face à ton ennemi mortel, qui ne désire rien tant que ta mort, couard sans foi, qui voulais faire tuer mon oncle en trahison ! »

Quand Claudas entend son ennemi le plus détesté, qui galope derrière son dos et qui l'appelle couard et traître, il est très angoissé. Il voit bien qu'il est très dangereux de l'attendre, car il devra affronter le fer de sa lance sans écu. Et d'autre part, s'il s'en va sans rien faire, il s'en tiendra pour honni à jamais. Mais il redoute davantage une vie honteuse qu'une belle mort.

que bele mort, si metra tot en la merci Nostre Seignor. Lors
hauce la destre main, si se seigne et son cors et son visage ; puis
a l'espee prise et torne lo chief del cheval a celui qui a esperon
li vient fuiant, si li adrece comme cil cui il ne remembre ne de
mort ne de coardise, et li escrie mout hautement :

« Lambegue, Lambegue, or belement ! Ne te covient pas si
haster, car par tans m'avras ataint. Et quant que ge me puisse
de traïson esleiauter, tu savras orandroit que ge ne sui pas
grantment entechiez de coardisse. »

Qant Lanbegues lo voit venir, si est tant liez que onques mais
ausi liez ne fu. Il vint mout tost, car de loig fu meüz, et li chevax
fu isniax et volenteïs et de grant force. Et li rois ne cort pas
encontre, ançois l'atant, l'espee traite. Et Lambegues lo fiert
enmi lo piz en haut, qui de tote sa force s'i apoia. Et s'il l'aüst
plus bas feru a la grant ire que il avoit et a la force dom il vint,
mort l'aüst sanz recovrier ; et a tot ce qu'il fu feruz en haut, lo
bleça il si durement que il cuida morir eneslopas, toz desconfés,
mais es arçons se tint toz droiz, ç'ainz ne se mut por force que
li cox eüst, n'onques maille del hauberc n'i anpira.

Li rois fu mout de grant force, et li glaives vole en tronçons.
Et si com Lambegues s'an passa outre, li rois lo fiert de l'espee
enmi lo vis si durement que li hiaumes n'est tant serrez que
l'espee n'i soit entree jusqu'anz es mailles de la coife qui desouz
est. De l'angoisse del cop fu Lanbegues si estordiz *(f. 40b)* que
l'eschine li hurta a l'arçon derrieres et li oil li estincelerent an la
teste. Et Claudas li rois, de l'angoisse del cop qu'il ot eü, si fu
si aquis qu'il jut toz anvers desus l'arçon grant piece.

La noise est levee, si saillent es chevaus li plus vaillant. Et
Lanbegues s'en revient par lo roi, sel trueve autresin com tot
pasmé desus l'arçon devant, et se tient a deus mains au col de
son cheval. Et cil sache l'espee, si l'an cuide couper la teste.
Mais li chevax fu un po granz, sel tresporta si qu'il feri el chapel

Aussi mettra-t-il tout en la merci de Notre Seigneur. Alors il
lève la main droite et fait le signe de la croix, sur son corps et
sur son visage. Puis il prend son épée, tourne la tête de son
cheval du côté de celui qui le poursuit au galop. Il s'avance vers
lui, en homme qui n'a cure ni de la mort ni de la lâcheté. Il lui
crie d'une voix très forte :

« Lambègue, Lambègue, doucement ! Il ne faut pas te presser
ainsi. Tu m'auras bientôt rejoint. Et quoique je puisse me
disculper du reproche de trahison, tu sauras tout de suite que
je ne suis pas grandement entaché de couardise. »

Quand Lambègue le voit venir, il est si joyeux que jamais il
ne le fut davantage. Il arrive à vive allure ; car il venait de loin
et son cheval était rapide, nerveux et d'une grande force. Le roi
ne lance pas son cheval contre lui, mais l'attend, l'épée à la
main. Lambègue le frappe à la poitrine un peu haut, en pesant
de toute sa force. S'il avait frappé plus bas, à cause de la grande
colère qu'il avait et de la force de son élan, il l'aurait tué
immanquablement. Et bien qu'il eût frappé trop haut, il lui fit
une blessure si profonde que le roi pensa mourir sur-le-champ
sans confession, mais demeura bien droit sur ses arçons, sans
bouger d'un pouce, quelle que fût la violence du coup, et
aucune maille de son haubert ne fut endommagée. Le roi était
d'une grande force. La lance se brise en tronçons ; et, quand
Lambègue passe devant lui, le roi lui assène avec son épée un
coup si terrible au visage que le heaume, si serré soit-il, laisse
entrer l'épée jusqu'aux mailles de la coiffe qui est en dessous[1].
Lambègue, sous l'effet de la douleur, fut saisi d'un étourdisse-
ment tel que son dos heurta l'arçon arrière et que ses yeux se
remplirent d'étincelles. Et Claudas, terrassé par la douleur du
coup qu'il avait reçu, demeura renversé sur l'arçon de sa selle
pendant un long moment.

La clameur se lève. Les plus vaillants montent sur leurs
chevaux. Lambègue repasse devant le roi. Il le trouve quasi-
ment pâmé sur l'arçon de devant et se tenant à deux mains au
cou de son cheval. Il tire son épée et pense bien lui couper la
tête. Mais son cheval était un peu rétif ; il l'emmène trop loin,
et Claudas est atteint au chapeau qu'il avait sur la tête. Le bord

---

1. La cotte de mailles, ou haubert, est en effet complétée par une *coiffe*,
de mailles également, qui protège la tête en dessous du heaume.

qu'il avoit desus la teste, si an trancha l'orle trestot jusq'anz el
pot, et est descenduz li cox desus la blanche coife menu maillie,
si l'an a fait maintes des mailles antrer el col et an al teste. Se
li rois fu devant bleciez del cop del glaive, ce ne li raida gaires,
car il fu si estonez qu'il n'oï une gote de mout grant piece, si
perdié si outreement lo pooir et del chief et de tot lo cors qu'il
est a la terre volez. Et Lanbegues a en talant que il descende,
mais les genz Claudas qui sus li corrent a desroi li ont acorcié
son desirrier. Et qant il les voit sor lui, s'en est si dolanz que par
un po qu'il n'ist del san, et mout volentiers vandroit au quel
que soit la vengence qu'il a perdue a prandre de Claudas, dont
trop li poise.

   Lors met l'escu devant lo piz et done au cheval des esperons,
si laisse corre, l'espee traite, a un qu'il voit venir devant les
autres lo giet d'une pierre poignal. Cil venoit, lo glaive aloignié,
si tost com il pooit esperoner, si peçoie desus l'escu Lanbegue
son glaive mout apertement. Et cil lo fiert de l'espee si
durement enmi lo vis que lo nasel li tranche tot par desouz les
iauz un po. Il trait a soi s'espee, si la voit del sanc celui tote
vermoille. Et cil est des arçons volez a terre. Et qant il voit
venir les autres a grant desroi, il crolle l'espee et s'afiche es
estriers et se joint desouz l'escu, si lor *(f. 40c)* revelt laissier
corre. Mais ses oncles Phariens i est poignant venuz, qui l'aert
au frain, si l'an maine, o il voille ou non, droit a la porte. Et les
genz Claudas vienent si tost qu'il les ataignent, si lor donent de
granz cox des espee[s] amont es hiaumes, et de tex i a qui lor
peçoient les glaives desor les cors. Et neporqant en la cité se
retraient entre l'oncle et lo neveu et des autres assez qui hors
furent issu por els secorre ; mais ne s'an vont pas entre Pharien
et son neveu trop laidement, car menu et sovant trestornent as
plus isniaus, si i font de biax cox li uns por l'autre. Ne n'i a celui
d'aus deus qui s'espee n'en ait en vermoil tainte.

de son chapeau est tranché jusqu'à l'intérieur de la couronne. L'épée descend sur la blanche coiffe aux mailles fines et beaucoup de mailles lui entrent dans le cou et dans la tête. Le roi avait été déjà meurtri par le coup de la lance et celui-ci ne fut guère meilleur pour lui. Il est assommé au point de ne plus rien entendre pendant un très long moment et perd si complètement l'usage de sa tête et de tout son corps qu'il se laisse tomber à terre. Lambègue veut descendre de son cheval. Mais les gens de Claudas, qui lui courent sus à bride abattue, l'ont frustré de son désir. Quand il les voit sur lui, il est si furieux que peu s'en faut qu'il n'en perde le sens. Il voudra faire payer à n'importe qui la vengeance qu'il n'a pas réussi à prendre sur Claudas ; car c'est là ce qui le désespère. Alors il met l'écu devant sa poitrine, donne des éperons à son cheval et s'élance, l'épée à la main, sur celui qu'il voit venir en tête, à un jet de pierre des autres[1]. L'homme arrivait, la lance couchée, aussi vite que le permettaient ses éperons. Il rompt sa lance sur l'écu de Lambègue très adroitement. Lambègue, avec son épée, le frappe au visage si durement qu'il lui tranche tout le nasal, un peu au-dessous des yeux. Il ramène à lui son épée et la voit toute rouge de sang de son adversaire, qui tombe de ses arçons à terre.

Quand il voit venir les autres en toute hâte, il brandit son épée, se dresse sur ses étriers, se couvre de son écu et veut encore les attaquer. Mais voici qu'arrive au galop son oncle Pharien, qui le saisit par le frein de son cheval et l'emmène, qu'il le veuille ou non, tout droit jusqu'à la porte. Les gens de Claudas vont si vite qu'ils les rejoignent, leur donnent de grands coups d'épée sur le sommet des heaumes et plusieurs leur rompent des lances sur le corps. Cependant l'oncle et le neveu parviennent à rentrer dans la cité, ainsi que beaucoup d'autres qui étaient sortis pour les secourir. Mais ils ne s'en vont pas trop laidement ; car à tout moment ils se retournent pour affronter les plus audacieux. Ils font de beaux coups l'un pour l'autre et il n'y a aucun des deux qui n'ait son épée teinte

---

1. *à un jet de pierre des autres :* devançant les autres de la distance à laquelle la main d'un homme peut lancer une pierre. On a vu précédemment « de la portée d'un arc », ou « de la portée d'un mangonneau ». Mesure approximative, mais connue de tous les combattants.

Atant se remetent en la cité, si sont les portes closes, et abatues les coleïces. Et vienent antre Pharien et Lanbegue droit a la tor, mais il ne vienent pas comme chevalier qui aient reposé et neient fait, car il n'i a celui des deus cui il ne pere bien de son mestier, car amedui i ont en mainz leus perdu do sanc, si ont les hiaumes detranchiez et anbarrez, et les escuz perciez des grosses lances, et decopez et detailliez des cox des espees et par desus et par desouz.

Qant li troi chevalier qui por Claudas sont en prison les voient issi venir, si ont d'aus meesmes tote paor qant il voient Lanbegue qui anrage et dit a son oncle :

« Sire, por Deu, car me laissiez ocirre ces trois traïtors en despit de Claudas lo desleial, qui faire ocirre vos voloit. »

« Nel ferai, biax niés, fait Phariens, car il n'ont pas en autrui mesfait mort deservie, ne lor sires ne fist onques traïson vers moi que une seule qi ne fait pas a prisier jusq'a la mort a nul preudome. »

Ensi a Phariens son neveu apaié a mout grant painne. Et lors ont lor hiaumes ostez. Et maintenant vient laianz *(f. 40d)* uns escuiers qui lor dit qu'il aillent a la porte o li poigneïz a esté, que Claudas velt a Pharien parler ; et li baron de la cité li avoient envoié, car mout lor tardoit qu'il oïssient ce que Claudas lor voloit dire. Atant resont endui monté en lor chevax et font après els porter lor hiaumes. Et qant il vienent a la porte, si la font ovrir. Et uns chevaliers toz desarmez vient illuec de par Claudas et dit a Pharien que li rois l'atant la dehors — et si lo li mostre tot seul — et li mande que toz seus i aille, car il a fait arrieres traire totes ses genz ; et il estoit voirs si com li chevaliers li dist. Phariens s'an vait a lui toz seus. Et si tost com li rois lo vit, si li demande comment lo font si troi prison, et qu'il l'an die la verité sor qancqu'il a de laiauté. Et Phariens respont qu'il sont tuit troi et sain et sauf. Et Claudas avoit eü mout grant paor qu'il nes eüssient toz trois ocis, car

en rouge. Alors ils rentrent dans la cité. Les portes sont fermées et les coulisses[1] abattues.

Pharien et Lambègue vont droit à la tour. Mais ils n'y viennent pas comme des chevaliers qui se sont reposés et n'ont rien fait. Il n'est aucun des deux qui ne porte les marques de son service. Tous deux ont en maints endroits perdu du sang. Ils ont leur heaume fendu et bosselé, leur écu percé de gros trous de lance, découpé et tailladé de coups d'épée, et par-dessus et par-dessous. Quand les trois chevaliers, qui sont en prison pour Claudas, les voient venir dans un tel état, ils ont pour eux-mêmes toutes les peurs. Car ils voient Lambègue qui enrage et dit à son oncle :

« Seigneur, pour l'amour de Dieu, laissez-moi tuer ces trois traîtres, à la honte de Claudas le déloyal, qui voulait vous faire tuer.

— Non, beau neveu, dit Pharien. La faute d'autrui ne doit pas leur valoir la mort. Et leur seigneur n'a jamais commis aucune déloyauté à mon égard, sauf une seule, dont aucun prud'homme n'estimera qu'elle doive mériter la mort. »

C'est ainsi que Pharien apaise son neveu à grand'peine, et tous deux ôtent leur heaume.

Soudain entre un écuyer qui les prie de se rendre à la porte où la mêlée avait eu lieu, parce que Claudas veut parler à Pharien. Les barons de la ville l'avaient envoyé chercher, parce qu'ils avaient hâte de savoir ce que Claudas voulait leur dire. Aussitôt tous deux remontent sur leur cheval et font porter leur heaume derrière eux. Quand ils arrivent à la porte, ils la font ouvrir. Un chevalier entièrement désarmé vient les y trouver de la part de Claudas. Il dit à Pharien que le roi est là, qui l'attend au-dehors. Il le lui montre et lui fait voir qu'il est tout seul. Le roi mande à Pharien de venir le trouver seul, parce qu'il a renvoyé tous ses hommes. Et ce que disait le chevalier était vrai.

Pharien se rend seul auprès de Claudas. Aussitôt que le roi le voit, il lui demande ce qu'il en est des trois prisonniers : qu'il lui dise la vérité, sur toute la loyauté qui est la sienne. Pharien lui répond qu'ils sont tous les trois sains et saufs. Claudas avait eu grand'peur qu'on ne les eût tués tous les trois ; car il connaissait

---

1. *coulisses* : volets glissants verticalement entre des rainures.

trop santoit Pharien a viguereus et Lanbegue a trop felon. Lors
li a dit Claudas :

« Tu as mon homage a tort guerpi, si te requier sor ta leiauté
que tu lo recives si com tu doiz, car ge ne t'ai forfait por quoi
tu lo doies laissier. »

Et cil dit que nel fera, « car ge ne vos porroie amer, fait il, si
seroie traïtres et desleiaus. »

En maintes manieres l'essaia, mais ne pot estre. Et Claudas
dit li :

« Phariens, or garde que mi prison n'aient nul mal, et va t'an,
puis que ma proie[re] ne vels oïr. Et d'autre part, ge t'offre bien
ce que tu me requeïs orainz, c'est a aler en prison la ou tu me
voudras mener si com ge doi. »

« Comment ? » fait Phariens.

« Ge te fiençai, fait Claudas, com a mon home que de quele
hore que tu me semonroies, g'iroie en ta prison ; et de quele
hore que tu soies mes hom, ge sui prelz d'aler la ou tu voudras,
après ce que tu m'avras juré que ge n'avrai de *(f. 41a)* nelui
garde, et que des anfanz au roi Bohort n'avez oïes nules
enseignes. Et se tu ensin faire nel vels, si t'an iras, car a toi
n'avrai ge plus ne bon consoil ne mau consoil, puis que tu mes
hom n'ies mais. Mais di moi as plus hauz barons de laianz qu'il
vaignent a moi parler orandroit. » Si les li nome jusq'a dis.

Atant s'an vait Phariens et anvoie les barons a Claudas. Et
qant il les voit, si lor dit sanz saluer :

« Seignor, vos iestes tuit mi home, si vos ai mout amez ; et
vos avez tant vers moi mespris qu'a poines porroit estre amandé,
se ge voloie si haut monter l'amende com li forfaiz lo requerroit ; mais ge ne lo voil pas si haut monter. Et vos savez de voir

la vigueur de Pharien et l'extrême violence de Lambègue. Il dit ensuite :

« Pharien, tu as quitté mon hommage à tort. Je te requiers, sur ta loyauté, de le reprendre, comme tu le dois ; car je ne t'ai rien fait qui t'autorise à le laisser. »

Pharien refuse :

« Je ne pourrais vous être dévoué, dit-il, et par conséquent je serais traître et déloyal. »

Claudas l'entreprit de maintes manières, mais ce fut en vain. Alors il lui dit :

« Pharien, prends garde que mes prisonniers n'aient aucun mal et va-t-en, puisque tu ne veux pas entendre ma prière. D'autre part je t'offre ce que tu m'as demandé tout à l'heure, c'est-à-dire d'aller en prison, là où tu voudras me mener, comme je le dois.

— Comment ? dit Pharien.

— Je t'ai promis, comme à mon homme[1], que, dès lors que tu m'en ferais la semonce, j'irais dans ta prison ; et, du moment que tu es mon homme, je suis disposé à me rendre où tu voudras, après que tu m'auras juré que je n'aurai rien à craindre de personne et que vous n'avez reçu nulles enseignes des enfants du roi Bohort. Si tu refuses, tu t'en iras ; car je n'aurai plus de toi ni bon ni mauvais conseil, dès lors que tu ne seras plus mon homme. Et tu diras de ma part aux plus hauts barons de cette ville de venir me parler tout de suite (et il lui en nomme dix). »

Pharien s'en va et envoie les barons à Claudas. Quand celui-ci les voit, il leur dit, sans les saluer :

« Seigneurs, vous êtes tous mes hommes et je vous ai beaucoup aimés. Vous avez été si coupables envers moi que votre faute ne pourrait guère être réparée, si je voulais porter la réparation au niveau qu'exigerait le crime. Mais je ne veux pas

---

1. *comme à mon homme :* en tant que tu étais mon homme. On a vu plus haut (p. 335) Claudas renier sa parole, sans explication. Cette explication, que l'auteur nous a fait attendre fort habilement, tient dans un raisonnement de droit féodal : je t'ai promis, parce que tu étais mon homme ; tu ne veux plus être mon homme ; donc je ne te dois plus rien. Ainsi se vérifie le portrait de Claudas, qui nous a été présenté aux pages 113 à 117 : « Il ne reniait pas volontiers ses promesses, mais invoquait souvent des prétextes pour tromper et pour décevoir. »

que j'ai la force et lo pooir de vos prandre laianz a force, et que
en la fin ne la poez a moi durer. Vos m'avez fait proier de paiz
a Pharien, mais il a mon homage deguerpi, et puis que il mes
hom ne viaut plus estre, ge ne feroie por lui rien, car dons me
covendroit il de lui garder. Et ge vos dirai comment vos porroiz
avoir a moi pais et acorde, et sachiez que, par les sainz de cele
cité, ja autrement ma paiz n'avroiz. Et se ge puis a force vos
prandre, ge vos ferai toz ocirre et desmenbrer. Vos me jureroiz
avant que mes filz Dorins ne reçut mort par voz consauz, et
aprés me bailleroiz un de cels de laianz a faire ma volenté
outreement. Et se vos ce ne volez faire, si vos en alez arrieres et
vos desfandez de voz pooirs, car vos seroiz assailli sovant et
bien, ne ja mais ne finerai, si avrai ci devant tot lo pooir mon
seignor lo roi de Gaule. Et lors, se ge vos praig a force, ja ne
m'aïst Dex qant vos i metroiz amendes ne reançons se les cors
non. »

Quant cil l'oent, si sont de ceste chose et lié et dolant, lié de
ce qu'il puent *(f. 41b)* la pais avoir, et dolant de ce que un des
lor covient baillier, car bien sevent, qui que il soit, il ne s'an
puet eschaper que par la mort.

« Sire, fait Leonces de Paerne, nos avons vostre volenté oïe et
nos la ferons volentiers. Tex puet estre cil que vos nos
demandez por vos baillier, dites lo nos ; et vos l'avroiz, s'il est
tex que nos lo vos doions baillier. »

« Et gel vos dirai, fait il, c'est Lanbegues, li niés Pharien. »

« Ha ! sire, fait Leonces, ce ne porroit pas avenir, car nos
seriens traïtor se nos ansin lo faisiens, que nos livresiens a mort
lo meillor bacheler de tot cest regne et an cui nos aviens
greignor fiance. Ja se Deu plaist, n'avrons par murtre ne par
felenie ne par traïson la paiz. Et quel que chose que li baron de
cest regne en voillent faire, ja de moi, se Deu plaist, ne vendra
cist consauz. »

« Et vos, seignor, fait Claudas as autres nuef, q'en dites vos ?

l'élever à ce niveau. Vous savez très bien que j'ai la puissance et le moyen de m'emparer de vous par la force et qu'en fin de compte vous ne pouvez pas tenir contre moi. Vous m'avez fait demander la paix par Pharien. Mais il a renoncé à mon hommage et, puisqu'il ne veut plus être mon homme, je ne ferai rien pour lui, car il me faudra me garder de lui. Je vous dirai donc comment vous pourrez avoir de moi paix et accord. Et sachez que jamais, par les saintes reliques de cette ville, vous n'obtiendrez de moi la paix à d'autres conditions et que, si je peux vous prendre par la force, je vous ferai tous tuer et démembrer. Vous me jurerez d'abord que mon fils Dorin n'a pas reçu la mort par votre conseil. Ensuite vous me remettrez un des hommes de cette ville, pour que j'en fasse entièrement ma volonté. Si vous ne voulez pas, allez-vous-en et défendez-vous de toutes vos forces, car on vous attaquera souvent et bien. Je ne m'arrêterai jamais et j'aurai, sous ces murs, toute l'armée de mon seigneur le roi de Gaule. Alors, quand je vous aurai pris par la force, que Dieu ne me soit jamais en aide, si vous y mettez d'autres amendes ou d'autres rançons que vos propres corps ! »

En entendant ces mots, ceux de Gaunes sont heureux et malheureux à la fois : heureux de pouvoir obtenir la paix, malheureux de devoir livrer un des leurs. Car ils savent bien que, quel qu'il soit, il ne peut échapper à la mort.

« Seigneur, dit Léonce de Paerne, nous avons pris connaissance de votre volonté et nous nous y conformerons de bon gré. Quel que puisse être celui que vous nous demandez de vous remettre, dites-nous son nom et vous l'aurez, s'il est tel que nous devions vous le remettre.

— Je vous le dirai donc. C'est Lambègue, le neveu de Pharien.

— Ah ! seigneur, dit Léonce, cela ne se peut pas. Nous serions des traîtres, si nous acceptions de livrer à la mort le meilleur bachelier de tout ce royaume, celui en qui nous avions la confiance la plus grande. Jamais, s'il plaît à Dieu, nous n'achèterons la paix par un assassinat ni par une félonie ni par une trahison. Et quoi que veuillent faire les barons de ce royaume, jamais, s'il plaît à Dieu, un tel conseil ne viendra de moi.

— Et vous, seigneurs, dit Claudas aux neuf autres, qu'en

Laisseroiz vos destruire et vos et ceste cité por moi rendre un
seul chevalier ? » Et cil respondent qu'il n'en feroient nule rien
encontre lo consoil Leonce, car il est li plus preudom del
reiaume. « Or vos an poez dons, fait il, aler, car de moi n'avez
vos des ore mais trive ne pais. Mais avant vos requier com de
mes homes que vos les trois prisons que vos avez de moi me
faites randre, o vos me jurroiz sor sainz que vos des anfanz au
roi Bohort ne savez rien, ne de lor mort ne de lor vie. »

« Sire, fait Leonces, des anfanz ne savons nos rien, et
ensorquetot vos ne nos baillates mie voz trois prisons, mais
Pharien, et nos li jurasmes que nos li aideriens encontre toz cels
qui faire l'an voudrient tort. Et puis que nos l'avons juré, nos
ne poons ne ne devons aler encontre, car dons feriens nos
desleiauté, et puis que hom est de desleiauté atainz, *(f. 41c)* il ne
puet miauz estre honiz. »

« Tant sachiez vos bien, fait Claudas, qu'a randre les vos
covandra, ne ja mais ne vos amerai de cuer ; et bien gardez
c'uns seus n'i muire, car vos i morriez tuit. Or vos an poez atant
aler, et des ores face chascuns tot son miauz. »

Et cil s'an tornent mout angoisseux, car bien voient que la
citez ne puet durer ancontre Claudas. Quant il sont revenu, et
Phariens voit la mauvaise chiere qu'il font, si s'an mervoille
trop durement. Il lor demande quex novelles de dan Claudas,
et il respondent que mout mauvaises.

« Queles ? » fait il.

« Nos ne poons, font il, avoir pais ne acorde se nos ne li
baillons Lambegue, vostre neveu, por metre del tot en sa merci,
mais par lui porriens avoir acordement. »

« Et que l'an avez vos covant ? » fait Phariens.

« Quoi ? fait Leonces de Paerne ; en non Deu, ge ne serai ja
en leu o tex chevaliers com il est et qui tant nos a aidiez soit a
mort livrez par mon consoil. »

A cel consoil qu'il tenoient an tel maniere furent tuit li sage
home de la cité et do païs. Et Phariens lor dit a toz :

dites-vous? Laisserez-vous détruire et vous-mêmes et cette cité, faute de me remettre un seul chevalier? »

Ils répondent qu'ils ne sauraient rien faire contre l'avis de Léonce, car il est le plus prud'homme du royaume.

« Vous pouvez donc vous en aller, dit Claudas, car vous n'aurez désormais de moi ni trêve ni paix. Mais auparavant je vous requiers, comme à mes hommes, de me rendre les trois otages que vous avez reçus de moi. Ou sinon, vous me jurerez, sur les saints Évangiles, que vous ne savez rien des enfants du roi Bohort, ni de leur mort ni de leur vie.

— Seigneur, dit Léonce, nous ne savons rien des enfants; et surtout ce n'est pas à nous que vous avez remis les otages, mais à Pharien. Nous lui avons juré que nous l'aiderions contre tous ceux qui voudraient les lui enlever et lui faire violence. Puisque nous l'avons juré, nous ne pouvons pas aller à l'encontre. Car ce serait une déloyauté; et l'homme qui se rend coupable d'une déloyauté ne peut mieux faire pour être déshonoré.

— Retenez bien ceci, dit Claudas. Vous serez forcés de les rendre et je ne vous aimerai jamais. Et prenez garde qu'aucun d'eux ne meure ou vous mourrez tous. Sur ce, vous pouvez partir. Et maintenant, que chacun fasse de son mieux! »

Ceux de Gaunes s'en retournent en grande angoisse, car ils voient bien que la cité ne peut tenir contre Claudas. Quand ils sont revenus et que Pharien voit leur triste mine, il s'en étonne fort. Il leur demande :

« Quelles nouvelles du seigneur Claudas? »

Et ils répondent :

« Très mauvaises.

— Lesquelles? dit-il.

— Nous ne pouvons obtenir de paix ni d'accord, si nous ne lui livrons pas Lambègue votre neveu, pour le mettre entièrement à sa merci. Mais en le sacrifiant, nous pourrions parvenir à un accord.

— Et qu'avez-vous convenu? dit Pharien.

— Quoi? dit Léonce de Paerne. Par le nom de Dieu, jamais, dans un conseil où je serai présent, un chevalier tel que lui et qui nous a tant aidés ne sera livré à la mort avec mon consentement. »

Au conseil, qui se tenait de la manière dessus dite, il y avait tous les hommes sages de la cité et du pays. Pharien leur dit à tous :

« Seignor, que vos est il avis de ceste chose que Claudas a demandee a ces barons ? »

Et il s'acordent tuit a ce que Leonces en avoit dit, ne n'i a un seul qui ne die que ja, se Deu plaist, si granz dolors n'iert otroiee. Et dient li sage home qu'il se tandront tant com il se porront tenir ; et qant il ne porront en avant, et Dex n'i voudra metre consoil, si issent hors de par Dé et vendent lor mort tant com il porront ferir, car preudome ne doivent faire por els sauver ne murtre ne desleiauté.

Qant Phariens l'antant, si les an prise mout durement et liez en est, si lor voudra mout guerredoner ce qu'il gardent si envers lui lor leiauté, s'il lo puet faire. Ensi se sont mout bien ahasti d'els deffandre. Et lors se departent, si vient chascuns a son ostel. Et en *(f. 41d)*tre Pharien et son neveu vont an la tor. Et qant il furent desarmé, Phariens monte en haut as creniaus et esgarde de totes parz la mervoille de gent qui an l'ost vient, si set de voir que la citez ne puet estre desfandue qu'ele ne soit prise, car de viande ont trop petit a la mervoille de gent qui dedanz est. Si encommança a plorer mout tanrement et a sospirer de cuer do ventre.

La o il sospiroit et ploroit si durement, vint ses niés Lambegues amont, et qant il l'oï ensin plaindre et dementer, si s'encommança vers lui a aler tot coiement et pas por pas, qu'il nel puisse aparcevoir. Et il escoute, si ot qu'il dit a soi meïsmes :

« Haï ! boenne citez, honoree d'ancesserie, hantee de preudomes et de leiaus, maisons et sieges de roi, ostex a droit jugeor, repaires a joie et a leece, corz plainne de boens chevaliers, vile honoree de mananz borjois, païs plains de leiaus vavasors et de boens gaaigneors, terre planteureuse et replenie de toz biens ! Ha ! Dex, qui porra veoir si grant dolor de totes ces choses destruire por sauver la vie a un enfant ? Haï ! biax niés Lambegues, car plaüst ore a Dé qui por nos vint mort andurer que ge fusse ore en vostre leu ! Si m'aïst Dex, g'iroie ja au roi Claudas por giter hors de dolor lo deboneire païs de Gaunes, o fust a ma joie o a mon duel, car mout seroit la morz

« Seigneurs, que pensez-vous de la demande que Claudas a faite à ces barons ? »

Tous approuvent le langage de Léonce et il n'est pas un seul d'entre eux qui ne dise que jamais, s'il plaît à Dieu, ils ne permettront une si grande abomination. Les hommes sages disent qu'ils tiendront, tant qu'ils pourront tenir. Et quand ils ne le pourront plus, si Dieu ne veut y porter remède, qu'ils fassent une sortie de par Dieu et qu'ils vendent leur mort, aussi longtemps qu'ils pourront se battre ; car des prud'hommes ne doivent commettre, pour sauver leur vie, ni meurtre ni déloyauté. »

Quand Pharien les entend ainsi parler, il les estime fort et il éprouve une grande joie. Il voudra les récompenser d'être si loyaux envers lui, quand il pourra le faire. Ainsi ceux de Gaunes ont pris la ferme résolution de se défendre. Alors ils se séparent et chacun va à son hôtel.

Pharien et son neveu vont dans la tour ; et, quand ils sont désarmés, Pharien monte aux créneaux. Il observe de toutes parts la prodigieuse masse d'hommes, qui se rend à l'armée de Claudas. Il voit bien que, si la cité est défendue, elle ne peut manquer d'être prise ; car elle a trop peu de vivres pour la multitude des gens qui y sont. Il se met à pleurer très tendrement et à soupirer du fond de son cœur. Tandis qu'il soupirait et pleurait si profondément, son neveu Lambègue monte à son tour. Quand il l'entend se plaindre et se lamenter, il s'approche de lui silencieusement, pas à pas, pour qu'il ne puisse pas l'apercevoir. Il écoute ; il entend ce que Pharien se dit à lui-même :

« Hélas ! bonne cité, honorée depuis les temps anciens, hantée de prud'hommes et d'hommes loyaux, demeure et siège de roi, hôtel de droite justice, refuge de joie et d'allégresse, cour remplie de bons chevaliers, ville honorée de puissants bourgeois, pays peuplé de loyaux vavasseurs et de bons laboureurs, terre plantureuse et riche de tous biens ! Ah ! Dieu, qui pourra souffrir une si grande douleur que de voir détruire tout cela, pour sauver la vie d'un enfant ? Hélas ! beau neveu Lambègue, plût à Dieu, qui pour nous vint endurer la mort, que je fusse aujourd'hui à votre place ! Dieu me soit témoin que j'irais au roi Claudas, pour sauver de la détresse le débonnaire pays de Gaunes, à ma joie ou à ma douleur ! Car elle serait très bonne

boene et honoree dont si granz profiz vendroit en terre. »

Atant se tot Phariens que plus ne dist, et lors recomance a plorer trop durement. Et Lanbegues saut avant, si li dist:

« Sire, sire, or ne vos en dementez plus, car par la foi que ge vos doi, ja mais por ma vie sauver ne sera la citez perdue. Et puis que ge si grant anor comme vos dites conquerroie, dont irai ge a ma bele mort seürement et a grant joie. »

« Ha ! biax niés, *(f. 42a)* fait Phariens, deceü m'as, car por ce, se gel disoie, ne voldroie ge pas ta mort, ne ja Dex veoir ne la me laist ; ne ja, se Deu plaist, ice ne te loerai. Mais nos atandrons encores la merci Deu ; et se nos n'avons secors, pis ne porrons nos faire que de hors issir et d'asenbler a tote l'ost, si nos i porroit avenir tex aventure par quoi nos seriens delivré a tozjorz mais. »

« Tot ce, fait Lambeges, n'a mestier ; puis que por moi rendre puet la citez remanoir en pais, ja mais nus n'en sera feruz. »

Lors est Phariens mout angoisseux, si plore et fait tel duel que par un po qu'il ne s'ocit. Puis dit a son neveu :

« Comment, biaus niés ? Est il a certes que tu t'iras a Claudas randre ? »

« Oïl, fait il, biaus oncles, voir ; ja mais plus de mal n'en sera faiz, puis que par ma mort puis sauver si bele cité et tant preudomes com il i a. Et bien lo doi faire, car j'ai oï dire a vos meïsmes que, se vos estiez en mon leu, vos iriez a la mort volentiers et seürement. Por ce que vos lo feriez, ensin lo voil ge faire, car bien sai que chose ne feriez vos pas de quoi vos fussiez honiz. »

« Biaus niés, fait Phariens, ge voi bien que tu i eras ; si saches de voir que mout m'an poise et biau m'en est. Il m'an poise, por ce que tu n'avras ja de mort garant, et si m'en est bel, por ce que onques nus chevaliers a si grant honor ne mori com tu feras, car par toi sera sauvez toz li pueples de cest païs. »

Atant s'an veit Lambegues as barons, si les apele et assemble, et lor dit :

« Seignor, se vos me randiez au roi Claudas, comment seriez vos seür de sa boene pais et de s'amistié avoir ? »

et très glorieuse, la mort, dont un si grand profit viendrait à la terre. »

Alors Pharien se tait, sans rien dire de plus. Il recommence à pleurer profondément. Lambègue s'avance et dit :

« Seigneur, seigneur, ne vous désolez plus ; car, par la foi que je vous dois, jamais, pour sauver ma vie, la cité ne sera détruite. Puisque j'y gagnerai le si grand honneur que vous dites, j'irai à ma belle mort tranquillement et avec une grande joie.

— Ah ! beau neveu, dit Pharien, tu m'as fait tomber dans un piège. Si j'ai dit cela, pour autant je ne voudrais pas ta mort. Dieu fasse que je ne la voie jamais et jamais, s'il plaît à Dieu, je ne te donnerai un tel conseil. Nous attendrons encore la merci de Dieu ; et si nous n'avons pas de secours, il ne pourra rien nous arriver de pire que de tenter une sortie et d'affronter toute l'armée. Il pourrait alors se faire, avec un peu de chance, que nous fussions délivrés à tout jamais.

— Tout cela, dit Lambègue, est inutile. Puisque, par ma reddition, la cité peut demeurer en paix, il n'y aura plus de sang versé. »

Alors Pharien est pris d'une grande angoisse ; il pleure et montre une telle douleur que peu s'en faut qu'il ne se tue. Puis il dit à son neveu :

« Comment ? beau neveu, est-il possible que tu veuilles vraiment te rendre à Claudas ?

— Oui, bel oncle, vraiment. Il n'y aura plus désormais d'autres épreuves, puisque par ma mort je peux sauver une si belle cité et tous les prud'hommes qui y sont. Et je dois bien le faire. Je vous ai vous-même entendu dire que, si vous étiez à ma place, vous iriez à la mort de bon gré et le cœur tranquille. Puisque vous le feriez, je veux le faire aussi, car je sais que vous ne feriez rien dont vous fussiez déshonoré.

— Beau neveu, dit Pharien, je vois bien que tu iras. Sache donc que j'en ai beaucoup de peine et de joie. J'en ai de la peine, parce que rien ne te garantira de la mort. Et j'en ai de la joie, parce que jamais nul chevalier ne sera mort à plus grand honneur que toi, puisque par toi sera sauvé tout le peuple de ce pays. »

Alors Lambègue va trouver les barons. Il les appelle, les rassemble et leur dit :

« Seigneurs, si vous me livrez au roi Claudas, quelle sûreté aurez-vous d'obtenir sa paix et son amitié ? »

Et il li demandent por qoi il lo dit.

« Por ce, fait il, que s'il vos en velt faire seürs, toz en est pris li consauz d'avoir la pais, car ge suis prez que ge m'en mete orendroit en sa prison. »

Quant il l'oent, si commencent tuit a plorer et dient que ce ne sera ja sosfert, *(f. 42b)* car trop seroit granz domages s'il en tel aage recevoit mort, car encore puet venir a mout grant chose. Et il dit qu'il nel lairoit por nul chasti que l'an li feïst, et que nus n'an porroit son cuer torner.

« Et n'aiez ja garde, fait il, de Claudas, que il m'ocie, mais ge sai bien q'en sa prison me velt avoir. »

Et il dient qu'il nel sofferont ja, car se Phariens lo savoit, il istroit hors de son san et ocirroit toz cels qui avroient esté au consoil. »

« De lui, fait il, vos asseür ge toz, car par lo sien consoil l'ai ge enpris. »

Maintenant l'ont envoié querre si angoisseus com il estoit, si li mostrent ce que Lanbegues lor devise. Et il dit que puis qu'il en a si grant talant, ja par lui destornez n'en iert, car il ne porroit pas plus honoreement morir. Qant il oent que a ce est atornez li plaiz, si envoient Leonce de Paerne a dan Claudas por savoir comment il les fera seürs que de descort qui entr'aus ait esté ne lor vendra maus ne anuiz, puis que Lambegues sera venuz en sa prison. Claudas dit qu'il les en fera si seürs com il voudront.

« Il en vuelent, fait Leonces, avoir vostre sairement devant aus et devant les plus prisiez de vostre cort. »

Et il li otroie.

« Et il me feront, fait il, lo mien sairement de la mort mon fil, que il n'an furent consantant. »

Et cil dit que mout volentiers. Ceste chose ont atornee a lo

Ils répondent :

« Pourquoi cette question ?

— Parce que, dit Lambègue, s'il veut bien vous fournir les sûretés nécessaires, la décision est toute prise et il faut faire la paix, car je suis prêt à me mettre immédiatement dans sa prison.

En entendant cette offre, tous commencent à pleurer et disent qu'ils ne l'accepteront jamais ; car ce serait trop dommage, si Lambègue recevait la mort à cet âge, quand de si grands espoirs peuvent être mis en lui. Il dit qu'il n'en démordra pas, quelque remontrance qu'on lui fasse, et que nul ne pourra en détourner son cœur.

« Et n'ayez crainte, dit-il, que Claudas me fasse mourir, car je sais qu'il veut me garder dans sa prison. »

Ils disent qu'ils ne l'accepteront jamais ; car si Pharien le savait, il en perdrait le sens et tuerait tous ceux qui auraient pris part à ce conseil.

« Pour ce qui est de Pharien, dit Lambègue, je peux vous rassurer tous : c'est sur son conseil que j'ai pris cette décision. »

Aussitôt ils envoient chercher Pharien, si malade d'angoisse qu'il fût. Ils lui expliquent ce que Lambègue leur propose ; et il dit que, puisque Lambègue le désire si fort, ce n'est pas lui qui l'en détournera ; car il ne pourrait mourir avec plus d'honneur.

Quand ils voient que telle est la conclusion de leur conseil, ils envoient Léonce de Paerne au seigneur Claudas. Ils veulent savoir quelles garanties ils auront que, malgré le différend qui les a opposés, il ne leur sera fait aucun mal ni aucune sorte de vexation, après que Lambègue se sera constitué prisonnier. Claudas dit qu'il leur donnera toutes les sûretés qu'ils voudront.

« Ils veulent, dit Léonce, avoir votre serment, prononcé devant eux et devant les hommes les plus estimés de votre cour. »

Claudas y consent.

« Et ils me feront, dit-il, à moi-même, le serment qu'ils n'ont pas été complices de la mort de mon fils. »

Léonce dit qu'ils le feront très volontiers. La conclusion de l'accord est fixée au lendemain matin et, à titre de garantie

matin, et par commencement de seürté lo fience Claudas a
Leonce et il a lui.

Au matin furent fait li sairement d'amedeus parz, et furent li
prisom Claudas randu, car ensi fu la pais nomee. Et lors vient
Phariens a son neveu, si li dit :

« Biax niés Lambegues, vos en alez a vostre mort, a la plus
haute ou onques chevaliers alast. Mais avant vos feroiz confés,
car ge lo voil. »

« Por quoi, sire, fait Lambegues, avez vos de ma mort
paor ? »

« Car ge sai de voir, fait Phariens, *(f. 42c)* que vos n'an poez
eschaper. »

« Si m'aïst Dex, fait Lambegues, ja de la mort n'avrai paor
tant com vos puissiez escu porter. Plus tormente mon cuer et
jostise ce qu'en la merci m'estovra metre mon mortel anemi. La
est l'angoisse qui passe totes dolors et totes morz, car de morir
n'est il se joie et soatume non envers l'angoisse de dire ne de
faire chose qui est del tot contre mon cuer. Mais por ce que
vostre volentez i est, me confesserai, car riens ne me porroit
grever qui vos plaüst. »

Lors apele l'evesque meesmes, si regeïst a Damedeu en
l'oience de lui tot ce dont li cuers se puet descovrir par
l'esclairement de la langue. Aprés a ses armes demandees. Et
ses oncles li dit :

« Biax niés, vos n'i avez d'armes mestier en cestui point, mais
de la merci crier. »

« Ja ne m'aïst Dex, fait Lambegues, qant ge merci li crierai,
car ge ne l'aüsse pas de lui ier se ge en fusse au desus venuz. Ne,
se Deu plaist, comme ribauz n'i erai ge ja devant haut home,
car dons sanbleroie ge larron o murtrier, jugié a mort. Mais ge
irai comme chevaliers, lo hiaume lacié, l'escu au col, si li
randrai m'espee et mes armes sanz dire plus. Ne ja de ce mar

préliminaire, Claudas engage sa foi envers Léonce et Léonce envers lui.

Le lendemain matin les serments furent échangés de part et d'autre et les otages rendus, car la paix fut conclue à cette condition. Alors Pharien va trouver son neveu et lui dit :

« Beau neveu Lambègue, vous allez à votre mort, la plus haute où jamais un chevalier soit allé. Mais vous vous confesserez d'abord, car je le veux.

— Pourquoi, seigneur, dit Lambègue, avez-vous peur que je meure ?

— Parce que je sais très bien que vous ne pouvez pas en réchapper.

— Dieu merci, dit Lambègue, je n'aurai jamais peur de mourir, tant que vous pourrez porter un écu. Mais le chagrin qui me tourmente et me déchire le cœur bien davantage, c'est de devoir me mettre à la merci de mon ennemi mortel. Là est l'angoisse qui passe toutes douleurs et toutes morts ; car la mort n'est que joie et douceur, auprès de l'angoisse de dire et de faire une chose qui est tout à fait contre mon cœur. Mais puisque telle est votre volonté, je me confesserai ; car rien de ce qui vous plaît ne saurait me déplaire. »

Alors il fait venir l'évêque en personne et, devant lui, confesse à Dieu tout ce dont le cœur peut se décharger par la révélation de la langue[1]. Ensuite il demande ses armes et son oncle lui dit :

« Beau neveu, vous n'avez pas besoin d'armes en cette circonstance, mais seulement de crier grâce.

— À Dieu ne plaise, dit Lambègue, que je lui demande grâce ! Je ne lui aurais pas fait grâce, si je l'avais emporté sur lui. Si Dieu le veut, je n'irai pas devant lui comme un ribaud devant un haut seigneur, car j'aurais l'air d'un voleur ou d'un assassin condamné à mort. Mais j'irai comme un chevalier, le heaume lacé, l'écu au col. Je lui rendrai mon épée et mes armes, sans un mot. N'ayez là-dessus ni doute ni crainte. Par la foi que

---

1. *par la révélation* : littéralement : par l'éclairement. On a déjà vu que l'auteur ne dédaigne pas les formules, sinon obscures, du moins étranges à force d'être elliptiques et non dénuées de préciosité. Il oppose ici le cœur et la langue. Les péchés sont enfouis dans l'obscurité du cœur. La langue (la parole) les éclaire en les révélant et par là même les dissipe.

avroiz dote ne paor, car par la foi que ge doi vos qui mes sires
iestes et mes oncles, ge n'i ferrai ja home, ne laidirai ne un ne
autre. »

Tant lor a dit que ses armes li ont ramdues. Et qant il fu
armez et montez en son cheval, si les commande toz a Deu et
s'an vait, si grant sanblant de joie faisant que totes genz vient
a grant mervoille, et avocques lui ne velt soffrir que nus hom
voisse. Mais Phariens ne cil qui laianz sont ne font nes un
sanblant de faisant joie, ainz font tel duel par *(f. 42d)* tote la cité
de Gaunes com se chascuns eüst perdu la rien del monde que
il plus amast.

Tant a Lambegues chevauchié qe au tref Claudas est venuz.
Et il descent, si voit Claudas qui fu armez de totes armes, car
bien avoit apris que cil vendroit armez. Et delez lui estoient
armé de ses chevaliers une partie, car il avoit Lanbegues tant
essaié qu'il n'estoit pas, la o il venist armez, bien asseür. Et ja
li avoient bien conté li troi prison comment il avoit fait tot de
son gré ce dont nus ne l'osast requerre.

Lanbegues vient devant Claudas, mais il ne s'agenoille pas,
ne mot ne dit, mais s'espee a del fuerre traite, si la regarde et
commença a sospirer, et lors la giete as piez Claudas sanz dire
plus. Puis oste son hiaume de son chief hors, car il ne l'avoit
pas lacié, sel giete as piez Claudas après l'espee, et puis son escu
après lo hiaume. Et Claudas a l'espee prise, si la lieve en haut
et fait sanblant que ferir lo voille parmi lo chief. Et lors ont
paor tuit cil qui lo voient, si commencent a plorer li plus felon.
Mais Lanbegues ne se muet de son estal. Lors commanda
Claudas que l'an li ost lo hauberc et les chauces de fer
isnellement, et vallet saillent maintenant, si lo desarment.

Qant il fu desarmez, si remest en une cote d'isenbrun deliee,
si fu a mervoilles biax chevaliers et bien tailliez del cors et de
toz les menbres, ne n'avoit barbe ne grenon. Il fu en estant
devant lo roi, ne mot ne dist, n'onques lo roi ne regarda de
droit enmi lo vis, mais del travers, et tenoit totes ores clos lo
destre poign. Et Claudas li dist :

« Lanbegues, comment fus tu si hardiz que tu osas çaianz
venir ? Dont ne sez tu que ge te hé plus que nul home ? »

je vous dois, comme à mon seigneur et mon oncle, je ne frapperai personne et ne ferai d'outrage à qui que ce soit. »

Lambègue insiste tant qu'ils lui rendent ses armes. Lorsqu'il est armé et monté sur son cheval, il les recommande tous à Dieu et s'en va, en montrant tant de joie qu'ils en sont tous émerveillés. Il ne permet à personne de l'accompagner. Mais ni Pharien ni ceux de la ville ne font aucun semblant de joie ; ils se lamentent, à travers toute la cité de Gaunes, comme si chacun avait perdu l'être qu'il aimait le plus au monde. Lambègue chevauche jusqu'à ce qu'il arrive à la tente de Claudas. Il met pied à terre et voit le roi, qui était armé de toutes armes, parce qu'il avait appris que Lambègue viendrait armé. À ses côtés, un certain nombre de ses chevaliers avaient aussi revêtu leurs armes. Il s'était si souvent mesuré avec Lambègue qu'en le voyant venir avec ses armes, il n'était pas du tout rassuré. Déjà les trois otages lui avaient rapporté que le jeune homme avait fait de son plein gré ce que personne n'eût osé lui demander. Lambègue vient devant Claudas, mais ne s'agenouille pas et ne dit rien. Il a tiré son épée du fourreau ; il la regarde, laisse échapper un soupir et la jette aux pieds de Claudas, sans un mot. Alors il ôte le heaume de sa tête, car il ne l'avait pas lacé. Il le jette aux pieds de Claudas, à côté de l'épée ; puis son écu, à côté du heaume. Claudas a pris l'épée, il la lève et il semble qu'il veuille en frapper Lambègue sur la tête. À cette vue, tous prennent peur et les plus durs commencent à pleurer ; mais Lambègue ne bouge pas de sa place. Claudas donne l'ordre de lui ôter promptement son haubert et ses chausses de fer. Aussitôt des valets s'avancent et le désarment. Une fois désarmé, le voilà dans une fine cotte d'isembrun[1]. C'était un très beau chevalier, bien taillé de corps et de membres, et il n'avait encore ni barbe ni moustache. Il se tenait debout devant le roi, ne disait mot, ne le regardait jamais dans les yeux, mais de travers ; et, pendant tout ce temps, il tenait le poing droit fermé.

Claudas lui dit :

« Lambègue, comment as-tu été si hardi que d'oser venir ici ? Ne sais-tu pas que je te hais plus que personne ?

---

1. *isembrun :* étoffe de couleur foncée.

« Claudas, fait il, or puez savoir que po te dot. »

« Comment ? fait Claudas ; voiz ci ta mort apa*(f. 43a)*reilliee,
et ancores me contralies. »

« C'est une chose, fait Lanbegues, dont ge n'ai gaires grant
paor. »

« Comment ? fait li rois ; quides me tu a si deboneire et a si
piteus ? »

« Ge te cuit, fait il, au plus felon et au plus cruiel qui onques
fust ; mais ja si hardiz ne seras, tant com tu voilles vivre, que tu
m'ocies. »

« Por cui lairoie ge a toi ocirre ? fait Claudas ; dont ne
m'ocirroies tu, se tu en venoies au desus ? »

« Au desus, fait Lanbegues, n'en vendrai ge ja mais en piece,
car Deu ne plaist, mais ge ne desirrai onques tant nule rien. »

Lors commance Claudas a rire, si lo prant par lo menton et
dit :

« D'une chose se puet vanter qui vos a a compaignon, qu'il
a lo plus hardi chevalier qui hui matin se levast del lit, et celui
qui a la durece de toz les cuers. Et se tu vivoies par aage, tu
seroies assez preuzdom. Ne ja ne m'aïst Dex qant ge te
voudroie orendroit avoir ocis por conquerre demi lo monde, et
gehui ne dessirroie se ta mort non. Mais ge nel dessirrerai ja
mais, car nus ne fist onques mais autretel valor com tu as faite
qui a la mort t'anbandonoies por sauver les autres genz. Et se
ge bien voloie ta mort, si te tanroie ge chier por l'amor Pharien,
ton oncle, se ge voloie faire droit, car ge ne puis mie neier qu'il
ne m'ait garanti de mort et meinz de cels qui çaianz sont. »

Lors li fait Claudas aporter robe mout riche qui soe estoit,
mais ne la velt prandre en nule guise. Et Claudas lo prie de
remanoir o lui, mais il dit que ja a nul home vivant homage ne
feauté ne fera mais se ses oncles avant ne la faisoit. Maintenant
envoie Claudas por Pharien, si l'a trové cil qui l'aloit querre

— Claudas, dit Lambègue, tu peux savoir maintenant que je ne te crains guère.

— Comment ! dit Claudas, voici ta mort appareillée[1] et tu me défies encore ?

— C'est une chose, dit Lambègue, dont je n'ai pas grand' peur.

— Comment ? dit Claudas, me crois-tu si bon et si charitable ?

— Je te crois, dit Lambègue, le plus félon et le plus cruel qui fût jamais. Mais tu ne seras pas assez hardi pour me tuer, tant que tu voudras vivre.

— Et pourquoi, dit Claudas, devrais-je renoncer à te tuer ? Ne me tuerais-tu pas, toi, si tu en avais le pouvoir ?

— Ce pouvoir, dit Lambègue, je ne l'aurai jamais, car Dieu ne le veut pas ; mais je n'ai jamais eu de plus grand désir. »

Alors Claudas se met à rire, le prend par le menton et lui dit :

« Qui vous a pour compagnon peut bien se vanter d'une chose, c'est d'avoir le plus hardi chevalier qui soit sorti d'un lit ce matin, et celui qui a le cœur le plus dur de tous les cœurs. Si tu vivais ton âge, tu serais assez prud'homme et Dieu me soit témoin que je ne voudrais pas t'avoir tué pour conquérir la moitié du monde ! Ce matin, je ne désirais que ta mort, mais je ne pourrai plus la désirer jamais ; car nul n'a jamais fait un plus bel exploit que toi, qui t'abandonnais à la mort pour sauver tous les autres. Et quand bien même je voudrais te faire mourir, je devrais t'épargner pour l'amour de Pharien ton oncle, si je voulais agir avec justice. Car je ne peux nier qu'il ne m'ait sauvé de la mort, et avec moi beaucoup de ceux qui sont ici. »

Alors Claudas lui fait apporter une très riche robe de sa propre garde-robe[2], mais il ne veut en aucune façon l'accepter. Claudas le prie de demeurer à son service, mais il répond qu'il ne fera, à nul homme qui vive, hommage ni foi, si son oncle ne les fait d'abord. Aussitôt Claudas envoie chercher Pharien. Le

---

1. *appareillée* : préparée.
2. Le don de la robe (vêtement complet composé de plusieurs pièces) était l'un des cadeaux les plus appréciés que le seigneur pouvait et, en certaines circonstances, devait offrir à ses chevaliers. Il en était ainsi notamment lors des grandes cours solennelles.

(f. 43b) dehors la porte, tot armé, lo hiaume lacié, ou il se m[et]oit en agait comment il ocist Claudas s'il eüst son neveu ocis. Phariens est venuz devant Claudas, et il li dit :

« Phariens, or vos ai rendu une partie des servises que vos m'avez fait, car vostre neveu, qui por morir s'estoit en ma menaie mis, ai quité por vostre amor et por la grant valor de lui. Certes, ge n'en preïsse gehui matin de reançon tot l'or do monde. Et bien sachiez que vos iestes li dui chevalier do monde de cui ge ameroie miauz lo servise et la compaignie. Venez avant, si re[ce]vez mon homage, et ge vos randrai tote la terre que vos avez tenue et vos creistrai encor de riches fiez et de granz rantes. »

Phariens fu de mout grant san, si ne se vost pas desreer de parler contre lo roi Claudas, car mout tenoit a grant servise ce qu'il avoit fait de son neveu cui il avoit son grant maltalant pardoné por soe amor.

« Sire, fait il, ge vos merci mout com un des plus prodomes do monde et de ce que vos avez fait por moi et de ce que vos me volez ancor doner ; et ge ne refus ne vostre servise ne vostre don, ainz l'ai mout cher. Mais il a un trop grant essoigne en ce que vos me requerez, car j'ai juré sor saintes reliques que ja mais de nul home terrien ne recevrai terre devant que ge savrai des anfanz mon seignor, lo roi Bohort, voires enseignes. »

« Or vos dirai, fait Claudas, que vos feroiz por moie amor. Prenez vostre terre sanz faire homage ne feelté, et movez por les anfanz querre qant vos voldroiz ; et ge vos baillerai encores, se vos volez, de ma gent une partie qui avoques vos iront. Et qant vos les avroiz trovez, amenez les ça ou en quel que leu que vos voudroiz. Et ge vos *(f. 43c)* saisirai de tote la terre tant qu'il soi[en]t en aage d'armes porter ; et lors si me facent mon

messager, qui allait à sa recherche, le trouve hors de la ville, tout armé, le heaume lacé, qui se mettait à l'affût pour tenter de tuer Claudas, si celui-ci avait tué son neveu. Pharien vient devant Claudas, qui lui dit :

« Pharien, je vous ai rendu aujourd'hui une partie des services, dont je vous suis redevable. À votre neveu, qui, pour mourir, s'était mis à ma merci, j'ai pardonné, pour l'amour de vous et pour sa grande valeur. Certes, je n'en aurais pas pris ce matin, comme rançon, tout l'or du monde. Et sachez que vous êtes les deux chevaliers au monde, dont j'aimerais le mieux le service et la compagnie. Avancez-vous, reprenez mon hommage. Je vous rendrai toute la terre que vous avez tenue ; et je vous l'accroîtrai encore de riches fiefs et de grandes rentes. »

Pharien était d'un très grand sens. Il ne voulut pas commettre l'inconvenance d'opposer un refus au roi Claudas ; car il considérait que le roi lui avait fait, malgré sa grande colère, une faveur très grande, en pardonnant à son neveu pour l'amour de Pharien.

« Seigneur, lui dit-il, je vous rends grâces, comme à l'un des plus prud'hommes du monde, et pour ce que vous avez fait en ma faveur, et pour ce que vous voulez encore me donner. Je ne refuse ni votre service ni votre don et vous en suis profondément reconnaissant. Mais il y a un très grand obstacle à ce que vous me demandez. J'ai juré, sur les saintes reliques, de n'accepter de terre de personne au monde, avant d'avoir de vraies enseignes des enfants de mon seigneur le roi Bohort[1].

— Eh bien ! reprend Claudas, je vais vous dire ce que vous ferez pour l'amour de moi. Reprenez votre terre, sans me faire hommage ni foi. Partez en quête des enfants, quand vous voudrez. Je vous donnerai même, si vous le voulez, une partie de mes gens, qui iront avec vous. Quand vous les aurez trouvés, amenez-les ici ou en quelque lieu que vous voudrez. Et je vous saisirai de tout leur héritage, jusqu'à ce qu'ils soient en âge de porter les armes. Alors, qu'ils me fassent hommage et tiennent

---

1. Mensonge et parjure sont deux : celui-ci est péché ; celui-là, prudence. Et le meilleur des mensonges est d'alléguer précisément la crainte d'un parjure imaginaire, pour se dispenser de faire ce qu'on ne veut pas faire. On voit, dans ce chapitre, p. 351, Léonce de Paerne et Pharien utiliser l'un après l'autre le même stratagème, dont Claudas n'est pas dupe.

homage et teignent de moi lor terre. Et vos me faites lo mien homage qant vos les avroiz trovez. »

« Sire, fait Phariens, ce ne feroie ge pas en cestui point, car tex chose porroit avenir prochainement que sor vos me covendroit venir et forfaire en vostre terre ançois que savoir lo vos feïsse ; et ensin me mesferoie ge, qant ge seroie de vos tenanz, ja mar vos eüsse ge homage fait. Mais ge vos ferai autre covant. Ge vos creanterai si comme chevaliers que, coment qu'il soit des deus anfanz, ou soient trové o non, ge ne ferai autrui homage que ge ne vos face avant savoir, se vos vis iestes. Et atant m'an laissiez ester, car autre chose n'en feroie. »

« Ge sai bien, fait Claudas, por quoi vos ne volez estre mi home, vos ne Lambegues. Vos me deïtes ja que vos ne m'aviez onques amé, ne amer ne me porriez. »

« Sire, sire, fait Phariens, se gel vos dis, ge ne vos en dis se voir non, car onques amé ne vos avoie ; mais vos avez ore plus fait por moi que tuit li servise ne montent que ge onques vos feïsse, et c'est la chose par qoi vos porriez plus noz cuers avoir ; mais del tot ne vos os ge assurer ne ne doi, car bien avez oï l'essoine. Mais an quel que leu que nos ailliens, ge et mes niés, li vostres cors n'a de nos garde ainz lo vos avrons fait savoir. Atant nos an irons, se vos plaist, en nostre queste. »

Et Claudas, qant il voit que plus nes puet retenir, lo lor otroie et done congié par les covenances qui mises i sont.

Maintenant se rest armez Lambegues. Et qant il [est] montez en son cheval, si li fait Claudas aporter un glaive mout tranchant de fer et fort de fust, por ce que point n'en avoit aporté dedanz son tref. Atant s'am partent amedui del tref lo roi, si s'en *(f. 43d)* revienent en la cité et prenent congié a toz les barons de laianz. Si en maine Phariens sa fame avecques lui et ses anfanz. Ensin est la pais faite des barons del regne de

de moi leur terre ! Et vous-même, faites-moi hommage, quand vous les aurez retrouvés.

— Seigneur, dit Pharien, je ne le ferai pas en l'état actuel des choses. Car telle circonstance pourrait survenir prochainement, qui m'obligerait à marcher contre vous et à mettre à mal votre terre, avant que je vous l'eusse fait savoir. Je serais alors en faute, puisque je tiendrais des terres de vous, même si je ne vous avais pas prêté l'hommage. Je vous ferai donc une autre proposition. Je vous engagerai ma parole de chevalier que, quoi qu'il advienne des deux enfants, qu'ils soient retrouvés ou non, je ne prêterai l'hommage à personne, sans vous le faire savoir au préalable, si vous êtes vivant. N'insistez pas, car je ne saurais faire plus.

— Je sais bien, dit Claudas, pourquoi vous ne voulez pas être mes hommes, ni vous ni Lambègue. Vous m'avez dit une fois que vous ne m'aviez jamais aimé et que vous ne pourriez pas m'aimer.

— Seigneur, seigneur, dit Pharien, si je vous l'ai dit, je ne vous ai dit que la vérité ; car il est vrai que jamais je ne vous avais aimé. Mais aujourd'hui vous avez fait pour moi plus que ne valent tous les services que je vous ai rendus ; et c'est par quoi vous pourriez le mieux gagner nos cœurs. Toutefois je n'ose pas vous en assurer entièrement et je ne le dois pas ; car je vous ai bien dit ce qui m'en empêche. Mais, en quelque lieu que nous allions, moi et mon neveu, votre corps[1] n'a pas à se garder de nous, avant que nous vous l'ayons fait savoir. Sur ce nous partirons, si vous le permettez, pour notre quête. »

Claudas, quand il voit qu'il ne peut les retenir, consent à leur départ et leur donne congé, aux conditions qui lui sont faites. Aussitôt Lambègue se revêt de ses armes et, quand il est monté sur son cheval, le roi lui fait présenter une lance au fer tranchant, au bois solide, car il était venu sans lance dans la tente du roi. Tous deux s'en vont, rentrent dans la cité et prennent congé de tous les barons qui s'y trouvent. Pharien emmène avec lui sa femme et ses enfants. La paix est ainsi faite entre Claudas et les barons du royaume de Gaunes. Le conte ne

---

1. *votre corps :* c'est une restriction ; « votre personne », mais non vos biens, c'est-à-dire votre terre.

Gaunes et de Claudas. Mais or se taist atant li contes d'aus toz et retorne a Pharien et as anfanz lo roi Bohort de Gaunes qui sont el lac.

Or chevauche Phariens entre lui et sa compaignie, si les conduit li vallez qui avocques Lambegue estoit venuz, que la Dame del Lac li ot baillié por lui arrieres mener. Si ont tant chevalchié que au tierz jor sont au lac venu. Et lors fu granz la joie qui d'aus fu faite. Mais plus assez fu liez Bohorz de la venue Lambegue, son maistre, que Lyoniax ne fu de la venue Pharien, car mout estoit iriez vers lui de ce que il avoit demoré tant. Et d'autre part avoit la damoisele aamee tant, celi qui de Gaunes l'ot aporté, qu'il n'amoit mais nule compaignie tant com la soe, ne tant ne amoit ne dotoit ne un ne autre. Et neporçant, par lo commandement a la damoisele, corrut a Pharien, les braz tanduz, si tost com il lo vit venir, et a sa fame qui mout avoit honoré lui et son frere. Mais après rampona Pharien mout durement, si li sot mout bien dire autresin com s'il li fust enseignié :

« Dan Pharien, ge ne vos doi nul gré savoir se vos iestes a moi venuz, mais Bohorz doit som maistre amer, qui lo vint conforter en ses anuiz. Et s'il n'alast plus par ma dame que par moi, ja mais voir n'i fussiez mandez, car ge me consirrasse bien de vostre maistrisse des ores mais. »

(f. 44a) A tex paroles dire s'estoit Lyoniax bien arotez, si an

parle plus à présent d'aucun d'eux. Il retourne à Pharien et aux enfants du roi Bohort de Gaunes, qui sont au Lac.

CHAPITRE XVII

Pharien et Lambègue au Lac

Pharien et sa compagnie chevauchent. Ils ont pour guide le valet que Lambègue avait amené et que la dame du Lac avait attaché à son service, pour faciliter son retour. Ils ont tant chevauché que, le troisième jour, ils sont arrivés au Lac. Alors on fit d'eux une très grande joie. Mais Bohort fut bien plus joyeux de la venue de Lambègue son maître, que Lionel ne le fut de celle de Pharien, car il était très fâché de l'avoir attendu si longtemps. D'autre part il s'était pris d'un si grand amour pour la demoiselle qui l'avait amené de Gaunes qu'il ne recherchait plus d'autre compagnie que la sienne. Il l'aimait et la révérait plus que tout au monde. Toutefois, sur l'ordre de la demoiselle, il courut vers Pharien les bras tendus, dès qu'il le vit venir, ainsi que vers sa femme, qui les avait traités, son frère et lui, avec beaucoup d'honneur. Mais il le querella très durement ensuite et sut fort bien lui dire, comme si on le lui avait enseigné :

« Monsieur Pharien, je ne vous dois aucune reconnaissance de votre visite ; mais Bohort doit chérir son maître, qui est venu le réconforter dans ses ennuis. S'il n'avait tenu qu'à moi (et non pas à ma dame), on ne vous eût jamais fait venir. Car je me passerais bien de votre maîtrise[1] à présent. »

Lionel était bien parti pour se livrer à de sanglants reproches et il eût continué longtemps sur cette lancée. Alors la demoi-

---

1. *maîtrise :* autorité du maître, comme précédemment (p. 159), où il est dit : « Le cœur d'un homme ne peut pas s'élever à de grandes choses, s'il reste trop longuement sous maîtrise... »

deïst a grant planté, qant la damoisele qu'il amoit tant sailli avant et jura son sairement que ja mais a nul jor ne l'ameroit s'il maintenoit plus parole de tel folie, mais gardast qu'il feïst qancque Phariens li commanderoit outreement. Et de tant com il en avoit dit en fu Phariens mout iriez et esbaubiz. Mais neporqant, cortoisement en respondié plus qu'il n'avoit el cuer escrit.

« Sire, fait il, ge ne doi mie metre a pris chose que vos diez vers moi, tant soit granz max, car juenes sires ne doit estre esloigniez de son serjant por fole parole, s'il la li dit. Mais se vos fussiez de l'aage Lambegue mon neveu, ge cuit que vos fussiez tart au repentir. Et neporqant, maintes genz sevent bien la painne que j'ai eüe por vostre terre garantir d'estre destruite et essilliee. Et i fussient maint prodome mort et destruite, se Dex ne fust avant et ge aprés. »

« Mout l'avez bien garantie, fait Lyoniaus, qant vos rescossites Claudas et delivrastes de la mort. »

« Gel garanti, fait Phariens, si com ge dui, et feroie ancor demain s'il me teignoit autant com il faisoit a celui jor. »

Lors saut avant li vallez qui amenez les ot laianz et dist a Lyonel :

« Ha ! sire, ne dites mie tex paroles sor vostre maistre, car, par Sainte Croiz, gel taig et cuit a un des plus leiax chevaliers qui onques escu portast. Et plus vos en deïsse ge assez s'il ne fust ci, mais, se devient, l'an cuideroit que gel deïsse por losange. »

Atant remestrent les paroles de Lyonel et de son maistre, si conta li vallez qui a Gaunes avoit esté ce qu'il avoit veü faire d'armes a Lanbegue et a Pharien, et comment Lambegues se mist en aventure por sauver lo pueple et la vile, et ce que Claudas lor voloit doner entre lui *(f. 44b)* et Pharien, si devenissient si home endui. Tant dist li vallez de bien d'aus

selle, qu'il aimait tant, se précipita et jura, sur sa foi, qu'elle ne l'aimerait jamais plus de toute sa vie, s'il continuait à dire de telles sottises, et qu'il devait prendre bien soin de faire tout ce que Pharien lui commanderait, sans discuter. Mais Lionel en avait dit assez pour plonger Pharien dans la colère et l'étonnement. Et néanmoins celui-ci lui répondit plus courtoisement que son cœur ne le lui dictait :

« Seigneur, je ne dois pas attacher du prix à vos paroles, si odieuses soient-elles. Car un jeune prince ne doit pas être privé de son serviteur[1], pour une sottise qu'il lui a dite. Mais si vous aviez l'âge de Lambègue mon neveu, il serait, je le crois, bien tard pour vous repentir[2]. Cependant beaucoup de gens savent la peine que j'ai eue pour défendre votre terre de la destruction et de la ruine. Et beaucoup de prud'hommes eussent été tués et massacrés, s'il n'y avait eu Dieu d'abord et moi ensuite.

— Vous l'avez très bien défendue, dit Lionel, quand vous avez secouru Claudas et l'avez arraché à la mort !

— Je l'ai défendue, dit Pharien, comme je devais le faire ; et je le ferais encore demain, s'il tenait à moi, comme ce fut le cas ce jour-là. »

Alors s'avança le valet, qui les avait conduits au lac. Il dit à Lionel :

« Ah ! seigneur, ne parlez pas ainsi de votre maître ; car, par la Sainte Croix, je le tiens et l'estime pour l'un des plus loyaux chevaliers qui aient jamais porté l'écu. Je vous en dirais bien davantage, s'il n'était ici ; mais on pourrait croire, d'aventure, que je parle pour le flatter. »

Alors cessa la querelle de Lionel et de son maître. Le valet, qui revenait de Gaunes, raconta ce qu'il avait vu des faits d'armes de Lambègue et de Pharien, comment Lambègue s'était offert pour sauver le peuple et la ville, et ce que Claudas avait voulu leur donner, à tous les deux, pour qu'ils devinssent ses hommes. Le valet dit tant de bien de chacun d'eux que la

---

1. *serviteur :* littéralement : sergent, homme d'armes attaché au service d'un seigneur (avec une nuance de considération, que « serviteur » ne traduit pas).

2. *il serait bien tard pour vous repentir :* littéralement, vous viendriez trop tard au repentir. La menace est claire, sous la politesse du style.

deus que la Dame del Lac les esgardoit a mervoille, et tuit cil qui laianz estoient.

Aprés ce ne demora gaires que Lanceloz revint do bois o il estoit alez, s[i f]ist mout grant joie des maistres a ses compaignons. Et conta Lanbegues a Pharien la haute parole qu'il avoit dite qant Lyoniax ploroit por sa terre sor la riviere de Tarasche. Et aprés li conta comment Leonces, li sires de Paerne, avoit quidé que ce fust li filz au roi Ban de Benoyc. Lou contenement Lancelot esgarda la nuit Phariens a grant mervoille, et son venir et son aler et ses paroles qui bien faisoient a oïr. Sel prisoit plus en son cuer que anfant que il onques eüst veü.

Longuement furent issi ensemble li troi coisin, tant qe il avint chose que Phariens morut; si an fu faiz mout granz diaus, car a mout preuzdom estoit tenuz. Mais avocques la Dame del Lac remest puis sa fame sanz partir et dui anfant vallet qui sien estoient, qui puis furent chevalier de la main Lyonel meesmes. Si ot non li ainz nez Auguins et li autres Tarains, et furent andui de grant proesce et bel assez. Mais ci endroit laisse li contes une piece a parler d'els et des trois coisins et de lor conpaignie, et retorne a parler des deus reines qui serors estoient et qui ensemble conversoient en Reial Mostier.

Li contes dit que tant furent les deus reines serors en Roial Mostier que mout furent brisiees del veillier et del geüner et del panser et del plorer et nuit et jor. La reine de Gaunes avoit bien la novelle oïe que perdu estoient li dui anfant, et comment Claudas les vost ocirre, et comment *(f. 44c)* une damoisele les anbla par grant savoir. Et por ce que ele ne savoit o il estoient,

dame du Lac et tous ceux qui étaient là, les regardaient avec émerveillement.

Peu de temps après, Lancelot revint du bois, où il était allé chasser, et fit le meilleur accueil aux maîtres de ses compagnons. Lambègue rapporta à Pharien la haute parole qu'il avait dite, quand Lionel pleurait pour son héritage, sur la rivière de Tarasche. Il lui raconta ensuite comment Léonce, le seigneur de Paerne, avait cru reconnaître en lui le fils du roi Ban de Bénoïc. Cette nuit-là, Pharien observa avec un grand étonnement le maintien de Lancelot, ses allées et ses venues, ses paroles, qui étaient bonnes à entendre, et il l'admirait, au fond de son cœur, plus qu'aucun autre enfant qu'il eût jamais vu. Les trois cousins vécurent ainsi longtemps ensemble, jusqu'au jour où Pharien mourut. Il en fut fait un très grand deuil ; car il était renommé pour être un vrai prud'homme. Ensuite sa femme demeura auprès de la dame du Lac et ne la quitta plus, avec ses deux enfants, deux garçons, qui plus tard furent faits chevaliers de la main de Lionel lui-même. L'aîné s'appelait Auguin, l'autre Tarain, et tous deux étaient très beaux et d'une grande prouesse.

En cet endroit le conte cesse pour le moment de parler d'eux, des trois cousins et de leur compagnie. Il retourne aux deux reines, qui étaient sœurs et qui vivaient ensemble à Moutier-Royal.

CHAPITRE XVIII

La vision de la reine Evaine

Le conte dit que les deux reines sœurs vécurent si longtemps à Moutier-Royal qu'elles furent exténuées de veiller, de jeûner, de méditer et de pleurer nuit et jour. La reine de Gaunes avait appris que ses deux enfants étaient perdus, que Claudas avait voulu les tuer et qu'une demoiselle les avait enlevés avec beaucoup d'adresse. Comme elle ne savait pas où ils étaient, ni

ne s'il avoient bien o mesaise, la ou ele les en avoit menez, si an
fu mout correciee ; et sa suer meesmes, cele de Benoyc, en avoit
a son cuer mout grant dolor. Mais cele en ancharja plus assez
comme cele qui mere estoit, si commança a afeblir mout
durement. Ne por ce ne laissoit ele pas que ele ne levast as
matines totes les nuiz. Et se ele estoit de boene vie et de grant
religion, ce ne monta rien a la sainte vie que sa suers menoit, la
reine Helaine de Benoyc, que ele avoit totes hores vestue la
haire aspre et poignant par desouz la chemise qui mout estoit
blanche et deliee. Ele ne manja onques puis de char que ele
entra en la religion por nule enfermeté qui la tenist. Ele relevoit
totes les nuiz deus foiz, une foiz avant matines o aprés selonc
ce q'en les chantoit o tost o tart, si disoit ce que ele savoit de
bien, et tot sanz luminaire, que pas ne voloit estre aparceüe.
Mais totes les nuiz d'iver levoit ele deus foiz estre matines. Ele
ne manjoit nule foiz fors en refroitor et dormoit el dortoir totes
les foiees. Ele n'estoit nule foiz si bien chauciee que la plante de
son pié ne sentist la puire terre. Ele tenoit ordre et sillance et
dedanz lo cloistre et dehors, que ja n'i parlast sanz lo congié de
s'abeesse, se n'estoit qant ele se compleignoit a Nostre Seignor
et crioit merci sanz compaignie de totes genz. Maint jor
estoient que ele ne menjast se herbe non, et si furent maint jor
que onques de la boiche ne menja. A la foiee, qant ele estoit
estordie de chanter et de cloistre tenir et del geüner et del veiller
et del dire ses prieres, si se reposoit, mais c'estoit a codes
(*f. 44d*) et a genouz ; et lors ooit les vies des sainz de la boche
d'un chapelain, dont laianz avoit trois totes hores qui randu
estoient de la maison.

Tel vie mena la reine Helainne de Benoyc en Mostier Reial
tot son aage. Et neporqant, si bele demostrance li fist Nostres
Sires que ses servises li plaisoit que ele estoit grasse a mesure en
son viaire, si estoit blanche et vermoille et coloree, et de si grant
biauté que nus hom estranges ne cuidast que il poïst avoir la
setiemme part de religion qui i estoit. En iceste vie dura mout
longuement.

s'ils étaient bien ou mal traités, là où la demoiselle les avait emmenés, elle fut très malheureuse. Sa sœur aussi, la reine de Bénoïc, en ressentait dans son cœur un très grand chagrin. Mais elle-même souffrit bien davantage, parce qu'elle était la mère ; et elle commença de s'affaiblir gravement. Cependant elle ne laissait pas pour autant de se lever à matines toutes les nuits.

Si elle était de bonne vie et de grande religion, ce n'était rien au regard de la sainte vie que menait sa sœur, la reine Hélène de Bénoïc. Elle portait tout le temps la haire âpre et mordante sous sa chemise, qui était très blanche et très fine. Elle ne mangeait jamais de viande, depuis qu'elle était entrée en religion, si malade qu'elle fût. Elle se relevait toutes les nuits deux fois, dont une avant matines ou après, selon qu'on les chantait tôt ou tard, et récitait ce qu'elle savait de bien, toujours sans luminaire, car elle ne voulait pas être vue. Mais toutes les nuits d'hiver, elle se levait deux fois, en plus des matines. Elle ne mangeait jamais qu'en réfectoire et dormait en dortoir toutes les nuits. Elle n'était jamais si bien chaussée que la plante de ses pieds ne fût au contact de la terre nue. Elle gardait la règle et le silence, dans le cloître et dehors, si bien qu'elle ne parlait jamais sans la permission de son abbesse, sauf quand elle se plaignait à Notre Seigneur et lui demandait pardon, en l'absence de toutes gens. Il y avait beaucoup de jours où elle ne mangeait que des herbes, et il y en avait beaucoup d'autres où elle ne mangeait rien. Parfois, quand elle était étourdie à force de chanter, de garder le cloître, de jeûner, de veiller et de dire ses prières, elle se reposait, mais c'était sur les coudes et les genoux. Alors elle entendait les Vies des Saints, de la bouche d'un chapelain, car il y en avait toujours trois en permanence, qui étaient des moines de la maison.

Telle fut la vie que mena la reine Hélène de Bénoïc à Moutier-Royal, pendant toute son existence. Et néanmoins Notre Seigneur lui fit une si belle grâce, pour bien montrer que son service lui plaisait, qu'elle avait une mine florissante à souhait. Elle était blanche, vermeille et colorée, et d'une si grande beauté qu'un étranger ne pouvait pas croire qu'il y eût en elle autant de religion[1]. Elle mena cette vie pendant longtemps.

---

1. *autant de religion :* littéralement, le septième de la religion qui y était.

Mais sa suer, la reine Evainne, estoit de foible complesion et
malingeuse. Si acouchoit et relevoit une hore si malade que l'an
cuidoit bien que ele se morist : autre hore respassoit, si que
lever pooit a matines et a totes les autres hores ; mais mout
paroit bien au vis de la messaise que li cors sostenoit, que mout
estoit et maigre et pale, et la parole si tanve et si foible q'avis
estoit a cels qui l'ooient que lors endroit se deüst morir. Mais
qant ele pansoit que si anfant estoient perdu et que nule verité
n'en savoit l'an, des lors en avant empira plus de jor en jor, ne
del lit ne levoit nule foiee. Et tozjorz prioit Nostre Seignor que,
ançois que ele de cestui siegle trespassast hors, li feïst droites
novelles savoir de ses deus enfanz, s'il vif estoient. Et s'il
estoient mort, ele nel querroit ja savoir, car ele ne voldroit
trespasser del siegle s'an boenne conscience non, ne que nus
terriens domages li feïst sa mort haster.

La ou ele estoit en ses oreisons et en ces proieres vers
Damedeu, li avint une avisions. Et ele fu autresins com
endormie, et lors fu raviz ses esperiz et s'an ala en petit d'eure
auques (f. 45a) loig. Si li fu avis que ele estoit el chief d'un mout
tres biau jardin en l'oroille d'une forest grant et espesse. En la
close de cel jardin avoit maisons mout beles et mout granz. Et
ele esgardoit, si veoit hors de ces maisons issir anfanz assez,
mais trois en i avoit qui sanbloient estre seignors de toz les
autres. Et li uns des trois si estoit assez plus granz et plus biaus,
si estoit el mileu ; et delez les deus qui delez lo grant estoient,
avoit deus homes qui les gardoient. Ele les avisoit, si conoissoit
Pharien et Lambegue, son neveu — et a celui tans estoit
encores Phariens vis. Lors sospeça que c'estoient li dui anfant,
et ele ne pooit savoir de l'autre qui il estoit, ne de ses anfanz
meesmes ne savoit ele rien fors par cuidier. Et lors venoit a li
uns hom que ele ne conoissoit pas, si l'an ramenoit parmi la
main grant aleüre a l'abaïe, mout iriee et mout angoisseuse de
ce que ele n'avoit queneüz les trois anfanz.

Quant ele s'esveilla, si se dolut mout de l'ire que ele avoit eüe
en s'avision, et ele esgarde en sa main destre, si i trueve escriz
trois nons : Lyonel et Bohort et Lancelot. Lors fu ele merveilles

Mais sa sœur la reine Evaine était de complexion faible et maladive. Elle se couchait et se levait parfois si malade que l'on pensait qu'elle était mourante. À d'autres moments, elle se rétablissait si bien qu'elle pouvait se lever à matines et à toutes les autres heures. Mais on voyait à son visage le mal qui travaillait son corps. Elle était très maigre et pâle, et sa parole était si ténue et si faible que tous ceux qui l'entendaient pensaient qu'elle allait mourir incontinent.

Quand elle connut que ses enfants étaient perdus et que l'on ne savait rien d'eux, alors elle empira de jour en jour. Elle ne se levait plus jamais de son lit. Chaque jour elle priait Notre Seigneur qu'avant qu'elle ne trépassât de ce monde, il lui fit savoir de vraies nouvelles de ses deux enfants, s'ils étaient en vie. S'ils étaient morts, elle préférait ne pas le savoir, car elle voulait ne quitter ce monde qu'en bonne conscience et qu'aucune douleur humaine ne vînt précipiter sa mort.

Tandis qu'elle était dans ses oraisons et dans ses prières à Notre Seigneur, il lui vint une vision. Elle se sentit comme endormie. Alors son esprit fut ravi et s'en alla, en peu de temps, assez loin. Il lui sembla qu'elle était à l'entrée d'un beau jardin, sur la lisière d'une grande et épaisse forêt. Dans l'enclos de ce jardin, il y avait des maisons très belles et très grandes. Elle regardait ; elle voyait sortir de ces maisons un certain nombre d'enfants. Mais il y en avait trois qui paraissaient être les seigneurs de tous les autres ; et l'un de ces trois était nettement plus grand et plus beau, c'était celui qui était au milieu. Aux côtés des deux enfants, qui entouraient le plus grand, il y avait deux hommes, qui les gardaient. Elle les dévisageait. Elle reconnaissait Pharien et Lambègue son neveu. À cette époque Pharien était encore en vie. Alors elle soupçonna que c'étaient ses deux enfants. Mais elle ne pouvait pas savoir qui était le troisième et, de ses enfants eux-mêmes, elle ne savait rien sinon par conjecture. Ensuite un homme, qu'elle ne connaissait pas, s'approchait d'elle, la prenait par la main et la ramenait très vite à l'abbaye, la laissant accablée de colère et d'angoisse de n'avoir pas reconnu les trois enfants.

Quand elle s'éveilla, elle se plaignit beaucoup de la douleur que lui avait donnée sa vision. Puis elle regarde dans sa main droite et y trouve écrits trois noms : Lionel, Bohort et Lancelot. Alors son bonheur est extrême et elle commence à pleurer de

liee, si commance a plorer de joie. Maintenant enveia querre sa
seror qui el mostier estoit, si li conta s'avision.

« Et sachiez, fait ele, bele suer, que trop est biax li vostres filz
otre la biauté a toz anfanz, ne onques mais si bel ne vi, ne si
plaissant. »

Lors li commance a deviser itel com ele l'avoit veü, tant que
mout en a la reine de Benoyc grant joie.

« Bele suer, fait cele de Gaunes, or voi ge bien que Nostres
Sires velt que ge parte de ceste vie, car toz mes desirriers m'a
acompli. A lui commant ge mon esperit. »

Maintenant se fist a son escient mout *(f. 45b)* bien confesser.
Et ne demora puis gaires que l'ame s'am parti del cors ; si li fu
faite si granz anors laianz com a reine, et mout an fist grant
duel sa suer, la reine de Benoyc. Mais a ceste foiz ne parole ores
plus li contes d'eles ne de lor compaignie, ançois retorne a
parler del roi Artu.

Li contes dit ci endroit que a l'antree d'avril, au jor d'une
Pasque, estoit li rois Artus a Karahais, une soe cité mout
boenne et bien seant de maintes choses. Ce fu aprés la grant
messe que li rois fu au disner assis. En celui tans avoit costume
li rois Artus que plus richement se demenoit a Pasques tozjorz
que a nule autre feste, et si vos dirai raison por qoi. Il ne tenoit
cort esforciee de porter corone que cinq foiz l'an : ce estoit a
Pasques, a l'Encension, a Pantecoste, a la feste Toz Sainz et a
Noel. Et a maintes autres festes tenoit il corz, mais n'estoient
pas apelees corz esforciees, si com a la Chandelor, a la Miaost,

joie. Elle envoie aussitôt chercher sa sœur, qui était à l'église, et lui raconte sa vision.

« Et sachez, belle sœur, dit-elle, que votre fils passe en beauté tous les autres enfants. Je n'en ai jamais vu d'aussi beau ni d'aussi aimable. »

Alors elle le lui décrit tel qu'elle l'avait vu, et la reine de Bénoïc en ressent une grande joie.

« Belle sœur, dit la reine de Gaunes, je vois bien à présent que Notre Seigneur veut que je parte de cette vie, puisqu'il a accompli tous mes désirs. Je lui recommande mon esprit. »

Aussitôt, en conscience, elle se fit très bien confesser ; et peu de temps après l'âme se sépara du corps. On lui rendit les honneurs dus à une reine ; et sa sœur, la reine de Bénoïc, en fit un très grand deuil.

En cet endroit, le conte ne parle plus d'elles ni de leur compagnie, mais revient au roi Arthur.

CHAPITRE XIX

Deuxième avertissement au roi Arthur

Le conte dit maintenant qu'à l'entrée d'avril, le jour de Pâques, le roi Arthur était dans sa cité de Karahais, ville excellente et riche de tous biens. C'était après la grand'messe, quand le roi fut à table pour dîner. En ce temps-là le roi Arthur avait coutume de mener grand train à Pâques, plus qu'à toute autre fête, et je vous dirai pourquoi.

Il ne tenait sa cour solennelle[1], où il portait la couronne, que cinq fois l'an : à Pâques, à l'Ascension, à la Pentecôte, à la fête de Toussaint et à Noël. Il tenait aussi des cours à l'occasion de bien d'autres fêtes, mais elles n'étaient pas appelées cours solennelles ; par exemple à la Chandeleur, à la mi-août, pour la

---

1. *cour solennelle* : assemblée plénière des vassaux.

ou au jor de la feste de la vile ou il estoit, et a mainz autres jors,
qant il li sorvenoient genz cui il voloit honorer et festoier. En
tel maniere tenoit corz li rois Artus maintes foiees, mais de
totes estoit la Pasque la plus haute et la plus honoree a
Damedeu, et Pentecoste la plus envoisiee. Por ce estoit Pasque
la plus haute et la plus honoree que par li fumes nos racheté des
pardurables dolors, car a celui jor rexuressi Nostres Sauverres,
qui an morant avoit destruite nostre mort, et nostre vie avoit
reparee et ranforciee par sa resurrection. Par ceste raison estoit
Pasque la plus haute feste de l'an et la plus honoree en la
maison lo roi Artu et an mainz autres leus. Et Pentecoste estoit
la plus envoisiee et la plus gaie, car qant Jhesus Criz, Nostres
Sires, Nostres Sauverres fu montez el ciel après la Pasque [au
jor de l'Acension, si deciple remestrent irié et desconforté
conme cil qui avoient lor pastor perdu, si atendoient la
promesse que il lor avoit fete après la Pasque] qui estoit la joie
de lor rachatement, *(f. 45c)* car promis lor avoit a envoier lo
Saint Esperit a conforter, dont il avoient grant mestier, car il
estoient, si com vos avez oï, autresin com les berbiz qui lor
pastor ont adiré. A celui jor lor enveia Dex lo grant confort por
aus solacier de celui qu'il avoient veü en char en lor compaignie, s'orent ensemble a els non mie en char mais esperitelment ; et par ce fu lor joie rafermee. Si fu issi li jorz de Pasques
commencemenz de nostre grant joie, et li jorz de Pentecoste fu
li renovellemenz. Par ce fu establie la Pasque a estre la plus
haute et la plus honoree, por ce que rachaté i fumes et nostre
vie reparee. Et Pantecoste doit estre la plus envoisiee, por ce
que li affermemenz i fu donez de nostre joie.

   Au jor de cele Pasque que ge vos di estoit li rois a Karaheis
a grant planté de ses barons et des chevaliers de par son regne.
Qant vint après disner, si ne pot estre que mainz de ces legiers
bachelers ne preïst talanz et envie d'els deporter et esbanoier, si
commencierent a joer en maintes guises. Li um joerent as tables
et as eschas et a geus d'autretel maniere, et li autre querolent et
esgardent les dances des dames et des damoiseles. Mais une

fête de la ville où il se trouvait, et maints autres jours, quand il recevait des gens qu'il voulait honorer et festoyer. De cette manière le roi Arthur tenait de très nombreuses cours. Mais, entre toutes, Pâques était la plus haute et la plus glorieuse, en l'honneur de Notre Seigneur ; et Pentecôte, la plus gaie.

Pâques était la plus haute et la plus glorieuse, parce que nous y fûmes rachetés des éternelles douleurs. Car en ce jour Notre Seigneur ressuscita, qui par sa mort avait détruit notre mort, et par sa résurrection restauré et renouvelé notre vie. Pour cette raison Pâques était la fête la plus haute et la plus glorieuse dans la maison du roi Arthur et dans beaucoup d'autres pays.

Mais Pentecôte était la plus joyeuse et la plus gaie. Quand Jésus-Christ, Notre Seigneur, Notre Sauveur, fut monté au ciel après la Pâque, au jour de l'Ascension, ses disciples furent plongés dans la détresse et le découragement, ayant perdu leur pasteur. Ils attendaient la promesse qu'il leur avait faite après la Pâque, qui était de leur donner la joie de leur rédemption. En effet il leur avait promis de leur envoyer le réconfort de l'Esprit Saint, dont ils avaient grand besoin, puisqu'ils étaient, ainsi que je viens de le dire, comme des brebis qui ont perdu leur pasteur. En ce jour de Pentecôte, Dieu leur envoya ce grand réconfort, pour les consoler de l'absence de Celui qu'ils avaient vu en chair auprès d'eux. Ils l'eurent avec eux, non plus en chair, mais spirituellement, et leur joie en fut confirmée. Ainsi le jour de Pâques fut le commencement de notre grande joie et le jour de Pentecôte en fut le renouvellement. C'est pourquoi il fut établi que la fête de Pâques serait la plus haute et la plus glorieuse, parce que nous y fûmes rachetés et que notre vie en fut restaurée. Et Pentecôte doit être la plus joyeuse, parce que nous y reçûmes la confirmation de notre joie.

Au jour de cette Pâque, dont je vous parle, le roi Arthur était à Karahais, avec un grand nombre de ses barons et de ses chevaliers, venus de tout son royaume. Quand on eut dîné, on ne put empêcher nos fringants bacheliers d'avoir envie de se détendre et de se divertir. Ils commencent à jouer de maintes manières. Les uns jouent aux tables[1], aux échecs ou à des jeux de même sorte. D'autres dansent ou regardent les danses des dames et des demoiselles. Mais un certain nombre de jeunes

---

1. *les tables* : jeu qui ressemble au trictrac.

partie de juesnes bachelers, et de privez et d'estranges, si
alerent bohorder, et aprés lo bohordeiz fu dreciee la quintainne
si com a celui tans estoit costume, si i ferirent maint bacheler et
maint chevalier de grant proesce. Et neporqant de cels de la
maison lo roi Artu n'i feri nus, car il n'estoit hus ne costume.
Mais l'andemain avenoit sovent qu'il bohordoient, une foiz as
escuz sanz plus, autre foiee armé de totes armes.

Celui jor que li estrange bohordoient fu li jorz de la Pasque
meesmes, si vanquié tot uns chevaliers dont li contes a parlé ça
en arrieres, si estoit apelez Banyns et fillués [fu] au roi Ban de
Be*(f. 45d)*noyc. Cil Banyns estoit uns petiz chevaliers, uns gros,
si estoit a mervoilles aperz et vistes et forz de mervilleuse force.
Il avoit guerroié lo roi Claudas mout longuement et mainz
granz domages li avoit faiz, et tant avoit pris del sien et tant
gaaignié au guerroier que richement et a bel hernois s'en estoit
partiz de la terre, soi quart de chevaliers, juesnes bachelers
autresin com il estoit ; si s'an estoit venuz en la maison lo roi
Artu, la ou tuit amandoient et povre et riche et cil qui a bien
baoient a valoir ; car a celui tans n'estoit nus por preuz tenuz,
de quel terre que il fust, s'il n'eüst avant esté en la maison lo roi
Artu et s'il ne co[n]ust de cels de la Table Reonde et de
l'Eschargaite. Lors estoit tenuz en son païs por bien erranz.

Qant Banyns ot vaincuz ensinc toz cels d'une part et d'autre
a bohorder, si fu assez esgardez de mainz prodomes, car a celui
tans estoient totes les proesces en greignor pris que eles ne
furent onques puis.

A celui tans estoit [a costume] a totes les corz o li rois Artus

bacheliers, de la maison du roi et d'autres terres, allèrent
behorder, et après le behort on dressa la quintaine, comme
c'était la coutume en ce temps-là[1]. Maints bacheliers s'y
affrontèrent et maints chevaliers de grande prouesse, mais
aucun de ceux de la maison du roi Arthur, car ce n'était pas us
et coutume. Le lendemain par contre, il arrivait souvent qu'on
vît les chevaliers de la maison royale prendre part au tournoi,
armés, tantôt de leurs seuls écus, tantôt de toutes armes. Le
jour où seuls les étrangers behordaient était le jour même de
Pâques. Ce jour-là le vainqueur fut un chevalier dont le conte
a parlé précédemment, qui s'appelait Banin et qui était le filleul
du roi Ban de Bénoïc.

Ce Banin était un petit chevalier, trapu, extrêmement adroit,
vif et d'une force surprenante. Il avait guerroyé très longtemps
contre Claudas et lui avait infligé de lourdes pertes. Il avait fait,
sur les biens du roi, de si belles prises et avait gagné tant de
butin dans cette guerre qu'il était parti du pays, fort riche et en
bel équipage, avec trois autres chevaliers, jeunes bacheliers
comme lui. Il s'en était allé dans la maison du roi Arthur, où
tous devenaient meilleurs, les pauvres et les riches et ceux qui
aspiraient à bien faire. Car à cette époque nul n'était tenu pour
preux, de quelque terre qu'il fût, s'il n'était allé auparavant
dans la maison du roi Arthur, pour connaître des chevaliers de
la Table Ronde et de l'Échauguette[2]. Alors seulement il était
tenu, dans son pays, pour un bon chevalier errant.

Quand Banin eut ainsi vaincu tous les combattants de part et
d'autre, il fut regardé de maints prud'hommes ; car en ce
temps-là toutes les prouesses étaient en plus grande considération qu'elles ne l'ont jamais été depuis lors. En ce temps-là
c'était la coutume, dans toutes les cours où le roi Arthur

---

1. Le *behort* est un combat à la lance, aussi éloigné d'un véritable tournoi
qu'un jeu ou une manœuvre d'exercice peut l'être d'une bataille. La
quintaine est un poteau ou un mannequin contre lequel on joute. Le verbe
« behorder » signifie aussi « plaisanter ».
2. Moins célèbres que les chevaliers de la Table Ronde, les chevaliers de
l'Échauguette n'en étaient pas moins, semble-t-il, une des gloires de la
maison du roi Arthur. D'après les mentions de Chrétien de Troyes et de
notre auteur, il s'agissait d'une compagnie renommée pour sa prouesse et
c'était une distinction très appréciée que d'en faire partie. Mais aucun
roman ne nous en a raconté les exploits.

portoit corone que, qant venoit au sosper, cil qui miauz l'avoit
fait au bohorder de toz les chevaliers estranges, servoit a la
Table Reonde del premier mes, por ce que comencemenz estoit
de conoissance et acointemenz de compaignie et que par sa
proesce se baoit a metre avant. Et si tos com il en avoit servi,
si aloit seoir a la table lo roi meesmes de l'autre part encontre
lui, non pas endroit mais auques pres. Et sachiez bien que
tozjorz seoit li rois a son dois, ne ja n'i seïst chevaliers nus que
d'une part, fors seulement celui qui tot avoit lo jor vaincu au
bohorder, por estre miauz coneüz de totes genz.

(f. 46a) Qant Banyns ot servi del premier [mes] a la Reonde
Table, si l'amena messires Gauvains meesmes entre lui et Keu
lo seneschal devant lo roi et l'i assistrent. Et li rois l'esgarde
mout doucement, qui a mervoilles amoit tozjorz boen chevalier. Quant il orent lo premier mes eü, si conmencierent paroles
a enforcier, si parloit li rois a ses chevaliers et il a lui. Et sachiez
q'au jor de feste qu'il portoit corone, ne seïst ja a sa table nus
de ses rois, ançois avoit chascuns sa grant table o il seoit por
plus honoreement asseoir les prodomes qu'il conoissoient. Li
rois parla amont et aval as chevaliers, et esgarda Banyn, qui
mot ne dist et tint la teste basse, si sanbla qu'il fust esbahiz de
ce qu'il estoit devant persone a si haut home com estoit li rois
Artus, et de ce qu'il estoit assis autresin com mireors a totes
genz. Et sanz faille, il n'estoit esbahiz por autre chose. Et li rois
lo voloit hors giter de sa vergoigne, si li dist mout cortoisement :

« Sire chevaliers, ne seiez pas au mengier si esbahiz, car as
armes n'iestes vos pas esbahiz si com ge cuit. Et sachiez bien
que vos iestes esgardez de mainz prodomes, mais il n'en i a nul
qui por vostre honor ne vos esgart. »

Lors lieve Banyns la teste an haut, si ot un po de vergoigne,
et la colors li monte el vis, si an devint mout vermauz et mout
biaus, et durement li sist. Et li rois li anquiert comment il a a
non.

« Sire, fait il, j'ai non Banyns. »

« De quel terre, fait li rois, fustes vos nez ? »

« Sire, fait il, del reiaume de Benoyc. »

portait la couronne, que celui de tous les chevaliers étrangers qui avait été le meilleur au behort, servait le premier mets à la Table Ronde, parce que c'était une manière de faire connaissance et de nouer des relations d'amitié, et que le vainqueur, par sa prouesse, méritait d'être distingué.

Aussitôt qu'il avait servi, il allait s'asseoir à la table du roi lui-même, non pas tout à fait en face du roi, mais presque. Il faut que vous sachiez que le roi était toujours assis à sa grande table et que nul chevalier n'y prenait place que d'un seul côté, sauf précisément celui qui avait été ce jour-là le grand vainqueur du behort, afin qu'il fût mieux connu de toutes gens.

Quand Banin eut servi le premier mets à la Table Ronde, monseigneur Gauvain en personne et Keu le sénéchal l'amenèrent devant le roi et le firent asseoir. Le roi le regardait avec beaucoup de douceur, car il portait un intérêt extrême aux bons chevaliers. Quand on eut pris le premier mets, les langues commencèrent à se délier. Le roi adressait la parole à ses chevaliers et ceux-ci lui répondaient. Sachez aussi que, lors d'une fête où le roi Arthur portait la couronne, il n'avait jamais à sa table aucun de ses rois ; car chacun d'eux avait lui-même sa grande table, où il se tenait, pour faire asseoir avec plus d'honneur les prud'hommes qu'il connaissait. Le roi adressait donc quelques paroles par-ci par-là aux chevaliers, et regardait Banin, qui ne disait mot et gardait la tête basse. Il semblait qu'il fût intimidé de se trouver devant un aussi grand personnage que le roi Arthur et d'être assis en face de lui, de telle manière qu'il était pour ainsi dire le point de mire de tout le monde. Et en vérité il n'avait pas d'autre raison d'être intimidé. Le roi voulait le tirer de son embarras et lui dit très courtoisement :

« Seigneur chevalier, ne soyez pas si timide à table ; car aux armes vous n'êtes pas timide, à ce qu'il me semble. Sachez que vous êtes regardé de maints prud'hommes, mais qu'il n'en est aucun qui ne vous regarde pour votre honneur. »

Alors Banin relève la tête. Il a un peu honte et la couleur lui monte au visage. Il devient tout rouge et très beau et cette confusion lui sied à merveille. Le roi lui demande quel est son nom.

« Sire, dit-il, mon nom est Banin.

— De quelle terre, dit le roi, êtes-vous ?

— Sire, dit-il, du royaume de Bénoïc.

« De Benoyc ? fait li rois ; dites vos celui Benoyc que li rois
Bans tenoit endementiers que il vesqoit ? »

Et il dit que celui Benoyc dit il sanz faille.

« Queneütes lo vos onques, fait li rois, lo roi Ban ? »

« Certes, sire, fait cil, il fu mes par*(f. 46b)*rains. »

Et li rois l'esgarde, si voit que les lermes an sont a Banyn as
iauz venues, si en a trop grant pitié. Et lors recomence a penser
trop durement. A ceste chose pansa li rois une grant piece et an
tel maniere [que les lermes li chaoient contreval lou vis et
corroient desus la table ou il s'estoit apoiez. Endementieres
qu'il pansoit en tel maniere], si fu mostrez a monseignor
Gauvain et a Kel lo seneschal, [et il vienent devant lui. Et
messires Gauvains li conmence a dire bassetement qu'il laissast
son pansé atant. Li rois ne l'antandi pas, si ne li a mot
respondu, ainz panse totevoie. Lors dit Messires Gauvains a
Kel lo seneschal :]

« Sire, q'en ferons nos ? fait li uns a l'autre, ge crien que se
nos li faison son penser laissier, qu'il nos en sache mauvais
gré. »

« En non Deu, fait Kex, si fera il, s'il panse a chose qui li
plaise. Mais por ce nel laisserons nos pas, car ses pensez est
trop mauvais en cestui point. »

« Et ge vos creant, fait messire Gauvains, que ge l'an osterai,
s'il m'en devoit ores haïr a tozjorz mais. »

Lors vait avant, qu'il lo botast mout volentiers por lui giter
del penser. Et Kex l'aert parmi lo braz, si li dit :

« Estez, sire, car j'ai porpensé comment nos l'an porrons
giter. »

« Comment ? » fait messire Gauvains.

« Ge vos mosterai bien comment, fait Kex ; mais or ne vos
movez de ci. »

Maintenant vait un cor saisir qui pendoit a une corne de cerf
parmi la guige, puis lo met a la boche, si lo sone si durement
que tote la sale en tranble, c'est avis, et totes les chanbres la
reine. Li rois tressaut por lo son del cor qu'il ot oï, si demanda
a monseignor Gauvain, qu'il vit ester devant lui, que ce
estoit.

« Mais ce que a esté, sire, fait messires Gauvains, que vos
avez tant pensé qu'il n'est nus qui nel taigne a trop grant mal,
qui deüssiez ci festoier tot lo monde qui venuz est a vostre cort,
et faire joie. Et vos pensez ci aluec en tel maniere que les lermes

— De Bénoïc? dit le roi. Voulez-vous parler de ce Bénoïc qui appartenait au roi Ban, aussi longtemps qu'il fut en vie? »

Et Banin répond :

« C'est bien ce Bénoïc en effet.

— Avez-vous connu le roi Ban? dit le roi.

— Certes oui, sire. C'était mon parrain. »

Le roi regarde Banin. Il voit que les larmes lui sont venues aux yeux et il en ressent une très grande pitié. Alors il se prend à réfléchir profondément. Cette pensée l'occupa longtemps et de telle manière que les larmes lui coulaient tout le long du visage et tombaient sur la table, à laquelle il s'était accoudé. Comme il songeait ainsi, on prévient monseigneur Gauvain et Keu le sénéchal. Ils s'approchent de lui, et monseigneur Gauvain lui demande à voix basse de revenir à lui. Le roi ne l'entend pas, ne lui répond pas un mot et continue de rêver. Alors monseigneur Gauvain dit à Keu le sénéchal :

« Seigneur, que ferons-nous? Je crains, si nous l'arrachons à ses pensées, qu'il ne nous en sache mauvais gré.

— Parbleu oui, dit Keu, s'il pense à quelque chose d'agréable. Mais nous n'avons aucune raison de le laisser ainsi, car sa rêverie est bien affligeante en ce moment.

— Je vous promets, dit monseigneur Gauvain, de l'en faire sortir, même s'il devait me haïr toute sa vie. »

Alors il s'avance, bien décidé à le secouer pour le tirer de sa rêverie. Mais Keu l'arrête par le bras et lui dit :

« Laissez, seigneur; j'ai trouvé le moyen de lui faire reprendre ses esprits.

— Et quel est ce moyen? dit monseigneur Gauvain.

— Vous le verrez, dit Keu; mais ne bougez pas d'ici. »

Aussitôt il va saisir un cor, qui était suspendu par sa courroie à une corne de cerf, puis il l'embouche et il en sonne si vigoureusement que toute la salle en tremble, pour ainsi dire, et les appartements de la reine. Le roi sursaute en entendant sonner le cor et demande à monseigneur Gauvain, qu'il voit devant lui, ce qui se passe.

« Ce qui se passe, sire? dit monseigneur Gauvain. Il se passe que vous avez tant rêvé qu'il n'y a personne qui ne s'en scandalise. Vous devriez fêter tous ceux qui, du monde entier, sont venus à votre cour, et leur faire le plus bel accueil; et vous rêvez ici-même de telle manière que les larmes vous coulent

vos corrent tot contraval la face. Ce seroit assez laide chose a
un anfant, enteimes que a vos cui l'an tient a un des plus sages
homes qui ores soit. »

« Gauvain, biax niés, fait il, j'ai eü de cest penser et tort et
droit : tort por mes barons qui a mal lo me tenoient ; et droit
por ce que ge pen*(f. 46c)*soie a la greignor honte qui onques
m'avenist puis que ge portai primes corone : c'estoit au roi Ban
de Benoyc qui estoit uns des plus preuzdom que ge eüsse, qui
fu morz el venir a moi ; et ja en ai eü clamor, n'onques encor ne
l'amandai, si ai si grant honte que ge ne puis greignor
avoir. »

« Sire, fait messires Gauvains, certes il est bien raisons que
vos i pensoiz en leu et en tans que li pensez porra valoir. Mais
totes hores n'est il pas tans de faire duel, mais qant vos verroiz
qu'il en sera et leu et tans, si i metez avoc lo pensé painne et
travail[1]. »

Li rois antant bien et conoist que ses niés li dit lo meillor, si
tert ses iauz et essuie, et se paine mout de faire biau sanblant.
Mais nel puet faire si bel com il l'avoit fait devant, car li cuers
ne l'i aporte. Et qant vint aprés sosper, si apela Banyn a une
part, si li demande novelles de la fame au roi Ban et de son fil.
Et il li dist que la dame estoit none velee, ne del fil ne savoit l'an
verité nule, mais li plus des genz cuidoient que il fust morz. Par
tex acointances dona li rois a Banyn de ses joiaux et grant avoir
mout largement. Et la reine lo retint cele nuit meesmes de sa
maisniee por sa proesce, car autresin faisoit ele toz cels qui
vaincoient as hautes festes lo bohordeiz et les quintainnes, et
lor donoit de ses joiax et de ses drueries, et d'iluec en avant les
tenoit por ses chevaliers.

Dedanz cel an fist tant Banyns par sa proece qu'il fu uns des
cent et cinqante chevaliers de l'Eschargaite, si fu mis el leu

---

1. *Perceval, Première Continuation,* éd. Roach III A v. 3362-3699. Le
même rapprochement s'impose pour le chapitre L, « Nouvelle quête de
Lancelot par Gauvain », pp. 777 et suivantes.

tout le long du visage. Ce serait une conduite bien laide chez un enfant, à plus forte raison chez vous, qui êtes réputé pour l'un des hommes les plus sages de notre temps.

— Gauvain, beau neveu, dit le roi, en me laissant aller à cette rêverie, j'ai eu tort et j'ai eu raison. J'ai eu tort, puisque mes barons s'en sont scandalisés ; et j'ai eu raison, parce que je pensais à la plus grande honte qui me fût jamais arrivée, depuis que j'ai porté la couronne, je veux dire au roi Ban de Bénoïc, qui était l'un de mes meilleurs prud'hommes et qui est mort en venant auprès de moi. On m'en a déjà porté la plainte et je n'ai pas encore réparé cette faute. La honte qui en rejaillit sur moi est telle que je ne puis en avoir de plus grande.

— Sire, dit monseigneur Gauvain, il est juste assurément que vous y pensiez, dans le temps et dans le lieu où cette pensée pourra servir. Mais tous les moments ne conviennent pas pour s'affliger. Et quand vous verrez que ce sera le lieu et le temps, mettez-y, avec la pensée, la peine et le labeur[1]. »

Le roi entend bien et reconnaît que le conseil de son neveu est le meilleur. Il frotte ses yeux et les essuie et se donne beaucoup de mal pour faire bon visage, mais sans y parvenir aussi bien qu'auparavant ; car son cœur ne l'y porte pas. Après le souper, il prend Banin à part et lui demande des nouvelles de la femme du roi Ban et de son fils. Banin lui dit que la dame est nonne voilée et que du fils on ne sait rien de sûr, mais que la plupart des gens pensent qu'il est mort. En témoignage de ses bonnes grâces, le roi offrit à Banin des joyaux et d'autres présents de grand prix, très libéralement. La même nuit, la reine le retint pour être de sa maison, à cause de sa prouesse. Elle agissait de même avec tous ceux qui, lors des grandes fêtes, gagnaient le behort et les quintaines. Elle les honorait de joyaux et d'autres marques d'estime, et, dès cet instant, les considérait comme ses chevaliers. En moins d'un an, Banin se signala tant par sa prouesse qu'il devint un des cent cinquante chevaliers de l'Échauguette. Il y prit la place de Gravadain des

---

1. Autrement dit, il ne faut pas vous contenter d'y penser ; il faut agir. Avec courtoisie, mais avec fermeté, Gauvain fait la leçon à son oncle. L'auteur aime les caractères énergiques des « vrais prud'hommes », qui disent ce qu'ils pensent en toutes circonstances, sans concession et sans flatterie, avec l'éloquence du cœur.

Gravadain des Vaus de Golorre. Mais de lui ne parole ores li contes plus, mais li contes del comun devise et les huevres et les proesces de lui. Et cist contes retorne a parler de Lancelot et de sa Dame del Lac et de lor companie.

(f. 46d) Or dit li contes que tant a esté Lanceloz en la garde a la Dame del Lac que bien est en l'aage de dishuit anz. Si est tant biax vallez que por neiant queïst l'an nul plus bel en tot lo monde, et tant sages que nule chose ne estoit dont l'an lo poïst a droit ne blasmer ne reprandre en nule ovre que il feïst. Qant il fut an l'aage de dishuit anz, si fu a mervoilles granz et corssuz ; et la dame qui lo norrissoit voit bien que bien est des ores mais tans et raisons qu'il reçoive l'ordre de chevalerie, et se ele plus li delaoit, ce seroit pechiez et dolors ; car bien savoit

Vaux de Golorre. Ici le conte ne parle plus de lui; mais l'Histoire générale du règne[1] relate ses faits et ses prouesses. Et notre conte parle maintenant de Lancelot, de sa dame du Lac et de leur compagnie[2].

CHAPITRE XX

Lancelot à dix-huit ans

Le conte dit que Lancelot est resté sous la garde de la dame du Lac jusqu'à ce qu'il ait atteint l'âge de dix-huit ans. C'est un si beau valet qu'on en chercherait vainement un plus beau dans le monde entier, et si sage qu'il n'y avait rien dont on pût à bon droit le blâmer ou le reprendre, dans tout ce qu'il faisait. Quand il eut dix-huit ans, il fut grand et fort à merveille; et la dame qui l'élevait vit bien qu'il était temps qu'il reçût l'ordre de chevalerie. Si elle attendait davantage, ce serait un péché et un

---

1. *l'Histoire générale du règne:* littéralement: le conte du commun, le conte qui traite des aventures «du commun des gens», c'est-à-dire de l'ensemble des chevaliers.

2. On ne peut s'empêcher d'admirer le soin avec lequel notre auteur prépare, de très loin, les événements à venir. La venue de Banin à la cour d'Arthur est pour le roi un second et dernier avertissement. Le premier était la visite d'Adragai le Brun (chapitre X), le moine qui avait porté plainte «pour Dieu et pour la justice» dans la maison du roi Arthur. Loin de réparer «cette honte», le roi Arthur l'oubliera, et la mort du roi Ban ne sera pas vengée. Mais la justice de Dieu n'oublie rien; et dans la dernière partie du roman, nous apprendrons qu'à cause de ce péché, dont il ne s'est pas confessé, puisqu'il l'a oublié, le roi Arthur est en danger de perdre son royaume et «tout honneur terrestre». Heureusement, il y a l'extraordinaire ascension de Lancelot, la sainte vie et les prières de sa mère, «la reine des Grandes Douleurs»; et il y a la Providence, qui veille sur «les pauvres et les orphelins», et l'idée sublime de notre auteur, qui imagine de faire sauver le roi coupable par le fils de celui qu'il n'a su ni secourir ni venger.

par sa sort, que maintes foiz avoit gitee, qu'il vandroit encor a
mout grant chose. Et se ele lo poïst encores delaier de prendre
chevalerie, ele lo feïst mout volentiers, car a mout grant paines
se porra consirrer de lui, car totes amors de pitié et de
norreture i avoit mises ; mais se ele outre son droit aage lo
detenoit d'estre chevaliers et destornoit, ele feroit pechié mortel
si grant comme de traïson, car ele li toudroit ce a quoi il ne
porroit recovrer legierement.

Qant vint au chief de dishuit anz, un po après la Pentecoste,
si fu alez en bois, si ot trové un si grant cerf que onques mais
en sa vie un si grant n'avoit veü. Et por la grant mervoille
mostrer si i traist et l'ocist. Qant il l'ot ocis, si lo trova de grant
graisse, com s'il fust el mois d'aost. Si l'esgardoient tuit si
compaignon a grant mervoille. Il enveia lo cerf a sa dame par
deus vallez ; et ele se merveilla trop durement comment il estoit
si gras en tel saison, et de la grandor *(f. 47a)* qu'il avoit se
merveilla a desmesure.

Mout fut li cers esgardez a grant mervoille, et mout grant
joie en fist la dame. Et Lanceloz se fu remex en la forest, et se
jut mout longuement desouz [un] chasne en l'erbe vert, por ce
que trop faisoit grant chaut. Et qant li chauz se rabaissa, il
monta en son chaceor et s'an revint au lac. Si sambloit bien
home qui de bois venist, car il avoit la cote do bois vestue corte
a mesure et de vert color, un chepelet de fueilles en sa teste por
la chalor, son tarqais pendu a sa ceinture, car il n'en estoit
desgarniz nule foiee o qu'il alast. Mais son arc li portoit uns des
vallez si tost com il vint de l'ostel pres. Et il fu sor lo grant
chaceor, droiz es arçons et affichiez.

Il vient en la cort, o sa dame lo voit qui l'atandoit ; et qant
ele lo voit, si l'an vient l'eive del cuer as iauz amont. Ele se lieve
de la place, que ele ne l'atant pas, et s'an entre en la grant sale,

malheur. Elle savait, par ses sorts qu'elle avait souvent jetés[1],
qu'il parviendrait plus tard à une très haute destinée. Si elle
avait pu différer le moment où il s'adonnerait à la chevalerie,
elle l'aurait fait très volontiers ; car elle aura grand'peine à se
passer de lui, ayant mis en lui toutes les amours de tendresse et
de nourriture[2]. Mais si elle le retenait au-delà de l'âge normal
et l'empêchait d'être chevalier, elle commettrait un péché
mortel, comparable à une trahison ; car elle lui ôterait ce qu'il
ne pourrait recouvrer aisément.

Quand il eut atteint dix-huit ans, un peu après la Pentecôte,
il alla chasser en bois et rencontra un cerf si grand qu'il n'en
avait jamais vu de pareil. Pour montrer cette grande merveille,
il le tira et l'abattit. Quand il l'eut tué, il le trouva de haute
graisse comme si l'on était au mois d'août, et tous ses
compagnons admirèrent le cerf comme une grande merveille. Il
le fit porter à sa dame par deux valets. Elle fut très surprise
qu'il fût si gras en cette saison et émerveillée de sa grandeur.
On regarda le cerf avec un étonnement extrême et la dame en
fut très contente.

Lancelot était resté dans la forêt et s'était reposé longuement
sous un chêne, sur l'herbe verte, parce qu'il faisait très chaud.
Quand la chaleur diminua, il monta sur son cheval de chasse[3]
et revint au Lac. Il avait bien l'air d'un homme qui revient du
bois. Il portait un vêtement de chasse, court comme il convenait et de couleur verte, un chapeau de feuilles sur la tête pour
le protéger de la chaleur, son carquois à la ceinture, car il ne
s'en séparait jamais, en quelque lieu où il se rendît. Mais un des
valets porta son arc, quand il fut près de l'hôtel. Il se tenait sur
son grand cheval, bien droit et ferme dans ses arçons.

Il entre dans la cour, où sa dame le voit qui l'attendait ; et
quand elle le voit, les larmes du cœur lui montent aux yeux.
Elle s'en va sans l'attendre, entre dans la grande salle, s'arrête

1. *ses sorts qu'elle avait souvent jetés :* « Les sorts étaient le plus souvent
des espèces de dés sur lesquels étaient gravés quelques caractères ou
quelques mots dont on allait chercher l'explication dans des tables faites
exprès. » (Fontenelle, cité par Littré.)

2. *toutes les amours de tendresse et de nourriture :* qui viennent du cœur et
de l'éducation, par opposition à l'amour du sang ou amour maternel, que
l'auteur appelle « amour charnel ».

3. *cheval de chasse :* littéralement : chasseur.

si s'est apoiee au chief et pense illuec mout longuement. Et
Lanceloz vient aprés li. Et si tost com ele lo voit, si se fiert en
une chanbre. Cil, qui la voit aler, se mervoille mout que ele
puet avoir, si vait aprés et la trueve en sa maistre chambre sor
une grant couche, gisant tote adanz. Il vait cele part a
granzdismes pas, si voit que ele sospire et plore mout durement. Il la salue, mais ele ne li dit un mot, ne nel regarde. Et il
s'an mervoille trop, car il avoit apris que ele li corroit encontre
baisier et acoler de quel que part que il venist. Lors li dist :

« Ha ! dame, dites moi que vos avez, et se nus vos a correciee,
nel me celez mie, car ge ne cuideroie pas que nus vos osast
correcier a mon vivant. »

Qant ele l'ot, si se rescrieve a plorer et est tele conree c'un
seul mot ne li puet dire de la boche, car li *(f. 47b)* sanglot li
antreronpent sa parole trop durement. Mais a chief de piece li
dit itant, si qu'il l'antant mout bien :

« Ha ! filz de roi, fuiez de ci, o li cuers me partira dedanz lo
ventre. »

« Dame, fait il, ançois m'en iroie ge, car mauvais remanoir i
ai, puis que ge vos anui tant. »

Atant s'an torne li vallez, si vint a son arc, sel prant et lo met
a son col et receint son tarquais. Puis vient a son roncin, si li
met lo frain il meesmes, et lo trait anmi la cort. Mais cele qui
sor tote rien l'amoit se pense que ele a trop parlé, et que trop
correciez s'en vait ; et ele lo savoit a si fier et a si viguereus que
il ne prisast rien nule mesaise encontre son cuer. Ele saut sus,
si essuie ses iauz que ele ot roges et enflez, et s'an vient grant
aleüre enmi la cort, si voit lo vallet qui monter voloit et faisoit
d'ome correcié mout grant sanblant. Ele saut avant, si l'aert au
frain et dist :

« Q'est ce, sire vassax ? O volez vos aler ? »

à l'extrémité de la pièce ; et là elle réfléchit très longuement. Lancelot vient la rejoindre et, dès qu'elle le voit, elle s'enfuit dans une chambre. Très étonné de la voir partir, il se demande ce qu'elle peut avoir, la suit et la trouve dans sa maîtresse chambre, sur un grand lit, couchée à plat ventre. Il s'approche à grands pas. Il voit qu'elle soupire et pleure très profondément. Il la salue. Mais elle ne lui dit pas un mot et ne le regarde pas. Sa surprise est extrême, car il avait l'habitude qu'elle courût à sa rencontre, pour le baiser et l'embrasser, chaque fois qu'il arrivait. Alors il lui dit :

« Ah ! dame, dites-moi ce que vous avez. Et si quelqu'un vous a courroucée, ne me le cachez pas ; car je n'entends pas que personne ose vous courroucer de mon vivant. »

Quand elle l'entend, elle fond derechef en larmes et n'est plus en état d'articuler un seul mot ; car ses paroles sont entrecoupées de sanglots. Mais au bout d'un moment, elle parvient à lui dire ceci, qu'il entend très distinctement :

« Ah ! fils de roi, allez-vous-en d'ici ou mon cœur se brisera dans ma poitrine.

— Dame, dit-il, il vaut mieux que je m'en aille. J'aurais mauvaise grâce à rester, puisque je vous fais tant de peine. »

Alors le valet s'éloigne, va chercher son arc, le prend et le passe à son cou, attache son carquois à sa ceinture. Puis il se dirige vers son cheval, lui passe lui-même le mors et le conduit dans la cour. Mais celle qui l'aimait par-dessus tout se dit qu'elle a trop parlé et qu'elle l'a laissé partir trop courroucé. Car elle le savait si fier et si impétueux qu'aucun malheur ne le retiendrait, pourvu qu'il suivît le penchant de son cœur. Elle saute de son lit, essuie ses yeux, qui étaient rouges et enflés, arrive en toute hâte dans la cour et aperçoit le valet, qui mettait le pied à l'étrier et montrait tous les signes d'une grande colère. Elle s'élance, l'arrête par le frein et dit :

« Qu'y a-t-il, seigneur vassal[1] ? Où voulez-vous aller ?

---

1. *seigneur vassal :* vassal, qui signifie proprement « homme courageux », est employé, comme terme d'adresse, avec une nuance de condescendance et d'ironie. De même nous disons aujourd'hui « mon brave », ou « mon jeune ami », sans y mettre une idée particulière de bravoure ou d'amitié. On a déjà noté qu'au XIIᵉ et au XIIIᵉ siècles, le mot « vassal » n'a guère d'autre sens. Là où nous parlons de vassaux et de suzerains, le Moyen Âge, à l'apogée de l'époque féodale, ne connaissait que des « hommes » et des « seigneurs ».

« Dame, fait il, ge voil aler jusq'en ce bois. »

« Alez tost jus, fait ele, que vos n'i eroiz ores pas. »

Et il descent, et ele prant son cheval, sel fait establer. Lors l'an mainne par la main jusq'en ses chambres, si se rasiet en une couche et lo fait lez li asseoir ; si lo conjure, de la grant foi que il li doit, que tost li die sanz mentir o il voloit ore aler.

« Dame, fait il, il m'estoit avis que vos estiez vers moi correciee qant vos ne voliez a moi parler ; et puis que ge fusse mal de vos, çaianz n'avoie ge nul talant de demorer. »

« Et que baiez vos affaire, dit la dame, biauz filz de roi ? »

« Quoi, dame ? fait il ; par foi, ge alasse en tel leu ou ge porchaçasse ma garison. »

« O fust ce que vos alissiez, fait ele, par la foi que vos me devez ? »

« Ou, dame ? fait il ; certes, ge alasse droit en la maison lo roi Artu et la si servisse *(f. 47c)* aucun preudome tant que il me feïst chevalier, car l'an dit que tuit li proudome sont en l'ostel lo roi Artu. »

« Comment ? fait ele, filz de roi, baez vos dons a estre chevaliers ? Dites lo moi. »

« Certes, dame, fait il, ce seroit la chose del mont que ge plus voudroie avoir que l'ordre de chevalerie. »

« Voire, fait ele, si l'oseriez enprendre ? Ge cuit que se vos saviez com grant fais il a en chevalerie, ja mais ne vos prandroit talanz de l'anchargier. »

« Por quoi, dame ? fait il ; sont donques tuit li chevalier de greignor force de cors et de manbres que li autre home ne sont ? »

« Nenil, fait ele, filz de roi, mais il covient tel chose en chevalier que il ne covient pas en autres homes. Et se vos les oiez deviser, ja n'i avriez si hardi lo cuer que toz ne vos en tranblast. »

« Dame, fait il, ces choses qui a chevalier covienent, puent eles estre en cuer ne an cors d'omes trovees ? »

« Oïl, fait la dame, mout bien, car Damedex a fait les uns plus vaillanz que les autres et plus preuz et plus gracieus. »

« Dame, fait cil, dont se doit cil santir a mout mauvais et a mout vuiz de boennes teches qui por ceste paor laisse a prandre

— Dame, dit-il, je veux aller dans ce bois.

— Descendez, dit-elle ; vous n'irez pas. »

Il descend. Elle prend son cheval et le fait établer. Alors elle emmène le valet, en le tenant par la main, dans ses chambres, se rassied sur une couche et le fait asseoir auprès d'elle. Elle le conjure, par la grande foi qu'il lui doit, de lui dire immédiatement, sans mentir, où il voulait aller.

« Dame, dit-il, vous paraissiez fâchée contre moi, vous refusiez de me parler, et, puisque je vous déplaisais, je n'avais aucun désir de rester.

— Et que vouliez-vous faire, dit la dame, beau fils de roi ?

— Eh bien, dame, dit-il, par ma foi, je serais allé en un lieu où j'aurais cherché à me consoler.

— Où seriez-vous allé, dit-elle, par la foi que vous me devez ?

— Où, dame ? dit-il. Mais je serais allé tout droit dans la maison du roi Arthur ; et là je me serais mis au service de quelque prud'homme, jusqu'à ce qu'il me fît chevalier ; car on dit que tous les prud'hommes sont dans l'hôtel du roi Arthur.

— Comment ? fils de roi, vous voulez donc être chevalier ? Dites-le-moi.

— Oui certes, dame. C'est la chose au monde que je désire le plus, que de recevoir l'ordre de chevalerie.

— Vraiment ? dit-elle. Vous auriez cette audace ? Je crois que si vous saviez quelle lourde charge il y a dans la chevalerie, l'envie ne vous viendrait jamais de vous en charger.

— Pourquoi, dame ? Tous les chevaliers sont-ils d'une plus grande force de corps et de membres que les autres hommes ?

— Non, fils de roi. Mais le chevalier doit avoir plusieurs choses, qui ne sont pas nécessaires aux autres hommes ; et si elles vous étaient expliquées, votre cœur, si hardi soit-il, ne pourrait se défendre d'avoir peur.

— Dame, ces choses qui sont nécessaires au chevalier, peuvent-elles être trouvées dans un cœur et dans un corps d'homme ?

— Oui, bien sûr, dit la dame ; car le Seigneur Dieu a fait les uns plus vaillants que les autres et plus preux et plus gracieux.

— Dame, dit-il, il faut donc se savoir bien mauvais et bien dépourvu de bonnes qualités, pour avoir peur de recevoir la

chevalerie, car chascuns doit baer tozjorz a enforcier et a
amander de boennes teches ; et mout se doit haïr qui par sa
peresce pert ce que chascuns porroit avoir, ce sont les vertuz
del cuer, et teles qui sont a cent dobles plus legieres a avoir que
celes do cors ne sont. »

« Quel devision a il donques, fait la dame, antre les vertuz del
cuer et celes do cors ? »

« Dame, fait il, ge vos en dirai ce qe g'en cuit. Il m'est avis
que tex puet avoir les bontez del cuer qui ne puet pas avoir
celes del cors, car tex puet estre cortois et sages et debonaires
et leiaus et preuz et larges et hardiz — et tot ce sont les vertuz
del cuer — qui ne puet pas estre granz ne corsuz ne isniaus ne
biaus ne plaisanz ; totes ces choses, m'est il avis que ce sont les
bontez del *(f. 47d)* cors, si cuit que li hom les aporte avecques
lui hors del ventre sa mere des cele hore que il naist. Mais les
teches del cuer m'est il avis qe chascuns porroit avoir, se
peresce ne li toloit, car chascuns puet avoir cortoisie et
debonaireté et les autres biens qui del cuer muevent, ce m'est
avis. Por ce quit ge que l'an ne pert se par paresce non a estre
preuz, car a vos meïsmes ai ge oï dire pluseurs foiees que riens
ne fait lo preudome se li cuers non. Et neporqant, se vos me
devisiez lo grant fais qui est an chevalerie, par quoi nus ne
devroit estre si hardiz que il chevaliers devenist, ge l'orroie
mout volentiers. »

« Et ge lo vos deviserai, fait la dame, les fais de chevalerie,
cels que ge porrai savoir, non mie toz, car ge ne sui pas de si
grant san. Et neporqant entendez les bien. Qant vos les avroiz
oïes, et si metez avocques l'oiance cuer et raison, car por ce, se
vos avez talant d'estre chevaliers, ne devez vos pas lo talant
tant boter avant que vos n'i esgardoiz ançois raison ; car por ce
fu doné a home et raison et antandement que il esgardast
droiture ançois que il anpreïst a faire rien.

« Et tant sachiez vos bien que chevaliers ne fu mie faiz a gas
ne establiz, et non pas por ce qu'il fussient au commencement
plus gentil home ne plus haut de lignage l'un des autres, car
d'un pere et d'une mere descendirent totes les genz. Mais qant
envie et coveitise commança a croistre el monde et force
commança a vaintre droiture, a cele hore estoient encores

chevalerie. Car chacun doit s'efforcer chaque jour de s'amender et de progresser en vertus. Et il doit bien se haïr lui-même, celui qui, par sa paresse, perd ce que tout le monde pourrait avoir, je veux dire les vertus du cœur, qui sont cent fois plus faciles à acquérir que les vertus du corps.

— Quelle distinction, fait la dame, y a-t-il entre les vertus du cœur et celle du corps?

— Dame, fait-il, je vous dirai ce que j'en pense. Il me semble que tel peut avoir les vertus du cœur qui ne peut pas avoir celles du corps. Car tel peut être courtois, sage, débonnaire, loyal, preux, large et hardi — et tout cela, ce sont les vertus du cœur — qui ne peut être ni grand ni fort ni agile ni beau ni gracieux. Tout ceci, il me semble que ce sont les bontés du corps et je pense que l'homme les apporte avec lui, au sortir du ventre de sa mère, dès l'heure qu'il est né. Mais les qualités du cœur, il me semble que chacun pourrait les avoir, si sa paresse ne les lui ôtait. Car chacun peut avoir la courtoisie, la débonnaireté et les autres biens qui viennent du cœur, me semble-t-il. Je crois donc que l'on ne manque que par sa paresse à être preux. Vousmême, je vous ai entendu dire plusieurs fois que rien ne fait le prud'homme, sinon le cœur. Et néanmoins, si vous vouliez m'éclairer sur ce lourd fardeau de la chevalerie, qui devrait dissuader tout homme, si hardi soit-il, de devenir chevalier, je vous écouterais très volontiers.

— Je vous expliquerai, dit la dame, les devoirs de la chevalerie, ceux que je pourrai connaître, mais non pas tous, car je ne suis pas d'un assez grand sens. Toutefois retenez-les, quand vous les aurez entendus, et prêtez-y, non seulement l'oreille, mais le cœur et la raison. Si vous avez le désir d'être chevalier, vous ne devez pas pour autant vous attacher si fortement à votre désir que vous ne considériez d'abord la raison. Car la raison et l'entendement ont été donnés à l'homme pour reconnaître ce qui est juste, avant que de rien entreprendre.

« Sachez que, quand les chevaliers furent créés et institués, ce ne fut pas un badinage, ni qu'ils fussent au commencement plus gentilshommes ou de plus haut lignage, les uns que les autres ; car d'un seul père et d'une seule mère sont issues toutes gens. Quand l'envie et la convoitise commencèrent de croître dans le monde et que la force commença de l'emporter sur le droit, les uns et les autres étaient encore, en ce temps-là, égaux

paroil et un et autre de lignage et de gentillece. Et qant li foible
ne porent plus soffrir ne durer encontre les forz, si establirent
desor aus garanz et desfandeors, por garantir les foibles [et les]
paisibles *(f. 49a)** et tenir selonc droiture, et por les forz boter
arrieres des torz qu'il faisoient et des outraiges.

« A ceste garantie porter furent establi cil qui plus valoient a
l'esgart del comun des genz. Ce furent li grant et li fort et li bel
et li legier et li leial et li preu et li hardi, cil qui des bontez del
cuer et del cors estoient plain. Mais la chevalerie ne lor fu pas
donee an bades ne por neiant, ençois lor en fu mis desor les cox
mout granz faissiaus. Et savez quex ? Au commencement, qant
li ordres de chevalerie commança, fu devisé a celui qui voloit
estre chevaliers et qui lo don en avoit par droiture d'eslection,
qu'il fust cortois sanz vilenies, deboenneires sanz felenie, piteus
vers les soffraiteus, et larges et appareilliez de secorre les
besoigneus, prelz et appareilliez de confondre les robeors et les
ocianz, droiz jugierres sanz amor et sanz haïne, et sanz amor
d'aidier au tort por lo droit grever, et sanz haïne de nuire an
droit por traire lo tort avant. Chevaliers ne doit por paor de
mort nule chose faire o l'an puise honte conoistre ne aparcevoir, ainz doit plus doter honteusse chose que mort sossfrir.

« Chevaliers fu establiz outreement por Sainte Eglise garantir, car ele ne se doit revenchier par armes, ne rendre mal
encontre mal ; et por ce est a ce establiz li chevaliers, qu'il
garantisse celi qui tant la senestre joie, qant ele a esté ferue en
la destre. Et sachiez que au commencement, si tesmoigne
l'Escripture, n'estoit nus si hardiz qui montast en cheval, se
chevaliers ne fust avant. Et por ce furent il chevalier clamé.
Mais les armes qu'il portent et que nus qui chevaliers ne soit ne
doit porter, ne lor furent pas donees sanz raison as chevaliers,
ainz i a raison assez et mout grant senefience.

« Li escuz qui au col li pent, et dont il est coverz par devant,
(f. 49b) senefie que, autresin com il se met entre lui et les cox,
autresin se doit metre li chevaliers devant Sainte Eglise encon-

---

* Les f. 48 à 52 du manuscrit ne se suivent pas dans l'ordre.

de lignage et de gentillesse. Et quand les faibles ne purent plus tenir ni résister contre les forts, ils établirent au-dessus d'eux des garants et des défenseurs, pour garantir les faibles pacifiques et les gouverner selon la justice, ainsi que pour dissuader les forts des injustices et des outrages qu'ils commettaient.

« Pour apporter cette garantie, furent établis ceux qui avaient le plus de valeur à l'égard du commun des gens, ce furent les grands, les forts, les beaux, les agiles, les loyaux, les preux, les hardis, ceux qui étaient remplis des bontés du cœur et du corps. Mais la chevalerie ne leur fut pas donnée pour rien ni par badinage. On mit sur leur dos un lourd fardeau. Et savez-vous lequel ? Au commencement, quand fut institué l'ordre de chevalerie, il fut prescrit, à celui qui voulait être chevalier et qui en avait reçu le don par droit d'élection[1], d'être courtois sans vilenie, débonnaire sans méchanceté, compatissant aux malheureux, large et prêt à secourir les indigents, disponible et prêt à confondre les voleurs et les assassins, juge équitable sans amour et sans haine, sans amour pour ne pas favoriser l'injustice au détriment du droit, et sans haine pour ne pas desservir le droit au profit de l'injustice. Le chevalier ne doit rien faire, par peur de la mort, où l'on puisse reconnaître ou déceler quoi que ce soit de honteux. Il doit craindre le déshonneur plus que la mort.

« Le chevalier fut institué pour protéger la Sainte Église en toutes choses ; car elle ne doit pas se défendre par les armes ni rendre le mal pour le mal. Aussi le chevalier a-t-il la charge de protéger celle qui tend la joue gauche, quand on l'a frappée sur la joue droite. Sachez qu'au commencement, comme l'Écriture le témoigne, nul n'était assez hardi pour monter à cheval, s'il n'était auparavant chevalier ; et c'est pour cette raison qu'on les appela chevaliers. Les armes qu'ils portent et que nul ne doit porter qui ne soit chevalier ne leur ont pas été données sans motif. On y trouve assez de raison et une très belle signification.

« L'écu, qui pend au cou du chevalier et qu'il met devant lui pour se couvrir, signifie que, comme l'écu se met entre le chevalier et les coups, le chevalier lui-même doit se mettre devant la Sainte Église, face à tous les malfaiteurs, qu'ils soient

---

1. *par droit d'élection*: les premiers chevaliers étaient « élus ».

tre toz maxfaitors, o soient robeor o mescreant. Et se Sainte
Eglise est assaillie ne en aventure de recevoir cop ne colee, li
chevaliers se doit devant metre por la colee sostenir come ses
filz, car ele doit estre garantie par son fil et desfandue ; car se
sa mere est batue ne laidamgiee devant lo fil, s'il ne l'an venche,
bien li doit estre ses pains veez et ses huis clox.

« Li hauberz dont li chevaliers est vestuz et garantiz de totes
parz, senefie que autresin doit Sainte Eglise estre close et
avironee de la desfense au chevalier, car si granz doit estre sa
desfanse et si sage sa porveance que li maxfaisierres ne veigne
ja de tele hore a l'entree ne a l'issue de Sainte Eglise, qu'il ne
truisse lo chevalier tot prest et tot esveillié por lo desfandre.

« Li hiaumes que li chevaliers a el chief qui desus totes les
armes est paranz, si senefie que autresins doit paroir li chevaliers avant totes autres genz encontre cels qui voudront nuire a
Sainte Eglise ne faire mal, et doit estre autresin com une baate,
qui est la maisons a la gaite, que l'an doit veoir de totes parz
desus les autres maisons por espoanter les maxfaissanz et les
larrons.

« Li glaives que li chevaliers porte, qui si est lons qu'il point
ançois que l'an puisse avenir a lui, senefie que, autresin com la
paors del glaive dont li fuz est roides et li fers tranchanz fait
resortir arrieres les desarmez par la dotance de la mort,
autresin doit estre li chevaliers si fiers et si hardiz et si viguereus
que la paors de lui corre si loign que nus lerres ne mausfaisanz
ne soit si osez qu'il aprime vers Sainte Eglise, ainz fuie loing
por la peor de lui vers cui il ne doit avoir puissance, ne plus que
li desarmez a pooir encontre lo glaive *(f. 49c)* dont li fers
tranche.

« L'espee que li chevaliers a ceinte si est tranchanz de deus
parties, mais ce n'est mie sanz raison. Espee si est de totes les
armes la plus honoree et la plus haute, cele qui plus a digneté,
car l'an en puet faire mal en trois manieres. L'an puet boter et
ocirre de la pointe en estoquant, et puet l'an ferir a cop des
deus tranchanz destre et senestre. Li dui tranchant senefient
que li chevaliers doit estre serjanz a Nostre Seignor et a son
pueple ; si doit li uns des tranchanz de s'espee ferir sor cels qui
sont anemi Nostre Seignor et despiseor de sa creance ; et li

larrons ou mécréants. Si la Sainte Église est assaillie ou en danger de recevoir un coup ou une gifle, le chevalier doit se mettre devant elle, pour recevoir le coup, parce qu'il est son fils ; car la mère doit être protégée par son fils et défendue. Et quand la mère est battue et maltraitée devant son fils, s'il ne la venge pas, elle doit lui refuser son pain et lui fermer sa porte.

« Le haubert, qui recouvre le chevalier et le protège de toutes parts, indique que, de la même manière, la Sainte Église doit être enclose et entourée par la vigilance du chevalier. Et si grande doit être sa vigilance et si sage sa prévoyance que jamais, à quelque heure que ce soit, le malfaiteur ne se présente à l'entrée ou à la sortie de la Sainte Église, sans trouver le chevalier toujours prêt et toujours éveillé, pour la défendre.

« Le heaume, que le chevalier a sur la tête et qui, plus que toutes les autres armes, est apparent, nous enseigne que, de la même manière, le chevalier doit apparaître avant toutes autres gens, pour combattre ceux qui voudront nuire à la Sainte Église et lui faire du tort. Il doit être comme le beffroi, qui est la maison du guetteur et que l'on doit voir de tous côtés, au-dessus des autres maisons, pour épouvanter les malfaisants et les larrons.

« La lance, que porte le chevalier et qui est si longue qu'elle frappe avant qu'on puisse l'atteindre, nous apprend ceci : de même que la peur de la lance, dont le bois est roide et le fer tranchant, fait fuir l'homme désarmé, qui redoute la mort, de même le chevalier doit être assez fier, assez hardi, assez impétueux pour répandre au loin la peur, afin que nul larron ou malfaisant n'ait l'audace d'approcher la Sainte Église, mais qu'il s'enfuie au loin, par peur du chevalier, contre qui il ne doit pas avoir plus de puissance que l'homme sans armure contre la lance au fer tranchant.

« L'épée, que le chevalier porte à sa ceinture, est tranchante de deux côtés, mais ce n'est pas sans raison. L'épée est de toutes les armes la plus honorée et la plus haute, celle qui a le plus de dignité, parce qu'on peut s'en servir de trois manières. On peut pousser d'estoc et tuer avec la pointe. On peut frapper de taille avec les deux tranchants droit et gauche. Les deux tranchants signifient que le chevalier doit être le serviteur de Notre Seigneur et de son peuple. L'un des tranchants doit frapper ceux qui sont les ennemis de Notre Seigneur et les contempteurs de sa croyance ; et l'autre doit faire justice de

autres doit faire vanjance de cels qui sont depeceor de l'umaine
compaigne, c'est de cels qui tolent li un as autres, qui ocient li
un les autres. De tel force doivent estre li dui tranchant, mais
la pointe est d'autre maniere. La pointe senefie obedience, car
totes genz doivent obeïr au chevalier. La pointe senefie tot a
droit obedience, car ele point, ne nule riens ne point si
durement lo cuer, ne perte de terre ne d'avoir, com fait obeïr a
force contre cuer.

« Tex est la senefiance de l'espee, mais li chevax sor quoi li
chevaliers siet et qui a toz besoignz lo porte, si senefie lo
pueple, car autresin doit il porter lo chevalier en toz besoinz et
desus lui doit seoir li chevaliers. Li pueples doit porter lo
chevalier en tel maniere, car il li doit querre et porchacier totes
les choses dont il a mestier a vivre honoreement, por ce qu'il lo
garde et garantist et nuit et jor. Et desus lo pueple doit seoir li
chevaliers, car autresin com enpoint lo cheval et lo mainne cil
qui siet desus la ou il velt, autresin doit li chevaliers mener lo
pueple a son voloir par droite subjection, por ce que desouz lui
est et estre doit. Ensin poez *(f. 49d)* savoir que li chevaliers doit
estre sires de[l] pueple et serjanz a Damedeu. Sires del pueple
doit il estre en totes choses, et serjanz doit estre il a Damedeu,
car il doit Sainte Eglyse garantir et desfandre et maintenir, c'est
li clergiez par qoi Sainte Eglise est servie et les veves fames et
les orferines et les dismes et les aumosnes qui sont establies a
Sainte [Eglise]. Et autresin com li pueples lo maintient terriene-
ment et li porchace tot ce dom il a mestier, autresin lo doit
Sainte Eglise maintenir esperitelment et porchacier la vie qui ja
ne prandra fin, ce est par oreisons et par proieres et par
aumosnes, que Dex li soit sauverres pardurablement, autresin

ceux qui sont les destructeurs de la société humaine, c'est-à-dire ceux qui volent et ceux qui tuent. Telle doit être la vertu des deux tranchants. Mais la pointe est d'une autre nature. La pointe signifie obéissance, car toutes gens doivent obéir au chevalier. Et c'est à très bon droit que la pointe symbolise l'obéissance, parce qu'elle point; et rien ne point si durement le cœur[1], pas même une perte de terre ou d'avoir, que d'obéir à la force contre son cœur. Telle est la signification de l'épée.

« Le cheval, sur lequel le chevalier est assis et qui le porte en tous ses besoins, signifie le peuple; car le peuple doit porter le chevalier en tous besoins, et c'est sur le peuple que le chevalier doit être assis. Le peuple doit porter le chevalier de la manière que voici : il doit lui fournir et lui procurer tout ce dont il a besoin pour vivre honorablement, parce que le chevalier le garde et le protège nuit et jour. Et sur le peuple doit être assis le chevalier. Car celui qui est assis sur le cheval l'éperonne et le mène où il veut; et de la même manière le chevalier doit mener le peuple à sa volonté, par une juste sujétion, parce que le peuple est et doit être au-dessous de lui.

« Ainsi pouvez-vous savoir que le chevalier doit être le seigneur du peuple et le sergent[2] de Dieu. Il doit être le seigneur du peuple en toutes choses. Mais il doit être le sergent de Dieu, car il doit protéger, défendre et maintenir la Sainte Église, c'est-à-dire le clergé, par qui la Sainte Église est servie, les veuves, les orphelins, les dîmes et les aumônes, qui sont assignées à la Sainte Église. Et de même que le peuple le soutient physiquement et lui procure tout ce dont il a besoin, de même la Sainte Église doit le soutenir spirituellement et lui procurer la vie qui jamais ne prendra fin. Comment ? mais par des oraisons, par des prières et par des aumônes, afin que Dieu soit son sauveur dans l'éternité, de la même manière que lui-

---

1. Ici le vieux verbe *poindre* doit être conservé à tout prix, d'abord pour garder les allitérations et la sonorité de la phrase, mais surtout parce que le verbe qui l'a remplacé, « piquer », n'a rien conservé de la force et de la richesse de sens de l'ancien vocable. Poindre signifie « piquer », mais aussi « transpercer, faire mal ». « Poindre le cœur », c'est « percer le cœur ».

2. *sergent* : serviteur, mais avec un sens bien plus précis. Le sergent est un homme d'armes, qui est au service d'un seigneur et qui n'est pas (ou pas encore) chevalier. On l'a vu au début de ce roman, dans la querelle de Claudas et de son sergent. Voir aussi p. 371, note 1.

com il est garantissierres de Sainte Eglise terriennement et
desfanderres. Ensi doivent corre tuit li besoing que li chevaliers
a desus lo pueple des terriennes choses, et tuit li besoig qui
apartienent a l'ame de lui doivent repairier a Sainte Eglise.

« Chevaliers doit avoir deus cuers, un dur et sarré autresin
com aimenz, et autre mol et ploiant autresi comme cire chaude.
Cil qui est durs com aimanz doit estre encontre les desleiaus et
les felons, car autresin com li aimanz ne sueffre nul polisse-
ment, autresin doit estre li chevaliers fel et cruieus vers les
felons qui droiture depiecent et enpirent a lor pooirs. Et autresi
com la cire mole et chaude puet estre flichie et menee la ou en
velt, autresi doivent les boennes genz et les piteuses mener lo
chevalier a toz les poinz qui apartienent a debonaireté et a
dosor. Mais bien se gart que li cuers de cire ne soit as felons et
as desleiaus abandonez, car tot avroit perdu outreement qant
qu'il lor avroit fait de bien ; et l'Escripture nos dit que li *(f. 48a)*
jugierres se danpne qant il delivre de mort ne lait aler home
corpable. Et s'il aorse de cuer dur d'aimant desus les boenes
genz qui n'ont mestier fors de misericorde et de pitié, dont a il
s'arme perdue, car l'Escripture dit que cil qui aimme desleiauté
et felenie het l'ame de lui, et Dex meesmes dit en l'Evangile que
ce qe l'an fait as besoigneus, a lui meesmes lo fait l'an.

« Totes ces choses doit avoir cil qui ose recevoir chevalerie.
Et qui ansin ne velt ovrer com ge vos ai ci devisé, bien se gart
d'estre chevaliers ; car la ou il ist de la droite voie hors, il doit
estre toz premierement honiz au siegle, et aprés a Damedeu. Lo
jor qu'il reçoit l'ordre de chevalerie creante il a Damedé qu'il
sera tex com cil qui chevalier lo fait le li devise, qui miauz lo set
deviser, fait la dame, que ge ne faz. Et puis qu'il est parjurs vers
Damedeu et vers Nostre Seignor, dons a il a droit perdue tant
d'anor com il atandoit a avoir en la grant joie, et el siegle est il
honiz toz par droiture, car li preudome del siegle ne doivent
pas soffrir entr'els celui qui vers som Criator s'est parjurez.
Mais de toz cuers doit estre li plus esmerez et li plus nez cil qui
velt estre chevaliers ; et qui tex ne velt estre, si se gart que ja de

même est le protecteur de la Sainte Église sur la terre et son défenseur. Ainsi tous les besoins que le chevalier a des choses de la terre doivent reposer sur le peuple. Et tous les besoins qui appartiennent à son âme doivent relever de la Sainte Église.

« Le chevalier doit avoir deux cœurs, l'un dur et serré comme le diamant, l'autre tendre et malléable comme la cire chaude. Celui qui est dur comme le diamant doit être opposé aux déloyaux et aux violents. De même que le diamant ne souffre aucun polissage, de même le chevalier doit être violent et cruel contre les violents, qui détruisent et ruinent la justice de tout leur pouvoir. Et de même que la cire molle et chaude peut être façonnée et maniée comme on le veut, de même les bonnes gens, qui ont la pitié dans le cœur, doivent gouverner le chevalier, pour tout ce qui relève de la bonté et de la douceur. Mais qu'il prenne garde que son cœur de cire ne soit abandonné aux violents et aux déloyaux. Car il aurait perdu sans aucun recours tout le bien qu'il leur aurait fait ; et l'Écriture nous dit que le juge se damne, quand il soustrait à la mort un coupable et le remet en liberté. Et s'il s'acharne, avec un cœur dur de diamant, sur les bonnes gens qui n'ont besoin que de miséricorde et de pitié, alors il a perdu son âme. Car l'Écriture dit que celui qui aime la déloyauté et la violence est l'ennemi de son âme[1] ; et Dieu lui-même dit dans l'Évangile que ce que l'on fait aux besogneux, c'est à lui-même qu'on le fait.

« Voilà toutes les vertus que doit avoir quiconque ose recevoir la chevalerie ; et s'il ne veut pas œuvrer comme je viens de vous le dire, qu'il se garde d'être chevalier ! Car, quand il s'écarte de la voie droite, il doit être déshonoré, tout d'abord au jugement du monde, ensuite au regard de Dieu. Le jour qu'il reçoit l'ordre de chevalerie, il fait à Dieu le serment d'être tel que le lui enseigne celui qui le fait chevalier (lequel sait mieux l'enseigner, dit la dame, que je ne le fais). Et puisqu'il est parjure envers Dieu Notre Seigneur, il a perdu à juste titre tout ce qu'il pensait avoir d'honneur dans la grande joie. Et dans le siècle il est honni en toute justice ; car les prud'hommes du siècle ne doivent pas souffrir parmi eux celui qui s'est parjuré envers son Créateur. De tous les cœurs, le plus délicat et le plus pur doit être celui du chevalier ; et s'il ne veut pas être tel, qu'il

---

1. Psal. 10 : « *Qui autem diligit iniquitatem, odit animam suam.* »

si haute chose ne s'entremete, car assez vaudroit il miauz a un vallet a vivre sanz chevalerie tot son aage que estre honiz en terre et perduz a Damedeu, car trop a en chevalerie greveus faissel.

« Or, fait ele, filz de roi, ge vos ai une partie devisez des poinz qui apartienent a veraie chevalerie, mais toz ne les vos ai ge pas mostrez, car ge ne sai. Or si me dites que vos an plaist, o del prandre ou del laissier. »

« Dame, fait li anfes, puis que chevalerie commança premierement, fu il onques *(f. 48b)* nus chevaliers qui totes ces bontez eüst en soi? »

« Oïl, fait ele, assez, dont Sainte Escripture nos est tesmoinz, et devant ce que Jhesus Criz soffrist mort, au tans que li pueples Israel servoit Nostre Seignor a foi et a leiauté et se combatoit por sa loi essaucier et acroistre encontre les Filistiens et les autres pueples mescreanz, qui lor voisin estoient pres. De cels fu Jehanz li Ircamiens, et Judas Macabrez, li tres boens chevaliers qui eslut a estre ocis et decolpez miauz que a deguerpir la loi Deu Nostre Seignor, que onques por mescreanz ne torna lo dos am bataille honteussement. Si en fu Symons, ses freres, et David li rois, et autre maint dont ge ne parlerai pas hores qui furent devant l'avenement Nostre Seignor. Et puis sa passion en ont il esté de tex qui de tote[s] veraies valors furent vaillant. Si en fu Joseph d'Arimathie, li gentils chevaliers, qui Jhesu Crist despendié de la Sainte Croiz a ses deus mains et coucha dedanz lo sepulcre. Et si an fu ses filz Galahaz, li hauz rois de Hosselice, qui puis fu apelee Gales en l'anor de lui, et trestuit li roi qui de lui issirent, dont ge ne sai pas les nons. Si an fu li rois Perles de Listenois, qui encor estoit de celui lignage li plus hauz qant il vivoit, et ses freres Helais li Gros. Tuit cil en furent des verais chevaliers cortois, des verais prodomes, qui maintindrent honoreement chevalerie et au siegle et a Damedeu. »

« Dame, fait li vallez, puis que tant en ont esté qui furent plain de totes les proesces que vos m'avez ci devisees, de grant mauvaitié seroit dons plains cil qui chevalerie refuseroit et doteroit a prandre por paor de ce qu'il ne poïst a tantes vertuz ataindre. Neporqant ge ne blasme pas les uns de grant mauvaitié, s'il n'osent chevaliers estre, ne les autres, se il lo sont, car chascuns doit *(f. 48c)* anprandre, ce m'est avis, selonc ce qu'il

se garde de s'entremettre d'une si haute affaire ! Il vaudrait bien mieux, pour un jeune noble, vivre sans chevalerie tout son âge que d'être déshonoré sur terre et perdu pour Dieu, parce que la chevalerie est un fardeau trop lourd.

« Maintenant, dit-elle, fils de roi, je vous ai enseigné une partie des matières qui appartiennent à la vraie chevalerie ; mais je ne vous les ai pas exposées toutes, car je ne les sais pas. À vous de me dire si vous voulez la prendre ou la laisser.

— Dame, répond l'enfant, depuis que la chevalerie fut instituée pour la première fois, y a-t-il jamais eu un seul chevalier qui rassemblât en lui toutes ces qualités ?

— Oui, dit-elle, plusieurs, dont la Sainte Écriture nous porte témoignage, avant même que Jésus-Christ eût souffert la mort, au temps où le peuple d'Israël servait Notre Seigneur fidèlement et loyalement et combattait pour exalter et répandre sa loi contre les Philistins et les autres peuples mécréants, qui étaient leurs proches voisins. De ceux-là furent Jean l'Hircanien et Judas Macchabée, le très bon chevalier, qui choisit de se laisser tuer et démembrer, plutôt que de quitter la loi de Dieu Notre Seigneur. Jamais les mécréants ne purent lui faire tourner le dos en bataille honteusement. Il y eut aussi Simon son frère, David le roi et bien d'autres dont je ne parlerai pas ici, qui vécurent avant l'avènement de Notre Seigneur. Et depuis sa Passion, il y en eut d'autres, qui furent vaillants de toutes les vraies valeurs. Il y eut Joseph d'Arimathie, le gentil chevalier, qui descendit Jésus-Christ de la Sainte Croix avec ses deux mains et le coucha dans le sépulcre. Il y eut son fils Galaad, le haut roi de Hosselice, qui ensuite fut appelée Galles en son honneur, et tous les rois qui sont issus de lui, dont je ne sais pas les noms. Il y eut le roi Perlès de Listenois, qui était naguère le plus haut de ce lignage, quand il vivait, et son frère Alain le Gros. Tous ceux-là furent au nombre des vrais chevaliers courtois, des vrais prud'hommes, qui surent maintenir la chevalerie à l'honneur du siècle et de Dieu.

— Dame, dit le valet, puisqu'il y a eu tant de chevaliers qui ont été remplis de toutes les prouesses que vous m'avez exposées, il faudrait être bien mauvais pour refuser et redouter la chevalerie, de peur de ne pouvoir atteindre à de si hautes vertus. Néanmoins je ne blâme, ni les uns si, par lâcheté, ils n'osent pas être chevaliers, ni les autres, s'ils osent l'être. Car chacun doit entreprendre, à mon avis, selon ce qu'il trouve en

trueve en son cuer, o de mauveitié o de proesce. Mais endroit
de moi sai ge bien que, se ge truis qui a nul jor me voille faire
chevalier, ja nel laisserai a estre por paor de ce que chevalerie
i soit mauvaisement assise ; car Dex puet bien avoir mis en moi
plus de bonté que ge ne sai, et bien est ancor puissanz qu'il i
mete asez de san et de valor, se ele i faut. Et comment que il
m'en aveigne, ge ne laisserai ja por paor de nule chose a
recevoir lo haut ordre de chevalerie, se ge truis qui m'an doint
l'anor. Et se Dex i velt metre les boennes teches, biau m'en
sera, mais ge oserai bien metre cuer et cors et painne et
travail. »

     « Coment, fait la dame, filz de roi ? Si s'acorde vostre cuers
a ce que vos volez chevaliers estre ? »

     « Dame, fait il, ge n'ai de rien nule si grant talant, se ge truis
qui ma volenté m'an acomplisse. »

     « En non Deu, fait ele, tote en sera acomplie la volentez, car
vos seroiz chevaliers, si ne demorra pas longuement. Et bien
sachiez que por ce ploroie ge ores, qant vos venites devant moi,
qant ge vos dis que vos en aillissiez ou, se ce non, li cuers me
partiroit el ventre ; car j'ai en vos tote mise l'amor que mere
porroit metre en son anfant, si ne sai comment ge m'en puisse
consirrer de vos en nule fin, car mout me grevera au cuer. Mais
miauz ain ge assoffrir ma grant mesaise que vos perdissiez par
moi si haut anor come de chevalerie : et ge cuit que ele i sera
bien emploiee. Et se vos saviez qui fu vostres peres, ne de qex
genz vostres lignages est estraiz de par la mere, vos n'avriez pas
paor, si com ge cuit, d'estre prozdom, car nus qui de tel lignage
fust ne devroit pas avoir corage de mauveitié. Mais vos n'an
savroiz ores plus, tant que ma volentez soit, ne ja plus ne
m'enquerez, car ge lo voil. Et vos seroiz chevaliers prochainnement de la main au plus *(f. 48d)* prodome qui au siegle soit
orandroit, c'est de la main lo roi Artu. Et si movrons ceste
semainne qui entree est, si que nos vendrons a lui lo vendredi
devant feste Saint Johan au plus tart, car la feste Saint Johan
sera au diemenche aprés, n'il n'i a de cestui diemenche que
seulement huit jorz. Et ge voil que vos soiez chevaliers au jor de
feste Saint Johan, ne plus n'i delaieroiz. Et Dex qui de la Vierge
nasquié por son pueple rachater, autresin com messires Sainz

lui ou de bassesse ou de prouesse. Mais pour ce qui est de moi, je sais que, si jamais je trouve quelqu'un qui veuille me faire chevalier, je ne refuserai pas de l'être, par crainte que la chevalerie ne soit en moi mal assise. Car il se peut que Dieu ait mis en moi plus de mérite que je ne le sais ; et il a le pouvoir de me donner encore assez de sens et de valeur, si j'en manque. Et quoi qu'il advienne de moi, je ne laisserai pas, pour quelque crainte que ce soit, de recevoir le haut ordre de chevalerie, si je trouve qui m'en donne l'honneur. Si Dieu veut y mettre les bonnes qualités, tant mieux ! Mais j'oserai bien y mettre moi-même cœur et corps, peine et travail.

— Comment ? dit la dame, fils de roi, vous avez donc choisi d'être chevalier ?

— Dame, dit-il, je n'ai pas de plus grand désir, si je trouve quelqu'un pour exaucer mes vœux.

— Par Dieu, dit la dame, tous vos vœux seront exaucés, car vous serez chevalier et sans tarder. Et c'est cela qui me faisait pleurer tout à l'heure, sachez-le bien, quand vous êtes venu me trouver et que je vous ai dit : "Allez-vous-en ou mon cœur se brisera dans ma poitrine." Car j'ai mis en vous tout l'amour qu'une mère pourrait avoir pour son enfant. Je ne sais vraiment pas comment je pourrai me passer de vous et j'en aurai beaucoup de peine. Mais j'aime mieux souffrir moi-même ma grande douleur que de vous voir perdre à cause de moi l'éminent honneur de la chevalerie. Et je pense qu'elle sera bien assise en vous. Si vous saviez qui fut votre père et de quelles gens votre lignage est issu de par votre mère, vous n'auriez pas peur, à ce que je crois, d'être un prud'homme ; car aucun de ceux qui descendent d'un tel lignage ne devrait avoir le cœur d'un lâche. Mais vous n'en saurez pas davantage, jusqu'au jour où j'en aurai décidé. Et ne me posez plus aucune question, car telle est ma volonté. Vous serez chevalier prochainement, de la main du plus prud'homme qui vive dans le siècle aujourd'hui, je veux dire de la main du roi Arthur. Nous partirons dans la semaine qui vient et nous arriverons chez lui le vendredi avant la fête de saint Jean, au plus tard. La fête de saint Jean aura lieu le dimanche suivant et, de dimanche prochain jusqu'à la Saint-Jean, il n'y a que huit jours. Je veux que vous soyez chevalier le jour de la fête de saint Jean ; vous ne devrez pas attendre davantage. Dieu, qui naquit de la Vierge pour racheter son peuple, de même que monseigneur saint Jean fut l'homme

Jehanz fu li plus hauz hom de guerredom et de merite qui onques en fame fust conceüz par charnel assemblement, autresin vos doint il lo don que vos trespassoiz de bonté et de chevalerie toz les chevaliers qui ores sont. Et ge sai grant partie comment il vos en avandra. »

Ensi a la Dame del Lac promis a l'anfant qu'il sera chevaliers prochainnement. Et il en a si grant joie qu'il ne poïst greignor avoir.

« Or gardez, fait ele, que ja nus n'en sache rien, et ge vos appareillerai vostre besoigne si bien que ja nus ne s'en prandra garde. »

Mout a la dame bien atornee a l'anfant tote sa besoigne, car ele li avoit porqis grant piece avoit tot qancque mestier estoit a chevalier : hauberc blanc et legier et fort, et hiaume sorargenté, mout riche et de mout grant biauté, et escu tot blanc comme noif a bocle d'argent mout bele, por ce qu'ele ne voloit qu'il i eüst rien qui ne fust blanche. Et si li ot appareilliee une espee qui an mainz leus fu essaiee bien, et, puis qu'il l'ot [et] devant ce, si estoit a mesure granz, et tranchanz a grant mervoille, et po pesanz. Et li fu aprestez li glaives, a une hante blanche, qui corte et roide et grosse estoit, et li fers blans et tranchanz et bien aguz. Avecques tot ce li ot la dame appareillié cheval grant et fort et isnel et bien esprové de vistece et de hardement, et fu toz blans autresin comme nois negiee. *(f. 51a)* Et si li ot apareillié a sa chevalerie robe d'un blanc samit, cote et mantel, et estoit forrez d'ermines li mantiaus, por ce que rien n'i eüst qui blanc ne fust, et la cote fu forree par dedanz d'un blanc cendé.

En tel maniere atorna la dame au vallet tot ce que mestier li estoit a chevalier, et muet au tierz jor mout matinet. Et ce fu uns mardis, si avoit del diemanche après huit jorz jusqu'a feste Saint Jehan. La dame entre en son chemin, si s'an vait a la cort lo roi Artu assez cointement, car ele a en sa compaignie jusqu'a

le plus éminent de gloire et de mérite qui eût jamais été conçu dans une femme par assemblement charnel, de la même manière puisse Dieu vous accorder le don de surpasser de valeur et de chevalerie tous les chevaliers qui vivent à présent ! Et je sais, pour une grande part, ce qu'il en sera de vous. »

Ainsi la dame du Lac a promis au jeune homme qu'il sera chevalier prochainement, et il en a tant de joie qu'il ne saurait en avoir davantage.

« Prenez garde, dit-elle, que personne n'en sache rien, et j'arrangerai si bien vos affaires que nul ne s'en apercevra. »

La dame a très bien mené les affaires du jeune homme. Car elle avait acquis de longue date tout ce qui convenait à un chevalier : un haubert blanc, léger et fort ; un heaume plaqué d'argent, riche et d'une grande beauté ; un écu blanc comme neige avec une belle boucle[1] d'argent, parce qu'elle voulait qu'il n'y eût rien qui ne fût blanc. Elle avait préparé pour lui une épée, qui fut bien essayée en maintes occasions, et après qu'il l'eut et avant. Elle était d'une bonne taille, tranchante à souhait et légère. La lance, qui lui fut fournie, avait une hampe blanche qui était courte, dure et grosse, et le fer en était blanc, tranchant et bien aiguisé. En plus de tout cela, la dame s'était procuré un destrier grand, fort et fringant, bien éprouvé de vitesse et de vaillance, et blanc comme la neige. Pour sa chevalerie, elle lui avait fait faire une robe de samit blanc, cotte et mantel ; le mantel était fourré d'hermine, pour qu'il n'y eût rien qui ne fût blanc, et la cotte doublée d'un blanc cendal[2].

Ainsi la dame mit à la disposition du valet tout ce qui lui était nécessaire pour être chevalier ; et elle partit deux jours après, de grand matin. C'était un mardi et il y avait huit jours du dimanche suivant jusqu'à la fête de saint Jean[3]. La dame se met en route et se rend à la cour du roi Arthur en fort bel

---

1. *boucle* : voir p. 279, note 2.

2. *samit* : étoffe orientale, de soie et de fil, sorte de satin broché ; *cendal* : étoffe de soie unie et légère, ressemblant à du taffetas.

3. Ce voyage montre bien le réalisme de notre auteur et son souci du détail. La dame du Lac part un mardi, douze jours avant la Saint-Jean. Elle arrive en Grande-Bretagne le dimanche soir et à Camaalot le vendredi suivant, deux jours avant la Saint-Jean. Ainsi Lancelot ne demeurera que deux jours à la cour du roi Arthur, qu'il quittera le dimanche en fin de matinée.

qarante chevax, n'en i a un tot seul qui blans ne soit ; et cil qui
desus sient sont autresin vestu de blanc. En cele rote avoit
chevaliers jusqu'a cinq, et l'ami a la damoisele, qui tant estoit
et biax et proz. Si avoit avocques la dame trois damoiseles, celi
qui avoit eüe la plaie por les anfanz et autres deus. Et si i
estoient li troi qui bien faisoient a mener, ce fu Lyoniaus et
Bohorz et Lanbegues avecques aus, et autres vallez i ot assez.

Tant ont chevauchié qu'a la mer vienent, si entrent anz, et
sont arivé en la Grant Bretaigne a un diemenche assoir au port
de Floudehueg. D'iluec chevauchierent par droites anseignes
del roi Artu, si lor fu enseignié que li rois seroit a Chamahalot
a cele feste. Et il acoillent lor chemin tant qu'il vindrent lo
juesdi assoir a un chastel qui a non Lawenor, si est a vint deus
liues anglesches de Chamahalot. Au matin mut la dame mout
matin por errer la matinee, car mout estoient grant li chaut, si
chevaucha tote la forest jusqu'a deus liues anglesches pres de
Chamahalot, si estoit mervoilles pensive et esbahie, car mout li
faisoit mal *(f. 51b)* li cuers del vallet qui de li se devoit partir, si
an sospire del cuer et plore des iauz mout tanrement. Mais
atant laisse ores li contes a parler de li un petit et retorne au roi
Artu.

équipage. Elle a dans son escorte jusqu'à quarante chevaux ; il n'y en a aucun qui ne soit blanc, et ceux qui les montent sont de même vêtus de blanc. Dans sa suite, on comptait jusqu'à cinq chevaliers et l'ami de la demoiselle, qui était si beau et si preux. Trois demoiselles accompagnaient leur dame, celle qui avait reçu la blessure à la place des enfants, et deux autres. Il y avait aussi les trois jeunes gens, qui devaient bien être de ce voyage, c'est-à-dire Lionel et Bohort et Lambègue avec eux, et des valets en grand nombre.

Ils ont tant chevauché qu'ils sont arrivés sur le rivage de la mer. Ils embarquent, et abordent en Grande-Bretagne, le dimanche soir, dans le port de Floudehueg. De là ils chevauchent à la recherche du roi Arthur et on leur apprend que le roi sera à Camaalot pour la fête. Ils font route jusqu'à ce qu'ils arrivent le jeudi soir devant un château qui porte le nom de Lawenor et qui est à vingt-deux lieues anglaises[1] de Camaalot. Le lendemain, la dame partit de très bonne heure, pour voyager pendant la matinée[2], car la chaleur était très forte. Elle chevaucha tout le temps à travers la forêt, jusqu'à ce qu'elle fût à deux lieues anglaises de Camaalot. Elle était pensive, abattue et toute à la douleur de la séparation qui l'attendait. Elle soupirait et pleurait très tendrement. Mais ici le conte la laisse pendant un court moment et retourne au roi Arthur.

---

1. *lieues anglaises :* mesure itinéraire qui, comme la plupart des unités de mesure au Moyen Âge, varie selon les pays. Notre auteur parle de lieues anglaises, de lieues galloises, etc.
2. Littéralement : au matin la dame partit de grand matin pour voyager le matin. Le même mot, dans la même phrase, est pris dans trois sens différents. Ces répétitions, que ne tolère plus l'usage actuel, étaient couramment admises dans la langue du XIIIᵉ siècle.

A cel jor, ce dit li contes, estoit a Chamahalot li rois Artus, car il i sejornoit, et avocques lui grant planté de chevaliers, et i devoit sa cort tenir au jor de feste Saint Jehan. Au vendredi matin se leva li rois si main com il pot lo jor aparcevoir, car il voloit en bois aler por archoier, si oï messe au plus matin que il onques pot. Si tost com il ot messe oïe, si monta et s'en issi de la vile par la Porte Galesche, et avocques lui de ses compaignons une partie. Messires Gauvains, ses niés, i fu, qui ancores avoit lo vis bandé d'une plaie que Gasoains d'Estrangot li avoit faite, ne n'avoit pas plus de trois semaines, car il s'estoient combatu devant lo roi ansanble entr'aus deus, et l'avoit apelé de desleiauté devant tote la cort lo roi. Et avocques aus fu messires Yvains li Granz, li filz lo roi Urien, et Kex li seneschax, et Tohorz, li filz Arés lo roi d'Autice, et Lucanz li boteilliers, et Beduiers li conestables, et des autres chevaliers de la maison au roi meesmes a grant planté.

Quant li rois aprocha de la forest a mains qu'en ne traissist d'un arc a trois foiees, si en vit hors issir une litiere sor deus palefroiz qui tost et soef la portoient. Li rois esgarde, si voit que la litiere vient a lui tot droit. Et qant ele aproche, si voit dedanz un chevalier, armé de totes armes ne mais que d'escu et de hiaume dont il n'a point. Li chevaliers fu navrez de deus tronçons de lances parmi lo cors, si les i avoit encores anbedeus *(f. 51c)* atoz les fers, et paroient parmi les deus ploiz do hauberc tot d'outre en outre. Et parmi la teste estoit enferrez d'une espee, si que par desus la ventaille n'en paroit pas la moitié, et tant com il an paroit, si estoit tainte de sanc et reoilliee mout

CHAPITRE XXI

Lancelot à la cour du roi Arthur

Ce jour-là, dit le conte, le roi Arthur était à Camaalot. Il y séjournait, accompagné d'une multitude de chevaliers, et devait y tenir sa cour pour la fête de saint Jean. Le vendredi matin, le roi se leva sitôt qu'il put apercevoir le jour, car il voulait aller en forêt, pour chasser à l'arc. Il entendit la messe la plus matinale ; et, dès qu'il l'eut entendue, il se mit à cheval et sortit de la ville par la Porte Galloise, avec un certain nombre de ses compagnons. Monseigneur Gauvain, son neveu, en était, le visage encore bandé des suites d'une blessure que Gasoain d'Estrangot lui avait faite, il n'y avait pas plus de trois semaines. En effet ils s'étaient battus devant le roi en combat singulier, parce que Gasoain l'avait accusé de déloyauté devant toute la cour du roi. Il y avait aussi monseigneur Yvain le Grand le fils du roi Urien, Keu le sénéchal, Tohort le fils d'Arès le roi d'Autice, Lucain le bouteiller, Béduier le connétable, et un très grand nombre de chevaliers de la maison du roi.

Quand le roi fut à moins de trois portées d'arc de la forêt, il en vit sortir une litière portée par deux palefrois souples et rapides. Le roi regarde ; il voit que la litière s'avance droit vers lui. Quand elle se rapproche, il aperçoit, couché dans la litière, un chevalier armé de toutes armes, sauf d'écu et de heaume, dont il est dépourvu. Le chevalier était blessé de deux tronçons de lance. Ils lui étaient restés dans le corps tous les deux, avec leurs fers, et on les voyait paraître des deux côtés du haubert, traversé de part en part. Il avait aussi dans la tête une épée, enfoncée de telle sorte que sur la ventaille[1] on n'en voyait pas la moitié et, pour autant qu'on pouvait la voir, elle était teinte

---

1. *ventaille* : attachée au haubert, la « coiffe » est un capuchon de mailles, qui couvre la tête sous le heaume. La *ventaille* est une petite pièce de mailles, qui relie la face antérieure de la coiffe au haubert et protège ainsi le bas du visage, au-dessous du nez. Pour parler, le chevalier rabat la ventaille sur sa poitrine.

durement. Li chevaliers fu granz et genz et bien tailliez ; mais son non ne nomme ores pas li contes ici endroit, et neporçant ça en avant sera bien seü comment il ot non, et comment il fu navrez, et por quoi il porta si longuement en ses plaies et les fers et les tronçons.

Quant il encontra la rote, si demanda li qex estoit li rois, et il fu assez qui li mostra. Il fait arester la litiere, si salue lo roi. Et li rois s'areste mout volentiers por lui oïr et l'esgarde a grant mervoille.

« Rois Artus, fait il, Dex te saut comme lo meillor roi qui soit, a tesmoig de totes genz, et li plus leiaus et li plus puissanz, et comme celui qui conseille les desconseilliez et les desconseilliees, et maintiens et secors et aides. »

« Biaus sire, fait li rois, Dex vos beneïe et vos doint santé, car grant mestier en avez, ce m'est avis. »

« Sire, fait li chevaliers, ge vaig a toi por secors et por aide, et con a celui a cui l'an dit que nus desconseilliez ne faut. Si vos pri que vos me secorroiz por Deu. »

« De qel chose, fait li rois, me demandez vos secors ? »

« Ge vos requier, fait li chevaliers, que vos me façoiz desferrer de ceste espee et de ces tronçons qui ci m'ocient. »

« Certes, fait li rois, mout volentiers. »

Il meesmes giete les poinz por sachier hors les tronçons. Et li chevaliers li crie :

« Ha sire ! or ne vos hastez mie si. Ge ne serai *(f. 51d)* pas an tel maniere desferrez. »

« Comment donc ? » fait li rois.

« Sire, fait il, ja covendra que cil qui me desferrera me jurt sor sainz qu'il me vanchera a son pooir de toz cels qui diront qu'il ameront plus celui qui ce me fist que moi. »

A cest mot s'est li rois arrieres traiz, et dist au chevalier :

« Sire chevaliers, c'est trop greveuse chose que vos avez demandee, car tant puet avoir d'amis cil qui ensin vos a navré qu'il n'a chevalier el monde, ne deus ne trois, qui ce poïssent eschever. Mais se vos volez, ge vos vencherai de celui qui ce vos fist, s'il est tex que gel doie ocirre sanz moi mesfaire. Et s'il est

de sang et toute rouillée. Le chevalier était grand, beau et bien fait. Le conte ne donne pas son nom en cet endroit, mais on saura plus tard comment il s'appelait, comment il fut blessé et pour quel motif il garda si longtemps dans ses plaies les fers et les tronçons.

Quand il rencontra la troupe des chasseurs, il demanda lequel d'entre eux était le roi et nombreux furent ceux qui le lui montrèrent. Il fait arrêter sa litière et salue le roi. Le roi s'arrête très volontiers pour l'entendre et le regarde avec un étonnement extrême.

« Roi Arthur, dit le chevalier, Dieu te sauve comme le meilleur des rois qui soient, au témoignage de toutes gens, le plus loyal, le plus puissant, celui qui conseille les déconseillés et les déconseillées, les protège, les secourt et les aide !

— Beau seigneur, dit le roi, Dieu vous bénisse et vous donne la santé, car vous en avez grand besoin, ce me semble !

— Seigneur, dit le chevalier, je viens à toi pour demander du secours et de l'aide, comme à celui dont on dit que jamais un désespéré n'est venu le trouver en vain. Je vous supplie de me secourir pour l'amour de Dieu.

— Quel est, dit le roi, le secours que vous me demandez ?

— Je vous prie, dit le chevalier, de me faire déferrer de cette épée et de ces tronçons, qui me tuent.

— Certes, dit le roi, très volontiers. »

Il tend lui-même la main pour retirer les tronçons et le chevalier s'écrie :

« Ah ! seigneur, ne soyez pas si pressé. Ce n'est pas de cette manière que je serai déferré.

— Et comment donc ? dit le roi.

— Seigneur, le chevalier qui me délivrera devra d'abord jurer, sur les saints Évangiles, de me venger, de tout son pouvoir, de quiconque dira qu'il a, pour celui qui m'a blessé, plus d'amitié que pour moi. »

À ces mots le roi se rejette en arrière et dit :

« Seigneur chevalier, ce que vous demandez est trop difficile ; car celui qui vous a mis dans cet état peut avoir de si nombreux amis qu'aucun chevalier au monde, ni même deux ou trois ensemble ne sauraient en venir à bout. Mais, si vous le voulez, je vous vengerai de celui qui vous a blessé, s'il est d'une condition telle que je puisse le tuer, sans me mettre dans mon tort. Et s'il est mon homme, il y a céans assez de chevaliers qui,

mes hom, çaianz a chevaliers assez qui por conquerre lox et pris anprandront volantiers lo fais sor aus. »

« De celui, fait li chevaliers, qui ce me fist ne me vencheroiz vos ja, ne vos ne autres. Ge meïsmes m'en sui venchiez, car ge li tranchai la teste, puis qu'il m'ot issi atorné. »

« En non Deu, fait li rois, dont cuidoie ge que vos an fussiez bien venchiez, ne de plus ne vos oseroie ge pas asseürer, car ge crienbroie faillir a mon covant. Ne ja autres par mon lox ne vos en asseürera. »

« Sire, fait li chevaliers, l'an m'avoit dit q'en vostre maison trovoit l'an toz les secors et les aides, mais or m'est il avis que g'i ai mout bien failli. Et neporquant, certes, ge ne m'en movrai devant que ge voie se Dex me regardera, car s'il a en vostre cort tant de proesce com l'an dit, dont ne m'an irai ge pas sanz garison. »

« Il m'est mout bel, fait li rois, que vos en mon ostel soiez tant com vos plaira et bon vos iert. »

Atant s'an vait li chevaliers vers Camaa*(f. 50a)*loht et vient as maisons lo roi. Si se fait porter a ses escuiers en la sale en haut, et se fait couchier en la plus bele couche et an la plus riche qu'il i choisist, dont il i avoit assez. Ne a celui tans ne fust si hardiz nus sergenz de l'ostel lo roi Artu qu'il contredeïst a chevalier ne l'ostel lo roi ne l'antree ne lit ou il se couchast, tant riches fust.

Ensi est li chevaliers malades herbergiez. Et li rois en vait an la forest ; si parlerent assez del chevalier entre lui et ses compaignons, et dit chascuns c'onques mais si fole reqeste n'oïrent faire a chevalier. Et totevoie dit messires Gauvains que ja, se Deu plaist, de l'ostel lo roi ne s'en ira desconseilliez.

« Ge ne sai, fait li rois, que il fera, mais tant sachent tuit mi compaignon, s'il i avoit nul qui anpreïst si grant folie, ja mais a nul jor n'avroit m'amor ; car ce n'est pas chose, par avanture, c'uns chevaliers ne dui ne troi ne vint ne trente encores poïssent a chief mener. Ne nos ne savons ores por quoi cil chevaliers demande si grant outrage, o por lo domage de ma maison o por lo preu. »

pour conquérir honneur et gloire, se chargeront très volontiers de cette besogne.

— De celui qui m'a blessé, dit le chevalier, vous ne me vengerez pas, ni vous ni personne. Je m'en suis vengé moi-même ; car je lui ai tranché la tête, après qu'il m'eut accommodé de la sorte.

— Par le nom de Dieu, dit le roi, il me semble que vous êtes suffisamment vengé. Je n'oserais vous promettre rien de plus, car je craindrais de manquer à mon engagement. Et je ne conseillerai à personne de vous faire une telle promesse.

— Seigneur, on m'avait dit que, dans votre maison, on trouvait tous les secours et toutes les aides, mais il m'apparaît à présent que je me suis bien fourvoyé. Néanmoins je ne m'en irai certes pas, avant de voir si Dieu jettera les yeux sur moi. Car, s'il y a dans votre cour autant de prouesse qu'on le dit, je n'en partirai pas sans recevoir ma délivrance.

— Il m'est très agréable, dit le roi, que vous demeuriez dans mon hôtel, autant qu'il vous plaira et qu'il vous sera profitable. »

Le chevalier s'en va vers Camaalot et se rend aux maisons du roi. Il se fait porter par ses écuyers dans la salle du haut et se fait coucher dans le lit le plus beau et le plus somptueux qu'il y trouve ; et il y en avait beaucoup. À cette époque aucun sergent de l'hôtel du roi Arthur n'aurait eu l'audace de refuser à un chevalier ni l'entrée de l'hôtel du roi ni un lit pour s'y coucher, fût-ce le plus somptueux.

Ainsi le chevalier malade est hébergé et le roi va dans la forêt. Il fut beaucoup parlé du chevalier, entre le roi et ses compagnons, et chacun déclara qu'il n'avait jamais entendu un chevalier présenter une aussi folle requête. Cependant monseigneur Gauvain dit que, s'il plaisait à Dieu, cet homme ne s'en irait pas de l'hôtel du roi sans être secouru.

« Je ne sais pas ce qu'il en sera, dit le roi. Mais que tous mes compagnons sachent bien que, si l'un d'eux devait se charger d'une aussi folle entreprise, il perdrait à tout jamais mon amitié ! Car ce n'est peut-être pas une affaire qu'un seul chevalier, ni deux, ni trois, ni vingt, ni trente même puissent mener à bien. Et nous ne savons pas à l'heure actuelle pourquoi ce chevalier a des exigences aussi démesurées, si c'est pour le dommage de ma maison ou pour son bien. »

Ensin parlerent entre lo roi et ses conpaignons del chevalier.

Li rois fu an la forest tote jor et archeia jusques vers vespres.
Et lors s'en retorna, et qant il vint hors de la forest tot un
santier qui assenbloit au grant chemin, si esgarde sor destre, si
voit venir la rote a la Dame del Lac. Si voit el premier chief
devant deus garçons a pié qui deus somiers toz blans chaçoient.
Desus un des deus somiers avoit trossé un petit paveillon legier,
un des plus riches et des plus biaus que onques nus hom eust
veüz ; et desus l'autre, la robe au vallet dont il devoit estre
chevaliers, et une *(f. 50b)* autre robe a parer, et la tierce por
chevauchier. Si estoient en deus coffres, et desus les coffres
avoit trossé un hauberc et unes chauces. Après les deus somiers
venoient dui escuier sor deus roncins toz blans, si porte li uns
un escu blanc comme noif, et li autres porte lo hiaume qui assez
est cointes et biax. Après ces deus en vienent dui, dont li uns
porte lo glaive qui toz est blans [et fer et fust, et si a une espee
au col pendue dont li fuerres est toz blans, et totes blanches
sont les renges. Et li autres maine en destre un cheval de molt
grant biauté qui toz est blans] comme nois. Et après cels vient
des escuiers et des sergenz a grant planté, et les trois damoiselles après et li chevalier delez eles, qui tuit sieent sor blans
chevax.

Et chevauchent tuit cil de la rote dui et dui tot lo chemin.
Mais la dame vint tote darreainne entre li et son vallet, si li
anseigne et aprant comment il se contendra a la cort lo roi Artu
et as autres o il vandra. Et bien li commande, si chier com il a
honor, qu'il soit au diemenche sanz nule essoigne chevaliers,
car ele lo viaut issi. Et s'il ne l'estoit, il i avroit trop grant
domage. Et cil respont que ja delai n'i avra quis, car son voel
lo seroit il ja.

Tant ont chevauchié en parlant que lor rote aproche de la lo
roi. Et li rois et tote la soe rote les orent esgardez a grant
mervoille, por ce que ainsinc estoient tuit vestu de blanches
robes et seoient sor blans chevax. Si les mostra li rois a
monseignor Gauvain et a monseignor Yvain après, et dist
c'onques mais une rote de tant de gent n'avoit veüe chevauchier si cointement. [Et la novele vint a la Dame del Lac que

Tels furent les propos échangés entre le roi et ses compagnons au sujet du chevalier.

Le roi demeura dans la forêt toute la journée et chassa jusqu'à vêpres. Ensuite il s'en retourne. Quand il est sorti de la forêt, en suivant un sentier qui rejoignait la grande route, il regarde sur sa droite et voit venir l'escorte de la dame du Lac. Il aperçoit d'abord au premier rang deux garçons à pied, qui poussaient devant eux deux chevaux de bât tout blancs. Sur l'un des deux chevaux, on avait chargé une petite tente légère, qui était une des plus riches et des plus belles que personne eût jamais vues ; et sur l'autre, la robe dans laquelle le valet devait être fait chevalier, une autre robe de cérémonie et une troisième pour voyager. Elles étaient enfermées dans deux coffres et, sur les coffres, on avait placé un haubert et des chausses. Après les deux chevaux de somme venaient deux écuyers sur deux roncins tout blancs : l'un portait un écu blanc comme neige ; l'autre portait le heaume, qui était très élégant et beau. Après eux viennent deux autres écuyers : l'un tient une lance, qui est toute blanche de fer et de bois, et il a, suspendue à son cou, une épée dans un fourreau blanc, retenu par un blanc baudrier ; l'autre mène, à sa droite, un destrier d'une grande beauté, qui est aussi blanc que neige. Suivent d'autres écuyers et sergents en grand nombre, puis les trois demoiselles et les chevaliers à leurs côtés, tous montés sur de blancs chevaux.

Toute l'escorte chevauche ainsi, allant deux par deux, sur toute la largeur du chemin. En dernier lieu viennent la dame et son valet. Elle l'instruit et lui apprend comment il devra se conduire à la cour du roi Arthur et dans les autres cours auxquelles il se rendra. Elle lui recommande, s'il tient à son honneur, qu'il soit chevalier dimanche prochain, sans faute, car elle le veut ; et, s'il ne l'était pas, il en aurait un très grand dommage. Il lui répond qu'il le sera sans aucun retard et que, s'il ne tenait qu'à lui, il le serait déjà.

Tout en conversant, ils ont tant chevauché que leur escorte est maintenant proche de celle du roi. Celui-ci et toute sa suite les avaient regardés avec le plus grand étonnement, parce qu'ils étaient tous vêtus de robes blanches et montés sur de blancs chevaux. Le roi montre cette troupe à monseigneur Gauvain, puis à monseigneur Yvain. Il leur dit qu'il n'a jamais vu une compagnie de tant de gens chevaucher aussi gracieusement. La dame du Lac apprend que c'est le roi Arthur qui est devant elle.

c'est li rois Artus. Et ele efforce s'ambleüre, si trespasse
trestoute la route entre li et le vallet, si est venue devant le roi
qui l'atendoit, si tost com il l'ot veü chevauchier si cointement]
et venir et haster, car bien pensoit que ele voloit parler a lui.

Ele fu atornee mout richement, car ele fu vestue d'un blanc
samit, cote et mantel, a une penne d'ermines. Et sist sor un
petit palefroi tot blanc qui estoit si biax et si bien tailliez com
l'an lo porroit miauz de boche deviser. Mout fu li palefroiz
riches et biax, *(f. 50c)* si fu li frains de fin argent blanc esmeré,
et li peitraus autresin et li estrier, et la sele estoit d'ivoire
entailliee mout soutiment a ymages menues de dames et de
chevaliers. Et la sanbue estoit tote blanche et trainanz jusque
vers terre et del samit meesmes dont la dame estoit vestue. Ensi
appareilliee et de cors et de palefroi est la dame devant lo roi
venue. Et delez li fu li vallez, et fu vestuz d'un blanchet breton
qui mout fu bons. Si fu biax a mervoille et bien tailliez, et sist
desor un chaceor fort et isnel qui tost lo porte. La dame abat
sa guinple devant sa boche et salue lo roi, et non pas si tost que
il ne l'eüst ançois saluee que ele lui.

« Sire, fait ele, Dex vos beneïe comme lo meillor roi des
terriens rois. Artus, fait ele, ge sui a vos venue et de mout loign.
Et si vos vaign un don requerre dont vos ne me devez pas
escondire, car vos n'i poez avoir domage ne honte ne mal, ne ja
ne vos costerai del vostre rien. »

« Damoisele, fait li rois, s'il me costoit del mien assez, mais
que honte n'i eüsse ne domage de mes amis, si l'avriez vos.

Elle presse son allure, devance toute son escorte, accompagnée de son valet, et arrive devant le roi, qui s'était arrêté pour l'attendre, sitôt qu'il l'eut vue chevaucher avec tant de grâce et s'avancer et se hâter ; car il pensait bien qu'elle voulait lui parler.

Elle était très richement parée, vêtue d'un blanc samit[1], cotte et mantel, fourré d'hermine. Elle était montée sur un petit palefroi tout blanc, le plus beau et le mieux fait que l'on pût imaginer. Superbe et magnifique était le palefroi. Le mors était de pur argent fin, ainsi que le poitrail[2] et les étriers. La selle était d'ivoire, sculpté très délicatement de petites images de dames et de chevaliers. La sambue[3] était toute blanche et traînant jusqu'à terre et faite du même samit dont la dame était vêtue. Dans le riche appareil de son vêtement et de son palefroi, la dame paraît devant le roi. Auprès d'elle se tient le valet, vêtu d'un blanchet[4] breton de fort bonne façon. Il est beau et taillé à merveille. Il est monté sur un cheval de chasse, fort et rapide, qui le porte avec fougue. La dame abaisse sa guimpe[5] de devant sa bouche et salue le roi ; mais elle n'a pas le temps de le faire que le roi l'a déjà saluée.

« Seigneur, dit-elle, Dieu vous bénisse comme le meilleur des rois de la terre ! Arthur, dit-elle, je suis venue à vous de très loin ; et je viens vous demander un don que vous ne devez pas me refuser, car vous n'en pouvez avoir ni dommage ni honte ni mal et il ne vous coûtera rien.

— Demoiselle, dit le roi, quand bien même il me coûterait beaucoup, pourvu qu'il ne fût ni à ma honte ni au dommage de mes amis, il vous serait accordé. Dites-le-moi donc sans

---

1, 2, 3, 4, 5 : les différentes pièces de l'habillement de la dame et du harnachement du cheval sont décrites avec beaucoup de précision, en des termes qui ne sauraient avoir d'équivalents tout à fait exacts de nos jours.

1. *samit :* étoffe de soie et de fil, sorte de satin broché (voir p. 413, note 2).

2. *poitrail :* partie du harnais qui couvre la poitrine du cheval.

3. *sambue :* étoffe qui recouvrait les selles des dames.

4. *blanchet :* étoffe de laine blanche.

5. *guimpe :* sorte d'ornement ou de coiffure, qui voilait en grande partie le visage des dames et se rabattait sur le cou, quand elles voulaient parler.

Mais nomez lou seürement, car mout seroit li dons granz dont
ge vos escondiroie. »

« Sire, fait ele, granz merciz. Or vos requier ge dons que vos
cest mien vallet qui ci est me faites chevalier de tex armes et de
tex hernois com il a, et qant il vos en requerra. »

« Damoisele, fait li rois, bien soiez vos venue a moi, et granz
merciz qant vos lo m'avez amené, car mout est biaus li vallez.
Et gel ferai chevalier mout volentiers de quele hore que il
voudra. Mais vos m'eüstes en covant que vos ne me demande-
riez don o g'eüsse ne domage ne mal ne honte ; mais en ce
(f. 50d) que vos m'enquerez avroie ge honte, se gel faisoie, car
ge n'ai pas en costume que ge face chevalier nelui se de mes
robes non et de mes armes. Mais laissiez moi lo vallet, et gel
ferai chevalier mout volentiers ; car ge i metrai ce que a moi en
apartient : ce sont les armes et li harnois et la colee ; et Dex i
mete lo sorplus : c'est la proesce et les boenes teches qui doivent
estre en chevalier. »

« Sire, fait ele, il puet estre que vos n'avez pas en costume a
faire chevalier s'au vostre non, car vos n'an avez ancores estez
requis par avanture. Mais se l'an vos an requiert, et vos lo
faites, vos n'i avez nule honte, ce m'est avis. Et bien sachiez que
cist vallez ne puet estre chevaliers, ne ne doit, d'autres armes ne
d'autres robes que de celes qui ci sont. Et se vos volez, vos lo
feroiz chevalier, et se vos ne l'an volez faire, si m'an porchacerai aillors ; et ançois lo feroie ge, ge meesmes chevalier qu'i[l]
ne lo fust. »

crainte, car le don serait vraiment très grand que je devrais vous refuser.

— Seigneur, dit-elle, grand merci. Je désire donc que vous fassiez chevalier[1] mon jeune valet que voici, avec les armes et le harnois qu'il apporte, et quand il vous le demandera.

— Demoiselle, dit le roi, soyez auprès de moi la bienvenue. Et grand merci de m'avoir amené ce valet, qui est fort beau. Je le ferai chevalier très volontiers, au moment qui lui conviendra. Mais vous m'avez promis de ne pas me demander un don, d'où me puisse venir ni dommage ni mal ni honte. Et ce que vous me demandez me couvrirait de honte, si je l'acceptais, car je n'ai pas coutume de faire un chevalier, sans lui fournir moi-même ses robes et ses armes. Confiez-moi donc ce valet et je le ferai chevalier très volontiers. J'y mettrai ce qui m'appartient : ce sont les armes, le harnois et la colée[2]. Et que Dieu y mette le surplus : c'est-à-dire la prouesse et les qualités que doit avoir un chevalier.

— Seigneur, dit la demoiselle, il est possible que vous n'ayez pas coutume de faire un chevalier autrement qu'à vos frais, parce que d'aventure on ne vous l'a pas encore demandé. Mais si l'on vous en fait la demande et que vous l'acceptiez, vous n'en aurez aucune honte, me semble-t-il. Sachez que ce valet ne peut ni ne doit être fait chevalier dans d'autres robes ni dans d'autres armes que celles qui sont ici. Si vous le voulez, vous le ferez chevalier ; si vous ne le voulez pas, je m'adresserai ailleurs, et je le ferais plutôt chevalier moi-même que de le laisser sans chevalerie.

---

1. *faire chevalier :* adouber. Être chevalier (ou mieux, être chevalier nouveau) : être adoubé. Pas une seule fois, notre auteur n'emploie le verbe « adouber », ni le substantif « adoubement ». Et il a bien raison. Il suffit de lire *La Chanson de Roland* pour comprendre que « adouber » signifie « équiper, revêtir de ses armes, armer » et n'a pas d'autre sens dans ce texte, dont l'ancienneté est établie. Tout le monde s'y « adoube », c'est-à-dire se revêt de ses armes, à commencer par l'empereur Charlemagne, qui n'a rien d'un « chevalier nouveau ». À partir de Chrétien de Troyes cependant, le verbe « adouber » paraît s'appliquer aux « chevaliers nouveaux », et désigner la cérémonie de la remise des armes. Mais c'est un emploi particulier (nouveau peut-être) qui ne se rencontre pas dans notre texte.

2. *colée :* cette gifle, assénée, sur le cou ou sur l'épaule, au chevalier nouveau par celui qui le fait chevalier, symbolise le don de la chevalerie et est « la seule gifle qu'un chevalier doive recevoir sans la rendre ».

« Sire, fait messire Yvains, nel refussez ja a faire chevalier si com la dame vos en prie, puis qu'ele lo velt. Et se vos vos en deviez un po mesfaire, ne devez vos pas laissier aler si biau vallet come cist est, car ge ne vi onques si biau don moi soveigne. »

Lors otroie li rois a la dame sa volenté, et ele l'an mercie mout durement, si baille au vallet les deus somiers et deus des plus biax palefroiz do monde, et sont tuit blanc, et si li baille quatre escuiers por lui servir.

Atant prant la dame congié del roi, mais il la prie mout et requiert de remanoir. Et ele dit que ele ne puet en nule fin.

« Dame, fait li rois, puis que remanoir ne volez, dont mout me poisse, dites moi qui vos iestes *(f. 52a)* et comment vos avez non, car gel savroie mout volentiers. »

« Sire, fait ele, a si preudome com vos iestes ne doi ge pas mon non celer, et gel vos dirai. L'an m'apele la Dame del Lac. »

De cest non se mervoile mout li rois, car onques mais de li n'avoit oï parler. Atant s'an part del roi la dame, et li vallez la convoie pres d'une archiee. Et ele li dit :

« Biaus filz de roi, vos en iroiz ; et ge voil que vos sachiez que vos n'iestes pas mes filz, ainz fustes fiz a un des plus prodomes do monde et des meillors chevaliers, et a une des plus beles dames et des meillors qui onques fust ; mais vos ne savroiz ores pas ne del pere ne de la mere la verité et si lo savroiz vos prochainement. Et gardez que vos seiez de cuer autresin biaus com vos iestes de cors et d'autres menbres, car de la biauté avez vos tant com Dex em porroit plus metre en un anfant, si sera mout granz domages se la proesce ne se prant a la biauté. Et gardez que vos requeroiz lo roi demain asoir que vos face chevalier. Et qant vos seroiz chevaliers, ne gisiez ja puis nule nuit en sa maison, mais alez par toz les païs querant les aventures et les mervoilles, car ansin porroiz conquerre et los et pris. Ne ja ne vos arestez en un leu fors au mains que vos porroiz. Mais gardez que vos faciez tant que ja nus n'anpreigne a faire chevalerie la ou vos la laisseroiz. Et se li rois vos demande qui vos iestes, ne comment vos avez non, ne qui ge

— Seigneur, dit monseigneur Yvain, acceptez que ce valet soit fait chevalier de la façon dont cette dame vous le demande, puisqu'elle le veut. Même si vous deviez commettre une légère faute, il ne faut pas laisser partir un aussi beau valet que celui-ci ; car je n'en ai jamais vu d'aussi beau, pour autant qu'il me souvienne. »

Alors le roi cède à la prière de la dame et elle l'en remercie très chaleureusement. Elle donne au valet les deux chevaux de somme, deux des plus beaux palefrois du monde, qui sont entièrement blancs, et quatre écuyers pour le servir. Puis elle prend congé du roi. Il lui demande et la prie très instamment de demeurer auprès de lui. Mais elle lui répond que c'est tout à fait impossible.

« Dame, dit le roi, puisque vous ne voulez pas rester à mon grand regret, dites-moi du moins qui vous êtes et quel est votre nom. Je serais très heureux de le savoir.

— Seigneur, dit-elle, à un prud'homme tel que vous l'êtes, je ne dois pas cacher son nom, et je vous le dirai. On m'appelle la dame du Lac. »

Le roi est très étonné de ce nom, dont il n'avait jamais entendu parler.

Alors la dame s'éloigne du roi. Le valet l'accompagne, l'espace d'une portée d'arc. Et elle lui dit :

« Beau fils de roi, vous allez partir et je veux que vous sachiez que vous n'êtes pas mon fils. Vous êtes le fils de l'un des plus prud'hommes et des meilleurs chevaliers du monde, et de l'une des plus belles dames et des meilleures qui fût jamais. Vous ne saurez pas aujourd'hui la vérité ni sur votre père ni sur votre mère, mais vous l'apprendrez prochainement. Ayez soin d'être aussi beau de cœur que vous l'êtes de corps et de membres. Car, pour ce qui est de la beauté, vous en avez autant que Dieu pourrait en mettre dans un enfant ; et ce sera grand dommage si la prouesse ne s'égale à la beauté. Pensez à demander au roi, demain soir, qu'il vous fasse chevalier ; et quand vous le serez, ne passez plus une seule nuit dans sa maison, mais allez par tous pays, en quête des aventures et des merveilles. C'est ainsi que vous pourrez conquérir honneur et gloire. Ne vous arrêtez nulle part, sinon le moins longtemps que vous le pourrez, mais en ayant soin de si bien faire que personne ne se flatte d'accomplir après vous des chevaleries que vous aurez laissées. Si le roi vous demande qui vous êtes ou quel est votre nom ou

sui, si dites outreement que vos nel savez pas, fors tant c'une
dame sui qui vos norri ; et ge l'ai autresi a voz escuiers bien
desfandu. Mais au partir vos dirai tant que ge voil que vos
sachiez que ge ne vos ai pas fait faire vilenie de *(f. 52b)* ce que
ge vos faisoie servir a cels deus filz de roi qui ont esté avocques
vos, car mains gentils hom d'aus n'iestes vos pas, et vostre
coisin germain sont il andui. Et por ce que g'ei en vos mise tote
l'amor qui puet venir de norreture, les retandrei ge o moi tant
com ge les porrai retenir por remanbrance de vos. Et qant il
covandra que Lyoniaus soit chevaliers, si me remandra
Bohorz. »

Quant il ot que li dui anfant sont si coisin, si est mervoilles
liez et dit a la dame :

« Com avez bien fait de ce que vos lo m'avez dit, car mout an
sui ores plus a eise, et por vostre grant confort et por ma
joie. »

Lors traist la dame de son doi un anelet, sel met a l'anfant en
son doi, et li dit qu'il a tel force qu'il descuevre toz anchante-
manz et fait veoir. Atant lo commande la dame a Deu, si lo
baise mout doucement. Et au partir li dit :

« Biax filz de roi, itant vos anseignerai au partir, qant plus
avroiz achevees aventures felonesses et perilleusses, plus seürement anprenez les aventures a achever, car la ou vos lairoiz a
achever les aventures par proesce que Dex ait mise en chevalier, il n'est pas encores nez qui maint a chief celes que vos
avroiz laissiees. Assez vos deïsse, mais ge ne puis, car trop
m'est li cuers serrez et la parole me faut. Mais or vos en alez,
et bons et biax et gracieus et dessirrez de totes genz et amez sor
toz chevaliers de totes dames ; itex seroiz vos, car bien lo
sai. »

Atant li baise la boiche et la face et les deus iauz mout
durement, si s'en est tornee tel duel faisant qe l'an n'an puet

qui je suis, répondez sans hésiter que vous ne le savez pas, sinon que je suis une dame qui vous ai nourri. J'ai donné la même consigne à vos écuyers. Mais avant de partir, je vous dirai ceci : je veux que vous sachiez que je ne vous ai laissé commettre aucune inconvenance, en vous faisant servir par ces deux fils de rois, qui vivaient avec vous. Car votre noblesse n'est pas moins grande que la leur et ce sont vos deux cousins germains. Comme j'ai mis en vous tout l'amour que l'on peut avoir pour l'enfant que l'on a nourri, je les retiendrai auprès de moi, aussi longtemps qu'il me sera possible, en mémoire de vous. Et quand il faudra que Lionel soit chevalier, il me restera Bohort.

Quand Lancelot apprend que les deux enfants sont ses cousins, il est transporté de joie et répond à sa dame :

« Comme vous avez bien fait de me le dire ! Je suis tellement plus heureux à présent, et du grand réconfort qui vous attend, et de la joie que vous m'avez donnée. »

Alors la dame retire de son doigt un petit anneau, le met au doigt du jeune homme et lui dit qu'il a le pouvoir de découvrir tous les enchantements et de les rendre visibles. Elle le recommande à Dieu, l'embrasse très tendrement et lui dit, au moment de partir :

« Beau fils de roi, voici ce que je veux vous enseigner, en m'en allant. Chaque fois que vous aurez achevé des aventures cruelles et périlleuses, entreprenez sans hésiter d'en accomplir de nouvelles. Car, si vous cessez d'accomplir les aventures qui relèvent de la prouesse que Dieu a mise au cœur d'un chevalier, il n'y a personne au monde qui puisse mener à bien celles que vous aurez laissées[1]. J'aurais beaucoup à vous dire, mais je ne le peux pas. J'ai le cœur trop serré et la parole me manque. Adieu donc, le bon, le beau, le gracieux, le désiré de toutes gens, le bien-aimé, plus que tous chevaliers, de toutes dames. Car vous serez tout cela, je le sais bien. »

Alors elle lui baise la bouche, la face et les deux yeux très passionnément. Et la voilà partie, montrant une douleur telle

---

1. Littéralement : Il n'est pas encore né, celui qui mènerait à bien... Il s'agit d'une formule toute faite, dont notre texte offre d'autres exemples, sans qu'il soit nécessaire de la prendre au pied de la lettre et d'y voir une allusion à la naissance d'un héros futur.

parole traire. Et li anfes en a pitié mout grant, si l'an sont les
lermes a quel que poine venues as iauz. Et il cort maintenant a
ses deus coisins, si baise Lyonel avant et puis Bohort, et dit a
Lyonel :

« Lyonel, Lyonel, ne seiez pas esbahiz ne desesperez se danz
(f. 52c) Claudas a vostre terre en sa baillie, car vos avroiz plus
d'amis que vos ne quidez au recovrer. »

Apres baise toz les autres par un a un, et lors s'an part toz les
galoz, s'ataint lo roi et sa conpaignie qui l'aloient contratan-
dant por lui veoir. Et li rois lo prant par lo menton, si lo voit
si bel et si bien fait de totes façons que rien n'i voit a amender.
Et messires Yvains li dist :

« Sire, esgardez lo bien, car ge ne cuit pas c'onques mais
veïssiez si bele figure en nul vallet. Ne fu mie Dex vers lui avers,
s'il li a autretant donees de boenes teches comme de biauté. »

Tant en dient entre monseignor Yvain et les autres que li
vallez en est toz esbahiz ; et li rois lo voit mout bien, si ne li velt
rien anquerre de son covine, ainz laisse jusqu'a une autre foiz.
Puis dist a monseignor Yvain :

« Ge lo vos commant lo vallet, car nus ne li savroit enseignier
miauz de vos comment il se doit contenir. »

Lors li baille par la main et messire Yvains l'an mercie. Atant
sont a Chamahalot venu, si est la presse si granz et d'uns et
d'autres entor lo vallet por lui veoir que a poines i puet l'an son
pié torner. Il est descenduz a l'ostel monseignor Yvain, et il et
tote sa maisniee et tuit cil qui lo voient dient c'onques mais ne
virent nul si biau vallet. Qant vint l'andemain au samedi li
vallez vient a monseignor Yvain, si li dist :

« Sire, dites a monseignor lo roi que il me face chevalier si
com il lo creanta ma dame, car gel voil estre, sanz plus atandre,
demain. »

« Comment ? fait messire Yvains, biax dolz amis, volez lo vos
estre si tost ? » Et il li respont que oïl. « Biax douz amis, fait il,
ne vos venist il miauz encor atandre et aprendre des armes tant
que vos en seüssiez ? »

qu'on ne peut plus lui arracher une parole. Le jeune homme en éprouve une très grande pitié et, malgré qu'il en ait, les larmes lui sont venues aux yeux. Il court aussitôt à ses deux cousins, embrasse d'abord Lionel, puis Bohort, et dit au premier :

« Lionel, Lionel, ne soyez pas abattu ni désespéré, si le seigneur Claudas tient votre terre en son pouvoir ; car vous aurez plus d'amis que vous ne pensez, pour la recouvrer. »

Ensuite il embrasse tous les autres un par un. Alors il s'en va au grand galop et rejoint le roi et sa compagnie, qui l'attendaient avec curiosité. Le roi le prend par le menton. Il le trouve si beau et si bien fait à tous égards qu'il n'y voit rien à reprendre. Et monseigneur Yvain lui dit :

« Seigneur, regardez-le bien, ce valet ; je ne crois pas que vous en ayez jamais vu qui eût une aussi belle allure. Dieu ne fut pas avare envers lui, s'il lui a donné autant de bonnes qualités que de beauté. »

Monseigneur Yvain et les autres chevaliers en disent tant que le valet est rempli de confusion. Le roi s'en est bien aperçu. Aussi renonce-t-il à s'enquérir de son état ; il le fera plus tard. Puis il dit à monseigneur Yvain :

« Je vous confie ce valet, car nul mieux que vous ne saurait lui enseigner comment il doit se conduire. »

Alors, prenant le valet par la main, il le donne à monseigneur Yvain et celui-ci l'en remercie. Sur ces entrefaites ils sont arrivés à Camaalot et il y a une si grande foule autour du valet, pour le voir, que l'on peut à peine bouger. Il descend, avec ses gens, à l'hôtel de monseigneur Yvain ; et tous ceux qui le rencontrent disent qu'ils n'ont jamais vu un aussi beau valet.

Le lendemain samedi, il se rend auprès de monseigneur Yvain et lui dit :

« Seigneur, dites à monseigneur le roi qu'il me fasse chevalier, comme il l'a promis à ma dame. Je veux l'être, sans plus attendre, demain.

— Comment ? dit monseigneur Yvain. Beau doux ami, êtes-vous si pressé ?

— Oui, dit le valet.

— Beau doux ami, reprend monseigneur Yvain, ne feriez-vous pas mieux d'attendre et d'apprendre le métier des armes, jusqu'au moment où vous y serez habile ?

« Sire, fait li vallez, ge *(f. 52d)* ne serai or mon voil plus escuiers, et ge vos pri que vos dioiz a monseignor lo roi que il me face demain chevalier sanz plus atandre. »

« Certes, fait il, mout volentiers. »

Messire Yvains s'an vait au roi, si li dit :

« Sire, vostres vallez vos mande par moi que vos lo façoiz chevalier. »

« Li qex vallez ? » fait li rois.

« Sire, fait il, li vallez qui arsoir vos fu bailliez que vos me comand[ast]es a garder. »

A ces paroles vint la reine parmi la sale, et delez li messire Gauvains, li niés lo roi. Et li rois regarde monseignor Yvain, si li dit :

« Dites vos, fait li rois, del vallet que la dame me bailla, vestu de la robe blanche ? »

« De celui, fait messire Yvains, di ge por voir. »

« Comment ? fait li rois ; si velt ja estre chevaliers ? »

« Voire, fait il, demain el jor. »

« Oëz, Gauvains, fait li rois, de nostre vallet d'arsoir qui velt ja estre chevaliers. »

« Certes, fait messire Gauvains, il a grant droit. Et ge quit que chevalerie i sera bien assise, car mout est biax et mout sanble bien estre de hautes genz. »

« Qui est, fait la reine, cil vallez ? »

« Qui, dame ? fait messire Yvains, c'est trestoz li plus biax vallez que onques veïssiez de voz iauz. » Lors li conte comment il avoit esté amenez au roi lo jor devant et com la dame estoit venue cointement qui l'amena.

« Comment ? fait la reine ; ersoir vint a cort, et demain velt estre chevaliers ? »

« Voire, dame, fait messire Yvains, car il en a trop grant talant. »

« Or lo verroie, fait la reine, mout volentiers. »

Et li rois dit :

« En non Deu, vos lo verroiz ja comme lo plus bel et lo miauz taillié que vos onques veïssiez au mien espooir. »

Lors dist a monseignor Yvain qu'il l'aille querre. « Et si le faites si richement atorner, fait il, com vos savez que raisons

— Seigneur, dit le valet, je n'entends pas être plus longtemps écuyer ; et je vous prie de dire à monseigneur le roi qu'il me fasse demain chevalier, sans plus attendre.

— Certainement, dit monseigneur Yvain, très volontiers. »

Il va trouver le roi et lui dit :

« Seigneur, votre valet vous mande par moi que vous le fassiez chevalier.

— Quel valet ? dit le roi.

— Seigneur, dit monseigneur Yvain, le valet qui vous fut amené hier au soir et dont vous m'avez confié la garde. »

À ce moment la reine entra dans la salle, avec monseigneur Gauvain, le neveu du roi. Le roi regarde monseigneur Yvain et lui dit :

« Parlez-vous de ce valet que la dame m'a confié, vêtu de la robe blanche ?

— C'est bien de celui-là que je vous parle.

— Comment ? dit le roi, il veut déjà être chevalier ?

— Oui, dit monseigneur Yvain, demain dans la journée.

— Entendez-vous, Gauvain ? dit le roi. Voilà notre valet d'hier soir, qui veut maintenant être chevalier.

— Certes, dit monseigneur Gauvain, il le mérite grandement. Et je crois que la chevalerie y sera bien assise, car il est très beau et paraît d'une haute naissance.

— Quel est ce jeune homme ? dit la reine.

— Ah ! dame, dit monseigneur Yvain, c'est le plus beau valet que vous ayez jamais vu de vos yeux. »

Et il raconte à la reine comment le valet avait été présenté la veille au roi et dans quel somptueux équipage était venue la dame qui l'amenait.

« Comment ? dit la reine, il est arrivé à la cour hier au soir et veut être chevalier demain ?

— Oui, madame, dit monseigneur Yvain, car il en a un désir extrême.

— Je verrais volontiers ce valet », dit la reine.

Et le roi de s'écrier :

« Par Dieu, vous verrez le plus beau et le mieux fait que vous ayez jamais vu, ou je me trompe fort. »

Alors il dit à monseigneur Yvain d'aller le chercher.

« Et faites en sorte, lui dit-il, qu'il soit aussi richement vêtu

est ; et ge *(f. 53a)* cuit bien qu'il a assez de quoi. »

Lors conte li rois meïsmes a la reine comment la Dame del Lac li avoit requis qu'il ne lo feïst chevalier se des soes armes non et de ses robes, et que ele estoit apelee la Dame del Lac. Et ele s'an mervoille mout et trop li tarde que ele lo voie.

Messire Yvains vait au vallet, sel fait vestir et acesmer au miauz qu'il puet. Et qant il est tex que il n'i voit que amender, si l'an amainne a cort sor son cheval meesmes, qui mout ert biax. Mais il ne l'an amena pas an repost, car tant avoit del pueple environ lui que tote en estoit la rue plaine. Et la novelle est espandue parmi la vile que li biax vallez qui ersoir vint sera chevaliers demain, et qu'il vient a cort vestuz de robe a chevalier. Lors saillent as fenestres cil de la vile, homes et fames, et dient, la ou il lo voient passer, c'onques si biau chevalier vallet ne virent mais. Il est venuz a la cort, si descent de son cheval. Et la novele de lui s'espant parmi la sale et par les chanbres, si saillent hors chevalier et dames et damoiseles, et meïsmes li rois et la reine vont as fenestres.

Qant li vallez est descenduz, si lo prant par la main messire Yvains et l'an maine en la sale amont. Li rois vint encontre et la reine, si lo prannent andui par les deus mains et se vont aseoir en une couche, et li vallez s'asiet devant aus a terre sor l'erbe vert dont la sale estoit joinchiee. Et li rois l'esgarde mout volentiers. S'il li avoit esté biaus en son venir, neianz estoit envers la biauté qu'il avoit ores, si li est avis qu'il soit creüz et anbarniz a grant planté. Et la reine dit que preudome lo face Dex, car grant planté li a donee de biauté.

La reine regarde lo vallet mout du*(f. 53b)*rement et il [li], totes les foiz qu'il puet vers li ses iauz mener covertement, si se

que la circonstance l'exige, ainsi que vous savez. Je crois qu'il est fort bien pourvu de tout ce qui lui convient[1]. »

Alors le roi explique à la reine que la dame du Lac lui avait adressé une requête, que le valet ne devait être fait chevalier qu'armé de ses propres armes et vêtu de ses propres robes, et qu'elle-même s'appelait la dame du Lac. La reine est fort étonnée et dans une grande impatience de voir ce jeune homme.

Monseigneur Yvain se rend auprès du valet. Il le fait habiller et parer du mieux qu'il peut. Et quand il n'y voit plus rien à reprendre, il l'amène à la cour, monté sur son cheval, qui était très beau. Mais il ne l'amène pas à la dérobée. Il y avait tant de peuple autour de lui que toute la rue en était pleine. Le bruit se répand à travers la ville que le beau valet, arrivé hier au soir, sera fait chevalier demain, et qu'il se rend à la cour, vêtu de sa robe de chevalier. Alors les gens de la ville, hommes et femmes, courent aux fenêtres et disent, quand ils le voient passer, que jamais ils n'ont vu un aussi beau chevalier valet. Il arrive à la cour, descend de son cheval. La nouvelle de son arrivée se répand dans la salle et dans les chambres. Chevaliers, dames et demoiselles se précipitent. Le roi et la reine eux-mêmes vont aux fenêtres.

Quand le valet est descendu de cheval, monseigneur Yvain, le tenant par la main, l'amène dans la salle. Le roi et la reine viennent à sa rencontre et le prennent chacun par une main. Ils vont s'asseoir sur une couche et le valet s'assoit devant eux par terre, sur l'herbe verte dont la salle était jonchée. Le roi le regarde avec un très grand plaisir. La beauté qu'il avait fait paraître lors de son arrivée n'était rien auprès de celle que le roi lui voyait à présent. Il lui semble que le valet est devenu beaucoup plus grand et plus fort. Et la reine dit :

« Que Dieu le fasse prud'homme, car il lui a donné une plénitude de beauté. »

La reine regarde le valet avec une grande attention, et lui de même, chaque fois qu'il peut tourner les yeux vers elle discrètement. Il se demande avec émerveillement d'où peut venir la si

---

1. Littéralement : il a assez de quoi. L'expression « avoir de quoi » ne subsiste que dans la langue populaire. Ici une traduction littérale dénaturerait le style aristocratique de notre roman.

mervoille mout dont si granz biautez pot venir com il voit en li
paroir. Ne la biauté sa Dame del Lac ne de nule qu'il onques
mais eüst veüe ne prise il nule rien envers cesti. Et il n'avoit mie
tort s'il ne prisoit envers la reine nule autre dame, car ce fu la
dame des dames et la fontaine de biauté ; mais s'il saüst la grant
valor qui en li estoit, encor l'esgardast il plus volentiers, car
nule n'estoit, ne povre ne riche, de sa valor.

Ele demande a monseignor Yvain comment cil vallez a non,
et il respont qu'il ne lo set.

« Et savez vos, fait ele, cui il est filz, ne dont il est nez ? »

« Dame, fait il, naie, fors tant que ge sai bien qu'il est do païs
de Gaule, car mout an parole droit la parleüre. »

Lors lo prant la reine par la main, si li demande don il est. Et
qant il la sant, si tressaut toz autresin com s'il s'esveillast, et
tant pense a li durement qu'il ne set qu'ele li a dit[1]. Et ele
conoist qu'il est mout esbahiz, si li demande autre foiz : « Dites
moi, fait ele, dont vos iestes. » Et il la regarde mout sinplement
et si li dit en sospirant qu'il ne set dont. Et ele li redemande
comment il a non. Et il dit qu'il ne set comment. Maintenant
aparçoit bien la reine qu'il est esbahiz et trespansez, mais ele
n'osse pas cuidier que ce soit por li ; et neporquant ele lo
sospece un po, si an laisse la parole ester atant. Et por ce qu'ele
nel velt en greignor folie metre, ele se lieve de la place et dit, por
ce que ele ne velt que nus pant a vilenie et que nus ne
s'aparçoive de ce que ele sospeçoit, que cil vallez ne li senble

---

1. *Le Chevalier de la Charrette*, vv. 711-724. Quand Lancelot pense à la
reine (ou quand il la voit), il entre dans un état où il ne se connaît plus : « il
n'entend, ne voit, ne comprend rien. » Tel est le point de départ de
nombreuses scènes de comédie, inspirées de Chrétien, mais dans un esprit
quelque peu différent. Au gros comique de son prédécesseur, qui ne se
soucia guère de nuance ou de vraisemblance, notre auteur préfère une ironie
plus enveloppée. Voir pp. 463-465, 493, 561-563, 581-583, 697-699, 705-713,
807-817, 877-879.

grande beauté qu'il voit paraître en elle. Il ne compte plus pour
rien la beauté de sa dame du Lac, ni d'aucune autre dame qu'il
eût jamais vue. Et il n'avait pas tort de n'estimer, à l'égal de la
reine, aucune autre femme ; car c'était la dame des dames et la
fontaine de beauté. Mais, s'il avait su la haute valeur qui était
en elle, il l'aurait regardée avec plus de plaisir encore ; car
aucune femme, ni pauvre ni riche, n'était d'un aussi grand
mérite.

Elle demande à monseigneur Yvain quel est le nom de ce
valet, et il répond qu'il ne le sait pas[1].

« Et savez-vous, dit-elle, qui sont ses parents et le pays où il
est né ?

— Non, dame[1], dit-il. Je sais seulement qu'il est du pays de
Gaule, car il en parle fort bien la langue. »

Alors la reine le prend par la main et lui demande où il est
né. Quand il sent cette main contre la sienne, il tressaille de tout
son corps, comme s'il s'éveillait, et pense si intensément à la
reine qu'il ne sait ce qu'elle lui a dit. Elle comprend qu'il est
frappé d'étonnement et lui demande une seconde fois :

« Dites-moi d'où vous êtes. »

Il la regarde très humblement et dit en soupirant qu'il ne le
sait pas. Elle lui redemande quel est son nom et il dit qu'il ne le
sait pas. Maintenant la reine voit bien qu'il est interdit et
confondu[2] ; mais elle n'ose pas croire que ce soit pour elle.
Pourtant elle le soupçonne un peu. Aussi ne lui parle-t-elle pas
davantage ; et, comme elle ne veut pas le jeter dans une plus
grande folie, elle se lève et s'en va. Et pour que personne ne
pense à mal et ne s'aperçoive de ce qu'elle soupçonne, elle dit

---

1. Le thème du mystère du nom revient tout au long de ce roman.
Lancelot est d'abord appelé « fils de roi » et « riche orphelin », puis le « beau
valet », le « blanc valet » et le « blanc chevalier » (lorsqu'il aura enfin reçu
son épée), par allusion à la couleur de l'équipement que la dame du Lac lui
a donné. Lui-même n'apprendra son nom et sa naissance qu'après avoir
accompli l'exploit qui aura fait de lui le meilleur chevalier du monde, la
conquête du Château Douloureux, « la Douloureuse Garde », dans des
circonstances qui seront exposées avec une grande subtilité et dont le
caractère symbolique sera évident.

2. *interdit et confondu* : « En amour, un silence vaut mieux qu'un
langage ; il est bon d'être interdit. Il y a une éloquence de silence, qui
pénètre plus que la langue ne saurait faire » (Pascal).

pas estre senez tres bien, et qui qu'il soit, sages o fox, il a este enseigniez mauvaisement.

« Dame, fait messire Yvains, entre moi et vos ne savons pas bien *(f. 53c)* comment il est. Par aventure deffandu li est qu'il ne nos die comment il a non, ne qui il est. »

Et ele dit qu'il puet bien estre. Mais ce disoient il, si que li vallez ne l'ooit pas.

La reine vet en ses chanbres. Et qant vint a ore de vespres, messire Yvains i mena lo vallet parmi la main. Au revenir des vespres alerent li rois et la reine et li autre chevalier par derrieres la sale en un mout biau jardin sor la riviere qui as maisons lo roi joignoit. Et messire Yvains i mena lo vallet autresin, et aprés lui venoit mout granz rote d'autres vallez qui noviau chevalier devoient estre l'andemain. Qant il vindrent del jardin, si monterent en la sale par uns degrez par ou l'an descendoit sor la riviere, si les covint a passer parmi la chanbre o li chevaliers gisoit qi estoit enferrez des deus tronçons et de l'espee. Et ses plaies puoient si durement que li chevalier estopoient lor nes de lor mantiaus et s'an fuioient grant cors outre.

Li vallez demande a monseignor Yvain por qoi estopoient si lor nes cil chevalier.

« Biaus amis, fait messire Yvains, d'un chevalier navré qui ceianz gist. »

« Sire, fait li vallez, par quel raison gist il dons ceianz ? Dont ne fust il miauz la desouz en un ostel ? »

« Oïl, voir, fait messire Yvains, mais il est arestez ceianz por secors avoir, se Dex li velt envoier. » Lors li conte comment il

que ce valet ne lui paraît pas très sensé et que, quel qu'il soit, sage ou fou, il a été mal élevé.

« Dame, dit monseigneur Yvain, ni vous ni moi ne savons exactement ce qu'il en est. Il se peut que d'aventure il lui soit défendu de révéler son nom et sa naissance. »

La reine lui répond que c'est bien possible[1]. Mais ces paroles furent prononcées de telle manière que le valet ne les entendait pas.

La reine va dans ses chambres. Et quand ce fut l'heure des vêpres, monseigneur Yvain conduisit le valet à l'église, en lui tenant la main. Au revenir des vêpres, le roi, la reine et les chevaliers allèrent, derrière la salle, dans un très beau jardin[2], au bord de la rivière qui touchait aux maisons du roi. Monseigneur Yvain y mena aussi le valet ; et après lui venait un grand cortège d'autres valets, qui devaient être chevaliers nouveaux le lendemain.

Quand ils revinrent du jardin, ils remontèrent dans la salle par un escalier qui allait jusqu'à la rivière et il leur fallut traverser la chambre où reposait le chevalier enferré, celui qui portait dans le corps les deux tronçons de lance et l'épée. Ses plaies empestaient tellement que les chevaliers se couvraient le nez de leur manteau et passaient outre en toute hâte. Le valet demanda à monseigneur Yvain pourquoi ces chevaliers se bouchaient ainsi le nez.

« Bel ami, dit monseigneur Yvain, à cause d'un chevalier blessé, qui est couché céans.

— Seigneur, dit le valet, par quelle raison est-il couché céans ? ne serait-il pas mieux en bas[3], dans un hôtel ?

— Certainement, dit monseigneur Yvain ; mais il s'est arrêté ici dans l'espoir d'être secouru, si Dieu le veut. »

Il explique alors au valet comment, pour déferrer le cheva-

---

1. *c'est bien possible :* cette habile réplique de la reine, qui ne veut pas laisser deviner ce qu'elle « soupçonne », est empruntée à Chrétien de Troyes, dans *Le Chevalier de la charrette*, v. 5915, éd. M. Roques. Elle a tellement plu à notre auteur qu'il la reprend en plusieurs occasions.

2. *un très beau jardin :* la France du XIIIe siècle avait déjà le goût des beaux jardins, provoquant l'étonnement des étrangers. Nous en avons de nombreux témoignages.

3. *en bas :* on ne s'étonnera pas d'apprendre que le palais du roi était situé sur une hauteur, qui dominait le bourg.

covenoit a celui qui lo defferreroit jurer sor sainz qu'il l'an
vengeroit, et quex la vengence devoit estre.

« Sire, fait li vallez, ge lo verroie volentiers, s'il vos plaisoit. »

« Et vos lo verroiz, fait messire Yvains, or en venez. »

Messire Yvains l'an mainne jusqu'au chevalier. Et li vallez li
demande :

« Sire chevaliers, qui vos navra si durement ? »

« Frere, fait il, uns chevaliers que ge ocis. »

« Et por quoi ne vos faites vos defferrer ? » fait li vallez.

« Por ce, fait il, que ge ne truis nul si hardi chevalier qui
m'osast enprandre a defferrer. »

« Por quoi, Deu merci ? fait li vallez. En [n]on Deu, ge vos
defferrerai orendroit, se vos volez, se mout grant force ne
covient *(f. 53d)* a ces tronçons hors arrachier. »

« Gel voudroie ores, fait li chevaliers, que vos m'eüssiez
defferré par lo covenant qui i est. »

« Quex est li covenanz ? » fait li vallez.

« Il est tex, fait messire Yvains, que par aventure il n'a el
monde deus chevaliers ne trois qui l'achevassent, non vint. »

Lors li devise les covenanz de chief en chief. Et li vallez
commence a penser un petit, et messire Yvains, qui mout estoit
sages, lo prant par la main.

« Venez an, fait il, ne vos taint encores pas a panser a si grant
chose. »

« Por quoi dons ? » fait li vallez.

« Por ce, fait il, que ceianz a des plus prodomes do monde
qui ne s'en vuelent entremetre, entaimmes vos qui encor
n'iestes pas chevaliers. »

« Comment ? fait li chevaliers navrez, si n'est il mies encores
chevaliers ? »

« Nenil, fait messire Yvains, mais il lo sera lo matin, et si en
a il ja vestue la robe, si com vos lo poez veoir. »

Qant li vallez ot qu'il n'est pas encores chevaliers, si n'ose
plus mot soner, fors tant qu'il commande lo chevalier navré a
Deu. Et cil dit que Dex lo face prodome. Atant l'an mainne

lier, il fallait jurer, sur les saints Évangiles, de le venger, et quelle devait être cette vengeance.

« Seigneur, dit le valet, je le verrais volontiers, s'il vous plaisait.

— Vous le verrez, dit monseigneur Yvain. Venez. »

Monseigneur Yvain l'emmène auprès du chevalier. Et le valet de lui demander :

« Seigneur chevalier, qui vous a blessé si gravement ?

— Frère, dit-il, un chevalier que j'ai tué.

— Et pourquoi, demande le valet, ne vous faites-vous pas déferrer ?

— Parce que, dit-il, je ne trouve aucun chevalier assez hardi pour oser le faire.

— Pourquoi, mon Dieu ? dit le valet. Par Dieu, je le ferai tout de suite, si vous le voulez et s'il ne faut pas trop de force pour arracher ces tronçons.

— Je voudrais bien, dit le chevalier, que ce fût déjà fait, aux conditions qui y sont mises.

— Quelles sont ces conditions ? dit le valet.

— Elles sont telles, dit monseigneur Yvain, qu'il n'y a peut-être pas deux chevaliers au monde ni trois qui pourraient en venir à bout ensemble, ni même vingt. »

Et il expose ces conditions de point en point. Le valet reste un moment songeur ; et monseigneur Yvain, qui était un homme sage, le prend par la main.

« Venez, lui dit-il, vous ne devez pas encore penser à de si grandes choses.

— Pourquoi donc ? dit le valet.

— Pour la raison, dit monseigneur Yvain, qu'il y a ici des prud'hommes, parmi les meilleurs du monde, qui ne veulent pas s'en mêler, à plus forte raison vous qui n'êtes pas encore chevalier.

— Comment ? dit le chevalier blessé, il n'est pas encore chevalier ?

— Non, dit monseigneur Yvain, mais il le sera demain matin ; il en a déjà revêtu la robe, comme vous pouvez le voir. »

Quand le valet entend dire qu'il n'est pas encore chevalier, il n'ose plus souffler mot, sauf pour recommander à Dieu le chevalier blessé. Et celui-ci lui répond :

« Dieu vous fasse prud'homme ! »

messire Yvains en la sale ou les tables sont mises et les napes
desus, si assient .au mengier. Aprés mengier mena messire
Yvains lo vallet a son ostel. Et qant il anuita, si lo mena a un
mostier ou il veilla tote nuit enjusq'au jor, n'onqes tote la nuit
ne lo laissa. Au matin l'en mena a l'ostel, sel fist dormir tant
que vint a la grant messe ; et lors lo mena au mostier avoc lo
roi, car li rois as grant festes ooit tozjorz messe au plus haut
mostier et au plus riche de la vile ou il estoit, et la grant messe
ooit tozjorz. Quant il durent au mostier aler, si furent aportees
les armes a toz cels qui chevalier devoient estre, et s'armerent
si com a celui tans estoit costume. Et lors dona li rois les colees,
mais *(f. 54a)* les espees ne lor ceint pas devant qu'il revenissent
del mostier. Qant les colees orent eües, si alerent au mostier et
oïrent messe, et tuit armé si com a celui tans estoit costume ; et
ainsi lo faisoient. Et si tost com la messe fu dite et il vindrent
del mostier hors, li vallez se part de monseignor Yvain et s'en
vient en la sale en haut et vait au chevalier navré, si li dit que
or lo defferreroit il, se il voloit.

« Certes, fait li chevaliers, ce m'est mout bel, par les covenanz qui i sont. » Si li redevise.

Et cil dist qu'il est toz appareilliez del jurer. Lors se traist
vers une fenestre et tant sa main vers un mostier qu'il voit, si
jure, veiant les escuiers au chevalier, qu'il a son pooir lo
venchera de toz cels qui diront qu'il ameront plus celui qui ce
li fist que lui. Lors est li chevaliers mout liez et dit au vallet :

« Biaus sire, des or me poez vos desferrer. Que vos seiez li
bienvenuz. »

Et li vallez met maintenant les mains a l'espee qui an la teste
au chevalier ert anbatue, si l'an sache si doucement hors que li
chevaliers ne s'en sant se mout po non. Aprés li oste les
tronçons. Endemantiers qu'il desferroit issi lo chevalier, avint

Monseigneur Yvain l'emmène dans la salle, où les tables sont mises et les nappes sur les tables ; et ils s'assoient pour dîner. Après le dîner monseigneur Yvain conduisit le valet à son hôtel. Quand le soir tomba, il l'amena à une église, où le valet veilla toute la nuit jusqu'au jour et pendant toute la nuit monseigneur Yvain ne le quitta pas un seul instant. Au matin il le reconduisit à son hôtel et le fit dormir jusqu'à l'heure de la grand'messe.

Puis il l'amena à l'église, dans le cortège du roi. Car le roi, lors des grandes fêtes, entendait toujours la messe dans l'église la plus importante et la plus riche de la ville ; et c'était toujours la grand'messe qu'il entendait. Quand le moment fut venu de se rendre à l'église, on apporta les armes de tous ceux qui devaient être faits chevaliers ; et ils s'armèrent, comme c'était la coutume en ce temps-là. Le roi leur donna la colée[1], mais ne leur ceignit pas l'épée avant qu'ils fussent revenus de l'église. Quand ils eurent reçu la colée, ils allèrent à l'église et entendirent la messe tout armés, comme en ce temps-là le voulaient la coutume et l'usage.

Aussitôt que la messe est dite et qu'ils sont sortis de l'église, le valet laisse monseigneur Yvain, monte dans la salle, va trouver le chevalier blessé et lui dit qu'il est maintenant en mesure de le déferrer, s'il le veut.

« Certes, dit le chevalier, je ne demande pas mieux, aux conditions qui y sont mises » (et il les répète).

Le valet se déclare tout prêt à prononcer le serment. Il s'approche d'une fenêtre, tend la main dans la direction d'une église qu'il aperçoit ; et, en présence des écuyers du chevalier, il jure :

« Je vous vengerai, de tout mon pouvoir, de quiconque dira qu'il aime mieux que vous celui qui vous a blessé. »

Alors le chevalier est rempli de joie et dit au valet :

« Beau seigneur, maintenant vous pouvez me déferrer. Soyez le bienvenu. »

Le valet met aussitôt la main à l'épée qui était plantée dans la tête du chevalier et la lui retire si doucement qu'il n'en souffre que fort peu. Puis il lui ôte les tronçons. Pendant qu'il déferrait ainsi le chevalier, il advint qu'un écuyer le vit et

---

1. *colée* : voir p. 427, note 2.

chose que uns escuiers lo vit, si an corrut poignant aval en la
cort devant la sale o li rois ceignoit les espees as chevaliers
noviaus, si conta monseignor Yvain comment li vallez avoit
deferré lo chevalier. Messire Yvains en vint corrant an la
chanbre au chevalier autresi comme toz desvez, si voit lo
chevalier, qui defferrez est et dit au vallet :

« Ha ! biax chevaliers, Dex te face prodome ; et si seras tu se
tu puez vivre longuement. Des ores mais seroie ge toz gariz se
ge avoie un mire qui s'entremeïst de moi. »

Li vallez voit monseignor Yvain, si li dist :

« Ha ! sire, por Deu, *(f. 54b)* car li querez un mire. »

« Comment ? fait messire Yvains, avez lo vos dons defferré ? »

« Sire, fait il, oïl, ce poez veoir, car g'en avoie si grant pitié
que plus ne poie soffrir sa grant messaise. »

« Vos n'avez pas fait que sages, fait messire Yvains, et si vos
iert torné a grant folie, car il a ceianz des meillors [chevaliers]
do monde qui entremetre ne s'en voloient, por ce que nus n'en
porroit a chief venir ; et vos qui ne savez que monte l'avez
empris. Une tele chose avez faite dont mout me poise ; et miauz
amasse, si m'aïst Dex, que li chevaliers s'en alast de ceianz toz
desconseilliez, quel honte que li rois en deüst avoir ne ses ostes,
et quel domage que cil chevaliers i eüst, car se vos vesquissiez
longuement, encor poïssiez venir a mout grant chose. »

« Ha ! sire, fait il, mout est ores miauz que ge muire en ceste
bessoigne, se morir i doi, que cist chevaliers, qui est espoir de
grant proesce, et l'an ne set ancores combien ge vail, ne rien
n'ai fait, por q'an fust blazmez messires li rois et ses ostes. Mais
por Deu, sire, puis que tant est la chose alee, faites querre un
mire au chevalier por lui garir. »

Et messire Yvains respont toz angoisseus que por mire ne
perdra il ja. Il anvoie un mire querre, si an mainne lo vallet an
la sale o li rois estoit montez, qui ja avoit oïes les novelles que
li vallez avoit desferré lo chevalier.

« Comment, Yvains ? fait li rois, a dons vostre vallez desferré
lo chevalier navré ? »

descendit en toute hâte dans la cour, qui était située sur le devant de la salle, et où le roi ceignait leur épée aux chevaliers nouveaux. Il annonce à monseigneur Yvain que le valet a déferré le chevalier. Monseigneur Yvain accourt dans la chambre, comme hors du sens, voit le chevalier sans ses fers, et qui disait au valet :

« Ah ! beau chevalier, Dieu te fasse prud'homme ! Et tu le seras, si tu peux vivre longuement. À présent je serais tout à fait guéri, si j'avais un médecin qui voulût bien s'occuper de moi. »

Le valet aperçoit monseigneur Yvain et lui dit :

« Ah ! seigneur, pour Dieu, procurez-lui un médecin.

— Comment ? dit monseigneur Yvain. Vous l'avez donc déferré ?

— Oui, seigneur, dit le valet, comme vous pouvez le voir. J'en avais une pitié si grande que je ne pouvais plus souffrir sa grande douleur.

— Vous n'avez pas agi sagement, dit monseigneur Yvain, et chacun jugera que vous avez fait une grande sottise. Il y a ici des chevaliers, parmi les meilleurs du monde, qui n'ont pas voulu s'en mêler, parce que personne ne pourrait en venir à bout. Et vous, qui n'en savez pas la conséquence, vous avez osé l'entreprendre. C'est une chose qui me fait beaucoup de peine. J'aurais préféré, Dieu me pardonne, que le chevalier s'en allât d'ici sans secours, quels qu'en fussent et la honte pour le roi et son hôtel et le dommage pour ce chevalier lui-même. Car, si vous aviez vécu longuement, vous auriez pu parvenir à de très hautes destinées.

— Ah ! seigneur, dit le valet, mieux vaut que je meure, si je dois mourir dans cette besogne, plutôt que ce chevalier, qui est peut-être d'une grande prouesse. On ne sait pas encore ce que je vaux ; et je n'ai rien fait dont puissent être blâmés monseigneur le roi et son hôtel. Mais, pour l'amour de Dieu, seigneur, puisqu'il en est ainsi, envoyez chercher un médecin, pour guérir ce chevalier. »

Monseigneur Yvain, qui est pénétré de douleur, lui répond que ce chevalier ne périra pas, faute de soins ; et il envoie chercher un médecin. Ensuite il amène le valet dans la salle où se tenait le roi, qui savait déjà ce qui s'était passé.

« Comment, Yvain ? dit le roi. Est-il donc vrai que votre valet a déferré le chevalier blessé ?

« Sire, oïl », fait messire Yvains.

« Certes, fait li rois, ce doit vos peser ; et mervoilles avez faites qui lo soffrites. Et ge vos en sai mout mauvais gré, quant vos au plus biau vallet do monde avez soffert a enprandre chose dont il ne puet se morir non. »

« Sire, fait messire Yvains, par la foi que ge doi vos qui mes sires iestes, ge ne fui pas au desferrer, et mout l'an ai blasmé et laidangié. Et miauz vousisse un des braz avoir brisié que il l'aüst fait. »

« Certes, fait li rois, vos n'eüssiez mie de tort, car onques mais home ne vi *(f. 54c)* dont il fust par sanblant si granz domages comme de cestui, car il a enprise une chose dont nus ne porroit a chief venir. »

« Ha ! sire, fait li vallez, por Deu merci, mout est ores miauz que ge muire que uns des prisiez chevaliers de vostre ostel, car ge ne puis encores pas grantment valoir. »

Et li rois enbrunche la teste, si en est si iriez que les lermes l'an sont as iauz venues.

Tant sont corrues les paroles par tot laianz que la reine lo sot, si l'an poise trop durement, car ele crient et dote qu'il ne l'amast de si grant amor qu'il eüst anpris por li a defferrer lo chevalier, si dit que mout est granz domages de lui et granz dolors. Mout plainent durement lo vallet et un et autre, et por lo grant duel que tuit en orent ne manbra il au roi ne a autrui de s'espee qu'il li avoit obliee a ceindre. Atant sont les napes mises, si sont tuit desarmé li chevalier novel et vont asseoir au mengier.

Qant li rois ot une piece au mengier sis, si antra laianz uns chevaliers armez de totes armes fors que de hiaume et de sa ventaille qu'il ot abatue sor ses espaules. Il est venuz devant lo roi, si lo salue.

« Rois Artus, fait il, Dex te saut et tote ta compaignie de par la dame de Nohaut a cui ge sui. Ma dame m'envoie a toi et si te mande que li rois de Northunberlande la gerroie et siet devant un sien chastel a siege. Li rois l'a mout grevee et a assez de ses homes morz et de sa terre destruite, si l'apele de covenances dont ma dame ne li conoist ne tant ne qant. Tant

— Oui, seigneur, dit monseigneur Yvain.

— Certes, dit le roi, vous devez le regretter et il est extraordinaire que vous l'ayez souffert. Je vous sais très mauvais gré d'avoir permis au plus beau valet du monde d'entreprendre une besogne, dont il ne peut que mourir.

— Sire, dit monseigneur Yvain, par la foi que je vous dois, à vous qui êtes mon seigneur, je n'étais pas présent, quand il l'a déferré. Je l'en ai blâmé et réprimandé sévèrement. Et j'aurais mieux aimé m'être cassé un bras que de le voir faire cette sottise.

— Certes, dit le roi, vous n'auriez pas eu tort. Je n'ai jamais vu quelqu'un qui soit, de toute évidence, autant à plaindre que ce jeune homme ; car il a entrepris une tâche, dont personne ne pourrait venir à bout.

— Ah ! seigneur, dit le valet, pour l'amour de Dieu, pardonnez-moi. Mieux vaut que je meure plutôt que l'un des chevaliers honorés de votre hôtel ; car je ne peux pas encore valoir grand'chose. »

Le roi baisse la tête ; il est si contrarié que les larmes lui sont venues aux yeux.

La nouvelle s'est répandue de toutes parts dans le palais, si bien que la reine l'apprend et qu'elle en est très malheureuse. Car elle soupçonne et craint que le valet ne l'aime d'un amour si fort qu'il ait entrepris pour elle de déferrer le chevalier. Elle dit que c'est grand dommage de lui et grande douleur. Chacun se lamente sur le sort du valet ; et, à cause du chagrin qui s'empara de tous les assistants, ni le roi ni personne ne pensa plus à l'épée qu'il avait oublié de lui ceindre. Alors les nappes sont mises ; tous les chevaliers nouveaux sont désarmés et vont s'asseoir à table.

Après que le roi fut demeuré à table un certain temps, un chevalier entra dans la salle, armé de toutes armes, à l'exception de son heaume et de sa ventaille, qu'il avait rabattue sur ses épaules. Il vient devant le roi et le salue :

« Roi Arthur, lui dit-il, que Dieu te sauve et toute ta compagnie, de par la dame de Nohaut, à qui je suis ! Ma dame m'envoie à toi et te mande que le roi de Northumberland lui fait la guerre et a mis le siège devant l'un de ses châteaux. Il lui a fait beaucoup de mal, tuant ses hommes et ravageant sa terre. Il fonde ses prétentions sur des accords, que ma dame ne reconnaît pas le moins du monde. Après des négociations

ont les paroles esté menees d'amedeus parz, et par chevaliers et
par genz de religion, que li rois dit qu'il est prelz d'ataindre ma
dame des covenances qu'il li demande, et *(f. 54d)* si com
jugemenz dira. Jugemenz dit que, se li rois lo velt mostrer, ma
dame se doit desfandre si com ele porra, ou par un chevalier
encontre un autre, ou par deus contre deus, ou par trois contre
trois, ou par tant com ele an porra avoir, se ele velt. Por ce te
mande ma dame, com a celui qui ses sires liges ies et ele ta fame
lige, que tu la secorres a cest besoign et que tu li anvoies tel
chevalier qui ancontre un autre puisse l'anor ma dame desraisnier, car ele prandra la bataille et la mostrance d'un chevalier. »

conduites, de part et d'autre, tant par des chevaliers que par des gens de religion, le roi se déclare prêt à prouver contre ma dame le bon droit des accords dont il se réclame, et accepte de se conformer à ce qui sera décidé par jugement. Le jugement dispose que, si le roi veut prouver son droit, ma dame doit se défendre comme elle le pourra, ou par un chevalier contre un, ou par deux contre deux, ou par trois contre trois, ou par autant qu'elle pourra en avoir, si elle le veut. C'est pourquoi ma dame te mande, puisque tu es son seigneur lige et qu'elle est ta femme lige, de la secourir dans ce besoin et de lui envoyer tel chevalier qui puisse soutenir contre un autre l'honneur de ma dame, car elle choisira la bataille et l'épreuve d'un seul chevalier[1].

---

1. On a déjà relevé que l'une des caractéristiques de ce roman est de se conformer, avec une précision rare dans une œuvre d'imagination, à la réalité du droit féodal, tel qu'il se présente en ce début du XIIIᵉ siècle. Rappelons qu'à cette époque les gentilshommes (et eux seuls) ont le droit de se faire la guerre, à condition de s'être «défiés» dans les formes, le «défi» étant à la fois un ultimatum et une déclaration de guerre. Lorsque Saint Louis voudra interdire les «guerres privées» dans le royaume, son ordonnance sera considérée comme une intolérable atteinte aux droits et franchises des gentilshommes.

Cependant il y a une autre méthode que la guerre pour résoudre les conflits, c'est ce que ce roman appelle «le jugement», c'est-à-dire la procédure judiciaire. Trois cas peuvent alors se présenter :

a) Le litige oppose deux vassaux d'un même seigneur. L'un des deux peut «appeler» l'autre devant leur commun seigneur, qui jugera, non par lui-même, mais par sa cour, suivant le principe fondamental du jugement par les pairs.

b) Le litige oppose un vassal et son seigneur. Le vassal peut «appeler» son seigneur devant la cour du seigneur immédiatement supérieur (on dit alors «souverain», de *superanus*, en bas-latin, qui signifie supérieur). Grâce à cette procédure, Philippe Auguste fera confisquer «par jugement» les biens du roi d'Angleterre, en se fondant sur l'hommage que celui-ci lui avait prêté. Fort opportunément, un vassal du roi d'Angleterre déférera son seigneur devant la cour du roi de France, et c'est ainsi que Jean sans Terre sera «déshérité». Une telle procédure était rigoureusement conforme au droit féodal.

c) Les deux seigneurs en guerre ne relèvent pas de la même hiérarchie féodale et n'ont pas de supérieur commun. La procédure judiciaire peut intervenir, mais avec l'accord des deux parties, comme c'est ici le cas. Le contenu d'accords verbaux étant par nature indémontrable, seul un duel judiciaire pourra départager les adversaires. Le droit féodal n'est pas le droit romain, mais il a ses propres règles, qu'il suit avec rigueur et logique.

« Biaus amis, fait li rois au chevalier, ge la secorrai mout
volentiers. Et ge conois bien que gel doi faire, car ele est ma
fame lige et tient de moi tote sa terre. Et se ele n'en tenoit rien,
s'est ele tant vaillanz dame et tant debonaire et tant bele et tant
gentils fame que bien la devroie secorre. »

Cil qui servoient mainnent mengier lo chevalier qui lo
message avoit aporté, et atant remest la parole de ces secors. Et
si tost com l'an commença napes a traire, li vallez monseignor
Yvain sus saut et s'an vient devant lo roi, si s'agenoille et li dist
mout sinplement :

« Sire, vos m'avez fait chevalier, vostre merci, et ge vos
requier a don que vos m'otriez a faire cest secors que cist
chevaliers a demandé. »

« Biax amis, fait li rois, vos ne savez que vos querez, car vos
iestes si anfes et si juesnes que vos ne savez que monte granz
fais de chevalerie ; car li rois de Northumberlande a tant de
bons chevaliers, si sai bien que au meillor a son escient fera il
la bataille faire. Et vos iestes de tel aage que vos n'avez encor
mestier de si grant faissal anchargier ; et trop seroit granz
domages se vos estiez par mesaventure desavanciez, car a mout
grant *(f. 55a)* chose porriez encor venir. Et vos iestes si biax et
si genz et de si grant cuer, ce m'est avis, que il ne puet pas estre
que vos ne seiez de mout haute genz estraiz. Et de grant
hautece de cuer iestes vos a moi venuz, car vos baez a
conquerre honor et pris, et si avroie mout grant duel se vos par
don que ge vos donasse estiez morz. Et d'autre part, vos avez
tel chose emprise que bien vos devez atant tenir ; et Dex vos an
doint a bon chief traire, car li perilz i est mout granz. »

« Sire, fait li vallez, c'est la premiere requeste que ge vos ai
faite, puis que vos me feïstes chevalier, et gardez i bien vostre
honor que vos ne m'escondites de chose que ge vos requiere
raisnablement. Et ge vos demant encor a don que m'anveiez a

— Bel ami, répond le roi, je viendrai en aide à votre dame très volontiers. Je reconnais que je dois le faire, car elle est ma femme lige et tient de moi toute sa terre. Mais, même si elle ne tenait rien de moi, c'est une dame d'un tel mérite, si bonne, si belle et si noble, que je devrais néanmoins la secourir. »

Les seigneurs qui servaient à table emmènent dîner le chevalier qui avait apporté le message, et l'on ne parle plus de ces secours. Mais à peine a-t-on commencé d'ôter les nappes que le valet de monseigneur Yvain s'avance. Il vient devant le roi, s'agenouille et lui dit très humblement :

« Seigneur, vous m'avez fait chevalier. Je vous en remercie ; et je vous demande, en don[1], de me charger du secours que ce chevalier réclame de vous.

— Bel ami, dit le roi, vous ne savez pas ce que vous demandez. Vous êtes encore un enfant[2] et si jeune que vous ignorez ce que c'est qu'un dur labeur de chevalerie. Le roi de Northumberland a tant de bons chevaliers et je sais bien qu'il confiera sa bataille à celui qu'il jugera le meilleur. Vous êtes d'un âge où il ne convient pas de vous charger d'un aussi lourd fardeau. Ce serait trop dommage si, par mésaventure, vous deviez succomber ; car vous pouvez encore parvenir à de grandes choses. Vous êtes si beau, si noble et de si grand cœur, me semble-t-il, qu'il est impossible que vous ne soyez pas d'une haute naissance. Et c'est la noblesse de votre cœur qui vous a conduit jusqu'à moi ; car vous aspirez à conquérir honneur et gloire. Mais je serais très malheureux, si vous deviez mourir à cause d'un don que vous auriez reçu de moi. D'autre part vous avez assumé une tâche si lourde que vous devez vous en tenir là. Et Dieu veuille que vous la meniez à bonne fin, car le péril en est très grand !

— Seigneur, dit le valet, c'est la première requête que je vous ai présentée, depuis que vous m'avez fait chevalier. Considérez qu'il y va de votre honneur de ne pas me refuser quelque chose que je vous demande raisonnablement. Je vous demande de nouveau, en don, de m'envoyer à cette dame pour lui porter

---

1. *en don :* comme une faveur, comme une grâce. Le « don royal » sert de point de départ à de nombreuses aventures de romans arthuriens, et le refus du « don » est une offense.

2. *enfant :* voir p. 279, note 3.

la dame por cest secors ; et se vos m'en escondites, g'en serai
mout ampiriez et mains m'an priseront et un et autre. Et ge
meesmes m'en ameroie mains, se Dex m'aïst, qant vos doner ne
me voudroiz secors affaire qui puisse estre faiz par lo cors d'un
seul chevalier. »

Lors saut avant messire Gauvains et messire Yvains, ses
coisins, et dient au roi :

« Ha ! sire, por Deu, donez li, car certes nos cuidons que il lo
face mout bien. Ne vos nel poez pas escondire belement. »

« Certes, fait li rois, ausin cuit ge qu'il lo fera bien — et Dex
li doint — et ge li donrai volentiers. Tenez, fait il, biaus amis,
ge vos otroi le secors a la dame de Nohaut, et Dex lo vos doint
si faire que vos en aiez et lox et pris, et ge honor. »

« Sire, la vostre grant merci », fait li vallez.

Atant prant del roi congié et de monseignor Gauvain et des
autres compaignons. Et messires Yvains l'an mainne a son
ostel por lui armer. Et li chevaliers qui por lo secors estoit
venuz vient au roi et dit :

« Sire, *(f. 55b)* ge m'en irai, car moi est avis que vos avez
donee la bataille a vostre noviau chevalier, et gardez qu'il soit
tels com a tel besoigne covient. »

« Certes, fait li rois, il la me requist a don, car ge i envoiasse
un des meilleurs chevaliers de ma maison ; et neporqant ge cuit
qu'ele i soit mout bien amploiee. »

« Sire, fait cil, a vostre congié. »

« Alez a Dieu, fait li rois, et saluez moi vostre dame et si li
dites que, s'ele a paor que sa bataille ne soit pas boene a faire
par un seul chevalier, ge l'an envoierai o deus o trois o tant com
ele voudra. »

« Granz merciz, sire », fait-il.

Atant s'an part et vient au vallet a l'ostel monseignor Yvain
ou il s'armoit. Et qant il est toz armez fors son chief et ses
mains, si dit a monseignor Yvain :

« Ha ! sire, g'ei trop oblié. »

« Quoi ? » fait messire Yvains.

« Sire, fait il, que ge n'ai pas pris congié a madame la
reine. »

« Vos avez dit que sages, fait messire Yvains ; or i alons. »

secours. Si vous me le refusez, j'en serai déconsidéré et les uns et les autres m'en estimeront moins. Et je m'en estimerai moins moi-même — que Dieu m'en soit témoin ! — si vous ne voulez pas me confier une mission, pour laquelle il suffit d'un seul chevalier. »

Alors monseigneur Gauvain et monseigneur Yvain son cousin s'avancent et disent au roi :

« Ah ! seigneur, pour Dieu, donnez-la-lui. Car en vérité nous sommes persuadés qu'il s'en acquittera très bien ; et vous ne pouvez pas la lui refuser honorablement.

— En vérité, dit le roi, je crois aussi qu'il s'en acquittera bien (Dieu le veuille !) et je la lui confierai volontiers. Prenez, dit-il, bel ami : je vous confie la mission de secourir la dame de Nohaut. Que Dieu vous accorde de le faire de telle sorte que vous en ayez la louange et la gloire et que j'en aie moi-même l'honneur !

— Seigneur, je vous rends grâce, dit le valet. »

Après quoi il prend congé du roi, de monseigneur Gauvain et de leurs compagnons ; et monseigneur Yvain l'emmène à son hôtel pour l'armer. Le chevalier qui était venu présenter la demande de secours se rend auprès du roi et lui dit :

« Seigneur, je m'en vais ; car je crois que vous avez confié la bataille à votre nouveau chevalier. Veillez à ce qu'il soit à la hauteur d'une telle besogne.

— En vérité, dit le roi, c'est lui qui me l'a demandée en don ; car j'y aurais envoyé un des meilleurs chevaliers de ma maison. Mais je pense qu'elle sera en de très bonnes mains.

— Seigneur, dit le chevalier, à votre congé.

— Allez à Dieu, répond le roi. Saluez de ma part votre dame ; et dites-lui que, si elle a peur que sa bataille ne soit pas bien faite par un seul chevalier, je lui en enverrai ou deux ou trois ou autant qu'elle voudra.

— Grand merci, seigneur, dit le chevalier. »

Alors il s'en va et rejoint le valet à l'hôtel de monseigneur Yvain, où il s'armait. Quand il est entièrement armé, sauf la tête et les mains, le valet dit à monseigneur Yvain :

« Ah ! seigneur, quel oubli !

— Qu'avez-vous oublié ? dit monseigneur Yvain.

— Seigneur, de prendre congé de madame la reine.

— C'est juste, dit monseigneur Yvain ; allons-y maintenant. »

« Biax sire, fait li vallez au chevalier qui l'atandoit, alez vos en avant jusque la dehors, car ge ferrai aprés vos des esperons si tost com j'avrai parlé a madame la reine. Et vos, fait il a ses escuiers, alez avocques lui et menez tot mon hernois. »

Lors consoille a un des escuiers qu'il enport s'espee autresin, car il bee a estre chevaliers d'autrui main que de la lo roi.

« Sire, fait li chevaliers qui l'atandoit, g'irai avant jusq'a l'antree de la forest et illuec vos atandrai. »

« Alez, fait li vallez, car ge vos sivrai orandroit. »

Atant s'an part li chevaliers et li escuiers au vallet, et entre monseignor Yvain et lo vallet s'an vont a la cort et passent parmi la sale o li rois estoit encore et maint boen chevalier avecqes lui. Li vallez ot sa vantaille abatue sor ses espaules, et il vont tant que il sont venu dedanz les chanbres la reine. Et qant li vallez la vit, il ne la mesquenut pas. Il s'agenoille devant li, si la regarde mout debonairement tant com il ose. Et qant (*f. 55c*) vergoigne lo sorvaint, si fiche vers terre ses iauz, toz esbahiz. Et messire Yvains dit a la reine :

« Dame, vez ci lo vallet d'arsoir que li rois a fait chevalier qui vi[e]nt a vos prandre congié. »

« Comment ? fait la reine, vait s'an il ja ? »

« Oïl, dame, fait messire Yvains, il fera un secors de par mon seignor a la dame de Nohaut. »

« Ha ! Damedex, por quoi sueffre mes sires qu'il i aille ? Ja avoit il tant affaire d'autre part de ce qu'il defferra lo chevalier. »

« Certes, dame, fait messire Yvains, ce poise monseignor lo roi, mais il li demande a don. »

Et lors dist chascuns :

— Beau seigneur, dit le valet au chevalier qui l'attendait, partez d'ici le premier ; et je piquerai des éperons pour vous rejoindre, aussitôt que j'aurai parlé à madame la reine. Et vous, dit-il à ses écuyers, allez avec lui et emmenez[1] tout mon harnois[2]. »

Puis il dit en particulier à l'un de ses écuyers d'emporter[1] aussi son épée ; car il a l'intention d'être fait chevalier d'une autre main que de celle du roi.

« Seigneur, dit le chevalier qui l'attendait, je prendrai les devants jusqu'à l'entrée de la forêt ; et là je vous attendrai.

— Allez, dit le valet ; je vous rejoindrai tout de suite. »

Le chevalier s'en va avec les écuyers du valet, tandis que le valet lui-même et monseigneur Yvain vont à la cour. Ils traversent la salle, où le roi se trouvait encore, en compagnie de beaucoup de bons chevaliers. Le valet avait sa ventaille rabattue sur les épaules. Ils poursuivent leur chemin et arrivent dans les appartements de la reine. Quand le valet la voit, il ne s'y trompe pas : il se met à genoux devant elle, la regarde très doucement, aussi longtemps qu'il l'ose ; et quand il est vaincu par la timidité, il tourne ses yeux vers la terre et demeure tout interdit.

Monseigneur Yvain dit à la reine :

« Dame, voici le valet d'hier au soir, que le roi a fait chevalier et qui vient prendre congé de vous.

— Comment ? dit la reine, il s'en va déjà ?

— Oui, dame. Il va porter secours, de par monseigneur, à la dame de Nohaut.

— Ah ! Dieu, pourquoi monseigneur souffre-t-il qu'il y aille ? Il avait déjà tant à faire d'autre part, pour avoir déférré le chevalier.

— Certainement, dame. Monseigneur le roi en est très fâché, mais tel est le don que le valet lui a demandé. »

Alors chacun s'écrie :

---

1. *emmener, emporter :* une règle absurde veut qu'« emmener » se dise des êtres vivants, et « emporter » des choses. On voit ici que non seulement elle ne s'appuie sur l'usage d'aucun bon écrivain, mais que de surcroît elle est contraire aux plus anciennes traditions de notre langue.

2. Le *harnois* désigne tantôt les bagages du chevalier, comme c'est le cas ici, tantôt les bagages et ceux qui les transportent, comme on le verra plus loin.

« C'est li vallez qui desferra lo chevalier. Dex, com a fait grant hardement ! »

« Dex, font les dames et les damoiseles de laianz, com par est biax et genz et bien tailliez de totes choses, et com sanble qu'il doie estre de grant proesce ! »

Lors lo prant la reine par la main, si li dit :

« Levez sus, biax douz sire, car ge ne sai qui vos iestes. Espoir vos iestes plus gentis hom que ge ne sai, et ge vos sueffre a genolz devant moi, si ne faz mie que cortoise. »

« Ha ! dame, fait il en sospirant, vos me pardonroiz avant la folie que ge ai faite. »

« Quel folie, fait ele, feïstes vos ? »

« Dame, fait il, de ce que ge m'en issi de ceianz sanz prandre congié a vos. »

« Biax dolz amis, fait la reine, vos iestes si juenes hom que l'an vos doit bien pardoner un tel mesfait, et gel vos pardoing mout volentiers. »

« Dame, fait il, vostre merci. Dame, fait il, se vos plaisoit, ge me tandroie en quel que leu que ge alasse por vostre chevalier. »

« Certes, fait ele, ce voil ge mout. »

« Dame, fait il, des or m'en irai a vostre congié. »

« A Deu, fait ele, biax douz amis. »

Et il respont entre ses danz :

« Granz merciz, dame, qant il vos plaist que ge lo soie. »

Atant l'an lieve la reine par la main sus, et il est mout a eise qant il sant a sa main tochier la soe main et tote nue. Il prant congié as dames et as damoiseles, et messire Yvains *(f. 55d)* l'an remaine parmi la sale. Et qant il vint a son ostel, si li arme son chief et ses mains. Et qant il li vost l'espee ceindre, si li membre de ce que li rois ne li avoit onques ceinte, si li dit :

« Par mon chief, sire, vos n'iestes mie chevaliers. »

« Por quoi ? » fait li vallez.

« Por ce, fait messire Yvains, que li rois ne vos a pas l'espee ceinte. Or alons a lui, si la vos ceindra. »

« Sire, fait il, or m'atandez dons, et ge corrai aprés mes escuiers qui la moie en portent, car ge ne voudroie que li rois me ceinsist se cele non. »

« G'irai, fait messire Yvains, avocques vos. »

« C'est le valet qui a déferré le chevalier. Dieu, que son audace est grande ! »

« Dieu, disent les dames et les demoiselles du palais, comme il est beau, noble et bien fait en toutes choses et comme il semble qu'il doive être d'une grande prouesse ! »

Alors la reine le prend par la main et lui dit :

« Levez-vous, beau doux seigneur, car je ne sais qui vous êtes. Il se peut que vous soyez d'une plus haute noblesse que je ne le sais ; et vous souffrant à genoux devant moi, je manque à la courtoisie.

— Dame, dit-il en soupirant, vous me pardonnerez d'abord la sottise que j'ai faite.

— Quelle sottise, dit-elle, avez-vous faite ?

— Dame, dit-il, d'être parti de céans, sans prendre congé de vous.

— Beau doux ami, dit la reine, vous êtes un si jeune homme que l'on doit bien vous pardonner une telle erreur ; et je vous la pardonne très volontiers.

— Dame, dit-il, je vous remercie. Dame, dit-il, s'il vous plaisait, en quelque lieu que j'allasse, je me tiendrais pour votre chevalier.

— Certes, dit-elle, je le veux bien.

— Dame, dit-il, je m'en irai désormais à votre congé.

— Adieu, dit-elle, beau doux ami. »

Et il répond entre ses dents :

« Grand merci, dame, puisqu'il vous plaît que je le sois. »

Alors la reine le relève par la main et il est très heureux, quand il sent dans sa main la main de la reine, toute nue. Il prend congé des dames et des demoiselles. Monseigneur Yvain le reconduit à travers la salle, puis à son hôtel. Alors il lui arme la tête et les mains ; et, quand il veut lui ceindre l'épée, il se souvient que le roi ne la lui a pas encore ceinte. Il dit au valet :

« Par mon chef, seigneur, vous n'êtes pas chevalier.

— Pourquoi ? dit le valet.

— Parce que, dit monseigneur Yvain, le roi ne vous a pas ceint l'épée. Allons le trouver ; il vous la ceindra.

— Seigneur, dit le valet, attendez-moi. Je vais courir après mes écuyers, qui emportent la mienne ; car je ne voudrais pas que le roi m'en ceignît une autre.

— J'y vais avec vous, dit monseigneur Yvain.

« Sire, fait il, nel ferez, car g'irai aprés els tant com ge porrai traire del cheval, et au retor ge revandrai ci a vos tot droit. »

Il s'an vait, et messire Yvains l'atant ; mais il n'a talant de retorner, car il n'atant pas a estre chevaliers de la main lo roi, mais d'un[e] autre dont il cuidera plus amander. Grant piece l'atandié messire Yvains ; et qant il voit qu'il ne reparrera, si s'an va droit au roi et dit :

« Sire, malement somes deceü de nostre vallet qui s'an vait a Nohaut por lo secors. »

« Comment ? » fait li rois.

« Certes, fait il, ja ne li avez pas ceinte l'espee. »

Lors li conte comment il dut revenir qant il ala s'espee querre. Et li rois se mervoille mout por quoi il n'estoit retornez, puis que messire Yvains li avoit dit qu'il n'estoit mie chevaliers.

« Certes, fait messires Gauvains, ge cuit qu'il est mout hauz hom de grant maniere, si a tenu espoir en despit ce que messires li rois ne li ceint s'espee ançois qu'as autres, et por ce s'an est alez. »

Et la reine dit qe bien puet estre, et mainz des autres chevaliers dient autel. Mais or se taist atant li contes et del roi et de la reine et tote lor conpaignie et retorne au vallet qui la dame de Nohauz vait delivrer.

— Seigneur, vous n'en ferez rien, dit le valet ; car je mènerai mon cheval au grand galop, et au retour je viendrai tout droit vous retrouver ici. »

Il s'en va ; et monseigneur Yvain l'attend. Mais le valet n'a aucune envie de revenir ; car il n'aspire pas à être fait chevalier de la main du roi, mais d'une autre, dont il pense avoir plus d'avantage. Monseigneur Yvain l'attend pendant un long moment. Quand il voit qu'il ne reviendra pas, il se rend auprès du roi et lui dit :

« Seigneur, notre valet, qui va secourir la dame de Nohaut, s'est outrageusement moqué de nous.

— Comment ? dit le roi.

— Certes oui, reprend monseigneur Yvain. Vous ne lui avez pas ceint l'épée. »

Alors il explique au roi que le valet devait revenir, après être allé chercher son épée. Le roi, très étonné, se demande pourquoi il n'est pas revenu, puisque monseigneur Yvain lui a dit qu'il n'était pas chevalier.

« En vérité, dit monseigneur Gauvain, je crois que c'est un grand seigneur d'une très haute noblesse. Il s'est peut-être vexé que monseigneur le roi ne lui ait pas ceint l'épée, avant de la ceindre aux autres ; et telle est sans doute la raison de son départ. »

La reine dit que c'est bien possible[1] ; et beaucoup d'autres chevaliers disent de même. Ici le conte ne parle plus du roi ni de la reine ni de toute leur compagnie, et revient au valet qui s'en va délivrer la dame de Nohaut.

---

1. *c'est bien possible :* voir p. 441, note 1.

(f. 56a) Or s'an vait li vallez aprés lo chevalier qui vint querre lo secors et aprés son hernois qui avant vait, si ataint lo chevalier et lo hernois a l'entree de la forest. Il chevauchent ensenble parmi la forest tant qu'il est none, si fait mout grant chaut. Li vallez oste son hiaume, sel baille a un suen escuier, et il commance a panser mout durement. Et li chevaliers, qui avant vait, issi hors do chemin et antre en un santier petit. Et qant il ont un po alé par lo sentier, uns rains aconsiust lo vallet el vis, si l'a blecié ; et il laisse son pensé, si regarde et voit qu'il est hors do grant chemin.

« Q'est ce ? fait il au chevalier ; dont n'estoit la voie droite et plus bele par lo grant chemin que par cest petit santier ? »

« Oïl, sanz faille, fait li chevaliers, mais ele n'i estoit mie si seüre. »

« Por quoi dons ? » fait li vallez.

CHAPITRE XXII

Premières aventures du chevalier blanc[1]

Le valet part à la recherche de son équipage, qui le précède sur la route de Nohaut, et du chevalier venu demander du secours. Il rejoint l'un et l'autre à l'orée de la forêt. Ils chevauchent ensemble à travers bois jusqu'à none. Il fait très chaud. Le valet ôte son heaume, le remet à l'un de ses écuyers et se laisse aller à ses pensées. Le chevalier, qui chevauche devant lui, quitte la route et s'engage dans un petit sentier. Quand ils ont suivi quelque temps le sentier, une branche heurte le valet au visage et le blesse. Il sort de ses pensées, lève les yeux et voit qu'il est hors du grand chemin.

« Qu'est-ce là ? dit-il au chevalier. La route n'était-elle pas plus droite et plus belle par le grand chemin que par ce petit sentier ?

— Oui, sans aucun doute, mais elle n'était pas aussi sûre.

— Pourquoi donc ?

---

1. Ce chapitre, consacré aux premières aventures du nouveau chevalier, est remarquable à plus d'un titre. Il illustre le double caractère du héros : cœur de diamant et cœur de cire ; indomptable au combat, désarmé devant la douceur. Mais l'auteur nous montre aussi, non sans ironie, sa maladresse, sa naïveté, sa crédulité même. Il utilise à cette fin toute la panoplie des romans arthuriens, notamment ces « demoiselles », qui parcourent en tous sens les forêts de la Grande-Bretagne et dont on ne sait « ni où elles vont ni d'où elles viennent ». Les hommes de ce temps-là n'étaient pas des naïfs et ces demoiselles leur posaient un problème. Aussi Chrétien de Troyes nous expose-t-il « la coutume », c'est-à-dire la loi du monde arthurien : si elles sont seules, elles ne courent aucun risque, car tout le monde « portait honneur aux dames », mais si elles voyagent sous la conduite d'un chevalier et que celui-ci soit vaincu en bataille, c'est-à-dire en combat singulier, elles appartiennent de plein droit au vainqueur. L'auteur fait subir à cette « matière de Bretagne » un traitement très particulier. Ces aventures ne sont pas de vraies aventures, au sens arthurien du terme ; car le surnaturel, les enchantements n'y sont que des apparences. Elles s'expliquent par la suite le plus naturellement du monde. L'esprit de Cervantès est là, avec trois siècles d'avance. On le retrouvera, notamment au chapitre XLVI, « Étrange conduite de Lancelot ».

« Ce ne vos dirai ge pas, se ge ne voil », fait li chevaliers.

« En non Deu, fait il, si feroiz, car vos m'avez fait plus d'anui que vos ne cuidiez en ceste voie. »

« Amis, fait li chevaliers, et quel ? »

« Tel, fait li vallez, que vos nel me porriez pas restorer. Mais or me dites por quoi la voie n'estoit pas seüre par dela. »

« Nel vos dirai pas », fait li chevaliers.

[« Non ? » fait li vallez.]

Lors prant s'espee de l'escuier qui la portoit, et revient au chevalier isnellement.

« Or lo me diroiz vos, fait il, isnellement, o vos iestes morz. »

« Morz ? » fait il, si commance a rire. « Cuideriez me vos si tost ocirre ? »

« Oïl, certes, fait li vallez, morz iestes vos, se vos nel me dites orandroit. »

« Ge ne suis pas, fait li chevaliers, si legiers a ocirre com vos cuidiez. Mais gel vos dirai, ainz que vos vos mesloiz a moi, car dons feroie ge la besoigne ma dame mauvaisement se ge vos laissoie a moi mesler. Or en venez arrieres, et ge vos mosterrai por quoi ge vos destornoie del grant chemin. »

Il retornent *(f. 56b)* si com il estoient venu tot lo santier, et li valez vait aprés, et ses hernois. Et lors sont repairié a lor chemin. N'orent gaires alé par lo chemin qant il troverent un po sor destre un perron lez une mout bele fontaine. Li vallez vient a la fontaine et esgarde un po loing, si voit un paveillon mout biau tandu tres enmi une lande qui mout ert granz.

« Biax sire, fait li chevaliers au vallet, or vos dirai, se vos volez, por quoi ge laissoie lo grant chemin. »

« Dites », fait il.

« En cel paveillon la, fait li chevaliers, a une pucele de grant

— C'est ce que je ne vous dirai pas, à moins que je ne le veuille.

— Par le nom de Dieu, vous allez me le dire, car vous m'avez causé plus de désagrément que vous ne pensez, en prenant cette voie.

— Ami, dit le chevalier, quel désagrément?

— Tel que vous ne pourriez pas le réparer[1]. Mais dites-moi pourquoi la route n'était pas sûre, par le grand chemin.

— Je ne vous le dirai pas.

— Vraiment? fait le valet. »

Alors il prend son épée des mains de l'écuyer qui la portait et revient en hâte auprès du chevalier.

« Vous allez me le dire, fait-il, et promptement, ou vous êtes mort.

— Mort? fait le chevalier (et il se met à rire). Penseriez-vous me tuer si vite?

— Certainement, vous êtes mort, si vous ne me le dites pas tout de suite.

— Je ne suis pas si facile à tuer que vous le croyez, mais je vous le dirai, plutôt que de me battre contre vous. Car je m'acquitterais bien mal de la besogne dont ma dame m'a chargé, si je vous laissais m'affronter. Revenez en arrière et je vous montrerai pourquoi je vous ai fait sortir du grand chemin. »

Ils retournent, comme ils étaient venus, tout le long du sentier, le chevalier devant et le valet derrière avec son équipage. Les voilà revenus sur la route. Ils la suivaient depuis peu de temps quand ils aperçurent, non loin de là, sur leur droite, un monument de pierre à côté d'une belle fontaine. Le valet s'approche de la fontaine, regarde tout autour et voit un très beau pavillon, dressé au milieu d'une prairie qui s'étendait au loin.

« Beau seigneur, fait le chevalier, je vais vous dire à présent, si vous le voulez, pourquoi j'avais quitté le grand chemin.

— Dites, fait le valet.

— Dans ce pavillon, reprend le chevalier, demeure une

---

1. Le valet esquive la question; car il ne peut avouer ce qui le tourmente. Il cheminait en pensant à sa dame, et le chevalier l'a détourné de cette pensée.

biauté, si la garde uns chevaliers qui mout est [plus] granz
d'autres chevaliers bien demi pié, et plus forz et plus corsuz ; si
est mout fel et mout cruieus de toz cels dont il vient au desus,
et c'est de toz cels qui a lui se meslent, car il est de si grant force
que nus ne lo puet soffrir. Por ce vos destornoie ge del chemin
hors[1]. »

« Et gel voil aler veoir », fait li vallez.

« Nel feroiz, fait il, se vos m'en creez. »

« Si ferai », fait il.

« Par foi, fait li chevaliers, ce poise moi, et vos ne feroiz pas
savoir. Ne ge ne vos convoiera en avant, ce vos di ge bien. »

« Se vos volez, si me convoiez, fait li vallez, et se vos volez,
sel laissiez, que autant m'est de l'un comme de l'autre. »

Lors descent li vallez de son cheval, si prant s'espee en l'une
main et son hiaume en l'autre et laisse lo chevalier et ses
escuiers au perron [et vient] devant lo paveillon, s'espee en sa
main tote nue. Il vost ovrir l'uis do paveillon, mais li granz
chevaliers seoit devant en une mout riche chaiere. Il dit au
vallet.

« Mar i faites, biax sire. Ne vos taint pas a entrer laianz. »

« Moi si fait, fait li vallez, car ge voil veoir une damoisele qui
laianz est. »

« Ele n'est pas abandonee a veoir, fait li chevaliers, a toz cels
qui veoir la vuelent. »

« Ge ne sai, fait li vallez, *(f. 56c)* as quex ele est abandonee,
mais ge la verrai. »

Lors vost dedanz lo paveillon antrer a force.

« Estez, biax sire, fait li chevaliers, n'i antrez pas, car ma
damoisele dort, ne ge ne voudroie en nule guise que ele
s'esveillast autrement que de son gré. Mais puis que vos iestes
si dessirranz de li veoir, fait li chevaliers, ge ne m'en meslerai
pas a vos, car ge n'avroie nule annor en vos ocirre, mais ge la
vos mosterrai ja que ele s'esveillera. »

---

1. *Le Chevalier de la Charrette,* vv. 1356-1383 (le peigne d'ivoire) et 2142-
2153 (le passage des pierres).

jeune fille d'une grande beauté. Un chevalier la garde, qui est plus grand que les autres chevaliers d'un demi-pied au moins et plus fort et plus robuste de corps. Il se montre odieux et cruel envers tous ceux dont il vient à bout ; et ce sont tous ceux qui se battent contre lui, car il est d'une si grande force que nul ne peut lui résister. Voilà pourquoi je vous avais fait sortir du chemin.

— Et moi je veux aller le voir.

— Vous n'irez pas si vous m'en croyez.

— Si.

— Par ma foi, je le regrette et vous n'agirez pas sagement. Pour ma part, je ne vous accompagnerai pas plus loin, je vous le dis bien.

— Si vous voulez, dit le valet, suivez-moi ; si vous voulez, ne me suivez pas. Je me soucie autant de l'un que de l'autre. »

Alors le valet descend de son cheval, prend son épée d'une main, son heaume de l'autre, laisse le chevalier et ses écuyers au monument de pierre et se présente à l'entrée du pavillon, l'épée dans sa main nue[1]. Il veut ouvrir la porte du pavillon ; mais le grand chevalier était assis devant, dans un fauteuil de très grand prix. Il dit au valet :

« Gare à vous, beau seigneur ! Vous n'avez rien à faire à l'intérieur de ce pavillon.

— Justement si, répond le valet. Je veux voir une demoiselle qui s'y trouve.

— Elle n'est pas à la disposition de tous ceux qui veulent la voir.

— Je ne sais pas à la disposition de qui elle est, mais je la verrai. »

Alors il veut entrer de force dans le pavillon.

« Arrêtez, beau seigneur, dit le chevalier. N'entrez pas ; car ma demoiselle dort et je ne voudrais en aucune façon qu'elle s'éveillât autrement que de son plein gré. Mais, puisque vous êtes si désireux de la voir, ajoute le chevalier, je ne vais pas me battre contre vous, car j'aurais peu d'honneur à vous tuer. Et je vous la montrerai, dès qu'elle s'éveillera.

---

1. *dans sa main nue :* le valet n'est armé « ni des mains, ni de la tête ». L'auteur sourit de son imprudence ou de sa naïveté.

468 Lancelot du Lac

« Por quoi n'avriez vos nule honor, fait li vallez, en moi ocirre ? »

« Por ce, fait il, que vos iestes trop juenes, et si sui plus granz et plus forz de vos assez. »

« Moi ne chaut, fait li vallez, por quoi vos lo laissiez, se vos me creantez que vos me mosterroiz la pucele qant ele sera esveilliee. »

« Gel vos creant », fait li chevaliers.

Et li vallez guerpist lo paveillon et s'an torne vers une loge galesche qui estoit a mains d'une archiee del paveillon. Si voit devant la loge seoir deus damoiseles mout acesmees. Il s'an vait as damoiseles, s'espee en sa main destre et son hiaume en la senestre. Et qant il aproche d'eles, onques ne se murent, ançois dist l'une :

« Dex, com biau chevalier a ores en cest home qui ci vient ! »

« Certes voires, fait l'autre, c'est li plus biaus chevaliers do monde. Mar i fu de ce qu'il est si coarz. »

« M'aïst Dex, fait l'autre, vos avez voir dit. Il n'est mie chevaliers, qant il ma dame n'osa veoir, qui est la plus bele riens do monde, por la paor del grant chevalier qui la gardoit. »

Il a mout bien antandu ce que eles ont dit, si s'areste et puis lor dit :

« Si voirement m'aïst Dex, vos avez mout grant droit. »

Lors torne arrierres au paveillon (f. 56d) qui estoit an l'oroille de la forest. Et qant il vient a l'uis, si ne trueve point del grant chevalier. Il oevre l'uis do paveillon, mais il ne voit laianz ne dame ne damoisele. Lors est mout esbahiz, si se mervoille o puent estre alé cil de laianz. Il regarde antor lui, mais il n'i choisist nule rien. Maintenant revient arrierres as deus puceles que il avoit veües devant la loge, mais il n'an puet nule trover. Lors est si dolanz que par un po qu'il n'est desvez. Il revient arrieres au perron o il ot laissié lo chevalier et son harnois, et li chevaliers li demande que il a fait.

« Ge n'ai, fait il, rien fait. La pucele m'est eschapee, dont

— Pourquoi auriez-vous peu d'honneur à me tuer ? fait le valet.

— Parce que, fait le chevalier, vous êtes trop jeune ; et je suis beaucoup plus grand et plus fort que vous.

— Je me moque de vos raisons, dit le valet, pourvu que vous me promettiez de me faire voir la jeune fille, quand elle sera réveillée.

— Je vous le promets », dit le chevalier.

Le valet s'éloigne du pavillon et se dirige vers une loge galloise[1], qui était à moins d'une portée d'arc du pavillon. Il voit, assises devant la loge, deux demoiselles élégamment vêtues. Il s'avance vers elles, son épée dans sa main droite, son heaume dans sa main gauche. En le voyant approcher, elles ne font pas le moindre mouvement, mais l'une dit à l'autre :

« Dieu, le beau chevalier que voici !

— Assurément, dit l'autre, c'est le plus beau chevalier du monde. Dommage qu'il soit si couard !

— Par Dieu, continue la première, vous dites vrai. Il n'est pas chevalier, puisqu'il n'a pas osé voir ma dame, qui est la plus belle créature du monde, par peur du grand chevalier qui la gardait. »

Il a fort bien entendu ce qu'elles ont dit. Il s'arrête. Puis il leur dit :

« Vraiment — Dieu me pardonne ! — vous avez tout à fait raison. »

Alors il retourne au pavillon, qui était à l'orée de la forêt. Quand il arrive devant la porte, il ne voit plus trace du grand chevalier. Il ouvre la porte du pavillon, mais ne voit dedans ni dame ni demoiselle. Il est très étonné et se demande où peuvent être allés les hôtes du pavillon. Il regarde autour de lui, mais ne voit rien. Il retourne immédiatement auprès des deux jeunes filles qu'il avait vues devant la loge, mais ne peut en trouver aucune. Alors il est si désolé que peu s'en faut qu'il ne perde le sens. Il revient au monument, où il avait laissé le chevalier et son équipage, et le chevalier lui demande ce qu'il a fait.

« Je n'ai rien fait, dit-il. La jeune fille m'est échappée, ce dont

---

1. *une loge galloise :* une petite hutte, dans la forêt. Littré expose fort bien les divers sens du mot « loge », encore très employé de son temps.

mout me poisse. » Lors li conte en quel maniere. « Mais certes, fait il, ge ne finerai ja mais devant que ge avrai veü la damoisele. »

Lors est montez en son cheval et rebaille s'espee et son hiaume a ses escuiers.

« Qu'est ce? fait li chevaliers, biax sire, volez vos dons aler sivre la damoisele? »

« Oïl, fait li vallez, ge la querrai tant que ge l'avrai trovee. »

« Comment? fait li chevaliers; vos deviez a ma dame faire secors. »

« Si ferai ge, fait li vallez, g'i vendrai bien a tans ainz que li jorz soit de la bataille. »

« Vos que savez, fait li chevaliers, a quant il est? »

« Ge sai bien, fait li vallez, que vos deïstes monseignor lo roi qe encor n'estoit il mie devisé a quant la bataille seroit ne a quanz chevaliers. Mais alez avant a vostre dame et si la me saluez et li dites que ge vaig por sa besoigne et g'i serai prochainement. »

« A Deu vos commant dons, fait li chevaliers, car ge m'en vois; mais si tost com vos avroiz la damoisele veüe, que vos en venez a Nohaut. »

« Si ferai ge », fait il.

Lors s'an torne li chevaliers d'une part, et li vallez d'autre entre lui *(f. 57a)* et ses escuiers. Et qant vint aprés vespres un po, si encontra un chevalier armé de totes armes. Li chevaliers li demande o il vait.

« Ge vois, fait li vallez, en un mien affaire. »

« Dites lo moi », fait li chevaliers.

« Nel ferai », fait li vallez.

« Ge sai bien, fait li chevaliers, o vos alez. »

« Et ou? » fait cil.

« Vos querez, fait li chevaliers, une damoisele que uns granz chevaliers garde. »

« Vos dites voir, fait li vallez; qui lo vos dist? »

« Gel savoie bien », fait li chevaliers.

« Ge sai bien, fait li vallez, qui lo vos dist. »

« Et qui? » fait li chevaliers.

« Il lo vos dist, fait li vallez, uns chevaliers qui de moi se parti ore, qui s'en vait a madame de Nohaut. »

je suis bien fâché. » Alors il lui raconte comment les choses se sont passées. « Mais en vérité, dit-il, je n'aurai de cesse que je n'aie vu la demoiselle. »

Il remonte sur son cheval et rend son épée et son heaume à ses écuyers.

« Que dites-vous ? fait le chevalier. Beau seigneur, voulez-vous donc aller à la poursuite de la demoiselle ?

— Oui, fait le valet, je la chercherai jusqu'à ce que je l'aie trouvée.

— Comment ? dit le chevalier. Vous deviez porter secours à ma dame.

— Je le ferai, dit le valet. J'arriverai bien à temps, avant le jour de la bataille.

— Vous en savez la date ? dit le chevalier.

— Je sais bien, dit le valet, ce que vous avez dit à monseigneur le roi, que l'on n'avait encore fixé ni la date de la bataille ni le nombre des combattants. Mais partez devant et allez trouver votre dame. Saluez-la de ma part. Dites-lui que je viens pour son affaire et que je serai là dans peu de temps.

— Je vous recommande donc à Dieu, dit le chevalier ; car je m'en vais. Mais aussitôt que vous aurez vu la demoiselle, venez à Nohaut.

— J'y viendrai. »

Alors le chevalier s'en va d'un côté, et le valet d'un autre avec ses écuyers. Peu après vêpres, il rencontre un chevalier armé de toutes armes. Le chevalier lui demande où il va.

« Je vais, dit le valet, à mes affaires.

— Dites-moi lesquelles.

— Je n'en ferai rien.

— Je sais bien, dit le chevalier, où vous allez.

— Où donc ?

— Vous cherchez une demoiselle qu'un grand chevalier garde.

— C'est vrai. Qui vous l'a dit ?

— Je le savais bien.

— Je sais bien qui vous l'a dit.

— Et qui ?

— Celui qui vous l'a dit est un chevalier qui m'a quitté tout à l'heure, pour se rendre auprès de madame de Nohaut.

« Qui que lo me deïst, fait li chevaliers, ge ai tant fait que ge lo sai ; et ge vos menroie bien, se ge voloie. »

« Dons m'i menez », fait li valez.

« Nel ferai pas, fait li chevaliers, anuit, car n'i seriens pas de jorz, mais lo matin i alons. Et se vos oseiez, ge vos menroie veoir une des plus beles damoiseles que vos onques veïssiez, et si n'est gaires loign de ci et an la droite voie de celi qe vos alez querant. »

« Ce voil ge mout, fait li vallez ; menez m'i dons. »

« Par foi, fait cil, ge ne vos i menrai pas se par un covant non. »

« Quel ? » fait li vallez.

« Gel vos dirai, fait cil. La pucele est en prison dedanz un lac en un prael, desouz un trop biau scichamor qui est el mileu del prael. Si se gist tote jor illuecques sor une coutepointe, tote seule sanz compaignie. Et qant vient a l'anuitier, si i vienent dui chevalier tuit armé, les hiaumes laciez, si la metent hors d'iluec et l'an mainent avecques els ; et chascun matin la ramainnent arrieres el lac. Mais se ele avoit deus chevaliers qui se voussisent combatre encontre els deus, la pu(*f. 57b*)cele s[er]oit delivre se li suen dui pooient outrer de la bataille les autres deus. Et ge en s[eroie] li uns, se vos voliez estre li autre[s]. »

[Et li val]lez respont que si sera il mout v[olantiers], « par covant, fait il, que vos me cre[antoiz] lo matin que vos me manroiz la [ou ge] porrai trover lo grant chevalier qui g[arde] la damoisele del paveillon. »

« Puis [que] vos i metez covant, fait li chevaliers, ge [l'i] metrai autresin, que ge voil, se nos conquer[ons] la pucele qui est el lac, que ele soit moie. »

« Et ge l'otroi », fait li vallez.

« Et ge vos otroi, fait li chevaliers, autresin vostre requeste. »

Atant s'an vont andui chevauchant droit vers lo lac. Et qant il vindrent, si anuitoit. Et il virent d'autre part les deus chevaliers qui venu furent. Et li chevaliers dit au vallet :

« Veez les la, les deus chevaliers qui mener en vuelent la

— Peu importe qui me l'a dit, j'ai fait en sorte que je le sais[1]. Et je vous y conduirais bien, si je voulais.

— Eh bien ! conduisez-moi.

— Pas ce soir, dit le chevalier ; car nous n'y serions pas de jour. Mais allons-y demain matin. Et si vous l'osiez, je vous mènerais auprès d'une des plus belles demoiselles que vous ayez jamais vues, d'autant qu'elle n'est pas loin d'ici et dans le droit chemin de celle que vous cherchez.

— Très volontiers, dit le valet. Allons-y.

— Par ma foi, dit le chevalier, je ne vous y conduirai qu'à une condition.

— Laquelle ? dit le valet.

— Je vais vous la dire. La jeune fille est prisonnière au milieu d'un lac, dans une prairie, sous un magnifique sycomore, qui étend son ombrage au centre du petit pré. C'est là qu'elle repose durant tout le jour, allongée sur une courte-pointe, seule, sans compagnie. Quand le soir tombe, deux chevaliers viennent tout armés, les heaumes lacés. Ils la font sortir du lac et l'emmènent avec eux. Chaque matin ils la ramènent au lac. Mais si elle avait deux chevaliers prêts à combattre pour elle, la jeune fille serait délivrée, pour peu que les siens puissent vaincre en bataille les deux autres. Je serais l'un de ceux-là, si vous vouliez être le second. »

Le valet répond qu'il ne demande pas mieux, « mais à une condition, dit-il : vous me promettrez de me conduire demain matin là où je pourrai trouver le grand chevalier qui garde la demoiselle du pavillon.

— Puisque vous y mettez une condition, dit le chevalier, j'en mettrai une aussi : je veux que, si nous conquérons la jeune fille du lac, elle soit à moi.

— Je vous l'accorde, dit le valet.

— Et j'accepte aussi votre requête », dit le chevalier.

Alors ils s'en vont ensemble, chevauchant tout droit vers le lac. Quand ils arrivèrent, le soir tombait. Ils aperçoivent les deux chevaliers qui étaient venus d'un autre côté. Le chevalier dit au valet :

« Voilà les deux chevaliers qui veulent emmener la demoi-

---

1. Littéralement : j'ai tant fait que je le sais ; je suis parvenu à le savoir.

damoisele. Or prenez vostre escu et vostre lance et laciez vostre
hiaume et ceigniez vostre espee. »

Li vallez fu si desirranz de la joste qu'il ne li menbra onques
de son escu, mais son hiaume li laça uns de ses escuiers, et
maintenant prist un glaive. Et s'adrecent entre les deus encontre les deus chevaliers. Il vindrent tost et sistrent sor bons
chevaus, si se fierent granz cox sor les escuz cil qui les orent. Li
uns des deus chevaliers qui gardoient la damoisele fiert lo vallet
sor lo hauberc, si qu'il lo li fause endroit la senestre espaule et
li met dedanz l'espaule trestot lo fer. Et li vallez refera lui, si
qu'il lo porta a terre, et au parcheor brise li glaives. Et li autre
dui chevalier se furent antrabatu. Lors descent li vallez a terre ;
et qant li chevaliers qi amené l'i avoit vit que il n'avoit ne lance
ne espee ne escu, si esgarda que il feroit. Et cil vient a lui, si li
dit :

« Bailliez *(f. 57c)* [m]oi vostre espee, car mi escuier sont trop
loig. »

« Volentiers », fait cil.

Il la li [baille]. Et li vallez li dit :

« Or vos traiez [arrier]es et les me laissiez andeus. »

Qant [li chevaliers] qui l'avoit navré oï qu'il disoit [que l'an
les] li laissast andeus, si commence a rire. [Lors v]ient a lui, et
si li dit :

« Biax sire, certes [ancor] vos baillerai ge la moie espee se
[vos] volez, ne a vos ne me combatrai ge mais hui. »

« Ne ge, voir », fait li autres chevaliers.

« Par [S]ainte Croiz, fait li vallet, dont quiteroiz vos la
pucele. »

« Nos la vos quitons, font il endui, et savez vos por quoi ?
Nos veons bien que vos iestes de trop haut cuer, si poez encores
venir a mout grant chose ; et vos iestes si navrez que bien en
porriez morir, se encores estiez un po grevez. Por ce si vous
a[vons] faite ceste bonté. »

« Moi ne chaut, fait li vallet, por quoi vos l'aiez fait, mais
que la pucele soit quitee. Or la me bailliez, car ge la voil. »

« Volentiers », font li chevalier.

Li uns trait une clef, si la giete el prael et li dit :

selle. Prenez donc votre écu, votre lance, lacez votre heaume et ceignez votre épée. »

Le valet était si impatient de la joute qu'il en oublia tout à fait son écu. Un de ses écuyers lui lace son heaume et il prend aussitôt une lance. Puis ils s'élancent tous deux contre les deux chevaliers. Ils vont vite et sont montés sur de bons chevaux. Ils se donnent de grands coups sur leurs écus, quand ils en ont. L'un des deux chevaliers qui gardaient la demoiselle frappe le valet en plein haubert, le transperce à la hauteur de l'épaule gauche et lui met dans l'épaule tout le fer. Le valet le frappe à son tour d'un coup si puissant qu'il l'abat et, en le portant à terre, brise sa propre lance. Les deux autres chevaliers s'étaient désarçonnés l'un l'autre. Alors le valet met pied à terre.

Quand le chevalier qui l'avait amené vit qu'il n'avait ni lance ni épée ni écu, il regarda ce qu'il allait faire. Le valet vient le trouver et lui dit :

« Donnez-moi votre épée ; car mes écuyers sont trop loin.

— Volontiers », répond le chevalier. Il la lui donne ; et le valet lui dit :

« Maintenant retirez-vous et laissez-les-moi tous les deux. »

Quand le chevalier qui l'avait blessé l'entend crier : « laissez-les moi tous les deux », il se met à rire, s'avance vers lui et lui dit :

« Beau seigneur, je vous donnerai encore ma propre épée, si vous la voulez, et je ne me battrai plus contre vous aujourd'hui.

— Ni moi non plus, dit l'autre chevalier.

— Par la Sainte Croix, dit le valet, vous rendrez donc la jeune fille ?

— Nous vous la rendrons, répondent-ils tous deux. Et savez-vous pourquoi ? Nous voyons bien que vous êtes d'un très grand cœur et que vous pouvez parvenir plus tard à une haute destinée. Or vous êtes blessé si gravement que vous risqueriez d'en mourir, si l'on vous pressait encore un peu. C'est pourquoi nous vous avons fait cette faveur.

— Je me moque de vos raisons, dit le valet, pourvu que la jeune fille soit libérée. Rendez-la-moi, car je la veux.

— Volontiers », disent les chevaliers. L'un d'eux prend une clé, la lance dans le petit pré et dit :

« Damoisele, desfermez cele nef et venez hors, car cist chevaliers vos a conquise. »

Cele defferme une nef qui el prael estoit atachiee a une chaine, puis est hors venue. Et li dui chevalier qui la gardoient s'an partent et s'an vont a lor affaire. Et tantost vienent illuec quatre vallet, trossé un paveillon qu'il aportoient sor un somier, si lo tendent pres d'iluec en une foillie. Et puis atornent a mengier a mout grant planté. Et il estoient au chevalier qui lo vallet avoit illuec amené. Quant li mengiers fu prez, si mengierent ; et qant il orent mengié, si commanda la pucele as vallez trois liz a faire. Et li vallez qui l'avoit conquise la regarde, si li demende por quoi ele commande trois liz affaire.

« A vos, fait ele, et a ce chevalier et a moi. »

« A moi ? fait il ; ge gerrai avocques vos. »

« Nel feroiz », [fait] ele.

« Si ferai », *(f. 57d)* fait il.

« Voire, fait ele, se vos volez. »

« Et ge vos en clain quite », fait il.

Lors se couchent et dorment tres q'au matin. Au matin, qant il furent levé, dist li vallez au chevalier :

« Biax sire, menez moi la o vos me devez mener. »

« Volentiers, fait li chevaliers, par un covant, se vos la conquerez, qu'ele soit moie. »

« Ge l'otroi », fait li vallez.

Il montent andui, et la pucele avocques aus, et oirrent tant qu'il vienent au perron.

« Veez la lo paveillon, fait li chevaliers au vallet, mais il vos covient faire une chose que ceste damoisele vos prie, et ge meesmes. »

« Q'est ce ? » fait il.

« Que vos ceigniez vostre espee, fait li chevaliers, et metez vostre escu a vostre col ; et vos avez boene lance que ceste damoisele vos a faite baillier a un de voz escuiers. »

« L'escu, fait li vallez, et la lance prandrai ge mout volentiers, mais l'espee ne puis ge ceindre, ne ne doi, tant que ge n'avrai autre commandement. »

« Demoiselle, détachez cette nacelle et sortez. Ce chevalier vous a conquise. »

La demoiselle détache une nacelle, qui était reliée au petit pré par une chaîne, et sort du lac. Les deux chevaliers qui la gardaient la laissent et vont à leurs affaires. Aussitôt arrivent quatre jeunes gens apportant un pavillon chargé sur un cheval de bât. Ils le tendent non loin de là dans une feuillée. Puis ils apprêtent un copieux repas. Ils étaient au service du chevalier qui avait amené le valet. Quand le repas fut prêt, on se mit à table. Et quand on eut mangé, la demoiselle donna l'ordre aux jeunes gens de faire trois lits. Le valet qui l'avait conquise la regarde et lui demande pourquoi trois lits.

« Pour vous, dit-elle, pour ce chevalier et pour moi.

— Pour moi ? dit-il. Je coucherai avec vous.

— Non, dit-elle.

— Si, dit-il.

— Eh bien ! dit-elle, si vous voulez.

— Eh bien ! dit-il, je vous en tiens quitte. »

Alors ils se couchent et dorment jusqu'au matin. Au matin, quand ils furent levés, le valet dit au chevalier :

« Beau seigneur, conduisez-moi là où vous devez me conduire.

— Volontiers, dit le chevalier, à condition que, si vous conquérez la demoiselle, elle soit à moi.

— Je vous l'accorde », dit le valet.

Tous deux montent à cheval et la demoiselle du lac les accompagne. Ils font route jusqu'à ce qu'ils arrivent au monument de pierre.

« Voilà le pavillon, dit le chevalier. Mais veuillez nous accorder une grâce, à la prière de cette demoiselle et à la mienne.

— Laquelle ? dit le valet.

— Ceindre votre épée et mettre votre écu à votre cou. Vous avez aussi une bonne lance, que cette demoiselle a fait remettre pour vous à l'un de vos écuyers.

— Je prendrai l'écu et la lance très volontiers, dit le valet. Mais je ne peux ni ne dois ceindre l'épée, tant que je n'aurai pas reçu d'autre commandement[1].

---

1. Cet *autre commandement* est évidemment celui de la reine, qui a seule le pouvoir de remettre à Lancelot son épée et de le faire ainsi chevalier.

« Or soffrez dons, fait li chevaliers, que ge la vos pande a l'arçon de vostre sele, si la trairoiz, se mestiers vos est, car vos avez affaire a un mout cruiel home. »

Tant li prie li chevaliers et la pucelle qu'il lo fait, et il li pendent l'espee a l'arçon. Et il prant son escu et la lance et vient jusqu'au paveillon, et trueve lo grant chevalier autresin com il avoit fait a l'autre foiz.

« Ge vaig, fait il, querre mon covenant que vos me mostroiz la damoisele, si com vos me creantastes ier. »

Et cil dit qu'il n'en verra poinz sanz meslee.

« Se mesler m'estuet, fait li vallez, ançois lo ferai ge, que ge ne la voie. Et si vos armez tost, car ge ai aillors a aler. »

Lors se drece li granz chevaliers, si commence a rire de ce que li vallez li dist qu'il s'armast.

« Fi ! fait il, por vos m'armeroie gié ! »

Il saut en un cheval qui pres de lui estoit, et prant un escu et une lance, et autel fait li vallez. Lors s'entrevienent si tost comme li cheval lor corrent, et se donent granz cox et pesanz *(f. 58a)* sor les escuz. Li granz chevaliers brise sa lance, que li esclat an sont volé. Et li vallez lo fiert de tele force que li cuirs ront et les eis covient desjoindre ; et li fers del glaive est outre passez, si li hurte au costel senestre et li ront une des costes dedanz lo cors. Et il l'anpoint si durement que les regnes li ramanent an la main et li arçons derrieres brise, si lo porte a terre si durement que tot l'estone, et au parcheor brise la lance. Li chevaliers se pasme, car mout estoit bleciez. Et li vallez cuide qu'il soit morz, [si l'en poise mout, por ce qe desarmez estoit. Lors descent et esgarde qu'il fera. Et quant li chevaliers revient de pasmoison, si voit lo sanc qui del cors li cort a grant ruissel, si crient estre morz.] Lors se drece en son seant. Et li vallez li dit :

« Or la verrai ge, la damoisele. »

« Voire, fait il, biaus sire, ge la vos quit. Maleoite soit l'ore que onques la vi, que morz an sui. »

Einsin li guerpist la damoisele. Mais ançois que li vallez l'an voille laissiez aler, li fait fiancier que ja mais a chevalier ne se

— Alors permettez-moi, dit le chevalier, de la pendre à l'arçon de votre selle. Vous la tirerez si vous en avez besoin ; car vous avez affaire à un homme très cruel. »

Le chevalier et la demoiselle l'ont tant prié qu'il cède à leurs instances, et ils lui pendent l'épée à son arçon. Lui-même prend son écu et la lance, se dirige vers le pavillon et y trouve le grand chevalier, exactement comme l'autre fois.

« Je viens, dit-il, chercher mon dû : montrez-moi la demoiselle, comme vous me l'avez promis hier. »

L'autre répond qu'il ne la verra pas sans combattre.

« S'il faut combattre, dit le valet, je combattrai plutôt que de ne pas la voir. Mais armez-vous vite ; car j'ai affaire ailleurs. »

Alors le grand chevalier se lève et se met à rire, parce que le valet lui a dit de s'armer : « Fi donc ! dit-il, m'armer pour vous ? » Il saute sur un cheval, qui était à côté de lui, prend un écu et une lance, et le valet fait de même. Alors ils s'élancent l'un contre l'autre, aussi vite que leurs chevaux peuvent courir, et se portent des coups puissants et lourds sur leurs écus. Le grand chevalier brise sa lance, qui vole en éclats. Le valet frappe l'écu de son adversaire avec une force telle que le cuir se déchire, les planches sont contraintes de se disjoindre, le fer de la lance passe au travers, atteint le chevalier au côté gauche et lui brise une côte dans la poitrine. Le chevalier est serré si durement que les rênes lui restent dans la main, son arçon arrière se rompt, il est jeté à terre tout hébété, et dans sa chute fait voler en pièces la lance du valet. Le chevalier se pâme ; car il est blessé gravement. Le valet le croit mort et se lamente d'avoir tué un homme désarmé[1]. Il descend de cheval et l'observe.

Quand le chevalier revient de pâmoison et qu'il voit le sang qui sort de son corps à gros bouillons, il a peur de mourir. Alors il se dresse sur son séant et le valet lui dit :

« Et maintenant, je la verrai, la demoiselle ?

— Oui, beau seigneur, je vous la laisse. Et maudite soit l'heure où je la vis ; car j'en ai reçu la mort ! »

C'est ainsi que le chevalier dut rendre la demoiselle. Mais avant de le laisser partir, le valet lui fit jurer de ne plus jamais

---

1. *désarmé :* qui combattait sans armure.

combatra se ce n'est sor soi desfandant. Lors vint li chevaliers qui illuec avoit amené lo vallet, et la damoisele autresi, si furent tuit esbahi des mervoilles que il avoit faites. Et il entre el paveillon et prant par la main la damoisele, qui lors primes estoit levee, si la rant au chevalier.

« Tenez, fait il, sire chevaliers. Or en avez deus. »

« Sire, fait li chevaliers, moies ne seront eles pas, car trop sont beles. Ne ge nes ai mie conquises, mais vos, si doivent estre voz. »

« Moies ne seront eles ja, fait li vallez, car il fu covanz que vos les avriez andeus. »

« Sire, fait li chevaliers, puis que vos nes volez avoir, si me commandez qe g'en ferai, car il en sera fait a vostre volenté. »

« Sera ores ? » fait li vallez.

« Oïl, fait il, gel vos creant leiaument. »

« Or les menez, fait li vallez, a la cort monseignor lo roi Artu, si dites a madame la reine que li vallez qui va por lo secors a la dame de Nohaut les li envoie. Et li dites que ge *(f. 58b)* li ment que, por moi gaaignier a tozjors, que ele me face chevalier, si m'envoit une espee com a celui qui ses chevaliers sera, car messires li rois ne me ceint point de l'espee qant il me fist ier chevalier. »

Qant li chevaliers oï qu'il estoit noviax, s'en est toz esbahiz.

« Sire, fait il, ou vos troverai ge au revenir ? »

« A Nohaut, fait li vallez, venez tot droit. »

Li chevaliers s'an va atant a la cort et fait son mesage et conte a la reine les mervoilles qu'il a veües del vallet. Et ele en est mout liee, si li anvoie une espee mout boene et mout richement apareilliee de fuerre et de ranges. Li chevaliers an porte l'espee et vait tant qu'il vient a Nohaut, car bien savoit la droite voie. Et qant il vient pres de la vile, si trova lo vallet, qui ancor n'i estoit mie venuz, et il li baille l'espee de par la reine.

« Et si vos mande, fait il, que vos la ceigniez. »

Et il la ceint mout volentiers et au chevalier done celi qui estoit pandue a son arçon, et dit que ores est il chevaliers, Deu

se battre contre aucun chevalier, si ce n'était à son corps
défendant.

Survient alors le chevalier, qui avait amené le valet en ce lieu,
avec la demoiselle qui l'accompagne. Tous deux sont stupéfaits
des merveilles qu'il a faites. Le valet entre dans le pavillon,
prend par la main la demoiselle qui venait juste de se lever, et
la remet au chevalier.

« Tenez, lui dit-il, seigneur chevalier ; vous en avez deux à
présent.

— Seigneur, répond le chevalier, elles ne seront pas à moi ;
car elles sont trop belles. Et je ne les ai pas conquises, mais
vous seul. C'est donc à vous qu'elles doivent revenir.

— À moi ? Il n'en est pas question, dit le valet, car nous
avons convenu que vous les auriez toutes les deux.

— Seigneur, puisque vous ne voulez pas les avoir, dites-moi
ce que je dois en faire. Il en sera ce que vous voudrez.

— Vraiment ?

— Oui, je vous en donne ma parole d'honneur.

— Alors, dit le valet, conduisez-les à la cour de monseigneur
le roi Arthur. Dites à madame la reine que le valet qui s'en va
secourir la dame de Nohaut les lui envoie. Et dites-lui que je lui
mande que, pour me gagner à tout jamais, elle me fasse
chevalier et m'envoie une épée comme à celui qui sera son
chevalier. Car monseigneur le roi ne m'a pas ceint l'épée,
quand il m'a fait hier chevalier. »

Le chevalier est tout surpris d'apprendre que son compagnon est chevalier nouveau :

« Seigneur, lui dit-il, où vous trouverai-je à mon retour ?

— À Nohaut, dit le valet. Allez-y tout droit. »

Le chevalier s'en va à la cour. Il y porte le message dont il est
chargé et apprend à la reine les merveilles qu'il a vu faire au
valet. Elle en ressent une grande joie et lui envoie une très
bonne épée, richement équipée de fourreau et de baudrier. Le
chevalier l'emporte et fait route jusqu'à Nohaut ; car il en
connaissait bien le droit chemin. En approchant de la ville, il
rencontre le valet qui n'y était pas encore arrivé. Il lui remet
l'épée de la part de la reine. « Et, dit-il, elle vous mande de la
ceindre. » Le valet ceint cette épée avec beaucoup de joie. Il
rend à son compagnon celle qui pendait à l'arçon de sa selle et
dit qu'il est maintenant chevalier par la grâce de Dieu et de sa

merci et sa dame. Et por ce l'a apelé li contes vallet enjusque ci.
Li chevaliers qui lo secors avoit quis a la cort por la dame de
Nohaut estoit ja venuz, tierz jor avoit, et il avoit tant loé lo
noviau chevalier a sa dame que ele l'atant a grant desirrier, ne
ne velt que autres face sa bataille. Qant il vint, il fu assez qui
joie li fist, car li chevaliers qui avoc lui venoit s'en vint avant
por dire de lui les novelles. Si monta la dame et mout de ses
genz, et vindrent ancontre, si li font si grant joie com en puet
faire a un chevalier estrange.

Qant il voit la dame, si ne s'esbaïst mie de sa grant biauté, ne
grant entandue n'i met ; et si estoit ele une des tres beles. Mais
ne met *(f. 58c)* mie a son cuer totes biautez, ainz dit :

« Dame, a vos m'envoie messires li rois Artus por vostre
bataille faire, et ge en sui prelz orendroit o qant vos plaira. »

« Sire, fait ele, beneoiz soit messires li rois, et vos seiez li
bienvenuz, et ge vos reçoif a mout bon gré. »

Lors esgarde, si voit son auberc fausé endroit l'espaule, la ou
il fu navrez qant il conquist la damoisele el lac. Et la plaie li
estoit mout enpiriee, car il l'avoit mise en nonchaloir.

« Sire, fait ele, vos iestes navrez. »

« Dame, fait il, ge n'ai plaie qui me toille a faire vostre servise
qant vos plaira, et ge la vos offre bien orendroit ou a
demain. »

La dame lo fait desarmer et trueve la plaie mout grant et
mout parfonde, si dit :

« Vos n'avez mestier de combatre tant que vos soiez gariz, et
ge avrai encor bien respit de ma bataille. »

« Dame, fait il, ge ai mout plus affaire aillors que ci, si
covient aster, que por moi, que por vos[1]. »

---

1. *Le Chevalier de la Charrette,* vv. 3389-3393 :
   — Sire, fet il, vostre merci !
   Mes je gast trop le tans ici
   Que perdre ne gaster ne vuel,
   De nule chose ne me duel
   Ne je n'ai plaie qui me nuise.

dame. C'est pour cette raison que le conte l'a appelé jusqu'à présent « le valet ».

Le chevalier qui avait porté à la cour la requête de la dame de Nohaut était déjà là depuis deux jours. Il avait fait à sa dame un tel éloge du chevalier nouveau qu'elle l'attendait avec une grande impatience et ne voulait pas qu'un autre fît sa bataille. À son arrivée, il y eut beaucoup de monde pour lui faire fête. En effet le chevalier qui l'accompagnait l'avait devancé pour annoncer sa venue. Alors la dame se mit en route avec un grand nombre de ses gens. Ils allèrent à sa rencontre et lui firent le plus bel accueil que l'on puisse faire à un chevalier étranger.

Quand il aperçoit la dame, il ne s'étonne pas de sa grande beauté et ne lui prête guère d'attention. C'était pourtant l'une des plus belles. Mais il n'attache pas son cœur à toutes les beautés et se contente de lui dire :

« Dame, monseigneur le roi Arthur m'envoie auprès de vous pour faire votre bataille, et j'y suis prêt, tout de suite ou quand il vous plaira.

— Seigneur, dit-elle, béni soit monseigneur le roi ; et vous, soyez le bienvenu. Je vous accueille avec une grande joie. »

Alors elle le regarde et voit que son haubert est troué à l'endroit de l'épaule. C'était là qu'il avait été blessé, en combattant pour conquérir la demoiselle du lac ; et sa blessure s'était bien envenimée, parce qu'il l'avait mise en nonchaloir[1].

« Seigneur, dit-elle, vous êtes blessé.

— Dame, dit-il, je n'ai pas de blessure qui m'empêche de m'acquitter de mon service ; et je vous l'offre pour aujourd'hui ou pour demain. »

La dame le fait désarmer. Elle voit que la plaie est très grande et très profonde. Alors elle lui dit :

« Vous n'êtes pas en mesure de combattre, jusqu'à ce que vous soyez guéri. J'aurai bien encore un délai pour ma bataille.

— Dame, dit-il, j'ai beaucoup plus à faire ailleurs qu'ici[2]. Il faut donc que je me hâte, autant pour moi que pour vous. »

---

1. « parce qu'il n'en avait tenu aucun compte. »
2. À cause du chevalier si imprudemment « déferré ».

Et ele dist q'en nule maniere ele ne sofferroit qu'il se combatiest en cest point, ainz li fait mires venir et lo couche en ses chanbres. Sel tient ansin quinze jorz, tant qu'il fu toz gariz.

Dedanz les quinze jorz vint la novele a la cort lou roi Artu que la dame de Nohaut n'estoit mie encor delivre. Et Kex li senes[chax] dist au roi :

« Sire, cuidiez vos que si juesnes hom com cil estoit poïst faire tele besoigne ? Envoiez m'i, car preudome doit l'on envoier en tel affaire. »

Et li rois li otroie.

Messire Kex vait tant par ses jornees qu'il vint a Nohaut, si envoie avant un escuier. Et la da*(f. 58d)*me monte et ses genz, et vont encontre et lo reçoivent a grant joie. Et li noviaus chevaliers i fu, qui toz estoit gariz.

« Dame, fait il, messires li rois m'envoie a vos por faire vostre bataille. Et pieç'a qu'il m'i eüst envoié, ou un autre prodome, mais uns noviaus chevaliers l'en requist le dom, si li dona. Mais qant il oï que vostre affaires n'estoit mie a chief menez, si m'i envoie por lo faire. »

« Sire, fait la dame, grant merciz a monseignor lo roi et au chevalier qu'il i envoia et a vos. Mais el chevalier n'est mie remesse ma bessoigne ; car des lo premier jor la vost il faire, mais ge n'oi cure, por ce que il estoit navrez ; et ore est gariz, si la fera. »

« Dame, fait Kex, ce ne puet estre. Puis que ge i sui venuz, ge la ferai, ou ge i avroie honte et messires li rois n'i avroit mie honor. »

Qant ce ot la dame, s'en est mout angoisseusse, ne ne set que faire, car mout voudroit que li noviaus chevaliers feïst la bataille. Ne vers lo seneschal ne set que faire, car il est mout sires del roi cui fame ele est, si li puet nuire et aidier. Lors se trait avant li chevaliers noviaus et dit au seneschal :

« Certes, sire Keu, des lo premier jor l'eüsse ge faite, se ma

Elle répond qu'elle ne souffrira d'aucune manière qu'il se batte dans cet état, fait venir des médecins et le couche dans ses chambres. Elle le garde ainsi quinze jours, jusqu'à ce qu'il soit entièrement guéri.

Pendant ces quinze jours, la nouvelle parvint à la cour du roi Arthur que la dame de Nohaut n'était pas encore délivrée. Et Keu le sénéchal dit au roi :

« Seigneur, comment avez-vous cru qu'un homme aussi jeune que celui-là pût accomplir une telle besogne ? Envoyez-moi là-bas. C'est un prud'homme qu'il faut envoyer dans une affaire de cette conséquence. »

Le roi le lui accorde. Monseigneur Keu chevauche tant par ses journées qu'il arrive à Nohaut et envoie au-devant de lui un écuyer. La dame et ses gens montent à cheval, vont à sa rencontre et lui font un très bel accueil. Le chevalier nouveau était là, tout à fait guéri.

« Dame, dit monseigneur Keu, monseigneur le roi m'envoie auprès de vous, pour faire votre bataille. Il y a longtemps qu'il m'aurait envoyé ou quelqu'autre prud'homme. Mais un chevalier nouveau lui en avait demandé le don[1] et il le lui avait accordé. Toutefois, comme il a appris que votre affaire n'était pas encore menée à bien, il m'envoie, pour que je m'en charge.

— Seigneur, dit la dame, je rends grâces à monseigneur le roi, au chevalier qu'il m'a envoyé et à vous-même. Mais ce n'est pas la faute du chevalier si ma bataille a été retardée. Dès le premier jour, il voulait la faire et je ne l'ai pas voulu, parce qu'il était blessé. Maintenant il est guéri, il la fera.

— Dame, dit Keu, cela ne se peut pas. Puisque je suis venu, c'est moi qui la ferai. Autrement j'en aurais de la honte et monseigneur le roi n'en aurait pas d'honneur. »

En entendant ces mots, la dame est très embarrassée et ne sait plus que faire. Elle désire vivement que le chevalier nouveau fasse sa bataille, mais ne sait comment agir envers le sénéchal. Car il est très puissant auprès du roi, dont elle est la femme lige. Il peut la servir et lui nuire. Alors le chevalier nouveau s'avance et dit au sénéchal :

« C'est la vérité, seigneur Keu. Dès le premier jour, j'aurais

---

1. *le don :* voir p. 453, note 1.

dame volsist ; et ancor en sui ge prelz, et bien li requier que
autres ne la face, car ge la doi faire qui vign avant. »

« Biax amis, fait Kex, ce ne puet estre, puis que ge i sui
venuz. »

« Certes, fait li chevaliers noviaus, mout seroit granz
domaiges se ma dame estoit engigniee, que li miaudres ne la
feïst. »

« Vos avez voir dit », fait Kex.

« Dons nos combatrons nos, fait li noviaus chevaliers, entre
nos deus ansamble, et cil qui vaintra si face la bataille. »

Et Kex dit que il l'otroie.

« En non Deu, fait la dame, se Deu plaist, ce n'iert ja fait.
Mais ge ferai *(f. 59a)* pais a l'anor mon seignor lo roi, qui ci vos
a envoiez, et a l'anor de vos deus, car ge puis faire ma bataille
par un chevalier ou par deus ou par tant com ge voudrai. Or si
manderai au roi de Northumberlande ma bataille par deus
chevaliers. »

En ceste guise les apaie la dame come saige.

Au matin vint li rois et ses genz d'une partie del chastel o il
estoit en une lande desoz Nohaut ou la bataille estoit devisee.
Et d'autre part vint la dame et si dui chevalier et ses autres
genz. Quant li covant furent recordé devant ses genz, si se
traistrent tuit arriere. Et li quatre chevalier s'antresloignent,
puis s'adrecerent li dui chevalier as deus. Antre monseignor
Kel et lo suen chevalier s'antreferirent parmi les escuz, si que
totes lor lances volent en pieces, mais ne chaï ne li uns ne li
autres, et il sachent les espees, si se corrent sus. Entre lo noviau
chevalier et lo suen s'antrencontrerent, et cil de Northumberlande lo fiert, si qu'il li fait l'escu hurter a la temple, et la lance
vole en pieces. Et li noviaus chevaliers fiert lui desouz la bocle,
si qu'il li serre l'escu au braz et lo braz au cors, et l'anpaint si
durement que les regnes li remestrent en la main et l'eschine li
hurte contre l'arçon derrieres, si lo porte par desus la crope del
cheval a terre. Et au parcheor brise li glaives. Mais cil ne jut
gaires a terre, car tost fu em piez sailliz. Et li noviaus chevaliers
dist a monseignor Kel :

« Messire Keus, venez a cestui et me laissiez cel autre. »

fait cette bataille, si madame l'avait voulu. Aujourd'hui encore, j'y suis prêt et je demande à madame de ne la confier à nul autre. Je dois la faire, moi qui suis arrivé le premier.

— Bel ami, fait Keu, cela ne se peut pas, puisque je suis venu.

— Certes, fait le valet, ce serait grand dommage que madame fût lésée, pour n'avoir pas pris le meilleur.

— Vous parlez sagement, fait Keu.

— Par conséquent nous combattrons, dit le valet, tous les deux, l'un contre l'autre. Et que le meilleur fasse la bataille ! »

Keu répond qu'il en est d'accord.

« Mon Dieu ! dit la dame, à Dieu ne plaise qu'il en soit jamais ainsi ! Je vous mettrai d'accord pour le plus grand honneur de monseigneur le roi, qui vous a envoyés ici, et pour le vôtre à tous les deux. Je peux faire ma bataille par un chevalier ou par deux ou par autant que je voudrai. Je ferai donc savoir au roi de Northumberland que j'ai choisi la bataille par deux chevaliers. »

C'est ainsi que la dame les apaise en dame sage. Le lendemain matin on vit venir d'un côté le roi et ses gens. Quittant le château où ils se trouvaient, ils se rendirent sous les murs de Nohaut, dans une prairie qui avait été assignée pour la bataille. De l'autre côté prirent place la dame, ses deux chevaliers et ses gens. Après que l'on eut rappelé publiquement les conventions, tout le monde s'écarta. Les quatre chevaliers prennent alors leurs distances, puis s'élancent, deux contre deux. Monseigneur Keu et son adversaire se frappent sur leurs écus. Leurs deux lances volent en morceaux, mais ils ne tombent ni l'un ni l'autre, tirent leurs épées et s'affrontent. Le chevalier nouveau rencontre son adversaire et en reçoit un coup tel que son écu vient heurter sa tempe ; mais la lance de l'homme de Northumberland vole en éclats. De son côté le chevalier nouveau l'a frappé sous la boucle, lui serre l'écu contre le bras et le bras contre le corps, et le pousse si durement que ses rênes lui restent dans la main, son dos heurte l'arçon arrière et il est projeté par-dessus la croupe de son cheval. Il tombe, et la lance du jeune homme se brise. Mais il ne reste pas longtemps à terre, il se relève ; et le chevalier nouveau dit à monseigneur Keu :

« Monseigneur Keu, prenez celui-ci et laissez-moi l'autre. »

Et Keus ne li respont mie, ançois se combat mout durement entre lui et son chevalier. Lors se traist arrieres li noviax chevaliers, si descent et vient vers son chevalier, *(f. 59b)* si giete l'escu sor la teste, l'espee en la main. Et cil refait autretel, si s'entredonent granz cox parmi les escuz et par les hiaumes et sor les braz et sor les espaules et la ou il se puent ataindre. Si dure mout la bataille d'aus deus, tant que li chevaliers nel pot soffrir, si guerpist place plus et plus, et cil prant terre sor lui. Et li chevaliers guenchist tant com il puet, mais guenchirs ne li vaut neiant, car cil lo haste mout. Et bien voient qu'il en a mout lo poior et que trop est au desouz. Et entre Keu et lo suen chevalier orent lor chevaus ocis et furent a pié. Et li noviaus chevaliers redit :

« Venez ça, sire Kex, car vos veez bien comment il est ; et vos me laissiez celui, car j'ai autre chose affaire que ci demorer tote jor. »

Et Kex en a mout grant honte, si li dit par corroz :

« Biax sire, bien vos coviegne del vostre, et lo mien me laissiez. »

Et lors recort li noviax chevaliers sus au suen chevalier, et cil se deffandist volentiers s'il poïst, mais sa deffanse ne valoit preu. Et qant il voit qu'il l'a si au desouz mis, si lo deporte, car il ne voloit mie faire honte a monseignor Kel et si volsist bien que pais an fust. D'autre part se rest messires Kex tant combatuz au suen qu'il lo met au desouz. Et voit li rois de Northumberlande que devers els n'i a mais point de deffense. Lors mande pais a la dame, si li offre qu'il s'an ira, il et ses genz, et li laira sa terre quitement, ne ja mais ne li fera mal, ne a li n'a sa terre ; si l'an asseüre par sairement et par ostaiges. Si ont faite la pais an tel maniere. Et la dame vint as deus chevaliers qui por li se combatent, si dit que ele a pais a son talant, si les depart. Li rois de Northumberlande s'en reva et en maine ses genz, et la dame remaint en boene paiz.

Monseigneur Keu ne lui répond pas, mais se bat très durement contre son chevalier. Alors le chevalier nouveau s'éloigne, descend de son cheval[1] et se dirige vers son adversaire, l'écu au-dessus de la tête, l'épée à la main. Celui-ci fait de même et ils se donnent de grands coups sur les écus, les heaumes, les bras, les épaules et partout où ils peuvent s'atteindre. Leur bataille dure longtemps. À la fin le chevalier ne peut plus tenir ; il recule de plus en plus, cède du terrain et tente d'esquiver les coups, mais l'esquive ne lui vaut rien, car il est harcelé. On voit bien qu'il est en mauvaise posture et très nettement dominé. Cependant monseigneur Keu et son adversaire avaient tué leurs chevaux et étaient à pied. Le chevalier nouveau dit pour la seconde fois :

« Venez là, seigneur Keu, car vous voyez bien où nous en sommes, et laissez-moi l'autre. J'ai autre chose à faire que de rester ici toute la journée. »

Monseigneur Keu éprouve une grande honte et répond avec colère :

« Beau seigneur, occupez-vous du vôtre et laissez-moi le mien. »

Alors le chevalier nouveau revient à son adversaire, qui s'efforçait de se défendre, autant qu'il le pouvait, mais sa défense ne lui servait à rien ; et, voyant qu'il l'a mis en si mauvais point, il le ménage, car il ne souhaitait pas faire honte à monseigneur Keu et aurait bien voulu se réconcilier avec lui.

D'autre part monseigneur Keu s'est tant battu contre son adversaire qu'il a fini par avoir le dessus. Le roi de Northumberland voit que désormais toute défense est vaine. Il fait à la dame des offres de paix. Il lui déclare qu'il se retirera avec ses gens, qu'il lui laissera sa terre sans y rien prétendre, qu'il s'abstiendra de tout acte hostile contre elle ou contre sa terre ; et il lui donne toutes sûretés par serment et par otages. La paix est conclue de cette manière. La dame se rend auprès de ses deux chevaliers, leur dit qu'elle a désormais un accord à sa convenance et met fin à la bataille. Le roi de Northumberland s'en va, emmène ses hommes, et la dame demeure en bonne paix.

---

1. C'est un nouvel acte de générosité : il ne veut pas se battre à cheval contre un homme à pied.

Et l'andemain s'en reva messire Kex a la cort *(f. 59c)* arriere et conta lo roi comment li affaires est alez, et lo mercia mout de par la dame de Nohaut. Et li noviaus chevaliers remest a Nohaut, car la dame lo retint tant com ele pot. Et qant plus retenir nel pot, si l'an pessa mout. Et il s'an parti a un lundi matin, si lo conveia la dame meesmes a grant planté de chevaliers, et mout se poroffri li et sa terre a son voloir. Quant ele l'ot convoié une grant piece, si la fist li chevaliers retorner a force. Et qant il furent retorné tuit, ne retorna mie li chevaliers qui l'espee li avoit aportee de la reine, ainz lo convoia mout volentiers, car il l'amoit mout et prisoit dedanz son cuer. Si li dit :

« Sire, ge suis mout a vostre plaisir, ne de chose que j'aie vers vos meffaite, vos pri ge, por Deu, qu'il ne vos anuit mie. »

« De qel chose ? » fait li chevaliers.

« De ce, fait il, que ge vos menai combatre as deus chevaliers por la pucele qui estoit el lac, car ge nel fis se por vostre grant honor non, et si vos dirai comment ce fu. Ma dame dist qu'ele feroit esprover lo chevalier que li rois li envoieroit por faire sa bataille, ainz que ele l'i meïst. Si m'i enveia et les deus a cui nos jostasmes por combatre a vos. Et por ce n'an oserent plus faire, qant ge vos baillai m'espee, et vos deïtes que ge les vos laissasse andeus, car il cuidierent bien que vos fussiez plus navrez que vos n'estiez. »

« Et li chevaliers granz, fait il, qui estoit ? »

« Sire, fait il, c'estoit uns chevaliers de mout grant proesce qui a non Antoagais, si s'estoit porofferz a ma dame de faire sa bataille, par si que ele li donast s'amor. Et ele dist que, s'il estoit miaudres chevaliers que cil que li rois li envoieroit, ele li donroit s'amor et lo metroit en sa bataille. Et il dessirroit l'amor ma dame sor totes choses, et por ce ne deigna il a vos joster se desarmez non. Et sachiez que s'il vos aüst conquis, il eüst *(f. 59d)* faite la bataille. Or vos ai dite l'achoison por quoi cist agait furent basti, si vos pri por Deu que vos me pardonez lo meffait. »

Le lendemain Keu retourne à la cour, raconte au roi comment l'affaire s'est passée et lui apporte de très grands remerciements de la part de la dame. Le chevalier nouveau reste à Nohaut. La dame le retient aussi longtemps qu'elle peut, et quand elle ne peut le retenir davantage, elle s'en sépare à regret. Il partit un lundi matin. La dame l'escorta en personne, avec une grande foule de chevaliers. Elle l'assura qu'elle et sa terre étaient entièrement à son service. Quand elle lui eut tenu compagnie pendant un bon moment, le chevalier nouveau la força de s'en retourner. Et quand tous furent partis, le chevalier qui avait apporté l'épée de la reine, au lieu de s'en aller, continua de l'accompagner avec un très grand plaisir, car il l'aimait et l'admirait du fond du cœur. Il lui dit :

« Seigneur, je suis tout à votre service. Et si j'ai eu quelque tort envers vous, je vous supplie, pour l'amour de Dieu, de ne pas vous en offenser.

— Quel tort ? dit le chevalier nouveau.

— Celui de vous avoir mené combattre les deux chevaliers, pour libérer la jeune fille du lac. Mais je ne l'ai fait que pour votre honneur et je vais vous dire comment. Ma dame avait décidé de mettre à l'épreuve le chevalier que le roi lui enverrait pour faire sa bataille, avant de la lui confier. C'est à sa demande que je suis venu, ainsi que les deux chevaliers contre qui nous avons jouté, pour vous combattre. Et c'est pourquoi ils n'ont pas osé en faire davantage, quand je vous ai remis mon épée et que vous m'avez dit "laissez-les moi tous les deux". Car ils ont craint que vous ne fussiez blessé plus gravement que vous ne l'étiez.

— Et le grand chevalier, qui était-il ?

— Seigneur, c'était un chevalier d'une très grande prouesse, qui s'appelait Antoagai. Il s'était offert pour être le champion de madame, à la condition d'obtenir son amour. Elle lui répondit que, s'il était meilleur chevalier que celui que le roi devait lui envoyer, elle lui donnerait son amour et le chargerait de sa défense. Il désirait l'amour de madame plus que tout au monde et, pour cette raison, ne daigna jouter contre vous que sans ses armes. Sachez que, s'il vous avait conquis, il aurait fait la bataille de madame. Je vous ai dit pourquoi ces embûches vous furent dressées et je vous prie, pour l'amour de Dieu, de m'en pardonner l'offense.

« Certes, fait il, meffait n'i voi ge nul, et se meffait i ot, gel vos pardoig. »

« Sire, fait il, granz merciz. Et sachiez bien que ge sui vostres chevaliers en toz leus. »

Et cil l'an mercie, et puis s'entrecomandent a Deu, si se depart li uns de l'autre.

Li chevaliers noviaus s'en vait entre lui et ses escuiers, si pense qu'i[l] voudra aler mout celeement, an tel maniere que riens nel conoisse, comme cil qui bee a los et a honor conquerre. Lors est antrez en une grant forest et chevauche tote jor sanz aventure trover dont a parler face, ne dont l'an doie parole tenir. La nuit jut en la forest en une maison de religion, o grant onors li fu faite. Au matin il laissa ses escuiers, si lor commande qu'il l'atandent et qu'il ne se muevent devant un mois s'il ne veoient son cors. Lors s'an part de la maison, et ele estoit loign de Nohaut bien trente liues englesches.

En cele maison avoit une sepolture que l'an apeloit Leucain. Cil Leucanz fu niés Joseph de Darimathie, cel dont li granz lignages descendié par cui la Granz Bretaigne fu puis enlumi-nee, car il i porterent lo Graal et conquistrent la terre mes-creant a Nostre Seignor. Et de celui gisoit li cors en la maison de religion que vos avez oïe.

Quant li chevaliers noviax se fu partiz de la maison, si chevaucha si com aventure lo portoit, une hore avant et autre arrieres, tant qu'il est hors de tote la terre de Nohaut. Un jor avint qu'il ot chevauchié jusqu'a midi, si li prist mout granz talanz de boivre. Et il chevauche vers une riviere ; et qant il vint la, si descendié et but ; et qant il ot beü, si s'asist sor la riviere et com*(f. 60a)*mança a panser mout durement. Maintenant vint uns chevaliers toz armez de l'autre part de l'eive et se fiert el gué mout durement, si qu'il fist l'eive voler sor lo chevalier qui pansoit, si lo moille tot. Cil laisse son penser, si se drece et dist au chevalier :

« Sire chevaliers, or m'avez vos moillié. Et autre anui m'avez vos fait, car mon pensé m'avez tolu. »

« Mout m'est ores a poi, fait cil, ne de vos ne de vostre pensé. »

Et lors monte li noviaus chevaliers, car aler s'an viaut sanz mesler a celui, por savoir s'il porroit son penser recovrer ausi

— En vérité, je n'y vois aucune offense ; et si offense il y eut, je vous la pardonne.

— Seigneur, grâces vous soient rendues. Sachez que je suis votre chevalier en tous lieux. »

Le chevalier nouveau le remercie. Puis ils se recommandent à Dieu et se séparent. Le chevalier nouveau s'en va avec ses écuyers. Il pense qu'il se déplacera dans le plus grand secret, de telle manière que nul ne le reconnaisse, comme doit le faire un homme qui veut conquérir gloire et honneur. Il entre dans une grande forêt et chevauche tout le jour sans trouver aucune aventure dont on doive parler ni qui soit digne de mémoire. Il passe la nuit au cœur de la forêt, dans une maison de religion, où on lui fait beaucoup d'honneur. Le lendemain matin il y laisse ses écuyers, leur ordonnant de l'attendre et de ne pas bouger de là avant un mois, s'ils ne le voient pas revenir en personne. Puis il quitte le monastère, qui était bien à trente lieues anglaises de Nohaut.

Dans cette maison il y avait une sépulture que l'on appelait « la tombe de Leucain ». Ce Leucain était un neveu de Joseph d'Arimathie, le fameux chevalier, dont descendit le grand lignage par qui la Grande-Bretagne devait être ensuite illuminée ; car ils y portèrent le Graal et conquirent cette terre païenne à Notre Seigneur. Le corps de ce Leucain reposait dans la maison de religion dont je vous parle.

Quand le chevalier nouveau fut parti du monastère, il chevaucha à l'aventure, une heure par-ci, une heure par-là, jusqu'à ce qu'il fût sorti de la terre de Nohaut. Un jour qu'il avait chevauché jusqu'à midi, il fut pris d'une grande envie de boire. Il se dirige vers une rivière et, quand il y arrive, il met pied à terre et boit. Après qu'il a bu, il s'assied au bord de la rivière et entre dans un profonde rêverie. Aussitôt surgit sur l'autre rive un chevalier tout armé, qui pousse son cheval dans le gué avec violence. Notre chevalier qui rêvait est éclaboussé et tout trempé. Il sort de sa rêverie et dit :

« Seigneur chevalier, vous m'avez mouillé. Et vous m'avez causé un autre désagrément, car vous m'avez ôté de mes pensées.

— Je me soucie fort peu, dit l'autre, de vous et de vos pensées. »

Alors le chevalier nouveau remonte en selle. Il veut s'en aller sans se battre, dans l'espoir de retrouver les douces pensées qui

doucement com il faisoit hore. Lors entre el gué por passer
outre. Et li chevaliers li dist :

« Mar i passez, sire chevaliers, car madame la reine m'a
commandé cest gué a garder que nus n'i past. »

Et cil demande qex reine.

« La fame lo roi Artu », fait cil[1].

Quant cil l'ot, si guenchist contramont la riviere, si s'en
commance a aler. Et li chevaliers vait aprés lui, si lo prant au
frain.

« Estez, fait il ; cest cheval vos covient a laissier. »

« Por quoi ? » fait li noviaus chevaliers.

« Por ce, fait cil, que vos entrastes el gué ne tant ne
quant. »

Maintenant oste cil uns des piez de son estrier. Et qant il ot
que li chevaliers ne dist plus, si lo regarde :

« Dites moi, fait il, qui lo commande ? » Et cil dit que la
reine. « Dites lo vos, fait il, comme leiax chevaliers ? » Et il dit
qu'il n'i a commandement se lo suen non. « Lo vostre ! fait il ;
par mon chief, vos ne l'an menroiz hui mais par vos. »

Et totevoies lo tient cil par lo frain.

« Laissiez mon frain », fait li noviaus chevaliers.

« Nel ferai », fait cil.

Et il met main a l'espee et la trait demie fors del fuerre. Et cil
lo laisse et dist :

« Certes, mar la traissistes. »

Lors s'esloigne et prant l'escu par les enarmes. Puis met lo
glaive soz l'aisselle et lait corre a celui. Et cil se cuevre de son
escu et se redrece encontre lui. Li chevaliers qui lo gué devoit
garder lo *(f. 60b)* fiert, si que tote sa lance vole em pieces. Et li
noviaus chevaliers fiert lui, si qu'il lo porte a terre. Il vient au
cheval, si lo prant et li amaine :

« Tenez, fait il, vostre cheval, et si vos faz droit de ce que ge
vos ai abatu, mais gel fis sor moi desfandant. »

Cil tient a mout grant despit ce qu'il l'a abatu, car il ne set
qui il est. Si monte, puis li a dit :

« Chevaliers, dites moi qui vos iestes. »

« Ne vos an dirai rien », fait cil.

Et totevoies s'en va contremont la riviere. Et cil lo reprant au
frain et dit :

_____

1. *Le Chevalier de la Charrette*, vv. 1419-1423.

lui étaient venues. Il entre dans le gué, qu'il veut franchir. Le chevalier lui dit :

« Gare à vous, seigneur chevalier ! Madame la reine m'a donné l'ordre de garder ce gué et d'en interdire le passage.

— Quelle reine ?

— La femme du roi Arthur. »

À ces mots le chevalier nouveau remonte sur la rive et commence à s'en aller. L'autre court après lui et prend son cheval par le frein.

« Arrêtez, lui dit-il. Il faut que vous laissiez ce cheval.

— Pourquoi ? dit le chevalier nouveau.

— Parce que vous êtes entré dans le gué, si peu que vous l'ayez fait. »

Aussitôt le jeune homme ôte un pied de l'étrier, et quand il voit que le chevalier ne s'explique pas davantage, il le regarde :

« Dites-moi, lui demande-t-il, qui l'ordonne ? »

L'autre répond que c'est la reine.

« M'en donnez-vous votre parole de chevalier loyal ? »

Le chevalier reconnaît alors qu'il n'y a d'autre commandement que le sien.

« Le vôtre ? Par mon chef, vous n'emmènerez pas mon cheval sur un ordre qui vienne de vous. »

Cependant l'autre le tient par le frein.

« Lâchez mon frein, dit le chevalier nouveau.

— Non. »

Alors le jeune homme met la main à l'épée et la tire à demi du fourreau. L'autre le lâche et lui dit : « Vous vous en repentirez. » Puis il s'éloigne, prend son écu par les énarmes, met la lance sous l'aisselle et charge le chevalier nouveau. Celui-ci se couvre de son écu et fait face. Le chevalier qui devait garder le gué s'y est pris de telle sorte que sa lance vole en éclats. Le chevalier nouveau le frappe et l'abat. Il va vers le cheval, le prend et le ramène.

« Voici votre cheval, lui dit-il. Je m'excuse de vous avoir abattu, mais je l'ai fait en légitime défense. »

L'autre est très en colère d'avoir été jeté à terre et de ne pas savoir par qui. Il se remet en selle et dit :

« Chevalier, dites-moi qui vous êtes.

— Je ne vous le dirai pas », répond le chevalier nouveau, tandis qu'il s'en va en remontant le cours de la rivière. L'autre l'arrête à nouveau par le frein et lui dit :

« Or savrai ge qui vos iestes, ençois que vos m'eschapoiz. »

« Certes, fait cil, ce ne sera hui. »

« Dont vos combatroiz vos a moi », fait cil.

« A vos, fait li chevaliers noviaus, ne me combatrai ge hui mais, car vos avez trop bon conduit, puis que ma dame vos conduit. Mais ansin ne s'alose mie prozdom de faire anuiz et hontes as chevaliers erranz por sehurté des hautes dames. »

Et cil dit que por seürté de la reine ne se velt il mie combatre. « Car ge ne sui mie, fait il, a li. Et por ce vos combatroiz vos a moi, o vos me diroiz ja vostre non. »

« Se vos me fianciez, fait li noviaus chevaliers, que vos n'iestes a li, ge feroie l'un des deus. »

Et il li fiance.

« Or avroiz la bataille, fait li noviaus chevaliers, se vos volez, car vos ne savroiz mie qui ge sui. »

Et cil dit que ja miauz ne quiert. Lors se requierent mout fierement as espees tot a cheval. Et cil estoit mout proz, si avoit non Alybons, li filz au Vavasor del Gué la Reine. Et cil guez avoit ensin non por ce que la reine lo trova avant que nus dedanz les deus anz que li rois Artus l'ot prise. Et qant li set roi l'asaillirent as trez a l'anjornee, la o il s'estoit logiez sor lo Hombre, qant tuit furent desconfiz et foïrent chascuns la ou foïr pot, et la recovra li rois et messires Gauvains et li rois Uriens et li rois Loth, ses freres, et messire Yvains, qui ancor estoit juenes et de petit pris et bachelers, et messire Kex *(f. 60c)* autresi, qui lo jor fist la grant proesce par qoi il fu en grant pris et seneschax clamez ainz qu'il lo fust. Illoc lor avint bele aventure qant il vindrent au gué, et la reine fu passee qui s'an fuioit, et Kex dist qu'il ne fuiroit plus devant qu'il veïst por qoi. Et lors virent les set rois venir a esperon devant totes lor genz lo trait de deus ars, car li autre entandoient au grant gaaing qui estoit as tantes. Et li rois Uriens dist que il se meïssent outre lo gué, car la ne doteroient il rien. Et lors dist Kex que dahaz ait qui passera aive, qui qu'il fust, devant qu'il eüst josté a roi. « Ja

« Je saurai qui vous êtes, avant que vous m'échappiez.

— Vous ne le saurez sûrement pas aujourd'hui.

— Alors vous vous battrez contre moi.

— Contre vous ? dit le chevalier nouveau. Je ne me battrai plus contre vous désormais, car vous avez une trop bonne garde, puisque ma dame vous protège. Mais un prud'homme ne s'honore pas, quand il fait des avanies et des affronts aux chevaliers errants sous la protection des hautes dames. »

Le chevalier répond qu'il ne veut pas combattre sous la sauvegarde de la reine ; « car, dit-il, je ne suis pas à elle ; et par conséquent, ou vous combattrez contre moi, ou vous me direz votre nom.

— Si vous me donniez votre parole que vous n'êtes pas à la reine, je ferais ou l'un ou l'autre. »

Le chevalier engage sa parole.

« Vous aurez donc la bataille, si vous la voulez, reprend le chevalier nouveau ; car vous ne saurez pas qui je suis. »

L'autre dit qu'il ne demande pas mieux. Alors ils s'attaquent très vigoureusement à l'épée, sans descendre de leurs chevaux. Le chevalier était d'une grande prouesse. Il s'appelait Alybon, le fils du vavasseur du Gué de la Reine.

Le gué portait ce nom, parce que la reine avait été la première à le découvrir, dans les deux ans que le roi Arthur l'avait prise pour femme, quand les sept rois l'assaillirent dans ses tentes, à l'aube, sur l'Humbre où il s'était logé. La déroute était complète et chacun s'enfuyait où il pouvait. À ce gué se rallièrent le roi, monseigneur Gauvain, le roi Urien et le roi Loth son frère, monseigneur Yvain, qui était encore un jeune homme, de petite renommée et bachelier, et aussi monseigneur Keu, qui accomplit ce jour-là la haute prouesse qui le mit en grande réputation et le fit proclamer sénéchal, avant même qu'il ne le fût. Ils eurent là une belle aventure, quand ils arrivèrent au gué. La reine l'avait déjà passé en s'enfuyant, mais Keu déclara qu'il ne voulait plus fuir, avant d'avoir vu pourquoi. Ils virent alors les sept rois qui venaient sur eux ventre à terre, à deux portées d'arc en avant de toutes leurs gens ; car les autres étaient occupés à prendre le grand butin qui était dans les tentes.

Le roi Urien dit qu'ils devaient passer le gué, car ensuite ils ne craindraient plus rien. Keu dit alors :

« Malheur à quiconque franchira le fleuve avant d'avoir jouté

ne sont il, fist il, que autretant comme nos. » Et li rois Uriens
dist : « Kex, si sont set et nos somes sis. » « Moi ne chaut, dist
Kex, car g'en ocirrai deus par moi. Bien se gart chascuns de vos
qu'il fera. » Et il dist voir, car il en ocist un de son glaive et
autre de s'espee, et chascuns des autres ocist lo sien. Ce fu la
plus honoree aventure qui onqes avenist au roi Artus.

Itex fu l'aventure del gué, mais or dirons des deus chevaliers
qui se combatent. Si a tant duré la meslee que mout se sont
blecié, mais an la fin n'i pot durer Alybons. Et qant il voit que
c'est sanz recovrier, si dit qu'il ne se combatra plus. Et li autres
dit que atant n'en ira il mie.

« Por quoi ? fait cil ; ja ne nos combatons nos por nule
querele ; et se querele i a, ge la vos quit. »

« Il i a tel querelle, fait li noviaus chevaliers, que vos me
moillastes et feïstes honte. »

« Sel vos amanderai, fait cil, a vostre devise. »

« Et ge vos an quit », fait il[1].

« Granz merciz, fait Alybons, mais or vos pri que vos me
diez vostre non. » Et cil dit qu'il ne li dira mie. « Et ge vos
requier, fait li chevaliers, qu'il ne vos poist mie se ge vois en tel
leu o l'en lo me dira. »

Et cil dit qu'il velt bien qu'il aille par tot la ou lui plaira.
Atant se part li uns de l'autre. Et li chevaliers qui estoit del gué
s'en vait droit *(f. 60d)* a la cort lo roi Artu, ou il estoit bien
coneüz, et vient tot droit a la reine, si li dit :

« Dame, ge sui venuz a vos de loing, que vos me dioiz, se vos
lo savez, qui est uns chevaliers a unes armes blanches et a un
blanc cheval. »

« Por quoi lo dites, fait la reine, se Dex vos aït, ne par la rien
que vos plus amez ? »

---

1. *Le Chevalier de la Charrette*, vv. 730-930 : Le gué défendu. Le thème
du chevalier pensif (et éventuellement mouillé !) au bord de la rivière est
repris en deux autres endroits : pp. 707-709 et 743-745.

contre un roi ! Ils ne sont pas plus nombreux que nous. »

Et le roi Urien dit : « Mais Keu, ils sont sept et nous sommes six.

— Peu m'importe, dit Keu, car j'en tuerai deux à moi tout seul. Que chacun d'entre vous pense bien à ce qu'il fera ! »

Il disait vrai ; car il en tua un de sa lance, un autre de son épée, et chacun des autres tua le sien. C'était l'aventure la plus glorieuse que le roi Arthur eût jamais connue ; et voilà ce que fut l'aventure du gué.

Nous parlerons maintenant des deux chevaliers qui se combattent. La mêlée a tant duré qu'ils se sont fait beaucoup de mal ; mais à la fin Alybon ne peut plus tenir. Quand il voit que c'est sans recours, il déclare qu'il ne se battra plus. L'autre lui répond qu'il ne le laissera pas partir ainsi.

« Pourquoi ? dit le chevalier du gué. Nous nous battons sans aucun sujet de querelle ; et si querelle il y a, je vous l'abandonne.

— Il y a cette querelle, dit le chevalier nouveau, que vous m'avez mouillé et que vous m'avez fait honte.

— Je vous en ferai réparation, à votre convenance.

— Alors je vous en tiens quitte.

— Grand merci, dit Alybon. Et maintenant je vous prie de bien vouloir me dire votre nom. »

Le chevalier nouveau répond qu'il ne le dira pas.

« Eh bien ! dit Alybon, je vous demande de me permettre d'aller en un lieu où l'on me le dira.

— Je vous permets d'aller partout où il vous plaira. »

Sur ce, ils se séparent et le chevalier du gué se rend aussitôt à la cour du roi Arthur, où il était bien connu. Il va trouver la reine et lui dit :

« Dame, je suis venu de loin pour que vous m'appreniez, si vous le savez, le nom d'un chevalier qui a de blanches armes et un cheval blanc.

— Pourquoi me posez-vous cette question, fait la reine, par votre salut et par l'être qui vous est le plus cher[1] ?

---

1. Sous-entendu : « je vous conjure de me dire la vérité, par votre salut, etc. ». La reine craint de mauvaises nouvelles et la solennité de l'adjuration révèle son émotion. C'est la première fois qu'elle laisse paraître en public l'intérêt qu'elle porte au chevalier nouveau.

« Dame, fait il, por ce que ge vos merci mout de lui. »

« Et de quoi ? » fait la reine.

Et il li conte si com la chose avoit esté et les paroles totes. « Et ge cuit, dame, fait il, que, se ge li eüsse dit que vos li mandissiez, il m'eüst son cheval baillié. »

« Il feïst que fox, fait ele, qant por un mençonge vos eüst baillié son cheval, car ge ne fis onques lo gué garder a vos. »

« Dame, dist il, encor fist il plus, car il me randié mon cheval puis que il m'ot abatu, et de ce vos mercioie gié, et puis aprés nos combatimes nos ensemble mout longuement. »

« Li quex en ot lo pis ? » fait la reine.

« Dame, fait il, certes, ge, ja n'en quier mentir. Mais or me dites qui il est. »

« Se Dex m'aïst, fait ele, ge ne sai ne son non ne don il est, mais messires li rois lo fist chevalier a feste Saint Joham, si a puis fait assez d'armes en mainz leus, et veiant cels de ceianz et veiant autres. Mais, por Deu, itant me dites s'il est haitiez et sainz. »

« Dame, fait il, oï, toz. »

Tant est alee la parole que par tote la cort est ja seüe, si en est li rois mout liez et li plus de cels qui l'oent. Ne plus ne parole ci endroit li contes del roi ne de la reine, ançois retorne au chevalier as armes blanches qui s'en vait.

Quant li Blans Chevaliers se fu partiz de Alybon, lo fil au vavassor, si erra tote jor sanz aventure trover dont a parler

— Dame, fait-il, parce que je vous dois de très grands remerciements de sa conduite.

— Et pourquoi ? fait-elle. »

Alors il lui raconte comment la chose s'est passée et toutes les paroles qu'ils ont échangées. « Et je crois bien, dame, que si je lui avais dit que tels étaient vos ordres, il m'aurait donné son cheval.

— Il aurait été bien sot de vous donner son cheval pour un mensonge ; car je ne vous ai jamais chargé de garder le gué.

— Dame, il a fait plus encore : il m'a rendu mon propre cheval après m'avoir abattu, et c'est là ce dont je vous remerciais tout à l'heure. Ensuite nous avons combattu l'un contre l'autre très longuement.

— Et qui eut le dessous ?

— Dame, à dire vrai, ce fut moi, je ne cherche pas à vous mentir. Mais apprenez-moi qui est ce chevalier.

— Par mon salut, dit-elle, je ne sais ni son nom ni sa naissance. Monseigneur le roi l'a fait chevalier à la fête de saint Jean ; et depuis lors il a fait beaucoup d'armes[1] en divers lieux, devant les gens d'ici et devant d'autres. Mais pour l'amour de Dieu, dites-moi s'il est sain et sauf.

— Oui, dame, tout à fait. »

Tant est allée la nouvelle qu'elle est connue de toute la cour. Elle fait un grand plaisir au roi et à la plupart de ceux qui l'entendent. Le conte ne parle plus maintenant du roi ni de la reine, mais du chevalier aux armes blanches, qui s'en va.

CHAPITRE XXIII

La Douloureuse Garde

Quand le blanc chevalier eut quitté Alybon, le fils du vavasseur, il chevaucha toute la journée sans trouver d'aven-

---

1. *armes :* faits d'armes.

face. La nuit jut chiés un *(f. 61a)* foretier qui mout bien lo
herberja. L'andemain fu matin levez et chevaucha la matinee
tote jusq'endroit tierce. Et lors encontra une damoisele sor un
palefroi, merveilleus duel faisant. Il li demande que ele a. Ele
dit que ele a lo plus grant duel que ele onques eüst. Et il li
demande de qoi.

« Ja m'ont, fait ele, mon ami mort en un chastel ci derriere,
un des plus biaus chevaliers do monde. »

« Damoiselle, fait il, por quoi ? »

« Sire, fait ele, por les mauvaisses costumes qui i sont. Que
maleoite soit l'ame de lui qui l'establi, car onques chevaliers
erranz n'i antra qui n'i moreüst. »

« Et anterra il ja chevaliers, fait il, qi n'i muire ? »

« Oïl, fait ele, s'il pooit eschever ce que l'aventure requiert,
mais il lo covendroit estre miaudres qu'il n'est encores nus. »

« Damoisele, fait il, que requiert l'aventure ? Dites lo
moi. »

« Se vos volez, fait ele, savoir, si i alez, car c'est la voie. »

Atant s'an vait grant aleüre, si fait son duel que ele avoit
commencié. Et cil chevauche toz les escloz tant qu'il vit lo
chastel. Et il chevauche la tot droit ; et tantost qu'il vint devant
la porte, lors esgarde lo chastel, si voit qu'il siet trop orgueilleu-
sement et trop bel, car tote la forteresce siet en haute roiche
naïve. Si n'est mie petite, car ele a de toz sanz plus c'une
aubeleste ne trairoit. Au pié de la roche, d'une part, cort li
Honbres ; et de l'autre part cort uns granz ruz qui vient de plus
de quarante fontaines qui totes sordent a mains d'une archiee
del pié de la roche. Li chevaliers chevauche tot contremont,
droit a la porte del chastel. Et qant il vient pres, si la voit close
et mout bien fermee, ne cele porte n'estoit nule foiz overte. Et
li chastiaus avoit non la Dolo*(f. 61b)*reuse Garde, por ce que
nus chevaliers erranz n'i venist qui n'i morist o qui n'i fust

ture dont on doive parler. La nuit il dormit chez un forestier, qui lui donna un bon gîte. Le lendemain il se leva de bonne heure et chemina pendant la matinée jusqu'à tierce. Alors il rencontra une demoiselle, montée sur un palefroi et faisant le plus grand deuil du monde. Il lui demande ce qu'elle a et elle répond qu'elle a la plus grande douleur qu'elle ait jamais eue. Il lui demande pourquoi.

« Dans un château qui est juste derrière nous, dit-elle, on vient de me tuer mon ami, l'un des plus beaux chevaliers du monde.

— Demoiselle, dit-il, pourquoi ?

— Seigneur, dit-elle, à cause des mauvaises coutumes qui y règnent. Maudite soit l'âme de celui qui l'établit ! Car jamais un chevalier errant n'y entra, qui n'y mourût.

— Et pourrait-il y entrer, dit-il, un chevalier qui n'y meure ?

— Oui, dit-elle, s'il pouvait accomplir ce que l'aventure requiert ; mais il faudrait qu'il fût meilleur que nul ne l'est jusqu'à présent.

— Demoiselle, fait-il, dites-moi ce que requiert l'aventure ?

— Si vous voulez le savoir, fait-elle, allez-y ; c'est le chemin. »

Là-dessus elle s'en va à vive allure et reprend son deuil, comme elle l'avait commencé. Quant à lui, il chevauche sur ses traces, jusqu'à ce qu'il aperçoive le château. Il y va tout droit ; et dès qu'il arrive devant la porte, il le regarde. Il voit qu'il est situé dans une position très orgueilleuse et très belle ; car la forteresse est tout entière bâtie sur une haute roche naturelle. Et pourtant elle n'est pas petite ; elle s'étend en tous sens plus loin qu'une portée d'arbalète. Au pied de la roche, il y a d'un côté l'Humbre, et de l'autre un grand torrent formé par plus de quarante sources, qui jaillissent à moins d'une portée d'arc du pied de la roche[1]. Le chevalier monte droit à la porte du château ; et quand il en est tout près, il la voit close et solidement verrouillée, car on ne l'ouvrait en aucune circonstance. Le château s'appelait la Douloureuse Garde, parce qu'aucun chevalier errant n'y venait qui n'y mourût ou n'y fût

---

1. Ce qui empêche d'en détourner le cours.

enprisonez au mains, si tost com l'an an venoit au desus. Et
c'estoit de toz cels qui i venoient, car nus ne pooit soffrir la
painne d'armes que soffrir i covenoit : il i avoit deus paires de
murs, et a chascun mur une porte, et a chascune porte covenoit
lo chevalier herrant combatre a dis chevaliers. Mais c'estoit en
une mout estrange maniere, car si tost com uns des chevaliers
estoit las et il ne voloit plus des armes, si estoit apareilliez uns
autres et venoit en son leu, si se combatoit por lui. Et qant cil
estoit las, si venoit uns autres. Ensi nes pooit uns seus
chevaliers outrer, s'il n'estoit de tel proesce et de si grant
cheance que toz les poïst ocirre, l'un aprés l'autre. Desus
l'autre mur en haut, tres desus la porte, si avoit un chevalier
formé de cuivre, et fu granz et corsuz sor son cheval, armé de
totes armes, et tenoit en ses deus mains une grant hache. Si
estoit laïssus dreciez par anchantement, et tant com il fust en
estant, n'avoit garde li chastiaus d'estre conquis par nul home.
Mais si tost com cil entroit dedanz la premiere porte qui lo
chastel devroit conquerre, et il porroit lo chevalier de cuivre
veoir, tant tost fondroit a terre. Et lors charroient tuit li
anchentement del chastel dom il estoit toz plains, en tel
maniere qu'il seroient veü apertement. Mais del tot ne remain-
droient il mie devant que cil qui lo chastel conquerroit i
demorast quarante jorz sans gesir hors nule nuit. Tele estoit la
force des anchantemenz del chastel. Et par desouz estoit li bors
assez aeissiez, o l'an pooit trover totes les choses qui mestier
eüssent a nul chevalier errant. Si avoit non li bors Chaneviere,
et seoit tres desus la riviere de Hombre. *(f. 61c)*

Qant li chevaliers as blanches armes vint devant la porte et il
la vit fermee, si an fu mout angoisseus. Et lors vint encontre lui
une damoisele de mout grant biauté, si lo salue, et il li.

« Damoisele, fait il, savriez me vos dire nule verité del covine
de laianz ? »

La damoisele fu envelopee mout bien, car s'ele fust descoverte, il l'eüst bien conneüe. Et ele li devise tot lo covine de
laianz, et comment il lo covient combatre, et a quel meschief,
s'il i velt antrer. « Mais se vos m'en creez, fait ele, vos n'i
panseroiz ja neïs que vos i antroiz. »

« Damoisele, fait il, ensin ne remandrei ge mie ; o ge savrai lo

tout au moins emprisonné, dès qu'il avait été vaincu. Et tel
était le sort de tous ceux qui y venaient; car nul ne pouvait
endurer le labeur de chevalerie qu'il y fallait souffrir. Il y avait
une double enceinte de murs, à chaque mur une porte, et à
chaque porte le chevalier errant devait combattre dix chevaliers. Mais c'était d'une manière très étrange; car, dès que l'un
des chevaliers était recru de fatigue et ne voulait plus porter les
armes, un autre était tout prêt à prendre sa place et combattait
pour lui. Et quand celui-là était épuisé, il en venait un autre. De
cette manière un seul chevalier ne pouvait les réduire à merci,
s'il n'avait assez de valeur et de chance pour les tuer tous, l'un
après l'autre. Sur le second mur, en haut, juste au-dessus de la
porte, il y avait un chevalier forgé en cuivre; il était grand et
fort, sur son cheval, armé de toutes armes, et tenait à deux
mains une grande hache. Il se dressait là-haut par enchantement. Tant qu'il serait debout, le château ne courait aucun
risque d'être conquis par qui que ce soit. Mais quand celui qui
devait conquérir ce château serait entré dans la première porte
et qu'il pourrait voir le chevalier de cuivre, celui-ci s'effondre-
rait aussitôt. Alors se dissiperaient tous les enchantements,
dont le château était rempli, de telle manière qu'ils apparaî-
traient clairement. Mais ils ne cesseraient pas entièrement,
avant que celui qui devait conquérir le château n'y fût demeuré
quarante jours, sans coucher au dehors une seule nuit. Telle
était la force des enchantements du château. Au-dessous
s'étendait le bourg, très agréable, où l'on trouvait tout ce dont
pouvait avoir besoin un chevalier errant. Le bourg s'appelait
Chanevière et était situé sur les bords de l'Humbre.

Quand le chevalier aux armes blanches arriva devant la porte
et vit qu'elle était fermée, il en fut très malheureux. Alors vint
à sa rencontre une demoiselle d'une très grande beauté. Il lui
adresse un salut, qu'elle lui rend.

« Demoiselle, lui dit-il, pourriez-vous m'apporter quelque
lumière sur la coutume de ce château ? »

La demoiselle était très bien enveloppée dans son manteau et
dans sa guimpe ; car, si son visage avait été découvert, il l'aurait
aisément reconnue. Elle lui expose toute la coutume du château, comment et dans quelles conditions désastreuses il doit se
battre, s'il veut y entrer. « Mais, si vous m'en croyez, fait-elle,
vous n'y songerez même pas.

— Demoiselle, fait-il, je n'en resterai pas là : ou bien je

covine de laianz, ou ge serai mis avoc les autres prodomes qui laianz ont esté mort, car ge porrai bien faillir a plus honoree vie avoir. »

Atant s'an part la damoisele. Et ja estoit mout tart, si tornoit auqes vers lo vespre. Et tantost oï li chevaliers un home desus la porte an haut qui li demande :

« Sire chevaliers, que querez vos ? »

« Laianz, fait il, voudroie estre ore. »

« Certes, fait cil qui estoit garde, ce devra vos peser qant vos i anterroiz. »

« Ne sai, fait il, mais por Deu, biax dolz amis, hastez moi ma bessoigne, car il iert ja nuiz. »

Maintenant sone cil un maienel. Et un po aprés ist de laianz uns chevaliers par lou guichet de la porte ; et fu armez, et cors et membres, et ses chevaux fu traiz aprés lui. Et il dit a l'autre :

« Sire chevaliers, la aval vos covient traire, car ci n'a mie place o nos nos puissiens combatre aeisieement. »

Et cil respont que ce li est bel.

Lors sont venu aval au pié del tertre, si s'antre[sloignent, si metent les glaives souz les aisseles et hurtent les escuz des codes, si s'entre]vienent si tost com li cheval lor pueent corre, et s'entrefierent sor les escuz si granz cox com il pueent greignors. *(f. 61d)* Li chevaliers del chastel brise son glaive. Et cil au blanc escu lo fiert an haut desor la bocle, si l'an fait rompre lo cuir et les eis desjoindre. Et li cox fu pessanz, et tranchanz li fers, si nel pot soffrir li hauberz, a ce que de grant vertu fu anpainz, si estandirent les mailles. Et li fers passa au chevalier parmi lo cors, si vole hors des arçons et chiet a terre sanz relever, car morz estoit. Quant li Blans Chevaliers lo voit chaü, si descent, car il ne cuide mie qu'il soit morz. Si li cort sus, l'espee traite. Et qant il voit qu'il [ne] se relieve, si li arache son hiaume de la teste. Et qant il voit qu'il est morz, s'an est mout correciez.

Atant est sonez li corz, si revient uns chevaliers grant aleüre. Et qant cil lo voit venir, si rest montez et reprant son glaive qu'il a trait del cors au chevalier. Si s'antrelaissent corre tant com li cheval puent randre. Cil do chastel a failli, et li Blans Chevaliers lo fiert, si que li escuz n'i a duree, mais li hauberz

saurai le mystère de ces lieux, ou bien je serai mis avec les autres prud'hommes qui y sont morts, car il se peut que je ne parvienne pas à avoir une vie plus glorieuse. »

Sur ces mots la demoiselle s'en va. Il était déjà fort tard et le jour commençait à baisser. Le chevalier entend bientôt la voix d'un homme qui, du haut de la porte, lui demande :

« Seigneur chevalier, que désirez-vous ?

— Je voudrais, dit-il, entrer maintenant dans ce château.

— À coup sûr, c'est pour votre malheur que vous y entrerez, dit l'homme qui était de garde.

— Je ne sais pas ; mais, pour Dieu, beau doux ami, dépêchez-moi vite mon affaire, car il fera bientôt nuit. »

Aussitôt la sentinelle sonne d'un petit cor de chasse ; et peu après on voit sortir un chevalier par le guichet de la porte. Il est armé de corps et de membres ; et derrière lui on amène son cheval. Il dit au blanc chevalier :

« Seigneur chevalier, il vous faut redescendre ; car il n'y a pas de place ici où nous soyons à l'aise pour combattre. »

Le blanc chevalier lui répond qu'il ne demande pas mieux. Alors ils descendent en bas du tertre, prennent leurs distances, mettent la lance sous l'aisselle, l'écu au bras, courent l'un vers l'autre aussi rapidement que leurs chevaux peuvent le faire, et se donnent, sur leurs écus, les coups les plus rudes. Le chevalier du château brise sa lance. Le chevalier à l'écu blanc le frappe au-dessus de la boucle, de telle manière qu'il fend le cuir de l'écu et en disjoint les planches. Le coup était pesant et le fer tranchant. Le haubert ne peut y résister, parce qu'il est asséné avec une grande vigueur. Les mailles se desserrent. Le fer passe au travers du corps du chevalier, qui vole hors de ses arçons et tombe à terre, sans se relever ; il est mort. Quand le chevalier blanc le voit à terre, il descend de son cheval ; car il ne croit pas qu'il soit mort. Il court à lui, l'épée à la main. Quand il voit qu'il ne se relève pas, il lui arrache le heaume de la tête. Quand il voit qu'il est mort, il est très malheureux.

Alors on entend sonner le cor et un autre chevalier arrive au galop.

Quand il le voit venir, le blanc chevalier remonte et reprend sa lance, qu'il retire du corps où elle était fichée. Ils courent l'un vers l'autre de toute la vitesse de leurs chevaux. Le chevalier du château a manqué son adversaire et le blanc chevalier lui porte un coup tel que l'écu n'y résiste pas, mais le

remest antiers. Et cil l'anpaint bien, qui asez ot force et plus cuer, si l'arache de la sele et lo porte par desus la crope del cheval a terre. Et au cheor li avint qu'il se brise lo destre braz et il se pasme. Et cil qui abatu l'ot se remet a terre, et tantost li arrache lo hiaume de la teste. Et qant il revient de pasmeisons, si li menace lo chief a couper s'il ne li fience prison. Et ja refu li corz sonez, si revenoit uns chevaliers toz armez aval lo tertre. Et li Blans Chevaliers se haste mout de son chevalier conquerre, si lo tient si cort que por paor de mort li fiance prison. Maintenant rest cil sailliz an son cheval et reprant son glaive, qui encores tenoit en l'escu au chevalier, si muet encontre celui qui vient, si lo reporte a terre mout durement. Et lors brise li glaives. Li chevaliers ne demora gaires a terre, ainz sailli sus. Et cil redescent de son cheval et trait son escu avant, si li cort sus *(f. 62a)* hardiement, l'espee en la main, si s'entredonent granz cox par tot la o il se cuident enpirier. Mais longuement nel pot mie soffrir li chevaliers del chastel, ainz li comance place a guerpir. Et qant il voit que li pires en est siens, si fait signe de s'espee a la gaite, et cil resone lo cor.

Et maintenant revient uns chevaliers grant aleüre, et mout fu granz et corsuz et de grant deffanse par sanblant. Et li Blans Chevaliers ne laisse mie por ce lo sien, ainz li cort sus tant que mout l'a ja blecié. Et cil se cuevre au miauz qu'il puet, que autre conroi n'i met. Et cil li crie, qui au secors vient :

« Laissiez lo, sire chevaliers, car ge vaig an leu de lui. »

« Moi ne chaut, fait cil, combien vos soiez, mais que ge vos puisse toz conquerre. »

« Vos n'avez droit, fait li autres chevaliers, an lui plus tochier, car gel vaign garantir. »

« Et comment lo garantiroiz vos, fait li Blans Chevaliers, se vos ne poez vos meesmes garantir. »

Lors a pris lo glaive au chevalier a cui il s'estoit combatuz, et est sailliz en son cheval. Si laisse corre a celui qui vient, si lo fiert de tote sa force si durement qu'il porte lui et lo cheval enmi lo ru d'une fontaine. Puis revint au premier chevalier que cil secorroit, et il voloit ja remonter en son cheval. Et il s'an vient par lui, si lo fiert del piz del cheval, si qu'il lo reporte a

haubert tient bon. Il appuie vigoureusement — car il avait beaucoup de force et plus de courage encore — l'arrache de sa selle et le fait voler à terre par-dessus la croupe de son cheval. En tombant, il se brise le bras droit et se pâme. Le blanc chevalier qui l'avait abattu met de nouveau pied à terre, lui arrache aussitôt son heaume ; et, quand il revient de pâmoison, menace de lui couper la tête, s'il ne se rend pas.

Déjà le cor avait sonné de nouveau ; un chevalier entièrement armé descendait en bas du tertre. Le blanc chevalier se hâte d'en finir avec le second et le tient si court qu'il l'oblige à se rendre sous menace de mort. Aussitôt il saute sur son cheval, reprend sa lance, qui était encore fichée dans l'écu du chevalier conquis, se tourne contre celui qui vient et l'envoie très rudement à terre. Alors sa lance se brise. Le chevalier ne reste pas longtemps à terre ; il se relève. Le blanc chevalier descend, met son écu devant lui et lui court sus hardiment, l'épée à la main. Ils se donnent de grands coups, partout où ils peuvent se blesser. Mais le chevalier du château ne peut résister longtemps ; il commence à céder du terrain. Quand il voit qu'il a le dessous, il fait un signe de son épée au guetteur, et celui-ci sonne du cor une nouvelle fois.

Aussitôt arrive à vive allure un autre chevalier, très grand et très fort et qui paraît des plus redoutables. Le blanc chevalier ne laisse pas pour autant le sien et le serre de si près qu'il l'a déjà très gravement blessé. L'autre se protège du mieux qu'il peut, car il n'est plus en état de riposter. Celui qui vient à son secours s'écrie :

« Laissez-le, seigneur chevalier, car je viens prendre sa place.

— Peu m'importe combien vous êtes, répond le blanc chevalier, pourvu que je puisse tous vous conquérir.

— Vous n'avez plus le droit de le toucher, puisque je viens répondre pour lui.

— Et comment répondrez-vous pour lui, dit le blanc chevalier si vous ne pouvez répondre pour vous-même ? »

Alors il prend la lance du chevalier contre qui il s'était battu, saute sur son cheval, court vers celui qui vient et le frappe de toutes ses forces si durement qu'il le précipite avec son cheval dans le cours d'un torrent. Puis il retourne au chevalier précédent, qui voulait déjà se remettre en selle. Il le rejoint, le heurte violemment contre le poitrail de son destrier, le renvoie

terre, si li vait tant par desus lo cors que tot lo debrise, qu'il n'a
pooir de relever. Et il regarde, si voit celui qi gisoit el ru de la
fontaine qui ja se relevoit. Et lors li adrece, l'espee en la main,
sel fiert de tel aleüre com il vient, si que tot l'estone. Si lo ra
abatu a terre tot estordi, et li refait son cheval aler par desus lo
cors autretant com il fist a l'autre, si qe mout l'a blecié et il se
pasme d'angoisse. Lors revient a l'autre, si descent et li deslace
(f. 62b) la teste et desarme do hiaume et de la ventaille, tant que
cil li fiance prison. Et tantost fu li corz sonez, et vint hors li
quinz chevaliers. Et qant cil lo voit, si recort sus a celui qui gist
sor la fontaine, si li resache lo hiaume de la teste et li done
grant cop del plat de l'espee, tant que, ançois que li autres
venist, li a cil prison fianciee.

Qant il voit qu'il en est ja de quatre au desus, petit prise lo
remenant. Lors est venuz a son cheval, si remonte et lait corre
a celui, l'espee traite, car del glaive n'a il point. Et cil peçoie sor
lui son glaive de tel aleüre com il vient. Et li Blans Chevaliers
s'an vient por lui, si li done tel cop de l'espee a l'ire et a la force
que il ot que il li tranche lo hiaume et la ventaille selonc la
temple senestre, si que li aciers est si descenduz desor l'oroille, si
la li tranche tote jusq'el col, et la joe tot autresin. Et a lo col si
antamé qu'a grant poines sostient son hiaume, si l'a si estoné
qu'il ne puet arester en sele, si vole a terre toz estordiz. Et au
cheoir feri li coinz del hiaume en terre, si que par un po qu'il
n'a lo col brisié. Si a tele angoisse que li sans li vole parmi la
boche et par lo nes et par les oroilles, et il se pasme. Lors
commence mout durement a anuitier, si que cil des murs ne
voient mais se petit non com il se contienent aval. Atant ont lo
guichet fermé, et dient cil de la vile qui as murs estoient
c'onques mais n'avoient veü chevalier si viste ne si seür. Et il a
tant fait qu'il a conquis lo quint chevalier et prison li a fianciee
a tenir la ou il voudra. Et lors est venue illuec la damoisele qui
avoit a lui parlé devant la porte, si li dit :

« Venez en, sire chevaliers, car mais anuit ne feroiz vos
bataille. »

à terre et lui passe sur le corps jusqu'à ce qu'il soit tellement
moulu de coups qu'il ne puisse plus se relever. Alors il regarde
autour de lui ; il aperçoit le chevalier qu'il avait renversé dans
le lit du torrent et qui déjà se relevait. Il va vers lui, l'épée à la
main, et le frappe d'un tel élan qu'il l'assomme, le jette
inconscient à terre, lui passe son cheval sur le corps comme il
avait fait à l'autre, de telle sorte qu'il est meurtri de toutes parts
et se pâme de douleur. Puis il revient auprès de l'autre, descend
de son cheval, lui dégage la tête et le désarme de son heaume et
de sa ventaille, jusqu'à ce qu'il se rende. Aussitôt le cor sonne
de nouveau et le cinquième chevalier s'avance. Quand il le voit,
le blanc chevalier court à celui qu'il avait précipité dans le
torrent, lui arrache le heaume de la tête et lui donne un grand
coup du plat de l'épée. Alors, avant que le suivant ne soit
arrivé, celui-là se constitue prisonnier.

Quand il voit qu'il en a déjà conquis quatre, le blanc
chevalier ne se soucie plus guère du restant. Il reprend son
cheval, remonte et s'élance contre le cinquième, l'épée au
poing, car il n'a plus de lance. Heureusement celui-ci a brisé sa
lance au premier assaut. Le blanc chevalier, en arrivant à sa
hauteur, lui donne un coup d'épée si bien asséné, sous l'effet de
la fureur et la violence qui l'animent, qu'il lui fend le heaume
et la ventaille tout le long de la tempe gauche : l'acier descend
sur l'oreille, la tranche jusqu'au cou, ainsi que la joue. Le cou
est lui-même entamé de telle sorte qu'il a peine à soutenir le
heaume. Le chevalier est assommé ; il ne peut demeurer en selle
et tombe à terre, tout hébété. Dans sa chute, il heurte le sol
avec la pointe de son heaume et peu s'en faut qu'il n'ait le cou
brisé ; sa douleur est si forte que le sang lui sort par la bouche,
le nez et les oreilles ; il se pâme.

Cependant la nuit tombe ; et, sur les remparts, les spectateurs
ne discernent plus qu'à grand'peine ce qui se passe en bas. Ils
ferment le guichet ; et les gens de la ville, qui s'étaient massés
sur les murs, disent qu'ils n'ont jamais vu de chevalier si agile
et si sûr. Il a réussi à conquérir le cinquième chevalier et lui a
fait jurer de se constituer prisonnier au lieu qu'il lui assignera.
Alors arrive la demoiselle qu'il avait trouvée devant la porte.
Elle lui dit :

« Venez, seigneur chevalier, car vous n'aurez plus de bataille
ce soir.

(f. 62c) « Damoisele, encor, fait il, en i a il assez a conquerre. »

« Voirs est, fait ele, mais il n'en i vandra hui mais plus, car li guichez est fermez. Mais lo matin i porroiz tot a tans venir. »

« Ce poise moi, fait il, damoisele, que plus n'en i vient, car totevoies eüsse mains affaire qant de plus fusse delivres. Et ce savez vos bien, s'il me font droit, si lo me dites. »

« Oïl, fait ele, ce sachiez, car la bataille ne doit durer, puis qu'il est nuiz. Mais lo matin la ravroiz autresin com or l'avez. Et se ne fust por ce que chevaliers ne se doit ci delaier qui por bataille i vaigne, il n'i eüst cop feru anuit, car trop estoit tart. Et ce de[vez] vos voloir, car vos iestes assez las. »

« Las ! fait il, damoisele, ce veïssiez vos par tans s'il fust jorz. »

Lors est mout iriez et honteus, car il crient qu'ele ne li ait veü faire aucun mauvais contenement.

« Venez an, fait ele, avoc moi. »

« Damoisele, fait il, en quel leu ? »

« La ou ge vos herbergerai, fait ele, mout bien. »

Atant dit a cels qu'il avoit conquis qu'il lo sivent, et il si font car il ont toz lor chevaus dont il estoient chaoit.

La damoisele moine lo chevalier el borc aval en un ostel mout bel. Et il en avoit mout grant mestier. Quant il furent en l'ostel, si lo mena la damoisele en une chanbre por desarmer. Et ele fu totes ores envelopee. Et il esgarde, si voit en cele chambre trois escuz panduz en haut, et furent atotes les houces. Il demande a la damoisele cui sont cil escu, et ele dit que il sont a un sien chevalier.

« Damoisele, fait il, ge les verroie volentiers toz descoverz se vos voliez. »

Et ele les fait descovrir ; et il voit qu'il sont troi escu d'argent, si a en l'un une bande *(f. 62d)* vermoil[le] de bellic, et an l'autre deus, et an l'autre trois. Si les regarde mout grant piece. La o il regardoit les escuz, vint la damoisele d'une autre chanbre, et mout richement acesmee, si ot lo vis nu et descovert. Et laianz ot luminaire a grant planté.

— Demoiselle, dit-il, il y en a encore beaucoup à conquérir.

— C'est vrai, dit-elle, mais il n'en viendra plus aujourd'hui,
car le guichet est fermé. Demain matin vous pourrez revenir à
temps.

— Je regrette qu'il n'en vienne plus d'autre, demoiselle. Car
c'est autant de moins que j'aurais eu à faire, si j'en avais
expédié un plus grand nombre. Vous devez bien savoir s'ils ont
le droit d'agir ainsi. Alors dites-le-moi.

— Oui, dit-elle, n'en doutez pas. La bataille ne doit pas
continuer après la fin du jour ; mais vous la retrouverez demain
matin. Et si ce n'était qu'aucun chevalier ne doit attendre, dès
lors qu'il vient pour demander la bataille, il n'y aurait eu aucun
combat ce soir, parce qu'il était trop tard. Vous devez en être
heureux, car vous êtes bien fatigué.

— Hélas ! demoiselle, dit-il. C'est ce que vous auriez vu
bientôt, s'il faisait encore jour. »

Alors il est courroucé et honteux, parce qu'il craint qu'elle ne
l'ait vu montrer un signe de faiblesse.

« Venez avec moi, dit-elle.

— Où donc, demoiselle ?

— En un lieu où je vous donnerai un bon gîte. »

Alors il dit aux chevaliers qu'il avait conquis de le suivre ; et
ils le font, car chacun d'eux avait son cheval, dont il était
tombé. La demoiselle emmène le chevalier au bourg, dans un
très bel hôtel, et il en avait grand besoin. Quand ils sont à
l'hôtel, la demoiselle l'emmène dans une chambre, pour le
désarmer. Elle était toujours enveloppée dans sa guimpe et son
manteau. Il regarde autour de lui ; il voit dans cette chambre
trois écus accrochés au mur et recouverts de leur housse. Il
demande à la demoiselle à qui sont ces écus et elle répond qu'ils
sont à un chevalier de ses amis.

« Demoiselle, j'aimerais les voir à découvert, si vous le
vouliez bien. »

Elle les fait découvrir. Il voit alors trois écus d'argent : le
premier porte une bande vermeille en diagonale ; le second,
deux ; le dernier, trois. Il les regarde très longuement. Pendant
ce temps, la demoiselle revient d'une autre chambre, très
richement parée, nu-tête et le visage découvert. La chambre
était éclairée par de très nombreuses lumières.

« Sire chevaliers, fait ele, que vos en senble des escuz? »

« Damoisele, fait il, mout bien. »

Lors la regarde ; et qant il la voit a descovert, si la conoist mout bien. Et il li saut les braz estanduz, et si li dit :

« Ha ! bele douce damoisele, vos seiez la bienvenue sor totes les autres damoiseles. Mais, por Deu, me dites que fait ma boene dame. »

« Mout bien », fait ele. Lors lo trait a une part, si li dit que sa Dame del Lac l'anvoie a lui. « Et demain, fait ele, savroiz vostre non et lo non vostre pere. Et ce sera laïssus en cel chastel dont vos seroiz sires ainz que vespres soient sonees, car gel sai de voir par la boche ma dame meesmes. Et li troi escu sont vostre que vos avez veüz. Et sachiez qu'il sont assez merveilleus, car si tost com vos avroiz au col celui o il n'a que une seule bande, si avroiz recovree la proesce et la force d'un chevalier avec celi que vos avez. Et se vos i pandez celui as deus bandes, si avroiz la proesce a deus chevaliers. Et par celui as trois bandes recoverroiz la proesce a trois chevaliers. Et ge les ferai demain porter en la place. Si gardez bien que vos ne vos fiez mie tant en vostre joveneté que, si tost com vos santiroiz vostre force apetisier, que vos ne preigniez celui a la seule bande, et puis celui as deus, se bessoinz vos chace. Et qant vos voudroiz tot torner a mal et que toz [li] siegles se mervaut de vos, si prenez celui as trois bandes, car vos *(f. 63a)* verroiz les plus apertes mervoilles qe vos onques oïssiez, et teles que vos ne porriez mies penser. Mais bien gardez que vos ne remeigniez n'au roi Artu n'a autrui devant que vos seiez queneüz par vos proesces en pluseurs terres, car ensin velt ma dame que vos lo faciez por vos essaucier et amender. »

Longuement parla a lui la damoisele, si sont asis au mengier qant il fu prelz. Et la nuit furent en paine del chevalier veoir cil d'amont et cil d'aval, et prioient tuit nostre Seignor que il li donast force et pooir de conquerre toz les chevaliers autresin com il avoit conquis les cinc, car mout desirroient que li anchantement et les males costumes del chastel fussient remeses a tozjorz. Ensin passerent cele nuit, et au matin fist la

«Seigneur chevalier, dit-elle, comment trouvez-vous ces écus?

— Demoiselle, dit-il, fort beaux. »

Alors il la regarde et, la voyant à découvert, la reconnaît sans hésiter. Il s'élance vers elle, les bras ouverts, et lui dit :

« Ah ! belle douce demoiselle, soyez la bienvenue entre toutes les demoiselles. Mais pour Dieu, dites-moi comment se porte ma bonne dame.

— Fort bien », dit-elle.

Alors elle le prend à part et lui explique que sa dame du Lac l'envoie auprès de lui. « Et demain, lui dit-elle, vous saurez votre nom et le nom de votre père. Et ce sera là-haut, dans ce château, dont vous serez le maître, avant que vêpres soient sonnées ; car je le sais avec certitude, de la bouche de ma dame elle-même. Les trois écus que vous avez vus sont pour vous, et sachez qu'ils sont assez merveilleux. En effet, aussitôt que vous aurez pendu à votre cou celui qui n'a qu'une seule bande, vous aurez ajouté la valeur et la force d'un chevalier à celles que vous avez. Si vous prenez l'écu aux deux bandes, vous aurez ajouté à la vôtre la prouesse de deux chevaliers ; et par l'écu à trois bandes, celle de trois chevaliers. Je les ferai porter demain sur le champ de bataille. Aussi gardez-vous bien de vous fier à votre jeunesse et, dès que vous sentirez votre force diminuer, prenez l'écu à une seule bande, puis celui à deux bandes, si la nécessité vous presse. Et quand vous voudrez tout renverser et que le monde entier s'émerveille de vous, prenez l'écu à trois bandes ; vous verrez alors les merveilles les plus éclatantes dont vous ayez jamais entendu parler et telles que vous ne pourriez même pas les imaginer. Mais prenez garde de ne pas demeurer auprès du roi Arthur ni d'un autre prince, avant de vous être fait connaître par vos prouesses dans plusieurs pays ; ma dame veut qu'il en soit ainsi, pour que vous vous éleviez en gloire et en valeur. »

La demoiselle lui parla longuement. Puis ils s'assirent pour le souper, quand il fut prêt. La nuit, ceux du château et ceux du bourg s'efforcèrent de voir le chevalier, et tous priaient Notre Seigneur qu'il lui donnât force et pouvoir de conquérir tous les chevaliers, comme il avait conquis les cinq premiers ; car ils désiraient ardemment que les enchantements et les mauvaises coutumes du château fussent dissipés pour toujours. Ils passè-rent ainsi la nuit. Au matin, la demoiselle fit entendre la messe

damoisele oïr messe au chevalier, et puis s'arma. Et qant il fu
armez, la damoisele lo mena devant l'avant porte. Puis li
dist :

« Savez vos que vos avez affaire, se vos volez la seignorie de
cest chastel conquerre et abatre les anchantemenz ? Il vos
covendra, ainz que nuiz soit, conquerre dis chevaliers a ceste
premiere porte et dis a cele autre. »

« Comment ? fait il ; dont n'ai ge conquis de la premiere
porte cinc chevaliers ? »

« Nenil, fait ele, car rien que vos i aiez faite ne vos i vaudra
ne plus que se vos n'en aviez onques cop feru. Et se vos aviez
conquis nuef des chevaliers d'une des portes, et l'ore venist, si
reseroit tot a rancommencier, car ançois que nuiz soit, les
devez vos toz avoir conquis. Et bien seiez seürs que vos les
conquerroiz toz. Et encores vos ferai certain d'une *(f. 63b)*
autre chose, que vos ne morroiz ja d'armes tant com vos aiez
hiaume en teste ne auberc en dos. C'est une chose qui mout vos
doit asseürer. »

« Certes, fait il, dons sui ge seürs que ge ne puis morir
honteusement. »

Endemantiers qu'il parloient ensin, et li corz sone, et uns
chevaliers ist hors, armez de totes armes fors la teste, et dit au
Blanc Chevalier :

« Sire chevaliers, que demandez vos ? »

Et il dit que l'aventure del chastel.

« De ce, fait li chevaliers, ne troveroiz vos ja qui vos
responde tant com vos tanroiz noz chevaliers. Mais si tost com
vos les avroiz randuz, si avroiz l'aventure tote preste. »

« Por les chevaliers, fait il, ne remandra il ja que vos ne me
randoiz m'avanture, mais gardez que vos nes me faciez randre
a tort, car ce seroit desleiautez. »

Et cil dit :

« Sire chevaliers, bien sachiez que vos les devez randre, mais
il ne pueent, ne ne doivent armes porter encontre vos. Et se vos
volez, les foiz em poez avoir ; et gel vos lo. Et bien sachiez que
ge voudroie que vos fussiez si proz que eüssiez lo chastel
conquis, car trop a duré ceste dolors. Mais il me covient garder
ma leiauté et faire ce que mes fiez aporte. »

au chevalier. Ensuite il s'arma. Quand il fut armé, la demoiselle le mena devant la porte extérieure et lui dit :

« Savez-vous ce que vous avez à faire, si vous voulez conquérir la seigneurie de ce château et en abattre les enchantements ? Il vous faudra, avant que la nuit tombe, conquérir dix chevaliers à cette première porte et dix à l'autre.

— Comment ? s'exclame-t-il. N'ai-je pas déjà conquis cinq des chevaliers de la première porte ?

— Non, dit-elle, et tout ce que vous avez fait ne vous vaudra rien de plus que si vous n'aviez livré aucun combat. Si vous aviez conquis neuf chevaliers à l'une des portes et que l'heure fût venue, tout serait à recommencer, car c'est avant la nuit que vous devez les avoir tous vaincus ; et, soyez-en sûr, ils seront tous vaincus. De plus vous pouvez être certain que vous ne mourrez jamais par les armes, tant que vous aurez le heaume en tête et le haubert sur le dos. C'est quelque chose qui doit vous donner confiance.

— Certes, dit-il. Me voici donc assuré de ne pas mourir honteusement. »

Pendant qu'ils parlent ainsi, le cor sonne et un chevalier sort, armé de toutes ses armes, sauf la tête. Il dit au blanc chevalier :

« Seigneur chevalier, que demandez-vous ? »

Et celui-ci répond : « L'aventure du château. »

Le chevalier lui dit : « Vous ne trouverez personne qui vous réponde, tant que vous garderez nos chevaliers. Mais dès que vous les aurez rendus, vous trouverez l'aventure prête.

— Ce ne sont pas ces chevaliers qui vous empêcheront de me donner mon aventure. Mais prenez garde de ne pas me les faire rendre sans droit ; car ce serait déloyal.

— Seigneur chevalier, sachez bien que vous devez les rendre, mais qu'ils ne peuvent ni ne doivent porter les armes contre vous. Si vous voulez, vous pouvez en prendre leur serment et je vous le conseille. Sachez aussi que je voudrais bien que votre prouesse fût telle qu'elle vous permît de conquérir ce château, car cette douleur a trop duré. Mais je dois garder ma loyauté et m'acquitter des devoirs de ma charge[1]. »

---

1. *m'acquitter des devoirs de ma charge :* littéralement, de mon fief. Le fief est un contrat et non pas seulement celui qui se matérialise par la concession d'une terre.

Maintenant delivre cil les quatre chevaliers, si s'en entrent el chastel. Et tantost est hors venuz uns chevaliers toz armez. Et quant il est hors del guichet, si saut en son cheval qui amenez li fu. Puis vienent endui au pié del tertre aval et comencierent les jostes au plus pres qu'il porent de la porte. Li chevaliers del chastel fiert l'autre sor l'escu de son pooir, si que il lo li fait hurter a la temple ; mais la lance ne brisa mie, car trop estoit forz. Et li chevaliers fiert lui, si que parmi l'escu et parmi la manche do hauberc lo point el braz, si li fait l'escu hurter au costé si durement que l'eschine li est ploiee contre l'arçon, si lo fait voler *(f. 63c)* a terre par desus la crope del cheval ; et il chiet si durement que mout se blece. Li Blans Chevaliers est descenduz a terre ; et qant il li vost corre sus, si voit jusqu'a nuef chevaliers, toz issuz de la premiere porte, et vienent aval lo tertre. Et uns chevaliers s'an part et vient jusq'en la place et se tient un petit loign. Et qant li Blans Chevaliers lo voit, si se crient de traïson. Lors rest sailliz en son cheval et prant son glaive et s'adrece a celui qu'il voit venir, sel fiert mout durement, et il lui, si que totes les lances volent en pieces. Mais ne chaï ne li uns ne li autres. Et qant li Blans Chevaliers voit que cil n'est chaüz et que andui li glaive sont peceié, s'en a mout grant despit et dist que maleoiz soit qui onques fist glaive, qant il nel fist tel que l'an nel poïst peceier. Lors met main a l'espee. Et li autres chevaliers fu relevez et son cheval perdu, si ot jus gité l'escu por lo braz, qu'il nel pooit sostenir, si se traoit vers la roche au plus qu'il pooit. Et cil li adrece qant que chevax puet aler. Et qant li chevaliers l'ot venir, si se regarde et velt s'espee traire. Mais il n'en a mie lo leisir, car cil s'an vient par lui, si li done tel cop en haut desus lo hiaume que tot lo fait chanceler, et par un po qu'il n'est chaoiz. Et cil se lance outre, puis s'en revient par lui, si com il a l'espee traite, si li done tel cop sor lo destre braz, ainz qu'il se gart, qu'il lo mehaigne. Et l'espee li est cheoite enmi lo chanp.

« Comment, sire chevaliers ? fait li autres qui poignant i vient ; volez vos vos combatre a nos deus ? »

« Oe, fait il, au tierz, s'il i venoit, ausi volentiers com as deus. »

Aussitôt le jeune homme libère ses quatre prisonniers. Ils rentrent dans le château et il en sort un chevalier tout armé. Après avoir passé le guichet, il saute sur son cheval qu'on lui avait amené. Puis ils descendent tous les deux en bas du tertre et commencent à jouter, le plus près possible de la porte. Le chevalier du château frappe l'autre de toutes ses forces, sur son écu qui vient heurter sa tempe ; mais lui-même n'a pas brisé sa lance, car elle était extrêmement solide. De son côté le blanc chevalier l'a frappé de telle sorte qu'il lui transperce le bras à travers l'écu et la manche du haubert, lui serre l'écu contre les côtes, lui fait plier l'échine sur l'arçon de sa selle et l'envoie rouler au sol, par-dessus la croupe du cheval, si violemment qu'il est gravement blessé. Le blanc chevalier a mis pied à terre ; il veut courir sus à son adversaire, mais il voit des chevaliers au nombre de neuf, tous sortis de la première porte, qui descendent le tertre. Un chevalier se détache des autres, vient jusqu'au champ de bataille et se tient un peu à l'écart. Quand il le voit, le blanc chevalier craint une trahison. Il remonte sur son cheval, prend sa lance et se précipite contre celui qu'il voit venir. Ils se frappent l'un l'autre si durement que les lances volent en pièces, mais ni l'un ni l'autre ne tombe.

Quand le blanc chevalier voit qu'il n'a pas renversé son adversaire et que leurs deux lances sont brisées, il est saisi d'un violent dépit et s'écrie :

« Maudit soit celui qui a inventé la lance, puisqu'il ne l'a pas faite d'un bois qui ne puisse casser ! »

Alors il met la main à l'épée. Le premier chevalier s'était relevé. Il avait perdu son cheval et jeté son écu, parce que son bras ne pouvait plus le soutenir, et se dirigeait vers la roche du mieux qu'il pouvait. Le blanc chevalier se lance sur lui de toute la force de son cheval. Quand le chevalier du château l'entend galoper, il tourne les yeux vers lui et veut tirer son épée. Mais il n'en a pas le temps ; car l'autre passe déjà devant lui et lui assène, sur le sommet du heaume, un coup tel qu'il le fait chanceler et peu s'en faut qu'il ne l'ait abattu. Il passe outre, puis revient sur lui, qui a enfin tiré son épée, et le frappe sur le bras droit avec une telle vigueur qu'il le mutile, avant même qu'il ait pu se mettre en garde, et l'épée tombe sur le sol.

« Comment, seigneur chevalier ? dit l'autre, qui arrive au galop. Voulez-vous vous battre contre nous deux ?

« Par foi, fait il, nos ne vos oseriens mie ferir dui ensamble se par vostre congié non. »

« Puis que vos i venez, fait il, por secorre li uns l'autre, si vos entresecorrez au miauz que vos porroiz. Ne il ne me grieve se vos iestes dui ne plus que uns seus, ne li troi ne que li dui, puis que ge conquerrai autresin bien lo plus (*f. 63d*) comme lo mains. »

Quant li chevaliers l'antant, si s'en esmaie mout, et bien set qu'il par est trop de grant cuer. Lors s'antrevienent, les espees traites, si se donent granz cox desor les hiaumes. Et qant li Chevaliers Blans an revoit aler celui qu'il ot mehaignié des deus braz, si li relaisse corre et s'en vient par lui, si li sache lo hiaume hors de la teste. Et cil bee a foïr contremont lo tertre. Et cil s'an vient par lui, sel fiert desus la coife a la grant ire que il ot, [si que tot] lo fant jusq'es espaules, et il chiet. Et li autres lo vient ateignant, si li done grant cop desus lo hiaume, si que tot l'anbrunche avant ; et la o il s'an passe outre, li Blans Chevaliers fiert par aventure de l'espee arrieres main el nasel del hiaume, si lo tranche tot jusq'es joes, si l'anverse de la grant angoisse qu'il a tres desus l'arçon derrieres ; et il se pasme. Et cil s'an revient par lui, si li resache lo hiaume del chief et li crie que il fiant prison ; mais cil n'a pooir de respondre. Et cil refiert de l'espee enmi les danz, qu'il a totes descovertes et plaines de sanc, si lo tranche tot jusq'es oroilles, et dit que ja Dex ne li aït se il ja mais a pitié d'aus ocirre, puis que autrement nes puet conquerre. Cil est a terre cheoiz. Lors voient bien li autre chevalier qu'il est morz, si s'an part uns des autres qui ja furent venu au pié del tertre. Si peçoie son glaive sor lo Blanc Chevalier. Et qant li glaives li est failliz, si sache l'espee et li done granz cox, la ou il puet. Et cil li recort sus si fierement que tuit s'an esbaïssent, si lo conroie tel en po d'ore que plus nel puet soffrir, si apele un autre. Et il i vient, et cil, qui plus ne pooit la (*f. 64a*) bataille soffrir, s'an fuit el chastel, et uns autres toz fres revient en son leu.

Ensin menerent lo Chevalier Blanc tant que ja estoit prime passee, et aprés tierce pooit estre. Lors vient illuec uns escuiers,

— Oui, dit le blanc chevalier, et aussi volontiers contre trois, s'il en venait un troisième, que contre deux.

— Par ma foi, reprend l'autre, nous n'oserions pas vous attaquer à deux contre un, si ce n'est avec votre accord.

— Puisque vous venez pour vous secourir l'un l'autre, secourez-vous le mieux possible. Il m'est égal que vous soyez deux plutôt qu'un ou trois plutôt que deux : j'en vaincrai plus, aussi bien que moins. »

Quand il l'entend parler ainsi, le chevalier du château s'effraye et comprend que son adversaire est d'un courage sans faille. Alors ils courent l'un contre l'autre, les épées dégainées, et se donnent de grands coups sur les heaumes. Quand le blanc chevalier voit que celui qu'il a mutilé des deux bras veut s'en aller, il éperonne son cheval, le rejoint et lui arrache le heaume de la tête. L'autre essaye de s'enfuir en escaladant le tertre. Mais le blanc chevalier le rattrape, le frappe sur la coiffe avec une si grande fureur qu'il le fend jusqu'aux épaules ; et le voilà qui tombe. Le second chevalier fond sur lui, lui donne un grand coup sur son heaume, le couche sur l'encolure de son cheval, la tête en avant. Tandis qu'il passe outre, le blanc chevalier le frappe au hasard, avec son épée qu'il manie derrière lui. Il l'atteint au nasal de son heaume, le fend jusqu'aux joues, le renverse sur son arçon arrière sous l'effet de la douleur ; et il se pâme. Le blanc chevalier revient sur lui, lui arrache le heaume de la tête et lui crie de se rendre ; mais l'autre n'a plus le pouvoir de répondre. Alors il lui donne un coup d'épée dans les dents, qu'il a toutes découvertes et pleines de sang, lui fend le visage jusqu'aux oreilles et jure par Dieu qu'il ne leur fera pas grâce de la mort, puisqu'il ne peut les conquérir autrement. Le chevalier du château tombe. Alors les autres voient qu'il est mort. L'un d'eux se détache de la troupe, qui était déjà parvenue au pied du tertre, et brise sa lance sur le blanc chevalier. Quand sa lance lui fait défaut, il tire l'épée et en frappe de grands coups de toutes parts. Mais le blanc chevalier s'élance contre lui si violemment que tous en sont stupéfaits, et l'arrange si bien en peu de temps qu'il ne peut en souffrir davantage. Il fait signe à un autre chevalier, qui sort du rang. Celui qui ne peut plus endurer la bataille s'enfuit dans le château, et l'autre, frais et dispos, prend sa place.

Pendant qu'ils menaient ainsi le chevalier blanc, prime était déjà passée et il pouvait être près de tierce. Alors se présente un

et portoit a son col un escu d'argent a une bande vermoille de
bellic. Et li escuz au Blanc Chevalier estoit ja tex conraez que
mout en i avoit petit remex. Et il meesmes estoit ja mout
ampiriez et d'alainne et d'autre force, si avoit assez perdu del
sanc, car en mainz leus estoit navrez. Et ses ravoit il mout
bleciez et navrez, mais tuit s'an fuioient el chastel a garanz et
por els revenoient autre tuit fres.

Quant li Blans Chevaliers voit qe ensi n'en porra venir a
chief, si li anuie mout que tant demore a conquerre la grant
anor que il atant. Lors giete jus tant po d'escu com il avoit et
saisist celui que li vallez avoit aporté. Et lors sant sa force
doblee, si est tant vistes et tant legiers que il ne se sant de cop
ne de plaie que il ait. Et tantost laisse corre a els toz et fiert
destre et senestre, et fait tels mervoilles que nus ne lo voit qui
ne s'en esbaïsse. Il lor fause lor hiaumes, il lor decovre les
escuz, il lor deront les auberz sor les braz et sor les espaules. Et
il lo blecent mout, car si tost com li uns ne puet plus soffrir la
meslee, si vient uns autres en son leu ; et ce li a mout grevé. Si
a ensin maintenue la meslee tant que tierce passe, si l'ont assez
faites plaies petites et granz. Et lors vint la damoisele qui l'avoit
amené devant la porte, et li escuiers avoc li qui avoit aporté
l'escu, si aportoit *(f. 64b)* celui as deus bandes. Et li chevaliers
les avoit ja tant menez qu'il s'estoient ja mis au tertre et s'an
aloient vers la porte por lo secors avoir plus pres. Et les genz
del chastel esgardent desor les murs si com li chevaliers les an
mainne toz par son cors, si an sont tuit esbahi et prient que Dex
lo teigne an ce que il a commencié.

Tant ont guanchi cil dedanz as cox qu'il sont venu devant la
porte, et lors li recorent tuit sus. Et lor secors lor vient sovant
et menu, par quoi il n'an puet a chief venir. Et lors lo prant la
damoisele au frain et li oste ele meesmes l'escu del col et i met
celui as deus bandes. Et li chevalier s'an mervoillent por quoi
ele lo fait, si vossisent bien qu'il ne venist plus arrieres, car
trop ont grant honte del combatre a un seul chevalier qui si
malement les a menez. Lors est revenuz a la meslee, si les

écuyer, qui porte à son cou un écu d'argent, barré d'une bande vermeille en diagonale. L'écu du blanc chevalier était dans un tel état qu'il n'en restait que fort peu. Lui-même était déjà bien affaibli d'haleine et de force, et avait perdu beaucoup de sang, car il était atteint en de nombreux endroits. Il avait mis à mal et blessé ses adversaires; mais ceux-ci s'enfuyaient dans le château pour se mettre à l'abri, et d'autres venaient à leur place, qui étaient frais et dispos.

Quand le blanc chevalier voit qu'il ne pourra pas en venir à bout de cette manière, il se désole d'être si lent à conquérir le grand honneur qu'il attend. Il jette par terre le peu d'écu qui lui reste et saisit celui que l'écuyer lui apporte. Alors il voit redoubler sa force. Il est si vif et si alerte qu'il ne sent plus ni coup ni blessure qu'il ait reçus.

Il s'attaque à tous les chevaliers ensemble, frappe à droite et à gauche et fait de telles merveilles que nul ne le voit qui ne s'en ébahisse. Il bosselle les heaumes, taillade les écus, déchire les hauberts sur les bras et sur les épaules. Ils lui font de nombreuses blessures; car, dès que l'un ne peut plus souffrir la mêlée, un autre vient à sa place, ce qui lui donne bien de la peine. Il soutient ainsi la bataille jusqu'à ce que tierce passe, et son corps est couvert de plaies petites et grandes.

Alors s'avance la demoiselle qui l'avait amené devant la porte. Elle était accompagnée par l'écuyer qui lui avait présenté le premier écu et qui apportait maintenant celui à deux bandes. Le blanc chevalier avait tellement malmené ses adversaires qu'ils avaient déjà commencé à escalader le tertre et se rapprochaient de la porte pour être plus rapidement secourus. Les gens du château voient du haut des remparts comment il met tous les chevaliers en fuite à lui seul. Tous en sont stupéfaits et font des prières pour que Dieu le soutienne dans ce qu'il a entrepris.

Les chevaliers du château ont tellement reculé sous ses coups qu'ils arrivent devant la porte. Alors ils fondent sur lui de nouveau tous ensemble et les secours leur viennent promptement et sans arrêt, aussi ne peut-il en venir à bout. À ce moment la demoiselle le prend par le frein de son cheval, lui ôte elle-même son écu et met à son cou celui aux deux bandes. Les chevaliers se demandent pourquoi elle le fait. Ils voudraient bien qu'il ne revînt pas au combat, car ils ont honte d'affronter un chevalier tout seul, qui les a tellement malmenés. Alors il

conroie tex en po d'ore que nus a cop ne l'ose atandre, ainz
guanchissent a ses cox tuit li plus fres. Ne n'a dedanz lo chastel
chevalier qui ait esté a la meslee qui ses cox n'ait essaiez, si
dient bien tuit c'onques mais ne virent chevalier de son pooir.
Mais sor toz les autres en est esbahiz li sires del chastel, qui les
esgarde desor lo mur o il est, si a tel duel que par un po que il
n'anrage de ce qu'il n'est a la meslee. Mais il n'i puet estre, ne
ne doit, selonc les costumes do chastel devant que tuit li autre
fussient conquis. Si a mout grant paor de veoir sa grant dolor,
a coi il n'avoit onques quidié que nus cors d'un seul chevalier
poïst atandre.

Mout les maine li Blans Chevaliers honteussement, et bien
voient qu'a lui ne porroient durer por change qu'il facent, car
il les *(f. 64c)* tient si corz que li lassé n'ont pooir d'antrer el
guichet, ne cil dedanz de venir hors. Si s'est an po d'ore si
justoiez qu'il en a cinc tex conreez qu'il n'i a celui qui ait pooir
de relever, car li dui en sont ocis, li troi gisent a mort navré,
estre les deus qu'il avoit ocis au commencier. Et qant il voit
qu'il ne sont mais que troi, si les prise mout petit. Lors lor cort
sus mout fierement, et il li guerpissent place, si fuient tant com
il puent an ganchissant. Et lors vient avant li plus grant et li
plus corsuz des trois, si dit qu'il ne s[e] fera ja ocirre, car mout
plus preu qu'il n'est i ont perdu la vie, si li rant s'espee et li
fiance prison. Et qant li autre dui voient ce, si font autretel.

Et lors escoute li Blans Chevaliers, si a oï un grant escrois. Et
[i]l esgarde contremont, si voit que c'est la porte qui est overte.
Et il a trop grant joie, car ce ne cuidoit il ja veoir. Et ja estoit
pres de none. Et qant il a monté lo tertre, si voit parmi la porte
les dis chevaliers de l'autre porte toz abochiez devant lo
guichet. Lors l'areste la damoisele qui les escuz li avoit aportez,
si li deslace ele meïsmes son hiaume, car il n'estoit mais preuz.
Et ele lo baille un suen vallet et prant un autre qu'ele tient,
mout buen et mout bel, si li a lacié. Et puis li oste l'escu del col,
si li met celui as trois bandes. Et il li dist :

« Ha ! damoisele, honi m'avez qui les me feroiz vaintre sanz
point de ma proesce. Trop i avoit il de celui que vos avez
osté. »

retourne à la mêlée et les arrange en peu de temps de telle sorte que nul n'ose plus l'attendre et que les plus dispos cherchent à esquiver ses coups. On ne trouverait pas dans le château un seul chevalier qui, après avoir été à la mêlée, ne se soit ressenti de ses blessures. Et chacun dit qu'il n'a jamais vu un chevalier de cette force. Mais le plus stupéfait de tous est le seigneur du château qui les regarde du haut des remparts, où il s'est installé. Il se désole et peu s'en faut qu'il n'enrage de ne pas être à la mêlée. Mais il ne peut ni ne doit y être, suivant les coutumes du château, avant que tous les autres n'aient été vaincus. Il s'attend maintenant à connaître sa grande douleur, ce que jamais il n'aurait cru possible du fait d'un seul chevalier.

Le blanc chevalier les mène très honteusement et ils voient bien qu'ils ne pourront lui résister, même en se relayant; car il les tient si court que les plus fatigués n'ont plus le pouvoir de rentrer par le guichet, ni ceux qui sont à l'intérieur d'en sortir. En peu de temps il en fait si bonne justice que cinq d'entre eux ne peuvent plus se relever, deux parce qu'il les a tués et les trois autres parce qu'ils gisent blessés à mort, outre les deux qu'il a tués au début de la bataille. Quand il voit qu'ils ne sont plus que trois, il en fait peu de cas et les attaque très fièrement. Ils lui cèdent la place et s'enfuient comme ils le peuvent en esquivant ses coups. Alors le plus grand et le plus fort des trois s'avance. Il dit qu'il ne se fera pas tuer, puisque de plus valeureux que lui y ont perdu la vie. Il lui rend son épée et se constitue prisonnier. En le voyant, les autres font de même.

Le blanc chevalier relève la tête : il vient d'entendre un grand vacarme. Il regarde au-dessus de lui et voit que la porte est ouverte. Sa joie est extrême, car il a vu ce qu'il craignait de ne jamais voir. Il était déjà près de none. Quand il a gravi le tertre, il aperçoit, à travers la porte, les dix chevaliers de la seconde porte, qui se sont massés devant le guichet. Alors la demoiselle qui lui avait apporté les écus l'arrête, lui délace elle-même son heaume, qui n'était plus bon à rien, le remet à l'un de ses écuyers, en prend un autre qu'elle tenait en réserve, très bon et très beau, et le lui lace. Puis elle lui ôte son écu et lui met au cou celui aux trois bandes. Il lui dit :

« Ah ! demoiselle, vous me déshonorez. Vous me ferez vaincre, sans que ma valeur y soit pour rien. C'était déjà trop de celui que vous m'avez ôté.

[« Ne vos chaut, fait ele, car ge voil que l'autre porte soit plus fierement conquise que ceste n'a esté. »]

Lors li baille li vallez un glaive dont la hante est mervoilles forz et li fers tranchanz comme fauz. Et la damoiselle li dit qu'ele revelt veoir comment il joste, car ele set assez comment il se set aidier de s'espee. Li chevaliers a pris lo glaive et vient dedanz la porte. Et la damoisele li dit qu'il esgart en haut desus l'autre *(f. 64d)* porte. Et il esgarde, si voit lo chevalier de cuivre grant et mervelleus. Et si tost com il l'a veü, si chiet de si haut com il est et ataint en son chaoir un des chevaliers qui desouz la porte sont, si li brise le col an travers et l'abat mort de son cheval. Mais de rien ne s'esbahist li Blans Chevaliers, ançois laisse corre a tot lo tropeel. Et fiert celui qu'il aconsiust si durement qu'il lo giete mort. Et qant li autre voient ces deus morz et lo chevalier de cuivre qui fonduz fu, si ne se sevent mais en quoi fier, si se lancent jus des chevaus et se metent anz parmi lou guichet au plus isnellement qu'il pueent. Et li Blans Chevaliers saut jus, si a traite l'espee dont il lor done granz cox par la ou il les ataint. Si a tant fait que li troi darein li ont fianciee prison, qui a tans n'i porent antrer. Et il se met aprés les autres cinc parmi lo guichet, mais il n'en ataint nul. Et lors encontre assez dames et damoiseles et borjois qui mout grant joie li font et li dient :

« Sire, il ne vos covient faire plus que fait avez, puis que il vos ont guerpie la porte. »

Et lors aporte une damoisele les clex, et l'an li defferme la porte tantost. Et ele giete un si grant brait que mout s'en mervoille li chevaliers. Et il demande a ces qui antor lui sont s'il a plus a faire de nule chose qui a l'aventure aparteigne. Et li borjois, cui mout tardoit qu'il fussient delivre, responent qu'il se doit encores combatre au seignor del chastel ainz que il ait osté son hiaume ne point de s'armeüre.

« De ce, fait il, suis ge toz apareilliez. Et ou lo porrai ge trover ? »

« Sire, fait uns vallez qui illuec estoit, au seignor avez vos failli, *(f. 65a)* car il s'an va si tost comme chevax lou puet porter, si grant duel faisant que par un po qu'il ne s'ocit. »

De ces novelles sont mout dolant tuit cil de chastel. Si moinent lo chevalier en un cimetire mout merveilleus qui estoit entre les deus murs. Si s'en merveilla mout qant il lo vit, car il estoit de totes les parz clox de murs bateilleiz menuement, et

— Ce n'est pas votre affaire, dit-elle. Je veux que l'autre porte soit plus vigoureusement conquise que la première. »

Alors le valet tend au chevalier une lance, dont le bois est fort à merveille et le fer tranchant comme une faux. La demoiselle lui dit qu'elle veut voir à nouveau comment il joute, car elle a vu de reste comment il sait se servir de l'épée. Il prend la lance et entre sous la première porte. La demoiselle lui dit de bien regarder au-dessus de la seconde porte. Il lève les yeux. Il regarde le chevalier de bronze, grand et merveilleux. Dès qu'il a posé son regard sur lui, il le voit qui tombe de toute sa hauteur et dans sa chute atteint un des chevaliers qui sont massés sous la porte, lui brise le cou et l'abat de son cheval, mort. Le blanc chevalier ne s'effraye de rien et s'élance sur toute la troupe. Celui qu'il atteint, il le frappe si durement qu'il le laisse mort. Quand les autres voient que deux d'entre eux ont été tués et que le chevalier de bronze s'est effondré, ils ne savent plus à quel saint se vouer, sautent à bas de leurs chevaux et rentrent par le guichet le plus vite possible. Le blanc chevalier met pied à terre. Il tire son épée, dont il leur donne de grands coups, partout où il peut les atteindre. Il fait tant que les trois derniers se constituent prisonniers, faute d'avoir pu rentrer à temps. Il poursuit les cinq autres au-delà du guichet, mais n'en rejoint aucun. Il rencontre alors beaucoup de dames, de demoiselles et de bourgeois qui lui font fête et lui disent :

« Seigneur, vous n'avez pas à faire plus que vous n'avez fait, puisqu'ils vous ont abandonné la porte. »

Une demoiselle arrive avec les clés. On lui ouvre aussitôt la porte, qui fait entendre un cri si violent que le chevalier s'étonne. Il interroge ceux qui l'entourent pour savoir s'il lui reste quelque chose à faire qui appartienne à l'aventure. Les bourgeois, qui ont hâte d'être délivrés, lui répondent qu'il doit encore combattre le seigneur du château, avant d'enlever son heaume ou la moindre pièce de son armure.

« J'y suis tout prêt, leur dit-il. Où pourrai-je le trouver ?

— Seigneur, dit un valet qui se trouvait là, vous l'avez manqué. Il s'en va, aussi vite que son cheval peut le porter et faisant un si grand deuil que peu s'en faut qu'il ne se tue. »

Cette nouvelle consterne les gens du château. Ils emmènent le chevalier dans un cimetière très merveilleux, qui était entre les deux enceintes. Le chevalier fut très étonné, quand il le vit ; car il était clos de toutes parts de murs entièrement crénelés.

desus mains des creniax si avoit testes de chevaliers atoz les
hiaumes, et androit chascun crenel a tombel ou il a letres qui
dient : « Ci gist cil, et veez la sa teste. » Mais endroit les
cresniaus ou il n'a nules testes n'avoit il mie issi escrit, ainz
disoient les letres : « Ci gerra cil. » Si avoit nons de mainz bons
chevaliers de la terre lo roi Artu et d'aillors de toz les meillors
q'en savoit. Et el mileu del cimetire si avoit une grant lame de
metal trop merveilleussement ovree a or et a pierres et a
esmaus. Et si i avoit letres qui disoient : « Ceste lame n'iert ja
levee par main d'ome ne par efforz, se par celui non qui
conquerra cest doloreus chastel, et de celui est li nons escriz ci
desouz. »

    A cele tombe lever avoient maintes genz essaié, et par force
et par engin, por lo non del bon chevalier conoistre. Et li sires
del chastel i avoit maintes foiz grant poine mise por lo chevalier
conoistre, car il lo feïst ocirre s'il poïst. Lors ont mené lo
chevalier jusqu'a la lame, si armez com il fu de totes ses armes,
et li mostrent les letres, qu'il sot bien lire, car maint jor avoit
apris. Et qant il les ot leües, si esgarde la lame et amont et aval,
(f. 65b) et vit que se ele estoit tote delivre enmi une voie, si
avroit il assez a lever a quatre des plus forz chevaliers do
monde atot lo plus menu des deus chiés. Lors la saisist a deus
mains par devers lo plus gros, si l'a tant levee que ele est plus
haute que sa teste bien un pié. Et lors voit les letres qui dient :
« Ci gerra Lanceloz del Lac, li filz au roi Ban de Benoyc. » Et
lors remet la lame jus, et bien sot que c'est ses nons qu'il a veü.
Lors regarde, si voit la damoisele qui estoit a sa dame, qui avoit
autresin bien veü lo non com il avoit.

    « Que avez vos veü ? » fait ele.

    « Neiant », fait il.

    « Si avez, fait ele, dites lo moi. »

    « Ha ! fait il, por Deu merci. »

    « Por Deu, fait ele, autresin bien l'ai gié veü com vos
avez. »

    Lors li dist en l'oroille. Et il en est mout correciez, si li prie
et la conjure de qancque il puet qu'ele n'en parost a nule
rien.

    « No ferai ge, fait ele, n'aiez garde. »

    Atant lo mainent les genz do chastel en un des plus biax
palais do monde, mais petiz estoit ; si lo desarment et font de
lui trop grand feste. Cil palais au seignor estoit do chastel, si

Sur un grand nombre de ces créneaux, il y avait des têtes de
chevaliers avec leur heaume, et sous chacune une tombe portait
l'inscription suivante : « Ici repose un tel et voilà sa tête. »
Quand les créneaux n'étaient surmontés d'aucune tête, l'inscription n'était pas la même. On y lisait : « Ici reposera un tel »
avec les noms de beaucoup de bons chevaliers, de la terre du roi
Arthur et d'ailleurs, les meilleurs qu'on connaissait. Au milieu
du cimetière était une grande dalle de métal, merveilleusement
ouvragée d'or, de pierres et d'émaux, avec cette inscription :
« Cette dalle ne sera jamais soulevée par la main ou l'effort
d'aucun homme, sauf par celui qui conquerra ce douloureux
château, et le nom de cet homme est écrit dessous. » Bien des
gens avaient tenté d'ouvrir cette tombe, par force ou par
adresse, pour apprendre le nom du bon chevalier, et le seigneur
du château s'y était essayé à maintes reprises, pour réussir à le
connaître ; car il l'aurait fait tuer, s'il l'avait pu.

Alors ils amenèrent le chevalier devant la tombe et lui
montrèrent les lettres, qu'il sut bien lire, car il avait longtemps
étudié. Après les avoir lues, il regarde la dalle de tous côtés et
voit que, même si elle était entièrement descellée au milieu d'un
chemin, il ne faudrait pas moins de quatre des plus forts
chevaliers du monde pour la soulever par le plus mince des
deux bouts. Il la saisit à deux mains par le plus gros bout et la
lève jusqu'à ce qu'elle soit plus haute que lui d'un bon pied.
Alors il voit qu'il est écrit dessous : « Ici reposera Lancelot du
Lac, le fils du roi Ban de Bénoïc. » Ensuite il remet la dalle en
place. Il sait bien que c'est son propre nom qu'il a vu. Puis il
regarde autour de lui. Il aperçoit la demoiselle qui était au
service de sa dame et avait vu le nom aussi bien que lui.

« Qu'avez-vous vu ? fait-elle.

— Rien, fait-il.

— Mais si, fait-elle, dites-le moi.

— Ah ! fait-il, épargnez-moi, par Dieu.

— Par Dieu, fait-elle, je l'ai vu aussi bien que vous. »

Alors elle le lui dit à l'oreille. Il en est très irrité. Il la supplie
et la conjure de toutes ses forces de n'en parler à personne.

« Je n'en parlerai pas, dit-elle, soyez sans crainte. »

Les gens du château l'amènent dans l'un des plus beaux
palais du monde, quoique petit. Ils le désarment et lui font de
grandes fêtes. Ce palais appartenait au seigneur du château et

estoit riches de totes les choses qui an cort a haut home doivent
estre.

Ensi a li Blans Chevaliers la Dolereuse Garde conquise. Et la
damoisele est avec lui, qui lo fait laianz sejorner por lui garir de
ses plaies et de ses bleceüres, dont il avoit assez. Mais trop sont
cil del chastel dolant del seignor qui eschapez est, car s'il fust
pris, si fust descoverz par lui toz li covines de laianz. Or ne sera
ja mais seü, ce dotent, car il ont paor qu'il ne puissent mie
retenir ce chevalier quarante jorz ; car s'il i demorast, lors
chaïssent tuit li anchantement et les merveilles qui par jor et
par nuit venoient, *(f. 65c)* car nus n'i bevoit, ne ne menjoit
asseür, ne n'i couchoit, ne ne levoit. En tel maniere sont en la
vile lié et dolant, si font de lor noviau seignor si grant joie com
il doivent. Mais plus ne parole li contes ci endroit de lui, ainz
retorne en une autre voie, si com vos orroiz[1].

Quant li Blans Chevaliers ot la Dolereuse Garde conquise et
la lame levee, si avoit en la place un vallet gentil home, mout
preu et mout viste, qui estoit freres a un chevalier de la maison
lo roi Artu, si avoit non li chevaliers Aiglyns des Vaus. Li vallez
sot bien que se ces noveles estoient saües a cort, trop seroient
volentiers oïes, car l'an ne cuidoit mie que nus chevaliers poïst
ce faire. Et il sist sor un mout grant chaceor, si se parti del
chastel entre none et vespres por les novelles porter a cort, car
il avoit veü qant que li chevaliers avoit fait et lo jor et la nuit
devant et quex armes il avoit portees. Cele nuit jut si loig com

1. L'épisode du Cimetière Merveilleux est inspiré du *Chevalier de la Charrette*, vv. 1834-1954. Voir aussi *Erec*, vv. 5780-5808 (le Verger Merveilleux).

il était pourvu de tout ce dont doit disposer la cour d'un grand seigneur.

C'est ainsi que le blanc chevalier conquit la Douloureuse Garde. La demoiselle est avec lui ; elle le retient dans ce séjour, pour le guérir de ses plaies et de ses blessures, dont il a eu sa large part. Mais les habitants du château sont dans l'affliction, parce que leur seigneur s'est échappé. S'il avait été pris, on aurait su par lui tout le mystère de ces lieux ; et maintenant on ne le saura jamais, sans doute. En effet ils craignent fort de ne pouvoir retenir le chevalier pendant quarante jours ; car, au terme de ce délai cesseraient tous les enchantements et toutes les merveilles, qui survenaient de jour et de nuit dans ce château, nul ne pouvant ni boire ni manger, ni se coucher ni se lever, en sécurité. C'est pourquoi ceux de la ville sont à la fois heureux et malheureux. Cependant ils reçoivent leur nouveau seigneur avec toute l'allégresse qu'ils doivent lui témoigner. Mais le conte ne parle pas davantage de lui en cet endroit ; il suit un autre chemin, comme vous allez le voir.

CHAPITRE XXIV

Monseigneur Gauvain au Cimetière Merveilleux

Au moment où le chevalier blanc avait conquis la Douloureuse Garde et soulevé la plaque tombale dont nous avons parlé, un jeune valet gentilhomme était présent en ce lieu, plein de prouesse et d'ardeur. Il était le frère d'un chevalier de la maison du roi Arthur, qui s'appelait Aiglain des Vaux. Il se dit que, si ces nouvelles étaient connues de la cour, elles y seraient accueillies avec beaucoup de joie ; car on ne croyait pas qu'aucun chevalier pût accomplir un tel exploit. Il monta sur un grand cheval de chasse et partit entre none et vêpres, pour porter ces nouvelles à la cour. Il avait vu tout ce que le chevalier avait fait pendant la journée et la veille au soir, et quelles armes il avait portées. La première nuit, il fit étape au

il pot plus aler. L'endemain mut mout matin, si erra tant par ses jornees qu'il vint au tierz jor a Karlion. Et lo jor, ançois qu'il i venist, si encontra Alibon, lo fil au vavasor del Gué la Reine. Alybons li demande :

« Vallez, ou vas tu si tost ? As tu besoig ? »

« Oie, fait il, car ge vois a la cort lo roi Artu et port novelles trop estranges. »

« Queles sont ? » fait li chevaliers.

« La Dolereuse Garde, fait il, est conquise. »

« C'est mençonge, fait Alybons, ce ne porroit estre. »

« Ainz est voirs, fait li vallez, car ge le vi a mes iauz passer les deus portes et toz les chevaliers conquerre. »

« Quex armes avoit il ? » fait li chevaliers.

« Il porte, fait li vallez, unes armes blanches et *(f. 65d)* si avoit un blanc cheval. »

« Ho ! fait Alybons, vallez, porte ces noveles a cort, car assez troveras qui an fera joie. »

Li vallez vient a la cort, et la o il voit lo roi, si li dit :

« Rois Artus, Dex te saut. Ge t'aport novelles les plus estranges qui onques entrassent en ton ostel. »

« Di les dons, biaus sire, fait li rois, car bien font a oïr puis qu'eles sont si estranges. »

« Ge vos di, fait li vallez, que la Dolereusse Garde est conquise, et est antrez dedanz les deus portes par force d'armes uns chevaliers. »

« Ce ne puet estre », fait chascuns.

« Il est voirs, fait li vallez, car ge l'i vi antrer a mes iauz et les chevaliers conquerre. »

« Vallez, fait li rois, nel di mie s'il n'est voirs. »

« Sire, fait il, se ge vos en mant, si me pandez. »

Et lors antra laianz ses freres Aiglyns, qui venoit de son ostel. Et qant il lo voit a genolz devant lo roi, si li dit :

« Biax frere, bien soies tu venuz. Quex besoignz t'a aporté a cort ? »

Et il saut sus, si li conte les novelles.

« Comment ? fait li rois ; Aiglyns est il dons vostre freres ? »

« Oïl, sire, fait il, sanz faille. »

plus loin qu'il put aller. Le lendemain, il reprit la route de très bonne heure et chevaucha tant par ses journées que, le troisième jour, il arriva à Carlion. Ce jour-là, avant d'être arrivé, il rencontra Alybon, le fils du vavasseur du Gué de la Reine.

Alybon lui demanda :

« Valet, où vas-tu si vite ? Es-tu si pressé ?

— Oui, car je vais à la cour du roi Arthur et j'y apporte une nouvelle extraordinaire.

— Laquelle ?

— La Douloureuse Garde est conquise.

— C'est faux, dit Alybon. Ce n'est pas possible.

— C'est la pure vérité, fait le valet. J'ai vu de mes yeux celui qui a franchi les deux portes et vaincu tous les chevaliers.

— Quelles armes avait-il ?

— Il portait des armes blanches et avait un cheval blanc.

— Eh bien ! valet, porte cette nouvelle à la cour ; tu feras plaisir à beaucoup de monde. »

Le valet arrive à la cour, et quand il voit le roi, il lui dit :

« Roi Arthur, que Dieu te sauve ! Je t'apporte les nouvelles les plus extraordinaires qui aient jamais franchi la porte de ton hôtel.

— Alors dis-les, beau seigneur, fait le roi. Elles méritent qu'on les entende, puisqu'elles sont si extraordinaires.

— Je vous annonce, fait le valet, que la Douloureuse Garde est conquise ; et dans les deux portes, par la force des armes, est entré un chevalier. »

Chacun se récrie et dit que ce n'est pas possible.

« C'est la vérité, fait le valet, je l'ai vu de mes yeux passer les portes et vaincre tous les chevaliers.

— Valet, fait le roi, il ne faut pas dire des choses pareilles, si ce n'est pas vrai.

— Seigneur, dit le valet, si j'ai menti, pendez-moi. »

Alors arriva Aiglain, le frère du valet, qui venait de son hôtel. Quand il voit le jeune homme à genoux devant le roi, il lui dit :

« Beau frère, sois le bienvenu. Quelle affaire t'amène à la cour ? »

Le valet se lève et lui conte les nouvelles.

« Comment ? dit le roi. Aiglain, est-ce bien votre frère ?

— Oui, seigneur, assurément.

« Dons est il bien creables, fait li rois, car il n'en mentiroit mie. »

« Par foi, fait Aiglins, lo mentir n'oseroit il faire. Mais c'est si granz chose que ge meesmes en seroie en dotance se ge ne l'avoie veü. »

Lors demande au vallet quex armes avoit li chevaliers. Et il dist unes blanches armes et un cheval blanc. Et lors dist messire Gauvains que c'est li chevaliers noviaus. Et lors dient une grant partie des chevaliers qu'il iront veoir se c'est voirs, si s'an aparoillent por armer. Mais messires Gauvains dit qe ce n'est mie biens que tant en i aillent, mais dis en i voi*(f. 66a)*sent sanz plus. A ce s'acorde li rois meesmes et tuit li autre, si devise li rois les dis qui iront. De ces dis fu messire Gauvains li premiers, et li seconz messire Yvains, et li tierz Galegantins li Galois, et li quarz Galescondez, et li quinz Tohorz li filz Arés, et li sistes Caradués Briebraz, li setaimes Yvains li Avoutres, li huitoimes Gasoains d'Estrangot, li novoimes li Gais Galantins, et li disoimes Aiglins des Vaux. A tel compaignie s'em part messire Gauvains de Carlyon, et cele nuit jurent chiés un hermite qi avoit esté de la maisnie lo roi Artu qant il fu rois novellement, si lor fist mout bel ostel por ce que de la maison lo roi estoient. Aprés mengier dist li hermites a monseignor Gauvain :

« Sire, ou alez vos ? »

Et il dit : « A la Dolereuse Garde. »

« Sire, fait il, la que querre ? »

« L'an nos a dit, fait messire Gauvains, c'uns chevaliers i est entrez a force d'armes. »

« Ce ne puet estre », fait li hermites.

« Si est, fait li vallez, car ge l'i vi entrer a mes iauz. »

« Bien sachiez, fait li hermites, que se toz li monz i venoit, n'en i anterroit il nus tant que uns i sera antrez et cil sera filz au roi mort de duel, ce dient li encien home. »

La nuit jurent laianz, et au matin s'an partirent aprés la messe et errerent trois jorz. Et au quart, endroit tierce, si truevent en lor voie un home qui chevauchoit un mulet, une

— Alors il est digne de foi et ne saurait mentir.

— Sur ma foi, dit Aiglain, il n'est pas homme à mentir. Mais c'est une chose si extraordinaire que j'aurais du mal à la croire, sans l'avoir vue moi-même. »

Il demande au valet quelles armes portait le chevalier ; et celui-ci répond qu'il avait des armes blanches et un cheval blanc. Alors monseigneur Gauvain s'écrie que c'est le chevalier nouveau.

Un grand nombre de chevaliers déclarent qu'ils iront voir si la chose est véritable et ils s'apprêtent à revêtir leurs armes. Mais monseigneur Gauvain leur dit qu'il n'est pas bon que tant de chevaliers y aillent et que dix d'entre eux suffiront. Le roi lui-même et tous les autres approuvent monseigneur Gauvain, et le roi désigne les dix chevaliers qui partiront. Le premier est monseigneur Gauvain, le second monseigneur Yvain, le troisième Galegantin le Gallois, le quatrième Galescondes, le cinquième Tohort le fils d'Arès, le sixième Caradoc aux Courts Bras, le septième Yvain le Bâtard, le huitième Gasoain d'Estrangot, le neuvième le Gai Galentin et le dixième Aiglain des Vaux.

Monseigneur Gauvain partit de Carlion en compagnie de ces neuf chevaliers et ils passèrent la nuit chez un ermite, qui avait appartenu à la maison du roi Arthur dans les premiers temps de son règne. Ils les accueillit avec joie, parce qu'ils étaient de la maison du roi. Après le souper l'ermite dit à monseigneur Gauvain :

« Seigneur, où allez-vous ? »

Et celui-ci répond : « À la Douloureuse Garde. »

« Seigneur, dit l'ermite, qu'y voulez-vous faire ?

— On nous a dit, fait monseigneur Gauvain, qu'un chevalier y est entré à la force des armes.

— C'est impossible, dit l'ermite.

— Mais si, dit le valet, je l'ai vu y entrer de mes yeux.

— Sachez, fait l'ermite, que même si la terre entière y allait, personne ne pourrait y pénétrer, jusqu'au jour où un seul homme y entrera, et ce sera le fils du roi mort de deuil, disent les anciens. »

Ils passèrent la nuit chez l'ermite. Au matin ils partirent après la messe et voyagèrent trois jours. Le quatrième jour, à l'heure de tierce, ils rencontrèrent sur leur chemin un homme

chape bloe affublee. Messires Gauvains lo salue, et li dit :

« Biaus sire, quex hom iestes vos ? »

« Sire, fait il, ge sui uns randuz. »

« Et savez vos letres ? » fait messires Gauvains.

« Sire, fait il, oe, Deu merci. »

« Et savez vos la voie a la Dolereuse Garde ? »

« Sire, oe bien. Et por quoi lo dites vos ? »

« Por ce, fait il, qu'il covient que vos nos i façoiz compaignie. »

« Compaignie, sire ? fait il, et qui iestes vos ? »

« Ge sui, fait il, *(f. 66b)* uns chevaliers. »

« Et comment avez vos non, sire ? » fait il.

« J'ai non Gauvain. »

« Ha ! sire, fait il, iestes vos ce ? Avoc vos irai ge mout
volentiers, mais ge ne sai que vos i querez. »

« Ja nos a l'an dit, fait messires Gauvains, c'uns chevaliers l'a
conquise. »

« Certes, sire, fait li clers, ge n'en sai rien, mais c'est mout
grant chose a croire. »

Et il oirrent jusqu'a l'angarde ; et quant il l'orent montee, si
troverent la premiere porte overte. [Et li freres Aiglyn dist a
monseignor Gauvain :

« Veez, sire. Ceste porte ne veïtes vos onques mes overte. »]

Et il antrent anz et truevent l'autre porte close. Et il voient
un home sor la porte, et messire Gauvains li dit :

« Biaus sire, porriens nos antrer laianz ? »

Et il respont que nenil. — « Mais dites moi qui vos iestes. »

« Ge sui, fait il, Gauvains, li niés lo roi Artu, et cist autre
sont compaignon de la Table Reonde. »

« Sire, fait li hom, or vos alez herbergier en cel borc la aval
anuit mais. Et lo matin, revenez çà. »

Il se vont herbergier el borc aval. Et les novelles vienent au
Chevalier Blanc, et li dient que messire Gauvains a esté a la

monté sur un mulet et affublé d'une cape bleue. Monseigneur Gauvain le salue et lui dit :

« Beau seigneur, qui êtes-vous ?

— Seigneur, dit-il, je suis un moine.

— Savez-vous lire ? dit monseigneur Gauvain.

— Seigneur, répond le moine, oui, Dieu merci.

— Connaissez-vous le chemin qui mène à la Douloureuse Garde ?

— Oui, seigneur, je le connais bien. Mais pourquoi me le demandez-vous ?

— Parce que vous devez nous y accompagner.

— Vous y accompagner, seigneur ? Qui êtes-vous ?

— Je suis un chevalier.

— Et quel est votre nom ?

— Je m'appelle Gauvain.

— Ah ! seigneur, dit le moine, c'est donc vous ? J'irai très volontiers avec vous, mais je ne sais pas ce que vous y cherchez.

— On nous a dit, reprend monseigneur Gauvain, qu'un chevalier l'a conquise.

— Certes, seigneur, je n'en sais rien, dit le clerc ; mais c'est bien difficile à croire. »

Ils font route jusqu'à l'angarde[1]. Quand ils y sont montés, ils trouvent la première porte ouverte. Et le frère d'Aiglain dit à monseigneur Gauvain :

« Voyez, seigneur, cette porte. Vous ne l'avez jamais vue ouverte. »

Ils entrent et vont jusqu'à la seconde porte, qui est fermée. Ils voient un homme qui se tient au-dessus de la porte, et monseigneur Gauvain lui dit :

« Beau seigneur, pourrions-nous entrer ? »

La réponse est : « Non, mais dites-moi qui vous êtes.

— Je suis Gauvain, le neveu du roi Arthur, et ceux que vous voyez ici sont des compagnons de la Table Ronde.

— Seigneur, dit l'homme, allez passer la nuit au bourg, qui est en bas, et revenez ici demain matin. »

Ils descendent se loger dans le bourg. Cependant la nouvelle parvient au chevalier blanc. On lui dit que monseigneur

---

1. *angarde :* fortification avancée construite sur une hauteur.

porte, soi disoismes de compaignons. Et il deffant que la porte
ne soit overte a nul home, ne anuit ne demain. Et cil del chastel,
qui bien vousisent que li rois Artus i venist atot son pooir por
les males costumes abatre, vienent el cimetire et font letres sor
une partie des tonbes o il n'avoit onques mais letre eüe, et a
chascun crenel qui estoit encontre metent un hiaume.

Au matin revint messires Gauvains et sa compaignie. Et qant
il vint a la porte, si l'a trovee encorres close, autresin com il
avoit fait la nuit qu'il i vint. Il demande a l'ome qui estoit sor
la porte an haut s'il porront laianz antrer.

« Nenil, sire, fait il, mais se vos avez nelui en vostre
compaignie qi sache letres, dites lo moi. » Et il dient que oïl.
« Or m'atandez dons », fait il.

La gaite descent des murs et vient el cimetire par la posterne,
(f. 66c) si oevre a monseignor Gauvain lo postiz ; et il entrent
tuit anz. Li clers commence a lire sor les tombes, et trueve sor
une des tombes escrit : « Ci gist cil, et veez la sa teste. » Et an
pluseurs des tombes dit ensin et nome chevaliers assez de la
maison lo roi Artu et de sa terre. Et qant messires Gauvains ot
qu'il sont ensin mort, si am plore mout durement, car il cuide
bien et tuit li autre que ce soit voirs. Et si estoit il de tex i avoit,
et si estoit mençonge de toz cels dont les letres avoient esté
faites la nuit devant.

Quant il ont tuit longuement ploré, si vient li clers a une
autre tombe qui estoit el chief et trueve letres ; puis commance
a plorer mout durement si tost com il les a leües. Et messires
Gauvains li demande que il voit.

« Quoi ? fait il ; trop grant dolor. »

« Et qel dolor ? fait il ; dites lo nos. »

« Ci gist, fait il, la mervoille. »

« Qui ? » font il ?

« Li miaudres des bons, fait il, qui ceste garde avoit
conquise. »

Gauvain s'est présenté à la porte, avec neuf de ses compagnons. Il donne l'ordre de n'ouvrir la porte à personne, ni cette nuit ni le lendemain. Alors les habitants du château, qui voudraient bien que le roi Arthur vienne, avec toutes ses forces, pour abattre les mauvaises coutumes, se rendent au cimetière. Ils gravent de fausses inscriptions sur un certain nombre de tombes, où il n'y avait aucun nom ; et sur chaque créneau, qui surplombait ces tombes, ils mettent un heaume.

Le lendemain matin, monseigneur Gauvain revient avec ses compagnons. Quand il est devant la porte, il la trouve toujours fermée, comme elle l'était le soir de son arrivée. Il demande à l'homme qui se tient au-dessus de la porte, s'ils pourraient entrer.

« Non, seigneur, répond le guetteur. Mais dites-moi si vous avez parmi vos compagnons quelqu'un qui sache lire. »

Ils répondent oui.

« Alors attendez-moi », leur dit-il.

Le guetteur descend des remparts et entre dans le cimetière par la poterne. Il ouvre le portillon à monseigneur Gauvain, et ils entrent tous. Le clerc commence à lire sur les tombes, et sur une des tombes il trouve écrit : « Ci-gît un tel et voilà sa tête. » Sur plusieurs tombes, il déchiffre la même phrase et lit les noms de nombreux chevaliers de la maison du roi Arthur et de sa terre. Quand monseigneur Gauvain apprend qu'ils sont morts, il fond en larmes ; car lui-même et tous les autres sont convaincus que c'est vrai. Et c'était vrai pour quelques-uns, mais mensonger pour tous ceux dont les inscriptions avaient été faites la nuit précédente.

Quand ils ont tous longuement pleuré, le clerc arrive devant une autre tombe, qui était au bout du cimetière. Il y trouve une inscription, puis éclate en sanglots, dès qu'il l'a lue. Monseigneur Gauvain lui demande ce qu'il a vu.

« Ce que j'ai vu ? Un affreux malheur.

— Quel malheur ? Dites-le-nous.

— Ci-gît, fait-il, la merveille.

— Quelle merveille ?

— Le meilleur des bons, qui avait conquis cette garde[1]. »

---

1. *garde :* domaine fortifié, forteresse.

Et qant li chevalier l'oent, si batent lor paumes et font trop grant duel. Et dist li uns a l'autre : « Biaus sire Dex, qui puet cist estre ? » Et chascuns dit qu'il ne set qui, se ce n'est li chevaliers noviaus que li rois fist lo jor de la feste Saint Jehan. « Car cist vallez, font il, lo vit ceianz antrer. Or si poez veoir que il l'ont mort. » Mout an font grant duel, mais messire Gauvains et messire Yvains en font greignor duel que tuit li autre, si lo regretent mout doucement, et dient que onques mais ne virent home qui si bon commencement eüst com il avoit, et s'il vesquist, mervoilles fust de sa proesce.

Quant il ont grant piece illuec esté, si s'en issent hors del cimetire et revienent par devant la porte qui estoit fermé, si truevent overt l'uis d'un jardin. Il entrent anz et vienent as loges *(f. 66d)* d'une mout bele sale et i voient une mout bele damoisele qui plore mout durement. Ele est mout bele, ce lor est avis. Messires Gauvains li demande mout debonairement que ele a, qui si durement plore.

« Que j'ai ! fait ele, j'ai mout grant droit, car il ont ceianz mort lo plus biau chevalier do monde et lo plus preu qui onques fust, si estoit juesnes anfes sanz barbe. »

« Damoisele, fait messires Gauvains, quex armes avoit il ? »

« Unes armes blanches, fait ele, et un cheval blanc. »

Et lors recommencent tuit lor duel, et dient que ja mais ne s'an iront tant qu'il sachent del covine de laianz aucune chose. Si se remainnent ensins et esgardent comment les choses se prendront. Mais or laisse li contes atant d'aus toz que plus n'en parole, ne del chastel ne de cels qi i sont, tant que leus resoit del parler.

À ces mots, les chevaliers se frappent les mains[1] et font un deuil extrême. Ils se demandent les uns aux autres : « Beau Seigneur Dieu, qui est-ce ? » Et chacun dit qu'il ne voit pas qui ce peut être, si ce n'est le chevalier nouveau, que le roi fit le jour de la Saint-Jean. « Car notre valet, qui est avec nous, l'a vu entrer ici. Et maintenant il est clair qu'ils l'ont tué. » Ils en font un très grand deuil, et, plus que tous les autres, monseigneur Gauvain et monseigneur Yvain. Ils pleurent sa mort très tendrement, ils disent n'avoir jamais vu personne qui eût un aussi bon commencement, et que, s'il eût vécu, sa prouesse eût fait merveille.

Après être demeuré là un long moment, ils sortent du cimetière, repassent devant la porte, qui était fermée, et trouvent ouverte la barrière d'un jardin. Ils y entrent, arrivent devant le balcon d'une salle splendide et y voient une belle demoiselle, pleurant à chaudes larmes. Elle est fort belle, leur semble-t-il. Monseigneur Gauvain lui demande très doucement ce qu'elle a pour pleurer ainsi.

« Ce que j'ai ! dit-elle. J'ai de trop bonnes raisons. On a tué en ce lieu le meilleur chevalier du monde et le plus preux qui fût jamais et c'était encore un adolescent sans barbe.

— Demoiselle, dit monseigneur Gauvain, quelles armes avait-il ?

— Des armes blanches, dit-elle, et un cheval blanc. »

Alors tous recommencent leur deuil et disent que jamais ils ne s'en iront, avant qu'ils ne sachent quelque chose du mystère de ces lieux. Ils demeurent ainsi et attendent de voir comment les choses tourneront. Mais le conte ne s'occupe plus d'eux, ni du château, ni de ceux qui y habitent, jusqu'à ce que le moment soit venu d'en reparler.

---

1. *se frappent les mains :* ce qui était un signe de désespoir est devenu une marque d'applaudissement.

A l'ore que messires Gauvains ot fait lire les letres qui disoient que morz estoit li chevaliers as blanches armes, si renveia Ayglins des Vaux son frere au roi Artu por ces noveles dire. Si erra tant par ses jornees qu'il trova lo roi, si li dist :

« Rois Artu, fait il, ge menai ton neveu et tes compaignons en la Dolereuse Garde, si troverent un cimetire o il gist mainz des bons chevaliers de ta terre morz, et ce fu dedanz la premiere porte. Et li noviaus chevaliers meesmes qui fist lo secors a Nohaut et qui l'angarde avoit conquise, icil i gist morz. »

Quant li rois l'ot, si en est mout dolanz et plore mout durement, et por celui et por les autres, et la corz en est tote troblee. Et li rois dist que il i era, et dit a la reine :

« Dame, prenez de voz dames et de voz damoiseles celes qui miauz vos plairont, car vos vandroiz avoc moi. »

Au matin (*f. 67a*) murent et alerent deus jornees. Et au tierz jor se herberja li rois sor une riviere an trez et an paveillons. Et il faisoit mout grant chaut, si se fu assis a l'anserir desor la rive de l'eive, et ot mises ses james dedanz, et quatre chevalier li tenoient sor lo chief un drap de soie. Et il commença a penser. Et tantost vint de l'autre part de l'eive uns chevaliers toz armez et se mist en l'eive. Et qant il vint endroit lo roi, si demanda as autres :

« Qui est cil chevaliers ? »

Et li rois meesmes respont :

« Sire chevaliers, ge sui li rois. »

« Certes, fait il, vos queroie ge. »

Il fiert lo cheval des esperons et aloigne lo glaive por lo roi ferir. Et l'eive fu parfonde, si covint lo cheval a noer. Et qant il aproche del roi, li chevalier gietent les mains encontre, si aerdent lo glaive et li tolent. Et cil qui lo tint en fiert si lo chevalier que par un po qu'il n'est toz reclox en l'eive, et uns

CHAPITRE XXV

Le roi Arthur à la Douloureuse Garde

Quand monseigneur Gauvain eut fait lire l'inscription qui mentionnait la mort du chevalier aux blanches armes, Aiglain des Vaux renvoya son frère au roi Arthur pour l'informer de la nouvelle. Le valet voyagea tant par ses journées qu'il rejoignit le roi et lui dit :

« Roi Arthur, j'ai emmené ton neveu et tes compagnons à la Douloureuse Garde. Là ils ont trouvé un cimetière où sont enterrés beaucoup des bons chevaliers de ta terre. Il est situé à l'intérieur de la première enceinte. Et le chevalier nouveau, qui avait secouru la dame de Nohaut et conquis l'angarde, y gît mort lui aussi. »

En recevant cette nouvelle, le roi fut très affligé et pleura beaucoup, à la fois pour le chevalier nouveau et pour les autres ; et la cour en fut toute troublée. Il décida de se rendre sur place et dit à la reine :

« Dame, prenez qui vous voudrez de vos dames et de vos demoiselles ; car vous viendrez avec moi. »

Le lendemain matin ils se mirent en route. Ils voyagèrent pendant deux jours. Le troisième jour le roi logea au bord d'une rivière, en tentes et pavillons. Il faisait très chaud. Comme le soir tombait, le roi s'était assis sur la rive et avait mis ses jambes dans l'eau. Quatre chevaliers tenaient au-dessus de sa tête une étoffe de soie. Et il se prit à songer. Soudain surgit sur l'autre rive un chevalier tout armé qui entre dans la rivière. Quand il est en face du roi, il demande aux autres :

« Qui est ce chevalier ? »

Et le roi répond lui-même :

« Seigneur chevalier, je suis le roi.

— Eh bien ! dit le chevalier, c'est vous que je cherchais. »

Il pique des éperons et couche sa lance pour en frapper le roi. La rivière était profonde et le cheval dut la traverser à la nage. Quand il est près du roi, les chevaliers s'interposent, saisissent sa lance et la lui arrachent. Celui qui s'est emparé de la lance lui en donne un coup tel que peu s'en faut qu'il ne soit englouti

autres se lance anz et l'aert au frain.

« Ha ! fait li rois, mar i faites, car il noieroit ja. »

Et cil lait lo frain. Et qant li chevaliers oï que li rois avoit ce
dit, si s'en torne et dit : « Certes, voirement est il voirs ! » Atant
s'en ist de l'eive, si s'an va si com il estoit venuz. Cil chevaliers
estoit li sires de la Dolereuse Garde, si avoit tel duel de son
chastel qu'il avoit perdu que lui ne chaloit qu'il devenist ; si
s'estoit pensez qu'il ocirroit lo roi Artu, por ce que par lui
cuidoit avoir perdu son chastel qui soloit justisier et destraindre tote sa terre. Or lo covendra repairier a la subjection des
autres. Et la o il s'estoit vantez lo jor devant qu'il l'ocirroit,
respondié uns chevaliers que ja li rois Artus ne seroit par home
deseritez ne mauvaissement ne morroit, tant avoit anors et
biens faites en sa vie. Et por ce dist il : « Certes, voirement est
il voirs ! » Si se tint por fox, por ce qu'il l'avoit enpris a ocirre.
(f. 67b)

Cele nuit jut li rois en la riviere, et au matin mut bien main,
si erra tant que l'andemain vint a la Dolereuse Garde. Si l'ont
montee jusq'a la premiere porte qu'il troverent bien fermee. Si
en est mout dolanz et dit a la reine et a ses homes que cele porte
cuidoit il trover overte.

« Or ne sai ge, fait il, qe mes niés est devenuz ne mi
compaignon. »

Lors demande au vallet qui les noves li ot aportees :

« Frere, dont ne me deïs tu que ceste porte estoit overte ? »

« Sire, fait il, oe ; et si estoit ele qant ge mui de çaianz, et
demandez lo encor a cel home de laïsus. »

Li rois esgarde sor la porte an haut et voit un home qui
sanbloit estre gaite. Il li demande :

« Biaus sire, ceste porte a ele esté overte ? »

« Oïl, sire », fait li hom.

« Et biaus sire, porriez vos nos conseillier d'antrer
laianz ? »

« Qui iestes vos ? » fait cil.

sous l'eau. Un autre entre dans la rivière et l'arrête, en prenant son cheval par le frein.

« Ah ! dit le roi, c'est mal ce que vous faites. Il pourrait se noyer. »

L'autre lâche le frein. Le chevalier, quand il entend les paroles prononcées par le roi, s'éloigne et dit : « Oui vraiment c'est vrai. » Il sort de la rivière et s'en va comme il était venu.

Ce chevalier était le seigneur de la Douloureuse Garde. Il ressentait une telle douleur d'avoir perdu son château qu'il ne se souciait plus de ce qu'il allait devenir et qu'il avait conçu l'idée de tuer le roi Arthur. En effet il le croyait responsable de la perte de son château. Lui qui avait accoutumé de tourmenter et d'opprimer toute la terre, il devra maintenant se soumettre au pouvoir des autres. La veille, quand il s'était flatté de tuer le roi Arthur, un chevalier lui avait répondu que le roi Arthur ne serait jamais déshérité par personne ni ne mourrait d'une mauvaise mort, tant il avait dispensé d'honneurs et de bienfaits dans sa vie. C'est pour cela que le chevalier s'était exclamé : « Oui vraiment, c'est vrai. » Et il reconnut sa sottise d'avoir essayé de tuer le roi Arthur.

Cette nuit-là le roi dressa son camp au bord de la rivière. Au matin, il partit de très bonne heure et chevaucha tant qu'il arriva le lendemain à la Douloureuse Garde. Ils montèrent jusqu'à la première porte, qu'ils trouvèrent fermée. Le roi en fut très mécontent. Il dit à la reine et à ses compagnons qu'il croyait la trouver ouverte. « Et maintenant, ajouta-t-il, je ne sais pas ce que sont devenus mon neveu et mes compagnons. »

Il interrogea le valet qui lui avait apporté les nouvelles :

« Frère, ne m'avais-tu pas dit que cette porte était ouverte ?

— Oui, seigneur. Elle l'était, quand je suis parti d'ici. Vous pouvez le demander à cet homme qui se tient là-haut. »

Le roi regarde au-dessus de la porte et voit un homme, qui semblait être un guetteur. Il lui demande :

« Beau seigneur, cette porte a-t-elle été ouverte ?

— Oui, seigneur, répond l'homme.

— Et pourriez-vous nous aider, beau seigneur, à entrer ici ?

— Qui êtes-vous ? demande l'homme.

« Ge sui, fait il, li rois Artus. »

« Sire, fait il, a vos donroie ge tot lo consoil que ge porroie com au plus prodome do monde. Et qui est cele dame la ? »

« C'est, fait il, la reine. »

« Sire, fait il, et por vos et por li en ferai ge qanque ge en porrai faire. »

Lors s'an torne. Et ne demora gaires qu'il amena un viel home tot chenu. Et qant li rois lo vit, si li dit :

« Sire prozdom, car nos laissiez entrer laianz. »

« Sire, fait il, nel ferai ore. Mais or vos herbergiez mes hui, et demain, endroit prime, si m'envoiez un chevalier. Et se ge li puis la porte ovrir, ge li overrai ; et se ge ne puis, si m'en enveiez un autre endroit tierce ; et se lors n'est overte, si m'en envoiez un autre endroit midi, et puis un autre endroit none, et puis un autre endroit vespres, tant que cil veigne cui ge lo porrai ovrir. »

« Volentiers, fait li rois, mais, por Deu, itant me dites se vos savez de Gauvain, mon neveu, nules noveles. »

« Sire, fait il, vos en orroiz *(f. 67c)* bien enseignes, si ne demorra mie grantment. »

Lors descent li rois aval et se herberge en la plaigne desouz, ou plain, por les fontaines qui i sont. Au matin, a hore de prime, enveia un chevalier a la porte. Et l'an li renveia arrieres qant li preuzdom li ot demandé a cui il estoit et comment il avoit non. Et il revient au roi, et si li dit :

« Sire, par moi n'i enterroiz vos mie, car l'an ne me velt ovrir la porte. »

A ore de tierce i ranvoie li rois un, et l'an li renvoie. Et a hore de midi y renvoie un, et l'an li renvoie arrieres, et a hore de none autresin, et a hore de vespres. Et ansin fist par trois jorz que a totes les hores les i anveoit, et l'an li renveoit tozjorz. Mais or se taist ci endroit li contes del roi et de la reine et de tote lor compaignie, et retorne a parler de monseignor Gauvain et de ses conpaignons et des avantures qui lor avindrent puis que il furent el chastel venu.

— Je suis le roi Arthur.

— Seigneur, je vous donnerai toute l'aide que je pourrai, comme je dois le faire pour le plus prud'homme du monde. Et qui est cette dame-là?

— C'est la reine.

— Seigneur, et pour vous et pour elle, je ferai tout ce que je pourrai faire. »

Alors il s'en va et revient peu de temps après avec un vieil homme tout chenu. Quand le roi le vit, il lui dit:

« Seigneur prud'homme, laissez-nous entrer.

— Seigneur, répond le prud'homme, ce ne sera pas maintenant. Mais passez la nuit ici aujourd'hui, et demain, à l'heure de prime, envoyez-moi un chevalier. Si je peux lui ouvrir la porte, je le ferai. Si je ne le peux pas, vous m'en enverrez un autre à l'heure de tierce. Si la porte ne lui est pas ouverte, vous m'en enverrez un autre à l'heure de midi, puis un autre à l'heure de none, et encore un autre à l'heure de vêpres, jusqu'à ce que vienne celui à qui je pourrai ouvrir.

— Volontiers, dit le roi, mais, pour l'amour de Dieu, dites-moi tout au moins si vous avez quelques nouvelles de Gauvain, mon neveu.

— Seigneur, dit le prud'homme, vous aurez de ses nouvelles avant peu. »

Alors le roi redescend le tertre et se loge en bas, dans la plaine, à cause des sources qui s'y trouvent. Le lendemain matin, à l'heure de prime, il envoie à la porte un chevalier, et on le lui renvoie, après que le prud'homme lui eut demandé qui il était et quel était son nom. Le chevalier revient auprès du roi et lui dit:

« Seigneur, ce ne sera pas par mon entremise que vous entrerez ici. On ne veut pas m'ouvrir la porte. »

À l'heure de tierce, le roi envoie un autre chevalier; on le lui renvoie. Il en envoie un autre à l'heure de midi: on le lui renvoie. De même à l'heure de none et à l'heure de vêpres. Il en est ainsi trois jours durant: à toutes les heures il envoie un chevalier et on le lui renvoie toujours. Mais le conte ne parle plus ici du roi, de la reine et de toute leur compagnie. Il retourne à monseigneur Gauvain, à ses compagnons et aux aventures qu'ils eurent à subir, après qu'ils furent arrivés au château de la Douloureuse Garde.

Li contes dit que qant messires Gauvains et si compaignon orent aprise la mort au Blanc Chevalier et des autres compaignons lo roi, et par les letres des tombes et par la damoisele qui estoit as loges a cui il parlerent, si furent si dolant com li contes a devisé. Illuec demorerent jusqu'a l'avesprier. Et lors avalent jus do chastel por aler herbergier, si encontrerent un vavassor meslé de chienes qui mout sanbloit estre preudome. Cil demanda a monseignor Gauvain qui il estoit.

« Por qoi lo demandez vos ? » fait messires Gauvains.

« Sire, fait il, ge nel demant se por vostre preu non, ce sachiez. »

« Et gel vos dirai, fait il, car bien sanblez preudome. Ge sui Gauvains. »

Et qant li vavassors voit les lermes qui ancor li chaoient des iauz, si li demende por qoi il plore. Et il dit qu'il plore par la mort des compaignons lo roi qu'il a veüz laïssus en cel chastel.

« Sire, *(f. 67d)* fait il, or ne vos dolosez mie tant, tant que vos sachiez por quoi, car vos iestes si preuzdom que vos ne vos devez mie si tost esmaier. Mais bien sachiez que ge sui ça venuz por vos de mon ostel, car ceste terre n'est ores mie bien seüre hors de forteresce tant com li sires de cest chastel est an sa grant ire. Por ce lo vos lo que vos en veigniez o moi herbergier anuit mais et tant com vos demorroiz en cest païs. Et savez vos en quel leu ? an biau chastel et an fort, o vos avroiz qancque mestier sera a cors de chevalier. Et chascun matin, tant com vos voudroiz ci estre, si i porroiz venir après la messe, o devant o après disner. Et sachiez que li plus de ce que vos avez veü laïssus n'est se mençonge non et anchantemenz. Mais ge vos mosterrai verité, car ge vos ferai veoir des compaignons lou roi une partie toz sains et toz vis de cex que les letres laïssus tesmoignent a mort. »

CHAPITRE XXVI

Gauvain prisonnier

Quand monseigneur Gauvain et ses compagnons eurent appris la mort du chevalier blanc et d'un grand nombre des compagnons du roi, d'abord par les inscriptions qu'ils lurent sur les tombes, ensuite par le témoignage de la demoiselle qui leur parla de son balcon, grande fut leur douleur, ainsi que le conte l'a montré. Ils demeurèrent là jusqu'au soir. Ensuite ils redescendirent le tertre, pour se loger au pied du château, et rencontrèrent un vavasseur aux cheveux gris, qui semblait être un prud'homme. Il demanda à monseigneur Gauvain de lui dire qui il était.

« Pourquoi le demandez-vous ? dit monseigneur Gauvain.

— C'est seulement pour votre bien, sachez-le.

— Alors je vous le dirai, car vous paraissez être un prud'homme. Je suis Gauvain. »

Le vavasseur voit Gauvain en larmes et lui demande pourquoi il pleure.

« Je pleure, répond monseigneur Gauvain, la mort des compagnons du roi, dont j'ai vu les tombes là-haut, dans le château.

— Seigneur, dit le vavasseur, ne vous affligez pas, avant de savoir s'il y a lieu de le faire. Un homme de votre valeur ne doit pas s'inquiéter si vite. Sachez que c'est pour vous que je suis venu ici de mon hôtel. En effet cette terre n'est pas très sûre en ce moment, en dehors des forteresses, tant que le seigneur de ce château est dans sa grande colère. C'est pourquoi je vous conseille de venir loger chez moi dès cette nuit et tant que vous demeurerez dans ce pays. Et savez-vous où ? Dans un beau château bien fort, où vous aurez tout ce qui conviendra à un chevalier. Chaque matin, tant que vous le voudrez, vous pourrez venir ici après la messe, soit avant, soit après dîner. Sachez que la plus grande partie de ce que vous avez vu là-haut n'est que mensonge et enchantement. Mais moi, je vous montrerai la vérité : je vous ferai voir, bien portants et bien vivants, bon nombre des compagnons du roi, dont les inscriptions de là-haut attestaient la mort. »

Quant messires Gauvains l'ot, si en est trop liez. Et dit que dons ira il, car il n'est nule terre o il n'alast por tant de prodomes veoir. Li vavassors s'an ala avant et li dis compaignon aprés. Et qant il est loign de la Dolereuse Garde une grant aubelestee, si consoille a un suen fil en l'oroille, qui avec lui estoit, et cil s'en va avant grant aleüre. Et il chevauchent aprés tot belement tant qu'il vienent aprochant d'un chastelet petit qui estoit en une isle dedanz lo Hombre sor une roche haute, la plus fort de son grant que nus seüst. Qant il vienent a l'eive, si lor fu amenee une nes, et il antrent anz et nagent tant que il vienent en l'isle. Si mainne l'an les dis compaignons en une chambre por desarmer. Et qant il sont desarmé, si vont veoir amont *(f. 68a)* et aval la forteresce qui trop est bele. Et qant il vienent el maien estage, si truevent bien plus de quarante chevaliers et sergenz toz armez qui les asaillent. Et cil cuident resortir, mais li huis lor sont mout bien fermé aprés les dos. Il voient que deffanse n'i a mestier, si deffant messires Gauvains que nus ne s'an deffande. Ne il ne font, fors Galegantins li Galois qui se lança a un d'els, si lo porta desouz lui a terre et li aracha l'espee des poinz, si se deffandi tant qu'il dut estre ocis, et navrez fu il. Lors lo corrut messires Gauvains meesmes prandre. Et il li ont les mains liees darrieres lo dos, et a toz les autres avoc. Et Gasoains d'Estrangot, qui mout estoit preuz et de boenes paroles, dit que, se li aïst Dex, Galegantins n'avoit mie tort s'il voloit miauz morir que estre pris. « Car ge ne vi onques mais, fait il, si outrageuse traïson, que nos estiens herbergié, or somes pris et lié ançois que nos aiens ne mengié ne beü. »

Atant les ont amenez aval. Et Yvains li Avoutres voit lo vavassor, qui laianz les avoit amenez, si faisoit lo mengier haster en la cuisine. Et il li dist :

« Hé ! filz a putain, traïtres, ja nos aviez vos a foi herbergiez ! »

« Sire chevaliers, fait il, ge ne vos oi onques nul covant qui mout bien ne vos soit tenuz, car vos seroiz herbergié en une des plus forz maisons qui soit en tote Bretaigne, et si seroiz ja mis avec voz compaignons que ge vos creantai a mostrer. »

En entendant ces mots, monseigneur Gauvain éprouve une grande joie et répond qu'il suivra le vavasseur ; car il est prêt à aller n'importe où pour revoir tant de prud'hommes. Le vavasseur part en avant et les dix compagnons le suivent. Quand il est à une bonne portée d'arbalète de la Douloureuse Garde, il s'adresse à l'un de ses fils qui l'accompagnait, lui dit quelques mots à l'oreille, et celui-ci s'en va à vive allure. Les autres continuent de suivre le vavasseur tranquillement, jusqu'à ce qu'ils arrivent près d'un petit château situé dans une île, au milieu de l'Humbre, sur une roche haute. C'était de tous les petits châteaux le plus fort que l'on pouvait trouver. Quand ils sont au bord du fleuve, une barque leur est amenée, ils y entrent et naviguent jusqu'à ce qu'ils arrivent dans l'île. On conduit les dix compagnons dans une chambre, pour les désarmer. Quand ils sont désarmés, ils vont visiter de haut en bas la forteresse, qui est très belle. Parvenus à l'étage du milieu, ils trouvent plus de quarante chevaliers et sergents, tous armés, qui les assaillent. Ils pensent ressortir, mais les portes ont été solidement verrouillées derrière leur dos. Ils voient que toute résistance est inutile et monseigneur Gauvain ordonne que personne ne se défende. Ils obéissent, sauf Galegantin le Gallois, qui s'élance contre l'un des assaillants, le renverse et se jette sur lui, lui arrache l'épée des mains et se défend avec tant de vigueur qu'il aurait dû être tué ; et d'ailleurs il fut blessé. Alors monseigneur Gauvain lui-même courut le maîtriser. On lui attacha les mains derrière le dos, ainsi qu'à tous les autres. Gasoain d'Estrangot, qui était très preux et savait fort bien parler, dit qu'assurément Galegantin n'avait pas tort de préférer la mort à la prison, « car, ajouta-t-il, je n'ai jamais vu de trahison aussi scandaleuse : nous recevions l'hospitalité et nous voici maintenant prisonniers et ligotés, avant d'avoir ni mangé ni bu. »

On les fait redescendre au rez-de-chaussée, et Yvain le Bâtard aperçoit le vavasseur, qui les avait amenés et s'occupait à faire préparer le dîner dans la cuisine. Il lui dit :

« Eh ! fils de pute, traître, nous étions vos hôtes sur parole.

— Seigneur chevalier, répond le vavasseur, je ne vous ai fait aucune promesse qui ne soit parfaitement tenue. Vous serez mes hôtes dans une des maisons les plus fortes de toute la Grande-Bretagne et vous serez mis avec vos compagnons, que j'ai promis de vous montrer.

« Dahaz ait, fait Gasoains, qui autre ostel avoir quiert, car cist valent autant comme revescu. »

Atant s'an passent outre. Mais Galegantins n'a pas obliee l'ire de ce qu'il l'ont navré, si li est mout a po des ores *(f. 68b)* mais que l'an face de lui, car paor a de morir en la prison. Mais volentiers se vancheroit tant com il vit. Lors avise lo vavassor a cui Yvains avoit reprochiee la traïson, si se lance a lui, la o il est devant lo feu en estant, sel fiert del pié si durement qu'il lo porte tot estandu sor lou brasier ; et s'il n'eüst les mains liees, il ne relevast ja mais se toz ars non. Et lors rest levee la noise, si saillent a Galegantin a haches et a espees, et se ne fust li sires d'els, morz l'eüssent. Atant les ont toz avalez en un souzterrin mout fort, dont li huis estoient de fer, et li mur espés de carriaus, joinz a fer et a plon. Laianz estoit em prison li rois Yders et Guivrez de Lanbale et Yvains de Leonel et Kadoains de Qaermurzin, et Kehenins li Petiz et Kex d'Estraux et Girflez, li filz Dué, et Dodyniaus li Sauvages et li dux Taulas et Madoz de la Porte et Lohoz, li filz lo roi Artu, qui l'engendra en la bele damoisele qui avoit non Lisanor devant ce qu'il eüst la reine, et an cele prison prist il lo mal de la mort. Et avec aus estoit Gaheris de Caraheu. Tuit cist estoient an prison laianz. Et qant messires Gauvains et si compaignon les virent, si orent assez grant joie, car grant piece avoient esté perdu. Et cil refurent lié et dolant qant il les virent laianz amener : lié de ce que ja mais nes cuidoient veoir, et dolant de ce qu'il venoient en male prison. Mais ci endroit lait ores li contes a parler d'aus et retorne au chevalier qui lo chastel avoit conquise.

— Maudit soit qui voudrait un autre gîte, dit Gasoain, quand nos compagnons sont ici, pour ainsi dire ressuscités ! »

Ils passent leur chemin. Mais Galegantin est plus que jamais en fureur d'avoir été blessé. Il se soucie peu désormais de ce qu'on fera de lui, car il craint de mourir en prison. Il aperçoit, debout devant la cheminée, le vavasseur à qui Yvain avait reproché sa trahison, s'élance sur lui et lui porte un coup de pied si violent qu'il le jette, étendu de tout son long, dans le brasier. Si Galegantin n'avait eu les mains liées, le vavasseur ne se serait relevé qu'en flammes. La clameur s'élève de nouveau. Les chevaliers du château se précipitent sur Galegantin avec des haches et des épées et, si leur seigneur ne s'y était opposé, ils l'auraient tué. Ensuite ils font descendre les dix compagnons dans un souterrain très fortifié, dont les portes étaient de fer, et les murs, bien épais, de pierres jointes à fer et à plomb. C'était là que se trouvaient emprisonnés le roi Yder, Guivret de Lamballe, Yvain de Léonel, Cadoain de Caermuzin, Kehénin le Petit, Keu d'Estraux, Girflet le fils de Do, Dodynel le Sauvage, le duc Taulas, Madot de la Porte, Lohot le fils que le roi Arthur avait eu de la belle demoiselle appelée Lisanor, avant d'avoir épousé la reine ; et c'est dans cette prison que le jeune homme prit le mal de la mort. Il y avait encore parmi eux Gaheris de Caraheu. Ils étaient tous prisonniers dans ce souterrain. Monseigneur Gauvain et ses compagnons eurent une grande joie à les revoir, car ces chevaliers avaient disparu depuis longtemps. Mais eux-mêmes furent à la fois heureux et malheureux de voir arriver leurs compagnons : heureux, parce qu'ils pensaient ne jamais les revoir ; malheureux, parce qu'ils les voyaient entrer dans une dure prison.

Ici le conte cesse de parler d'eux et revient au chevalier qui avait conquis le château.

Aprés ce que messires Gauvains et si compaignon furent pris, demora grant piece que li chevaliers qui la Dolereuse Garde *(f. 68c)* avoit conquise n'an sot mot. Et qant il lo sot, si an fu tant dolanz que plus ne pot estre. Un jor avint qu'il seoit au mengier en une haute tornelle el chief do palais et menjoit si richement que mout se merveillast qui veïst et les serveors et la vaiselemente. La o il menjoit ensin, entra laianz uns vallez et ploroit mout durement. Et la damoisele del lac, qui avoc lo Blanc Chevalier manjoit, li demenda que il avoit.

« Certes, damoisele, fait il, j'ai eü la greignor pitié que ge onques mais eüsse d'une damoisele qui s'en va par desouz cele roiche et fait si grant duel qu'ele ne puet faire greignor. »

« Et dist ele por quoi ? » fait li chevaliers.

« Ele regrete, fait il, monseignor Gauvain et monseignor Yvain et ne sai quex autres chevaliers. »

« Et qel part vait ele ? » fait li chevaliers.

« Sire, fait il, ele tient la voie galesche. »

« Ha ! messire Yvains, fait li Blans Chevaliers, ja me fustes vos si bons maistres et si bons compaignz, et faisiez qancque ge voloie. Et messires Gauvains me refist avoir lo premerain don que ge demandai lo roi mon seignor, et dist qu'il cuidoit que ge lo feïsse mout bien. Assez ot ci haut tesmoign, ne ja Dex ne m'aïst se ge ja mais suis a eise devant que ge savrai o vos iestes. »

Lors saut hors de la table et commande que l'an li aport ses armes. Eles li sont aportees, si se fait armer de chief en chief. Et la damoisele li demande o il voudra aler.

« G'irai, fait il, aprés la damoisele por savoir o messires Gauvains est et sa compaignie. »

« G'irai, fait ele, veoir que ce sera. »

« Non feroiz, fait il ; vos n'i vendroiz mie, ançois m'atandroiz ceianz tant que ge revandrai. Et si vos conjur, foi que vos devez ma dame, que vos n'issiez hors de çaianz devant la que vos me reverroiz, *(f. 68d)* et ce sera orendroit. »

CHAPITRE XXVII

Le roi Arthur au Cimetière Merveilleux

Après que monseigneur Gauvain et ses compagnons eurent été mis en prison, il s'écoula beaucoup de temps, sans que le chevalier qui avait conquis la Douloureuse Garde en sût rien. Quand il l'apprit, il fut aussi malheureux qu'on peut l'être. Il dînait un jour dans une haute tourelle à la place d'honneur de la grand'salle, et le dîner était si magnifique que c'était merveille de voir et les serveurs et la vaisselle. Pendant le repas, on vit entrer dans la salle un valet qui était en larmes. La demoiselle du lac, qui dînait avec le chevalier blanc, demande au valet ce qu'il a.

« J'ai vraiment, demoiselle, le plus grand chagrin que j'aie jamais ressenti : il m'est venu d'une demoiselle qui est passée au pied de cette roche, faisant le plus grand deuil du monde.

— A-t-elle dit pourquoi ? demande le chevalier.

— Elle pleure monseigneur Gauvain, monseigneur Yvain et je ne sais quels autres chevaliers.

— Et de quel côté va-t-elle ?

— Elle suit la voie galloise.

— Ah ! monseigneur Yvain, dit le blanc chevalier, vous avez été pour moi un si bon maître et un si bon ami, vous faisiez tout ce que je voulais. Et monseigneur Gauvain m'a fait obtenir le premier don que j'ai demandé au roi mon seigneur ; il a dit qu'il pensait que je m'en acquitterais fort bien ; ce fut un bien illustre parrainage. Que jamais Dieu ne m'aide, si je reste un seul instant en repos, avant de savoir où vous êtes ! »

Il quitte immédiatement la table et réclame ses armes. On les lui apporte et il se fait armer des pieds à la tête. La demoiselle lui demande où il veut aller.

« J'irai, dit-il, à la rencontre de la demoiselle, pour savoir où sont monseigneur Gauvain et ses compagnons.

— J'irai aussi, dit-elle, pour voir ce qu'il en adviendra.

— Non, dit-il, vous ne viendrez pas avec moi. Vous m'attendrez ici, jusqu'à ce que je revienne. Et je vous adjure, sur la foi que vous devez à ma dame, de ne pas sortir d'ici avant le moment où vous me reverrez. Ce ne sera pas long. »

Cele li otroie sa volenté. Et il s'an part et chevauche après la
damoisele qui por monseignor Gauvain ploroit, tant que il
l'ataint a l'antree de la forest. Si li demande que por Deu li die
de monseignor Gauvain novelles.

« Ges vos dirai, fait ele, que gaires peiors ne puent estre, car
il est soi disoimes de compaignons en la prison a celui qui a esté
sires de la Dolereuse Garde. »

« Ha! damoisele, fait il, puis que tant m'en avez dit, dites
moi o cele prisons est. »

Et cele lo regarde, si li dit :

« Ostez vostre hiaume, si vos verrai. »

Et il l'oste. Et ele li cort les braz tanduz. Et il la conoist, si
voit que ce est une damoisele qui est a sa Dame del Lac, si li fait
mout grant joie. Et ele li conte que sa dame l'avoit a lui envoiee
por une chose qu'ele avoit obliee a dire a l'autre pucele qui
avant vint.

« Mais l'an me dist, fait ele, la ou messires Gauvains est pris,
que vos gissiez morz en la Garde Dolereuse et por ce n'i vos ge
onques antrer, car ge ne la pooie neïs veoir. »

« Quele, fait il, fu la chose que ma dame m'oblia a mander ? »

« Ce fu, fait ele, que vos ne metoiz ja vostre cuer en amor qui
vos face aparecir mais amander, car cuers qui por amor devient
pareceus ne puet a haute chose ataindre, car il n'osse. Mais cil
qui tozjorz bee a amender puet ataindre a hautes choses,
autresin com il les ose anprandre. »

Et il li redist :

« Messire Gauvains, bele douce amie, o est il em prison ? »

« Ge vos i manrai », fait ele.

Lors retornent andui et vienent jusqu'a un bruillet qui est
desus l'isle ou messire Gauvains estoit, si li dit [la] damoisele :

« Ci, fait ele, vos anbuscheroiz, ne ja nus ne porra issir de
laianz que nos ne v[e]iens, et nos ne serons ja veü. »

Et cil *(f. 69a)* lo fait issi. Et qant il orent grant piece atandu,
si virent hors issir chevaliers jusqu'a quinze toz armez, et
passerent l'eive a une grant nef, si acoillirent lor voie vers la

Elle consent à ce qu'il veut. Il part et va à la rencontre de la demoiselle qui pleurait sur le sort de monseigneur Gauvain. Il la rejoint à l'entrée de la forêt et la supplie, pour l'amour de Dieu, de lui donner des nouvelles.

« Je vous les donnerai, dit-elle. Elles ne peuvent guère être pires. Il est, avec neuf de ses compagnons, dans la prison de celui qui était le seigneur de la Douloureuse Garde.

— Ah ! demoiselle, puisque vous m'en avez tant dit, dites-moi où est cette prison. »

Elle le regarde et lui dit :

« Ôtez votre heaume, afin que je vous voie. »

Il l'ôte. Elle court vers lui les bras tendus. Il la reconnaît, voit que c'est l'une des demoiselles qui sont au service de sa dame du Lac et l'accueille chaleureusement. Elle lui raconte que sa dame l'a envoyée auprès de lui, parce qu'elle avait oublié de dire quelque chose à la demoiselle qui l'avait précédée. « Mais on m'a dit, ajoute-t-elle, dans le châtelet où monseigneur Gauvain est prisonnier, que vous étiez mort et enterré à la Douloureuse Garde, et c'est pourquoi je n'ai pas voulu y entrer, car la seule vue de ce château m'était insupportable.

— Et quel était le message que ma dame avait oublié de me faire dire ?

— C'était ceci : que vous ne placiez jamais votre cœur dans un amour qui vous incite à la paresse, mais à devenir meilleur. Le cœur qui par amour devient paresseux ne peut s'élever à de grandes choses, car il n'ose. Mais celui qui aspire sans cesse à devenir meilleur peut s'élever à de grandes choses, aussi naturellement qu'il ose les entreprendre. »

Il l'interroge à nouveau :

« Belle douce amie, où est la prison de monseigneur Gauvain ?

— Je vais vous y conduire », dit-elle.

Ils reviennent sur leurs pas ensemble et arrivent devant un buisson qui surplombait l'île où monseigneur Gauvain était retenu prisonnier. La demoiselle lui dit :

« Vous vous mettrez en embuscade ici : nul ne pourra sortir de l'île, sans que nous le voyions, et nous-mêmes nous ne serons pas vus. »

Il fait ce qu'elle a dit. Quand ils eurent attendu un bon moment, ils virent sortir une troupe de quinze chevaliers entièrement armés, qui passèrent le fleuve sur un grand bateau

Dolereuse Garde. Et li chevaliers les laisse aprochier ; et qant il les voit armez, si lor laisse corre si tost com li chevax li puet aler, et met devant lo piz l'escu d'argent a trois bandes, car la damoisele qu'il avoit laissiee el chastel lo li faisoit porter. Mais si tost com il lo virent, si n'i ot onques si hardi qui ne tornast lo dos, et li sires de la Dolereuse Garde toz premiers, car a lui estoient tuit li autre. Et qant il vindrent a l'eive arrieres, si ne porent mie a tans antrer dedanz la nef, car cil les sivoit de pres. Si ocist de son glaive lo premier qu'il ataint, puis mist la main a l'espee et corrut as autres sus, si en retint quatre, que ocis, que mehaigniez. Et li autre se mistrent par l'aive dedanz l'isle a garant.

Ensi eschapa Brandiz des Isles, li sires de la Dolereuse Garde, car issi avoit il non. Et li chevaliers revint a la Dolereuse Garde mout dolanz, et antra anz par une fause posterne.

Et l'andemain fu li quarz jorz que li rois estoit venuz a la Dolereuse Garde. Et qant vint a prime, si enveia a la porte un chevalier por lo covant qui li avoit esté faiz, mais il ne fu qui l'[o]sast ovrir devant que li Blans Chevaliers lo commandast. Li chevaliers revient au roi et dit ce qu'il a trové, et li rois en est mout correciez. Lors s'est assis sor lo ru d'une fontaine et commança a penser mout durement tant qe tierce commence a passer. Et li chevalier dient a la reine :

« Dame, tierce passe, ne li rois n'envoie nelui a la porte. Que ferons nos ? »

« Certes, fait ele, ge ne sai quoi. Ge n'i oseroie enveier s'il nel commandoit, et il pense trop durement. »

(f. 69b) Et li chevaliers qui lo chastel avoit conquis s'an refu issuz par la f[a]use posterne por veoir les genz lo roi, et il avoit commendé au portier que se li rois i enveoit a tierce, que la porte li fust overte, mais que dehors de laianz n'issist nus hom. Mais de cels do chastel avoit sor les murs assez qui mout vousissent que les doloreuses costumes fussient remeses. Et li portiers, qui n'osoit dire mot ne hors metre nelui, fait signe a

et prirent le chemin de la Douloureuse Garde. Le chevalier les laisse approcher. Quand il voit qu'ils sont en armes, il s'élance sur eux de toute la vitesse de son cheval et met devant sa poitrine l'écu aux trois bandes. En effet la demoiselle qu'il avait laissée au château avait exigé qu'il le portât. Mais dès qu'ils le virent, il n'y eut si hardi qui ne tournât le dos, le seigneur de la Douloureuse Garde tout le premier (les autres étaient ses hommes). Quand ils furent revenus au bord de l'eau, ils ne purent entrer à temps dans le bateau, car le blanc chevalier les suivait de près. Il tua de sa lance le premier qu'il atteignit, puis mit la main à l'épée et courut sus aux autres. Il en immobilisa quatre, ou morts ou mutilés. Les autres, traversant le fleuve, se mirent à l'abri dans l'île. Ainsi s'échappa Brandis des Iles, le seigneur de la Douloureuse Garde, car tel était son nom.

Le chevalier revint à la Douloureuse Garde très tristement et y entra par une fausse poterne[1].

Le lendemain, il y avait déjà trois jours que le roi était arrivé à la Douloureuse Garde ; et quand vint l'heure de prime, il envoya à la porte un chevalier, conformément aux conditions qui lui avaient été dictées, mais personne n'osa lui ouvrir, avant que le blanc chevalier n'en donnât l'ordre. Le messager revint auprès du roi et lui dit ce qu'il en était. Le roi fut très mécontent. Il s'assit au bord d'un torrent qui jaillissait d'une source et entra dans une longue rêverie jusqu'à l'heure de tierce. Les chevaliers disent à la reine :

« Dame, tierce passe et le roi n'envoie personne à la porte. Qu'allons-nous faire ?

— Vraiment, dit-elle, je ne sais pas. Je n'ose envoyer quel-qu'un sans son ordre ; et il est trop absorbé dans ses pensées. »

Le chevalier qui avait conquis le château était sorti par la fausse poterne pour voir les gens du roi. Il avait ordonné au portier que, si le roi envoyait un chevalier à tierce, la porte lui fût ouverte, mais que nul ne fût autorisé à sortir du château. Cependant il y avait, sur les remparts, des gens de la ville en grand nombre, qui auraient bien voulu que les mauvaises coutumes fussent supprimées. Le portier, qui n'osait rien dire

---

1. *fausse poterne :* porte secrète pour entrer et sortir sans être vu.

un viel home qu'il apiaut lo roi Artu. Et cil crie : « Rois Artus, hore passe, heure passe. » Et ensin commencent a crier tuit li autre, si que tote la valee an retantist.

Quant la reine et li chevalier oent les voiz, si vienent en haut devant la porte, et sont mout angoisseus del roi qui son penser ne laisse. Et lors vint devant li chevaliers qui lo chastel avoit conquis, et ot a son col l'escu d'argent a la bande vermoile, si vint a grant oirre jusqu'a la porte. Et qant il vit la reine, si li dit :

[« Damedeu vos beneoie. »

Et ele respont mout matement que Dex beneoie lui.]

« Dame, fait il, voudriez vos laianz antrer ? »

« Certes, fait ele, oe, mout volentiers. »

« En non Deu, fait il, por vos sera la porte overte. »

« Granz merciz, sire », fait ele.

Li chevaliers apele tantost la gaite et dist : « Oevre la porte. » « Volentiers, sire », fait cil. Il oevre la porte et li chevaliers entre anz. Mais il est tant esbahiz de la reine qu'i[l] s'an oblie toz, ne a rien n'entant fors a li veoir. Si est montez an haut desus la porte, et des la l'esgarde. Et la porte refu close si tost com il fu anz ; si ot gité un si grant brait que li rois en ot laissié son pensé, si demande que ce avoit esté ; et il fu assez qui li conta. Et il dit a Kel lo seneschal qu'il aille savoir s'il porra laianz entrer. Et il i vait, si encontre la reine, qui ja s'an voloit revenir, car ele cuidoit que li chevaliers l'eüst *(f. 69c)* gabee, et li conte comment. Lors esgarde Kex contremont et voit lo chevalier desus la porte, si li dit :

« Ha ! sire chevaliers, vos avez fait que vilains qui ma dame avez gabee. »

Mais il ne l'antant mie. Et lors vint a lui la pucele qui l'avoit mené a la Dolereuse Chartre — ensin avoit non li chastelez o messires Gauvains estoit em prison. Et qant ele oï ce que Kex li reprochoit, si lo bota et dist :

« Dont n'oez vos ce dont cist chevaliers vos blasme ? »

ni laisser sortir personne, fit signe à un vieil homme et lui demanda d'appeler le roi Arthur. Le prud'homme s'écrie :

« Roi Arthur, l'heure passe, l'heure passe. » Et tous reprennent les mêmes paroles. Ils crient si fort que toute la vallée en retentit.

Quand la reine et les chevaliers entendent les cris, ils gravissent le tertre jusqu'à ce qu'ils soient devant la porte du château. Ils sont désolés de voir que le roi reste perdu dans ses pensées. Alors se présente devant la porte le chevalier qui avait conquis le château. Il portait à son cou l'écu d'argent à une bande vermeille. Il s'avance à grands pas vers la porte. Quand il voit la reine, il lui dit :

« Le Seigneur Dieu vous bénisse ! »

Elle répond très doucement :

« Dieu vous bénisse !

— Dame, lui dit-il, voudriez-vous entrer dans ce château ?

— Oui bien sûr ! dit-elle, je le voudrais bien.

— Par Dieu, pour vous la porte en sera ouverte.

— Grand merci, seigneur. »

Le chevalier appelle aussitôt la sentinelle et lui dit :

« Ouvre la porte.

— Volontiers, seigneur », répond le guetteur et il l'ouvre. Le chevalier entre dans le château. Mais il est tellement ému d'avoir rencontré la reine qu'il n'est plus lui-même et ne pense plus à rien d'autre qu'à la regarder. Aussi monte-t-il sur le rempart au-dessus de la porte, et de là il la voit. Dès qu'il est entré, la porte est refermée avec tant de fracas que le roi sort de sa rêverie. Il demande ce qui s'est passé, et bien des gens s'offrent à le lui raconter. Il dit à Keu le sénéchal d'aller voir s'il peut entrer. Keu monte jusqu'à la porte et rencontre la reine. Elle voulait déjà s'en retourner, croyant que le chevalier s'était moqué d'elle, et elle le dit à Keu. Il lève les yeux et voit au-dessus de la porte le chevalier. Il lui dit : « Ah ! seigneur chevalier, c'est très mal à vous de vous être moqué de ma dame. » Mais le chevalier ne l'entend pas. Alors survient la demoiselle qui avait conduit le chevalier jusqu'à la Douloureuse Chartre — tel était le nom du petit château où monseigneur Gauvain était en prison. Elle entend les reproches que Keu lui adresse, le secoue et lui dit :

« Vous n'entendez donc pas ce dont ce chevalier vous blâme ?

« Li quex ? » fait il.

Et ele li mostre.

« Sire, fait il, que dites vos ? »

« Ge di, fait il, que vos tenez bien por musarz ma dame et moi, car vos ne li deigniez la porte ovrir, et si li creantates ; ne a moi ne deigniez parler. »

« Qui iestes vos ? » fait li chevaliers.

« Ge sui, fait il, Kex li seneschax. »

Lors esgarde li chevaliers, si voit la reine qui ja s'an aloit par anui, et il en est si dolanz que par un po que il n'anrage, por ce qu'il voit bien que ele s'est correciee. Et il vient a la gaite, si li dit :

« Dont ne te commandai ge que tu laississasses madame la reine ceianz entrer ? »

« Onques n'en parlastes, » fait cil.

Et il met la main a l'espee et jure mout durement.

« Et bien saiches, fait il, que, se tu ne fusses si viauz, ge t'oceïsse orandroit por ta folie, et moi por ma sordeté, se ge n'an aüsse si bon garant. Or l'uevre tost et garde que plus ne soit fermee. »

Atant li est ses chevax amenez, et il monte dolanz et pensis. Puis est revenuz a [la] fause posterne, si issi hors. Ne la pucele ne li sot tant demander ou il va qu'il onques li voille dire fors tant qu'il revandra ja. « Et gardez, fait il, que vos ne me sivez un tot seul pas. » Et ele lo laisse atant. Et la gaite oevre la porte ; et la novele vient au roi, et il vient la mout tost, si antre anz et il et la reine, et tuit li autre aprés. Onques n'i ot ho(*f. 69d*)nor gardee, mais qui plus tost i pot antrer, si entra. Et qant il furent anz, si troverent l'autre porte fermé. Et lors vont au cimetire, si commande li rois a ses clers que il lisent les letres. Et il conmencent a nomer assez chevaliers de sa maison et d'autres terres, et tant qu'il vienent a une tombe o li nons monseignor Gauvain estoit escriz, si avoit : « Ci gist messires Gauvains, et veez la sa teste. » [Aprés esgarderent sor une autre tonbe : « Ci gist Yvains, li fiz au roi Urien, et la gist sa teste. » Et puis en une autre truevent « Ci gist Yvains li Avoutres, et veez la sa teste. »] Et autretel dient de toz les compaignons que

— Quel chevalier ? » répond-il.

Elle le lui montre du doigt.

« Seigneur, fait le chevalier blanc, que dites-vous ?

— Je dis que vous nous prenez, madame et moi, pour des musards. Vous ne daignez pas ouvrir la porte à madame, quoique vous le lui ayez promis ; et vous ne daignez pas me répondre.

— Qui êtes-vous ? fait le chevalier.

— Je suis Keu le sénéchal. »

Alors les yeux du chevalier se dessillent. Il voit la reine qui s'en allait de dépit, et il est si malheureux que peu s'en faut qu'il ne perde la raison, parce qu'il voit qu'elle est courroucée. Il se tourne vers la sentinelle et lui dit :

« Ne t'avais-je pas donné l'ordre de laisser entrer madame la reine ?

— Vous n'avez rien dit de tel », répond le guetteur.

Le chevalier met la main à son épée et jure affreusement :

« Sache bien, dit-il au guetteur, que, si tu n'étais aussi vieux, je te tuerais immédiatement pour ta sottise et me tuerais moi-même pour ma distraction, si je n'avais un bon motif de m'en garder. Ouvre vite cette porte et qu'elle ne soit plus jamais fermée ! »

Alors on lui amène son cheval et il se met en selle, triste et pensif. Puis il retourne à la fausse poterne et sort. La demoiselle a beau lui demander où il va, il ne veut rien lui dire, sinon qu'il reviendra bientôt ; « et gardez-vous bien, ajoute-t-il, de faire un seul pas pour me suivre ». Sur ce, elle le laisse et la sentinelle ouvre la porte.

La nouvelle parvient au roi. Il arrive en toute hâte et entre au château, ainsi que la reine et tous les chevaliers. Aucune préséance ne fut respectée et chacun se précipita pour entrer avant les autres. Quand ils sont à l'intérieur, ils trouvent la seconde porte fermée. Ils se rendent alors au cimetière et le roi ordonne à ses clercs de lire les épitaphes. Ceux-ci commencent à citer beaucoup de chevaliers de la maison du roi Arthur et d'autres terres. Ils arrivent ensuite à une tombe où était écrit le nom de monseigneur Gauvain et où l'on pouvait lire : « Ci-gît monseigneur Gauvain et vous voyez là sa tête. » Sur une autre tombe ils lisent : « Ici repose monseigneur Yvain, fils du roi Urien, et vous voyez là sa tête. » Sur une autre : « Ci-gît Yvain le Bâtard et voilà sa tête. » Et de même de tous les compagnons

messires Gauvains avoit amenez avec lui. Qant li rois ot ce, a
poi n'anrage, tel duel en a, et la reine et tuit li autre. Et qant il
ont grant piece fait duel, si demande li rois a la gaite qu'il choisi
sor l'autre mur se cele premiere porte lor sera ja mais close. Et
cil dit que nenil.

« Et en cele autre, fait li rois, comment porrons nos
antrer ? »

« Sire, fait il, anveiez ça autresin com vos avez fait ces quatre
jorz. »

Lo soir se retraist li rois en ses loges et sa compaignie. Et la
nuit ot si grant doleur entre ses genz que onques n'i ot ne beü
ne mengié. Mais or reparole un po li contes del Blanc Chevalier
si com il se parti del chastel, la ou la porte fu vee a la reine.

Li contes dit que li Blans Chevaliers chevauche maz et pansis
por sa dame la reine qu'il a correciee, car il l'amoit de si grant
amor des lo premier jor qu'il fu tenuz por chevaliers que il
n'amoit tant ne soi ne autrui. Et por ce qu'il dotoit la haïne sa
dame a tozjorz mais, si pense en son cuer tant a faire d'armes
qu'il ravra monseignor Gauvain, ou il morra. Et par ce, s'il lo
puet faire, bee a recovrer l'amor sa dame. Ensin chevauche maz
et pansis tot droit vers la Dolereuse Chartre, *(f. 70a)* et se remet
el bruillet. Si pooit bien estre bas midis qant il vint la.
Longuement fu illuec, tant que ja avesproit bien. Et il esgarde,
si voit venir un hermite desus un grant asne, et antra el bois

que monseigneur Gauvain avait emmenés avec lui. Quand le roi entend tout cela, peu s'en faut qu'il ne perde la raison, tant sa douleur est grande, ainsi que celle de la reine et de tous les autres. Quand ils ont pleuré longuement, le roi voit la sentinelle qui veille sur la seconde enceinte. Il lui demande si la première porte sera refermée.

Elle répond que non :

« Et comment, dit le roi, pourrons-nous franchir la seconde porte ?

— Seigneur, répond la sentinelle, il vous faudra envoyer des messagers, comme vous avez fait pendant ces quatre jours. »

Le soir le roi se retira dans ses tentes, ainsi que ses compagnons, et la nuit la douleur fut si grande parmi ses hommes que personne ne but ni ne mangea. Mais ici le conte reparle brièvement du blanc chevalier et nous dit comment il quitta le château, après que l'entrée en eut été refusée à la reine.

CHAPITRE XXVIII

Le roi et la reine dans la Douloureuse Garde

Le conte dit que le chevalier blanc chevauche, triste et pensif, à cause de sa dame la reine qu'il a courroucée ; car il l'aimait d'un si grand amour, depuis le premier jour où il passa pour chevalier, qu'il n'aimait autant ni lui-même ni personne. Comme il craint de s'être attiré le ressentiment de sa dame pour toujours, il décide dans le secret de son cœur de faire tant de prouesses qu'il libérera monseigneur Gauvain ou y laissera sa propre vie ; et par ce moyen, s'il peut réussir, il espère recouvrer l'amour de sa dame. Il chevauche ainsi, triste et pensif, allant tout droit à la Douloureuse Chartre, et se remet en embuscade dans le buisson. Il pouvait bien être midi passé quand il y arriva. Il y resta longtemps. Déjà le soir tombait. Alors il regarde autour de lui ; il voit venir, monté sur un grand âne, un

mout pres de lui, si aloit chantant ses hores a son hermitage qui
pres d'iluec estoit en la forest. Li hermites estoit de grant aage,
si avoit esté chevaliers, uns des plus biaus desou ciel, si s'estoit
randuz an son meillor aage por une grant perte qui avenue li
estoit de doze filz qu'il avoit eüz, si les vit toz morir dedanz un
an. Et qant il antra dedanz lo bois, si li vient li Blans Chevaliers
encontre et li demande dont il vient. Et il laisse quancqu'il
disoit, si li respont mout docement qu'il vient de ce chastelet.

« Sire, fait li chevaliers, que feïstes vos la ? »

Et li bons hom commence a plorer.

« Certes, sire, fait li hermites, g'i alai a grant besoig por deus
chevaliers qui mout sont malade. »

Lors li mostre lo calice qu'il portoit souz sa chape. Et li
chevaliers li demande qui sont cil dui qui si malade sont. Et il
dit qu'il sont de la maison lo roi Artu ; si a non li uns
Galegantins li Galois, et cil est malades de plaies ; et li autres
est Lohoz, li fiz lo roi, qui est malades d'une enfermeté qu'il a
prise dedanz la chartre ; si sont andui en grant aventure. Lors
commance li Blans Chevaliers mout durement a sospirer, si li
demande de monseignor Gauvain et de monseignor Yvain son
coisin. Et li hermites dit que il les vit toz sainz et haitiez.

« Et vos, sire, qui iestes ? »

« Sire, fait il, uns chevaliers erranz sui. »

« Ha ! fait li hermites, ge sai auques qui vos iestes. Vos avez
conquise la Garde Doloreuse. Mais ci qu'atandez vos ? »

Et li chevaliers dit que mout volentiers metroit painne es
chevaliers lo roi delivrer, s'il pooit estre.

« Et ge vos en conseillerai, fait li hermites, mout bien, se vos
en volez croire *(f. 70b)* mon consoil. » Et li chevaliers dit que si
fera. « Ge vos di, fait li hermites, que qant ge voloie ores
monter, si oï deus escuiers parler de lor hernois, qu'il ne se
prenoient garde de moi. Si dist li uns a l'autre qu'il monteroient
del premier some por assaillir lo roi Artus par nuit. Et ge sai
bien que cil cui la Dolereuse Garde fu het lo roi plus que nul

ermite qui entre dans le bois tout près de lui. Il se rendait, en
chantant ses heures, à son ermitage, qui n'était pas loin de là,
dans la forêt. L'ermite était d'un grand âge. Il avait été
chevalier, un des plus beaux qui fussent sous le ciel, et s'était
fait moine, dans la fleur de son âge, à la suite d'un grand
malheur qui lui était arrivé. Il avait eu douze fils et les avait
tous vu mourir en moins d'un an. Quand il entra dans le bois,
le chevalier blanc alla à sa rencontre et lui demanda d'où il
venait. L'ermite s'arrêta de chanter et lui répondit avec beaucoup de douceur qu'il venait du châtelet d'en face.

« Seigneur, dit le chevalier, que faisiez-vous là ? »

L'homme de bien se met à pleurer.

« Ah ! vraiment, seigneur, dit l'ermite, il était très nécessaire
que j'y aille, à cause de deux chevaliers, qui sont bien
malades. »

Alors il montre le calice qu'il portait sous sa cape. Le
chevalier lui demande qui sont ces deux chevaliers malades. Il
répond qu'ils sont de la maison du roi Arthur. L'un s'appelle
Galegantin le Gallois et il est malade de ses blessures, l'autre
est Lohot, le fils du roi, atteint d'une maladie qu'il a contractée
dans la prison. Ils sont tous les deux en grand danger. Alors le
chevalier blanc soupire profondément et interroge l'ermite sur
le sort de monseigneur Gauvain et de monseigneur Yvain son
cousin. Celui-ci répond qu'il les a vus en excellente santé.

« Et vous, seigneur, qui êtes-vous ?

— Seigneur, je suis un chevalier errant.

— Ah ! dit l'ermite, je sais bien qui vous êtes. C'est vous qui
avez conquis la Garde Douloureuse. Mais qu'attendez-vous
ici ? »

Le chevalier répond qu'il se mettrait volontiers en peine de
délivrer les chevaliers du roi, si la chose était possible.

« Eh bien ! dit l'ermite, je vous donnerai un très bon conseil,
si vous voulez m'en croire. »

Le chevalier répond qu'il lui fait toute confiance.

« Je peux vous dire, répond l'ermite, que, quand je voulais
partir tout à l'heure, j'ai entendu deux écuyers parler de
l'équipement qu'ils devaient préparer. Ils ne faisaient pas
attention à moi. Et l'un a dit à l'autre qu'ils monteraient à
cheval, dès le premier somme, pour assaillir le roi Arthur de
nuit. Je sais que l'ancien seigneur de la Douloureuse Garde a
plus de haine pour le roi que pour tout autre homme, vous-

home fors vos, car il crient qu'il ne mete force et painne an
abatre les costumes perilleusses de cest chastel. Et bien cuide
qu'il n'i soit venuz por autre chose. Por ce loeroie ge que vos
garnissiez monseignor lo roi de ceste chose, et ansin porroient
estre tuit pris. Et se vos ne l'an garnissiez, si l'an garnirai
gié. »

Et li chevaliers dit que il l'an garnira.

« Mais ge voil avant savoir, fait il, vostre hermitage. »

« Ce m'est mout bel », fait li boens hom.

Lors s'an va avant et li chevaliers aprés tant qu'il vienent a
l'ermitage ; si lo voit li chevaliers trop bien seant, et siet an un
haut tertre reont et ert clox de haut glande espés et gros tot
anviron et aprés de granz fossez galois, et par dehors ert li
plaisseiz espés et granz. Li chevaliers prant atant congié de
l'ermite et dit qu'il ira garnir lo roi de ses anemis.

« Biaus sire, fait li hermites, se vos avez de nos mestier, tot
seürement venez a nos. »

Et il dit que si feroit il. Atant s'an part, et retorne la o il avoit
trové l'ermite, et atant illuec mout longuement. Et la nuiz
aproche. Et il panse q'en nule maniere il n'en garniroit lo roi,
car il i cuide toz seus metre consoil. Si atant ensins tant que il
est granz piece de nuiz. Et lors commance la lune a lever, si se
lievent tuit par lo chastel et s'atornent. Et tantost issent hors et
passent l'aive, et il les lait chevauchier tant que sont tuit outre
lui ; *(f. 70c)* et il les siust de loig. Quant il furent pres de la
Dolereuse Garde, si se metent el covert do tertre et chevauchent belement, qu'il ne fussient aparceü ; ne ja cil de l'ost ne
s'en preïssent garde, tant que il se fussient en els feru.

Quant il furent si pres qu'il n'i ot que de l'esperoner, si
descendent et restrainent lor chevaux. Puis remontent et s'en
vienent por ferir en l'ost. Mais li chevaliers les siust de pres. Si
ot cheval fort et isnel, et tint un glaive a hante grosse et corte
et a fer tranchant. Et il ot cuer asez, car il baoit a desconfire
cels qu'il sivoit qui estoient encore cent et cinquante. Et il lor
laisse corre, si les escrie mout durement. Et cil cuident estre
traï, si sont si durement esbahi qu'il n'i a celui qui mete nul
conroi en sa deffanse. Et il fiert lo premier qu'il ataint si

même excepté ; car il craint qu'il n'emploie sa force et sa peine à détruire les périlleuses coutumes de ce château. Il est convaincu qu'il n'est pas venu pour autre chose. Aussi vous conseillerai-je de prévenir monseigneur le roi, qui pourra ainsi se saisir d'eux tous ; et si vous ne le prévenez pas, je le préviendrai moi-même. »

Le chevalier répond qu'il le fera ; « mais, dit-il, j'aimerais auparavant connaître votre ermitage.

— Avec grand plaisir », dit l'homme de bien.

Alors il se met en route et le chevalier le suit, jusqu'à ce qu'ils arrivent à l'ermitage. Le chevalier voit qu'il est fort bien situé : posé sur une haute colline ronde, entouré de tous côtés par des chênes hauts, larges et touffus, puis par de grands fossés gallois ; et au-dehors l'enclos était bordé par une grande haie épaisse. Le chevalier prend congé de l'ermite et lui dit qu'il va prévenir le roi du complot de ses ennemis.

« Beau seigneur, dit l'ermite, si vous avez besoin de nous, n'hésitez pas à venir nous trouver. »

Le chevalier répond qu'il ne manquera pas de le faire. Puis il s'en va, revient à l'endroit où il avait rencontré l'ermite et attend là très longuement. La nuit approche. Il décide qu'en aucun cas il ne préviendra le roi, car il a bien l'intention de régler cette affaire à lui tout seul. Il attend ainsi jusqu'à une heure avancée de la nuit. Alors la lune commence à paraître. Dans le château tout le monde se lève et s'équipe pour la bataille. Bientôt ils sortent et passent le fleuve. Il les laisse chevaucher jusqu'à ce qu'ils l'aient tous dépassé et les suit de loin. Quand ils sont près de la Douloureuse Garde, ils se mettent sous le couvert du tertre et chevauchent tout doucement pour ne pas être vus, ne voulant pas attirer l'attention des hommes du camp du roi, avant de se jeter sur eux.

Quand ils sont si près qu'il n'y a plus qu'à donner des éperons, ils descendent et retiennent un moment leurs montures. Puis ils se mettent en selle et s'élancent pour fondre sur le camp. Mais le chevalier les suit de près. Il avait un cheval fort et rapide ; il tenait en main une lance dont le manche était gros et court et le fer tranchant ; et il ne manquait pas de courage, car il avait l'intention de mettre en fuite ceux qu'il suivait et qui étaient bien cent cinquante. Il s'élance sur eux, en poussant de grands cris. Ils croient qu'ils sont trahis et sont si stupéfaits qu'aucun d'eux ne tente d'organiser la défense. Il frappe le

durement qu'il lo giete mort. Et il li laisse lo glaive el cors, si a
l'espee traite et done granz cox destre et senestre a cels qui
atandre l'osent. Mais il n'i demorent gaires, car l'oz est
estormie por lo cri. Et les gaites, qui orent veüz les armez,
commencent a crier : « As armes ! As armes ! » Et cil se metent
a la voie maintenant par desouz lo chastel. Et cil les anchauce,
qui grandismes cox lor done, si lor detranche lor escuz et les
hiaumes, et lor desmaille les hauberz sor braz et sor espaules.
Et il se hurte a els de cors et de cheval ; il les porte a terre a
prandre par pennes d'escuz et par les cox et par les hiaumes.

Ensin les mainne li Blans Chevaliers. Et il sont si esbahi por
les mervoilles qu'il fait qu'il cuident bien que ce soit tote l'oz lo
roi Artu. Et lors sont venu endroit la porte del chastel. Et la
gaite qui fu sor lo mur commence a crier : « As armes ! As
armes ! » Et li chevaliers *(f. 70d)* qui les anchauçoit voit la gent
lo roi qui ja poignent aprés. Si avise il celui qui plus senble estre
riches d'aus toz et qui plus est cointement armez, si li est avis
qu'il soit sires de toz les autres ; et si estoit il. Et il s'an vient
vers lui, si li done tel cop de l'espee desus lo hiaume que tot
l'estone et lo fait pandre au col del cheval d'andeus les braz. Et
lors venoient a desroi les genz lo roi Artus. Et cil les oent venir,
si fierent des esperons et s'an fuient qanqu'il pueent des chevax
traire. Mais cil cui li Blans Chevaliers ot feru estoit ancores
estordiz, et ses chevax s'adrece vers lo Hombre qui d'autre part
del chastel corroit, si l'an porte grant aleüre. Et li Blans
Chevaliers lo siust de pres, qui laissier nel vost, si s'an vient par
lui. Et il est si estordiz qu'il ne voit gote. Et li Blans Chevaliers
l'aert au col, sel sache a terre, et il li va par desus lo cors tant
que tot lo debrise. Lors est descenduz, si li arrache lo hiaume
de la teste, et la li menace a colper. Mais cil ne puet respondre,

premier qui se présente et l'atteint si durement qu'il l'abat mort. Il lui laisse la lance dans le corps, tire son épée et donne de grands coups à gauche et à droite sur ceux qui osent l'attendre. Mais ils ne s'attardent guère, car l'armée est réveillée par le bruit. Les guetteurs, qui ont vu des hommes armés, commencent à crier : « Aux armes ! Aux armes ! ». Aussitôt les assaillants battent en retraite sous le château. Mais le chevalier blanc les suit, les frappant à coups redoublés. Il tranche les écus et les heaumes, démaille les hauberts sur les bras et sur les épaules, se heurte à eux de corps et de cheval[1] et les jette à terre, de telle sorte qu'il n'y a plus qu'à les prendre par la panne de l'écu[2], par le cou ou par le heaume.

C'est ainsi que le blanc chevalier les mène rudement. Ils sont si stupéfaits des prodiges qu'il accomplit qu'ils croient avoir affaire à toute l'armée du roi Arthur. Cependant ils sont arrivés sous la porte du château. La sentinelle, qui montait la garde sur le mur, commence à crier : « Aux armes ! Aux armes ! » Le chevalier qui les poursuit voit l'armée du roi se mettre en mouvement pour les rejoindre. Il avise celui qui paraît être le plus puissant d'entre eux et qui porte les armes les plus belles. Il pense qu'il est leur chef et il l'est en effet. Il va vers lui et lui donne un tel coup d'épée sur le heaume qu'il l'assomme et le renverse sur l'encolure de son cheval, les bras ballants. À ce moment les gens du roi Arthur arrivaient au galop. Les assaillants les entendent venir, piquant des éperons, et s'enfuient de toute la vitesse de leurs chevaux. Mais celui que le blanc chevalier avait frappé était encore inconscient. Son cheval s'en va vers l'Humbre, qui coulait de l'autre côté du château, et il l'emporte à vive allure. Le blanc chevalier le suit de près, car il ne veut pas le lâcher. Il le rejoint, mais le trouve tellement assommé qu'il ne voit goutte. Le blanc chevalier le prend par le cou, le jette à terre et lui passe sur le corps jusqu'à ce qu'il soit complètement brisé. Puis il descend de cheval, lui arrache le heaume de la tête et menace de la lui couper. Mais le

---

1. *de corps et de cheval :* dans la mêlée, tous les coups sont permis. L'un des plus téméraires et des plus spectaculaires consiste à utiliser le poids de son corps et de son cheval, lourdement armés, pour les lancer comme des projectiles sur un adversaire, si possible heurté de flanc.

2. *la panne de l'écu :* le revêtement de peau, qui recouvre la face externe de l'écu.

car il gist pasmez. Et lors cuide bien li chevaliers que il soit
morz, si en est trop dolanz por monseignor Gauvain et por les
autres, car par ce les cuide bien avoir perduz.

Grant piece fu an pasmoisons; et li Blans Chevaliers en a
mout grant duel, si an plore des iauz dou chief, et dit que ja
mais n'ira par desus chevalier, se ocirre ne lo velt, que bien
cuide que cil en ait lo cuer crevé. A chief de grant piece revint
li chevaliers de pasmeisons, si se plaint mout durement. Et li
Blans Chevaliers ne fait sanblant que lui em poist, ainz dist que
la teste li colpera, si li abat la vantaille et hauce l'espee. Et cil
crie merci, que mout est bleciez. Si conoist lo chevalier a l'escu
qu'il porte, et c'estoit cil a la seule bande.

« Ha ! fait il, gentis chevaliers, ne m'ociez mie, se vos de rien
aimez lo roi Artus, car trop feriez grant folie. »

« Dont fianciez prison a tenir la ou ge vol*(f. 71a)*drai. »

« Volantiers, fait il, en toz leus fors que en ce chastel la
dedanz, mais la n'iroie ge en nule guise. »

« Si feroiz, fait il, car ge vos i manrai a force. »

« Se vos tant faites que vos me meigniez, fait li autres, vos m'i
menroiz mort, car vis n'i enterroie ge ja. Et savez que vos i
perdroiz monseignor Gauvain et vint deus autres des compaignons lo roi. Et se vos en autre prison me metez, ges vos
randrai toz demain ainz que soit anuitié, car ge voi bien que
vos iestes li miaudres chevaliers do monde et li plus aventureus. »

Quant cil l'antant, si a tel joie que onques mais n'ot si grant,
et dit que, s'il velt ce feire, ja par lui n'anterra el chastel. Et cil
li fiance issi et li rant s'espee.

« Sire, fait il, ou me voudroiz vos mener en prison ? »

« Chiés un hermite, fait cil, qui est ci pres en ceste forest. Et
vos meïsmes m'i manroiz. »

Et cil dit que voires, la droite voie. Li Blans Chevaliers lo fait
monter darrieres lui, et cil monte a mout grant paine, car mout
estoit bleciez. Ensin s'an vont la droite voie a l'ermitage. Et ja

chevalier ne peut rien dire, car il gît pâmé. Alors le chevalier blanc pense qu'il est mort ; et il en est très affligé pour monseigneur Gauvain et pour ses compagnons, qu'il craint de perdre à tout jamais.

L'homme demeure un long moment en pâmoison. Le blanc chevalier en ressent une grande douleur, il verse des larmes amères, il dit qu'il ne passera plus jamais sur le corps d'un chevalier s'il ne veut le tuer ; car il croit bien qu'il lui a crevé le cœur. À la fin le chevalier revient de pâmoison et gémit profondément. Le chevalier blanc ne lui laisse rien voir de sa douleur. Au contraire il dit qu'il va lui couper la tête ; il rabat sa ventaille et lève l'épée sur lui. L'autre crie merci, car il est gravement atteint. Il reconnaît le chevalier à l'écu qu'il porte : c'était l'écu à une seule bande.

« Ah ! fait-il, noble chevalier, ne me tuez pas, si vous avez de l'amitié pour le roi Arthur ; car vous feriez une folie.

— Vous promettez donc de vous constituer prisonnier là où je le voudrai ?

— Volontiers, en tous lieux, à la seule exception de ce château, où je ne retournerai jamais.

— C'est pourtant là que vous irez ; car je vous y mènerai de force.

— Si vous réussissez à m'y mener, ce ne sera que mort ; car, tant que je serai vivant, je n'y entrerai jamais. Et vous savez que vous perdrez monseigneur Gauvain et vingt-deux autres compagnons du roi. Au contraire, si vous me mettez dans une autre prison, je vous les rendrai tous, demain avant la nuit ; car je vois bien que vous êtes le meilleur chevalier du monde et le plus aventureux. »

En entendant ces mots, le chevalier blanc est transporté de joie. Il dit à son prisonnier qu'il ne l'emmènera pas dans le château, s'il tient sa promesse. L'autre lui donne sa parole et lui remet son épée.

« Seigneur, dit-il, dans quelle prison voulez-vous m'emmener ?

— Chez un ermite, qui habite près d'ici, dans cette forêt, et c'est vous-même qui allez m'y conduire.

— Certainement, dit-il, et par le plus court chemin. »

Le chevalier blanc le fait monter derrière lui ; mais ce n'est pas sans peine, car il est en bien mauvais point. Ils s'en vont ainsi, par le plus court chemin, à l'ermitage. Déjà les gens du

repairoient les genz lo roi Artu de la chace, ou il n'avoient rien
fait, car cil cui il chaçoient s'estoient tuit feru en la forest. Et li
rois lor fu encontre alez, si s'an revenoit avec aus. Et li Blans
Chevaliers s'an fu revenuz par la place o li poigneïz avoit esté,
si ot pris un glaive que uns de cels qui s'an fuioit avoit laissié
cheoir. Si choisi lo roi et ses genz, et li rois autresin les revit
bien endeus.

« Ha ! sire, fait li chevaliers conquis, vez ci les genz lo roi. Ne
en nule maniere ge ne voudroie chaoir en sa prison ; si gardez
que ge ne chiee en autre main que en la votre, car ge me sui a
vos fiez. »

« N'aiez garde, fait il, car s'il vos en maine, il m'ocirra avant,
ou ge serai tex conreez que ge ne vos porrai *(f. 71b)* aidier. »

Lors chevauche sa droite aleüre. Et Kex li seneschaux vint
aprés, si li crie :

« Estez, sire chevaliers, car messires li rois velt savoir qui vos
iestes. »

Et cil ne respont mie, ainz chevalche totevoies. Et Kex vient
a lui, si li dit :

« Sire chevaliers, vos iestes trop orgueilleus, qui ne deigniez
a moi parler. »

« Que volez vos ? » fait il.

« Ge voil savoir, fait il, qui vos iestes. »

« Ge sui, fait, uns chevaliers. »

« Et cil derrieres vos, fait Kex, est il prisons ? »

« Oïl, fait il ; q'en volez dire ? »

Lors conut Kex que c'estoit cil qui avoit faite la porte
ovrir.

« Ho ! fait il, vos iestes cil qui feïstes ier muser ma dame
devant la porte. Et cil chevaliers que vos em portez vost avant
ier ocirre monseignor lo roi, gel conois bien a ses armes. »

Li chevaliers ne respont a rien que Kex die, ainz chevauche
adés. Et Kex lo tient a despit, si li dit :

roi Arthur revenaient de leur poursuite, qui était demeurée vaine, tous ceux qu'ils poursuivaient s'étant mis à l'abri dans la forêt ; et le roi, qui était allé les rejoindre, revenait avec eux. Le chevalier blanc s'en retourne ; il passe de nouveau à l'endroit où la rencontre avait eu lieu. Il s'empare d'une lance que l'un des combattants avait laissée tomber dans sa fuite. Il aperçoit le roi et ses hommes, et le roi le voit passer, accompagné de son prisonnier.

« Ah ! seigneur, dit le chevalier vaincu, voici les gens du roi. Je ne voudrais en aucun cas être leur prisonnier. Veillez à ce que je ne tombe pas dans d'autres mains que les vôtres, car c'est à vous que je me suis livré.

— N'ayez crainte, répond le blanc chevalier : s'il vous emmène, il devra me tuer d'abord, ou je serai dans un tel état que je ne pourrai plus vous aider. »

Alors il chevauche à son allure habituelle. Keu le sénéchal vient au-devant de lui et lui crie :

« Arrêtez, seigneur chevalier ! Monseigneur le roi veut savoir qui vous êtes. »

Le blanc chevalier ne répond rien et continue de chevaucher. Keu arrive auprès de lui et lui dit :

« Seigneur chevalier, vous êtes bien prétentieux de ne pas daigner me répondre.

— Que voulez-vous ?

— Je veux, dit Keu, savoir qui vous êtes.

— Je suis un chevalier.

— Et celui qui est derrière vous, est-il votre prisonnier ?

— Oui. Qu'avez-vous à en dire ? »

Alors Keu reconnaît le chevalier qui avait fait ouvrir la porte du château.

« Oh ! dit-il, c'est vous qui avez fait muser[1] madame, hier, devant la porte. Et le chevalier que vous emportez, c'est celui qui a voulu tuer monseigneur le roi avant-hier ; je le reconnais bien à ses armes. »

Quoi que dise Keu, le chevalier ne répond rien et continue à chevaucher. Alors Keu se fâche et lui dit :

---

1. *muser :* ce mot charmant qui signifie « perdre son temps à des balivernes » n'a plus aucun équivalent dans notre langue, sinon le populaire « poireauter ».

« Sire chevaliers, cist est anemis lo roi ; et ge sui ses jurez, si seroie parjurs se ge soffroie que vos l'an portissiez issi arrieres. Bailliez lo moi, sel randrai monseignor lo roi. »

« Encor n'est mie cil venuz, fait il, qui a force l'an maint. »

« Ce serai ge », fait Kex.

Lors vost saisir lo chevalier conquis, mais li autres li dit que, s'il i met la main, il li tranchera ja.

« Voire, fait Kex, or lo metez dont a terre ; et qui a force l'an porra mener, si l'an maine. »

« M'aïst Dex, fait cil, ja por vos n'i descendra. »

Et Kex s'esloigne, puis vint arrieres grant aleüre. Et li Blans Chevaliers l'avise au rai de la lune. Kex brise sa lance ; et cil fiert lui an bas par devers l'arçon devant, si li met parmi la senestre cuisse et fer et fust, si qu'il lo queust a l'arçon de la sele. Il l'anpaint bien, sel porte a terre. Et au parcheor *(f. 71c)* brise la lance. Et li Blans Chevaliers li dist :

« Sire Kex, or poez veoir se ma dame de Nohaut fust angigniee. »

Atant s'an part. Et li rois et ses genz vienent la ou Kex gist, si lo truevent pasmé, et il l'an portent as tantes en son escu.

Et li Blans Chevaliers se fu mis en la forest, si chevauche tant qu'il est chiés l'ermite venuz. Si apele li chevaliers conquis a la porte, et li chevaliers hermites la li uevre. Quant il furent descendu, si fist li Blans Chevaliers ovrir l'uis de la chapele. Et conta a l'ermite lor covenances et fist jurer au chevalier conquis que il leiaument les li tandroit. « Et ge vos jur, fist il aprés, que se ge voi que vos me voilliez trichier, ge vos colperai la teste. »

Com il furent revenu, si envoie li chevaliers conquis de celes hores meïsmes l'ermite a la Dolereuse Chartre por amener son

« Seigneur chevalier, cet homme est un ennemi du roi. Je suis le juré[1] de monseigneur le roi et je serais parjure, si je vous laissais l'emmener ainsi. Donnez-le-moi ; je le remettrai à monseigneur le roi.

— Il n'est pas encore venu, celui qui l'emmènera de force.

— Je serai celui-là », dit Keu.

Il veut prendre le chevalier vaincu, mais le chevalier blanc lui dit que, s'il porte la main sur lui, il la lui tranchera.

« Vraiment ? dit Keu. Eh bien ! mettez-le à terre ; et que celui qui pourra l'emmener de force, l'emmène !

— Par Dieu, il ne va pas descendre de mon cheval à cause de vous. »

Keu prend du champ, puis revient à toute allure.

Le blanc chevalier le voit dans un rayon de lune. Keu brise sa lance, tandis que le chevalier le touche en dessous de l'arçon avant, lui met le fèr et le bois de sa lance dans la cuisse gauche, le clouant ainsi à l'arçon de sa selle. Il appuie avec force et le jette à terre. Dans sa chute Keu entraîne la lance du chevalier qui se brise. Et celui-ci lui dit :

« Seigneur Keu, maintenant vous pouvez juger si madame de Nohaut se serait mal trouvée de mes services[2]. »

Puis il s'en va. Le roi et ses gens arrivent à l'endroit où Keu gît sur le sol, ils le trouvent évanoui et l'emportent au camp sur son écu. Cependant le chevalier blanc avait rejoint la forêt. Il y chevauche jusqu'à ce qu'il soit arrivé chez l'ermite. Le chevalier vaincu appelle à la porte et le chevalier ermite lui ouvre. Quand ils ont mis pied à terre, le chevalier blanc fait ouvrir la porte de la chapelle. Il expose à l'ermite l'accord qu'ils ont conclu et fait jurer au chevalier vaincu de s'y conformer fidèlement. « Quant à moi, dit-il ensuite, je jure que, si je vois que vous voulez me tromper, je vous couperai la tête. »

Quand ils sont revenus de la chapelle, le chevalier vaincu envoie immédiatement l'ermite à la Douloureuse Chartre, avec mandat de lui amener son sénéchal. Mais auparavant

---

1. *juré :* voir p. 331, note 2, le sens exact de ce mot, qui ne s'identifie ni à « homme » ni à « ami ».

2. Allusion à la querelle de Keu et de Lancelot, l'un et l'autre voulant être le champion de la dame de Nohaut. Si la dame de Nohaut choisissait Lancelot, elle risquait, selon Keu, d'être bien déçue ; aussi devait-elle choisir un chevalier confirmé et non un débutant (*cf.* pp. 485-487).

seneschal. Mais avant li fait jurer li Blans Chevaliers sor Sainte
Evangile qu'il an esploiteroit a foi. Et li hermites est montez sor
son asne et vient au chatelet, si amainne lo seneschal tot seul,
par les anseignes que cil li a mandees. Et cil i est venuz. Si li dit
ses sires, veiant lo Blanc Chevalier, qu'il amaint monseignor
Gauvain et toz les autres compaignons lo roi, et qu'il vaignent
tuit armé. Aprés lo fait jurer au seneschal que issi lo fera. Li
seneschax s'an part atant, et ja estoit granz jorz, si fist issi com
ses sires li ot commandé. Et com il furent venu, si estoit bien
haute prime. Li sires demande au seneschal :

« Comment amenastes vos ces chevaliers ? »

« Il m'afierent, fait il, qu'il ne s'an partiroient de ci se par
vostre congié non. »

« Seignor, dist li sires a els, ge vos coment par vos fiences que
vos façoiz ce que cist chevaliers vos commandera comme si
prison, et ge vos quit d'androit moi. »

Et li Blans Chevaliers se tint toz enbruns, que nel queneüs-
sent, et si estoit il toz armez neïs de hiaume. Lors s'otroient tuit
li chevalier a lui *(f. 71d)* comme prison. Et li sires les quite de
lor fiances, puis s'an part de laianz. Et li hermites dit au Blanc
Chevalier :

« Comment, sire ? Lairoiz en vos aler Brandin ? Dons avez
vos tot perdu, qe ja mais li anchantement de la Dolereuse
Garde ne remaindront se par lui non. »

« Ge n'en doi, fait il, plus faire, car ge li ai creanté. »

Et li hermites an plore durement mout. Lors apele li
chevaliers toz les compaignons lo roi, et si lor dit :

« Seignor, ge vos pri, et por vostre preu et por m'anor, que ne
vos movez de ceianz devant que me reverrez ; et ce sera
anquenuit o lo matin. »

Et il li creantent tuit. Atant s'en part et vient a la Dolereuse
Garde. Si estoit pres de tierce, et li rois avoit envoié a prime un
chevalier a la porte, et l'an li ravoit envoié arrierres.

Li Blans Chevaliers antre el chastel par la fause posterne et

le chevalier blanc fait jurer à l'ermite, sur les saints Évangiles, de s'acquitter fidèlement de sa mission. L'ermite monte sur son âne. Il se rend au châtelet et en ramène le sénéchal, sans aucune escorte, sur la foi des enseignes qu'il lui a envoyées.

Le sénéchal arrive à l'ermitage. Son seigneur lui dit, en présence du chevalier blanc, de rendre leurs armes à monseigneur Gauvain et à tous les autres compagnons du roi, et de les amener. Puis il fait jurer au sénéchal de se conformer à ses ordres. Le sénéchal s'en va. Déjà il faisait grand jour. Il exécute fidèlement les ordres de son seigneur. À son retour, il était près de prime. Le seigneur demande à son sénéchal :

« Dans quelles conditions avez-vous amené ces chevaliers ?

— Ils ont juré de ne pas partir d'ici sans votre consentement », répond le sénéchal.

Le seigneur s'adresse alors aux prisonniers :

« Seigneurs, je vous ordonne, au nom de votre serment, de faire tout ce que ce chevalier vous commandera, parce que vous serez désormais ses prisonniers ; et je vous tiens quittes pour ce qui est de moi. »

Le chevalier blanc gardait la tête basse, craignant d'être reconnu ; et pourtant il était revêtu de toutes ses armes, même du heaume. Alors tous les chevaliers se constituent ses prisonniers. Le seigneur les libère de l'engagement qu'ils avaient envers lui. Puis il s'en va. L'ermite dit au chevalier blanc :

« Comment, seigneur ? Laisserez-vous partir Brandis ? Alors vous avez tout perdu, car les enchantements de la Douloureuse Garde ne prendront fin que par lui.

— Je n'ai pas le droit d'en faire plus, je l'ai promis, dit le chevalier. »

L'ermite fond en larmes. Alors le chevalier s'adresse à tous les compagnons du roi et leur dit :

« Seigneurs, je vous prie, pour votre bien et pour mon honneur, de ne pas bouger d'ici avant mon retour, qui aura lieu cette nuit même ou demain matin. »

Ils s'y engagent tous. Le chevalier s'en va et arrive à la Douloureuse Garde. Il était près de tierce. À prime, le roi avait envoyé à la porte un chevalier et on le lui avait renvoyé. Le chevalier blanc entre au château par la fausse poterne et se rend

vient el palais o les deus puceles l'atendent. Et cele qui les escuz
li avoit aportez li dit :

« Biax sire, ai ge ore assez prison tenue ? »

« Bele douce amie, nenil encores, devant que ge avrei trait a
chief de monseignor Gauvain et que li rois sera ceianz antrez.
Et lors si nos en irons entre moi et vos ansanble. »

Lors a osté del col l'escu qu'il i avoit, si prant celui as deus
bandes. Puis an vient au portier, si li demande se li rois enveia
hui a la porte.

« Oïl, fait il, des prime. »

« Or gardez, fait il, que quant il i anvoiera mais, que tu dies
que tu ne l'overras se a Keu lo seneschal non. »

Atant s'en ist del chastel et vient tot entor lo tertre tant que
il vient par devant l'ost lo roi. Et ja passoit tierce, et cil del
chastel recomancent a crier : « Hore passe, huere passe. » Et li
rois se fu apoiez sor lo ru d'une fontaine, si pansoit. Et com il
oï lo cri, si enveia un chevalier. Et la gaite li dist que il ne
l'overroit se a Kel lo seneschal non. Et cil *(f. 72a)* lo va dire au
roi. Et li rois dit que il l'i fera porter, ainz qu'il n'i antrent, car
il gisoit malades de la plaie qu'il avoit la nuit eüe. Et li rois lo
fait porter devant la porte. Et la reine et mainz des chevaliers
venoient vers lo chastel. Et li chevaliers qui portoit l'escu
d'argent as deus bandes vermoilles s'an vint par devant la
reine, si la salue, et ele lui.

« Dame, fait il, ou alez vos ? »

« Sire chevaliers, fait ele, ge vois a cele porte savoir se
messires li rois i antrast. »

« Et vos, dame, fait il, enterriez i vos volentiers ? »

« Certes, fait ele, oïl, mout. »

« Et vos i anterroiz », fait il.

Lors vient a la porte, si apele lo portier. Et il vient a la porte
ovrir. Et li chevaliers ne fait s'esgarder non la reine tot a cheval,
si com ele vient contramont la roche, si pense tant a li que toz
s'en oblie. Li portiers lo semont d'antrer anz. Et li chevaliers
regarde tozjorz arrierres, tant que li portiers reclost la porte.

au palais où l'attendent les deux jeunes filles. Celle qui lui avait apporté les écus lui dit :

« Beau seigneur, mon emprisonnement aura-t-il assez duré ?

— Non, belle douce amie, pas encore, pas avant que j'en aie fini avec monseigneur Gauvain et que le roi soit entré dans ce château. Ensuite nous nous en irons, vous et moi, ensemble. »

Alors il retire de son cou l'écu qu'il portait et prend celui à deux bandes. Puis il se rend chez la sentinelle et lui demande :

« Le roi a-t-il envoyé quelqu'un à la porte aujourd'hui ?

— Oui, répond le portier, dès l'heure de prime.

— N'oublie pas de lui dire, la prochaine fois qu'il enverra un chevalier, que tu n'ouvriras qu'à Keu le sénéchal. »

Après quoi il sort du château et fait tout le tour du tertre, jusqu'à ce qu'il se trouve face au camp du roi. Déjà tierce passait et les habitants du château commençaient à crier : « L'heure passe, l'heure passe. » Le roi était assis au bord d'un torrent qui jaillissait d'une source et songeait. Quand il entend les cris, il envoie un chevalier. Le gardien lui dit qu'il n'ouvrira qu'à Keu le sénéchal et sa réponse est rapportée au roi. Celui-ci décide, plutôt que de ne pas franchir la porte, d'y faire mener Keu, qui était alité, malade de la blessure qu'il avait reçue pendant la nuit. Le roi le fait transporter jusqu'à la porte. La reine et de nombreux chevaliers montent vers le château. Le chevalier, qui porte l'écu d'argent à deux bandes vermeilles, se présente devant la reine. Il la salue et elle en fait autant. Ensuite il lui dit :

« Dame, où allez-vous ?

— Seigneur chevalier, dit-elle, je vais à la porte du château, pour savoir si monseigneur le roi pourra entrer.

— Et vous, dame, dit-il, voudriez-vous entrer ?

— Assurément, dit-elle, je le voudrais bien.

— Alors vous entrerez », dit-il.

Il se rend à la porte et appelle le gardien. Celui-ci va ouvrir la porte. Le chevalier ne cesse de regarder la reine, sans descendre de son cheval, pendant qu'elle gravit le tertre, il pense tant à elle qu'il perd tout contrôle de lui-même. Le portier lui dit d'entrer et il entre, mais en regardant toujours derrière lui, jusqu'à ce que le portier ait refermé la porte,

Et ele giete un grant brait. Et li rois, qui pensoit sor la
fontainne, demande que ce a esté qu'il a oï. Et lors vient Kex a
la porte, que quatre vallet portent en un drap, si trueve la gaite
desus an haut. Si li demande qui il est, et il se nome. « Donc i
anterroiz vos », fait la gaite. Atant defferme la porte, et li rois
et sa conpaignie vient devant, si li dient cil d'amont :

« Sire, volez vos ceianz antrer ? » Et il dit que oïl. « Dont vos
covient, font il, leiaument creanter comme rois que vos ne
vostre compaignie ne feroiz force de parler ceianz a home ne a
fame. » Et il lo creante issi.

Lors sont les portes overtes, si antrerent tuit anz ; et voient
dedanz mout biau chastel. Et an totes les maisons de la vile
avoit loges devant, o an bas o an haut, et sont totes covertes de
dames o de damoiseles et de chevaliers et d'autres genz. Et
plorent tuit, ne ne dient mot en tot lo chastel. Et ce faisoient il,
por ce que lo roi voloient *(f. 72b)* esmaier, si que tot bel li fust
com il a lui deignassent parler, car il n'atandoient qe nus meïst
consoil an lor angoisse se li rois non ; et por ce li avoi[en]t il fait
creanter qu'il ne seroient efforcié de parler, ne par lui ne par sa
compaignie. Li rois descent en une salle mout bele et mout
grant, mais n'i trueve ne home ne fame, et ce avoient fait les
gens do chastel tot de gré. De c'est li rois mout esbahiz, si dist
a la reine et a ses chevaliers :

« Or sui ge anz, et si ne sai del covine fors tant com ge savoie
la hors. »

« Sire, dit la reine, or n'i a que del sosfrir ; car cil qui tant nos

qui retombe avec fracas[1]. Le roi, qui songeait au bord du torrent, demande d'où vient ce bruit. Cependant Keu est arrivé à la porte. Il est porté dans un drap par quatre valets. Il voit la sentinelle sur le rempart. Elle lui demande qui il est et il se nomme. « Alors vous pouvez entrer », dit la sentinelle. Elle déverrouille la porte. Le roi et sa suite se présentent à l'entrée. Mais la foule qui se presse sur les remparts lui crie :

« Seigneur, vous voulez entrer dans ce château ? »

Il répond qu'il le veut.

« Alors, lui disent-ils, vous devez d'abord donner loyalement votre parole de roi que ni vous-même ni vos compagnons ne ferez violence à aucun de ceux qui vivent ici, hommes ou femmes, pour les forcer à parler. »

Le roi leur donne sa parole. Alors les portes sont ouvertes, et ils entrent tous. Ils voient à l'intérieur des murs un très beau château. Dans toutes les maisons de la ville, il y avait des galeries, soit en bas, soit en haut, couvertes de dames ou de demoiselles, de chevaliers et d'autres gens. Ils pleuraient tous et ne disaient mot, et il en était de même dans toute la ville. Ils faisaient cela, pour effrayer le roi et lui donner le désir de les écouter, quand ils voudraient bien lui parler ; car ils pensaient que nul ne pourrait les délivrer de leurs angoisses, sinon le roi ; et c'est pourquoi ils lui avaient fait promettre que ni lui-même ni ses compagnons ne les forceraient à parler. Le roi descend dans une grande et belle salle, mais il n'y trouve personne, ni homme ni femme ; et les gens de la ville avaient voulu qu'il en soit ainsi. Le roi est stupéfait. Il dit à la reine et à ses chevaliers :

« Me voici à l'intérieur du château ; et je n'en sais pas plus que je n'en savais dehors, sur la coutume de ces lieux.

— Seigneur, fait la reine, il n'est que de patienter ; car celui

---

1. La minutie de la composition apparaît dans les trois rencontres de Lancelot et de la reine à la Douloureuse Garde. La seconde est l'exacte répétition de la première, à un détail près. On pourrait donc penser qu'elle est inutile. Il n'en est rien cependant. Il convenait que la reine vît le chevalier blanc, portant chacun de ses trois écus merveilleux. Il fallait pour cela trois rencontres ; et la mention de l'écu, qui nous paraissait un détail et n'en était pas un, est rappelée dans la grande scène célèbre où l'amour des deux héros se déclare et se conclut (*cf.* p. 883).

en a mostré, espoir nos en mosterra plus. »

« Sire, font li autre, madame vos dit voir et bien. »

Ensin parolent entr'els.

Et li Blans Chevaliers s'an fu antrez el palés, si oste l'escu del
col et prant celui as trois bandes, si laisse celui as deus. Puis ist
de la sale por aler a monseignor Gauvain. Et il vient enmi les
rues, si leva uns criz par tot lo chastel, et crient : « Prenez lo,
prenez lo. » Et lors saut hors li rois et la reine et tuit li autre, et
voient les portes mout bien fermees. Com li Blans Chevaliers
voit fermer les portes, si regarde cele part o li rois est a ostel, et
voit la reine devant l'uis de la sale. Et il se panse que sanz li
veoir ne s'an ira il mie. Lors vient cele part, et qant il est pres
de li, si descent et la salue. Et tote la gent commancent a crier :
« Pran lo, rois ; pran lo, rois ; pran lo, rois. »

Li rois vient vers lo chevalier ; et il lo salue, et il lui.

« Ces genz, fait li rois, me crient que ge vos preigne. »

« Sire, fait il, vos en avez bien lo pooir, se vos quidiez bien
faire. »

« Et por que, fait li rois, crient il que ge vos preigne ? »

« Sire, faites lor demander, car ge ne cuit rien avoir mesfait. »

Li rois i anvoie por lo *(f. 72c)* savoir. Et les genz se furent
mises en l'autre baille. Et li rois dit a la reine et a ses
chevaliers :

« Ge sui mout esgarez, car ge ne sai rien del covine de
laianz. »

« Sire, fait li chevaliers, voudriez lo vos savoir ? »

« Certes, fait il, oïl, mout. »

Et la reine dit :

« Sire chevaliers, mout lo voudroit il savoir. »

Et li chevaliers est mout angoisseus, com il n'a et leu et eise
qu'il li peüst faire savoir, si l'en vienent les lermes as iauz. Et il
dist au roi :

« Sire, laissiez m'en aler, se vos plaist. »

Et li rois fu cortois, si l'an laisse aler. Et com il fu montez, si
dist a la reine :

qui nous a montré tant de choses, nous en montrera peut-être davantage.

— Seigneur, font les autres, ce que vous dit madame est raisonnable et juste. »

Telles furent les paroles échangées entre le roi et sa suite. Cependant le chevalier blanc était entré dans le palais. Il retire de son cou l'écu à deux bandes et prend celui qui en a trois. Puis il sort du palais pour aller rejoindre monseigneur Gauvain. Il s'avance le long des rues et un cri s'élève dans toute la ville. Tous crient : « Prenez-le, prenez-le. » Alors le roi, la reine et tous les autres sortent et voient qu'on verrouille solidement les portes. Quand le chevalier blanc voit fermer les portes, il tourne les yeux vers l'endroit où le roi s'est logé, et il voit la reine devant la porte de la salle. Il décide alors de ne pas partir sans la voir et va vers elle. Quand il est près d'elle, il descend de cheval et la salue. Et tout le peuple se met à crier : « Prends-le, roi ; prends-le, roi ; prends-le, roi. »

Le roi s'avance vers le chevalier et ils se saluent.

« Ces gens, dit le roi, me crient de vous arrêter.

— Seigneur, répond le chevalier, vous en avez le pouvoir, si vous croyez bien faire.

— Et pourquoi, dit le roi, me crient-ils de vous arrêter ?

— Seigneur, faites-leur demander ; car je ne crois avoir rien fait de mal. »

Le roi envoie des messagers pour le savoir ; car les gens de la ville s'étaient groupés dans la petite enceinte du château. Le roi dit à la reine et à ses chevaliers :

« Je suis très embarrassé, car je ne sais toujours rien du mystère de ce château.

— Seigneur, dit le chevalier, voudriez-vous le savoir ?

— Certes oui, répond le roi. »

Et la reine d'ajouter :

« Seigneur chevalier, le roi voudrait savoir la coutume de ce château. »

Le chevalier est pris d'une grande douleur, car il n'a ni le temps ni le loisir de renseigner le roi ; et les larmes lui viennent aux yeux.

Il dit au roi :

« Seigneur, laissez-moi m'en aller, s'il vous plaît. »

Le roi était courtois et le laissa partir. Au moment de monter à cheval, le chevalier dit à la reine :

« Et vos, dame, savriez vos volentiers lo covine de
ceianz ? »

« Certes, fait ele, oïl, mout. »

Et il monte, si s'en commance a aler.

« Sire chevaliers, fait ele, gel voudroie mout savoir. »

Et il respont am plorant :

« Certes, dame, ce poise moi, car trop me meffaz del celer, ne
li leux n'i est del dire. »

Atant s'an rest issuz par la fause posterne et fiert des
esperons tant com il puet traire del cheval. Si est venuz a la
forest, et il se fiert anz. Et li message lo roi sont revenu de
demander as genz por quoi il avoient crié que il preïst lo
chevalier, si li dient :

« Sire, ces genz vos mandent que par ce chevalier poez savoir
tot lo covine de ceianz. »

« Ha ! fait li rois, engignié sommes que ge l'an ai laissié
aler. »

En ce qu'il parloient issi, et la porte do chastel oevre, et
chevalier entrent anz et dames et damoiseles, et aportent lo
mengier lo roi tot conreé. Et c'estoient les genz de la vile, si
avoient crié por ce que les genz preïssent lo chevalier, car il n'i
devoient main metre ; et ancores cuidoient il que li rois l'eüst
retenu. Et com il sorent que il l'an avoit laissié aler, si an firent
trop grant duel. Et li rois dist que il ne l'am pessoit mie
mains.

« Ge ne m'en pris garde », fait *(f. 72d)* il.

Cele nuit fu li rois mout bien herbergiez et tote sa gent. Et
par derrieres la sale o il jut estoit une tornelle haute, mais
antradeus estoit li murs del chastel. Et cele tornelle joignoit au
palais qui avoit esté au seignor del chastel. En cele tornele avoit
une gaite qui mout matin corna lo jor. Et maintenant leva li
rois et la reine et tuit li autre, et sont venu hors en la cort. Mais
or reconte li contes un petit del Blanc Chevalier, la o il se parti
del chastel por lo congié del roi qui l'avoit aresté.

« Et vous, dame, voudriez-vous savoir la coutume de ce château?

— Oui, bien sûr, dit-elle. »

Il se met en selle et s'éloigne.

« Seigneur chevalier, dit la reine, je voudrais savoir ce qu'il en est. »

Il répond en pleurant :

« En vérité, dame, je suis bien malheureux. Je suis très coupable envers vous de vous cacher ce secret ; mais ce n'est pas le lieu de le dire. »

Il sort par la fausse poterne et s'en va au grand galop. Il se dirige vers la forêt et s'y enfonce. Les messagers du roi sont de retour. Ils ont demandé aux gens de la ville pourquoi ils avaient crié : « Prenez le chevalier ». Ils disent au roi :

« Seigneur, ces gens vous mandent que, par ce chevalier, vous pouvez savoir toute la coutume de ce château.

— Ah ! dit le roi, nous avons fait une sottise de le laisser partir. »

Pendant qu'ils parlent ainsi, la porte du château est ouverte. Des chevaliers, des dames et des demoiselles entrent et apportent, tout préparé, le repas du roi. C'étaient les gens de la ville. Ils avaient demandé au roi d'arrêter le chevalier, parce qu'ils n'avaient pas le droit de porter eux-mêmes la main sur lui. Ils étaient encore persuadés que c'était chose faite. En apprenant qu'il n'en était rien, ils donnèrent libre cours à leur douleur. Le roi ne fut pas moins affligé qu'eux : « Je ne me suis pas méfié », dit-il.

Cette nuit-là le roi fut fort bien traité, ainsi que toute sa suite. Derrière la salle où il était logé, il y avait une haute tourelle qui n'en était séparée que par les remparts et qui était attenante au palais de l'ancien seigneur du château. Elle abritait un guetteur qui, le lendemain matin, sonna du cor pour annoncer le jour. Aussitôt le roi, la reine et leur suite se levèrent et sortirent dans la cour. Mais ici le conte revient brièvement au chevalier blanc, quand il quitte le château, avec le consentement du roi, qui l'avait un moment retenu.

Quant li Blans Chevaliers se fu partiz del roi et de la reine, si ala tot droit a monseignor Gauvain et as autres compaignons, et lor dist :

« Seignor, ge vos cuit de ce dont vos iestes en baillie par un covant que ceianz demorreroiz encorre anuit. Et lo matin vos en iroiz a la Dolereusse Garde, si troveroiz illoc et lo roi et madame ; si les me saluez andeus, et les merciez de ce que vos iestes hors de prison, car, bien sachiez, ce est par li. »

« Ha ! sire, fait messires Gauvains, dites nos qui vos iestes. »

« Sire, fait il, uns chevaliers sui, ne plus n'en poez ores savoir, si vos pri que ne vos en poist. »

Atant les commande a Deu, si chevauche cele nuit tant com il puet, tot droit vers la maison de religion o il avoit laissiez ses escuiers. La nuit jut chiés un vavasor, et au matin commença mout main a chevauchier si com li vavasors meesmes li mostra la voie. Ne de lui ne sera ores plus parole, ainz retorne li contes a parler de monseignor Gauvain et del roi, son oncle.

Quant li rois se fu au matin levez et venuz en la cort devant son ostel, si ne sot que faire. Et an la tornelle o la gaite avoit

CHAPITRE XXIX

Gauvain libéré

Quand le chevalier blanc eut quitté le roi et la reine, il se rendit immédiatement auprès de monseigneur Gauvain et de ses compagnons. Il leur dit :

« Seigneurs, je vous tiens quittes de votre engagement, à condition de demeurer ici cette nuit encore. Demain matin vous irez à la Douloureuse Garde. Vous y trouverez le roi et la reine. Vous les saluerez tous deux de ma part et les remercierez de votre délivrance ; car, sachez-le bien, c'est à eux que vous la devez.

— Ah ! seigneur, fait monseigneur Gauvain, dites-nous qui vous êtes.

— Seigneur, je suis un chevalier, mais vous ne pouvez présentement en savoir davantage. Je vous en prie, ne le prenez pas en mauvaise part. »

Alors il les recommande à Dieu et chevauche le soir même, aussi loin qu'il peut, en direction de la maison de religion où il a laissé ses écuyers. Il passe la nuit chez un vavasseur et part le matin de très bonne heure, en suivant le chemin que le vavasseur lui a lui-même indiqué. Il ne sera plus question de lui pour le moment ; le conte revient à monseigneur Gauvain et au roi son oncle.

CHAPITRE XXX

Gauvain à la recherche de Lancelot

Le lendemain matin, quand le roi se fut levé et qu'il fut allé dans la cour, devant son hôtel, il ne sut que faire. Dans la tourelle où la sentinelle avait sonné du cor pour annoncer le

corné lo jor, avoit deus puceles en une chambre desous l'estaige
a la gaite, et c'estoient celes que la Dame del Lac avoit envoiees
au chevalier. Et cele qui les escuz avoit aportez fu venue as
fenestres; et qant ele vit la reine, si l'apela [*(J, f. 50d)*] et dist :

« Dame, boin ostel eüstes anuit, et je l'oi moult malvais. »

La roine lieve le chief, si l'esgarde.

« Chertes, damoisele, fait ele, je ne vous i savoie mie. Et vous
en peüse jou aidier ? »

« Dame, oïl, moult bien. »

« Et comment ? » fait la roine.

« Je nel vous dirai ore mie », fait la pucele.

Et ce disoit ele por che qu'ele soupechonoit que li Blans
Chevaliers amoit la roine ; et quidoit bien que ele amast lui
autresi, por che qu'il ne se voloit partir del chastel devant qu'il
l'eüst veüe, et que l'autre li avoit conté comment ele l'avoit veü
esbahi por li, le jor que li rois entra en la premiere porte.

Entrementes que la roine et la damoisele parloient issi, estes
vous une grant route de chevaliers, et entrent parmi la porte ; et
chou estoit mesire Gauvain et sa compaignie. Lors fu grans la
joie que li rois ot, si baise son neveu et tous les autres, et lor
demande ou il ont esté.

« Par foi, fait mesire Gauvain, nous ne savons pas ou, fors
tant que nous fumes mené en un chastelet, et com nous
quidames estre herbergié, si fumes pris. Mais uns chevaliers
nous a délivrés et nous dist que nous en merchisiens vous et ma
dame. »

« Et savés vous qui il est ? » fait li rois.

Et il dist que nenil, mais il porte un escu d'argent a trois
bendes vermeilles.

« O ! fait la roine, c'est vostre chevaliers qui de vous se parti
ier soir, après qui les gens crierent. »

« Et le veïstes vous desarmé ? » fait li rois a monsignor
Gauvain.

« Nenil, fait il, car onques son hiaume ne vaut oster. Et par
che soupechoune je bien que aucuns de chaiens le connoist s'il
fust desarmés. »

« Par foi, fait li rois, des ore mais m'en puis je bien aler. »

jour, il y avait deux jeunes filles, logées dans une chambre, au-dessous de l'étage du guetteur ; c'étaient les deux demoiselles que la dame du Lac avait envoyées au chevalier. Celle qui avait apporté les écus était à la fenêtre. Elle s'adresse à la reine et lui dit :

« Dame, vous avez été bien logée cette nuit et moi très mal. »

La reine lève la tête et la regarde :

« À vrai dire, demoiselle, je ne savais pas que vous étiez là. Pouvais-je vous venir en aide ?

— Oui, dame, vous le pouviez fort bien.

— Et comment ?

— Je ne vous le dirai pas maintenant. »

Elle parlait ainsi parce qu'elle soupçonnait que le chevalier aimait la reine et qu'elle était persuadée que la reine l'aimait aussi. En effet il n'avait pas voulu quitter le château avant de l'avoir vue, et l'autre demoiselle lui avait rapporté qu'elle l'avait trouvé, frappé de stupeur devant la reine, le jour où le roi avait franchi la première porte.

Pendant que la reine et la demoiselle parlaient de cette manière, voici qu'une grande troupe de chevaliers se présente à la porte : c'étaient monseigneur Gauvain et ses compagnons. Grande est la joie du roi. Il embrasse son neveu et tous les autres et leur demande d'où ils viennent.

« Ma foi, dit monseigneur Gauvain, nous n'en savons rien, sinon que nous avons été conduits dans un petit château ; et quand nous pensions y recevoir l'hospitalité, nous avons été jetés en prison. Mais un chevalier nous a délivrés et nous a dit de vous en remercier, vous-même et madame.

— Savez-vous qui est ce chevalier ? dit le roi.

— Non, mais il porte un écu d'argent à trois bandes vermeilles.

— Oh ! dit la reine, c'est votre chevalier, celui que vous avez laissé partir hier soir et après qui les gens criaient.

— Et l'avez-vous vu désarmé ? dit le roi à monseigneur Gauvain.

— Non, car il n'a jamais voulu ôter son heaume. Et c'est pourquoi je suppose que quelqu'un d'ici l'eût reconnu, s'il eût été désarmé.

— Ma foi, dit le roi, maintenant je peux partir. »

Et la puchele l'ot, qui est en sos de la tornele, si li crie :

« Comment, rois Artus ? fait ele ; t'en vas tu et me laras en prison et si ne savras rien del covine de chaiens ? »

« Damoisele, fait li rois, che poise moi quant je nel sai. »

Et mesire Gauvains demande que chou est. Et li rois li conte, et il s'en *(J, f. 50e)* merveille moult.

« Damoisele, fait li rois, poroie je vous delivrer ? »

« Oïl, sire, fait ele, mais grant paine i convenroit. »

« Paine ? fait il ; et je l'i metrai moult volentiers se je sai comment. »

« Damoisele, fait mesire Gauvain, puis que messires li rois l'a dit, il i metera paine. Mais dites comment et par quoi vous poés estre delivree. »

« Je ne puis estre delivree se par le chevalier non que li rois laisa aler. »

« Et comment le connistriens nous ? » fait mesire Gauvain.

« A le premiere assamblee, fait ele, qui sera el roialme de Logre orés de li noveles, et a le seconde, et a la tierche. »

« Damoisele, fait mesire Gauvain, s'il vous mandoit que vous en venissiez, isteriés vous de laiens ? »

« Chertes, fait ele, naie, se je ne veioie son cors. »

« Sire, fait il, tant sachiés vous bien que je ne jerrai en une vile que une nuit, se prins ou malades ne sui, tant que je sache qui chis chevaliers est. »

Quant li rois l'ot, si l'en poise moult. Et mesire Gauvain li dist :

« Sire, li Rois d'Outre les Marches a couru sor vous et vous guerroie. Mandés li que vous serés en sa terre de hui en un mois — et che sera au tier jor de la feste Nostre Dame, en septembre — si se porcast de desfendre, car mestiers li est. A chele assamblee, se Diex vieut et li vient a plaisir, orés vous noveles de cheste chose. »

Et li rois dist :

La demoiselle qui se trouvait dans la tourelle l'entend et lui crie :

« Comment, roi Arthur ! Tu t'en vas en me laissant prisonnière, et tu ne sauras rien du mystère de ces lieux ?

— Demoiselle, dit le roi, je suis bien fâché de n'en rien savoir. »

Monseigneur Gauvain demande ce qui se passe. Le roi le lui raconte et il en est très étonné.

« Demoiselle, fait le roi, pourrais-je vous délivrer ?

— Oui, seigneur, mais il faudrait vous donner beaucoup de peine.

— De la peine ? fait le roi, je m'en donnerais volontiers, si je savais comment.

— Demoiselle, fait monseigneur Gauvain, dès lors que le roi vous l'a promis, il n'épargnera pas sa peine. Dites-nous comment et par quoi vous pourriez être délivrée.

— Je ne peux être délivrée que par le chevalier que le roi a laissé partir.

— Comment pourrions-nous le reconnaître ? fait monseigneur Gauvain.

— À la première assemblée qui aura lieu dans le royaume de Logres vous aurez de ses nouvelles, de même à la seconde et de même à la troisième.

— Demoiselle, fait monseigneur Gauvain, s'il vous faisait dire de vous en aller, sortiriez-vous de là où vous êtes ?

— Certainement pas, à moins que je ne le voie en personne.

— Seigneur, dit au roi monseigneur Gauvain, sachez que je ne passerai pas plus d'une nuit dans la même ville, si je n'y suis retenu par la prison ou la maladie, avant de savoir qui est ce chevalier. »

Le roi est désolé des paroles de son neveu. Et monseigneur Gauvain lui dit :

« Seigneur, le roi d'Outre-les-Marches vous a attaqué et vous fait la guerre. Faites-lui savoir que vous serez dans sa terre d'ici un mois — c'est-à-dire le troisième jour après la fête de Notre-Dame, en septembre — et qu'il prenne ses dispositions pour se défendre, car il en aura besoin. À cette assemblée, si Dieu le veut et si tel est son plaisir, vous aurez des nouvelles de notre affaire. »

Le roi lui répond :

« Tout soit a vostre volenté. Mais vous remanrés jusques la »,
fait li rois.

« Che ne puet estre », fait mesire Gauvain.

Lors envoie li rois son message au Roi d'Outre les Marches
de Galone et li mande le jor de l'asamblee issi com il l'orent
devisé. Et lors s'en ist de la vile, et mesire Gauvain prist congié
de lui, si entre en sa queste. Mais atant en taist ore li contes de
lui et del roi Artu et retorne a parler del chevalier qui conquist
la Dolerouse Garde.

(J, f. 50f) Quant li chevaliers qui conquist la Dolerouse
Garde se fu partis de la maison au vavassor qui le herberga la
nuit qu'il laissa monsignor Gauvain et ses compaignons chis
l'ermite de la forest, si erra tant par ses jornees qu'il vint a la
maison de religion ou si escuier estoient. Mais il n'i jut que une
nuit. Et assés avoient oï parler laiens del chevalier qui conquist
la Dolerouse Garde, et si ne savoit nus que che fust il. Al matin
s'en parti de laiens et chevaucha toute jor sans aventure trover
dont a parler fache. Et l'endemain leva matin et chevaucha
jusqu'endroit tierche. Et lors encontra une damoisele sor un
palefroi tot tressué. Li chevaliers avoit sa ventaille abatue et ses
manicles, et si escuier portoient son glaive et son hiaume et son
escu covert d'une hauche. Il salue la damoisele, et ele lui.

« Damoisele, fait il, quels besoins vous amaine si tost ? »

« Sire, dist ele, je port noveles qui doivent plaire a tous les
chevaliers qui voelent conquerre los et pris. »

« Je vous accorde tout ce que vous voulez ; mais il vous faudra demeurer jusque-là.

— Cela ne se peut pas, fait monseigneur Gauvain. »

Le roi envoie son message au roi d'Outre-les-Marches et lui fait savoir le jour de l'assemblée, ainsi qu'ils en ont décidé. Il quitte ensuite la ville. Monseigneur Gauvain prend congé de lui et entre dans sa quête. Ici le conte cesse de parler de monseigneur Gauvain et du roi Arthur. Il retourne au chevalier qui a conquis la Douloureuse Garde.

CHAPITRE XXXI

Lancelot blessé

Le chevalier qui a conquis la Douloureuse Garde a quitté la maison du vavasseur, où il a passé la nuit, après avoir laissé monseigneur Gauvain et ses compagnons chez l'ermite de la forêt. Il a tant voyagé dans ses journées qu'il est venu à la maison de religion où l'attendent ses écuyers ; mais il n'y demeure qu'une nuit. On y faisait grand bruit du chevalier qui avait conquis la Douloureuse Garde, mais personne ne savait que c'était lui. Au matin il s'en va et voyage toute la journée, sans trouver d'aventure dont on doive parler. Le jour suivant, il se lève de bonne heure et chevauche jusqu'à tierce. Alors il rencontre une demoiselle montée sur un palefroi tout couvert de sueur. Le chevalier avait rabattu sa ventaille et ôté ses manicles[1]. Ses écuyers portaient sa lance, son heaume et son écu recouvert d'une housse. Il s'incline devant la demoiselle et elle lui rend son salut.

« Demoiselle, dit-il, quel besoin vous fait courir si vite ?

— Seigneur, j'apporte des nouvelles qui doivent plaire à tous chevaliers désireux de gagner honneur et gloire.

---

1. *manicles :* gants de mailles qui protègent les mains.

« Quels sont ? » fait il.

« Madame la roine mande a tous les chevaliers que au tier jor
aprés la feste Nostre Dame en septembre sera la grans assamblee du roi Artu et du Roi d'Outre les Marches de Galone entre
leur deus terres en la plache qui est entre Godoarre et la
Maine. »

« La quele roine, fait il, le mande issi ? »

« La feme, fait ele, le roi Artu[1]. Et pour Dieu, se vous savés
noveles del chevalier qui conquist la Dolerouse Garde, si le me
dites, car ma dame li man*(J,f. 51a)*de que s'il atent ja mais a
avoir s'acointance ne sa compaignie, que il i soit, car mout le
verroit volentiers. »

Lors fu li chevaliers tous esbahis, si ne dist mot d'une grant
pieche. Et chele li prie toutevoi[e]s, s'il seit nule novele del
chevalier, que il li die. Et il a trop grant paor qu'ele nel
connoisse, si se tient enbrons et si li dist :

« Damoisele, par la rien que vous plus amés, conoissiés vous
le chevalier ? »

Et ele dist que nenil.

« Et je vous di, fait il, que je gui anuit la ou il jut. Et bien
sache ma dame que il a chele assamblee sera, s'il n'est mors
entredeus, car nus autres essoines nel retenroit. »

« Diex, fait ele, com ore sui garie ! »

Atant s'en part, et li chevaliers entre en son chemin et erra
toute la semaine jusc'al samedi aprés eure de prime. Lors
encontra une grant route de gent, si fu en une grant forest
espese. Et en chele route avoit assés gent a pié et a cheval. Et
entre tous les autres avoit un grant chevalier a cheval, et avoit
a la coe de son palefroi atachié un homme par le col a une delie
corde. Li hons estoit en chemise et en braies tous descaus, si
avoit les iex bendés et les mains liiés deriere le dos ; et chou
estoit un des plus biax hommes que on peüst trover. Issi l'en
menoit li grans chevaliers, et si li avoit au col pendu une teste
de feme par les treches. Li Blans *(J, f. 51b)* Chevaliers voit
chelui qui moult est de grant biauté, si l'areste et li demande
qui il est.

« Sire, fait il, uns chevaliers madame [la roine] sui, si me
heient ceste gent et me mainent a ma mort issi honteusement

----

1. Voir p. 494, note 1.

— Quelles nouvelles ?

— Madame la reine mande à tous les chevaliers que, le troisième jour après la fête de Notre-Dame en septembre, aura lieu la grande assemblée du roi Arthur et du roi d'Outre-les-Marches de Galone : ce sera à la frontière de leurs deux pays, sur le terrain qui se trouve entre Godoarre et la Maine.

— Quelle est la reine qui envoie ce mandement ?

— La femme du roi Arthur. Et, pour l'amour de Dieu, si vous savez quelque chose du chevalier qui a conquis la Douloureuse Garde, dites-le-moi. Madame lui mande que, si jamais il espère avoir la faveur de son amitié et de sa compagnie, il vienne à cette assemblée, car elle aurait plaisir à le voir. »

Le chevalier est frappé de stupeur et ne dit mot pendant un long moment. Mais la demoiselle insiste : s'il sait quelque chose du chevalier, qu'il le lui dise. Il a peur qu'elle ne le reconnaisse. Il garde la tête basse et lui dit :

« Demoiselle, je vous en conjure par ce qui vous est le plus cher au monde, connaissez-vous le chevalier ? »

Elle lui dit que non.

« Eh bien ! je vous annonce, fait-il, que j'ai passé la nuit dans le même lieu que lui. Et que madame sache qu'il sera présent à cette assemblée s'il n'est mort entre-temps, car aucun autre obstacle ne pourrait l'en empêcher !

— Dieu, dit-elle, me voici sauvée ! »

Elle s'en va et le chevalier suit son chemin. Il voyage toute la semaine jusqu'au samedi après l'heure de prime. Il rencontre alors une troupe nombreuse ; et c'était au milieu d'une grande forêt épaisse. La troupe comptait beaucoup d'hommes à pied et à cheval ; et parmi eux on remarquait un grand chevalier sur son cheval. À la queue du palefroi il y avait un homme attaché par le cou avec une corde fine. L'homme était en chemise et caleçon, les pieds nus. Il avait les yeux bandés, les mains liées derrière le dos, et c'était l'un des hommes les plus beaux que l'on pût trouver. Le grand chevalier l'emmenait ainsi et lui avait attaché au cou, par les cheveux, une tête de femme. Le chevalier blanc voit cet homme, qui est de belle apparence, et lui demande qui il est :

« Seigneur, fait-il, je suis un chevalier de madame la reine. Ces gens me haïssent et me conduisent à une mort abjecte, comme vous veés, car il ne m'osent ochire s'en repost non. »

Et li Blans Chevaliers li demande de par la quele roine il se reclaime. Et il dist de par chele de Bertaigne.

Lors dist li Blans Chevaliers :

« Chertes, l'en ne deüst mener si honteusement chevalier com vous le menés. »

« Si doit, fait li grans chevaliers qui le traine, puis qu'il est traïtres et desloiaus, car puis a il chevalerie renoié. »

« Et chestui, fait li Blans Chevaliers, por coi le trainés vous issi ? Que vous a il forfait ? »

« Il m'a tant forfait que je l'ai repris de traïson, si en ferai justice selonc che qu'il a forfait. »

Et li Blans Chevaliers li dist :

« Biaus sire, il n'afiert mie a chevalier qu'il destruie ensi un chevalier par soi, mais s'il est vostre traïtres, si l'en esprovés bien et en une cort. Et lors en porés avoir venjance a vostre honor. »

« Je ne li ferai ja esprover, fait il, en autre cort que en la moie, car je l'ai tout ataint. »

« Et de quoi ? » fait li Blans Chevaliers.

« De ma feme, fait il, dont il me hounisoit. Et encore en a il la teste pendue au col atout les treches. »

Et li chevalier, qui estoit liés, respont et jure moult durement que onques a nul jor nel pensa que il sa honte li porcachast.

« Ha ! sire, fait li Blanc Chevalier, puis qu'il noie le forfait si durement, vous n'avés droit en li destruire. Et je vous lo que por Dieu et por vostre honor le laisiés aler atant, et por moi qui onques mais ne vous priai de rien. Et s'il vous a de rien forfait, si en querés la justice issi com je vous ai dit. »

Et chil dit et jure que ja en avant n'en ira querre justice, puis qu'il le tient.

« Par foi, fait li Blans Chevaliers, vous mesferés trop *(J, f. 51c)* de li desfaire, puis qu'il est chevaliers madame la roine. »

Et il dist que por la roine n'en laira il nient qu'il ne l'ochie.

comme vous le voyez ; car ils n'ont pas le courage de me tuer autrement qu'en se cachant. »

Le chevalier blanc lui demande quelle est la reine dont il se réclame et il lui dit que c'est la reine de Bretagne.

Alors le chevalier blanc dit :

« En vérité, on ne doit pas traiter un chevalier aussi honteusement que vous le faites.

— On le doit au contraire, fait le grand chevalier qui traîne son prisonnier, quand il est traître et déloyal et qu'il a ainsi renié la chevalerie.

— Mais cet homme, dit le chevalier blanc, pourquoi le traînez-vous ainsi ? Quel tort vous a-t-il fait ?

— Il m'a fait qu'il s'est rendu coupable de trahison, et j'en ferai justice selon son forfait. »

Le chevalier blanc lui dit :

« Beau seigneur, il n'appartient pas à un chevalier de mettre à mort un autre chevalier de son propre chef. S'il a commis une trahison envers vous, il faut l'en convaincre et dans une cour. C'est ainsi que vous pourrez en prendre une vengeance qui soit à votre honneur.

— Je ne le ferai pas juger dans une autre cour que dans la mienne, puisque la preuve en est toute faite.

— La preuve de quoi ? demande le chevalier blanc.

— De ce qu'il m'a déshonoré avec ma femme. Il en porte encore la tête, pendue par les tresses. »

Mais le chevalier attaché répond et jure avec force qu'il n'a jamais eu la moindre pensée de lui faire honte.

« Ah ! seigneur, dit le chevalier blanc, puisqu'il nie aussi catégoriquement ce forfait, vous n'avez pas le droit de le mettre à mort. Je vous conseille donc de lui rendre la liberté dès maintenant, par égard pour Dieu, pour votre honneur et pour moi, qui ne vous ai encore adressé la moindre prière. Et s'il est coupable de quoi que ce soit envers vous, poursuivez-le en justice, comme je vous l'ai dit. »

Le grand chevalier affirme et jure qu'il n'ira pas le traîner en justice, puisqu'il le tient.

« Sur ma foi, dit le chevalier blanc, vous commettriez une faute lourde en le tuant, puisqu'il est chevalier de madame la reine. »

L'autre lui répond que ce n'est pas la reine qui l'empêchera de se venger.

« Non ? fait li Blans Chevalier ; or sachiés qu'il ne moura mais hui par vous, car je le preng envers tous cheus que je voi chi a conduire [et] a garantir. »

Atant li ront les bendes d'entor les iex et ront la corde dont il estoit liiés par le col. Et les gens au grant chevalier saillent as ars et as saietes et font samblant que il le voeillent ochire. Et il dist al grant chevalier :

« Biax sire, traiés vos gens arriere, car s'il fierent ne moi ne mon cheval, je vous ochirai tous premiers, et euls aprés. »

Et cil estoient desarmé le plus d'aus. Lors a li chevaliers lachié son hiaum[e] et armé ses mains et prinst son glaive et son escu. Et de tex i ot qui a lui traisent, non mie por lui ochire, mais por lor signor qui lor commandoit. Et il failloient a li tout de gré, car moult lor pesoit de la mort au chevalier. Et il s'aperchoit bien qu'il n'ont talent de li ochire, si ne lor vaut faire nul mal[1]. Et il laise coure au signor d'els, qui lor commande a traire, sel fiert de l'arestuel del glaive enmi le ventre si durement qu'il le porte a terre tout estendu, et par un poi qu'il ne l'a tout debrisié. Et lors s'en fuient tout li autre. Et il a prins le cheval dont il a chelui abatu, si le maine au chevalier qu'il avoit desliié et dist :

« Or montés, sire chevaliers, si vous en vendrés avoec moi. »

Li chevalier monte et vient a l'autre chevalier, si li dist :

« Sire, je sui moult pres de ma sauveté, car pres de chi a un rechet ou je n'avroie garde, se jou i estoie, et la iroie je, se vous voliés. »

« Che voeil je moult », fait li chevaliers.

Et chil dist :

« Sire, de par qui merchierai je madame la roine de chou que vous m'avés garanti, car je ne sai comment vous avés non ? »

« Mon escu li devisés, fait il, car mon non ne *(J, f. 51d)* poés vous savoir, et bien li dites que par li estes delivres. »

Li chevaliers s'en vait a la roine et li merchie del chevalier, si li devise son escu. Et ele seit bien tantost que ch'estoit chil qui la Dolerouse Garde avoit conquise, si en fist grant joie.

Et li chevaliers erra toute se voie, tant qu'il avespri moult

---

1. *Le Chevalier de la Charrette*, vv. 2228-2234.

« Vraiment ? dit le chevalier blanc. Eh bien ! sachez qu'il ne mourra pas aujourd'hui à cause de vous. Je le prends sous ma garde et ma protection contre tous ceux que je vois ici. »

Aussitôt il coupe le bandeau qui couvre ses yeux ; il rompt la corde qui le tient attaché par le cou. Les hommes du grand chevalier se précipitent sur leurs arcs et leurs flèches et font mine de vouloir le tuer. Il dit au grand chevalier :

« Beau seigneur, retirez vos hommes. S'ils me frappent ou frappent mon cheval, je vous tuerai le premier et les tuerai ensuite. »

Ils étaient sans armure pour la plupart. Le chevalier a lacé son heaume, armé ses mains, pris sa lance et son écu. Plusieurs tiraient sur lui, non pour le tuer, mais pour obéir aux ordres de leur seigneur. Ils faisaient en sorte de le manquer, tant la mort du beau chevalier les révoltait. Il s'aperçoit qu'ils n'ont nul désir de le tuer. Aussi ne veut-il leur faire aucun mal. Il s'attaque à leur seigneur, qui leur donne l'ordre de tirer, et l'atteint au ventre avec la pointe de sa lance, si durement qu'il le porte à terre, étendu de tout son long et presque désarticulé. Alors tous les autres s'enfuient. Il prend le cheval de celui qu'il a abattu, le présente au chevalier dont il avait rompu les liens et lui dit :

« Montez donc, seigneur chevalier, et venez avec moi. »

Le chevalier monte, s'avance vers le chevalier blanc et lui dit :

« Seigneur, je suis presque sauvé. Il y a près d'ici un refuge, où je n'aurai rien à craindre, dès que j'y serai venu. C'est là que j'irai, si vous le voulez bien.

— Volontiers, dit le chevalier blanc. »

Et l'autre d'ajouter :

« Quand je remercierai madame la reine de ma délivrance, au nom de qui le ferai-je, puisque je ne connais pas votre nom ?

— Décrivez-lui mon écu ; car vous ne pouvez pas savoir mon nom. Et dites-lui bien que vous lui devez votre délivrance. »

Le chevalier se rend auprès de la reine. Il la remercie du secours que lui a porté le chevalier blanc et lui décrit son écu. Elle comprend aussitôt que c'est celui qui a conquis la Douloureuse Garde et en éprouve une grande joie.

Le chevalier suivit son chemin jusqu'à la tombée du jour.

durement. Et il estoit samedis, ce dist li contes, si pase par
devant unes bertesques, si oï canter une damoisele moult haut
et moult cler. Et quant il fut outre, [si commença a penser
moult durement,] et ses chevax le porta la ou il volt. Et la terre
seoit en marés, si estoit sechie, car li estés avoit esté moult
grans et moult caus, et estoit encore, car che fu le semaine de
la Miaoust ; si furent grans et parfondes les creveüres. Et li
chevax ne fu mie fres, car il ot alé grant jornee, si s'encombra
des piés devant et caï en unes crevaches moult grans. Li
chevaliers jut desos moult longement, tant que si escuier l'en
releverent. Et lors se senti moult blechiés et se dolut trop et
remonta a trop grant paine, et ses archons deriere estoit tout
brisiés et li escus fendus en trois pieches. Lors a tant chevauchié
qu'il est venus a une chementiere et voit un homme de religion
a jenols devant la crois. Et il le salue, et il lui.

« Biax sire, fait un des escuiers au boin homme, chis chevaliers est moult blechiés. Et por sainte charité, enseigniés moi ou
il porroit anuit mais avoir ostel, car li chevauchiers li grieve
moult. »

« Jel vous enseignerai, fait li boins hons, de par Dieu. Or me
sievés. »

Lors s'en va devant, et il le sievent. Lors demande au
chevalier comment il avoit esté blechiés, et il li conte.

« Sire, fait li boins hons, un conseil vous donroie je moult
bon, se vous m'en voliés croire. »

Et il dist que moult volentiers *(J, f. 51e)* l'en querra.

« Je vous lo, fait il, et vous casti que ja mais puis noune en
samedi ne chevauchiés se por vostre affaire n'est. Et sachiés
que mains vous en vendra de maus, et plus de biens. »

Et il li creante que ja mais ne li avenra, qu'il puisse.

« Et vous sire, qu'estes vous venus querre, la ou nous vous
trovames a teil eure ? »

« Sire, fait il, mes peires et ma meire i gisent, car ch'est une
chimentiere, et jou i vois chascun jor por me patrenostre dire,
et che que Diex m'a enseignié de bien, et proier por les ames
d'els. »

Atant sont venu a une maison de relegion dont chis preudons estoit, si i furent a grant joie recheü. Et demoura laiens li
chevaliers dis jors entiers par la proiere des freres, si fu baigniés

C'était un samedi, à ce que dit le conte. Il passa devant une bretèche et entendit une demoiselle qui chantait haut et clair. Quand il eut passé outre, il entra dans une profonde rêverie et laissa son cheval le mener où il voulait. Le terrain marécageux était desséché. L'été avait été beau et chaud. Il l'était encore — car c'était la semaine de la mi-août — et les crevasses étaient larges et profondes. Le cheval n'était pas frais ; il avait eu une longue journée. Ses jambes de devant trébuchèrent et il tomba dans une grande crevasse. Le chevalier resta longtemps sous son cheval, avant que ses écuyers ne le relèvent. Il sentit alors qu'il était gravement blessé. Il avait très mal et eut beaucoup de peine à remonter. Son arçon arrière était entièrement brisé, son écu fendu en trois morceaux. Il chevauche ainsi jusqu'à ce qu'il arrive auprès d'un cimetière, et voit un homme de religion à genoux devant la croix. Ils se saluent.

« Beau seigneur, dit à l'homme de bien l'un des écuyers, ce chevalier est gravement blessé. Au nom de la Sainte Charité, indiquez-moi où il pourrait trouver un gîte cette nuit, car il a grand'peine à chevaucher.

— Je vous le dirai, fait l'homme de bien, pour l'amour de Dieu. Suivez-moi donc. »

Il va devant et les autres le suivent. Ensuite il demande au chevalier comment il a été blessé et celui-ci le lui raconte.

« Seigneur, dit l'homme de bien, je vais vous donner un conseil qui vous serait très profitable, si vous vouliez le croire. »

Le chevalier répond qu'il est tout disposé à le croire.

« Je vous conseille, dit-il, et vous prescris de ne jamais chevaucher le samedi après none, si ce n'est pour vaquer à vos affaires. Sachez qu'il vous en viendra moins de mal et plus de bien. »

Le chevalier promet de ne plus le faire à l'avenir, pour autant qu'il puisse l'éviter. « Et vous, seigneur, dit-il, que faisiez-vous en ce lieu et à cette heure ?

— Seigneur, mon père et ma mère reposent ici. C'est un cimetière, et j'y vais chaque jour. Je dis ma patenôtre, je récite ce que Dieu m'a enseigné de bien, et je prie pour l'âme de mes parents. »

Ils arrivèrent à la maison de religion d'où venait le prud'homme, et y reçurent le meilleur accueil. Le chevalier y resta dix jours entiers, à la prière des frères. Il y fut baigné et soigné,

et medichinés, car moult estoit blechiés durement.

A l'onzime jor s'en parti et laise laiens l'escu as trois bendes, car il ne voloit estre conneüs, si en porta un que si escuier avoient fait faire a une chitei pres del hermitage ou il avot esté malades. Chis escus estoit de sinople a une bende blance de bellic. Issi oirre grant pieche li chevaliers tant que un jor avint qu'il encontra un chevalier armé, si li demande li chevaliers qui il estoit.

« Uns chevaliers sui, fait il, au rei Artu. »

« Au roi Artu ? fait il ; si poés bien dire que vous estes au plus fol roi del monde. »

« Por coi ? » fait li chevaliers qui avoit esté malades.

« Por che, fait il, que sa maison est plaine de fol orguel. »

« Por quoi le dites vous ? » fait il.

« Ja avint, fait li autres, c'uns chevaliers navrés i ala awan, si li jura uns chevaliers qu'il le vengeroit de tous chels qui diroient qu'il ameroient miex chelui que che li avoit fait que lui. Et s'il avoit la proece monsignor [Gauvain] et a tex quatre, si i fau(J, f. 51f)droit il bien. »

« Por coi ? fait li autres ; ja n'estes vous mie de cheus qui miex aiment le mort que le navré ? »

« Chertes, fait il, si sui. »

« Voire, fait li autres, che doit vous peser. »

« Por coi ? fait il ; estes vous li chevaliers qui che emprist ? »

« J'en ferai, fait il, mon pooir. Mais toutevoies, anchois c'a vous me conviegne meller, vous pri que vous diiés que vous amés miex le navré que cheli qui le navra. »

« Dont mentiroie je, fait chil, que ja Diex ne m'aït quant je ja en mentirai. »

« Par foi, fait il, dont me covendra il a vous combatre. »

« Et je ne quier miex », fait li autres.

Lors s'entresloignent ambedui et muevent de si tres grant aleüre com li cheval lor porent courre, si s'entrefierent sor les escus si durement que il n'i a si fort que l'esquine ne soit ploié desor l'archon. Li chevaliers qui ot esté malades le fiert si durement que li escus ne li haubers ne le garandirent, si li met parmi le cors et fer et fust. Et chil refiert] *(Ao, f. 73a)* lui si bien

tant ses blessures étaient sévères. Le onzième jour il partit et laissa là l'écu aux trois bandes, ne voulant pas être reconnu. Il en prit un autre, que ses écuyers avaient fait faire dans une cité toute proche de l'ermitage où il avait été soigné : c'était un écu de sinople[1] avec une bande blanche en diagonale. Il voyagea longtemps ainsi. Un jour il rencontra un chevalier en armes, qui lui demanda qui il était.

« Je suis, dit-il, un chevalier du roi Arthur.

— Vous êtes au roi Arthur ? Eh bien ! vous pouvez dire que vous êtes au roi le plus fou du monde.

— Pourquoi ? dit le chevalier qui avait été blessé.

— Parce que sa maison est pleine d'un fol orgueil.

— Qu'est-ce qui vous permet de le dire ?

— Il advint qu'un chevalier blessé y alla l'an dernier. Il obtint d'un chevalier du roi Arthur le serment de le venger de quiconque dirait qu'il aimait mieux que lui celui qui l'avait blessé. Si même il avait toute la prouesse de monseigneur Gauvain et de quatre chevaliers de même valeur, il ne pourrait qu'échouer.

— Pourquoi ? fait l'autre. Ne seriez-vous pas de ceux qui aiment mieux le mort que le blessé ?

— Assurément, je suis de ceux-là.

— Vraiment ? C'est dommage pour vous.

— Pourquoi ? Êtes-vous le chevalier qui s'est chargé de cette besogne ?

— Je ferai de mon mieux. Mais avant que je ne sois tenu de vous combattre, je vous supplie de me dire que vous aimez mieux le blessé que celui qui l'a blessé.

— Alors je mentirais. Que Dieu me garde d'un tel mensonge !

— Sur ma foi, je serai donc obligé de vous combattre.

— Eh bien ! je ne demande pas mieux. »

Alors ils prennent du champ, puis s'élancent de toute la vitesse de leurs chevaux. Ils se frappent si violemment sur leurs écus que le plus fort doit courber l'échine sur son arçon. Le chevalier qui souffrait de ses blessures frappe l'autre si durement que son écu et son haubert ne peuvent le protéger ; il lui met dans le corps et le fer et le bois. De son côté son adversaire

---

1. *sinople :* couleur rouge.

que parmi lo bu d'outre en outre li met son glaive. Il furent fort
et preu, si s'anpaintrent durement, si qu'il s'antreportent a
terre. Et au parcheoir sont andui li glaive brisié. Li chevaliers
qui malades fu n'estoit mies navrez a mort, si sailli sus, car
mout tient celui a preu qui lo meillor cop li a doné qu'il onques
mais receüst. Si s'esforce mout de grant proesce mostrer, et
fiert sor celui, l'espee traite ; mais c'est por neiant, car cil est
morz, qui feruz estoit parmi les antrailles del cors. Com il voit
qu'il est morz, si am plore de duel, car mout lo tenoit a
preudechevalier.

Lors essaie s'il porroit chevauchier, mais il nel puet soffrir.
Et neporqant montez est, si chevauche a grant haschiee jusqu'a
une forest qui pres estoit. Si li font si escuier une litiere et
l'atornerent mout richement de totes les choses qu'il i covenoit
et l'ancorti[ne]rent d'un mout riche drap de soie, car la Dame
del Lac l'an avoit doné de mout biaus et de riches, et lo plus
riche lit qu'il covenist a querre a chevalier. Com il orent la
litiere apareilliee, si couchierent lor seignor dedanz et chevauchierent lor chemin tot belement. Et la litiere aloit mout soef,
car dui des plus biaus palefroiz qu'il covenist a querre lo
portoient, que sa dame li avoit autresin donez. Ensin s'an va li
chevaliers en la litiere. Mais ci endroit laisse li contes un petit
a parler de lui, si retorne a monseignor Gauvain qui lo
quiert.

Messires Gauvains, ce dit li contes, puis qu'il fu antrez an la
queste del chevalier qui la Dolereuse Garde avoit conquise,
erra quinze jorz toz antiers, que onques novelles n'an aprist,
tant que un jor a*(f. 73b)*vint que il ancontra une damoisele sor
un palefroi. Si la salue, et ele lui.

ajuste si bien son coup qu'il lui perce la poitrine de part en part.
Ils étaient forts et vaillants. Ils se heurtent si énergiquement
qu'ils se jettent à terre l'un l'autre ; et dans leur chute, ils
brisent leurs deux lances. Le chevalier malade n'était pas
frappé à mort. Il se relève. Il tient pour un très preux chevalier
celui qui lui a donné le meilleur coup qu'il ait jamais reçu.
Aussi s'efforce-t-il de faire montre d'une grande prouesse. Il
tire l'épée et frappe. Mais c'est peine perdue. L'autre est mort,
touché au ventre. En voyant qu'il est mort, le chevalier pleure
de douleur, car il tient pour un prud'homme celui qu'il a tué.

Alors il essaie d'aller à cheval, mais ne peut le supporter.
Pourtant il monte et chevauche à grand'peine jusqu'à l'entrée
d'une forêt, qui était proche. Ses écuyers lui font une litière. Ils
l'ornent très luxueusement de tout ce qui convenait. Ils tendent
tout autour une somptueuse étoffe de soie, car la dame du Lac
lui en avait donné de belles et précieuses. Ils lui font le lit le plus
magnifique que l'on puisse trouver pour un chevalier. Quand
ils eurent préparé la litière, ils y couchèrent leur seigneur et
allèrent leur chemin, en chevauchant au petit pas. La litière
allait avec douceur, elle était portée par deux des plus beaux
palefrois que l'on puisse souhaiter, et c'était encore un présent
de sa dame. Ainsi s'en va le chevalier dans sa litière. Mais le
conte l'abandonne un moment et retourne à monseigneur
Gauvain, qui le cherche.

CHAPITRE XXXII

Gauvain sur le chemin de l'assemblée

Monseigneur Gauvain, dit le conte, après s'être mis en quête
du chevalier qui avait conquis la Douloureuse Garde, voyagea
quinze jours entiers, sans en rien apprendre. Mais un jour vint
où il rencontra une demoiselle, montée sur un palefroi. Il
s'incline devant elle et elle lui rend son salut.

« Damoisele, fait il, savez vos nule novelle del chevalier qui conquist la Dolereuse Garde ? »

« Ho ! fait ele, ge sai bien que tu ies Gauvains, li niés lo roi Artu, qui laissa la damoiselle en prison. »

« Certes, damoisele, fait il, ce pesa moi. Mais damoiselle, por Deu, me dites se vos savez rien de ce que ge quier. »

« Naie, dit ele, mais en lo te diroit bien en la Dolereuse Garde. »

« Diroiz m'en vos plus ? » fait il.

« Naie », fait ele.

Il s'an part, et ele autresin. Et il oirre jusqu'a l'issue d'une forest. Et la pucele qui a lui avoit parlé estoit cele qui darreainnement avoit esté anveiee au chevalier que messires Gauvains queroit de par sa Dame del Lac. Et ele meesmes lo queroit, car l'autre pucele li enveioit. Qant il fu hors de la forest, si voit devant lui en une praerie paveillons tenduz mout biaus, si a bien herbergerie a deus cenz chevaliers. Et il esgarde sor destre, si voit venir hors de la forest les deus palefroiz qui portent lo Blanc Chevalier en la litiere, et la voie par ou il vienent assamble a la soe. Messires Gauvains atant la litiere, si li plaist mout, car onques mais ne vit si riche. Lors demande as vallez cui ele est.

« Sire, font il, a un chevalier navré. »

Et li chevaliers navrez fait haucier lo drap et demande a monseignor Gauvain qui il est. Et il dit que il est uns chevaliers de la maison lo roi Artu. Et qant il l'ot, si a paor qu'il nel conoisse, si se recuevre. Et messires Gauvains li demande qui il est. Et il dit qu'il est uns chevaliers qui vait en un sien afaire. Li chevaliers s'an vait outre, et messires Gauvains atant encores a l'antree de la forest por savoir cui sont li paveillon. Et dui chevalier issent de l'un et s'aloient abatre en la forest tuit a pié. Messires Gauvains les salue, et lor demande cui sont li paveillon. Et il *(f. 73c)* dient :

« Demoiselle, fait-il, avez-vous quelques nouvelles du chevalier qui a conquis la Douloureuse Garde ?

— Oh ! fait-elle, je sais bien que tu es Gauvain, le neveu du
roi Arthur. C'est toi qui a laissé la demoiselle en prison dans sa
tour.

— Je vous assure, demoiselle, que ce fut à regret. Mais pour
l'amour de Dieu, demoiselle, répondez-moi si vous avez des
nouvelles de ce que je cherche.

— Non, fait-elle, mais on pourrait t'en donner à la Douloureuse Garde.

— M'en direz-vous plus ? fait-il.

— Non », fait-elle.

Ils se séparent et il suit son chemin, jusqu'à ce qu'il soit sorti
d'une forêt.

La jeune fille qui lui avait parlé était celle que la dame du
Lac avait envoyée dernièrement au chevalier que monseigneur
Gauvain cherchait. Elle le cherchait elle-même, car l'autre
demoiselle, prisonnière sur parole, l'avait envoyée auprès de
lui. Quand il est sorti de la forêt, monseigneur Gauvain voit,
dressés dans une prairie, de très beaux pavillons. Il y avait bien
de quoi loger deux cents chevaliers. Il regarde alors sur sa
droite et voit s'avancer, hors de la forêt, les deux palefrois qui
portent le chevalier blanc dans sa litière. Ils suivent une route
qui rejoint la sienne. Il attend la litière et y prend plaisir, n'en
ayant jamais vu d'aussi riche. Il demande aux écuyers à qui elle
est.

« Seigneur, font-ils, à un chevalier blessé. »

Le chevalier blessé fait relever les tentures et demande à
monseigneur Gauvain :

« Qui êtes-vous ?

— Je suis un chevalier du roi Arthur. »

Quand il entend ces mots, le chevalier blessé a peur d'être
reconnu ; il referme les rideaux. À son tour monseigneur
Gauvain lui demande qui il est et il répond qu'il est un
chevalier qui voyage pour ses affaires. Le chevalier passe son
chemin, mais monseigneur Gauvain attend encore à l'entrée de
la forêt, pour savoir à qui sont les pavillons. Deux chevaliers
sortent de l'un des pavillons. Ils allaient à pied s'ébattre dans la
forêt. Monseigneur Gauvain les salue et leur demande :

« À qui sont ces pavillons ? »

Ils répondent :

« Au Roi des Cent Chevaliers qui vait a cele assemblee. »

« De quel part, fait messires Gauvains, sera il ? »

« Devers lo Roi d'Outre les Marches, font il ; et vos, qui
iestes ? »

« Ge sui, fait il, uns [chevaliers] qui vois a mon affaire. »

Cil Rois des Cent Chevaliers estoit issi apelez por ce que il ne
chevauchoit nule foiz hors de sa terre que il ne menast cent
chevaliers. Et com il voloit, il en avoit mout plus, car il estoit
riches et posteïs et coisins Galehot, lo fil a la Bele Jaiande, si
estoit sires de la terre d'Estregor qui marchist au reiaume de
Norgales et a la duchee de Canbenic.

Messires Gauvains se part des deus chevaliers et les commande a Deu. Et lors esgarde, si voit escuiers qui aportent hors
de la forest un chevalier mort. Il ganchist cele part, si lor
demande qui l'ocist. Et il li content que uns chevaliers l'ocist
gehui qui porte un escu de sinople a un[e] bende blanche ; et li
dient que ce fu por ce qu'il ne voloit dire qu'il amast miauz un
chevalier navré que celui qui navré l'avoit. « Et il meesmes, font
il, est mout navrez. » Lors s'apense messires Gauvains que c'est
li chevaliers de la litiere, et cuide que ce soit cil qui defferra a
Carmahalot lo chevalier. Lors ganchist aprés, par devant les
paveillons au Roi des Cent Chevaliers.

Cil des paveillons cuiderent que il venist chevalerie querre, si
li envoierent un chevalier armé. Et il dist qu'il ne venoit mie
por ce, car il avoit el affaire. Atant passe outre ; et com il est
une piece alez, si voit un paveillom tot seul, mout bel, et voit
assez lances apoiees environ. Et il vient au paveillom, si trueve
vallez dehors assez, et escuz jusqu'a cinc avoit apoiez au
paveillon, les piez desore. Lors demande as vallez cui li
paveillons est.

« Sire, font il, a un chevalier qui ceianz gist. »

Il descent et entre el paveillon, et voit en deus couches
(f. 73d) gessir quatre chevaliers, et an la tierce, qui plus est
granz, gist uns autres, toz seus sor une coutepainte d'un drap a
or, et fu coverz d'un covertor d'ermines. Il demande :

« Qui iestes vos, sire chevaliers qui la gisiez ? »

Et cil se drece.

« Au roi des Cent Chevaliers, qui se rend à l'assemblée.

— Dans quel camp sera-t-il?

— Dans le camp du roi d'Outre-les-Marches. Et vous-même, qui êtes-vous?

— Je suis, dit-il, un chevalier qui vaque à ses affaires. »

Le roi des Cent Chevaliers portait ce nom, parce qu'il ne voyageait jamais hors de sa terre, sans être accompagné de cent chevaliers; et quand il le voulait, il en avait bien davantage, tant il était riche et puissant. Il était le cousin de Galehaut le fils de la Belle Géante, et le seigneur de la terre d'Estregor, qui s'étend entre le royaume de Norgalles et le duché de Cambénic. Monseigneur Gauvain quitte les deux chevaliers et les recommande à Dieu. Puis il regarde autour de lui et voit deux écuyers qui emportent hors de la forêt un chevalier mort. Il fait un détour pour les rejoindre et leur demande qui l'a tué.

« C'est, disent-ils, un chevalier qui porte un écu de sinople à une bande blanche. Il l'a tué tout à l'heure, parce qu'il ne voulait pas dire qu'il aimait un chevalier blessé plus que celui qui l'avait blessé. Et celui qui l'a tué est lui-même grièvement blessé. »

Alors monseigneur Gauvain se dit que c'est le chevalier de la litière et il pense que c'est lui qui a déferré le chevalier de Camaalot. Il se détourne de son chemin pour le rejoindre et passe devant les pavillons du roi des Cent Chevaliers. Les hommes des pavillons crurent qu'il venait chercher bataille et lui envoyèrent un chevalier armé. Monseigneur Gauvain répondit à ce chevalier qu'il ne venait pas se battre et qu'il avait affaire ailleurs. Il passe outre et, après un certain temps, il aperçoit un pavillon isolé, très beau, sur lequel sont alignées de nombreuses lances. Il s'approche, voit beaucoup de valets dehors, et compte jusqu'à cinq écus, adossés au pavillon, la pointe en l'air. Il demande aux valets:

« À qui appartient ce pavillon?

— Seigneur, à un chevalier qui s'y repose. »

Il descend de cheval et entre dans le pavillon. Il y voit quatre chevaliers couchés dans deux lits; et dans un troisième, qui est le plus grand, un seul chevalier se repose, étendu sur une courtepointe brodée d'or et sous une couverture d'hermine. Il demande:

« Qui êtes-vous, seigneur chevalier, qui vous reposez ici? »

Le chevalier se dresse sur son séant.

« Et vos, qui iestes, fait il, qui lo demandez? »

Lors conut messires Gauvains que ce estoit Helys li Blois, si se nome. Et Helys saut sus et dist :

« Vos soiez li bienvenuz. »

Lors se firent mout grant joie comme compaignon qui s'antraimment.

« Et ou alez vos issi? » fait Helys.

« Ge sivoie, fait il, une litiere qui par ci passa ores. »

« Il est hui mais trop tart, fait Helys, a herbergier vos covient. »

Et il l'otroie.

En ce qu'il parloient issi, et li escuier Hely si vindrent de hors.

« Sire, font il, vos ne veez mie mervoilles. Toz li mondes va par cest chemin. Si faiz pueples ne fu onques mais veüz. »

Lors ont desarmé monseignor Gauvain.

« Sire, fait Helys, car alons veoir ces chevaliers qui passent, et en tel maniere qu'il ne nos voient. »

« Comment sera ce? » fait messires Gauvains.

« Nostre escuier, fait Elys, nos feront une fuilliee, si serons dedanz. »

Et messires Gauvains dit que c'est biens.

Li escuier font la fuilliee, et il antrent anz et voient toz cels qui entrent et passent par lo chemin. Si com il esgardoient issi, si voient venir deus rotes de chevaliers toz armez. Si i a dis chevaliers en chascune, et en mileu chevauchent quatre vallet qui tienent un paille a quatre verges. Et desouz ce paille chevauche une dame mout richement acesmee de palefroi et d'autre atorz. Ele fu vestue d'un samit vermoil, cote et mantel a penne d'ermines, si fu tote desliee. Et ele estoit de merveilleuse biauté. Lors dist Helys a monseignor Gauvain :

« Vez ci une des plus beles fames que ge onques mais veïsse. Ge ne sai se ele est dame o pucele, mais voir, fait il, mout est bele. »

Aprés voient venir *(f. 74a)* aprés els vint des chevaliers au Roi des Cent Chevaliers. Et il dient a cels qui la moinent :

« Seignor, li rois vos mande que vos li menez cele dame veoir. »

Et il dient que nel feront.

« Et qui êtes-vous, fait-il, vous qui le demandez ? »

Monseigneur Gauvain reconnaît Hély le Bègue et se nomme. Hély se lève et dit :

« Soyez le bienvenu. »

Alors ils se font de grandes civilités comme des compagnons très chers.

« Où allez-vous ainsi ? demande Hély.

— Je suivais une litière, qui est passée ici tout à l'heure.

— Il est trop tard à présent. Il faut vous arrêter pour la nuit. »

Monseigneur Gauvain y consent. Tandis qu'ils parlaient ainsi, voilà que les écuyers d'Hély entrent dans le pavillon.

« Seigneur, disent-ils, il se passe des choses extraordinaires. Le monde entier va par ce chemin. Une si grande presse ne s'est jamais vue. »

Ils désarment monseigneur Gauvain.

« Seigneur, dit Hély, allons voir ces chevaliers qui passent, sans nous faire voir.

— Comment cela ? dit monseigneur Gauvain.

— Nos écuyers nous feront une feuillée et nous serons dedans.

— C'est une bonne idée », dit monseigneur Gauvain.

Les écuyers font la feuillée. Les deux chevaliers y entrent et voient tous ceux qui vont et viennent sur la route. Tandis qu'ils sont en observation, ils voient venir deux troupes de cavaliers armés de toutes armes. Chacune comprend dix chevaliers, et entre les deux s'avancent quatre écuyers qui soutiennent un dais à quatre colonnes. Sous ce dais chevauche une dame, montée sur un superbe palefroi et parée de riches atours. Elle était vêtue d'un samit vermeil, cotte et mantel fourré d'hermine, le visage entièrement découvert. Elle était d'une merveilleuse beauté. Hély dit à monseigneur Gauvain :

« Voilà une des plus belles femmes que j'aie jamais vues. Je ne sais si c'est une dame ou une demoiselle ; mais vraiment, qu'elle est belle ! »

Derrière eux, venant à leur poursuite, arrivent vingt chevaliers du roi des Cent Chevaliers. Ils disent à ceux qui escortent la dame :

« Seigneurs, le roi vous mande de lui amener cette dame. Il veut la voir. »

Ils répondent qu'ils n'en feront rien.

« Si feroiz, font li autre, o nos nos meslerons a vos. »

Li chevalier a la dame oent que autrement ne puet estre. Il
guanchirent li vint as vint. Tex i ot qui s'entrabatirent, et tex i
ot qui brisierent lor lances sanz chaoir. Il traient les espees, si
comencent la meslee a pié et a cheval. Et messires Gauvains et
Helys furent issu de la foilliee por els esgarder. Et messires
Gauvains dist a Hely :

« Departons les, car li rois i a de ses meilleurs chevaliers, et
cil a la dame, espoir, ne sevent mie tant d'armes. »

Lors vienent a els, si les departent et dient qu'il laissent la
meslee, et il manront la dame au roi. Et il la laissent. Et
messires Gauvains et Helys montent sor deus chevax, si
moinent la dame au roi. Et il vint hors del paveillon encontre,
si la voit mout bele, et mout li semble haute dame.

« Sire, fait messires Gauvains, nos vos avons ceste dame
amenee por veoir, si l'en remenrons. »

« Dame, fait li rois, dites moi avant qui vos iestes. »

Et ele dit que ele est la dame de Nohaut.

« Certes, fait il, bien lo poez estre, et se gel seüsse, ge
meesmes fusse alez aprés vos. »

Lors en remainnent Helys et messires Gauvains la dame
jusque outre lor paveillon. Et ele se part d'aus atant, si
remainent il dui. Et ele oirre son chemin vers l'asemblee, car a
cel tan i aloient les dames qui de pris estoient. Mais ci endroit
lait a parler li contes un petit de li et de monseignor Gauvain,
et retorne a parler del Blanc Chevalier qui s'an va en la
litiere.

« Vous le ferez, disent-ils, ou nous nous battrons contre vous. »

Les chevaliers de la dame comprennent qu'ils n'éviteront pas la bataille. Ils s'élancent à vingt contre vingt. Plusieurs sont jetés à terre et d'autres brisent leur lance, sans tomber eux-mêmes. Ils tirent l'épée et la mêlée commence, à pied et à cheval. Monseigneur Gauvain et Hély étaient sortis de la feuillée pour voir la bataille, et monseigneur Gauvain dit à son compagnon :

« Séparons-les, car le roi a envoyé ici plusieurs de ses meilleurs chevaliers et ceux de la dame ne sont peut-être pas aussi savants aux armes. »

Ils s'avancent vers eux, les séparent et leur disent :

« Arrêtez la mêlée et nous conduirons cette dame auprès du roi. »

La mêlée s'arrête. Monseigneur Gauvain et Hély montent sur deux chevaux et emmènent la dame. Le roi sort de son pavillon et va à sa rencontre. Il voit qu'elle est très belle et qu'elle a l'air d'une très haute dame.

« Seigneur, fait monseigneur Gauvain, nous avons amené cette dame, pour que vous la voyez, et nous la ramènerons ensuite.

— Dame, fait le roi, dites-moi d'abord qui vous êtes. »

Elle répond qu'elle est la dame de Nohaut.

« Certes, fait le roi, vous ne pouvez être qu'une grande dame ; et si je l'avais su, je me serais rendu moi-même auprès de vous. »

Alors Hély et monseigneur Gauvain reconduisent la dame jusqu'à leur pavillon et au-delà. Ensuite ils se séparent. Les deux chevaliers demeurent sur place et la dame poursuit sa route pour se rendre à l'assemblée, car en ce temps-là les dames de qualité ne laissaient pas d'aller à ces rencontres. Mais à ce point le conte cesse un moment de parler de la dame et de monseigneur Gauvain et revient au chevalier blanc, qui s'en va dans la litière.

Quant li chevaliers de la litiere se fu de monseignor Gauvain
partiz, si chevaucha jusqu'en une mout bele lande qui n'estoit
mie plus de trois liues loign d'iluec. En cele lande sordoit une
mout bele fontaine desouz *(f. 74b)* un des greignors sagremors
que il onques eüst veü. Lors descendi li chevaliers por reposser,
si dormi un petit. Et d'iluec enveia deus de ses escuiers avant a
une cité por son ostel atorner. Qant il ot dormi, si traoit vers lo
vespre. Et lors remonta, et tantost passa par devant uns
escuiers sor un roncin, les granz galoz. Li chevaliers ot la
noisse, si souliève lo paille et demande a l'escuier ou il vait a tel
besoign.

« Ge quier, fait il, aïe, car li Rois des Cent Chevaliers a ci
aresté la dame de Nohaut. »

Tantost fait li chevaliers retorner la litiere et dit qu'il voldra
aidier. Et com il a une piece alé, si l'ancontre. Et ele demande
a ses escuiers :

« Qui est an cele litiere ? »

« Dame, font il, c'est uns chevaliers navrez qui avoit oï dire
que vos estiez arestee, si vos venoit aidier. »

Lors descuevre ele meïsmes la litiere, et cil s'anvelope mout,
que ele nel quenoisse.

« Sire, fait ele, veniez me vos aidier ? »

« Dame, fait il, oïl. »

« La vostre merci, fait ele ; con vos aidier me veniez, dont
remaindrez vos o moi. »

« Dame, fait il, nel ferai, car vos iroiz plus tost que ge ne
feroie, qui sui deshaitiez. »

La dame s'an part atant sanz lo chevalier conoistre. Et la
litiere va plus soef, et tant que de bas vespre est venuz a la cité
qui avoit non Orkenise. En cele cité prist li chevaliers un escu
vermoil, et lo sien i laissa, car il ne voloit estre queneüz a
l'asemblee. Ne d'iluec n'i avoit que une petite jornee. La nuit li
furent ses plaies mout bien regardees, car uns viauz chevaliers
les li regarda qui mout en savoit. Et li jorz de l'asanblee ne
devoit estre devant lo cinquoisme jor, si demora puis en la vile
par lo consoil au chevalier, et mout li fu sa plaie alegiee. Au

CHAPITRE XXXIII

Lancelot vainqueur de l'assemblée

Après avoir quitté monseigneur Gauvain, le chevalier de la litière arriva dans une très belle lande, qui était à moins de trois lieues de là. Dans cette lande jaillissait une source sous un des plus grands sycomores qu'il eût jamais vus. Il descendit pour se reposer et dormit un peu. Ensuite il envoya deux de ses écuyers dans une cité, pour y préparer son hôtel. Quand il s'éveilla, le soir approchait. Il remonta et passa bientôt devant un écuyer, qui allait sur un roncin, au grand galop. Il entendit le bruit, releva la tenture et demanda à l'écuyer où il allait avec une telle hâte.

« Je cherche de l'aide, dit l'écuyer, car le roi des Cent Chevaliers vient d'arrêter ici même la dame de Nohaut. »

Aussitôt le chevalier fait rebrousser chemin à sa litière et dit qu'il ira la secourir. Il n'est pas allé bien loin qu'il la rencontre. Elle demande à ses écuyers :

« Qui est dans cette litière ?

— Dame, font-ils, c'est un chevalier blessé qui a entendu dire qu'on vous avait arrêtée et qui venait vous secourir. »

Alors elle soulève elle-même les rideaux de la litière et il se cache le visage, pour qu'elle ne le reconnaisse pas.

« Seigneur, fait-elle, vous veniez me secourir ?

— Oui dame, fait-il.

— Je vous remercie, fait-elle ; et puisque vous veniez m'aider, vous resterez avec moi.

— Non, dame, fait-il, car vous irez plus vite que moi, qui suis malade. »

La dame s'en va, sans avoir reconnu le chevalier. La litière avançait doucement ; et le soir tombait quand il arriva à la cité, qui s'appelait Orkenise. Dans cette ville le chevalier se procura un écu vermeil ; et il y laissa le sien, ne voulant pas être reconnu à l'assemblée. Pour s'y rendre, il lui suffisait d'une petite journée. Cette nuit-là, ses blessures furent très bien soignées, par un vieux chevalier qui y était habile. Comme l'assemblée ne devait pas avoir lieu avant cinq jours, il demeura dans la ville sur le conseil du chevalier et sa blessure en fut bien atténuée. Le

quint jor *(f. 74c)* mut li chevaliers et ala totevoies en la litiere, tant qu'il vint a Godoarre de biau vespre. Et ja estoit li païs si herbergiez q'en n'i pooit trover ostel, mais desoz avoit une maison de randuz ou l'an lo herberja, por ce que malades estoit, si fu herbergiez en une chanbre bele et aeisiee. Au matin oï li chevaliers messe, et tantost se fist armer. Et li rois Artus estoit venuz mout efforcieement ; si ne pot el chastel herbergier, ainz se loja dehors. Et fait crier au matin que nus de son ostel ne de cels qui o lui estoient venu ne portast lo jor armes. De ce furent mout dolant maint bon chevalier de son ostel. Mais d'autres i avoit qui n'estoient mies venu por lui ne a[n] son ost, mais li un por pris conquerre, et li autre por gaaignier. Et icil s'armerent des lo matin et alerent en la place.

Et li Rois d'Outre les Marches fu issuz de la range por assanbler ; mais quant il vit que li cors lo roi Artus ne portoit armes, si s'an trait arrieres. Et pluseur des legiers bachelers de s'ost alerent joster a cels qui en la place les atandoient. Si commencent lo tornoi mout bon, car devers lo roi Artu i avoit mout de prodomes qui ne s'estoient mie fait veoir por avoir leisir de torneier. Messires Gauvains i fu, et Helys li Blois, et li Biax et li Bons, ses freres, Gales li Gais, et Tohorz, li filz Arés, et maint autre bon chevalier. Et par de la fu Malaguins, li Rois des Cent Chevaliers, et Heleins li Dragons, et li dus Galoz de Yberge, et maint autre qui mout estoient preu. Les jostes commencent d'une part et d'autre. Et la reine est entree el chastel et monte sor les murs por lo tornoiement veoir, avec li dames et damoiseles assez et chevaliers, et esgardent plusors chevaliers qui mout lo font bien.

Lors vint li chevaliers de la litiere, et ot au col l'escu *(f. 74d)* vermoil. Il s'an vient par devant la reine, puis se met el ranc et muet a joster a un chevalier. Il s'antrefierent, si que totes lor lances volent en pieces. Il s'entrehurtent de cors et de vis. Li chevaliers de la litiere remest es arçons, et li autres vole par desus la crope del cheval a terre.

« Or ai veü, font li pluseur, a un novel chevalier faire une mout bele joste. »

cinquième jour il partit, mais voyagea dans sa litière, en sorte
que vêpres sonnaient quand il arriva à Godoarre. Le pays était
déjà peuplé de tant de gens qu'on n'y pouvait trouver hôtel ;
mais, en bas de la ville, il y avait un couvent de moines, où on
l'hébergea parce qu'il était malade. Il fut logé dans une
chambre belle et confortable. Le lendemain matin il entendit la
messe et, aussitôt après, il se fit armer. Le roi Arthur était venu
en force ; il ne put loger en ville et s'installa au dehors. Le matin
il fit proclamer qu'aucun des membres de sa maison ni de ceux
qui étaient venus avec lui ne devraient porter les armes ce jour-
là. Beaucoup de bons chevaliers de sa maison en furent désolés.
Cependant il y en avait d'autres, qui n'étaient pas venus pour
lui ni dans son armée, mais les uns pour la gloire, les autres
pour le butin. Ceux-là s'armèrent dès le matin et se rendirent
au lieu fixé pour la bataille.

Le roi d'Outre-les-Marches était sorti des rangs pour engager
le combat. Mais, quand il vit que le roi Arthur ne portait pas
les armes, il se retira ; et plusieurs des fringants bacheliers de
son armée allèrent jouter contre ceux qui les attendaient sur le
champ de bataille. Alors commencèrent d'excellentes joutes ;
car, du côté du roi Arthur, il y avait beaucoup de pru-
d'hommes, qui ne s'étaient pas fait connaître, afin d'avoir le
loisir de prendre part au tournoi : monseigneur Gauvain, Hély
le Bègue, le Beau et le Bon son frère, Gales le Gai, Tohort le fils
d'Arès et beaucoup d'autres bons chevaliers. De l'autre côté il
y avait Malaguin le roi des Cent Chevaliers, Alain le Dragon,
le duc Galot d'Yberge et bien d'autres, qui étaient très preux.
Les joutes commencent. La reine est entrée dans la ville et
montée sur les remparts pour voir le tournoi, avec une suite
nombreuse de dames, de demoiselles et de chevaliers. Ils
regardent plusieurs chevaliers, qui se signalent par leur belle
conduite.

Alors arrive le chevalier à la litière, à son cou l'écu vermeil.
Il se présente devant la reine, puis se met en ligne et s'avance
pour jouter contre un chevalier. Ils se donnent de tels coups
que leurs deux lances volent en éclats ; et ils se heurtent de
corps et de visage. Le chevalier de la litière demeure dans ses
arçons et l'autre vole à terre par-dessus la croupe de son
cheval.

« Je viens de voir, disent la plupart des gens, un nouveau
chevalier qui a fait une très belle joute. »

Et li chevaliers se traist arrieres et prant une lance d'un de ses escuiers, et revient el ranc, si fiert un chevalier, si que il lo porte a terre. Lors commence chevaliers a abatre, et escuz a porter de cox, et lances a brisier ; et lo fait si bien que tuit s'en mervoillent li chevalier et dient a monseignor Gauvain :

« Conoissiez vos ce chevalier ? »

« Nenil, fait il, mais il lo fait si bien que ge me delai por lui esgarder, car mout fait chevalerie a mon talant. »

Cil des murs dient que cil as armes vermoilles vaint tot. Et li Rois des Cent Chevaliers demande qui il est. Et l'an li dit que c'est uns chevaliers qui tot vaint et si a unes armes vermoilles. Et li rois prant son escu et demande une lance et lait corre tot lo ranc, et cil a l'escu vermoil encontre lui, si s'antrefierent si durement que totes lor lances volent en pieces, mais ne s'antrabatent mie. Mout pesa lo roi de ce qu'il ne l'ot abatu, et plus celui de ce que il n'ot abatu lo roi. Il reprannent lances et relaissent corre li uns vers l'autre. Li cheval vont si tost, et il s'antrefierent mout durement. Li chevaliers au vermoil escu fiert lo roi parmi l'escu et parmi les deus ploiz dou hauberc et parmi lo costé, mais il ne l'a mie grantment blecié. Et li rois fiert lui a descovert sor lo hauberc entre la memele et l'espaule, si li met lo fer parmi. Les lances brisent, et il hurtent ensemble de cors et de chevax, si se portent a terre. Li rois resaut em piez et trait son escu avant, si sache s'espee. Et au chaoir que li chevaliers fist adanz, si li passe le fers de la lance tot hors parmi l'espaule, et cele plaie li escrieve a seignier, et la viez resaigne (*f. 75a*) mout. Com il vit lo roi, qui ot son escu pris et s'espee traite, si saut sus mout iriez et trait son escu avant et sache l'espee et vient vers lo roi ; si s'entrefierent de granz cox. Li chevaliers as armes vermoilles sainne mout durement. Et la gent lo roi poignent por lui monter ; et messires Gauvains et cil qui estoient devers lo chevalier poignent aprés lo roi, et lo chacent une grant piece. Puis amainent au chevalier son cheval, et com il dut monter, si chiet pasmez. Il voient lo sanc entor lui, si dit chascuns : « Morz est. » Et il descendent, si lo defferrent et voient qu'il a deus mout granz plaies.

La novelle vient au Roi des Cent Chevaliers qu'il a lo bon chevalier mort. Il en est mout dolanz, si giete son escu et sa

Le chevalier se retire, prend une lance à l'un de ses écuyers, revient en ligne et frappe un chevalier si fort qu'il le jette à terre. Alors il commence à abattre des chevaliers, arracher des écus, briser des lances. Il se conduit si bien que tous les chevaliers en sont émerveillés et disent à monseigneur Gauvain :

« Connaissez-vous ce chevalier ?

— Non, mais il se comporte si bien que je passe mon temps à le regarder, tant sa chevalerie me plaît. »

Sur les remparts, les gens disent que le chevalier aux armes vermeilles surpasse tout le monde. Le roi des Cent Chevaliers demande qui il est ; on lui dit que c'est un chevalier, à qui rien ne résiste et qui porte des armes vermeilles. Le roi prend son écu, demande une lance et entre en lice au galop. Le chevalier de la litière lui fait face. Ils se frappent si durement que leurs lances volent en pièces, mais ils ne se jettent pas à terre. Le roi en est très mécontent et le chevalier plus encore. Ils reprennent des lances et courent à nouveau l'un vers l'autre. Leurs chevaux vont vite et ils se frappent très durement. Le chevalier à l'écu vermeil a frappé le roi sur son écu, sur les deux faces de son haubert et sur le côté, mais il ne lui a pas fait grand mal. Le roi l'a frappé à découvert sur son haubert entre le sein et l'épaule et lui a mis le fer dans le corps. Les lances se brisent, corps et chevaux se heurtent, ils sont jetés à terre. Le roi se relève, met son écu devant lui et tire son épée. Comme le chevalier est tombé face contre terre, le fer de la lance s'enfonce et ressort de l'autre côté de l'épaule. Le sang jaillit de cette blessure et de la vieille, qui s'est rouverte. Quand il voit le roi qui a pris son écu et tiré l'épée, il se relève, plein de fureur, met son écu devant lui, dégaine, et s'avance vers le roi, et ils se portent de rudes coups. Le chevalier aux armes vermeilles perd beaucoup de sang. Les hommes du roi Arthur s'élancent pour le remettre en selle. Monseigneur Gauvain et ceux qui sont de son parti se jettent sur le roi des Cent Chevaliers et le poursuivent un bon moment. Puis ils ramènent au chevalier son cheval ; mais, quand il doit remonter, il tombe évanoui. On voit le sang tout autour de lui, et chacun dit : « Il est mort. » Ils mettent pied à terre, lui ôtent le fer de la lance et voient qu'il a deux blessures très grandes.

La nouvelle arrive au roi des Cent Chevaliers : il apprend qu'il a tué le bon chevalier. Sa douleur est grande ; il jette son lance, et dit qu'il ne portera mais hui armes, ne espoir ja mais, car trop li est mesavenu et meschaü com il un tel chevalier a mort. Li chevaliers jut pasmez, et il l'ont desarmé et ses plaies bandees. Et la reine et cil et celes qui avec li furent virent que tot fu remés por ce chevalier qui estoit navrez.

« Alons lo, fait ele, veoir. »

Ele monte et vient hors de la porte. Et la noise commence, et dit chascuns : « Tornez vos, veez ci la reine. » Il fu assez qui la descendi, et chascuns crie derechief : « Faites ranc, veez ci la reine. »

Li chevaliers fu venuz de pasmoisons et oï ce qu'il disoient. Il oevre les iauz et voit la reine, et il s'esforce tant qu'il se lieve en seant.

« Biax sire, fait la reine, comment vos est ? »

« Dame, fait il, mout bien. Ge n'ai nul mal. »

Et an ce qu'il disoit ce, et les bandes rompent et ses plaies li escrievent a seignier, et il se repasme. « Morz est », fait chascuns. Et la reine s'an va tantost. Et li chevalier demandent ou li chevaliers navrez est a ostel, et si escuier dient que en une maison de religion. Il li quierent mire mout bon et l'an font porter *(f. 75b)* a son ostel. Li mires cerche les plaies et [dit] qu'il n'an morra mie, mais il deffant que nus ne veigne mais hui antor lui, car de cuivre n'a mestier. Et li chevalier s'en vont tuit, mais messires Gauvains se panse que il n'a oïes nules noveles de ce que il quiert, et a ceste assemblee en devoit il oïr enseignes :

« Ne ge n'an ai rien veü ne oï, fors tant que cil chevaliers a tot vaincu. Ge deüsse aler parler a lui por savoir [et] por anquerre s'il savroit rien de ce que ge quier. »

Il vient a son ostel et demande au mire que il l'an sanble.

« Ge cuit, fait li mires, qu'il garra, si ont ses plaies mout seignié. »

« Ses plaies ? fait messires Gauvains, quantes en a il dons ? »

« Il en a deus mout granz, fait li mires, une d'ui et une viez. »

Qant messires Gauvains ot parler de la viez, si pense un po et dit au mire :

« Dites vos voir qu'il en i a deus ? »

écu et sa lance et dit qu'il ne portera plus les armes de toute la journée, ni peut-être jamais, parce qu'il a eu trop de malheur et de malchance, d'avoir tué un pareil chevalier. Le chevalier gisait pâmé. On le désarme, on bande ses plaies. La reine et sa suite voient que tout est arrêté, à cause de ce chevalier qui est blessé. « Allons le voir », dit-elle. Elle monte à cheval et franchit la porte de la ville. La rumeur s'élève et chacun dit : « Tournez-vous, voici la reine. » Beaucoup se pressent pour l'aider à descendre ; et chacun s'écrie de nouveau : « Faites place, voici la reine. »

Le chevalier était revenu de pâmoison et entendait ce qu'ils disaient. Il ouvre les yeux, voit la reine et fait un effort tel qu'il se met sur son séant.

« Cher seigneur, dit la reine, comment vous sentez-vous ?

— Dame, très bien. Je n'ai aucun mal. »

Comme il parlait ainsi, ses bandes se rompent, un flot de sang jaillit de ses blessures et il se pâme de nouveau. Chacun dit : « Il est mort », et la reine s'en va aussitôt.

Les chevaliers demandent où le chevalier blessé a pris hôtel. Ses écuyers leur disent qu'il loge dans une maison de religion.

On lui cherche un bon médecin et on le fait transporter à son hôtel. Le médecin examine les blessures et dit qu'il n'en mourra pas, mais il défend qu'on lui rende visite, car il ne lui faut pas d'émotion. Tous les chevaliers s'en vont ; mais monseigneur Gauvain réfléchit qu'il n'a pas eu de nouvelles de ce qu'il cherche et qu'il devait en avoir à cette assemblée. « Or je n'ai rien vu ni rien appris, sinon que ce chevalier a vaincu tout le monde. Je devrais aller le voir pour me renseigner et lui demander s'il sait quelque chose de ce que je cherche. »

Il va à l'hôtel du chevalier et demande à son médecin ce qu'il en pense.

« Je crois qu'il guérira, dit le médecin, et pourtant ses blessures ont beaucoup saigné.

— Ses blessures ? fait monseigneur Gauvain. Mais combien en a-t-il ?

— Il en a deux très grandes, fait le médecin, une d'aujourd'hui et une autre déjà vieille. »

En entendant parler d'une ancienne blessure, monseigneur Gauvain réfléchit un peu et dit au médecin :

« Êtes-vous sûr qu'il en a deux ?

« Oïl, fait il, sanz faille. »

« Ha ! maistre, fait il, or enquerez comment il vint. »

Il lo demande a ses escuiers, et il ne li osent celer, si dient qu'il vint en litiere, et il lo dist monseignor Gauvain. Et il li prie mout qu'il lo face a lui parler, et il lo mainne devant lui.

« Sire, fait il, vez ci monseignor Gauvain qui vos vient veoir. »

Messires Gauvains s'asiet delez lui et li anquiert s'il set novelles del chevalier qui lo roi Artu fist antrer an la Dolereuse Garde. Cil li respont petit, et totesvoies dit :

« Biax sire, ge sui malades, si ne me chaut de ce que vos me demandez. »

Et qant messires Gauvains ot qe n'aprandra or plus, si se lieve et s'en va atant, et pense que il est si malades que il ne li puet tenir parole, mais demain lo venra veoir, si li enquerra plus. Il s'an va a son ostel. Et qant il fu anuitié, li chevaliers navrez apele *(f. 75c)* son mire et dist :

« Ha ! maistre, ne puis pas ci demorer, car se ge estoie queneüz, g'i avroie domage. Si vos pri por Deu qe vos en venez o moi ; et se vos n'i plaist a venir, si me dites ce que ge ferai, car ge m'an irai anuit. »

« Remenriez vos, fait li mires, por nule rien ? »

« Naie », fait il.

« Et en quele maniere vos en iroiz vos ? »

« En litiere, fait il, que ge ai bele et boene. »

« Ge m'en irai avoc vos, fait li mires, que, se ge n'i aloie, vos porriez tost morir, et ce seroit trop granz domages. »

Et il en a trop grant joie. Lors s'an tornent lor oirre, si s'an vont priveement. Mais or se taist un petit li contes de lui et de sa compaignie, et parole del roi Artu et de monseignor Gauvain.

— Oui, sans aucun doute.

— Ah ! maître, fait monseigneur Gauvain, essayez de savoir comment il est venu. »

Le médecin le demande à ses écuyers, qui n'osent lui cacher la vérité et lui disent qu'il est venu en litière. Il le redit à monseigneur Gauvain, qui insiste pour qu'il lui permette de s'entretenir avec lui. Alors il l'amène devant le chevalier.

« Seigneur, fait-il, voici monseigneur Gauvain qui vient vous voir. »

Monseigneur Gauvain s'assied auprès de lui et lui demande s'il a des nouvelles du chevalier qui a fait entrer le roi Arthur dans la Douloureuse Garde. Il lui répond à peine, mais lui dit tout de même :

« Seigneur, je suis malade et je ne me soucie guère de ce que vous me demandez. »

Quand il voit qu'il n'en saura pas davantage, monseigneur Gauvain se lève et s'en va. Il pense que le chevalier est si malade qu'il ne peut s'entretenir avec lui. Il reviendra donc demain et l'interrogera plus à loisir. Il rentre à son hôtel. La nuit venue, le chevalier blessé appelle son médecin et lui dit :

« Ah ! maître, je ne peux pas rester ici. Si j'étais reconnu, cela me ferait tort. Je vous supplie, pour l'amour de Dieu, de venir avec moi, ou, si vous ne le voulez pas, dites-moi ce que je dois faire ; car je m'en irai cette nuit.

— Y a-t-il un moyen de vous retenir ?

— Non.

— Et comment voyagerez-vous ?

— En litière. J'en ai une, qui est belle et bonne.

— J'irai donc avec vous ; car autrement vous pourriez être bientôt mort, et ce serait trop dommage. »

Grande est la joie du chevalier. Ils font leurs préparatifs et s'en vont en petit équipage. Ici le conte laisse un moment le chevalier et ceux qui l'accompagnent, pour parler du roi Arthur et de monseigneur Gauvain.

Au matin vint messires Gauvains parler au chevalier, et an li
dit qu'il s'en ala de mienuit. Et il en est mout dolanz, si s'en
revait et trueve armé lo roi et ses compaignons. Et il s'an va
armer sanz lui faire conoistre. Et qant il furent hors del chastel,
si josterent ansemble a cels de la. Mais li estorz ne dura gaires,
car il ne porrent soffrir la force lo roi. Et qant il parvint, onqes
puis ne s'i deffandi nus s'an fuiant non. Et li rois les enchauce
jusqu'a lor chastel et les i fist flatir a force. Et com il s'an
retornoit an l'ost, si ancontra monseignor Gauvain, s'espee en
sa main, tote nue. Et il conut s'espee, si demanda :

« Gauvains, biax niés, comment avez vos esploitié de vostre
qeste ? »

« Sire, fait il, neiant encore. »

Endementres qu'il parloient issi, et uns chevaliers mout
acesmez dist au roi :

« Sire, li Rois d'Outre les Marches et li Rois des Cent
Chevaliers vos mandent, car ce sevent il bien, que vostre effort
ne sofferroit nus ; mais se vos voliez une assemblee prandre a
els a un autre jor et *(f. 75d)* venissiez an tel maniere que li
chevalier qui i vendroient poïssent armes porter, il l'anpran-
droient d'ui en set semaines. »

« De ce ne m'entremetrai ge ja », fait li rois.

« Biax sire, fait messires Gauvains, la maisniee mon seignor
la prandra encontre aus deus, s'il vuelent a un plus loigtieg jor,
au lundi devant les Avanz. »

Et cil dit qu'il lou vuelent bien. Et messire Gauvains i anvoie
Lucan lo boteillier as deus rois savoir s'il lo voudront issi, et il
l'otroient.

Li rois Artus s'en reva en son païs, et la reine, et les hoz se
departent. Et li chevalier s'atendent au jor qui est nomez. Et
messires Gauvains entre en sa queste. Et si tost com il est partiz

CHAPITRE XXXIV

Gauvain reprend sa quête

Au matin, monseigneur Gauvain revient pour s'entretenir avec le chevalier, et on lui dit qu'il est parti depuis minuit. Il est très mécontent et s'en retourne. Il trouve le roi et ses compagnons sous les armes. Il va s'armer lui-même, sans se faire connaître. Quand ils furent sortis du château, ils joutèrent tous ensemble contre ceux du parti adverse ; mais la bataille ne dura guère, car personne ne put résister à la force du roi Arthur. Dès que celui-ci fut arrivé, nul ne put trouver de défense que dans la fuite. Le roi les poursuivit jusqu'à leur château et les y fit rentrer de force. Comme il rejoignait l'armée, il rencontra monseigneur Gauvain, l'épée dans sa main nue. Il reconnut l'épée et lui demanda :

« Gauvain, beau neveu, quel a été le résultat de votre quête ?

— Seigneur, rien jusqu'à présent. »

Pendant qu'ils parlaient ainsi, un chevalier, très élégamment vêtu, arrive et dit au roi :

« Seigneur, le roi d'Outre-les-Marches et le roi des Cent Chevaliers vous adressent ce message. Ils savent bien que votre force est telle que nul ne pourrait vous résister. Mais si vous acceptiez une nouvelle assemblée contre eux un autre jour, et si vous autorisiez ceux de vos chevaliers qui s'y rendraient à porter les armes, ils seraient prêts à la faire dans sept semaines, sans que vous-même y preniez part.

— Ce n'est pas mon affaire, dit le roi.

— Beau seigneur, dit monseigneur Gauvain, la maison de monseigneur le roi acceptera cette assemblée contre eux, s'ils veulent, à une date plus lointaine, le lundi qui précède l'Avent. »

Le messager donne son accord. Monseigneur Gauvain envoie Lucain le Bouteiller aux deux rois pour savoir si la proposition leur agrée, et ils l'acceptent. Le roi Arthur retourne dans son pays avec la reine, les armées se dispersent, les chevaliers attendent la date fixée pour l'assemblée et monseigneur Gauvain reprend sa quête.

del roi, si trueve une damoisele mout tost chevauchant sor une mule corsiere. Il la salue, et ele lui, et il li demande s'ele a besoig.

« Oïl, fait ele, mout dolereus. Et vos, o alez issi ? »

« Damoisele, fait il, ge vois en un mien affaire ou ge n'ai pas encor tant esploitié com ge vousisse. Bele douce amie, fait il, savriez me vos dire novelles del chevalier qui fist antrer lo roi en la Dolereuse Garde ? »

« De ce, fait ele, vos dirai ge bien novelles, se vos m'enseigniez de ce que ge quier. »

« Dites, fait il, et se gel sai, gel vos dirai. »

« Est il voirs que li chevaliers as armes vermoilles est morz, et cil qui a vencue ceste assemblee ? »

« Neianz est, fait il, ainz me dist ses mires que il garroit bien. »

Quant ele l'ot, si li esvenoï li cuers, et ele se pasme sor lo col de la mule. Et il la cort sostenir, et com ele revint de pasmoisons, si li demande por quoi ele s'est pasmee.

« Sire, de joie », fait ele.

« Damoisele, fait il, conoissiez lo vos, lo chevalier ? »

« Oïl, sire », fait ele.

« Or me redites de celui dont ge demant. »

« C'est il, fait ele, ce sachiez. Et comment avez vos non ? » fait ele.

« J'ai non, fait il, Gauvains. »

« Ha ! sire, fait ele, vos *(f. 76a)* soiez li bienvenuz. Et por Deu, volez vos que ge aille avoc vos ? »

« De ce sui ge mout liez », fait il.

Antr'aus deus chevauchent, et il li dist :

« Damoiselle, amez vos lo chevalier ? »

« Sire, oïl, fait ele, plus que nul home, et non mie d'itele amor com vos cuidiez. Ge ne voldroie mie qu'il m'eüst esposee. Si ne sera il mie maumariez qui m'avra, car ge sui assez riche fame ; mais, se Deu plaist, il sera miauz mariez. Sire, fait ele, mambre vos il d'une damoisele que vos encontrastes l'autre jor ? »

« Oïl, fait il ; iestes vos ce ? Vos me reprochastes que ge avoie laissié la damoisele en la Dolereuse Garde, et lors vi ge lo chevalier que nos querons. »

Dès qu'il a quitté le roi, il rencontre une demoiselle qui arrive à vive allure sur une mule coursière. Il lui demande quel besoin l'amène.

« Un très douloureux besoin, fait-elle. Et vous-même, où allez-vous ainsi ?

— Demoiselle, fait-il, je m'occupe d'une affaire, où je n'ai pas encore réussi comme je l'aurais voulu. Belle douce amie, fait-il, sauriez-vous me donner des nouvelles du chevalier qui a fait entrer le roi dans la Douloureuse Garde ?

— Je vous en donnerai des nouvelles, si vous m'apprenez ce que je veux savoir.

— Dites, et, si je le sais, je vous en ferai part.

— Est-il vrai que le chevalier aux armes vermeilles est mort, celui qui fut le vainqueur de cette assemblée ?

— Il n'en est rien, fait-il : son médecin m'a dit qu'il guérirait. »

Quand la demoiselle entend ces mots, son cœur défaille et elle se pâme sur l'encolure de sa mule. Il court la soutenir et, comme elle revient de pâmoison, il lui demande pourquoi elle s'est pâmée.

« Seigneur, c'était de joie, fait-elle.

— Demoiselle, connaissez-vous le chevalier ?

— Oui seigneur, fait-elle.

— Maintenant parlez-moi de celui que je cherche.

— C'est lui, fait-elle, n'en doutez pas. Comment vous appelez-vous ?

— Mon nom est Gauvain.

— Ah ! seigneur, fait-elle, soyez le bienvenu. Pour Dieu, voulez-vous que j'aille avec vous ?

— Avec joie », fait-il.

Ils chevauchent ensemble et il lui dit :

« Demoiselle, aimez-vous ce chevalier ?

— Oui, seigneur, plus que tout homme, mais pas de cet amour que vous croyez. Je ne voudrais pas qu'il m'eût épousé. Et pourtant il ne sera pas mal marié, celui qui m'épousera, car je suis une femme riche. Mais s'il plaît à Dieu, il fera un plus beau mariage. Seigneur, fait-elle, vous souvient-il d'une demoiselle que vous avez rencontrée l'autre jour ?

— Oui, fait-il. Était-ce vous ? Vous m'avez reproché d'avoir laissé la demoiselle à la Douloureuse Garde ; et c'est alors que j'ai vu le chevalier que nous cherchons.

Lancelot du Lac

« Vos avez, fait ele, voir dit. Et por celui dui ge estre morte, car l'an me dist que il estoit a mort navrez, si an acouchai malade. Et puis me refu dit que il seroit a ceste assemblee. Gehui si me redist uns escuiers que il estoit ocis. »

« Damoiselle, fait il, puis que vos lo conoissiez, dons me poez vos bien dire comment il a non, si m'avroiz de ceste queste delivré. »

« Si voirement, fait ele, m'aïst Dex, ge nel sai. Mais gel savrai si tost com ge serai la ou il est, et lors lo vos ferai savoir. »

Et il l'an mercie.

« Or me dites, fait il, ça don vos venez, oïtes vos nules enseignes ? »

« Naie », fait ele.

« Ne ge, fait il, la dons ge vaign. Si lo que nos querons une voie qui aille aillors. »

« C'est biens », fait ele.

Et ne demora qu'il troverent en travers de la forest une voie, viez, et delez, un mostier gaste et un cimetire. Il entrent en cele voie, et com il vienent au mostier, si descendent et antrent anz por orer. Delez lo mostier avoit une recluse a une fenestre devers l'autel ou ele lisoit son sautier. Qant il la voient, si li demandent se ele set nule novele.

« Ge n'en sai nule[s], fait ele a monseignor Gauvain, *(f. 76b)* qui grant mestier vos puissent avoir, fors tant que, se vos menez ceste pucele, si n'alez mie ceste voie. »

« Por quoi ? » fait il.

« Que ci pres a un chevalier qui la vos toudra, et bien tost vos ocirra il. »

« Qui est il ? » fait messires Gauvains.

« Ce est, fait ele, Brehuz sanz Pitié. »

« Sire, fait la pucele, alons autre voie. »

« Voire, fait il, an bele painne seroie or entrez, se a chascune chose que ge ooie guerpissoie mon chemin. »

Il s'an partent do mostier et antrent en lor chemin. Mais or

— C'est vrai, fait-elle, et pour lui j'ai failli mourir. On m'a dit qu'il était blessé à mort et j'en suis tombée malade ; puis on m'a dit qu'il serait à cette assemblée. Et aujourd'hui, un écuyer m'a encore dit qu'on l'avait tué.

— Demoiselle, puisque vous le connaissez, vous pouvez bien me dire quel est son nom et vous m'aurez délivré de ma quête.

— Dieu m'est témoin que je l'ignore, fait-elle. Mais je le connaîtrai, aussitôt que je serai là où il est, et alors je vous le ferai savoir[1]. »

Il la remercie et poursuit en ces termes :

« Dites-moi : au pays d'où vous venez, avez-vous eu des nouvelles du chevalier ?

— Non, dit-elle.

— Je n'en ai pas eu davantage au pays d'où je viens. Je suis donc d'avis que nous prenions une autre direction.

— Vous avez raison », fait-elle.

Il ne s'écoula pas beaucoup de temps avant qu'ils ne trouvent, au bord d'une ancienne route traversant la forêt, une église en ruine et un cimetière. Ils prennent cette route et, quand ils arrivent à l'église, ils descendent de cheval et entrent pour prier. À côté de l'église il y avait une recluse, assise à une fenêtre en face de l'autel, où elle lisait son psautier. Quand ils la voient, ils lui demandent si elle peut leur donner quelques renseignements.

« Aucun, dit-elle, qui puisse vous être bien utile, sinon celui-ci : si vous devez emmener cette jeune fille, ne suivez pas cette route.

— Pourquoi ? dit monseigneur Gauvain.

— Parce qu'il y a près d'ici un chevalier qui vous la prendra et qui aura tôt fait de vous tuer.

— Qui est-il ?

— C'est, dit-elle, Bréhu-sans-Pitié.

— Seigneur, dit la jeune fille, prenons un autre chemin.

— Vraiment, dit monseigneur Gauvain, je serais bien en peine si, à chaque parole que j'entendais, je changeais de route. »

Ils s'éloignent de l'église et suivent leur chemin. Mais le conte

---

1. Elle l'apprendra par la lettre qu'elle lui apporte (*cf.* p. 639).

se taist li contes d'aus un petit et retorne au chevalier navré de
la litiere.

Quant li chevaliers de la litiere se parti de l'asemblee par
nuit, si errerent es plus estranges parties que il troverent et qe
il sorent, antre lui et son maistre et sa compaignie, car il
cuidoient estre queneü. L'andemain fist aspre chaut, et qant
vint aprés tierce, si fu descenduz en carrefor en l'ombre d'un
grant orme por dormir. Lors vint par illuec une damoiselle o
grant chevalerie. Et qant ele vint la, si demande au mire :
« Qui est cist chevaliers ? »
« Dame, fait il, c'est uns chevaliers malades. »
La dame descent, si li descuevre lo vis, et tantost commance
a plorer mout durement.
« Biax amis, fait ele, au mire, por Deu, garra il ? »
« Oïl, dame, fait il, ce sachiez. »
Lors s'esvoille li chevaliers, et ele li commance a baissier les
iaux et la boiche. Et il esgarde, si conoist que ce est la dame de
Nohaut, si se vost covrir.
« Ce n'a, fait ele, mestier. Vos en venrez avoc moi, et vos
seroiz plus richement gardez que an leu del monde. Et vos, sire,
fait ele au mire, por Deu, loez li. »
Li chevaliers voit qu'il ne puet eschaper, si li otroie, et ele en
est mout liee. Lors lo remontent an la litiere et chevauchent
ensemble. Et la dame li conte comment ele l'aloit querant, ne ja
mais ne finast de terres cerchier tant que ele lo *(f. 76c)* trovast.
Issi chevauchent a petites jornees et gisent lo plus des nuiz en
paveillons, car la dame en avoit deus mout biax. Et vindrent

cesse un moment de parler d'eux et revient au chevalier blessé de la litière.

CHAPITRE XXXV

La dame de Nohaut retrouve Lancelot

Quand le chevalier de la litière fut parti de l'assemblée pendant la nuit, il voyagea, avec son médecin et sa suite, dans les contrées les plus isolées qu'ils surent trouver, car ils craignaient d'être reconnus. Le lendemain il faisait très chaud. Après tierce, on le descendit de sa litière et on l'installa dans un carrefour, à l'ombre d'un grand orme, pour y dormir. Passe une demoiselle dans un grand déploiement de chevalerie. Arrivée là, elle demande au médecin :

« Qui est ce chevalier ?

— Dame, c'est un chevalier malade. »

La dame descend, lui découvre le visage, et aussitôt elle fond en larmes.

« Bel ami, dit-elle au médecin, pour Dieu, guérira-t-il ?

— Oui, dame, soyez-en sûre. »

Le chevalier s'éveille et elle se met à lui baiser les yeux et la bouche. Il la regarde, reconnaît en elle la dame de Nohaut et essaie de se cacher le visage.

« C'est inutile, dit-elle. Vous viendrez avec moi et vous serez plus richement gardé qu'en tout autre lieu du monde. Vous aussi, seigneur, dit-elle au médecin, pour l'amour de Dieu, conseillez-le-lui. »

Le chevalier voit qu'il ne peut y échapper ; il y consent et elle en est très heureuse. On le remonte dans la litière et ils chevauchent ensemble. La dame lui raconte qu'elle était à sa recherche et qu'elle n'eût jamais cessé d'aller de pays en pays, avant de l'avoir trouvé. Ils vont ainsi par petites étapes et passent la plupart des nuits en pavillon, car la dame en avait deux qui étaient fort beaux. Ils passèrent devant la Doulou-

par devant la Doloreuse Garde, si cuida la dame gesir el borc
aval ; mais li chevaliers dist que por rien il n'i enterroit.

« Por quoi ? » fait ele.

Et il ne l'an respont mie, ainz regarda la porte, si commença
a plorer mout durement, et dist :

« Ha ! porte, porte, por quoi ne fustes vos a tans overte ? »

Et ce disoit il de la porte o il fist muser la reine, com il fu
esbahiz sor les murs. Si cuidoit que la reine lo saüst autresin
com il savoit, et que ele l'an haïst a tozjorz mais.

« Futes i vos onqes mais ? » fait la dame.

Et il est si troblez que il ne pot respondre. Et ele pense
tantost que ce estoit il qui lo chastel avoit conquis, si n'en ose
plus parler, por ce que correcié lo veit. Tant ont erré qu'il sont
venu el chastel a la dame, qui estoit a dis liues de Nohaut. En
cel chastel fait la dame compaignie au chevalier tant com il fu
malades, et ot quancqe il li fu mestiers. Si laisse li contes un
petit a parler de lui et retorne a monseignor Gauvain et a la
pucele.

Entre monseignor Gauvain et la pucele se sont parti de la
recluse et chevauchent tant qu'il vienent fors de la forest et
troverent en une grant lande un paveillon mout bel. Il n'i
arestent pas, ainz passerent outre. Et ne demora gaires qu'a-
prés aus vint uns escuiers sor un chaceor mout tost, si les ataint
et dist a monseignor Gauvain :

« Sire chevaliers, mes sires vos mande que vos li enveiez ceste
pucele o vos li amenez. »

reuse Garde et la dame voulut faire halte en bas dans le bourg ; mais le chevalier lui dit que pour rien au monde il n'y entrerait.

« Pourquoi ? » fait-elle.

Il ne lui répond pas, mais regarde la porte, éclate en sanglots et dit :

« Ah ! porte, porte, pourquoi ne fûtes-vous pas ouverte à temps ? »

Il parlait ainsi de la porte, où il fit attendre la reine, tandis qu'il demeurait, frappé de stupeur, sur les remparts. Il pensait que la reine savait comme lui la sottise qu'il avait faite et qu'elle l'avait pris en haine pour toujours.

« Y êtes-vous allé déjà ? » fait la dame.

Il est si troublé qu'il ne peut répondre. Elle pense tout de suite que c'est lui qui a conquis le château, mais n'ose en dire plus, parce qu'elle voit qu'il est en colère. Ils voyagent ainsi jusqu'à ce qu'ils soient arrivés au château de la dame, qui était à dix lieues de Nohaut. Dans ce château, la dame tint compagnie au chevalier, aussi longtemps qu'il fut malade ; et il trouva auprès d'elle tout ce dont il eut besoin. Aussi le conte le laisse-t-il un moment, pour revenir à monseigneur Gauvain et à sa demoiselle.

CHAPITRE XXXVI

Gauvain et les deux demoiselles du lac

Monseigneur Gauvain et la demoiselle ont quitté la recluse. Ils ont tant chevauché qu'ils sont sortis de la forêt et trouvent, dans une grande lande, un très beau pavillon. Ils ne s'y arrêtent pas et suivent leur chemin. Peu après, un écuyer, monté sur un cheval de chasse, vient vers eux à vive allure, les rejoint et dit à monseigneur Gauvain :

« Seigneur chevalier, mon maître vous fait dire de lui envoyer cette demoiselle ou de la lui amener vous-même.

« Qui est tes sires ? » fait il.

« Brehuz sanz Pitié », dist li escuiers.

« Ne ge ne li manrai, fait messires Gauvains, ne ge ne li envoierai se ele n'i va de son gré. »

« Ainz i erai ge, fait ele, que *(f. 76d)* vos vos combatoiz a lui. »

« Vos n'i eroiz mie hui », fait il.

Li escuiers s'an torne. Et qant messires Gauvains et la pucele orent une piece alé, si vint aprés aus Brehuz toz armez, et crie mout haut :

« Vos la me laroiz la pucele, o vos lo comparroiz mout chier. »

« Lo laissier, fait messires Gauvains, ne ferai ge mie. »

Il ganchissent anmi la lande. Si fiert Brehuz monseignor Gauvain, si que tote sa lance en pieces vole. Et messires Gauvains fiert lui, si que il lo porte a terre, et prant son cheval, si li ramainne.

« Tenez, fait il, vostre cheval, que ge ai autre chose a faire, si m'en irai. »

« Qui iestes vos, fait il, qui mon cheval me randez et abatu m'avez ? »

« Ge sui, fait il, Gauvains. »

« Que alez vos querant ? » fait Brehuz.

« Nos querons, fait il, lo chevalier as armes vermoiles qui l'asanblee a vencue. »

« Ne vos dirai ores mies, fait Brehuz, ce que ge en sai, car ge vois en un mien affaire, mais se vos estiez d'ui en quinze jorz en ceste place, ge vos en dirroie voires anseignes. »

« Nos i serons, fait il, se nos n'an oons novelles dedanz ce. »

Atant s'an departent, et messires Gauvains oirre tote la quinzaine, que nules anseignes n'en oï ; si revint an la place, et la pucele avoc lui, et troverent Brehu.

« Que me direz vos ? » fait messires Gauvains.

« Ge vos en dirai, fait Brehuz, novelles, par si que vos me donroiz ce que ge vos demanderai. »

« Ge l'otroi, fait messires Gauvains, se c'est chose que ge doner vos puisse et doie. »

« Or sachiez, fait il, que il est en un chastel que la dame de Nohauz tient en baillie de deus freres, cui il est, et il sont si

— Qui est ton seigneur? fait monseigneur Gauvain.

— Bréhu-sans-Pitié, fait l'écuyer.

— Je n'ai l'intention, fait monseigneur Gauvain, ni de l'amener ni de l'envoyer, si elle n'y va pas de son plein gré.

— Je préfère y aller, fait-elle, plutôt que de vous laisser combattre contre lui.

— Vous n'irez pas aujourd'hui », fait-il.

L'écuyer s'en retourne. Quand ils ont fait un peu de chemin, Bréhu fond sur eux, tout armé, et s'écrie d'une voix forte :

« Vous me laisserez cette demoiselle ou vous le paierez très cher.

— La laisser? dit monseigneur Gauvain. C'est une chose que je ne ferai pas. »

Ils prennent leur élan au milieu de la lande. Bréhu frappe monseigneur Gauvain de telle sorte que sa lance vole en pièces. Et monseigneur Gauvain lui porte un coup tel qu'il l'envoie au sol, lui prend son cheval et le lui ramène.

« Reprenez, dit-il, votre cheval ; car j'ai autre chose à faire et je m'en vais.

— Qui êtes-vous, dit Bréhu, vous qui me rendez mon cheval et qui m'avez désarçonné?

— Je suis Gauvain.

— Et que cherchez-vous par ici?

— Nous cherchons le chevalier aux armes vermeilles, qui a été le vainqueur de l'assemblée.

— Je ne vous dirai pas maintenant, fait Bréhu, ce que j'en sais, car je dois aller à mes affaires. Mais si vous revenez dans quinze jours ici-même, je vous apporterai des nouvelles dignes de foi.

— Nous y serons, fait monseigneur Gauvain, si nous n'apprenons rien de lui d'ici là. »

Alors ils se séparent. Monseigneur Gauvain voyagea toute la quinzaine, sans rien apprendre. Il revint donc au même endroit, avec la demoiselle, et y trouva Bréhu.

« Qu'avez-vous à me dire? fait monseigneur Gauvain.

— Je vous dirai ce que je sais, fait Bréhu, si vous me donnez ce que je vous demanderai.

— Je vous l'accorde, fait monseigneur Gauvain, si c'est quelque chose que je puisse et doive vous donner.

— Sachez donc qu'il est dans un château, dont la dame de Nohaut a la garde et qui appartient à deux frères, qui sont ses

neveu. Si i ai puis esté par trois foiz. Si vi premierement qu'il
escremissoit, et ses mires li disoit, qant il avoit un po escremi :
« Or est assez, sire. » L'andemain lo vi o il lo laissoit plus
efforcier. Hui a tierz jor i refui, si lo vi hors del chastel a cheval,
un escu au col, une lance en sa main, et essaioit se il porroit
encor armes porter. Or si *(f. 77a)* n'i a, fait il, que de l'aler ; et
se c'est il, se me randez mon guerredon, et s'il n'est ce, si en
seiez quites. »

Lors s'an vont tuit et chevauchent par lor jornees tant que il
vienent au chastel. Et Brehuz remaint defors, et il vont el
chastel jusqu'as maisons a la dame. Et li chevaliers malades ot
dire que messires Gauvains venoit, si dist a son mire :

« Maistre, messire Gauvains vient ci, et vos li dites que mout
sui malades. »

« Volentiers, fait il, sire. »

Lors lo couche en un lit dedanz une chambre oscure, et puis
revint hors. Et messire Gauvains et la pucele vienent, et la
dame del chastel reçoit mout bien monseignor Gauvain. Puis
dit au mire a consoil que an toz servises li face veoir lo
chevalier.

« Sire, fait il, ce ne puet estre, car trop est malades. »

« Qant ge nel puis veoir, fait messires Gauvains, sel faites
veoir a ceste damoisele. »

« Volentiers », fait cil qui garde ne s'an prant.

Il l'an mainne en la chanbre, et ele oevre une fenestre. Et
com li chevaliers la voit, si cuevre son vis. Et ele cort por
descovrir, mais il giete sa main encontre, si la prant par lo braz.
Et ele vit la main, si la conoist, si la baisse tant que ele se pasme
desus. Et qant ele vint de pasmeison : « N'i a mestier, fait ele,
coverture. »

Lors traist unes letres, si les a brisiees et list que la pucele qui
remest en la Dolereuse Garde salue Lancelot del Lac, lo fil lo
roi Ban de Benoyc, et li mande qu'ele tanra tant prison com lui
plaira, mais bien saiche que il a esté vilains vers li, et ele leiaus
vers lui. Com il ot ce, si a trop grant duel et commance a plorer
mout durement. Lors apela la pucele, si li dist :

« Ma douce suer, alez tost, si li dites que ge li cri merci, car

neveux. J'y suis allé trois fois. La première fois, je l'ai vu s'exercer aux armes, et son médecin lui disait, quand il avait fait un peu d'exercice : "Ça suffit, seigneur." Le lendemain j'ai vu qu'il lui laissait faire de plus grands efforts. Et, il y a trois jours, je l'ai vu, hors du château, à cheval, un écu à son cou, une lance à la main, qui s'essayait à porter de nouveau les armes. Vous n'avez qu'à y aller : si c'est lui, vous me donnerez ma récompense ; et si ce n'est pas lui, vous en serez quitte. »

Ils partent ensemble et chevauchent tant, par leurs journées, qu'ils arrivent au château. Bréhu reste dehors. Les deux autres entrent dans le château et vont jusqu'aux maisons de la dame. Le chevalier malade apprend que monseigneur Gauvain arrive et il dit à son médecin :

« Maître, monseigneur Gauvain vient ici, dites-lui que je suis très malade.

— Volontiers seigneur », fait le médecin.

Alors il le met au lit dans une chambre obscure, et revient dans la salle. Monseigneur Gauvain arrive avec la demoiselle, et il est fort bien reçu par la dame. Il prend le médecin à part et le prie instamment de lui faire voir le chevalier.

« Seigneur, dit le médecin, ce n'est pas possible, car il est trop malade.

— Puisque je ne peux le voir, dit monseigneur Gauvain, faites-le voir du moins à cette demoiselle.

— Volontiers », dit le médecin, qui n'y entend pas malice.

Il l'amène dans une chambre. Elle ouvre la fenêtre. Quand le chevalier la voit, il se cache le visage. Elle court vers lui pour le voir à visage découvert ; mais il avance sa main, saisit la jeune fille par le bras, elle voit la main, la reconnaît, la couvre de tant de baisers qu'elle se pâme, et quand elle revient de pâmoison : « Il est inutile de vous cacher », fait-elle.

Alors elle lui présente une lettre. Il en brise le sceau et lit ceci :

« La demoiselle qui est restée dans la Douloureuse Garde salue Lancelot du Lac, fils du roi Ban de Bénoïc, et lui mande qu'elle se tiendra pour prisonnière aussi longtemps qu'il le voudra. Mais qu'il sache bien qu'il s'est conduit vilainement envers elle et elle loyalement envers lui. »

En lisant ces mots, il est très malheureux et fond en larmes. Il fait venir la jeune fille et lui dit :

« Ma douce sœur, partez vite et dites à cette demoiselle que

trop li ai mesfait. Et des ores mais s'en isse, car gel voil. »

« Ce ne puet estre, fait cele, ele n'en istra ja se ele ne vos voit o cel anel de vostre doi. »

« Ele a, fait il, droit, car la o li aniaus est, si suis gié. Or tenez, si li *(f. 77b)* portez. »

La damoisele s'an rist riant de la chambre. Et il li prie que a nelui ne die son non. Et ele vient fors, et messires Gauvains li dit :

« Amie, que me diroiz vos ? »

« Bien », fait ele.

« Diroiz me vos lo non del chevalier ? »

« Ge vos menrai la ou vos lo savroiz, et c'est cil qui vainquié l'asanblee. »

Lors s'an partent et truevent a la porte Brehu qui les atandoit.

« Sire Gauvains, fait il, devez me vos nul guerredom ? »

« Oïl », fait il.

« Or vos sivrai ge tant que vos aiez chose qui me plaise. »

Issi s'an vont tuit troi tant que au tierz jor vienent a la Dolereuse Garde. Et messires Gauvains conoist lo chastel.

« Ge sai bien, fait il a la pucele, o vos me menez. »

« Ge ne vos manrai, fait ele, se bien non. »

Il vienent a la porte, si la truevent fermé. Lors vont a la porte devers la tor, si apele la damoisele. Et li portiers dit qu'ele n'i enterra.

« Tenez, dit ele, ces ansaignes et portez a la damoisele de cele tor. »

Il ovre lo guichet, et cele li baille l'anel au chevalier de la litiere. Et il lo reclost aprés, puis vient a la damoisele de la tor, si li dit :

« Dame, il a la hors une damoisele et un chevalier, si vos envoient ces ansaignes por antrer ceianz. »

Ele regarde l'anel, si li a dit :

« Alez tost. Laissiez les venir ceianz. »

Cil vient a la porte, si l'uevre, et il antrent anz. Et cele de la tor lor vient encontre et lor dit :

« Bienveigniez. Or m'en irai gié avoc vos de quele hore que vos voudroiz. »

je la supplie de me pardonner la lourde faute que j'ai commise. Qu'elle s'en aille tout de suite, je le veux !

— Cela ne se peut pas. Elle ne s'en ira jamais, si elle ne vous voit vous-même ou cet anneau qui est à votre doigt.

— C'est juste, fait-il ; car, partout où est l'anneau, je suis présent. Prenez-le donc et portez-le-lui. »

La demoiselle sort en souriant de la chambre, et il la prie de ne dire son nom à personne. Quand elle est dehors, monseigneur Gauvain lui demande :

« Amie, qu'avez-vous à me dire ?

— Tout va bien, fait-elle.

— Me direz-vous le nom du chevalier ?

— Je vous emmènerai là où vous le saurez : c'est celui qui a été le vainqueur de l'assemblée. »

Ils s'en vont et trouvent à la porte Bréhu, qui les attendait.

« Seigneur Gauvain, fait-il, est-il vrai que vous me deviez une récompense ?

— Oui, fait monseigneur Gauvain.

— Je vous suivrai donc jusqu'à ce que vous ayez quelque chose qui me plaise. »

Ils voyagent ainsi tous les trois ensemble et deux jours plus tard ils arrivent à la Douloureuse Garde. Monseigneur Gauvain reconnaît le château.

« Je sais, dit-il à la demoiselle, où vous m'emmenez.

— Je ne vous emmène, répond-elle, que pour votre bien. »

Ils arrivent à la porte du château et la trouvent fermée. Alors ils vont à la porte de la tour. La demoiselle appelle le portier et il lui dit qu'elle n'entrera pas.

« Prenez ces enseignes, lui dit-elle, et portez-les à la demoiselle qui demeure dans cette tour. »

Il ouvre le guichet et elle lui tend l'anneau du chevalier de la litière. Une fois le guichet refermé, il va trouver la demoiselle de la tour et lui dit :

« Il y a dehors une demoiselle et un chevalier qui vous envoient ces enseignes pour pouvoir entrer. »

Elle regarde l'anneau et répond :

« Allez vite et laissez-les venir. »

Il retourne à la porte, l'ouvre et les fait entrer. La demoiselle de la tour vient à leur rencontre et leur dit :

« Soyez les bienvenus. Je m'en irai avec vous, dès que vous le voudrez. »

Et Brehuz estoit remés dehors a la porte.

« Damoisele, fait messires Gauvains, encor ne sai ge mie lo non del chevalier qui fist monseignor lo roi Artus antrer ceianz. »

Et la pucele qui laianz l'avoit amené consoille a l'autre. Et cele dit a monseignor Gauvain :

« Ge vos dirai lo non del chevalier, mais vos venrez ençois la ou ge vos menrai. »

Lors l'an mainne el cimetire et li mostre les tombes.

« Ci avez vos esté fait ele, autrefoiz. »

« Voire », *(f. 77c)* fait il.

Lors lo moine a une tonbe.

« Sor ceste tombe, fait ele, ot ja escrit : « Ci gist Gauvains, li niés lo roi Artu, et veez la sa teste. » Et de toz voz compaignons autresi. Ne onques rien de tot ce n'i trovastes com vos i venistes. »

« Et comment fu ce dons ? » fait il.

« Ce sont, fait ele, li enchantement de ceianz. »

« Or me dites, fait il, lo non au chevalier. »

« Desouz cele lame, fait ele, de metal lo troveroiz. »

Il vient a la lame, si l'essaie, mais il ne la pot lever ne tant ne qant. Et il en est trop dolanz.

« Damoisele, fait il, porroie ge autrement savoir lo non au chevalier ? »

« Oïl, fait ele, se vos me menez tant que ge lo truise, gel vos ferai savoir. »

« Comment en seroie ge seürs ? »

« Gel vos creant, fait ele, leiaument. »

« Et ge vos i manrai », fait il.

Lors s'en issent del cimetire. Et la damoisele monte en un palefroi qui amenez li fu. Et qant il vienent hors de la porte, si troverent Brehu.

« Sire Gauvains, fait il, or vos demant ge mon don. »

« Quel ? » fait il.

« Cele pucele que vos avez laianz trovee. »

« Brehu, fait il, ge ne la puis pas doner, car ele n'est pas moie ; ne ge ne vos promis chose se ce non que ge vos porroie doner et devroie. »

« Il n'i ot nul arest », fait Brehuz.

« Si ot, fait messires Gauvains, cestui, et se vos volez, ge sui

Bréhu était resté dehors, devant la porte.

« Demoiselle, fait monseigneur Gauvain, je ne sais toujours pas le nom du chevalier qui a fait entrer dans ce château monseigneur le roi Arthur. »

La demoiselle qui l'avait amené s'entretient seule à seule avec l'autre ; puis elle dit à monseigneur Gauvain :

« Je vous dirai le nom du chevalier ; mais vous irez d'abord où je vous emmènerai. »

Elle l'emmène au cimetière et lui montre les tombes.

« Vous êtes venu ici autrefois ? fait-elle.

— C'est vrai », fait-il.

Elle le conduit à une tombe.

« Sur cette tombe, dit-elle, on a pu lire naguère : ci-gît Gauvain, le neveu du roi Arthur et voilà sa tête ; de même pour tous vos compagnons. Et vous n'avez rien vu de cela, quand vous y êtes venu.

— Comment est-ce possible ?

— Ce sont les enchantements du château.

— Dites-moi maintenant le nom du chevalier.

— Vous le trouverez sous cette plaque de métal. »

Il s'approche, essaie de la soulever, mais ne peut y parvenir d'aucune façon. Il en est très malheureux.

« Demoiselle, dit-il, aurai-je un autre moyen de savoir le nom du chevalier ?

— Oui, dit-elle, si vous m'amenez jusqu'à lui, je vous le ferai savoir.

— Quelle garantie en aurai-je ?

— Vous avez ma parole, que je vous donne loyalement.

— Alors je vous y mènerai. »

Ils sortent du cimetière. La demoiselle monte sur un palefroi, qui lui est apporté. Quand ils ont franchi la porte, ils retrouvent Bréhu.

« Seigneur Gauvain, fait-il, je vous demande ma récompense.

— Que voulez-vous ?

— Cette demoiselle, que vous avez trouvée ici.

— Bréhu, dit Gauvain, je ne peux pas la donner, car elle n'est pas à moi. Et je ne vous ai promis que ce que je pourrais et devrais vous donner.

— Il n'y a eu aucune réserve.

— Si, il y a eu celle-là ; et si vous le voulez, je suis prêt à m'en

prelz que ge m'en mete el jugement des compaignons mon
oncle, si an soit ce que il diront, o bataille ou autre chose. »

Brehuz dit qu'il n'em fera rien, mais orrendroit s'en combatra. Et neporqant, tant li prient les pucelles que il doint lo respit
jusqu'au jor de l'asanblee, qu'il demanderont as chevaliers qu'il
en doit estre, par si que se li esgarz as chevaliers ne siet a Brehu,
il revenra a sa bataille. Et messires Gauvains l'otroie. Atant ont
lor voie acoillie. Mais d'aus ne parole plus li contes ci endroit
devant que il ait parlé del chevalier de la litiere.

(f. 77d) Tant a esté li chevaliers an la garde a la dame de
Nohaut que auques est respassez, si desirre mout les armes
dont il a esté longuement an repos. Il vient a la dame, si prant
congié. Puis s'en part antre lui et son mire, cui la dame avoit
mout richement paié de son servise. Et li chevaliers li
demande :

« Maistre, dont ne sui ge assez gariz por porter armes ? »

« Nenil, fait il, vos porriez enprandre tel fais que tot seroit a
rancommencier. »

« Tel fais, maistre ! De ce ne se puet nus amesurer com li
besoinz vient. »

« Si vos i gardez, fait li mires, au commencier. »

« Certes, fait il, se ge de toz mes menbres me puis aidier, il
m'est avis que ge sui gariz. »

« Dont ne baez vos, fait li mires, a aler a l'asemblee ? »

« Oïl », fait il.

« Et lo quel voudroiz vos mielz estre, ou estre sainz a

remettre au jugement des compagnons de mon oncle. Il en sera ce qu'ils décideront, soit bataille, soit autre chose. »

Bréhu dit qu'il ne veut rien entendre et qu'il fera sa bataille tout de suite. Mais, à la prière des demoiselles, il accepte un délai jusqu'au jour de l'assemblée. Ce jour-là ils demanderont aux chevaliers ce qu'il doit en être, étant entendu que si l'arbitrage des chevaliers ne lui convient pas, Bréhu pourra revenir à sa bataille. Monseigneur Gauvain y consent et ils se mettent en route. Mais le conte ne s'occupe plus d'eux. Il nous parle d'abord du chevalier de la litière.

CHAPITRE XXXVII

Lancelot chez l'ermite

Le chevalier est resté sous la garde de la dame de Nohaut assez de temps pour être à peu près rétabli. Il désire ardemment reprendre les armes, dont il s'est longtemps abstenu. Il se rend auprès de la dame et prend congé d'elle. Puis il s'en va, accompagné par son médecin, que la dame a très largement payé de ses services. Le chevalier lui demande :

« Maître, ne suis-je pas assez rétabli pour porter les armes ?

— Non, répond le médecin ; car vous pourriez vous charger d'un fardeau trop lourd et tout serait à recommencer.

— Un fardeau trop lourd, maître ! Mais personne ne peut mesurer ses efforts, quand la nécessité s'en fait sentir.

— C'est pourquoi, dit le médecin, vous devez vous en abstenir au départ.

— En vérité, puisque je peux me servir de tous mes membres, il me semble que je suis guéri.

— Ne souhaitez-vous pas aller à l'assemblée ? fait le médecin.

— Si, fait-il.

— Et que préférez-vous : être en bonne santé à l'assemblée

l'asemblee et malades entredeux, o estre lors malades et antretant haitiez. »

« Ge ne voudroie, fait li chevaliers, por nule rien qe ge ne portasse armes a l'asenblee. »

« Dont vos lo ge, fait li mires, que vos seiez en repos jusq'a lores, si seroiz sainz et haitiez et an vostre dure force. »

« Puis que vos lo me loez, fait li chevaliers, ge lo ferai. Mais la dont ge vaign ne retornerai ge mie, ainz irai chiés un hermite, mout saint home, que ge sai. »

Il acoillent lor voie ansemble, car li mires ne lo velt guerpir devant l'asemblee, si ont tant alé que il sont venu chiés l'Ermite do Plaisseiz — issi avoit il non ; et ce estoit cil chiés cui il avoit Brandin des Illes mis en prison, celui qui estoit sires de la Dolereuse Garde. Grant joie an fist li hermites et a grant honor les reçut, mais mout s'esmaie des plaies au chevalier. Tant demora li chevaliers laianz que ses mires li dist qu'il estoit plus sains *(f. 78a)* et plus haitiez del cors et des manbres qu'il n'avoit onques esté a nul jor ; et bien avoit encores quinze jorz jusqu'a l'asemblee. Or relaisse li contes une piece a parler de lui et de sa compaignie, et retorne a parler de monseignor Gauvain.

Messire Gauvains, qant il se parti de la Dolereuse Garde, si erra entre lui et ses deus puceles et Brehu sanz Pitié tant qu'il vinrent au chastel o li chevaliers navrez avoit geü. Et com il nel troverent, si furent mout dolant. Et dist messires Gauvains

et malade entre-temps, ou être malade à l'assemblée et valide entre-temps ?

— Je ne voudrais pour rien au monde, fait le chevalier, être empêché de porter les armes à l'assemblée.

— Alors je vous conseille de rester en repos jusque-là, et vous serez valide et bien-portant et en pleine possession de votre force.

— Puisque tel est votre conseil, je le suivrai. Mais je ne retournerai pas à l'endroit d'où je viens, et me rendrai chez un ermite, un très saint homme que je connais. »

Ils prennent la route ensemble, le médecin ne voulant pas le quitter avant l'assemblée et ils chevauchent tant qu'ils arrivent chez l'ermite du Plessis[1], car tel était son nom. C'était chez lui que le chevalier avait mis en prison Brandis des Iles, le seigneur de la Douloureuse Garde. L'ermite l'accueillit avec une grande joie et le reçut avec beaucoup d'honneur, mais il était très effrayé de ses blessures. Le chevalier resta chez lui jusqu'au jour où son médecin lui dit qu'il était plus valide et plus robuste du corps et des membres qu'il ne l'avait jamais été. Il y avait encore quinze jours jusqu'à l'assemblée. Ici le conte cesse un moment de parler de lui et de sa compagnie, pour revenir à monseigneur Gauvain.

CHAPITRE XXXVIII

Gauvain et Bréhu-sans-Pitié

Quand il fut parti de la Douloureuse Garde, monseigneur Gauvain voyagea en compagnie de ses deux pucelles et de Bréhu-sans-Pitié et arriva au château où le chevalier blessé avait été soigné. Ils furent très malheureux de ne pas l'y trouver

---

1. *plessis:* clos bordé de haies. L'ermitage, d'où l'ermite tire son nom (Duplessis, comme Duclos), a été décrit p. 569.

qu'il n'an cuidoit mais oïr nules novelles devant l'asemblee.

« Comment ? fait la pucele qui avoit esté em prison, avra il assemblee par tans ? »

« Oïl, fait il, n'i a mie un mois a venir. »

« La, fait ele, sera il se del cors n'a essoigne. »

Atant s'an tornent et chevauchent si com Brehuz les conduist, qui dit que il set miauz les voies que nus.

« Une chose, fait il a monseignor Gauvain, voil ge que vos sachiez, que ces deus puceles nos seroient ja mout fort a tolir, por que ge vos volsisse aidier. »

« C'est voirs, fait messires Gauvains, et se vos ne m'aidiez, vos seriez desleiaus. »

Issi oirrent jusqu'au vespre, et voient un paveillon, et pres de cel paveillon avoit une riviere. A cele riviere estoit uns cers afuianz, et li chien l'avoient pris en la rive. Aprés venoit uns chevaliers, un cor a son col et un veneor o lui, et cornoient de prise. Et messires Gauvains et sa conpaignie vienent la, et com li chevaliers les voit, si les salue.

« Seignor, fait il, se il vos plaissoit de cest cerf, ge vos en donroie. Et s'il vos plaisoit a herbergier, cist paveillons est miens, si vos herbergeroiz, se vos volez. »

« Sire, fait messires Gauvains, granz merciz, et nos herbergerons. »

Il descent, et vallet pranent lor armes. Com il furent desarmé, Brehuz consoille au chevalier, *(f. 78b)* et cil vient a monseignor Gauvain.

« Sire, fait il, ge vos ai herbergié, ne anuit n'avez vos garde. Mais demain, puis que vos en seroiz alez, ne vos asseür ge mie. »

« Sire, fait messires Gauvains, qant vos me feroiz mal, ce pesera moi. »

Li chevaliers lor fait mout bel ostel. Au matin s'an part messires Gauvains et Brehuz et les deus puceles, et hoirent grant piece de jor, tant que il ancontrent deus chevaliers toz armez. Cil chevalier nes mistrent onques a raison, ainz pristrent les escuz par les anarmes et laissent corre a monseignor Gauvain, et il a els, et cuida que Brehuz feïst autretel, mais il se tint coiz. Li uns des chevaliers fiert monseignor Gauvain an

et monseigneur Gauvain déclara qu'il n'espérait plus en avoir des nouvelles avant l'assemblée.

« Comment? dit la demoiselle qui avait été prisonnière à la Douloureuse Garde, il doit y avoir bientôt une assemblée?

— Oui, fait monseigneur Gauvain, dans moins d'un mois.

— Il y sera, fait-elle, à moins d'un empêchement absolu. »

Alors ils s'en vont et voyagent sous la conduite de Bréhu, qui prétend connaître les chemins mieux que quiconque.

« Je veux que vous sachiez une chose, dit Bréhu à monseigneur Gauvain : c'est qu'on aurait bien du mal à nous prendre ces deux pucelles, pour peu que je veuille vous aider.

— C'est vrai, et, si vous ne m'aidiez pas, vous seriez déloyal. »

Ils voyagent ainsi jusqu'au soir. Alors ils aperçoivent un pavillon auprès d'une rivière. Un cerf s'enfuyait le long de la rivière et les chiens l'avaient attaqué sur la rive. Puis venait un chevalier, un cor autour du cou, accompagné d'un veneur, et ils sonnaient du cor pour annoncer leur prise. Monseigneur Gauvain et sa compagnie arrivent et, dès que le chevalier les voit, il les salue.

« Seigneurs, leur dit-il, s'il vous plaisait de manger de ce cerf, je vous en offrirais. Et s'il vous plaisait d'être mes hôtes, ce pavillon m'appartient et vous y pourrez passer la nuit, si vous le souhaitez.

— Seigneur, fait monseigneur Gauvain, nous vous sommes très obligés et acceptons votre hospitalité. »

Ils descendent de cheval et les écuyers prennent leurs armes. Quand ils sont désarmés, Bréhu s'entretient à voix basse avec le chevalier et celui-ci s'adresse à monseigneur Gauvain :

« Seigneur, je vous ai offert l'hospitalité, et cette nuit vous n'avez rien à craindre. Mais demain, après que vous serez parti, je ne vous assure de rien.

— Seigneur, lui répond monseigneur Gauvain, si vous vous attaquez à moi, j'en serai désolé. »

Le chevalier les traite fort bien. Le lendemain matin, monseigneur Gauvain, Bréhu et les deux pucelles s'en vont. Ils voyagent une bonne partie de la journée, puis rencontrent deux chevaliers armés de toutes armes, qui, sans leur dire un mot, prennent leur écu par les énarmes et fondent sur monseigneur Gauvain, qui leur fait face. Il pense que Bréhu va le soutenir, mais celui-ci ne bouge pas. L'un des chevaliers frappe monsei-

l'escu, que tote sa lance vole en pieces. Et il fiert lui, si que il lo
porte a terre. Et li autres fiert lo cheval monseignor Gauvain
parmi les flans, si l'ocit, et il remaint a pié. Et quant cil qui lo
cheval ot ocis vit que il fu a pié, si descent. Or sont tuit troi a
pié. Li dui corrent sus a monseignor Gauvain, et il se desfant
d'aus mout bien et plus les domaige qu'il ne font lui. Une grant
piece se conbatent issi, c'onques li dui ne porent monseignor
Gauvain tolir terre, et il les fait sovant remuer.

Qant la pucele qui monseignor Gauvain mena en la Dolereuse Garde voit qu'isi est a certes, si a paor de lui et commence
a crier mout durement. Lors se lance jus de son palefroi et se
fiert antr'aus et crie com desvee :

« Fil a putain, failli chevalier, volez vos ocirre lo plus
preudome do monde si desleiaument ? »

« Damoisele, qui est il ? » fait li uns.

« Qui ? fait ele ; c'est messires Gauvains, li niés lo roi
Artu. »

Et cil regarde son compaignon.

« En non Deu, fait il, a lui ne me combatrai ge plus, et dahaz
ait or qui ci nos fist venir. »

« Sire, fait li autres, par la rien que vos plus amez, iestes vos
messires Gauvains ? »

Et il li dit que oïl.

« Ha ! *(f. 78c)* sire, font il, por Deu, or nos pardonez ce que
nos vos avons meffait, car issi com nos vos tenons ore au plus
prodome do monde, issi vos teniens nos or au plus desleial del
monde. Et nos vos lairons atant. »

« Estrangement, fait messires Gauvains, me laissiez vos, qui
mon cheval m'avez mort. »

« Sire, fait cil qui l'avoit mort, ge vos randrai lo mien por lo
vostre. »

Et il lo prant. Et c'estoit cil qui monseignor Gauvain avoit
herbergié et ses puceles, mais Brehuz li avoit fait entandant de
monseignor Gauvain totes les desleiautez do monde. Li dui
chevalier montent en un cheval, et Brehuz les convoie une

gneur Gauvain sur son écu, mais sa lance vole en pièces, et celui-ci lui assène un coup tel qu'il le jette à terre. L'autre chevalier atteint de flanc le cheval de monseigneur Gauvain et le tue. Voici que monseigneur Gauvain est à pied. Quand celui qui a tué son cheval voit qu'il est à pied, il descend de son cheval, et maintenant ils sont à pied tous les trois. Les deux chevaliers attaquent monseigneur Gauvain, qui se défend fort bien et leur fait plus de mal qu'ils ne lui en font. Ainsi combattent-ils longtemps, sans pouvoir faire perdre du terrain à monseigneur Gauvain, et c'est lui qui souvent les fait reculer.

Quand la demoiselle qui avait conduit monseigneur Gauvain à la Douloureuse Garde le voit dans une telle situation, elle a peur qu'il n'ait le dessous et se met à pousser des hauts cris. Elle saute à bas de son palefroi, se jette au milieu d'eux et s'écrie :

« Fils de putes, chevaliers faillis, vous voulez tuer par trahison le meilleur prud'homme du monde ?

— Demoiselle, dit l'un des chevaliers, qui est-il donc ?

— Qui ? Mais c'est monseigneur Gauvain, le neveu du roi Arthur. »

Le chevalier regarde son compagnon.

« Par Dieu, dit-il, je ne me battrai plus contre lui. Et maudit soit celui qui nous a fait venir ici !

— Seigneur, dit l'autre, sur ce que vous avez de plus cher au monde, êtes-vous monseigneur Gauvain ?

— C'est bien moi, dit-il.

— Ah ! seigneur, pour l'amour de Dieu, pardonnez-nous la faute que nous avons commise. Autant nous vous tenons à présent pour le plus prud'homme du monde, autant tout à l'heure nous vous considérions comme le plus déloyal. Et maintenant nous allons vous laisser.

— Vous avez une étrange façon de me laisser, fait monseigneur Gauvain, après m'avoir tué mon cheval.

— Seigneur, fait le chevalier qui l'avait tué, je vous donne le mien en échange du vôtre. » Il le lui présente et monseigneur Gauvain le prend.

Ce chevalier était celui qui avait donné l'hospitalité à monseigneur Gauvain et à ses pucelles, mais Bréhu lui avait dit pis que pendre au sujet de monseigneur Gauvain. Les deux chevaliers montent sur le même cheval et Bréhu les accom-

piece. Puis revient aprés monseignor Gauvain et fait sanblant
d'aler avoc lui ancorres. Messires Gauvains lo regarde.

« Brehu, fait il, avoc moi ne vanroiz vos mie, car desleialment vos iestes menez vers moi, si n'ai cure de vostre compaignie. Et sui prelz que ge vos ataigne orandroit de la desleiauté,
si avrez la bataille que tant avez coveitiee. »

« Ne me combatrai ores mie, fait Brehuz, mais vos avez
totevoie paor aüe. »

Atant s'an vait. Et messires Gauvains et ses deus puceles
oirrent tant qu'il vienent a une riviere. Sor cele riviere avoit un
pont auques estroit, et el chief do pont, de l'autre part, avoit
une bretesche et une porte fermee. Devant la porte estoient dui
sergent a haches denoises. Messires Gauvains fait les deus
puceles avant passer et il se met el pont aprés. Et li serjant li
dient :

« Por neient i venez. Vos n'i passeroiz mie. »

« Dont ne porrai ge », fait il.

Lors descent, si met avant lui son cheval, et il va aprés a pié.
Et il escoute, si ot une noise ; et il regarde, si vit vint chevaliers
qui lo sivent, et il li est avis que il vienent por lui mal faire. Il
se met el chief do pont, si les atant, si trait avant son escu et
tant *(f. 78d)* sa lance. Et cil vienent mout tost. Et cil qui avant
vindrent lo fierent an l'escu, qe lor lances volent an pieces. Il
l'asaillent a pié et a cheval, et il se deffant si bien qu'il blece
pluseurs d'aus et ocit assez de lor chevaus a sa lance. Ne tant
com ele li dure, n'aproiche nus a lui, et com ele li faut, il met
la main a l'espee et lor cort sus et les fait flatir sovant a force
fors do pont. Et com il voient que si bien se deffant et que plus
les domaige que il lui, si se traient arrierres. Et la porte do
chastel derrierres lui oevre, et chevalier vienent par illuec et
pranent les deus puceles, si les an mainent. Qant ce voit
messires Gauvains, si est mout iriez.

« Seignor, fait il, c'est mout vis coardise que vos faites, que
d'une part vos combatez a moi vint, et d'autre part me tost l'an
mes puceles. »

« C'est a bon droit, fait uns chevaliers, que vos vos iestes
desloiaument menez vers moi de mon covenant. »

pagne un moment. Puis il revient vers monseigneur Gauvain et
prétend reprendre la route avec lui comme auparavant.
Monseigneur Gauvain le regarde :

« Bréhu, dit-il, vous ne viendrez pas avec moi. Vous avez été
déloyal à mon égard et je n'ai cure de votre compagnie. Je suis
prêt à faire sur le champ la preuve de votre déloyauté et vous
aurez la bataille que vous avez si longtemps cherchée.

— Je ne me battrai pas contre vous maintenant, fait Bréhu.
Mais avouez que vous avez eu peur. »

Il s'en va. Monseigneur Gauvain et ses deux pucelles chevauchent jusqu'à ce qu'ils arrivent au bord d'une rivière. Sur cette
rivière il y avait un pont assez étroit et de l'autre côté, au bout
du pont, une bretèche avec une porte bien verrouillée. Devant
la porte se tenaient deux sergents armés de haches danoises.
Monseigneur Gauvain fait d'abord passer les deux pucelles et
monte ensuite sur le pont. Les sergents lui disent :

« Il est inutile de venir ici : vous ne passerez pas.

— C'est donc que je n'en aurai pas le pouvoir », fait
monseigneur Gauvain.

Il descend, fait passer son cheval devant lui et le suit à pied.
Il dresse l'oreille et entend du bruit. Il regarde alors autour de
lui, il voit vingt chevaliers qui le suivent, et il lui semble qu'ils
viennent pour l'assaillir. Il se poste au bout du pont, les attend,
met son écu devant lui et sa lance en arrêt. Ils arrivent au grand
galop. Les premiers qui l'atteignent le frappent sur son écu et
leurs lances volent en pièces. Ils l'assaillent à pied et à cheval.
Il se défend si bien qu'il en blesse plusieurs et tue bon nombre
de leurs chevaux avec sa lance. Tant qu'elle tient bon, nul ne
peut approcher de lui ; et quand elle lui fait défaut, il met la
main à l'épée, leur court sus et maintes fois les oblige à se
rabattre hors du pont. Quand ils voient qu'il se défend si bien
et qu'il leur fait plus de mal qu'ils ne lui en font, ils se retirent.
La porte du château s'ouvre derrière lui, des chevaliers en
sortent, s'emparent des deux pucelles et les emmènent. En
voyant cela, monseigneur Gauvain entre dans une violente
colère.

« Seigneurs, leur dit-il, votre conduite est d'une indigne
lâcheté. Non seulement vous combattez à vingt contre moi,
mais encore on m'enlève mes pucelles.

— C'est justice, répond un chevalier, et c'est vous qui avez
été déloyal à mon égard, en violant nos accords.

« Ha ! Brehu, vos mentez comme traïtes ; et si lo vos prove-
rai, se vos volez, veiant cels qui ci sont que vos avez ci
amenez. »

« Certes, fait la damoisele qui l'avoit mené a la Dolereuse
Garde, voirement est il traïtres ; et se vos ne fussiez li plus
prodom do monde, il vos eüst hui fait morir par deus foiz. »

Lors demandent cil qui les puceles an mainent qui est cil
chevaliers.

« C'est, fait l'une, messires Gauvains. »

Dont vient arrierres li uns d'aus et dit :

« Messire Gauvains, or vos en alez par la ou vos plaira fors
que par ci. Et ge vos asseür mais anuit, et de moi et de toz cels
qui ci sont ; et n'aiez garde des puceles, car ge vos creant sor
m'ame qu'eles seront autresin bien gardees a honor com se eles
estoient mes serors. Et se ges vos pooie randre sanz parjurer, ge
nes en menroie en avant. »

Messires Gauvains l'an mercie ; et il li fait baillier une *(f. 79a)*
lance, et commande a toz les chevaliers qu'il s'en aillent. Et il
s'an va aprés les puceles qu'il an fait mener. Et messires
Gauvains se part do pont et va contramont la riviere sor son
cheval. Et com il trueve gué, si passe outre et va mout tost toz
les escloz qu'il a trovez tant que il vient a l'antree d'une forest.
Lors a trovee une damoisele qui tient un chevalier navré en son
devant. Messire Gauvains la salue, et li demande s'ele vit
chevaliers qui an mainnent deus puceles.

« Oïl, fait ele, a maleür les veïsse ge, car il m'ont mon ami
mort. »

« Damoisele, quel part vont il ? »

« Sire, fait ele, soffrez vos un po et ge vos menrai la ou ils
sont. »

Atant vint illoc uns escuiers, une hache en sa main, sor un
chaceor.

« Qu'est ce, dame ? » fait il.

« Ge crien, fait ele, que tes sires se muire. Et pense de lui ; et
ge menrai cest chevalier aprés celui qui l'a mort. »

Ele monte en son palefroi, si va avoc monseignor Gauvain.
Et oirent tant qu'il vienent a une grant riviere ; ne n'i avoit

— Ah ! Bréhu, vous mentez comme un traître que vous êtes. J'en ferai la preuve, si vous le voulez, devant ceux qui sont ici, et c'est vous qui les avez amenés.

— Oui, dit la demoiselle qui avait amené monseigneur Gauvain à la Douloureuse Garde, c'est véritablement un traître ; et si vous n'étiez pas le plus prud'homme du monde, par deux fois il vous eût fait mourir.

— Qui est ce chevalier ? demandent les ravisseurs des pucelles.

— C'est monseigneur Gauvain », répond l'une d'elles.

L'un des chevaliers revient en arrière et dit :

« Monseigneur Gauvain, vous pouvez aller partout où vous le voudrez, à l'exception de ce château. Et à partir de maintenant, vous n'avez rien à craindre ni de moi ni de tous ceux qui sont ici. N'ayez aucune crainte pour vos pucelles ; je vous jure sur mon âme qu'elles seront gardées en tout honneur, comme si elles étaient mes sœurs. Et si je pouvais vous les rendre sans me parjurer, je renoncerais à les emmener. »

Monseigneur Gauvain remercie le chevalier, qui lui fait remettre une lance, donne à tous ses hommes l'ordre de se retirer, rejoint les pucelles, et les emmène avec lui. Monseigneur Gauvain s'éloigne du pont et remonte le cours de la rivière à cheval. Quand il voit un gué, il le traverse ; et chevauchant à vive allure sur les traces qu'il a remarquées, il arrive à l'entrée d'une forêt. Alors il rencontre une demoiselle qui tient un chevalier blessé dans son giron. Il la salue et lui demande si elle a vu des chevaliers qui emmènent deux pucelles.

« Oui, fait-elle, je les ai vus pour mon malheur, car ils ont tué mon ami.

— Demoiselle, dans quelle direction vont-ils ?

— Seigneur, fait-elle, attendez un moment, et je vous conduirai à l'endroit où ils se trouvent. »

Alors survient un écuyer, une hache à la main, sur un cheval de chasse.

« Qu'y a-t-il, dame ? fait-il.

— Je crains que ton seigneur ne soit en train de mourir. Occupe-toi de lui, et je conduirai ce chevalier jusqu'à celui qui l'a tué. »

Elle monte sur son palefroi et part avec monseigneur Gauvain. Ils vont ainsi jusqu'à ce qu'ils arrivent au bord d'une

point de pont, mais une nef i troverent et un aviron. Il metent anz lor chevax et antrent aprés. Et messire Gauvains nage tant que il furent outre. Quant il vint d'autre part, si trueve un chevalier tot armé, qui li dit :

« N'an issiez mie, car a moi vos covenroit combatre, car ge gart cest port. »

« Se combatre me covient, fait il, ce pesera moi, car ge ai mout el affaire. »

« Qui iestes vos ? » fait li chevaliers.

« Uns chevaliers, fait il, sui de la maison lo roi Artu. »

« Comment avez vos non ? » fait cil.

« Ge ai non, fait il, Gauvains. »

« Or vos lairai passer, fait cil ; et o volez vos aler ? »

« Ge seu, fait il, autres chevaliers qui en mainnent deus damoiseles. »

« Par foi, fait cil del port, il s'en vont tot droit a cel chastel la. »

Si li mostre el chief d'un tertre loig un chastel mout fort. Puis li dit que el chastel a mout male gent.

« Mais se vos i volez, fait il, aler, g'irai o vos et vos aiderai a mon pooir. »

Et messires Gauvains l'an mercie.

« Messire Gauvains, fait li chevaliers, ge vos dirai la costume de cest chas*(f. 79b)*tel. Tanz chevaliers com nos serons nos covenra combatre. Et se nos les conquerons, por ce ne serons nos mie quite des autres. »

« Ci a mauvaise costume », fait messires Gauvains.

Issi chevauchent ansanble, et la damoisele avoc aus. Si se taist ores li contes un petit d'aus trois et retorne a parler une piece del chevalier de la litiere.

grande rivière. Il n'y avait pas de pont, mais un bateau et des rames. Ils font entrer leurs chevaux et entrent ensuite eux-mêmes dans la barque. Monseigneur Gauvain rame jusqu'à l'autre rive. Là il trouve un chevalier armé de toutes armes, qui lui dit :

« N'accostez pas, ou bien vous serez obligé de combattre contre moi, car je suis le gardien de ce port.

— S'il me faut combattre, j'en serai désolé, dit monseigneur Gauvain, car j'ai bien d'autres choses à faire.

— Qui êtes-vous? dit le chevalier.

— Je suis un chevalier de la maison du roi Arthur.

— Comment vous appelez-vous?

— Mon nom est Gauvain.

— Alors je vous laisserai passer. Où voulez-vous aller?

— Je poursuis des chevaliers qui emmènent deux demoiselles.

— Par ma foi, fait le gardien du port, ils s'en vont tout droit à ce château que voilà. »

Et il lui montre, au sommet d'une hauteur, assez loin, un château très imposant. Puis il lui dit qu'il y a dans ce château de mauvaises gens. « Mais, si vous voulez y aller, fait-il, j'irai avec vous et vous aiderai de tout mon pouvoir. » Monseigneur Gauvain le remercie.

« Monseigneur Gauvain, fait le chevalier, je vous dirai la coutume de ce château. Nous devrons combattre contre des chevaliers dont le nombre sera égal au nôtre. Mais, si nous en venons à bout, nous ne serons pas quittes des autres pour autant.

— Voilà une bien mauvaise coutume », fait monseigneur Gauvain.

Ils chevauchent ensemble, et la demoiselle avec eux. Mais le conte ne parle plus d'eux pour le moment et revient au chevalier de la litière.

Tant a li chevaliers de la litiere geü chiés l'ermite que toz est gariz et sains et mout desirranz des armes. Ne jusq'au jor de l'asemblee n'avoit mais que quinze jorz. Lors a pris congié de l'ermite. Il s'an part entre lui et son mire, qui mout l'a bien gardé, et ses quatre escuiers. Et com il a esloignié l'ermitage entor sis liues, si apele son mire.

« Maistre, fait il, aler me covient en un mien affaire o vos ne poez mie venir, car trop loig seroit a vostre hués, et si voil aler toz seus. Et ge vos pri que ne vos en poist, et mout vos merci de la grant entente que vos avez en moi mise. Et sachiez que ge sui vostre par tot. »

Li mires s'an part atant. Et li chevaliers oirre tote jor comme cil qui ne velt estre conneüz. Et por ce s'est partiz do mire, qu'il ne fust par lui descoverz de nule chose en leu ou il vousist estre celez. Si fait son escu covrir, que l'an nel voie, et c'estoit encores li vermauz escuz. Issi chevauche en autre sen que la ou l'asemblee devoit estre, por lo mire desvoier. Et com il ot erré jusq'endroit none, si l'ataint uns escuiers sor un grant chaceor tot tressué, et faisoit sanblant de grant dolor. Et li chevaliers li demande :

« Vallez, ou vas tu si tost ? »

« Ge ai besoig, fait il, trop angoisseus. »

« Quel ? » fait li chevaliers.

« Ja est madame la reine en prison an la Dolereuse Garde. »

« La quele reine ? » fait li chevaliers.

« La fame lo roi Artu », fait li vallez[1].

« Por quoi i est ele ? » fait li chevaliers.

(f. 79c) « Por ce, fait il, que li rois Artus en laissa aler lo chevalier qui lo chastel avoit conquis ; et ma dame avoit esté

─────────────

1. Voir p. 494, note 1.

CHAPITRE XXXIX

Lancelot met fin aux enchantements de la Douloureuse Garde

Le chevalier demeure chez l'ermite jusqu'à ce qu'il soit tout à fait guéri, alerte et très désireux de porter les armes. Il ne restait plus que quinze jours avant l'assemblée. Il prend congé de l'ermite et s'en va, avec son médecin, qui l'a fort bien soigné, et ses quatre écuyers. Quand il est à environ six lieues de l'ermitage, il s'adresse à son médecin :

« Maître, j'ai à faire en un lieu où vous ne pouvez pas me suivre, car ce serait trop loin pour vous et je veux y aller seul. Je vous prie de ne pas vous en fâcher. Je vous suis très obligé de l'attention vigilante que vous avez eue pour moi. Et sachez que je suis vôtre en tous lieux. »

Le médecin s'en va et le chevalier voyage toute la journée comme le fait un homme qui ne veut pas être reconnu. S'il s'est séparé de son médecin, c'est pour que celui-ci ne puisse rien révéler de lui, en un lieu où il voudrait demeurer caché. Il fait recouvrir son écu d'une housse, afin qu'on ne puisse le reconnaître, car c'était encore l'écu vermeil. De même, il ne va pas dans la direction de l'assemblée, mais dans la direction opposée, afin de tromper le médecin. Quand il a chevauché jusque vers none, il voit venir à lui un écuyer, sur un grand cheval de chasse tout couvert de sueur, et qui montrait tous les signes d'une grande douleur. Le chevalier lui demande :

« Valet, qu'est-ce qui te fait courir si vite ?
— Une douloureuse urgence.
— Quelle urgence ?
— Madame la reine est prisonnière dans la Douloureuse Garde.
— Quelle reine ?
— La femme du roi Arthur.
— Pourquoi l'est-elle ?
— Parce que, fait le valet, le roi Arthur a laissé partir le chevalier qui avait conquis le château. On avait conduit madame à l'assemblée et hier elle avait passé la nuit à la

menee a cele assenblee, si se herberga ersoir el chastel. Or si l'a
en prise et dient que ja mais, por pooir que li rois Artus ait,
n'en istra devant que ele ait fait venir lo chevalier arrieres, issi
com li rois l'an laissa aler. Et ma dame en envoie par toz les
chemins ses messages et mande au chevalier que la secorre, ou
ele est honie ; car il la randront a celui qui fu sires del chastel,
s'il vient depecier les anchantemenz, et il lo fera volentiers por
lo roi Artus honir. »

« Biax amis, fait li chevaliers, seroit la reine delivree se cil
chevaliers venoit en la Dolereuse Garde ? »

« Oïl, sanz faille », fait li escuiers.

« Por ce, fait il, ne remanra il mie. Or va tost arrierres et si li
di que lo matin ou encor anuit avra lo chevalier, seüre en
soit. »

« Sire, fait li vallez, ge n'oseroie retorner se ge ne parloie a
lui. »

« Va t'an, fait il, et seürement li di que tu as a lui parlé. »

« Iestes vos ce ? fait li vallez, car ge ne li oseroie dire se ge nel
savoie de voir. »

« Va t'an, fait il, que ce sui ge, si m'as tu fait dire vilenie. »

Li vallez s'an part atant, si tost com li chevax li pot aler. Et
li chevaliers croist s'aleüre et va aprés. Si est nuiz com il i vint,
et si tost com il est dedanz la porte, si voit totes les rues alumees
de gros cierges et de tortiz. Et la porte rest tantost fermee. Lors
li vient a l'ancontre li escuiers qui l'avoit alé querre. Et qant li
chevaliers lo voit, si li demande :

« O est la reine, ma dame ? »

« Sire, ge vos i manrai. »

Il va avant et li chevaliers aprés, tant que il vienent au palais.
Desouz lo palais estoit la roiche tranchiee a cisel, si n'i avoit
que une seule entree, et li huis estoit de fer si espés que nule
riens nel desconfisist. Li chevaliers ot osté son hiaume, mais
n'ot mie abatue sa vantaille. Et li *(f. 79d)* vallez li baille pl[oin
p]oign de chandoilles, et li dit :

« Alumez devant vos, et ge refermerai ces huis. »

Et il cuide que cil li die voir, mais nel fait, ançois l'a traï, car
la reine n'i avoit ses piez. Si tost com cil pot, referma cil l'uis.
Et com li chevaliers se voit entrepris, si en est dolanz, car il set
bien que de laianz n'istra il pas a son voloir. Tote nuit fu laianz

Douloureuse Garde. Et voilà qu'ils l'ont mise en prison et déclarent qu'elle n'en sortira jamais, quel que soit le pouvoir du roi Arthur, avant qu'elle n'ait fait revenir le chevalier, puisque le roi l'a laissé partir. Madame envoie des messagers par tous chemins et mande au chevalier qu'il la secoure ou elle est honnie. Car ils la livreront à celui qui était le seigneur du château, s'il vient détruire les enchantements ; et il le fera volontiers, pour honnir le roi Arthur.

— Bel ami, fait le chevalier, la reine serait-elle délivrée, si ce chevalier venait à la Douloureuse Garde ?

— Oui, sans aucun doute.

— Eh bien ! ce n'est pas cela qui empêchera sa délivrance. Retourne vite auprès de madame et dis-lui que, demain matin ou cette nuit même, elle aura le chevalier qu'elle attend, elle peut en être sûre.

— Seigneur, je n'oserais m'en retourner, sans avoir parlé au chevalier.

— Va et dis sans hésiter que tu lui as parlé.

— Est-ce vous ? fait le valet. Je n'oserais le lui dire si je n'en suis pas sûr.

— Va, fait le chevalier, c'est moi, tu m'as fait dire une inconvenance. »

Le valet s'en va, aussi vite que son cheval peut le porter. Le chevalier force son allure et le suit. Il fait nuit quand il arrive. Dès qu'il a passé la porte, il voit toutes les rues éclairées de gros cierges et de torches. La porte est refermée aussitôt. Alors arrive à sa rencontre l'écuyer qui était allé le chercher. Dès qu'il le voit, le chevalier lui demande :

« Où est madame la reine ?

— Seigneur, je vais vous conduire auprès d'elle. »

Il part devant et le chevalier le suit, jusqu'à ce qu'ils arrivent au palais. Au-dessous du palais la roche était taillée au ciseau. Il n'y avait qu'une seule entrée et la porte était de fer si épais que personne ne pouvait la forcer. Le chevalier avait ôté son heaume, mais n'avait pas rabattu sa ventaille. Le valet lui donne une poignée de chandelles et lui dit : « Éclairez-vous, pendant que je refermerai cette porte. » Il croit que le valet lui dit la vérité, mais il n'en est rien. Il est trahi. La reine n'était pas là, et, dès qu'il le peut, le valet referme la porte. Voyant qu'il s'est laissé surprendre, le chevalier se désole ; il comprend qu'il ne sortira pas de là à son gré. Il reste là toute la nuit. Au matin

li chevaliers, et au matin vint a lui une damoisele auques
d'aage, et parla a lui par une fenestre, si li dist :

« Sire chevaliers, vos poez bien veoir comment il est. Vos ne
poez de çaianz issir sanz faire plait. »

« Quel plait, dame ? » fait il.

« Vos iestes, fait ele, cil qui conquist l'anor de cest chastel, si
deüssiez avoir mis cest chastel an pais, et vos en partites en
repost. »

« Dame, fait il, est encor madame la reine delivree ? »

« Oïl, fait ele, et vos iestes por li remés, si covient que par vos
remaignent li anchantement de çaianz. »

« Comment, fait il, les porrai ge faire remanoir ? »

« Se vos lo jurez, que vos en feroiz vostre pooir selonc ce que
l'aventure aportera, vos seroiz de ceianz gitez. »

Et il l'otroie. Lors sont aporté li saint a la fenestre, et li
chevaliers jure si com ele l'a devisé. Et l'an ovre l'uis de fer, et
il ist hors. Si li ont aporté mengier mout bel, car il n'avoit
onques mengié des lo matin do jor devant. Com il a mengié, si
li devisent l'aventure et dient que quarante jorz lo covient
demorer el chastel, o aler querre les cleis des anchantemenz. Et
il dit qu'il ira querre les cleis, s'il set ou eles sont. « Mais hastez
moi ma besoigne, fait il, car j'ai assez a faire aillors. »

Il li aportent ses armes, et com il est armez, si l'an mainnent
el cimetire ou les tombes estoient. Del cimetire entrent *(f. 80a)*
en une chapele qui estoit el chief devers la tor ; et com il sont
anz, si li mostrent l'entree d'une cave desouz terre, et dient que
laienz est la cles des enchantemenz. Il se saigne et antre anz, si
porte son escu devant son vis et s'espee nue. Ne il n'i voit gote,
fors tant que la bee de l'uis, et voit avant mout grant clarté. Il
vient a cel huis. Com il est dedanz l'uis, si ot une mout grant
noise entor lui. Et il va totevoies outre. Et lors li est avis que
tote la cave doie fondre et que tote la terre tornoit. Et il se
prant au mur et va tot selonc jusqu'a un huis qui est outre en
l'antree d'une autre chanbre. Com il vient a l'uis, si voit deus
chevaliers de cuivre tresgitez ; et tient chascuns une espee
d'acier si grant et si pesant que assez eüssient dui home a lever
d'une, et gardent l'antree de l'uis, si gietent les espees si
menuement que nule riens n'i passast sanz cop avoir. Li
chevaliers nes redote mie, ainz giete l'escu sor la teste, si se

une demoiselle d'un certain âge vient le trouver, et, lui parlant d'une fenêtre, lui dit :

« Seigneur chevalier, vous voyez ce qu'il en est. Vous ne pouvez sortir d'ici sans transiger.

— Quelle transaction, dame ? fait-il.

— Vous êtes, fait-elle, celui qui a conquis l'honneur de ce château. Vous auriez dû y rétablir la paix, et vous en êtes parti secrètement.

— Dame, à l'heure qu'il est, madame est-elle délivrée ?

— Oui, fait-elle, vous êtes ici à sa place, et vous devez mettre fin aux enchantements de ce château.

— Comment le pourrai-je ?

— Si vous jurez de faire tout votre possible pour cela, selon ce que l'aventure comportera, vous sortirez d'ici. »

Le chevalier y consent. Les Livres saints lui sont présentés à la fenêtre et il prête le serment que la dame lui a demandé. On ouvre la porte de fer, il sort, on lui apporte un bon repas, car il n'avait rien mangé depuis la matinée de la veille. Quand il a mangé, on lui explique l'aventure et on lui dit qu'il doit, ou bien demeurer quarante jours dans le château, ou bien aller chercher les clés des enchantements. Il choisit d'aller les chercher, s'il peut savoir où les trouver, « mais dépêchez-vous, dit-il, car j'ai beaucoup à faire ailleurs. »

On lui apporte ses armes ; et quand il est armé, on l'emmène dans le cimetière où étaient les tombes. De là on le conduit dans une chapelle, qui était au bout du cimetière, sous la tour. On lui montre à l'intérieur l'entrée d'un caveau souterrain et on lui dit qu'il y trouvera la clé des enchantements. Il se signe, entre, porte son écu devant son visage et tire l'épée. Il ne voit rien, sinon une porte béante et plus loin une grande clarté. Il s'avance vers la porte et, après l'avoir franchie, entend tout autour de lui un grand vacarme. Il passe outre cependant. Alors il lui semble que tout le caveau va s'effondrer et que le sol se met à tournoyer. Il se retient au mur et le suit tout du long jusqu'à une porte qui commande l'entrée d'une autre chambre. Arrivant à la porte, il aperçoit deux chevaliers sculptés en cuivre. Chacun d'eux tient une épée si grande et si pesante que deux hommes auraient beaucoup à faire pour en soulever une seule. Ils gardent l'entrée de la porte et agitent leurs épées si rapidement que nul ne pourrait passer au travers, sans en recevoir un coup. Mais le chevalier n'en a pas peur. Il place son

lance outre. Et l'une li done tel cop que l'escu li tranche d'outre
en outre ; et li cox descent sor la destre espaule, si l'an rest les
mailles del hauberc tot contraval si felenessement que li sans
vermauz l'an cole tot contraval lo cors. Et il fiert d'andeus les
paumes a terre, mais tost resailli sus et reprant l'espee qui li fu
chaoite, et met son escu sor sa teste, n'onques ne regarda
s'avant lui non. Si est venuz a un autre huis, et voit a l'antree
un puis dont la flairors est mout puanz ; et del puis issoit tote
la noisse qui laianz estoit oïe, si avoit de lé set granz piez. Li
chevaliers voit lo puis noir et hideus ; et d'autre part ert uns
hom qui avoit la teste tote noire com arremenz, et parmi la
boche li vole flambe tote perse, et li oil li luisent comme dui
charbon ardant, et ses danz totes autre[te]lles. Li hom tenoit en
(f. 80b) sa main une hache, et com li chevaliers aproche, si la
prant a deus poinz et la lieve en haut por l'uis deffandre. Et li
chevaliers ne voit com il i puisse entrer, car s'il n'i avoit que
seul lo puis, si i avoit il mout felon trespas a chevalier armé.
Lors a remise l'espee el fuerre et sache l'escu del col, si lo prant
a la destre main par les enarmes. Puis s'esloigne enmi la
chambre et laisse corre si tost com il pot aler jusque sor lo puis ;
si giete avant lui l'escu et an fiert anmi lo vis celui qui la hache
tenoit si durement que toz li escuz escartele, n'onques cil ne se
mut. Et il se lance aprés maintenant de si grant force com il
venoit, si se fiert en celui si durement que il fust volez el puis s'il
ne se fust a lui tenuz. Lors laisse cil chaoir la hache, car li
chevaliers l'a pris par la gorge as poinz que il avoit forz et
roides, si l'a si destroit que il ne se puet sor piez tenir, ainz chiet
a terre, ne n'a pooir de relever. Et li chevaliers lo traine sor lo
puis parmi la gorge, si lo lance dedanz.

Lors a s'espee retraite del fuerre, et voit devant lui une
damoisele de cuivre, tresgitee mout richement, si tient les cles
des anchantemenz an sa main destre. Et il les prant, puis vient
a un piler de cuivre qui est el mileu de cele chanbre, si list les
letres qu'il i vit qui disoient : « De ci est la grosse clex, et la
menue defferme lo coffre perilleus. » Li chevaliers defferme lo
piler a la clef grosse ; et com il vint au coffre, si escoute et ot
dedanz si granz noises et si granz criz que toz li pilers an
tranbloit. Il se saigne, puis vost lo coffre deffermer. Si voit qu'il
en issirent trente tuël de cuivre, et de chascun tuël vient une
voiz assez hideuse, si estoit l'une plus grosse *(f. 80c)* que l'autre.

écu au-dessus de sa tête et s'élance en avant. L'une des deux
épées l'atteint et fend son écu de part en part. Le coup descend
sur l'épaule droite et tranche les mailles de son haubert si
durement que le sang vermeil lui coule tout le long du corps. Il
heurte la terre des deux mains, mais se relève vite, reprend son
épée qui lui avait échappé, remet son écu au-dessus de sa tête
et regarde droit devant lui. Il arrive ensuite à une autre porte et
voit devant elle un puits, dont l'odeur était fétide. Tout le
vacarme qu'on entendait dans le caveau venait de ce puits, qui
avait sept bons pieds de large. Le chevalier voit le puits noir et
hideux. À côté se tenait un homme, dont la tête était noire
comme de l'encre ; de sa bouche s'échappait une flamme toute
bleue ; ses yeux luisaient comme deux charbons ardents et ses
dents de même. L'homme tenait dans sa main une hache ; et
comme le chevalier s'approche, il la prend à deux mains et la
lève pour garder la porte. Le chevalier ne voit pas comment il
peut entrer ; car le puits, à lui seul, était un obstacle très
dangereux à franchir pour un chevalier armé. Alors il remet
l'épée dans son fourreau, retire l'écu de son cou et le prend de
sa main droite par les énarmes. Puis il recule au milieu de la
chambre et s'élance le plus vite qu'il peut jusqu'au puits. Il met
son écu devant lui et en frappe au visage l'homme qui tenait la
hache, avec tant de vigueur que tout son écu se brise ; mais
l'homme ne bouge pas. Alors il se jette sur lui de toute la force
que lui donne son élan et le heurte si durement qu'il eût été
précipité dans le puits, s'il ne s'était tenu solidement à lui.
L'homme laisse tomber sa hache, car le chevalier l'a saisi à la
gorge, de ses poings qui sont durs et forts. Il le tient si serré
qu'il ne peut rester debout et tombe à terre, sans pouvoir se
relever. Le chevalier le traîne par la gorge au-dessus du puits et
le lance dedans. Alors il tire de nouveau son épée du fourreau
et voit devant lui une demoiselle de cuivre, façonnée très
élégamment, qui tient les clés des enchantements dans sa main
droite. Il les prend, s'approche d'un pilier de cuivre, qui était
au milieu de la chambre, et y lit l'inscription suivante : « La
grosse clé est pour ce pilier, et la petite ouvre le coffre
périlleux. » Le chevalier ouvre le pilier avec la grosse clé ; et,
quand il arrive au coffre, il entend à l'intérieur tant de bruits et
de cris que tout le pilier en tremble. Il se signe et veut ouvrir le
coffre. Mais il voit qu'il en est sorti trente tuyaux de cuivre. De
chacun d'eux s'échappe une voix affreuse ; et c'est à qui criera

De cels voiz venoient li anchantement et les mervoilles de
laianz. Et il met el coffre la clef. Et com il l'ot overt, si an sailli
uns granz estorbeillons et une si granz noisse que il li fu avis
que tuit li deiable d'anfer i fuissient ; et por voir si stoient il, que
deiable estoient ce. Et cil chaï pasmez. Et com il fu revenuz, si
prant la clef del coffre, si la raporte, et cele do piler autresin.
Puis s'en torne. Et com il vient au puis, si trueve la place
autresin plainne com an mileu de la chambre. Et il se regarde,
si voit lo piler fondre tot jusq'en terre, et la damoisele de cuivre
autresin, et les deus chevaliers qui l'uis gardoient toz debrisiez.
Et il vient hors ototes les clex, si voit totes les genz do chastel
qui li vienent encontre. Et il vint el cimetire, si ne voit nules des
tonbes ne des hiaumes qui sor les creniaus soloient estre ototes
les testes.

Lors font tuit de lui mout grant joie, et il offre les clex sor
l'autel de la chapele. Et il lo mainnent jusqu'au palais. Si ne
seroit pas la joie legiere a dire qu'an fait de lui, et li connoissent
comment il l'avoient fait sivre a l'escuier por dire comment la
reine estoit laianz an prison : « Car nos pansions que vostre
granz proesce vos feroit por li antrer en prison. » Et com il ot
que la reine n'i avoit pas esté, si se tint a deceü, et neporqant
nel voudroit pas encor avoir a faire.

Cele nuit demora en la Doloreuse Garde, et au matin s'an
torna, que plus nel porent retenir. Et des lors en avant fu apelez
li chastiax la Joieuse Garde. Issi s'an part li chevaliers, si oirre
tant a petites jornees qu'a l'asemblee vient. Ne de chose qui
entredeus li aveigne ne parole li contes ci, fors tant que a la cité
ou il avoit fait l'escu vermoil, fist un escu blanc a une bande
noire, et celui porta il a l'asenblee. Or retorne li contes a
monseignor Gauvain.

plus fort que les autres. De ces voix venaient les enchantements et les merveilles du château. Il met la clé dans le coffre. Quand il l'a ouvert, il en sort un tourbillon impétueux et un si grand vacarme qu'il lui semble que tous les diables d'enfer y sont. Et en vérité ils y étaient, car c'étaient bien des diables. Il tombe évanoui. Quand il revient à lui, il prend la clé du coffre et l'emporte, ainsi que celle du pilier. Il s'en va. Arrivé au puits, il en trouve la place aussi unie que le reste de la chambre. Il regarde autour de lui : il voit le pilier s'abattre jusqu'en terre, de même que la demoiselle de cuivre, et les deux chevaliers de cuivre qui gardaient la porte tombent en morceaux. Il sort en emportant les clés et voit venir à sa rencontre toute la population du château. Il arrive au cimetière mais n'y voit plus aucune tombe ni les heaumes et les têtes qui étaient habituellement sur les créneaux. Tout le monde le félicite et il offre les clés sur l'autel de la chapelle. On l'emmène jusqu'au palais. Il ne serait pas facile de décrire l'accueil triomphal qui lui fut fait. On lui avoua qu'on avait envoyé l'écuyer pour lui raconter que la reine était prisonnière ; « car nous pensions que votre haute valeur vous ferait pour elle accepter la prison. » Quand il apprend que ce n'était pas vrai, il comprend qu'on s'est moqué de lui, et néanmoins il ne voudrait pas que ce qu'il a fait fût encore à faire.

Cette nuit-là, il demeura à la Douloureuse Garde. Le lendemain matin, il s'en alla, sans que l'on pût le retenir davantage. Et, à dater de ce jour, le château fut appelé la Joyeuse Garde. Ainsi s'en va le chevalier. Il voyage à petites journées jusqu'à ce qu'il arrive à l'assemblée. De ce qui lui advint entre-temps, le conte ne nous dit rien, sinon qu'à la cité où il avait fait faire l'écu vermeil, il fit faire un écu blanc à une bande noire ; et ce fut celui qu'il porta à l'assemblée. Maintenant le conte revient à monseigneur Gauvain.

(f. 80d) Or s'an va messires Gauvains, antre lui et lo chevalier del port et la damoisele qui son ami avoit laissié navré, si oirrent jusq'au chastel que li chevaliers li avoit mostré. En l'antree del chastel avoit un pont mout estroit et mout mauvais desor eve noire et parfonde. Et cil qui [estoit] avoc monseignor Gauvain descent a pié et si li dit :

« Sire, g'irai avant, et vos remandroiz deça. Et se ge vos apel, si me venez aidier, que vez vos la deus chevaliers qui nos atandent. »

Et il dit que si fera il. Li chevaliers passe lo pont, toz armez, a pié. Com il fu outre, si vienent a lui dui chevalier desarmé et li dient que conbatre lo covient. L'an ovre la porte, et uns chevaliers ist hors, toz armez, et laisse corre au chevalier, et il a lui. Et se conbatent une piece mout longuement. Li chevaliers do chastel ne pot l'autre soffrir, si li dit :

« Ge ne me conbatrai a vos plus. »

« Ce voil ge », fait cil.

Et il li fait amener un cheval.

« Montez », fait il.

Lors est montez, et uns chevaliers risi hors, tot a cheval, et laisse corre vers lui. Il s'antrefierent si durement qu'il s'antreportent a terre, et resaillent em piez, les espees traites, si se corrent sus. Et lors vient hors uns chevaliers toz armez, a pié, si aide au chevalier de laianz. Et li autres se desfant d'aus deus mout durement. Qant il s'est conbatuz a aus une piece, si regarde vers monseignor Gauvain et dit :

« Biax frere, venez moi aidier. »

Messires Gauvains passe lo pont a pié, si li vient aidier. Et puis que il i fu venuz, n'orent cil a aus duree, ainz les metent anz parmi la porte, et ele clost aprés aus. Et li chevaliers qui aidoit monseignor Gauvain ot chaut, si oste son hiaume ; si conoist messires Gauvains que c'est Queheriez, ses freres, si ot

CHAPITRE XL

Gauvain achève sa quête

Monseigneur Gauvain chevauche en compagnie du chevalier du port et de la demoiselle qui a laissé son ami blessé. Ils vont au château que le chevalier leur a montré. À l'entrée du château, il y avait un pont très étroit et très dangereux au-dessus d'une eau noire et profonde. Le compagnon de route de monseigneur Gauvain met pied à terre et dit à celui-ci :

« Seigneur, j'irai devant et vous resterez de ce côté. Mais si je vous appelle, venez à mon secours. Car il y a là, comme vous pouvez le voir, deux chevaliers qui nous attendent. »

Monseigneur Gauvain le lui promet. Le chevalier passe le pont à pied, armé de toutes ses armes. Quand il est de l'autre côté, deux chevaliers sans armes se présentent à lui et l'avertissent qu'il lui faudra se battre. On ouvre la porte ; il en sort un chevalier armé, et ils s'avancent l'un contre l'autre. Ils se battent ainsi longuement. Mais le chevalier du château ne peut résister à son adversaire et dit :

« Je ne me battrai plus contre vous.

— C'est bien », répond le compagnon de monseigneur Gauvain, à qui le chevalier fait amener un cheval, en lui disant : « montez. »

Il se met en selle et voit sortir du château un chevalier à cheval, qui s'élance contre lui. Ils se frappent si durement qu'ils se jettent tous deux à terre, se relèvent et s'affrontent à l'épée. Alors arrive du château un troisième chevalier, à pied et armé, qui vient au secours du précédent. Le compagnon de monseigneur Gauvain se défend vigoureusement contre ses deux adversaires. Après avoir combattu un moment, il s'adresse à monseigneur Gauvain :

« Mon cher frère, venez m'aider. »

Monseigneur Gauvain passe le pont à pied et lui vient en aide. Dès qu'il est là, les autres ne peuvent tenir ; ils sont rejetés à l'intérieur du château et la porte se referme derrière eux. Le compagnon de monseigneur Gauvain avait chaud. Il ôte son heaume. Alors monseigneur Gauvain reconnaît en lui Gaheriet son frère et en éprouve une très grande joie. Le chevalier qui

mout grant joie. Li chevaliers qui ot dit a Queheriet : « Ge ne
me combatrai plus a vos » fu en la place. Et messires Gauvains
dist :

« Que ferons nos de noz chevax passer et de cele pucele
la ? »

(f. 81a) « Faites venir avant, fait li chevaliers, lo palefroi a la
pucele, et li cheval vanront aprés. »

Issi les passerent, et la pucele va aprés. Et messires Gauvains
demande au chevalier s'il set nules novelles des puceles qui li
furent tolues.

« Eles sont, fait il, laïssus en cele sale. »

Lors li done Keeriez son cheval qu'il li avoit doné, et il
monte sus, et la pucele sor son palefroi. Si s'en vont issi tuit
quatre jusq'an la sele. Com il antrant anz, si voient un chevalier
d'aage qui seoit en une chaiere coverte d'une mout riche
coutepointe, et devant lui seoient les damoiseles. Et come eles
veöient monseignor Gauvain, si ont mout grant joie. Et il dit
au chevalier qui seoit en la chaiere :

« Biaus sire, ces pucelles me furent tolues a tort, si les en
manrai. »

« Sire, vos feriez outraige », fait li chevaliers.

« Sire, fait messires Gauvains, nos somes troi chevalier, et ci
a trois puceles. Si vos combatez a nos vos tierz ; et se conquerre
nos poez, si les aiez totes quites. »

« N'an ferai neiant, fait li chevaliers, mais or vos herbergiez
hui mais o moi, et ge vos ferai ostel mout bel et mout bon. »

« L'ostel, fait messires Gauvains, prandrons nos volentiers. »

Li chevaliers les herberge mout bien, et au matin s'en partent
et an mainent les trois puceles.

« Biaus sire, fait li sires de la maison a monseignor Gauvain,
vos en menez mes puceles a force ; et qant je porrai, ge m'en
vengerai. »

« Certes, fait messires Gauvains, ges en cuit a droit mener
comme les moies, et si vos en ai assez offert. »

Il s'an vont et chevauchent tant que il vienent en l'antree
d'une forest, si ont choisi dis chevaliers armez qui traversent
une lande et vienent vers aus. Et la damoisele qui avoit eü l'ami
navré les conoist et dist a monseignor Gauvain :

avait dit à Gaheriet : « Je ne me battrai plus contre vous » était resté sur place et monseigneur Gauvain lui demande :

« Comment pourrions-nous faire venir nos chevaux et cette demoiselle ?

— Faites passer d'abord le palefroi de la demoiselle, puis vos chevaux. »

Ainsi font-ils. Ensuite la demoiselle passe le pont. Monseigneur Gauvain demande au chevalier s'il peut leur donner des nouvelles des demoiselles qui lui ont été enlevées.

« Elles sont là-haut, dans la salle », répond-il.

Alors Gaheriet rend au chevalier le destrier que celui-ci lui avait donné. Le chevalier monte sur son cheval, la demoiselle sur son palefroi, et ils vont ainsi tous les quatre jusqu'à la salle. Ils y entrent. Ils voient un chevalier âgé dans une chaire recouverte d'une magnifique draperie et, assises devant lui, les demoiselles. Leur joie fut grande de revoir monseigneur Gauvain. Et celui-ci dit au chevalier qui était assis dans la chaire :

« Beau seigneur, ces demoiselles m'ont été enlevées contre toute justice et je les emmènerai.

— Seigneur, ce serait un abus de droit, dit le chevalier.

— Seigneur, reprend monseigneur Gauvain, nous sommes trois chevaliers et il y a ici trois demoiselles. Battez-vous, avec deux de vos chevaliers, contre nous trois. Si vous pouvez nous vaincre, je vous tiens quitte des trois pucelles.

— Je n'en ferai rien, dit le chevalier, mais je vous propose d'être mes hôtes cette nuit et vous aurez un bel et bon hôtel.

— Nous acceptons volontiers votre hospitalité », dit monseigneur Gauvain.

Le seigneur du château les traite fort bien et, le lendemain matin, ils s'en vont en emmenant les trois demoiselles.

« Beau seigneur, dit le maître de maison, vous vous saisissez de mes pucelles par la violence et, quand je le pourrai, je m'en vengerai.

— Pas du tout, répond monseigneur Gauvain, je suis certain de les emmener à bon droit, car elles étaient sous ma garde ; et je vous en ai offert plus qu'il ne convenait. »

Ils s'en vont et chevauchent jusqu'à l'entrée d'une forêt. Ils voient alors dix chevaliers armés, qui traversent une lande et viennent à eux. La demoiselle, dont l'ami avait été blessé, les reconnaît et dit à monseigneur Gauvain :

« Veez la les traïteurs qui mon ami m'ocistrent et voz puceles vos tolirent. »

Et cil aproichent totesvoies. Et li uns d'aus dist :

« Gauvains, Gauvains, laissiez les puceles, que vos les en menez mauvaisement. Or vos ai deus foiz repris de mauvaistié, de cesti *(f. 81b)* et de mon covant que vos me fausastes. »

Lors conut messires Gauvains que c'estoit Brehuz sanz Pitié.

« Brehu, fait il, ge ne vos resemble mie, qui me vousistes faire ocirre en traïson. Et se vos vos en oisiez deffandre, ge lo mosterroie contre vostre cors orandroit. »

Lors conte Queheriet comment li dui chevalier l'asaillirent la ou Brehuz li failli.

« Comment, fait Keeriez, Brehu, si ne seroiz mie si hardiz que vos vos deffandoiz de traïson ? »

« Ge m'an deffandroie bien, fait il, encontre un meillor que vos n'iestes. »

« Si m'aïst Dex, fait Keheriez, mestiers vos est. »

Et Brehuz s'an commance a aler, et li suen.

« Tant sachiez, fait Keheriez, que ge vos deffi. Et se vos [ne] retornez, ge vos ferrai par derrieres, si i avroiz honte. »

Lors li laisse corre. Et cil l'ot venir, si li torne, si s'antredonent granz cox sor les escuz. Et Brehuz brise sa lance ; et Keheriez lo fiert tres parmi l'escu et parmi lo hauberc, si lo point an la memele. Il l'ampoint durement, si lo porte a terre. Et tuit li autre nuef fierent Keheriet sor son escu et sor son cheval, si li ont mort et portent l'un et l'autre a terre. Lors lor adrecent entre monseignor Gauvain et lo chevalier, si an firent deus. Mais messires Gauvains ocist lo suen, et li autres chevaliers si en ocist autre. Et Keheriez se lance sor un des chevax, et tuit li autre s'an tornent fuiant. Et Keheriez revient a Brehu, si li cort sus, mais il descent avant a pié. Et Brehuz dit qu'il ne se conbatra mie a els trois.

« Mais ge me combatrai a vos se vos osez, fait il a Keheriez, en la maison lo roi Artu. Lors si sera veüz li mieldres. » Et Keheriez l'otroie. « Fianciez, fait il, ce a tenir. » Et il li fiance.

Lors li randent son cheval, si s'an part. Et il orent pris celui qui fu au chevalier cui messires Gauvains ot abatu, sel font monter en son cheval. Et *(f. 81c)* la pucele qui avoit l'ami navré prant congié, si les commande a Deu. Et messires Gauvains li

« Voilà les traîtres qui ont tué mon ami et vous ont pris vos pucelles. »

Ils approchent cependant, et l'un d'eux dit :

« Gauvain, Gauvain, laissez les pucelles, car vous les emmenez déloyalement. Je vous accuse d'avoir été déloyal à deux reprises, aujourd'hui et quand vous avez renié nos accords. »

Alors monseigneur Gauvain comprit que c'était Bréhu-sans-Pitié.

« Bréhu, fait-il, je ne vous ressemble pas. Vous avez voulu me faire tuer en trahison ; et, si vous osiez vous en défendre, je le prouverais contre vous tout de suite. »

Il raconte à Gaheriet comment Bréhu l'avait abandonné, quand deux chevaliers l'attaquèrent.

« Comment, Bréhu ? fait Gaheriet, n'aurez-vous pas le courage de vous défendre, quand on vous accuse de trahison ?

— Je saurai m'en défendre contre un meilleur que vous.

— Par Dieu, fait Gaheriet, vous en aurez besoin. »

Cependant Bréhu s'éloigne avec ses compagnons.

« Sachez, fait Gaheriet, que je vous défie. Si vous ne revenez pas, je vous frapperai dans le dos et vous serez déshonoré. »

Alors il s'élance contre lui. Bréhu l'entend venir et lui fait face. Ils se donnent de grands coups sur leurs écus. Bréhu brise sa lance, Gaheriet lui porte un coup qui traverse l'écu et le haubert et le blesse au sein. Il le frappe durement et le jette à terre. Les neuf autres chevaliers frappent Gaheriet sur son écu et sur son cheval, qui est tué. Cheval et cavalier roulent à terre. Monseigneur Gauvain et le chevalier fondent sur eux et attaquent deux d'entre eux. Monseigneur Gauvain tue l'un et le chevalier l'autre. Gaheriet revient alors à Bréhu et l'attaque, mais auparavant il descend de cheval. Bréhu déclare qu'il ne se battra pas à un contre trois.

« Mais je me battrai contre vous, si vous en avez le courage, dit-il à Gaheriet, dans la maison du roi Arthur ; et l'on verra alors qui sera le meilleur. »

Gaheriet y consent : « Mais jurez-moi, dit-il, de tenir votre parole », et il le jure. Alors ils lui rendent son cheval et il s'en va. Ils avaient pris aussi le cheval du chevalier que monseigneur Gauvain avait désarçonné. Ils le font remonter sur son propre cheval. La demoiselle, dont l'ami avait été blessé, prend congé

baille lo chevalier prison, si li fait fiancier qu'il se contanra vers li come prisons.

« Sire, fait ele, granz merciz, car or m'avez vos si venchiee com ge voloie, que cil cui vos avez mort dona mon ami lo mortel cop. »

Atant s'an part. Et messires Gauvains oirre et sa compagnie tant que cil sont venu a l'asemblee. Et lo jor meesmes que ele i devoit estre, si i avoit ja assez de chevaliers assemblez. Et les deus puceles s'an antrent el chastel. Et messires Gauvains et Keheriez et li autres chevaliers ne porterent mie armes lo jor. Si fu li tornoiemenz mout bons, car assez i avoit chevaliers d'amedeus parz.

Lors vint assenbler li Blans Chevaliers qui porte l'escu d'argent a la bande noire, si commance a joster si durement que tuit li desarmé l'esgardent a mervoille, et des armez grant partie ; et il avoit des lances forz a grant planté ; et il lo fait si bien de totes chevaleries que tot vaint.

Keheriez vient a monseignor Gauvain et li dit :

« Sire, ci a un chevalier qui joste trop durement, et de la a deus de noz freres. Et s'il s'ancontrent sovant, il ne puet estre que li uns nel conpert. Dites au chevalier que por amor de nos laist a encontrer noz freres, et ge lor irai dire autretel. »

Ne li dui frere monseignor Gauvain n'estoient mie de la, por qu'il vossisent estre contre les compaignons lo roi Artu ; mais com les assenblees devoient estre, si avenoit maintes foiz que li legier bacheler et li povre home tornoient avant, et l'andemain ou au tierz jor tornoient tuit, et baron et bacheler.

Messire Gauvains vient au chevalier, si li dit :

« Sire, ge vos pri et requier que vos n'ancontroiz mie ces deus

d'eux et les recommande à Dieu. Monseigneur Gauvain lui donne le chevalier prisonnier, et fait jurer à celui-ci qu'il se conduira avec elle comme son prisonnier.

« Seigneur, dit-elle, je vous rends grâces. Vous m'avez vengée comme je le voulais, car vous avez tué celui qui a donné à mon ami le coup mortel. »

Elle s'en va. Monseigneur Gauvain fait route avec ses compagnons. Ils arrivent à l'assemblée, le jour même où elle devait avoir lieu. Déjà beaucoup de chevaliers étaient au combat. Les deux demoiselles allèrent dans la ville. Monseigneur Gauvain, Gaheriet et leurs compagnons ne portèrent pas les armes ce jour-là, mais la joute fut bonne, car il y avait de nombreux chevaliers des deux côtés. Bientôt entre dans la bataille le chevalier blanc, qui porte l'écu d'argent à une bande noire. Il commence à jouter si bien que tous les hommes qui ne portent pas d'armes le regardent avec émerveillement, et même beaucoup de ceux qui portent les armes. Il a des lances solides à discrétion, et il se conduit si bien en toutes chevaleries que personne ne peut lui résister.

Gaheriet se rend auprès de monseigneur Gauvain et lui dit :

« Seigneur, il y a ici un chevalier qui joute à merveille et deux de nos frères sont de l'autre côté. S'ils se livrent de nombreux assauts, il est sûr que l'un des deux le paiera. Dites au chevalier que, par amitié pour nous, il s'abstienne d'attaquer nos frères ; et j'irai leur dire d'en faire autant. »

Si les deux frères de monseigneur Gauvain se trouvaient dans l'autre camp, ce n'était pas dans l'intention de s'opposer aux compagnons du roi Arthur. Mais quand il devait y avoir des assemblées, il arrivait très souvent que les bacheliers fringants et les petites gens s'affrontaient d'abord[1] ; puis, le lendemain ou le troisième jour, tout le monde prenait part aux joutes, barons et bacheliers.

Monseigneur Gauvain va trouver le chevalier et lui dit :

« Seigneur, j'ai une prière à vous adresser : ne joutez pas

---

1. *s'affrontaient d'abord :* il ressort de notre roman que, lors de la première journée, les jeunes gens et les petits chevaliers joutaient entre eux, pour la gloire en quelque sorte, et sans appartenir nécessairement à l'un des deux camps en présence.

chevaliers de la. »

Lors les li mostre. Et li chevaliers dit que nel fera il, se sor soi desfandant *(f. 81d)* n'est.

Keheriez vient a ses freres, si lor dit autretel.

« Por quoi ne l'anconterrons nos dons ? » font il.

« Por ce, fait Keheriez, que il est nostres paranz. »

« Si m'aïst Dex, fait Angrevains, por ce qu'il lo fait bien, si l'eschiverons ? »

Onques por Keheriet n'en firent rien, ainz mut Angrevains tantost por joster au chevalier, sel fiert, si que tote sa lance vole em pieces. Et li chevaliers fiert lui, si que il lo porte a terre. Il prant lo cheval, sel rant monseignor Gauvain, si li dit :

« Tenez, sire, ge n'en puis mais. »

« Ce voi ge bien », fait messires Gauvains.

Quant Guerreés vit son frere cheoir, si muet a joster au chevalier, et fiert des esperons lo cheval tot lo ranc, et cil ancontre lui. Et li cheval vont trop tost, et les lances sont cortes et grosses, et li chevalier fort et roide. Si se fierent si sor les escuz qe les lances volent en pieces, mais ne chaï ne li uns ne li autres. Mout an sont andui chaut et dolant, car mout volsist chascuns abatre son compaignon. Lors s'entresloignent et prannent lances grosses, et s'antrevienent mout tost, si s'entredonent granz cox sor les escuz. Guerrehés brise sa lance, et li chevaliers fiert lui si durement que il porte lui et lo cheval tot en un mont.

Keheriez lo voit, sel mostre monseignor Gauvain.

« Veez, sire, fait il, or est noauz. »

De totes chevaleries vainquié tot li chevaliers celui jor. Et qant messires Gauvains voit que il vaint issi tot et que il a ses deus freres abatuz, si pense que ce est li chevaliers qui il quiert. Lors vient au chastel et apele la damoisele qui lo non au chevalier li devoit dire. Et ele monte en un palefroi et vient a lui dehors les murs.

« Damoisele, fait il, que sera il del non au chevalier que vos me deviez dire ? »

« Certes, fait ele, ge cuit que ce soit cil qui a tot vaincu. »

contre ces deux chevaliers de l'autre camp. » Et il les lui montre.

Le chevalier répond qu'il ne le fera pas, si ce n'est pour se défendre.

De son côté Gaheriet va trouver ses frères et leur tient le même langage.

« Pourquoi donc, disent-ils, ne devons-nous pas l'attaquer ?

— Parce qu'il est un de nos parents.

— Dieu me garde ! dit Agravain. Nous devrions l'éviter, parce qu'il se bat bien ? »

Ils refusent d'écouter Gaheriet. Agravain s'élance aussitôt pour jouter contre le chevalier. Il le frappe et sa lance se brise. Le chevalier ne manque pas son coup et l'envoie au sol. Il lui prend son cheval et l'apporte à monseigneur Gauvain en lui disant :

« Tenez, seigneur. Je n'y peux rien.

— Je le vois bien », fait monseigneur Gauvain.

En voyant tomber son frère, Guerrehet s'élance pour jouter contre le chevalier. Il pique des deux, s'avance au premier rang et le chevalier fait de même. Les chevaux sont rapides, les lances courtes et grosses, les chevaliers forts et robustes. Les coups portent sur les écus, les lances se brisent, mais ni l'un ni l'autre ne tombent. Ils sont tout bouillants de colère, tant ils auraient voulu se désarçonner. Ils s'éloignent, prennent de grosses lances, reviennent rapidement l'un contre l'autre et se frappent sur leurs écus. La lance de Guerrehet se brise et le chevalier le frappe si fort qu'il renverse à la fois le cheval et le cavalier. Gaheriet l'a vu et le fait voir à monseigneur Gauvain :

« Voyez, seigneur, le pire est arrivé. »

Le chevalier sortit vainqueur de toutes les chevaleries ce jour-là. Voyant qu'il a vaincu tout le monde et renversé ses deux frères, monseigneur Gauvain en conclut que c'est le chevalier qu'il recherche. Il revient à la ville et appelle la demoiselle qui doit lui dire le nom du chevalier. Elle monte sur un palefroi et le rejoint hors les murs.

« Demoiselle, fait-il, qu'en est-il du chevalier, dont vous deviez me dire le nom ?

— En vérité, fait-elle, je crois que c'est celui qui a vaincu tout le monde.

« Or nos prenons dons garde, fait il, quel part il ira au departir del tornoiement. »

(f. 82a) « Vos dites bien », fait ele.

Ne demora puis gaires aprés ce, que li tornoiemenz remest, et fu bas vespre. Et li chevaliers qui l'ot vaincu s'an part et se met en la forest ; et s'an quide mout bien aler, que an ne l'aparçoive, et il gisoit an la forest chiés un viel chevalier mout en destor. Messires Gauvains et la pucele vont aprés, si l'ataignent an la forest.

« Dex vos conduie, biax sire », fait messires Gauvains.

Et cil regarde, si lo conoist mout bien, si li dit que Dex lo beneïe. Mais mout est dolanz de ce qu'il l'a ataint.

« Sire, fait messires Gauvains, dites moi par amor qui vos iestes. »

« Sire, fait il, uns chevaliers sui, ce poez veoir. »

« Chevaliers, fait messires Gauvains, iestes vos sanz faille, uns des miaudres dou monde. Mais par amor me dites comment vos avez non. »

« Nel vos dirai mie », fait il.

« Ha ! biaus amis, fait la pucele, dites li. Et se vos ne li dites, ge li dirai, car il en a tantes paines soffertes que bien lo doit savoir. »

Et il ne respont mot, ançois se taist.

« Sire, fait la pucele a monseignor Gauvain, ge voi bien que il nel vos dira mie. Mais gel vos dirai, que ge ne m'en parjurerai ja. Bien sachiez que c'est Lanceloz del Lac, li filz au roi Ban de Benoyc, cil qui a hui vaincue ceste assenblee ; et l'autre vainqui il autresin es vermoilles armes, et fist lo roi entrer en la Dolereuse Garde. »

[« De ce, fait mesire Gauvains, ai je mout grant joie. »

« Et vos lo devez, fait ele, mout amer come celui qui de prison vos geta. Et por ce ai je tant esté en la Dolereuse Garde. »]

Lors s'umilie mout messires Gauvains vers lui, et li dit :

« Sire, por Deu, dites moi se c'est voirs que ele m'a dit. »

— Eh bien ! fait-il, regardons le chemin qu'il prendra, une fois le tournoi terminé.

— Vous avez raison », fait-elle.

Peu après les joutes prirent fin. Le soir commençait à tomber. Le chevalier vainqueur du tournoi s'en va et entre dans la forêt. Il compte bien s'en aller sans être reconnu ; car il s'était logé dans la forêt, chez un vieux chevalier, à l'écart des grands chemins. Monseigneur Gauvain et la demoiselle le suivent. Ils le rejoignent dans la forêt.

« Que Dieu vous conduise, cher seigneur ! » fait monseigneur Gauvain.

L'autre le regarde, le reconnaît fort bien et lui répond : « Que Dieu vous bénisse ! » Mais il est très mécontent de s'être laissé rejoindre.

« Seigneur, fait monseigneur Gauvain, de grâce, dites-moi qui vous êtes.

— Seigneur, fait-il, je suis un chevalier, vous pouvez le voir.

— Chevalier ? vous l'êtes sans aucun doute, un des meilleurs du monde. Mais, par faveur, dites-moi quel est votre nom.

— Je ne vous le dirai pas.

— Ah ! bel ami, fait la pucelle, dites-le-lui. Sinon, c'est moi qui le lui dirai ; car il s'est donné tant de peine qu'il a bien mérité de le savoir. »

Le chevalier ne répond rien. Il reste silencieux.

« Seigneur, dit la pucelle à monseigneur Gauvain, je vois bien qu'il ne vous le dira pas. Je vous le dirai donc, pour ne pas être parjure. Sachez que c'est Lancelot du Lac, le fils du roi Ban de Bénoïc. C'est lui qui a été le vainqueur de cette assemblée, ainsi que de la précédente, où il portait des armes vermeilles ; et c'est lui qui a fait entrer le roi dans la Douloureuse Garde.

« J'en ai beaucoup de joie, dit monseigneur Gauvain.

— Vous lui devez aussi beaucoup de reconnaissance, parce qu'il vous a fait sortir de votre prison. Et c'est pour cette raison que je suis restée si longtemps dans la Douloureuse Garde. »

Alors monseigneur Gauvain s'incline très humblement devant lui et lui dit :

« Seigneur, pour l'amour de Dieu, répondez-moi. Ce qu'elle me dit est-il vrai ? »

Et cil rogist, si que toz li vis li eschaufe, et regarde la pucele mout irieement et dit a monseignor Gauvain :

« Sire, ele vos a dit ce que li plot, mais ele s'am poïst bien taire. Ne endroit moi ne vos en di ge rien, car ge ne voil dire que ce soit voirs, ne ge [ne] di que ele mente. »

« Certes, sire, fait messires Gauvains, se vos nel dites, sel croi ge bien qu'il est voirs. Or si m'en irai, car j'ai bien achevé qancque ge queroie, Deu merci. »

Messires Gauvains s'an vient atant, et s'an torne au chastel arrieres, si fait liees maintes genz de sa qeste qu'il a achevée. Et d'autre part s'an va li chevaliers, et la damoisele lo siust, et il fait mout laide chiere. Et dui de ses escuiers qui tote jor avoient esté avoc lui el tornoiement, s'en furent alé *(f. 82b)* avant a l'ostel.

Ensi fu li chevaliers coneüz de monseignor Gauvain, et por ce n'osa il l'andemain venir a l'asemblee, car il cremoit estre delaiez. Si se taist orendroit li contes de lui et de sa compaignie, et retorne a monseignor Gauvain, qui mout est liez de sa queste qu'il a a fin menee.

L'andemain porta messires Gauvains armes, et mout lo fist bien. Ne plus n'en devise cist contes, fors tant que li compaignon lo roi Artu en orent lo plus bel ; et mout i perdi li Rois d'Outre les Marches, et il meesmes i fu mout durement navrez. Et par ce remest l'asemblee, que onques puis n'i ot rien fait por cest mestier, si en ot Guaerrihez lo pris d'amedeus parz.

Aprés l'asemblee s'en ala messires Gauvains a la cort lo roi

Le chevalier rougit, tout son visage est en feu, il regarde la demoiselle avec colère et dit à monseigneur Gauvain :

« Seigneur, elle vous a dit ce qu'elle a voulu, mais elle aurait bien pu se taire. Quant à moi, je ne vous dirai rien. Je ne veux dire ni que c'est la vérité, ni qu'elle a menti.

— Vraiment, seigneur, même si vous ne voulez pas le reconnaître, je suis convaincu que c'est la vérité. Je m'en irai donc, car j'ai mené toute ma quête à bonne fin par la grâce de Dieu. »

Monseigneur Gauvain s'en retourne à la ville, et il fait plaisir à beaucoup de gens, en leur disant qu'il a achevé sa quête. D'autre part le chevalier s'en va et la demoiselle le suit. Il fait une triste mine. Deux de ses écuyers, qui avaient passé toute la journée avec lui au tournoi, l'avaient devancé à son hôtel.

C'est ainsi que le chevalier fut connu de monseigneur Gauvain ; et, pour cette raison, il n'osa pas revenir à l'assemblée le lendemain. Il craignait d'y être retenu. Mais le conte ne parle plus de lui ni de ceux qui l'accompagnent. Il retourne à monseigneur Gauvain, qui se réjouit d'avoir mené sa quête à bonne fin.

CHAPITRE XLI

Gauvain fait connaître à la cour le nom du vainqueur de la Douloureuse Garde

Le lendemain monseigneur Gauvain porta les armes et se conduisit très bien. Le conte n'en dit pas davantage, si ce n'est que les compagnons du roi Arthur eurent le dessus. Le roi d'Outre-les-Marches subit de lourdes pertes et lui-même fut grièvement blessé. Alors l'assemblée s'arrêta ; il n'y eut plus aucune joute à la suite de cet accident, et ce fut Guerrehet qui eut le prix du tournoi, avec l'accord des deux parties.

Après l'assemblée, monseigneur Gauvain se rendit à la cour

son oncle et an mena l'autre pucele qui remese estoit, et trova
lo roi a Cardueil. Et qant li rois lo vit, si fist mout grant joie de
lui, et la reine et tote la corz. Et li rois li demanda :

« Biaus niés, avez encore achevee vostre queste ? »

« Oe, fait il, sire. »

« Qui fu, fait li rois, li chevaliers qui nos fist antrer en la
Dolereuse Garde ? »

« Ce fu, fait il, Lancelot del Lac, li filz au roi Ban de Benoyc.
Et ce fu cil qui vainquié l'asenblee de vos et del Roi d'Outre les
Marches, qant il porta les armes vermoilles, et ceste dont nos
venons ra il vaincue. Et ge parlai a lui ; et sachiez que ce est uns
des plus biax chevaliers do monde et des miauz tailliez de totes
choses ; et si est uns des meillors qui ore i soit, et se il vit
longuement, il sera toz li miaudres. »

Tant est espandue la novelle que tuit lo sevent, et chevalier et
dames, par laianz. Et ci premierement fu seüz a cort li nons
Lanceloz del Lac, li filz au roi Ban de Benoyc, et qu'il estoit vis
et sains, dont maintes genz orent grant joie qui longuement
avoient cuidié que il fust morz des s'anfance. Et messires
Gauvains aporta son non a cort en tel maniere. Mais ci endroit
ne parole *(f. 82c)* plus li contes de monseignor Gauvain ne del
roi, ainz retorne au chevalier dont li nons est aportez a cort.

Qant li chevaliers fu queneüz de monseignor Gauvain, si jut
la nuit chiés lo vavasor en la forest. Et l'andemain se leverent
matin entre lui et la damoisele et ses escuiers, et chevauchierent
en autre sen que vers l'asemblee, car il n'i osoit aler por paor
d'estre coneüz. Et il chevauche toz armez fors de son hiaume et

du roi son oncle. Il y emmena la demoiselle qui était restée dans la ville, et trouva le roi à Carduel. Quand il le vit, le roi l'accueillit avec joie, de même que la reine et toute la cour. Il lui demanda :

« Beau neveu, avez-vous déjà achevé votre quête ?

— Oui, seigneur.

— Quel est le chevalier qui nous a fait entrer dans la Douloureuse Garde ?

— C'est Lancelot du Lac, le fils du roi Ban de Bénoïc. C'est lui qui a gagné l'assemblée que vous eûtes avec le roi d'Outre-les-Marches, où il portait des armes vermeilles, et il a de nouveau gagné l'assemblée dont nous venons. Je lui ai parlé. Sachez que c'est un des plus beaux chevaliers du monde et des mieux faits à tous égards. C'est un des meilleurs qui soient à notre époque et, s'il vit longuement, ce sera de beaucoup le meilleur. »

La nouvelle se répandit si vite que tout le monde la sut, dames et chevaliers, à travers le palais. Ce fut la première fois que l'on connut à la cour le nom de Lancelot du Lac, fils du roi Ban de Bénoïc, et que l'on apprit qu'il était sain et sauf, ce dont maintes gens se réjouirent, car ils avaient longtemps pensé qu'il était mort dans son enfance. Mais ici le conte ne parle plus de monseigneur Gauvain et du roi ; il retourne au chevalier dont le nom vient d'être révélé à la cour.

CHAPITRE XLII

Lancelot contraint de tuer son hôte

Après qu'il eut été reconnu par monseigneur Gauvain, le chevalier passa la nuit chez le vavasseur, dans la forêt. Le lendemain il se leva de bonne heure et, avec la demoiselle et ses écuyers, il partit dans une autre direction que celle de l'assemblée, car il n'osait pas y revenir, de peur d'être reconnu. Il chevauche armé de toutes armes, sauf de son heaume et de son

de son escu qu'il fait totevoie porter covert de la houce. Et la damoisele li conte les proesces monseignor Gauvain teles con eles les a veües.

Ensin chevauchent longuement, tant que un jor avint que il aprochierent d'une eive lee et basse. Et qant il vienent a l'eive, si n'i voient point de pont ; mais un gué i avoit, et desus ce gué d'autre part estoit une bretesche haute, si estoit l'eive close de haut paliz bien une archiee antor la bretesche. Il vienent au gué, si passent avant li escuier, et la damoisele aprés, et li chevaliers se met derrieres, si passe outre. Et qant il vienent a la bretesche, si laisse cil qui la gardoit passer les escuiers et la damoisele. Et qant il sont anz, si clost la porte. Li chevaliers demande s'il porra passer autresin comme li autre. Et il li dit :

« Qui iestes vos ? »

« Uns chevaliers, fait il, sui au roi Artu. »

« Dont n'i passeroiz vos mie, fait li portiers, ne vos ne nus qui a Artu soit. »

« N'an puis mais, fait il, dons me laissiez arrieres venir mes escuiers et ma pucele. »

Et cil dit que nel fera. Et qant li chevaliers voit qu'il n'i fera plus, si s'an torne. Et as fenestres de la bretesche avoit une dame, si apela lo vallet qui l'escu au chevalier portoit, si lo descuevre ele meesmes. Et qant ele l'a veü, si apela lo portier.

« Or tost, fait ele, va aprés lo chevalier, car c'est li miaudres do monde. »

Et cil saut en un roncin et cort outre l'eive, si ramainne lo chevalier. Et la dame li vient a l'an*(f. 82d)*contre et li dit, ainz qu'il soit a la bretesche :

« Sire chevaliers, par la rien que vos plus amez, otroiez moi mes anuit a herbergier ceianz, se vos n'avez tel chose affaire o vos eüssiez honte en si tost herbergier. »

« Dame, fait il, tant m'avez conjuré que ge herbergerai. »

Il entre en la bretesche, et ele lo maine en mout beles chambres qui sont en haut, si li ostent ses armes. Et il remest an cors, si fu a mervoilles biaus et plaisanz. Et la dame l'esgarde mout volentiers. Il fu assez qui lo mengier apareilla. Et qant il

écu, qu'il fait porter, recouvert de sa housse. La demoiselle lui raconte les prouesses de monseigneur Gauvain, dont elle a été le témoin.

Ils chevauchent ainsi longuement et un jour ils arrivent près d'une rivière large et peu profonde. Ils vont jusqu'à la rivière et n'y voient pas de pont. Mais il y avait un gué et, de l'autre côté du gué, une haute bretèche, et la rivière était protégée de hautes palissades, sur une distance d'environ une portée d'arc, autour de la bretèche. Ils arrivent au gué. Les écuyers passent d'abord, la demoiselle ensuite et le chevalier en dernier lieu. Ils franchissent le gué. Quand ils arrivent à la bretèche, le portier laisse passer les écuyers et la demoiselle ; mais, quand ils sont entrés, il referme la porte. Le chevalier lui demande s'il pourra passer comme les autres, mais il lui répond :

« Qui êtes-vous ?

— Je suis un chevalier du roi Arthur.

— Alors vous ne passerez pas, ni vous ni aucun des hommes d'Arthur.

— Je n'en peux mais, dit le chevalier. Faites donc revenir mes écuyers et ma pucelle. »

L'autre répond qu'il n'en fera rien. Quand le chevalier voit qu'il n'obtiendra rien de plus, il s'en retourne. À la fenêtre de la bretèche, il y avait une dame. Elle fait venir le valet, qui portait l'écu du chevalier, et le retire elle-même de sa housse. Quand elle l'a vu, elle appelle le portier.

« Vite, lui dit-elle, cours après le chevalier : c'est le meilleur du monde. »

Le portier saute sur un roncin, traverse la rivière et ramène le chevalier. La dame va au-devant de lui et lui dit, avant qu'il soit arrivé à la bretèche :

« Seigneur chevalier, au nom de ce qui vous est le plus cher, accordez-moi de vous loger pour cette nuit, si toutefois vous n'avez de telles affaires que vous ne puissiez vous arrêter maintenant sans honte.

— Dame, puisque vous m'adjurez en ces termes, j'accepte votre hospitalité. »

Il entre dans la bretèche. Elle l'emmène à l'étage, dans de très belles chambres ; et on lui ôte ses armes. Il apparaît dans ses vêtements de corps, et on voit qu'il est merveilleusement beau et charmant. La dame prend plaisir à le regarder. On s'affaire pour préparer le repas. Quand ce fut l'heure de souper, un

durent mengier, si vint laianz uns chevaliers toz armez, et
c'estoit li sires de laianz. Et la dame li saut encontre et dit :

« Sire, vos avez un oste. »

« Qui est ? » fait il.

« C'est, fait ele, li bons chevaliers qui vainquié l'asenblee
l'autre jor. »

« Ge ne vos en creroie mie, fait il, se ge ne veoie son escu. »

Et la dame saut a un croc o il pandoit, si lo li mostre a
descovert. Et li chevaliers cui li escuz estoit en est mout iriez, si
li dit :

« Avoi ! dame, vos m'avez herbergié et si me faites ja anui et
honte. »

« Certes, sire, fait ele, ge vos cuidoie faire mout grant
anor. »

« Sire, fait li sires de laianz, ne vos poist mie, car vos iestes li
chevaliers del monde que ge desir plus a acointier. »

Lors se fait desarmer, et puis s'asiet delez lui, si li conte qu'il
l'avoit abatu a l'asemblee si durement, et lui et son cheval, que
par un po qu'il n'ot lo cuer crevé. Tant ont parlé que li
mengiers fu prelz, si mengierent. Et aprés mengier demanda li
chevaliers estrange au seignor de la maison dom il venoit issi
armez.

« Sire, fait il, d'un pont qui est ça desouz, si lo gart chascun
jor des chevaliers lo roi Artu. »

« Por qoi ? » fait cil.

« Sire, por savoir s'uns chevaliers i passeroit qui jura a un
chevalier navré qu'il [l]o vencheroit de toz cels qui diroient
qu'il ameroient miauz celui qui ce li fist que lui. Et li navrez ert
mes mortex anemis, et cil qui lo navra fu li hom *(f. 83a)* que ge
plus amai, car il estoit freres ma mere. Si voudroie mout que il
venist par ci, car ge voudroie bien estre morz, par covant que
ge l'eüsse ocis. »

Quant li chevaliers l'antant, si li poise mout de ce que cil a
dit, si an laisse la parole atant ester. Et li lit sont appareillié, si
vont couchier. Mais li chevalier n'est pas a eise, ainz plore et
fait duel trop grant, car il lo covandra demain conbatre a l'ome
qui onques plus li fist honor et compaignie. Ne il ne lo puet
laissier, car dons se parjureroit il ; si est tant a malaise qu'il ne
set qu'il puisse faire, ou conbatre a son oste ou parjurer. En tel

chevalier entra tout armé, et c'était le seigneur du lieu. La dame va au devant de lui et lui dit :

« Seigneur, vous avez un hôte.

— Qui est-ce ?

— C'est, dit-elle, le bon chevalier, qui a remporté la victoire à l'assemblée de l'autre jour.

— Je ne saurais vous croire, sans avoir vu son écu. »

La dame se dirige vers le porte-écu auquel il était suspendu et le lui fait voir après avoir retiré sa housse. Le chevalier, à qui l'écu appartenait, entre dans une violente colère et dit :

« Oh ! dame, à peine ai-je accepté votre hospitalité que vous me faites honte et chagrin.

— En vérité, seigneur, je croyais vous faire un très grand honneur.

— Seigneur, dit le maître de maison, ne vous fâchez pas. Vous êtes l'homme du monde que j'avais le plus grand désir de connaître. »

Il se fait désarmer, s'assied auprès de lui et lui raconte qu'à l'assemblée il l'avait renversé ainsi que son cheval, si durement qu'il avait failli en mourir. Ils parlent ainsi jusqu'à ce que le repas soit servi. On soupe ; et, après le souper, le chevalier étranger demande au seigneur de la maison d'où il vient, pour s'être armé de la sorte.

« Seigneur, je viens d'un pont qui est en dessous d'ici ; et j'y monte la garde chaque jour contre les chevaliers du roi Arthur.

— Pourquoi ?

— Pour savoir s'il y passera un jour un chevalier, qui a prêté serment entre les mains d'un chevalier blessé. Il a juré de le venger de tous ceux qui diraient qu'ils aiment mieux que lui celui qui l'a blessé. Le blessé était mon ennemi mortel, et celui qui l'a blessé, mon ami le plus cher, car c'était le frère de ma mère. J'aimerais qu'il vienne par ici et j'accepterais la mort, pourvu que je l'aie tué. »

Le chevalier est très malheureux de ce qu'il vient d'entendre. Il ne dit mot. Les lits sont faits et ils vont se coucher. Mais le chevalier n'est pas à l'aise : il pleure et se lamente, à l'idée de devoir combattre le lendemain un homme qui lui a fait le plus grand honneur et le plus bel accueil. Cependant il ne peut s'en dispenser, sous peine d'être parjure. Il est si malheureux qu'il ne sait ce qu'il doit faire : combattre son hôte ou se parjurer. Il

angoisse travaille plus de la moitié de la nuit, et au matin se
lieve mout main et s'arme tot fors que son chief et ses mains.
Puis vient a son oste qui ja se voloit armer.

« Biaus hostes, fait il, vos m'avez mout servi et honoré. Et au
partir de vostre ostel vos pri que vos me doigniez un don por
vostre grant preu et por moi gaaignier a tozjorz mais. »

Et lors l'an chiet as piez. Et cil l'an cort relever, cui mout
anuie, et dit que ja ce don ne demandera que il n'ait, sanz sa
honte. Et cil dit que ses granz preuz i est, s'il le li done. Et li
sires li dit que il [l']otroie por lui gaaignier a tozjorz.

« Granz merciz, fait il, et ge vos demant que vos dioiz tant
com ge serai çaianz que vos a[mez] miauz lo chevalier navré
que celui qui lo navra. »

« Ha ! Sainte Marie ! fait cil, vos iestes li chevaliers qui lo
navré devez venchier. »

« Certes, fait il tot an plorant, il est voirs. »

Et cil se pasme ; et qant il est venuz de pasmoison, si dit au
chevalier :

« Biaus sire, or vos en alez ; et ge vos di que ge ainz miauz lo
navré que lo mort. »

Et tantost se repasme. Et li chevaliers s'an torne et si escuier
et sa pucele. Et qant il a un[e] piece alé, si se regarde et voit son
oste qui lou siust a esperon, armez de totes armes. Et qant il l'a
ataint, si li dit :

« Sire chevaliers, ne me tenez mie a desleial, car ge ne vos
creantai rien *(f. 83b)* a tenir se tant non com vos seriez en ma
maison. Mais or sachiez que ge ain plus lo mort. Ne vos n'en
poez aler sanz combatre a moi. »

Qant li chevaliers voit que autrement ne puet estre, si li
guanchist et cil a lui. Si s'entrefierent es granz cors des chevaus
si durement que il se portent a terre, les chevax sor les cors. Et
tost resaillent sus, si ostent les escuz des cox et sachent les
espees, si s'antredonent granz cols amont et aval tant qu'il n'i
a si preu ne si fort qui n'ait perdu do sanc en pluseurs leus.
Mais an la fin n'i puet durer li ostes a celui a cui nus ne duroit,
ainz commança place a guerpir estre son gré. Et li bons
chevaliers lo tient mout cort, si li prie sovant que il li die que il

passe dans cette angoisse plus de la moitié de la nuit. Au matin, il se lève de très bonne heure, se fait entièrement armer, sauf de la tête et des mains. Puis il va trouver son hôte, qui voulait déjà s'armer.

« Mon cher hôte, lui dit-il, vous m'avez reçu avec beaucoup d'amitié et d'honneur. Au moment de partir de votre maison, je vous prie de m'accorder une faveur, pour votre plus grand bien et pour me gagner à tout jamais. »

Alors il se jette à ses pieds. Son hôte, consterné, court le relever. Il lui dit qu'il ne saurait lui demander aucune faveur qu'il ne l'obtienne, si elle n'est déshonorante pour lui. Le chevalier l'assure que cette faveur, s'il la lui accorde, lui sera au contraire très profitable. Le seigneur y consent, pour gagner à tout jamais l'amitié du chevalier.

« Je vous remercie, seigneur. Je vous demande donc de dire, aussi longtemps que je serai chez vous, que vous aimez mieux le chevalier blessé que celui qui l'a blessé.

— Ah ! Sainte Marie, vous êtes le chevalier qui devez venger le blessé.

— Oui, dit-il en pleurant, c'est la vérité. »

Le seigneur se pâme ; et quand il est revenu de pâmoison, il dit au chevalier :

« Allez-vous-en, cher seigneur. Je vous dis que j'aime mieux le blessé que le mort. »

Et il s'évanouit à nouveau. Le chevalier s'en va avec ses écuyers et sa pucelle. Après avoir chevauché quelque temps, il lève les yeux et voit son hôte, qui le suit à vive allure, armé de toutes armes. Celui-ci lui dit, quand il l'a rejoint :

« Seigneur chevalier, ne me tenez pas pour déloyal. Ma promesse ne me liait que pour le temps où vous seriez dans ma maison. Sachez maintenant que je préfère le mort et que vous ne pouvez vous en aller, sans combattre contre moi. »

Le chevalier voit qu'il ne peut en être autrement. Ils s'élancent l'un contre l'autre, aussi vite que leurs chevaux peuvent courir, et se frappent si durement qu'ils tombent à terre, renversés sous leurs montures. Ils se relèvent rapidement, ôtent leur écu de leur cou, tirent leur épée, et se donnent sur tout le corps des coups si puissants qu'il n'y a si preux ni si fort qui n'ait perdu du sang en plusieurs endroits. Mais à la fin l'hôte ne peut résister à celui à qui nul ne résiste, et commence à céder du terrain, malgré qu'il en ait. Le bon chevalier le serre de près. À

aimme miauz lo navré que lo mort. Et lors lo menace li autres
plus qu'il n'avoit fait au comencier, et jura que ce ne dira il ja.
[Lors li recort sus li bons chevaliers, si lo maine a force jusque
sor une riviere qui delez els coroit. Et lors li reprie molt qu'il
die qu'il aime mielz lo navré que lo mort. Et il n'en velt faire
rien.] Et lors s'aïre li bons chevaliers et li cort sus, et lo haste si
durement et tant lo charge des cox qu'il lo fait a terre flatir
d'amedeus les paumes. Et il li saut sor le cors, si li arache lo
hiaume de la teste, et encores li prie de dire ce par qoi il se pooit
sauver. Et cil ne velt. Lors est li boens chevaliers mout
correciez et dit qu'il ne morra ja, se Deu plaist, par arme que
il ait, si lo traine jusque sor l'eive et lo giete anz. Et qant il lo
vit neié, si an commance a plorer mout durement. Mais or
laisse li contes ci endroit a parler de lui et des aventures qui li
avindrent, et retorne a parler del roi Artu, la ou il lo laissa.

Li rois Artus, ce dit li contes, avoit longuement sejorné a
Cardueil en cel termine, et il n'i avenoit mie granment d'aventures. Si anuia mout as compaignons lo roi de ce que il i
avoient si longuement sejorné et ne veoient rien de ce qu'il
soloient veoir. Et a Kel lo seneschal en par anuia trop, si an
parla mout sovant *(f. 83c)* et disoit, oiant lo roi, que trop estoit
cist sejorz anuieus et trop avoit duré. Et li rois li demande :
« Keu, que volez vos que nos faciens ? »
« Certes, fait il, ge loeroie que nos alissiens a Camahalot, [car
la cité est la plus belle et la plus delitable et la plus aventureuse
que vos aiez, si orrons sovent et verrons qe nos ne veons mie ci,

maintes reprises il le supplie de dire qu'il aime mieux le blessé que le mort. Mais l'autre le menace davantage encore qu'il ne le faisait au début. Il jure qu'il ne dira pas ce que le chevalier lui demande. Le bon chevalier l'attaque de nouveau et l'entraîne de force au bord d'une rivière, qui courait à côté d'eux. Il le prie encore de dire qu'il aime mieux le blessé que le mort, mais l'autre ne veut rien entendre. Alors le bon chevalier se met en colère, il fonce sur lui, le presse et l'accable de tant de coups qu'il lui fait heurter la terre de ses deux mains. Il lui saute sur le corps, lui arrache le heaume de la tête et le prie encore une fois de prononcer les paroles qui peuvent le sauver. Il refuse. Alors le bon chevalier est très malheureux. Il dit que, s'il plaît à Dieu, il ne donnera pas à son hôte le coup mortel[1]. Il le traîne au bord de l'eau et l'y jette. Et quand il le voit noyé, il se met à pleurer. Le conte ne parle plus ici de lui ni des aventures qui lui arrivèrent. Il revient au roi Arthur, là où il l'a laissé.

CHAPITRE XLIII

Les songes du roi Arthur

Le roi Arthur, dit le conte, avait, en ce temps-là, fait un long séjour à Carduel, et il n'y arrivait pas beaucoup d'aventures. Les compagnons du roi furent très mécontents d'y être restés aussi longtemps, sans rien voir de ce qu'ils avaient coutume de voir. Keu le sénéchal était le plus mécontent de tous. Il en parlait très souvent et disait en présence du roi que ce séjour était désagréable et qu'il avait trop duré. Le roi lui demande :

« Keu, que voulez-vous que nous fassions ?

— Certes, dit-il, je serais d'avis que nous allions à Camaalot. Cette cité est la plus belle, la plus agréable et la plus aventureuse que vous ayez. Aussi aurons-nous souvent l'occa-

---

1. Littéralement : son hôte ne mourra pas de ses armes.

ne n'oons ; car vos avez sejornez ci plus a de deus mois,
n'onques ne veïmes avenir qi a gaires de chose montast. »

« Or i alons, fait li rois, puis que vos lo loez, a Camahalot. »]

L'andemain dut li rois movoir. Mais une grant merveille la
nuit li avint, car il sonja que tuit li chevol li chaoient de la teste,
et tuit li poil de la barbe ; si en fu mout espoentez, et par ce
demora encores en la vile. A la tierce nuit après li ravint que il
sonja que tuit li doi li chaoient des mains sanz les poces. [Et
lors fu mout plus esbaïs que devant. Et en l'autre tierce nuit
resonja que tuit li doit des piez li chaoient sanz les poces.] Et
lors fu plus esbahiz que devant, si lo dit a son chapelain.

« Sire, fait il, ne vos chaut, car songes est noianz. »

Et li rois lo redit a la reine, et ele lo dit tot autretel.

« En non Deu, fait il, ensin nel laisserai ge mie. »

Il mande ses esvesques, ses arcevesques qu'il soient a lui au
vintoisme jor a Camahalot et ameignent avec aus toz les plus
sages clers que il porront avoir. Atant s'en part de Cardueil, si
s'en vait par ses chastiaus et par ses recez, tant que au
quinzoime jor est venuz a Camahalot. Au vintoisme jor
vindrent si clerc, et il lor demande consoil de son songe. Et il en
eslisent dis de toz les plus sages. Et dient que cil lo conseilleront
se nus lo doit conseillier. Et li rois les fait bien enserrer et dit
que ja mais n'istront de sa prison devant qu'il li avront dite la
senefience de son songe. Cil esproverent la force de lor san par
nuef jorz, et lors vindrent au roi et distrent [que il n'avoient
riens trové.]

« Ce n'a mestier, fait li rois, ja ensin ne m'eschaperoiz. »

Et il li dient que lor doint respit jusqu'a tierz jor, et il lor
done. Et lors revindrent devant lui et distrent qu'il ne pooient
rien trover. Si li demandent encores respit. Et il lor done. Et il
lors li redistrent que ancores n'an savoient il riens, « mais
encores, font il, nos donez respit de trois jorz, autresin com vos
lo sonjastes de tierce nuit an tierce nuit. »

sion d'y entendre et d'y voir ce que nous ne voyons ni n'entendons ici. Car vous avez séjourné ici depuis plus de deux mois et nous n'avons vu s'y produire aucune aventure qui eût quelque intérêt.

— Allons donc, dit le roi, puisque vous le voulez, à Camaalot. »

Le roi devait partir le lendemain. Mais pendant la nuit il lui arriva une grande merveille. Il songea que tous ses cheveux lui tombaient de la tête et tous les poils de sa barbe. Il fut épouvanté et pour cette raison prolongea son séjour dans la ville. Trois nuits plus tard, il songea qu'il perdait tous les doigts de ses mains, sauf les pouces. Il fut plus effrayé que la première fois. La troisième nuit qui suivit, il songea qu'il perdait tous les doigts de ses pieds, sauf les gros orteils. Il fut encore plus étonné et en parla à son chapelain. Celui-ci lui répondit :

« Seigneur, ne vous inquiétez pas. Un songe n'est rien. »

Le roi en parla aussi à la reine et elle lui dit la même chose.

« Par Dieu, dit le roi, je n'en resterai pas là. »

Il envoie à ses archevêques et à ses évêques l'ordre de se rendre auprès de lui, à Camaalot, dans un délai de vingt jours, et d'amener avec eux les clercs les plus savants qu'ils pourraient avoir. Puis il part de Carduel et fait route de châteaux en forteresses, si bien que, quinze jours plus tard, il arrive à Camaalot. Le vingtième jour, les clercs se présentent, et il leur demande conseil sur ce qu'il a songé. Ils choisissent les dix plus sages d'entre eux et disent au roi que ceux-là le tireront d'embarras, si quelqu'un peut le faire. Le roi les fait mettre sous bonne garde et leur dit qu'ils resteront ses prisonniers, jusqu'à ce qu'ils lui aient donné l'interprétation de son songe. Ils mettent en œuvre les ressources de leur savoir pendant neuf jours et reviennent auprès du roi, pour lui dire qu'ils n'ont rien trouvé.

« C'est inutile, dit le roi. Vous ne m'échapperez pas ainsi. »

Ils demandent un délai de trois jours et le roi le leur donne. Puis ils reviennent devant lui et disent qu'ils n'ont rien pu trouver. Ils demandent un nouveau délai et le roi le leur donne encore. Alors ils lui redisent qu'ils ne savent toujours rien ; « mais, disent-ils, donnez-nous encore un répit de trois jours, de la même façon que vous avez songé de trois nuits en trois nuits.

« Or l'avroiz, fait li rois, mais bien sachiez que vos n'an
avroiz ja mais plus. »

Qant vint au tierz jor, si distrent que il n'avoient rien *(f. 83d)*
trové.

« Ce n'a mestier, fait li rois, ge vos ferai toz destruire se vos
ne m'en dites la verité. »

« Vos feroiz, font il, de nos ce que vos plaira, car nos ne vos
an dirons plus. »

Lors se pense li rois qu'il lor fera paor de mort, si fait faire
un grant feu et commande que li cinc i soient mis et li autre cinc
soient pandu. Ensin lo commanda li rois, oiant aus, mais
priveement commande a ses baillis qu'il nes menassent fors
jusqu'a la paor de mort. Li cinc furent mené as forches. Et qant
il orent les cordes entor les cox, si orent paor de morir et
distrent que, se li autre cinc voloient dire, il diroient. La novelle
en vient a cels que l'an voloit ardoir, et il distrent que, puis que
cil s'estoient poroffert, il diroient dons. Lors sont amené an la
sale devant lo roi. Et li plus saiges li dit :

« Sire, nos vos dirons ce que nos avons trové, mais nos ne
voudriens mie que vos nos en tenissiez a menteors se ce
n'avenoit, car nos lo voudriens bien. Et volons, comment qu'il
aveigne, que vos nos creantoiz que maus ne nos en vendra. »

Et li rois li creante. Et cil li dit :

« Sire, bien sachiez que tote honor terriene vos covient a
perdre, et cil o vos plus vos fiez vos faudront estre lor gré, car
ensin lo covient estre. »

De ceste chose est mout li rois esbahiz. Et puis li
demande :

« Or me dites, fait il, se nule riens m'an porroit estre
garanz. »

« Certes, sire, fait li maistres, nos i avons veü une chose, mais
c'est si granz folie neïs a penser que nos ne vos osons dire. »

« Dites, fait li rois, seürement, car pis ne me poez vos dire
que dit m'avez. »

« Et gel vos dirai, fait cil : nule riens ne vos en puet rescorre
de perdre tote honor terriene, se il ne vos en requeust li Lieons
Evages et li Mires sanz Mecine par lo consoil de la Flor. Et ce

— Je vous l'accorde, répond le roi, mais sachez que ce sera le dernier. »

Au terme des trois jours, ils disent n'avoir rien trouvé.

« C'est inutile, dit le roi. Je vous mettrai tous à mort, si vous ne me dites pas la vérité.

— Vous ferez de nous ce qu'il vous plaira, car nous ne vous en dirons pas davantage. »

Alors le roi imagine de les effrayer en les menaçant de la mort. Il fait dresser un grand bûcher. Puis il ordonne que cinq d'entre eux y soient conduits et que les cinq autres soient pendus. Il donne cet ordre en leur présence ; mais en secret il dit à ses baillis de ne pas aller plus loin que la menace de la mort. On en mena cinq aux potences. Quand ils eurent la corde au cou, la peur de la mort les saisit et ils se déclarèrent prêts à parler, si les cinq autres y consentaient. La nouvelle en vint aux cinq, qui devaient être brûlés :

« Puisque les autres l'ont proposé, disent-ils, nous parlerons. » On les amène dans la salle, devant le roi. Et le plus sage lui dit :

« Seigneur, nous vous dirons ce que nous avons trouvé. Mais nous ne voudrions pas que vous nous preniez pour des menteurs, si l'événement nous démentait, ce dont nous serions très heureux. Et nous voulons que, quoi qu'il advienne, vous nous assuriez qu'il ne nous sera fait aucun mal. »

Le roi le jure. Le clerc lui dit alors :

« Seigneur, sachez qu'il vous faut perdre tout honneur terrestre, et que ceux de vos hommes, en qui vous vous fiez le plus, vous feront défaut contre leur gré ; car il doit en être ainsi. »

À ces mots le roi est saisi d'étonnement. Puis il demande au clerc :

« Dites-moi, n'y a-t-il rien qui pourrait me sauver ?

— Si, seigneur. Nous avons vu un remède, un seul. Mais c'est une si grande sottise, à y penser seulement, que nous n'osons pas vous la dire.

— Parlez sans crainte, dit le roi ; car vous ne pouvez m'annoncer rien de pire que ce que vous m'avez dit.

— Eh bien ! voici : rien ne peut vous préserver de perdre tout honneur terrestre, sinon le Grand Lion de l'Eau et le Médecin sans Médecine, sur le conseil de la Fleur. Cela nous semblait

nos senbloit estre si granz folie que nos n'en osiens parler. »

(f. 84a) Li rois est mout antrepris de ceste chose. Si dist un
jor que il iroit an bois por traire, si mut mout matin et dist a
monseignor Gauvain qu'il iroit avoc lui, et a Kel lo seneschal
et a cels que lui plot. Si se taist ores li contes atant de lui et de
sa compaignie et retorne au chevalier dont messires Gauvains
ot aporté lo non a cort, la ou il s'est partiz de la place ou il se
combati a son oste.

Quant li chevaliers qui l'asemblee avoit vencue se parti de la
o il se combatié a son oste, si erra tote jor sanz plus d'aventures
trover. La nuit jut chiés une veve dame en l'issue de la forest,
et d'iluec n'avoit pas jusqu'a Camahalot plus de cinc liues
emglesches. Li chevaliers se fu levez matin et parti de son ostel
et erra entre lui et sa pucele et ses escuiers tant que il encontra
un escuier.

« Vallez, fait il, sez tu nules novelles ? »

« Oe, fait cil ; madame la reine est ci a Camahalot. »

« La quele reine ? » fait li chevaliers.

« La fame lo roi Artu », fait li vallez[1].

Li chevaliers s'an part et chevauche jusque devant une
maison fort, et voit as fenestres une dame en son sorcot et an
sa chemise, et esgardoit les prez et la forest qui pres estoit. La
dame fu envelopee et avec lui estoit une damoisele, ses treces
par ses espaules. Et li chevaliers commança la dame a regarder,
si que toz s'an oblie. Et maintenant vient par illuec uns
chevaliers armez de totes armes.

« Sire chevaliers, fait il, que esgardez vos ? »

---

1. Voir p. 494, note 1.

être une si grande sottise que nous n'osions pas vous en parler. »

La surprise du roi fut extrême. Un jour, il décida d'aller chasser en forêt. Il partit de très bonne heure et emmena avec lui monseigneur Gauvain, Keu le sénéchal et ceux de ses chevaliers qu'il lui plut de choisir. Ici le conte ne parle plus de lui ni de ses compagnons et revient au chevalier, dont monseigneur Gauvain a fait connaître le nom à la cour, au moment où il s'en va, après qu'il s'est battu contre son hôte.

CHAPITRE XLIV

Lancelot suit un chevalier

Quand le chevalier, qui avait été le vainqueur de l'assemblée, eut quitté la place où il s'était battu contre son hôte, il voyagea toute la journée, sans trouver de nouvelle aventure. Il passa la nuit chez une dame veuve, à la sortie de la forêt, et de là jusqu'à Camaalot il n'y avait pas plus de cinq lieues anglaises. Il se leva de bon matin et partit de son hôtel. Il voyageait ainsi, en compagnie de sa pucelle et de ses valets, quand il rencontra un écuyer.

« Valet, fait-il, sais-tu quelque nouvelle ?

— Oui, répond l'écuyer ; madame la reine est à Camaalot.

— Quelle reine ?

— La femme du roi Arthur. »

Le chevalier s'en va et poursuit sa route jusqu'à ce qu'il arrive devant une maison forte. Il voit à la fenêtre une dame en surcot et chemise, qui regardait les prés et la forêt toute proche. La dame avait le visage enveloppé dans sa guimpe, et à ses côtés était une demoiselle, dont les tresses descendaient sur les épaules. Le chevalier se met à regarder la dame et ne se connaît plus lui-même. Et voilà que passe un chevalier armé de toutes armes.

« Seigneur chevalier, fait-il, que regardez-vous ? »

Et cil ne respont mot, car il ne l'a pas oï. Et li chevaliers lo bote et li demande encores que il esgarde.

« G'esgart, fait il, ce que moi plaist, et vos n'iestes mie cortois qui de mon pensé m'avez gité. »

« Par la rien que vos plus amez, fait li chevaliers estranges, savez vos qui est la dame que vos esgardez ? »

« Ge cuit bien savoir, fait li chevaliers, qui ele est. »

« Et qui est ele ? » fait cil.

« C'est », fait il, « madame la reine. »

« M'aïst [Dex, fait] li autres, estrangement la conoissiez vos bien. Deiable d'anfer vos font dame regarde[r]. »

« Por qoi ? » fait *(f. 84b)* li autres.

« Por ce, fait il, que vos ne m'oseriez pas sivre par devant la reine, la ou g'iroie. »

« Certes, fait li bons chevaliers, se vos alez en leu ou ge ne vos oserai sivre, passez avroiz toz les oseors qui onques fussient. »

« Or i parra », fait cil.

Atant s'en torne, et li chevaliers vait aprés. Et qant il ont une piece alé, si dit li autres au bon chevalier :

« Biaus sire, vos herbergeroiz anuit a moi, et lo matin vos menrai la o ge vos ai en covant. »

Et li autres demande s'il lo covient ensin a estre. Et il dit qe oïl. Et cil respont que dons herbergera il. La nuit jut chiés lo chevalier, et c'estoit sor la riviere de Camahalot, si herbergierent de haut midi. La nuit fu li chevaliers mout bien herbergiez et sa pucele et si vallet. Ne plus ne parlera ores li contes de lui ainz avra parlé del roi Artu.

L'autre ne répond pas, car il ne l'a pas entendu. Le chevalier le secoue et lui demande à nouveau ce qu'il regarde.

« Je regarde ce qui me plaît, fait-il, et vous n'êtes pas courtois de m'avoir tiré de mes pensées.

— Par ce qui vous est le plus cher, fait le chevalier étranger, savez-vous qui est la dame que vous regardez?

— Je crois bien le savoir.

— Et qui est-elle?

— C'est madame la reine.

— Que Dieu me protège! fait l'autre, vous la connaissez étrangement bien. Les diables d'enfer vous font regarder les dames.

— Pourquoi?

— Parce que vous n'oseriez pas me suivre, devant la reine, là où j'irai.

— Vraiment? fait le bon chevalier. Si vous allez en un lieu où je n'oserai pas vous suivre, vous aurez fait plus que n'ont jamais fait les plus audacieux des hommes.

— On verra bien », fait l'autre.

Il fait demi-tour et le bon chevalier le suit. Quand ils ont fait un peu de chemin, l'autre lui dit :

« Beau seigneur, vous passerez la nuit chez moi et demain matin je vous emmènerai à l'endroit convenu. »

Le bon chevalier demande si c'est bien nécessaire.

« Oui, fait l'autre.

— Alors j'accepte », fait le bon chevalier.

Il passa donc la nuit chez le chevalier. C'était sur la rivière de Camaalot et il était tout juste midi quand ils arrivèrent.

Cette nuit-là le chevalier fut très bien hébergé ainsi que sa pucelle et ses écuyers.

Le conte ne nous dira plus rien de lui, avant d'avoir parlé du roi Arthur.

Ce dit li contes que li rois revint de bois de haute none. Et la nuit, qant il seoit au soper, si vint laianz uns chevaliers d'aage qui mout senbloit prodome. Li chevaliers fu armez fors ses mains et sa teste, et vient tres devant lo roi, s'espee ceinte, ne salue pas lo roi, ançois li dit, tres devant sa table :

« Rois, a toi m'anvoie li plus preuzdom qui orandroit vive de son aage — c'est Galehouz, li filz a la Jaiande. Et si te mande que tu li randes tote ta terre, [car il a conquis trente roiaumes, mais il ne velt estre coronez devant qu'il ait le reiaume de Logres. Por ce te mande que tu li randes ta terre,] ou tu la taignes de lui. Et se tu vuels estre ses hom, il te tandra plus chier que toz les rois qu'il a conquis. »

« Biaus sire, fait li rois, ge ne tign onques terre de nului fors de Deu, ne ja de cestui ne la tandrai. »

« Certes, fait li chevaliers, ce poise moi, car tu an perdras honor et terre. »

« De quant que vos dites, fait li rois, ne me chaut, car ja de tot ce n'avra pooir, se Deu plaist. »

« Rois Artus, fait li chevaliers, or saches dons que mes sires te deffie, et ge te di de par lui qu'il sera dedanz un mois en ta terre. Et puis qu'il i sera entrez, il n'en istra devant que il l'avra tote conquise, et si te toldra Guenievre, ta fame, qu'il [a] oïe tant prisier de biauté et de valor sor totes dames terrienes. »

Et li rois respont :

« Sire chevaliers, ge oï bien que vos avez dit, ne ja por voz granz menaces ne m'es*(f. 84c)*poanterai plus. Mais face chascuns do miauz que feire porra. Et qant vostre sires me toudra ma terre, ce pesera moi, mais il n'en avra ja pooir. »

CHAPITRE XLV

Défi de Galehaut au roi Arthur

Le conte dit que le roi revint de la forêt un peu avant none. Et le soir, quand il se mettait à table, un chevalier d'âge mûr, qui avait toute l'apparence d'un prud'homme, entra dans la salle. Le chevalier était armé, sauf des mains et de la tête. Il s'avance, jusqu'à ce qu'il arrive auprès du roi, ne le salue pas et lui dit, devant sa table :

« Roi, celui qui m'envoie à toi est le plus valeureux des hommes de son âge, parmi tous ceux qui vivent de notre temps. C'est Galehaut, le fils de la Géante. Il te fait dire que tu le mettes en possession de toute ta terre. Car il a conquis trente royaumes, mais ne veut pas être couronné, avant d'avoir soumis le royaume de Logres. C'est pourquoi il te fait dire que tu le mettes en possession de ta terre ou que tu la tiennes de lui. Et si tu veux être son homme, il t'honorera plus que tous les rois qu'il a conquis.

— Beau seigneur, fait le roi, je n'ai jamais tenu de terre de personne sauf de Dieu, et je n'en tiendrai pas de cet homme-là.

— En vérité, fait le chevalier, je le regrette ; car tu y perdras ton honneur et ta terre.

— Tout ce que vous me dites m'importe peu, répond le roi. Car il n'en aura jamais le pouvoir, s'il plaît à Dieu.

— Roi Arthur, sache donc que mon seigneur te défie ; et je te dis de par lui qu'il sera d'ici un mois dans ta terre. Et dès lors qu'il y sera entré, il n'en sortira pas, avant de l'avoir conquise toute entière. Et il t'enlèvera Guenièvre ta femme, qu'il a entendu louer, pour sa beauté et pour son mérite, plus que toutes les dames de la terre. »

Le roi lui répond :

« Seigneur chevalier, j'ai bien entendu ce que vous avez dit, et vous ne m'effraierez pas avec vos grandes menaces. Que chacun fasse du mieux qu'il pourra ! Je serais très malheureux si votre seigneur me prenait ma terre. Mais il n'en aura jamais le pouvoir. »

Atant s'an part li chevaliers. Et qant il vint a l'uis de la sale, si se torne vers lo roi et dist :

« Ha ! Dex, quel dolor et quel male avanture ! »

Lors est montez sor un cheval et s'an vait entre lui et deus autres chevaliers qui dehors la porte l'atandoient. Et li rois demande a monseignor Gauvain, son neveu, s'il vit onques Galehot. Et il dit que nenil, et autretel dient li plusor chevalier de laianz. Mais Galeguantins li Galois se trait avant, qui mout avoit terres cerchiees, et dit au roi :

« Sire, ge ai veü Galehot. Il est bien plus granz demi pié que chevalier que l'an saiche, si est li hom del monde plus amez de sa gent et cil qui plus a conquis de son aage, car il est juenes bachelers. Et dient cil qui l'ont a acointe que c'est li plus gentis chevaliers et li plus deboennerès do monde et toz li plus larges. Mais por ce, fait il, nel di ge mie que ge ja cuit ne il ne autres ait desus vos pooir, car se ge lo cuidoie, ja ne m'aïst Dex se ge ne voloie miauz estre morz que vis. »

Li rois an laisse la parole atant ester et dit que lo matin revelt aler em bois, si en semont cels que lui plaist, et dit qu'il movra si matin com il porra messe avoir oïe. Au matin mut li rois, qant il ot messe oïe, et s'en ala en la forest. Ne de lui ne parole plus li contes ci endroit, ainz retorne a parler del chevalier qui l'asemblee avoit vaincue, la ou il se herberja chiés lo chevalier qu'il devoit sivre.

Alors le chevalier s'en va. Arrivé à la porte, il se retourne vers le roi et dit :

« Ah ! Dieu, quelle douleur et quelle funeste aventure ! »

Il monte sur un cheval et s'en va, accompagné de deux chevaliers qui l'attendaient devant la porte du château. Le roi demande à monseigneur Gauvain, son neveu, s'il a déjà vu Galehaut. Il répond que non, ainsi que la plupart des chevaliers qui sont là. Mais Galegantin le Gallois, qui avait parcouru de nombreux pays, s'avance et dit :

« Seigneur, j'ai vu Galehaut. Il est plus grand, d'un demi-pied au moins, que tout autre chevalier que l'on connaisse. C'est l'homme du monde qui est le plus aimé de ses gens et a fait le plus de conquêtes, parmi tous ceux de son âge, car c'est encore un jeune bachelier. Ceux qui l'ont approché disent qu'il est le plus noble chevalier du monde, le plus aimable et de beaucoup le plus généreux. Pour autant, je ne pense pas que ni lui ni personne puisse l'emporter sur vous ; et, si je le pensais, par Dieu ! j'aimerais mieux être mort que vivant. »

Le roi mit un terme à cette discussion, en disant qu'il irait de nouveau chasser en forêt le lendemain. Il désigna, pour l'accompagner, ceux qu'il lui plut de choisir et annonça qu'il partirait aussitôt qu'il aurait entendu la messe. Le lendemain, après la messe, il partit et s'en alla dans la forêt. Le conte ne parle plus maintenant de lui. Il revient au chevalier vainqueur de l'assemblée, quand il passe la nuit chez celui qu'il s'est engagé à suivre.

Quant li chevaliers qui l'asemblee ot vaincue ot geü chiés lo
chevalier qui l'osta de son pensé, si leva mout matin et siust son
oste la o il lou vost mener ; mais la pucele et ses escuiers laissa
en la maison, car par illuec cuida revenir. Li ostes s'an va
avant, et cil lo siust, si ont tant alé qu'il vienent a Chamahalot
aprochant. Et li bons chevaliers regarde la vile, si li est avis
qu'il l'avoit autre foiz veüe. Lors esgarde lo siege de la vile et
la *(f. 84d)* tor et les mostiers, tant que il se remenbre que ce est
Chamahalot ou il fu chevaliers noviaus. Et il commence a
penser mout durement, si an chevalcha plus soef, et ses ostes
ala avant grant aleüre por savoir s'il demoreroit arrieres de
coardise ou por pensé. Tant a alé li chevaliers qui avant aloit
qu'il est venuz endroit les maisons lo roi. Et li rois avoit an
costume que ses maisons estoient tozjorz sor riviere lo plus, et
la riviere fu antre lo chevalier et la meison lo roi. Qant il vint
androit les maisons, si esgarde cele part et vit une dame as
loges. Et c'estoit la reine qui avoit convoié lo roi, qui an aloit
en bois, jusqu'es loges sanz plus, si s'estoit illuec apoiee por ce
que ne pooit avoir talant de dormir, si avoit affublé un sorcot
et un mantel cort et s'estoit envelopee por lo froit qui ja estoit
commanciez. Come ele voit lo chevalier, si se desvelope. Et il
s'areste de l'autre part de l'eive et dit :

« Dame, qui iestes vos ? Se vos iestes la reine, si lo me
dites. »

« Oïl, biaus sire, ce sui ge. Mes por qoi lo dites vos ? »

« Certes, dame, fait il, por ce que vos lo devez bien estre, et

CHAPITRE XLVI

Étrange conduite de Lancelot[1]

Quand le chevalier vainqueur de l'assemblée eut passé la nuit chez celui qui l'avait tiré de ses pensées, il se leva de très bonne heure et suivit son hôte, là où il voulait l'emmener. Mais il laissa dans la maison la demoiselle et ses écuyers, car il pensait y revenir. L'hôte chevauche en tête, le chevalier le suit, et leur chemin les conduit à proximité de Camaalot. Le bon chevalier regarde la ville et il lui semble qu'il l'a déjà vue. Il observe le site, la tour et les églises ; et il reconnaît que c'est Camaalot, où il fut fait chevalier nouveau. Alors il s'absorbe dans ses pensées et chevauche plus doucement. Son hôte force l'allure, pour savoir s'il restera en arrière, parce qu'il a peur ou parce qu'il est distrait. Le chevalier qui le précède arrive devant les maisons du roi. Le roi avait pour habitude de faire construire ses maisons au bord d'une rivière, chaque fois qu'il le pouvait, et la rivière était entre le chevalier et la demeure du roi.

Quand il est devant les maisons, le chevalier regarde de ce côté-là et voit une dame dans les galeries. C'était la reine. Elle avait accompagné le roi, qui partait pour la chasse, jusqu'aux galeries seulement ; et là, elle s'était accoudée au balcon, parce qu'elle n'avait plus envie de dormir. Elle avait revêtu un surcot et un mantel court et s'était enveloppé le visage, car les premiers froids étaient venus. Quand elle voit le chevalier, elle se découvre. Il s'arrête de l'autre côté de l'eau et dit :

« Dame, qui êtes-vous ? Si vous êtes la reine, dites-le-moi.

— Oui, beau seigneur, je le suis. Mais pourquoi le demandez-vous ?

— En vérité, dame, parce que vous méritez de l'être. Et si

---

1. Ce chapitre appelle les mêmes remarques que les premières aventures de Lancelot. Les « merveilles », dont parle monseigneur Yvain (p. 719) ne sont pas de vraies « merveilles », car le surnaturel n'y est pas le moteur de l'action, mais seulement l'amour de Lancelot pour Guenièvre, cause unique d'un comportement étrange, qui reste incompréhensible pour tout le monde, sauf bien entendu pour la reine elle-même. *Cf.* chapitre XXII, p. 463, note 1.

se vos ne l'estiez, sel semblez vos bien. Et ge vos esgart
volentiers por lo plus fol chevalier que ge onques veïsse. »

« Qui est il, sire chevaliers ? fait la reine ; iestes vos ce ? »

« Nenil, dame, fait il, certes, mais uns autres. »

Lors s'en commance a aler vers la forest. Et la reine lo
rapele, si li prie qu'il li die qui li chevaliers est por cui il la
regardoit. Et il ne li viaut dire, qu'il crient qu'il i eüst honte et
domage et que la reine ne queneüst celui qui lo sivoit. Si s'an
torne, ne mie cele part o li rois estoit alez, mais en un autre san.
Ne demora gaires que li autres chevaliers vint aprés celui tot
contraval la riviere, si s'arestut tres desus l'eive es prez sor la
riviere et vit fames qi lavoient dras, si lor demande :

« Veïtes vos par ci passer un chevalier ? »

Et eles li respondent qe nenil ; et eles disoient voir, car eles i
esto*(f. 85a)*ient lors primes venues, si n'avoient pas veü celui
qui passez estoit.

Quant la reine voit que il ne trueve qui novele l'an die, si
huche :

« Sire chevaliers, ge vi lo chevalier que vos demandez. Il s'an
va vers cele forest. »

Et il lieve la teste, si voit la reine qui est es loges, si la conoist
bien a la parole.

« Feïtes or, dame ? fait il ; et quel part s'an va il ? »

« Il s'an va en cele forest. » Si li mostre quel part. « Et alez
tost, car il i est pieç'a. »

Li chevaliers fiert lo cheval des esperons si tost com ele li
dist : « Alez tost. » Mais il lo laisse aler la o il viaut, car il ne fait
se la reine regarder non. Et li chevax ot talant de boivre, si
s'adrece vers l'eive, si saut anz. La rive fu haute et l'eive
parfonde, car il n'estoit pas endroit lo gué ou la reine estoit, et
l'eive batoit as murs des maisons o la reine estoit. Com li
chevax vint la, si ne pot par illuec hors issir, si retorne arrieres,
si commance a noer tant que toz ert las. Et l'eve est si parfonde
que li chevax commence a perdre l'aleine, si avient l'eive
jusqu'as espaules au chevalier ; ne il ne met nul conroi en issir
hors, et il lait lo cheval aler la o il viaut. Quant la reine lo voit
en tel peril, si commance a crier : « Sainte Marie ! »

Lors vint Yvains, li filz au roi Hurien, toz atornez comme
por aler an bois, car il cuidoit estre assez matin levez, mais il

vous ne l'étiez pas, vous lui ressemblez bien. Et je vous regarde
volontiers à cause d'un chevalier, le plus fou que j'aie jamais
vu.

— Qui est-il, seigneur chevalier ? Est-ce vous ?

— Non, dame, ce n'est pas moi, mais un autre. »

Alors il se dirige vers la forêt et la reine le rappelle. Elle le
prie de lui dire qui est ce chevalier, à cause duquel il la regarde.
Il ne veut pas répondre, parce qu'il craint d'en avoir honte et
dommage et que la reine ne reconnaisse celui qui le suivait. Il
s'en va donc, non du même côté que le roi, mais dans une autre
direction. Peu après arrive l'autre chevalier, qui allait à la
recherche de celui qui l'avait précédé, en suivant le cours de la
rivière. Il s'arrête juste au-dessus de l'eau, dans les prés qui
bordent la rivière. Il voit des femmes qui lavent du linge et leur
demande :

« Avez-vous vu passer par ici un chevalier ? »

Elles répondent que non. Et elles disaient la vérité, car elles
venaient d'arriver et n'avaient pas vu passer le chevalier.
Quand la reine voit qu'il ne trouve personne pour le renseigner,
elle lui crie :

« Seigneur chevalier, j'ai vu celui que vous demandez. Il s'en
va vers cette forêt. »

Il lève la tête, voit la reine, qui était dans les galeries, et la
reconnaît à sa voix.

« Vous l'avez vu, dame ? Dans quelle direction va-t-il ?

— Il va dans cette forêt. (Elle lui montre de quel côté.)
Allez-y vite ; car il y a longtemps qu'il y est. »

Le chevalier éperonne son cheval aussitôt qu'elle lui a dit
« Allez-y vite », mais il le laisse aller où il veut, car il ne pense
qu'à regarder la reine. Le cheval avait envie de boire, il se dirige
vers la rivière et saute dans l'eau. La rive était haute et l'eau
profonde ; car il ne se trouvait pas à l'endroit du gué. L'eau
battait les murs des maisons où était la reine. Quand il est
arrivé là, le cheval, ne pouvant sortir de ce côté, revient en
arrière et se met à nager jusqu'à l'épuisement. Le fleuve est si
profond qu'il commence à perdre haleine et que l'eau arrive
aux épaules du chevalier. Mais celui-ci ne fait rien pour en
sortir et laisse son cheval aller où il veut. Le voyant dans un tel
péril, la reine crie : « Sainte Marie ! » Survient alors Yvain, le
fils du roi Urien, tout équipé comme pour aller à la chasse, car
il croyait s'être levé d'assez bonne heure, mais il avait trop

avoit trop demoré. Messires Yvains vint sor un chaceor, si ot
son arc et son tarquais et granz hueses chauciees d'iver, car li
froit estoient commencié. Et li solauz estoit ja hauz et mout
chauz, si com il puet plus estre entre feste Toz Sainz et Noel.
Quant il vint en la sale, si demande o ert li rois. Et con il oï qu'il
en estoit alez, si demande ou est la reine, et l'an li dist que ele
ert es loges. Lors est la alez messires Yvains. Et com la reine lo
voit, si commence a crier :

« Ha ! fait ele, messire Yvains, vez ci en ceste eive un
chevalier qui ja sera neiez. »

« Deu merci, dame, fait il, comment ? »

« Biax sire, fait ele, ses chevax *(f. 85b)* sailli anz atot lui, et il
neira ja. »

Com messires Yvains lo voit en tel peril, si en a mout grant
pitié. Lors s'en va contraval et cort jusq'a l'eive, si antre anz, ce
dit li contes, jusqu'au col. Et ja estoit li chevax si las et si estordiz
que il ne se pooit aidier, et l'eive estoit reclose au chevalier une
foiz desus lo hiaume. Messires Yvains prant lo cheval par lo
frain, si lo maine a rive. Il lo trait hors de l'eive ; et li chevaliers
fu toz moilliez, et cors et armes. Messires Yvains li demande :

« Biax sire, qui iestes vos ? Comment antrastes vos en cele
eive ? »

« Sire, ge sui uns chevaliers qui abevroie mon cheval. »

« Malement, fait messires Yvains, l'abevriez vos, car par un
po que vos n'iestes niez. Et ou en alez vos ? »

« Sire, fait il, ge sivoie un chevalier. »

Et messires Yvains lo queneüst mout bien, s'il eüst l'escu
qu'il porta a l'asemblee, mais il l'avoit laissié en la maison au
chevalier que il sivoit, et en avoit un pris qui estoit viez et
anfumez. Et par ce pansa ses ostes que il seroit queneüz en la
maison le roi. Et messires Yvains l'an prisa mains, car il cuida
que il fust de mal affaire. Il li demande s'il sivra lo chevalier ;
et il dit qu'oïl. Et il lo maine au gué et passe outre. Et lors
commence a regarder a la reine, et ses chevaus l'am porte tot
contraval la riviere. N'ot gaires alé qu'il encontra Daguenet lo
fol, qui li demande o il vait. Et il pense, si ne dit rien. Et
Daguenez dit : « Ge vos praig. » Si l'an ramaigne, si que li

tardé. Il est monté sur un cheval de chasse, avec son arc, son carquois et de grandes bottes d'hiver, pour se protéger du froid qui commençait. Le soleil était déjà haut et chaud, autant qu'il peut l'être entre la Toussaint et Noël. Quand il arrive dans la salle, il demande où est le roi. Apprenant qu'il est parti, il demande où est la reine. On lui dit qu'elle est dans les galeries. Il y va. Dès que la reine le voit, elle s'écrie :

« Ah ! monseigneur Yvain, voyez, dans cette rivière, un chevalier qui va se noyer.

— Mon Dieu, dame, comment est-ce possible ?

— Beau seigneur, son cheval a sauté dans l'eau avec lui, et il va se noyer. »

Quand monseigneur Yvain le voit dans un tel péril, il en éprouve une grande pitié. Il descend dans les prés, court vers la rivière et y entre, dit le conte, jusqu'au cou. Déjà le cheval était si fatigué et si étourdi qu'il n'avait plus la force de lutter, et le heaume du chevalier avait déjà disparu une fois sous l'eau. Monseigneur Yvain prend le cheval par le frein, le ramène à la rive et le tire hors de l'eau. Le chevalier était tout mouillé, corps et armes. Monseigneur Yvain lui demande :

« Beau seigneur, qui êtes-vous et comment êtes-vous entré dans cette rivière ?

— Seigneur, je suis un chevalier qui abreuvait son cheval.

— Vous l'abreuviez bien mal, et pour un peu vous étiez noyé. Et où allez-vous ?

— Seigneur, je suivais un chevalier. »

Monseigneur Yvain l'aurait reconnu, s'il avait eu l'écu qu'il portait à l'assemblée ; mais il l'avait laissé dans la maison du chevalier qu'il suivait et il en avait pris un autre, qui était vieux et sale. Et pour cette raison son hôte pensa qu'on le connaissait dans la maison du roi. Mais monseigneur Yvain l'en estima moins, pensant qu'il était de basse condition. Il lui demande s'il veut suivre son chevalier ; et, comme sa réponse est oui, il l'emmène au gué. Ensuite il le franchit. Le bon chevalier recommence à regarder du côté de la reine, et son cheval l'emporte en suivant le cours de la rivière.

Bientôt il rencontre Daguenet le Fol, qui lui demande où il va. Tout à ses pensées, il ne répond rien. Daguenet lui dit : « Je vous fais prisonnier. » Il le ramène, sans que le chevalier s'y oppose.

chevaliers n'i met deffanse. Messires Yvains fu revenuz a la reine, et ele dit :

« Certes, neiez fust li chevaliers se vos ne fussiez. »

« Dame, fait il, mar i fust, que trop est biax. »

« Ancor a il fait mervoilles, fait ele, qu'il s'an va la aval et il doit sivre un chevalier. »

Ne demora gaires qu'il virent venir lo chevalier et Daguenet.

« Vez, fait la reine, ne sei qui a pris nostre chevalier. »

Lors vait messires Yvains encontre au gué. Et com il set que c'est Daguenez, si en est toz esbahiz. Il les maine devant la reine.

« Dame, fait il, Daguenez a pris ce chevalier. Daguenet, fait il, par la foi que vos devez monseignor lo roi, comment lo prcïstes vos ? »

« Ge l'encontrai, fait il, lonc cele riviere, si ne me vost dire mot. Et gel pris au frain, n'onques ne se deffandi, si l'en amenai tot pris. »

« Issi, *(f. 85c)* fait messires Yvains, puet il bien estre, et ge l'otegerai, se vos volez. »

« Cc voil ge bien », fait Daguenez.

Et la reine s'en rist mout, et tuit cil qui l'oent, car ja i avoit venuz assez chevaliers et dames et damoiseles. Cil Daguenez estoit chevaliers sanz faille, mais il estoit fox naïs et la plus coarde piece de char que l'an saüst. Si se jooient de lui un et autre por les granz folies que il faisoit et qu'il disoit, qu'il aloit aventures querre et disoit au revenir qu'il avoit ocis un chevalier ou deus ou trois. Et por ce fist il si grant lox de cestui. La reine esgarde lo chevalier, si lo voit bien taillié et de cors et de menbres, que nus ne poïst estre miauz tailliez.

« Daguenez, fait la reine, par la foi que vos devez monsei-

Monseigneur Yvain était revenu auprès de la reine et elle lui dit :

« Assurément, sans vous ce chevalier se serait noyé.

— Dame, ç'aurait été dommage, car il est vraiment beau. Cependant sa conduite est bien étrange ; car il s'en va le long de la rivière et doit suivre un chevalier. »

Ils voient revenir le chevalier et Daguenet.

« Regardez, fait la reine, je ne sais qui a pris notre chevalier. »

Monseigneur Yvain va à leur rencontre, au gué. Quand il voit Daguenet, il est stupéfait et les amène tous les deux devant la reine.

« Dame, fait-il, c'est Daguenet qui a pris ce chevalier. Daguenet, par la foi que vous devez à monseigneur le roi, comment l'avez-vous pris ?

— Je l'ai rencontré, qui allait le long de cette rivière. Il n'a pas voulu me dire un mot, je l'ai pris par le frein, il ne s'est pas défendu et je l'amène en prison.

— C'est bien possible, fait monseigneur Yvain, et je répondrai de lui[1], si vous le voulez.

— Je le veux bien », fait Daguenet.

La reine éclate de rire, comme tous ceux qui entendent ces propos ; car déjà il y avait autour d'eux beaucoup de chevaliers, de dames et de demoiselles. Ce Daguenet était un chevalier sans aucun doute, mais c'était un pauvre idiot et la créature la plus couarde que l'on pût trouver. Aussi chacun se moquait-il de lui, à cause des grandes sottises qu'il faisait et qu'il disait, par exemple quand il prétendait partir en quête des aventures et racontait à son retour qu'il avait tué un chevalier ou deux ou trois. C'est pourquoi il fit grand bruit de celui-là. La reine regarde le chevalier. Elle le voit si bien bâti de corps et de membres que nul ne pouvait être mieux fait.

« Daguenet, fait la reine, par la foi que vous devez à

---

1. *je répondrai de lui* : littéralement, je le prendrai en otage. « Prendre en otage » a un sens très précis en droit féodal : un prisonnier peut être confié à un tiers, qui en devient responsable à l'égard de celui qui le lui a confié. L'otage peut être laissé en liberté, mais sous la responsabilité de celui qui le détient « en otage ». D'où la discussion qui s'ensuit entre Yvain et Guenièvre : pour libérer Lancelot, Yvain demande la « caution » de la reine.

gnor lo roi et que vos me devez, savez vos qui il est ? »

« Dame, fait il a la reine, issi m'aïst Dex, nenil, ne il ne parla onques a moi nes un tout sol mot. »

Li chevaliers tenoit sa lance parmi lo travers, et com il oï la reine parler, si dreça lo chief, et la mains li lasche et sa lance chiet, si que li fers passa lo samit del mantel la reine. Et ele l'esgarde, et puis si dist a monseignor Yvain, basset :

« Cist chevaliers ne semble mie estre sages. »

« Non voir. De san ne li mut il mie qu'il s'an laissast issi mener a Daguenet, qu'a po de deffense s'an poïst estre deffanduz. Ne ancor n'a il a nos parlé. Ge li voil demander qui il est. Sire chevaliers, qui iestes vos ? » fait il.

Cil se regarde et voit qu'il est enmi la sale.

« Sire, fait il, ge sui uns chevaliers, ce veez. »

« Et que queïstes vos ci ? »

« Sire, ne sai », fait il.

« Vos iestes prisons, fait messires Yvains, a un chevalier, et ge vos ai ostagié. »

« Ge lo cuit bien », fait il.

« Sire chevaliers, diroiz me vos plus » ? fait messires Yvains.

« Sire, ge ne vos sai que dire. »

« Dame, fait messire Yvains a la reine, ge l'ai ostagié. Se vos m'en estiez garanz, ge l'an laroie aler. »

« Vers Daguenet ? » fait ele.

« Voire », fait il.

Et ele rit.

« Vers lui, fait ele, vos serai ge bien garanz. »

« Et ge l'an lairai donc aler », fait [il].

Messire Yvains li baille sa lance, si l'an mainne par les degrez aval, *(f. 85d)* si li mostre lo gué.

« Biaus sire, veez la lou gué et veez la la voie que li chevaliers ala que vos siviez. »

Cil passe lo gué, si se met a la voie aprés lo chevalier vers la forest. Et messire Yvains vient a son ostel mout tost et monte en un cheval, toz sanz esperons, et va aprés lo chevalier jusqu'en la forest un po de loign, qu'il ne viaut mie que il l'aparçoive. Et

monseigneur le roi et que vous me devez, savez-vous qui il est ?

— Dame, par Dieu non ! Il ne m'a pas dit un seul mot. »

Le chevalier tenait sa lance par le milieu. Quand il entend la reine, il lève la tête, sa main lâche prise, la lance tombe, et le fer déchire le samit[1] du manteau de la reine. La reine le regarde, puis dit tout bas à monseigneur Yvain :

« Ce chevalier ne semble pas être dans son bon sens.

— Certes, répond monseigneur Yvain, cela n'a pas de bon sens de se laisser emmener par Daguenet, alors qu'à peu de frais il aurait pu s'en défendre. Et il ne nous a encore rien dit. Je vais lui demander qui il est :

« Seigneur chevalier, qui êtes-vous ? »

Le chevalier regarde tout autour de lui et voit qu'il est dans la salle. Il répond :

« Seigneur, je suis un chevalier, comme vous voyez.

— Et que faites-vous ici ?

— Seigneur, je ne sais pas.

— Vous êtes le prisonnier d'un chevalier et j'ai répondu de vous.

— Je veux bien le croire.

— Seigneur chevalier, vous ne me direz rien de plus ?

— Seigneur, je ne sais que vous dire.

— Dame, dit à la reine monseigneur Yvain, j'ai répondu de lui. Avec votre caution, je le laisserais partir.

— Ma caution envers Daguenet ? dit-elle.

— Absolument. (Elle se met à rire.)

— Je vous la donne volontiers.

— Alors je le laisse partir. »

Monseigneur Yvain lui tend sa lance, l'emmène dans les escaliers et lui montre le gué.

« Beau seigneur, voilà le gué et voilà la route prise par le chevalier que vous suiviez. »

Il passe le gué et se dirige vers la forêt, à la recherche de son chevalier. Monseigneur Yvain se rend aussitôt à son hôtel, saute sur un cheval, sans même prendre le temps de chausser ses éperons, et suit le chevalier en direction de la forêt, mais d'assez loin pour ne pas être vu. Le chevalier arrive dans la

---

1. *samit :* sorte de satin broché (*cf.* p. 413, note 2 et p. 425, note 1).

li chevaliers vient en la forest, si esgarde se il veïst lo chevalier
que il sivoit, et vit an un tertre lo confanon d'une lance. Et il
vait cele part. Et quant il vint la, si descendi li chevaliers
ancontre lui.

« Sire chevaliers, fait cil qui lo sivoit, tant vos ai seü que or
vos ai ataint. Et que volez vos ? » fait il.

« Ge voil que vos me bailliez cheval et armes. »

« Ce ne ferai ge mie », fait li chevaliers.

« Si feroiz, fait il, o vos voilliez ou non, qu'el gel vos toudrai
a force. »

« Nel feroiz, se ge puis », fait li chevaliers.

Li chevaliers qui ot avalé lo tertre s'esloigne anmi la lande et
prant son escu et sa lance, si s'adrece vers lui. Cil voit bien que
il lo viaut ferir, si fait autretel. Il fierent les chevaus li uns vers
l'autre. Li chevaliers qui ot avalé lo tertre fiert l'autre sor son
escu, si que sa lance vole en pieces. Et li autres fiert lui si
durement que il lo porte a terre parmi la crope do cheval. Il
prant lo cheval par lo frain, si li ramoine.

« Tenez, fait il, vostre cheval. Et ge m'an irai, que ge ai el a
faire que ci a demorer. »

Li chevaliers resaut en piez et si li dit :

« Issi, fait il, n'en iroiz vos mie. A moi vos covient combatre. »

« A vos ? »

« Voire », fait il.

Li chevaliers se tret arrieres et descent de son cheval et sache
l'espee, si trait l'escu avant et cort sus au chevalier. Et cil retrait
la soe espee, si s'entrecorrent sus mout vistement et se fierent
parmi les hiaumes et parmi les escuz. Li chevaliers que
Daguenez ot pris lo hasta mout et li cort sus mout iriez, et cil
lo guerpist par tot la place, que il voit bien que il n'avroit
du *(f. 86a)*ree a lui, et si li dist :

« Estez, ge ne me combatrai mais a vos, mais venez la ou ge
vos manrai, si vos mosterrai mervoilles. »

« Et o est ce » ? fet li chevaliers cui Daguenez prist.

« Il n'i a gaires », fait il.

forêt et regarde s'il aperçoit celui qu'il doit suivre. Il voit le gonfalon d'une lance au sommet d'un tertre et se dirige de ce côté. En arrivant, il voit le chevalier qu'il suivait descendre le tertre à sa rencontre :

« Seigneur chevalier, fait celui qui le suivait, je vous ai suivi si longtemps que j'ai fini par vous rejoindre. Que voulez-vous ?

— Je veux que vous me donniez votre cheval et vos armes.

— Je n'en ferai rien, dit le bon chevalier.

— Vous le ferez, que vous le vouliez ou non ; car autrement je vous les prendrai de force.

— Je vous en empêcherai, si j'en ai le pouvoir. »

Le chevalier qui était descendu du tertre s'éloigne au milieu de la lande, prend son écu et sa lance, et s'avance vers lui. L'autre comprend qu'il cherche la bataille, et il fait de même. Ils lancent leurs chevaux l'un contre l'autre. Le chevalier descendu du tertre atteint son adversaire sur son écu et sa lance vole en éclats. Mais celui-ci le frappe si fort qu'il le jette à terre par-dessus la croupe de son cheval. Il prend le cheval par le frein et le lui ramène.

« Voici, dit-il, votre cheval. Je m'en vais. J'ai autre chose à faire que de perdre mon temps ici. »

Le chevalier se relève et lui dit :

« Vous ne partirez pas ainsi. Il faut que vous vous battiez contre moi.

— Contre vous ?

— Assurément. »

Le bon chevalier s'écarte, descend de cheval, tire son épée, met son écu devant lui et court sus à son adversaire, qui tire aussi son épée. Ils s'avancent rapidement et se frappent sur les heaumes et sur les écus. Le chevalier prisonnier de Daguenet bouscule l'autre et l'assaille avec fureur. Celui-ci lui cède tout le terrain, car il voit bien qu'il ne pourra pas lui résister, et lui dit :

« Arrêtez, je ne me battrai plus contre vous. Mais suivez-moi où je vous emmènerai et je vous montrerai une grande merveille.

— Où est-ce ? demande le chevalier que Daguenet a fait prisonnier.

— Ce n'est pas loin.

« Donques i erai ge », fait cil.

Il montent en lor chevaux. Li chevaliers Daguenet n'ot mie
sa lance brisiee, et li chevaliers s'an va avant et il après. Messire
Yvains ot tot oï qant qu'il avoient dit et se pense que il ira
encor après aus. Et quant li chevaliers qui vait de devant ot une
piece alé et mené l'autre, si li dist :

« Veez la, fait il, deus geanz qui ont une partie de cest païs
deserte, ne par pres de ci o il conversent n'ose passer nus qui
aint lo roi Artu ne la reine ne ces de sa maison. Or si alez jusque
a aus, fait il, se volez. Veez an ça l'un et la l'autre. »

Li chevaliers n'i tient plus de parole, ainz prant son escu par
les enarmes et met la lance souz l'aisselle et fiert lo cheval des
esperons, si adrece lo chief del cheval vers lui. Et li geanz lo vit
venir, si li escrie de loig, mout haut :

« Chevalier, se tu hez lo roi Artus et la reine et la gent de sa
maison, si vien seürement, que tu n'as garde de nos. Et se tu les
aimmes, tu ies morz. »

« Par foi, ge les ain », fait il.

Et li jaianz hauce une grant mace, si quide ferir lo chevalier.
Mais il fu si granz et ot si lonc braz que il trespasse lo chevalier
et lo cheval, si fiert de la mace en terre. Et li chevaliers fiert lui
de la lance parmi lo cors, si lo giete mort au passer outre que
il fait. Et li autres jaianz hauce la soe mace et fiert par desus la
crope del cheval, si li brise anbedeus les cuisses. Et li chevaliers
saut am piez, si sache l'espee, iriez de son cheval qui morz est,
et trait son escu avant et vient vers lo jaiant. Et li jaianz hauce
la mace por ferir et fiert en l'escu et ce que il consiut, si porte
a terre. Et li chevaliers fiert lo jaiant de l'espee el braz, que il li
fait lo poign voler otote la mace. Et li jaianz *(f. 86b)* hauce lo
pié et lo cuide ferir. Et li chevaliers lo fiert an la jambe, si li fet
lo pié voler. Et li jaianz chiet. Et une pucele passe par illuec ou
messire Yvains estoit qui ce esgardoit. Ele estoit mout bele et
bien atornee.

« Sire chevaliers, fait ele, c'est la tierce. »

Messire Yvains n'antant mie por quoi ele lo dit, mais vient
vers lo chevalier. Et come li chevaliers lo voit, si li dist :

« Avez veü, sire chevaliers, de ces vilains qui m'ont mort
[mon] cheval. Or m'an covanra aler a pié. »

« Sire, nel feroiz, Se Deu plaist, fait messire Yvains, car ge

— Alors j'irai. »

Ils montent en selle. Le chevalier de Daguenet n'avait pas brisé sa lance. L'autre chevalier chemine en tête et lui derrière. Monseigneur Yvain, qui a entendu tout ce qu'ils ont dit, décide de les suivre encore un peu. Après avoir fait route un certain temps, le chevalier qui allait en tête dit à l'autre :

« Voilà deux géants qui ont ravagé une partie de ce pays ; et, à proximité d'ici, où se trouve leur repaire, nul n'ose passer, s'il aime le roi Arthur ou la reine ou ceux de sa maison. Allez donc jusqu'à eux, si vous voulez. Voici l'un et voilà l'autre. »

Le bon chevalier ne tergiverse pas, il prend son écu par les énarmes, met la lance sous l'aisselle, pique des deux et dirige son cheval vers le géant. Celui-ci le voit venir et lui crie de loin, d'une voix forte :

« Chevalier, si tu hais le roi Arthur, la reine et les gens de sa maison, tu peux venir ici en toute sûreté, car tu n'as rien à craindre de nous. Mais si tu les aimes, tu es mort.

— Sur ma foi, je les aime », fait le chevalier.

Le géant lève une grosse massue et pense en frapper le chevalier. Mais il est si grand et a les bras si longs qu'il assène son coup au-delà du chevalier et du cheval et frappe la terre de sa massue. Le chevalier lui met sa lance en travers du corps et le laisse mort après son passage. Mais l'autre géant lève sa massue, atteint la croupe du cheval et lui brise les deux jambes. Le chevalier saute à terre, tire l'épée, furieux qu'il est de la mort de son cheval, ramène son écu devant lui et s'avance vers le géant. Le géant lève sa massue pour l'assommer, le frappe sur son écu et fait tomber par terre la partie de l'écu qu'il atteint. Le chevalier lui donne un coup d'épée sur le bras et lui fait sauter le poing avec la massue. Alors le géant tente de lui donner un coup de pied. Il lève son pied. Le chevalier le frappe sur la jambe et lui fait voler le pied. Il tombe. Alors une demoiselle passe à l'endroit où monseigneur Yvain se tenait pour observer la bataille. Elle était très belle et dans de beaux atours.

« Seigneur chevalier, fait-elle, c'est la troisième. »

Monseigneur Yvain ne comprend pas ce qu'elle veut dire. Il s'avance vers le chevalier ; et, dès qu'il le voit, celui-ci lui dit :

« Avez-vous vu, seigneur chevalier, ces brutes qui m'ont tué mon cheval ? Je vais devoir aller à pied.

— Non, seigneur, à Dieu ne plaise ! Je vous donnerai le

vos donrai lo mien. Mes dites ce chevalier ci que il me port derrieres lui jusque a Chamahalot. »

« Sire, fait il, granz merciz de vostre cheval, que an meillor point ne lo me poïssiez vos doner. »

Lors dist au chevalier qui la l'avoit amené : « Descendez. » Et li chevaliers est descenduz. Lors dit a monseignor Yvain :

« Sire, montez en la sele, et il montera derriere vos. »

Messire Yvains monta arraument an la sale, et li chevaliers monta derrierres lui, si armez com il est. Ensi s'en vet li chevaliers qui les jaianz a veincuz a son afaire. Et messire Yvains et li autres chevaliers vienent a Chamahalot. Et con il vindrent la, si fu la reine vestue et atornee et ot messe oïe, et messire Gauvains la remenoit del mostier. Et la sale ert tote plaine de chevaliers, et cil qui furent as fenestres des loiges si distrent :

« Veez mervoilles. Messire Yvains vient ci, si aporte un chevalier armé. »

Et messire Yvains fu au pié des degrez, si descent.

« Sire, fait li chevaliers, ge m'an irai. »

« Alez, fait messire Yvains, a Deu, qui bone aventure vos doint. »

Li chevaliers s'an vait. Et messires Yvains monte an la sale et ancontre la reine et monseignor Gauvain qui vienent del mostier.

« Sire Gauvain, fait messire Yvains, l'an parole des mervoilles de Chamahalot, que mout an i avienent, ce dit l'an. Certes l'an dit voir, mes ge ne cuit qu'il ait chevalier ceianz qui tant an i veïst onques com ge an i ai hui veü. »

« Don lo nos dites », fait *(f. 86c)* messire Gauvains.

Il commance a dire, oiant la reine et oiant monseignor Gauvain et oiant toz les autres, tot qanque il avoit veü do chevalier ; et conte com il se combatié au chevalier, et comment il l'aüst outré d'armes, s'il vousist, et com il avoit un des jaianz

mien. Mais dites à ce chevalier de m'emmener derrière lui jusqu'à Camaalot.

— Seigneur, fait le chevalier, je vous suis très obligé pour votre cheval; vous ne pouviez me l'offrir en un meilleur moment. »

Alors se tournant vers le chevalier qui l'avait amené là : « Descendez », lui dit-il. Il descend, et le bon chevalier dit à monseigneur Yvain :

« Seigneur, mettez-vous en selle et il montera derrière vous. »

Monseigneur Yvain se met aussitôt en selle et le chevalier monte derrière lui, tout armé qu'il est. Ainsi s'en va le chevalier qui a vaincu les géants, allant à ses affaires, tandis que monseigneur Yvain et l'autre chevalier se dirigent vers Camaalot.

Quand ils arrivèrent, la reine était habillée et soigneusement parée. Elle avait entendu la messe et monseigneur Gauvain la ramenait de l'église. La salle était toute pleine de chevaliers et ceux qui étaient aux fenêtres des galeries s'écrièrent :

« Voilà une étrange merveille : monseigneur Yvain vient ici et porte sur son cheval un chevalier en armes. »

Monseigneur Yvain était arrivé au pied de l'escalier. Il met pied à terre.

« Seigneur, fait le chevalier, je m'en vais.

— Allez à Dieu, fait monseigneur Yvain, et bonne chance. »

Le chevalier s'en va. Monseigneur Yvain monte dans la salle. Il rencontre la reine et monseigneur Gauvain, qui reviennent de l'église.

« Seigneur Gauvain, déclare monseigneur Yvain, on parle des merveilles de Camaalot, parce qu'il y arrive beaucoup d'aventures, à ce qu'on dit. Et assurément ce qu'on dit est vrai. Mais je ne crois pas qu'il y ait ici un chevalier qui en ait jamais vu autant que j'en ai vu moi-même aujourd'hui.

— Dites-nous ce que vous avez vu », fait monseigneur Gauvain.

Alors en présence de la reine, de monseigneur Gauvain et de toute l'assistance, il commence le récit de tout ce qu'il a vu faire au chevalier. Il raconte sa bataille avec le chevalier qu'il suivait et comment il l'aurait forcé à se rendre, s'il l'avait voulu,

morz, et con il coupa a l'autre lo poign et lo pié. Et Daguenez saut avant, si s'escrie :

« C'est li chevaliers que ge pris, qui tot ce a fait », fait il.

« Voire, voir, fet messire Yvains, c'est mon. »

« En non Deu, fait il, itex chevaliers sai ge prandre ! Mout sui ores mauvais ! Messire Gauvain, en non Deu, se vos l'aüssiez pris, si vos en tenissiez vos toz cointes. »

Et messire Yvains dit a monseignor Gauvain :

« Ancores vos en dirai ge plus. Come li chevaliers ot les jaianz conquis, si vint une pucele par devant moi qui dist : « Sire chevaliers, c'est la tierce. »

Et messires Gauvains l'ot, si anbrunche la teste et sorrit. Et la reine s'an prist garde, si prist monseignor Gauvain par la main et s'an vont seoir a une fenestre. Et ele li dit :

« Par la foi que vos devez lo roi et moi, dites moi por quoi vos risistes orainz. »

« Gel vos dirai, fait il : de ce que la pucele li ot dit : « C'est la tierce », ce dit messire Yvains. Mambre vos, fait il, que la pucele vos dist an la Dolereuse Garde, cele qi estoit an la torete am prison ? Ja l'oïstes vos autresi comme gié. »

« Il ne m'an manbre », fait la reine.

« Ele nos dist, fait messire Gauvains, que nos orriens enseignes del chevalier qui nos fist entrer an la Dolereuse Garde a la premiere asanblee qui seroit el reiaume de Logres, et a la seconde, et a la tierce. Et c'est la tierce, et li chevaliers qui les jaianz a morz si est Lanceloz del Lac, et de voir lo sachoiz. »

« Ge vos en croi bien », fait la reine.

Mais Daguenez fait tel noise que riens ne puet a lui durer, et dit a chascun que il avoit pris lo bon chevalier qui les jaianz ocist. « Tel chevalier ne prenez vos mie. »

Ensin atandent jusque a vespres qe li rois revient. An li conte les novelles c'uns chevaliers avoit les jaianz morz. Mout an a li rois grant joie et si compaignon et totes les genz del païs. Et Daguenez vient à lui (*f. 86d*) et si li dit :

« Sire, par la foi que vos doi, ge pris ce boen chevalier. »

Et li rois s'an rist mout volentiers et tuit li autre. Mais atant

comment il a tué l'un des géants et coupé à l'autre le poing et le pied. Daguenet accourt et s'écrie :

« C'est le chevalier que j'ai pris, qui a fait tout cela.

— C'est la pure vérité, fait monseigneur Yvain, c'est sûr.

— Par Dieu, voilà les chevaliers que je sais prendre. Alors je suis un mauvais chevalier, monseigneur Gauvain ? Par Dieu, si vous l'aviez pris, vous en seriez tout fier. »

Monseigneur Yvain dit encore à monseigneur Gauvain :

« Je vous dirai plus. Après que le chevalier eut vaincu les géants, une demoiselle est passée devant moi et m'a dit : "Seigneur chevalier, c'est la troisième." »

En entendant ces mots, monseigneur Gauvain baisse la tête et sourit. La reine le remarque ; elle prend par la main monseigneur Gauvain et ils vont s'asseoir dans l'embrasure d'une fenêtre. Elle lui dit :

« Par la foi que vous devez au roi et que vous me devez, dites-moi ce qui vous a fait sourire tout à l'heure.

— Je vais vous le dire. Ce sont les paroles de la demoiselle. Elle s'est écrié : "C'est la troisième", à ce que nous rapporte monseigneur Yvain. Vous souvenez-vous de ce que vous a dit la demoiselle de la Douloureuse Garde, celle qui était prisonnière dans sa tourelle ? Vous l'avez entendue comme moi.

— Je ne m'en souviens pas.

— Elle nous a dit que nous aurions des nouvelles du chevalier qui nous avait fait entrer dans la Douloureuse Garde "à la première assemblée qui aurait lieu dans le royaume de Logres, à la seconde et à la troisième" ; et c'est la troisième. Le chevalier qui a tué les géants, c'est Lancelot du Lac, soyez-en certaine.

— Je suis de votre avis », fait la reine.

Cependant Daguenet fait un tel tapage que rien ne peut l'arrêter. Il raconte à tout le monde qu'il a capturé le bon chevalier, qui a tué les géants. « Vous n'en capturez pas de pareil », s'exclame-t-il.

Ils passent ainsi le temps jusqu'au soir, qui amène le retour du roi. On lui apprend qu'un chevalier a tué les géants et il se réjouit de cette nouvelle, de même que ses compagnons et tous les habitants du pays. Daguenet vient le voir et lui dit :

« Seigneur, par la foi que je vous dois, ce bon chevalier, c'est moi qui l'ai fait prisonnier. »

Le roi en rit de bon cœur, comme tout le monde. Mais notre

lo laisse li contes d'aus ester, que plus ne parole ci endroit del roi ne de sa compaignie, ainz retorne au chevalier qui les jaianz ocist.

Ci androit dit li contes que qant li chevaliers ot les jaianz ocis, qe il chevaucha tant par la forest que il l'ot tote passee. Et lors li commança a avesprir, si ancontra un vavassor qui de la forest venoit. Li vavasors n'avoit compaignie fors d'un seul escuier qui portoit un chevrel trossé qu'il avoient pris an la forest. Qant li vavasors voit venir lo chevalier, si lo salue et dit :

« Sire, il est anuit mais bien droiz de herbergier, et ge ai ostel bel et bon a vostre ués, se il vos plaissoit, et si avriez de cel chevrel. »

Li chevaliers voit bien que il est tans de herbergier, si prant l'ostel et s'an vet après lo vavasor. Et maintenant vient la damoisele qui avoit dit monseignor Yvain : « C'est la tierce ». Si s'an vont tuit quatre jusque an la maison au vavasor. La nuit furent bien herbergié. Et au matin, qant il orent messe oïe, rantra li chevaliers en son chemin comme cil qui les aventures aloit querant.

Un jor avint que il chevauchierent antre lui et la pucele, et vinrent a ore de tierce a une chauciee qui bien duroit une liue de lonc. Si i avoit un marés granz et parfonz d'une part et d'autre. An l'antree de la chauciee estoit uns chevaliers armez de totes armes. Et qant li chevaliers aproche, cil que Daguenez prist, et li autres se traist avant, si li demande qui il est. Et il respont que il est uns chevaliers lo roi Artu.

conte n'en dit pas davantage. Il ne parle plus du roi ni de ses compagnons, et retourne au chevalier qui a tué les géants.

CHAPITRE XLVII

Lancelot prisonnier

En cet endroit le conte dit qu'après avoir tué les géants le chevalier voyagea dans la forêt et la parcourut tout entière. Le soir commençait à tomber. Il rencontra un vavasseur, qui revenait de la forêt. Le vavasseur avait pour toute compagnie un seul écuyer, qui portait, troussé sur son cheval, un chevreuil qu'ils avaient pris dans la forêt. Quand le vavasseur voit venir le chevalier, il le salue et lui dit :

« Seigneur, il est bien temps de vous arrêter pour la nuit. J'ai pour vous un excellent gîte, s'il vous plaisait de l'accepter, et vous y mangeriez de ce chevreuil. »

Le chevalier voit qu'il est temps de faire halte. Il accepte l'hospitalité qui lui est offerte et suit le vavasseur. Aussitôt après arrive la demoiselle qui avait dit à monseigneur Yvain : « C'est la troisième » ; et ils s'en vont tous les quatre jusqu'à la maison du vavasseur. La nuit, ils furent fort bien traités ; et au matin, après avoir entendu la messe, le chevalier reprit son chemin, comme un chevalier errant à la recherche des aventures.

Un jour, alors qu'il faisait route avec la demoiselle, ils arrivèrent, à l'heure de tierce, sur une chaussée, qui avait bien une lieue de long ; et tout autour s'étendait un grand marais profond. À l'entrée de la chaussée[1], il y avait un chevalier, armé de toutes armes. Dès que le chevalier s'approche (celui que Daguenet avait fait prisonnier), l'autre s'avance et lui demande qui il est. Il répond qu'il est un chevalier du roi Arthur.

---

1. *chaussée : cf.* p. 53, note 3.

« En non Deu, fait li autres, dont ne passeroiz vos mie par ci, ne (*f. 87a*) chevalier qui au roi Artu soit, car ge lo hé plus que nul home, ne ja n'avrai chier home qui l'aint. »

« Por coi » ? fait li autres.

« Por ce que cil de sa maison m'ont fait domage trop grant de mon paranté. »

« Quel domaiche » ? fait cil.

« Il avint que uns chevaliers armez, navrez, vint à lui, grant tans a ja, qui avoit deus tronçons de lances parmi lo cors. Il li pria que il lo feïst desferrer, et il lo fist defferrer a un chevalier qui li jura sor sainz que il lo vencheroit de toz cels qui diroient qu'il ameroient miauz celui qui ce li fist qe lui. Oan si m'ocist il un mien cosin germain, mout preudechevalier. Mais mout a a faire plus que il ne cuide, cil qui ce a anpris, car mout i a encore a ocirre des amis au mort. »

« Comment ? fait li chevaliers cui Daguenez prist ; iestes vos de cels qui miauz aiment lo mort que lo navré ? »

« Gel doi miauz amer, fait cil, comme cil qui fu mes oncles. »

« Certes, fait li autres, ce poise moi, car il me covandra a vos mesler, et ge m'an cuidoie aler delivrement. »

« Iestes vos donc, fait cil, li chevaliers qui lo navré chevalier devez venchier ? »

Et il dit qu'il an fera son pooir.

« Don vos di ge bien que vos m'ocirroiz, o ge vencherai mon coisin. »

Il guenchissent li uns vers l'autre de si grant aleüre com li cheval porent corre. Li chevaliers de la chauciee brise son glaive, et li autres fiert lui si del glaive que il lo porte a terre. Mais il fu juenes et vistés, si refu tost saillliz am piez, et met son escu avant, si a traite s'espee, si cort sus li uns a l'autre mout durement. Si se donent granz cox amont desus les hiaumes, si les font anbuignier desus les tes[tes] et se fausent les hauberz an plusors leus. Mais a ce monte la bataille que li chevaliers de la chauciee commence a lasser et li laisse la place plus et plus. Et il lo haste durement, que ancor a assez alainne et force, si li fait voler an pieces une grant piece de son escu. Et cil a mout perdu do sanc, si li est rompuz uns laz de son hiaume. Et li autres s'eslance a lui, si lo li arache de la teste et giete loign tant con il (*f. 87b*) puet giter, si li dit :

« Par Dieu, dit l'autre, vous ne passerez pas par ici, ni vous ni aucun chevalier qui soit au service du roi Arthur, car je le hais plus que personne et n'aimerai jamais ceux qui l'aiment.

— Pour quelle raison ?

— Parce que les chevaliers de sa maison ont fait trop de mal à ma famille.

— Quel mal ?

— Un jour un chevalier en armes, qui était blessé, vint trouver le roi Arthur, il y a déjà longtemps, avec deux tronçons de lance dans le corps, en le priant de les lui faire enlever. Un chevalier les lui enleva et jura, sur les saints Évangiles, qu'il le vengerait de tous les amis de celui qui l'avait mis dans cet état. C'est ainsi que cette année il m'a tué un cousin germain, un preux chevalier. Mais il a bien plus à faire qu'il ne croit, celui qui s'est lancé dans cette entreprise, car il reste encore à tuer beaucoup d'amis du mort.

— Comment ? dit le chevalier que Daguenet avait fait prisonnier. Êtes-vous de ceux qui préfèrent le mort au blessé ?

— J'ai de bonnes raisons de le préférer, puisque c'était mon oncle.

— J'en suis vraiment désolé. Je vais devoir me battre contre vous et je comptais m'en aller tranquillement.

— C'est donc vous, le chevalier qui doit venger le blessé ?

— Je ferai mon possible.

— Eh bien, je vous le déclare, vous me tuerez ou je vengerai mon cousin. »

Ils s'élancent l'un contre l'autre, aussi vite que leurs chevaux peuvent aller. Le chevalier de la chaussée brise sa lance ; l'autre ajuste si bien son coup qu'il le jette à terre. Mais comme il était jeune et impétueux, il se relève vite, met son écu devant lui et tire son épée. Ils s'attaquent l'un à l'autre très durement. Ils se donnent de grands coups sur les heaumes et les bossellent. Ils se déchirent les hauberts en plusieurs endroits. Mais à la fin le chevalier de la chaussée se fatigue et cède de plus en plus de terrain. L'autre, qui a encore assez de souffle et de vigueur, le presse durement. Il taille en pièces une grande partie de son écu. Le chevalier de la chaussée a perdu beaucoup de sang et un lacet de son heaume s'est rompu. L'autre se jette sur lui, lui arrache le heaume de la tête et le lance aussi loin qu'il peut. Puis il lui dit :

« Or vos covandra il a otroier que vos amez plus lo navré que lo mort. »

« Ancor ne voi ge, fait cil, por quoi gel die. »

« A dire, fait il, lo vos covient, o vos morroiz. »

Lors li cort sus, et cil giete tant d'escu desus sa teste com il i est remés, si se deffant mout durement une grant piece. Mais an la fin n'i pot durer, si recomance a guerpir place. Et li autres li prie mout que il die qu'il aimme miauz lo navré qe lo mort, mais cil ne viault. Et lors li giete li chevaliers un cop, et il [lo] fiert sor lo braz senestre, que mout lo blece. Et cil laisse l'escu cheoir [jus, si li cort] sus a la teste que il ot descoverte, comme cil qui est sanz hiaume et sanz escu, si li done si grant cop com il li pot randre. Et au retraire qu'il fist arriere, li autres li giete un cop a la teste, sel fiert si durement, si que il lo fant tot jusq'en la boiche, et il chiet morz. Et cil an est mout dolanz, se il lo poïst amander. Lors vient a son cheval que la pucele tenoit, si est montez, si s'an vont entr'aus deus tote la chauciee.

An tel maniere chevauchent tant que il aproichent d'une cité qe l'an clamoit lo Pui de Malohaut. Lors les ont atainz dui escuier don li uns aportoit l'escu au chevalier et li autres lo hiaume, si s'an passent par delez lui sanz dire mot, et s'an vont les granz galoz. Li chevaliers oirre antre lui et sa pucele vers la cité, et il vint vers la porte ; si leva uns mout granz criz. Et il vindrent a l'ancontre, que chevaliers, que sergenz, plus de quarante, si l'escrient mout durement et li laissent corre tuit ansemble, et si lo cuevrent de lor glaives trestot et lui et son cheval, si que il portent a terre et l'un et l'autre, si ont lo cheval mort. Et il est remés a pié, si se deffant mout durement de s'espee, si lor decolpe lor glaives et lor ocit lor chevaus de cels que il ataint. Mais qant il voit qu'il n'i porroit durer, si s'eslance sor lo degré d'une fort maison qui iluec estoit. La se deffant tant com il puet, tant que la dame de la vile i est venue. Et il l'avoient ja tenu si cort que il l'avoient ja mis *(f. 87c)* a genoulz deus foiz o trois. Et ele li dit que il se rande a li.

« Dame, fait il, que ai ge forfait ? »

« Vos avez, fait ele, mort lo fil a mon seneschal qui ci est. »

« Dame, fait il, ce poisse moi, mais ensin lo me covenoit a faire. »

« Maintenant vous devez déclarer que vous aimez mieux le blessé que le mort.

— Je ne vois toujours pas pourquoi je le dirais.

— Vous devez le dire ou mourir. »

Alors il s'élance sur le chevalier de la chaussée, qui se protège la tête avec le peu d'écu qui lui reste et se défend vigoureusement pendant longtemps. Mais à la fin il ne peut plus résister et cède à nouveau du terrain. L'autre le prie encore de dire qu'il aime mieux le blessé que le mort, mais il ne le veut pas. Il le frappe sur le bras gauche, le blessant grièvement et lui faisant lâcher son écu. Cependant le chevalier de la chaussée s'avance vers lui, la tête découverte, puisqu'il n'a plus ni heaume ni écu, et lui porte un coup violent, de toutes les forces qui lui restent. Mais, alors qu'il se retire, le bon chevalier l'atteint à la tête et le frappe si durement qu'il le fend en deux jusqu'à la bouche et le laisse mort. Alors il éprouve une grande douleur. Il aurait tant voulu éviter d'en venir à cette extrémité ! Il revient vers son cheval, que tenait la demoiselle, se remet en selle, et ils s'en vont ensemble tout au long de la chaussée.

Tandis qu'ils chevauchent de cette manière, ils arrivent à proximité d'une cité qu'on appelait le Pui de Malehaut. Deux écuyers les rejoignent, dont l'un apportait un écu et l'autre un heaume, destinés au chevalier de la chaussée. Ils passent à côté de lui sans dire un mot et s'en vont au grand galop. Il suit son chemin, en compagnie de sa demoiselle, jusqu'à la cité, et il arrive devant la porte. Alors une grande clameur s'élève. Il voit venir à sa rencontre plus de quarante hommes, tant chevaliers que sergents, qui l'injurient et se précipitent sur lui tous ensemble. Son cheval et lui sont couverts de lances, qui les frappent de toutes parts, portant l'un et l'autre à terre et tuant le cheval. Il reste à pied et se défend vigoureusement avec son épée, découpant les lances et tuant les chevaux de ceux qu'il peut atteindre. Quand il voit qu'il ne pourra plus tenir, il s'élance sur l'escalier d'une maison forte qui se trouvait là, et se défend tant qu'il peut, jusqu'à ce que la dame de la ville arrive. Déjà ils l'avaient serré de si près qu'ils l'avaient mis à genoux deux ou trois fois. Elle lui demande de se rendre.

« Dame, fait-il, quel crime ai-je commis ?

— Vous avez tué, fait-elle, le fils de mon sénéchal que voici.

— Dame, j'en suis navré, mais j'étais obligé de le faire.

« Rendez vos, fait ele, a moi, car ge lo voil et sel vos lo. »

Et il li tant s'espee ; et ele l'an moine en ses maisons, ne puis n'i ot nul qui lo tochast. La dame lo moine an prison, sel met en une geole qui estoit au chief de la sale. Cele geole estoit de pierre, si estoit [lee] par desouz et par desus graille, si avoit deus toisses an toz sanz, et haute jusqu'a la cuverture de la sale. En chascune carreüre de la geole avoit deus fenestres de voire si cleres que cil qui estoit dedanz poit veoir toz cels qui antroient an la sale. Mout estoit bele la jeole, et si estoit close a prones de fer hautes et forz. Si pooit aler li chevaliers par dedanz tant com une chaine duroit qui estoit fermee a ses aniaus. Mais sa pucele n'an savoit mot, car ele s'an estoit alee de la porte, ou ele avoit esté fors close ; et bien cuidoit que li chevaliers fust morz, s'an ot tel duel que ele n'osa retorner a sa Dame del Lac, ainz se randié en la première maison de religion que ele trova. Ci se taist li contes et de lui et do chevalier et de la dame qui an prison lo tient, et retorne au roi Artus.

Un jor avint, ce dit li contes, la ou li rois Artus sejornoit a Chamahalot, que la damoisele [des marches de Sezile] li anvoia un message ; et li manda que Galehoz, li filz a la Jaiande, estoit antrez an sa terre et tote la li avoit tolue fors deus chastiaus que ele a el chief de sa terre deça.

« Rois Artus, fait li messages, por ce vos mande que vos

— Rendez-vous à moi, fait-elle, car je le veux et vous le conseille. »

Il lui tend son épée. Elle l'emmène dans sa demeure et personne n'ose plus le toucher. La dame l'emmène en prison et le met dans une geôle qui était au bout de la salle. Cette geôle était en pierre ; elle était vaste en bas, resserrée en haut, mesurait deux toises[1] en tous sens, et s'élevait jusqu'au plafond de la salle. Sur les quatre murs de la geôle il y avait deux fenêtres de verre si claires que celui qui était dedans pouvait voir tous ceux qui entraient dans la salle.

C'était une prison superbe. Elle était fermée par des barreaux de fer hauts et forts ; et le chevalier pouvait se déplacer à l'intérieur aussi loin que le permettait une chaîne rivée à ses anneaux. Mais sa pucelle n'en savait rien. Elle s'était éloignée de la porte, où on l'avait laissée dehors ; et elle croyait que le chevalier était mort. Elle en eut une douleur telle qu'elle n'osa pas retourner chez sa dame du Lac et prit le voile, à la première maison de religion qu'elle trouva. Le conte ne parle plus maintenant d'elle ni du chevalier ni de la dame qui le tient en prison. Il revient au roi Arthur.

CHAPITRE XLVIII

Première assemblée du roi Arthur et de Galehaut

Un jour, pendant que le roi Arthur séjournait à Camaalot, la demoiselle des Marches de Sicile lui envoya un messager. Elle lui faisait savoir que Galehaut, le fils de la Géante, était entré dans sa terre et l'avait conquise tout entière, sauf deux châteaux qui étaient à l'extrémité la plus reculée du pays.

« Roi Arthur, conclut le messager, voilà pourquoi madame

---

1. *toise* : mesure de longueur, égale à six pieds.

veigniez deffandre vostre terre, car ele ne se puet longuement
tenir, se vos n'i venez. »

« Ge i erai, fait li rois, hastivement. A il bien gent ? »

« Sire, il i a bien cent mil homes a cheval. »

« Biax amis, or dites vostre dame qe je movrai ancor anuit ou
demain *(f. 87d)* por aller ancontre Galehot. »

« Sire, font si home, nel feroiz, ainz atandez voz genz, que
cist a trop genz amenee, et vos iestes ci priveement, si ne vos
devez mie metre en aventure. »

« Ja Dex ne m'aïst, fait li rois, com ja hom enterra en ma
terre por mal feire, se ge gis an nule vile [c'une nuit] tant que
ge soie la. »

Au matin li rois s'esmuet et oirre tant que il vient el chastel
la pucele, et herbergent es paveillons que il avoit, bien set mile
chevaliers, que il n'an avoit pas plus ancorre. Mais il a par tot
semons, et pres et loign, et mandent que tuit i veignent, et a
cheval et a pié, et amaint qanque chascuns porra avoir de
genz.

Galeholz sist au chastel que il avoit asis ; et ot amené une
granz genz a pié qui traient et portent seietes antoschiees de
venin et estoient bien armé comme gent a pié, et avoient
aportees roiz de fer qui venoient an charz et an charretes ; et an
i avoit tant des roiz que il an avoient close tote l'ost Galehot,
si que l'oz n'avoit garde par derrieres. Galehoz oï dire que li
rois Artus ert venuz, mais n'avoit encorres gaires genz. Si
mande par ses homes les trente rois que il avoit conquis, et des
autres tant comme lui plot.

« Seignor, fait il, li rois Artus est venuz, mais il n'a gaires de
genz, ce m'a l'an dit ; ne il ne seroit mie m'anors que mes cors
i asanblast tant com il aüst si po de gent. Mais de ma gent voil
ge bien qu'asenble a la soe. »

« Sire, fait li Rois des Cent Chevaliers, anvoiez m'i lo
matin. »

« C'est bien », dist Galehoz.

Au matin, a l'aube aparant, vient li Rois des Cent Chevaliers

vous mande de venir défendre votre terre ; car elle ne peut tenir longtemps, si vous ne venez pas.

— J'irai, répond le roi, de toute urgence. A-t-il beaucoup de monde ?

— Seigneur, il a bien cent mille hommes à cheval.

— Bel ami, dites à votre dame que je partirai cette nuit même ou demain, pour aller combattre Galehaut.

— Seigneur, ne partez pas, lui disent ses hommes ; attendez vos gens. Il a trop de monde avec lui et vous n'avez ici que les gens de votre maison. Vous ne devez pas vous exposer au danger.

— Que Dieu m'abandonne, répond le roi, si, quand on entre dans ma terre pour la mettre à mal, je passe plus d'une nuit dans quelque ville que ce soit, avant d'être arrivé sur place ! »

Le lendemain matin le roi se met en route et fait tant de chemin qu'il arrive au château de la demoiselle. Là, dans les pavillons qu'il possédait, se logent sept mille chevaliers environ, car il n'en avait pas encore davantage. Mais il a convoqué ses hommes, par tous pays, proches ou lointains, et leur a mandé de venir tous le rejoindre, à cheval et à pied, et que chacun amène avec lui le plus de gens qu'il pourra.

Galehaut avait établi son camp devant le château qu'il avait assiégé. Il avait amené une foule de gens à pied, archers porteurs de flèches empoisonnées et bien armés pour des gens à pied. Il avait apporté des grillages de fer, qui arrivaient dans des chars et des charrettes, et ces grillages étaient si nombreux que tout le camp de Galehaut en était entouré, de sorte qu'on ne pouvait l'attaquer par-derrière. Galehaut apprend que le roi Arthur est arrivé, mais qu'il n'a pas encore beaucoup de monde. Il fait convoquer par ses hommes les trente rois qu'il a conquis et les chevaliers de son choix.

« Seigneurs, leur dit-il, le roi Arthur est arrivé, mais il n'a pas encore grand monde, m'a-t-on dit. Je n'aurais pas d'honneur à combattre personnellement, tant qu'il aura si peu de gens. Mais je veux bien qu'une partie de mes troupes aille s'attaquer aux siennes.

— Seigneur, dit le roi des Cent Chevaliers, voulez-vous m'y envoyer demain matin ?

— C'est bien », dit Galehaut.

Le lendemain matin, quand l'aube apparut, le roi des Cent Chevaliers s'approcha, pour observer l'armée du roi Arthur.

por sorveoir l'ost lo roi Artus. Pres del chastel o li rois ert avoit
une cité qui avoit non li Puis de Malohaut, et n'estoit mie si
pres que il n'i eüst set liues engleches. Entre la cité et [lo roi
avoit un haut tertre, et plus pres de l'ost que de la cité. La
monta li Rois des Cent Chevaliers por sorveoir l'ost] lo roi
Artus, et li semble qe bien i ait plus de set mil chevaliers ; et
torne arrieres a Galehot et si li dist :

« Sire, ge ai lor gent esmee, *(f. 88a)* si n'ont mie plus de dis
mile chevaliers. »

A escient dist de plus, que il ne voloit mie estre blasmez de
la gent Galehot. Et Galehoz respont :

« Prenez dis mile chevaliers, tex com vos plaira, si alez
assembler a els. »

« Volentiers, sire », fet li Rois des Cent Chevaliers.

Il eslist dis mile chevaliers, tex come il volt, et tex rois et tex
barons. Et s'armerent de totes armes et s'an vont tuit desreé
vers l'ost lo roi, que onques n'i ot bataille rangiee ne conroi
fait. La novele vient en l'ost que li chevalier Galehot vienent
tuit desreé. Il s'arment mout tost an l'ost, et messires Gauvains
vient au roi son oncle :

« Sire, li chevalier Galehot vienent a nos por asenbler, mais
ses cors n'i vient mie. Et des que il n'i vient, vos n'i revenroiz
mie. »

« Non, fait li rois. Mais vos i alez, fait il a monseignor
Gauvain, et menez tant de genz comme nos avons, et devissez
vos conroiz et rangiez vos batailles ; et gardez que sagement
soit fait, que il ont plus granz genz que nos n'avons
encores. »

« Sire, fait messires Gauvains, et il iert au miauz que nos
porrons. »

Messires Gauvains et li autre chevalier passent l'eve as guez,
que l'oz est herbergiee sor une riviere. Et il ont l'eve passee, si

Près du château où le roi avait établi son camp, il y avait une cité appelée le Pui de Malehaut ; mais elle était quand même à sept lieues anglaises de là. Entre la cité et le roi se trouvait une haute colline, plus proche du camp que de la cité. Le roi des Cent Chevaliers gravit la colline pour observer le camp du roi Arthur et il lui semble qu'il y a plus de sept mille chevaliers. Il retourne auprès de Galehaut et lui dit :

« Seigneur, j'ai compté leurs gens : ils n'ont pas plus de dix mille chevaliers. »

C'est à dessein qu'il en grossissait le nombre, car il ne voulait pas s'exposer aux reproches des hommes de Galehaut. Galehaut lui répond :

« Prenez dix mille chevaliers que vous choisirez comme il vous plaira et menez-les à la bataille.

— Volontiers, seigneur », dit le roi des Cent Chevaliers.

Il choisit les dix mille chevaliers ainsi que les rois et les barons qu'il voulut. Ils s'armèrent de toutes armes et s'élancèrent en désordre vers l'armée du roi, sans que l'on formât des corps de bataille[1] et que l'on prît des dispositions de combat. La nouvelle se répand dans le camp du roi que les hommes de Galehaut arrivent au grand galop. On s'arme en toute hâte et monseigneur Gauvain se rend auprès du roi son oncle.

« Seigneur, lui dit-il, les chevaliers de Galehaut viennent nous attaquer, mais non Galehaut lui-même ; et puisqu'il n'est pas là, vous n'avez pas à y être.

— Aussi n'irai-je pas, dit le roi, et c'est vous qui les rencontrerez. Emmenez tous les hommes que nous avons. Prenez vos dispositions de combat et alignez vos corps de bataille. Faites-le adroitement, car ils sont plus nombreux que nous ne le sommes encore.

— Seigneur, dit monseigneur Gauvain, tout sera fait le mieux possible. »

Monseigneur Gauvain et les chevaliers passent le fleuve à l'endroit des gués ; car le camp était au bord de l'eau. Et quand ils sont de l'autre côté, ils forment leurs rangs et alignent leurs

---

1. *corps de bataille* : littéralement, batailles. Fréquemment les armées médiévales sont constituées de plusieurs corps de bataille, plus ou moins bien rangés, chacun sous les ordres d'un grand seigneur. C'est l'origine de l'expression « batailles rangées », qui a changé de sens.

devisent lor conroiz et lor batailles. La gent Galehot vienent tuit desraee, et messires Gauvains lor anvoie une bataille ancontre por asenbler. Cil vienent fresch et volenteïf et dessirrant d'asenbler, et cil les recoillent bien. Li estorz commance. Les genz Galehot vienent si espés qe cil nes porent soffrir. Et qant messires Gauvains vit que leus fu, si lor ranvoie une bataille, et puis la tierce, et puis la qarte. Et qant il voit que li dis mile chevalier sont tuit venu, si chevauche il ses cors por asembler a els. Tuit li set mile lo font mout bien, mes li cors monseignor Gauvain lo fait bien sor toz les autres. Mout i a des prisiez chevaliers de la maison lo roi qui mout i font chevaleries. Et devers Galehot an ra assez qui mout bien lo font.

Grant piece dura li estorz. Assez i ot chevaleries faites d'une part et d'autre. La gent Galeot ne poent soffrir les genz *(f. 88b)* lo roi Artus, ancor soient il plus, si [les] desconfissent li set mile et chacent del chanp. Qant li Rois des Cent Chevaliers voit que ses genz s'an fuient et que il sont torné a desconfiture, si l'an pesa mout an son cuer, car endroit soi estoit il mout boens chevaliers. Il prant un message et mande a Galehot que il lor anvoit secors, qu'il ne pueent sosfrir la maisniee lo roi Artus. Et Galehot en i anvoie trente mile.

Cil vienent a desroi mout grant aleüre, si lievent les poudrieres de loing comme de si granz genz. Messires Gauvains les voit de loign, et il et les genz lo roi Artus ; se il an sont effreé, ce n'est mie de mervoille. Li Rois des Cent Chevaliers et les soes genz les virent venir, qui an orent mout grant joie, et si tornent les chiés des chevaus arrieres et vont ferir les genz lo roi Artus mout durement, et cil autresi bien o miauz. Messires Gauvains se trait arrieres, et les soes genz se restraignent qui dotent la force qui vient aprés aus. Et cil vienent a desroi, desirrant d'asenbler.

« Or, seignor chevaliers, fait messires Gauvains, or i parra qui bien lo fera, car nos n'i avons niant autrement. Or iert veü qui amera l'enor lo roi et la soe. »

Messires Gauvains et li suem lor guenchissent ireement anmi les vis et les vont ferir, et cil aus, si durement que lor lances volent am pieces, et tels i ot qui s'antrabatent. Illuec ot estor

corps de troupes. Les hommes de Galehaut arrivent en désordre et monseigneur Gauvain envoie contre eux un bataillon. Ils arrivent tout frais, pleins d'ardeur et désireux d'en découdre ; mais les autres les reçoivent de pied ferme. La mêlée commence. Les hommes de Galehaut arrivent en si grand nombre que les autres ne peuvent leur résister. Quand il voit que le moment est venu, monseigneur Gauvain engage un autre bataillon, puis un troisième, puis un quatrième. Et quand il voit que les dix mille chevaliers sont tous arrivés, il s'avance en personne pour prendre part à la mêlée. Les sept mille se conduisent fort bien et monseigneur Gauvain mieux que tous. Il y a parmi eux bon nombre de chevaliers renommés de la maison du roi, qui accomplissent beaucoup de prouesses ; et du côté de Galehaut aussi, ils sont nombreux à se bien conduire. La rencontre dura longtemps. Il y eut beaucoup de chevaleries de part et d'autre. Les hommes de Galehaut ne purent soutenir l'assaut de ceux du roi Arthur, malgré leur nombre. Les sept mille les mirent en déroute et leur firent vider le champ de bataille. Quand le roi des Cent Chevaliers vit la fuite et la déroute de ses soldats, il fut très affligé, car il était lui-même un très bon chevalier. Il adresse un message à Galehaut et lui demande de leur envoyer du renfort, parce qu'ils ne peuvent résister à la maison du roi Arthur. Galehaut envoie trente mille hommes. Ils viennent en désordre et à toute allure, et des nuages de poussière s'élèvent au loin, en raison de leur multitude. Monseigneur Gauvain les aperçoit au loin, lui et les hommes du roi Arthur ; s'ils en sont effrayés, ce n'est pas étonnant. Le roi des Cent Chevaliers et ses hommes voient venir ces renforts avec une grande joie. Ils tournent bride et attaquent en force les gens du roi Arthur, qui les reçoivent aussi bien ou mieux encore. Monseigneur Gauvain recule et ses hommes resserrent les rangs, redoutant les forces qui fondent sur eux et qui arrivent à bride abattue, pressées d'entrer dans la bataille.

« Maintenant, seigneurs chevaliers, fait monseigneur Gauvain, maintenant on va voir qui saura bien se conduire, car c'en est fait de nous, autrement. Maintenant on va voir qui saura prendre à cœur l'honneur du roi et le sien. »

Monseigneur Gauvain et ses gens font face et frappent furieusement. Les autres font de même. Les lances volent en éclats et plusieurs chevaliers sont précipités à terre. C'était une

merveillox de lances et d'espees, et les genz lo roi Artus i
soffrent trop et mout lo font bien. Mais la force est si granz
d'autre part que, se ne fust la proece monseignor Gauvain, il
fussient tuit pris, ja nus n'en eschapast. Mais il lo fait si bien
que onques nus chevaliers miauz nel fist. Biens faires n'i a
mestier, que trop sont cil de l'autre part. Par la force des genz
que il ont ses enchaucent jusque a un gué. La par soffri tant
messires Gauvains et li boen chevalier de la maison lo roi que
onques genz ce ne soffrirent, mais il par soffri sor toz. Outre lo
gué les metent a force. Devant la porte fu li estorz merveilleux.
La se par deffan*(f. 88c)*dié tant messires Gauvains que les genz
lo roi Artus furent antree anz ; et neporçant si i perdirent il
mout, car la maisniee Galeholt pristrent mout de lor chevaliers.
Il se traistrent arrieres, que bas vespres ere.

Messires Gauvains ne fu pas mis a force el chastel, mais il fu
tex conreez devant et tant i prist bouz [et] cous que mout s'en
dielt. El retraire que les genz Galehoz firent, et il chiet pasmez
de son cheval, san ce que nus ne l'adesoit, mais tote jor avoit
soffert angoisse et tant s'ert angoissiez de bien faire que il estoit
tels conreez q'an l'an porta en son ostel. Et li rois et la reine et
tuit li autre ont trop grant paor de lui et criement que il soit
deronz dedanz lo cors de l'esfort et de la mervoille que il avoit
[fait].

Pres d'iluec estoit la cité de Malohaut. La cité tenoit une
dame qui avoit eü seignor, mais il ert morz, et si avoit anfanz.
Mais mout ert boene dame et sage, et mout ert amee et prisiee
de toz cels qui la conoissoient. Et la gent de sa terre la par
amoient tant et prisoient que qant autre gent lor demandoient :
« Quex est vostre dame ? », et il responoient que c'ert la reine
des autres dames.

Cele dame avoit un chevalier an prison, si le tenoit en une
geole qui est de pierre, et si ert si clere la pierre que il veoit toz
cels defors, et tuit cil defors lui. La geolle ert graille et haute,
que il s'i pooit bien drecier, et ert auques longe bien lo giet d'une

mêlée prodigieuse de lances et d'épées. Les gens du roi Arthur souffrent beaucoup et se tiennent bien. Les forces de leurs adversaires sont si grandes que, n'eût été la valeur de monseigneur Gauvain, ils eussent été tous pris, personne n'en eût réchappé. Monseigneur Gauvain se conduit si bien que jamais aucun chevalier ne fit mieux. Mais la valeur n'y peut rien ; il y a trop de monde de l'autre côté. Par la force du nombre, on les rejette au bord de la rivière, à l'endroit d'un gué. Là, monseigneur Gauvain et les bons chevaliers de la maison du roi opposèrent une résistance si acharnée que jamais on n'en vit de semblable, et monseigneur Gauvain plus que tous les autres. On les fit repasser le gué de force. Devant la porte, la mêlée fut prodigieuse. Monseigneur Gauvain tint bon, jusqu'à ce que les gens du roi Arthur fussent rentrés dans le château. Cependant ils eurent de lourdes pertes et les gens de Galehaut leur prirent beaucoup de chevaliers. Puis ils se retirèrent, alors que la nuit était déjà tombée.

Rien ne put contraindre monseigneur Gauvain à se replier dans le château ; mais il fut mis dans un tel état, quand il était devant la porte, il reçut tant de coups et de chocs, qu'il souffrait énormément. Et quand les gens de Galehaut se retirèrent, il tomba pâmé de son cheval, sans que personne ne l'eût touché. Toute la journée, il avait souffert le martyre et s'était tellement angoissé pour bien faire que, dans l'état où il était, il fallut l'emporter à son hôtel. Le roi, la reine et tous les chevaliers sont extrêmement inquiets pour lui. Ils craignent que son corps n'ait été brisé par les efforts et les prodiges qu'il a faits.

La cité de Malehaut était proche du château. Elle appartenait à une dame, qui avait été mariée ; mais son seigneur était mort et elle avait des enfants. C'était une très bonne dame et pleine de sens, aimée et estimée de tous ceux qui la connaissaient. Les gens de sa terre l'aimaient et l'estimaient tant que, quand d'autres leur demandaient : « Comment est votre dame ? », ils répondaient que c'était la reine des dames.

Cette dame tenait en prison un chevalier. Elle le faisait garder dans une geôle de pierre, mais si claire qu'il voyait tous ceux qui étaient dehors, et que tous ceux qui étaient dehors le voyaient. La geôle était étroite et haute, de sorte qu'il pouvait s'y tenir debout, et assez longue, d'environ la distance à

grosse pierre. Laianz tenoit la dame lo chevalier am prison. Et
la nuit que cele asemblee ot esté s'an vinrent li chevalier del
païs an la cité a la dame et conterent les novelles de cele
asenblee a la dame. Et la dame demande qui l'avoit miauz fait.
Et il dient que messires Gauvains, que onqes nus chevaliers nel
fist onques miauz, ce lor ert avis. Li chevaliers qui ert en la
geole oï ces novelles, et qant li serjant qui lo gardoient li
porterent a mengier, si demanda qui ert li chevaliers de la
maisniee a la dame qui miauz estoit de li, [et il noment un
chevalier, mout preudome, qui mout iert bien de li.]

« Seignor, car lo feïssiez parler a moi. »

« Mout volentiers, font li serjant, *(f. 88d)* li diromes. »

Il vienent au chevalier, si li dient :

« Cil chevaliers prisons velt parler a vos. »

Et il va an la geole. Quant cil lo vit, si se dreça ancontre
lui.

« Sire, fait il, ge vos ai mandé, si vos voil proier que vos
proiez ma dame qu'ele soffre que ge parole a li. »

« Mout volentiers, biax sire », fait li chevaliers.

Il ist de la geole et vient à sa dame, si li dit :

« Dame, donez moi un don. »

« Quel don » ? fet ele.

« Donez lo moi, fait il. Gel vos dirai. »

« Dites, fait ele, seürement. Avriez vos mestier de rien, gel
vos doing. »

« Vostre merci, dame, fait il : vos m'avez doné que vos
parleroiz a ce chevalier que vos avez em prison. »

[« Volentiers, fait ele ;] amenez lo ci. »

Li chevaliers lo va querre, si l'amoine a sa dame, et puis s'en
reva, si lo lait aveques li.

« Que voliez vos, biax sire ? fait la dame. Voliez vos parler a
moi ? Ce m'a l'an dit. »

« Dame, voire, fait il, ge suis vostre prisons, si vos voloie
prier que vos me rambissiez, car ge ai oï dire que li rois Artus
est en cest païs. Et ge suis uns povres bachelers, si me
conoissent tex i a de ses genz. Assez tost me donroient ma
reançon. »

laquelle on peut lancer une grosse pierre. C'était là que la dame tenait en prison le chevalier.

La nuit qui suivit l'assemblée, les chevaliers du pays allèrent dans la cité de la dame et lui racontèrent les nouvelles de l'assemblée. La dame demanda quel était celui qui s'était le mieux conduit. On lui répondit que c'était monseigneur Gauvain et que jamais un chevalier n'avait fait mieux, à leur avis. Le chevalier qui était en prison entendit ces nouvelles. Quand les sergents qui le gardaient lui portèrent à manger, il demanda quel était, dans la maison de la dame, le chevalier le plus influent, on lui indiqua un chevalier très prud'homme, qui avait beaucoup de crédit auprès d'elle.

« Seigneurs, fait-il, je voudrais lui parler.

— Nous le lui dirons volontiers », font les sergents.

Ils vont trouver le chevalier et lui disent :

« Le chevalier prisonnier veut vous parler. »

Il entre dans la geôle ; et, dès qu'il le voit, le prisonnier se lève pour l'accueillir.

« Seigneur, lui dit-il, je vous ai fait venir pour vous adresser une prière. Voudriez-vous prier madame de souffrir que je lui parle ?

— Très volontiers, beau seigneur », fait le chevalier.

Il sort de la prison, se rend auprès de sa dame et lui dit :

« Dame, accordez-moi une faveur.

— Quelle faveur ?

— Accordez-la-moi et je vous la dirai.

— Exprimez-vous sans crainte : si vous avez besoin de quoi que ce soit, je vous l'accorde.

— Je vous suis très obligé, dame. Vous m'avez accordé que vous aurez un entretien avec le chevalier que vous tenez en prison.

— Volontiers. Amenez-le ici. »

Le chevalier va le chercher, l'amène à la dame. Puis il s'en va, le laissant avec elle.

« Que vouliez-vous, beau seigneur, fait la dame ? Vous voulez me parler, m'a-t-on dit ?

— Dame, c'est vrai, fait-il. Je suis votre prisonnier et je voudrais vous prier de me mettre à rançon ; car j'ai entendu dire que le roi Arthur est dans ce pays. Je suis un pauvre bachelier, mais plusieurs de ses hommes me connaissent. Ils auraient tôt fait de payer ma rançon.

« Biaus sire, fait ele, ge ne vos tiegn mie por coveitise de
vostre reançon, mais por justisse. Vos savez bien que vos feïstes
mout grant otrage, et por ce vos pris ge. »

« Dame, fait il, lo fait ne puis ge pas noier, mais moi l'estut
faire, que ge ne lo poi laissier a m'anor. Mais se vostres plaisirs
estoit que vos me reansisiez, vos feriez mout bien, que ge ai oï
dire que il a hui une assemblee an cest païs. Et d'ui en tierz jor
i redoit estre, ce disoient orainz cil chevalier an cele sale. Et se
vos voliez, ge vos vouroie proier que vos m'i laissiez aler. Et
ge vos aseürerai que ge revenrai la nuit en vostre prison, se ge
n'ai essoigne de mon cors. »

« Si ferai ge, fait ele, par un covant que vos me deïssiez
comment vos avez non. »

« Ice, fait il, ne puis ge faire. »

« Don n'i eroiz vos mie », fait ele.

« Laissiez m'i aler, fait il, et ge vos creant que gel vos dirai au
plus tost que leus iert del dire. »

« Creantez *(f. 89a)* lo vos ? » fait ele.

« Oï », fait il.

« Et vos i eroiz, fait ele, mais vos pleviroiz que vos vos
metroiz en ma prison lo soir, se vos n'avez essoigne de vostre
cors. »

Il li plevi, et ele an prant la fiance[1]. Et il s'an torne an sa
geole, et i fu ce soir et l'andemain tote jor et l'autre nuit aprés.
Et les genz lo roi Artus crurent totevoie, qui venoient de totes
parz. Les genz Galehoz vienent a lui, si li dient :

« Sire, assembleront demain voz genz as genz lo roi
Artus ? »

« Oïl, fait Galehoz, ge eslirai ces que voudrai qui i aillent. »

« Esliroiz ! font il. De ce n'i a il neiant. Se vos i volez envoier
cels qui i furent a l'autre foiz, tuit li autre i eront, o vos voilliez
ou non, que il sont si desirrant de assembler a lor chevaliers
que vos nes porriez retenir. Mais anveiez i toz ces qui n'i furent
mie, et tuit cil qui i furent remanront o vos. »

« C'est bien fait, dist Galehot. Or i eront li soissante mile qui

---

1. *Le Chevalier de la Charrette*, vv. 5453-5497. Le thème de la dame
amoureuse de son prisonnier et qui le laisse partir au tournoi, à condition
qu'il revienne le soir même dans sa prison, vient de Chrétien. Mais d'une
silhouette à peine esquissée, notre auteur a tiré un personnage complexe.

— Beau seigneur, je ne vous ai pas pris pour avoir de vous une rançon, mais pour faire justice. Vous savez que vous avez commis un crime très grave, et c'est pour cela que je vous ai fait prisonnier.

— Dame, je ne peux nier le fait. Mais j'étais obligé d'agir ainsi et ne pouvais m'en abstenir sans déshonneur. Cependant, s'il vous plaisait de me libérer contre rançon, vous feriez une bonne action. Car j'ai entendu dire qu'il y a eu aujourd'hui une assemblée dans ce pays. Et dans deux jours elle doit recommencer, c'est ce que disaient tout à l'heure les chevaliers dans votre salle. Si vous le vouliez, je vous prierais de m'y laisser aller et je m'engagerais à revenir la nuit dans votre prison, si je n'en suis physiquement empêché.

— Je le veux bien, si vous me dites votre nom.

— Je ne le peux pas.

— Vous n'irez donc pas.

— Permettez-moi d'y aller, et je jure que je vous le dirai, aussitôt qu'il sera possible de le dire.

— Vous le jurez?

— Oui.

— Eh bien! vous irez à l'assemblée. Mais d'abord, vous vous engagerez à revenir le soir en prison, si vous n'en êtes physiquement empêché. »

Il s'y engage et elle reçoit son serment. Il retourne dans sa prison. Il y passe la nuit, toute la journée du lendemain et la nuit d'après. Cependant les gens du roi Arthur étaient de plus en plus nombreux; il en venait de tous côtés. Les gens de Galehaut vont trouver leur seigneur et lui disent:

« Seigneur, vos gens se battront demain contre les gens du roi?

— Oui, fait Galehaut, je choisirai ceux qui prendront part à la bataille.

— Choisir? Il ne saurait en être question. Si vous voulez choisir ceux qui se sont déjà battus l'autre jour, tous les autres iront, que vous le vouliez ou non, car ils ont une telle impatience de combattre les chevaliers du roi que vous ne pourrez les retenir. Envoyez à la bataille tous ceux qui n'y étaient pas la dernière fois et ceux qui y étaient demeureront avec vous.

— C'est bien, dit Galehaut. Que les soixante mille hommes,

n'i furent pas, et demain au tierz jor i era mes cors. »

La nuit passe. Au matin li rois comande que nus de ses
chevaliers ne past l'eive, mais arment soi an l'ost et devissent
lor conroi. Et qant il verront la gent Galeholt, si passent outre
l'eve. Li chevalier de par lo païs furent tuit venu an l'ost, et cil
de la cité do Pui de Malohaut et des autres terres antor.

La dame de la cité ot [baillié] au chevalier que ele ot am
prison un cheval et un escu vermoil et les soes armes meïsmes
que il avoit qant ele lo prist, que il ne vost autres avoir. Au
matin au jor s'en issi fors de la cité et erra vers l'ost lo roi
Artus, si vit les chevaliers d'une part et d'autre, toz armez. Et
il s'areste sor lo gué, si ne passe mie outre. Desus ce gué avoit
unes loges o li rois Artus estoit por l'ost esgarder, et la reine et
dames et damoiseles tote plaine la loge. Et messires Gauvains
s'i est fez porter si malades com il estoit. Li chevaliers a l'escu
vermoil s'areste sor lo gué et s'apoie sor sa lance.

Et les genz Galehot vienent tuit conree. En la premiere
bataille vint [li] rois *(f. 89b)* que il i avoit premierement
conquis ; et [com] il aprochent, il se part de sa gent, son escu
pris, si an va toz seus devant. Cil lecheor qui la estoient en l'ost
lo roi Artu et cil parleor d'armes comen[cen]t a crier an haut :
« Lor chevalier vienent, veez les. » Et li Rois Premiers Conquis
aproiche mout. Et li lecheor commencent a dire au chevalier a
l'escu vermoil :

« Sire chevaliers, veez un des lor chevaliers venir. C'atandez
vos ? Il vient toz seus. »

Par maintes foiz li dient, et cil ne respont pas. Et li Rois
Premiers Conquis vient mout tost. Li garçon li ont tant dit que
il an sont tuit anuié. Et uns cointes lechierres vient vers lui et
prant l'escu de son col, si lo pent au sien. Et cil ne se muet[1]. Et

---

1. Voir p. 438, note 1.

qui n'ont pas encore été engagés, aillent demain à la bataille ; et, dans trois jours, j'y prendrai part en personne. »

La nuit passe. Au matin le roi ordonne à ses chevaliers de ne pas traverser le fleuve. Qu'ils mettent leurs armes et forment leurs corps de bataille, sans sortir du camp ; et, quand ils verront venir les troupes de Galehaut, qu'ils franchissent le fleuve ! Les chevaliers du pays avaient tous rejoint l'armée, de même que ceux de la cité du Pui de Malehaut et des terres environnantes.

La dame de la cité avait donné à son prisonnier un cheval, un écu vermeil et les armes qu'il portait quand elle l'avait fait prisonnier, car il n'en voulut pas d'autres. Au matin, dès l'aube, il sort de la cité et se dirige vers le camp du roi Arthur. Il voit les chevaliers de part et d'autre, armés de toutes leurs armes. Il s'arrête au bord du gué, sans le franchir. Au-dessus de ce gué, il y avait une tribune, où le roi Arthur se tenait, pour observer l'armée en compagnie de la reine, de dames et de demoiselles, dont la tribune était toute pleine ; et monseigneur Gauvain s'y était fait porter, si mal en point qu'il fût. Le chevalier à l'écu vermeil s'arrête au bord du gué et s'appuie sur sa lance.

Les troupes de Galehaut s'avancent en bon ordre. Dans le premier corps de bataille se trouve le roi qui avait été le premier conquis[1] par Galehaut. Quand ils sont plus près, le roi se détache de ses hommes, l'écu au bras, et chevauche tout seul, en avant. Les goujats et autres bavards amateurs d'armes, qui étaient là à pérorer dans l'armée du roi Arthur, se mettent à crier très fort : « Leurs chevaliers arrivent, les voilà. » Le roi Premier Conquis s'approche de plus en plus ; et les goujats disent au chevalier qui porte l'écu vermeil :

« Seigneur chevalier, vous voyez venir un des leurs ? Qu'attendez-vous ? Il est tout seul. »

Ils le lui disent à maintes reprises et il ne répond pas, tandis que le roi Premier Conquis s'avance à vive allure. Les gars lui en disent tant qu'ils en sont fatigués. Un loustic facétieux s'approche de lui, lui ôte son écu et le met à son cou. Il ne

---

1. Conquérir a ici le double sens de vaincre et d'assujettir. Il faut conserver cette expression, puisque ce seigneur portera désormais le nom de « roi Premier Conquis ».

uns autres garz qui ert a pié cuide que li chevaliers soit fox, si s'abaisse vers l'eive et prant une mote, si l'an fiert sor lo nasel del hiaume.

« Neianz failliz, fait li garz, que songiez vos ? »

La mote fu moilliee, si li antre l'eive es iauz. Et il clost les iauz et huevre por l'eive que il santoit et ot la noisse, si se regarde et voit lo Roi Premiers Conquis, qui iert ja mout pres. Et il fiert lo cheval des esperons et baisse sa lance, si li vient ancontre grant aleüre. Et li rois lo fiert anmi lo piz. Li hauberz fu forz, si ne faut mie, et la lance vole en pieces. Li chevaliers fiert lui sor l'escu si durement que il abat lui et lo cheval en un mont. Au resordre que li chevaus fait, li garz qui ot l'escu pris et qui l'ot a son col, l'aert al frain. Et li chevaliers nel regarda onques, que, se il vousist, il l'aüst ainz pris que li garz, mais il n'antandoit mie a ce. Et li lechierres vient vers lui, cil qui avoit son escu pris, si li met al col.

« Tenez, sire, fait il, miauz i est anpleiez que ge ne cui-doie. »

Li chevaliers se regarde et voit que cil li pent son escu al col, n'an fist nul sanblant, mes prist lou. Li conpaignon lo roi cui il ot abatu poignent, qant il virent lo[r] seignor cheoir. Et les batailles lo roi Artus s'atornent. Et qant il furent atorné, si s'an vienent au gué et passent l'aive. Li chevalier assemblent li un as autres, et cil a l'escu vermoil let corre por joster a un des chevaliers *(f. 89c)* lo roi que il ot abatu, si lo fiert, si que il lo porte a terre, et sa lance vole em pieces. Et uns garz vient aprés lui, si prant lo cheval. Li estors commance mout boens de la gent lo roi Artus et de la Galehot. Les batailles lo roi Artus passent l'eive espessement l'une aprés l'autre, et les gent Galehot vienent d'autre part, qui mout sont dessirrant d'asenbler a la gent lo roi Artus. Et cil les reculent as fers des lances, qu'il an laissent des morz et des navrez lo jor. Et neporçant, si lo font mout bien les gent Galeholt, et les lo rois Artus miauz ; et mestiers lor est, qu'il sont mout moins qui ne sont que vint mile, et cil sont soissante mile. Mout dura la meslee, et fu li estorz buens ; et mout i ot chevaleries faites, et mout lo

bouge pas. Un autre gars, qui était à pied, croyant avoir affaire à un pauvre idiot, se met à genoux au bord du fleuve, prend une motte et la lance sur le nasal de son heaume.

« Stupide bon à rien, fait le gars, à quoi songez-vous ? »

La motte était mouillée et l'eau lui entre dans les yeux. Il les ferme et les rouvre, à cause de l'eau qui les mouille. Il entend les clameurs, regarde tout autour de lui et voit le roi Premier Conquis, qui était maintenant très proche. Il pique des deux, abaisse sa lance et s'avance vers lui au grand galop. Le roi l'atteint à la poitrine, mais son haubert était solide ; il ne cède pas et la lance du roi vole en pièces. Le chevalier frappe le roi sur son écu, si durement qu'il le renverse, en même temps que son cheval. Quand le cheval se relève, le gars, qui avait pris l'écu et le portait à son cou, saisit le cheval par le frein. Le chevalier ne l'a même pas regardé, parce que, s'il l'avait voulu, il aurait pris le cheval bien avant le gars, mais il ne s'en souciait pas. Le goujat qui lui avait pris son écu s'approche de lui et le lui met autour du cou.

« Prenez-le, seigneur, lui dit-il, il est mieux à sa place que je ne pensais. »

Le chevalier abaisse son regard sur lui : il voit qu'il lui met autour du cou son écu et n'y prête aucune attention ; il le prend néanmoins. Les compagnons du roi qui avaient été jetés à terre piquent des deux quand ils voient tomber leur seigneur. Les bataillons du roi Arthur se mettent en place. Quand ils sont formés, ils se dirigent vers le gué et passent le fleuve. Les voici au contact les uns des autres. Le chevalier à l'écu vermeil s'élance pour jouter contre un chevalier du roi qu'il avait renversé. Il le frappe de telle sorte qu'il le porte à terre et que sa lance vole en pièces. Un gars se précipite derrière lui et s'empare du cheval. La mêlée s'engage, très brillante, entre les troupes du roi Arthur et celles de Galehaut. Les bataillons du roi Arthur passent le fleuve en rangs serrés, l'un après l'autre. De l'autre côté s'avancent les gens de Galehaut, impatients de s'attaquer aux hommes du roi Arthur. Ceux-ci les font reculer à coups de lance, les forçant à laisser sur place, tout au long de la journée, beaucoup de morts et de blessés. Cependant les gens de Galehaut se conduisent bien, mais ceux du roi Arthur, mieux ; et ils en ont besoin, car ils sont bien moins nombreux, vingt mille contre soixante mille. La mêlée dura longtemps et la joute fut excellente. Il y eut beaucoup de chevaleries, où se

faisoient bien li compaignon lo roi Artus et li chevalier prisié de
sa maison. Mout firent d'armes celui jor les gent lo roi Artus et
les Gualehot, mais cil vainquié tot as armes vermoilles ; et la
nuit s'an parti, que l'an ne sot que il devint[1].

Mout a li rois grant peor de perdre sa terre et tote honor, et
mout li sont failli si ome, einsi come li saige clerc li distrent, si
an est mout espoantez. Et d'autre part reparole Galehoz a sa
gent et dit que il n'a mie grant enor le roi Artus guerroier en
ceste maniere, car trop a li rois petit de gent.

« Et se ge conqueroie, fait il, sa terre an cest point, ge n'i
avroie pas enor, mais honte. »

« Sire, font si home, c'an volez vos faire ? »

« Ge vos dirai, fait il, coi. Il ne me plest ore plus que ge lo
guerroi an ceste maniere, ainz li donrai trives jusqu'a un an,
par si que il amanra tot son pooir au chief de l'an. Et lors si
avrai greignor enor an lui conquerre, que ge n'avroie ja. »

Ainsi passe cele nuit jusque a l'andemain. Et lors vint an l'ost
lo roi Artus un preudons plains de mout grant savoir. Et qant
li rois oï dire que il venoit, si an fu mout confortez, et *(f. 89d)*
bien li fu avis que Dex li a[n]veoit secors. Lors monta li rois et
ala ancontre lui a grant compaignie de gent, et lo salua
simplement ; mais li preudom ne li randié mie son salu, ainz
dist come correciez :

« Ne de vos ne de vostre salu n'ai ge cure, ne pas ne l'ain, car
vos iestes li plus vis pechierres de toz les autres pecheors. Et
bien vos parra, car tote enor terriene avez ja aprochié de
perdre. »

Lors se traient tuit arriere, si chevauchent antre lo roi et lo
preudome. Et li rois li dit :

« Biaus metres, dites por quoi vos n'avez cure de mon salu et
de quoi ge sui si vis pechierres. »

« Gel te dirai, fait li prodoms, car ge sai assez miauz que tu
ies que tu meïsmes ne lo sez. Et neporqant, tu sez bien que tu
ne fus angendrez par ansamblement de leial mariage, mes en si
granz pechiez com est avoitre. Si doiz savoir que nus hom
mortex ne te baillast a garder la seignorie que tu tiens, mais

1. *Le Chevalier de la Charrette*, vv. 6033-6035.

distinguèrent les compagnons du roi Arthur et les chevaliers renommés de sa maison. Les gens du roi Arthur et ceux de Galehaut firent beaucoup de prouesses ce jour-là. Mais celui qui l'emporta sur tout le monde fut le chevalier aux armes vermeilles. Il partit à la nuit tombée et nul ne sut ce qu'il était devenu.

Le roi a grand'peur de perdre sa terre et tout honneur. Ses hommes lui ont fait défaut, comme les sages clercs le lui avaient prédit, et il en est épouvanté. D'autre part Galehaut s'adresse à ses hommes et leur dit qu'il n'a pas grand honneur à combattre le roi Arthur de cette manière, car le roi a trop peu de gens.

« Et si je devais, dit-il, conquérir sa terre dans cette situation, je n'y gagnerais pas de l'honneur, mais de la honte.

— Seigneur, que voulez-vous faire ?

— Je vais vous le dire. Il ne me plaît plus de lui faire la guerre de cette manière. Je lui consentirai donc une trêve d'une année, étant convenu qu'il amènera toutes ses forces à l'expiration de la trêve. Alors j'aurai plus d'honneur à le vaincre que je n'en aurais à présent. »

Ainsi passa la nuit jusqu'au lendemain. Alors il arriva, dans le camp du roi Arthur, un prud'homme plein d'un très grand savoir. Quand le roi apprit sa venue, il fut très réconforté et pensa que Dieu lui envoyait du secours. Le roi se mit à cheval et partit à sa rencontre avec une suite nombreuse. Il le salua avec humilité, mais le prud'homme ne lui rendit pas son salut et lui dit comme un homme courroucé :

« Je n'ai cure ni de vous ni de votre salut, et je ne l'apprécie pas, car vous êtes le plus vil pécheur entre tous les pécheurs. Et vous allez le voir, car vous êtes déjà bien près de perdre tout honneur terrestre. »

Alors chacun s'écarte, le roi et le prud'homme chevauchent de compagnie et le roi lui dit :

« Beau maître, expliquez-moi pourquoi vous n'avez cure de mon salut et pourquoi je suis un aussi vil pécheur.

— Je vais te le dire, répond le prud'homme, car je sais mieux ce que tu es que tu ne le sais toi-même. Cependant tu sais bien que tu n'as pas été engendré dans l'union d'un légitime mariage, mais dans le grand péché de l'adultère. Tu dois aussi savoir qu'aucun homme mortel ne t'a confié la garde de la seigneurie que tu possèdes ; c'est Dieu tout seul qui te l'a

Dex solement la te bailla por ce que tu l'an feïsses bone garde,
et tu li as faite si mauvaisse que tu la destruiz qui garder la
deüsses. Car li droiz do povre ne dou non puissant ne puet
venir jusqu'a toi, ainz est li riches desleiaus oëz et henorez
devant ta face por son avoir, et li povres droituriers n'i a loi por
sa povreté. Li droit des veves et des orphelins est periz en ta
seignorie. Et ce demandera Dex sor toi mout cruelment, car il
meïsmes dit par la boiche Davi son prophete qu'il est garde des
povres et sostient les orphenins et destruira les voies des
pecheors. Tel garde fais tu a Deu de son pueple don il t'avoit
[baillié] la terriene seignorie. Et par ce vandras tu a
[d]estruiement, car Dex destruira les pecheors. Adonc destruira il toi, car tu ies li plus vis pechierres de toz les autres
pecheors. »

« Ha ! *(f. 90a)* biaus dolz maistre, fait il, por Deu, conseilliez
moi, car trop suis espoantez. »

Et li preudon li dist :

« Mervoilles fait il qui consoil demande et croire nel velt. »

« Certes, biax maistres, fait li rois, de totes choses que vos me
diroiz, ge vos crerai. »

Ensi vienent andui parlant tuit sol jusque a la tante lo roi. Et
li rois reprant sa parole et dit :

« Biaus maistres, conseilliez moi, por Deu, car trop en ai
grant mestier. »

Et li preudons li dit :

« Ancor venront li consoil tot a tans, se croire les voloies, et
ge te anseignerai lo comancement de la voie a Nostre Seignor.
Or va an ta chapele et si mande les plus hauz homes et les
meillors clers que tu savras an ceste ost, et si te confesse a touz
ensemble de toz les pechiez don langue se porra descovrir par la
remanbrance do cuer. Et si garde que tu portes ton cuer avoc
ta boiche, car la confessions n'est preuz se li cuers n'est
repantanz de ce que la langue regeïst. Et tu ies mout esloigniez
de l'amor Nostre Seignor par ton pechié, ne tu ne puez estre
acordez se par regeïssement de langue non avant, aprés par
verai[e] repentance de cuer, aprés par poines de cors et huevres
d'aumones et de charité. Tels est la droite voie a Damedeu. Or
va, si t'en confesse an tel maniere, et recevras deceplines des
mains a tes confesseors, car c'est signes d'umilité. Et se ge fusse

donnée, pour que tu lui fasses bonne garde. Et tu la gardes si
mal que tu la détruis, toi qui devais la défendre. Le droit du
pauvre et du faible ne peut venir jusqu'à toi ; mais le riche
déloyal est entendu et honoré devant ta face, à cause de sa
richesse ; et le pauvre vertueux y est sans force à cause de sa
pauvreté. Le droit des veuves et des orphelins est mort dans ta
seigneurie, et c'est ce que Dieu te reprochera très cruellement.
Car il a dit lui-même, par la bouche de David son prophète,
qu'il est le défenseur des pauvres et le soutien des orphelins et
qu'il détruira les voies des pécheurs. Voilà la garde que tu fais
à Dieu de son peuple, dont il t'avait confié la seigneurie en ce
monde. Et voilà pourquoi tu iras à ta destruction. Car Dieu
détruira les pécheurs, et te détruira, toi qui est le pécheur le
plus vil de tous les pécheurs.

— Ah ! beau doux maître, fait le roi, pour l'amour de Dieu,
conseillez-moi, car je suis épouvanté. »

Et le prud'homme lui dit :

« Il est bien étrange de demander un conseil quand on ne
veut pas le suivre.

— Soyez-en sûr, beau maître, je ferai tout ce que vous me
direz. »

Tandis qu'ils parlaient ainsi seul à seul, ils arrivèrent à la
tente du roi. Le roi reprit la parole et dit :

« Beau maître, conseillez-moi, pour l'amour de Dieu, car j'en
ai le plus grand besoin. »

Le prud'homme lui répondit :

« Mes conseils viendront encore à temps, si tu veux les
suivre ; et je t'enseignerai le commencement du chemin qui
mène à Notre Seigneur. Va dans ta chapelle. Convoque les plus
hauts seigneurs et les meilleurs clercs que tu pourras trouver
dans ton armée. Et confesse-toi devant eux tous de tous les
péchés dont ta langue pourra se libérer, par la mémoire de ton
cœur. N'oublie pas d'apporter ton cœur avec ta bouche ; car la
confession n'est profitable que si le cœur se repent de ce que la
langue déclare. Tu t'es éloigné, par ton péché, de l'amour de
Notre Seigneur, et tu ne peux y revenir que par l'aveu de ta
bouche d'abord, par un vrai repentir du cœur ensuite, enfin par
des pénitences corporelles et des œuvres d'aumône et de
charité. Tel est le vrai chemin qui mène à Notre Seigneur. Va,
confesse-toi de cette manière, et tu recevras la discipline des
mains de tes confesseurs, car c'est un signe d'humilité. Si j'avais

establiz a confession oïr, ge oïsse la toe. Mais nus ne doit ce
faire qui ordenez ne soit, se bessoinz ne l'an semont. Por ce ne
doi ge pas ta confession oïr, car assez avras des pastors de
Sainte Eglise. Mais aprés ta confession vanras a moi, et Dex
t'anvoiera consoil se mescreance ne te destorbe. Or va, si lo fai
ensi come ge t'ai dit, que tu n'i laisses a regehir nule rien don
ta concience te puisse repanre. »

(*f. 90b*) Lors retint li rois ses evesques, ses arcevesques dont
assez avoit en l'ost. Et qant il furent ansanble an la chapele, li
rois vint devant aus, touz nuz an braies, plorant et pleignant, et
tenoit toz plains ses deus poinz de menues verges. Si les gita
devant aus, et lor dist am plorant qu'il preïssent de lui venjance
a Deu : « car ge suis li plus vis pechierres et li plus desleiaus do
monde. »

Quant cil l'oïrent, si furent mout esbahi, et distrent :

« Sire, qu'est ce ? Que avez vos ? »

« Ge vaign a vos, fait il, a vos come a mes peres, si voil Deu
regehir mes granz folies en vostre oiance, car ge suis li plus vis
pechierres qui onques fust. »

Lors an orent cil mout grant pitié et comancierent a plorer.
Et il fu a genouz, nuz devant els et deschauz, tant qu'il ot regehi
a son cuidier toz les granz pechiez don il cuidoit estre maumis.
Aprés pristrent decepline de lui, et il aprés mout doucement la
reçut. Lors s'an revint a son maistre, et il li demanda tantost
comant il avoit fait. Et il li dist qu'il estoit confés de toz les
granz pechiez dom il li pooit remanbrer que il aüst faiz. Et li
preudom li redit :

« Ies tu confés del grant pechié que tu as del roi Ban de
Benoyc qui est morz an ton servise, et de sa fame qui desseretee
a esté puis la mort de son seignor ? De son fil ne paro ge ore
mie, que ele perdié autresi, mes l'une perte est assez plus legiere
de l'autre. »

Lors fu li rois mout esbahiz et dist :

« Certes, maistres, de ce n'ai ge pas esté confés, et si est li
pechiez mout granz, mais certes oblié l'avoie. »

Maintenant s'an ala li rois an sa chepele et trova encorres ses
clers an la chapelle, qui parloient de sa confession, et si lor
regehi son pechié. Mais il ne li donerent mie penitance ne de
cestui ne des autres, car il ne s'acordoient pas tuit a une chose,
si an pristrent sor aus lo respit jusque aprés l'ost tant (*f. 90c*)

qualité pour entendre les confessions, j'entendrais la tienne ; mais personne ne doit le faire sans être ordonné, sauf en cas de nécessité. Je ne dois donc pas entendre ta confession, car tu ne manqueras pas de pasteurs de la Sainte Église. Ensuite tu viendras me voir et Dieu t'enverra de l'aide, si ton manque de foi n'y fait obstacle. Va donc, fais comme je te dis et n'omets aucune faute que ta conscience puisse te reprocher. »

Le roi appela ses évêques et ses archevêques, qui étaient nombreux dans l'armée. Quand ils furent rassemblés dans la chapelle, le roi se présenta devant eux, dévêtu, en culotte, pleurant et se lamentant, les deux mains pleines de menues verges. Il les jeta à leurs pieds et leur dit en pleurant qu'ils devaient le punir des offenses qu'il avait faites à Dieu ; « car je suis le plus vil pécheur et le plus déloyal du monde. »

Ces paroles les remplirent de stupéfaction. Ils lui dirent :

« Seigneur, qu'y a-t-il ? Qu'avez-vous ?

— Je viens à vous comme à mes pères et je veux confesser à Dieu mes folles erreurs en votre présence, car je suis le plus vil pécheur qu'on ait jamais vu. »

Une grande pitié les prit et ils se mirent à pleurer. Le roi se tint à genoux devant eux, dévêtu et nu-pieds, jusqu'à ce qu'il eût avoué, croyait-il, tous les grands péchés dont il pensait être chargé. Ensuite ils lui infligèrent la discipline et il la reçut avec humilité. Alors il retourna auprès de son maître, qui l'interrogea aussitôt sur ce qu'il avait fait, et il lui répondit qu'il s'était confessé de tous les grands péchés dont il pouvait se souvenir.

« T'es-tu confessé, lui dit le prud'homme, du grand péché qui te vient du roi Ban, mort à ton service, et de sa femme, déshéritée après la mort de son seigneur ? Je ne parle pas de son fils, qu'elle a aussi perdu ; car, de ces deux malheurs, l'un est bien moindre que l'autre. »

Le roi fut stupéfait et répondit :

« Certes, maître, je ne m'en suis pas confessé. C'est un très grand péché, mais à vrai dire je l'avais oublié. »

Le roi retourna aussitôt dans sa chapelle. Il y trouva ses clercs, qui discutaient encore de sa confession, et leur avoua son péché. Mais ils ne lui donnèrent pas de pénitence, ni pour ce péché ni pour les autres, car ils n'étaient pas du même avis ; et ils s'accordèrent un délai jusqu'à la fin de la bataille, pour y

que plus i eüst consoil.

Atant s'an retorna li rois a son maistre et li conta comment il l'avoit fait. Et puis li dist :

« Biaus dolz maistres, por Deu, or me conseilliez, et ge vos crerrai de totes les choses que vos me loeroiz, car trop suis espoentez de mes homes qui si me faillent, car trop les ai amez. »

« Ha ! fait li preudom, ce n'est mie mervoille se ti home te faillent, car [puis que li hon se faut, bien li doivent faillir li autre. Et tu ies failliz quant tu messerras contre ton Signor de tel signorie con tu devoies tenir de lui, non pas d'autrui. Pour ce convient que il te faillent, car] ceste demostrance premiere t'a faite Dex, por ce que tu t'aparceüsses qu'il te voloit oster de ta seignorie, por ce qu'il te toloit cels par cui aide tu l'as longuement maintenue. Et neporçant, li un te faillent de lor gré, [et li autre estre lor gré. Cil te faillent de lor gré] cui tu deüsses faire les granz onors et porter les granz seignories et les granz compaignies : ce sont li bas gentil home de ta terre par cui tu doiz estre maintenuz, car li regnes ne puet estre tenuz se li comuns des genz ne s'i acorde. Cil te sont failli de lor gré. Li autre qui estre lor gré te faillent, ce sont cil de ta maison cui tu as donees les granz richeces, cui tu as faiz seignors de ta maison. Cil te faillent estre lor gré, por ce que Dex lo velt. Einsi, contre la volenté Damedeu ne puet durer nule deffanse. Ensin te faillent li un et li autre, mais li un vienent en ta besoigne par force, por ce que garantir lor covient lor terres et lor enors, et li autre i vienent por les biens que tu lor as faiz et que tu lor fais encorre. Ensin i vienent li un par force, et li autre par volenté. Mais cil qui par force i vienent ne te valent rien plus que se il estoient mort, car tu n'as mie lor cuers. Et cors sen cuer n'a nul pooir. Or te pran garde que puet valoir escuz ne auberz n'espee ne force de chevaus ; sanz cuer d'ome nule rien ne puet valoir. Se tu avoies ores toz les rois qui ont esté puis que li siegles comança, si fussient apareillié de totes armes, por que li cuer en fussi*(f. 90d)*ent fors, ne te feroient il aide, ne que il font orandroit. Tot autretel sont cil qui a force vienent an ta bessoigne ; ne tu n'en as que les cors, car les cuers as tu

réfléchir plus longuement. Ensuite le roi revint auprès de son maître et lui raconta ce qu'il avait fait.

« Beau doux maître, lui dit-il, pour l'amour de Dieu, conseillez-moi maintenant et je suivrai tous vos conseils. Je suis épouvanté de voir que mes hommes m'abandonnent, moi qui les ai tant aimés.

— Ah ! dit le prud'homme, il n'est pas étonnant que tes hommes t'abandonnent ; car celui qui manque à lui-même, il est juste que les autres lui manquent. Tu t'es abandonné, quand tu es sorti du droit chemin de ton seigneur, en usant mal d'une seigneurie que tu devais tenir de lui et non d'un autre. Il convient donc qu'ils t'abandonnent. C'est le premier signe que Dieu t'envoie, pour que tu comprennes qu'il veut t'enlever ta seigneurie, en te retirant l'aide de ceux qui te l'ont conservée si longtemps.

« Cependant les uns te font défaut de leur plein gré et les autres contre leur gré. Ceux qui t'abandonnent de leur plein gré et que tu aurais dû combler d'honneurs, de distinctions et de grandes attentions, ce sont les petits gentilshommes de ta terre, par qui tu dois être maintenu, car le royaume ne peut être gouverné, si la communauté du peuple ne s'y accorde. Ceux-là t'abandonnent de propos délibéré. Et les autres, qui t'abandonnent contre leur gré, ce sont les membres de ta maison, à qui tu as donné de grandes richesses, dont tu as fait les seigneurs de ta maison. Ils t'abandonnent malgré eux, parce que Dieu le veut et que rien ne peut durer contre la volonté de Dieu. Ainsi les uns et les autres te font défaut.

« Les uns se mettent nécessairement à ton service, parce qu'ils doivent défendre leurs terres et leurs honneurs. Les autres y viennent à cause des bienfaits qu'ils ont reçus et reçoivent encore de toi. Les uns te viennent, contraints et forcés, et les autres volontairement. Mais ceux qui te viennent par nécessité ne te servent pas plus que s'ils étaient morts ; car tu n'as pas leur cœur et corps sans cœur ne peut rien. Demande-toi ce que peuvent valoir écu, haubert, épée et la puissance des chevaux. Sans le cœur de l'homme, il n'est rien qui vaille. Si tu avais présentement avec toi tous les rois qui ont existé depuis le commencement du monde, équipés de toutes armes, et si leur cœur n'y était pas, tu n'en aurais pas plus de secours que tu n'en as aujourd'hui. Il en va de même de ceux qui par nécessité sont à ton service : tu n'as que leur corps,

perduz. Senble te il que ge te die verité? »

« Certes, fait li rois, maistre, ge m'i acort bien que vos verité me dites, mais por Deu, conseilliez moi que ge porrai faire, car ce me distrent cil qui mon songe m'espelurent que ansi m'avandroit. Et qant tant m'avez conseillié, por Deu, conseilliez [moi] tant que ge soie secorruz, se il puet estre. »

« Ge te conseillerai, fait li prodom, et sez tu comment? A l'enor de ton cors et au porfit de t'ame. Et si t'aprandrai une des plus beles maistries que tu onques oïsses, car ge t'aprandrai a garir cuer malade a cors haitié, et ce est une bele medecine. Tu m'as creanté que tu feras ce que ge te loerai. »

« Certes, maistre, fait li rois, ce ferai mon. »

« Or te dirai don, fet li prodon, que tu feras. Tu avras consoil et secors, si ne demorra gaires. Et verras que Dex fera por toi amender vers lui et vers lou siegle. Tu t'an iras an ton païs, si venras sejorner an totes les boenes viles, an l'une plus, en l'autre moins, selonc ce que l'une vaudra miauz de l'autre. Si garde que tu i soies tant que tu aies oïz et les droiz et les torz, et les granz et les petiz, car li povres hom sera assez plus liez, se droiz li done sa querele devant toi, que se il an avoit plus devant un autre, et dira par tot que tu meïsmes li as sa droiture desraisniee. Ensi doit faire rois qui l'amor de Deu et del siegle viaut avoir, l'amor del siegle par humilité, et l'amor de Deu par droiture. C'est li comancemenz d'anor et d'amor conquerre. Après te dirai que tu feras. Les hauz homes de ta terre, si come tu sejorneras a tes viles, et toz les chevaliers povres et riches manderas, et il vendront volentiers *(f. 91a)* efforciement. Et tu lor iras encontre, si lor feras granz conpaignies et granz honors et granz festes, et lor manras granz compaignies et beles. Et o

puisque tu as perdu leur cœur. Te semble-t-il que je t'ai dit la vérité ?

— Certes, maître je reconnais bien volontiers que vous me dites la vérité. Mais, pour l'amour de Dieu, apprenez-moi ce que je dois faire, car ceux qui ont interprété mon songe m'avaient déjà dit qu'il en serait ainsi. Et puisque vous avez commencé de me conseiller, pour l'amour de Dieu, dites-moi ce que je dois faire pour être secouru, si toutefois je peux l'être.

— Je te conseillerai, dit le prud'homme. Et sais-tu comment ? À l'honneur de ton corps[1] et au profit de ton âme. Je t'enseignerai une des plus belles sciences qui soient, car je t'apprendrai à guérir un cœur malade dans un corps sain, et c'est une belle médecine. Tu m'as promis de faire ce que je te dirai ?

— Oui, maître, absolument.

— Eh bien ! je vais te dire ce que tu dois faire. Tu recevras conseil et secours, cela ne tardera guère, et tu verras ce que Dieu fera, pour que tu t'amendes envers lui et envers le siècle. Ensuite tu te rendras dans ton pays, et tu iras séjourner dans toutes les bonnes villes, plus longtemps dans l'une, moins longtemps dans l'autre, selon l'importance de chacune. Aie soin d'y demeurer jusqu'à ce que tu aies entendu les droits et les torts, les grands et les petits ; car l'homme pauvre sera plus heureux d'avoir gain de cause devant toi que d'en obtenir davantage devant un autre, et il dira partout que c'est toi-même qui lui as fait rendre son droit. Voilà ce que doit faire un roi qui veut gagner l'amour de Dieu et du siècle, l'amour du siècle par son humilité, l'amour de Dieu par sa droiture. C'est par là qu'il doit commencer, s'il veut qu'on l'honore et qu'on l'aime.

« Je vais te dire ce que tu feras ensuite. Tu convoqueras les hauts barons de ta terre, quand tu séjourneras dans tes villes, et tous les chevaliers, pauvres et riches. Ils viendront volontiers et en grand nombre. Tu iras à leur rencontre, tu leur feras de grandes civilités, de grands honneurs, de grandes fêtes ; tu les

---

1. *à l'honneur de ton corps:* pour ton honneur en ce monde. Ailleurs notre auteur emploie le terme « honneur terrestre » ou encore « honneur du monde ». Mais ici il faut maintenir l'antithèse entre l'âme et le corps.

tu verras lo povre bacheler cui povreté avra en son lien et qui
proece de cors n'avra mie oblié, et il sera laïs entre les autres
povres homes, si ne l'oblie por sa povreté ne por son bas
lignaige ; car desouz povreté de cors gist granz richece de cuer,
et an granz plantez d'or et de terres est mainte foiz povretez de
cuer anvelopee. Mais por ce que tu ne porroies par toi sol
conoistre les boens ne les mauvais de chascune terre, si covanra
que tu anquieres de chascune contree ou tu venras lo plus leial
chevalier an cui bontez d'armes se soit herbergiee, et par lo
tesmoign de cui feras les biens et les henors a ces de son païs,
car nus ne conoist si bien prodome come cil qui de grant
proesce est anracinez. Et qant il tesmoignera lo boen povre
home qui loing se serra antre les autres povres, si garde que tu
n'aies mie [si] chiere la compaignie do haut home que tu ne t'en
lieves et ailles seoir delez lo povre home et li anquier de son
estre, si t'acointe de lui, et il de toi. Et lors dira chascuns :
« Avez veü qu'a fait li rois, qui toz les riches homes a laissiez
por celui qui povres hom est ? » Par ce conquerras l'amor des
basses genz ; car ce sera mout granz humilitez, et humilitez s'est
une vertuz par coi l'an puet plus s'anor et son preu essaucier et
avancier. Ne tu ne verras ja si haut home an cui il ait sen ne
bonté, se tu te lieves de lez lui por fere compaignie a un plus
povre, que il nel tiegne a san et a proesce. Et se li fol lo
t'atornoient a mal, ne t'an chaille, car li blasmes do fol dechiet,
et li lox del sage croist et anforce. Quant tu seras sejornez et
acointiez as povres homes, si retanras compaignie a tes *(f. 91b)*
barons qui sont manbre de ton regne, car por l'un ne doit pas
ampirier li preuz de l'autre.

  « Cant tu avras an ta vile sejorné tant com toi plaira, si t'em
partiras a tel compaignie comme tu avras eüe. Et lors sera
appareilliez li boens chevaus et les beles armes, li riche drap, les
beles vaisselementes d'or et d'argent, la grant planté de deniers.
Et la ou verras lo boen povre de cui li verais tesmoinz t'avra
acointié, si esgarde un de tes chevaus tel que il li coveigne, et
monte sus. Puis t'acoste delez lui, si li fai joie, et descen de ton

inviteras à de grandes et belles réceptions. Quand tu verras le pauvre bachelier, que la pauvreté tient dans ses liens, mais qui se sera signalé par sa valeur personnelle, et qui sera là, parmi les petites gens, ne l'oublie pas à cause de sa pauvreté et de son bas lignage ; car sous le dénuement se cache une grande richesse de cœur, et l'abondance de l'or et des richesses couvre souvent la pauvreté du cœur. Mais, comme tu ne pourrais pas connaître par toi seul les bons et les mauvais de chaque terre, il conviendra que, dans toutes les contrées que tu visiteras, tu recherches le plus loyal chevalier, renommé pour la valeur de ses armes ; et d'après son témoignage, tu distribueras les biens et les honneurs à ceux de son pays. Car personne ne connaît aussi bien un prud'homme que celui en qui une grande prouesse est enracinée. Quand il t'aura désigné le pauvre chevalier d'une haute valeur, qui se tiendra au loin, serré dans la foule des petites gens, n'oublie pas, si agréable que te soit la compagnie d'un grand seigneur, de te lever et d'aller t'asseoir au côté de l'homme pauvre. Informe-toi de ce qui le concerne, fais-toi connaître de lui et qu'il se fasse connaître de toi. Alors chacun dira : "Avez-vous vu ce que fait le roi ? Il abandonne tous les grands seigneurs pour parler avec un homme pauvre." Tu gagneras par là l'amour des petites gens ; car ce sera le signe d'une grande humilité, et l'humilité est une vertu qui permet, plus que toute autre, de rehausser et de faire valoir son honneur et son intérêt. Jamais un grand seigneur, s'il est homme de bon sens et de mérite, et que tu le quittes pour tenir compagnie à un plus pauvre, n'y verra autre chose que sagesse et prouesse. Et si les sots y trouvent à redire, ne t'en soucie pas ; car le blâme des sots retombe, l'éloge du sage s'accroît et se renforce. Quand tu auras passé quelque temps avec les petites gens et que tu auras fait leur connaissance, tu tiendras compagnie à tes barons, qui sont les membres de ton royaume, car le bien de l'un ne doit pas nuire à l'autre.

« Quand tu auras séjourné dans ta ville autant qu'il te plaira, tu t'en iras avec les hommes de ta suite. Alors il faudra tenir prêts le bon cheval et les belles armes, les riches étoffes, les belles vaisselles d'or et d'argent, les grandes réserves de deniers. Quand tu verras le bon chevalier pauvre, que le loyal témoin t'aura présenté, choisis un de tes chevaux, tel qu'il lui convienne, et monte en selle. Puis va te placer à ses côtés, parle-lui aimablement, descends de ton cheval, offre-le-lui, et dis-lui

cheval, si li baille et di que viaus que il chevauche por amor de
toi. Après li fai baillier de tes deniers tant come tu cuideras que
sa vie requiere. Lo cheval li donras tu por sa proece et les
deniers por sa largece de sa despense.

« Ensi donras a povre prodome. Mais autrement donras au
vavasors, car se il est aeisiez an son ostel, tu li donras robes et
palefroiz por lui porter an ses bessoignes. Mais garde que tu
aies avant sis el palefroi, si dira par tot que il a lo palefroi que
tu chevauchoies. Ensin donras as vavasors. Mais por ce ne
remaigne mie que n'acroies as bessoigneus lor fiez de beles
rantes et de riches terres a chascun selonc ce que il sera ; car por
ce ne perdras tu mie, se tu lor dones, ainz i guaingneras les
cuers d'aus. Miauz seront les terres gardees par maint prodome, s'i[l] les ont, qu'eles ne seroient par toi seul, car tu n'ies
c'uns seus hom, ne tu ne puez se par aus non ce que tu puez. Et
tu doiz miauz voloir que ti prodome tiegnent a enor de ta terre
une partie que tu perdisses honteussement et l'une et l'autre.
Après donras as hauz omes, as rois, as dux, as contes, as hauz
barons. Et coi? Les riches vaisselementes, les co[i]ntes joiaus,
les biaus dras de soie, les boens chevaus, et si ne bee mie a els
tant doner les riches dons come les biaus et les plaissanz, car
l'an *(f. 91c)* ne doit mie doner a riche home riches choses, mes
plaisanz choses poi riches, car ce est uns anuiz de fondre l'une
richece sor l'autre. Mais au povre home doit l'en doner tex
choses qui soient plus boenes que beles, et plus porfitables que
plaisanz, car povretez n'a mestier que d'amendement, et
richece n'a mestier que de delit. Ne tex choses ne font mie a
doner a toz, car en ne doit doner a home chose dom il ait assez.
Ensin te covanra doner, se tu viaus doner selonc droiture. Et se
tu lo fais einsin, autresin covanra que la reine lo face as dames
et as damoiseles de chascun païs ou ele vanra, que tu et ele
donez si com li Sages lo comande.

« Li Sages dit que autresi liez doit estre li donneres an son
don con est cil cui an lo done. L'an ne doit mie doner a laide
chierre, mais tozjorz a lié sanblant, car dons qui est lieement
donez a deus paires de merites, et cil qui est donez an rechinant

que tu veux qu'il le chevauche pour l'amour de toi. Ensuite fais-lui donner de tes deniers autant que tu le jugeras bon, pour satisfaire à ses besoins. Tu lui donneras le cheval pour sa prouesse, et les deniers pour l'entretien de sa dépense. C'est ainsi que tu donneras au prud'homme pauvre.

« Mais tu donneras d'une autre manière au vavasseur. S'il est à l'aise dans sa maison, tu lui donneras des robes et des palefrois, qu'il emmènera dans ses affaires. Mais n'oublie pas de monter d'abord sur le palefroi et il dira partout qu'il a le palefroi que tu chevauchais. C'est ainsi qu'il faut donner aux vavasseurs. Mais pour autant ne laisse pas d'accroître les fiefs de ceux qui en ont besoin, avec de belles rentes et de riches terres, à chacun selon ce qu'il est. Tu ne perdras rien à leur faire ces dons, mais tu y gagneras leur cœur. Les terres seront mieux gardées par de nombreux prud'hommes, s'ils les ont, qu'elles ne le seraient par toi, car tu n'es qu'un seul homme ; et le pouvoir que tu as, tu ne l'as que par eux. Et tu dois préférer que tes prud'hommes tiennent avec honneur une partie de ta terre, plutôt que de perdre le tout honteusement.

« Ensuite tu donneras aux grands seigneurs, aux rois, aux ducs, aux comtes, aux puissants barons. Et sais-tu quoi ? Les riches vaisselles, les joyaux élégants, les belles étoffes de soie, les bons chevaux. Ne t'attache pas à leur donner des objets de prix, mais de beaux objets et qui plaisent. On ne doit pas donner de riches présents aux riches, mais des présents agréables et peu coûteux, car c'est un désagrément d'entasser richesse sur richesse. On doit donner aux pauvres des choses qui soient plus utiles que belles, qui fassent plus de profit que d'agrément, car la pauvreté n'a besoin que de soulagement et la richesse de plaisir. Les mêmes présents ne conviennent pas à tout le monde et il ne faut jamais donner à quelqu'un ce dont il est abondamment pourvu. Voilà comment tu devras régler tes dons, si tu veux donner comme il convient. Et si tu agis de cette sorte, il faudra que la reine fasse de même avec les dames et les demoiselles de tous les pays qu'elle visitera, afin que vous donniez l'un et l'autre comme le Sage le recommande. Le Sage dit que celui qui donne doit être aussi joyeux de son don que celui à qui il donne. Il ne faut pas donner de mauvaise grâce, mais toujours joyeusement. Le don qui est donné joyeusement double sa valeur ; celui qui est donné en rechignant n'obtient aucune reconnaissance.

n'a nul guerredon. Et si i a autre raison por coi tu ne devroies
ja estre las de doner; car tu sez bien que par doner ne puez tu
estre destruiz, mais tu puez aler a mal par trop tenir, car nus ne
fu onques destruiz par largece, mais plusor ont esté essilié par
avarice. Totjorz done assez, et assez avras qoi, car qanque tu
donras remandra en ta terre, et de maintes autres terres te
vanront li avoir an la toe. Ne ja doners ne faudra tant com tu
voilles, car li orz ne li argenz de ta terre ne sera ja par toi husez,
ainz husera il toi autresi come l'eive huse la roe del molin. Por
ce, a doner doiz entandre sanz lasser, et se tu ensin lo faisoies,
tu guaigneroies et l'enor del siegle et les cuers de tes genz et
l'amor de Nostre Seignor. Ce sont li haut gaign a coi hom fu
establiz, ne nus ne doit baer a autres choses gaaignier. Senble
(f. 91d) te il que ge te consoil a foi?»

« Certes, biax maistres, fait li rois, mout m'avez vos bien
conseillié, et ge lo ferai ensi come vos lo m'avez comandé, se
Dex an ma terre me done retorner honoreement. Mais por
Deu, me conseilliez de la grant mervoille que cil me distrent qui
mon songe m'espelurent: que nule riens ne me puet estre
garanz de ma terre perdre que li Leons Evages et li Mires sanz
Mecine par lo consoil de la Flor. De ces trois choses me faites
saige se il puet estre, car ge ne puis entandre, et vos les
m'anseigneroiz bien, se vostre volentez i est. »

« Or entan, fait li preudons, ge t'ai mostré par coi tu as perdu
les cuers de tes genz, et par coi tu les porras recovrer. Et ancor
t'enseignerai ge les trois choses que tu demandes, si que les
verras et conoistras apertement. Et neporçant, il ne sorent que
il te distrent, neiant plus que li forsenez qui parole et ne set se
il dit verité ou mançonge. Mais ge t'en dirai lo voir. Et saches
que il no te distrent mie sanz raison, car li leons, ce est Dex.
Dex est senefiez por lo lion, par les natures do lion qui d'autres
bestes sont diverses, mais ce que il lo virent evage, ce est une
granz mervoille. Evage l'apelerent il, por ce que il lo quiderent
veoir en l'eve. L'eive ou il lo quiderent veoir, ce est cist siegles,
car autresi come li poisons ne puet vivre sanz eive, autresi ne
poons nos vivre sanz lo siegle. Ce est a dire sanz les choses do
siegle. An cest siegle estoient envelopé cil qui te distrent qu'il

« Il est une autre raison pour ne jamais te lasser de donner. Tu sais bien que tu ne peux aller à ta perte pour avoir trop donné, mais pour avoir trop retenu. Nul n'a jamais été perdu par ses largesses, mais plusieurs l'ont été par leur avarice. Donne sans relâche, et plus tu donneras, plus tu auras de quoi donner ; tout ce que tu donneras restera dans ta terre, et de beaucoup d'autres terres les richesses afflueront dans la tienne. Ainsi le pouvoir de donner ne te manquera pas, tant que tu en auras la volonté. Tu n'useras jamais l'or et l'argent de ta terre. Ce sont eux qui t'useront, comme l'eau use la roue du moulin. Voilà pourquoi tu dois t'appliquer à donner sans relâche ; et si tu le fais, tu gagneras l'honneur du siècle et le cœur de tes gens et l'amour de Notre Seigneur. Ce sont là les hautes richesses qui ont été destinées à l'homme et nul homme ne doit se soucier de gagner autre chose. Te semble-t-il que je t'ai loyalement conseillé ?

— Certes, beau maître, vous m'avez très bien conseillé, et je ferai ce que vous me prescrivez, si Dieu me permet de revenir dans ma terre avec honneur. Mais conseillez-moi, pour l'amour de Dieu, sur une grande merveille. Ceux qui m'ont expliqué mon songe m'ont dit que rien au monde ne pouvait me sauver de la perte de ma terre, sinon le Lion de l'Eau et le Médecin sans Médecine, par le conseil de la Fleur. Expliquez-moi, s'il est possible, le sens de ces trois expressions, auxquelles je ne comprends rien. Vous saurez bien m'en instruire, si vous le voulez.

— Écoute, dit le prud'homme. Je t'ai montré ce qui t'a fait perdre le cœur de tes hommes et ce qui te permettra de le reconquérir. Maintenant je t'apprendrai les trois choses que tu me demandes. Je te les ferai voir et connaître distinctement. Tes clercs ne savaient pas ce qu'ils te disaient, semblables au fou qui parle sans savoir s'il dit vrai ou faux. Mais moi je te dirai la vérité. Sache donc qu'ils n'ont pas parlé sans raison. Le Lion, c'est Dieu. Dieu est représenté par le Lion, par les caractères du Lion, qui sont différents de ceux des autres bêtes. Mais qu'ils l'aient vu dans l'eau, c'est une grande merveille. Ils l'ont appelé Lion de l'Eau, parce qu'ils ont cru le voir dans l'eau. Et cette eau, où ils ont cru le voir, c'est le siècle ; car de même que le poisson ne peut vivre sans eau, de même nous ne pouvons vivre sans le siècle, c'est-à-dire sans les choses du siècle. Dans ce siècle étaient enveloppés ceux qui t'ont dit qu'ils

avoient veü lo lion. Et por ce qu'il estoient del pichié do siegle
anvelopé et maumis, por ce lor fu il avis qu'il avoient veü lo
lion en l'eve qui lo siegle senefie, car, se il fussient tel com il
deüssient estre, loial, chaste, charitable, piteus, religieus et
plains des autres vertuz, il n'eüssient *(f. 92a)* mie veü lo lion en
l'eive, mais laïssus el ciel. Car li ciaus est siegles pardurables,
appareilliez a home s'i[l] vielt errer selonc les comandemenz de
son Criator. Et qui ensin vit, il n'est mie terriens mes celestiaux,
car se li cors est an terre, li esperiz est ja el ciel par bone pensee.
Mais la terre n'est mie tels, ainz est fosse et anterremenz a
home qui vit au siegle en orgoil, an cruiauté, an felenie, en
avarice, en coveitise et an luxure et es autres pechiez de
danpnement. Itel estoient li clerc qui ton songe t'espelurent, et
por ce cuiderent il avoir veü lo lion an l'eive qui est senefiez de
pechié. Et neporçant, en l'eive n'estoit il mie, car Dex ne fu
onques am pechié, ainz estoit en son gloriox siege. Mais
l'espessetez de l'air estoit si granz antre lui et els que il ne lo
porent veoir s'en autretel leu non com il estoient. Ce fu en
l'eive, car il granz sans de la clergie qui en aus estoit lor fist
veoir la figure del lion par force d'ancerchement. Mais por cele
clergie qui n'estoit se terriene non, n'orent il del lion que la
veü[e], car nel conurent mie, ne ne sorent que ce poit estre, car
il estoient terrien et li lions celestiene chose. Por ce ne veoient
il mie la conoissance, si lo cuiderent il avoir veü en l'eve dom
il furent deceü. Et por ce l'apelerent il evage.

« Cil leons est Jhesus Criz qui de la Virge nasquié, car tot
autresi come li lions est sires des bestes totes, autresi est Dex de
totes les choses sires. Autre nature a li leons assez por coi il est
senefiez a Deu, don ge ne parlerai or mie, [mes tant te di je
bien] que ce est icil leions par coi tu avras secors, se tu ja mais
lo doiz avoir. Ce est Jhesus Criz, li verais lions. As tu ores bien
antandu qui li Leons est et par coi il fu apelez Evages? »

« Maistre, fait il, ice ai ge mout bien antandu et mout bel lo
m'avez mos*(f. 92b)*tré. Mais por Deu, del Mire sanz Medecine
me dites que il puet estre, car ge ne cuideroie que sanz
medecine fust nus mires, ne ancor ne m'i puis ge de rien
conoistre. »

« Tant come ge plus t'esgart, fait li preudom, et ge plus fol te

avaient vu le Lion. Et parce qu'ils étaient enveloppés et corrompus par le péché du siècle, ils ont cru qu'ils avaient vu le Lion dans l'eau, qui représente le siècle. Car s'ils avaient été tels qu'ils auraient dû être, loyaux, chastes, charitables, compatissants, religieux et pleins de toutes vertus, ils n'auraient pas vu le Lion dans l'eau, mais là-haut dans le ciel. Car le ciel est le monde éternel, qui a été destiné à l'homme, s'il veut se conduire suivant les commandements de son Créateur. Et celui qui vit de cette manière n'appartient pas à la terre, mais au ciel ; car, si son corps est sur terre, son esprit est déjà au ciel par ses bonnes pensées. La terre n'est pas d'une telle nature ; elle est la fosse et l'enterrement de l'homme qui vit dans le monde en état d'orgueil, de cruauté, de méchanceté, d'avarice, de cupidité, de luxure et de tous les péchés de la damnation. Tels étaient les clercs qui t'expliquèrent ton songe ; et c'est pourquoi ils crurent avoir vu le Lion dans l'eau, qui est le signe du péché. Et pourtant il n'était pas dans l'eau, car Dieu ne fut jamais en état de péché, mais dans son glorieux siège ; et l'épaisseur de l'air était si grande entre lui et eux qu'ils ne purent le voir que dans un lieu semblable à celui où ils se trouvaient, c'est-à-dire dans l'eau. La grande intelligence de la science qui était en eux leur fit voir la figure du Lion par la force de leur entendement. Mais comme cette science n'était que terrienne, ils n'eurent du Lion que la vue ; ils ne le reconnurent pas et ne surent pas ce qu'il pouvait être, parce qu'ils étaient des hommes de la terre et que le Lion est chose céleste. Ainsi ils n'en eurent pas la connaissance ; ils crurent l'avoir vu dans l'eau, en quoi ils se trompèrent, et ils l'appelèrent Lion de l'Eau. Ce Lion est Jésus-Christ, qui naquit de la Vierge ; car, de même que le lion est le roi des animaux, de même Dieu est le maître de toutes choses. Le Lion a bien d'autres caractères, qui lui permettent de représenter Dieu, mais ce n'est pas le lieu d'en parler ; et je te dis seulement que c'est par ce Lion que tu seras secouru, si jamais tu dois l'être, par Jésus-Christ, le vrai Lion. As-tu compris ce qu'est le Lion et pourquoi il fut appelé le Lion de l'Eau ?

— Maître, je l'ai fort bien compris et vous m'avez fait une très belle démonstration. Mais pour l'amour de Dieu, expliquez-moi ce que peut être le Médecin sans Médecine, car je ne crois pas qu'un médecin puisse se passer de médecine, et je n'y comprends toujours rien.

— Plus je te regarde, dit le prud'homme, plus je te trouve

truis, car, se tu aüsses raisnable san, tu poïses ces deus choses
conoistre tot clerement l'une par l'autre. Mais puis que t'ai
encomencié a anseignier la reial corone de par Nostre Seignor,
ge la t'enseignerai jusque au chief, non pas por toi, mais por lo
comun del pueple. Et si te deviserai qui est li Mires sanz
Mecine. Ce est Dex, ne nus autres mires sanz mecine n'est que
il seus ; car tuit li autre mire, tant de bien com il a an aus des
maladies conoistre qui sont es cors et de savoir la garison, itot
ce font par lo san que il ont qui de Deu descendié et qui la force
mist as herbes par coi il porchacent la garison au cors. Ne
garison ne sevent il faire se au cors non ; encor n'est ce mie a
toz, car maintes foiz avient que qant il ont mises totes les
paines a un cors garir, si se muert il. Et s'il avient qu'il puisse
garir les maladies des cors, si n'ont il nul pooir de garir les
maladies des ames. Mais Dex en est puissanz, car si tost com
uns huem vient a veraie confession, ja tant n'iert chargiez de vil
pechié que Dex nel regart. Et si tost com il l'avra regardee, ja
puis n'i covandra autre mire, ne lier anplastre, ainz est la plaie
nete et seine si tost com il l'a regardee. Icist est Mires sanz
Mecine qui ne met an plaies ne des armes ne des cors nule
mecine, ainz est toz seins et nez par son douz regart. Mais ansi
ne font mie li mortel mire, car qant il ont les maladies veües, si
lor covient aprés querre les herbes et les mecines qui a cele
maladie covient, et a la feiee est tot perdu quant la morz mostre
sa seignorie. Mais *(f. 92c)* cil est verais mires qui par son regart
solement done santé as malades de l'ame et del cors, et fait
esloignier la mort del cors tant comme lui plest, et garist a
totjorz de la mort de l'ame. Est ce Mires sanz Mecine. Et saches
bien de voir, se tu as hui esté de boen cuer a ses poissons —
c'est ta veraie confession — tes cors est gariz, que il t'estuet
garir, ou tu ies honiz en terre, ne t'ame ne goustera de la
pardurable mort. Est cist a droit nomez sanz mecines ? »

[« Biax dous maistres, fait li rois, bien m'avez montree la
droite quenoisance et dou Lion Evage et dou Mire sanz
Mecine.] Mais or suis assez plus esgarez de consoil que devant
de la Flor, car ce voi ge bien que fleurs ne puet pas consoil
doner se ele ne parole, ne ge ne voi mie coment flors poïst
parler. »

« Certes, fait li prodom, ce verras tu tot clerement, que flors

insensé ; car si tu avais du bon sens, tu pourrais connaître clairement ces deux choses, l'une par l'autre. Mais puisque j'ai commencé d'instruire la couronne royale au nom de Notre Seigneur, je poursuivrai cet enseignement jusqu'à son terme, non pour toi, mais pour le bien de l'ensemble du peuple. Je te montrerai donc qui est le Médecin sans Médecine : c'est Dieu et il n'y a pas d'autre Médecin sans Médecine que lui. Tous les autres médecins, quelle que soit leur habileté à connaître les maladies des corps et à les guérir, ne le font que par leur savoir, qui est descendu de Dieu, lequel a mis dans les herbes les vertus qui leur permettent d'obtenir la guérison des corps. Mais ils ne savent guérir que les corps, et encore pas tous ; car il arrive souvent qu'après qu'ils ont mis toutes leurs peines à guérir un malade, celui-ci meurt néanmoins. Et s'il advient qu'ils puissent guérir les maladies des corps, ils n'ont pas le pouvoir de guérir les maladies des âmes. Mais Dieu a ce pouvoir. Dès qu'un homme se livre à une confession véritable, si chargé soit-il des plus vils péchés, Dieu le regarde. Et dès qu'il l'aura regardé, il n'y aura plus besoin de médecin ni d'emplâtre. La plaie est nette et guérie, aussitôt qu'il l'a regardée. Celui-là est le Médecin sans Médecine, qui n'applique aucune médication aux blessures du corps et de l'âme, et rend l'intégrité et la santé par son doux regard. Les médecins mortels ne font pas de même. Quand ils ont vu les maladies, encore leur faut-il rechercher les plantes et les médecines qui conviennent à cette maladie et parfois tout est perdu, quand la mort montre sa puissance. Celui-là est le vrai médecin, qui, par son seul regard, donne la santé aux malades de l'âme et du corps, qui retarde la mort du corps tant qu'il lui plaît et guérit à tout jamais de la mort de l'âme. C'est lui le Médecin sans Médecine. Et sache bien que, si aujourd'hui tu t'es confié de bon cœur à ses médications — c'est-à-dire à la vraie confession — ton corps est guéri, car tu ne seras pas honni sur cette terre, et ton âme ne goûtera jamais de l'éternelle mort. Celui-là n'est-il pas appelé à bon droit le Médecin sans Médecine ?

— Beau doux maître, vous m'avez donné la juste explication du Lion de l'Eau et du Médecin sans Médecine. Mais je suis plus que jamais perplexe sur le conseil de la Fleur, car je vois bien qu'une fleur ne peut donner de conseil si elle ne parle et je ne vois pas comment une fleur pourrait parler.

— En vérité, dit le prud'homme, tu vas voir de la façon la

puet parler et doner consoil. Ne au Lion verai ne au mire sanz
Mecine ne puez tu ataindre sanz le consoil de cele flor. Et se tu
ja mais viens au desus de ceste dolor ou tu ies, ce sera par lo
consoil de cele flor. Or te dirai don qui cele flors est [et coment
ses conseuz te sauvera. Cele flors est] flors de totes les autres
flors. De ce[le] flor nasqui li fruiz de qoi totes choses sont
sostenues. C'est li fruiz don li cors est sostenuz et l'ame paüe.
C'est li fruiz qui saola les cinc mile homes en la praerie qant les
doze corboilles furent anplies del reillié. Ce est li fruiz par coi
li pueples Israel fu sostenuz quinze anz es desserz, la ou li om,
ce dit l'Escripture, manja lo pain as angles. Ce est li fruiz par
coi Josep de Barimathia [et si compaignon] furent sostenu qant
il s'an venoient de la terre de promission an ceste estrange païs
par lo comendement Jhesu Crist et par son conduit. Ce est li
fruiz don Sainte Eglise est repaüe chascun jor. Ce est Jhesu
Criz, li Filz Deu. C'est la flors de cui doiz avoir lo consoil et lo
secors se tu ja mais l'as. C'est sa douce Mere, la glorieuse Virge,
don il nasquié contre acostumance de *(f. 92d)* nature. Cele
dame est a droit apelee Flors, car nule fame ne porta onques
anfant devant li ne aprés qui par charnel asemblement ne fust
ançois desfloree. Mais ceste haute dame fu virge pucele, et
avant et aprés, c'onques la flor de son pucelaige ne perdi. Bien
doit dons estre apelee Flors de totes autres flors, qant ele garda
sa glorieuse flor saigne et antiere, la ou totes les autres flors
perissent, ce est au concevoir et an l'anfanter, et qant de lui
nasquié li Fruiz qui done vie a totes choses. Par ceste Flor
vanras tu au verai consoil, car ele te racordera a son douz filz
et t'anvoiera lo secors qui te fera recevoir honor que tu as
comenciee a perdre. Et se tu par ceste Flor ne viens a
sauvement et d'arme et de cors, par autrui n'i puez tu venir, car
nus ne tient si grant leu vers lo Sauveor comme ele fait. Ele ne
cessera ja de proier por les chaitis. Et se tu ceste Flor enores, li
conselz de li te gitera de toz periz. Ce est la Flors qe ti clerc te

plus claire qu'une fleur peut parler et porter conseil. Tu ne peux accéder au vrai Lion et Médecin sans Médecine que par le conseil de cette Fleur. Et si tu viens à bout de cette douleur où tu te trouves, ce sera par le conseil de cette Fleur. Je te dirai donc quelle est cette Fleur et comment son conseil te sauvera. Cette Fleur est la fleur de toutes les fleurs. De cette Fleur naquit le Fruit, par quoi toutes choses sont soutenues ; le Fruit qui soutient le corps et repaît l'âme ; le Fruit qui nourrit cinq mille hommes dans la prairie, quand douze corbeilles furent remplies des reliefs de la table[1] ; le Fruit, par lequel le peuple d'Israël fut nourri quinze ans dans le désert, quand l'homme, dit l'Écriture, mangea le pain des anges[2] ; le Fruit, par lequel Joseph d'Arimathie et ses compagnons furent soutenus, quand ils s'en venaient de la terre promise dans cette contrée étrangère, par le commandement de Jésus-Christ et sous sa garde ; le Fruit, dont la Sainte Église se nourrit chaque jour : Jésus-Christ, le fils de Dieu.

« Et la Fleur, dont tu dois avoir le conseil et le secours, si jamais tu peux avoir secours et conseil, c'est sa douce mère, la Vierge glorieuse, dont il naquit contre l'usage de la nature. Cette dame mérite à bon droit le nom de Fleur, car aucune femme ne porta jamais d'enfant, ni avant ni après elle, qui, par assemblement charnel, ne fût auparavant déflorée. Mais cette haute dame fut vierge et pucelle, après comme avant, en sorte qu'elle ne perdit jamais la fleur de son pucelage. Aussi doit-elle être appelée Fleur entre toutes les fleurs, parce qu'elle a gardé sa glorieuse fleur, pure et intacte, là où toutes les autres fleurs périssent, c'est-à-dire dans la conception et l'enfantement, et parce que d'elle est né le Fruit, qui donne vie à toutes choses. De cette Fleur te viendra le Bon Conseil ; elle te remettra dans la grâce de son doux fils et t'enverra le secours, qui te rendra l'honneur que tu as commencé de perdre. Et si, de cette Fleur, tu n'obtiens pas le salut de ton âme et de ton corps, tu ne peux l'obtenir de personne, car personne ne tient une place aussi haute auprès du Sauveur. Elle ne cessera jamais de prier pour les malheureux ; et si tu honores cette Fleur, son conseil te délivrera de tous périls. Telle est la Fleur, dont tes clercs t'ont

1. Évangile selon saint Jean : 6 : 5-13 ; Matthieu : 14 : 19-21.
2. Exode 16 : 35.

distrent, et si nel savoient. Ce est la Flors par cui li verais Lions
et li hauz Mires sanz Mecine te gitera de perdre terre et honor,
s'an toi ne remaint. Que t'an est avis ? Quenois tu ancores que
ge t'aie esté verais espeillierres de ton songe ? »

« Certes, fait li rois, maistre, vos lo m'avez mostré et bien et
bel, tant que vos m'an avez ja si conforté qu'il m'est avis que
soie ja eschapez de totes mes paors, car trop est plus mes cuers
a ese que il ne siault. Et ge lo creant, selonc Deu que ge lo ferai
ensin comme vos m'avez comandé, se Dex a honor me done an
ma terre retorner. »

Endemantres que il parloient ensin, vindrent laianz dui
chevalier de la maisnie Galehot. Et qant li rois les voit, si
comanda que il venissent devant lui. Et il vindrent devant. Et
parla premiers li rois qui estoit apelez li Rois des Cent
Chevaliers ; et li autres avoit non *(f. 93a)* li Rois Premiers
Conquis, por ce que ce estoit li premiers rois que Galehoz avoit
mis an sa seignorie. Et li rois Artus, qui mout bien savoit
anorer prodome, les honora mout et se leva encontre aus sanz
savoir que il fussient roi.

« Sire, dist li Rois des Cent Chevaliers, ça nos envoie
Galehoz, a cui nos somes, li sires des Estranges Illes, et dit qu'il
se mervoille mout de ce que si povrement iestes venuz deffandre vostre terre ancontre lui, qui si puissanz hom iestes, car il
avoit oï dire que vos estiez li plus puissanz rois de tot lo monde.
Por ce si est avis a mon seignor que vos [n'avez mie tot vostre
pooir avec vos], ne il n'avroit mie honor a vos conquerre a si
poi de gent come vos avez ci, car trop iestes a meschief. Or si
vos done mes sires trives jusque a un an, par si que vos avroiz
en ceste piece de terre tot vostre pooir et il lo sien, que il n'a ore
mie tot. Et lors sachiez que il ne s'an partira tant que il vos ait
desconfit et vostre terre conquise. Et sachiez que il avra au
chief de l'an lo boen chevalier, que que il doie coster, de sa
maisniee, celui as armes vermoilles qui l'asemblee a veincue. »

« Seignor, fait li rois, ge oi bien que vos dites, mais, se Deu
plaist, ne de moi ne de ma terre n'avra il ja pooir ne baillie, et
[Dex m'en] desfande. »

Atant s'an part[ent] li message. Et li rois remest mout liez et

parlé, mais ils ne savaient pas ce qu'ils disaient. Telle est la Fleur, par laquelle le Vrai Lion, le très Haut Médecin sans Médecine te préservera de perdre ta terre et ton honneur, si ce n'est par ta propre faute. Qu'en penses-tu ? Reconnais-tu maintenant que j'ai été le véridique interprète de ton songe ?

— Certes, maître, votre démonstration est bonne et belle ; et vous m'avez réconforté à tel point qu'il me semble être revenu de toutes mes frayeurs et que mon cœur est beaucoup plus serein qu'il ne l'était. Je vous promets de me conduire comme vous me l'avez prescrit, si Dieu me permet de retourner avec honneur dans ma terre. »

Tandis qu'ils parlaient ainsi, il arriva dans le palais deux chevaliers de la maison de Galehaut. Quand le roi les vit, il donna l'ordre de les faire venir devant lui. Ils s'avancèrent. Le premier à prendre la parole fut celui que l'on appelait le roi des Cent Chevaliers. L'autre portait le nom de roi Premier Conquis, parce que c'était le premier roi que Galehaut avait soumis à son autorité. Le roi Arthur, qui savait honorer les prud'hommes, leur fit beaucoup d'honneur et se leva pour les accueillir, sans savoir qu'ils étaient rois.

« Seigneur, fait le roi des Cent Chevaliers, celui qui nous envoie ici est Galehaut, le seigneur des Étranges Îles, à qui nous sommes. Il dit qu'il s'étonne fort que vous soyez venu défendre contre lui votre terre en si pauvre compagnie, vous qui êtes un homme si puissant, car il avait entendu dire que vous étiez le roi le plus puissant du monde entier. Aussi mon seigneur pense-t-il que vous n'avez pas avec vous toutes vos forces et qu'il n'aurait aucun honneur à vous vaincre, vu le peu de gens que vous avez ici, car vous êtes trop à votre désavantage. C'est pourquoi mon seigneur vous accorde une trêve d'une année, étant convenu que vous amènerez à cette date, sur le terrain où nous sommes, toutes vos armées et lui toutes les siennes, dont il n'a ici qu'une partie. Sachez qu'alors il ne s'en ira pas, avant de vous avoir défait et d'avoir conquis votre terre. Et sachez aussi qu'au terme de cette année il aura dans sa maison, quel qu'en soit le prix, le bon chevalier aux armes vermeilles, qui a été le vainqueur de l'assemblée.

— Seigneurs, répond le roi, j'ai bien entendu ce que vous dites. Mais, s'il plaît à Dieu, ni sur moi ni sur ma terre il n'aura pouvoir et autorité. Et que Dieu me garde ! »

Les messagers s'en vont, laissant le roi partagé entre la joie

mout esbaïz, liez des trives qui li estoient donees, et esbaïz do boen chevalier que Galehoz devoit avoir an sa maisniee qui sa terre li avoit deffandue par son cors. Lors [l']apela li preudom et si li dit :

« Or puez veoir que la haute Flors t'a porchacié vers lo haut Lion et vers lo Mire sanz Mecine qu'il te rescorra, se par parece ne lo perz. »

« Maistre, fait li rois, biax est li comancemenz. Mais trop suis esbahiz del boen chevalier qui ma terre m'a deffandue, don Galeholz se vante que il [l']avra. Maistre, qui *(f. 93b)* puet il estre, car ge nel conois pais ? »

Et li prodom li dit :

« Lai ester, car ses huevres se proveront. »

« Ha ! maistre, fait il, tant me poez vos bien dire, se il sera devers lui au chief de l'an. »

Et il respont que nenil. Et lors fu mout li rois reconfortez et mout a eise. Atant se comancent a departir les genz Galehot. Et li rois Artus redepart les soes et prant congié de son maistre, si s'en retorne an son païs et an fet porter en litiere monseignor Gauvain qui mout estoit malades durement. Mais or se taist atant li contes del roi Artus et de Galehot et de sa maisniee, et torne sor la dame des Puis de Malohaut qui lo boen chevalier tient em prison.

Ce dit li contes que la nuit que l'asemblee departi si come vos avez oï, si s'an revint a Malohaut tot droit. Mais il fu nuiz quant il i vint ; et il antra an la cort au plus celeement qu'il pot, o la dame lo faisoit atandre, qui bien cuidoit estre seüre de sa venue. Quant fu desarmez, il antra en sa geole maintenant et se coucha, car trop se doloit que onqes de la boche ne pot mengier. Cele nuit furent venu li chevalier que la dame de

et l'inquiétude. Il est joyeux de la trêve qui lui a été consentie, mais inquiet à l'idée que Galehaut doive avoir dans sa maison le bon chevalier, qui, par sa valeur personnelle, lui a si bien défendu sa terre. Alors le prud'homme l'appelle et lui dit :

« Tu peux voir ce que la Haute Fleur a obtenu du Grand Lion et Médecin sans Médecine : il t'enverra du secours, si tu ne le perds par ta négligence.

— Maître, c'est un beau début. Mais mon inquiétude est extrême au sujet du bon chevalier qui m'a si bien défendu ma terre et que Galehaut se vante d'avoir à son service. Maître, qui peut-il être, car je ne le connais pas ? »

Et le prud'homme de lui dire :

« Ne te soucie pas, ses œuvres se feront connaître.

— Ah ! maître, fait le roi, au moins pouvez-vous me dire s'il sera avec Galehaut à la fin de l'année ? »

Le prud'homme lui répond que non. Le roi en est réconforté et tout heureux. Alors les hommes de Galehaut commencent à se retirer. De son côté le roi renvoie les siens et prend congé de son maître. Il s'en retourne dans son pays et fait porter en litière monseigneur Gauvain, qui était grièvement blessé. Ici le conte ne parle plus du roi Arthur ni de Galehaut ni des gens de sa maison ; il retourne à la dame des Puis de Malehaut, qui tient le bon chevalier en prison.

CHAPITRE XLIX

La dame de Malehaut amoureuse de Lancelot

Le conte nous dit que, le soir même où l'assemblée prit fin, le bon chevalier revint tout droit à Malehaut. Il faisait nuit quand il y arriva. Il entra le plus discrètement qu'il put dans la cour, où la dame avait donné l'ordre de l'attendre, ne doutant pas de son retour. Aussitôt désarmé il entra dans sa prison et s'y coucha ; car il était tellement perclus de douleurs qu'il ne pouvait rien manger. Cette nuit-là revinrent de l'assemblée les

Malohaut avoit [envoié] en l'ost. Et la dame lor demanda
noveles de l'asanblee, coment l'avoient fet d'une part et
d'autre. Et il distrent que uns chevaliers a unes vermoilles
armes avoit tot veincu. Et quant ele l'oï, si comance a regarder
une pucele qui sa coisine estoit germaine et tote dame de sa
maison, si li tardoit mout que li chevalier s'en alassent de
laianz. Mais au plus tost qu'ele pot, s'an delivra. Lors apela sa
cosine :

« Dites moi, bele cosine, porroit ce estre nostre chevaliers ? »

« Dame, fait ele, ge ne sai. »

« Certes, fait ele, ge lo savroie volentiers, et s'il l'a veincue, il
ne puet mie estre que mout ne pere a son cors et a ses
armes. »

« Dame, fait ele, nos porrons tost savoir coment il i
[p]ert. »

« Et ge i voil aler, fait la dame, mais gardez que riens qui vive
ne *(f. 93c)* lo sache fors nos deus, si chier com vos avez voz
menbres. »

« Dame, fait ele, volentiers. »

Maintenant delivre la dame si la maison que il n'i remest fors
eles deus. Et la pucele portoit ploin son poing de chandoilles,
si alerent avant en l'estable et voient lo cheval qui avoit deplaié
la teste et lo col et lo piz et les jambes et les os en plusors leus,
et se gissoit devant la maingeoire a mout mauvaise chierre, que
il ne bevoit ne ne menjoit. Lors dist la dame :

« Si m'aïst Dex, vos sanblez bien cheval a prodome. Et vos,
q'an dites ? » fait ele a sa coisine.

« Dame, fait ele, q'en diroie ge ? Il m'est avis que li chevaus
a plus aü poine que repox. Et neporqant, cestui ne me[na] il
mie. »

« Or sachiez, fait la dame, que il an a usé plus d'un. Mais or
alons veoir ses armes et si verrons coment eles s'an santant. »

Lors vindrent a une chambre ou eles estoient et trovent lo
hauberc fausé et plain de granz pertuis sor les espaules et sor les
braz et an mainz autres leus del cors. Et ses escuz estoit fanduz
et escartelez et detranchiez de cox d'espees es costez et an la
pane amont jusq'en la bocle tot leianz, que mout petit en i avoit
remex. Et an ce qui remex estoit, si avoit granz pertuis de cox
de lance, tex que par mainz leus i poïst en ses poinz boter. Et

chevaliers que la dame y avait envoyés. Elle leur demanda des nouvelles de la bataille et comment s'étaient comportées les deux armées. Ils répondirent qu'un chevalier aux armes vermeilles en avait été le grand vainqueur. À ces mots, la dame regarda une demoiselle qui était sa cousine germaine et gouvernait toute sa maison. Impatiente de voir partir les chevaliers, elle s'en délivra le plus tôt qu'elle put, et s'adressant à sa cousine :

« Dites-moi, belle cousine, fait-elle, se pourrait-il que ce fût notre chevalier ?

— Dame, fait la cousine, je ne sais pas.

— Eh bien ! fait-elle, j'aimerais le savoir ; et, s'il a vaincu tout le monde, il est impossible qu'il n'en porte pas les marques sur son corps et sur ses armes.

— Dame, nous pourrons bientôt savoir ce qu'il en est.

— Je veux aller le voir, fait la dame, mais prenez garde que nul être vivant ne le sache, en dehors de nous deux, si votre vie vous est chère.

— Dame, volontiers. »

Aussitôt la dame renvoie les serviteurs de sa maison, de sorte qu'il n'y reste qu'elles deux. La demoiselle tenait dans sa main une poignée de chandelles. Elles se rendent d'abord à l'écurie et y voient le cheval, couvert de plaies à la tête, au cou, au poitrail, aux jambes, aux os en plusieurs endroits. Il était couché devant sa mangeoire et si mal en point qu'il ne pouvait ni boire ni manger. Alors la dame dit :

« Mon Dieu, voilà bien, semble-t-il, le cheval d'un prud'homme ! Qu'en dites-vous ?

— Que pourrais-je en dire ? fait la cousine. Il me semble que ce cheval a eu plus de peine que de repos. Mais ce n'est pas celui qu'il avait emmené.

— Sachez, fait la dame, qu'il en a épuisé plus d'un. Mais allons voir ses armes et nous verrons dans quel état elles sont. »

Elles entrent dans une chambre où se trouvaient ses armes. Elles voient le haubert défoncé, avec de gros trous aux épaules, aux bras et en de nombreux endroits. L'écu était fendu, coupé en morceaux, tailladé de coups d'épée sur les côtés et partout, du sommet jusqu'à la boucle. Il en restait donc fort peu et, dans le peu qui restait, il y avait des trous de lance si gros qu'en de nombreux endroits on aurait pu passer le poing. Le heaume

774 *Lancelot du Lac*

ses hiaumes estoit fanduz et anbarrez, et li nasiaus toz detranchiez, et li cercles an pandoit contraval, que mais ne puet avoir
mestier ne lui ne autrui. Lors dist la dame a sa cosine :

« Que vos an senble de ces armes ? »

« Certes, dame, fait ele, il me semble que cil n'a mie esté
oiseux qui les portoit. »

« Vos poez dire, fait la dame, que li plus preudom qui vive les
a portees. »

« Dame, fait ele, bien puet estre, qant vos lo dites. »

« Or an venez, fait la dame, s'irons veoir lo chevalier, que
ancor n'ai ge rien veü cui ge an croie. Ses cors an mosterra la
verité. »

Atant vienent a l'uis de la geole, si lo trovent overt. Et la
dame prant les *(f. 93d)* chandoilles an sa main et mist sa teste
dedanz l'uis, si vit lo chevalier, qui an son lit se gisoit toz nus.
Si avoit trait son covertor jusque sor son piz an haut, et ses
braz avoit gitez hors por lo chaut, si dormoit trop durement. Et
ele esgarde, si vit qu'il avoit lo vis anflé et batu et camoisié des
mailles, lo col et lo nes escorchié, et lo front anflé, et les sorcis
escorchiez, et les espaules navrees et detranchiees mout durement, et les braz tot pers de cox que il avoit eüz, et les poinz
gros et anflez, plains de sanc. Lors regarde la pucele, si
comança a rire.

« Certes, [fait la] dame, vos verroiz ja mervoilles. »

Ele se traist an la geole, et la pucele mist anz sa teste, si
esgarde mout bien et amont et aval. Et la dame li baille les
chandoilles, si s'escorça un petit por aler avant. Et la pucele
esgarde, si li dit :

« Qu'est ce, dame ? Que volez faire ? »

« Ge ne serai ja mais si bien a ese de lui baisier. »

« Ostez, dame, fait ele, q'avez vos dit ? Ne faites pas tel
desverie, car se il s'esveilloit, il an priseroit moins et vos et totes
fames. Et ne seiez pas si fierre ne fole que il ne vos remenbre de
honte. »

« Si voirement m'aït Dex, fait la dame, l'an ne porroit pas
avoir honte an chose q'an feïst por si preudome. »

« Dame, non fait, dit la pucele, itant li porroit il plaire ; mais
certes, se il lo refusse, la honte seroit doblee. Et tex puet estre
mout preuz de cors qui n'a mie totes les bontez de cuer.

était fendu et cabossé, le nasal était arraché et le cercle pendait, de telle sorte qu'il ne pouvait plus servir ni à lui ni à personne. La dame dit à sa cousine :

« Que vous semble-t-il de ces armes ?

— Assurément, dame, il me semble que celui qui les a portées n'a pas été paresseux.

— Vous pouvez dire, fait la dame, que c'est le plus prud'homme du monde qui les a portées.

— Il se peut, dame, puisque vous le dites.

— Venez, fait la dame, allons voir le chevalier, car je n'ai encore rien vu que je doive croire. Son corps nous en dira la vérité. »

Elles arrivent à la porte de la geôle et la trouvent ouverte. La dame prend les chandelles dans sa main, passe la tête à travers la porte et voit le chevalier qui était couché dans son lit tout nu. Il avait ramené la couverture sur sa poitrine, laissant les bras dehors à cause de la chaleur, et dormait profondément. Elle regarde : elle voit qu'il a le visage enflé, battu et meurtri par les mailles, le cou et le nez écorchés, le front enflé, les sourcils écorchés, les épaules meurtries et sévèrement entaillées, les bras tout bleus des coups qu'il avait reçus, les poings gros et enflés, pleins de sang. Alors elle regarde sa demoiselle et se met à rire :

« Vraiment, fait la dame, vous allez voir des merveilles. »

Elle entre dans la geôle et la demoiselle passe la tête ; elle regarde en tous sens. La dame lui rend les chandelles et relève un peu sa cotte pour aller plus avant. Sa demoiselle l'observe et lui dit :

« Qu'y a-t-il, dame ? Que voulez-vous faire ?

— Je ne trouverai jamais une meilleure occasion de l'embrasser.

— Vous n'y pensez pas, dame. Qu'avez-vous dit ? Ne faites pas une telle folie ; car, s'il se réveillait, il en aurait moins d'estime et pour vous et pour toutes les femmes. Ne soyez pas si passionnée ni si folle qu'il ne vous souvienne de votre honneur.

— Que Dieu m'en soit témoin ! Rien ne saurait être déshonorant de ce qu'on ferait pour un tel prud'homme.

— Sans doute, dame, s'il y prenait du plaisir. Mais, s'il le refusait, la honte serait doublée. Tel peut être très vaillant de son corps qui n'a pas toutes les qualités du cœur. Les faveurs

Espooir vos ne savriez a cestui si grant joie faire que il no tenist a outraige et a vilenie, si avriez perdue vostre amor et vostre servise. »

Tant dist la pucele a la dame q'ele l'an moine sanz plus faire. Et qant eles sont es chanbres venues, si commencent a parler del chevalier. Et la pucele en abat la parole au plus qu'ele puet, por ce que volentiers otast sa dame de penser a lui s'il poïst *(f. 94a)* estre, car bien s'apansoit de l'amor. Et en la fin si dist :

« Dame, li chevaliers pense mout autre chose que vos ne cuidiez, et cuidiers a deceües maintes genz. »

« Si m'aïst Dex, fait la dame, ge cuit qu'il ait si haut pensé que onques nus hom si haut ne l'ot. Et Dex, qui l'a fait plus bel et meillor de toz les autres, li doint a bon chief mener son pensé, quel que il ait. »

Mout parlerent cele nuit del chevalier, et mout se mervoilloit la dame por coi il faisoit tant d'armes. Et bien pensoit en son cuer que il amoit par amors an mout haut leu, si vousist mout savoir qui il estoit et an quel leu il avoit mis son cuer, et bien vousist que ce fust a[n] lui. Mais ele santoit an lui si haute proece et si fier cuer qu'ele ne pooit mie penser que il amast se trop haute chose non. Mais ele se pense qu'ele lo savra se il puet estre. Si an laisse la parole atant ester. Mais or se taist li contes de la dame et de la pucele et del chevalier, que plus n'en parole ci endroit, ainz retorne au roi Artus qui est repairiez an sa terre.

Ce dit li contes que il vint premierement sejorner a Carduel an Gales, qui plus estoit pres et mout estoit aesiez chastiaus de

que vous pourriez lui faire, peut-être les jugerait-il outrageantes et vulgaires. Ainsi vous auriez perdu votre amour et votre peine. »

La demoiselle fit si bien la leçon à sa dame que celle-ci se laissa emmener, sans en faire davantage. Quand elles furent revenues dans les chambres, elles s'entretinrent du chevalier. La demoiselle essaya de parler d'autre chose, autant qu'elle le pouvait. Elle eût volontiers empêché sa dame de penser au chevalier, s'il eût été possible, parce qu'elle s'apercevait de l'amour qu'elle lui portait. À la fin elle lui dit :

« Dame, le chevalier pense tout autrement que vous ne l'imaginez ; et l'imagination a trompé beaucoup de gens.

— Par Dieu, dit la dame, je crois bien qu'il porte en lui les pensées les plus hautes qu'aucun homme ait jamais conçues. Que Dieu, qui l'a fait plus beau et meilleur que tous les autres, lui accorde de les mener à bien, quelles qu'elles soient ! »

Elles parlèrent longuement du chevalier cette nuit-là et la dame se demandait pourquoi il accomplissait tant d'exploits. Son cœur lui disait qu'il aimait d'amour en très haut lieu. Elle aurait voulu savoir qui il était et quelle était l'élue de ses pensées. Elle aurait voulu que ce fût elle. Mais elle sentait en lui une si grande valeur et un cœur si fier qu'elle ne doutait pas que ce ne fût une très haute dame.

Alors elle se dit qu'elle saura ce qu'il en est, si toutefois il est possible de le savoir et elle n'en parle plus.

Le conte n'en dit pas davantage sur la dame, la demoiselle et le chevalier. Il revient au roi Arthur qui est retourné dans sa terre.

CHAPITRE L

Nouvelle quête de Lancelot par Gauvain

Le conte dit que le roi Arthur séjourna d'abord à Carduel en Galles, qui était la ville la plus proche et la mieux pourvue de

totes choses. Si sejorna li rois en la vile vint trois jorz et tint toz
les jorz cort efforciee, et mout fist bien les comandemenz son
maistre de totes choses. Dedanz les quinze jorz fu messires
Gauvains toz gariz de ses bleceüres, si an fu tote la corz mout
liee. Au chief de vint trois jors avint que li rois seoit au disner.
Et qant il ot une piece mengié, si comança a penser mout
durement ; et bien paroit a son penser que ses cuers n'estoit mie
a ese, ainçois deïst bien [qui le veïst] que mout ert a malaise.
Lors vint devant lui messires Gauvains, qui servoit aveques les
autres, si li dist :

« Sire, vos pensez trop a cest mangier, et a mal vos iert
atorné, car mout a ceianz chevaliers qui vos en blasment. »

Et li rois [respont] tot par ire :

« Gauvain, Gauvain, vos m'avez gité *(f. 94b)* del plus cortois
pensé que ge feïsse onques, ne nus ne m'an porroit a droit
blasmer, car ge pensoie au meillor chevalier de toz les prodomes. Ce est li chevaliers qui vainquié l'asemblee de moi et de
Galehot, dont Galehoz s'est vantez que il l'avra de sa maisnie.
Si ai veü tele eure que, se li chevalier de ma maison et mi
conpaignon seüssent une chose que ge desirasse, il la me
queïssent, ja ne fust an si estrange terre. Et soloit l'an dire que
tote la proece terriene estoit a mon ostel ; mais ge di que ore n'i
est ele mie, puis que li miaudres chevaliers do monde en est
fors. »

« Certes, sire, fait messire Gauvains, vos avez mout grant
droit, et se Deu plaist, vos l'avroiz, lo chevalier, s'il puet estre
trovez an tot lo monde. »

Atant s'an torne messires Gauvains ; et qant il vint a l'uis de
la sale ou seoient maint boen chevalier, si torne vers lo mengier
et dit, si haut que tuit lo porent oïr :

« Seignor chevalier, qui ores voudra entrer an la plus haute
queste qui onques fust aprés celi do Graal, si veigne aprés moi.
Hui est toz li pris et tote l'enors do monde apareilliee a celui cui
Dex fera aventureus de la haute troveüre, et por noiant se
vantera ja mais d'anor conquerre qui ci la laisse. »

Lors s'an part messires Gauvains, et chevalier saillent aprés

tous biens. Il y demeura vingt-trois jours, tint chaque jour cour plénière et suivit en tous points les recommandations de son maître. Après quinze jours monseigneur Gauvain fut complètement guéri de ses blessures et la cour en fut très heureuse. Mais, au bout de vingt-trois jours, alors que le roi était assis pour le dîner et que le repas avait commencé depuis quelque temps, il tomba dans une profonde rêverie; et on pouvait penser que cette rêverie ne le mettait pas de belle humeur. Au contraire il semblait bien, à le voir, qu'il était fort mécontent. Alors monseigneur Gauvain, qui servait à table avec les autres chevaliers, s'approcha de lui et lui dit :

« Seigneur, vous rêvez trop à ce dîner; et cela sera pris en mauvaise part, car nombreux sont ici les chevaliers qui vous en blâment. »

Le roi lui répondit avec colère :

« Gauvain, Gauvain, vous m'avez tiré de la pensée la plus courtoise qui me soit jamais venue et dont personne ne pourrait à bon droit me blâmer. Je pensais au meilleur des prud'hommes, c'est au chevalier qui a gagné la dernière assemblée et dont Galehaut s'est vanté qu'il l'aurait dans sa maison. Il fut un temps où, si les chevaliers de mon hôtel et mes compagnons avaient su que je désirais quelque chose, ils seraient allé me le chercher jusque dans les terres les plus lointaines; et l'on avait coutume de dire que toute la prouesse de la terre était dans mon hôtel. Mais aujourd'hui je dis qu'elle n'y est pas, puisque le meilleur chevalier du monde en est absent.

— Certes, seigneur, dit monseigneur Gauvain, vous avez entièrement raison; et avec l'aide de Dieu, vous aurez ce chevalier, s'il peut être trouvé dans le monde entier. »

Monseigneur Gauvain s'éloigne; et quand il est à la porte de la salle, où beaucoup de bons chevaliers étaient assis, il se retourne vers les tables et dit, d'une voix si forte que tout le monde pouvait l'entendre :

« Seigneurs chevaliers, quiconque voudra entrer dans la plus haute quête qui fût jamais, après celle du Graal, qu'il vienne avec moi ! Aujourd'hui toute la gloire et tout l'honneur du monde attendent celui à qui Dieu donnera l'aventure de la précieuse découverte. Et c'est en vain qu'il se flattera de rechercher la gloire, celui qui la refuse ici. »

Monseigneur Gauvain s'en va, les chevaliers se lèvent pour le

lui, et tables comencent a voidier. Et li rois se comance a coisier de ce que nus n'i remanoit laianz, si fist rapeler monseignor Gauvain, et il vint a lui ; et puis li dist :

« Biaus niés, vos me correciez. Mout me faites grant honte qant vos ansin an volez mener tote ma compaignie ; et ge sui orandroit ou point qu'il me covient plus honoreement cort tenir, o que ge soie, que ge ne suel ; et si granz asenblee ne fu onques mais veüe por un sol chevalier trover. Volez lo vos a force prandre a touz les chevaliers de ma terre ? Qant a moins de gent ert amenez, et plus grant *(f. 94c)* honir i avroiz. »

Lors se regarda messires Gauvains quer verité disoit li rois, et dit :

« Sire, il n'an i vandra se tant non come vos voudroiz ; ne por covetise de la compaignie nel disoie ge mie, car ge nel querrai ja se toz seus non ; mais se maint chevalier lo queroient chascuns par soi, il seroit plus tost trovez que s'il n'an avoit que un tot sol en la queste. »

« Vos dites bien, fait li rois ; or i aillent tel quarante come vos meïsmes les esliroiz, car ge ne voil pas que la parole en soit meüe por neiant. »

Lors an eslut messires Gauvains quarante de tes qu'il plus amoit, car chascuns estoit mout liez qui an sa compaignie pooit aler. Lors s'alerent armer tuit li quarante, et puis vindrent devant lo roi. Et li sain[t] furent aporté, si com il estoit a costume, que nus chevaliers ne movoit de la maison lo roi por aventure querre qui avant ne jurast sor sainz que il verité diroit au revenir de totes les choses qui li avandroient a son escient. Et se il au movoir nel juroit, il lo jureroit au revenir, ainz que il fust creüz de nule rien. Lors s'agenoille messires Gauvains por jurer. Et li rois fu devant, si lor dist :

« Seignor chevalier, vos an alez, et gardez que ce ne soit mie por oiseuse, car vos i alez tuit chevalier si prodome que nule si grant chose n'est don vos ne deüssiez venir a chief. »

Lors pansa messires Gauvains et dist as chevaliers armez, la o il estoit a genolz :

« Seignor, se chascuns metoit an son sairement ce que ge

suivre et les tables commencent à se vider. Le roi se fâche, quand il voit qu'il ne reste personne. Il fait rappeler monseigneur Gauvain, qui revient auprès de lui, et lui dit :

« Beau neveu, vous me fâchez. Vous me faites beaucoup de honte, en voulant emmener ainsi tous mes compagnons. Je me trouve aujourd'hui dans une situation où je dois tenir ma cour, où que je sois, avec plus de magnificence que jamais. On n'a jamais vu un si grand rassemblement pour trouver un seul chevalier. Voulez-vous le prendre de force avec l'aide de tous les chevaliers de ma terre ? Si vous le ramenez avec moins de gens, vous y aurez plus d'honneur. »

Monseigneur Gauvain comprit que le roi avait raison, et il lui répondit :

« Seigneur, il n'en viendra qu'autant que vous le voudrez. Je ne le disais pas pour avoir de la compagnie, car je mènerai seul ma quête. Mais si de nombreux chevaliers en faisaient autant, chacun pour soi, il serait plus vite trouvé que s'il n'y en avait qu'un seul dans cette quête.

— C'est juste, dit le roi. Que quarante chevaliers y aillent et choisissez-les vous-même ! Je ne veux pas qu'on en ait parlé pour rien. »

Monseigneur Gauvain choisit trente-neuf de ses meilleurs amis, car tous se faisaient une joie de l'accompagner. Les quarante chevaliers vont s'armer, puis reviennent devant le roi. On apporte les Livres saints, comme le voulait la coutume. Car aucun chevalier ne partait de la maison du roi en quête d'aventure, sans avoir juré sur les saints Évangiles de rapporter exactement et de bonne foi, à son retour, tout ce qui lui serait arrivé. S'il ne l'avait fait avant de partir, il devait le faire à son retour, faute de quoi on ne le croirait en rien. Alors monseigneur Gauvain s'agenouille pour prêter serment. Le roi se tenait devant lui et dit aux chevaliers :

« Seigneurs chevaliers, vous partez et prenez garde que ce ne soit pas pour ne rien faire. Vous partez comme de vaillants chevaliers que vous êtes tous, et votre prouesse est telle qu'il n'est pas de si grande affaire que vous ne devriez mener à bien. »

Monseigneur Gauvain réfléchit un moment et dit aux chevaliers armés, alors que lui-même était à genoux :

« Seigneurs, avant de prêter serment, je voudrais savoir si

metrai el mien, ge jureroie. »

Et il l'otroient tuit.

« Or jurez, fait il, avant, tot ce que ge jurerai, et ge jurerai tot
darreains. »

Et il si firent. Aprés jura messires Gauvains que il verité
diroit au revenir, et que il ne revanroit sanz lo chevalier que il
aloit querre, o sanz veraies anseignes de lui, et que sanz nul des
conpaignons ne revanroit se mort ne lo prenoit.

De ces sairement furent esbahi tuit *(f. 94d)* li chevalier qui an
la queste devoient aler. Mais li rois an fu esbahiz sor toz, car il
li membra del jor de l'asemblee qui antre lui et Galehot devoit
estre.

« Biaus niés, fait il, mal avez fait qant vos l'essoigne de
m'asenblee n'avez mis fors de vostre sairement. »

« Sire, fait il, ne puet ore estre. »

Atant lace son hiaume et monte an son cheval et s'an part de
la cort a tel compaignie de chevaliers com il avoit. Il i fu
messires Yvains, li filz au roi Urien, et Kex li seneschaus et
Sagremors li Desreez et Lucanz li boteilliers et Yders, li filz
Nut, et Girflez, li filz Dué, et Yvains del Lionnel et Yvains as
Blanches Mains et Yvains l'Eclains et Yvains li Avoutres et
Galegantins li Galois et Gosoins d'Estra[n]got et li Gais
Galentins et Caradigas [et Agloas] et Magloas et Dux Taulas et
Quenuz de Caerec et Gerreis et Angrevains ses freres et
Cadoains de Caermuzin et Quex d'Estraux et Dodyniaus li
Sauvaiges et Caradués Briesbraz et li rois de Genes et li rois de
Marés et Helins li Blois et messires Brand[el]iz et Adayns li
Biaus et Osanains Cors Hardiz et Ayglins des Vaus et Gaheriez
et Bliobleriz et li Laiz Hardiz et Gales li Chauz et Aviscanz
d'Escoce et Hervis de Rivel et Conains li Hardiz, et li quaran-
toismes fu li Vallez de Nort. Ce furent li quarante qui alerent en
la queste. Mais onqes n'i ot si preu ne si hardi qui puis ne s'en
tenist por fol, car puis en furent apelé tuit parjuré failli de la
boche lo roi meesmes, car il errerent tot l'an jusque a l'asemblee, [que onques ne troverent le chevalier, ne veraies enseignes
n'en aporterent. Ne de nule aventure qui lor avenist en la qeste
ne parole li contes ci, por ce que il faillirent tuit a lor qeste, mes

chacun de vous mettra dans son serment ce que je mettrai dans le mien. »

Ils s'y engagent tous.

« Vous promettez, fait-il, de respecter tout ce que j'aurai mis dans mon serment. Jurez-le d'abord, et moi, je prêterai serment le dernier. »

Ils procèdent ainsi. Après quoi monseigneur Gauvain jura de dire toute la vérité à son retour, de ne pas revenir sans le chevalier qu'il allait chercher ou sans nouvelles précises de lui, et de ne pas revenir en abandonnant un seul de ses compagnons, à moins qu'il ne fût mort. »

Ces serments frappèrent d'étonnement tous les chevaliers qui devaient prendre part à la quête. Mais le plus stupéfait de tous fut le roi, car il n'oubliait pas la date de l'assemblée qui devait avoir lieu entre Galehaut et lui.

« Beau neveu, dit-il à monseigneur Gauvain, vous avez eu tort de ne pas inclure dans votre serment une réserve pour le jour de l'assemblée.

— Seigneur, dit monseigneur Gauvain, ce n'est plus possible. »

Il lace son heaume, monte sur son cheval et s'éloigne de la cour, suivi des chevaliers qu'il avait choisis. Il y avait monseigneur Yvain, fils du roi Urien, Keu le sénéchal, Sagremor le Démesuré, Lucain le Bouteiller, Yder fils de Nut, Girflet fils de Do, Yvain de Léonel, Yvain aux Blanches Mains, Yvain l'Éclain, Yvain le Bâtard, Galegantin le Gallois, Gasoin d'Estrangot, le Gai Galentin, Caradigas, Agloas, Magloas, le duc Taulas, Quenut de Caerec, Guerrehet et son frère Agravain, Cadoain de Caermuzin, Keu d'Estraux, Dodynel le Sauvage, Caradoc aux Courts Bras, le roi de Gènes, le roi de Marès, Hély le Bègue, monseigneur Brandelis, Adain le Beau, Osanain au Corps Hardi, Aiglain des Vaux, Gaheriet, Bliobéris, le Laid Hardi, Gales le Chaud, Aguiscant d'Écosse, Hervis de Rivel, Conain le Hardi, et le quarantième fut le Valet de Nort. Ce furent les quarante chevaliers qui allèrent dans la quête. Mais il n'y eut si preux ni si hardi qui ne regrettât cette folie, car ils s'entendirent traiter de renégats et de parjures par la bouche du roi lui-même. En effet ils voyagèrent toute l'année jusqu'au jour de l'assemblée, sans trouver le chevalier et sans en avoir des nouvelles dignes de foi. Le conte ne nous parle ici d'aucune des aventures qu'ils eurent dans leur quête, parce qu'ils échouè-

a l'asemblee] les ramena toz. Si se taist atant de monseignor
Gauvain et de sa compaignie, que plus n'an parole, et retorne
a la dame de Malohaut, qui mout est a malaise de savoir lo non
au bon chevalier et son covine, come cele qui tant l'aimme con
ele puet plus amer[1].

(f. 95a) Or dit li contes c'un jor lo fist fors traire de sa geole
por parler a lui. Et quant il vint devant li, si se vost aseoir
devant ses piez a terre. Et cele qui mout lo volt honorer lo fist
ancoste de li seoir en haut, et si li dist :

« Sire chevaliers, ge vos ai grant piece tenu an ma prison por
si grant forfait con vos feïstes. Et ge vos ai tenu mout
honoreement sor lo pois mon seneschal et de tot son paranté,
si m'en devez mout bon gré savoir. Et si faites vos, se il a tant
de bien an vos come ge cuit. »

« Dame, fait il, ge vos an sai tel gré que ge suis vostre
chevaliers a toz besoinz et an toz leux. »

« Granz merciz, fait la dame, et ce mosterroiz vos bien. Or
vos pri ge dons que vos me randez an guerredon ce que ge vos
demanderai : que vos me dites qui vos iestes et a coi vos bahez.
Se ce est chose que vos volez celer, bien sachiez que ja an avant
n'iere saü. »

« Dame, fait il, por Deu merci, si m'aïst Dex, ce ne porriez
vos savoir, car il n'est nule riens cui ge lo deïsse. »

« Non ? fait ele ; si ne me diriez an nule maniere ? »

« Dame, vos feroiz de moi vostre plaisir, car se vos me deviez
couper la teste, ge nel diroie. »

« Certes, fait ele, mar lo m'avez celé, que par la foi que ge vos

---

1. Tout ce chapitre est très proche de la *Première Continuation de
Perceval* (voir p. 388, note 1). Pour le goût des énumérations, voir *Erec*,
vv. 1692-1750, *Perceval, Deuxième Continuation, passim,* etc.

rent tous ; mais monseigneur Gauvain les ramena tous à l'assemblée. Le conte ne nous parle plus de monseigneur Gauvain ni de ses compagnons. Il revient à la dame de Malehaut, qui est très anxieuse de connaître le nom du bon chevalier et son état, parce qu'elle l'aime d'un amour sans limite.

CHAPITRE LI

Le triomphe de l'amour

Le conte dit qu'un jour la dame de Malehaut fit extraire de sa prison le bon chevalier pour s'entretenir avec lui. Quand il arriva devant elle, il voulut s'asseoir à ses pieds par terre. Mais elle, qui voulait lui faire honneur, le fit asseoir à côté d'elle et lui dit :

« Seigneur chevalier, je vous ai longtemps retenu prisonnier pour le grand forfait que vous avez commis. Je vous ai traité avec honneur, en dépit de mon sénéchal et de toute sa parenté. Vous devez m'être reconnaissant et je ne doute pas que vous le soyez, s'il y a en vous autant de valeur que je le crois.

— Dame, je le suis à ce point que je serai votre chevalier en toutes circonstances et en tous lieux.

— Je vous en suis très obligée et vous allez m'en donner une preuve. Je vous prie donc, à titre de remerciement, de répondre à la question suivante : dites-moi qui vous êtes et quels sont vos projets. Si ce sont des choses que vous désirez garder secrètes, soyez sûr que personne ne les saura jamais.

— Dame, de grâce ! répond le chevalier, pour l'amour de Dieu pardonnez-moi ; car vous ne pouvez pas le savoir et il n'est aucun être au monde à qui je puisse le dire.

— Vraiment ? fait-elle. Vous ne me le diriez en aucun cas ?

— Dame, vous disposerez de moi à votre gré. Même si vous deviez me couper la tête, je ne le dirai pas.

— Eh bien ! tant pis pour vous. Par la foi que je vous dois,

doi, vos n'istroiz ja mais de ma maison, ne par la rien que ge
plus ain, devant l'asenblee qui doit estre de mon seignor lo roi
Artus et Galehot. Et sachiez que vos avroiz des ore mais assez
honte et messaise, car jusq'au jor de l'asanblee a encor pres
d'un an. Et se vos lo m'aüssiez dit, vos fussiez hui en cest jor
delivres de ma prison. Et si lo savrai ge maugré vostre, car ge
irai an tel leu ou an lo me dira. »

« O, dame ? » *(f. 95b)* fait il.

« En non Deu, fait ele, an la cort lo roi Artus, ou an set totes
les noveles. »

« Dame, fait il, ge n'en puis mais. »

Atant l'an ranvoie an la jaiole et fait sanblant que ele soit
mout correcie vers lui et que mout lo hee, mais non fait, ainz
l'aimme plus qu'ele ne sielt, et croist l'amors et anforce chascun
jor. Lors apele sa cosine et dit :

« Gardez, fait ele, que vos diez au chevalier que ge lo hé plus
que nul home et que ge li ferai traire toz les maus que cors
d'ome porroit soffrir. »

Ansin dit la dame a sa cosine por son pensé covrir. Et
totevoie s'apareille d'aler a la cort lo roi Artus por savoir qui
li chevaliers est, si voudra aler mout richement. Au qart jor
mut la dame, et laissa sa cosine, la pucele, an son leu, et li
dit :

« Bele cosine, ge m'an vois au roi Artus ou ge ai mout affaire.
Et ge ai mostré haïne au chevalier, por ce que il ne me velt dire
son non. Mais ge nel arroie mie, car trop est prodom. Si vos pri
et requier, si chier comme vos avez m'amor et vostre honor,
que totes les choses que vos quideroiz que ses cuers voille li
porchaciez, si que vostre honors i soit sauve et que vos lo me
puissiez rendre. »

Et cele li creante. Atant s'an parti la dame et erra tant par ses
jornees que ele trove lo roi a Logres, sa cité, qui chiés estoit de
son regne. Et qant il oï que ele venoit, si ala ancontre et il et la
reine, si la reçut a mout grant joie. Mais ainz que il antrassent
an la cité, n'ot ele chevalier cui li dons lo roi ne fust presentez
et donez. Et la reine refist autretel as dames et as puceles. Et ce
fu por la dame de Malohaut, ne onques ne soffri que ele

je le jure, et par ce qui m'est le plus cher au monde, vous ne sortirez jamais d'ici avant l'assemblée qui doit avoir lieu entre monseigneur le roi Arthur et Galehaut. Et sachez que vous aurez désormais assez d'humiliations et de misères, car, jusqu'au jour de l'assemblée, il y a encore près d'un an, alors que, si vous m'aviez répondu, vous auriez été libéré aujourd'hui même. Et d'ailleurs je le saurai malgré vous, car j'irai en un lieu où on me le dira.

— Où donc, dame ?

— Par Dieu, à la cour du roi Arthur, où l'on sait toutes les nouvelles.

— Dame, je n'en peux mais. »

Elle le renvoie dans sa prison et fait mine d'être courroucée et remplie de haine contre lui, mais il n'en est rien. Elle l'aime plus qu'auparavant et son amour s'accroît et se renforce de jour en jour. Elle fait venir sa cousine et lui dit :

« N'oubliez pas de dire au chevalier que je le hais plus que personne et que je lui infligerai tous les mauvais traitements qu'un homme peut souffrir. »

La dame parle ainsi à sa cousine pour cacher ses sentiments. Cependant elle prend ses dispositions pour aller à la cour du roi Arthur, afin de savoir qui est le chevalier, et elle décide de s'y rendre en grand équipage. Elle part trois jours plus tard, laisse à sa place la demoiselle sa cousine et lui dit :

« Belle cousine, je me rends chez le roi Arthur, où j'ai beaucoup à faire. J'ai montré de la haine au chevalier, parce qu'il ne veut pas me dire son nom ; mais je ne saurais le haïr, car il est trop prud'homme. Je vous prie et vous requiers instamment, pour autant que mon amitié et votre honneur vous sont chers, de lui procurer tout ce que vous croirez lui être agréable, sous la réserve que votre honneur y soit sauf et que vous puissiez me le rendre à mon retour. »

Elle le lui promet. Alors la dame s'en va et voyage par étapes jusqu'à ce qu'elle trouve le roi à sa cité de Logres, qui était la capitale de son royaume. Quand le roi sut qu'elle arrivait, il alla au-devant d'elle, en compagnie de la reine, et lui fit un très bel accueil. Mais, avant qu'ils entrassent dans la ville, il n'y eut pas un seul chevalier de la dame qui ne se vît offrir et remettre un cadeau du roi, et la reine fit de même avec les dames et les demoiselles. Et c'était pour faire honneur à la dame de Malehaut. La reine ne souffrit pas qu'elle descendît ailleurs que

descendist s'an ses maisons non, car mout li avoit aidié en sa guerre.

Mout fist li rois de la dame grant feste, et la reine. Et la nuit, aprés soper, se furent asis an une couche, et dit *(f. 95c)* li rois a la dame :

« Certes, dame, mout vos iestes efforciee qui si loig de vostre terre iestes venue. Or voi ge bien que ce n'est mie sanz besoign, car costumiere n'iestes vos mie de vostre païs si esloignier. »

« Certes, sire, fet ele, sanz besoig n'est ce mie, ainz est granz li afaires, et si lo vos dira. Il est voirs que ge ai une moie cosine que uns suens veisins desherite, si ne trove nul chevalier qui sa querele voille desraisnier, car trop est cist boens chevaliers et forz de lignage. Ne cele n'a nule aide que de moi, si sui a vos venue, por ce que vos m'aidiez tant que ge aie lo bon chevalier, celui as vermoilles armes qui l'autrier veinquié l'asemblee ; car an m'a dit que, se l'avoie, nus ne feroit miauz la bataille de lui. Por ce suis a vos venue. Or si me secorrez, car granz mestiers m'est. »

« Bele douce amie, fait li rois, par cele foi que ge doi ma dame la reine qui ci est, que ge ain plus que rien qui vive, celui chevalier ne conui ge onques que ge saiche, ne de ma maison n'est il mie, ne de ma terre au mien cuidier, ainz lo dessir mout a veoir. Et messires Gauvains lo quiert, soit quarantoisme de chevaliers, des meillors de ma maison ; et murent pres a de quinze jorz, ne n'anterront mais an ma maison devant que il l'avront trové. »

Lors comance la dame a sorrire des chevaliers qui lo queroient, por que il chaçoient la folie. Et la reine la vit, si se porpansa que por noiant ne rioit ele mie, si li dit :

« Certes, ge cuit que vos savez mielz o il est que antre moi et lo roi ne faisons. »

Et cele respont :

« Par la foi que ge doi mon seignor lo roi, cui fame ge suis lige, ne vos qui ma dame iestes, ge ne vin ceianz se por savoir non qui il estoit, car ge an cuidoie ci oïr noveles. »

« Certes, fait la reine, gel cuidoie, por ce que ge vos vi sorrire qant mes sires an parloit. »

dans son palais, car elle avait beaucoup aidé le roi dans sa guerre.

Le roi reçut la dame avec de grands honneurs, ainsi que la reine. La nuit, après le souper, alors qu'ils s'étaient assis sur un lit, le roi dit à la dame :

« Certes, dame, vous vous êtes donné beaucoup de peine pour venir aussi loin de votre terre. J'imagine bien que ce n'est pas sans raison, car vous n'avez pas coutume de vous éloigner ainsi de votre pays.

— En effet, seigneur, ce n'est pas sans raison, répond la dame. L'affaire est d'importance et je vais vous la dire. En vérité j'ai une cousine à qui l'un de ses voisins dispute son héritage. Elle ne trouve aucun champion qui veuille défendre sa cause, parce que son adversaire est trop bon chevalier et trop puissant par son lignage. Aussi ne peut-elle attendre de secours que de moi et je viens vous trouver, pour que vous m'accordiez l'aide du bon chevalier, celui qui portait des armes vermeilles et a été le vainqueur de la dernière assemblée. On me dit que, si je l'avais, il ferait mieux que personne la bataille de ma cousine. Voilà pourquoi je suis venue. Secourez-moi, j'en ai grand besoin.

— Belle douce amie, fait le roi, par la foi que je dois à madame la reine que voici et que j'aime plus que tout au monde, ce chevalier m'est tout à fait inconnu, me semble-t-il. Il n'est pas de ma maison ni de ma terre, pour autant que je le sache. Je suis très désireux de le voir ; et monseigneur Gauvain est allé à sa recherche, avec trente-neuf autres chevaliers, parmi les meilleurs de ma maison. Ils sont partis il y a près de quinze jours et ne reviendront pas ici avant de l'avoir trouvé. »

Alors la dame ne peut s'empêcher de sourire des chevaliers qui le cherchent et de leur erreur. La reine s'en aperçoit et pense que ce sourire n'est pas sans raison. Aussi lui dit-elle :

« En vérité je crois que vous savez, mieux que le roi et que moi-même, où est ce chevalier. »

Et la dame de répondre :

« Par la foi que je dois à monseigneur le roi, dont je suis la femme lige et à vous, qui êtes ma dame, je ne suis venue ici que pour savoir qui il était ; car je pensais que j'en aurais des nouvelles auprès de vous.

— Vraiment, je le croyais, fait la reine, parce que je vous ai vu sourire, quand monseigneur le roi en a parlé.

« Dame, fait ele, ce fu por ce que ge me tenoie a escharnie, et que trop m'estoie travaillie por neiant. *(f. 95d)* Mais puis que n'an puis oïr novelles, ge vos demant congié, si m'an irai lo matin, car ge ai mout affaire an mon païs. »

« Coment ? fait li rois ; cuidiez vos an vos ja aler ? Si tost ne vos an iroiz vos mie, ainz feroiz compaignie a la reine huit jorz ou quinze, et si an manroiz des chevaliers celui qui miauz vos plaira por fere vostre bataille, car bien sachiez que vos iestes une des dames do monde que plus voudroie honorer, car vos m'avez bien aidié an mes bessoignes. »

« Sire, fait ele, granz merciz de tant com vos an dites, mais remanoir ne porroie ge plus an nule maniere ne an nule guise ; ne chevalier n'i manrai ge nul, puis que celui ne puis avoir que ge queroie, car d'autres ai ge assez. »

Tant la prient antre lo roi et la reine qe ele remaint jusq'au tierz jor. Et lors s'an part au bon congié d'amedeu[s], et s'en reva an son païs a granz jornees, car mout li tarde que ele soit revenue et que ele voie celui par cui toz li pris do monde se travaille ; si se prise mout de ce que ele a an sa baillie ce que nus ne puet avoir. Ensi s'an repaire liee et joieuse, et fait antandant a sa cosine que ele estoit alee a la cort lo roi por ce qu'ele cuidoit que ses prisons fust de la cort lo roi, [et que li rois l'en seüst mal gré.

« Or si ai, fet ele, tant apris qu'il n'est de la maison lo roi] ne de sa terre. Mais coment l'avez puis fait et vos et il ? »

« Dame, fait ele, mout bien. Il a eü qanque mestiers li fu. »

Aprés ne demora gaires qu'ele lo fist traire fors de sa geole et parla a lui an sanblant de fame iriee.

« Sire chevaliers, fait ele, vos me feïstes l'autre jor dongier [de dire] qui vos estiez, et ge ai puis tant apris de vostre covine que or vos raenbroie, se vos voliez. »

« Dame, fait il, granz merciz. Et ge me reanbrai volentiers, se ge puis avenir a vostre reançon. »

— Dame, je ne souriais que de ma sottise, parce que je me suis donné beaucoup de mal pour rien. Mais, puisque je ne peux en avoir des nouvelles, je prendrai congé de vous et m'en irai demain matin, car j'ai beaucoup à faire dans mon pays.

— Comment? fait le roi. Vous voulez déjà partir? Il n'est pas question que vous partiez si vite. Vous tiendrez compagnie à la reine huit ou quinze jours et vous emmènerez ensuite celui de mes chevaliers qui vous conviendra le mieux pour faire votre bataille. Soyez assurée que vous êtes une des dames du monde à qui j'aimerais faire le plus d'honneur, car vous m'avez beaucoup aidé dans mes affaires.

— Seigneur, je vous suis très obligée de tout ce que vous me dites. Mais je ne peux rester davantage, en aucune manière et en aucun cas. Pour ce qui est du chevalier, je n'en emmènerai aucun, dès lors que je ne peux avoir celui que je cherchais ; car j'en ai d'autres en suffisance. »

À la prière du roi et de la reine, elle resta deux jours auprès d'eux et partit le troisième avec leur permission. Elle revient à grandes étapes dans son pays. Elle a hâte d'être de retour et de revoir celui dont les plus illustres chevaliers du monde[1] se mettent en peine. Elle est toute fière d'avoir sous sa garde ce que nul ne peut avoir. Elle s'en revient ainsi, heureuse et comblée de joie. Elle explique à sa cousine qu'elle est allée à la cour du roi parce qu'elle croyait que son prisonnier en était et qu'elle craignait que le roi ne lui en sût mauvais gré.

« Et j'ai appris, dit-elle, qu'il n'est pas de la maison du roi ni de sa terre. Mais après mon départ, tout s'est-il bien passé, pour vous et pour lui?

— Dame, très bien. Il a eu tout ce dont il avait besoin. »

La dame le fit bien vite extraire de sa prison et lui parlant comme une femme en colère :

« Seigneur chevalier, fait-elle, vous avez refusé l'autre jour de me dire qui vous étiez. Depuis lors j'en ai suffisamment appris sur votre compte pour vous libérer contre rançon, si vous le voulez.

— Dame, je vous remercie. Je me rachèterai volontiers, si je puis satisfaire à la rançon que vous fixerez.

---

1. *les plus illustres chevaliers du monde :* littéralement, toute la gloire du monde.

« Savez vos, fait ele, quex vostre reançons sera ? Ge vos en nomerai trois des raençons. Et se vos n'en prenez une, ja ne m'aïst Dex qant vos ja mais istroiz de ma prison, ne par avoir ne proiere. Or prenez [une des trois, se vos de ma prison volez issir. »]

« Dame, or me dites vostre *(f. 96a)* plaisir. Et puis qu'a ce an suis venuz, la que que soit m'an covanra il prandre. »

« Ge vos di, fet ele, que [se] vos me dites qui vos iestes et coment vos avez non, vos seroiz de ma prison quites ; et se vos ce ne volez dire, que vos nos dites cui vos amez par amors ; et se vos ne volez faire ne l'un ne l'autre, si me dites se vos cuidiez ja mais autretant [faire] d'armes come vos feïstes l'autre jor a l'asanblee. »

Qant il l'oï, si comança mout durement a sospirer, et dit :

« Dame, dame, trop me haez, bien lo voi, qant vos [ne] me volez reanbre se honteusement non. Dame, por Deu, qant ce sera que vos m'avez fait dire mon grant duel et vostre plaisir, quel seürté en avrai ge que vos me lairoiz aler quitement ? »

« Ge vos creant, fait ele, leiaument que, si tost come vos avroiz prise une des trois reançons, quitement vos an porroiz aler. Or est an vos, o de l'aler o del remanoir. »

Lors comança li chevaliers a plorer mout durement, et dit :

« Dame, ge voi bien que par honteuse raençon m'en covient eschaper, se aler m'en voil. Et puis q'ensinc est, miauz me vient il dire ma honte que l'autrui, car bien sachiez que ge ne vos diroie a nul fuer qui ge sui, ne coment ge ai non. Et se ge amoie par amors, issi voirement m'aïst Dex, vos ne savriez ja cui, se ge poie. Don me covient il l'autre chose a dire, et gel dirai, quel honte que ge an doie avoir. Tant sachiez vos bien de voir que ge cuit ancores plus faire d'armes que ge ne fis onques, se il m'est comandé. Or si est ansin que ma honte m'avez fait dire, si m'an irai des ores mais, se vostre volentez est. »

« Assez, fait ele, avez dit. Or vos an iroiz quant vos plaira, que or me puis aparcevoir miauz de vos que onques mais ne fis. Mais por ce que ge vos ai si honoreement tenu, si vos pri que

— Vous voulez savoir quelle sera votre rançon ? Je vous en indiquerai trois. Si vous n'en acceptez aucune, jamais, je le jure, ni argent ni prière ne vous feront sortir de prison. Il vous faut donc choisir l'une des trois, si vous voulez être libre.

— Dame, dites-moi ce que vous voulez. Au point où j'en suis, je serai bien obligé d'en choisir une, quelle qu'elle soit.

— Je vous déclare donc que, si vous me dites qui vous êtes et quel est votre nom, vous serez quitte envers moi. Si vous ne voulez pas, dites-nous qui vous aimez d'amour. Et si vous ne voulez ni de l'un ni de l'autre, dites-moi si vous comptez, à l'avenir, faire autant de prouesses que vous en avez fait l'autre jour à l'assemblée. »

En entendant ces mots, le chevalier laisse échapper un profond soupir :

« Dame, dame, dit-il, vous me haïssez fort, je le vois, puisque vous ne voulez me rendre ma liberté qu'au prix de ma honte. Dame, pour l'amour de Dieu, en supposant que vous m'ayez fait dire ce qui me cause tant de peine et à vous tant de plaisir, quelle garantie aurai-je que vous me laissiez partir librement ?

— Je vous donne ma parole d'honneur que, dès que vous aurez choisi l'une de ces trois rançons, vous pourrez partir librement. Il dépend donc de vous de partir ou de demeurer. »

Alors le chevalier se met à pleurer et dit :

« Dame, je vois bien que je ne peux en sortir que par une rançon honteuse, si je veux m'en aller. Et puisqu'il en est ainsi, mieux vaut que ce soit à ma honte qu'à celle d'autrui. Sachez que je ne vous dirai pour rien au monde qui je suis ni quel est mon nom. Et si j'aimais d'amour, je le jure devant Dieu, vous ne sauriez jamais qui, pour autant que cela dépendît de moi. Il me faut donc répondre à la troisième question et je le ferai, quelque honte que j'en doive avoir. Soyez absolument sûre que j'ai l'intention de faire encore plus de prouesses que je n'en ai jamais faites, si j'en reçois le commandement. Voilà qui est fait. Vous m'avez obligé à me couvrir de honte ; et maintenant je m'en irai, si vous le voulez bien.

— Vous en avez assez dit et vous partirez quand il vous plaira, parce que je peux maintenant mesurer votre valeur mieux que je ne l'ai jamais fait. Mais, pour vous avoir gardé avec autant d'honneur, je vous demande un remerciement qui

vos m'en randez un guerredon qui gaires ne vos grevera. Et sel di plus por vostre preu *(f. 96b)* que por lo mien. »

« Dame, fait il, dites vostre volenté, et vos avroiz ce que vos demanderoiz, se tro[v]é puet estre. »

« Grant merciz, fait ele ; et ge vos pri que vos remenez ceianz jusque a l'asemblee. Et ge vos apareillerai cheval boen et armes tex comme vos les voudroiz porter, si movroiz de ci a l'asanblee et ge vos ferai savoir lo jor qu'ele sera. »

« Dame, fait il, ge ferai vostre volenté. »

« Or vos dirai, fait ele, que vos feroiz. Vos seroiz en vostre geole et avroiz qanque vos deviseroiz. Et ge vos ferai compaignie sovant, et ge et ma coisine. Mais ge ne voil que nule riens saiche q'aiez a moi finé. Et vos me dites quex armes vos voudroiz porter. »

Et il dist que unes totes noires. Atant s'an va an sa geole. Et la dame li fait apareillier celeement escu tot noir et cheval autretel et cote a armer et covertures autreteles. Ansin demore li chevaliers.

Et li rois est en sa terre et fait ensin come ses maistres li anseigna de ses genz honorer, tant que, ançois que la mitié de l'an fust passee, ot il lor cuers si recovrez que il orent plus de mil maisons faites an la place de terre [ou l'asemblee devoit estre ;] et se hatissent bien tuit, que il voudront miauz morir a dolor an bataille que li rois perdist sa terre a lor vivant. Ansin atornent tuit lor cuers au roi par la grant debonaireté que il lor mostre, et vindrent avec lui au plus efforcieement que il porent an place quinze jorz avant la faute de la trive. Et lors vint d'autre part messires Gauvains et si compaignon de lor queste, ne il n'avoi[en]t riens esploitié, si an furent tuit honteus. Mais l'angoisse de la bessoigne lo roi les ramena. Et messires Gauvains dit que miauz lor venoit estre honiz a l'enor de lor seignor lige, que il toz seus fust honiz et desheritez.

ne vous coûtera guère et je le fais plus encore pour votre bien
que pour le mien.

— Dame, dites-moi ce que vous voulez; et vous l'aurez, s'il
est possible de vous l'obtenir.

— Je vous suis très obligée. Je vous prie donc de rester ici
jusqu'à l'assemblée. Je vous fournirai un bon cheval et des
armes telles que vous voudrez les porter. Vous partirez d'ici
pour aller à l'assemblée et je vous en ferai connaître le jour.

— Dame, à votre volonté.

— Je vous dirai ce que vous allez faire. Vous resterez dans
votre geôle et vous y trouverez tout ce dont vous exprimerez le
désir. Nous viendrons souvent vous tenir compagnie, ma
cousine et moi. Mais je veux que personne ne sache que vous
êtes quitte envers moi. À vous de me dire les armes que vous
voudrez porter. »

Il demande des armes toutes noires et retourne dans sa
prison. La dame lui fait préparer secrètement un écu noir, un
cheval noir, une cotte d'armes[1] et des couvertures[2] de la même
couleur. Et le chevalier demeure à Malehaut.

Cependant le roi est dans sa terre et met si bien en pratique
les conseils de son maître pour honorer ses hommes, qu'avant
que la moitié de l'année fût passée, il avait regagné leur cœur.
Ils avaient bâti plus de mille maisons dans la contrée où
l'assemblée devait avoir lieu; et ils affirmaient tous qu'ils
préféraient mourir au combat de mort douloureuse, plutôt que
de voir le roi perdre sa terre, tandis qu'eux-mêmes resteraient
en vie. Ainsi le roi traîne tous les cœurs après lui par la grande
bonté qu'il leur montre. Tous se rendirent sur place, avec le
plus grand nombre d'hommes qu'ils purent réunir, quinze
jours avant l'expiration de la trêve. D'autre part monseigneur
Gauvain et ses compagnons revinrent de leur quête. Ils
n'avaient rien trouvé et en avaient honte. Mais la crainte de
manquer au service du roi les ramena. Et monseigneur Gauvain leur tint ce langage: mieux valait qu'ils fussent honnis,
l'honneur du roi étant sauf, plutôt que de voir leur seigneur
honni et déshérité. Mieux valait qu'ils fussent tous déshonorés

---

1. *cotte d'armes:* tunique sans manches portée sur l'armure.
2. *couverture:* le cheval était entièrement recouvert d'une longue robe,
généralement des mêmes couleurs que l'écu.

« Ne honiz, fait il, ne puet il estre sanz nos, mais nos porriens estre sanz lui, car nos poons terre perdre sanz [sa] honte, mais [il] ne la puet perdre sanz la nostre. »

Par les pa*(f. 96c)*roles monseignor Gauvain vindrent ensin li quarante chevalier a l'asenblee, si les retint li rois a mout grant joie, car mout ot grant paor que il ne venissient pas a tans.

Ensin vint li rois garniz de sa tere deffandre. Et d'autre part revint Galehoz a grant pooir, que por un home que il an mena a l'autre foiz, [en ramena] il deus [a cesti,] si que les roiz de fer qui la premiere ost avoient close ne porent mie clore de cestui la mitié. Quant la faute de la trive fu venue, si dessirrent mout li povre home et d'une part et d'autre a asembler. Lors demanderent [Galehot] cil de son consoil cui il voudroit anveier asenbler lo premier jor et conbien de gent. Et il dist que ses cors ne porteroit pas armes, ne ore ne autre foiz, se bessoinz ne li faisoit porter. « Ne a ceste foiz, dist il, n'asenbleront mes genz se por veoir non la chevalerie lo roi Artus. Mais a l'autre foiz assenbleront il si a certes que li uns an remanra desconfiz otreement. » Lors comanda que li Rois Premiers Conquis asanblast lo premier jor a trente mile homes tant que il veïst coment les genz lo roi Artus se contandroient, et se de plus avoient mestier, plus en i anvoieroit. Ensin dit Galeholz a ses homes.

Et d'autre part reparole messires Gauvains a son oncle lo roi, et dit :

« Sire, se Galehoz ne porte armes demain, vos nes porteroiz mie. »

« Biaus niés, fait il, vos dites voir, mais vos les porteroiz et manroiz de ma gent une partie. Si pensez del bienfaire, si com il est mestiers. »

« Sire, fait il, vostre plaisir. »

L'andemain leverent matin et d'une part et d'autre. Et quant il orent messe oïe, si s'alerent armer, si passerent les genz lo roi petit et petit les lices et asenblerent ansenble d'une part et d'autre. Si ot de boenes jostes et de dures meslees an plusors leus. Lors vint assanbler uns des compaignons Galeot, *(f. 96d)*

plutôt que lui tout seul. « Car, leur dit-il, il ne peut être honni sans nous, mais nous pourrions l'être sans lui. Nous pouvons perdre notre terre, sans qu'il soit déshonoré ; mais il ne peut perdre la sienne, sans que nous le soyons. »

C'est ainsi que, sur les exhortations de monseigneur Gauvain, les quarante chevaliers se rendirent à l'assemblée. Le roi leur fit le meilleur accueil, car il avait eu grand'peur qu'ils ne fussent pas de retour à temps. Ainsi le roi arriva avec les forces nécessaires pour défendre sa terre.

De son côté Galehaut arrive avec une grande armée. Pour un homme qu'il avait amené l'autre fois, il en ramena deux, au point que les grillages de fer, qui entouraient la première armée, ne purent enclore que la moitié de la seconde. Quand la fin de la trêve fut venue, les petites gens des deux partis furent très désireux d'en découdre immédiatement. Les membres du conseil de Galehaut prièrent leur maître de leur indiquer qui il voulait envoyer au combat le premier jour et avec combien d'hommes. Il leur répondit que lui-même ne porterait pas les armes, ni ce jour-là ni plus tard, si le besoin ne s'en faisait sentir. « Et cette fois-ci, dit-il, mes hommes n'iront à la bataille que pour voir la chevalerie du roi Arthur ; mais la prochaine fois ils se battront avec détermination jusqu'à la déroute complète de l'une des deux armées. » Alors il décida que le roi des Cent Chevaliers conduirait trente mille hommes au combat le premier jour, afin de voir comment les troupes du roi Arthur se comporteraient et qu'il en recevrait davantage, si le besoin s'en faisait sentir. Tels furent les ordres que Galehaut donna à ses hommes.

De son côté, monseigneur Gauvain s'adresse au roi son oncle et lui dit :

« Seigneur, si Galehaut ne porte pas les armes demain, vous ne les porterez pas non plus.

— Beau neveu, répond le roi, vous avez raison. C'est vous qui porterez les armes et mènerez au combat une partie de mon armée. Pensez à bien faire, il en est besoin.

— Seigneur, à votre volonté. »

Le lendemain on se leva de bonne heure de part et d'autre. Après avoir entendu la messe, chacun alla s'armer. Les gens du roi franchirent les lices par petits groupes et les deux partis engagèrent le combat. Il y eut de bonnes joutes et de dures mêlées en plusieurs lieux. Alors entra dans la bataille un des

[qui mout estoit preuz, et puis fu il de la maison lo roi Artu, si avoit non Escaranz li povres, si estoit assez prisiez d'armes et estoit amez plus que chevaliers des compaignons Galehot] qui povres hom fu. Cil assanbla toz seus a un grant conroi o il avoit pres de cent chevaliers, et venoit si durement que toz li siegles l'esgardoit a mervoille. Et el conroi avoit de mout preudomes, sel laisserent ferir la ou il vost. Et il pecea son glaive la ou il lo cuida mielz emploier, et delivres ala tot parmi lo conroi ferir un chevalier mout preu qui avoit non Galesguinanz, si estoit freres monseignor Yvain de bast, si venoit as jostes, si tost com il pooit esperoner, por conquerre pris et honor dom il avoit ja assez. La o il venoit si tost, l'ancontra Escaron, si s'entrehurterent, après lo brisier des lances, si durement et des cors et des vis et des chevax que il se porterent a terre tuit estordi, les chevax sor les cors, et jurent grant piece a terre sanz relever. Sis des genz lo roi Artus laissent corre por Escarant anconbrer. Et qant li suen lo voient, si hurtent cele part ; et sont bien trente chevalier, si avoient ja Escarant remonté et les sis abatuz et Galeguinant pris, quant Yvains li Avoutres i vint poignant et après lui des autres une partie. Illuec fu la meslee mout dure et mout se deffandent bien cil devers Galehot, mais il n'i porent longues durer, car il n'estoient pas a tanqanz, ne si bon chevalier come li autre. Si lor fu mout durement resqueus Galeguinanz et li autre sis autresi, et Escaranz refu abatuz. Illuec asanbla toz li tornoiz a la resqueuse d'Escarant et de Galeguinant, si asenblerent en po d'ore, que d'une part, que d'autre, plus de cinquante mile homes.

Mout lo faisoient bien les genz lo roi Artus, car li Galehot estoient bien trente mile, et il n'estoient que vint mile et si avoient lo plus bel de la bataille. Lors asanbla li cors lo Roi Premiers Conquis, qui mout estoit preuzdechevaliers et seürs et mout les sostint. Mais puis que li cors mon*(f. 97a)*seignor Gauvain i vint, onques puis ne se tindrent les genz Galehot se mout petit non, ançois s'en comencierent a aler mout laide-

compagnons de Galehaut, homme d'une grande prouesse et qui fut plus tard de la maison du roi Arthur. Il s'appelait Escarant le Pauvre et était, parmi les compagnons de Galehaut, le plus renommé pour sa valeur militaire et le plus aimé des petits chevaliers. Il s'attaqua tout seul à un important détachement, où il y avait près de cent chevaliers ; et il s'élançait si impétueusement que tout le monde le regardait et l'admirait. Il y avait dans ce détachement beaucoup de prud'hommes ; mais ils le laissèrent porter ses coups où il voulut. Il brisa sa lance à l'endroit qui lui parut le meilleur, et il alla librement, au milieu du détachement, frapper un preux chevalier, qui s'appelait Galesguinant et était le frère de monseigneur Yvain le Bâtard. Celui-ci arrivait aux joutes, aussi vite qu'il pouvait éperonner, pour y gagner de la gloire et de l'honneur, dont il était déjà bien pourvu. Alors qu'il venait au grand galop, Escarant fondit sur lui, et, après que les lances se fussent rompues, ils se heurtèrent si violemment, de corps, de visage et de cheval, qu'ils tombèrent à terre sous leurs chevaux, tout étourdis, et demeurèrent longtemps ainsi, sans pouvoir se relever. Six des hommes du roi Arthur se précipitent pour accabler Escarant. Ce que voyant, ses compagnons piquent des deux dans sa direction, et ils sont bien trente chevaliers. Déjà ils avaient remis en selle Escarant, abattu leurs six adversaires et fait prisonnier Galesguinant, quand Yvain le Bâtard accourut suivi par une partie de ses troupes. Alors la mêlée fut très violente et les hommes de Galehaut opposèrent une belle défense. Mais ils ne purent tenir longtemps, car ils n'étaient pas aussi nombreux ni aussi bons chevaliers que les autres. Galesguinant leur fut repris durement, les six autres chevaliers aussi, et Escarant jeté de nouveau à terre. Alors toutes les troupes entrèrent dans la mêlée pour secourir Escarant ou Galesguinant ; et en peu de temps il y eut, tant d'un côté que de l'autre, plus de cinquante mille hommes au combat. Les gens du roi Arthur se conduisaient très bien. Ceux de Galehaut étaient bien trente mille, eux-mêmes n'étaient que vingt mille et cependant ils avaient le dessus. Alors le roi Premier Conquis entra dans la mêlée. C'était un chevalier très preux et très sûr. Il soulagea beaucoup les siens. Mais, dès que monseigneur Gauvain en personne prit part à la bataille, les gens de Galehaut n'offrirent plus qu'une faible résistance et commencèrent à s'enfuir très vilainement. Quand Galehaut vit que ses hommes étaient en difficulté, il

ment. Et qant Galehoz les vit, si lor enveia tant de chevaliers
que tuit li chanp furent covert. Et qant messires Gauvains les
vit venir, si restraint ses genz environ lui et mout les pria de
bien faire.

Atant vindrent lor anemis a desroi, si se ferirent antre aus
plus durement que il porent. Et cil les recuillirent mout
viguereusement, car assez i avoit preudomes. Illuec fist messires Gauvains merveilles, et tuit si compaignon prenoient cuer
et hardement, et il seus les sostenoit toz. Mais bienfaires n'i
pooit avoir mestier, car por un des suens i avoit il des Galehot
trois. Si les soffrirent a mout grant meschief une piece, mais en
la fin guerpirent la place et furent a force mené jusque a lor
lices. Illuec mostra messires Gauvains une grant partie de sa
proesce, car il sosfri tant que tuit cil devers lui s'an merveil-
loient, et cil devers Galehot s'an esbaïssent tuit.

Quant li rois Artus vit que plus n'i pooient durer, si dist que
ore avoit il trop sofert qant il les avoit tant laissiez foler. Et lors
i anveia autretant chevaliers com il avoit, si les bailla monseignor Yvain a conduire et lo pria de sagement aler. Et qant il
vint la, si avoient ja tuit li leur passee la lice. Si estoit li chevaus
monseignor Gauvain ocis, et il a pié, si avoit mout grant
mestier de secors. Et si tost com il asanblerent, lor anemi ne se
tindrent fors a la lice passer. Mais la se tindrent il tant que li
Rois d'Outre les Marches vint poignant tot a desroi et avec lui
vint mile tot parconté. La fu la meslee grant, et mout bien lo
faisoient et li un et l'autre. Et messires Yvains lo recomença si
bien a faire c'onques miauz ne l'avoit fait a nul jor, car il monta
monseignor Gauvain tot a force sor un cheval dont il avoit
abatu lo *(f. 97b)* Roi Premier [Conquis]. Et si avoit ja messires
Gauvains tant esté batuz que onques puis ne fu jorz que il n'an
fust pires. Lors comencierent les proeces monseignor Yvain, et
[les monseignor] Gauvain ne remestrent mie.

Ensin dura tote jor la bataille, que qant li un avoient lo
peior, si les sostenoient li lor petit et petit tant que ce avint a
l'avesprir, que il se comencierent a retraire d'amedeus parz. Si
n'an i avoit un seul tant fres qui ne fust toz las. Et la ou il s'an
aloient et d'une part et d'autre, ne s'an ala mie messires

leur envoya tant de chevaliers que toute la campagne en fut couverte.

Monseigneur Gauvain les voit venir. Il fait serrer les rangs autour de lui et exhorte les siens à bien faire. Leurs adversaires arrivent au grand galop, et se précipitent sur eux avec la plus grande violence. Mais les autres les accueillent très vigoureusement, car ils ont beaucoup de prud'hommes. Monseigneur Gauvain fait merveille. Tous ses compagnons retrouvent courage et vaillance et, à lui seul, il soutient tout le monde. Cependant la vaillance ne pouvait suffire, car il y avait trois hommes de Galehaut contre un des leurs. Ils résistèrent à grand'peine un certain temps, mais à la fin ils durent céder la place et furent ramenés de force jusqu'à leurs lices. À cette occasion monseigneur Gauvain donna toute la mesure de sa prouesse ; il endura de tels assauts que les siens en étaient émerveillés et ceux de Galehaut stupéfaits.

Quand le roi Arthur vit qu'ils ne pouvaient plus tenir, il se dit qu'il avait trop attendu, en les laissant accabler à ce point. Il envoya tous les chevaliers qu'il avait, les mit sous la conduite de monseigneur Yvain, et lui recommanda d'agir habilement. Quand celui-ci arriva sur le champ de bataille, les gens du roi Arthur avaient déjà passé la lice, le cheval de monseigneur Gauvain avait été tué, lui-même était à pied et avait grand besoin de secours. Dès que les troupes de monseigneur Yvain furent engagées, leurs ennemis furent contraints de se replier jusqu'à la lice ; et ils s'y tinrent, jusqu'à ce que le roi d'Outre-les-Marches vînt les secourir au grand galop, avec vingt hommes bien comptés. La mêlée fut grande et les uns et les autres se battirent vaillamment. Monseigneur Yvain se battit mieux encore qu'il ne l'avait jamais fait. Il dégagea de vive force monseigneur Gauvain et le remit en selle sur le cheval du roi Premier Conquis, qu'il avait désarçonné. Monseigneur Gauvain avait été moulu de tant de coups que, par la suite, il devait toujours s'en ressentir. Alors commencèrent les prouesses de monseigneur Yvain et celles de monseigneur Gauvain ne cessèrent pas.

Ainsi dura la bataille toute la journée. Dès que certains étaient en difficulté, leurs compagnons venaient les secourir les uns après les autres. Puis le soir tomba. Les deux armées commencèrent à se retirer et il n'y avait personne qui ne fût recru de fatigue. Alors que chacun s'en allait de part et d'autre,

Gauvains, ainz fu venuz a la rescose d'un sien compaignon qui
avoit non Gaheriz de Gareheu. Si n'an savoit mot messires
Yvains, qui ja s'an raloit, ne li autre compaignon lo roi, quant
uns escuiers vint poignant aprés monseignor Yvain et li escria
que pris estoit ses amis et ses compainz, se il ne se hastoit. Lors
retorna messires Yvains si tost com li chevax pot aler, et fu si
esbahiz que onques home n'i apela, mais assez ot grant suite de
preudomes. Et qant il vint a la meslee, si trova monseignor
Gauvain tel conreé que li sans li sailloit por la boiche et par lo
nes fors, et cuidoit bien morir sanz confession, mais ancor
estoit an son cheval. Illuec fu la meslee anforciee, si ot plus
grant domache tant por tant que il n'avoient mes hui eü, car
assez i ot chevaliers pris et morz et navrez. Mais totes ores en
orent lo plus bel les genz lo roi Artu a cele foiz et desconfirent
les autres. Et lors s'an tornerent, si amenerent prisons assez, et
mout lor estut bel.

  Li rois fu esbahiz de son neveu qui trop estoit bleciez. Et la
o li rois l'aresgna devant sa tente, il ne li pot onques mot dire,
ainz chaï pasmez a terre sanz ce que nus ne l'adesoit. Iluec fist
grant duel li rois et la reine. Et furent tuit li mire mandé, si lo
couchierent, et trovent que il avoit deus des costes brisiees, et
cuiderent bien que il fust deroz. Mais il ne l'osoient dire por lo
roi, que il ne s'an desconfortast, et distrent que il ne s'en
esmai[a]st mie, que il garroit bien.

  (f. 97c) Granz est li diaus an l'ost lo roi Artus de monseignor
Gauvain, et plorent tuit li preudome et dient que ja mais si
preudome ne porra morir. Mais mout an i a qui an font joie.
Qant messires Gauvains se fu pasmez devant sa tente, bien
l'orent veü li chevaliers de Malohaut, si orent oï par derrierres
que [l'en disoit que] morz estoit. Et qant il vindrent a Malohaut, si demanda la dame novelles de l'asenblee. Et il distrent
que tot avoit veincu messires Gauvains, mais trop durement
estoit bleciez et jusque a mort. De ces noveles fu mout la dame
dolante et dist :

  « Certes, mar fu messires Gauvains. Ja mais plus gentils
chevaliers ne morra. »

monseigneur Gauvain ne quitta pas le champ de bataille et courut secourir un de ses compagnons, qui s'appelait Gaheris de Caraheu. Personne n'en savait rien, ni monseigneur Yvain, qui revenait de la bataille, ni aucun des compagnons du roi, quand un écuyer rejoignit au galop monseigneur Yvain et lui cria que son ami et compagnon allait être fait prisonnier, s'il n'intervenait pas tout de suite. Monseigneur Yvain revint en arrière aussi vite que son cheval put le porter, et, bien qu'il n'eût appelé personne, il fut stupéfait de se voir accompagné par une suite nombreuse de prud'hommes. Quand il fut dans la mêlée, il trouva monseigneur Gauvain si mal en point que le sang lui sortait par la bouche et le nez et qu'il pensait mourir sans confession, mais se tenait encore sur son cheval. Alors la violence de la mêlée s'accrut et les pertes des deux côtés furent plus grandes qu'à aucun moment de la journée. Il y eut beaucoup de prisonniers, de morts et de blessés. Les hommes du roi Arthur eurent enfin le dessus et mirent les autres en fuite. Ils s'en retournèrent, ramenant beaucoup de prisonniers et satisfaits de leur victoire.

Le roi fut bouleversé en voyant le triste état de son neveu. Quand le roi voulut lui parler devant sa tente, il ne put répondre un mot et tomba évanoui, sans que personne ne l'eût touché. Grande fut la douleur du roi et de la reine. On appela tous les médecins. Ils le couchèrent, trouvèrent qu'il avait deux côtes cassées et jugèrent qu'il était perdu. Mais, n'osant pas l'annoncer pour ne pas désespérer le roi, ils lui dirent qu'il ne devait pas s'effrayer et que monseigneur Gauvain guérirait.

Grand est le deuil qui est fait de monseigneur Gauvain, dans le camp du roi Arthur. Tous les prud'hommes pleurent et disent qu'on ne verra jamais mourir un aussi preux chevalier. De l'autre côté, nombreux sont ceux qui s'en réjouissent.

Quand monseigneur Gauvain s'était évanoui devant sa tente, les chevaliers de Malehaut l'avaient vu ; et ils avaient entendu dire, de divers côtés, qu'il était mort. Quand ils rentrèrent à Malehaut, la dame leur demanda des nouvelles de l'assemblée. Ils lui dirent que monseigneur Gauvain avait remporté la victoire, mais qu'il avait été très gravement touché et qu'il était blessé à mort. La dame fut très affligée de ces nouvelles et s'écria :

« Hélas, quel malheur ! Jamais plus noble chevalier ne mourra. »

Tant alerent les noveles de monseignor Gauvain qu'il n'ot laianz garçon qu'il n'an parlast; s'en oï parler li chevaliers de la geole. Et se li autre en furent dolant, il seus an fist duel sor toz homes, et dist:

« Certes, se il muert, ja mais ceste perte ne sera restoree. »

Quant li chevalier de laianz s'an furent parti, si porchaça tant li chevaliers de la geole que il parla a sa dame, et dist:

« Dame, il est voirs que messires Gauvains soit morz? »

« Certes, fait ele, il est bleciez senz garison, ce ai oï dire. »

« Si m'aïst Dex, fait il, ce est granz dolors a tot lo monde, et au jor de sa mort devra bien estre tote joie remese. Dame, dame, fait il, por qoi m'avez si laidement traï? Ja m'aüstes vos covant qe vos me feriez savoir lo jor de l'asenblee. »

« Se gel vos oi, fet ele, an covant, or m'an aquit, que ja i ont assez perdu li nostre. »

« Dame, fet il, or est a tart. »

« Non est, fait ele, que tot a tens i venrez ancores, que l'asenblee [re]sera d'ui en tierz jor. Et ge vos ai apareillié cheval et armes itels comme vos me deïstes. Mes ge vos lo que vos ne movoiz de çaianz devant lo jor de l'asemblee; lors s'erroiz tot droit de ci an la place, et vos i savez bien la voie. »

« Dame, fait il, a vostre volenté. »

Atant s'en reva gesir li chevaliers, et la dame d'autre part. Et qant vient l'andemain aprés disner, la dame *(f. 97d)* vient au chevalier, si lo comande a Deu, et dit que ele vait a un sien affaire. Et li chevaliers la mercie mout de la grant honor que ele li a portee, et dit que il est ses chevaliers et sera tote sa vie. Atant s'am part la dame, si s'an vait an l'ost. Et li rois et la reine font de li grant joie come gent iriee, et l'an moignent veoir monseignor Gauvain, que ele dessirroit mout a veoir. Mais ele lo trova de plus bel senblant que l'an ne li ot conté, s'an fu mout liee. Ensin passerent cele nuit. Et a mout grant paor atandoit li rois Artus l'andemain, car mout avoit des chevaliers perduz. Et la cosine a la dame de Malohaut, qui an sa maison estoit remesse, appareilla la nuit au chevalier ses armes et lo coucha en la couche sa dame et fu devant lui tant que il fu

Les nouvelles sur l'état de monseigneur Gauvain se répandirent si vite qu'on ne pouvait trouver dans le palais aucun serviteur qui n'en parlât. Le chevalier prisonnier en fut informé. Si la désolation était générale, il en fut plus malheureux que tout le monde et dit :

« En vérité, s'il meurt, jamais cette perte ne sera réparée. »

Quand les chevaliers du pays furent partis, le prisonnier parvint à s'entretenir avec la dame et lui dit :

« Dame, est-il vrai que monseigneur Gauvain soit mort ?

— Assurément, dit la dame, il est blessé sans espoir de guérison, m'a-t-on dit.

— Mon Dieu ! C'est une grande douleur pour le monde entier, et, au jour de sa mort, toute joie devra être bannie. Dame, dame, pourquoi m'avoir si vilainement trahi ? Vous m'aviez promis de me faire savoir le jour de l'assemblée.

— Si je vous l'ai promis, je m'en acquitte ; car les nôtres ont déjà subi trop de pertes.

— Dame, dit-il, il est bien tard.

— Non, dit-elle, vous arriverez encore à temps, car l'assemblée reprendra dans deux jours. Je vous ai préparé un cheval et des armes, tels que vous me les avez demandés. Mais je vous conseille de ne pas partir d'ici avant le jour de l'assemblée. Alors vous irez d'une seule traite au champ de bataille. Vous connaissez bien le chemin.

— Dame, dit-il, à votre volonté. »

Le chevalier s'en va d'un côté, la dame de l'autre, et chacun va se coucher. Le lendemain, après le déjeuner, la dame va trouver le chevalier, le recommande à Dieu et lui annonce qu'elle part pour ses affaires. Le chevalier la remercie chaleureusement des grands honneurs qu'elle lui a faits ; il l'assure qu'il est son chevalier et le sera toute sa vie. La dame s'en va et se rend à l'armée. Le roi et la reine l'accueillirent avec autant de joie que leur douleur le leur permettait, et l'emmenèrent voir monseigneur Gauvain, comme elle en exprimait le désir. Elle le trouva mieux qu'on ne lui avait dit et en fut très heureuse. Ainsi passa la nuit. Le roi Arthur attendait le lendemain avec beaucoup d'appréhension, parce qu'il avait perdu de nombreux chevaliers.

La cousine de la dame de Malehaut, qui était restée au château, remit le soir au chevalier les armes qui lui avaient été préparées, le fit coucher dans le lit de sa dame et demeura

andormiz, car la dame li avoit prié que ele li portast totes les
honors que ele li porroit porter sauve s'anor.

Au matin se leva li chevaliers mout main, et la pucele l'aida
a armer. Et qant il l'ot comandee a Deu, si s'an parti et erra la
matinee tant que il vint an la place au soloil levant. Si s'aresta
sor la riviere et apoia sor son glaive an cel leu meïsmes ou il
avoit esté a l'autre asanblee, et comença a regarder an la
bretesche o messires Gauvains gisoit malades, por les dames et
por les damoiseles qui i venoient. Si estoit ja la reine venue et
la dame de Malohaut et dames autres assez et damoiseles. Et
les genz lo roi Artus s'estoient ja armees, et passoient l'eve
espessement cil qui dessirroient lo joster, et autretel faisoient li
Galehot. Si ne demora gaires que an mainz leus furent li pré
covert et de jostes et de meslees. Et li chevaliers pensa
totevoies, apoiez sor son glaive, et esgardoit vers la bretesche
mout doucement o les dames estoient[1]. Et la dame de Malohaut lo vit, sel conut mout bien, si ancomença a parler, oiant
les autres :

« Dex, fait ele, cist chevaliers que ge voi sor cele riviere, qui
puet il estre ? Il ne nuist as noz, ne aide. »

Lors lo comencierent tuit et totes a regarder. Et dist *(f. 98a)*
messires Gauvains se il lo porroit veoir. Et la dame de
Malohaut dist qu'ele l'atorneroit bien qe il lo verroit bien. Lors
li fist ele meesmes un siege ancontre une fenestre, si lo
couchierent, si que il pot bien veoir tot contraval la riviere. Et
il esgarde, si voit lo chevalier au noir escu, qui pensoit, apoiez
sor son glaive. Si dist a la reine :

« Dame, dame, menberroit vos ore que ge refui antan bleciez
et gisoie ceianz, que uns chevaliers pansoit autresi sor cele
riviere, ou cist ou uns autres, mais il portoit unes armes
vermoiles ? Et ce fu cil qui l'assenblee vainqi. »

« Biaus niés, fait ele, i[l] puet bien estre[2], mais por qoi lo dites
vos ? »

« Dame, fait il, gel di por ce que gel voudroie que ce fust il,
car ge ne vi onques proeces de nul chevalier si volentiers come
les soes. Et nos en verriens ancui assez. »

---

1. Voir p. 438, note 1.
2. Voir pp. 441 et 461, note 1.

auprès de lui jusqu'à ce qu'il fût endormi ; car sa dame l'avait prié de témoigner au chevalier tous les honneurs possibles, pourvu qu'elle gardât elle-même son honneur.

Le lendemain le chevalier se leva de très bonne heure et la demoiselle l'aida à revêtir ses armes. Quand il l'eut recommandée à Dieu, il partit et chevaucha de bon matin, si bien qu'il arriva sur le champ de bataille au lever du soleil. Il s'arrêta au bord de la rivière et s'appuya sur sa lance, à l'endroit même où il s'était tenu lors de la précédente assemblée. Il leva les yeux vers la bretèche, où monseigneur Gauvain était couché à cause de ses blessures, pour voir les dames et les demoiselles qui y venaient. La reine, la dame de Malehaut et beaucoup d'autres dames et demoiselles étaient déjà là. Déjà les gens du roi Arthur s'étaient armés et franchissaient en masse la rivière, désireux d'en découdre, et les gens de Galehaut faisaient de même. Bientôt, en de nombreux endroits, les prés furent couverts de joutes et de mêlées. Le chevalier songeait cependant, appuyé sur sa lance, et regardait très tendrement vers la bretèche, où se tenaient les dames. La dame de Malehaut le regarda, le reconnut fort bien et s'écria, devant tout le monde :

« Dieu ! ce chevalier que je vois au bord de la rivière, qui peut-il être ? Il ne se bat, ni contre les nôtres, ni pour eux. »

Alors toutes et tous le regardèrent, et monseigneur Gauvain demanda s'il pourrait le voir. La dame de Malehaut proposa de l'installer de telle sorte qu'il le verrait fort bien. Elle fit elle-même un lit contre une fenêtre et l'y coucha si bien qu'il pouvait voir tous les prés jusqu'à la rivière. Il regarda, vit le chevalier à l'écu noir, qui songeait, appuyé sur sa lance, et dit à la reine :

« Dame, dame, vous souvient-il que, l'année dernière, quand j'étais blessé et couché dans cette bretèche, un chevalier songeait de même au bord de la rivière ? Celui-ci ou un autre, je ne sais, mais il portait des armes vermeilles. Et ce fut lui qui remporta la victoire à l'assemblée.

— Beau neveu, fait-elle, c'est bien possible ; mais pourquoi le dites-vous ?

— Dame, fait-il, je le dis parce que je voudrais bien que ce fût lui. Jamais je n'ai vu les prouesses d'aucun chevalier avec autant de plaisir ; et nous pourrions en voir un bon nombre aujourd'hui. »

Longuement parlerent de lui ; ne onques ne s'an mut de son estaige. Et li rois Artus avoit ja ses genz ordenees, si avoit fait quatre batailles o il avoit an chascune quinze mile homes, et an la quinte an avoit plus de vint mile. Si ot a conduire la premiere bataille li rois Yders, qui mout estoit preudom et mout lo fist bien lo jor. La seconde mena Hervis de Rivel : c'estoit uns des chevaliers do monde qui plus savoit de guerre. La tierce conduist Aguisçanz, li rois d'Escoce, qui cosins estoit lo roi Artus ; et la premiere aüst il aüe se il saüst autretant d'armes come faisoient tex i avoit. La carte conduist li rois Yons. La quinte conduist messire Yvains, li filz au roi Urien, ou il avoit plus de vint mile homes, et devoit asenbler toz darriens.

Ensi ot fait li rois Artus cinc batailles. Et autretant an refist Galehoz. Si avoit em chascune des quatre vint mile homes, et an la quinte en ot quarante mile. La premiere bataille ot Malaugins, ses seneschauz : ce fu li Rois des Cent Chevaliers qui mout estoit preuz et hardiz. Et l'autre ot li Rois Premiers Conquis. La tierce ot li rois *(f. 98b)* de Valdoan. Et la quarte mena li rois Clamadex des Loigntaines Isles. La quinte o les quarante mile estoient mena li rois Bademaguz de Gorre, qui mout estoit preudom de chevalerie et de consoil. Celui jor ne porta mie Galehoz armes a chevalier, mes il vesti un haubercjon cort come serjanz, un chapel de fer en sa teste comme serjanz, s'espee ceinte, un baston cort et gros an sa main ; et sist an un cheval tel com a prodome covenoit, car ce estoit li homs el monde qui plus an avoit de bons et de biax.

Ensin sont assanblé d'une part et d'autre por assanbler. Et li Chevaliers Noirs est ancorres sor la rivierre, pansis. Et la Dame de Malohaut apele la reine et dist :

« Dame, car lo faites bien. Mandez a ce chevalier qu'il face d'armes por amor de vos et que il vos mostre des quex il est, ou des noz, ou des lor. Lors savrons que il voudra faire, et se il a point de valor an lui. »

« Bele dame, fait la reine, ge ai assez ou penser autres choses,

Ils parlèrent longuement de lui ; mais il ne bougeait de sa place. Le roi Arthur avait déjà disposé ses troupes en ordre de bataille. Il avait fait quatre corps d'armée, de quinze mille hommes chacun, et un cinquième de plus de vingt mille hommes. À la tête du premier se trouvait le roi Yder, qui était très prud'homme et se comporta très bien pendant cette journée. Hervis de Rivel conduisait le second : c'était un des chevaliers du monde les plus compétents au fait de la guerre. Le troisième était emmené par le roi d'Écosse Aguiscant, qui était cousin du roi Arthur, et il eût obtenu le premier, s'il eût été aussi habile que d'autres au métier des armes. Le quatrième était dirigé par le roi Yon. Enfin monseigneur Yvain le fils du roi Urien commandait le cinquième, où il y avait plus de vingt mille hommes et qui devait être engagé en tout dernier lieu. Ainsi furent constituées les cinq armées du roi Arthur.

De son côté Galehaut en fit autant ; mais dans chacune des quatre premières il y avait vingt mille hommes, et dans la cinquième, quarante mille. La première armée échut à Malaguin, le roi des Cent Chevaliers, homme preux et hardi, qui était son sénéchal ; la seconde, au roi Premier Conquis ; la troisième, au roi de Valdoan ; la quatrième, au roi Clamadeu des Iles Lointaines. La cinquième, qui comptait quarante mille hommes, était commandée par le roi Baudemagu de Gorre, aussi remarquable au combat que dans les conseils. Ce jour-là, Galehaut ne revêtit pas ses armes de chevalier. Il portait un haubergeon[1] court et un chapeau de fer de sergent, l'épée au côté, un bâton court et gros à la main, et était monté sur un cheval bien digne d'un prud'homme ; car il était l'homme du monde qui avait le plus de beaux et bons chevaux.

Tandis que, des deux côtés, on prend ainsi ses dispositions pour la bataille, le chevalier noir prend encore pensif au bord de la rivière. La dame de Malehaut s'adresse à la reine et lui dit :

« Dame, vous feriez bien de mander à ce chevalier que, pour l'amour de vous, il montre la valeur de ses armes, et vous fasse connaître de quel côté il se trouve, avec les nôtres ou contre eux. Nous saurons ainsi ce qu'il veut faire et s'il a quelque valeur en lui.

— Belle dame, répond la reine, j'ai bien autre chose à

---

1. *haubergeon* : petit haubert porté par les écuyers, les arbalétriers, etc.

car mes sires li rois est an avanture de perdre ancui tote sa terre
et tote s'enor. Et mes niés gist ci tex conraez comme vos poez
veoir, si voi tant de meschief que ge n'ai ores talant ne mestier
des granz hatines que ge soloie faire ne des anveseüres, car ge
ai assez o antandre. Mais vos li mandez, et ces autres dames,
s'eles volent. »

« Certes, dame, fait ele, ge an suis tote preste, s'i[l] fust qui
d'autre part li mandast. Se vos volez, mandesiez li, et ge an
feroie conpaignie volentiers. »

« Dame, fait la reine, ge ne m'en entremetrai ja. Mandez li
vos et ces autres, se vos volez. »

Lors dist la dame de Malohaut que, se les autres dames li
volent mander d'une part, ele li mandera d'autre. Et eles
l'otroient totes. Et la reine lor preste une de ses damoiseles a cel
message porter. Et la dame de Malohaut devise lo message, et
messires Gauvains i met deus glaives dou suen et un escuier qui
les portera. Lors dist la dame a la pucele :

« Damoisele, vos iroiz a cel *(f. 98c)* chevalier qui la pense, et
si li diroiz que totes les dames et les damoiseles de la maison lo
roi lo saluent, fors lo cors ma dame seulement. Et si li mandent
et prient que se il atant ja mais a avoir ne bien ne honor an leu
o nules d'aus ait ne force ne pooir, si face ancui d'armes por lor
amor tant qe eles l'an doient gré savoir. Si li presentez ces deus
glaives que messires Gauvains li anvoie. »

Atant monte la pucele sor son palefroi, et li escuiers aprés
qui les glaives porte, et vindrent au chevalier ; si li dist la pucele
son message. Et quant il oï parler de monseignor Gauvain, si
demanda ou il estoit. Et la pucele dist :

« Il est an cele bretesche, et dames et damoiselles assez. »

Et il prant congié a la pucele et dit au vallet que il lo sive. Et
il regarde ses jambes et afiche es estriers, si est avis a monseignor Gauvain, qui l'esgarde, que il soit creüz grant demi pié.
Lors esgarde vers la bretesche, et puis s'en torne tot contraval
les prez, ferant des esperons. Et qant messires Gauvains l'an
voit aler, si dist a la reine :

penser, car monseigneur le roi est en danger de perdre toute sa
terre et tout son honneur. Mon neveu est ici, couché dans l'état
où vous le voyez. Et j'assiste à tant de malheurs que je ne
ressens ni le désir ni le besoin des grands défis et des réjouissances dont j'avais l'habitude. J'ai bien assez de soucis. Mais
faites-le vous-même, avec ces dames, si elle le veulent.

— Certes, dame, je suis toute prête à le faire, si quelqu'un le
fait avec moi. Si vous le vouliez, vous pourriez lui envoyer ce
message et je m'y associerais volontiers.

— Dame, dit la reine, je ne m'en mêlerai pas. C'est à vous et
aux autres dames de le faire, si vous le voulez. »

La dame de Malehaut déclare alors que, si les autres dames
y consentent pour leur part, elle en fera autant. Elles s'y
accordent toutes ; et la reine leur prête une de ses demoiselles
pour porter le message. La dame de Malehaut dicte le message
et monseigneur Gauvain y met du sien deux lances, ainsi qu'un
écuyer pour les porter.

La dame dit à la demoiselle :

« Demoiselle, vous irez trouver ce chevalier que vous voyez
là-bas, pensif. Vous lui direz que toutes les dames et demoiselles de la maison du roi le saluent, à la seule exception de
madame. Elles lui adressent ce message et cette prière : s'il
s'attend jamais à recevoir bienfait ou honneur en un lieu où
l'une d'elles ait quelque puissance ou autorité, qu'il accomplisse, pour l'amour d'elles, tant de faits d'armes qu'elles soient
tenues de lui en savoir gré. Et vous lui présenterez ces deux
lances, que monseigneur Gauvain lui envoie. »

La demoiselle monte sur son palefroi, suivie par l'écuyer qui
porte les lances. Ils se rendent auprès du chevalier et la
demoiselle lui transmet son message. Quand il entend le nom
de monseigneur Gauvain, il demande où il est et la demoiselle
répond :

« Il est dans la bretèche, avec beaucoup de dames et de
demoiselles. »

Il prend congé de la demoiselle, dit à l'écuyer de le suivre,
vérifie la position de ses jambes, se carre solidement dans ses
étriers, et il semble alors à monseigneur Gauvain, qui le
regarde, qu'il ait grandi de plus d'un demi-pied. Il tourne son
regard vers la bretèche, puis s'élance tout au long des prés en
piquant des éperons. En voyant son allure, monseigneur
Gauvain dit à la reine :

« Dame, dame, vez lo chevalier, ou an tot lo mont n'en a nul,
c'onques mais a nul chevalier si bon ne si bel ne vi porter armes
come cist les porte. »

Lors corrent totes, et dames et damoiseles, as fenestres et as
creniaus por lui veoir. Et il s'en vait a force et si tost comme li
chevax li pot aler. Si voit a destre et a senestre de mout beles
jostes et de mout boenes meslees ; car grant partie des legiers
bachelers de l'ost lo roi avoient ja la lice passee por faire
d'armes ; et de l'ost Galehot an revenoit ça dis, ça trente, ça
qarante, ça cent, an un leu plus, en autre mains. Et eschive
totes les meslees et hurte des esperons contre un grant conroi
que il voit venir, ou il pooit bien avoir cent chevaliers. Et il se
plunge antre aus et fiert un chevalier, que il lo porte tot an un
mont a terre, et lui et lo cheval. Et qant ses glaives li est peceiez,
il fiert des tronçons, tant com il durent, jusq'el poing ; et puis
s'eslance fors a son escuier qui ses deus glaives porte, s'en prant
un *(f. 98d)* et se refiert antr'aus. Et joste si apertement que tuit
li autre an laissent lo joster et lo bienfaire por lui esgarder. Si
fet tant d'armes des trois glaives, tant com il durent, que
messires Gauvains tesmoigne que nus hom, au suen escient,
autretant n'en poïst faire. Et si tost com il sont peceié tuit troi,
si s'en revient sor la riviere an celui leu meïsmes o il avoit
devant esté, et torne son vis vers la bretesche, si regarde mout
doucement. Et Messires Gauvains an parole et dit :

« Dame, veez vos cel chevalier ? Bien sachiez que ce est li plus
preuz do monde. Mais vos avez trop mespris el mesage qui li fu
envoiez, quant vos n'i vousistes estre nomee. Et par aventure,
il l'a tenu a orgoil, car il voit bien que la besoigne est plus a vos
c'a totes les autres. Si pense espooir que petit lo prisastes qant
vos ne li deinastes mander que il feïst d'armes por vostre
amor. »

« Par foi, fet la dame de Malohaut, il mostre bien a nos
autres que por nos n'en fera il plus. Or li mant qui mander li
avra, que la nostre hastine est a mais hui remesse. »

« Dame, fait messires Gauvains a la reine, sanble vos que ge
vos aie dit raison ? »

« Biax niés, fait ele, que volez vos que ge an face ? »

« Dame, dame, voici le chevalier qui n'a nul égal au monde. Je n'ai jamais vu meilleur ni plus beau chevalier porter les armes comme celui-ci les porte. »

Alors dames et demoiselles se mettent toutes aux fenêtres et aux créneaux, pour le voir. Il s'avance impétueusement, aussi vite que son cheval peut le porter. Il voit à droite et à gauche de belles joutes et de bonnes mêlées ; car un grand nombre des bouillants bacheliers de l'armée du roi avaient déjà passé la lice pour faire valoir leur prouesse ; et du côté de l'armée de Galehaut, il en arrivait, ici dix, là trente, quarante ou cent, parfois plus, parfois moins. Il évite toutes les mêlées et se dirige vers un important corps de troupes, où il n'y avait pas moins de cent chevaliers. Il plonge au milieu d'eux, frappe un chevalier et renverse à la fois l'homme et le cheval. Quand sa lance se brise, il frappe avec les tronçons, tant qu'il lui en reste, jusqu'à ce qu'il n'ait plus rien dans son poing. Puis il se dégage, court vers l'écuyer qui porte ses deux lances, lui en prend une et revient se jeter au milieu de ses ennemis. Il joute si adroitement que tous cessent de jouter et de combattre, pour le regarder. Il fait tant de prouesses, avec ses trois lances, aussi longtemps qu'il peut s'en servir, que monseigneur Gauvain lui rendit témoignage qu'aucun homme, à sa connaissance, n'aurait pu en faire autant. Quand les trois lances sont en pièces, il revient au bord de la rivière, à l'endroit même où il s'était tenu, tourne les yeux vers la bretèche et regarde très humblement. Monseigneur Gauvain s'adresse à la reine et lui dit :

« Dame, voyez-vous ce chevalier ? Sachez que c'est le plus vaillant du monde. Mais vous avez commis une grave faute, quand, dans le message qui lui fut envoyé, vous n'avez pas voulu être nommée. Sans doute y a-t-il vu de l'orgueil ; car il sait bien que l'affaire vous concerne plus que toutes les autres dames. Il pense peut-être que vous l'estimez fort peu, puisque vous n'avez pas daigné lui demander de combattre pour l'amour de vous.

— Ma foi, dit la dame de Malehaut, il nous montre bien qu'il n'en fera pas plus pour nous autres. Que ceux qui ont à le faire le fassent ! Car notre proclamation est maintenant sans effet. »

Alors monseigneur Gauvain dit à la reine :

« Dame, ne pensez-vous pas que j'ai raison ?

— Beau neveu, dit-elle, que voulez-vous que je fasse ?

« Dame, dit il, gel vos dirai. Il a mout qui a un preudome, car por lo cors d'un pre[u]dome ont maintes choses esté a chief menees qe totes alassent a neient. Et ge vos dirai que vos feroiz. Mandez a cestui saluz et que vos li criez merci dou reiaume de Logres et de l'onor mon seignor lo roi, qui hui ira a mal, se Dex et il n'i met consoil. Et se il ja mais atant a avoir ne honor ne joie en leu o vos aiez pooir, si face encui por vostre amor tant d'armes que vos l'an deiez gré savoir, et que il pere a ses uevres que il ait ses proesces mises en l'onor mon seignor lo roi et an la vostre. Et bien sachiez, se il velt metre deffanse, li rois, mes sires, ne sera hui mis au desoz par pooir que *(f. 99a)* Galehoz ait. Et ge li anvoierai dis glaives, don li fer sont tranchant et les hantes grosses et cortes et roides, don vos verroiz ancui mainte bele joste faire. Et se li anvoiera avec trois chevaus que ge ai mout boens et mout biaus, et seront tuit covert de mes armes. Et sachiez que [s']il velt faire son pooir, il les metra bien ancui toz trois a la voie. »

Ensin devise messire Gauvains. Et la reine dit qu'il mant au chevalier ce qu'il voldra an son non, que ele l'otroie bien. Et la dame de Malohaut en est si liee que par un pou qu'ele ne vole, que or li est avis que ele ataint qanqu'ele avoit tozjorz chacié. Lors apele messires Gauvains la pucele qui lo message avoit porté, si l'anvoie au chevalier qui pense et li devise tot einsin com il avoit dit a la reine. Puis apele catre de ses serjanz et comande as trois qu'il moinent a ce chevalier trois de ses chevaus toz coverz, et li carz li port une liace de dis lances, les plus forz que il a. Atant s'an part la pucele et dit au chevalier ce que messires Gauvains et la reine li mandent, et les pressanz li baille. Et li chevaliers li demande :

« Damoisele, ou est ele, ma dame ? »

« Sire, fait ele, laïssus en cele bretesche, et dames et damoiseles estre. Et si i gist messires Gauvains malades. Et sachiez que vos seroiz ja mout bien esgardez. »

Et li chevaliers li dist :

« Damoisele, dites a ma dame que ensi soit come li plaira[1]. Et

_____

1. *Le Chevalier de la Charrette*, v. 5893.

— Dame, je vous le dirai. C'est beaucoup d'avoir un prud'homme ; et, par un seul prud'homme, maintes affaires ont été menées à bien, qui n'auraient pu réussir autrement. Je vous dirai donc ce que vous devez faire. Faites dire à ce chevalier que vous le saluez et le suppliez d'avoir pitié du royaume de Logres et de l'honneur de monseigneur le roi, qui, en ce jour, iront à leur perte, si Dieu n'y pourvoit. Et si jamais il s'attend à recevoir honneur et joie en un lieu où vous ayez autorité, qu'il accomplisse aujourd'hui, pour l'amour de vous, tant de faits d'armes que vous soyez obligée de lui en savoir gré, et qu'il fasse paraître par ses actions qu'il a mis ses prouesses au service de monseigneur le roi et au vôtre. Sachez que, s'il veut s'y opposer, le roi mon seigneur ne sera pas vaincu, quelles que soient les forces dont Galehaut dispose. Je lui enverrai dix lances, aux fers tranchants, aux bois épais, courts et durs, dont vous verrez aujourd'hui même faire maintes belles joutes, avec trois bons et beaux chevaux, qui seront entièrement couverts de mes armes. Sachez que, s'il veut faire ce dont il est capable, il les mettra tous les trois hors d'usage. »

Ainsi parle monseigneur Gauvain ; et la reine lui dit qu'il peut adresser au chevalier le message qu'il voudra, en son nom, car elle y consent. La dame de Malehaut en est si joyeuse que, pour un peu, il lui pousserait des ailes, car elle pense avoir enfin obtenu ce qu'elle cherchait depuis toujours. Monseigneur Gauvain appelle la demoiselle qui avait porté le premier message, et l'envoie au chevalier pensif. Il lui dicte ce qu'elle doit dire dans les termes mêmes qu'il avait indiqués à la reine. Puis il fait venir quatre de ses sergents : aux trois premiers, il ordonne d'amener au chevalier trois de ses chevaux, entièrement habillés à ses couleurs ; au dernier, de lui apporter un faisceau de dix lances, les plus robustes qui soient en sa possession. La demoiselle s'en va. Elle porte au chevalier le message que monseigneur Gauvain et la reine lui font tenir. Elle lui remet aussi les présents. Le chevalier lui demande :

« Demoiselle, où est madame ?

— Seigneur, elle est là-haut, dans cette bretèche, au milieu des dames et des demoiselles. Monseigneur Gauvain y est aussi, couché à cause de ses blessures. Sachez qu'il y aura beaucoup de monde pour vous regarder. »

Le chevalier lui dit :

« Demoiselle, dites à madame qu'il en soit comme il lui

a monseignor Gauvain granz merciz me randez del presant. »

Lors prant lo plus fort des glaives que li vallez portoit, et dit
a els toz qu'il lo sivent. La damoisele prant congié et s'an
revient, et dist a la reine et a monseignor Gauvain ce que li
chevaliers lor mande. Et la Dame de Malohaut ancomence a
sorrire mout durement. Et li chevaliers laisse corre tot contraval les prez o maint bon chevalier estoient ja assenblé et d'une
part et d'autre. Si avoit ja la bataille au roi Yder passee la lice
et estoit *(f. 99b)* assemblee a la bataille au Roi des Cent
Chevaliers, si lo faisoient mout bien et li un et li autre. Et il
eschive totes les meslees et fait sanblant qe nules n'an voie et
passe outre tot droit a la bataille que li Rois Premiers Conquis
menoit, o il avoit bien vint mile chevaliers. Si lor adrece il la
teste del cheval, et cuer et cors an volenté, et se fiert antre aus
si tost comme li chevaus li pot aler. Et se fiert la ou il se cuide
miauz son cop anploier, si que devant son glaive ne remaint
riens que il consive, ne li chevaliers ne li chevaus, ainz fait voler
tot an un mont ; et ses glaives li peçoie. Cest acontre ont veü
maint chevalier lo roi Artu : messires Kex li seneschaux et
Sacremors li Desreez et Giflez, li filz Dué, et Yvains li Avoutres
et messires Brandeliz et Gaheriez, li freres monseignor Gauvain. Cil sis venoient tot a desroi por faire d'armes, car pris
d'armes et legieretez les portoit a onor conquerre, et toz li plus
isniax n'i cuidoit ja venir a tans. Et aprés ces sis en venoient
bien cent, les hiaumes laciez, les hantes anpoigniees, tuit prest
de bien faire. Et Kex li seneschaus, qui lo chevalier ot veü
asenbler, apele les cinc qui avec lui estoient, si lor dist :

« Seignor, vos avez orandroit veü lo plus bel encontre qui
onques fust faiz par un sol chevalier. Et nos somes tuit [ci] por
enor et por pris gaaignier, ne ja mais an totes noz vies ne
troverons si bien ou enploier chevalerie, se nos point en avons.
Et orendroit m'enhatis ge de lui sivre, car il ne puet estre se
trop preudom non. Et qui or voura honor avoir, si me sive, car
ge nel lairai hui mais se mort nel lais o mehaignié. »

Atant hurte des esperons, et tuit li autre aprés. Et li
Chevaliers Noirs, qui son glaive avoit peçoié, se fu lanciez fors
et reprist un glaive de ses escuiers, si s'en revint grant aleüre a
la meslee. Et cil aprés venoient, si s'aponent a lui, si se fierent

plaira, et dites à monseigneur Gauvain que je le remercie très vivement de son présent. »

Alors il prend la plus robuste des lances que le valet portait et dit aux quatre sergents de le suivre. La demoiselle prend congé et s'en retourne. Elle rapporte à la reine et à monseigneur Gauvain les réponses du chevalier ; et le visage de la dame de Malehaut s'éclaire d'un large sourire. Le chevalier s'élance à travers les prés, où beaucoup de bons chevaliers étaient déjà engagés de part et d'autre. L'armée du roi Yder avait passé la lice et était aux prises avec l'armée du roi des Cent Chevaliers et l'une et l'autre se comportaient fort bien. Le chevalier évite toutes les mêlées, comme s'il n'en apercevait aucune, et suit son chemin jusqu'à l'armée du roi Premier Conquis, où il y avait bien vingt mille chevaliers. Il tourne vers eux son cheval, et, bien assuré de cœur et de corps, il s'élance au milieu d'eux aussi rapidement que son cheval peut le porter. Il frappe là où il croit que ses coups porteront le mieux, et rien de ce qu'il atteint ne résiste devant sa lance ; chevalier et cheval, il renverse tout à la fois ; et sa lance se brise. De nombreux chevaliers du roi Arthur voient cet assaut : monseigneur Keu le sénéchal, Sagremor le Démesuré, Girflet fils de Do, Yvain le Bâtard, monseigneur Brandelis et Gaheriet le frère de monseigneur Gauvain. Ils venaient tous les six à bride abattue pour montrer leur valeur ; car la gloire des armes et leur impétuosité les poussaient à rechercher l'honneur ; et le plus agile ne pensait pas arriver assez vite. Derrière ces six, il en venait une bonne centaine, le heaume lacé, la lance au poing, décidés à bien faire. Keu le sénéchal, qui avait vu combattre le chevalier, s'adresse aux cinq qui l'accompagnaient et leur dit :

« Seigneurs, vous venez de voir le plus bel assaut qui ait été jamais fait par un seul chevalier. Nous sommes tous ici pour gagner honneur et gloire, et jamais, dans notre vie, nous ne trouverons une meilleure occasion d'exercer notre chevalerie, pour autant que nous en ayons. Désormais je m'attache à ses pas, car ce ne peut être que le meilleur des prud'hommes. Quiconque aime l'honneur me suive ! Je ne le quitterai pas de cette journée, sauf s'il est mort ou mutilé. »

Il pique des éperons et les autres le suivent. Le chevalier noir, après avoir rompu sa lance, s'était dégagé ; il avait repris une lance à ses écuyers et revenait à la mêlée en toute hâte. Les six le suivent, le rejoignent et se jettent derrière lui dans la bataille.

aprés lui an la bataille. Et il comence chevaliers et chevaus a
abatre et a aporter escuz de cols et *(f. 99c)* arachier hiaumes de
testes. Et il fait tant d'armes que tuit cil s'an mervoillent qui
avec lui sont. Et cil qui sont contre lui s'en esbaïssent. Tant a
fait que tuit li glaive sont pecié et uns des chevaus morz que
messires Gauvains li avoit envoié, car il chaï soz lui (et li
escuiers l'an amena un autre et l'estraint mout durement); et la
ou il estoit an la presse a pié, si vindrent li cent conpaignon
ferant. Et uns de ses escuiers li amoigne un destrier, et il i saut
es arçons et vint antre les autres en la bataille come s'il n'i eüst
hui mais esté, l'espee el poign. Et qant li conpaignon virent
desoz lui [lo cheval] covert des armes monseignor Gauvain, si
s'an mervoillierent mout et sorent bien que il estoit trop
preudom, si lo siverent, tuit prest de proesce faire ou de morir
a henor en sa conpaignie.

   Lors comencerent a faire d'armes mout durement. Ne a cel
tans ne prenoit mie chevaliers autre par lo frain, ne n'an
feroient sor un ne dui ne troi; mais qui plus poit faire d'armes,
plus an faisoit, s'il pooit un chevalier ferir ou deus ou trois o
tant com il poïst. Ainsi faisoit li Noirs Chevaliers d'armes antre
lui et sa compaignie. Mes mout estoient a grant meschief, ne
longuement n'i poïssient il pas durer, se ne fust une aventure
qu'il i avint, que la bataille au Roi des Cent Chevaliers se
desconfist, qu'il ne porrent plus durer au roi Yder. Si s'en
aloient durement, si les anbatirent au Roi Premier Conquis. Si
en ot li Rois des Cent Chevaliers mout grant honte et grant
duel, car androit soi estoit il mout bons chevaliers et mout
seürs. Illuec recoverrent li desconfit qui mout troverent grant
secors. Et mout estoient plus que li autre, car il estoient an deus
batailles plus de quarante mile, et devers les compaignons
monseignor Gauvain n'estoient que quinze mile, si les orent
derompuz a l'ansenbler.

   Iluec parurent les granz proeces au Noir Chevalier, que il ne

Il commence à abattre chevaliers et chevaux, arracher les écus des cous, les heaumes des têtes. Il fait tant de prouesses que ceux de son parti en sont émerveillés et ses adversaires stupéfaits. Il se démène tant que toutes ses lances sont brisées et qu'un des chevaux envoyés par monseigneur Gauvain est tombé mort sous lui. Tandis qu'il est à pied dans la presse[1], arrive au grand galop la compagnie des cent chevaliers. Un de ses écuyers lui amène un destrier, il saute en selle et revient à la bataille au milieu des autres, aussi frais que s'il n'avait encore rien fait, l'épée au poing. Quand les cent compagnons le virent monter un cheval qui portait les couleurs de monseigneur Gauvain, ils furent saisis d'admiration et comprirent que c'était le meilleur des prud'hommes. Ils le suivirent, résolus de montrer leur prouesse ou de mourir avec honneur en sa compagnie.

Alors commencèrent de hauts faits d'armes. En ce temps-là un chevalier ne faisait pas de prisonniers en saisissant des chevaux par la bride et il ne se battait pas à deux ou trois contre un. Plus on pouvait accomplir de prouesses, plus on en faisait, attaquant, l'un après l'autre, un chevalier ou deux ou trois ou davantage, si on le pouvait. C'est ainsi que le chevalier noir et ses compagnons se battaient. Mais ils étaient en grande difficulté et n'auraient pu tenir longtemps, si un événement n'était survenu : l'armée du roi des Cent Chevaliers se disloqua, ne pouvant plus résister au roi Yder. Elle prit la fuite et reflua précipitamment sur l'armée du roi Premier Conquis. Le roi des Cent Chevaliers en eut beaucoup de honte et de douleur, car il était lui-même un chevalier très habile et très sûr.

Arrivés là, les fuyards trouvèrent un important secours et se rallièrent. Ils étaient bien plus nombreux que leurs adversaires. Ils étaient plus de quarante mille en deux armées. Du côté de monseigneur Gauvain[2], ils n'étaient que quinze mille ; et cependant ils avaient enfoncé leurs rangs lors de l'assaut.

On vit alors les hautes prouesses du chevalier noir. Il

---

1. BN 768 est ici trop incohérent ; je lui ai préféré le manuscrit de Rennes.
2. *du côté de monseigneur Gauvain :* ce texte du manuscrit BN 768 n'a pas grand sens. Il faut comprendre « du côté du roi Yder », comme indiqué dans d'autres manuscrits. C'est en effet l'armée du roi Yder, qui a défait les deux armées de Galehaut ; et c'est elle également qui compte 15 000 hommes.

consivoit chevalier que il *(f. 99d)* ne portast a terre maugré suen. Il abatoit chevaliers et chevaus par cols de lances, et par ferir d'espees, et au sachier par hiaumes et par pennes d'escuz, et par anpoindre de lui [et] de son cheval. Il ne faisoit se mervoilles non, et la ou il venoit, l'espee traite, sovant li avenoit que il ne trovoit ou ferir an sa voie, car il lo fuioient tuit, car la ou il feroit a droit cop ne poit durer ne fers ne fuz, ne cors d'ome ne poit sostenir ses cox. Et il seus lo faisoit si bien que toz sostenoit cels devers lui et toz atandoit cels qui contre lui estoient. Et cil devers lui lo faisoient mout bien, que por son bienfaire, que por les granz proesces. Ensin tandoient tuit a lui, et tuit se mervoillent qui il est por les granz proeces que il fait.

Mout lo fait bien li chevaliers, si an cort tant la parole amont et aval que par tote l'ost lo roi Artus ne parole l'an se de lui non, ne an la Galehot autresin. Et dient tuit cil qui ses proesces ont veües que neianz fu de celui d'antan as armes vermoilles envers cestui. Grant piece se contint ensi, et totes ores se contenoient pres de lui li sis compaignon que li contes a nomez. Et lors fu ses chevaus ocis desoz lui, et il saut maintenant an l'autre qui amenez li fu. Et lors comança mout a empirier sa compaignie, qui tote jor s'estoit tenue de lui aidier. Lors apele li seneschax l'escuier qui lo cheval amena, et li dist :

« Amis, va tost a Hervi de Rivel, la ou tu voiz cele baniere bandee d'or et de sinople, autant de l'un come de l'autre. Et se li di que ge li mant que des or mais se doit plaindre de lui, et ge et toz li mondes, car il laisse morir lo meillor chevalier qui onques portast escu a col. Et bien sache de voir que se cist i muert, la flors des compaignons lo roi morra aveques lui. Et il qui secorre lo deüst en sera tenuz *(f. 100a)* por mauvais a toz les jorz de son vivant. »

Atant se part li escuiers et vient a Hervi, si li dit son message de tot an tot. Et qant Hervix l'oï, s'an fu mout esbahiz et mout honteus, et dit :

« Dex aide, traïson ne fis ge onques, ne ja mais ne l'ancomencerai, car trop sui vieus. »

n'atteignait aucun chevalier qu'il ne le jetât à terre, et toute
résistance était vaine. Il abattait chevaux et chevaliers, les
frappant à coup de lance ou d'épée, ou à l'arraché, les tirant
par leur heaume et par le sommet de leur écu, ou encore se
heurtant à eux corps contre corps et cheval contre cheval. Il ne
cessait de faire des merveilles, et, quand il surgissait, l'épée au
poing, il arrivait souvent qu'il ne trouvait plus où frapper sur
son chemin, car tous le fuyaient. Quand il ajustait un bon coup,
ni le fer ni le bois ne pouvaient tenir, ni le corps d'un homme
endurer ses assauts. Il se battait si bien à lui seul qu'il soutenait
tous les siens et résistait à tous les ennemis. Et tous les siens se
battaient bien, stimulés autant par ses exploits que par leur
propre valeur. Ainsi tout le monde se tournait vers lui et se
demandait avec étonnement qui pouvait être celui qui accomplissait de si grandes prouesses.

Le chevalier fait merveille ; et le bruit s'en répand de tous
côtés à tel point que, dans le camp du roi comme dans celui de
Galehaut, on ne parle plus que de lui. Ceux qui ont vu ses
prouesses déclarent que le chevalier aux armes vermeilles de
l'année précédente ne valait rien au prix de celui-ci. Il combattit ainsi très longuement, et pendant tout ce temps se tenaient
auprès de lui les six compagnons que le conte a déjà nommés.
Puis son cheval fut tué sous lui et il sauta aussitôt sur le
troisième, qui lui fut amené. C'est alors que ses compagnons
commencèrent à faiblir, eux qui, pendant toute la journée,
avaient eu à cœur de l'aider. Le sénéchal appela l'écuyer qui
avait amené le cheval et lui dit :

« Ami, va vite trouver Hervis de Rivel, là où tu vois cette
bannière à bandes d'or et de sinople, aussi larges l'une que
l'autre. Dis-lui que je lui mande que le monde entier et moi-
même avons désormais à nous plaindre de lui, puisqu'il laisse
mourir le meilleur chevalier qui ait jamais porté l'écu. Qu'il
sache bien que, si celui-là meurt, la fleur des compagnons du
roi mourra en même temps que lui ; et que lui, Hervis, qui
aurait dû le secourir, sera considéré comme un lâche pendant
tous les jours de sa vie ! »

L'écuyer part aussitôt, arrive devant Hervis et s'acquitte de
son message, sans en rien omettre. Quand il l'entend, Hervis est
saisi d'étonnement et de honte :

« Mon Dieu ! dit-il, je n'ai jamais trahi et ce n'est pas
maintenant que je commencerai, car je suis trop vieux. »

Puis a dit a ses homes que il chevauchent serreement.

« Et tu va devant, dist il a l'escuier, si me di au seneschal que, se il puet tant soffrir que ge viegne an la place, il ne me tandra mie por traïtre. »

Et li vallez s'an revint a Qeu et dist les paroles Hervi. Et Kex s'an rist, si a messaise com il estoit, et puis demande au vallet qui li Noirs Chevaliers est. Et cil respont que il n'an set rien.

« Por coi, fait il, li a dont envoié messires Gauvains ses chevax ? »

Et li vallez respont qu'il n'en sot plus qu'il li a dit.

Lors remist Kex son hiaume que il avoit osté et revint a la meslee mout aïrieement.

Atant ez vos Hervi de Rivel atote sa banierre. Et qant il asanblerent, si s'escrierent si durement que par toz les prez n'oïst l'en se Hervi non. Et messires Gauvains s'an rist, si malades com il est. Et cil se fierent an la meslee, les lances afichiees desoz les aiseles. Iluec fu granz la meslee, si i avoit maint cheval estraier et ocis, et maint chevalier abatu et ocis et navrez, si veïssiez chevax fuir estraiers de totes parz les uns, et les autres sor cors de chevaliers, et maintes beles armeüres gisanz a terre, qu'il n'estoit qui les an levast. La comença Hervix de Rivel a faire d'armes par devant Keu lo seneschal por les paroles qu'il li avoit mandees, si an fist lo jor plus que mestiers ne li fust a son aage et il avoit bien quatre vinz anz passez.

Mout lo firent bien les genz lo roi Artus, mais li Noirs Chevaliers lo par faisoit trop durement bien. Ne onques, puis que Hervis fu assemblez, ne tindrent place les genz Galehot se petit non, et si avoient plus de gent bien lo quart. Mais si tost comme li rois de Vadahan vit que lor genz an *(f. 100b)* avoient lo peior, si les secorrut atote sa baniere, et vindrent a desroi si com il porent plus aler. Et lors furent a meschief les genz lo roi Artu, que por un des lor estoient dui li Galehot. Et qant il orent un po esté folé, si les secorrut li rois Aguisçanz. Et lors furent

Puis il ordonne à ses hommes de chevaucher en rangs serrés, et, se tournant vers l'écuyer :

« Toi, fait-il, va devant et dis au sénéchal que, s'il peut tenir jusqu'à ce que je sois à pied d'œuvre, il ne me tiendra pas pour un traître. »

Le jeune homme revient auprès de Keu et lui rapporte les paroles d'Hervis. Alors, au milieu des malheurs qui l'accablent, Keu se met à rire. Il demande au valet qui est le chevalier noir, mais il n'en sait rien.

« Et pourquoi monseigneur Gauvain lui a-t-il envoyé ses chevaux ? »

L'écuyer répond qu'il ne sait rien de plus. Keu avait ôté son heaume ; il le remet et rentre dans la mêlée avec une énergie farouche. Cependant Hervis arrive avec tous les chevaliers de sa bannière[1]. Quand l'assaut commence, ils poussent des cris de guerre si sauvages que, sur tout le champ de bataille, on n'entendait plus que les hommes d'Hervis. Monseigneur Gauvain commence à rire, si malade qu'il soit. Les hommes se lancent dans la bataille, les lances serrées sous les aisselles. Grande fut la mêlée, et nombreux les chevaux abandonnés ou tués, les chevaliers renversés, tués ou blessés. Vous auriez vu des chevaux fuir de tous côtés, allant à l'aventure, d'autres étendus sur les corps des chevaliers, beaucoup de belles armures jonchant le sol et que personne ne songeait à ramasser. Là Hervis montra sa valeur sous les yeux de Keu le sénéchal, pour se venger du message qu'il en avait reçu. Il en fit ce jour-là plus qu'il n'eût convenu à son âge, car il avait quatre-vingts ans passés.

Les gens du roi Arthur se distinguèrent et plus encore le chevalier noir. Après qu'Hervis fut entré dans la mêlée, les gens de Galehaut ne résistèrent pas longtemps, bien qu'ils fussent plus nombreux d'un bon quart. Dès que le roi de Valdoan vit que leurs gens avaient le dessous, il les secourut avec tous les hommes de sa bannière. Ils arrivèrent, en désordre, le plus vite possible. Alors les gens du roi Arthur furent en difficulté, car les hommes de Galehaut étaient à deux contre un. Ils furent maltraités quelque temps, puis le roi Aguiscant les secourut.

---

1. *bannière* : désigne, par extension, les troupes rangées sous la bannière de quelqu'un, ici sous la bannière d'Hervis.

auques parigas, si soffrirent auques li un les autres. Et ja estoit
li solauz mout hauz. Lors asenbla li rois Clamados, et li rois
Yons ancontre lui.

Ensin furent assanblees quatre batailles d'une part, et quatre
d'autre. Si estoient bien vint mile plus devers Galehot que
devers lo Noir Chevalier. Mais mout se tenoient bien li suen, et
mout i avoient perdu li Gualehot, car trop avoient fait d'armes
les genz lo roi Artu as comançailles. Et qant vint androit midi,
si se desconfistrent mout les genz Gualehot. Et si estoient bien
vint mile plus des autres, et si avoient totes ores lo plus lait.
Mes se ne fust [li] bienfaires del Noir Chevalier, ja cil devers lui
ne se tenissent. Mais il les esbaïsoit, toz ses enemis, par son
bienfaire, si que il ne lor estoit pas avis que nule planté de gent
ne lor poïst avoir mestier. Tant s'espoe[n]terent des mervoilles
que il faisoit que li plusor tornoient lo dos et s'an aloient tot
droitement as tentes mout laidement. Et qant Galehoz les vit,
si s'en merveilla que ce pooit estre, car ce savoit il bien que li
suen estoient plus ; si vint ancontre les fuianz et demanda que
ce estoit.

« Qoi, sire ? fait uns chevaliers qui de tornoier n'avoit talant ;
qui merveilles voudra veoir, si aille la don nos venons, et il
verra les greignors qui onques fussient veües ne ja mais
soient. »

« Coment ? fait Galehoz ; quex merveilles sont ce donques ? »

« Quex, sire ? fait il. La aval a un chevalier [qui] tot vaint por
son cors ; ne nus cors d'ome ne puet a lui durer, ne nus ne puet
soffrir ses cox. Ne onques cil d'antan as armes vermoilles ne
valut anconntre cestui une maaille. Ne *(f. 100c)* riens ne le
porroit lasser, car il ne fina des hui matin, et si est autresi fiers
et fres com se il n'aüst onques armes portees. »

« En non Deu, fait Galehoz, ce verrai ge par tans. »

Lors vient a son grant conroi, si an sevre dis mile homes, et
trente mile an remest. Et dist au roi Baudemagu :

« Gardez si chier comme vos avez vostre honor et moi que

Alors ils furent approximativement à égalité et souffrirent à peu près autant les uns que les autres. Le soleil était déjà très haut. C'est à ce moment que le roi Clamadeu entra dans la bataille, et le roi Yon s'engagea contre lui. Il y eut ainsi au combat quatre armées d'une part, et quatre armées de l'autre ; et ils étaient bien vingt mille de plus du côté de Galehaut que du côté du chevalier noir. Mais autour de celui-ci les siens se tenaient bien et les hommes de Galehaut avaient subi de lourdes pertes, car ceux du roi Arthur avaient fait de grandes prouesses au commencement de la bataille. À midi, les hommes de Galehaut lâchèrent pied. Ils étaient vingt mille de plus que les autres et cependant ils avaient le dessous. Mais, sans la valeur du chevalier noir, les siens n'auraient pas tenu. Il étonnait tous ses ennemis par sa maîtrise, à tel point qu'ils n'imaginaient pas qu'une plus grande quantité d'hommes pourrait leur être de quelque utilité. Ils étaient tellement épouvantés des merveilles qu'il accomplissait que la plupart tournaient le dos et s'en allaient tout droit à leurs tentes, très honteusement.

Quand Galehaut les vit, il fut très étonné de la tournure des événements, car il savait que les siens étaient les plus nombreux. Il alla au-devant des fuyards et leur demanda ce qui se passait.

« Ce qui se passe, seigneur ? dit un chevalier qui n'avait pas envie de se battre. Celui qui voudra voir des merveilles, qu'il aille à l'endroit d'où nous venons, et il verra les plus extraordinaires qui aient été jamais vues et qui le seront jamais !

— Comment ? fait Galehaut. De quelles merveilles s'agit-il ?

— Quelles merveilles, seigneur ? Il y a là-bas un chevalier qui triomphe de tout à lui tout seul. Nul ne peut lui résister, nul ne peut endurer ses coups. Le chevalier de l'an dernier, qui portait les armes vermeilles, ne valait pas une maille à côté de celui-ci. Rien ne peut le lasser. Il ne s'est pas arrêté depuis ce matin et il est impétueux et frais comme s'il n'avait jamais porté les armes.

— Par Dieu ! fait Galehaut, je ne tarderai pas à le voir. »

Alors il se rend auprès de sa grande armée. Il en détache dix mille hommes, de sorte qu'il en reste trente mille, et dit au roi Baudemagu :

« Prenez garde, pour autant que votre honneur et ma

mes conroiz ne se mueve, se ge meïsmes, mes cors, ne vos i
veign querre. Et vos, fait il as dis mile, vos tenez tuit coi a une
part, loig des autres, tant que ge vaigne a vos. »

Atant s'en vient an la bataille a tex armes com il avoit, et fait
avec lui retorner toz les fuianz. Et ja estoient li suen tel conreé
qu'il se desconfisoient tuit. Mais qant Clamadex li rois les vit
venir, si an reprist cuer et escria s'enseigne mout hautement et
recovra iluec ses genz, si laisse corre a ses anemis mout
durement. Et Galehoz comanda a cels que il amenoit que il se
ferissient an aus tot a desroi, si tost com il porroient a esperon.
« Et n'aiez garde, fet se il, que vos seroiz bien secorruz a toz
bessoinz. » Et cil laissent corre au comandement del preudome,
si fierent antr'aus. Et lors recovrent tuit li lor, et mout fu bien
escriee l'anseigne Galehoz, car li un et li autre cuiderent que
granz genz les aüsient secorruz. Ses aüssient mout durement
tornees arriers les genz lo roi, se li Noirs Chevaliers ne fust.
Mais il seus en prant si tost lo fais sor lui que il recuevre a toz
les besoinz et a toz meschiés, apareilliez de deffandre et
d'anchaucier. Illuec fu ses chevaus ocis soz lui, et il vint a pié ;
et ce ert li darreains de ses chevaus. Et la presse fu granz antor
lui, [que l'en ne pot mie maintenant avenir a lui] por remonter.
La ou il estoit a pié, lo faisoit il si q'en ne lo pooit veoir coart
ne pareceus, ainz est a toz abandonez autresi com uns estan-
darz. *(f. 100d)* Et il feroit destre et senestre sanz repox ; s'espee
ne fust ja veüe sanz cox doner ; il detranchoit hiaumes, il
decopoit escuz, il fausoit hauberz sor espaules ou seur braz de
chevaliers, il faisoit mervoilles a veüe.

Qant Galehoz vit ces mervoilles que il faisoit, si se merveilla
coment li cors d'un chevalier pooit ce faire, et dit a soi meïsmes
que il ne voudroit mie avoir conquises totes les terres cui sont
desouz lo trone, par covant que uns si preudons fust morz par
ses corpes. Lors feri lo cheval des esperons et se mist an la
presse, lo baston en la main, por departir la meslee desor celui
qui a pié estoit ; si fist ses genz arriere traire a mout grant
poines. Puis apela lo chevalier et dist :

« Sire chevaliers, or n'aiez garde. »

Et cil respont mout hardiement que non a il.

personne vous sont chers, que mon armée ne bouge pas d'ici, si je ne viens vous chercher moi-même. Et vous, dit-il aux dix mille, restez tranquilles et loin des autres, jusqu'à ce que je revienne auprès de vous. »

Aussitôt il entre dans la bataille, armé comme il l'était, et ramène avec lui tous les fuyards. Déjà les siens étaient si mal en point que la déroute était générale. Mais, en les voyant venir, le roi Clamadeu reprit courage, poussa d'une voix forte son cri de guerre, rallia ses troupes et courut sus à ses ennemis. Alors Galehaut ordonne à ceux qu'il ramène au combat de se lancer au grand galop dans la mêlée, aussi vite que leurs chevaux peuvent les porter. « Et n'ayez crainte, leur dit-il, vous serez bien secourus, s'il en est besoin. »

Ils s'élancent au commandement de leur vaillant seigneur et se jettent dans la mêlée. Alors tous leurs hommes repartent au combat, le cri de ralliement de Galehaut retentit de toutes parts, si bien que tous pensèrent que d'importants renforts venaient les secourir. Ils auraient mis en fuite les troupes du roi Arthur, s'il n'y avait eu le chevalier noir. Mais il prend sur lui tout le poids de la bataille, fait face à tous les besoins et à tous les périls, toujours prêt à la défense et à l'attaque. À ce moment son cheval fut tué sous lui et il se retrouva à pied. C'était le dernier de ses chevaux ; et tout autour, la presse était si grande que l'on ne pouvait arriver jusqu'à lui pour le remettre en selle. Tandis qu'il était à pied, il se conduisait si bien qu'il ne montrait ni couardise ni lassitude, mais s'offrait à tous comme un étendard. Il frappe à droite et à gauche sans repos. Son épée ne cesse d'assener des coups. Il tranche des heaumes, met en pièces les écus, perce les hauberts sur les épaules ou les bras des chevaliers. Il fait manifestement des merveilles.

Quand Galehaut voit les prodiges qu'il accomplit, il se demande comment un chevalier peut faire tout cela à lui seul, et se dit en lui-même qu'il ne voudrait pas avoir conquis toutes les terres qui sont sous le ciel, s'il devait être responsable de la mort d'un tel prud'homme. Alors il pique des éperons et se jette dans la presse, son bâton à la main, pour faire cesser la mêlée autour du chevalier qui est à pied. Il fait reculer ses hommes à grand'peine. Puis il s'adresse au chevalier et lui dit :

« Seigneur chevalier, n'ayez aucune crainte. »

L'autre lui répond hardiment qu'il n'a pas peur.

« Savez, fait Galehoz, que ge vos dirai. Ge vos voil aprandre une partie de mes costumes. Et sachiez que ge deffant a toz mes homes qe nus ne mete main a vos tant comme vos iestes a pié, ne nus outre vos ne chast. Mais se vos meusiez et vos laissesiez a faire d'armes par coardisse, ge ne vos aseüreroie mie d'estre pris. Mais tant comme vos porteroiz armes, ne tro[v]eroiz vos ja qui vostre cors preigne. Ne ja se vostre chevaus est morz, por ce ne vos esmaiez, car ge vos donrai chevaus tant comme vos an porroiz hui mais huser, et ge serai vostre escuiers hui tote jor. Et se ge ne vos puis lasser, don ne vos lassera nus hom vivant. »

Lors descent do cheval, si lo baille au chevalier. Et cil i est montez sanz arest et revint a la meslee autresi vistement come se il n'i eüst hui mais cop feru. Et Galehoz remonte an un cheval qui li fu amenez et vint an haut a son conroi, si prant a soi les dis mile et dist que cil aillent asanbler avant.

« Et vos, fet il au roi Bademagu, vanroiz aprés, si n'asanbleroiz mie *(f. 101a)* si tost comme cil seront assenblé. [Mais quant li dairain de la seront venu, lors si asanbleroiz. Et cil de la cuideront que totes mes genz soient venues, quant cil dis mile seront assenblé.] Et ge meïsmes vos vandrai querre. »

Atant s'an part atot les dis mile, si les fait chevauchier toz desconreez et espanduz, l'un loing de l'autre, por sanbler que plus i eüst genz. Et quant il sont pres de la bataille, si fait soner ses cors et ses buisines, don il i avoit tant que toz li païs an tranbloit. Quant li chevaliers les ot venir, si li sanbla que grant effort de genz avoit la, si se traist pres des suens et les apela antor lui. Si lor dist :

« Seignor, vos iestes tuit ami lo roi. Ge ne vos sai nomer, mes mout iestes tenuz a preuzdome. Or i parra qui ert a droit loez. »

Atant vindrent cil tuit desconreé. Et messire Yvains, qui les

« Savez-vous, reprend Galehaut, ce que j'ai à vous dire ? Je veux vous apprendre quelques-unes de mes coutumes. Sachez que j'interdis à tous mes hommes de mettre la main sur vous ou de vous donner la chasse, tant que vous êtes à pied. Si vous reculiez ou que vous mettiez un terme à vos prouesses par couardise, je ne vous garantis pas qu'on ne vous ferait pas prisonnier. Mais tant que vous porterez des armes[1], vous ne trouverez personne qui ose se saisir de vous. Si votre cheval est tué, n'en ayez aucun souci, car je vous donnerai autant de chevaux que vous pourrez en user et je serai moi-même votre écuyer toute la journée. Si je ne parviens pas à vous épuiser, alors aucun homme vivant n'y réussira jamais. »

Il descend de son cheval et le présente au chevalier. Celui-ci se met en selle immédiatement et revient à la mêlée, aussi vite que s'il ne s'était pas battu de la journée. De son côté Galehaut monte sur un cheval qui lui est amené et gravit le tertre où est installée sa grande armée. Il prend la tête des dix mille chevaliers et leur ordonne de passer à l'attaque les premiers.

« Quant à vous, dit-il au roi Baudemagu, vous viendrez plus tard, et vous ne prendrez pas part à la bataille aussitôt que les dix mille auront été engagés. Lorsque le roi Arthur aura épuisé ses dernières réserves, alors seulement vous passerez à l'action. Ils croiront que j'ai disposé de la totalité de mes troupes, quand les dix mille seront au combat. Et c'est moi-même qui viendrai vous chercher. »

Il part avec les dix mille. Il les fait chevaucher en ordre dispersé, éloignés les uns des autres, pour paraître plus nombreux. Quand ils sont près du champ de bataille, il fait sonner ses cors et ses trompettes, qui étaient en si grand nombre que tout le pays en retentissait. En entendant tout ce bruit, le chevalier noir pense qu'il s'agit d'une force très importante ; il se rapproche des siens et les fait venir autour de lui. Il leur dit :

« Seigneurs, vous êtes tous les amis du roi. Je ne connais pas vos noms, mais on vous tient pour des prud'hommes. Le moment est venu de faire paraître votre valeur. »

Les dix mille attaquent en désordre. Monseigneur Yvain,

---

1. *porter des armes :* se battre.

vit venir, comanda ses conroiz tot soef aler, et dist a ses genz
que tuit fussient aseür que « nos ne perdrons hui mais riens par
effort de genz que ge aie veües encor ». [Ce disoit il,] por ce que
il cuidoit que ce fussient totes les genz Galehot. Messires
Gauvains sot bien, tantost que il les vit des la ou il gisoit, que
ce n'estoient il mie tuit.

Et qant li dis mile assanblerent, si fu mout granz la noise. Et
cil les recuillent au plus viguerosement que il porent. Mes [si]
durement vinrent li Gualehot que maint an abatirent a lor
venir. Mais qant messires Yvains vint, mout les conforta ; et
mout an avoient grant mestier, car ja guerpissoient par tot
place ; si recovrerent a l'asenbler de monseignor Yvain. Et
Gualehoz s'en reva arrieres a son conroi et comanda que il
chevauchast si durement que onques mes nules genz si durement ne venissent.

« Et de tel aleüre, fait il, les alez ferir que ja nus n'en
remaigne a cheval, car vos iestes tuit frec et fort et sejorné, ne
n'avez portees armes puis que vos fustes ci venu. Or i parra
come vos lo feroiz durement. »

Atant chevauchent li conroi tot lo pandant. Et lor gent
avoient ja mout lo poior, car mout lo font durement li
compaignon *(f. 101b)* monseignor Yvain, et ses cors lo fait bien
sor aus toz. Mais nus biens de lui ne d'autrui ne se prant au
bienfaire del Noir Chevalier, mais cil lo fait bien sor toz homes.
Mais qant li conroiz Gualehot vint, si chanja mout li afaires,
car trop i avoit grant fes de gent. Si fu an lor venir li boens
chevaliers portez a terre et li sis compaignon qui tote jor
avoient esté si pres de lui. Lors vint Gualehoz poignant et le
remonta el cheval o il meïsmes seoit, car li suens n'estoit preuz
a son hués. Si tost com il fu remontez, si revint autresi
vistement an la meslee com il avoit fait autre feiee, si comança
a faire d'armes au tesmoign Gualehot meïsmes plus que nus
hon ne poïst faire, si que tuit s'an esbaïssoient. Ensi dura ses
bienfaires jusque a la nuit, n'onqes ne fu ores que il et ses genz
n'eüssient lo plus bel de la bataille.

quand il les voit, prescrit à son armée d'avancer tout doucement et dit à ses hommes :

« Soyez sûrs que nous ne perdrons rien en ce jour, quelles que soient les forces de l'ennemi que je vois venir. »

Il parlait ainsi parce qu'il croyait que toutes les forces de Galehaut étaient là ; mais monseigneur Gauvain, qui les observait de la bretèche où il était couché, savait bien qu'elles n'y étaient pas toutes.

Quand les dix mille chargèrent, il y eut un grand tumulte. Les hommes du roi les accueillirent le plus vigoureusement qu'ils purent. Mais la charge était si impétueuse que beaucoup furent renversés dès la première rencontre. L'entrée en action de monseigneur Yvain leur fut un grand réconfort. Ils en avaient bien besoin, car ils lâchaient pied de toutes parts, mais se rallièrent à l'arrivée de monseigneur Yvain.

Galehaut revient à sa grande armée et lui demande de livrer l'assaut le plus dur que l'on ait jamais vu. « Et chargez-les, dit-il, avec tant de violence qu'aucun d'eux ne reste en selle. Vous êtes tous forts, frais et reposés et vous n'avez pas porté d'armes, depuis que vous êtes ici. C'est le moment de montrer votre savoir-faire. »

Alors la grande armée s'ébranle et dévale la pente qui la mène au champ de bataille. Déjà les troupes de Galehaut avaient le dessous, car les compagnons de monseigneur Yvain se battaient bien, et monseigneur Yvain mieux que tous les autres. Cependant ni sa valeur ni celle de personne ne peuvent égaler celle du chevalier noir, qui l'emporte sur tout le monde. Mais quand survint la grande armée de Galehaut, la situation changea du tout au tout, sous la poussée d'une trop grande multitude. Au premier assaut, le bon chevalier et les six compagnons, qui s'étaient tenus toute la journée à ses côtés, furent jetés à terre. Alors Galehaut arriva au galop et le remit en selle sur le cheval qu'il montait lui-même, parce qu'il trouvait que le sien n'était pas assez bon. Dès qu'il fut remonté, le chevalier noir revint à la mêlée aussi vite qu'il l'avait fait la fois précédente, et recommença à accomplir, au témoignage de Galehaut lui-même, plus d'exploits qu'aucun homme ne pourrait en faire, si bien que tout le monde en était stupéfait. Ses prouesses durèrent ainsi jusqu'à la nuit ; et, à aucun moment, ni lui-même ni ses hommes ne cessèrent d'avoir l'avantage dans la bataille.

Quant vint a l'anuitier, si comancerent a departir et d'une part et d'autre. Et il s'an parti au plus celeement que il pot et s'en torna tot amont les prez antre lo tertre et la riviere. Et Gualehot, qui mout se prenoit garde de lui, l'an vit aler, si fiert aprés des esperons et lo siut de loig par l'adrecement do tertre tant que il lo vint ateignant aval. Si s'acosta de lui au plus belement que il pot, et dist :

« Dex vos beneïe, sire. »

Et cil lo regarde an travers, si li a randu son salu a mout grant paine.

« Sire, fait Gualehoz, qui estes vos ? »

« Biaus sire, uns chevaliers suis, ce poez veoir. »

« Certes, fait Gualehoz, chevaliers iestes vos, li miaudres qui soit. Et vos iestes li hom el monde cui ge miauz voudroie honorer, si vos sui venuz requerre an toz guerredons que vos venoiz hui mais herbergier o moi. »

Et li chevaliers li dist, autresin comme s'il ne l'eüst onques mais veü :

« Qui iestes vos, sire, qui me priez de herbergier ? »

« Sire, fait il, ge suis Gualehoz, li filz a la Jaiande, li sires de totes ces genz deça, vers cui vos avez hui desfandu lo roi Artu et ses genz, que ge avoie *(f. 101c)* mout bien an mon pooir ; et conquis l'eüse se vostre cors ne fust. »

« Comment ? fait li chevaliers ; vos iestes anemis monseignor lo roi Artu et si me priez de herbergier ? Vos ne me herbergeroiz ja, se Deu plaist, an cest point. »

« Ha ! sire, fait Galehoz, ge feroie plus por vos que vos ne quidiez, et si ne l'ai mie hore a comancier. Et ancor vos pri ge, por Deu, que vos herbergiez anuit a moi par covant que ferai a devise quant que vos m'oseroiz requiere. »

Atant s'arestut li chevaliers, si regarde Galehot mout durement, et dist :

« Certes, sire, premeterres estes vos mout boens. Ce ne sai ge do randre, coment il est. »

Et Galehoz li respont :

« Sire, sachiez por voir que ge suis li riches home o monde qui moins promet. Et ancor vos di ge bien que, se vos an venez herbergier a moi, ge vos donrai ce que vos me demanderoiz. Et

La nuit venue, les deux armées commencèrent à se retirer, chacune dans son camp. Le chevalier s'en alla le plus discrètement qu'il put, en remontant les prairies qui se trouvaient entre la colline et la rivière. Galehaut, qui l'observait, le voit partir. Il pique des éperons et le suit de loin, en prenant par le raccourci de la colline, puis il le rejoint sur l'autre versant. Il l'accoste le plus aimablement qu'il peut :

« Dieu vous bénisse, seigneur ! »

L'autre le regarde de travers et lui rend son salut à contre-cœur.

« Seigneur, fait Galehaut, qui êtes-vous ?

— Beau seigneur, je suis un chevalier, comme vous pouvez le voir.

— Certes, fait Galehaut, vous êtes un chevalier et le meilleur qui soit. Et vous êtes l'homme du monde à qui je voudrais faire le plus d'honneur. Aussi suis-je venu vous prier, en toute bonne foi, de vouloir bien être mon hôte cette nuit. »

Le chevalier lui répond, comme s'il ne l'avait jamais vu :

« Qui êtes-vous, seigneur, pour offrir de m'héberger ?

— Seigneur, je suis Galehaut, le fils de la Géante, le seigneur de tous les hommes d'armes contre qui vous avez défendu aujourd'hui le roi Arthur et ses gens. Je les tenais en mon pouvoir ; et, sans vous, je les aurais conquis.

— Comment ? fait le chevalier. Vous êtes l'ennemi de mon-seigneur le roi Arthur et vous voulez que je sois votre hôte ? Je ne serai jamais votre hôte, s'il plaît à Dieu, dans ces condi-tions.

— Ah ! seigneur, je pourrais faire pour vous plus que vous ne pensez ; et ce ne sera pas la première fois. Je vous prie de nouveau, pour l'amour de Dieu, de venir loger chez moi cette nuit, étant entendu que je ferai, à votre convenance, tout ce que vous oserez me demander. »

Alors le chevalier s'arrête. Il regarde longuement Galehaut et lui dit :

« En vérité, seigneur, vous êtes fort bon pour promettre ; mais pour tenir, je ne sais ce que vous valez. »

Et Galehaut lui répond :

« Seigneur, sachez que, de tous les grands de ce monde, je suis celui qui fait le moins de promesses. Je vous répète encore que, si vous venez loger chez moi, je vous donnerai ce que vous

si vos an ferrai si seür com vos deviseroiz de vostre boiche. »

« Sire, fait li chevaliers, vos iestes tenuz por mout preudom, et il ne seroit mie vostre honors de chose prometre don vos ne vossisiez an la fin aquiter vostre creant. »

« Sire, fait Galehoz, n'an dotez ja, car ge n'an mantiroie, fait Galehoz, por tot lo reiaume de Logres gaignier. Et ge lo vos fiancerai comme leiaus chevaliers, car rois ne suis ge mie ancores, que vos donrai ce que vos me demanderoiz por avoir anuit mais vostre conpaignie. Et se plus la puis avoir, plus la prandrai. Et se vos de ma fiance n'avez assez, ge vos an ferai si seür comme vos voudroiz. »

« Sire, fait li chevaliers, moi semble que vos dessirrez mout ma compaignie, se vostre corages est tex comme la parole. Et ge me herbergerai o vos mais enuit, mais vos me fianceroiz que vos me donroiz ce que ge vos demanderai. Et ancor autre seürté m'an feroiz, *(f. 101d)* se vos requier. »

Ensin ont antre aus deus establiees lor covenances, et Galeholz li fiance ses covenances a tenir. Lors s'en vont andui as tantes. Et les genz lo roi estoient ja repairié as tantes. Et messires Gauvains en ot bien veü aler lo chevalier, si estoit mout angoisseus de ce que il s'an aloit. Et se il fust haitiez, il i eüst mise mout grant paine an lui ramener. Si avoit mandé au roi qe il venist a lui, car il li voloit dire que il alast après lo chevalier tant que il lo retenist. La o il atandoit lo roi, il regarde contremont les prez et voit venir Galehot, son destre braz sus lo col au chevalier, si l'an menoit antre lo tertre et la riviere, que les genz lo roi Artus lo veïssient. Et qant messires Gauvains les vit, si sot bien que Galehoz l'avoit retenu, et dist a la reine, qui laianz estoit :

« Ha ! dame, dame, or poez vos bien dire que nostre home sont desconfit et mort. Vez c'a conquis Galehoz par son savoir. »

Et la reine esgarde, si voit lo chevalier que Galehoz en moine, si est tant anragiee que ele ne puet un mot dire de sa boiche. Et messires Gauvains refit tel duel que il s'est trois foiz pasmez an moins d'ore que l'an n'alast lo giet d'une menue pierre. Et li rois venoit laianz, si oï lo cri que chascuns disoit : « Morz est. Morz est. » Et si vint devant lui et l'anbraça am plorant, si lo comança mout doucement a apeler, si revint

me demanderez, avec toutes les garanties que vous pourrez désirer.

— Seigneur, fait le chevalier, on vous tient pour très prud'homme. Ce ne serait pas à votre honneur, de promettre ce dont, en fin de compte, vous ne voudriez pas vous acquitter.

— Seigneur, ne craignez rien, je ne mentirais pas, même pour gagner tout le royaume de Logres. Je vous engagerai ma foi de loyal chevalier — non de roi, car je ne le suis pas encore — que je vous donnerai ce que vous me demanderez, pour avoir votre compagnie cette nuit (et plus longtemps, si je le peux). Et si vous ne vous contentez pas de ma parole, je vous offrirai toutes les garanties que vous voudrez.

— Seigneur, fait le chevalier, il me semble que vous désirez vraiment ma compagnie, si votre pensée s'accorde à vos paroles. Eh bien ! je serai votre hôte cette nuit, mais vous vous engagerez à m'accorder ce que je vous demanderai ; et vous me donnerez encore une autre garantie, si je vous en requiers. »

Tel est l'accord conclu entre les deux chevaliers, et Galehaut s'engage par serment à tenir ce qu'il a promis. Alors ils s'en vont ensemble vers les tentes. Les hommes du roi avaient déjà regagné les leurs ; et monseigneur Gauvain avait vu s'éloigner le chevalier. Il était extrêmement inquiet de son départ, et, s'il avait été valide, il se serait employé à le retenir. Aussi avait-il mandé au roi de le venir voir, car il voulait lui dire de suivre le chevalier et de le ramener. Pendant qu'il attendait le roi, il regarde vers le haut des prés et voit Galehaut, le bras droit posé sur l'épaule du chevalier, chevauchant avec lui et l'emmenant entre la colline et la rivière, de telle sorte que les gens d'Arthur pouvaient les apercevoir. Quand monseigneur Gauvain les vit, il comprit que Galehaut avait réussi à retenir le chevalier. Il dit à la reine, qui était là :

« Ah ! dame, dame, à présent vous pouvez bien dire que nos hommes sont défaits et morts. Voyez ce que Galehaut a gagné par son savoir. »

La reine regarde : elle voit le chevalier que Galehaut emmène et elle enrage tant qu'elle ne peut dire un seul mot. Quant à monseigneur Gauvain, il est si malheureux qu'il s'est pâmé trois fois en moins de temps qu'il n'en faut pour parcourir la lancée d'une petite pierre. Le roi entrait. Il entend tout le monde crier : « Il est mort, il est mort. » Il arrive au chevet de son neveu, l'embrasse en pleurant, l'appelle très doucement par

messires Gauvains de pasmoisons. Quant il vit lo roi, si lo comença mout durement a blasmer, et dist :

« Sire, or est venuz li termes que li clerc vos distrent. Esgardez quel tressor vos avez perdu. Cil vos toudra terre qui hui tote jor la vos a garantie par son cors. Et se vos fussiez prodon, vos l'aüssiez retenu autresi com a fait li plus prodom qui vive, qui devant vos l'an moine, ne ne li fist onques se nuire non. Et vos l'avez laissié qui vos a rendue honor et terre. Ensi se *(f. 102a)* mostrent bien li preudome, la ou il sont. »

Lors voit li rois lo chevalier que Galehoz en menoit, s'an ot li rois tel duel que par un pou qu'il ne chaï, ne de plorer ne se pot tenir. Mais il fist [lo plus bel semblant qu'il pot] por son neveu reconforter ; et si tost com il pot, s'an vint a son tref et si fist grant duel a desmesure. Et autresi faissoient tuit li preudome, chascuns androit soi. Granz est li diaus an l'ost lo roi del boen chevalier que Galehoz an moine. Et il totesvoies chevauchent. Et qant il vienent pres de l'ost, si apele li chevaliers Galehot et li dist :

« Sire, ge m'en vois o vos. Mes ge vos requier, ainz que ge antre an vostre ost, qe vos me façoiz parler as deus omes o monde o vos plus vos fiez. »

Et il li otroie. Lors s'en part Galehoz et dit a deus de ses omes :

« Venez aprés moi, si verroiz encore anuit lo plus riche ome do monde. »

Et cil li dient :

« Coment, sire ? N'iestes vos donques li plus riches om do monde qui soit ? »

« Nenil, fait il, mais gel serai ainz que ge dorme. »

Cil dui furent li Rois des Cent Chevaliers et li Rois Premiers Conquis, ce estoient li dui home o il plus se fioit. Et qant il virent lo chevalier, si li firent mout grant joie, car il lo conurent bien par ses armes. Et il lor demanda qui il estoient, et il se nomerent, ensi com vos avez oï. Et il lor dist :

« Seignor, vostres sires vos fait grant enor, car il dit que vos iestes li dui ome que il plus croit. Et antre moi et lui avons une covenance que ge voil que vos oiez, car il a fiancié que por

son nom, et monseigneur Gauvain revient de pâmoison. Quand il aperçoit le roi, il lui fait de sévères reproches et lui dit :

« Sire, voici venu le terme que les clercs vous ont annoncé. Regardez quel trésor vous avez perdu. Celui-là vous enlèvera votre terre, qui aujourd'hui, pendant toute cette journée, vous l'a conservée au péril de son corps. Si vous étiez un prud'homme, c'est vous qui l'auriez retenu, comme l'a fait le plus prud'homme du monde, qui l'emmène sous vos yeux, alors qu'il n'a jamais cessé de lui nuire. Et vous, vous l'avez laissé partir, quoiqu'il vous eût rendu votre honneur et votre terre. C'est ainsi que l'on voit où sont les vrais prud'hommes. »

Alors le roi aperçoit le chevalier que Galehaut emmène. Il en a tant de douleur qu'il manque de tomber et ne peut retenir ses larmes. Mais il fait aussi bonne contenance que possible, pour réconforter son neveu. Puis, dès qu'il le peut, il retourne dans sa tente pour se livrer à son chagrin sans mesure ; et tous les prud'hommes font de même, chacun à part soi.

Grand est le deuil dans le camp du roi, pour le bon chevalier que Galehaut emmène. Tous deux, pendant ce temps, chevauchent de compagnie. Quand ils sont arrivés près du camp, le chevalier adresse la parole à Galehaut et lui dit :

« Seigneur, je vous suis. Mais, avant d'entrer dans votre camp, je vous requiers de me laisser parler aux deux hommes en qui vous vous fiez le plus. »

Galehaut y consent, s'éloigne et dit à deux de ses hommes :

« Venez avec moi ; et vous verrez cette nuit même l'homme le plus riche du monde.

— Comment, seigneur ? disent-ils. N'êtes-vous pas l'homme le plus riche qui soit au monde ?

— Non, mais je le serai avant que je m'endorme. »

Ces deux seigneurs étaient le roi des Cent Chevaliers et le roi Premier Conquis, et c'étaient les deux hommes en qui Galehaut se fiait le plus. Quand ils virent le chevalier, ils l'accueillirent avec beaucoup de joie, car ils le reconnurent à ses armes. Il leur demanda qui ils étaient et ils se nommèrent comme il vient d'être dit. Puis il leur tint ce langage :

« Seigneurs, votre prince vous fait beaucoup d'honneur ; car il dit que vous êtes les deux hommes en qui il a la confiance la plus grande. Nous avons passé, lui et moi, un accord, dont je veux que vous soyez informé. Il m'a juré que, pour que je sois

herbergier o lui enuit me donra ce que ge li demanderai. Et
demandez li. »

Et il dit que ce est voirs.

« Sire, dit li chevaliers, ge voil ancor avoir la seürté de ces
deus prodomes. »

Et Galehoz l'otroie.

« Et dites, fait il, coment. »

« Il me fienceront que, se vos me failliez de cest covant, il
guerpiront vos et s'an venront a moi, la ou ge voudrai ; et
seront an vostre nuissement et an m'aide, et a moi devront ce
que il vos doivent *(f. 102b)* orandroit, et a vos devront ce que il
me doivent ores come a lor anemi mortel. »

Galehoz lor comande a fiancier. Et li Rois des Cent Chevaliers, qui ses seneschaus et ses cosins germains estoit, li dit :

« Sire, vos iestes si preudom et si sages que vos devez bien
savoir que vos nos comandez, car ce est trop grant chose a
faire. »

« Ne vos antremetez ja, fait Galehoz, car ansi me plaist, et ge
sai mout bien que ge faz. Mais fianciez li ansi comme ge li ai
creanté. »

Et il l'a devisé. Et il li fiancent andui. Lors apela Galehoz lo
Roi Premier Conquis a une part et si li dit :

« Alez avant, et si dites a toz mes barons de par moi que il
soient orendroit a m'encontre et veignent si annoreement com
il porront plus. Et si lor dites combien j'ai annuit gaaignié. Et
gardez que an mon tré soient tuit li deduit que l'an porra trover
an tote l'ost. »

Lors s'an va cil, ferant des esperons, et fist lo comandement
son seignor. Et Galehoz retient lo chevalier grant piece an
paroles antre lui et son seneschal tant que ses comandemenz
pot estre faiz. Si ne demora gaires que il lor vint a l'ancontre
deus cenz chevaliers qui tuit estoient home Galehot, si en
estoient roi li vint huit, et li autre estoient duc et conte. La fu
li chevaliers annorez et conjoïz, que onques si grant joie ne fu
faite por un home sol mesqueneü com an fist de lui a cele foiz.
Et disoient tuit, grant et petit : « Bienveigne la flors des
chevaliers do monde », si que li chevaliers en avoit grant honte.

son hôte cette nuit, il me donnera ce que je lui demanderai. Interrogez-le.

— C'est la vérité, dit Galehaut.

— Seigneur, reprend le chevalier, je veux avoir en outre la garantie de ces deux prud'hommes. »

Galehaut y consent :

« Dites ce que vous voulez.

— Ils me jureront ceci : si vous manquez à votre engagement, ils vous quitteront et me suivront là où je le voudrai ; ils feront tout pour vous nuire et m'aider ; ils me devront ce qu'ils vous doivent présentement et à vous ce qu'ils me doivent en ce moment, comme à leur ennemi mortel. »

Galehaut leur donne l'ordre de prêter ce serment. Le roi des Cent Chevaliers, qui était son sénéchal et son cousin germain, lui dit :

« Seigneur, vous êtes si prud'homme et si sage que vous devez bien savoir ce que vous nous commandez ; car c'est une très grave affaire.

— Ne vous mettez pas en peine, dit Galehaut. Tel est mon bon plaisir et je sais bien ce que je fais. Prêtez-lui serment, comme je l'ai fait moi-même. »

Il répète les termes du serment et les deux rois le prononcent. Alors Galehaut prend à part le roi Premier Conquis et lui dit :

« Allez devant. Avertissez tous mes barons de venir à ma rencontre dans leur plus bel équipage. Apprenez-leur combien j'ai gagné cette nuit. Et faites en sorte que ma tente soit garnie de tous les agréments que l'on pourra trouver dans tout le camp. »

Le roi Premier Conquis s'en va, piquant des éperons, et exécute le commandement de son seigneur. Cependant Galehaut et son sénéchal entretiennent le chevalier tout le temps nécessaire à l'exécution de ces ordres. Bientôt on vit venir à leur rencontre deux cents chevaliers, qui tous étaient les hommes de Galehaut. Parmi eux il y avait vingt-huit rois et les autres étaient ducs et comtes. Alors le chevalier fut reçu avec de tels honneurs et de telles fêtes que jamais on n'en fit autant pour un homme seul et inconnu. Ils disaient tous, les grands et les petits : « Bienvenue à la fleur des chevaliers du monde ! » et le chevalier était rouge de confusion. Ils allèrent ainsi jusqu'à la

Ensi s'en vienent jusque au tré Galehot, si ne porrient mies
estre conté li deduit ne li esbatemenz qui laianz est.

A tel joie fu receüz li chevaliers et annorez. Et qant il fu
desarmez, Galehoz li fist aporter une robe mout bele et mout
riche, et il la vesti mout efforciez. Qant il fu tans, si mangerent.
Aprés fist faire Galehoz an sa chanbre quatre liz, un mout
grant *(f. 102c)* et mout large et mout haut, et l'autres mains
grant, et li autre dui qui furent d'un grant mout menor que li
autre. Et qant li liz fu atornez de totes les richeces qui an lit
porroient estre mises, et ce fu por lo cors au chevalier. Et qant
vint au couchier, si li dist Galehoz :

« Sire, vos gerroiz an ce lit laïsus. »

« Sire, dist li chevaliers, qui gerra donc an ces autres ? »

« Sire, fait il, mi serjant i gerront qui vos feront conpaignie.
Et ge gerrai en une chanbre dela, por ce [que] vos seroiz ci plus
an pais et plus a aise. »

« Ha ! sire, por Deu, ne me faites mies plus haut gesir des
autres chevaliers, car tant ne me devez vos mie avilener. »

« N'aiez garde, faisoit ce Galehoz ; ja de chose que vos façoiz
por moi ne seroiz tenuz por vilains. »

Atant s'an part Galehoz. Et li chevaliers commança a penser
a la grant ennor que Galehoz li a fait, si lo prise tant an son
cuer com il puet plus. Et qant il est couchiez, si s'andort mout
tost, car trop iere las. Et qant Galehoz sot que il estoit
andormiz, si se coucha delez lui au plus coiement que il pot, et
deus de ses chevaliers es autres deus ; ne laianz n'ot plus de
totes genz. La nuit dormi li chevaliers mout durement et tote
nuit se plaignoit an son dormant. Et Galehoz l'ooit bien, car il
ne dormoit gaires, ainz pensa tote nuit a retenir lo chevalier.
Au matin se leva li chevaliers et oï messe. Et ja estoit Galehoz
levez coiement, car il ne voloit que li chevaliers s'aparceüst. Et
quant il orent messe oïe, si demanda li chevaliers ses armes. Et
Galehoz li demanda por quoi. Et il li dist que il s'an iroit. Et
Galehoz li dist :

« Biaus dolz amis, remenez encores. Et ne quidiez pas que ge
vos voille decevoir, car vos ne savroiz ja rien demander que vos

tente de Galehaut et l'on ne saurait vous décrire les agréments et les divertissements qui s'y trouvaient.

C'est ainsi que le chevalier fut reçu en grande pompe et honoré. Quand il fut désarmé, Galehaut lui fit présenter une belle et riche robe, qu'il dut revêtir, malgré ses protestations. Le moment venu, ils passèrent à table. Puis Galehaut fit faire dans sa chambre quatre lits : l'un, très grand, très large et très haut ; le second, moins grand ; les deux autres, identiques par leurs dimensions, mais beaucoup plus petits que les premiers. Le grand lit fut paré de toutes les richesses que l'on peut mettre dans un lit. Il était destiné au chevalier. Au moment de se coucher, Galehaut lui dit :

« Seigneur, ce haut lit sera pour vous.

— Seigneur, dit le chevalier, pour qui seront les autres ?

— Seigneur, pour mes sergents qui vous tiendront compagnie. Je dormirai dans une chambre voisine, afin que vous soyez plus tranquille et plus à l'aise.

— Ah ! seigneur, je vous en prie, ne me donnez pas un lit plus haut qu'aux autres chevaliers. Vous ne devez pas me faire commettre cette inconvenance.

— N'ayez crainte, répondit Galehaut. Il n'y aura jamais d'inconvenance dans ce que vous ferez pour moi. »

Alors Galehaut s'en va. Le chevalier commence à penser au grand honneur qu'il lui a fait et son cœur se remplit de reconnaissance. Aussitôt couché, il s'endort, car il était recru de fatigue. Quand Galehaut apprit qu'il était endormi, il se coucha auprès de lui le plus doucement qu'il put. Deux de ses chevaliers occupèrent les deux autres lits. Et il n'y eut personne d'autre dans la chambre. Le chevalier dormit profondément, mais il ne cessait de se plaindre dans son sommeil. Galehaut l'entendait fort bien, car lui-même ne dormit guère : il pensa toute la nuit au moyen de retenir le chevalier. Au matin le chevalier se leva et entendit la messe. Galehaut s'était déjà levé tout doucement, pour que le chevalier ne le vît pas. Après la messe, le chevalier réclame ses armes. Et Galehaut lui demande pourquoi.

« Pour m'en aller », répond-il.

Alors Galehaut lui dit :

« Beau doux ami, restez encore. Ne croyez pas que je veuille vous tromper ; vous ne sauriez rien me demander que je ne vous l'accorde, pourvu que vous restiez avec moi. Sachez que

n'aiez por remanoir. Et sachiez que vos porriez bien compaignie avo(f. 102d)ir de plus riche home que ge ne sui ; mais vos
ne l'avroiz ja mais a home qui tant vos aint. Et puis que ge
feroie plus por vostre compaignie avoir que toz li monz, bien la
devroie donc avoir sor toz les autres. »

« Sire, fait li chevaliers, ge remanrai, car meillor compaignie
de la vostre ne porroie ge pas avoir. Et ge vos dirai orrandroit
lo don par quoi ge remanrai. Et se ge ne l'ai, por noiant
parleroiz de remanoir. »

« Sire, dist Galehoz, dites seürement et vos l'avroiz, et se ce
est chose don ge soie puissanz. »

Et li chevaliers apele les deus qui ploige sont, et dit par
devant aus :

« Sire, ge vos demant que si tost com vos seroiz au desseure
do roi Artu, que devers lui n'avra mais nul recovrier, si tost
comme ge vos en semondrai, que vos li ailliez crier merci et vos
metez outreement en sa menaie. »

Quant Galehoz l'antant, si est toz esbahiz et commence a
penser. Et li dui roi li dient :

« Sire, a que pensez vos ? Ci androit n'a pensers mestiers. Vos
avez tant correü que il est neianz do retorner. »

« Comment ? dist il ; cuidiez vos qe ge bee a repentir ? Se toz
li monz estoit miens, si li oseroie ge tot doner. Mais ge pensoie
au riche mot que il a dit, que onques mais home ne dist si riche.
Sire, dist il, ja ne m'aïst Dex, se vos ne l'avez, lo don, que ge ne
porroie rien faire por vos o ge poïsse honte avoir. Mais ge vos
pri que vos ne me tolez vostre conpaignie por autrui doner, des
que ge feroie plus por vos avoir que nus. »

Et li chevaliers li creante. Ensi remaint. Et li mangiers est toz
prez por mangier. Et mout font grant joie an l'ost del chevalier
qui remés est ; et cil qui les covenances ne savoient en l'ost lou
roi Artu en font grant duel.

Ensi passe celui jor. Et l'andemain Galehoz et ses compainz
se sont levé, si vont oïr messe. Et Galehoz li dist :

vous pourriez peut-être avoir pour compagnon un homme plus
puissant que je ne le suis, mais jamais un homme qui vous aime
autant. Et puisque je ferais, pour avoir votre compagnie, plus
que tout homme au monde, je devrais bien l'obtenir de
préférence à tout autre.

— Seigneur, fait le chevalier, je resterai, car je ne saurais
trouver de meilleure compagnie que la vôtre. Et je vous dirai
tout de suite le don que vous devrez m'accorder, pour que je
reste. Si je ne l'obtiens pas, il est inutile de m'en parler.

— Seigneur, dit Galehaut, dites sans crainte ce que vous
voulez ; et vous l'aurez, si c'est une chose qui soit en mon
pouvoir. »

Le chevalier appelle les deux rois, qui sont ses garants, et dit
en leur présence :

« Seigneur, voici ce que je vous demande. Dès que vous aurez
gagné la bataille contre le roi Arthur, de telle manière qu'il n'y
aura plus pour lui aucun espoir de salut, et dès que je vous
aurai mis en demeure de le faire, vous irez lui crier merci et
vous livrer à lui, sans conditions. »

En entendant ces mots, Galehaut est stupéfait et se prend à
songer. Les deux rois lui disent :

« Seigneur, à quoi songez-vous ? Ce n'est pas le moment de
songer. Vous êtes allé si loin qu'il n'y a plus à reculer.

— Comment ? dit Galehaut. Croyez-vous que je pense à me
repentir ? Si le monde entier était à moi, j'oserais le lui donner.
Mais je pensais à la belle parole qu'il a dite, car nul n'en a
jamais dit d'aussi belle.

— Seigneur, dit-il au chevalier, que jamais Dieu ne m'aide,
si vous n'obtenez pas le don que vous m'avez demandé, car je
ne saurais rien faire pour vous qui puisse me valoir du
déshonneur ! Je vous prie seulement de ne jamais préférer la
compagnie de quiconque à la mienne, puisque je ferai plus que
quiconque pour vous retenir. »

Le chevalier le lui promet. Il reste. Les tables sont mises pour
le souper. On se réjouit beaucoup, à travers le camp, de garder
le chevalier ; et dans le camp du roi Arthur, où l'on ne connaît
pas les accords qui ont été conclus, la consternation est
grande.

Ainsi se passe la journée. Le lendemain Galehaut et son
compagnon, dès qu'ils sont levés, vont entendre la messe. Et
Galehaut dit au chevalier :

« Sire, il est hui jorz d'asembler. Voudroiz vos armes porter? »

Et il respont que oïl.

« Donc vos pri *(f. 103a)* ge, fait Galehoz, que vos portez les
moies armes por commancement de compaignie. »

Et il respont :

« Mout volentiers, mais vos ne porterez pas armes comme
serjanz. »

« Non, vostre merci », fait Galehoz.

Lors firent aporter les armes, si an armerent lo chevalier de
totes fors do hauberc et des chauces qui trop estoient granz et
lees. Lors s'armerent les genz Galehot comunement, et les lo
roi Artu autresi. Et passerent la lice autresi de tex i ot. Et
s'avoit deffandu li rois que nus d'aus ne pasast l'eive, que il
avoit peor d'estre desconfiz, et tot por lo boen chevalier que il
avoit perdu. Mais nule deffanse ne pot tenir les legiers bachelers que il ne passissent l'eive, si i ot an po d'ore bones jostes
par mainz leus et de dures meslees. Si commancierent ansi a
asenbler et d'une part et d'autre, que qant les genz Galehot
[virent] que li lor an avoient lo poior, si les secorroient ; et
autretel faisoient les genz lo roi Artu. Si asanblerent ansi totes
les genz or ansanble devant la lice, et commancerent a faire
d'armes la gent lo roi Artu mout durement. Et li rois estoit a
son estandart avec soi quatre chevaliers prisiez cui il avoit
conmandé la reine a mener a sauveté, se il veoient que a
desconfiture tornast.

Qant totes les genz lo roi Artu furent assenblees, lors vint
asanbler li bons chevaliers, armez des armes Galehot, si cuida
chascuns qui lo veoit que ce fust Galehoz. Et disoient tuit :
« Veez Galehot, veez Galehot. » Mais messires Gauvains lo
conut et dit :

« Ce n'est pas Galahot, ainz est li bons chevaliers qui avant
ier porta les noires armes. Jo conois bien. »

Et ansi dist messires Gauvains. Si tost com il fu asenblez,

« Seigneur, voici le jour de la bataille. Voudrez-vous porter les armes ?

— Oui, dit le chevalier.

— Alors je vous prie de bien vouloir porter mes propres armes, pour marquer le début de notre amitié.

— Très volontiers, mais vous-même ne porterez pas des armes de sergent[1].

— Non, dit Galehaut, à votre gré. »

Alors on fit apporter les armes et l'on revêtit le chevalier de toutes celles de Galehaut, sauf du haubert et des chausses, qui étaient trop grands et trop larges. Ensuite tous les hommes de Galehaut s'armèrent, ceux du roi Arthur également, et il y en eut qui franchirent la lice[2]. Le roi avait défendu à tous de traverser le fleuve ; car il redoutait une défaite, et cela à cause du bon chevalier qu'il avait perdu. Mais aucune défense ne put empêcher les fringants bacheliers de passer le fleuve ; et il y eut bientôt de bonnes joutes en de nombreux endroits et de dures mêlées. On commença ainsi à s'attaquer de part et d'autre. Quand les gens de Galehaut voyaient que les leurs étaient en difficulté, ils venaient à leur secours, et les gens du roi Arthur faisaient de même. Bientôt tout le monde fut au combat devant la lice et l'armée du roi Arthur commença de se battre très vigoureusement. Le roi était à son étendard, avec quatre chevaliers renommés, à qui il avait donné l'ordre d'emmener la reine en lieu sûr, s'ils voyaient que la bataille tournât à la déconfiture.

Quand toutes les troupes du roi Arthur furent engagées, le bon chevalier entra dans la bataille, armé des armes de Galehaut, et tous ceux qui le voyaient croyaient voir Galehaut. Chacun disait : « Voyez Galehaut ! Voyez Galehaut ! » Mais monseigneur Gauvain le reconnut et dit :

« Ce n'est pas Galehaut, mais le bon chevalier, qui a porté avant-hier les armes noires ; je le reconnais bien. »

Ainsi parla monseigneur Gauvain. Dès que le chevalier fut

---

1. *des armes de sergent :* allusion à la « journée » précédente, où Galehaut s'est fait l'écuyer de Lancelot et portait des armes de sergent (*cf.* p. 809).

2. *la lice :* désigne ici la barrière qui limite le champ de bataille. L'auteur revient souvent sur l'indiscipline des troupes et en particulier des jeunes, les « fringants bacheliers ».

onques puis la gent lo roi ne se tint se petit non, car mout
estoient desconforté do bon chevalier qui ancontre aus estoit ;
si furent an po d'ore mené jusque a la lice, car trop *(f. 103b)*
grant gent furent devers Galehot. Au passer de la lice se tinrent
une grant piece de tex i ot, et mout soffrirent. Mais li soffrir n'i
pot onques rien valoir, car trop sont a grant meschief. Granz fu
l'angoisse as genz lo roi Artu [de sostenir la meslee au passer de
la lice. Et dit li contes que li bons chevaliers n'ot mie mains de
painne a retenir les genz Galehot, qu'il ne passasent outre, qu'il
avoit eü a l'enchaucier les genz lo roi Artu,] et neporqant mout
les avoit deportees li bons chevaliers. Et qant outre les ot a
force mis, il remest anmi lo pas por les autres retenir qui tuit
desvoient d'aler outre. Lors esgarde entor lui, si commança a
huchier Galehot a haute voiz. Et il vint ferant des esperons et
dist :
  « Biau douz amis, que volez vos ? »
  « Qoi ? fait il. Ge voi[l] mervoilles. »
  « Dites, fait Galehoz, seürement. »
  « Sire, dist li chevaliers, est assez ? »
  « Oïl, certes, fait Galehoz. Dites vostre plaisir. »
  « Sire, dist li chevaliers, covant me tenez, car or est leus. »
  « En non Deu, fait Galehoz, ce ne me grieve rien quant il vos
plaist. »
Donc hurte des esperons droit a l'estandart o li rois estoit,
qui par un po ne crevoit de duel de ses genz que il veoit
desconfites. Si estoit ja la reine montee, si l'an menoient li
quatre chevalier au ferir des esperons, car il n'avoient mais nul
recovrier, et monseignor Gauvain en voloient il porter en
litiere. Mais il dist que il voloit miauz morir en cel leu que ensi
veoir tote joie morte et tote enor honie. Si se pasmoit si
menuement que chascuns qui lo voit quidoit bien que il morist
maintenant. Et quant li bons chevaliers an voit aler Galehot et
faire si grant meschief por lui, si cuide bien et dit que nus si

dans les rangs, l'armée du roi n'opposa plus qu'une faible
résistance. Elle était démoralisée par la défection du bon
chevalier. Bientôt elle fut repoussée jusqu'à la lice, cédant au
poids du nombre. Au passage de la lice, il y en eut qui
résistèrent longtemps et subirent de durs assauts. Mais leur
résistance ne put être d'aucun effet, car ils étaient en trop
grande difficulté. Ce fut un grand supplice, pour les hommes
du roi Arthur, de soutenir la mêlée au passage de la lice. Le
conte dit que le bon chevalier n'eut pas moins de peine pour
empêcher les gens de Galehaut de franchir la lice qu'il n'en
avait eu pour mettre en fuite les gens du roi Arthur. Et
cependant le bon chevalier les avait beaucoup ménagés. Quand
il les a rejetés au-delà de la lice, il reste sur place pour empêcher
les siens, qui ont rompu les rangs, de pousser plus loin leur
poursuite. Alors il regarde autour de lui et, d'une voix forte, il
appelle Galehaut. Celui-ci arrive en piquant des éperons et
dit :

« Beau doux ami, que voulez-vous ?
— Ce que je veux ? Je veux merveilles[1].
— Parlez sans crainte.
— Seigneur, est-ce assez ?
— Certes oui. Dites votre plaisir.
— Seigneur, tenez votre parole, c'est le moment.
— Par Dieu, ce sera sans regret, puisqu'il vous plaît. »

Alors il pique des éperons vers l'étendard où se tenait le roi,
qui était presque mort de douleur en voyant la déroute de son
armée. Déjà la reine était à cheval et les quatre chevaliers
l'emmenaient en toute hâte, car il n'y avait plus aucun espoir
de salut. Ils voulaient emmener aussi monseigneur Gauvain en
litière, mais il leur avait dit qu'il aimait mieux mourir sur place
que de voir toute joie morte et tout honneur honni. Et il se
pâmait si souvent que tous ceux qui le voyaient croyaient qu'il
allait mourir sur-le-champ.

Quand le bon chevalier voit Galehaut, qui s'en va pour lui
faire un si grand sacrifice, il sait et dit que nul n'a jamais eu

---

1. *vouloir merveilles* ne se dit plus, mais « faire merveilles » a subsisté.
Faire, dire, vouloir merveilles, c'est faire, dire, vouloir des choses qui, selon
l'heureuse définition de Littré, « excitant l'étonnement, paraissent dépasser
les forces de la nature ».

bons amis ne si veritable compaignon n'ot onques mais. Si an a si grant pitié que il an sospire do cuer aval et plore des iauz de sa teste soz lo hiaume, et dit entre ses danz :

« Biau sire Dex, qui porra ce deservir ? »

Galehot chevauche jusque a l'estandart et demande lo roi Artu. Et cil vient avant toz esmaiez, come cil qui tote enor terriene quidoit perdre outreement. Et quant Galehoz lo voit, si li dist :

« Venez avant, et n'aiez *(f. 103c)* garde, car ge voil a vos parler. »

Lors commancierent tuit a dire : « C'est Galehoz ». Et li rois se merveilla qui ce pooit estre, si vint avant. Et des si loin com Galehoz lo voit, si descent do cheval a terre, si s'agenoille et joint ses mains, et dit :

« Sire, ge vos vain faire droit de ce que ge vos ai meffait, si m'an repant et m'an met an vostre merci outreement. »

Quant li rois l'antant, si an a grant joie et an tant vers lo ciel ses mains, et tant en est liez que il ne lo puet croire, et neporqant bele chiere fait et mout s'umilie vers Galehot. Et Galehoz se relieve de genoz ou il estoit encore. Et lors s'antrebaissent et s'antrefont mout grant joie. Et Galehoz li dist :

« Sire, faites vostre plaisir de moi et ne dotez mie, car ge metrai mon cors an vostre sais[i]ne, la o vos plaira. Et se vos volez, ge irai mes gent traire arriere et revenrai a vos. »

« Alez donc, fait li rois, et par tens revenez, car ge voil mout a vos parler. »

Atant vient Galehoz a ses genz, si les an fait aler arieres. Et li rois Artus anvoie tantost après la reine, qui mout s'an va grant duel faisant, si la chacent tant li message que il l'ateignent et li content la grant joie qui avenue li est. Et ele ne lo puet croire tant que ele ot les anseignes que li rois li mande veraies, et lors s'an retorne a mout grant joie. Tant corrent les novelles de la pais que messires Gauvains les set, car li rois meïsmes de sa boche li dist. Et il en a joie sor toz homes et dist :

« Sire, coment a ce esté ? »

« Certes, fait li rois, ge ne sai. Tex a esté li plaisirs Nostre Seignor. »

d'ami aussi sûr ni d'aussi véritable compagnon. Il lui vient une pitié telle qu'il pousse un profond soupir, ses yeux s'emplissent de larmes sous le heaume, et il dit entre ses dents :

« Beau seigneur Dieu ! qui pourra payer de retour une telle action ? »

Galehaut chevauche jusqu'à l'étendard et demande le roi Arthur. Celui-ci s'avance, bouleversé, comme un homme qui s'attend à perdre irrémédiablement tout honneur terrestre. Quand Galehaut le voit, il lui dit :

« Approchez et ne craignez rien. Je veux vous parler. »

Alors chacun de s'écrier : « C'est Galehaut ! » Le roi se demande ce qui se passe. Il s'approche. Du plus loin qu'il le voit venir, Galehaut met pied à terre, s'agenouille, joint les mains et dit :

« Seigneur, je viens vous faire droit de ce que je vous ai méfait. Je m'en repens et me mets entièrement à votre merci. »

À ces mots, la joie du roi éclate. Il tend les mains vers le ciel. Son bonheur est si grand qu'il ne peut y croire, mais il fait bon visage et accueille Galehaut avec beaucoup d'amabilité. Galehaut, qui était encore à genoux, se relève. Alors ils s'embrassent et se font toutes sortes de civilités. Et Galehaut lui dit :

« Seigneur, faites de moi votre plaisir et ne craignez rien, car je mettrai ma personne en votre pouvoir, là où il vous plaira. Si vous le voulez, j'irai faire reculer mes hommes et reviendrai auprès de vous.

— Allez, dit le roi, et revenez bientôt ; car j'ai hâte de m'entretenir avec vous. »

Galehaut va retrouver ses hommes et leur donne l'ordre de se retirer. Le roi Arthur envoie immédiatement chercher la reine, qui s'enfuyait en grande douleur. Les messagers, partis à sa recherche, la rejoignent et lui apprennent la grande joie qui lui est survenue. Elle ne peut y croire, jusqu'à ce qu'elle entende les vraies enseignes que le roi lui envoie. Alors elle s'en retourne en grande joie.

La nouvelle de la paix se répand et monseigneur Gauvain en est informé. Il la tient de la bouche du roi lui-même. Il s'en réjouit plus que tous les autres et dit au roi :

« Sire, comment cela s'est-il fait ?

— Certes, répond le roi, je n'en sais rien. Tel a été le plaisir de Notre Seigneur. »

Mout est granz la joie lo roi, et se mervoille mout chascuns comment ce pot avenir. Et Galehoz an a ses genz anvoiees et dist a son compaignon :

« Biau dolz conpainz, que volez vos que ge face ? Ge ai fait vostre comandement, et li rois m'a dit que ge retor a lui. Mais ge vos convoierai jusque a noz tantes et vos ferai une piece conpaignie, car petit vos en *(f. 103d)* ai fait, et au roi recoverrai ge bien. »

« Ha ! fait li chevaliers, sire, vos an irez au roi et li portez totes les compaignies que vos porroiz, car por moi avez vos deservi et fait [plus] que ge ne porroie deservir. Mais itant vos pri, por Deu, que nule riens vivanz ne saiche ou ge suis. »

Et Galehoz li creante. Ensi s'en vienent parlant jusque a lor tantes. Si s'escria par tote l'ost que faite est la pais et coment, si an sont dolant li plusor, que miauz amassent la guerre. Atant descendent li dui compaignon. Et quant il furent desarmé, si se vest Galehoz de ses meillors robes por aler a cort par lo congié de son conpaignon, et fait crier par tote s'ost que qui s'en voura aler, si s'en aille, fors ces qui sont de son ostel. Aprés apele les deus rois a cui il se fioit tant, si lor baille son compaignon et lor prie que il an facent autretant com il feroient de lui. Atant s'an vient a cort. Et li rois fu ja desarmez, si li vait ancontre et il et la reine, qui venue estoit, et la dame de Malohaut et dames et damoiseles assez. Aprés s'en vont an la bretesche ou messires Gauvains estoit malades. Et quant il set que Galehoz vient, si s'esforce mout de bele chiere faire, por ce que il ne l'avoit onques mais veü de pres. A l'asenbler salue li uns des deus l'autre. Si li dist messires Gauvains :

« Sire, bien soiez vos venuz, comme li hom do monde que ge dessirroie plus a avoir l'acointement ansi comme ge lo voi orandroit. Et mout vos devez prisier, que vos iestes li hom el monde plus a droit loez et qui plus est amez de sa gent. Et ge cuit que nus ne set si bien conoistre prodome comme vos faites ; et bien i a pareü. »

Ensi parole messires Gauvains. Et Galehoz li demande coment il li esta. Et il dit :

Grande est la joie du roi, et chacun s'interroge sur ce qui a pu se passer. De son côté, Galehaut a renvoyé ses hommes et dit à son compagnon :

« Beau doux compagnon, que voulez-vous que je fasse ? J'ai agi comme vous me l'avez commandé, et le roi m'a dit de revenir auprès de lui. Mais j'irai avec vous jusqu'à nos tentes et vous tiendrai compagnie quelque temps, car je ne l'ai guère fait jusqu'à présent. Ensuite je reviendrai auprès du roi.

— Ah ! seigneur, dit le chevalier, allez retrouver le roi. C'est à lui que vous devez tenir compagnie autant que vous le pourrez. Car, pour moi, vous avez déjà fait plus que je ne pourrais vous rendre. Mais, je vous en prie, pour l'amour de Dieu, que personne au monde ne sache où je suis ! »

Galehaut le lui promet. Tout en parlant ainsi, ils arrivent à leurs tentes. Alors on proclame dans tout le camp la nouvelle et les conditions de la paix. La plupart en furent mécontents, qui auraient préféré la guerre. Les deux compagnons descendent de cheval. Quand ils sont désarmés, Galehaut revêt une de ses plus belles robes, pour aller à la cour avec le congé de son compagnon. Il fait publier dans toute l'armée que ceux qui veulent s'en aller peuvent le faire, sauf les membres de sa maison. Puis il appelle les deux rois, qui avaient toute sa confiance, leur remet son compagnon et leur dit : « Vous ferez pour lui autant que vous feriez pour moi. »

Alors il se rend à la cour. Le roi était déjà désarmé. Il vient à sa rencontre avec la reine, qui était de retour, la dame de Malehaut, des dames et des demoiselles en grand nombre. Ensuite ils vont dans la bretèche où monseigneur Gauvain était malade. En apprenant que Galehaut va venir, monseigneur Gauvain s'efforce de faire bonne contenance, parce qu'il ne l'a encore jamais vu de près. Quand ils sont en présence l'un de l'autre, ils se saluent. Et monseigneur Gauvain lui dit :

« Seigneur, soyez le bienvenu, car vous êtes l'homme du monde que j'avais le plus grand désir de rencontrer, comme je le fais en ce moment. Vous pouvez vous flatter d'être le prince le plus justement loué dans le monde et le mieux aimé de ses gens. Je tiens pour assuré que personne ne sait reconnaître un prud'homme aussi bien que vous le faites ; et nous l'avons bien vu. »

Ainsi parla monseigneur Gauvain. Comme Galehaut s'informait de sa santé, il lui dit :

« Sire, j'ai esté mout pres de mort, mais la granz joie de l'amor qui entre vos et monseignor lo roi est m'a tot gari, car nus ne deüst avoir santé ne joie, la o si grant haïne fust antre les deus plus *(f. 104a)* preudeshomes do monde. »

Mout font grant joie de Galehot antre lo roi et la reine et monseignor Gauvain, et mout ont lo jor parlé de plusor choses et d'acointemant. Mais do Noir Chevalier ne tienent nules paroles, por ce que trop seroit tost, ainz gastent lo jor an conjoïr li uns l'autre tant que vient a l'avesprir. Et lors demande Galehot congié de ses genz aler veoir. Et li rois li done. « Mais vos revenroiz ja », fait il. Et cil l'otroie, si s'en revient a son compaignon et li demande comment li a puis esté. Et il li respont : mout bien. Et Galehot li dit :

« Sire, que ferai ge ? Li rois m'a mout proié qe ge retor a lui, et il me seroit mout grief de vos laissier an cest point. »

« Ha ! sire, fait li chevaliers, por Deu merci, vos feroiz ce que messires li rois voudra, car sachiez que onques plus prodome de lui n'acointastes. Mais ge vos voil un don requerre que vos lo me donez par vostre preu et por lo mien. »

Galehoz li dist :

« Demandez qanque vos voudroiz et vos plaira, car ge ne vos escondirai ja mais. Plus vos ai ge anmé que terriene anor. »

« Sire, fait il, granz merciz. Vos m'avez doné que vos ne me demanderoiz mon non devant que ge lo vos die, o ge ou autres por moi. »

« Seigneur, j'ai été très près de la mort ; mais la grande joie que j'ai de l'amitié qui s'est établie entre vous et monseigneur le roi m'a guéri ; car personne n'aurait dû avoir ni santé ni joie, tant qu'une haine aussi violente opposait les deux meilleurs princes du monde. »

Le roi, la reine et monseigneur Gauvain s'empressent autour de Galehaut. Ils parlent toute la journée de diverses choses et de leur amitié. Mais ils ne disent rien du noir chevalier, parce que c'eût été trop tôt. Ils passent la journée à échanger des propos aimables, jusqu'à ce que le soir tombe. Alors Galehaut demande congé pour aller voir ses hommes. Le roi le lui accorde. « Mais revenez bientôt », lui dit-il. Galehaut le promet, retourne auprès de son compagnon, et lui demande comment il s'est porté depuis son départ. Le chevalier répond : « Fort bien. » Et Galehaut lui dit :

« Seigneur, que ferai-je ? Le roi m'a instamment prié de revenir auprès de lui et il me serait très désagréable de vous laisser en ce moment.

— Ah ! seigneur, dit le chevalier, pour l'amour de Dieu, faites ce que monseigneur le roi voudra ; car, sachez-le, vous n'avez jamais rencontré plus prud'homme que lui. Mais je vous prie de m'accorder un don, pour votre bien et pour le mien. »

Et Galehaut lui répond :

« Demandez ce que vous voudrez et ce qui vous plaira, je ne le refuserai jamais. Je vous ai aimé plus que l'honneur du monde[1].

— Seigneur, grand merci. Voici le don que vous m'avez accordé : vous ne me demanderez pas mon nom, avant que je ne le dise moi-même, ou qu'un autre ne le dise pour moi[2].

---

1. Afin de prévenir toute interprétation stupide, précisons que le même mot désigne au XIIIe siècle l'amour et l'amitié. La phrase ne signifie rien d'autre que le rappel du sacrifice que Galehaut a consenti à Lancelot : « Je vous ai préféré à tout honneur terrestre ».

2. Nous avons déjà vu que l'auteur aime les phrases obscures, dont le sens ne se révèle qu'à l'événement. C'est en effet la reine et non Lancelot qui apprendra à Galehaut le nom de son compagnon. Comme dans *Le Chevalier de la Charrette* de Chrétien de Troyes, c'est la reine qui donne au héros son nom ; et c'est à partir de ce moment seulement que le romancier prononcera le nom de « Lancelot », là où il disait précédemment : « le chevalier », « le bon chevalier », « le noir chevalier », etc.

« Et ge m'an tanrai atant, fait Galehoz, puis que vos lo volez.
Et si fust ce la premeraigne chose que ge vos demandasse, mais
ge no quier savoir devant que vostre volentez i soit. »

Lors li demande li chevaliers do contenement lo roi Artu et
de sa conpaignie, mais il ne nome mies la reine. Et Galehoz li
respont que mout est prodom li rois.

« Et mout me poise, fait il, que ge ne lo conois pieç'a
autretant com ores faz, car mout me fusse amandez. Et
madame la reine par est si vaillanz que onques Dex ne fist
(f. 104b) plus vaillant dame de li. »

Et qant li chevaliers oï parler de la reine, si s'anbruncha et
comance a penser si durement que toz s'an oblie. Et Galehoz lo
regarda, si voit que les lermes li sont venues as iauz et a grant
poine se tient que il ne plore. Et cil se mervoille mout et
commança a parler d'autre chose. Et qant il ot parlé longuement, si li dist li chevaliers :

« Alez, sire, si faites a monseignor Gauvain et lo roi conpaignie, et si escotez se vos orroiz de moi nules novelles ne nules
paroles. Et demain si me diroiz ce que l'an vos an avra conté de
moi. »

« Volentiers, sire », dist Galehoz.

Lors l'acole et baisse an la face et lo commande a Deu, et dit
as deus rois qu'il lor baille comme lo cuer de son vantre.

Ensi s'an va Galehoz. Et li chevaliers remaint an la garde as
deus prodomes qui tant l'annorent com il plus puent. Cele nuit
jut Galehoz ou tref lo roi, [et li rois] meïsmes [i] jut, et messires
Gauvains, qui aporter s'i fist, et messires Yvains et autre
chevaliers assez. Et la reine jut an la bretesche o messires
Gauvains avoit jeü malades, et la dame de Malohaut, qui ne
fait s'espier non et antandre coment les choses se prandront ; et
si i ot autres dames et damoiseles mout.

Et li chevaliers qui estoit remés en la garde des deus rois, ne
fait mies a demander s'il fu annorez, car an faisoit assez plus de
lui qu'il ne vousist, et mout an avoit grant amaance et grant
angoisse. La nuit jurent li dui roi o tref Galehot por amor do
chevalier, et li firent antandant que il gerroient autresi com
Galehoz avoit fait la premiere nuit, qu'il ne s'aparceüst, car il
n'i geüst por nule rien. Au comancement dormi li chevaliers

— Je m'en abstiendrai donc, puisque vous le voulez. C'est la première chose que je vous aurais demandée ; mais je ne veux pas l'apprendre avant que vous n'y consentiez. »

Alors le chevalier l'interroge sur le comportement du roi et de ses compagnons ; mais il ne parle pas de la reine. Galehaut déclare que le roi est très prud'homme et, dit-il, « J'ai de grands regrets de ne pas l'avoir connu plus tôt, comme je le connais maintenant, car j'en serais devenu meilleur. Et madame la reine est ornée de tant de perfections que Dieu n'a jamais créé de dame plus parfaite. »

Quand le chevalier entend parler de la reine, il baisse la tête et entre dans une rêverie si profonde qu'il perd tout sentiment de lui-même. Galehaut le regarde. Il voit que les larmes lui viennent aux yeux et qu'il se retient à grand'peine de pleurer. Il est très étonné et se met à parler d'autre chose. Quand il a parlé longuement, le chevalier lui dit :

« Allez, seigneur, allez tenir compagnie à monseigneur Gauvain et au roi. Voyez si vous pouvez apprendre quelque nouvelle ou entendre quelques paroles à mon sujet. Demain vous me rapporterez ce qu'on vous aura dit de moi.

— Volontiers, seigneur », dit Galehaut. Alors il l'embrasse et lui baise le visage, le recommande à Dieu et dit aux deux rois qu'il leur confie pour ainsi dire son propre cœur. Galehaut s'en va. Le chevalier demeure sous la garde des deux prud'hommes, qui l'honorent de leur mieux. Cette nuit-là, Galehaut coucha dans la tente du roi, avec le roi lui-même, monseigneur Gauvain, qui s'y fit porter, monseigneur Yvain et un certain nombre d'autres chevaliers. La reine passa la nuit dans la bretèche, où monseigneur Gauvain était resté couché pendant sa maladie, en compagnie de la dame de Malehaut, qui ne cessait d'épier et d'observer comment les choses tourneraient, et de très nombreuses dames et demoiselles.

Pour ce qui est du chevalier, qui est resté sous la garde des deux rois, il ne faut pas demander s'il fut honoré. On faisait pour lui beaucoup plus qu'il n'eût voulu, ce qui le désobligeait et l'affligeait. Les deux rois passèrent la nuit dans la tente de Galehaut, pour faire honneur au chevalier. Ils lui firent croire qu'ils coucheraient dans une chambre voisine, comme Galehaut l'avait fait la première nuit, pour éviter qu'il ne s'aperçût de leur présence, car il ne l'eût acceptée pour rien au monde. Au début le chevalier dormit profondément. Après le premier

mout durement. Et qant ce vint aprés lo premier some, si se
comança a torner et a retorner. Et ne demora gaires que il
commança un duel si grant que tuit cil s'en esvoillent qui
devant lui gisoient. Et il ploroit si espessement comme l'aive li
pooit plus espessement venir as iauz, mais au plus que il pooit
se gardoit d'estre *(f. 104c)* oïz. Et an son plor disoit sovant :
« Ha ! las, chaitis ! que porrai faire ? » Mais ce disoit il mout
bas. Tote nuit dura ses diaus et ceste angoisse. Et au matin, a
l'ajorner, se leverent li dui roi au plus coiement que il porent ;
et mout se mervoillent durement que cil chevaliers pooit avoir
qui si grant duel a fait. Et d'autre part refu Galehoz mout
matin levez et fu venuz a son tref veoir son compaignon, si
trova les deus rois levez, si lor demanda que faisoit ses
compainz. Et il li content lo grant duel que il avoit tote nuit
mené. Et qant il l'ot, si an est mout durement esbahiz et mout
dolanz. Lors va an la chanbre o il gisoit. Et cil l'oï venir, si tert
ses iauz, car il ploroit autresi durement com il avoit miauz
ploré la nuit. Et quant Galehoz l'oï, qu'il ne disoit mot, si s'en
issi fors, car il cuida que il dormist. Aprés ce ne demora gaires
que li chevaliers se leva. Et quant il fu levez, si vient Galehoz
devant lui, si vit que il ot les iauz roiges et anflez, et il meïsmes
estoit si anroez que a poines pooit dire mot. Et li drap desoz lui
estoient si moillié desoz son chief comme s'il fussient trait de
l'aive, car mout avoit ploré. Et neporqant mout s'esforce de
bele chiere faire et se lieve encontre Galehot. Et cil lo prant par
la main, si lo trait sol a sol a une part et li dit :

« Biau compainz, por quoi vos ociez vos ensi ? Dont vos
vient cist diaus que vos avez tote nuit mené et fait ? »

Et cil lo li nie mout et dist que ensi se plaint il sovant an son
dormant.

« Certes, fait Galehoz, ainz pert mout bien a vostre cors et a
voz iauz que vos avez mout grant diau mené. Mais por Deu vos
pri que vos me dites l'achoison. Et bien sachiez que nule si
granz mesestance n'est don ge ne vos aït a giter se nus hom
consoil i puet metre. »

Et qant il l'ot, si est si engoissos que il ne li puet mot dire, si
s'aquiaut *(f. 104d)* a plorer si tres durement comme se il veïst la
rien morte el monde que il plus amast, et fait tel duel que par
un po que il ne se pasme. Et Galehoz lo cort panre entre ses

somme, il commença à se tourner et retourner, et bientôt il se mit à se plaindre si douloureusement que ceux qui étaient couchés devant lui furent tous réveillés. Il pleurait toutes les larmes de son corps, mais faisait tout son possible pour n'être pas entendu. Tout en pleurant, il répétait souvent : « Hélas ! malheureux que je suis ! que pourrai-je faire ? » mais il le disait tout bas. Ces plaintes et cette douleur durèrent toute la nuit. Le lendemain matin, à l'aube, les deux rois se lèvent en faisant le moins de bruit possible. Ils se demandent, avec un étonnement extrême, ce que ce chevalier peut bien avoir pour s'affliger ainsi. De son côté Galehaut s'était levé de grand matin et s'était rendu dans sa tente pour voir son compagnon. Il y trouve les deux rois déjà levés et leur demande comment va le chevalier. Ils lui répondent qu'il s'est plaint toute la nuit. À ces mots, Galehaut est stupéfait et désolé. Il se rend dans la chambre de son compagnon. Celui-ci l'entend venir et essuie ses yeux, car il pleurait encore autant qu'il avait pleuré pendant la nuit. Quand Galehaut voit qu'il ne dit mot, il s'en va, le croyant endormi. Bientôt le chevalier se lève ; et, quand il est levé, Galehaut se présente devant lui. Il voit qu'il a les yeux rouges et enflés, la voix si enrouée qu'il peut à peine parler ; et les draps, à l'endroit de sa tête, étaient tellement mouillés qu'on eût dit qu'ils sortaient de l'eau, tant il avait pleuré. Il s'efforce cependant de faire bonne figure et se lève pour accueillir Galehaut. Celui-ci le prend par la main, l'entraîne à part, seul à seul, et lui dit :

« Beau compagnon, pourquoi vous détruisez-vous ainsi ? D'où vous vient ce chagrin qui vous a pris et tenu toute la nuit ? »

Le chevalier proteste qu'il n'en est rien et que souvent il se plaint ainsi dans son sommeil.

« Sans doute, dit Galehaut, mais on voit bien, à votre aspect et à vos yeux, que vous avez un grand chagrin. Pour l'amour de Dieu, je vous supplie de m'en dire la raison. Sachez qu'il n'y a pas de si grande douleur dont je ne vous aide à vous défaire, si le secours d'un homme peut y porter remède. »

Ces paroles jettent le chevalier dans une douleur si grande qu'il ne peut plus dire un seul mot. Il se met à pleurer, comme s'il avait vu mourir ce qui lui était le plus cher au monde ; et sa douleur est telle que peu s'en faut qu'il ne se pâme. Galehaut

braz, si li baise la boche et les iauz, et lo conforte mout
durement, et li dit :

« Biau dolz amis, dites moi vostre mesestance, que il n'a el
monde si haut home, se il vos a anui porchacié, que vos n'en
aiez vanjance a vostre volenté. » Et il dist que nus ne li a rien
forfait.

« Biau dolz amis, por quoi menez vos donques si grant
dolor ? Poise vos il de ce que ge ai fait de vos mon seignor et
mon compaignon ? »

« Ha ! sire, por Deu merci, vos m'avez plus fait assez que ge
ne porroie deservir, ne rien ne me met a malaaise que mes
cuers, qui a totes paors que cuers mortex puisse avoir, si dot
mout que vostre debonairetez m'ocie. »

De ceste chose est Galehoz mout a malaise, si conforte son
conpaignon a son pooir. Aprés alerent oïr messe. Et qant vint
que li prestres ot faite les trois parties do cors Damedeu,
Galehoz se trait avant et prist son compaignon par la main et
li mostre les trois parties que li prestres tenoit entre ses mains,
et li dit :

« Sire, donc ne creez vos que ce soit li cors Nostre Seignor ? »

« Sire, fait li chevaliers, mout lo croi ge bien. »

« Biaus amis, fait Galehoz, or ne me dotez donc mies, que
par ces trois parties que vos veez de char an sanblance de pain,
ja ne ferai mais an ma vie chose qui vos poist, ne qui vos anuit.
Mais totes les choses que ge savrai qui vos plairont, ges
porquerrai a mon pooir. »

« Sire, fait il, granz merciz ; trop en avez fait. Ce poise moi,
car lo pooir del deservir ne voi ge mie. »

Lors atendent jusq'aprés la messe. Et lors redemanda Galehoz a son conpaignon que il fera.

« Sire, fait il, vos ne lairoiz mies monseignor lo roi, ainz irez
lui faire compaignie. Et se vos oez parler de moi, si me celez
(f. 105a) ansi com ge vos ai prié. »

« Sire, dist Galehoz, n'en dotez ja, que ja rien que vos voilliez
celer ne sera par moi descoverte. »

Atant s'an part de lui, si lo rebaille as deus prodomes, qui

court le prendre entre ses bras, lui baise la bouche et les yeux, le réconforte de son mieux et lui dit :

« Beau doux ami, dites-moi la raison de votre chagrin. Il n'y a pas de si puissant seigneur au monde dont, s'il vous a fait quelque offense, vous n'ayez vengeance à votre volonté. »

Le chevalier répond que personne ne l'a offensé.

« Beau doux ami, quelle est donc la cause d'une si grande douleur ? Regrettez-vous que j'aie fait de vous mon seigneur et mon compagnon ?

— Ah ! seigneur, pitié pour l'amour de Dieu ! Vous avez fait pour moi bien plus que je ne pourrais vous rendre. Rien ne me tourmente que mon propre cœur, qui a toutes les peurs que peut avoir un cœur mortel ; et je crains fort que votre bonté ne me tue. »

Galehaut est très affligé de ce qu'il entend et console son compagnon comme il peut. Ensuite ils vont entendre la messe. Au moment où le prêtre séparait les trois parties du corps de Notre Seigneur, Galehaut s'avance, prend la main de son compagnon, lui montre les trois parties que le prêtre tenait entre ses mains, et lui dit :

« Seigneur, ne croyez-vous pas que ceci est le corps de Notre Sauveur ?

— Seigneur, je le crois fermement.

— Bel ami, fait Galehaut, ne doutez donc pas de moi ; car, par ces trois parties que vous voyez, de chair en semblance de pain, je ne ferai de ma vie nulle chose qui vous peine ou vous déplaise, et je rechercherai de toutes mes forces toute chose dont je saurai qu'elle vous plaira.

— Seigneur, grand merci. Vous en avez déjà trop fait et cela m'afflige, car je ne vois pas comment je pourrais vous le rendre. »

Ils attendent la fin de la messe, et Galehaut demande une nouvelle fois à son compagnon ce qu'il doit faire :

« Seigneur, lui dit le chevalier, vous ne devez pas laisser monseigneur le roi et vous irez lui tenir compagnie. Si vous entendez parler de moi, assurez-moi le secret dont je vous ai prié.

— Seigneur, dit Galehaut, n'en doutez pas : je ne révélerai jamais rien que vous vouliez tenir caché. »

Alors Galehaut s'éloigne de lui, le confie, une nouvelle fois, aux deux prud'hommes, qui le tiennent en grande amitié, et

mout [l]'aimme[nt]. Et il s'an va an la cort lo roi Artu, si font
tuit de lui si grant joie com il plus puent. Et qant vint aprés
disner, si i furent antre Galehot et lo roi et la reine apoié a la
couche o messires Gauvains gisoit, et tant que messires Gauvains dist a Galehot :

« Sire, sire, or ne vos poist mies d'une chose que ge vos
demanderai. »

« Certes, fait Galehoz, non fera il. »

« Sire, cele pais qui est entre vos et mon seignor, par la rien
que vos plus amez, par cui fu ele faite ? »

« Certes, fait Galehoz, vos m'an avez tant conjuré que ge ne
vos an mantirai mie. Uns chevaliers la fist. »

« Et qui est il ? » fait messires Gauvains.

« Si voirement m'aïst Dex, fait Galehoz, ge ne sai qui. »

« Fu ce cil, fait la reine, au noires armes ? »

« Tant, fait messires Gauvains, an poez vos bien dire,
s'aquiter vos volez. »

« Sire, fait Galehaz, ge me suis aquitez de ce que vos me
conjurastes, quant ge vos ai dit que ce fu uns chevaliers, ne plus
ne vos an dirai ore. Ne ge ne vos en eüsse rien dit se vos ne
m'aüsiez conjuré la rien el monde que ge plus amoie. Et sachiez
que la riens que ge plus ain fist la paiz. »

« Por Deu, ce dit la reine, ce fu li Chevaliers Noirs, mais
faites lo nos veoir. »

« Qui, dame ? Certes, dame, ge lo vos puis si mostrer comme
cil qui rien n'an sai. »

« Taisiez, fait ele. Il remest a vos, et ier porta il voz
armes. »

« Dame, fait il, c'est voirs, mais ge ne lo vi onques, puis que
ge parti a la premiere foiz de mon seignor. »

« Coment ? fait li rois ; ne lo conoissiez vos mie, celui as
armes noires ? Et ge quidoie que il de vostre terre fust. »

« Si m'aïst Dex, non est, sire », dist Galehoz.

« Sire, fait li rois, ne de la moie n'est il mie, car ge n'oï pieç'a
parler de chevalier perdu don l'an ne saüst anseignes. »

(f. 105b) Mout tienent Galehot an grant antre lui et la reine
de savoir lo non au Noir Chevalier, mais plus n'an puent traire.

s'en va lui-même à la cour du roi Arthur, où tous lui font le plus chaleureux accueil.

Après le déjeuner, Galehaut, le roi et la reine sont réunis autour du lit où monseigneur Gauvain est couché, quand celui-ci dit à Galehaut :

« Seigneur, seigneur, ne vous fâchez pas d'une question que je voudrais vous poser.

— Certes non, dit Galehaut.

— Seigneur, cette paix entre mon seigneur et vous, dites-moi, au nom de ce que vous aimez le plus, qui l'a faite ?

— Certes, dit Galehaut, vous m'avez conjuré de telle sorte que je ne vous mentirai pas. Un chevalier l'a faite.

— Et qui est-il ? dit monseigneur Gauvain.

— Dieu me soit témoin ! dit Galehaut, je ne le sais pas.

— Est-ce, fait la reine, le chevalier aux armes noires ?

— Vous pouvez bien nous le dire, fait monseigneur Gauvain, si vous voulez vous acquitter.

— Seigneur, fait Galehaut, je me suis acquitté de ce dont vous m'avez conjuré, quand je vous ai dit que c'était un chevalier, et je ne vous en dirai pas plus pour le moment. Je ne vous aurais même rien dit, si vous ne m'aviez conjuré par ce que j'aimais le plus au monde. Sachez que ce que j'aime le plus a fait la paix.

— Par Dieu, dit la reine, c'est le chevalier noir. Mais montrez-le-nous.

— Qui, dame ? Certes, je peux vous le montrer, comme le ferait quelqu'un qui ne sait rien de lui.

— Taisez-vous, dit la reine, il est resté avec vous et hier il a porté vos armes.

— Dame, fait-il, c'est vrai. Mais je ne l'ai pas revu, depuis que j'ai quitté monseigneur pour la première fois.

— Comment ? fait le roi, vous ne connaissez pas le chevalier aux armes noires ? Et moi qui croyais qu'il était de votre terre !

— Par Dieu, seigneur, il ne l'est pas.

— Seigneur, fait le roi, il n'est pas davantage de la mienne, car il y a bien longtemps que je n'ai entendu parler d'un chevalier perdu, dont on ne sache rien. »

Le roi et la reine insistent longuement auprès de Galehaut, pour connaître le nom du chevalier noir, mais ils ne peuvent en

Et messires [Gauvains] crient que il ne li anuit, si dist au roi :

« Sire, or en laissiez ester la parole atant, que certes prodom est li chevaliers, qui que il soit. Ne an cest mont n'a chevalier [cui ge tant vousise resembler. »

Mout loe messires Gauvains lo chevalier.] Et qant tuit an ont la parole laisiee, si la reprant Galehoz et dit au roi :

« Sire, sire, veïstes vos onques plus prodome de celui au noir escu ? »

« Certes, fait li rois, ge ne vi onques chevalier de cui j'anmasse tant la conoissance por chevalerie qui an lui fust. »

« Non ? fait Galehoz. Or me distes donc, par la foi que vos devez madame qui ci est ne monseignor Gauvain, combien voudriez vos avoir doné an sa compaignie [avoir] a tozjorz. »

« Si voirement m'aïst Dex, fit il, ge li partiroie parmi qanque ge porroie avoir fors solement lo cors a ceste dame, don ge ne feroie nule part. »

« Certes, fait Galehoz, assez i metriez. Et vos, fait il, messire Gauvain, se Dex vos doint ja mais la santé que vos dessirrez, quel meschief feriez vos por avoir tozjorz mais un si prodome ? »

Et messires Gauvains pansa un petit, comme cil qui ja mais ne cuidoit avoir santé.

« Se Dex, fait il, me doint la santé que ge desir, ge voudroie orendroit estre la plus bele damoisele do mont saine et haitiee, par covant que il m'amast sor tote rien, ausin bien com ge l'ameroie. »

« Certes, fait Galehoz, assez i avez offert. Et vos, dame, fait il, par la rien que vos plus amez, que an feriez de meschief par covant que uns tex chevaliers fust tozjorz an vostre servise ? »

« Par Deu, fait ele, messires Gauvains i a mis toz les offres que dames i puent metre, ne dame ne puet plus offrir. »

Et il comancent tuit a rire.

« Et vos, dist messires Gauvains, Galehot, qui toz nos en avez anhastiz, [que i voldriez vos avoir mis,] par lo sairement que ge vos jurai gehui ? »

« Et si m'aïst Dex, j'an vodroie avoir tornee ma grant honor a honte, par si que ge fusse a toz(*f. 105c)*jorz ausi seürs de lui comme ge voudroie que il fust de moi. »

tirer rien de plus. Monseigneur Gauvain craint que cette insistance ne déplaise à Galehaut. Aussi dit-il au roi :

« Seigneur, ne parlez plus de ce chevalier car, à coup sûr, c'est un prud'homme, quel qu'il soit, et il n'y en a pas un en ce monde, à qui j'aimerais autant ressembler. »

Monseigneur Gauvain fait un grand éloge du chevalier. Quand tous ont cessé d'en parler, Galehaut reprend la parole et dit au roi :

« Seigneur, seigneur, avez-vous jamais vu plus prud'homme que le chevalier à l'écu noir ?

— Certes, répond le roi, je n'ai jamais vu personne que j'aimerais autant connaître, pour la valeur de sa chevalerie.

— Vraiment ? fait Galehaut. Dites-moi donc, sur la foi que vous devez à madame ici présente et à monseigneur Gauvain, que donneriez-vous pour avoir sa compagnie à tout jamais ?

— Dieu m'en soit témoin ! Je lui donnerais la moitié de tout ce que je possède, hormis seulement la personne de cette dame, dont je ne ferais aucun partage.

— Certes, fait Galehaut, vous y mettriez un grand prix. Et vous, fait-il, monseigneur Gauvain, sur la santé que vous désirez que Dieu vous donne, quel sacrifice feriez-vous, pour avoir à tout jamais un tel prud'homme ? »

Monseigneur Gauvain réfléchit un moment comme un homme qui pensait ne jamais recouvrer la santé.

« Si Dieu me donne, dit-il, la santé que je désire, je voudrais être aussitôt la plus belle des demoiselles, pleine de santé et de vie, pourvu qu'il m'aimât plus que tout au monde, comme moi-même je l'aimerais.

— Certes, dit Galehaut, vous offrez beaucoup. Et vous, dame, dit-il, sur ce que vous aimez le plus, quel sacrifice feriez-vous, pour qu'un tel chevalier fût toujours à votre service ?

— Mon Dieu ! dit-elle, monseigneur Gauvain a fait toutes les offres que des dames peuvent faire et une dame n'a rien de plus à offrir. »

Ils se mettent tous à rire.

« Et vous, Galehaut, dit monseigneur Gauvain, vous qui nous avez tous mis à l'épreuve, qu'auriez-vous donné, sur la foi du serment dont je vous ai conjuré tout à l'heure ?

— Par Dieu, je voudrais que le grand honneur où je suis se fût changé en honte, pourvu que je fusse aussi sûr de lui que je voudrais qu'il fût sûr de moi.

« Se Dex me doint joie, fait messire Gauvains, plus i avez
offert que nus de nos. »

Et lors pensa messires Gauvains que c'estoit li Noirs Chevaliers qui la paiz avoit faite de aus deus, et que por lui avoit
Galehoz s'anor tornee a honte, la o il vit que audeseure estoit
do tot ; sel conseilla a la reine que ansi estoit (et ce fu la chose
dont Galehoz fu plus prisiez), ne nel pooient antr'aus preu
esgarder. Mout tinrent longuement parole do Noir Chevalier.
Et la reine se drece au chief de piece et dit que ele s'an viaut aler
an la bretesche monseignor Gauvain ou sa chanbre estoit. Et
Galehoz la convoie. Et qant il furent amont, si prant la reine
Galehot a consoil, si li dist :

« Galehot, ge vos ain mout et se feroie plus por vos que vos
ne cuidiez, espoir. Et il est voirs que vos avez lo bon chevalier
an vostre compaignie et an vostre baillie, et par avanture il est
tex que gel conois bien. Si vos pri si chier comme vos avez
m'amor, par covant que qanque ge porrai ja mais faire por vos
metrai an abandon et an vostre baillie, que vos faites tant que
ge lo voie. »

« Dame, fait Galehoz, ge n'en ai encor nule saisine, que
onques puis [ne lo vi] que la pais fu faite de moi et de
monseignor lo roi. »

« Certes, fait la reine, ce ne puet mies estre que vos ne sachiez
bien o il est. »

[« Dame, fait il, ce puet bien estre.] Et s'il estoit ores a mon
tref, si covanroit il autre volenté que la vostre ne la moie,
anteimmes ce que il n'i est mies orendroit en ceste terre. »

« Et ou est il ? fait la reine. Tant me poez vos bien dire. »

« Dame, fait il, ge cuit qu'il soit an mon païs. Et bien sachiez
que por ce que vos m'an avez proié et conjuré, que ge ferai tot
mon pooir par qoi vos aiez aise de lui veoir. »

« Tant sai ge bien, fait ele, que se vos an faites vostre pooir,
ge lo verrai. Et ge m'an atant a vos, et vos an faites tant que ge
an soie a tozjorz mais vostre, car c'est uns des homes o monde
que ge verroie plus volentiers ; et ne mie por *(f. 105d)* esperance
que g'i aie de lui conoistre, mais por ce que il n'et nus ne nule
qui de prodome esgarder deüst estre anuiez. »

« Dame, fait Galehoz, tant sai bien, et vos en soiez tote seüre
que ge an ferai tot mon pooir. »

— Dieu me pardonne ! dit monseigneur Gauvain, vous avez offert plus qu'aucun d'entre nous. »

Alors monseigneur Gauvain devina que c'était le chevalier noir qui avait fait la paix entre les deux princes, et que, pour lui plaire, Galehaut avait changé son honneur en honte, quand il vit que la victoire lui était acquise. Il en fit la confidence à la reine, et ce fut ce qui valut à Galehaut la plus haute estime ; mais ils ne pouvaient guère en parler entre eux. Ils s'entretiennent longuement du chevalier noir. À la fin, la reine se lève et dit qu'elle veut aller dans la bretèche de monseigneur Gauvain, où elle a sa chambre. Galehaut l'accompagne. Quand ils sont en haut, la reine s'adresse à Galehaut, seule à seul, et lui dit :

« Galehaut, je vous aime beaucoup ; et je pourrais faire pour vous plus que vous ne croyez peut-être. Il est certain que vous avez le bon chevalier en votre compagnie et sous votre garde ; et d'aventure il se peut que ce soit quelqu'un que je connaisse. C'est pourquoi, pour autant que mon amitié vous est chère et étant entendu que je mettrai à votre disposition et à votre discrétion tout ce que je pourrai jamais faire pour vous, je vous prie de me permettre de le voir.

— Dame, dit Galehaut, je n'en dispose pas et je ne l'ai pas vu depuis que la paix fut faite entre monseigneur le roi et moi.

— En vérité, dit la reine, il n'est pas possible que vous ne sachiez où il est.

— Dame, c'est possible. Mais même s'il était sous ma tente, encore faudrait-il une autre volonté que la vôtre ou la mienne, outre qu'il n'est pas pour le moment dans ce pays.

— Et où est-il ? fait la reine. Vous pouvez bien me le dire.

— Dame, fait-il, je crois qu'il est dans ma terre. Puisque vous m'en avez prié et conjuré, sachez que je ferai tout mon possible pour que vous ayez le plaisir de le voir.

— Je sais bien que, si vous faites tout votre possible, je le verrai. Je compte sur vous. Faites en sorte que je devienne pour toujours votre obligée. Car c'est un des hommes du monde que je connaîtrais le plus volontiers. Non que j'espère quelque chose de cette connaissance, mais parce qu'il n'est personne, homme ou femme, à qui la vue d'un prud'homme doive déplaire.

— Dame, c'est bien ainsi que je l'entends et soyez sûre que je ferai tout ce que je pourrai.

« Granz merciz, fait la reine. Or alez et si porchaciez que jo voie au plus tost que vos porroiz. Et se il est an vostre païs, si l'anvoiez querre et par jor et par nuit, tant que il soit ci au plus tost que il porra. »

Atant s'an part Galehoz de laianz et s'en vient au roi et a monseignor Gauvain et as autres chevaliers qui laianz sont. Et li rois li dit :

« Galehot, nos somes delivré de noz oz, que nos n'avons mais ci que les genz privees de noz ostex. Car faites vos genz aprochier des noz, o ge ferai les moies gens aprochier des voz, si serons li uns plus pres de l'autre. »

« Sire, fait Galehoz, ge ferai traire les moies pres çà, d'autre part cele riviere, si que mes tref sera androit lo vostre, si sera une nes apareilliee qui ira de ci la et de la ci. Et ge i vois orandroit. »

« Certes, fait li rois, mout avez bien dit. »

Lors s'an va Galehoz a sa tente et trove son compaignon mout pansif, et li demande comment il lo fait. Et il li dit : « Mout bien, se paors no m'aterrast. »

Et Galehoz li dit :

« Sire, por Deu, de qoi avez vos paor ? »

« Sire, fait il, que ge ne soie queneüz. »

« Sire, dist Galehoz, or n'aiez garde, que par la foi que ge vos doi, vos n'i serez ja coneüz, se par vostre boene volenté n'est. »

Lors li conte les offres que messires Gauvains et li rois orent offert por lui, et ce que la reine dist, et coment la reine l'a tenu en grant do bon Chevalier Noir, et coment il li avoit respondu. « Et sachiez bien, fait il, que ele n'a de nule rien si grant dessier com ele a de vos veoir. Et messires li rois m'a proié que ge face mes genz traire vers les soes, si que mes trez soit androit lo suen, car trop somes loign li uns de l'autre. Or me dites que vos volez que ge *(f. 106a)* an face, car il est an vostre volenté do tot. »

« Sire, fait il, ge lo mout que vos faites ce que messires li rois vos prie, que mout an poez amander. »

« Biax douz amis, dist Galehoz, et ma dame que respomdrai gié de ce que ge vos ai dit ? »

« Certes, fait il, ge ne sai quoi. »

Lors recomance a sospirer, et les lermes li vienent as iauz, et

— Grand merci, dit la reine. Allez donc et arrangez-vous pour que je le voie au plus tôt. S'il est dans votre pays, envoyez-le chercher, de jour et de nuit, pour qu'il soit ici le plus vite possible.

Là-dessus Galehaut quitte la bretèche. Il rejoint le roi, monseigneur Gauvain et les autres chevaliers qui leur tiennent compagnie. Le roi lui dit :

« Galehaut, nous voilà délivrés du soin de nos armées, car nous n'avons plus ici que les chevaliers privés de nos maisons. Dites à vos gens de venir camper plus près des nôtres, ou, si vous préférez, ce sont les miens qui feront mouvement. Ainsi nous serons plus près l'un de l'autre.

— Seigneur, fait Galehaut, je vais dire à mes gens de s'avancer près d'ici, sur l'autre rive de ce fleuve. Ainsi ma tente sera en face de la vôtre et nous aurons une barque pour aller d'un bord à l'autre. J'y vais tout de suite.

— En effet, dit le roi, c'est une excellente idée. »

Galehaut retourne à sa tente. Il trouve son compagnon très soucieux et lui demande comment il va. Il répond qu'il va bien, n'était la peur qui le tourmente. Et Galehaut lui dit :

« Seigneur, pour Dieu, de quoi avez-vous peur ?

— Seigneur, d'être reconnu.

— Seigneur, ne craignez rien. Par la foi que je vous dois, vous ne serez pas reconnu, si ce n'est avec votre consentement. »

Alors il lui raconte les offres faites par monseigneur Gauvain et par le roi, pour avoir sa compagnie, les paroles de la reine, son insistance à voir le chevalier noir et ce qu'il avait répondu. « Et sachez, fait-il, qu'elle n'a pas de plus grand désir que de vous voir. D'autre part monseigneur le roi m'a prié d'amener mes gens plus près des siens, afin que nos deux tentes soient face à face ; car nous sommes trop éloignés l'un de l'autre. Dites-moi ce que vous voulez que je fasse. Je m'en remets sans réserve à votre volonté.

— Seigneur, dit le chevalier, je vous conseille vivement de faire ce que monseigneur le roi vous demande ; car vous avez beaucoup à y gagner.

— Et madame, beau doux ami, que lui répondrai-je sur le sujet dont je vous ai parlé ?

— À vrai dire, je ne sais pas. »

Alors il recommence à soupirer, les larmes lui viennent aux

il se torne d'autre part, si est tex conreez que il ne set o il est.
Et Galehoz li dit :

« Sire, ne vos esmaiez mie, mais dites moi outreement
comment vos volez que il soit. Et bien sachiez que il sera ansi
comme vos voudroiz, car ge voudroie miauz estre correciez a
demi lo monde que a vos tot sol. Et par la vostre amor ont il
la moie. Or si me dites qu'il vos en plaist. »

« Sire, fait li chevaliers, ce que vos m'en loeroiz, car ge suis
en vostre garde des ores mais. »

« Si m'aïst Dex, de ma dame veoir ne voi ge mies commant
vos an puissiez anpirier. »

« Certes, fait li chevaliers, assez i avra anui et joie. »

Lors s'aparçut auques Galehoz de son covine, si lo tient si
cort que il li otroie ce qu'il li demande.

« Mais il covanra, fait il, qu'il soit fait si celeement que riens
nel sache. Et dites bien a ma dame que vos m'avez envoié
querre. »

« Sor moi, fait Galehoz, en laisiez lo soreplus, car ge an cuit
mout bien penser. »

Lors apele son seneschal et li comande que si tost com il s'en
sera ja alez a cort, face coillir son tref et ses tantes et ses roiz de
fer et face tot porter endroit les genz lo roi, si face logier si pres
que il n'ait antr'aus que la riviere.

Atant s'an revait arrieres a mout petit de compaignie. Et la
reine fu ja repairiee de la bretesche ; et la ou ele voit venir
Galehot, si li saut a l'ancontre et li demande comment il a
esploitié de sa besoigne.

« Dame, fait il, g'en ai tant fait que ge dot que vostre proiere
ne me toille la rien o monde que ge plus ain. »

« Si m'aïst Dex, fait ele, vos ne perdroiz ja rien por moi que
ge ne vos rande a dobles. Mais [q']an poez vos perdre por
ce ? »

« Dame, fait il, celui meesmes que vos demandez, que ge dot
que chose n'en aveigne par qoi il se corrout, *(f. 106b)* que gel
perdroie a tozjorz mais. »

« Certes, fait ele, ce ne porroie ge mies randre. Mais se Deu
plaist, par moi ne lo perdroiz vos ja, ne il ne seroit mie cortois
se noiant vos an faisoit par ma proiere. Mais neporhuec, qant
vandra il ? »

yeux, il se détourne et est dans un tel état qu'il ne sait plus où il se trouve. Galehaut lui dit :

« Seigneur, ne vous effrayez pas et dites-moi franchement ce que vous souhaitez. Sachez qu'il en sera comme vous voudrez ; car j'aimerais mieux être fâché avec la moitié du monde qu'avec vous tout seul, et c'est à cause de votre amitié qu'ils ont la mienne. Dites-moi donc ce que vous désirez.

— Seigneur, je m'en remets à vous, car je suis désormais sous votre garde.

— Mon Dieu, je ne vois pas quel mal pourrait vous venir de voir madame.

— En vérité, ce sera beaucoup de douleur et de joie. »

Alors Galehaut soupçonne quelque chose des pensées de son compagnon. Il insiste tant que celui-ci acquiesce. « Mais il faudra, dit-il, que ce soit fait si secrètement que personne au monde ne le sache. Et dites bien à madame que vous m'avez envoyé chercher.

— Reposez-vous sur moi du reste, dit Galehaut. Je pense m'en occuper au mieux. »

Galehaut appelle son sénéchal. Il lui commande de faire démonter sa tente, ses pavillons et ses filets de fer aussitôt qu'il sera parti pour la cour, de faire porter le tout à côté des gens du roi et d'installer son camp si près du leur qu'ils ne soient séparés que par la rivière. Puis Galehaut retourne à la cour, avec une suite peu importante.

La reine était déjà revenue de la bretèche. Quand elle aperçoit Galehaut, elle se précipite à sa rencontre et l'interroge sur le résultat de ses démarches.

« Dame, dit-il, j'ai si bien réussi que je crains que votre prière ne m'enlève ce que j'aime le plus au monde.

— Par Dieu, dit-elle, vous ne perdrez jamais rien à cause de moi que je ne vous rende au double. Mais que pourriez-vous perdre à cela ?

— Dame, celui-là même que vous me demandez ; car je crains qu'il n'en résulte quelque chose qui le chagrine, et je le perdrais alors à tout jamais.

— Certes, ce serait une perte que je ne pourrais pas réparer, mais, s'il plaît à Dieu, vous ne le perdrez jamais à cause de moi. Et il ne serait pas courtois s'il vous savait mauvais gré de ma prière. Mais d'abord, quand viendra-t-il ?

« Dame au plus tost que il porra, fait il, car ge l'ai envoié querre au ferir des esperons. »

« Or i parra, fait ele, car il sera demain ci se vos volez. »

« Dame, fait il, il ne seroit, se il movoit orandroit de la o il est, si voudroie ge que il i poïst estre ancor anuit. »

Que que il parloient ansi antr'aus deus, si furent ja venues les genz Galehot de l'autre part de l'aive [et] commancierent son tref a tandre endroit lo tref lo roi. Si l'esgarde l'an a mout grant mervoille, car mout estoit biaus et riches. Et qant tuit furent logié, si furent tandues les roiz de fer, si s'en mervellierent trop la gent lo roi Artu, car onques mais si grant richece n'avoient veüe, et mout en i ot qui lo jor les venoient veoir de pres.

La nuit revint veoir Galehoz son compaignon et li conta ce que il avoit trové et que mout estoit angoissose la reine de lui veoir. Et cil en a an son cuer paor et joie. Et qant il ont grant piece parlé ansanble, si s'an vient Galehoz par son congié au roi. Et la reine lo reprant et li demande s'il a nules novelles oïes do chevalier. Et il dist que nenil ancores. Et cele li dist an riant :

« Biax douz amis, ne m'esloigniez vos mie ce que vos me poez haster. »

« Dame, fait il, si m'aïst Dex, ge nel verroie mies mains volentiers de vos. »

« C'est la chose, fait ele, par coi ge dot que vos ne faisiez greignor chiere. Et si est totjorz la costume que la dessirree chose est totjorz la plus veé, et si i a de tex genz qui a autrui font a enviz aaise de la chose que il plus aimment. Et neporqant n'aiez mies paor, que ja par moi ne perdroiz rien que vos i aiez aüe. »

« Dame, fait Galehoz, granz merciz, car ge cuit que vos me porriez plus aidier que ge vos. »

An tex paroles trespassent lo jor, et la nuit *(f. 106c)* revient Galehoz au tref lo roi, ne li rois ne voloit que il departist de lui. Au matin bien main revint Galehoz a son compaignon et li conta les paroles la reine. Si l'an dist tant que il se conforta mout des paors que il ot eües, et que il ne mena mais si male vie

— Dame, le plut tôt qu'il pourra. Je l'ai envoyé chercher à la force des éperons.

— On verra bien, dit-elle. Il sera ici demain, si vous le voulez.

— Non, dame, c'est impossible, même s'il partait immédiatement de là où il est. Et pourtant je voudrais bien moi-même qu'il pût être ici dès ce soir. »

Pendant qu'ils s'entretiennent ainsi, les gens de Galehaut étaient arrivés de l'autre côté du fleuve. Ils commencèrent à dresser la tente de ce prince en face de celle du roi. Elle fut très admirée, tant elle était belle et riche. Quand tout le monde fut logé, on installa les filets de fer. Les gens du roi Arthur étaient émerveillés, car ils n'avaient jamais vu une si grande magnificence ; et ils étaient nombreux à venir, pendant la journée, regarder de près le camp de Galehaut.

À la nuit, Galehaut vient retrouver son compagnon. Il lui rapporte ce qu'il a vu et lui dit que la reine est dans une grande impatience de le voir. Le chevalier en tremble de peur et de joie. Quand ils ont longtemps parlé ensemble, Galehaut, avec le congé de son compagnon, revient auprès du roi. La reine l'entreprend à nouveau et lui demande s'il a reçu quelque nouvelle du chevalier. « Pas encore », répond-il. Alors elle lui dit en riant :

« Beau doux ami, ne me retardez pas ce que vous pouvez m'avancer.

— Dame, fait-il, Dieu m'est témoin que je ne le verrais pas moins volontiers que vous.

— C'est bien pourquoi je m'étonne que vous ne montriez pas plus de joie. Il est de coutume que la chose la plus désirée est toujours la plus jalousement gardée, et il y a des gens qui admettent difficilement que d'autres jouissent de ce qui leur est le plus cher. Et pourtant n'ayez pas peur : vous ne perdrez, à cause de moi, rien que vous ayez eu de lui.

— Dame, fait Galehaut, grand merci ; car je crois que vous pouvez plus pour moi que moi pour vous. »

Ils passent la journée en devisant ainsi ; et, la nuit venue, Galehaut retourne à la tente du roi, qui ne voulait pas le laisser partir. Le matin, de très bonne heure, il va retrouver son compagnon et lui rapporte les paroles de la reine. Il lui en dit tant que celui-ci se remet de ses frayeurs et ne se tourmente plus comme auparavant. Son corps se refait, de même que son

com il soloit ; et li ramande li cors et li vis que il avoit aü pale
et debatu, et li oil que il avoit aüz roiges et anflez, si revient
auques an sa biauté. Galehoz en est mout liez, si li demande :

« Sire, ma dame me demandera ja de vos. Que l'an respon-
drai ge ? »

« Sire, fait il, ce que miauz vos en sanblera, car an vos an est
des ores mais. »

« Je sai bien, fait Galehoz, que ele vos voudra demain veoir,
et gel loeroie bien. »

« Sire, fait li chevaliers, c'est uns jorz que ge voudroie ja
avoir a anor et a joie trespassé. »

Et lors li atandroie li cuers. Et Galehoz lo voit bien, si lait
atant ester et s'an revient au tref lo roi. Et si tost comme la
reine lo voit, si li demande novelles. Et il dit :

« Dame, trop est ancores tost, mais nos les avrons jusq'a
demain. »

« Que an diriez vos ? fait ele. Il est an vos do haster et do
daloier. Or m'an faites autel bonté com vos vodriez que ge vos
an feïsse, se ge l'avoie. »

Galehoz commança a rire. Et la dame de Malohaut se tient
mout pres, si espie et escoute lor sanblant et lor paroles, car ele
cuide bien savoir quel chose il porchaçoient, si se tanra mout a
honie se ansi lo pert que plus n'an saiche. Ensi aloit Galehoz a
son compaignon au main et au soir, et a chascune foiz qu'il
revenoit, lo demandoit la reine que il avoit trové.

La nuit jut Galehoz la o il soloit. Et l'andemain se lieve bien
matin et vient a son compaignon, et si li dit qu'il n'i a plus.

« Hui, fait il, covient que la reine vos voie. »

« Sire, por Deu, fait il, faites si que nus n'en saiche mot fors
moi et li, car il [a] tex genz en la cort monseignor [lo roi] qui
me conoistroient *(f. 106d)* bien se il me veoient. »

« N'aiez garde, fait Galehoz, que ge an penserai bien. »

Atant reprant a li congié, si apele son seneschal.

« Gardez, fait il, se ge vos anvoi sanpres querre, que vos
veigniez a moi et m'amenez avec vos mon compaignon, si que
nules riens no sache par vos que ce soit il. »

« Sire, fait il, vostre plaisir. »

visage, qui était pâle et battu, et ses yeux, qui étaient rouges et enflés ; il retrouve quelque peu sa beauté. Galehaut en est très heureux et lui dit :

« Seigneur, madame me demandera bientôt de vos nouvelles. Que lui répondrai-je ?

— Seigneur, ce que vous jugerez bon ; car tout est entre vos mains désormais.

— Je sais qu'elle voudra vous voir demain et je serais assez de son avis.

— Seigneur, c'est un jour que je voudrais avoir déjà passé, avec honneur et dans la joie. »

Alors son cœur s'attendrit. Galehaut s'en aperçoit, n'insiste pas et revient à la tente du roi. Dès que la reine le voit, elle lui demande les nouvelles. Il lui dit :

« Dame, c'est encore trop tôt, mais nous en aurons d'ici demain.

— Que voulez-vous dire ? fait-elle. Il est en votre pouvoir d'avancer ou de retarder. Faites-moi la même bonté que vous voudriez que je vous fasse, si j'avais le chevalier. »

Galehaut se met à rire. La dame de Malehaut se tient tout près. Elle guette et observe leur attitude et leurs paroles ; elle croit comprendre ce qu'ils cherchent et se jugera déshonorée, si elle ne réussit pas à en savoir davantage. Ainsi Galehaut allait voir son compagnon matin et soir ; et chaque fois qu'il revenait, la reine lui demandait ce qu'il avait trouvé. Galehaut passa cette nuit-là, comme il le faisait habituellement, dans la tente du roi.

Le lendemain il se lève de très bonne heure, va voir son compagnon et lui dit que le moment est venu : « Aujourd'hui, dit-il, il faut que la reine vous voie.

— Seigneur, pour l'amour de Dieu, faites que nul n'en sache rien, en dehors d'elle et de moi ; car il y a des gens, à la cour de monseigneur le roi, qui pourraient bien me reconnaître, s'ils me voyaient.

— N'ayez crainte, lui répond Galehaut, j'y veillerai. »

Alors il prend congé de lui et appelle son sénéchal :

« Vous devez, lui dit-il, si je vous fais chercher prochainement, venir à moi et m'amener mon compagnon de telle manière que personne ne puisse le reconnaître par votre faute.

— Seigneur, répond le sénéchal, à vos ordres. »

Lors revient Galehoz au tref lo roi. Et la reine li demande ques novelles.

« Dame, fait il, assez belles. Venue est la flors des chevaliers de tot lo monde. »

« Dex ! fait ele, comment lo verrai gié ? Mais gel voil veoir an tel maniere que nus no sache que ce soit il fors moi et vos, car ge ne voil mie que autre genz an aient aise. »

« An non Deu, dame, fait Galehoz, ansi iert il, car il dit que il ne voudroit por nule riem que genz de la maison [lo roi] lo coneüssient. »

« Coment ? fait ele, est il donc coneüz çaianz ? »

« Dame, fait il, tex genz lo porroient veoir, espooir, qui bien lo conoistroient. »

« Dex ! fait ele, qui puet il estre ? »

« Dame, fait Galehoz, si m'aïst Dex, ne sai, que onques ne me dist son non, ne qui il est. »

« Non ? fait ele. Si m'aïst Dex, mervoilles oi. Or m'est assez plus tart que ge lo voie. »

« Dame, fait il, vos lo verroiz ancor ancui, et si vos dirai coment. Nos irons la aval deduire. » Si li mostre un leu delez les prez, tot plains d'aubroisiaus. « Si avrons au moins de compaignie que nos porrons. La si lo verroiz un po devant ce que anuitier doie. »

« Ha ! fait ele, com avez bien dit, biaus dolz amis. Plaüst or au Sauveor do monde que il anuitast. »

Lors commancent andui a rire. Et la reine l'acole et fait trop grant joie. Et la dame de Malohaut les voit, si se panse que or est la chose plus hastive que ele ne siaut, si s'an prant mout garde. Et ne vient laianz chevaliers cui ele n'esgart anmi lo vis. Mout fait la reine grant joie do chevalier qui venuz est, et mout li tarde que la nuiz vaigne, si antant tant a parler et a ragier por lo jor oblier qui li annuie.

Ensi passent lo jor tant que vient aprés soper *(f. 107a)* que il fu avespri. La reine prant Galehot par la main, et si apelle la dame de Malohaut avoc li et damoisele Lore de Carduel et une soe damoiselle san plus qui a li estoit de totjor. Si s'an torne contraval les prez tot droit la ou Galohaz avoit dit. Et qant il

Galehaut revient à la tente du roi et la reine lui demande :
« Quelles sont les nouvelles ?

— Dame, dit-il, elles sont bien belles. Elle est venue, la fleur des chevaliers du monde entier.

— Mon Dieu ! dit-elle, comment le verrai-je ? Je veux le voir sans que nul ne le reconnaisse, hormis vous et moi ; car je ne veux pas que d'autres aient ce plaisir.

— Par Dieu, dame, il en sera bien ainsi ; car il dit lui-même que pour rien au monde il ne voudrait être reconnu par des gens de la maison du roi.

— Comment ? On le connaît donc ici ?

— Dame, certaines gens pourraient peut-être le voir, qui le reconnaîtraient aisément.

— Dieu, fait-elle, qui peut-il être ?

— Dame, par Dieu, je n'en sais rien. Il ne m'a jamais dit son nom ni sa naissance.

— Vraiment ? dit-elle. Par Dieu, j'entends merveilles. Il me tarde encore plus de le voir.

— Dame, vous le verrez aujourd'hui même, et je vais vous dire comment. Nous irons nous promener par-là (il lui montre, au bord des prés, un endroit tout plein d'arbrisseaux). Nous aurons le moins de compagnie que nous le pourrons. Et c'est là que vous le verrez, peu avant que la nuit ne tombe.

— Ah ! quelle bonne idée, beau doux ami ! Plaise au Sauveur du monde que la nuit vienne tout de suite ! »

Et tous deux se mettent à rire. La reine embrasse Galehaut et laisse éclater sa joie. La dame de Malehaut les voit, elle en conclut que l'affaire est plus avancée que précédemment, elle y porte toute son attention, et aucun chevalier ne vient au palais, sans qu'elle le dévisage. La reine est tout entière à sa joie de savoir que le chevalier est arrivé, elle a hâte que la nuit vienne, elle ne cesse de parler et de s'agiter, pour oublier le jour, qui lui déplaît.

Ils passent ainsi la journée jusqu'à l'après-souper, quand la nuit tombe. La reine prend Galehaut par la main. Elle emmène la dame de Malehaut, mademoiselle Laure de Carduel et une seule demoiselle de sa suite, qui depuis toujours était à son service. Elle descend tout droit à travers prés jusqu'au lieu choisi par Galehaut. Quand ils ont fait un peu de chemin,

orent un po alé, Galehoz regarde et voit un escuier, et si l'apelle
et dit qu'il aille dire a son seneschal qu'il vaigne a lui, et si li
mostre en quel leu. Et qant la reine l'ot, si lo regarde et dit :

« Comment ? fait ele, est il vostre seneschauz ? »

« Nenil, dame, mais il vanra avoc lui. »

Atant vienent soz les aubres, si s'asient antre Galehot et la
reine loign des autres a une part, et les dames a autre, si se
mervoillent mout de ce que eles sont si priveement. Et li vallez
vient au seneschal, si li fist son mesaige. Et cil prist tantost lo
chevalier avec lui, si passerent outre l'aive et vindrent contraval
les prez si comme li vallez lor mostra. Si furent andui si biau
chevalier que por noiant queïst an plus biax chevaliers an lor
païs. Qant il aprochierent, et les dames les regarderent, si lo
conut tantost la dame de Malohaut qui maint jor l'ot eü an sa
prison. Et por ce qu'ele ne voloit qu'il la coneüst, si s'anbruncha et se traist pres de damoisele Lore. Et cil trespassent outre,
si les salue li seneschax. Et Galehoz dit a la reine :

« Veez ci lo meillor chevalier do monde. »

« Li quex est ce ? » fait la reine.

« Dame, fait il, li qex vos senble ce estre ? »

« Certes, fait ele, il sont andui biau chevalier, mais ge ne voi
cors o il deüst avoir la moitié de proece que li Chevaliers Noirs
avoit. »

« Dame, fait Galehoz, bien sachiez que ce est uns de ces
deus. »

Atant vienent devant la reine. Et li chevaliers tranble si
durement que a poines puet la reine saluer, et a tote la color
perdue, si que la reine s'an mervoille. Lors s'agenoillent
anbedui. Et li seneschauz la salue, et li autres, *(f. 107b)* mais
c'est mout povrement, et fiche ses iauz an terre comme
hontous. Et lors se panse la reine que ce est il. Et Galehoz dit
au seneschal :

« Alez, si faites compaignie a ces dames la, qe trop sont
soles. »

Cil fait ce que ses sires li commande. Et la reine prant lo
chevalier par la main, la ou il est a genoz, et l'asiet devant li, si
li fait mout bel sanblant et li dit an riant :

« Sire, mout vos avons dessirré tant que, Deu merci et
Galehot qui ci est, or vos veons. Et neporqant encor ne sai ge

Galehaut regarde autour de lui, aperçoit un écuyer, l'appelle et l'envoie dire à son sénéchal de venir le retrouver à l'endroit qu'il lui désigne.

« Comment ? dit la reine. Est-ce votre sénéchal ?

— Non, dame, mais il viendra avec lui. »

Ils arrivent alors sous les arbres. Galehaut et la reine s'éloignent et s'asseoient d'un côté, les dames d'un autre, étonnées de se trouver en si petite compagnie. Le valet se rend auprès du sénéchal et lui porte son message. Aussitôt celui-ci emmène le chevalier. Ils passent le fleuve et vont à travers prés comme le valet le leur montre. Tous deux étaient de si beaux chevaliers qu'on en eût vainement cherché de plus beaux dans leur pays. Quand ils approchent, les dames les regardent et la dame de Malehaut reconnaît tout de suite le chevalier qu'elle a longtemps eu dans sa prison. Comme elle ne veut pas être reconnue de lui, elle baisse la tête et se tourne vers mademoiselle Laure. Ils passent leur chemin. Le sénéchal salue les dames et Galehaut dit à la reine :

« Voici le meilleur chevalier du monde.

— Lequel est-ce ? dit la reine.

— Dame, que vous en semble ?

— Sans doute, dit-elle, tous deux sont de beaux chevaliers ; mais je n'en vois aucun où il doive y avoir la moitié de la valeur qui distinguait le noir chevalier.

— Dame, sachez que c'est l'un des deux. »

Ils arrivent devant la reine. Le chevalier tremble si fort qu'il a beaucoup de mal à la saluer. Il a perdu toutes ses couleurs et la reine s'en étonne. Ils s'agenouillent tous les deux. Le sénéchal salue la reine, et l'autre aussi, mais bien pauvrement ; il garde les yeux baissés, comme s'il était honteux. La reine se dit alors que c'est le chevalier noir. Et Galehaut dit au sénéchal :

« Allez tenir compagnie à ces dames, car elles sont bien seules. »

Celui-ci fait ce que son seigneur lui commande. La reine prend le chevalier par la main, tandis qu'il est à genoux, l'assied devant elle, lui fait un très bon visage et lui dit en riant :

« Seigneur, nous vous avons tellement désiré que, par la grâce de Dieu et de Galehaut ici présent, nous vous voyons

mies se ce est li chevaliers que ge demant, mais Galehoz m'a dit
que ce iestes vos. Mais encorres voudroie ge bien savoir qui vos
iestes par vostre boche se vostre plaisirs estoit. »

Et cil respont qu'il ne set[1], qui onques une foiz ne la regarda
anmi lo vis. Et la reine se mervoille mout que il puet avoir, et
tant que ele sopece une partie de ce que il a. Et Galehoz, qui
hontos lo voit et esbahi, panse que il diroit ançois a la reine son
panser sol a sol. Si regarde et dit mout haut, que les dames
l'oent :

« Certes, fait il, mout suis vilains, que totes ces dames n'ont
que un chevalier an conpaignie, ainz sont si soules. »

Lors se drece et vient la o les dames se seoient. Et eles saillent
ancontre lui, et il les rasiet, puis comancent a parler de mainte
choses.

Et la reine met an paroles lo chevalier et si li dit :

« Biaus dolz sire, por quoi vos celez vos vers moi ? Certes il
n'i a mies por quoi. Et neporqant, tant me poez vos bien dire
se vos iestes li chevaliers qui l'asenblee vainquié avant ier. »

[« Dame, fait il, naie. »]

« Coment ? fait ele ; n'aviez vos mies unes armes noires ? »

[« Dame, fait il, oïl. »]

« Donc n'estiez vos cil qui messire Gauvains anvoia les trois
chevaus ? »

« Dame, fait il, oie. »

« Donc n'iestes vos ce qui porta les armes Galehot au darien
jor ? »

« Dame, fait il, c'est veritez, oie. »

« Donc n'iestes vos cil qui [l'asenblee] vainqui lo secont
jor ? »

« Dame, fait il, no suis, voir. »

Lors s'aperçut la reine que il ne voloit mies conoistre
(*f. 107c*) que il [l']aüst vaincue, si l'an prise mout.

« Or me dites, fait ele, qui vos fist chevalier. »

« Dame, fait il, vos. »

« Ge ? fait ele. Qant ? »

---

1. Voir p. 438, note 1.

enfin. Cependant je ne sais pas encore si vous êtes le chevalier que je recherche. Galehaut me l'a dit ; mais je voudrais bien encore entendre de votre bouche qui vous êtes, si tel était votre plaisir. »

Il répond qu'il ne le sait pas, sans jamais la regarder dans les yeux ; et la reine se demande ce qu'il peut avoir, jusqu'à ce qu'elle devine une partie de ce qu'il a. Galehaut, qui le voit honteux et ébahi, pense qu'il parlerait plus aisément à la reine seul à seule. Il regarde autour de lui et dit très fort, pour que les dames l'entendent :

« Vraiment, je suis d'une impolitesse ! Toutes ces dames n'ont qu'un chevali r pour compagnie. On les laisse bien seules. »

Alors il se lève et rejoint l'endroit où les dames sont assises. Elles se lèvent à son arrivée et il les fait rasseoir. Puis ils commencent à parler de maintes choses.

La reine engage la conversation avec le chevalier et lui dit :

« Beau doux seigneur, pourquoi vous cachez-vous de moi ? Il n'y a vraiment pas de raison. Et quoi qu'il en soit, vous pouvez me dire tout au moins si vous êtes le chevalier qui a gagné la bataille il y a quelques jours.

— Dame, ce n'est pas moi.

— Comment ! dit-elle, ne portiez-vous pas des armes noires ?

— Si, dame.

— N'êtes-vous pas celui à qui monseigneur Gauvain a envoyé les trois chevaux ?

— Si, dame.

— N'est-ce pas vous qui avez porté les armes de Galehaut le dernier jour ?

— Si, dame, c'est la vérité.

— Vous êtes donc bien celui qui a gagné la bataille le second jour ?

— Non, dame, ce n'est pas moi, c'est sûr. »

Alors la reine comprend qu'il ne veut pas s'attribuer le mérite de la victoire et l'en estime fort.

« À présent, ajoute-t-elle, dites-moi qui vous a fait chevalier.

— Dame, c'est vous.

— Moi ? dit-elle. Et quand ?

« Dame, manbre vos il que uns chevaliers vint a monseignor lo roi Artu a Chamahalot, qui estoit navrez [de deus tronçons de lance] parmi lo cors et d'une espee parmi la teste, et que uns [vallez] vint a lui lo venredi a soir et se fu chevaliers lo diemenche ? »

« De ce, fait ele, me sovient il bien. Et se Dex vos aït, fait ele, fustes vos ce que la damoisele amena au roi, vestu de la robe blanche ? »

« Dame, fait-il, oie. »

« Por quoi dites vos donc que ge vos fis chevalier ? »

« Dame, por ce que il est voirs, car la costume estoit el roiaume de Logres que chevaliers ne pooit estre faiz sanz espee çaindre, et cil de cui il tient l'espee lo fait chevalier. Et de vos la tain gié, que li rois ne m'en dona mie. Por ce di ge que vos me feïstes chevalier. »

« Certes, fait ele, de ce sui ge mout liee. Et ou alastes vos d'iluec ? »

« Dame, ge m'en alai por un secors a la dame de Nohaut, si vint puis messire Quex qui se conbatié avoc moi. »

« Et antredeus mandastes me vos nule rien ? »

« Dame, oie, fait il, ge vos anvoié deus puceles. »

« Par mon chief, il est voirs. Et qant vos repairastes de Nohaut, trovastes vos an vostre venue nul home qui se reclamast de par moi ? »

« Dame, oïl, un chevalier qui gardoit un gué, si me dist que ge alasse jus de mon cheval. Et ge li demandai a cui il estoit, et il me dist que il estoit a vos. « Alez, fist il, tost jus. » Et ge li demandai qui lo commandoit. Et il dist que il n'i avoit commandement se lo suen non. Et ge remis an l'estrier lo pié senestre que ge an avoie osté, et dis san faille que il n'an avroit hui mais point, si jostai a lui. Si sai bien qe ge fis outraige, dame, si vos an cri merci. Et vos an prenez l'amande tel com vos plaira. »

Et la reine li respont, comme cele qui bien set que il ne puet ganchir que suens ne soit. « Certes, fait ele, moi ne meffeïstes vos rien, biaus dolz amis, que il n'estoit pas a moi ; ainz l'an soi mout mauvais gré de ce que il lo vos avoit dit, car il an vint *(f. 107d)* a moi. Mais or me dites ou alastes vos d'iluec. »

« A la Dolereuse Garde. »

— Dame, vous souvenez-vous qu'un chevalier s'en vint trouver monseigneur le roi Arthur à Camaalot, blessé de deux tronçons de lance dans le corps et d'une épée en travers de la tête, et qu'un valet se présenta devant le roi le vendredi soir et fut fait chevalier le dimanche?

— Je m'en souviens. Sur votre salut, êtes-vous celui qu'une demoiselle amena au roi, vêtu d'une robe blanche?

— Oui, dame.

— Pourquoi donc dites-vous que je vous ai fait chevalier?

— Dame, parce que c'est vrai. La coutume voulait, au royaume de Logres, qu'on ne pût faire un chevalier sans lui ceindre l'épée. Celui dont il reçoit l'épée est celui qui le fait chevalier. J'ai reçu de vous la mienne, car le roi ne m'en avait pas donnée. Voilà pourquoi je dis que c'est vous qui m'avez fait chevalier.

— En vérité, j'en suis très heureuse. Et où êtes-vous allé après votre départ?

— Dame, je suis allé porter secours à la dame de Nohaut. Ensuite vint monseigneur Keu, qui combattit à côté de moi.

— Et entre-temps m'avez-vous envoyé quelque chose?

— Dame, oui. Je vous ai envoyé deux demoiselles.

— Sur ma tête, c'est la vérité. Quand vous êtes revenu de Nohaut, avez-vous trouvé sur votre route un homme qui se réclamait de moi?

— Dame, oui, un chevalier qui gardait un gué et qui me dit de descendre de mon cheval. Je lui demandai à qui il était et il me dit qu'il était à vous. "Descendez, me dit-il, et vite." Je lui demandai au nom de qui il donnait cet ordre et il me dit que c'était en son seul nom. Je remis dans l'étrier le pied gauche que j'en avais déjà ôté et je lui dis sans hésiter qu'il n'aurait désormais plus rien de moi. J'ai jouté contre lui. Je sais bien que je vous ai outragé, dame, et je vous en crie merci. Prenez-en l'amende telle qu'il vous plaira. »

La reine lui répond, comme celle qui sait bien qu'il ne peut se soustraire à ses lois :

« Certes, vous ne m'avez manqué en rien, beau doux ami, car il n'était pas à moi, et je lui ai sévèrement reproché ce qu'il vous avait dit, car il est venu me voir. Mais, dites-moi, où êtes-vous allé ensuite?

— À la Douloureuse Garde.

« Et qui la conquist ? »

« Dame, g'i antrai. »

« Et vos i vi ge onques ? »

« Dame, oïl, plus d'une foiz. »

« An quel leu ? » fait ele.

« Dame, un jor que ge vos demandai se vos voudriez antrer, et vos deïstes que oïl, si estoiez mout esbahie par sanblant. Et ce vos dis ge par deus foiz. »

« Quel escu portoiez vos ? » fait ele.

« Dame, ge portai avant un escu blanc a une barre vermoille de bellic, et a l'autre foiz j'avoie deus bandes. »

« Ces anseignes conois ge bien. Et vos i vi ge plus ? »

« Dame, oïl. La nuit que vos cuidiez avoir perdu monseignor Gauvain, vostre neveu, et ses compaignons, et que les genz do chastel crioient : « Prenez lou. Prenez lou. » Et ge m'an vign fors, un escu a mon col a trois bendes de bellic vermoilles, et messires li rois estoit a unes loges avoc vos. Et qant ge vin vers lui, si me crierent « Prant lo, roi. Prant lo, roi. » Et il me laissa aler, soe merci. »

« Certes, fait ele, ce poise moi, car s'il vos aüst pris, li anchantemenz do chastel fussient remés. Mais or me dites, fustes vos ce qui gitastes monseignor Gauvain de la prison, et ses compaignons autresi ? »

« Dame, g'i aidai a mon pooir. »

« En totes les choses, fait ele, que vos m'avez dites, n'ai ge encor trové se voir non. Mais or me dites, por Deu, qui estoit une damoiselle qui jut la nuit a une tornelle desor l'ostel monseignor lo roi, vestue d'un chainse blanc ? »

« Certes, dame, ce fu la pucele do monde vers cui ge vilenasse onques plus, car ma Dame do Lac qui me norri la m'avoit envoiee. Et ele me trova an cele tornelle, si fu assez annoree por moi. Et qant ge oï les novelles de monseignor Gauvain qui pris estoit, si fui mout angoisos, si me parti de la damoisele qui avoc moi voloit venir. Et ge li priai, par cele foi que ele me devoit, qe ele ne se meüst devant que ele veïst mon message o moi. Si

— Qui l'a conquise?

— Dame, j'y suis entré.

— Vous y ai-je jamais vu?

— Dame, oui, plus d'une fois.

— Dans quelles circonstances?

— Dame, un jour où je vous ai demandé si vous vouliez y entrer et vous m'avez répondu oui. Mais vous étiez très troublée, me semble-t-il, et je vous l'ai demandé par deux fois.

— Quel écu portiez-vous?

— Dame, je portais le premier jour un écu blanc à une bande vermeille oblique; et la seconde fois, j'avais deux bandes.

— Je reconnais bien ces enseignes. Et vous y ai-je vu ensuite?

— Dame, oui, la nuit où vous pensiez avoir perdu monseigneur Gauvain votre neveu et ses compagnons, tandis que les gens de la ville criaient: "Arrêtez-le, arrêtez-le." Je suis sorti, portant à mon cou un écu à trois bandes obliques vermeilles. Monseigneur le roi était sur un balcon avec vous. Comme je passais devant lui, ils ont crié: "Arrête-le, roi! arrête-le, roi!" Il m'a laissé passer, grâces lui soient rendues!

— En vérité, dit-elle, j'en suis fâchée; car, s'il vous avait retenu, les enchantements du château auraient pris fin. Mais dites-moi, est-ce vous qui fîtes sortir de prison monseigneur Gauvain et ses compagnons?

— Dame, j'y aidai comme je pus.

— Dans tout ce que vous m'avez dit je n'ai encore trouvé que la vérité. Mais dites-moi, pour l'amour de Dieu, qui était cette demoiselle qui passa la nuit dans une tourelle au-dessus des appartements de monseigneur le roi, vêtue d'une chemise blanche?

— Certes, dame, c'est la demoiselle du monde envers qui je fus le plus coupable. Ma dame du Lac, qui m'éleva, me l'avait envoyée. Elle me trouva dans cette tourelle et je la traitai avec beaucoup d'honneur. Quand j'appris que monseigneur Gauvain était prisonnier, je fus bouleversé et j'abandonnai la demoiselle, qui voulait venir avec moi. Je la priai, sur la foi qu'elle me devait, de ne pas partir, avant de me voir ou de recevoir un message de moi. Mais je fus engagé dans de si

fui sorpris de si granz afaires que ge l'an obliai et a li ne
retornai puis. Et ele fu plus leiaus *(f. 108a)* vers moi que ge ne
fui cortois anvers li, que ele ne se mut onques puis devant que
ele oï novelles de moi, et ce fut grant piece aprés. »

Et qant la roïne l'oï parler de la damoisele, si sot bien tantost
que ce estoit Lanceloz, si l'anquist de totes les choses que ele
avoit oï de lui retraire, et de totes lo trova voir disant.

« Or me dites, fait ele, puis que vos fustes, chevaliers, partiz
de Chamahalot, vi vos ge onques puis ? »

« Dame, fait, oïl, tel hore que vos m'aüstes mout grant
mestier, car ge aüse esté ocis se vos ne fussiez, qui me feïstes
fors de l'aigue traire a monseignor Yvain. »

« Coment ? fait ele ; fustes vos ce cui Daguenez li coarz
prist ? »

« Dame, ge ne sai qui ce fu, mais pris fui gié san faille. »

« Et o aloiez vos ? »

« Dame, ge sivoie un chevalier. »

« Et qant vos fustes partiz de nos a la darriene foiz, o
[a]lastes vos ? »

« Dame, aprés un chevalier que ge sivoie. »

« Et combatites i vos ? »

« Dame, oïl. »

« Et o alastes vos aprés ? »

« Dame, ge trovai deus granz vilains qui m'ocistrent mon
cheval. Mais messires Yvains, qui bone avanture ait, me dona
le sien. »

« Ha ! fait ele, donc sai ge bien qui vos iestes. Vos avez non
Lanceloz do Lac. »

Et il se taist.

« Par Deu, [fait ele, por noiant lo celez ;] pieç'a que an lo set
a cort. Messire Gauvains aporta vostre non a cort premierement. »

Lor li conte tot ansi com messires Gauvains avoit dit que

grandes affaires que je l'oubliai et je ne revins jamais. Elle fut plus loyale envers moi que je ne fus courtois envers elle ; car elle ne s'en alla pas avant d'avoir reçu de mes nouvelles, et ce fut bien longtemps après. »

Quand la reine l'entendit parler de la demoiselle, elle sut aussitôt que c'était Lancelot[1]. Elle l'interrogea sur toutes les choses qu'elle avait entendu raconter à son sujet, et sur toutes elle trouva qu'il disait la vérité.

« Dites-moi, fait-elle, après que vous fûtes parti de Camaa-lot où vous fûtes fait chevalier, vous y ai-je revu une autre fois ?

— Dame, oui, en un moment où j'eus un grand besoin de vous ; car sans vous j'étais mort, quand vous m'avez fait retirer de l'eau par monseigneur Yvain.

— Comment ? C'est donc vous qui avez été pris par Dague-net le Couard ?

— Dame, je ne sais par qui, mais j'ai été pris, c'est vrai.

— Et où alliez-vous ?

— Dame, je suivais un chevalier.

— Et quand vous nous avez quittés pour la dernière fois, où êtes-vous allé ?

— Dame, à la recherche du chevalier que je suivais.

— Et avez-vous combattu contre lui ?

— Dame, oui.

— Et après, où êtes-vous allé ?

— Dame, j'ai trouvé deux grands vilains, qui m'ont tué mon cheval ; mais monseigneur Yvain — que Dieu le protège ! — me donna le sien.

— Ah ! dit-elle, je sais donc bien qui vous êtes. Votre nom est Lancelot du Lac. »

Il se tait.

« Par Dieu, dit-elle, il ne sert à rien de nous le cacher. Il y a longtemps qu'on le sait à la cour ; et c'est monseigneur Gauvain qui, le premier, y fit connaître votre nom. »

Alors elle lui expose comment monseigneur Gauvain avait déclaré : « C'est la troisième assemblée », quand monseigneur

---

1. C'est en effet cette demoiselle qui a appris à monseigneur Gauvain le nom du vainqueur de la Douloureuse Garde, et Gauvain l'a fait connaître à la cour du roi Arthur.

c'estoit la tierce asamblee, qant messires Yvains dit que la pucele avoit dit que c'estoit la tierce. Lors li demande por coi avoit soffert que li pires hom del mont l'avoit amené par lo frain.

« Comme cil qui n'avoie pooir ne de mon cors ne de mon cuer. »

« Or me dites, fait ele, fustes vos onques antan a l'asemblee ? »

« Dame, fait il, oie. »

« Et quex armes portastes vos ? »

« Dame, unes totes vermoilles. »

« Par mon chief, fait ele, vos dites voir. Et avant ier, a l'asenbler, por qoi i feïstes vos tant d'armes ? »

Et il comance a sospirer mout durement. Et la reine mout lo tient cort, comme cele qui bien set comment il est.

« Dites moi, fait ele, et tot seürement, que ge ne vos *(f. 108b)* descoverrai ja. Et ge sai bien que por aucune dame ou por aucune damoisele avez vos ce fait. Et dites moi qui ele est, par cele foi que vos me devez. »

« Ha ! dame, fait il, bien voi que il lo me covient a dire. Dame, ce iestes vos. »

« Ge ? » fait ele.

« Voires, dame. »

« Por moi ne peceïastes vos mie les trois glaives que ma pucele vos porta, car ge m'estoie bien mise hors del mandement. »

« Dame, ge fis por aus, fait il, ce que ge dui, et por vos ce que ge poi. »

« Or me dites, totes les chevaleries que vos avez faites, por cui les feïstes vos ? »

« Dame, fait il, por vos. »

« Commant ? fait ele, amez me vos tant ? »

« Dame, fait il, ge n'ain tant ne moi ne autrui. »

Yvain lui avait rapporté les étranges paroles de la demoiselle qui s'était écriée : « c'est la troisième[1]. »

Elle lui demande pourquoi il a souffert que le plus mauvais chevalier du monde l'amène par le frein :

« Parce que je n'étais plus maître ni de mon corps ni de mon cœur.

— Dites-moi maintenant si vous étiez à l'assemblée de l'année dernière ?

— Dame, oui.

— Et quelles armes portiez-vous ?

— Dame, des armes toutes vermeilles.

— Sur ma tête, vous dites la vérité. Et l'autre jour, à l'assemblée, pourquoi avez-vous fait tant d'armes ? »

Il commence à soupirer profondément ; et la reine le tient de court, tout en sachant très bien ce qu'il en est :

« Vous pouvez me le dire en confiance, car je ne vous trahirai jamais. Je sais que vous l'avez fait pour quelque dame ou pour quelque demoiselle. Dites-moi qui, par la foi que vous me devez.

— Ah ! dame, je vois bien qu'il faut que je le dise. Dame, c'est vous.

— Moi ?

— C'est la vérité, dame.

— Ce n'est pas pour moi que vous avez rompu les trois lances que vous avait apportées ma demoiselle, car j'avais pris soin de m'exclure du mandement des dames.

— Dame, j'ai fait pour elles ce que je devais et pour vous ce que je pouvais.

— Dites-moi, toutes les chevaleries que vous avez faites, pour qui les avez-vous faites ?

— Dame, pour vous.

— Comment ! M'aimez-vous tant ?

— Dame, je n'aime tant ni moi ni autre.

---

1. Cette « demoiselle du lac », prisonnière sur parole dans une tourelle de la Douloureuse Garde, joue un rôle important dans la seconde partie du *Lancelot*. C'est pour la libérer que Gauvain entreprend sa quête du chevalier, dont elle lui apprendra ensuite le nom. Comme Gauvain lui demandait comment il pourrait reconnaître ce chevalier, elle lui avait répondu : « ... à la première assemblée qui aura lieu dans le royaume de Logres, (...) à la seconde et (...) à la troisième. » (*Cf.* p. 593.)

« Et des qant, fait ele, m'amez vos tant ? »

« Dame, fait il, des lo jor que ge sui apelez chevaliers et si ne l'estoie mie. »

« Et par la foi que vos me devez, d'ou vint cele amors que vos avez an moi mise ? »

A ces paroles que la reine disoit avint que la dame do Pui de Malohaut s'estosi tot a esciant et dreça la teste que avoit anbrunchiee. Et cil l'antandié maintenant, que maintes foiz l'avoit oïe ; et il l'esgarde, si la conut, si an ot tel paor et tel angoise an son cuer que il ne pot respondre a ce que la reine disoit ; si commance a sospirer mout durement, et les lermes li corrent tot contraval les joes si espessement que li samiz dont il estoit vestuz an fu moilliez jusque sor les genoz. Et qant il plus esgardoit la dame de Malohaut, et ses cuers estoit plus a mesaise. De ceste chose se done la reine garde, si vit que il regarde mout piteusement la ou les dames estoient. Et ele l'araisone.

« Dites moi, fait ele, d'ou cest anmors mut dont ge vos demant ? »

Il s'esforce mout de parler au plus que il puet, et dit :

« Dame, des lo jor que je vos ai dit. »

« Comant fu ce donc ? » fait ele.

« Dame, fait il, vos lo me feïstes faire, qui de moi feïstes vostre ami, se vostre boche ne me manti. »

« Mon ami, fait ele, et comant ? »

« Dame, fait il, ge ving devant vos qant ge oi pris congié de monseignor lo *(f. 108c)* roi, toz armez fors de mon chief et de mes mains, si vos commandai a Deu et dis que j'estoie vostre chevaliers an quel qe leu que ge fusse. Et vos deïstes que vostre chevaliers et vostres anmis voloiez vos que ge fusse. Et ge dis : « A Deu, dame. » Et vos deïstes : « A Deu, biaus douz amis. » Ne onques puis do cuer ne me pot issir. Ce fu li moz qui prodome me fera se gel suis. Ne onques puis ne vign an si grant meschief que de cest mot ne me manbrast. Cist moz m'a conforté an toz mes anuiz, cist moz m'a de toz mes maus garantiz et m'a gari de toz periz ; cist moz m'a saolé an totes mes fains, cist moz m'a fait riche an totes mes granz povretez. »

« A foi, a foi, fist la reine, ci ot mot [dit] de mout bone ore, et Dex an soit aorez qant il dire lo me fist. Mais ge nel pris pas si a certes comme vos feïstes, et a mainz chevaliers l'ai ge dit ou ge ne pansai onques fors lo dire. Et vostre pansez ne fu mie

— Et depuis quand m'aimez-vous tant ?

— Dame, depuis le jour que je fus appelé chevalier ; et pourtant je ne l'étais pas.

— Par la foi que vous me devez, d'où vous est venu cet amour que vous avez mis en moi ? »

Tandis que la reine prononçait ces paroles, la dame du Pui de Malehaut toussa tout exprès et releva la tête, qu'elle tenait jusque-là baissée. Le chevalier dressa l'oreille aussitôt, car il l'avait souvent entendue. Il la regarde, la reconnaît, en ressent une telle peur et une telle angoisse qu'il ne peut répondre à ce que lui dit la reine. Il commence à soupirer profondément, les larmes lui coulent le long des joues, et l'étoffe de soie, dont il est vêtu, en est mouillée jusqu'aux genoux. Plus il regarde la dame de Malehaut, plus il est malheureux. La reine s'en aperçoit ; elle voit qu'il jette les yeux très pitoyablement du côté où se tiennent les dames. Elle reprend sa question.

« Dites-moi d'où vous est venu cet amour sur lequel je vous interroge. »

Il fait les plus grands efforts pour parler et répond :

« Dame, c'est depuis le jour que je vous ai dit.

— Et comment cela s'est-il fait ?

— Dame, c'est vous qui me l'avez inspiré, vous qui avez fait de moi votre ami, si votre bouche ne m'a menti.

— Mon ami ! Comment ?

— Dame, quand j'eus pris congé de monseigneur le roi, je suis venu devant vous, tout armé sauf de la tête et des mains. Je vous ai recommandée à Dieu et vous ai dit que j'étais votre chevalier en quelque lieu que je fusse. Vous m'avez répondu que vous vouliez bien que je fusse votre chevalier et votre ami. Puis je vous ai dit : "adieu, dame" ; et vous m'avez dit : "adieu, beau doux ami". Jamais ce mot n'est sorti de mon cœur. Ce mot fera de moi un prud'homme, si je dois l'être. Je n'ai jamais été si malheureux que je ne me sois souvenu de ce mot. Ce mot m'a consolé dans toutes mes peines ; ce mot m'a préservé de tous mes malheurs et sauvé de tous périls ; ce mot m'a nourri dans toutes mes faims ; ce mot m'a fait riche dans mes plus grandes misères.

— Ma foi, ma foi ! dit la reine, voilà un mot qui est venu fort à propos, et Dieu soit loué de me l'avoir fait dire ! Mais je ne l'avais pas pris au sérieux autant que vous, et je l'ai dit à bien des chevaliers, sans que ce fût autre chose qu'un mot. Votre

vilains, ainz fu douz et debonaires ; si vos en est bien venu, que
prodome vos ai fait[1]. Et neporqant la costume est mais tele des
chevaliers qui font granz sanblanz a maintes dames de tele
chose do mout lor est petit au cuer. Et vostre sanblanz me
mostre que vos amez ne sai la quele de ces dames la plus que
vos ne faites moi, car vos an avez ploré de paor, ne n'osez
esgarder vers eles de droite esgardeüre. Si m'aparçoif bien que
vostre pensez n'est pas si a moi com vos me faites lo sanblant.
Et par la foi que vos devez la riem que vos plus amez, dites moi
la quel des trois vos amez tant. »

« Ha ! dame, por Deu merci, si voirement m'aïst Dex, onques
nules d'eles n'ot mon cuer an sa baille. »

« Ce n'a mestier, fait la reine, vos ne me poez rien anbler, car
j'ai veües maintes choses autreteles et ge voi bien que vostre
cuers est la, comant que li cors soit ci. »

Et ce disoit ele bien por veoir *(f. 108d)* coment ele [lo] porra
metre a malaise, car ele cuide bien que il ne pansast d'amors s'a
lui non, ja mar aüst il fait por li se la jornee non des noires
armes. Mais ele se delitoit durement an sa messaise veoir et
escouter. Et cil an fu si angoissos que par un po ne se pasma,
mais la paors des dames qu'il regardoit lo retint. Et la reine
meïsmes lo dota, qui lo vit muer et changier ; si lou prist par la
cheveçaille que il ne chaïst, si apelle Galehot. Et il saut sus et
vient devant li poignant. Et il voit que ses compainz est ansi
conreez, si an a si grant angoisse an son cuer com il puet plus
avoir, et dit :

« Ha ! dame, dites moi, por Damedeu, que il a aü. »

Et la reine li conte ce que ele li ot mis devant.

« Ha ! dame, fait Galehot, por Deu merci, vos lo me porriez
bien tolir par itex corroz ; et ce seroit trop granz domages. »

« Certes, fait ele, ce seroit mon, mais savez vos por qoi il a
fait tant d'armes ? »

« Certes, dame, naie. »

« Se il est voirs ce que il m'a dit, c'est por moi. »

---

1. *Cligès,* éd. Micha, vv. 4336-4337 :
    Cil sens moz la sostient et pest,
    Et toz ses max li asoage.
Le « beau doux ami » de la reine produit les mêmes effets que le « tout à
vous » de Cligès.

pensée n'a pas été vulgaire, mais délicate et noble ; et elle a été la bienvenue, puisqu'elle a fait de vous un prud'homme. Cependant il est d'usage aujourd'hui que les chevaliers fassent à de nombreuses dames de grandes démonstrations d'un sentiment qui leur tient fort peu à cœur ; et votre attitude me montre que vous avez, pour je ne sais laquelle de ces dames, plus d'amour que pour moi, car vous avez pleuré de peur en les voyant et n'osez pas les regarder en face. J'en conclus que votre pensée ne se porte pas sur moi autant que vous le faites paraître. Par la foi que vous devez à ce que vous aimez le plus, dites-moi laquelle des trois a si fortement touché votre cœur.

— Ah ! dame, ayez pitié de moi, Dieu m'est témoin que jamais aucune d'elles n'eut de pouvoir sur mon cœur.

— Tout cela ne sert à rien ; et vous ne pouvez rien me cacher. J'ai trop vu de choses semblables et je sais bien que votre cœur est ailleurs, même si votre corps est ici. »

Elle disait cela pour voir comment elle pourrait le mettre dans l'embarras ; car elle est bien convaincue qu'il ne peut aimer qu'elle, même s'il n'avait fait pour elle que la journée des armes noires. Mais elle prenait grand plaisir à remarquer, dans son attitude et ses paroles, le trouble dont il était saisi. Le chevalier en eut une angoisse telle qu'il manqua de s'avanouir, et seule le retint sa crainte des dames qu'il regardait. La reine elle-même eut peur, en le voyant pâlir et changer de visage. Elle le prend par le collet[1], pour l'empêcher de tomber, et appelle Galehaut. Celui-ci bondit et arrive au plus vite. Il voit dans quel état est son compagnon et en éprouve une frayeur extrême.

« Ah ! dame, pour Dieu, dites-moi ce qu'il a eu. » Et la reine expose ce qu'elle lui a soutenu.

« Ah ! dame, fait Galehaut, ayez pitié de lui pour l'amour de Dieu ! Vous pourriez bien me le ravir par de tels chagrins et le dommage en serait trop grand.

— Certes, dit la reine, il le serait vraiment. Mais savez-vous pourquoi il a fait tant de prouesses ?

— Certes non, dame.

— Si ce qu'il m'a dit est vrai, c'est pour moi.

---

1. *collet :* littéralement, la cheveçaille ; désigne la partie du haubert qui entoure le cou et par où passe la tête.

« Dame, fait il, si voirement m'aïst Dex, bien l'an poez croire, que autresi com il est plus preuz d'autres homes, autresi est ses cuers plus verais que tuit li autre. »

« Voirement, fait ele, disiez vos bien que il estoit prodons, se vos saüsiez que il a puis faites d'armes que il fu chevaliers. »

Lors li conte totes les chevaleries si com il meïsmes les li avoit dites, et que il li avoit coneü que il avoit portees les armes vermoilles antan a l'autre asanblee.

« Et sachiez, fait ele, que il a tot ce fait por un sol mot. » Lors li devise si comme vos avez oï lo mot que ele avoit dit.

« Ha ! dame, fait Galehoz, por Deu, aiez an merci et por ses granz desertes, autresi com je ai fait por vos ce que vos me demandastes. »

« Quel merci, fait ele, volez vos que ge an aie ? »

« Dame, vos savez que il vos aimme sor tote rien *(f. 109a)* et a fait plus por vos que onques chevaliers feïst. Et veez lo vos ci et sachiez que ja la pais de moi ne de monseignor lo roi ne fust, se il ses cors ne la feïst. »

« Certes, fait ele, ge sai bien que il a fait plus por moi que ge ne porroie deservir, se il n'avoit plus fait que la pais porchaciee. Ne il ne me porroit nule chose requerre do je lo poïsse escondire bellemant ; mais il ne me requiert nule rien, ainz est si dolanz et maz et ne fina onques puis de plorer que il comença a regarder vers ces dames. Neporqant ge ne lo mescroi mies d'amor qu'il ait vers nules d'eles, mais il dote, se devient, que aucune nel conoisse. »

« Dame, ce dit Galehoz, de ce ne covient tenir nules paroles, mais aiez merci de lui, que plus vos aimme que soi meïsmes ; [ne mie] por ce, si m'aïst Dex, que ge ne savoie, qant il i vint, de son covine fors tant que il cuidoit estre coneüz, ne onques plus ne m'en descovri. »

« Ge an avrai, fait ele, tel merci com vos voudroiz, car vos avez fait ce que ge vos requis, si doi bien faire ce que vos voudroiz. Mais il ne me prie de rien. »

« Dame, fait Galehoz, certes que il n'en a point de pooir, que l'an ne puet nule rien anmer que l'an ne dot. Mais ge vos an pri por lui. Se ge ne vos an prioie, se vos an devriez vos porchacier,

— Dame, par mon salut, vous pouvez le croire ; car, de même qu'il est plus preux que les autres hommes, de même son cœur est plus vrai que tous les autres cœurs.

— Vous aviez raison de dire qu'il était prud'homme. Si vous saviez toutes les prouesses qu'il a faites depuis qu'il est chevalier ! »

Alors elle lui raconte toutes ses chevaleries, comme lui-même les lui a confessées et ajoute que c'est lui qui a porté les armes vermeilles l'année précédente à l'assemblée. « Sachez, dit-elle, qu'il a fait tout cela pour un seul mot. » Alors elle lui dit, comme vous venez de l'entendre, quel était ce mot qu'elle avait prononcé.

« Ah ! dame, dit Galehaut, ayez pitié de lui, pour Dieu et pour ses grands mérites, de même que j'ai fait pour vous ce que vous m'avez demandé.

— Quelle pitié voulez-vous que j'en aie ?

— Dame, vous savez qu'il vous aime plus que tout au monde et qu'il a fait pour vous plus que jamais un chevalier ne fit. Vous le voyez ici devant vous ; et vous devez savoir qu'il n'y aurait pas eu de paix entre monseigneur le roi et moi, si lui-même ne l'avait faite.

— Certes, dit-elle, je sais bien qu'il a fait pour moi plus que je ne pourrais lui rendre, même s'il n'avait fait que de nous obtenir la paix ; et il ne saurait rien me demander que je puisse honorablement lui refuser. Mais il ne me demande rien ; il est malheureux, triste et n'a pas cessé de pleurer, depuis qu'il a jeté les yeux sur ces dames. Cependant je ne crois pas qu'il ait de l'amour pour aucune, mais peut-être a-t-il peur que l'une d'elles ne le reconnaisse.

— Dame, il ne faut pas s'arrêter à cela. Ayez seulement pitié de lui, qui vous aime plus que lui-même. Mais il est bien vrai — Dieu m'en soit témoin ! — que je ne savais rien de lui, quand il est arrivé, sinon qu'il craignait d'être reconnu ; et jamais il ne m'en a révélé davantage.

— J'en aurai la pitié que vous voudrez ; car vous avez fait ce que je vous ai demandé, et je dois bien faire ce que vous voudrez. Mais il ne me demande rien.

— Dame, c'est parce qu'il n'en a pas le pouvoir ; car on ne peut rien aimer que l'on ne craigne. Mais je vous le demande pour lui ; et même si je ne vous en priais pas, vous devriez le

car plus riche tressor ne porriez vos mies conquerre. »

« Certes, fait ele, jo sai bien, et ge an ferai ce qe vos m'an demanderoiz. »

« Dame, fait Galehoz, granz merciz. Et ge vos pri que vos li donoiz vostre anmor et que vos lo prenez a vostre chevalier a tozjorz et devenez sa leiaus dame a toz les jorz de vostre vie. Et puis si l'avrez fait plus riche que se vos li avoiez doné tot lo monde. »

« Ainsi, fait ele, l'otroi ge que il soit toz miens, et ge tote soe, et que par vos soient amandé li meffait et li trespas de covenanz. »

« Dame, fait Galehoz, granz merciz. Mais or covient *(f. 109b)* comancement de seürté. »

« Vos ne deviseroiz ja chose nule, fait la reine, que ge n'an face. »

« Dame, fait Galehoz, granz merciz. Donc lo baissiez devant moi par comancement d'amors veraie. »

« Do baisier ne voi ge ores mies ne leu ne tans, et n'an dotez pas que ge ausi volantiers n'an soie desirranz com il an soit. Mais ces dames sont iqui elueces, qui se mervoillent mout que nos avons tant fait, si ne porroit estre que eles ne lo veïssient. Et neporqant, se il lo velt, gel baiserai mout volentiers. »

Et il an est si liez et si esbahiz que il ne puet respondre fors tant : « Dame, grant merciz. »

« Ha ! dame, fait Galehoz, n'an dotez vos pas do suen voloir, que il i est toz. Et sachiez que ja nus ne s'an aparcevra, car nos nos trairons tuit troi ansamble autresi comme se nos conseilliens. »

« De quoi me feroie ge or proier ? fait ele. Plus lo voil ge que vos ne il. »

Lors se traient tuit troi ansanble et font sanblant de conseillier. Et la reine voit que li chevaliers n'an ose plus faire, si lo prant ele par lo menton, si lo baise devant Galehot assez longuement, si que la dame de Malohaut sot que ele lo baisoit. Et lors commança a parler la reine qui mout estoit saige et vaillanz dame.

« Biaus douz anmis, fait ele au chevalier, ge suis vostre, tant avez fait ; et mout an ai grant joie. Or gardez que la chose soit si celee com il est mestiers, car ge suis une des dames do monde don an a greignors biens oïz, et se mes los ampiroit par vos, ci

faire de vous-même, car vous ne pourriez pas gagner un plus riche trésor.

— C'est vrai, dit-elle, je le sais bien. Je ferai ce que vous me demanderez.

— Dame, grand merci. Je vous prie donc de lui donner votre amour, de le prendre pour votre chevalier à tout jamais et de devenir sa dame loyale pour tous les jours de votre vie. Ainsi vous l'aurez fait plus riche que si vous lui aviez donné le monde entier.

— Je consens, dit-elle, qu'il soit tout à moi et moi toute à lui, et que soient réparés par vos soins les fautes et manquements à cet engagement.

— Dame, grand merci. Mais il faut à cela un premier gage.

— Vous ne sauriez rien demander que je ne le fasse.

— Dame, grand merci. Donnez-lui donc un baiser, devant moi, en premier gage d'amour vrai.

— Un baiser ? Je n'en vois ni le lieu ni le temps. Ce n'est pas que je ne le désire autant que lui. Mais ces dames sont tout près d'ici, elles s'étonnent que nous soyons restés si longtemps et ne manqueraient pas de nous voir. Cependant, s'il le veut, je lui donnerai ce baiser avec joie. »

Le chevalier est tellement joyeux et stupéfait qu'il ne peut répondre que :

« Dame, grand merci.

— Ah ! dame, dit Galehaut, ne doutez pas qu'il ne le veuille, c'est son désir le plus grand. Et sachez que nul ne s'en apercevra, car nous nous promènerons tous les trois, comme si nous devisions.

— Pourquoi me ferais-je prier ? dit la reine. Je le veux plus que vous et plus que lui. »

Alors ils s'éloignent tous les trois et font semblant de converser. La reine voit que le chevalier n'ose en faire plus. Elle le prend par le menton et, devant Galehaut, l'embrasse très longuement, de telle sorte que la dame de Malehaut comprit qu'elle l'embrassait. Puis elle commence à parler, comme la très sage et vaillante dame qu'elle était :

« Beau doux ami, dit-elle au chevalier, vous avez tant fait que je suis à vous, et j'en ai beaucoup de joie. Mais prenez garde que la chose demeure secrète, comme il se doit. Car je suis l'une des dames du monde dont on entend dire le plus de bien ; et si

avroit amor laide et vilaine. Et vos, Galehot, an pri gié, qui plus iestes sages ; car se maus m'an avenoit, ce ne seroit se par vos non. Et se ge an ai ne bien ne joie, vos i avrez preu. »

« Dame, fait Galehoz, il ne porroit pas vers vos mesprandre. Mais ge vos ai fait ce que vos me conmandastes ; or si seroit bien mestiers que vos m'oïsiez d'une proiere, car ge vos dis des ier que vos me porriez par tens miauz aidier *(f. 109c)* que ge vos. »

« Dites, fait ele, seürement, que il n'et riens que vos m'osisiez demander que ge ne feïse. »

« Dame, fait il, donques m'avez vos otroié que vos me donroiz sa compaignie. »

« Certes, fait ele, se vos i failliez, vos avroiez mal enploié lo grant meschief que vos avez fait por lui. »

Lors prant lo chevalier par la main destre et dit :

« Galehot, ge vos doign cest chevalier a tozjorz, sauf ce que j'ai aü avant. Et vos lo creantez ansi », fait ele. Et li chevaliers lo creante. « Et savez vos, fait ele a Galehot, que ge vos ai doné ? »

« Dame, fait il, naie. »

« Ge vos ai doné Lancelot do Lac, lo fil au roi Ban de Benoyc. »

Et ansi lo fait au chevalier conoistre, qui mout en a grant honte. Lors en a greignor joie Galehoz que il n'ot onques mais, car il avoit assez oï dire ansi com paroles vont que c'estoit Lanceloz do Lac et que ce estoit li miaudres chevaliers do monde, povres hom ; et bien savoit que li rois Bans avoit esté mout jantils hom et mout puissanz d'amis et de terre. Ansi fu li premiers acointemanz faiz de la reine et de Lancelot do Lac par Galehot. Et Galehoz ne l'avoit onques conneü que de veoir, et por ce li avoit fait Lanceloz creanter que il ne li

ma renommée était atteinte à cause de vous, nos amours seraient laides et vulgaires. Et vous, Galehaut, c'est à vous que j'adresse cette prière, à vous qui êtes le plus sage. S'il m'arrivait malheur, ce ne saurait être que par vous ; et si j'en ai bonheur et joie, ce sera tout à votre avantage.

— Dame, dit Galehaut, le chevalier ne saurait commettre aucune faute envers vous. Maintenant j'ai fait ce que vous m'avez demandé, et c'est à vous d'exaucer ma prière. Car je vous ai dit hier que vous pourriez bientôt plus pour moi que moi pour vous.

— Parlez sans crainte. Quoi que vous osiez me demander, je vous l'accorde.

— Dame, vous m'avez donc accordé ce chevalier pour compagnon.

— Certes, si vous ne l'aviez pas, vous auriez mal employé le grand sacrifice que vous avez fait pour lui. »

Alors elle prend le chevalier par la main droite et dit :

« Galehaut, je vous donne ce chevalier pour toujours, mes droits réservés sur lui[1]. Et vous, dit-elle au chevalier, donnez-lui votre parole. » Le chevalier engage sa foi. Alors, se tournant vers Galehaut : « Savez-vous, lui dit-elle, ce que je vous ai donné ?

— Dame, non.

— Je vous ai donné Lancelot du Lac, le fils du roi Ban de Bénoïc. »

C'est ainsi que la reine révèle à Galehaut le nom du chevalier, qui en a beaucoup de confusion. Alors Galehaut est plus heureux que jamais ; car il avait souvent entendu dire, par les bruits qui couraient, que Lancelot était le meilleur chevalier du monde, et que c'était un chevalier sans fortune. Il savait aussi que le roi Ban avait été un gentilhomme d'une haute noblesse, très riche d'amis et de terre. Ainsi fut fait par Galehaut le premier accordement de la reine et de Lancelot du Lac. Jusque-là Galehaut ne le connaissait que de vue. Et c'est pour cette raison que Lancelot lui avait fait promettre de ne

---

1. Littéralement : sauf ce que j'ai eu de lui avant. Paulin Paris, toujours élégant et clair, et excellent médiéviste, en dépit de ses inexactitudes généralement voulues, a parfaitement traduit le sens, sinon la lettre du texte, par la formule : « mes droits réservés sur lui ».

demanderoit son non tant que il li deïst, ou autres por lui.

Lors se leverent tuit troi. Et ja anuitoit durement, mais cler faisoit, que levee estoit la lune, si veoit l'an mout cler par tote la praerie contraval. Atant s'an tornent tuit troi a une partie tot contramont les prez droit vers lo tref lo roi. Et li seneschauz Galehot vient aprés antre lui et les dames tant que il vienent androit les tantes Galehot. Et lors envoie Galehot son compaignon, et [il] prant congié a la reine, si s'an passent outre antre lui et lo seneschal, et Galehoz convoie la roine jusque au tref lo roi. Et qant li rois les voit venir, si demande dont il *(f. 109d)* vienent.

« Sire, fait Galehoz, nos venons de veoir ces prez a si poi de compaignie come vos veez. »

Lors s'asient et parolent de maintes choses, si sont antre la reine et Galehot mout a aise. Au chief de piece se lieve la reine et va couchier an la bretesche. Et Galehoz la convoie jusque la, et Galehoz la comande a Deu et dit que il ira gesir avoc son conpaignon.

« Dame, fait il, si lo solacerai, [car or sai ge bien de quoi. Mais avant ier nel savoie ge mie de quoi solacier. »]

« Ha ! fait ele, com avez ores bien dit ! Com il an sera ja plus a aise ! »

Atant s'an va Galehoz et prant congié au roi, et dit que il ne li poist mie que il ira gesir ou tref antre sa gent, ou il ne jut pieç'a.

« Et il me covient, sire, mout faire lor volenté, car mout m'aimment. »

« Certes, sire, fait messire Gauvains, vos avez mout bien dit, car an doit mout onorer ses prodegenz qui les a. »

Lors s'an part Galehoz et vient a son compaignon, et se couchent anbedui an un lit et parolent de ce tote nuit don lor cuer sont tot a aise.

Mais or vos lairons la parole de Galehot et de son compaignon atant ester, si vos parlerons de la reine qui est revenue an la bretesche mout liee et mout est a aise. Si cuide avoir ovré plus celeement que ele n'a, car la dame de Malohaut a veü qanque ele a fait. Et qant Galehoz s'an fu partiz, et ele s'an fu alee a une fenestre et comança a panser a ce que plus li plaisoit.

jamais lui demander son nom, jusqu'à ce qu'il le lui dise lui-même ou qu'un autre le dise pour lui.

Tous trois se lèvent. La nuit était complètement tombée, mais il faisait clair, car la lune était levée et toute la prairie était illuminée. Puis ils remontent ensemble, le long des prés, vers la tente du roi. Derrière eux marchent le sénéchal et les dames, jusqu'à ce qu'ils soient à la hauteur des tentes. Alors Galehaut renvoie son compagnon, qui prend congé de la reine et s'éloigne avec le sénéchal, tandis que lui-même accompagne la reine jusqu'à la tente du roi. Quand le roi les voit venir, il leur demande d'où ils viennent :

« Seigneur, dit Galehaut, nous venons de parcourir ces prés, en petite compagnie, comme vous voyez. »

Alors ils s'assoient, parlent de maintes choses, et la reine et Galehaut sont d'excellente humeur. À la fin la reine se lève et va se coucher dans la bretèche. Galehaut l'accompagne, la recommande à Dieu et lui dit qu'il passera la nuit avec son compagnon.

« Dame, dit-il, je pourrai ainsi le réconforter de ses peines, puisque j'en connais maintenant l'objet. Mais ces derniers temps je ne savais pas de quoi je devais le consoler.

— Ah ! dit-elle, quelle bonne idée ! Comme il en sera plus heureux ! »

Galehaut s'en va, prend congé du roi et lui dit :

« Ne m'en veuillez pas si je vais passer la nuit au milieu de mes hommes, dans ma tente, où je n'ai pas couché depuis longtemps. Je tiens, seigneur, à leur faire plaisir, parce qu'ils m'aiment beaucoup.

— Certes, dit monseigneur Gauvain, vous avez bien raison. On doit faire de grands honneurs à ses prud'hommes, quand on en a. »

Alors Galehaut s'en va et rejoint son compagnon. Ils se couchent tous les deux dans le même lit et parlent toute la nuit de ce qui réjouit leur cœur.

Maintenant nous ne parlerons plus de Galehaut ni de son compagnon, mais de la reine, qui est revenue dans la bretèche, toute joyeuse et toute heureuse. Elle croit avoir agi plus secrètement qu'elle ne l'a fait, car la dame de Malehaut a tout vu. Quand Galehaut fut parti et qu'elle se fut mise à une fenêtre, elle commença de penser à ce qui lui était le plus cher

Et la dame de Malohaut se trait pres de li, la ou ele la voit plus seule, et dit au plus celeement que ele puet :

« Ha ! dame, dame, com est bone conpaignie de quatre ! »

Et la reine l'ot mout bien, si ne dit mot et fait sanblant que rien n'en aüst oï. Et ne demora gaires que la dame redist ceste parole meïsmes. Et la reine l'apela :

« Dites moi por coi vos avez ce dit ? »

« Dame, fait ele, vostre grace, ge n'en dirai ores plus, car par avanture *(f. 110a)* plus an ai dit que moi ne covenist, car l'an ne se doit mies faire plus privee de sa dame ne de son seignor que l'an n'en est, que l'an n'an acoille sa haïne. »

« Si m'aïst Dex, fait la reine, vos ne me porroiez rien dire don vos aüssiez ma haïne, car ge vos sai tant saige et cortoise que vos ne diriez rien qui fust contre ma volanté. Mais dites tot outreement, car ge lo voil et se vos pri. »

« Dame, fait ele, don lo dirai ge. Ge dis qu'il est mout bone compaignie de quatre, car j'ai veü un novel acointement que vos avez fait au chevalier qui parla a vos laïs ou vergier. Si sai bien qe vos iestes la rien o monde que il plus aimme. Ne vos n'avez mies tort se vos l'amez, car vos ne porriez vostre anmor miauz anploier. »

« Coment ? fait la reine, conoissiez lo vos ? »

« Dame, fait ele, oie. Tex [jorz] a esté oan qe ge vos an poïsse autresi bien faire dongier come vos fariez ja a moi, car ge l'ai tenu an et demi an ma prison. Et ce est cil qui vainqui l'asanblee, as armes vermoilles, et celi devant ier, as armes noires, et les unes et les autres armes li baillié ge. Et quant il fu l'autrier sor la riviere pansis, et ge me hatisoie de lui mander que il feïst d'armes, ge nel faisoie se por ce non, car ge sopeçoie bien que il vos amoit, et se cuidai ge tel ore fu ja qu'il amast moi. Mais il me mist tote fors de cuidier, tant me descovri de son penser. »

Lors li commance a conter comment ele l'avoit tenu an et demi et por coi ele l'avoit pris et por coi ele estoit alee a la cort lo roi. Trestot li dit jusque a l'issue de sa prison.

« Or me dites, fait la reine, por coi dites vos que compaignie de quatre valoit miauz que de trois. Miauz est une chose celee par trois que par quatre. »

La dame de Malehaut s'approcha, la voyant moins entourée, et lui dit le plus discrètement qu'elle put :

« Ah ! dame, dame, comme il est bon d'être quatre ! »

La reine a fort bien entendu ; mais elle ne dit mot et fait semblant de n'avoir rien remarqué. Peu après la dame prononce à nouveau les mêmes mots et la reine l'interpelle :

« Expliquez-moi ce que vous voulez dire.

— Dame, avec votre permission, je n'en dirai pas plus, et peut-être en ai-je déjà dit davantage que je n'aurais dû. On ne doit pas prendre trop de familiarités avec sa dame ou avec son seigneur, si l'on ne veut pas s'en faire mal voir.

— Par Dieu ! dit la reine, vous ne pourriez rien me dire dont je vous sache mauvais gré ; car je vous tiens pour si sage et si courtoise que vous ne diriez rien qui fût contre ma volonté. Parlez donc en toute liberté, je le veux et je vous en prie.

— Alors, dame, je le ferai. Je dis qu'il est bon d'être quatre, parce que j'ai vu l'amitié nouvelle, que vous avez nouée avec le chevalier qui vous a parlé, là-bas, dans le verger. Je sais que vous êtes ce qu'il aime le plus au monde ; et vous n'avez pas tort si vous l'aimez, car vous ne pourriez mieux employer votre amour.

— Comment ? fait la reine. Le connaissez-vous ?

— Dame, oui. Il fut un temps, cette année même, où j'aurais pu être un obstacle à vos vœux, comme aujourd'hui vous le seriez aux miens ; car je l'ai tenu dans ma prison pendant un an et demi. C'est lui qui fut le vainqueur de l'assemblée, où il portait des armes vermeilles, et de l'assemblée de ces derniers jours, où il portait des armes noires ; et ces armes, en ces deux occasions, c'est moi qui les lui ai données. L'autre jour, quand il demeurait tout pensif au bord de la rivière et que je suis intervenue pour lui demander de faire des armes, c'était parce que je le soupçonnais déjà de vous aimer. J'avais pourtant cru, un moment, que c'était moi qu'il aimait ; mais il m'a tout à fait désabusée, par ce qu'il m'a laissé voir de ses sentiments. »

Alors elle se met à lui raconter comment elle l'avait gardé prisonnier pendant un an et demi, pourquoi elle l'avait mis en prison, et pourquoi elle s'était rendue à la cour du roi. Elle lui raconte tout, jusqu'à la libération du chevalier.

« Maintenant expliquez-moi, fait la reine, pourquoi vous avez dit qu'il valait mieux être quatre que trois. Un secret est mieux gardé par trois que par quatre.

« Dame, fait ele, il est voirs. »

« Donc valt miauz la compaignie de trois que de quatre », dist la reine.

« Dame, fait ele, nol est ci androit, et si *(f. 110b)* vos dirai por coi. Il est voirs que li chevaliers vos aimme, si lo set [Galehoz,] et des or mais s'an deporteront li uns a l'autre an quel que terre que il soient, car ci ne seront il mies longuement. Et vos remanroiz tote seule, se no savra dame qe vos, si n'avroiz cui descovrir vostre penser, si porterez ansi tote sole lo fais. Mais s'il vos plaist que ge fusse qarte an la compaignie, si nos solacerions antre nos dames autresi com antr'aus deus feroient, si an fussiez plus a aise. »

« Or me dites, fait la reine. Savez vos qui li chevaliers est ? »

« Si m'aïst Dex, fait ele, naie, car vos avez bien oï commant il se crient vers moi. »

« Certes, dame, fait la reine, trop iestes aparcevanz. Mout lo covenroit estre sage qui rien vos voudroit anbler. Et puis qu'il est ansi, que vos l'avez aparceü et que vos me requerez la conpaignie, vos l'avroiz. Mais ge voil que vos an portez autresi vostre fais com ge lo mien. »

« Dame, fait ele, que diriez vos ? Ge ferai qanque vos voudroiz outreement por si haute compaignie avoir. »

« An non Deu, fait la reine, et vos l'avroiz, car meillor compaignie de vos ne porroie ge mies avoir, ancor fust ele plus riche. Mais ge ne me porrai ja mais consirrer de vos puis que ge vos avrai acointiee, car puis que je ancommanz a amer, nule riens n'aimme plus de moi. »

« Dame, fait ele, nos serons ansanble totes les foiz que vos plaira. »

« Or m'an laissiez covenir, fait la reine, car nos afermerons demain la compaignie de nos quatre. » Et lors li conte de Lancelot comment il avoit ploré quant il esgarda vers eles. « Et ge sai bien, fait la reine, qu'il vos conut. Et sachiez que ce est Lanceloz do Lac, li miaudres chevaliers dou monde. »

Ensi parolent mout longuement antr'eles deus, si font mout grant joie de [lor] novel *(f. 110c)* acointement. La nuit ne soffri onques la reine que la dame de Malohaut geüst onques se avec lui non. Et cele i jut mout efforciee, car mout dotoit a gesir avec

— Dame, c'est vrai.

— Il vaut donc mieux être trois que quatre.

— Non, dame, pas en cette circonstance ; et je vais vous dire pourquoi. Il est sûr que le chevalier vous aime et Galehaut le sait. Ils pourront se communiquer leur joie l'un à l'autre, en quelque terre qu'ils soient, car ils ne resteront pas ici long-temps. Et vous, vous demeurerez toute seule, aucune dame ne connaîtra votre secret et vous n'aurez personne à qui confier votre pensée. Ainsi vous porterez toute seule votre fardeau. Mais, si vous vouliez bien m'admettre en quatrième dans votre compagnie, nous aurions à nous deux, les dames, les mêmes consolations qu'ils pourraient avoir l'un de l'autre, et vous en seriez plus heureuse.

— Dites-moi, fait la reine, savez-vous qui est ce cheva-lier ?

— Non, dame, Dieu m'en soit témoin ! Vous avez bien vu comme il se cachait de moi.

— Certes, dame, vous êtes si clairvoyante qu'il faudrait être bien habile pour vous cacher quelque chose. Et puisqu'il se fait que vous êtes au courant et que vous me demandez mon amitié, vous l'aurez, mais je veux que vous portiez aussi votre fardeau, comme je porterai le mien.

— Dame, que voulez-vous dire ? Je ferai absolument tout ce que vous voudrez, pour obtenir une amitié si haute.

— Par Dieu, elle vous est acquise ; car je pourrais peut-être trouver une plus haute dame, mais non une meilleure amie. Toutefois je ne pourrai jamais plus me passer de vous, dès lors que je vous aurai donné mon amitié. Quand je me prends à aimer, personne n'aime plus que moi.

— Dame, nous serons ensemble toutes les fois qu'il vous plaira.

— Eh bien ! laissez-moi faire, et demain nous organiserons la compagnie de nous quatre. »

Alors elle raconte à la dame de Malehaut que Lancelot avait pleuré en jetant les yeux sur elle : « Je sais bien, fait-elle, qu'il vous a reconnue ; et apprenez que c'est Lancelot du Lac, le meilleur chevalier du monde. »

Elles parlent ainsi longuement entre elles et se font fête de leur nouvelle amitié. La reine ne voulut pas que son amie allât dormir ailleurs qu'avec elle. Mais celle-ci se fit longtemps prier ; car elle hésitait fort à partager le lit d'une aussi haute

si haute dame. Et quant eles furent couchiees, si commancent
a parler de ces noveles anmors. Et la roine demande a celi de
Malohaut se ele aimme par amors an nul leu. Et ele respont que
nenil. « Et sachiez bien, fait ele, dame, que onques n'amai par
amors que une foiz, ne de celi amor ne fis ge que lo penser. » Et
ce dist ele de Lancelot que ele avoit tant amé comme nus cuers
puet plus amer autre. Mais ele n'an avoit onques autre joie aüe,
et neporqant ne dist mie que ce aüst il esté. Et la reine se pense
que ele fera les amors de Galehot et de li. Mais ele n'an viaut
parler jusque tant que ele saiche se Galehoz a amie, car lor ne
l'an requerroit ele mie.

A l'andemain se leverent matin antr'eles deus, si an alerent
au tref lo roi, qui gisoit la por monseignor Gauvain et por les
autres chevaliers faire compaignie. Si l'esveilla la reine et dit
que mout estoit mauvais qant il a tel ore gisoit. Et lors s'an
tornerent antre eles deus contraval les prez, et dames aveqes
eles trois, et de lor damoiseles une partie, s'alerent ou leu ou li
acointemanz fu faiz des amors. Et dit la reine a la dame de
Malohaut que miauz an am[er]oit la place a tozjorz mais. Iluec
conta a la dame de Malohaut tote la cont[en]ance de Lancelot
et lo sanblant, et commant il estoit esbahiz devant li. Ne rien
nule n'i laissa a dire dom il li poïst remembrer. Lors recomance
a loer Galehot mout et dist que ce estoit li plus sages chevaliers
do monde et qui miauz savoit annorer chose vaillant.

« Et certes, fait ele, ge li conterai ja, qant il vanra, l'acointement de moi et de vos. Et sachiez que il n'an fera mie petite
joie. Or an alons, que il ne demorra mais gaires que il ne
veigne. »

(f. 110d) Atant s'an tornent les dames. Et qant ele furent
venues, si fu ja li rois levez et ot anvoié por Galehot. Et il i vint
mout tost, et tantost li conta la reine l'acointemant de li et de
la dame de Malohaut. Mais avant li dist :

« Galehoz, dites moi voir par la foi que vos me devez. »

« Dame, fait il, si ferai gié, bien lo sachiez. »

« Ge vos demant se vos amez par amors dame ne damoisele
qui de vostre amor soit saisie. »

dame. Quand elles sont couchées, elles commencent à parler de ces amours nouvelles ; et la reine demande à la dame de Malehaut si elle aime quelqu'un d'amour. Celle-ci lui répond que non.

« Sachez, fait-elle, dame, que je n'ai jamais aimé d'amour qu'une seule fois, et de cet amour je n'ai eu que la pensée. »

Elle parlait ainsi de Lancelot, dont elle avait été follement amoureuse. Elle n'en avait jamais eu aucune joie ; et pour autant elle ne voulait pas dire qu'il s'agissait de lui. La reine pense à se faire l'artisan des amours de Galehaut et de la dame ; mais elle ne veut pas en parler, avant de savoir si Galehaut a une amie ; car, si tel était le cas, elle s'abstiendrait.

Le lendemain elles se levèrent toutes deux au point du jour et allèrent trouver le roi, qui dormait dans sa tente pour tenir compagnie à monseigneur Gauvain et aux autres chevaliers. La reine l'éveilla et lui dit qu'il était bien paresseux de rester au lit à cette heure. Puis elles decendirent ensemble dans les prés, accompagnées par trois dames et plusieurs de leurs demoiselles. Elles allèrent à l'endroit où avait été conclu l'engagement des amours ; et la reine dit à la dame de Malehaut que le lieu lui en serait plus cher à jamais. Alors elle raconta l'attitude et la conduite de Lancelot, et comment il restait interdit devant elle. Elle évoqua tout ce dont elle put se souvenir, sans rien omettre. Puis elle se mit à faire un grand éloge de Galehaut, et déclara qu'il était le plus sage chevalier du monde et celui qui savait le mieux honorer le mérite.

« Assurément, dit-elle, quand il viendra, je le mettrai dans le secret de notre amitié ; et sachez que sa joie ne sera pas petite. Allons-nous-en, car il ne tardera guère à venir. »

Sur ce, nos dames s'en reviennent. À leur retour, le roi était levé et avait déjà fait mander Galehaut. Celui-ci arrive bientôt et la reine lui raconte tout de suite l'amitié qu'elle a nouée avec la dame de Malehaut. Mais d'abord elle lui dit :

« Galehaut, il faut me dire la vérité, par la foi que vous me devez.

— Je le ferai, dame, soyez-en sûre.

— Je veux savoir si vous aimez une dame ou une demoiselle à qui vous ayez engagé votre amour[1].

---

1. Littéralement : qui soit de votre amour saisie.

« Dame, [n]aie, par lo jurement que vos m'an avez fait, ce vos creant. »

« Savez vos, fait ele, por coi jo di ? J'ai mes amors asises a vostre volenté, et ge voil que a la moie volenté faciez les voz amors. Et savez vos an quel leu ? An bele dame et an saige et an cortoise, qui assez est haute fame et riche de granz annors. »

« Dame, fait Galehoz, vos poez bien faire vostre plaisir et de mon cors et de mon cuer. Mais qui est ele o vos volez qui ge soie ? »

« Certes, fait la reine, c'est la dame de Malohaut. Et veez la la. »

Si la li mostre a l'uel. Et lors li conte comment ele les avoit agaitiez, et de Lancelot que ele avoit aü an prison an et demi, et comment il avoit a li finé, et qanque ele li avoit dit, et comment Lanceloz avoit ploré, que ce estoit por li.

« Et por ce, fait la reine, que ge sai que ele est la plus vaillanz dame do monde, por ce voil ge que les amors soient par moi faites de vos et de li, car li plus vaillanz chevaliers do monde doit bien avoir la plus vaillant amie. Qant vos seroiz an estranges terres antre vos et mon chevalier, si se conplaindra li uns a l'autre, et nos deus dames nos reconforterons ansanble de noz annuis et ferons joie de noz biens. Et portera androit soi chascune son fais. »

« Dame, fait Galehoz, veez ci lo cuer et lo cors, si an faites a vostre commandemant autresi com j'ai mis lo vostre la ou ge voloie. »

Lors apele la reine la dame de Ma*(f. 111a)*lohaut, si li dist :

« Dame, vos iestes apareilliee de ce que je voudrai faire de vos ? »

« Dame, fait ele, il est voirs. »

« An non Deu, fait la reine, ge vos voil doner et cuer et cors. »

« Dame, fait ele comme saige, vos am poez faire comme de la vostre. »

Et la reine la prant par la main et Galehot par l'autre, si dist :

« Galehot, sire chevaliers, ge vos doign a ceste dame com

— Dame, par le serment que vous invoquez, non, je vous le jure.

— Savez-vous pourquoi je vous pose cette question ? J'ai disposé de mon amour à votre volonté, je veux que vous disposiez du vôtre à la mienne. Et savez-vous pour qui ? Pour une belle dame, sage et courtoise, qui est de haut parage et riche de grands honneurs[1].

— Dame, vous pouvez disposer, comme il vous plaît, de mon corps et de mon cœur. Mais à qui voulez-vous que je sois ?

— En vérité, à la dame de Malehaut ; et la voici », dit-elle en la montrant du doigt.

Alors la reine raconte à Galehaut que la dame les avait espionnés, qu'elle avait tenu Lancelot pendant une année et demi dans sa prison, comment il s'était libéré d'elle, et tout ce qu'elle lui avait dit, et qu'il avait pleuré à cause d'elle en la voyant.

« Et parce que je sais, dit-elle, qu'elle est la plus vaillante dame du monde, je veux que par mes soins vous soyez unis d'amour mutuelle ; car le plus vaillant chevalier du monde doit avoir la plus vaillante amie. Quand vous serez en terres étrangères avec mon chevalier, vous vous plaindrez l'un à l'autre, et nous, les dames, nous serons deux aussi pour nous consoler de nos peines et pour nous réjouir de nos joies, et chacune pour sa part portera son fardeau.

— Dame, dit Galehaut, voici le cœur et le corps. Faites-en à votre gré, de même que j'ai disposé des vôtres en faveur de qui je voulais. »

Alors la reine appelle la dame de Malehaut et lui dit :

« Dame, êtes-vous prête à ce que je voudrai faire de vous ?

— Je le suis, dame.

— Au nom de Dieu, je veux vous donner, cœur et corps.

— Dame, répond-elle en femme sage, vous pouvez en user comme des vôtres. »

Alors la reine prend la dame d'une main et Galehaut de l'autre ; et elle leur dit :

« Galehaut, seigneur chevalier, je vous donne à cette dame

---

1. Les honneurs sont des fiefs particulièrement importants, qui n'appartiennent qu'à de grands seigneurs. Voir p. 315, note 2.

verai ami leial et anterin et de cuer et de cors. Et vos, dame,
doin ge a cest chevalier com leiaus amie de totes veraies
amors. »

Et il l'otroient anmedui, si fait tant la reine que il s'antrebaissent. Aprés atornent que il parleront anquenuit tuit quatre
ansanble. « Et deviserons, fait la reine, comment ce porra
estre. »

Atant se lievent et vont lo roi semondre d'aler oïr messe. Et
il dit que il n'atandoit se es non. Lors s'an vont tuit au mostier.
Et qant il ont messe oïe, li mengiers est apareilliez, si asient. Et
qant il ont mengié, si vont antre lo roi et la reine et Galehot
seoir devant monseignor Gauvain une grant piece, et puis s'an
revienent la ou li autre chevalier estoient, don grant partie i
avoit des bleciez, si les aloient veoir tot a pié. Si tenoit li rois
par la main la dame de Malohaut, et la reine Galehot. Ilueques
fu establiz li parlemenz des quatre do parler a l'anuitier autresi
com il avoient fait la nuit devant, et an cel leu meïsmes.

« Mais nos lo ferons autremant, fait la reine, que nos i
manrons mon seignor, et vos avroiz apareillié vostre chevalier.
Et n'ait ja garde, qe il n'iert ja nus qui lo conoisse, que il n'est
mies legiere chose d'un home conoistre, puis que il se velt
covrir et celer. Et qant plus i avra gent, tant i avra mains mal
pensé. Ensi lo porons toz les jorz mais faire que mes sires
sejornera, car plus celeement ne porriens nos mies parler
ansamble, car li leus n'i porroit estre. »

An ceste *(f. 111b)* maniere atornerent lor parlement. Et qant
vint a vespres, si ala Galehot veoir ses genz et dist a son
conpaignon ce que il avoient atorné, et il l'otroie. Et qant il fu
ore de soper, si comanda Galehoz a son seneschal que, qant il
lo verroit venir contraval les prez avec lo roi et la reine, si
pasast outre antre lui et son compaignon. Atant s'an parti a
grant conpaignie de chevaliers et vint au roi, qui l'atandoit au
mengier. Aprés mengier dist la reine au roi :

« Sire, car nos alons esbatre contraval ces prez. »

Et li rois l'otroie. Lors s'an part li rois et Galehoz et de lor
compaignons mout grant partie. Et la reine i revint et la dame
de Malohaut, et dames et damoiseles mout. Et qant li seneschauz les vit, si passa outre, et Lanceloz avec, et se metent an
la conpaignie lo roi. Et qant il orent assez alé, si s'asistrent et

comme ami vrai, loyal et entier, de cœur et de corps. Et vous dame, je vous donne à ce chevalier, comme loyale amie de toutes vraies amours. »

Tous deux acquiescent et la reine les fait s'entrebaiser. Puis ils conviennent de se réunir la nuit prochaine tous les quatre. « Et nous aviserons, dit la reine, au moyen de le faire. »

Cela dit, ils se lèvent et vont prier le roi d'assister à la messe. Il leur répond qu'il n'attendait qu'eux. Après la messe, le déjeuner est servi et l'on passe à table. Après déjeuner, le roi, la reine et Galehaut vont s'asseoir autour du lit de monseigneur Gauvain pendant un long moment. Puis ils reviennent visiter les autres chevaliers, dont beaucoup étaient blessés. Ils font tout cela à pied, le roi donnant la main à la dame de Malehaut, la reine à Galehaut. C'est là que fut convenu le rendez-vous des quatre. Ils décidèrent qu'ils se retrouveraient à la nuit comme ils l'avaient fait la nuit précédente et au même endroit. « Mais nous procèderons d'une autre manière, dit la reine. Nous aurons avec nous monseigneur ; et vous, vous avertirez votre chevalier. Qu'il ne craigne pas d'être reconnu : il n'est pas aisé de reconnaître quelqu'un, quand il veut se protéger et se cacher. Plus il y aura de gens et moins on pensera à mal. Nous pourrons nous voir ainsi chaque jour, aussi longtemps que durera le séjour de monseigneur. Il serait impossible de nous rencontrer plus secrètement ; car nous ne pourrions pas trouver d'endroit plus favorable. »

Telle est la manière dont ils ont arrangé leur rendez-vous. À vêpres, Galehaut se rend auprès de ses hommes. Il informe son compagnon de ce qui a été convenu et celui-ci l'approuve. Quand l'heure est venue de souper, il donne ses ordres à son sénéchal : dès qu'il le verra descendre dans les prés avec le roi et la reine, il devra traverser le fleuve en emmenant son compagnon. Puis il s'en retourne avec une grande troupe de chevaliers et rejoint le roi, qui l'attendait pour souper. Après le repas, la reine dit au roi :

« Seigneur, nous pourrions aller nous promener dans ces prés. »

Le roi y consent. Il se met en route avec Galehaut et un grand nombre de leurs compagnons. De leur côté la reine, la dame de Malehaut et de nombreuses dames et demoiselles en font autant. Quand il les voit, le sénéchal traverse le fleuve avec Lancelot, et tous deux se mêlent à la compagnie du roi. Quand

commencerent a parler. Et la o il parloient, si venoit li rois
Yons au roi Artu parler, car li mesage sont venu de sa terre que
aler l'an covenoit. Si apela lo roi a une part et conseilla a lui
grant piece. Et lors se leverent antre la reine et Galehoz et la
dame de Malohaut, si apela Galehoz son compaignon et
alerent antr'ax quatre parlant mout longuement tant que il
vindrent au chief des aubroisiaus. Et lors si s'asistrent ; et
mostra la reine a Lancelot la dame qui maint jor l'avoit aü an
sa prison ; si an fu mout hontous ; et li dist la reine tot an riant
que cest larrecin li avoit il celé. Illuec demorerent grant piece,
ne onques ne tindrent plait ne parole fors de baisier et d'acoler,
comme cil qui volantiers lo faisoient. Et qant il orent grant
piece sis, si s'an retornerent la o li rois estoit, si an parvindrent
a son tref amont. Li seneschauz an remena Lancelot a lor
tantes. Et an tel maniere en parloient totes les nuiz ansanble
antr'aus quatre sanz parole d'autre deduit.

　　Ensi demorerent illuec tant que messires Gauvains aleja
mout et miauz se santi que il ne soloit ; *(f. 111c)* si li tardoit
mout que il fust o païs o il amoit par amors tant com il pooit,
si dist au roi que il s'an iroit mout volentiers. Et li rois li dist :

　　« Biax niés, ge ne demor ci se por vos non et por Galehot que
ge mout ain. »

　　« Sire, fait messires Gauvains, vos li prieroiz que il s'an
veigne demain avoc vos, et aprés demain nos an irons. Et se il
i vient, ce vos sera mout granz anors, et se il n'i vient, vos lo
reverrez par tans, se Deu plaist, et il vos. »

　　Ensi l'otroie li rois. Et l'andemain prie Galehot que lo
convoit jusque an sa terre. Mais Galehoz dit que ce ne puet
estre :

　　« Car ge ai mout a faire an mon païs, sire, qui mout est
lointiens, ne ge ne demoroie ci se por vos non, et vos por moi,
ce sai ge bien. »

　　« Certes, fait li rois, il est voirs. Mais ge vos pri, biau douz
amis, que ge vos revoie au plus tost que vos porroiz. »

　　Et Galehoz li otroie. La nuit repairerent li quatre ansemble.
Et sachiez que mout ot grant angoisse au departir, si mistrent
jor a parler ensemble a la premiere asanble[e] qui seroit el
reiaume de Logres.

ils ont assez marché, ils s'asseoient et les conversations s'engagent. Tandis qu'ils devisent ainsi, le roi Yon vient trouver le roi Arthur ; car il a reçu des nouvelles de sa terre, qui l'obligent à s'en aller. Il prend le roi à part et s'entretient avec lui longuement. Alors la reine, Galehaut et la dame de Malehaut se lèvent. Galehaut fait signe à son compagnon ; et les quatre amis se promènent en parlant très longuement, jusqu'à ce qu'ils arrivent à l'orée du petit bois. Là, ils s'asseoient ; et la reine montre Lancelot à la dame qui l'avait longtemps tenu dans sa prison. Il en est tout honteux ; et elle lui dit en riant qu'il lui avait caché ce méfait. Ils demeurèrent longtemps en cet endroit et la matière de leurs entretiens ne fut qu'embrassements et baisers, dont ils avaient le plus ardent désir. Après être restés longtemps assis, ils retournent à l'endroit où se trouvait le roi et remontent avec lui jusqu'à sa tente. Le sénéchal reconduit Lancelot à son camp. De cette manière, les quatre amis se retrouvaient toutes les nuits ensemble, sans parler d'autre plaisir.

Ils séjournent ainsi en ce lieu jusqu'à ce que monseigneur Gauvain ait repris des forces et se sente en bien meilleur état. Il lui tardait d'être au pays où il aimait d'amour éperdument. Aussi dit-il au roi qu'il s'en irait volontiers. Le roi lui répond :

« Beau neveu, je ne demeure ici que pour vous et pour Galehaut, dont l'amitié m'est très chère.

— Seigneur, dit monseigneur Gauvain, vous le prierez demain de venir avec vous et nous partirons après-demain. S'il vient, ce sera pour vous un très grand honneur. S'il ne vient pas, vous vous retrouverez l'un et l'autre, s'il plaît à Dieu, prochainement. »

Le roi y consent et le lendemain il prie Galehaut de l'accompagner jusqu'à sa terre. Mais Galehaut lui répond qu'il ne le peut pas ; « car j'ai beaucoup à faire, seigneur, dans mon pays, qui est très lointain ; et je ne demeurais ici que pour vous, comme vous pour moi, je le sais bien.

— Il est vrai, dit le roi. Mais promettez-moi que je vous reverrai au plus tôt que vous le pourrez. »

Galehaut le lui promet. La nuit suivante, les quatre amis se retrouvèrent ensemble. Sachez qu'il y eut grande douleur au moment du départ et qu'ils se donnèrent rendez-vous pour la première assemblée qui aurait lieu au royaume de Logres.

Ensi departent li dui chevalier de lor dames, [dolent de la departie et lié de la joie qu'il atandent a avoir a la premiere asanblee. La nuit prant congié Galehoz au roi et a la roine et a la dame de Malohaut et a monseignor Gauvain et a touz les autres, si en sont tuit mout dolent,] car mout le prisoient. Et Galehoz s'an vient a son compaignon, si lo trueve d'autre sanblant que il n'avoit esté la nuit devant, mais il lo conforte a son pooir. Et la reine est au roi venue, si li dit que il prit la dame de Malohaut que ele s'an vaigne aveques li et que des ores mais soit do tot an son ostel ; « Car mout ain, fait ele, sa compaignie, et ge cuit que ele aimme tant la moie que ele i vanra sanz grant proiere. »

« Certes, fait li rois, ce m'est mout bel. »

Il vint a la dame, si li prie tant que ele est remesse autresins comme efforciee. Au matin s'a[n] torne li rois d'une part et Galehoz d'autre, et s'an va chascuns an sa terre.

Ainsi les deux chevaliers se séparent de leurs dames, tristes de la séparation, mais heureux de la joie qu'ils attendent de la prochaine assemblée.

La nuit venue, Galehaut prend congé du roi, de la reine, de la dame de Malehaut, de monseigneur Gauvain et de tous les autres. Ils sont tous tristes, car ils avaient pour lui une très haute estime. Galehaut se rend auprès de son compagnon ; il le trouve d'un autre visage que la nuit précédente, mais le réconforte autant qu'il peut. La reine va voir le roi ; elle lui demande d'inviter la dame de Malehaut à venir avec elle et à faire désormais partie de sa maison ; « car j'aime fort sa compagnie, dit-elle, et je crois qu'elle aime tant la mienne qu'elle acceptera sans trop se faire prier.

— Certes, dit le roi, j'en serai très heureux. »

Il se rend auprès de la dame et l'invite avec tant d'insistance qu'elle est pour ainsi dire obligée d'accepter. Au matin, le roi part d'un côté et Galehaut d'un autre, et chacun s'en va dans sa terre.

Indications bibliographiques

Éditions

BRAÜNER, Gerhard, BECKER, Hans, ZIMMERMANN, Anton, *Der altfranzösische Prosaroman von Lancelot del Lac.* Versuch einer kritischen Augabe nach allen bekannten Handschriften, 4 vol., Marburg, 1911-1917.

KENNEDY, Elspeth, *Lancelot do Lac. The Non-cyclic Old French Prose Romance,* 2 vol., Oxford University Press, 1980.

MICHA, Alexandre, *Lancelot, roman en prose du XIIIᵉ siècle,* 9 vol., Genève, Droz, 1978-1983.

SOMMER, H. Oskar, *The Vulgate Version of the Arthurian Romances, edited from manuscripts in the British Museum,* 7 vol. et un *Index of names and places*, Washington, The Carnegie Institution, 1906-1916.

Analyses et extraits en français moderne

Lancelot, Bibliothèque universelle des romans, octobre 1775, vol. 1.

PARIS, Paulin, *Les Romans de la Table Ronde mis en nouveau langage et accompagnés de recherches sur l'origine et le caractère de ces grandes compositions*, 5 vol., Paris, 1868-1877.

MICHA, Alexandre, *Lancelot. Roman du XIIIᵉ siècle. Texte choisi et présenté par,* 2 vol., Paris, U. G. E., 10/18, 1983-1984.

Études critiques

BRUCE, J. Douglas, *The Evolution of Arthurian Romance*, 2nd ed., 2 vol., Göttingen — Baltimore, 1928.

CARMAN, J. Neale, *A Study of the Pseudo-Map Cycle of Arthurian Romance*, Kansas, 1973.

DUFOURNET, Jean (dir.), *Approches du Lancelot en prose. Études recueillies par*, Paris, Champion, 1984.

FRAPPIER, Jean, *Étude sur La Mort le Roi Artu*, 3e éd. Genève, Droz, 1972.

FRAPPIER, Jean, "The Vulgate Cycle", dans *Arthurian Literature in the Middle Ages,* éd. Roger Sherman LOOMIS, Oxford, 1958 (p. 295-318).

FRAPPIER, Jean, "Le Cycle de la Vulgate", dans *Le Roman jusqu'à la fin du XIIIe siècle,* sous la direction de Jean FRAPPIER et Reinhold GRIMM, vol. I (partie historique), Grundriss der romanischen Literaturen des Mittelalters, IV/1 (p. 536-589), Heidelberg, 1978.

KENNEDY, Elspeth, *Lancelot and the Grail. A Study of the Prose Lancelot,* Oxford, 1986.

Lancelot: actes du colloque d'Amiens des 14 et 15 janvier 1984, éd. D. BUSCHINGER, Göttingen, 1984.

LOT, Ferdinand, *Étude sur le Lancelot en prose,* Paris, Champion, 1918.

MELA, Charles, *La Reine et le Graal: la conjointure dans les romans du Graal de Chrétien de Troyes au livre de Lancelot,* Paris, Le Seuil, 1984.

MICHA, Alexandre, "Sur la composition du *Lancelot en prose* ", "L'Esprit du *Lancelot-Graal*" et "La Tradition manuscrite du *Lancelot en prose*", dans *De la chanson de geste au roman,* Genève, Droz, 1976.

MICHA, Alexandre, *Essais sur le cycle du Lancelot-Graal,* Genève, Droz, 1987.

Pour une bibliographie plus complète on pourra consulter les publications annuelles du *Bulletin bibliographique de la Société Internationale Arthurienne*, et *Arthurian Bibliography*, éd. C. E. PICKFORD et R. W. LAST, Ipswich, 1981-1983.

Index des noms propres

Table

Achevé d'imprimer en juin 2007 en Espagne par
LIBERDUPLEX
Sant Llorenç d'Hortons (08791)
N° d'éditeur : 88262
Dépôt légal 1re publication : mars 1991
Edition 06 – juin 2007
LIBRAIRIE GÉNÉRALE FRANÇAISE – 31 rue de Fleurus – 75278 Paris cedex 06